那桥那人

NA QIAO NA REN

李克俭◎著

中国文史出版社

图书在版编目（ＣＩＰ）数据

那桥那人 / 李克俭著. -- 北京：中国文史出版社，
2023.10
ISBN 978-7-5205-4252-4

Ⅰ. ①那… Ⅱ. ①李… Ⅲ. ①长篇小说－中国－当代
Ⅳ. ①I247.5

中国国家版本馆 CIP 数据核字(2023)第 161335 号

责任编辑： 方云虎
封面设计： 沈　映

出版发行：**中国文史出版社**
社　　址：北京市海淀区西八里庄路 69 号
邮　　编：100412
电　　话：010-81136630
印　　装：廊坊市海涛印刷有限公司
经　　销：全国新华书店
开　　本：789 毫米×1092 毫米　1/16
印　　张：34.5
字　　数：688 千字
版　　次：2024 年 1 月北京第 1 版
印　　次：2024 年 1 月第 1 次印刷
定　　价：79.00 元

目　　录

第一部分　婚姻

第二部分　人生

第一部分
婚　　姻

第一章　木板桥

1

山泉村是座古老的村寨,也是历史悠久的集市。村子的名字尽管叫山泉村,可是村子里既没有山峦,也没有泉水。村子坐落在一座低矮的小土丘上,小土丘顶部平整之后,就形成了今天的十字街头。东西南北四条街都向下方倾斜,尤其是北街,倾斜度几乎超过了四十度,从街口向北一直倾斜下去,因此北半部非常低洼。每当阴雨天气,尤其是阴雨连绵的夏季,北街尽头居民院子里、屋子里到处都是泥水,给村民生活、生产带来诸多不便。南街虽说比北街平缓些,可是也强不到哪儿去,东西两条街也有三十度的倾斜度。在人拉肩扛的年代,居住在上街头的村民生活特别艰辛,因为爬坡、下坡是非常艰难的事情,除非家里有强壮的劳动力,即使这样,如果他们想把一车红薯,或是其他农作物拉回家,非要累得气喘吁吁不可;羸弱汉子或是妇孺之家,为此吃尽苦头,他们可怜巴巴地乞求外人帮忙,可是大忙季节人家连瞅一眼的工夫也没有,他们只有像蚂蚁搬家一样,一次拉回家一点点东西,直至拉完为止⋯⋯如果谁从家里把一车猪粪、羊粪送到地里,他一出家门就得向下俯冲,就得不停地向村头奔跑,稍不注意,架子车就会挣脱羁绊,然后像是野马一样横冲直撞,不是碾伤自己,就是撞伤别人。如果拉土垫庄子,平常之家根本不用想,个别逞强的汉子,往往最后撇下孤儿寡母撒手人寰,让人唏嘘不已⋯⋯

从前,山泉村村民为了防范兵荒马乱,在村子四周挖有宽阔的护寨河,还修筑了牢固的寨墙、高大的寨门,寨墙、门楼之上建筑碉楼用于自保,现在碉堡、寨门、寨墙早已荒废。有时候,大雨倾盆,雨水从宅院里、从胡同里、从街道上夺路而出,那么多雨水哗哗地流向村口的护寨河。霎时,护寨河连同下街头低洼之处变成汪洋一片。而上街头连一小片水洼都没有。虽说没有积水,但街道上尽是厚厚的泥浆。对于山泉村来说,柏油路还是十分遥远的事情。

山泉村非常古老。说它古老,因为传说山泉村曾经是西汉名相陈平故里,老村寨流传着名相小时候许多不为外人知道的事情⋯⋯偌大一个集镇几经春秋,历经风雨,它执着地伫立在黄淮平原的北部。村子南面,距离护寨河不远的地方,有一条河流叫作流沙河,河上有一座摇摇晃晃的木板桥通往农田,村里农民日出而作、日落而息。现在集镇上暴发户还很少,两层小洋楼几乎是凤毛麟角,街道两旁俨然排列着低矮、老旧的蓝砖、蓝瓦房子,可是夏家的两层门楼却是一栋古旧、坚固的老房子,它依然气势非凡地屹立在东街上街头,尽管如此,那厚重的方砖也早已污迹斑斑,它似乎在诉说着一桩往事……山泉村支部书记郭玉堂家新近建起的高大楼房坐落在西街中部,还有一栋小洋楼是印刷厂老板周建军建的,他们两家楼房的外墙都是青色干粘石,墙面显得整洁、美观,让村民艳羡不已、啧啧称奇,而楼顶都是预制板盖顶,在山泉村,这样的建筑风格预示着一个新时代的到来,宽门阔院、黛瓦青砖,大户人家雕栏画栋的历史一去不复返啦……周建军家的这座小洋楼像是鹤立鸡群一般矗立在十字街口的东南角,洋楼南面不足一百米远的地方就是郭北辰二伯家低矮、破旧的两层楼房,这座小楼简直像是一只灰小鸭,这只灰小鸭说是小楼也不为过,小楼毕竟是两层,可是楼板是郭北辰伯父当年廉价购买城里人家下房的旧楼板。墙砖呢?他先用低廉得不能再低廉的价格购买八吨火电厂废弃的煤灰,然后用这些煤灰再兑换城里人家的下房砖,这样说来,小楼的墙砖像是白捡的,楼房第二层只是建筑在第一层东北角的一小间瓦屋,说是瓦屋,瓦是大红瓦,也是城市工厂下房的旧东西。当时大红瓦在农村还几乎没有人使用,因为农村都是使用小蓝瓦,小蓝瓦屋顶夏季阴凉,冬季保暖,而大红瓦冬季既不保暖,夏季也不阴凉,郭北辰二伯家二层楼顶正是使用的大红瓦,红瓦下面是老树皮垫底,这些树皮是托亲戚、走后门从火柴厂无偿运回的,而檩条、椽子不能再细小了。其实这间小房子从盖起就没有人居住,一是不适宜住人,二是也没有人去居住。因为楼层高,所以也不适宜储存粮食,不适合储存杂物。这间小房子一直闲置着,只是作为一种象征保留着,一种既骄傲又无可奈何的象征……

夏家门楼是座古老建筑,二伯家的这栋小楼也有将近十五年的光荣历史,它是二十世纪七十年代中期的建筑,比其他两栋洋楼几乎要早一个半年代。二十世纪八十年代后期建成的楼房——郭玉堂书记家的楼房是八分墙,周建军家的楼房是十二分墙。而郭北辰二伯——郭建安家的楼房地基是八分墙,墙体是六分墙,农民工把两块横立的红砖扣在一起,两块红砖中间有一层薄薄的沙灰,别人都担心墙体不会持久,可是十几年来,这幢楼房依然像是花岗岩脑袋一样顽固不化。当然还有背街道上制钉厂老板王金锁家的小洋楼,这栋小洋楼除了家人居住,还是制钉厂的办公楼,说是办公楼,其实平时也只有女会计一人在二楼办公。

山泉村村民每天耕作要通过流沙河上这座又长又窄又没有栏杆的木板桥,因为木板桥没有栏杆,所以来来往往的村民不小心掉进河里淹死的事情时有发生……桥墩是砍伐的河滩里高大挺直的杨树,桥墩上铺一层厚木板,木板上面铺有杨树枝杈,枝杈上面铺一层麦秸,麦秸上面是黄色泥土,泛滥的河水冲走桥面是常有的事情。雨水大的年份,狂妄的河水冲走桥墩也时而有之。这座桥已经有些年头,桥面已是千疮百孔,村民走在桥上,而激流就在脚下喧闹……

2

郭北辰和祖父、母亲生活在一起,他工作的学校在村北头,这所中学刚刚从村东头搬迁至此,原来的学校只剩下小学。从前,他居住在村子里,从家到学校大约需要十分钟,自从他把家迁移至河流南岸的公路右边之后,就得多走将近九分钟路程,他每天都要数次经过让人惊悸不已的木板桥。

他家是山泉村迁至流沙河南岸的第一户人家,在河流南岸公路旁边一大片水洼边沿,当初他把地基垫起来……可是现在院子里还都是洼地,每天下班,或是星期天,他就从荒地里,或者河滩里拉回家几车干土,把院子低洼的地方渐渐垫高……虽然距离责任田近了,可是从家里到学校却要多走将近一倍路程。之前,他和二伯家一个院子,天长地久,免不了磕磕碰碰的,他还是下决心把家搬迁至河流南岸,以他现有的经济力量修建这两间小瓦屋,他和母亲的床与床之间几乎没有什么遮拦,母子床与床之间只有一口破木箱。这口巨大的木箱应该是母亲当年的嫁妆,半个多世纪以后,木箱早已面目全非……它安放在一张更加破旧的木桌上,箱子里面装着郭北辰老师视为珍宝的小说和诗歌,除去诗歌、小说,还有一些史籍和诸子百家著作,以及西方哲学著作。这些书籍由于没有更好的书箱盛放,所以很多书不是被老鼠咬烂,就是被人偷窃,为此北辰常常痛惜不已……他从小以为自己是孤儿,十几岁时才知道父亲在大学教书,是大学教授,因为后来又娶了年轻貌美的女大学生,他把祖父母、母亲和他,还有姐姐们遗弃在山泉村,祖母早走了,姐姐们也出嫁了,他刚刚从淮河市大伯家把祖父接回家(家里修建房子时,他把祖父送到城市大伯家居住),说是从大伯家把祖父接了回来,实际上是从城市的大街上把祖父接回家里来的,大伯和大伯母把祖父像是摈弃垃圾一样丢弃在大街旁边,祖父每天依靠好心人施舍,才没有咽下最后一口气。祖父郭守业已经八十七岁高龄,几年来,一直瘫痪在床,高大的身躯只剩下一具骷髅了,他全身几乎没有哪怕是一点点力气,曾经咄咄逼人的眼睛终日紧闭着,稀疏的白发像是黏在脏污的头皮上,满是黑斑的鼻梁骨愈加尖峭了,由于缺少牙齿,嘴巴像是洞穴那样,孤零零的下巴像个勺把儿那样翘着……郭北辰拉着祖父走在乡间小道上,爷俩谁也不说一句话,一是祖父说不成话,他已经是风烛残年……二是痛苦也不允许他们说话,如果一说话,因为北辰可怜祖父,他就会潸然泪下,而祖父哪怕说出一句话,他可能就会背过气去……他们终于回到家里,二伯家也是死活不让祖父进门。

他只得把祖父拉回自己家里。之后,他不得不在紧挨房子东墙的地方给祖父搭建了半间水泥瓦房子,然后又用长方形水泥瓦搭建了一间至多五六平方米的厨房,这一小间厨房只容得下一口地锅和风箱。他还没有修建院墙,不只是因为没钱修建,更是因为院子里实在低洼,也不具备修建院墙的条件,于是他就从河滩里偷砍一些柳木橛子,把院子围起来,他打算等院子慢慢垫平,等到经济富足之后,再建砖墙。

他是代课教师,有人说他是长期代课教师。什么是长期代课教师呢? 大概是有别于短期代课教师吧。长期代课教师又叫县代课,身份大致相当于民办教师,或是等同于民办教师。他通过脱产进修拿到大专文凭,又刚刚从九里河乡调回高山镇山泉中学教书,准确地说,高山镇山泉中学应该叫作高山镇第三初级中学,他教初中一年级六班的语文课,初一五班、六班两个班的地理课,还兼任初一六班班主任。

郭北辰老师即将三十岁,他失恋以后,一直没有恋爱对象,前女友早已嫁人,在她嫁人之后的漫长岁月里,他不是没有恋爱机会,也不是不想谈恋爱。刚刚失恋那会儿,的确不想谈恋爱,后来他渴望尽快找到一位可人的姑娘,又苦于没有心仪的人,所以婚姻就耽搁下来……他本是心高气傲之人,又读过许多书,他总是在追求梦想,梦想成为文学家之后,再成家立业,那时他会寻找到一位善良而又闪烁着一双晶莹眸子的漂亮姑娘,时间和空间、理想和希望给了他多少遐想……可是他把所有空余时间都用于阅读和写作,却始终默默无闻,他的作品不是被报纸杂志社退回,就是石沉大海,也许他会终老一生,一事无成……于是他逐渐变得现实起来,特别是自从他回乡任教之后,一直想寻找一位朴实无华的农村姑娘,来支撑这个多灾多难的家庭,可是始终未能如愿,农村姑娘不是年龄大些,就是年龄偏小,双方都感觉不甚合适。

不得已,他去看望了在大学教书的父亲。父亲是省城一所知名大学的资深化学教授,虽然临近退休,但他身穿毛料中山装,洁白的衬衣配上紫红色领带,显得仍然那么年轻,眼睛虽然有些迷茫,腰杆却依然笔挺。他猛然见到儿子,非常愧疚……高耸的鼻梁上戴一副黑框、宽腿近视眼镜,儿子透过厚厚的眼镜片似乎看到父亲迷惘的眼睛里闪烁着泪花儿。父亲的额头很低,灰白色的浓密头发向后梳理着,正是这一点,使他更加具有男子汉的气概和韵味。总之,他儒雅、俊秀,而郭北辰和父亲在这一点上惊人的相似。后母不到四十岁,据说后母是父亲的学生,当年,她是一位小鸟依人的城市姑娘,父亲迷恋上后母之后,就抛弃了家庭。现在北辰已经长大成人,是一位顶天立地的男子汉了。他像父亲那样高大魁梧,两眼燃烧着青春激情。之前,他渴望拥有父亲,毕竟是父亲给予他生命,可是他一直没有得到父亲关爱,每每想起,他就会失声痛哭,可是现在父亲就站在眼前,纵使有千言万语,却无法表达。父亲还是显得老啦,毕竟女儿们已经出嫁,儿子也接近三十岁……如果不是后母在眼前的话,北辰真想抱住父亲痛哭一场。后母的脸庞十分窄小,眼睛却秀丽迷人,肌肤冰清玉洁,纹的眉又细又长,细密的秀发像是波浪一样拢在脸庞的左侧,她有气质,非常具有女人味,只是鼻子细小,使她显得阴鸷、冷酷。她冷漠地看看北辰,便领着不足十岁的女儿(抱养的)离开了家,据说她不会生育。而父亲胆怯地招待了儿子,他只简单地买回几个馒头和几碟小菜,这顿饭再简单不过,他们吃得很快,谁也没有想到他们竟然吃得那么快,简直像是风扫残云,然后他就告辞出来,临走前父亲尽管很惭愧、内疚,却一分钱没有接济他,没有询问母亲一句话,也没有探询祖父的病情,此后他再也没有看望过父亲。

母亲得知儿子去看望父亲之后,她很长时间不是默默无语,就是不吃不喝,在儿子竭力劝说之下,才勉强吃些食物,可是夜里不是辗转反侧,就是长吁短叹……她是父亲的发妻,长得不但不漂亮,还很丑陋,脸庞肥大粗糙,肤色是病猪肝一样的紫红色,这使她愈加丑陋,她还有一双阴郁、凸鼓的眼睛,右眼上眼皮几乎耷拉下来,看人的眼光里有一种乖戾、孤苦的光芒,身材短粗臃肿,大嘴巴有些歪斜,又整日不说一句话。北辰难以想象当年父亲是怎样和母亲度过那么多青春时光的。他每每怀疑母亲是怎样和父亲共同生育下四个孩子……但是母亲遭受父亲遗弃之后,她养育四个孩子,还要赡养老人……她是怎么默默地承受一切,直至把女儿一个个嫁出去,又艰难地把儿子养大成人?这需要多么大的毅力,需要多么顽强的意志,需要忍受多少痛苦……

北辰在院子周围插上一根柳棍,接着是两根、三根……柳棍越来越多,这些柳棍粗细不一,高低也不一致。这一年冬天,郭北辰老师像是一个捉迷藏的孩子,他在摆龙门阵呢。没过多长时间,这些大小不均的柳棍上又编织了许多密密匝匝的柳枝,而就在大门口,他又栽上两根粗大的柳棍,在两根柳棍中间是他精心打造的篱笆门,并在篱笆墙的东南角,他又用干燥的秫秸秆围成一个面积很小的厕所。他和妈妈还饲养了一头小猪崽,北辰唯恐小猪崽丢失,他不得不用麻绳把一只猪脚捆绑起来,又唯恐麻绳伤着猪脚,他就把猪脚裹上厚厚一层破布,才把猪脚捆绑结实,然后把麻绳的另一头拴在一根粗大的柳桩上,他唯恐小猪崽受冻,还给小猪崽搭了一个秫秸窝,还给秫秸窝里抱来许多干燥麦秸,小猪崽吃饱后就会钻进窝里睡大觉,饥饿时就会发出哇哇的尖叫。家里还饲养着几只下蛋的母鸡和一只打鸣的公鸡,虽然这几只母鸡已经不再下蛋,但是他们也不舍得宰食,而是期盼来年春天母鸡还能下蛋呢。这只公鸡有一身红羽毛,每天天不亮,就不停地高歌,歌声是那么高亢嘹亮……这个在河流南岸的小小院落,虽说仍然像是一座孤零零的小岛,却像是个寒碜的家了。

3

这些年来,他不知在等待什么,也不知道是不是已经有了意中人,或许是心高气傲的缘故,他看不上身边的女孩子,身边的女孩同样也看不上他,不管怎么说,他依然孤身一人……因为贫穷,因为失恋的痛苦使他更加孤独、失落,他郁郁寡欢,总是让女孩望而却步,也可能是因为他把整个心思都用在文学事业上,而无心他顾,总之他像是一只失群孤雁而无所归属。学校里有一位娇小得像是麻雀一样的小姑娘,她整天叽叽喳喳的,却心比天高,她教初三年级英语课,是小师范毕业生,她连正眼瞧他一眼都不瞧,更不用说让他有非分之想了,这一切让他失望和伤感。学校里,还有一位文静、秀丽的姑娘,也是一位小师范毕业生,教初二年级生物课,有一次,他试探着和她交流,他们倒是有许多相同理想、爱好,她也喜爱文学,而且正在尝试发表作品,北辰给她许多建议和指导,他们的心灵非常接近,但是她还是选择了同样是小师范毕业的更加年轻的物理教师。

冬天的雪下得非常猛烈,天空不经意地飘扬着零星的小雪花,小雪花像是梦幻般在空中飞舞,霎时间雪花大起来,鹅毛大雪饿狼般扑向人群、村庄、河流、田野……洁白的积雪就像一条巨大的鹅绒被子,把家家户户低矮的小房子和北辰家参差不齐的篱笆墙覆盖起来,尽管这条巨型雪被子也想把那几座楼房结结实实地遮掩起来,可是这几座高楼孤傲地伫立着,像是并不理会这漫天飞舞的大雪似的。流沙河孤苦伶仃地躺卧在严冬的冰雪之下,河滩上的树木和灌木丛也穿上了银装,木板桥站在严寒之中像是一位孤苦无依的孩子,村民们蜷缩在家里,他们燃烧着平时积攒下来的树根、树枝取暖,凛冽的北风像是一群狂暴的牛犊怒吼着,然后疯狂地向南奔驰而去。暴风雪狷獗地蹂躏着村子、河流和白雪皑皑的大地……傍晚时分,狂风更像是一条条恶毒的鞭子,不时地抽向河流南岸这座孤零零的小院落,开始,祖父居住的小屋子上的水泥瓦松动一块,在凛冽、肆虐的狂风拍打之下,水泥瓦咣当乱响,夜半时分,遒劲的北风像是敲鼓一样敲击着生命垂危的水泥瓦,不堪其扰的水泥瓦尖叫不止,惨厉的尖叫声敲击着祖孙三人的神经,不久,水泥瓦晃动起来,蓦然之间,狼狈不堪的水泥瓦砰砰轰轰、呼呼咚咚地乱叫、乱跳……一时之间,它被愤怒、咆哮的大风吹得不知去向……祖父尖叫道:"北……快!快……救……救……"这是垂死的老人最后的挣扎。郭北辰几乎是赤身冲进祖父的房间,他把惊慌失措的祖父抱进小瓦屋,安置到他的床上,他只得穿好衣服睡在妈妈身边。时间不长,厨房上的水泥瓦也不翼而飞,瞬息之间,祖父的房间和厨房的墙体轰然倒塌,厨房内的锅碗瓢盆叮当一阵吵闹之后,不知去向,像是燕雀一样飞走了。篱笆墙也惊慌失措地躲避着暴风雪的抽打,可是也无法幸免,也像是惊恐不安的候鸟一样消失得无踪无影;小瓦屋也被失去理智的狂风摇撼得东倒西歪,几乎被暴风雪践踏在地,它苦苦支撑着,如果风力再猛烈些,小瓦屋肯定会缴械投降的,但它还是坚持下来,站稳了脚跟……夜深了,狂风继续施展淫威,河滩上、公路旁凝结着冰晶的树干被风暴扭折之后,噼里啪啦的怪叫不绝于耳……祖父不停地呻吟着,母亲一直在祷告……

　　严寒、暴风雪考验着祖孙三人的意志,祖父像是睡熟啦,谁也听不到他的呼吸声音,母亲让北辰看看老人家是不是停止了生命,北辰仔细听听,他似乎仍然感到祖父的手指还很柔软,这像是生命的迹象。他迷迷糊糊地睡了一会儿,不久他又惊醒过来,而老鼠终于忍耐不住饥饿。黑暗中一只老鼠颤巍巍地爬到北辰身上,他惊醒过来,想抓住它,又怕被它咬伤,只有猛然抖动身子,而这只瘦弱、衰败的老鼠被狠狠地摔在地上,它沉闷地哼了一声,又不紧不慢地走掉了。这只老鼠可能是太老了,也可能是同他们祖孙三人一样饥寒交迫,它也想到被窝里暖和暖和身子,看来它实在是不想离开北辰,它像是也可怜这一家人。小瓦屋里还有几只寻觅食物的老鼠,它们在屋子里蹿来蹿去,在狂风停止怪叫的闲暇,却不时地发出寂寥、孤独的尖叫。它们是几只身手强健的野老鼠,生命力旺盛,不畏惧严寒、饥饿,北辰真羡慕它们。不知什么时候,风雪停了下来,祖孙三人静悄悄地进入了梦乡。但是北辰和母亲睡得并不安稳,时间不长,就会迷迷糊糊地醒来,他们唯恐居住的小瓦屋被狂风连根拔起,他们的担心不无道理,这座处于风雪飘摇之中的矮小房子,实在是经受不住狂风暴雪的击打。大概是狂风太可怜这家老小,像是冥冥之中有位菩萨在默默地佑护他们,才使这座可怜兮兮的小屋子在摇晃和震荡之中安然存活了下来。终于狂风停止了肆虐,可是暴雪更大了……

　　该上早自习了,郭北辰经过一夜折腾,已经精疲力竭,他还想再睡一会儿,可是责任感使他一跃而起。他穿好衣服,来到屋外,看到厨房和祖父的小房子,还有他辛辛苦苦编织的篱笆墙,都在狂风的扫荡之下,不是消失得踪影全无,就是被毁坏得一塌糊涂,真想痛哭一场。他勉强忍住哭泣、泪水,可是内心却痛苦无比,这是他千辛万苦建造的屋子啊!是他辛辛苦苦编织的篱笆墙,还有他用秫秸秆围起来的厕所……厚厚的积雪好似把什么都藏匿起来,可是积雪再厚也遮掩不住心灵的疼痛,幸亏小猪崽和鸡早被他圈在小瓦屋里,不然,它们也不能幸免。

　　可是雪花仍然在飘扬,透过朦朦胧胧的雪光,他隐隐约约看见篱笆墙不见了,可是似乎还遗留下不多的几根柳棍刺穿积雪裸露出来。在积雪的映衬下,这几根柳棍孤单单地站立着,像是孤独的王者一样骄傲,他似乎看到了它们凄惨的微笑,还看到篱笆门赫然屹立着,似乎预示着顽强和未来,像是看到了憧憬和希望。于是他振作精神,打开篱笆门,快步向学校走去,雪花企图隐藏他的脚印,可是脚印依然顽强地遗留下痕迹。他来到颤巍巍的木桥之上,木桥上积雪很少,他得小心翼翼地走过桥面上几处冻成冰的地方。

　　连日来的严寒还是夺走了祖父垂危的生命,父亲没有回来,大伯没有回来,他和二伯把老人家安葬了……老人家死不瞑目,人们都说祖父想见见父亲、大伯,可是父亲没有回来,大伯也没有回来,不得已,祖父还是咽下最后一口气,北辰只得流着眼泪把祖父的眼睛合上。

"北辰,不要哭,不要把眼泪滴到老人家脸上!"这个时候,二伯申斥他道。

"二伯……"他听到二伯的苛责,不禁泪如雨下,他叫一声"二伯",想说句什么,可是因为悲痛,什么话也没有说出来。

"眼泪滴到死人脸上会不吉祥的!"二伯强行把他从祖父身边拉开之后说。

可是北辰一直不明白,眼泪滴到死人脸上为什么不吉祥,埋葬祖父之后,想问问二伯,却羞于问他,唯恐伯父责怪他不懂事,他想问问母亲和其他人,却始终没有问起,农村的忌讳那么多,问完这个,还有那个,问也问不完,不如不问……

埋葬祖父这天,他真的盼望父亲能够回来,盼望父亲能够最后看一眼死去的祖父,至少家人能够团圆一次,可是父亲没有回来,可见父亲的灵魂里早已没有祖父,没有妈妈,也没有他的孩子啦,那么他心灵里还会有谁呢?肯定有他的女学生——那位颇有姿色的小女人,还有他们所谓的女儿。北辰对于世事越来越迷惘……给祖父的坟茔添上最后一锹土,还想痛哭一场,可是,他还是被二伯强行拉走了。

"你爹都不回来,你伤什么心?你哭什么呢?"二伯诧异地问他道。

"我……哭我自己,二伯……"他哭着说。

在回家的小路上,他和二伯各自想着各自的心事,谁都没有再说一句话。

春节临近了,天气晴和起来,积雪一点点融化,河流虽然还没有解冻,可是一望无垠的田野,渐渐露出本来面目。春节期间,太阳刚刚露出羞红的脸蛋,就照耀得到处都是耀眼的光芒,灿烂的阳光刺激得人们眼前一片昏花,可是天气并不稳定,天空有时晴朗,有时阴郁,积雪融化得真慢。有几天,孩子们还在积雪的道路上溜冰,还在雪窝里敲琉璃蛋"赌钱",他们的小手冻得像是紫红色的姜芽一样,有几个孩子的小手已经冻烂了,手背上、指节背面流着脓血,还有一个肥胖的小男孩儿,右脸颊冻烂啦,脸颊上用一大块纱布包着,又用白色胶布粘着,可是他们仍然在不停地玩耍、打闹。不几日,天气猛然暖和起来,去往学校的路上,满大街都是融化的雪水,堆的雪人开始是左臂消失了,接着是巨大的鼻子消融了……顷刻之间,俊俏的雪人没有了人形,变得丑陋不堪,甚至变得恐怖、狰狞起来。家家户户瓦檐下悬垂的巨大冰凌、冰柱像是碎玉一样扔得一片狼藉,大块的冰雪从高大的树木上摔下来,砸在地上的雪水里,土地上不时发出"砰砰啪啪"的声响,肮脏的泥水到处飞溅,雪水从雪堆下面渗入黄色的土地里,洼地里积攒下一洼洼清冷冷的雪水,早上又结成一层薄薄的冰,中午在毒辣的太阳照射下,大堆大堆的积雪下面流淌出潺潺的小溪,瞬间,溪流是那么迅猛。田野蒸腾起白色烟雾,烟雾遮盖了远方的苍穹,蔚为壮观。碧青、神奇的麦子,勇敢地挺起胸膛,经过一冬的睡眠,霎时,睁开蒙眬的睡眼,好奇地打量着这个新奇而又神秘的人世间。道路上一汪汪的溪水像是到处乱闯的牛犊,这些鲁莽的牛犊一个劲儿地四处奔跑。广袤的黄淮平原、一望无际的田野、一丛丛密植的小树林尽情地吮吸甘甜的冰水，那些喝饱雪水的小树苗东倒西歪的样子像是站不稳当的醉汉。黄昏时候，喧闹寂静下来，大地上，所有生灵仿佛一下子坠入梦乡，夕阳染红了西边天际，小树林里好似燃烧起来一团团夕阳的篝火，又像是回荡着迷离的挽歌……喝足了雪水的黄土地像是醉醺醺的农民，在一片片低洼的黄土地表面遗留下犹如啤酒泡沫一样肮脏的污迹。大街上、小路上，满是黄色的泥浆，节日期间，一个个农民都穿着低腰或者长筒胶鞋去看望亲戚，拜访朋友。

当时，人们都认为祖父能够度过这次严寒，可是就在阴历初八这天晚上，天空又下了一场暴雪，就是在这天晚上，祖父悄然撒手人寰……

初九这天，北辰刚刚起床，不知为什么，今天他想早些叫醒祖父，可是不管他如何叫喊，祖父已经长眠不醒，这位老人走完了他人生最后的艰难历程，去到了西方极乐世界，他是睁着眼睛、看着这个世界离开人世间的。

4

埋葬祖父之后，北辰把祖父的房子和厨房旧物清除干净，用他从窑厂借来的红砖又建了一小间红砖蓝瓦房，这一间红砖蓝瓦房同那两小间蓝砖瓦房形成鲜明对比，这三小间房子虽说是一个整体，却形成了不同时期、不同式样的建筑风格。他把被暴风雪吹送到遥远的田野里、水洼里还能利用的水泥瓦捡拾回来，又用旧砖头在三间小瓦房尽头修建了一小间厨房。同时他必须把厨房东边的深坑，还有前院的大片洼地填平，他还得把篱笆墙编织起来。河滩里到处都是粗大的柳树，他得爬到大树上把多余的树杈砍下来，但是砍伐柳树上多余的树杈要做到悄无人知，不然河务段管理人员要抓人、要罚款。拉土垫院子，他必须利用课余时间，最好是星期天，但是砍伐树杈必须是夜晚……他终于把院子垫了起来，又把篱笆墙编扎起来，这又像一个家了。虽说在河流南岸就他们这一户孤零零的人家，但这使郭北辰老师颇有成就感。最后他又用泥土掺上麦草把猪圈垒起来，又用老砖修建起一个干干净净的厕所，还在院子里栽上果树，有石榴树、梨树，还有枣树、柿子树，又种上几株葡萄……遗憾的是，因为河流南岸独此一家，电工不可能因为一家人栽电线杆、架设电线，没有线路，用不上电，他们一家人只得过着像是原始人一样的生活，所以只有用柴油灯照明，而用蜡烛照明太浪费，当他阅读完一整夜书籍之后，他满脸、满鼻孔都是油烟，有时候一不小心还会烧焦头发，他因为阅读时间太久，打瞌睡烧焦头发的事时常发生，但这都是没有办法的事情。

有一天他请一位泥水匠砌成了节柴灶，他们终于不再使用风箱做饭，只要划燃火柴，然后燃烧一把麦秸，再把玉米秸秆引着，顷刻间柴火就能熊熊燃烧起来，原来泥瓦匠把出烟道改造后，在厨房外面用旧墙砖建造了一个高高的烟囱，这个烟囱比风箱还管用,每当母亲早起做饭时,烟囱里就会冒出缕缕青烟,远远望去,这一缕青烟,在朝霞映衬之下,像是一幅水墨画一样悬挂在半空之中。凡事都是这么简单,但是改进和创造却是十分艰难,从古至今,要经历多少岁月,人类才能远离愚昧,历史前进的步伐像是蜗牛爬行一样缓慢,有心人却一直在砥砺前行……家里的风箱,他舍不得丢弃,更舍不得当木材烧掉,他把风箱珍藏下来,随着住处的不断变迁,那口风箱也不知道被丢弃到了哪儿。可是风箱代表了过去,代表了那个时代,代表了民族艰难创业的发展历程,它是祖祖辈辈农民苦难的象征,也是农耕时代的痛苦回忆,它不仅代表了饥饿、艰难,同时也代表了温暖和朴实……

　　而使北辰最为难的还是吃水问题,他总不能再去村里挑水吃,河水又不能饮用,好在河流北岸有一口废弃老井,这口老井离家并不遥远,自从人们用上压水井后,这口从古至今供给山泉村村民吃水的老井才被废弃。但是井水一直有人饮用,只是一些打不起压井的少数人家才去这口废弃的老井里挑水吃。村子里,有公共压水井,也有几家人合打的压水井,条件好的家庭一家就能打压水井,可是现在北辰搬迁至河流南岸之后,他没钱打压水井,只有加入去废弃的老井那儿挑水吃的行列,只是偌大的村子去老井挑水吃的,只剩下一两户人家。北辰每次去挑水都羞愧不已,何况他必须不间断地经过这座千疮百孔的木板桥,还必须和来来往往的村民擦肩而过,他什么时候才有钱打一眼压水井呢?

第二章　婚姻

1

春天来了，北辰年前在院子里栽种的一小畦蒜苗，不但粗壮肥大，还绿油油的，果树也抽出了新芽，梨树的叶子鲜嫩鲜嫩的，刚种植梨树的时候，母亲说院子里种梨树不吉祥，但是北辰还是种植了一棵梨树；石榴树发出了紫红色的幼芽，远远望去，犹如许多蜜蜂环绕在石榴树周围不停地飞舞、喧闹；柿子树的叶子绿油油的，葡萄也抽出了嫩绿的叶子。篱笆墙上的柳棍、柳枝都抽出了新芽，有的柳芽碧青，有的柳芽嫩黄……在院子里接近篱笆门的南边，他移栽了几棵玫瑰，这几棵玫瑰长势旺盛，枝叶繁茂。

河流两岸柳丝依依，春暖花开，湿润、温暖的季风从南方吹来，小河又一次发出叮咚流水的声音，河水是那么浑浊、激越……村里的农民又把木板桥重新铺上麦草、黄土，然后压实，这座木板桥又一次焕发出青春活力。广袤的黄淮平原上，天空蔚蓝、辽阔，一望无际的麦田是那么碧青。麦苗在春风、雨水的吹拂滋润之下欢快地成长，麦子深深地吮吸着黄褐色的泥土下面肥沃的泥浆，远远地，人们仿佛能够听见麦苗拔节的声音……天气晴朗起来，天空更加蔚蓝、高远，燕子的声音是那么亲昵、和谐，布谷鸟的歌喉既婉转又嘹亮……鱼儿在浑浊的河水里打着水圈，一只乌龟悄悄地爬上岸边，它东张西望一会儿，又不慌不忙地扭动着身子走向满是泥沙的水里……

北辰和母亲依然沉浸在失去老人的伤痛之中，可是春天也带来了喜悦和欢乐……

2

这天，人们刚吃过早饭，而奔富媳妇就一扭一扭地穿行在大街上，不一会儿，她就来到流沙河畔的木板桥头，看样子，她正往河流对岸走去，如果是下地，她家的责任田并不在河流南岸。奔富家虽然居住在南街，可是他家却是东街七队人，也真够奇怪的,也可能因为奔富的母亲和奔富的婶娘矛盾重重的缘故,所以婶娘家选择留在南街三队,而奔富的父母亲赌气加入东街七队。既然她家的土地不在河流南岸,那么这么一大早奔富媳妇来到河流南岸干什么呢?看样子她是去北辰家,可是一般情况之下,没有人愿意去北辰家。谁会去他家呢?他们家只有一个古里古怪的老婆子,还有一个年近三十,又不婚不娶的光棍汉子,还是那么贫穷的一个家庭,谁会搭理他们呢?在山泉村村民眼里,他们家算是完啦,而奔富媳妇却固执己见地向他们家走去,她有什么神秘的使命?可是世事瞬息多变,风云变幻莫测,好运来了却是谁也阻挡不住呢!十年河东,又十年河西。北辰经过那么多年的等待、沉寂之后,风水也应该来到他家了吧?大概是这一家烧了高香,菩萨保佑。他们家大概要鸿运当头了。奔富媳妇又瘦又高,非常孱弱,一副病恹恹的样子,她实在没有力气一口气走到郭北辰老师家的院子里,她需要不时坐下来休息一会儿,这会儿她正在木板桥上休息呢。浑浊的河水从上游不经意地流淌过来,又向下游追逐而去,真是来也匆匆,去也匆匆,欢快的河水像是快速奔驰的列车,一刻也不停息。而奔富媳妇稍稍恢复体力之后,好不容易从休息的地方站起来,然后又迈着颤巍巍的步子向前走去。她仿佛是靠着屁股的摆动才能行走,她人虽然又瘦又高,臀部却十分肥硕,她走动起来像是带不动巨大的臀部一样,肥硕的臀部老是被远远落在身子后面,而腰身却是那么细瘦,她真的很像一条水蛇爬行在水里。尽管天气早已转暖,她还是害怕寒冷似的,仍然系着原先大概是条暗紫色的破旧顶巾,这条顶巾现在是灰不喇唧的,根本分不清是什么颜色,可是有几块红色油漆非常显眼,说不定是奔富用这条顶巾擦拭过红色漆料,也说不定是孩子恶作剧的产物,况且顶巾上那几块红色漆料在她额头上方耸立很高,奔富媳妇像是一只芦花母鸡那样,那几块红色漆料像是母鸡头上的鸡冠呢。大概是因为营养不良的缘故吧,她整日病恹恹地躺在家里,没有食物,也没有药,如果没有重大事情,她是不会走出家门的。

她的脸庞是那么窄小,眼睛又大又无辜,鼻子尖细、高耸,不过鼻头却很大,嘴巴尖小,几乎没有下巴,说话不清不楚的,谁也不知道她到底在说些什么,何况她的鼻音很重,声音又十分尖细,而喉咙里还像是有一颗咽不下去的核桃,所以一说话呜里哇啦的非常难听。可是大家都知道奔富媳妇是位好心人,到处去给别人说媒,她说媒纯粹是尽义务,向来不收取礼金,也很少接受别人的馈赠,当时农村说媒还不时兴收受礼金,也没有婚姻介绍所,撮合婚姻大事大都是尽义务,只是她很少能把事情说成功,尽管这样,她还是乐此不疲。这天是星期天,而郭北辰老师正在家里看书,母亲大概是到田地里转悠去了,她实在是闲不住,实在放心不下田地,田地里哪怕只有一棵小草,她也得拔除干净。随着篱笆门吱扭吱扭几声响,院子里响起了轻微而又尖厉、含糊的说话声:

"家里有人吗?"

是奔富媳妇不清不楚的声音,声音虽说尖厉却很微弱,她有气无力的,像是已经很久没有吃饭了,这不知是第几遍问家里有人吗。

"北辰在家吗?北辰呢?北辰呀……"她喊叫着,这一次尖叫的声音却是十分清晰。

北辰正在阅读《约翰·克利斯朵夫》,他已经是第四遍阅读这部伟大的著作了,他对小说中的主人公是那么向往和仰慕,他阅读得那么投入、激动,想象着安多纳德的温厚、虔诚、贞洁、无私……想象着她也是执着地爱着约翰·克利斯朵夫,可是……北辰不禁热血沸腾起来……所以即使奔富媳妇再怎么叫喊,他是什么也听不到的。这时候,他才稍稍回过神来,又一次从虚幻的世界回到现实。

"屋门半开着,屋里肯定有人。"她又一次嘟嘟囔囔说着什么。

如果不是她推门走进屋里,他根本不知道奔富媳妇已经来了许久了。其实他并不在屋里,而是在院子的东北角,这个地方房屋恰巧遮住身子,他在屋子东北角临近矮篱笆墙的地方看书呢。

"还是没有人,不知人都死哪啦?"奔富媳妇一看屋里没人,就开始叫骂起来,正说往回走。而这时北辰听见推门声后,也往屋里走去。

"奔富嫂子,这么清闲?"当他急忙回到屋里,却迎面碰见奔富媳妇,于是他吃惊地问她道,因为她很少来这儿,她大概是寻找母亲有事吧?但是母亲又不在家,他只有解释说,"我妈不在家。"

"我是来找你的。"她像是一只饶舌的鸽子一样咕咕噜噜地说。

"找我的?什么事情,嫂子?"北辰听说是找他的,诧异之余,赶紧给她让座。

"我是来说媒的,你看夏家淑丽怎么样?"奔富媳妇并不落座,可能是因为怕万一坐下来,她颤巍巍的身子再也站不起来了,但是她还是把来意表达清楚,说完话之后,她如释重负地喘了一口气。

"谁?"北辰想到奔富嫂子可能说的是另外一位姑娘吧?他实在不知道夏家还有一位叫作淑丽的姑娘,他只知道夏家有富丽、美丽两位姑娘,什么时候又多出一位淑丽姑娘呢?于是他惊奇地问她道。

"夏家三姑娘——夏淑丽。"她不得不给他解释道。

"我不认识她,嫂子,啊,是一位叫淑丽的姑娘?"北辰越听越糊涂起来,"夏家只有富丽、美丽两位姑娘啊……何况她们都已经出嫁啦……怎么?哦,淑丽姑娘……她怎么会是夏家三姑娘呢?"

"小时候,她在老家上学,现在高中毕业了,在帮助家里干农活呢。"她非常骄傲地说道。

人们都知道夏家是外来户,都说老夏家是从山西运城来的,还有人说老夏家是晋商,却很少有人说起少掌柜是哪里人。但是知道底细的人说他是外来的孩子,当初这个来路不明的孩子已经老大不小了,只是过去很长时间,山泉村人才知道他的来历。老掌柜已经不在人世,他做糕点的手艺是闻名遐迩的,新中国成立前,他是平原一带有名的大地主、大资本家，不但土地多，而且生意兴隆，夏家生意有酒坊、染坊、酱菜作坊、糕点铺、当铺……糕点铺生意特别兴隆，老夏家点心是远近闻名的，什么钉锤糖果、鸡蛋糕、茯苓糕、红白月饼、桃酥、玫瑰饼……不仅色香味俱全，还实惠。当年夏家大奶奶长得可谓是小巧玲珑、风流俊俏，她平时很少兜揽生意，而是掌管银柜，她一旦在柜台前面招揽顾客，做买卖的和一门心思一睹芳容的看客就会蜂拥而至。老掌柜是夏家的大儿子，只是后来夏老掌柜去世之后，人们才偶尔称呼大掌柜为老掌柜，其实他是夏家大掌柜。夏家生意是经他发展起来的，父亲是个小买卖人，很早之前，他从外省辗转来到山泉村，租赁下十字街口东五十米路南两间门面房，一直不温不火地做糕点生意，到大掌柜这一代，生意却像滚雪球一样越做越大。自从他成家以后，夫妻二人一个主外，一个主内，他们的生意红火起来，简直如日中天……不久，他们就成为方圆几十里内屈指可数的大地主、大资本家。山泉村很多人已经记不起夏家老掌柜长什么样子，但是大掌柜却是无人不知、无人不晓，他长得挺拔、威武，短头发像是硬毛刷那样根根倒竖，一双豹子眼睛既威严又饱含恻隐，眉毛浓密、宽长，鼻梁高耸、挺直，宽阔的下巴上布满密密匝匝的短胡须，这所有一切，都使他显得深沉、威严、仁慈。他外号夏大善人，颇受伙计、佃农、下人信赖和敬重。新中国成立后，尽管他是大地主、大资本家，但因为没有民愤，所以斗他斗得并不凶残，而且还有很多人尽力袒护他，可是他依然觉得抬不起头来，整日蜗居在家，以教街坊邻里的孩子打算盘和练习毛笔字为乐事，数十年过去了，他已经是耄耋之年，脾性越来越顺和，整日一副慵懒、与世无争的样子……开始身子骨还算硬朗，脊梁挺直，身躯依然高大、魁梧，曾经的岁月并不曾遗留下创伤和遗憾。前几年，刚时兴做生意，老掌柜又把生意做得红红火火，别人都以为老掌柜依然能够把失去的一切挣回来，都以为他雄心不死、宝刀未老，都以为他会东山再起……而他不知因为什么却溘然辞世了，很可能是因为属于他的那个时代已经过去，一去不再复返。夏家大少奶奶还健在，北辰小时候，她总是饲养几只洁净的羔羊，还有一只高大种羊，他们家的粪堆又圆又高大，粪堆周围还用厚重的旧砖砌起来，院子里打扫得干干净净，规矩、整洁，为此，北辰羡慕得不得了，为什么他们家那么干净，而自己家那么凌乱呢？后来才知道，她原来是大地主、大资本家夏家掌柜的遗孀，正是人们传说之中的夏家大少奶奶。现在这个时候，夏家大少奶奶像是没有遭受变故和霉运似的，尽管背有点驼，而肤色仍然洁白，鸭蛋脸上那一双淡蓝色的眼睛好似依然闪烁着昔日的妩媚、风流，尖尖的下巴还是那么娇贵，那一双眼睛里偶尔还会流露出些许无奈和惆怅，风韵不再的小嘴巴也不时发出几声叹息……她像是并没有因为失去什么而备受煎熬，反而因为没有了繁重劳动和巨大财富，而变得轻松自在起来，虽然日子清苦，却再也不用担心、受怕，再不会有那么多纷争、倾轧，再不会有那么多烦忧和折磨，财产被村民分享了，土地被村民耕种了，庞大的夏家大院被拆除的拆除，被瓜分的瓜分，被占有的占有……老掌柜没有子嗣，当年收留了一位逃荒人家的孩子,这就是少掌柜,少掌柜当时已经十二岁,他经历过瞬间鼎盛和突然衰败……前些年老两口总是给村里做义工,有时还要挨批斗、游街,山泉学校的学生来到村委大院忆苦思甜时,他们还要充当反面教材。

可是现在已经是新时代,夏家的生意似乎又红火起来。

"北辰,有时间,你们见一面吧?"临走时,奔富嫂子又一次嘀咕道,已经走大老远了,最后,她又回过头来说,"要不明天中午也行……"

虽然北辰过日子稀里糊涂,但是这一次他还是清楚地记忆下来,出于好奇,他真的想去见见夏家这位三姑娘。

第二天上午,他上完第二节课,然后向校长请了假,就直接来到奔富嫂子家里。

奔富嫂子居住在新中国成立前父辈遗留下来的几间旧瓦房里,但是他们家临街门台却特别陡,从街道上走到她家屋里,需要登上一二十个台阶,这些台阶上的砖已经十分老旧,这些旧砖早已污迹斑斑,可是这些老年砖又方正又瓷实,这几间老房子简直是另类,或者说非常特别,从远处看旧瓦房非常高大、挺拔,其实来到屋里,这四间破旧的门面房却十分低矮,不但低矮,房间还很窄小。新中国成立前,奔富家虽然不是富贵之家,奔富的爷爷赵虎却是恶霸,刚刚新中国成立,他就被镇压了。开始北辰以为奔富没有父亲,后来才知道他父亲一直给生产队看杏园。一个偶然机会,北辰和兴旺去七队杏园里游玩,兴旺是奔富的弟弟,也可能两个孩子想偷食杏子了,远远地,父亲并不知道这两个孩子之中有兴旺,所以他大老远就不停地恐吓、威胁他们,他越来越近了,北辰想逃走,而兴旺一动不动,北辰也突然变得勇敢起来,不然怎么算讲义气呢?尽管他也是心惊胆战的。但是对方走近一看,才知道有兴旺,他不但不再凶恶地高声叫骂,还顷刻变得和善起来,这使北辰非常奇怪……这个看守杏林的人本来恶狠狠的一张黄脸,这时候却慈祥地看着兴旺,兴旺当时羞愧地低垂着头……这个怪老头一言不发地走了,北辰非常奇怪地问他,他才说那是他父亲,那一天的杏子真的非常甘甜……不过,从此以后,他才知道原来他们也有父亲,可是不久他们的父亲却吊死在杏园一棵桑树枝上,谁也不说死因,像是谁也不知道他去了哪里,还一直在看守杏园一样。但是奔富哥哥的母亲并不省事,还好斗。她非常矮小,黑黝黝的小脸蛋,尖尖的小嘴巴,一双斗鸡眼非常固执、倔强,她真像一只斗鸡。奔富的叔叔之前是生产队的仓库管理员,而他的老婆更像是一架战斗机(鸡),但是人们却叫她小脚,小脚是有名的三寸金莲,走起路来,像是春风摆柳……小脚没有儿子,她抱养了亲侄子,他叫赵来福……老弟兄俩分家时,哥哥分到门面房四间,在前院,而弟弟分到后宅五间旧瓦房,偌大一处院子,他们从中间一分为二,院子中间是一堵低矮的旧砖墙,可是这堵旧砖墙并不能阻挡两家的贪欲和纷争……奔富和兴旺上边是几位姐姐,他们小的时候,来福已经长大成人了,因为争执宅子边界,斗鸡和战斗机(鸡)往往撕咬得头破血流,而来福总要帮助姑姑,为此斗鸡吃尽了苦头,但是奔富和兴旺长大以后,来福时常挨揍,为此来福已经领着孩子、老婆回老家居住……现在奔富的母亲也随兴旺搬至东街居住了,可是战斗机(鸡)却消停不下来,她仍然不间断地狂轰滥炸,不是和东家吵架,就是和西家闹别扭,但是吃亏的都是她。可是今天倒是清静,奔富哥哥不在家,家里只有奔富嫂子和孩子,而小脚也应该是下地还没有回来。

夏淑丽还没有到来,他等待了一会儿,这时候,有一位陌生姑娘敲响门环之后柔声喊道:"奔富嫂子,嫂子,在家吗?"

不等有人把门打开,来人就推开虚掩的老双扇木门走进来,他赶紧迎上前去,来人是位高个子姑娘,长得并不秀丽,却很健壮,她见到北辰,一时腼腆起来,这时,奔富嫂子赶忙给她让座,并指着她给北辰介绍说:"这就是夏淑丽姑娘……"

她又指着北辰给夏淑丽介绍道:"这是北辰……"

她听到介绍,抬眼看北辰一眼,于是怯生生地坐在身旁一张小床沿上,这时奔富嫂子借故躲藏起来,北辰则坐在对面另一张硬床上。他们都沉默着,谁也不敢贸然说话,唯恐谁先说话,对方就会消失一样。这个时候,他才仔细地端详她,她低垂着眼睛,文静,端庄大方,而且表情严肃,尽管她不是他理想中的姑娘,但可以看出,她正是他要求的另一类姑娘,她朴实,不崇尚奢华,不矫揉造作,与其说是一位执着、倔强的女人,不如说是一位执拗的小姑娘。她有一头乌黑、浓密的齐耳短发,头发并不飘逸,头发边缘还很僵硬、沉重似的,颧骨宽大而眼睛迷蒙,鼻梁扭曲,鼻头却还端正,尖尖的小嘴巴显得非常有个性,右嘴角上边那颗不大不小的黑痣,不但明显,尤其显得神经质。当他看到她上嘴角两边各有一小撮淡黄颜色的唇髭时,他猛然对她产生一种厌恶之感……但是牙齿还算整洁,圆圆的下唇……整个来讲,她不算妩媚,也不秀气,皮肤也不细腻,不但不细腻,还有些粗糙,皮肤是一种淡淡的乳白色。可他还是被她少女清新淡雅的气息强烈地吸引了……他竟然感到十分满意。她即刻成了他的意中人,她轻轻地说了句什么话语,他迷迷糊糊地听说她好像是刚刚高中毕业,不知因为什么却没有领到高中毕业证。而她最后这句模糊不清的话语,他并没有听清楚,他只知道她是他失恋这些年来,接触到的第一位有涵养、内敛,而又文静的女性,她像是一块磁石一样深深地吸引着他,她又像是他生命的某一部分,是他命中注定的女人,这就是缘分,他们并没有过多地交谈,只是觉得糊糊涂涂就离开了。

3

不知因为什么，夏淑丽总是吸引着他，她的温柔、固执、古怪，所有这一切都使他着迷，使他不能忘怀……开始他们只是泛泛之交，但是时间一长，彼此之间也就难以淡忘了……

这天中午放学之后，郭北辰正匆忙地走在回家的路上，他马上就要路过十字街口，这时却猛然听见背后有人叫他。

"北辰……"

原来是小时候两位老同学——尚建彬和张家庆。当初，尚建彬是班上的尖子生，最后，却只考上了普通高中，高中毕业后，他以到处打零工为生，现在居然在这儿碰见他。他非常彪悍，头发又细又黄地蜷曲在前额，咄咄逼人的三角眼里，闪射着凶狠的光芒，他几乎没有鼻梁，却有一个肉墩墩的大红鼻头，大红鼻头上像是没有鼻孔，说话时，他总是不停地喘气……他的脾气非常暴躁，平时爱逞强斗狠，为人仗义。而张家庆高大、肥胖，有些笨拙，左眼角旁边有一块像是一文钱硬币大小的朱砂色胎记，为此，他看人的时候很不自然，也可能是因为这块朱砂色胎记影响视力，所以眼睛像是有些弱视，让人觉得他的视力不很正常，可是这块胎记却使他富有心机，在北辰看来他为人还算憨厚，只是爱贪占小便宜。

尚建彬和张家庆两人正说找地方喝啤酒，刚好碰见郭北辰，他们来到一家小酒馆。这家小酒馆刚刚购进一台新啤酒柜，啤酒柜像是个大立柜那样站立在那儿，啤酒柜里面售卖黄澄澄的新鲜啤酒，既冰凉又甘甜，让人垂涎欲滴。他们要了四个菜，油炸花生和茴香豆，黄瓜变蛋和猪下水拼盘。他们又要了十斤散啤酒，农村也是刚刚时兴喝啤酒，很多人不知道啤酒厉害，光知道啤酒好喝，喝一斤、二斤、三斤……像是喝凉水一样。所以他们用大碗把啤酒一碗碗灌到肚子里，开始总觉得啤酒不醉人，但必须不时去厕所小便，十斤啤酒很快就被喝光了，喝十斤，又喝十斤，再喝十斤……他们喝的啤酒实在太多了，最后也不知道喝了多少斤散啤酒，他们三人喝酒中间没有一人外出小便，因为谁要是外出小便，就会被其他两位看不起……天下没有不散的筵席，都已经喝醉了，这时候，还稍稍有一些理智，他们正说离去，酒馆恰巧又进来两个人：一位是老七，另一位叫九斤。他俩都是惯偷。他们同属一个偷盗团伙，这伙人，开始偷盗，现在拐卖妇女、儿童，据知情人士透露，他们不时诱奸妇女，还逼良为娼……他俩是头人。而且他们的盗窃手段十分现代化，有许多现代化的作案工具：对讲机、摩托车，还有警棒、手枪、手雷……他们不断把村民饲养的牛羊骡马偷走，把农村还相当稀少、珍贵的三轮车、四轮车盗走……其实老七还是刚刚成年不久的孩子，不过他已经是老江湖了，他自从小学二年级失学以后，就在道上混，而九斤却是亡命江湖的匪盗。他们为害一方，而且胆子越来越大，越来越猖獗，现在他们甚至还充当杀手……这两个人都有命案在身，公安人员早已在通缉他们，但现在他们却像是幽灵一样，不知从哪儿冒了出来。老七高挑个儿,油亮的烫发卷儿在他头部的四周像是麻花卷一样倒挂下来,瘦窄脸,不过脸很长,眼睛凶残又狡猾,鼻子粗大,嘴巴宽阔,坚硬的下巴上有一道斜长的疤痕,而九斤有些矮胖,长得很黑,像是个车轴汉子,可是他力大无穷,一般人不是他的对手,他心狠手辣,为了利益,不顾一切。

这俩人一看,他们三人已经大醉,便扭头走了出去。

"老七刚才骂你呢……"他们刚走出小酒馆,尚建彬挑唆北辰说。

"骂我?凭什么骂我?怎么骂?"郭北辰有些恼怒地说。

"他骂郭北辰算个球!"尚建彬煞有介事地说。

"我好像也听见了。"张家庆附和说。

"谁骂的?"北辰的肺就要气炸了。

"是老七。"尚建彬含含糊糊地说。

"好像是……"张家庆又一次附和道。

北辰大概喝醉了,他那么要强,已经说不清喝了多少啤酒,正值头昏脑涨之际,听说有人辱骂他,不禁恼羞成怒,他猛然站起来,冲出酒馆大门,紧跑几步,撵上老七和九斤,他还揪住老七的衣服领子,并且大声辱骂他道:"老七,你算个毛……"

他一面推搡老七,还一面拍打他的胸膛。老七愣住了,他本来想还手,可是他还是冷静下来,他知道北辰喝多了。按说他们俩还是表亲,他们的祖母是亲姊妹呢,真不应该发生这样的过激行为,何况北辰是表兄。

"北辰哥哥,你喝醉啦,今天我不怪你,你也不用逞英雄……"老七恐吓他说。

他俩僵持了一会儿,九斤也知道他俩是亲戚,所以把他俩给劝开了。也可能是因为亲戚关系,老七十分敬重北辰,也可能是北辰的气势把老七镇住了,郭北辰高大健壮,又力大无比,在酒精的刺激下,他又表现出一副不要命的架势。这时,尚建彬和张家庆也及时拉住他,顿时,一场恶斗止息了,霎时之间,他似乎清醒了许多,于是他就骂骂咧咧地离开酒馆,不知道是怎么来到学校的,也不知道是怎么回到寝室的,更不知道酒账是谁结算的,他一回到学校寝室,既顾不上批改作业,也顾不了上课,更不用说请假,而是倒头便睡,他已经失去了知觉……

半夜醒来,北辰仍然觉得四肢酸软无力,而且头疼得厉害,他想站起来,可是身子轻飘飘的,怎么也站不起来。这时他猛然发现身旁坐着一个人,还是一位姑娘。哦?原来是夏淑丽,她怎么会在这儿?原来是她听说今天下午发生的事情,她恐怕他有什么不测,才一直陪伴他来到学校,又来到寝室,等他睡下之后,她一直陪伴着他,真是太难为她了。后来,她还说他刚刚离开酒馆,老七的几个哥哥拿着凶器赶到现场,如果不是被别人拦下,恐怕要发生血案……原来竟然是这样。

"以后,千万不能喝那么多酒啦!"最后,夏淑丽劝说他道。北辰正要回答她的劝说,这时,他听见寝室里有人在激烈地争吵,而且伴随着噼里啪啦的打斗声音,这时候,北辰发现他并没有睡在寝室里面,而是躺在平房外面的走廊里,身子下面是平时床上铺的凉席,他怎么会睡在平房外面的走廊上呢?

"我怎么会睡在这儿呢?"他疑惑地询问她道。

"赵老师的爱人在屋里,天黑之后,我不得不把你叫醒……"夏淑丽解释道。

"我醉得一塌糊涂,什么都不记得啦。"北辰解嘲似的说道。

北辰和赵凤生一个寝室,他的爱人住在学校,北辰自然要找地方睡。赵凤生和马小莉已经停止了打斗,但是仍然在大吵大闹,他们因为什么吵闹不休呢? 在这夜深人静的学校后院,争吵声音尤为尖厉、刺耳。北辰这才真正明白过来,他为什么这么晚还睡在寝室外面走廊里,肯定是淑丽以为他同赵凤生夫妇睡在一间屋子里不合适,这才让北辰睡在屋子外面走廊上的。

赵凤生老师和北辰住在一间寝室,他们是学校里最要好的朋友,又教一个班级,北辰教语文,赵凤生教数学。淑丽说赵凤生还是她的数学老师呢。这一学期,因为扩招,又因为学校办公、住宿条件十分紧张,所以寝室又成为办公室,赵凤生和北辰只有合屋办公。赵凤生的妻子已经住校很长时间,在这段时间里,北辰一直居住在家,可是每天上班时间,北辰必须面对他们夫妻二人,如果他去上课,他们就厮守在一起,如果赵凤生去上课,北辰就得和马小莉共处一室,刚开始他们都不适应,可是时间长久,北辰和小莉之间似乎产生了一种依恋。他们接近得很突然……小莉的父亲在县城工作,所以他们家早已从农村迁至县城,而小莉却在待业,赵凤生自从师范毕业以后,一直努力往县城调动工作,可是始终没有成功,小莉只有来这儿俯就他,为此小莉父母非常着急,小莉和赵凤生之间也是龃龉不断。她是家里的大孩子,所以父母非常疼爱她,这就养成了她任性、恣肆,甚至刁蛮、乖戾的性格。况且她又是兄弟姊妹之中最靓丽、娇气的一个孩子,她的确长得非同一般,高高的个子,非常丰满,而肌肤如同凝脂那样洁白,秀发虽然有些稀疏,却那么润贴,这愈发使她的脸颊饱满、娇贵,如果颧骨再宽些,眼睛就会更加妩媚和多情,她的牙齿洁白,圆润的下巴还突出个小尖尖,这使她非常性感,这就够了,她简直美丽得不可方物,如果不是矫揉造作、爱慕虚荣,又任性刁蛮的话,她简直是一位天使。

有一次,赵凤生去上课,屋里又剩下他们两个,北辰刚刚批改完学生日记,他想修改刚刚编辑成册的诗歌,却怎么也找不到那本诗集,于是他顿时慌乱不已,就不断翻找起来,很快办公桌上、抽斗里,他全部寻找一遍,没有,怎么也找不到那本诗集,这可是他几年以来辛苦创作的结晶,也是他废寝忘食地阅读、呕心沥血地创作的成果,他没有理由失去它们,也不能失去它们,如果失去,他毋宁失去生命……所以他惊慌失措起来,霎时之间,他汗流满面,甚至眼泪都流了出来,他又开始在床铺上面搜寻,他把被子抖擞数遍,接着他翻腾被子下面的凉席,没有,还是没有,最后他不得不爬到硬床下面,或许床下面能够找到他视为生命的那本诗集,可是依然一无所得。

"找什么呢,北辰?"小莉有些感冒,吃过药,不知什么时候躺在床上睡着了,这时她听见他翻找东西的声音,于是悠悠醒来,当她看见北辰灰头土脸地从床下面钻出来,不禁诧异地问道。

"诗集不见啦……那可是我……"北辰几乎哽咽地说。

"在这儿,我闲着没事翻翻,在这儿,我的大诗人!小莉匆忙从被窝里抽出那本诗集,然后腼腆地说道。

"啊,小莉……小莉……"北辰激动得几乎说不出话来,他还是喊道,"找到了,终于找到了,谢谢您,谢谢您!"

"哎哟,哎哟……北辰,疼死啦……松开……"小莉尖叫道,她嗔怪他。

"对不起,对不起……"北辰惊呆啦,原来,他攥紧她的小手,把她攥疼了,于是他赶紧赔不是,可是他又唯恐她受到什么伤害,不由得又安慰她说,"小莉,对不起,还疼吗?"

"没那么严重,看把你吓的……"她娇气地说。说完这句话,她把被子掀开来,然后坐起身,但是她突然惊叫一声,"北辰,哎哟……"

小莉惊叫之后,急忙钻进被窝,原来她吃过药之后,恍惚之间,不知不觉地……刚才她猛然听见北辰翻箱倒柜的声音,她知道那是他视为生命的东西,她是在没有告诉他的情况之下偷看诗集的,所以她唯恐他一时找寻不到着急,在药力的作用之下,她混混沌沌把诗集拿出来,又恍惚之间猛然坐起来……她吃过药之后,居然忘记是在学校,还是在家里。由于药力发作,身体燥热,才糊里糊涂脱下衣服,这时她上身只穿了一件小罩衫,而且罩衫松开了半边,她裸露出洁白的臂膀,因为她和赵凤生结婚好些个年头,却一直没有孩子,所以她的身子还是那么完美。北辰看到这一切,他也是害羞得无地自容,于是他匆忙奔出办公室。

第二次见面,彼此脸颊都羞红得像是雨后彩虹,他们都不敢正视对方,唯恐再有什么羞耻的事情发生。赵凤生和北辰都没有课的时候,北辰坐在办公桌前,一句话都不敢说,他唯恐说错什么话,唯恐把那天的事情不经意说出来,他也不敢看小莉一眼,也唯恐泄露他们之间的秘密,唯恐被赵凤生察觉出什么;而赵凤生去上课的时候,他就躲出去,再不敢和小莉独处一室,他就去其他地方批改作业、备课,有时候他搬一个小凳子坐在教室后面批改作业、备课……但是他和小莉总有独自见面的时刻。

"怎么?北辰,为什么总是躲着我?"有一次,她看看没人就大胆地说。

"没有啊,小莉……"北辰结结巴巴地说。

"为什么不在这儿办公?"她质问他说,"是不是……如果你再不回来办公,我就离开……"

"我……"他无言以对。

从此之后,他不得不又回到寝室兼办公室里来办公,即使回来以后,他也很少说话,很少正眼看小莉一眼,赵凤生去上课的时候,他还是不得不面对她。

"这么大啦,为什么不结婚?"她突然问道。

"和谁结婚呢……"他如实回答她说。

"为什么不找对象?"她好奇地问道。

"找不来。"他只有这样回答。

"瞎说……"她像是恼怒地说道。

"没骗您……"北辰歉疚地说。

"……"

"……"

沉默,无言的沉默……

"北辰,能为我写一首诗歌吗?"这一次,她问的更加突兀。

"不能!"北辰果断地回答说。

"为什么?"她不禁诧异地说道。

"不为什么……"他恬淡地说。

"给我写一首,好吗?"这几日,小莉感冒愈发严重啦,她不断地咳嗽,说话非常吃力,"活着真没意义……"

"不是挺好吗?"他反问道。

"你看不出来吗?"她苦恼地说。

"看出来什么?"他惊奇地问。

"我们之间……"她怨艾地说。

他们已经结婚七八个年头,却始终没有孩子,肯定有原因,可是到底是什么原因呢? 赵凤生和北辰是学校里仅有的两个大专生,教课也都是一把好手。他个子很高,很瘦弱,喜欢穿风衣,尤其是喜欢穿胶泥色的风衣,头发塌染得黑亮,一双温柔而又犹豫的眼睛,鼻梁很高,很挺直,他温文尔雅,只是总爱贪杯,醉酒之后,就歇斯底里地发作一番,很多时间是大哭大叫,好端端的一个人,居然……小莉很能忍耐,别人都以为他们是十分美好的一对夫妻,他们会有什么不和谐呢?

"凤生,他……"有一次,她想对他说什么,可是他等待很长时间,她却什么也没有说出来。

"有什么痛苦,有什么难言之隐,您就说出来。"他开导她道。

"他……"她哽咽道,还是不肯说出来。

"不要有什么顾虑,说吧……"他宽慰她说。

"凤生的……不管用……"她啜泣着说。

"原来是这样……"他彻底明白过来。

除此之外,北辰再没有说一个字,从此以后,北辰很少和她说话,说什么呢? 真的无话可说,但是北辰隐隐约约感到小莉总是脉脉含情地看着他,每当这个时候,他都非常激动,有时候他的情感不能抑制……他和赵凤生是那么要好的同事、朋友,不能,他不能做任何有悖道德的事情,可是他们都在折磨自己……有时候,他非常烦恼,也十分痛苦,他是那么痛恨自己,为什么? 自从小莉说出那件事情之后,他不断想入非非,竟然不断想念起她来,不能,坚决不能,他越是压抑感情,感情越是强烈。有一次,趁赵凤生不在跟前,她居然贴近他,他懵懵懂懂地感知到她的心灵在颤抖……他真想把她拥入怀中,可是他还是战胜了自己……

北辰今天中午喝醉酒,竟然鬼使神差地来到学校,下午,他有没有做出格的事情? 不会,因为淑丽在,如果没有淑丽跟着他,而赵凤生又不在眼前,他肯定会对小莉做出什么越轨的事情,小莉正焦急地等待着暴风雨的到来。

这段时间,凤生和小莉一直争执不下,吵闹不休,北辰一直以为他们是因为他,所以北辰总是躲避他们,后来才知道原来是小莉在家和赵凤生的母亲因为家务事争吵起来,而小莉一怒之下竟然不慎把赵凤生的母亲推倒在地,于是夫妻之间嫌隙顿生。而赵凤生的兄弟赵凤武从外地打工回来,他听说此事,顿时火冒三丈,于是风风火火赶到学校,他揪住她的头发,把尖叫不已的小莉拽倒在地,然后脱下鞋子狠狠抽打她的头颅、臀部,赵凤武破口大骂道:"我让你打俺娘,让你打俺娘……打俺娘……打,打,让你打!"小莉不停扭动着身子,她总想站起来,而赵凤武骑在她的身上,一手抓住她的头发,另外一只手拿着鞋子,不断抽打……她歇斯底里地尖叫不已:"哎呀,打死人啦,哎哟,我的娘啊……"鞋子不停地抽打在小莉的头上、脸上、身上……其他教师唯恐惹祸上身,他们都躲得远远的,赵凤生站在旁边却视而不见,北辰及时赶过来,他把赵凤武拉起来,又把他推出大门之外,然后,他骂他道:"滚!"赵凤武滚蛋之后,小莉一直哭闹了几天……他们夫妻的感情像是更加疏远啦。

"滚!"小莉尖叫道,这一声尖叫像是小猴子受到生命威胁时的那种尖叫。

"你滚!"赵凤生像是猛虎一样吼叫道。

屋子里,他们叫喊过后,接着又是一阵噼里啪啦乱响,然后赵凤生拉着凉席、挟着被子从屋里滚出来,他像是非常愤怒,又十分焦躁,但是他还是大骂着走远了,北辰看见他走到很远的地方,大概是一个空落的地方,把凉席、被子朝地下一掷,然后身子像是谷个倒地一样倒了下去。

今天夜里,刚刚开始他们彼此压抑着声音,还唯恐北辰和淑丽听到,唯恐其他同事听到,唯恐影响他人休息,但是争吵时间一长,双方便不再顾忌,于是他们不停对骂,然后对打,打过以后就砸,然后他赌气去到遥远的地方休息去了,剩下小莉一个人在屋里哭泣。北辰想去安慰她,淑丽坚决不同意,小莉的哭声越来越小,直至停止哭闹。北辰以为她已经睡着了,可是时间不长,她竟然衣衫不整地来到北辰身边,而且一屁股蹲下来,当她蓦然发现淑丽陪伴着北辰时,小莉又匆忙离开了他们,小莉可能以为淑丽早已回家,她哪里知道淑丽一直没有离开北辰。从此,淑丽总是以为他和小莉之间发生过龌龊的事情,为此他们还争吵过。

　　小莉下决心非让赵凤生在县城购买房子不可,这样她就能够居住在自己而不是父母家里,可是在县城买房,赵凤生拿不出钱来,于是小莉就让他出售老家的房产,老家的房子是父母建造的,他说什么也不出售祖业,于是两个人的分歧更大,没有办法,赵凤生主动提出离婚,而小莉欣然接受。

　　"凤生,你在这儿干什么?"有一天北辰去高山镇派出所补办身份证,路过法庭门口,恰巧碰见赵凤生,他手里还拿着几张信纸,于是北辰诧异地问他道:"怎么,手里还带几张信纸。"

　　"我和小莉要离婚啦。"赵凤生苦涩地笑笑说。

　　"怎么可能呢?"北辰怀疑地说。

　　"这是……"赵凤生把手里的信纸递给他,他难过得几乎说不出话来。

　　"凤生,你们怎么走到这一步……"北辰接过信纸,看了开头的标题,又看看最后落款,看看日期,然后他又把离婚协议书递给他,他不无伤感地说。

　　"造化弄人……"赵凤生的脸颊像是扭曲着,他痛苦异常地说。

　　"小莉呢?"北辰想问问她在哪儿。

　　"在法庭……"他难过地回答他道。

　　北辰唯恐碰见小莉,所以他借口说有重要的事情要办,于是就慌张地离开了赵凤生。暑假过后,他调离高山镇第三初级中学,从此他们虽然近在咫尺,又像是天各一方……

　　夜深了,淑丽想走,而他醉得一塌糊涂,又站不起来送她回家,一个小姑娘家也不敢在夜深人静时只身回家,只有等待天明……北辰一直想回到寝室休息。

　　"寝室里就小莉一个人,赵老师又不在寝室,你醉成这个样子,怎么说回寝室就回寝室呢?"淑丽坚决不同意北辰回寝室休息。

　　"淑丽,咱们不能一直在寝室外面休息,我想回床上休息。"过了一会儿,北辰又旧话重提。

　　"如果你想回床上休息,你自己回去,我不回去,做人要有底线……"淑丽愤怒地说道。

　　淑丽的态度这么坚决,北辰只有闷声不吭,但是从此以后,他再没有睡着……第二天,正好是星期天,他们早就约好,要在这个星期天进城去,他想给淑丽买件衣服表示心意,他们结识这么长时间,因为贫穷,他还没有给淑丽买过一丁点东西。黎明时,他才发现衬衫在昨天的撕扯中烂掉了,一只袖子没有了,前襟也撕烂了,裤子几个地方开裂,也不能再穿。北辰先让淑丽在大街上等待汽车,他必须赶在汽车到来之前奔跑回家,换身干净衣服,慌乱之下,却什么也没有找到,其实除去身上这身,他已经没有多余的衣服,情急之下,他只穿了一条粗棉布衬裤,又不得不拼命地奔跑回来,因为不能让汽车等待他,车上那么多乡亲,何况发车是有时间节点的……怎么办呢? 他们反正要去淮河市购买衣服,而炎热的夏季即将来临了,不如去城市买件背心、短裤穿上，尽管现在还不是穿背心、短裤的季节，但是今年迟早要买背心、短裤的。况且，身上这身破烂衣服不能再穿。可是没有上衣怎么去坐车呢？车上的人，有男有女、有老有少，又大都是山泉村的熟人，有些还可能是女同事，也可能有学生，甚至是女学生，何况还有淑丽跟着，他已经顾不了那么多啦，只有硬着头皮去搭乘汽车，浑身上下就穿这么一条粗棉布衬裤……幸亏跑回来得及时，汽车已经在蠢蠢欲动了，而淑丽正在焦急等待……他只有闷声不吭、羞惭满面地走上公交汽车，坐在淑丽给他预留的位置上，好丢人啊！好在，他还有一点金钱，这也是家里仅有的积蓄……可是车里人看到郭北辰老师这种狼狈相，有的人鄙夷不屑，有的人挤眉弄眼，有的人诧异莫名，有几个女生害羞地把脸埋进臂弯里，还有一些熟人哄然大笑起来，他们的公然羞辱真让人羞愧难当啊！

他们终于来到市内，汽车一到站，他就匆忙奔下车去，汽车从山泉村来到城市这段时间，他饱受折磨……他可是一名教师啊！他赤裸上身去乘坐公交汽车，而且居然带着淑丽。现在他二话不说，就直奔自由市场而去，淑丽在后面远远地跟着他，北辰一下子撇下她那么远，所以他不得不停下来等她。"啊，今天太丢人啦，淑丽……"北辰等到淑丽气喘吁吁走近身旁，他自我解嘲地说道。

"这有什么呢？北辰，这可不叫丢人，这多光荣呢！以后再多喝醉酒几回就是啦。"淑丽挖苦他说。

"淑丽，淑丽啊，不要连挖苦带讽刺的……我知道错了，还不行吗？"北辰承认错误道。

"你也知道错啊……"淑丽想笑笑，可是她却委屈地哭泣起来。

"淑丽，你……我会……"北辰想表白什么，可是他什么也没有说出来。

"这才叫丢人现眼呢，才叫丢死人呢，才叫空前绝后的大出丑呢……"淑丽哭泣一会儿，最后止住哭泣，又很快破涕为笑了。

他们不久就来到卖衣服的自由市场，他想先给淑丽买件衣服，可是淑丽说什么也不同意，她非要让北辰先买不可。在这种情况下，北辰相中了一件黑色短袖背心，匆忙之下，也不问价格，就慌忙穿在身上，羞耻心已经使他顾不了那么多了，他正迫切需要穿一件上衣呢。

"多少钱一件？"北辰看看大小胖瘦都合适，于是他向卖主咨询价格道。

"五块。"卖衣服的是一位高个子黑脸老女人，她看见北辰只穿一条粗布衬裤，上身却没有穿衣服，身旁还站着一位腼腆的小姑娘，她可能是他的女友吧？又高又胖的黑脸婆上下打量了北辰一遍，认准他是农村人，又在女朋友面前，又急着买衣服，于是她漫天要价道。

"这么贵？"太昂贵了，大大出乎北辰预料，如果买下这件背心，怎么给淑丽买衣服呢？何况这件背心也不值这个价格，于是他匆忙脱下背心说，"不行，买不起，我没带那么多钱"。

"买不起？没带钱？"黑脸婆看到他准备把背心扔过来，她咆哮不止地说，"你说买不起就买不起啦？你说没带钱就没带钱啦？这儿不是你家！这儿可由不得你！"

"怎么着？你说话这么难听，这儿是哪儿呢？难道这儿离家十万八千里不成？咋着吧！"北辰听见老太太这么蛮不讲理，他也满腔义愤地说，说完之后，他把黑背心扔在由几块木板架起的摊位上，扭脸就走。

"你走，走吧！不要，也得要，你走不掉！"她威胁他说。

"我偏走！"他只管走。

"哪儿来的野男人，谁家的小瘪三儿，来这儿撒野？买不起，为啥要试？"她怒骂道，继而又威胁他说，"想走？你走不掉，你走走看看……"

"你敢骂人！我就不要！看你怎么着？我就不信这个邪，走！"北辰听到小贩骂人，于是他停下脚步，愤然地说。

"走吧……惹事鸟！"这时淑丽责怪他道。

"小鳖孙，不能走！不要不行……"黑脸婆看到淑丽责怪北辰，她更加嚣张地辱骂他说。

"走不走？啊！"淑丽气愤至极地说。"走，好鞋不踩臭屎。"北辰已经意识到问题的严重性，他的态度像是软了下来。

说过这句话，他刚想走，可是身旁已经围过来几位横眉竖眼的年轻人，老太太也凶神恶煞地追到眼前，他们一起喊叫道："有种别走！"

"不走……"他说过这句话，北辰犹豫着，想停下来。

"走吧，我的爷……"淑丽吼叫道。

"不走，看他们能怎么着……"北辰仍然嘴硬地说，其实他已经胆怯起来。

他们在后面追，淑丽使劲拉着他往前走。

"有种别走！"他们像是一群饿狼一样追赶他。

"我认识火车站的狗蛋……我怕你们……看我以后怎样收拾你们！"北辰提到他之前在城里打工时认识的一个混混，其实他是在给自己壮胆，他说话时已经有些哆哆嗦嗦的了。

不知道是他提到的这个混混起到了震慑作用，还是这些人良心发现，或是上天保佑，他们居然不再追赶他，由此北辰也松下一口气，一颗悬着的心也放了下来。

不一会儿，他们又来到一个远处摊位前，这次他变得谨慎起来，先问好价格，又和小贩商量好能否试穿，等到他答应之后，他才开始试穿。北辰终于买了件合身的天蓝色短袖背心，然后他又买一件灰色短裤，他想尽快穿上短裤，尽快把身上这件破旧的粗棉布衬裤换掉，恰巧附近有座公厕，城市公厕也还都是旱厕，他在公厕里强忍着恶臭，终于把衬裤换掉。他实在不舍得扔掉这件伴随他许多年的衬裤，所以他一直把这件衬裤拿在手里，但是这件衬裤在他手里不但有碍观瞻，还是累赘，所以他还是狠心把这件破旧的粗棉布衬裤扔到了路旁的垃圾箱里。现在,他穿上短裤和短袖背心,霎时,变得精神起来,他又理了长发,当他从理发店出来,已是正午时分,他现在焕然一新,又看着淑丽,内心不禁隐隐作痛……因为虽说是来给淑丽买衣服的,可是她一条线都不舍得购买,她说北辰是工作人员,不能穿的到不了人家跟前,不能让人瞧不起,她在家里穿孬穿好一个样子。竟然遇到这么一位好姑娘,他不由得对她产生了怜惜之情、爱恋之意。

"这是不是爱情?"一个隐隐约约的声音问道。

"不是,至少不像……"他回答道。

"那么这像什么呢?"那个声音又问道。

"应该像是婚姻……"他回答那个声音道。

"爱情不需要婚姻吗,还是婚姻不需要爱情?"那个声音又问他道。

"爱情死啦! 婚姻胜利了。"他哀伤地说。

"这一生,你爱过吗?"那个声音又一次问他说。

"爱过……"他回答道。

他参加工作时,只有十六岁,他是那么小,第一次填写工作履历表时,他偷偷地填大了一岁,为此,他偷偷地快乐过好些年月,此后,他也为此付出了巨大代价……他在外乡担任代课教师,经人介绍认识了一位同样是代课教师的强筱薇,当时,他们莫名其妙地相爱了,就要结婚时,却不知为什么居然分手啦,郭北辰老师一直在失恋的痛苦中艰难度日……

第三章 赌债也是债

1

他本人并不知道他是外省人，更不知道他是外省哪个县市、哪个乡镇、哪个乡村之人，这一切都没有人告诉他，因为在他很小的时候，就已经被父亲卖掉了……侵略者来了，日本鬼子魔鬼一样烧杀抢掠……这一天，临近黄昏时候，这些禽兽骤然降临在外省一个小乡村，这个小乡村的名字叫曹村，这个淹没在历史长河中的村庄名字在这部著作中被提到，因为她是女主角——夏淑丽父亲的祖籍地，这个小乡村也是这位英雄的出生地，他的名字叫曹云鹏，他就是夏恩普的亲生父亲，也是夏淑丽的亲生祖父。这群恶魔蜂拥而至，因为来得突然，来得悄无声息，所以村民来不及逃脱，这群野兽正在奸淫妇女，村里许多妇女已经惨遭蹂躏、践踏……整个村子沉浸在令人窒息的痛楚之中……当时这位英雄正在麦场拾掇最后一点麦粒，猛然听到一位妇女凄厉的尖叫声，他蓦然抬起头来，顺着尖叫声望去，原来一个日本鬼子正在麦场附近疯狂地追逐一位妇女，曹云鹏懵懵懂懂地记得她大概是……小日本像是饿狼一样凶悍，眨眼之间，这个色狼已经把那个女人压倒在身下，他一把撕烂她的上衣，扒下她的裤子……曹云鹏看到这个场景顿时惊呆了，可是他很快镇静下来，于是迅疾抄起桑权，向日本鬼子冲去，他手起权落，日本鬼子霎时昏死过去，接着他又照着日本鬼子的头颅连劈数权，日本鬼子当场毙命，那位女人被解救出来……然后，他和怀有身孕的妻子，在夜色的掩护之下逃掉了。

傍晚，这些禽兽集合的时候，发现缺少一位士兵，不久，他们在麦场附近发现了尸首，于是日本鬼子点着麦场上的麦秸垛，把全村男女老少集合起来，屠杀开始啦，已经有几十个人被杀死……翻译说如果再不把曹云鹏交出来，他们会杀死村里所有人，保长保证说天亮之前，他一定把曹云鹏找回来，如果找不回来，再屠杀不迟……

第二天，黎明时分，曹云鹏和找到他的人返回村里，当他们经过一眼老井时，曹云鹏投井自尽，人们把英雄的尸首打捞出来，交给日本鬼子，村民得救啦……

英雄死后，妻子去逃难，经过很长时间的艰难跋涉，最后她从外省逃到和本省交界的一个叫作大梦的小村子……

现在少掌柜夏恩普（人们叫他少掌柜，这却是沿袭之前的称呼）就要把三女儿夏淑丽嫁出去……他有三个女儿，前两个女儿早已嫁人，可是就在这个时候，他的生母去世了。

当年少掌柜的亲生母亲是几经辗转来到大梦村的，开始村里人找到曹云鹏，他决绝地说："用一条命救下千百人的性命，值啦！"何况他还杀死一个日本鬼子……但是妻子不愿意，她那么年轻，何况她已经怀有骨血，妻子跪在地上，但是曹云鹏毅然决然地撇下妻子去赴死。

曹云鹏走后，她唯恐日本鬼子追杀她们母子，于是就开始了逃难生涯，一个妇道人家，逃难途中，隐名埋姓，几乎是九死一生，最后终于逃到两省交界的大梦村。在这儿，她嫁给了蒋怀玉，他的妻子在难产中不幸去世，他和五岁的儿子相依为命。冥冥之中的命运把这对苦命人拴在一起……母亲生下他之后，后来又生育两个男孩儿。他渐渐长大了，可是父亲越来越爱赌了，他简直嗜赌成性、嗜赌如命，无论父亲输钱回来，还是他憋一肚子气无处发泄，还是弟兄之间争吵、斗殴的时候，都是他遭遇毒打，他往往被父亲打得遍体鳞伤。兄弟四人，大哥霸道，也经常打骂他，有时候甚至比父亲还凶残。父亲宠爱大哥，也十分疼爱三弟、四弟，父亲骂他龟儿子，大哥也骂他野种，这让他百思不得其解，也让他痛苦不堪，兄弟四人都是父亲的儿子，都是一母所生，父亲为什么单独骂他龟儿子？他骂他情有可原，他毕竟是父亲，可大哥为什么骂他野种？这就不得而知了，彼此都是兄弟，可是他们却不一样待他，母亲有时候疼爱他，有时候也非常嫌弃他，小小年纪，他哪里知道那么多呢？年龄大些，稍稍懂事之后，他似乎明白一些事理……又似乎什么都不明白……

淮海战役刚刚打响，父亲带领一家人去逃难，在逃亡省城的路途中，却阴差阳错逃到山泉村，父亲赌瘾发作，输了钱，走不了人，只有把他卖给夏家。夏家大掌柜是位好心人，反而把他视如己出，不但供给他读书识字，还亲手教他打算盘、练习毛笔字，希望他有朝一日重振家业、光耀门楣。山泉村很快解放了，他成了家，立了业，有了女儿……可是现在母亲去世了，据说还是上吊自杀的，为人子的，情何以堪。小女儿淑丽从小跟着奶奶上学，自然也要回去，他今年五十三岁，已经过了知天命的年纪，过去的岁月，恍惚如在眼前，人事沧桑……他想起母亲，不禁热泪盈眶，都说归心似箭，他仿佛已经飞回到生母身边，即使……他一定要最后瞻仰一下生母遗容。

虽然父亲不时来山泉村看望他，可是他还是多么想念家乡，想念亲人，一想起他们，一想到大梦村，他就会默默流泪，暗暗哭泣……毕竟，他在那儿生活那么多年，那里有他欢乐的童年和伙伴啊！有父母、哥哥、弟弟——这些亲人啊！虽然父亲和哥哥经常打他，可是有时候也疼爱他。特别是父亲赌赢钱回来，他同样能够得到短暂的欢愉和一点点施舍，有时是少得可怜的纸币，有时是一点点口福，这都会抚平他曾经受到伤害的心灵。有时候兄弟团结一心，共御外辱。可兵荒马乱的岁月，父亲赌输了钱，只有把他卖掉，除了卖他，还能卖谁呢？大哥大了，两位弟弟还小。虽说父亲经常来看望他，但如果老掌柜不给他衣食金钱，他会赖着不走。况且父亲实在是喜欢喝几杯，每次来看望他都是不醉不归。哥哥也来看过他，他们都羡慕、妒忌他寄人篱下的生活呢！

生活紧张那几年，饿死人的岁月，他在山泉村实在生存不下去了，于是带着妻子回到大梦村，本打算在大梦村扎下根来，实在不想再回到山泉村，他终于可以叶落归根了，可是父亲和母亲却容不下他们。尤其是母亲，她老人家总是疑心儿媳妇偷窃她的东西，不是辱骂她这不是，就是谩骂她那不是。而山泉村的养父母也得侍奉，他们也是上岁数的老人啦，一气之下，他又携家带口回到山泉村，又一次回到老掌柜身边。他们再也不回大梦村了，山泉村就是他的归宿、宿命。但是他永远也不会知道他是外省哪个地方的人，不知道他的生身父亲是谁，不知道那个赌徒，那个把他卖掉的人竟然是他的继父！谁还会咀嚼这些陈芝麻、烂谷子呢？母亲从来没有告诉过他这些往事，这是他的悲哀，也是他的幸福。不然，他会更加哀痛地活着，历史、社会强加给人的痛苦还少吗？人活得简单些，有时候会更好，其实他应该知道亲生父亲是谁。因为他是英雄的儿子，这是值得骄傲的事情，何况人的一生连生父都不知道是谁，这才叫悲哀呢……

是亲割不断，大侄子蒋建国因为逃难，在山泉村到底住过几年他已经记不清了，不知他是因为打伤人，还是别人想要杀死他，所以他才不得已逃难的。他逃亡至此，才躲过一劫。在山泉村居住期间，他学会了砌墙，成为顶呱呱的泥水匠师傅，数年之后，事情平息下来，他才敢回家。回家后，他成了工头，结了婚，发了家……

当北辰来到淑丽家里时，天空阴云密布，眼看就要大雨倾盆。而她却说要去奔丧……他是来商量结婚事宜的，这时天空霹雳一声雷响，顷刻之间，漆黑的天空亮堂起来，豆大的雨点噼里啪啦一片乱响，接着雨水倾泻下来。

"我们一起去吧……"北辰不无担心地说。

"不用……"淑丽左手拿把旧雨伞，她满脸哀容地说，接着，她锁上门，又像是呜咽道，"你去干什么呢？"

然后，她就勇敢地向火车站进发……

2

世界上很多事情，有其偶然性，可是这都是必然结果，姻缘也是这样。看似没有任何关联的事物，有时候，却有着千丝万缕的联系，看似并不相关的男女，偶然巧合，却不期而然地结合在一起……郭北辰老师和夏淑丽的姻缘就是这样，他们不但年龄悬殊，而且性格各异，经过奔富嫂子介绍之后，他们竟然走到了一起。之前，谁

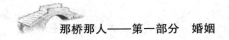

也不会想到他们竟然能够走进婚姻的殿堂……然后,生儿育女……开始,他们生活得并不如意,不但不如意,还非常艰难,但是他们都意志顽强地挺了过来,幸福得来并非易事。

自从北辰失恋以后,一直执着于事业,他像是不再考虑恋爱,更不用说婚姻,强筱薇太令人失望了。她到底在追求什么?世俗爱情毕竟经不起时间考验,这样看来,强筱薇并不值得留恋。

在这个多灾多难的世界上,他从小被父亲遗弃,爱情又这样惨痛,简直是一败涂地,事业又遥遥无期。

而夏淑丽这个小姑娘到底是怎样一个人呢?他对她的家庭耳熟能详,可是夏淑丽是在父亲的继父那里长大的,她在大梦村上的小学,在山泉村上的初中,而赵凤生就是她的数学老师,她上初中的时候,他恰巧在外乡任教,所以阴差阳错,他不知道夏家还有夏淑丽这个女儿,她大姐夏富丽,二姐夏美丽,他都很熟知。夏富丽长得端庄漂亮,做姑娘时扎着两根粗大的辫子,长相像男孩子,浓眉大眼,大手大脚,说话行事颇有男子风范儿,她嫁到了邻村,家里有辆货车,丈夫古朝金经常外出拉货,小日子过得十分殷实、富裕。夏美丽和北辰是初中同学,她长得不但不美丽,还很丑,她的长牙齿裸露在嘴唇外面,一起裸露在嘴唇外面的还有青紫色的牙床骨……很少有人知道她嫁到了哪里。夏淑丽不算漂亮,却很有气质,尤其是那双迷惘而又执着的大眼睛,显得文雅、静淑。

但是北辰无论如何也忘不掉强筱薇……他们相爱那么多年,迷人的筱薇……她身材修长,瓜子脸……那么秀气,小脑袋灵气十足,眉头不高,眉毛十分细腻,眼睛并不大,却非常迷人,而且鼻梁挺直,声音甜美、清脆……一想起筱薇,他就会怦然心动……可是她在哪儿呢?听说……

现在他几近三十岁,母亲也六十多岁,母亲比父亲大五岁,据说祖母去世得早,父亲还是小孩子的时候,母亲已经迎娶过来……当时,那个家庭急需女人,后来有人碰见祖父往屋里拉扯过儿媳妇,所以街坊邻里一直议论纷纷,还有人说大姐很像祖父……

母亲的一场重病改变了这个处于风雨飘摇之中的家庭命运,这天母亲突然昏厥在地,北辰匆忙借来一辆架子车,他把母亲拉到高山镇医院。经检查是轻微中风,必须住院……而淑丽一直守候在病床前,幸好发现及时,否则后果不堪设想。经过半月医治,母亲康复了,但是母亲老了……姐姐各有各的家庭,好在淑丽不离不弃……

于是,他们结婚了……

3

贫贱夫妻百事哀。本来贫穷日子就够他们母子过的，母亲治病花费很多金钱，加上结婚花销，现在，他们已债台高筑。结婚前，家里粮食就没有了，结婚时，待客用的面粉还是借的，结婚以后，他们家里的生活更加窘迫了。

本来，村里的土地就少，因为苹果树又占去部分田地，母子两人只分到一亩六分土地。黄淮平原北部村寨相连，人口密集，人均田地少得可怜，家里只有娘俩的口粮，现在他们是三口之家，因为之前对树揭皮的时候，生产队已经把祖父的田地扣除掉，淑丽的田地又暂时迁不过来。结婚来得那么突然，这是任谁也没有料到的，街坊邻里、同学同事，他们都始料不及。他那么贫穷，一个月那么一丁点工资，那么一丁点代课费，家里就这个现状，他只有河流南岸两间孤零零的小房子，虽然在这两间房子东头，他又修建了一小间红砖蓝瓦房，但这一小间房子更加不能成为真正意义上的房子，因为这间小房子实在狭小、低矮，还有那些不合时宜的篱笆墙，屋子里还有什么呢？还有两张床，还有一口破旧木箱，除此以外，他什么都没有啦……

农民分到土地，基本解决了温饱问题，但是农村依然贫穷、落后……近几年以来，山泉村出现很多生意人，还涌现出一些冒尖户、尖子户、万元户，几家企业也初具规模……而夏家曾经是大地主、资本家，淑丽的父亲也是一位非常精明的生意人，近时，夏家生意又红火起来，特别是夏家的酱菜真是又香、又咸、又脆，什么咸菜、糖蒜、西瓜豆酱、变蒜、酱萝卜……都是远近驰名的夏家传统酱菜。特别是他们家腌制的酱萝卜，可是他们家的拿手好菜，也是他们家的祖传手艺，也是夏家酱菜之中王牌中的王牌。酱萝卜的腌制过程十分复杂，可谓是工艺烦琐，技艺精良，色香味俱佳。

但是他们还是心有余悸，老掌柜临死时，他叮嘱少掌柜道："不要扩大生产规模，不要建酱菜厂，不要开办染坊，不要……只此一些酱菜买卖……将来可以把酱菜生意传给女儿，守住糕点生意度日……不要冒尖，不要富贵，够养家糊口就行。"这时候，夏恩普少掌柜给老掌柜跪下来，他流着眼泪，默默点头。然后老掌柜才咽下最后一口气。老掌柜死后，少掌柜信守老掌柜遗训，家里只有几缸菜，几坛酱……他整日战战兢兢，如履薄冰，唯恐哪一天头脑发热，扩大经营；唯恐盈利丰厚，成了冒尖户，他更不敢雇用工人，就他们老两口在艰难经营，也很少让儿女插手生意。

他们每做出一种酱菜，这种酱菜很快就会销售一空，往往很多人再次来买，而他们实在生产不出多余的酱菜，其实少掌柜根本不想多生产，因为他们受够了苦难，瓜分他们家财产的情景，老掌柜为集体做义工的艰难日子，老掌柜遭受批斗的场景，游街、罚跪的辛酸，少掌柜无不历历在目。虽然少掌柜是养子，但是他们形同亲生父子，不但老掌柜把他视为己出，而且老掌柜把希冀全部寄托在他的身上。

其实老掌柜不但有子嗣，还有兄弟，兄弟夏匡时也有儿子，他是地下党，还是平原地区中共地下党的重要领导人，他接受省委指示来大河县发展革命力量。当年，他留洋归来，还领回家一位洋媳妇，据说是位日本姑娘，他已经在外成了家。二掌柜西装革履，一表人才，而东瀛女人温婉贤惠，她既孝敬婆婆，又同她姐关系和睦、融洽。

他们家总是出现一些陌生面孔，这些人有秘密中共党员，有党的地下交通员……还有些鬼鬼祟祟的人，他们在夏家附近伪装成闲散无聊的样子，可是他们狡猾得很呢，这些人可能是国民党密探……后来还有日本间谍，汪伪特务……开始夏匡时坐着带篷的双轮小马车，之后他购买一辆崭新鳖盖小汽车奔驰于乡村、县城与省会城市之间。深夜归来，他的诡秘行踪还是被夏老太太窥破，二儿子每天深夜都在发报，那嘀嘀嗒嗒的发报声音，无时无刻不在敲打着老太太的敏感神经。偌大家产、家业，不能毁在这个败家子之手，于是老太太和大儿子密谋……

傍晚时分，夏家大院里有一种异样、恐怖的气氛，幢幢楼房像是在觊觎、吞噬什么。黑暗中，两支枪像是两只毒箭在瞄准，这两支枪分别是夏老太太的一支长枪和夏家大儿子的一把短枪，他们在瞄准夏老太太的二儿子、夏家大儿子的兄弟——夏匡时，他们分别躲在阴暗的角落里，等待最佳射击时机。

年夜饭丰盛异常，山珍海味，无奇不有，金杯里的陈年佳酿流溢出醇香……夏老太太、大少爷和大少奶奶，二少爷和二少奶奶……全家人济济一堂。夏老太太不喝酒，大少爷平时海量，可是今天他几乎滴酒未沾，只有二少爷酒兴正浓……夏老太太悄悄离席了，大少爷也像是幽灵一样离开了酒宴……最后离开的是二少爷和二少奶奶。他本来应该提高警惕的，平时他躲避过多少暗藏敌人的一次次猎杀，可是今天是在家里，团聚的都是亲人，是母亲和兄弟，吃饭之前，他查看过许多可疑之处，也刻意叮嘱家丁头领唐铁男以防万一，他安排停当之后，才去赴宴的，他还带着用以防身的左轮手枪。但是谁也想象不到他竟然倒在母亲和哥哥的黑枪之下。他今天特别高兴，并不仅仅是因为今天丰盛的年夜饭，也不仅仅是因为家人的团圆，而是因为在今天下午趁家人忙碌之际，他成功发报出一份由地下交通员刚刚送到的极具价值的情报，发报完毕，他深情地仰望苍穹，又查看几处疑点，叮嘱过唐铁男之后，才来到餐厅，这时候母亲、哥哥已经在等候了……

母亲、哥哥已经离开，他也该离开了，这时家家户户迎接新年的鞭炮声毕毕剥剥地响起来，而且响声此起彼伏……他马上就要回到房间，此时距离房间只有几步之遥，可是罪恶的枪响了，这是大少爷夏天时开的枪，这一枪打在夏匡时右胸膛，二少爷仰面倒在血泊之中，二少奶奶惊呆了，她伏在丈夫身上，显得手足无措，接着也昏厥过去。这一枪并不致命，因为这一枪并没有打中心脏，在这关键时刻，夏老太太扣动扳机，砰，又是一声枪响，这一枪正中夏匡时胸口，夏匡时哼都没哼一声，就一命呜呼了。在平原之上响起的两声枪响，瞬息淹没在除夕夜里的鞭炮声响之中，同时也淹没在历史长河之中。

第二天夏家对外声称夏匡时暴病身亡,然后厚殓。洋媳妇无奈之下领着孩子返回东瀛。

大掌柜有个儿子叫夏恩信,已有十五六岁,虽然孱弱些,却也一表人才,他高挑身材,有一双深情、胆怯的大眼睛,深得夏老太太欢心,他们一致认为夏家后继有人,可是他目睹家中变故,整日郁郁寡欢,最后得白喉毒症,不幸英年早逝。

这个打击让夏老太太一病不起,她精于算计,把二儿子谋害之后,本来以为从此不再担惊受怕,可以高枕无忧,从此就能过上富贵、安稳的日子,谁知孙子却死于非命。阴谋诡计破产了,绝望和孤独终于夺走了她罪恶的生命。

大掌柜夏天时自从儿子、母亲走后,颓废、消沉很长时间,他几乎荒废掉所有生意。最后他还是强打精神,再一次振作起来。可是他却不再喜欢妻子张桂英,他认为她是一位不祥、败家的女人,她无论如何都激不起他的欢心,从此以后,他们有夫妻之名,再无夫妻之实。实际情况是他早已喜欢上丫鬟小翠,小翠在他消沉、颓废之时,悄悄地走进他的心扉,当时张桂英正忙于打理生意,她可是忙得不亦乐乎,小翠趁虚而入,大掌柜便纳她为妾室。张桂英娘家亦是望族,他竟然不顾廉耻纳小翠为妾,她哪里忍得下这口恶气,本来儿子的去世,已经让她痛不欲生,现在丈夫又有了新欢,更让她万念俱灰,于是每天傍晚,她把娇嫩的身子浸入冷水之中,浸泡至绝经为止,她已经断绝生育生命的希望了。尽管她的面容楚楚动人,肤如凝脂,可是内心却冷如冰霜、冷如铁血。

小翠貌美如花,夏天时对她百依百顺,他们在院子的东南角又盖起一栋小楼,可谓是金屋藏娇,小日子过得非常甜蜜,两个人如胶似漆,可是小翠每次怀孕之后,都不声不响地滑胎了。后来她竟然离开了夏家,她嫁人不久,便诞下一个男婴,有人说这个男婴是夏家血脉……但是这个夏家血脉却不姓夏,他和夏家再无瓜葛。据说,这个孩子来过夏家,那是二十世纪八十年代的事情,这个孩子也到了不惑之年,当时夏家已经物是人非……

小翠走后,大掌柜夏天时不得不另做打算,谁知竟然峰回路转。

4

这天下午,大概三点多钟,天空飘扬着雪花,开始雪花在空中犹豫着,像是不肯飘落到土地上……雪花越来越大,飘飘扬扬的雪花像是鹅毛一样在行人的裤脚之间飘来荡去。一会儿,西北风猖獗起来,雪花裹挟着雪粒扑面而来,严寒像是毒蛇一样纠缠着行人。这时大街上的行人愈加稀少了,因为风雪肆虐,农民像是田鼠一样躲藏起来。大街上,突然冒出一帮逃难的人群,准确地说应该是六个人,他们大概是一家人。一位衣服褴褛的中年人推着独轮车匆忙地行走着,他非常低矮,又是那么瘦削,小脑袋上满是积雪,由于饥饿折磨,本来凶恶的眼睛,更加狰狞恐怖,眉毛、胡须也被大雪遮盖着,那双狰狞可怖的眼睛却在东张西望,他想询问什么,大概是天黑之前,他要给一家人寻找落脚的地方,可是这一会儿,大街上空无一人。他还穿着破烂夹鞋,经过长途跋涉,夹鞋已经磨破了,大脚趾像是裸露着,他身上褴褛的棉衣粘满雪花,这些雪花像是破旧的棉衣绽放出来的棉花……

不大一会儿,他们已经接近十字街头,独轮推车像是从雪堆里刚刚推出来,车被积雪包裹着,车上坐着两个衣服单薄的光头男孩儿,他们两个吃惊、胆怯地坐在独轮车上破烂得不能再破烂的旧棉被里,这两个孩子像是两个受到惊吓,又无处栖身的小狼崽子,而且是一双嗷嗷待哺的小狼崽子。

"叔呀……我饿……我……饿……"可以看出车上那个最小的男孩儿,脑袋比成年人的还要大,身子却出奇的瘦小,因为风雪,虽然光线十分阴暗,但是依然能够看见,这个孩子的右眼睛是白眼珠,他只有用左眼打量这个世界啦,但是可以看出这是一个诚实、敦厚的孩子……他似乎已经没有多少说话的力气了。

"别嚷啦……小祖宗……"大概是走在小车旁的妈妈哀求他道,"一安顿好,就有吃的啦,我们过的是什么日子啊!老天爷,可怜可怜这一大家子人吧?我们马上就要饿死了,马上就到死地啦……"

妈妈不停地唠叨着,孩子的妈妈是个高个子女人,两颊凹陷得厉害,下巴像是无人问津一样丢在脸庞的最下边,凌乱的头发满是雪花……她像是不停地安慰孩子,又像是不停地安慰自己,又像是在默默祈祷,"老天爷,行行好吧……"

"马上就有吃的了,马上就有吃的了……"时间不长,妈妈高兴起来,像是祈祷有了结果,像是祈祷感动了天地,于是她鼓励孩子道。

"在哪儿啊,妈妈……"这个最小的孩子问道。

因为寻找不到吃的……孩子妈妈也不再说话了,大街上暂时寂静了一会儿,但是饥饿和严寒依然折磨着他们。

"我也饿了,妈妈……真冷啊,妈妈……我快要冻死了……"车上那个大男孩子也有气无力地说。他看似比那个小男孩儿还要弱小,脸又细又长,还黑不溜秋的,狡黠的眼睛困惑地望着妈妈,他几乎要活不下去啦……看到妈妈不搭理他,他眨巴一下邪恶的小眼睛,又大些声音说,"我快要饿死了,叔叔……"

叔叔一直不说话,他沉默着像是有无穷的心事。妈妈已经在打听是不是有哪位好心人能够收留他们一晚上,让他们歇歇脚,不至于冻死在这冰天雪地之中,可是这么一大家子人,谁会收留他们呢?

"再吭弄死你!"跟在手推车稍远一些的大孩子厉声骂道,他年龄大些,大致有十六七岁,已经长成男子汉了,细瘦的脸上,鹰钩鼻子耸得老高,鼻梁中间有一块鼻骨突兀的隆起,鼻子像是弓形,鼻头长得出奇,深陷的白眼珠子挨得很近,他是那么凶狠,胆小的人看到他,会不寒而栗的。他应该是大哥,而且他和其他几位兄弟长得明显不同,其他三位男孩脑袋都大些,他们都不是鹰钩鼻子,车上两个孩子的皮肤黑些,大哥脸色有点赤红色,二哥的皮肤颜色接近两个弟弟,又与两个弟弟有本质的区别,他的脸色有些苍白。

"哥哥,妈妈正在询问让我们住宿的人家呢……"在独轮车稍远一些的地方,还有一位小一些的男孩子,他大概十一二岁,长得精明、朴实,国字脸,他也非常瘦小,看样子,他不像有十一二岁,倒像是只有八九岁的样子,但是他像是并不惧怕什么,只是担心弟弟。

"滚!"二弟的话使他厌恶,他像是受到了侮辱,于是大哥穷凶极恶地骂他道,骂过之后,他又狠狠踢弟弟一脚,可是弟弟木木地站着,既不还手,也没有还嘴,他仿佛逆来顺受惯了。他俩之前是一对冤家,一言不合就大打出手,很多时候,是大哥打骂兄弟,如果兄弟还手,大哥下手更狠,他总是照死里打他,然后他还要挨叔叔毒打。

"怀山!"那位大叔出乎意外地喝止大儿子道。

挨打的那个孩子感激地看着叔叔,叔叔并没有正视他,那个挨打的孩子叫怀文,他禁不住流下不知是感激,抑或是委屈的泪水:"呜呜……"

他像是在哭泣,哭得那么伤心……尽管叔叔喝止怀山,可是怀山还是又狠狠踢了怀文一脚……

"怀山!"叔叔又一次喝止他道,这一次叔叔是真正动怒了。

他们一家人刚刚来到山泉村,陌生和胆怯还是使大哥的残忍和凶狠收敛起来,但是他仍然吓唬弟弟道,"滚远点,别叫我看见你。"

弟弟滚远些的时候,妈妈无可奈何地回到独轮车跟前,她胆怯地看着丈夫,赔小心地摇着头说,"没有,孩子他爹,没有人愿意收留咱们……"

这位叔叔不得不把手推车交给孩子他娘,他只有自己去挨家挨户、低声下气地询问住处,他们终于在十字街口北街下沿的破庙里安顿下来……

傍晚时候,他们把随车携带的一堆破烂被子打点好,铺在身下的是从好心人家里寻来的麦秸,好心人家又给他们抱来一堆柴火,让他们生火取暖,又给他们吃几小块剩余的胡萝卜,还有一些刷锅的汤水,这样他们才算安顿下来。这些孩子像是一群流浪儿,准确地说像是一群弃儿,是有爹娘管束的一群流浪儿,或是弃儿。

暴风雪又断断续续下了几昼夜,凛冽的狂风几乎要把这个罪恶世界吹到东海里去,这个肮脏、动乱、暴力世界还是被大雪覆盖得结结实实。这天清晨,肆虐的狂风像是一群脱缰的野马,经过几昼夜疯癫奔驰已经筋疲力尽,世界上的一切终于平静下来,白昼短暂、疲惫、宁静,夜晚像是死尸一样恐怖,他们一家人不断点燃搜寻来的,或是趁着黑夜偷窃来的柴草、树枝取暖。又经过几日阴郁的白昼,这一天,他们终于见到晴朗天日,太阳照耀下的天空像是中弹的猎物,猎物在滴尽最后一滴鲜血……

　　家乡炮火连天,整个黄淮平原上到处是逃难和流离失所的人群,他们颠沛流离、无家可归,而且这些本来就衣不蔽体、食不果腹的农民,他们在严寒的冬天像是丧家犬那样饱受冻馁和饥饿的严峻考验……国民党军队在做最后挣扎,现在是黎明之前最黑暗的那一刻,曙光就要来临,历史正在改写,新中国马上就要诞生了。

　　但是现在惊慌、恐惧、严寒、饥饿正在折磨着平原大地,这一家四个男孩子像是一群啼饥号寒的饿狼,彼此之间随时可能相互攻击、撕咬、啃啮、吞噬……这些饿狼每天只能吃到一些积雪和父母乞讨回来的肮脏食物。前进不得,后退又不能,不承想却受阻于山泉村,其实这个地方距离省城也只有几十公里,但是由于大雪封门,也只得在这儿暂时安顿下来。他们以乞讨为生,逃难时,本来就没有携带什么钱粮,而且他们本身就是贫寒人家。何况家乡正在打仗,灾民四散奔逃,他们妄想到省城去,省城里兴许会乞讨到一些残羹冷炙……兴许能够住上暖和的房子……这个地方临近县城,可是冰天雪地的,就是去到县城,又能怎样?既来之,则安之。

　　两个大些的孩子也在乞讨,人的生命力是那么坚韧、顽强,哪怕再艰苦、再恶劣的生存环境,即使茹毛饮血,即使刀耕火种,他们总能存活下去……

　　在这个地方,他们已经住下半月,虽说艰苦,总算坚持了下来,可是一直居住在这个地方总不是办法,战争一旦平息下来,他们就会立即折返回去,盼望着,他们热切盼望这一天早些到来。但是这位大叔的赌瘾发作了,他打听到十字街头有家客店,这家客店就有赌场,那家客店既是旅客寄宿之地,也是三教九流麇集之所,同时也是无赖、恶棍、痞子、瘾君子、赌徒、杀手昼夜出没的窝巢。这天下午,这位叔叔赌瘾大发,终于忍不住诱惑,鬼使神差地来到这儿。他应该还有最后一些保命钱,他想赢回一些,想扳回一局,好让老婆和四个孩子吃上一顿饱饭,或者给他们买件破旧棉衣让他们穿得暖和一些,他也能喝到一盅小酒,或者吃到梦寐以求的甜点心,或者能够买到一点点肉食解解馋。他几乎闻到了酒香,想象中的美味佳肴、精美甜点,这些人间奇珍异宝,光是想想都让他垂涎欲滴,赢得再多些,可能还会有那种追求浪漫的女人、追求刺激的女人,以及贪图金钱的女人。他受到赌瘾和欲望诱惑,迟疑不决地来到赌场,他想碰碰运气,如果运气好的话一切皆有可能。可是他一到赌场就后悔了,在这种情况之下,真的不适宜来到这个鬼地方,可是他还是强迫自己留下来,其实赌场就在小客店东北角一间破旧的茅草房中,其间有一伙人正在推牌九。这本是他的专长,绝活,拿手好戏,其中四个人围成一圈,三个人在赌,一个人轮空,还有一些人在围观,这四个人正是山泉村里的恶霸、杀手、窃贼、土匪。满脸黑胡子的高大汉子是快枪郭老五,学名郭守业,他是有名的土匪头目,后来被国民政府收编,曾任国民党六十八师师长刘奇汉麾下骑兵大队长,诡称手下有五百匹战马,其实只有一百多匹战马。他曾经同小日本发生过激烈战斗,战斗异常惨烈,他亲手杀死过许多日本鬼子,但是部队还是被日本人打垮了,他只身逃回家乡,现在替新政府办事。白净面皮，书生一样的诡诈汉子叫丁俊昌，丁俊昌平时依附郭老五，他惯常见风使舵，阳奉阴违，是快枪郭老五的黑高参。满脸麻子的车轴汉子叫唐铁男，另一位是恶霸赵虎。赵虎外号蝎子，是有名的杀手，他粗壮、剽悍，一双恶狼一样的黄眼珠子……如果有人把银子送过来，当夜他就把仇家的人头送过去，再把剩余银子拿走，这是规矩。赵虎是新政府即将镇压的首批案犯，他本人并不知情。唐铁男是夏家看家护院的头领，他是官亭村人，外号铁头。他出身贫苦，对母亲很是孝顺，还有一身好武艺，有人说他头上的功夫了得，所以有人称他铁头，他孝敬母亲，为人忠义，在道上受人尊敬。夏家大院四角都有炮楼，中间是高大砖墙，夜晚铁头率领人手持枪守卫夏家宅院，白天他看护夏家的生意，还替夏家收田租。山泉村比其他地方解放早些，只是刚刚解放，局势动荡不安，现在看家护院的人手散了，而铁头关注着时局动向，主动配合政府工作，他已经成为新政府利用改造的对象。

这一圈，铁头轮空。这时，铁头看到屋子里进来一位陌生人，这位外乡人别看穿得破破烂烂，从他受到诱惑的神情看来，他是一位嗜赌成性之人，一位货真价实的赌徒。铁头何等精明之人，他早已打听到这位外乡人带着老婆和四个孩子逃难在此，而且他们就住在十字街口北边的破庙里……在铁头的一再蛊惑下，这位叫作叔叔的人终于下定决心，不再犹豫，于是丁俊昌抽出身来，他顶替到他的位子，可是铁头却在打如意算盘，铁头要从这位叔叔身上攫取什么呢？他想从这位叔叔身上攫取……想留下他一个儿子，铁头在琢磨坏心思，也是在替东家谋划，东家还没有后呢？他一直在留意……他要报答东家的恩德，东家那么赏识、重用他。之前，他是个穷孩子，东家收留下他，东家为他要地，为他盖房子，给他娶到婆姨，没有东家就没有铁头今天，东家大恩大德，让他没齿难忘，所以今天他要……

而这位叔叔要赢回活命的金钱，老婆、孩子正在忍受饥饿和严寒煎熬……但是他哪是他们的对手呢？很快他就把仅有的保命钱输得精光，他想翻本，不得不借贷，说好利息，他开始借铁头的银钱，也可能命该如此……也可能是他前生就欠夏家的，也可能是阴差阳错。他越欠越多，已经力不从心。

赌债也是债，怎么办？赌是公平的，这几个人并没有耍手段，也没有出老千，他们并没有串通一气欺负这个外乡人。平心而论，他们早在劝他收手，可是正如一块向山下滚动的巨石，一旦这块巨石开始滚动，九匹大白马也拉不回来，这位外乡人当时的处境正像是一块向山下滚动的巨石，他要彻底滚向罪恶的深渊。有时候一个人一生的差错只在一念之间，有时候一步错误，就再无回天之力。一失足成千古恨，再回头是百年身。棋局有时能够悔棋，可是人生怎么悔棋呢？这也可能是命运之神的巧妙安排，也可能冥冥之中命运在作怪。

他想把大儿子留下来，可是大儿子大啦，夏家不要，三儿子猥琐，人家不喜欢，四儿子小，还是……况且老婆不愿意把三儿子、四儿子给人家，二儿子长得帅气，又

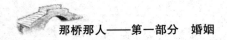

精明,没有其他办法,只有把二儿子给夏家留下,何况大儿子和二儿子脾气不和,他们总是闹别扭,把二儿子给人也省心,何况家里就他一个外人一个多余人。他的性格与其他孩子也都格格不入,也只有夏家帮他偿还赌债。铁头找到大掌柜喜笑颜开地说明来意,夏天时本来就是一位大善人,这一次也是他人生之中做的一笔大买卖,他帮助外乡人把赌债偿清,又赏铁头一笔外快,另外他又给这位外乡人一大笔钱财……

不知什么时候,这一家落难的乞丐离开了山泉村,他们是在拿到银钱的当天夜晚悄悄离开的,是夏天时秘密派遣铁头把这一家老小安全送走的。但是他们走时却少带回一个人,这个人就是后来的夏恩普少掌柜。

世事沧桑,大千世界的变迁,谁能说得清楚呢……

第四章　农村家族势力

1

贫穷好似一根坚韧、细密的尼龙绳子,这根尼龙绳子深深地勒进北辰的肌肤直至心灵,他越挣扎,这根尼龙绳子勒得越紧,直至把肌肤、灵魂勒出血来,以至勒得血肉模糊、伤痕累累……最后腐烂的肌肉就会化为脓血……有朝一日,这块溃烂的脓疮得到治愈,伤痕结了痂,但是贫穷的伤痕,这心灵的疤痕依然隐隐作痛,而郭北辰老师正处在被这根无形的绳索死死地纠缠、勒紧的年月。

流沙河源于黄河,流经古老的旧都城,执拗地向东南流去……浑浊的河水汩汩滔滔,像是在不停地呜咽,又像是充满了无边欢乐……

山泉村在河流北岸,而农民耕种的土地却在河流南岸,村民早而耕,暮而归,他们来往穿梭于颤巍巍的木板桥之上,自古及今,不畏寒暑,生生不息,流沙河水见证了山泉村的辛酸历史,也养育了两岸人民……

淘气买回一辆崭新的四轮车头,于是他骄傲地开着这辆四轮车头大摇大摆地通过木板桥,可是他刚刚经过木板桥就发生了意外,附近的人蓦然听见淘气一声怪叫,只见他被四轮车后座弹起老高,然后淘气像是飞鸟一样一头扎进滚滚的河流之中……再看看那辆崭新的四轮车,却像是一头死猪一样悬挂在木桥的桥墩之上……淘气终于泅渡出来,他吓得半死,回到家里,躺倒在床上大睡了三天三夜,之后请来许多人,费尽九牛二虎之力,才把悬挂在桥墩上的四轮车头弄出来。山泉村的人都说这辆四轮车晦气,所以淘气不得不把这辆刚刚买回的四轮车头贱价卖掉。

近年来,有人买回犁地的三轮、四轮柴油拖拉机,这些机械手开着三轮、四轮车都想耀武扬威地通过这座颤巍巍的木板桥,可是无论是生疏的拖拉机手,还是熟练的拖拉机手,有淘气的前车之鉴,他们都选择知难而退。他们开着拖拉机不得不绕行十几华里以外那座破破烂烂的水泥桥……用牲畜耕种的人家,他们牵着黄牛,拉着拖车路过这座木板桥的时候,遥望远方红彤彤的朝霞,或是红艳艳的夕阳,有时朝霞满天,听着桥下潺潺流水,人们不禁唱起悠扬的歌谣,以此表达对幸福生活的美好向往。每当暮色来临,星月当空,尽管凉风吹走了一天疲劳,可是他们还是吹

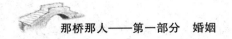

起凄凉的曲子,以此来表达耕作劳苦和生活艰辛,或是流露出骄傲的苦涩。

　　流沙河南岸,郭北辰老师家附近已经有几家农民在垫土,他们垫土的地方,不是深坑,就是洼地,有时候深坑、洼地里还有很多积水,所以他们需要大量土方把深坑、洼地填平,也要等待时日让积水蒸发,也要等待时日让土层沉降,很短时间内没有办法建筑新房子。

　　冬天过去了,这一对新婚夫妇又一次迎来了春天,院子里的玫瑰经过一年精心培育,终于开花了,这些紫红色的鲜花让这对小夫妻欣喜若狂……只有苦难日子让人揪心……除去玫瑰花开,小夫妻还有一件赏心乐事,淑丽娘家要把糕点生意做起来,夏家糕点可是祖传手艺,之前,他们家也是依靠糕点生意发家的,淑丽父亲想把酱菜生意让给美丽家,他老人家想做糕点生意,但是做糕点生意要用盒板、案子……另外还要购买食材、模具……现在淑丽父亲已经垒好锅炉、油锅,买回模具、刀具,但是制作案子、盒板必须聘请高超的细木匠师傅,于是淑丽的父亲只得把表舅请来。表舅是姨姥姥家的二儿子,他的手艺非常高超,这可是柿木案子啊!这个案子制作费时、费力,柿木木质坚硬,纹理细密。表舅经过精心制作,终于成功了。柿木案子厚重、结实,两三个人休想抬动。当晚父亲、表舅为了庆祝案子制作成功,他们两人喝得一塌糊涂。第二天表舅又制作了十几个盒板,淑丽说如果到中秋节、春节,等着瞧吧,这么多盒板还不一定够用呢。

　　第三天,表舅却在制作架子车棚,而北辰家的架子车棚早已不能使用,那个架子车棚早已被锈蚀得千疮百孔,车厢板烂掉了,车把也折了,因为贫穷,家里实在购买不起,也制作不起。制作架子车棚,得有现成木料,还得聘请细木匠师傅,家里既没有木料,也请不起细木匠师傅。车把必须是硬料,槐木料、榆木料最好,但是槐木、榆木料价格昂贵。北辰家许多年没有架子车棚了,农忙时候,只有借别人家的使用,但是农忙时节谁家的架子车会闲着呢?所以北辰往往因为没有架子车使用而苦恼。

　　北辰也想让表舅制作架子车棚,可是怎么也张不开口,原因是表舅不是他请来的木匠师傅,况且家里也没有木料,即使有木料,他也请不起表舅,表舅不但好吃好喝,还好抽烟,他实在买不起酒肉、香烟招待表舅,更不用说购买木料了。如果贸然提出要求,万一他们回绝……何况他们刚刚结婚。淑丽母亲似乎看出了他的心思,她是最疼爱淑丽的。

　　果不其然,表舅连续制作两个架子车棚,第二个架子车棚虽然没有第一个结实,这却是北辰始料未及的,他人生第一次拥有了崭新的架子车棚!如果这是上天恩赐,那么淑丽母亲就是他们的上天,母恩大于天呢……

　　"北辰,北斗嫂子说借给咱三袋小麦,让咱们能够度过这五黄六月的,"一天晚上吃饭的时候,淑丽像是想起了什么,于是她叮嘱他说,"明天正好是星期天,你把这三袋小麦拉回来之前,要把小麦过秤,过秤时,要秤的低些,将来归还的时候要秤的高一点,这样将来好同人家共事,再借东西也好借。千万不要借的时候秤高,还的时候秤低,这样就把好人得罪了……如果传扬开来,从此以后就不会再有人同咱共事了,路要越走越宽,不能越走越窄……"

这些话虽说朴实,却是至理名言,北辰认为她说的话非常有道理……之前穷日子过惯了,这些生活细节,母亲和北辰有时候顾及不到,所以他们家因此得罪过不少人。

第二天,北辰吃过早饭,他骄傲地拉起崭新的架子车就往北斗哥哥家里走去,刚刚走上木板桥就碰到北斗的兄弟北风。

"借的谁家的车子啊,北辰?"北风鄙夷地问北辰道。

北风是个大胖子,他上身胖大,下身短粗,头颅大的奇特,而且鼻子、眼睛、嘴巴十分粗犷。他清高、自负,因为北斗和北风的爸爸是高山镇水利站长,所以他们像是高人一等。

"怎么会是借的? 这是俺的新架子车!"他愤慨地说。

"恁的新架子车?"北风尴尬地说。

"俺咋不能有新架子车!"北辰怒斥北风说。

北辰真想说他狗眼看人低,但是得饶人处且饶人,北风已经没趣地离开了。

"恁的架子车? 恁咋会有架子车……恁要有架子车,太阳就会打西边出来……"北风临走时,像是自言自语说。

北辰听见这些话,本想再说什么,可是他已经走远了……他本来兴冲冲地去借北斗家的小麦,北风这些侮辱语言,让北辰痛苦万分,他凝视着浑浊的河水,辛酸的泪水夺眶而出。他真的不想去借北斗哥哥家的麦子,但是想到家里马上就要断炊,他还是揩干泪水,向北斗哥哥家走去……

麦收之前,没粮没钱的日子怎么过呢? 想起那些没有着落的日子,他的心情更加沉重起来。结婚之后,家里不只是增添淑丽一个人,将来肯定还会有孩子,尽管淑丽还没有怀孕,这却是早晚的事情,现在的日子这么艰难,他不敢想象将来,将来的日子会怎样折磨他呢? 他本来就怀疑人生,现在愈益怀疑他的能力了,如果连老婆、孩子都养活不起,他还算个男人吗? 他想放弃代课教师职业,这可怜的薪水连自己都养活不起,将来怎么养活老婆、孩子? 可是真要放弃这个职业,又舍不得,他已经代了十几年的课,何况他已经获取大专文凭,他舍不得放弃这个职业,这或许是黎明前最黑暗的一段日子……如果选择高薪职业,尽管苦累些,却会扭转眼前的生活窘境,但是不知因为什么,他真的不想现在放弃这个职业,这真是他做人的悲哀呢,当断不断,必受其乱。他太优柔寡断了。这时,他禁不住眺望一下远方灰色的地平线,远方却是那么遥远,什么时候能够走出这片贫瘠的黄土地呢? 不知道,他怎么会知道呢? 或许一生都走不出来。河水在湿漉漉的水线下面奔流不已,这些浑浊的河水向东南方向激流而去,人生就该像河水这样生生不息。经过一番思

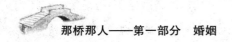

考，一番斗争，他还是坚定地向前方走去。

北斗嫂子心直口快，却是刀子嘴、豆腐心。她的脸很短，眼睛、鼻子、嘴巴像是召开秘密会议一样紧紧地凑在一起，不过，眼睛、鼻子、嘴巴都非常小巧，几乎没有下巴，她说起话来不但声音尖厉，还手脚乱动、全身乱颤，甚至是前仰后合的，有时候还叽叽喳喳吵闹不停，简直没完没了。患难之中见真情，这次，她解决了小两口的燃眉之急。

他刚刚把借来的三袋小麦拉回家，焊工宋得贵师傅随后就跟进院子。宋师傅的眼睛虽大，却左顾右盼的，北辰十分厌恶他的为人，可是谁也得罪不起焊工，不过，他来干什么呢？他应该知道这三袋麦子是借来的，还应该知道是借谁家的，开始北辰以为他是来看笑话的，看来他并没有讥讽的意思，还帮助北辰把这三袋麦子抬进屋里，原来他是来帮忙的，于是北辰向他感激地笑笑。既然宋师傅没有其他事情，北辰安置好这几袋麦子，还想趁中午这段时间给小麦喷洒农药，他必须把小麦上的咪虫打死，不然小麦会减产的。这时，他背上喷雾器，右手提瓶敌敌畏，左手提着红色塑料桶，桶里有一条像是盘曲的蛇一样的麻绳，就要走出家门。这个时候，宋师傅想说些什么，却欲言又止，他大概有什么难以启齿的话语，北辰不得不停下脚步等他说话。

"金锁叔叔叫给你捎信……"宋师傅像是艰难地说。

他正想问张师傅，王金锁让他捎什么信呢？霎时，北辰明白过来，肯定是让他归还欠款，果不其然，被他不幸言中。

"俺大娘有病时，借王金锁那两百块钱，他让你抓紧时间归还呢，这种事情……我本不想捎信……可是他非让我捎信不可……"宋得贵师傅勉为其难地说，他看见北辰的脸色越来越难看，没有把话说完，更没有等北辰回话就悻悻地离开了。

北辰一直在喷洒农药……已经过了午饭时间，他仍然不想回家，他被痛苦折磨着，如何偿还那笔外债呢？他实在想不出什么好办法。他没有一点食欲，最后，勉强吃下半碗面条，母亲、淑丽都用异样的眼光看着他，可是他始终一言不发，说什么好呢？他实在无话可说……两点半钟左右，北辰正说下地继续喷洒农药，金锁叔叔的大女儿小霞迈着细碎的脚步，匆忙走进北辰家的篱笆门，她站在北辰面前，害羞的几乎不敢抬头瞧北辰一眼，她在家待业呢，现在小霞那一双洁白、细腻的小手，紧紧地捏着垂在胸脯前面右边那条细细的长辫子，衣服下面，那对小乳房鼓胀得犹如两颗硬撅撅的小石头蛋子，娇嫩的小脸上闪烁着一双迷惘、深情的大眼睛，眼睫毛那么修长，这时她像是要急出眼泪来了。她早已经到了怀春的年龄，或者是想男朋友想疯了。

"北辰哥哥，爸爸让我来，讨要那两百块钱呢……"小霞激动得几乎说不出话来，他似乎能够听到她的心脏在剧烈跳荡。她大概是第一次帮助父亲讨债吧？没等对方回答一言半语，小霞就像是被猎人追赶的野兔一样匆忙逃掉了，她逃走时羞答答的小脸蛋仿佛一朵怒放的紫红色玫瑰花。

是啊,吃人家的嘴短,拿人家的手短,欠人家的理短。但是北辰实在无钱归还那笔欠款,这已经是他第二次催促了。王金锁肯定不差钱,他恐怕他赖账、遗忘,恐怕他偿还不起……才一次次催讨的,如果北辰不及时归还,他肯定还会再催逼。北辰因为修建房子,因为给母亲治病,还因为结婚时办理喜筵一共欠下一千五百多元债务,这笔巨额外债,他不知道什么时候能够偿清,如果光靠他每月那一丁点儿可怜兮兮的代课教师工资,不吃不喝也得好几个年头,这几个年头,他们怎么生活下去呢?他可是一家之主啊!不当家不知柴米贵……不管怎么说结婚之前有母亲撑着,可是现在再依靠母亲东挪西借的,别人怎样评价他呢?别人会说郭北辰老师就是这样一副德行,就是这样一个熊包,看似血性男儿,其实是一个无能之辈、无耻之徒。在这样的窘境之中,能有什么好办法呢?他又不舍得丢下这个可怜的代课教师职业,如果狠下心肠他肯定会很快走出困境的。他必须舍弃这个代课教师职业吗?如果……他能坚持到底……坚持到转正那一天?他或许会因为债务危机而被逼上梁山,不是已经有很多民师、许多代课教师走上自谋职业之路吗?他为什么不能,有些民师、代课教师已经发展成为个体专业户、万元户,还有的已经成为农民企业家,但是当个所谓的农民企业家,或是个体专业户……这不是北辰所追求的,但是他到底在追求什么呢?他想成为杰出的文学家,想成为举世闻名的作家、巨匠、宗师……可是他的鸿鹄之志什么时候能够实现呢?他不知道……或许根本实现不了……这只是痴心妄想而已……这是一条崎岖而又艰辛的求索之路,既然选择了这条道路,他就得坚定地走下去……不为圣贤,便为禽兽……他有这个决心吗?他已经下定了这个决心,而且他有这个信心。既然这样,屈辱、灾难算什么呢?这样想来,他释然了,他准备迎接更加巨大的挑战……他对着远方喊道:"来吧,我什么都不怕。"

但是无论如何不能赖账,当时母亲病情严重,北辰没钱给母亲医治,他只有向王金锁借贷,他慷慨解囊,现在人家肯定遇到了困难,他怎么能欠账不还呢?即使王金锁……这也是人之常情,所以他……否则,他对不起恩人……

2

北辰打定主意,去向姐姐春草借贷,他们想先借春草姐姐二百块钱还债,等经济宽裕之后,再归还她。一旦打定主意就立即行动。姐姐家居住的村子叫河湾村,但是这个村子并不在河湾里,不但不在河湾里,还离河湾很远呢,这个村子是不是之前在河湾里或是在河湾附近,后来因为河流改道才不在河湾里不在河湾附近的,这就不得而知了。他们沿着一条长蛇一样曲曲弯弯的田间小道向河湾村走去,远远望去,蔚蓝的天空下,一望无际的是绿油油的麦田,麦子正在抽穗呢,而这些麦穗整齐地站立着,它们娇羞的姿势像是亭亭玉立的少女,它们渴望爱情,渴望成熟,渴望被收割、被收获;黄澄澄的油菜花点缀在麦田中间,东一片,西一片的,油菜花上有好多蜜蜂在忙碌地采蜜呢,一只巨大的花蝴蝶,薄薄的粉红颜色的翅膀上有许多黑斑,它从小两口的中间犹犹豫豫向前飞去。他们多么想去追逐、去欢笑,可是他们怎么能够欢喜得起来呢? 他们不但欢笑不起来,心情还十分沉重,春草姐姐借不借给他们钱呢? 这却不得而知,现在已经不同以往,他已经成家了,已经不是一个人生活啦,姐姐帮衬他到什么时候是个头儿呢? 如今他可是一家之主,还一门心思做着文学家的美梦。他总是这样想,一个器物有大有小,一个人的胸怀也有大有小,关键是超越,关键是无限超越,是超越列夫·托尔斯泰,还是罗曼·罗兰;是超越高尔基,还是帕斯捷尔纳克;是超越库切,还是福克纳……有些人读一百部书就够了,这时候,他们已经文思泉涌;有的人读一千部书才有创作冲动,才拥有灵感;可是有的人大器晚成,需要读尽天下之书,还要行走万里征途,才能下笔如有神,才能究天人之际,通古今之变,成一家之言。而北辰是不是这样一个人呢? 他会不会……他是那么茫然……可怜的北辰,可怜的孩子……可怜的梦幻……

北辰生活在虚幻的世界里,他所向往的理想社会与现实世界格格不入,但是北辰抱定所谓的崇高理想,想象着未来世界的善良和美好,想象着将来有朝一日功成名就。可是在别人看来,他幼稚得近乎弱智,他早已过了幻想的年龄,早已不再年轻,可是他似乎愈加执着,愈加固执起来,如果换成别人,他们只会浅尝辄止,他们会悬崖勒马的,可是他却越发疯癫地阅读、写作。他往往阅读至深夜,甚至更晚,淑丽早已进入梦乡。有时候,她醒来几次,催促他几次,但是他仍然阅读不止,仍然写作不止……淑丽又一次醒来的时候,他依然在阅读、在写作,几乎弄得淑丽哭笑不得。时间久了,淑丽只得随他,书籍似乎就是他的爱恋,他的一切。有一次,淑丽问他:"你有所谓的事业,那么你娶妻子干什么呢?"这句话让他哭笑不得。是的,他有事业,他为什么娶妻子呢? 别人娶妻子都是用来疼的,可是他娶妻子,却把妻子冷落在一边,抛弃在一边! 他甚至连自己都照顾不到,连自己都想象不到,连自己也会忘在一边,甚至都不知道疼自己,他怎么会体恤妻子呢? 可是在他的意向当中,他又是多么疼爱淑丽,又是多么体恤她,但是他实在傻得可爱,傻得可以。

麦子正在成熟,苹果树、梨树……已经结下许多青青的果子,野草的花卉把春天装扮得那么靓丽,火红的夕阳像是一头年迈的老牛,它正在悄悄地走近小两口身旁,他们已经那么接近,老牛似乎就站在他们身边……可是眼下苦涩、痛苦的生活正在啃啮他们甜蜜而又幸福的心灵。这时,他们必须经过一条并不宽阔的水沟,水沟的水也不深,但是他们必须涉水过去,而北辰哪里舍得淑丽下水呢? 他抱着她,她掂着他们的鞋子,他们喊着:"一二三……过河啦……"很轻松地来到对岸。

刚刚清洗好脚趾,穿上鞋,他们看到有一位农村妇女正在附近的小麦地里给小麦喷洒农药呢。远远望去，他们猜测那位喷洒农药的妇女是不是春草姐姐呢？他们又疑惑地凝视一会儿，还是不敢喊叫，唯恐认错人，免得尴尬。的确是春草姐姐，他们瞬间把希望提到嗓子眼上，而春草姐姐也看见了他们，但是春草姐姐并没有停止喷洒农药，她像是没有看见他们一样。春草姐姐这么冷漠，北辰的热情和希望顿时消失了，本来想替春草姐姐打一会儿农药，他竟然没有勇气说出要替姐姐打农药这句话，这时，他僵直地站着，没有办法，还能有什么好办法呢？只有等她打完农药停下来，他们等待了很长时间，已经等待得很久了，春草姐姐还是没停下来，她似乎预感到弟弟和弟媳妇有什么企图似的。北辰开始懊悔了，他真不该冒冒失失来向姐姐借贷，因为北辰知道春草姐姐的脾性，她最讨厌谁向她伸手借钱，因为姐姐是世界上最最看重金钱的人，一是挣钱不容易，二是姐姐是从艰难日子里过来的，三是之前姐姐一直帮助北辰，可是北辰似乎总让姐姐很失望。他这样想的时候，春草姐姐终于打完了农药，一停下来，她就冷冷地站在北辰身边，然后像是头疲惫的老牛一样弯腰把药桶放到地上。他们都沉默着，谁都不想先开口说话，好像谁一开口说话谁就会从对方眼前消失掉一样。北辰突然感觉到他和春草姐姐之间的距离竟然那么遥远，他们变得那么陌生、隔膜，姐弟之间的亲情顿时消失殆尽了。北辰结婚的日子并不长，可是他们变得那么生疏、生分，简直像是匆匆而过的陌生人。北辰以为之前的春草姐姐端庄、秀丽，可是现在他却感到春草姐姐尖酸、刻薄，他仿佛认不出她就是春草姐姐，北辰认为姐姐之前只是性格古怪和任性，但是他猛然间发现春草姐姐的颧骨宽大、凸出，两颊凹陷得厉害，而且鼻子短小，鼻梁也不挺直，鼻头还有些秃，春草姐姐原来这么丑陋……不但丑陋，还冷酷。

春草姐姐终于直起腰来，她像是突然来到弟弟面前似的，她就站在兄弟和弟媳中间。他们依然沉默着，还是没有人说话，谁也不想打破眼前的平静和沉默，他们甚至忘记了问候和必要的礼节。

"姐姐……"淑丽想打破沉寂，可是她也没有说下去。

"有事？"春草姐姐并没有理会淑丽的问候，看来她并不信任淑丽，她想听听北辰说什么。

春草姐姐像是预感到了什么，她可能感觉到他们正在经历一次动荡、浩劫……或是一次更大的经济、债务危机，他们肯定是来向她求援的，所以她突兀地说了一句简短的话语，然后，她表现得更加阴冷、执拗，北辰几乎不敢张口说话，更不敢提借钱的事情。

还是沉默……夕阳就要下山了，西边天际那一抹淡淡的云霞眼看就要离开黄昏的纠缠，他们附近仿佛有一群蚊子在嘤嘤嗡嗡闹着，可是这群蚊子像是故意似的，它们径直飞到北辰脸前，有一只蚊子正在叮咬他，北辰竟然没有感觉到，这时空气是那么闷热、让人窒息。

"北辰，如果没事，我要回家啦……"她想一走了之，想尽快甩掉他们的纠缠。

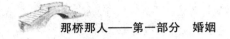

"姐姐，我……"北辰还是胆怯地说道。

这一次，他实在没有勇气说出借钱的事情。之前，春草姐姐帮助他渡过了一次次难关，一次次危机，现在他结婚啦，成家啦，春草姐姐也是一大家子人了，彼此都有家庭，姐姐不可能再帮助他，可是他实在想不来其他办法偿还债务。

"啥事……"春草姐姐不得已，还是停下了脚步，她并没有看兄弟和兄弟媳妇近似哀求的可怜相，她像是在看夕阳，但是夕阳早已不见了。

"娘看病时，我欠王金锁两百块钱，现在……"他不得不把来意表达清楚，还想说清楚先借再还，"您先借……"

"我没有……你已经成家了，以后我再也帮不上你什么忙了，我们还有一大家子人呢，我们也得生活……"北辰说出的那个借字像是毒蛇一样让春草姐姐感到害怕，不等北辰说下去，于是她匆忙打断他的话语说道。

的确是这样，春草姐姐帮助他渡过一次次难关的情形，像是演电影一样历历在目……想到这里，北辰泪如泉涌，他实在不知道目前眼睛里流下的是感激，还是羞愧的泪水……的确，他结婚了，长大了，再不能够向姐姐伸手要钱了。可是王金锁逼债，他向谁去借这两百块钱呢？向上天借债，可是上天根本不理睬他！世界之大，竟然借不来两百块钱，竟然被这二百块钱逼到如此地步……羞愧、悔恨，可是这有什么用呢？他已经成人了，已经结婚了，已经是一家之主了……

"姐姐，那借我一百块钱吧？我快到死地了。"北辰想先借春草姐姐一百块钱，另外那一百元，他再想其他办法。

"没有……"她冷冷地说。

"五十块呢？"北辰又一次哀求姐姐说。

"没有……"春草姐姐近乎冷酷地说。

"借我五块吧，姐姐……"北辰呆呆地站着，他无奈地站在那儿，像是站在世界屋脊的悬崖边缘，他希望姐姐来拯救他，可是……他还是可怜巴巴地乞求春草姐姐道。

他们甚至连买菜的钱都没有了，他想哪怕是春草姐姐借给五块钱也行，借给五块钱至少能买几顿菜吃，他们家已经几天没有买过菜了，当然之前，他和母亲也很少吃菜，但是现在他刚刚结婚，淑丽刚刚嫁过来，况且淑丽娘家生活富裕，这样的清苦日子，他真的恐怕淑丽迁就不下去，其实淑丽一直在忍耐，他时常能够看出来，有时候淑丽吃到一半停下来哀叹一声，犹豫一会儿，不得已又吃起来，这个时候，他是多么痛苦，眼看着淑丽吃苦，他真不忍心，但是有什么办法呢？薪水那么低，又不舍得放弃代课教师这个不挣钱的职业……看着淑丽一天天消瘦下来，他总想对淑丽说声对不起，但是自负和大男子主义使他咬紧牙关，使他不肯说出来，可是有一天吃早饭的时候，他还是忍受不住痛苦说："淑丽，要是难过，就说出来，有什么委屈，你就发泄吧……想哭，你就哭出来，我……实在对……"

"北辰,没有什么可抱怨的,这都是命运……我受得了。"她含着眼泪说。

"要不,你回到娘家吃住几天吧?"北辰像是恳求她道。

"……"她含泪点点头。

吃过早饭,她当真回到娘家去了,北辰本来以为今天中午淑丽不会再回来吃饭,他和母亲几乎没有做饭,而是只吃一些简单的剩东西,可是这个时候淑丽突然回到家里,她看到北辰和婆婆这个情景,不但没有抱怨,反而也吃起这些难以下咽的东西。

"你为什么不吃过中午饭再回来。"北辰歉意地说。

"我的家在这儿啊,这儿是我的家啊。"淑丽坚定地说。

"我们还是做一些饭菜吧。"母亲内疚地说。

"不用,我吃得消,我已经习惯了,妈妈。"淑丽像是喜悦地说,因为她知道家里实在没有什么可做的食物。

北辰乞求过春草姐姐,又想到这些,他真想哭,想抑制住不让眼泪流下来,可是还是禁不住眼泪扑簌簌地往下掉,他不知是有意识,还是无意识地揩一把可能是辛酸,抑或是耻辱的泪水说,"求求您姐姐,救救我们吧。"

"没有,一分也没有,谁救救俺……"春草姐姐话没有说完,就离开了他们,她走得是那么决绝。

天底下只剩下他和新婚妻子——夏淑丽,应该还有即将消失的黄昏,他们就这样站在天地之间让愧疚和耻辱的眼泪流淌。

夕阳早已躲开了他们,黄昏也不知去向,陪伴他们的只有傍晚的黑暗。他们实在不知道傍晚是在什么时候把黑夜的遮羞布像是渔网那样撒向人间的。他们也不知道是怎样涉过沟渠,是怎么回到家里的。

"借到了吗,孩子……"母亲看到两个傻孩子回到家里,谁都不说一句话,更不说吃饭的事情,他们一头扎进被窝里,淑丽哭泣的声音虽然很小,但母亲依然能够听到。她老人家胆怯地推推儿子,儿子不但没有吭声,也没有动一动,母亲已经明白他们没有借到钱,于是她叹息道:"唉,这世道……"

黑夜是那么漫长,贫穷像是一条小蛇啃啮着他们脆弱的心灵。

3

吃过早饭,北辰去学校,路过二伯家大门口时,北征叫住北辰说:"俺爸叫你呢,北辰哥哥。"

北辰昨天没有借到钱,现在他非常失落、沮丧,甚至还在生春草姐姐的气,北征说二伯叫他,他本来不愿意去见他,可是想想,还是来到二伯家里。二伯在家无所事事,现在已经没有人再追随他去城市打工了,他早已没有建筑工地,再也没有单位愿意把工程承包给他,因为他承建的楼房不是豆腐渣工程,就是验收不合格,有时工期也一拖再拖……再也没有人愿意把资质借给他,他不是拖欠,就是随意克扣,甚至不发放农民工工资,所以逢年过节就会有许多衣衫褴褛的农民工来讨要工钱,他们不达目的誓不罢休,他不是躲来躲去,就是不理不睬,有时候被农民工催逼不过,他就会保证说一定打赢官司,等钱回来,肯定不会亏欠谁的。可是又过去许多年月,他依然不间断地打官司,农民工仍然讨不到工资,他们把他堵在家里,把他堵到上、下田地的道路上。侮辱、谩骂他……他总是不停地不是同这个打官司,就是同那个打官司,可是一直没有打赢官司,他真的也在打官司,至于结果如何,谁也不知道,久而久之,找他要钱的人也就渐渐稀少起来。院里二伯正给一把铁锹头安铁锹把。铁锹头明亮、锋利,可是铁锹把已经磨损得很小了,他正在把那根白蜡杆用斧头削尖,然后安到铁锹头上。二伯比父亲大不了几岁,但是他依然健壮,走起路来,拧着脖子,一蹦一跳的。上辈的恩怨早已过去,二伯毕竟是长辈,北辰很敬重他。爷爷当年让二伯守家,让大伯和父亲上学,结果大伯、父亲都离开了家乡,为此二伯非常恼恨爷爷。

"北辰,你妹被婆家人打了!"二伯见北辰过来,并没有停下手里的活,他激愤地说。

"怎么回事?谁打的?"北辰是个急性子,最恨男人打女人,尤其是妹妹挨了打。

"她婆家小姑子,如果中午有时间,你和北征去她家看看。"二伯余愤未消地说,随后他又叮嘱道,"别把事情闹大,免得亲戚脸上不好看。"

等到北辰把课上完,已经是上午十一点零五分,他一走出校门就看见北征正在校门口等他,他们所去的高楼村,距离学校并不遥远。这时,北辰突然看见北征带把尖刀,他赶紧把刀夺过来,然后把刀锁到办公桌的抽斗里。彼此都是亲戚,他们去解决问题,又不是去惹事,何况嫂子和小姑子打架,这是家务事。而北征历来胆小怕事,别看北征个子高大,从他左顾右盼的眼睛来看,北征是个胆小鬼,他不足二十岁,背稍微有点驼,上身穿一件崭新的绿军装,这身绿军装使他显得风流倜傥。

他们很快来到高楼村,娟子家就在村口,他们还没有走进家门就呼啦围上来一大群村民,这些人肯定是来看热闹的,他们一走进家门,这些看客就像潮水一样涌进院子里,而且院墙周围也都是看热闹的村民,这些人议论纷纷,他们像是等待着。冯五妮不敢怠慢,他急忙从堂屋出来迎接北辰和北征,看得出来,他面带笑容是假,心怀怨恨是真。儿媳妇和兄弟妹妹意见分歧,甚至打打闹闹,这是家丑,而娘家人来家寻仇,这是丢人现眼的事情,这会让他在高楼村左邻右舍面前抬不起头来。冯五妮之所以怀恨在心,他现在就是这样的心态。冯五妮是他的小名,也是乳名,他的学名叫冯茂仁,小男孩小时候被叫成小女孩名字,可能是因为母亲待他金贵的缘故,所以才这样叫,不然父母不会把小女孩的名字当作小男孩的名字叫。冯茂仁非常矮小,他五短身材,光光的脑袋,圆圆的苍白色的小脸上尽是皱褶,但是他非常狡猾、奸诈,两个又薄又小的招风耳像是悬挂在光头两侧枯萎的杨树叶子,在北辰看来,他今天十分滑稽可笑。

"欢迎,欢迎……郭北辰老师……"冯茂仁看见北辰到来,又看见院里院外那么多看客,他顿时把脸阴沉下来,于是阴阳怪气地说。

北辰并不知道他心怀鬼胎,他对冯茂仁本人并不了解,但是他知道高楼村和附近村里的农民,对冯茂仁评价并不高,不但不高,还非常鄙夷他的为人,说得直白一些,冯茂仁就是一个卑鄙无耻的家伙。北辰是来解决问题的,他想凭着平和的心态,问清事实真相,然后化解矛盾,可是冯茂仁阴阳怪气的样子让北辰十分愤慨,北辰还没有觉察到,他这次来这儿,实在唐突,他的年龄已经非常大了,可是社会经验还很贫乏、欠缺,有时候他仅仅凭借感情办事,仅仅凭借义气办事,缺乏理性思考,更缺乏对具体事物的认知,这往往会惹下麻烦、祸端,犯下错误。这一次他真的不该来,二伯怎么派他来呢?当他认识到错误的时候,已经晚了,可是他并没有真正认识到错误这么严重,这种事情不能这样解决,他怎么会来解决这样的事情呢?清官难断家务事,清亮不了糊涂了,何况他在没有征求任何人意见的情况下,抱着一腔义愤,自以为真理、正义在他一边,妹妹挨了小姑子打,到哪评理都是对方错误,他并不了解妹妹为什么挨小姑子打,二伯父的激将法让他气昏了头脑。眼前这个情景,真的不该来,顷刻之间,他脸上的汗珠就流淌下来……他也实在没有解决过这样的事情,一时之间,他也不知道怎么说,说什么,怎么做,做什么,所以他的处境竟然十分尴尬。

冯茂仁得理不让人。这是家事,而北辰是外人,他绝不允许一个外人插手家庭事务,北辰来这儿,使他恼羞成怒,虽然他装出一脸笑容,谁都知道那是奸笑,他肯定要伺机报复,这也是他一贯的伎俩。何况北辰伤到了他的自尊心,他肯定以为北辰是来找碴儿的,他不会善罢甘休,他本身就是睚眦必报的小人。质朴而又憨直的北辰哪是他的对手?何况院子里和院墙四周早已被看热闹的人群围得密不透风,冯茂仁非要挣回脸面不可,北辰非要栽到他手里不可,但是他们还是走进堂屋。

"大伯,妹妹给您老添麻烦了,惹您老生气了……"刚一坐下,北辰已经意识到唐突和冒昧,于是他抱歉地说。

"你……这是……我会……"冯茂仁再也按捺不住满腔怒火,但是屋里屋外这么多人,一时之间,他不知道怎样说才好。当他骤然看见老伴哆哆嗦嗦站在身边时,他终于找到发泄愤怒的对象了,于是冯茂仁大发淫威道:"滚!滚出去,妈那×,倒水去!"

原来他身旁站着的这位胆战心惊的老太太是他的老婆。她比他更矮,但从外表看,老太太是一位胆小怕事之人,她像是惊魂不定,唯恐发生不测,她不停地眨巴着小眼睛,当听到丈夫责骂她时,她想说句什么话,或是想问候北辰一句,想说一句请求北辰原谅的话语,可是她哆哆嗦嗦地张张嘴,却没有说出话来。她大概是倒水去了?看来她并不情愿走出堂屋,可能是想听听他们到底要说些什么话,她很慈善,但是她还是很不情愿地出去了。

谁也阻止不了冯茂仁辱骂老婆,但是谁都知道他是在骂谁,他是在指桑骂槐,他似乎胜利了,冯茂仁骂过老婆之后,心情愉悦起来,他想笑笑,但是他还是收敛笑容。因为这个时候,他看见他们家院子里不但挤满了穿戴破破烂烂、满脸黝黑的农民,透过堂屋门口,从人群间隙,应该是从人群头顶远远地看到一位黑塔汉子,他站在矮矮的院子外面。

院墙只遮住他半截身子,他大概是刚从地里回来,还裸露着黑炭一样的胸腔,发达的胸毛既粗又长,而且非常稠密,两条胳臂像是两根粗大的黑铁杵一样插在腰间,眼睛真诚得瘆人。他就是梁毛毛,冯茂仁的宿敌。冯茂仁和梁毛毛都在大道口做煤炭生意,同行是冤家,而冯五妮吃过梁毛毛许多铁拳,今天他肯定是来看热闹的。

"大伯,不要见外,我们是来说和的,不是来闹事的,更不是来出气的,我们可没有其他意思……"经过一阵沉默,北辰更加感觉到他不应该来,不应该来到这个是非之地,这不是他应该来的地方,北辰再次道歉说。

北辰思索了一会儿,他认为还是早点走为好,以免夜长梦多,娟子并不在家,也说不成什么事情,现在来看,即使娟子在家,也只会使事情恶化,大概也是二伯疼爱女儿心切,把事情故意说得严重了。可是北辰还是寻思道:冯茂仁既然让老婆去倒水,如果不喝一口水就走,似乎不近情理,将来事情可能会更僵,北辰实在是太拘泥礼节,如果他现在一走了之,就不会节外生枝,可是北辰又等了一会儿,还是不见她倒水回来。当初冯茂仁指桑骂槐,他是借故谩骂老婆,而她并不乐意给他们倒水喝,这口水北辰肯定喝不上,于是他想说一句委婉的话语再走,他又一次抱歉地说:"如果伯母倒水还得再等一会儿,我和北征还是走吧,免得外人看笑话……"其实他根本不明白冯茂仁如何阴险狡诈。

"还没滚,倒啥水……"冯茂仁一语双关地说道。

"那好,我们滚……"北辰是个急性子,遇见这种场合,不知道变通,于是他一气之下站起来就往外走,还义正词严地说,"大伯你当长辈的,竟然让我们滚!"

"我没说让你滚……我是说水还没滚!"冯茂仁阴险狡诈地辩解说。

冯茂仁话音刚落,北辰刚刚走出屋子,娟子突然走进院子,她像是刚从地里回来,她听到公公在辱骂两位兄弟,于是尖声大骂道:"你当公公的不讲理,你偏心,你不是人!"

冯茂仁来到院子里看见街坊邻里都在嘲笑他,而娟子又在辱骂他,他顿时失去了理智,他跳将起来,不顾一切地冲向娟子:"我不讲理,你讲理……"

骤然爆发冲突,北辰始料未及,他是来解决问题的,不能激化矛盾。北辰害怕他们打闹起来,于是他无意识地拉了冯茂仁一把,冯茂仁既瘦弱、矮小,又上了岁数,他哪里禁得住北辰这一拉,冯茂仁不可能是故意的,肯定是北辰情急之下用力过猛,这个时候,他像是皮毛蛋一样在尘土飞扬的黄土地上打起滚来。正当北辰担心有什么闪失的时候,他却一骨碌从地上爬起来,他满身、满脸都沾满尘土,看热闹的农民看到他灰头土脸的狼狈相,都哄笑不止。他刚刚从地上爬起来就不顾一切地撞向北辰,还破口大骂道:"打人了,救命啊……"

正当他撞向北辰,又高喊救命之时,这个时候院子里呼啦一下挤满了看热闹的农民,他们并不给撞向北辰的冯茂仁让路,没办法,只有停下来,可是他却声嘶力竭地叫骂道:"郭北辰,你还是教师,你是啥教师,你腌臜人家……"他辱骂得那么难听,北辰简直无地自容。北辰还是想错了,冯茂仁停下脚步的原因是他看见二儿子和几个本家侄子突然来到现场,所以他才故意停下脚步,开始叫骂的。他们像是从地下冒了出来,根本不容北辰解释,就呼啦一下把他和北征围困起来。这时北辰更加后悔来说和事情,北辰本身就不会处理事情,有时候他连自己的事情都处理不好,还非要处理人家的事情,他不但感情办事,还不理智。娟子是他妹妹,至少是叔伯妹妹,所以娟子的事情,他应该尽到责任和义务,但是他的事情为什么就没有人尽责任和义务呢?二伯不会尽这个责任和义务,娟子更不会尽责任和义务,当然也不关北征什么事情。可是只要是二伯家的事情,北辰就不会这样考虑,他家的事情甚至比自己家里的事情还要重要,北辰始终想不明白这到底是怎么一回事?他往往不会,也不想多加考虑,他甚至不考虑事情后果,就向前冲,他就是这样为人处世的。可是怎样才能化解眼前的危机呢?和他们打架?北辰固然不会示弱,这几位瘦弱的小个子男人,根本不是对手,他三下五除二就能把他们打趴下,但是打趴下之后怎么办?这都是娟子婆家的近人、亲人,打起来,怎么收场?他可以不见他们,但是将来娟子怎么办?他们将来抬头不见低头见,所以这不是简单一个打字就能够解决问题的。而娟子和北征也都惊呆了,他们也不知道事情怎么会发展到这步田地,他们僵持的时间并不长,显然对方仗着人多势众要出手了,他们已经在缩小包围圈,所有的看客也都屏住呼吸,有些人已经往院子外面撤离……

"住手……"梁毛毛喝止他们道。不知什么时候,他已经来到院子里,这时他伸手挡住冯茂仁的儿子冯福军打向北辰的拳头。接着梁毛毛又把他们拉开、劝走,他还说了一句让北辰很有面子的话,"你们几个根本不是北辰的对手"。

北辰离开的时候,他感激地对梁毛毛说:"好哥哥,谢谢您!后会有期。"一场闹剧就这样不了了之。

4

　　世界上,万事万物并不是独立存在的,每个事物的背后都有千丝万缕的联系。有些事情看似蹊跷,有些事情像是不期而遇,有些事情往往在意料之外,却又在情理之中……但是透过现象看本质,就会在形形色色的人、事之中探索出事物的规律。有些人生,或许命运使然,或者命该如此,不,都不是……灾难本身根本不能称其为灾难,也就是灾难构不成灾难本身,这才是灾难的本质、根本。灾难是因人而异的,畏惧灾难,灾难才会成为灾难,可是……

　　这天早自习放学后,北辰正走在放学回家的路上,他马上就来到王金锁的制钉厂大门口,准确地说是来到制钉厂的小胡同口,因为通过这个小胡同往西走五十米,才能走进制钉厂大门。这时突然有一位姑娘从他身后奔跑过来,几乎擦肩而过,如果不是他躲闪及时,她肯定会撞上他的。这会是谁呢? 哦,原来是娟子的小姑子,她叫惠子,惠子长得虽胖,却并不臃肿,也不丑陋,她额头饱满宽大,眼珠突出明亮,厚墩墩的大鼻子,人中很深,很性感,还有一股野劲,差一点撞到人,她不但不向北辰道歉,还扭头吐几口唾沫,然后又不干不净地辱骂他说,"不要脸"。可能是北辰去她家充当和事佬那趟,让她怀恨在心,尽管这样,她也不应该这副德行,一个姑娘家居然这样蛮横、霸道……他没有理会她,他怎么会和一个女孩子一般见识? 毕竟还有一层亲戚关系。这件事并没有这么简单,他还是来到二伯家问个究竟,北辰也想去二伯家絮叨这些往事,毕竟都是因为娟子惹祸,以后也得让她懂点事理,有时候娟子也真不懂事,怎么老是和婆家人生气呢? 孝敬公婆,和睦家人,这才是持家之道,家和万事兴嘛。他这样想着,不知不觉来到二伯家里,他还没有把事情说完,二伯就愤愤不平地说个没完。原来惠子就是殴打娟子的真凶,现在她变本加厉地欺负娟子,惠子在王金锁的制钉厂担任会计职务,街坊邻里纷纷传说惠子和王金锁关系暧昧,她依仗王金锁的势力……

　　王金锁家族大,兄弟、侄子众多,在山泉村称王称霸,自从他创办制钉厂,更是目空一切。郭王两家历来不睦,但是有一段时间,他妄想笼络北辰,于是他在北辰母亲病重时,主动借给北辰二百块钱,当别人说出他们的担忧时,他总是语出惊人,他说这二百块钱是他捐给北辰的。可是时间不长,王金锁就反悔了,他很快撕下伪装,大概是恐怕北辰偿还不上那两百块钱吧? 或许还有其他原因也未可知,但是具体什么原因北辰哪里知道呢? 北辰不是不还债,而是目前没有能力偿还欠款,春草姐姐不借钱给他,他不得不高息借贷偿还债务……北辰又一次想起那次还账的伤痛……

　　北辰不等二伯把话说完,已经压抑不住内心的愤慨,王金锁不该欺男霸女,惠子更不该勾结外人欺压娟子,何况就在山泉村,就在北辰的眼皮子底下,他们竟然做出这样卑鄙龌龊的事情,真是欺人太甚,真是岂有此理! 他气愤至极,王金锁竟然这样不知廉耻，他太不把北辰放在眼里。当初，他振振有词地借给北辰那两百块钱时，大概他和惠子已经勾搭成奸了吧？这个到处在设置陷阱的卑鄙小人，无耻之徒，他还梦想北辰感恩戴德呢？竟然……见他妈的鬼去吧！

二伯的挑唆，更让北辰控制不住情绪，因为他最恨反复无常的小人，最恨丑行，所以他已经不再考虑事情的后果。北辰几乎是奔跑出二伯家的，他竟然鬼使神差地直奔制钉厂而去，王金锁的制钉厂就在小胡同尽头的一大片空地上，工人还没有来上班，其实制钉厂生意很冷淡，平时上班工人很少，工厂有生意的时候，工人才会忙碌一阵。他刚刚跑进制钉厂，就破口大骂道："不要脸的东西，从会计室滚下来！"北辰没有直接骂王金锁，他毕竟是长辈，却骂起狗仗人势的女会计来，后来他又像是骂着冯五妮的名字，他见没有人应答，也没有人从办公楼上的会计室屋里滚出来，他于是就顺着楼梯向二楼冲去，他还没有跑上二楼楼梯的拐角处，就被从厂长办公室冲出来的王金锁拽住衣襟，北辰唯恐撕裂衣襟，他趁势冲下楼梯，二人都没有站稳脚跟，他一拳打在王金锁的腮帮上，王金锁尖叫一声蹲下身子，他吐出一口殷红的鲜血，那口殷红血液之中有一颗大牙……

这一切都发生在一瞬之间，这一切发生得那么突然，一开始他懵懵懂懂冲进来，可是现在他骤然冷静下来，他和王金锁虽不一姓，他却是长辈，不知为什么今天北辰异常冲动，根本抑制不住怒火，他并不知道怒火是谁点燃的，还以为这是天性使然，是心灵之中爆发出来的正义力量和最难能可贵的品质，当他知道铸下弥天大错时，一切都晚啦。他为什么往往被人利用？可是怎么化解危机呢？北辰啊，他空有一腔热血，一腔抱负，虽满腹经纶，却不能洞明世事，更不懂人情世故，他往往是知其然而不知其所以然，特别不能冷静处理问题，往往在冲动、激愤之下铸成大错、酿成灾祸。

王金锁镇静一会儿，清醒过来，他像条愤怒的小蛇叫嚣着猛然扑向北辰，他的家人也从不同地方、不同方向冲出来……王振堂奶奶像是一只脚的蚱蜢，从楼下最东边的耳房里奔跑出来。她是位让人尊敬的老奶奶，平常很爱洁净，显得十分高贵，俨然有长者风范。她曾经是党国要员曹仁魁的妾室，国民党兵败台湾，她被遗弃大陆，然后改嫁王振堂。老奶奶上来就去揪北辰的头发，但是她很难揪住北辰的头发。王金锁的老婆从厨房里蹦跳出来，腰间还扎着白色围裙，显然她还在厨房忙碌。她很标致，小腹还没有突凸出来，鸭蛋圆的脸庞上小酒窝非常迷人，她急忙去撕拽北辰的衣领。

王金彪大婶突然从门外横冲直撞过来，她一边拍着大胯，一边不停地叫骂道："反了，反了，还有人敢欺负俺……，俺和你拼了……"

王金彪大婶是王金锁的大嫂，因为缺失一颗大门牙，所以叫喊起来满嘴跑风，她的身躯很庞大，简直像是一头发疯的母牛，奔跑着向北辰撞来。

老四王金星也不知从什么地方钻了出来，他外号王大头，长得很矮，头却很大，头的上半部尤其宽大,下半部却很窄小,而且长个红通通的塌鼻子,他妄想把北辰摔倒在地。

他们一大帮人撕拽、撕扯、摔打他,一时之间,北辰惊愕不已,他因为理亏,也只能任由他们踢打,王金锁一看有机可乘,他狠狠地踢打北辰的睾丸、阴茎,可是还是被他躲开了。

王金锁一边踢打一边叫骂,其中还夹杂着痛苦的呻吟声音……看得出来,王金锁暴怒异常,他短小的紫黑色脸蛋,被痛苦扭曲着,眼眶里满是屈辱的眼泪,泪水几乎淹没了漆黑的眼珠。他想伺机踢中北辰的裆部,又一次次被北辰化解了……王振堂奶奶好不容易揪住北辰的头发,他唯恐她不小心跌倒在地上,她大概有八十多岁,手劲并不大,她使劲拽他的头发,他却感觉不到疼痛,因为她的力气太小了,所以她始终扯不下他的头发来。这使老太太非常生气,她在生自己的气呢!王振堂奶奶的闹剧,不禁使北辰暗暗好笑。而王金锁的老婆想撕裂北辰的上衣领子,而金彪婶子粗壮的双手在使劲拧他的左臂,王金星妄想把他摔倒,但是始终不能成功。

北辰不敢用力摆脱他们,他特别害怕把老奶奶摔倒在地,如果把她摔倒在地,他更加担当不起。这时他越发冷静下来,他既不敢还手,也不敢用力甩开他们,他已经镇静下来,已经恢复了理智。他竟敢这样胡来,如果放在平时他连这样的想法都不敢有,往常他们都是他尊敬的长辈。二伯的激将法使他蒙蔽了心智,他被亲情愤怒、被面子蒙蔽了双眼。他被骗了,是二伯让他上当受骗的,二伯还应该知道北辰借王金锁那两百块钱的恩怨,实在也是因为还钱时,北辰受到很多委屈,特别是春草姐姐激愤的话语,让他羞愧难当。可是欠债还钱天经地义,讨债人没有错,只是北辰太困窘了,母亲的病太突然,可是他无钱医治,是王金锁伸出援手,才挽救了母亲的生命,北辰应该感激才对,他也一直心存感激,他并不知道他为什么逼得那么急切……到底是因为什么呢?大概王金锁当时也遭遇到难处了吧?也可能是因为他唯恐他偿还不起,或许另有隐情也未可知……他把钱借给北辰,救下了北辰母亲的生命,到后来又遭到羞辱、毒打。

这时,淑丽恰巧来到跟前,她恐怕早上放学之后,北辰不能及时回家,才来迎接他的,她走到半路听说他正和王金锁打架,才匆忙赶到的,这时几个围攻北辰的长辈都松开了手。因为淑丽一看情况,也不顾什么长辈,顿时哭骂起来。王振堂奶奶慌忙回到屋里,两位婶子也愣在一边,王金锁也暂时停止了游击术,王金星则匆忙溜掉了。

他们来到大街上,可是王金锁吃了亏,他一边尖声叫骂,一边蹲在地上呕吐不止,而金锁婶子却站在二伯家大门前破口大骂:"点炮捻儿的,打黑眼炮的,你出来,不要脸孙,有种的出来!挨千刀杀,挨万刀剐的……"

她一定是在骂二伯吧,但是二伯家连个鸡毛狗都不敢出门,他们就是这样,只管惹事,惹过事,又怕事。

　　这时母亲拎着菜篮子,也来到这儿。她看到儿子没回来,媳妇接儿子也没有音信,她大概是借故上街买些东西,想看看到底发生了什么事情。妈妈突然碰见儿子在惹事,她看见北斗正在劝北辰回家,他却固执起来,坚决不回去,北斗拽他的左臂,又拽不动他。北辰猛然看见北斗左手四根指头,左手大拇指被他自己用切菜刀砍掉了,这是不久之前的事情,他赌输了钱,这钱是他收粮食的本钱,没有本钱做生意,他一直在家待着,北斗嫂子发现之后,大闹不止,而他愧悔交加,一气之下,把左手大拇指剁了下来……北风也来拉他,北辰却用右手抓住一辆停在大街上的拖拉机后斗上的穿钉不放手,抓得那么紧,他的手像是焊在穿钉上了,任是谁也拽不动他,即使开动拖拉机也拉不走他。妈妈顿时明白了一切,原来他是和王金锁打架,谁敢惹他呢?儿子不是没事惹事吗?那么他们将来的日子怎么过呢?妈妈是被他们吓怕的,何况在山泉村谁家不害怕他们呢?她越想越生气。于是母亲打起北辰来,妈妈用菜篮子砸他的脸,脊背,胳臂……她一边砸他,还一边责骂他道:"我叫你惹事,我叫你惹事……"

　　"妈妈……妈妈!"北辰不想忍受妈妈打骂,他恶狠狠地尖叫道。

　　"妈妈?别叫我妈!我不是……尽惹是非!打死你,权当没有这个儿子……"妈妈大概是想利用毒打儿子,以此消解王家的怨恨。但是妈妈想错了,她就是打死儿子,王家也只会哈哈大笑,凭他们的德行,他们迟早不会放过北辰。

　　"我的儿啊……我没有管好儿子啊!没有人疼爱的儿啦……"妈妈不再用菜篮子砸他,而是改用另一只手掌打他。她一边打他,还一边哭诉道,"你不知道你没有人管吗?我让你惹事……"

　　"老马,你有本事,你使吧……看你能怎么样?"妈妈一再打儿子,却让王金锁不自在起来,王金锁像是怪兽一样吼叫不止,北辰的妈妈姓马,于是他就怪叫着北辰妈妈的姓氏威胁她道,还凶神恶煞地向北辰妈妈冲来。

　　北辰妈妈的招数用尽了,她实在想不来化解矛盾的最佳办法。于是北辰妈妈一边号啕大哭,一边哀求他道:"兄弟,您原谅他吧?您原谅他这一次吧……"

　　"妈妈,妈!不哭,您哭什么?原谅?叫谁原谅?"北辰斥责妈妈道。

　　北辰尽管不回家,他尽管拼命拽住四轮车车厢后面的穿钉不松手,可是他还是心疼起妈妈和妻子来,他还是被妈妈和淑丽撕拽回了家。

　　北辰知道这个事情还远远没有结束……

5

　　王金彪去世早,他有五个儿子,当年王金彪给大儿子盖房子,上大梁那天,他给工头买两条白条香烟,其他人家上梁都买黄金叶,最次也要买两条前进香烟,可是他有五个儿子,眼看一个个长大成人,这么艰难的日子,将来……他们家实在买不起黄金叶、前进香烟,没有办法,只有买两条白条香烟,工头一看是两条白条,扭头就走。第二天建筑工地就停工了,眼看工期停止下来,王金彪焦急万分,当天上午,临近吃中午饭的时候,他突然一头栽倒在地上,就再也没有起来……有人说他是让工头气死的,有人说是难死的,那么多孩子,每人修建一所房子,就要修建五所房子,什么时候能建起五所房子呢? 所以他就离开了老婆、孩子走啦,最后那所房子是亲戚朋友、街坊邻里凑钱建成的。现在孩子大了,但是大春、新义、全意在外打工。他们兄弟五人,大春最惹事,老二新义狡猾,老三全意圆滑,老四全盛呆傻,老五还未成年。

　　王金锁的二哥王金明是村里电工,平时他和北辰很合得来,但是北辰和王金锁打架,他自然不会站在北辰一边。老四王金星阴险毒辣,他行为猥琐,庸俗下流,时常干一些为人所不齿的事情……

　　二伯不会出头说话,大伯不在家,父亲名存实亡,北辰等于没有父亲,其实他早已被父亲抛弃了……黄昏时候,王金明让儿子王好战来请北辰。

　　"俺爸请你呢,北辰哥哥,爸爸让你去俺家说事呢……"好战可是个苦命的孩子,亲娘生育他的时候难产死了,从此,他就过起流亡生涯。他从黑龙江的小姑家回来时,已经小学毕业,初中毕业没有考上高中,他已经长成一个英俊的男子汉了。从他委屈的眼神来看,他像是一头无处逃遁的幻兽,这应该是流浪的童年烙下的伤痛,他并不情愿来请北辰到他家里去,只是父命难违。

　　北辰只得去,这种事情需要和解,街坊邻里就是这样,打骂过后,表面上过得去,抬头不见低头见,见面打声招呼,保持基本礼数,总不能像妇女一样,见面吐唾沫或者指桑骂槐,况且王家是个大家族,北辰该低头时就得低头,做错事情就得承认错误。他们不得已来到金明叔叔家里,他家简直是一团糟,屋里满是废弃的电机、零乱的电线和乱七八糟的电工工具,堂屋中间那台新电机神色傲慢地蹲在地上,电机旁边还有几盘电线,门后有一双高勒胶鞋,鞋上满是泥浆,鞋勒无精打采地耷拉着,像是很不欢迎他们的到来。

　　王金明大约四十六七岁,他脾气粗暴、古怪,为人耿直。这时,他的小眼睛盯着北辰,他平时就是这样看人的,开始北辰以为王金明不会有什么恶意,但是现在看来,他像是非常生气,不但一脸凝重,而且还很严肃。

　　"你俩干啥? 竟让人家看笑话……"他等好长时间,才十分艰难地说道。

　　"北辰,到底因为啥啊? 今天你金锁叔叔去镶牙了,那颗大牙被打掉了……"金明婶子根本不让金明叔叔多说话,她气呼呼地说。

她是好战的继母,大概是因为没有参加那天的战斗,才这么愤愤不平的。她的上身十分臃肿、肥胖,乳房像是两座高山,而大肚子这座高山更高,她的上身像是拥有三座大山,这三座大山几乎压得她喘不过气来,她一说话,一比画双手,就气喘吁吁的,说起话来唾沫四溅,还容不得别人插话,而两条细脚像是无力支撑上身的重负似的,她庞大的身躯随时会有压折两条细腿的风险。她不会生育。

"事情再简单不过……"北辰心情沉重地说。

他刚刚开始讲述,金彪婶子就悄悄地走到房屋门口,她并不往屋子里面来,她庞大的身躯像是一扇门一样挡在门口,唯恐谁会突然逃离现场一样,屋子里顿时黑暗下来,屋子外面可能还会有其他人,因为屋里人隐隐约约地听见房子外面有人在说悄悄话……到底会是谁呢?他们为什么不进屋里,躲在外面干什么?

北辰讲得慷慨激昂,还夹带很多关联和莫名其妙的词语……

他这种叙述方式,让金明婶子大为光火。

"用这些词干啥?比文比武啦!再怎么说你也不该打人呢?"金明婶子火气很大,她满脸、满身赘肉开始晃动,而上身那三座大山也在不停摇摆,还把唾沫星子喷到北辰脸上,这让北辰非常厌恶。可是不大一会儿,金明婶子就憋得满脸通红,不知是因为肥胖,还是因为气愤,她讲不出话来,因为她早已气喘吁吁了……金明婶子只得停下来大口喘气……

她说话那么霸道,让北辰异常愤慨,他不再搭腔,也不再辩解,最后只剩下淑丽和金明婶子在争执。

金彪婶子气得歪着头,瞪着眼,还冲北辰、淑丽不时地说几句威胁的话语,可能是因为她有一大堆儿子吧。

"都别说了,干的啥事?真不像话……"金明叔叔火气上来了,还狠狠地拍了一下眼前那台傲慢的新电机,他大概是把那台新电机当作北辰啦,他真想一掌打下去把北辰拍碎。

金明叔叔的火气真大,可是他还是拍疼了手掌,因为他一直在不停地抖动右手,还不停地叫着,"哎呀,哎哟……"

他发完火,再没有一个人敢说话,空气凝滞了,每个人都沉默不语,屋子里死一样沉寂……

"外面有人……他们拿着棍棒和刀子……"淑丽走到屋外时,金彪婶子不情愿地躲开身子……她肯定是看到了什么,于是她朝着屋子里面惊叫道:"北辰,你要当心……"

北辰猛然站起身,冲向门外。那几个人跑得真快,有几个人影在远处晃动,时间几乎接近傍晚,光线十分昏暗,临街人家的电灯还没有亮起来,但是他还是能够隐隐约约地看见几个逃走的人影……他们想干什么?他们在等待时机,想冷不防

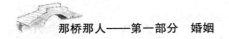

地下黑手,这是不是王金明摆的鸿门宴……以他的性格来看,他不会这么做,但是不排除其他人……小心没大错,还是防范些为好。如果不是淑丽灵动,可能会有不测发生。

"胆大的别走,有种的过来……"北辰还是冲向那几个人吼叫道。这个时候,那些远处的身影停顿一下,可是停顿的时间并不长,还是逃向了远处,那几个远遁的身影像是并没有携带什么,大概他们把凶器藏匿了起来……

北辰站在王金明的家门口,正在犹豫是回家,还是返回屋里,这时家家户户的灯光亮堂起来,北辰又一次隐约地看见刚才那些消失在黑暗处的人影,他们像是又一次折回来,现在他们把头挤在一起商量着什么,北辰又向他们吼叫数声,但是那几个身影听见北辰怒吼,向这边凝望一下,借助昏黄的灯光,他模模糊糊看见冯五妮的二儿子和他的几个侄子。有一位细高个子的侄子,可能是曹牛,北辰已经很长时间没有见过他了,上一次,他去娟子家说和事情时,没有见到他,他是他们家唯一的高个子,因为偷盗公路沿线的电缆受到通缉,他在躲避公安人员的抓捕,可是今天……他想冲过来,却被同伙拽住了,他像是歪斜一下身子,紧接着上身晃荡几下,才站稳脚跟,大概他们是喝过酒来的,时间不长,那些想复仇的人,还是消失在远处的茫茫夜色之中……

他们和王金锁勾结在了一起,王金明知不知道呢? 他们想趁北辰猝不及防发动攻击的……他们被发现踪迹后,还是选择了离开,好凶险……

淑丽和北辰同谁也没有打招呼,他们就匆忙离开了这个是非之地,离开这个豺狼设下的陷阱。

6

麦收之前,农民们烦愁的事情那么多,简直是一件紧接一件……可是马上就要收割了,他们不得不放下这许多愁苦事情,不得不准备收麦的器具。可是北辰家不但没有扬场的木锨,也没有推板、筛子……扫帚也得添置,镰刀也锈蚀得面目全非。这几日,北辰正为添置农具发愁,无论如何,要买两把新镰刀,至少还得买把扬场锨,其他的,到时候可以借借,镰刀、扬场锨不能再借了……

这一天,他刚吃过早饭,正说去学校,恰巧天空下起雨来,好长时间没有下雨了,雨下得很大,也很急。流沙河水湍急地向下游奔流,木板桥既疲惫又孤独,她站在混沌的河水之中,像是在静静地思念……她那么愁苦,大概是在思念流失的岁月吧,或是在思念远方……北辰不是没有打伞的习惯,实在是因为家里没有雨伞的缘故,有人把肥料袋折叠起来,披在身上,头顶像是耸起个塔尖。而北辰家里没有干净、整洁的肥料袋子,他家没有采购过整袋化肥,那几个肮脏、又皱巴巴的小袋子,根本遮盖不住他宽大的肩膀……何况在雨中，不携带雨具又显得勇敢、从容。当豆大的雨点急迫地砸向他时，北辰也顾不到从容和勇敢，所以他急切地穿过木板桥，然后不得不奔跑起来，可是当他来到学校时，无情的雨水还是把他淋成了个落汤鸡……北辰很想换身干衣服，可学校里已经没有他的寝室了，由于不断扩招，不断建筑新校舍，教室、办公室、寝室不断调整……这学期，他的寝室被征用了，而学校教师又集中办公了……何况霍校长很不欣赏他，霍校长说他只聘任公办教师……顾名思义，霍校长不聘用代课教师，话说到这个份上，北辰已经无话可说，霍校长的意思十分明确，如果他有志气，可以找其他地方代课，也可以不再代课，但是他既不想去其他学校代课，也不想轻言放弃代课教师这个职业。上学期期末考试，郭北辰老师的语文成绩全镇第一名，他没有理由辞聘他……之后，霍校长没有再提辞聘的事情，他们之间早已形同水火……

这天上午，刚上完第一节课，北辰正往办公室走去。

"北辰，霍校长请你去校长室一趟……"裴自轩老师气喘吁吁地来到北辰跟前说。

"什么事，自轩老兄?"北辰惊讶地说。

"具体什么事情，我也不知道，可能……"他吞吞吐吐地说。

他说完这句话，又匆忙离开了。请他去校长室? 从裴自轩的语气中像是……可能是霍校长已经很长时间没有请他去校长室了吧? 这一次大概是格外开恩，才请他去校长办公室的? 是不是霍校长想起他了，想缓解一下他们之间的紧张关系? 或许还会有意外惊喜? 他一下子欣喜到如此地步，幼稚的实在难得……之前，霍校长在校园里看见他扭头就走，看见他犹如看见一只蟑螂，而且学校每周开例会，霍校长往往表扬一大批年轻教师，唯独不表扬他，他并不比其他年轻教师干劲差，而且还……可是……这让他十分生气，教师们都知道霍校长嫌弃他，想辞聘他……但是有什么好办法呢? 他是校长啊! 没有，没有什么好办法，只有逆来顺受。这一次例会，霍校长把其他教师全部表扬一遍，又不表扬他，剩下他，不表彰也不批评，教师们面面相觑，会场上，有些教师朝他挤眉弄眼，有些教师交头接耳地议论着什么，有一位老年教师竟然站起来，看他究竟有什么反应? 他能有什么反应呢? 他早已心如死灰，什么也激不起他的愤怒了，一个代课教师能怎么样呢? 徒增笑料，徒增烦恼而已。会议之后，他消沉了很长时间……公开场合，教师们都不敢和他多说话，更不敢同他有什么来往，唯恐……可是时间不长，他又昂起头来，责任和职责不允许他消沉、沉沦，他不能堕落，不能! 坚决不能! 他要坚强、坚持! 他已经坚持了十几年，他没有理由放弃，而且一定要坚持下去。可是今天霍校长为什么要请他呢? 临近走到校长室附近，他居然有一种不祥感觉，尽管如此，也只有硬起头皮往前走。当他忐忑不安地来到校长室，霍校长并不在校长室，他上哪儿去了呢? 不会是躲起来了吧? 这时候，北辰更加惴惴不安了。校长室里，只有业务主任韩国政。他是位民师，是高山镇教办室韩主任的侄子，刚刚参加工作。他为什么是民师身份呢？因为教育界已经很长时间没有民师指标了，朝里有人好办事，他是去年到高山镇第三初级中学任教的，今年就被提拔为业务主任。韩国政很消瘦，满脸黑胡须茬，皮肤赤红赤红的，金丝边的眼镜里藏匿的那双小眼睛色眯眯的，现在他是一脸奸笑。他在笑什么呢？原来他看着另外一个人在笑。他旁边站着一位高大威猛，又壮实强悍的民警，这位民警的脸颊鼓胀得像是快要炸裂的石榴，两只小眼睛像是嵌入肥肉里的黑豌豆，两颗歪斜的大门牙裸露在唇外，他试图用肥厚的上唇掩盖那两颗歪斜的牙齿，由于上唇短，所以根本遮掩不住那两颗歪斜的大门牙，一次次的企图失败了，他想笑笑，还差一点笑出声来，但是他还是控制住情绪，一时显得十分严肃。

"这位是凡警官。"韩主任介绍说。

"凡警官……"北辰喃喃地说。

霍校长不在校长室，那么他既然请他来，他立即来到这儿，可是他又偏偏不在这儿，或许他有事刚刚出去，他是不是再等待一会儿，凡警官找霍校长可能有其他事情？很长时间以来，学校的治安状况很差，老是有社会青年到学校找事、闹事……为此霍校长大伤脑筋……霍校长又聘请凡警官到校处理什么棘手的事情了……他好像在哪儿见过凡警官，可是在哪儿他又记得不太清晰。但是这与他有什么相干呢？呃呃，大概是在……他刚刚记忆起来他们第一次相识的时间、地点，却被凡警官的话语打断了。

"不在学校审吧？我和韩主任是同学，得照顾郭老师的面子，要不去村委，我先走，你等一会儿过去，去村委吧……"凡警官不情愿地嘟囔一阵。

刚才北辰还以为凡警官是在和别人说话呢，但是除去他们三人又没有其他人，那么他是和谁说话呢？等好大一会儿，北辰才明白过来，原来凡警官是在和自己说话，北辰震惊了，像是凡警官还提到郭老师这三个字，郭老师可能指的就是他，除去他还会有谁呢？那么他到底犯了什么王法？竟然惹上官司，还要去村委！这就是霍校长为什么要请他来校长室的缘故……

"有人告你打人了……"韩国政主任像是恐怕他不甚明了，于是他解释说。

"打人了……"北辰想难道是王金锁告发了他，肯定是他，于是他猜测说，"是王……"

凡警官没有再说什么，径直走了。

"不碍事，去吧，我们是最要好的高中同学呢……你放心去吧……"韩国政主任叽里咕噜说一大堆。

可是郭北辰老师已经听不清韩主任在说什么了，他不得不惴惴不安地来到破败不堪的村委院里，村委院子里站着冯五妮和娟子的小姑子——惠子，他们来这儿干什么呢？难道是他们告发他的。不对，应该是王金锁告发他的，可是他为什么不出头，却让冯五妮父女走上前台，北辰和惠子并没有发生冲突，在王金锁家里，北辰根本没有见到她,更不用说打她了,那么冯五妮和惠子来这儿干什么呢?他正在疑惑之际,凡警官雄赳赳气昂昂地走进村委院,刚才不是说好的,他先走吗?怎么他比北辰还到得晚,凡警官大概是……北辰正在想凡警官为什么来到村委的时间比他要晚,这时候凡警官绕过北辰身边,走到一排破旧的平房尽头,他迟疑地站在房间门口,然后,推开屋门走进去,原来房门没有锁,这间房子应该是有人早已给北辰准备好的刑讯室,凡警官朝北辰摆摆手,他示意北辰走过去,北辰顿时紧张起来,这就是凡警官要照顾他的原因,他必须来村委,他只有来村委,凡警官才能办案,北辰只有来村委,名誉才会受损,他现在一来村委,全村马上都会知道郭北辰老师因为打人被抓到村委接受审讯了。一个教师因为打人被告发、被逮捕、被审讯,这都是与教师身份不相符合的表现,这就说明郭北辰老师不称职,不配做一名教师,这由此引发的不良后果可想而知,这大概才是故事开始吧?这都是他们处心积虑的结果?可能他们想要的还远不止这些,那么他们究竟想要干什么呢?想要怎么样?不知道,现在还说不明白,还说不清楚,他们是不是想让上级主管教育部门开除他,或是公安部门逮捕他……

　　只有来村委,他才能和他们父女对质,那么王金锁为什么不直接来和北辰对质呢?他为什么不直接告发他?这里面有什么玄机,有什么阴谋,有什么不可告人的目的?这到底为什么?真让人百思不得其解……北辰刚刚走进空荡荡的屋子,凡警官示意北辰在门口窗户下面一张低矮、破旧的办公桌旁边坐下来。北辰刚刚坐下,还惊魂未定,冯五妮和惠子也气势汹汹地走进屋里。

　　"冯茂仁、冯惠子在外面等一会儿!"凡警官断喝一声,他这一声断喝,叫的是冯茂仁和冯慧子的名字,却像是对北辰示威一样,他断喝的声音沙哑、干裂,比公鸭子叫还难听,刚才在校长室时,他声音小,北辰只是觉得他的声音怪怪的,并没有太在意,但是一到村委院,他一动高腔,原来声音这么难听。何况他还是第一次听说娟子的小姑子叫冯惠子,北辰觉得冯惠子这个名字怪怪的,像是一个日本女人的名字,但是冯慧子并不是日本人,那么她为什么叫一个日本女人的名字呢?这个日本女人的名字像冯五妮的名字一样难听,现在别人当面、背地仍然称呼他冯五妮……而一个中国姑娘,却叫什么惠子,真不是东西。

　　北辰看看冯五妮,冯五妮像只傲慢的公鹅,他马上仰起头来,根本不屑看北辰一眼,他可能以为凡警官审问他以后,一定会把他带走,要把他绳之以法,判入死牢,至少也要判几年刑吧。这样凡警官就能为民除害,到时候他们就会拍手称快。

　　凡警官把门关上,那只傲慢的公鹅和公鹅的女儿——那只小母鹅却被关在门外。接着审讯开始了,凡警官边审问边做记录。

　　"郭北辰老师,你被人请去为郭娟子出气时,为啥殴打冯茂仁?"凡警官突然这样问道。

　　"我没有殴打冯茂仁……"凡警官这样一问,使北辰吃了一惊,他刚刚和王金锁打过架,凡警官不问这个事情,他怎么问起那个事情来,何况那个事情已经过去很长时间,但是他这样一问,却使北辰回忆起之前的事情,之前他根本没有殴打冯五妮,于是他语气生硬地说,可是他仍然有些胆怯。

"有人证明你打了他!"凡警官一动高腔,他的声带又像开裂一样,声音又变的沙哑难听。

"我没有打他!"北辰也激动起来。

"冯茂仁被打倒在地,还在地上打几个滚……"凡警官像是非常清楚发生在冯五妮家里的事情。

"他是长辈,我不可能打他,我恐怕他和娟子起冲突,才不慎拉他一下,谁知他那么不禁拉……"他把当时的情景讲述一边,但是北辰还是暗暗吃惊凡警官为什么关心起这件事情。

"原来是这样……"他像是明白了什么。

"你闯进制钉厂殴打冯惠子,因为啥?"凡警官话题一转,他又一次威严地质问北辰道。

"在制钉厂我骂了她,但是我没有见到她……"北辰如实地回答说。

"不但骂她,还动手打她!"凡警官厉声审问他道。

"没有,我在制钉厂根本没有见到她,是在制钉厂外面见过她,她吐我几口,还不干不净地辱骂我……但是在制钉厂我没有见到她!"北辰如实说。

"说实话!"凡警官抬高嗓门,他抬高嗓门,又像是公鸭子嘎嘎尖叫起来。"这就是实话!"北辰尽管胆怯,还是非常气愤地说。

"你殴打王金锁,还打掉他一颗大牙,这是不是真的?"凡警官声色俱厉地说,他这才切入正题,这才是问题关键。

"这是真的。"北辰供认不讳地说道。

"必须赔偿王金锁的医药费用和精神损失费!"他的声音像是从鸭子喉咙里尖叫出来的。

"我赔……"北辰无奈地说。

"你和冯茂仁什么关系?"他们都沉默不语,北辰以为事情结束了,下面就是如何处罚、赔偿的问题。凡警官已经把记录文字的钢笔放下来,可是他却压低声音问道。

"亲戚,他是我妹妹的公公……"北辰并不想说出这层关系,因为这太使他丢人了,亲戚反而伙同外人诬告他,北辰实在是太没有面子了,尤其在凡警官面前。

"原来是这样……"凡警官叹口气说。

"你和王金锁什么关系?"他想摸清所有问题的来龙去脉。

"一个生产队的,有点老亲戚……"北辰也不想说他和王金锁是什么老亲戚。

"什么老亲戚?"凡警官有些温和地说。

"老表亲……是……"北辰真不想说那些老亲戚关系。

"啊……"凡警官似乎明白了什么。

"冯惠子在制钉厂干什么?"凡警官有些不严肃地问。

"会计。"北辰回答说。

审问结束了,郭北辰在案卷每一个名字和时间上按上手印……他走之前,凡警官又一次严厉地说:"以后随叫随到。"

"行。"他无可奈何地说。

他刚刚走出审讯室,冯五妮和冯惠子父女像是贵宾一样被凡警官请了进去。

真奇怪,他们到底想干什么? 事情本身非常简单,现在却复杂起来,北辰渐渐意识到事情的严重性,他担心会不会触犯刑法? 会不会量刑? 会不会被判刑? 不至于吧? 他既没有打死人,又没有致人伤残,更没有违法乱纪,可是他打掉了王金锁的大牙,这算不算致人伤残,可是他毕竟打掉王金锁一颗大牙……也真够心烦的,事情闹大啦,他们肯定不会善罢甘休的,下面肯定有好戏唱,因为他们一直在挑事,一直在算计,他们勾结在一起会置他于死地吗? 他得防着他们。这一次他肯定阻挠了谁的奸情? 听说就在前几天,王金锁的老婆扇了冯惠子几个嘴巴,随即王金锁又扇她几个耳刮子,还让老婆给冯惠子赔礼道歉。事情的经过是这样的,当时她去会计室想问冯惠子问题,可是会计室的门敲不开,也叫不开,她听见会计室有人说话,明明知道冯会计就在会计室上班,可是她就是不开门。于是她就使劲敲打会计室的窗户,会计室的窗子有布帘,外面的人看不见屋子里面发生的事情,却能够听见里面的响动,里面有喘息的声音,有穿衣服的响动,还有皮带扣的响声……会计室的门终于开了,可是王金锁却从里面走了出来。他的裤子前拉链还没有拉上,于是她冲进会计室,冯会计正在梳头,这时她下意识地抽了冯惠子两记耳光,冯会计没有还手,如果打闹起来,办公楼后面厂房里的工人肯定会停工看热闹的。王金锁看到冯惠子吃了亏,他赶过来又抽老婆两个耳刮子,她为了生意,也为了孩子,没有声张……冯会计之所以不吵闹,她也害怕把事情闹开、闹大,这样一来对谁都没有好处,他们还是像往常一样生活。

不过据知情人士透露,他们正在分居。

而北辰这样思索时,他竟然无意识地来到二伯家,而母亲、淑丽都在这儿,淑丽正和二伯争执什么。

"北辰挨打,你们家一个人都不出来,北辰为了谁? 他要是被打死,二伯,您看怎么办?"她正同二伯理论。

"北辰被打死,还有你大伯家几个儿子,还有我们。可是北征被打死,我们家就绝后了……"二伯争辩道。

"那你看着我改嫁吧!"淑丽赌气说。

北辰呵斥她道:"咋和二伯这样说话!"

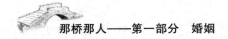

然后他把发生在今天上午的蹊跷事情讲给二伯听,当时二伯什么话也没说。北辰和母亲、淑丽只得回家,他们还有什么话好说呢?

苦难的日子这么漫长,苦难像是一条长蛇那样纠缠着他们。河流南岸的麦田已经金黄,在骄阳的照耀下,那橙黄的麦田,就像是一块块等待收获的黄金,收割的季节到了,一颗颗麦粒早就灌满麦浆,那沉甸甸的麦穗早就渴望农民来收割,它们早就想敞开饱胀的怀抱,让辛勤的农民占有、收获。

河水呜咽着流向远方,大地为什么沉默?河水为什么川流不息?还有那孤独、寂寞的木板桥毅然伫立在河水之中,它在眺望什么?在思索什么?广袤而又古老的平原前进的脚步仍然那么缓慢,又是那么决绝……

第二天上午,凡警官又把他请到村委,他翻来覆去审讯他,北辰被凡警官整整折腾了一上午……时间已经超过十二点钟,凡警官不厌其烦地折磨他时,王金锁突然推门进来,他慌里慌张地说:“算了,什么也不说了,娟子已经不知去向了……”

王金锁和凡警官交换过眼色,他冲着北辰说:“把娟子找回来,不能让她……不能再闹……彼此都是……”

王金锁显然很紧张,他没有说完话就匆匆离开了。

结束了,一切都结束了,来得快,去得也疾。北辰苦笑了一下就离开了凡警官,唉,这个官司谁在暗中主导呢?凡警官又充当一个什么样的角色?

7

天气炎热起来,家家户户都在平整麦场,生活富裕的人家正准备出售余粮,他们出售余粮时,让北辰既羡慕又嫉妒,什么时候,北辰家里也能有隔年陈粮呢?他恼恨自己不争气,他已经是一家之主啦,在不久的将来,他就要做父亲了,可是生活却是那么拮据、艰难。几天以来,他的心情突然愉悦起来,可能是因为学校即将放假的缘故吧?

这一天,天气晴朗,中午的阳光光辉灿烂,北辰正走在放学回家的路上,他蓦然看见小莉打扮得花枝招展,又喜笑颜开地向他走来,她左边的小手还捏着一个咖啡色的小钱包。

“北辰,啊,北辰啊!”小莉远远地向他摆手道。

“小莉,怎么会是你?”北辰惊奇地问她说。

“我回来……是特意找你的呀!”小莉亲昵地说道。

“特意……”北辰喜悦而又不无忧虑地说,既然小莉是来找他的,他就得往家里让她,“回家吧,小莉?”

“行呀,走,”小莉迟疑一会儿说,“走,我们回家去。”

于是他们像是小两口一样向家里走去，一路上，欢声笑语的，他们竟然那么投入、专注，就连大街上行人问候，北辰也顾及不到啦，甚至街道两边农民的指指戳戳，他也不再顾忌，他们即将来到木板桥上，可是就在这个时候，两人恰巧碰见前来迎接北辰的淑丽，淑丽远远看见北辰和一个打扮得花枝招展的女人肩并肩地走在放学回家的木板桥上，他们竟然没有看见她，因为他们正在神情专注地说着话呢，走近一看，原来是小莉，淑丽顿时不高兴起来，她不得不走过去同他们两个人打声招呼，也可能是北辰的感情太专注的缘故吧，他没有看见淑丽，淑丽摆了几下手，北辰竟然也没有看见，小莉急忙提醒他说，"淑丽过来接你啦。"这时候北辰才看见淑丽已经来到他们身边。

"咋说话那么投入呢？给你打过好些手势，你就是不理我，只差喊叫啦。"淑丽并不理会小莉，也不顾忌小莉的感受，她言辞犀利地数落北辰道。

"小莉是来寻找赵凤生的。"北辰并没有回应淑丽的指责，他尴尬地敷衍淑丽道。

"小莉既然是寻找赵凤生的，那她为什么不去找他，她来找你干什么？"他们走在前面，小莉跟在后面，这时淑丽压低声音呵斥北辰说，她当着木板桥上来来往往街坊邻里，给北辰留着面子呢。

"赵凤生又结婚啦。"北辰解释说。

"那她又来找赵凤生干什么？"淑丽好奇地说。

"她是来找赵凤生复婚的。"北辰只得这样说。

"胡说，郭北辰……这是不可能的事情，你掺和那么多事情干什么？"淑丽顿时不耐烦起来，于是她禁不住责怪他说。

他们说着，还是走过了木板桥，这个时候，迎面走来收工回家的北斗嫂子，这时，淑丽走慢几步和北斗嫂子寒暄去了，而北辰领着小莉径直往河流南岸的家里走去。

"北辰领的那个狐狸精是谁？"北斗嫂子叽叽喳喳叫骂道，这句话谁都能够听到，但是她不解气地乱骂道，"啥人啊，哪来的骚娘们啊！光会找别人家的男人……"

她骂得那么难听，北辰不得不领着小莉赶快离开淑丽和阴阳怪气的北斗嫂子，但是当北辰和小莉回到家里，淑丽并没回家，她大概仍然在和北斗嫂子侮辱、诅咒小莉吧？北辰只得把小莉让进屋里，恰巧母亲不在家，小莉就坐在他们的大床上，北辰就坐在她的身边，谁也压抑不住激情，于是他们疯狂地吻了起来……

"淑丽回来啦。"小莉惊吓北辰道。

他们正襟危坐地等待淑丽回家，彼此都克制着情欲……又等待了一会儿，淑丽还是没回来，北辰马上意识到问题的严重、复杂性，家里来了客人，淑丽应该回家做饭，可是她却借故不回来，淑丽已经怀疑他们不正常的交往啦，他必须出去把淑丽请回来,必须给小莉做饭,不然,应该吃饭的时候,小莉却吃不到食物,这未免太尴尬啦。

"淑丽,家里有客人,不能再和北斗嫂子骂人啦,不然,我们就会怠慢客人的!"北辰劝说淑丽道。

"啥客人,狐狸精!啊,不会是你的小情人吧?让她滚吧,就说我说的,不然,我去让她滚蛋!"北斗嫂子说话像是刮风一样急速,她说过话,就往北辰家里跑去,她非要让小莉滚蛋不可。

"好嫂子,我回去让她滚蛋不行吗?"北辰赶紧拦住她说道。

"你早应该让她滚蛋啦……羡慕你的大,还是咋的……"北斗嫂子仍然咒骂不停……

"嫂子,我也真该回家啦,不能叫北辰在小莉面前失面子啊,这大白天的,真是出妖怪了,还真有白骨精啊……"淑丽明说回去,就是不动身,她说出的话那么难听,真让北辰骑虎难下。

"不回去,淑丽,不用管她,让北辰和那个小妖精××吧,让他们×痛快……"北斗嫂子还想说什么?可是小莉已经来到他们眼前了。

"北辰我还是走吧,我还有其他事情,就不打扰你们啦!"小莉听到她们说出的那些话之后,她不无尴尬地说。

没有其他办法,淑丽阴阳怪气地死活不回家,北斗嫂子又骂得那么难听,尽管北辰那么惋惜,小莉还是知趣地走了。

麦收结束了,大街小巷充斥着丰收的喜悦,忍饥挨饿的日子已经十分遥远了,但是贫富差距正在扩大,很多人不再满足于衣食之欢,他们是那么贪婪,有些人已经完成了原始资本积累,他们妄想攫取更加巨大的物质财富;城市扩容、扩建一日千里,今日是良田,明日就是高楼大厦,农村正在龟缩,农民悄悄地向城市迁徙,城市不断向农村腹地推进,今日城市郊区,明天就可能成为城市中心,南方小渔村已经成为庞大都市。

可是山泉村却像是一只行动缓慢的蜗牛,村子里的庄稼刚刚种上,神奇的幼芽还没有钻出土层。清晨,远远望去,辽阔平原上金灿灿的麦秸垛像是勤劳的农民在田野里弯腰侍弄庄稼一样,中午来临了,光秃秃的麦茬在骄阳的炙烤下即将燃烧了,大地广阔而又寂寥,河水像箭一样射向远方。

黄昏降临了,广袤的黄淮平原上,夕阳像是一头红色牛犊,静悄悄地来到一座座金灿灿的麦秸垛中间,然后又懒洋洋地离开了。傍晚徘徊在辽阔的平原身边,这位俏丽的傍晚妹妹把一袭巨大的黑衣服披在无边的平原身上……村子里,一天苦楚的日子就这样一闪而过。

这天吃过早饭,北辰走出篱笆小院,他猛然看见田地里尽是碧绿的玉米苗,这些穿了一身新绿的玉米苗叽叽喳喳生长不停,天空也更加高远、蔚蓝。这天中午过去了,吃午饭时,母亲说王金锁在砌院墙,王金锁趁几个侄子在家,他们把院墙修建在二伯家宅基地上,两家人还在争吵。

"怎么回事呢?妈妈……您老人家说的不清不楚……"北辰被母亲说的一头雾水,于是他只得问母亲道。

"自从赵来福走后,老保管就卧床不起,因为无钱医治,小脚把院子卖给了王金锁……"母亲没有把话说完,北辰打断了她的话。

"奔富为什么不买?他买下来多合适啊!"北辰很替奔富惋惜呢。

"奔富上哪弄六千块钱?再说小脚也不卖给他……"母亲并不替奔富惋惜。

"伯父为什么不买呢?"北辰也替伯父惋惜。

"他嫌贵……"母亲像是知道内情似的。

"小脚卖过院子之后,他们去哪儿呢?"北辰替小脚担忧说。

"老保管一走,小脚肯定去找她侄子。"母亲说道。

"现在他们还在院子里住着啊。"北辰自言自语地说。

"不都是矛盾吗?"母亲忧愁地说。

母亲一再唠叨,可是北辰不再想管伯父家的事情,他们家的事情也真多,这一次他实在管不了,他不能再因为伯父得罪人了。但是他上课路过大街时,二伯和王金锁正在打架,听人说二伯已经挨过王金锁两记耳光。他看见北辰过来,又来了劲,又开始高声叫骂王金锁,王金锁也不示弱……大春、新义、全意正站在街上观战呢。全意看见北辰过来,就拉住他去喝酒,北辰迟疑一会儿,还是陪同全意到一家小酒馆喝几杯。

王金锁出了口恶气。这算不算结束,应该结束了,一切都该平息下来。

雨水却平息不下来。历史前进的步伐也不会停息。已经进入雨季,河水汹涌地流向远方,唯有这座木桥仍然在坚持、坚守、守望……它在等待什么呢?是远古的召唤,还是痛苦的希望?或许是……

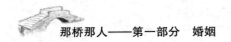

第五章　初恋

1

岁月的脚步仓促而又匆忙,人生的琴弦弹奏出的多半是苦痛的弦音,谁是先知先觉?谁能预测命运轨迹?可是冥冥之中似乎有一双看不见的大手在死死地扼住生命的咽喉。什么时候有了生命?一切都是谜。有史前文明吗?有几次史前文明?宇宙之外还有什么?茫茫宇宙之间,有其他文明吗?一千年,一万年之后,人类会是什么样子?一切都似乎没有答案……什么时候有的人类,人类是怎样来到人世间的?先有其他生物,还是先有人类?猿猴会进化成人吗?人类是其他文明的延续吗?他为什么要来到世界上,他来到世界上的意义是什么?生命的意义和生存价值何在?什么样的人生更值得追求和拥有?从他当初来到这个世界上……随着年龄的增长,他愈加困惑。他想探索生命意义、人生价值……可是人生往往充满迷惘、幻灭……

他正处在苦难的深渊,妄想向高山之巅攀登,可是惨痛的初恋经历让他痛不欲生,生命的小舟将要驶向何方?茫茫尘寰何处是栖身之地。他虽然已经结了婚,有了家庭,可是他还是不能忘记初恋。

这天夜里,淑丽睡着了,北辰想起初恋,想起失去的爱情,以及他和王金锁之间的恩恩怨怨……他站在木桥之上浮想联翩。星辰时隐时现,星空是那么遥远,远方是那么迷惘。河水汩汩滔滔向东南流去,鸟儿不时发出惊心的尖叫。四周一片朦胧,他的事业在哪里?

不断阅读、积累、积淀……他幻想写出一部惊世骇俗之作……哪怕是一部平凡之作也好呀?不,要写就写传世之作,宁愿不写作,也不写平庸之作,可是写诗歌,还是写小说呢?这个时代不属于剧作家……哲学太枯燥、太深奥,哲学是虚无的东西,而散文、杂文呢?不,他不喜爱散文,更不爱好杂文,将来他还是要成为杰出的小说家。阅读,唯有坚持阅读……他往往阅读至深夜,不,有时候甚至阅读至黎明……

别人都害怕夜里经过这座木桥,可是他偏偏喜爱深夜阅读疲惫之时,来到木桥上深思,仰望茫茫苍穹,俯视呜咽河水,这让他浮想联翩,神游万里。

月亮出来了,原来是一弯新月,月儿仿佛一只明亮的银梳,苍穹,静静的河水顿时明亮起来,甚至能够看见河岸上湿漉漉的水线,弯弯的月儿在河水之中像是一条静静的银鱼,这个时候,甚至能够嗅到寂静之外的孤独,甚至能够品尝到孤独的甘甜……夜是属于他的,他属于谁呢? 他属于事业,除去事业,他还有什么呢? 一无所有,他不是有父亲吗? 有等于无;不是有母亲吗? 可是母亲已经老啦,可怜的母亲;不是有妻子,有家吗?

但,这些却像是非常遥远的记忆。他爱妻子吗? 他喜爱她,可是有时候,他像是只有苦难,他一直都在痛苦之中挣扎。

北辰看到山泉村睡意正酣,他突然感到心旷神怡起来,这些农民叔伯,还有那么多兄弟姊妹,那么多狡诈而又淳朴的心灵,现在他真想拥抱他们,以一颗宽容睿智的胸怀原谅他们……他想原谅世界上所有人,原谅仇恨过的所有人……他像是不能谅解父亲! 其实他已经原谅他了……

北辰想起父亲,这位缺失父爱的孩子,其实他是多么痛恨父亲,他十五岁之前不知道有父亲,是二伯告诉他的,他回家说给母亲听,被母亲痛打一顿,从此他再也没有在母亲面前提到过他,那一次看望父亲,他是瞒着母亲偷偷去的……他们被父亲遗弃,他比孤儿更可怜,孤儿是没有父亲,他有父亲却等于没有。

2

赵凤生又结婚啦,是在小莉找他之前结婚的。赵凤生和小莉离婚后,当时还不是假期,他还没有调动工作,他和明霞恋爱不长时间,明霞是他教过的学生,她有一张白白胖胖的大脸,下巴更是宽大得出奇,北辰从没有见过女孩子有那么宽大的下巴,她的鼻子很扁,鼻头更扁,还很长,鼻子像是妨碍她说话,其实她说出的话语却是既清晰又动听。明霞的皮肤白净、娇嫩,眼睛亮晶晶的,她是一位有教养又文静的女生,但是他们并没有结合在一起。赵凤生又和一位刚刚参加工作的英语老师齐爱菊恋爱一段时间,齐爱菊是个矮胖子,平时不要形象,窝窝囊囊的,眼睛却是含情脉脉的,像是非常痴情,她十分喜欢他,但他对她不冷不热,最后两人竟然不欢而散。暑假过后,他调走了,还没有到国庆节,北辰就收到一份请束,这份请束是赵凤生的结婚请束,他要在国庆节期间结婚啦,据说结婚对象是一位编织厂的女工,还是厂里会计。编织厂是镇办企业,工厂效益好,职工待遇高。女会计叫夏桂清,夏桂清也是刚刚离婚,儿子已经两岁多了,经法院宣判儿子归男方,人们说夏桂清原来的丈夫经常打她,老是把她打得死去活来,最后他们不得不协议离婚。北辰如期参加了赵凤生的婚礼,新娘夏桂清的长相真叫北辰吃惊,她和小莉简直天壤之别,夏桂清低矮、粗壮,焗油的发丝像是猪鬃那样生硬,颜色却闪亮刺眼,而且脸庞短小,皮肤苍白、衰老,黄褐色的眼睛恶狠狠的,真像是野猫的眼睛,那一脸赘肉既枯燥又有许多褶皱,脸颊上还有几块大黑斑,真叫人恶心。赵凤生怎么会娶这样一位悍妇? 结婚时间不长,编织厂倒闭了,正像许多乡镇企业一样,看似红红火火,说倒闭就倒闭了……夏桂清丢掉工作以后,和谐的气氛没有了,于是他们就吵闹,就大打出手,挨打的却是赵凤生。

大年初一那天,北辰正说给家族的长辈拜年,他突然听见外面有人喊叫,而且喊叫的声音既熟悉又凄厉,这会是谁呢? 他打开屋门,看见篱笆门口站着赵凤生,这个时候他不在家过年,怎么来到这儿,他是来给母亲拜年的吗? 不像,也不是,以赵凤生的个性,这个时候他不会来给母亲拜年,那么他是来干什么的呢?

"北辰,我们打架啦。"北辰刚刚打开篱笆门,他还没有走进来就说。

"和夏桂清? 大年初一,即使打一架,也不应该出走啊!"北辰责怪他道。

"泼妇,你看。"他指着耳朵让北辰看,然后一边往屋里走,一边苦恼地说。

"因为什么呢? 凤生……"北辰看到他的右耳朵烫伤了,又像是砸伤的,而且整个右脸血淋淋的,于是北辰问他道。

"大年初一,天不明,她就辱骂……这个时候,煤火上的铝水壶响起来,她让我把开水倒进暖瓶里,我动作稍慢一点,她抓住铝壶向我砸来,正好砸到右耳……接着……我一气之下跑出来了。"他像是叙述一个遥远的故事,一个和他不相干的故事。

晚上,赵凤生就睡在北辰妈妈身边,北辰家里生活拮据,现在更是雪上加霜,他们那一丁点东西,谁都不舍得吃,也不舍得待客,只有用来招待他。淑丽七窍生烟,背地里,他们风言风语不断,淑丽非要撵他走不可,可是北辰无论如何也没法把他撵出家门。

正月初二这天,他们去走亲戚,中午北辰虽然没有喝醉,但是也喝了不少酒,他们回家时,恰巧走到木板桥上碰见夏桂清。

"北辰,见到赵凤生没有?"她匆忙问他道。

"你是……"淑丽抢在北辰前面搭腔说。

"夏桂清,这是赵凤生的妻子,"北辰给淑丽介绍说,但是他唯恐淑丽把事情说穿,于是他赶紧撒谎说,"没有,大过节的,你们不去走亲戚? 反而……"

"没有,昨天,我们打过架……他出走了。"夏桂清说着哭泣起来。

"那呀,两口人打架不是常事,还当真出走啊! 那么他会上哪儿去呢?"北辰继续撒谎说。

"北辰,你如果见到凤生,就让他回家吧。"夏桂清几乎泣不成声地说。"行,如果见到他,就立即告诉你。"北辰爽快地答应她道。

夏桂清看看没有什么结果,于是她痛哭流涕地走了。他走后,淑丽怪罪他道:"人家来找人,有你那样撒谎的吗?"

"让她哭吧,看她以后还敢不敢欺负人。"北辰振振有词地说。

"这样听着似乎有些道理,但是夏桂清万一有个三长两短怎么办?"她驳斥他说。

他们一边往家里走,一边争论不休。回到家里,北辰把刚刚遇到夏桂清的事情讲给赵凤生听,然后他们都劝赵凤生早些回家,可是他还是又住了几天,直到初六下午黄昏时候,赵凤生才离开北辰家里。

3

新学期开学的第一个星期天中午,北辰家里来了两位朋友,他们是他在九里河乡工作时结识的两位同事:吕纪要和朱裕宽。他们两个都是小学教师,吕纪要是民师,早年他因为父亲去世早,家中生活十分艰辛,兄弟姊妹众多,他又是家中大哥,无奈之下,他娶了一位异常丑陋的女人,她是一位矮胖、愚笨的农村妇女,大麻脸,一嘴大黄牙,整天不说一句话,像个闷葫芦似的,他们在一起生活五年,他一直不和她同床,最后还是离婚了。后来他又娶了一位老姑娘,这位老姑娘恰巧与北辰同村,所以吕纪要与北辰非常投缘。他如果不是那个红鼻头,不是一嘴乱糟糟的黑牙齿……应该说他长相丑陋,但是谁也不认为那是丑陋,很多人以为他有阳刚之气,他好赌,又贪杯。工作上,他也争强好胜,教学成绩也不差,另外他仗义、义气,所以他人缘很好。朱裕宽不拘小节,落拓不羁,对人却真诚,他身躯高大、健硕,说话理直气壮,像是有一腔抱负,由于得不到领导重用,所以他意志消沉,往往借酒浇愁。他们都海量、贪杯,往往是不醉不归。

淑丽去做饭,他去集市买回两瓶张弓和一斤杂碎,还有几个小菜。自从北辰调回高山镇,他们之间很少见面,他俩可是北辰之前最要好的朋友和同事。

他们喝得非常尽兴,尤其是吕纪要,他多喝了几杯,已经有些醉了。他们已经吃过午饭,北辰还唯恐他们没有吃饱,还要淑丽再去盛面条。

"筱薇……我们已经吃好了,啊,不是,不是筱薇,是淑丽,对,叫淑丽。我们吃好了……"吕纪要的确喝醉了,但是他还知道说错了话,就急忙改嘴,为了证明他没喝醉,他又重复说道,"应该叫淑丽……淑丽,不应该叫筱薇,我没醉,没醉……我已经吃……吃……"

他还是没有把吃后面的话说出来,他真的喝醉了。朱裕宽也没等吕纪要再说下去,他就匆忙站起来奉劝吕纪要离开了。而吕纪要一边往外走,还一直说:"不是筱薇,是淑丽,我没有喝多……"他越来越不能喝酒了,不过有人说他是熟醉,见酒醉,但是他喝到最后,仍然这样,还有人说他是真正海量,但是这样喝酒,终究不是好事,他后来得了肝癌,不到五十岁就撇下老婆、孩子走了。

吕纪要这样一说,一石激起千层浪,在他们之后的生活之中,不止埋下一颗重磅炸弹。真让人尴尬,淑丽第一次听说筱薇这个名字,她大为震惊,简直是大为惊骇,但是淑丽碍于同事和朋友的面子,她当时并没有说什么。他们走后,淑丽骤然掀起轩然大波,她当时就哭闹不休,非要问筱薇是谁不可。可是谁是筱薇呢?而北辰却说不出所以然来……他们一直在闹别扭,淑丽一直在北辰的书箱中搜寻。

有一天,淑丽终于搜寻到一本日记,几天来,北辰发现淑丽在专心致志地阅读着什么,她阅读的像是一本日记,这本日记他似乎非常熟悉,这是谁的日记呢?他似乎在哪儿见过这本日记,日记里面记录着什么呢?突然北辰像是明白了什么,不可能,不可能是筱薇的日记,她的日记他都珍藏在书箱底层,如果淑丽不把偌大的书箱翻个底朝天,她不可能找到那些日记,但是这本日记的确是筱薇的日记,他终于明白过来,这本日记是他最后从筱薇那儿得到的。这本日记不是当初他们恋爱时筱薇写的日记,也不是他们感情破裂之后筱薇写的日记,而是筱薇结婚的前几天,他去看望筱薇时,筱薇才舍得让他拿走的那本日记。这本日记,北辰看过之后,放在了书箱表层,他经常咂摸(河南方言"琢磨"的意思)筱薇决心嫁人时的痛苦记忆,但是时间一久,他忘记了这本日记到底放在了什么地方,况且结婚前后这么忙碌,北辰真的忘记了还有这样一本日记。他真的不知道她这么在意那些初恋的记忆、回忆。

有一天他终于明白过来,他再不敢疏忽大意。

爱情是自私的,不自私的爱情不叫爱情,真心相爱的人都会厮守这份爱恋,特别是念念不忘的爱恋,尤其是初恋……曾经何时,曾几何时,初恋更加难以忘记,尤其是刻骨铭心的初恋,曾经生生死死的初恋。有时候自私才纯洁,虽然婚姻不是爱情,有时候爱情也不是婚姻,但是爱是家庭的黏合剂,可是家庭往往远离爱情,同时,家庭又是多么渴望爱情啊……可是淑丽是真诚的,她还小,她怎么容得下北辰的初恋呢?虽然她也有过朦朦胧胧的初恋,但是那不是爱情,不是真正意义上的爱恋,所以她怎么能够忍受得了北辰的初恋呢?所以当她了解到北辰的初恋时,这就像是一把利刃,一把刺向淑丽心脏的尖刀,可怜的小淑丽,真够她受的,够她痛苦的。

从结婚到现在,他经历得太多,也明白很多,他应该知道初恋一旦曝光,一旦让她知道,何止晴天霹雳,所以北辰一直隐瞒着她,那些日记,他秘密收藏着,自从吕纪要醉酒之后,不慎说出筱薇的名字,北辰知道吕纪要不是有意的,但是吕纪要潜意识里是怎样考虑的呢?他是不是怨恨北辰,他们相处那么多年,北辰是不是有让他怨恨的地方?人与人之间的关系,谁又能说清楚呢?有时候北辰实在是太大意啦。他为什么那么粗心大意呢?怎么会把那本日记忘记了呢?他还有筱薇大量的日记和许多照片,他把它们珍藏在……如果……他不敢想象下去,不敢再大意,这可能会引发不必要的争执、争吵、猜忌,这一切可能会把婚姻引入迷途,引入不可预知的渊薮,最终毁掉婚姻。因为淑丽计较这些,她还小,还那么单纯、幼稚,她小小的心灵怎么容忍得下他的初恋呢？她还不懂得包容，不懂得世事艰难，不知道……她将来或许会明白这一切，或许永远不会……

　　他想掐断这根燃烧的火焰线，因为这根正在燃烧的火焰线会引爆一座火药库，他不想引火烧身，不想毁掉自己，更不想毁掉这个刚刚建立起来的危若累卵的家庭。经过千辛万苦，刚刚组建起来的这个小家庭对于他来说真的是太重要了，北辰实在是不想再漂泊，更不想再失去，尤其不想失去婚姻。因为事业，他失去过一次爱情，失去过初恋，所以他不想再失去，更不想失去淑丽。

　　爱情是自私的，婚姻比爱情更自私。没有婚姻的爱情始终存在，但是没有爱情的婚姻实难维系，如果存在，其实也是名存实亡的婚姻，这比没有婚姻的爱情更加可怕。

　　他已经清楚地知道淑丽的心灵是褊狭的。她难以原谅他的过去，因为她不是过来人，她对婚姻和爱情的理解还十分狭隘，只有时间能够治愈这一切，所以他必须挽救她。所以北辰果断地把日记本抢夺过来，然后把日记本扔到了屋顶上。这下子却惹恼了她，她歇斯底里大哭一场，接着就笑，后来是又哭又笑……他怀疑她受到强烈刺激之后，会不会走向堕落、毁灭？应该不会，但是心灵肯定会遭遇碰撞和震荡，意志薄弱的人可能会伴随终身抑郁，导致精神分裂、精神崩溃，甚至自杀也未可知。但是这些都没有发生。只是她更加固执，更加不可理喻，她从没有像现在这样动不动就焦虑不安、暴躁不已，甚至是歇斯底里地哭闹。感情裂痕使他们在之后悠久的岁月之中，经常争执，吵闹，打斗……

　　淑丽的姨母去世了，她随母亲去奔丧，恰巧姨母和筱薇家一个村委，而姨母家的孙子恰巧又是北辰之前在九里河乡教过的学生，这次回来，她没有哭闹，而是不断盘问北辰的恋爱细节。所有问题都要涉及，像是凡警官审案一样。什么时候认识的？时间已经很久啦。是自由恋爱，还是经人介绍？介绍的。谁介绍的？筱薇的姐姐。什么时候介绍的？参加工作的第二年。相处多长时间？一年。只一年？只一年。不可能！骗人……你知道骗人还问？问，问，就是问！问死你！什么时候分手的？不清楚。为什么分手？因为……现在还来往吗？没有。那么……发生关系了吗？没有发生关系……或是问同居没有？没有。真的没有？真的没有。淑丽仿佛松了一口气。第二天接着又问，第三天还问……还是这些老掉牙的问题。她这样不厌其烦地问下去，他也得不停地回答，否则她又会不停地哭闹，不停地大笑，北辰不怕淑丽哭闹，却怕她大笑，那可是精神失常的表现。

　　时间不长，淑丽又搜寻出一张照片，这张照片就连北辰也已经多年不见啦，这次却被她无意中翻找到，淑丽又大闹一场。她还会继续翻找下去。其实书箱底部还有许多信笺、照片和一些有纪念意义的小礼物。

　　但是这张照片，她怎么会找到？他一直珍藏着，有时候，北辰从书箱里拿出来，一次次端详筱薇的照片，他一次次回忆和筱薇初次见面的情景，苦恋的日子，以及分手，还有思念……可是有一天，他又去翻找这张照片，竟然没有找到，当时北辰几乎翻遍书箱里所有书籍，几乎翻遍书箱里每个角落，还是找不到。他失望极啦，他一次次翻找，不断地翻找，仍然没有找到，他是多么失望和痛苦啊！他一直珍藏着这张照片，怎么会找不到呢？难道这是天意？由于时间长久，他几乎对这张照片淡忘啦，可是她是怎么找到的呢？怎么这么巧合？难道上天故意把这张照片送到淑丽手里？

这张照片是北辰和筱薇一家人的合影，是他最为珍贵的一张照片。其实这张照片，他已经遗失多年，他知道当初他是夹在一本书里的，北辰还故意记住这部书的名字，可是由于时间长久，北辰把那部书名忘记啦，再也不知道夹在哪部书里了。他再也寻找不到那张照片，可是淑丽却搜寻到了。

没有办法，北辰只有解释说这是他和同事一家人的合影，因为她根本没有见过筱薇，他解释过后，就随手把这张照片扔到母亲烧火的锅灶里，北辰看到照片在锅灶里燃烧起来，他心灵的某个角落仿佛被痛苦猛然踹了一脚，像是有一根连接生命的琴弦折断了，可是北辰还是冲着淑丽微微一笑，不过，当他转过脸去，却潸然泪下。这燃烧的哪里是一张照片，而像是烧掉了深埋在北辰心灵深处对筱薇最纯洁、最质朴的那一丝牵挂和依恋。

他实在不舍得丢弃这些东西，但是他实在没有其他办法，家里又没有可以隐藏的地方，万一她再发现……所以他只有出此下策……北辰在她熟睡的一天夜晚，把筱薇的日记，还有大量的爱情书信、信物……只要有关筱薇的东西，北辰一齐集中起来，他用尽可能找到的塑料袋把所有信札，一本本日记精心包好，还有那些爱情信物一起放进一个菜坛子里，然后把菜坛填满泥土，再把口密封，北辰抱着菜坛子来到木板桥上，他虔诚地跪在地上，并没有大声哭泣，而是放任泪水不停地流淌……他一直在默默流泪，然后把菜坛子沉到了木板桥下面浑浊的河水里……

北辰把昔日的爱情沉到水底，把初恋沉到水底，他想让爱情漂流，也想让爱情沉寂下来，他已经没有泪水。在这无人知晓的夜晚，北辰站在木板桥上，守候着夜晚的孤独，木板桥守候着他，是的，木板桥每天都在等待他、迎接他、陪伴他，其实在他生命里，在他人生的旅程和征途中，只有这座木板桥是他的知己，木板桥见证了他的寂寞、孤单、痛苦和追求……这是一个风平浪静的夜晚，河水呜咽着，夜在泣血……

在这漫漫长夜里，他真想呐喊，或者高歌一曲。可是心胸堵得慌，仿佛有什么在烧灼胸膛，心灵在隐隐作痛……

他想起父亲，可是他没有父亲，他又想起母亲，母亲一生多么凄凉和悲惨。她拉扯大四个孩子，把公婆送土为安……想起母亲的坚强和伟大之处，他不禁热泪盈眶，他得为母亲活着，应该活得伟大，应该让母亲感到骄傲和自豪……

再见初恋，再见爱情，再见筱薇，让那些日记和信件、照片，还有那些爱情的信物受到神灵的佑护吧……

不知什么时候，他回到家中，淑丽并没有睡着，她静静地等着丈夫归来，她或许知道他的心事，而她并没有打扰他，从此以后他们相互之间仿佛平和了一段时期，但是灵魂的创伤和伤痛的烙印永远也不会消失，因为他一直都在为初恋纠结和苦恼……爱情需要单一和纯洁，还是爱情必须自专和自私？都不是，都不是……

4

中午放学之后，北辰回到家里，母亲在擀面条，母亲擀的面条很好吃，母亲上岁数了，又舍不得让儿媳劳累，淑丽落得一个人清闲，她越来越慵懒了，她在屋子里磨磨叽叽不肯出来，直到喊叫她，她才不得已走出屋子。母亲年纪大了，可能是因为她老人家老眼昏花，墙体总是掉沙土，面案子上总是落满沙粒。有时候母亲很少用炊帚把面案子打扫干净，饭菜里不是有许多沙粒，就是有老鼠屎，有时候沙粒和老鼠屎都有。北辰心情不好时，或是看到淑丽满脸不高兴时，他就会呵斥母亲，而母亲就会偷偷地抹眼泪。有时候母亲实在忍受不住了，就会哭诉说："儿啊，娘老了，以后注意就是了。"擀面条是这样，蒸大米也是这样，不是在蒸好的大米饭表层有一颗黑老鼠屎，就是大米饭里面有一颗黑老鼠屎，有时候大米饭里还会有许多沙粒，这时候北辰也会责怪母亲。可是淑丽颇有耐性，碰见这种情况，她就把饭碗放下来，然后不声不响地离开吃饭的地方，由此母亲十分感激淑丽，婆媳之间的敌意似乎缓和了。

但是婆媳之间磕磕碰碰是难免的，她们都疼爱北辰，可是她们疼爱北辰的方式并不一样，慈母疼爱儿子，那是无私、真挚的，那是血脉相连的无私和真挚，而妻子爱惜丈夫，那是纯洁的、自私的，那是一种狭隘的纯洁、自私；慈母给儿子以生命，而妻子用一生来呵护、守卫丈夫。但是她们却不断发生碰撞，有时甚至势不两立。妻子妄图剥夺母亲对儿子的爱恋，母亲也妒忌儿子对妻子的爱情，自从儿子结婚之后，儿子在母亲面前的机会减少了，儿子疼爱母亲、在母亲面前撒娇的机会越来越少，因为儿子长大了，成家了，很多时候他已经不再需要母亲，而淑丽每天像藤蔓一样纠缠北辰，使北辰很难离开她，所以母亲十分厌恶淑丽。如果淑丽看到北辰眷恋母亲，孝顺母亲，甚至发现北辰给母亲一点零花钱，她就会大发雷霆，这个时候，北辰非常嫌弃、讨厌淑丽。北辰发现母亲更加孤独、寂寞，于是北辰就会留下来陪伴母亲，而冷落淑丽。可是这个时候淑丽就会侮辱北辰说："你有母亲，娶老婆干什么？你和老娘过一辈子不就得了。"北辰听到这些侮辱语言，就会暴跳如雷，甚至狠狠地骂她、揍她，于是淑丽就会更加恼恨母亲。有一段时间，她非常憎恨母亲，她几乎不和母亲说话，她不搭理母亲，母亲也还以颜色。

"孩子，上床是夫妻，下床立规矩。"有一次，北辰在母亲面前，竟然情不自禁地

亲昵淑丽,母亲看见之后,勃然变色道。

这句话让淑丽羞愧难当,自此以后,她故意和母亲作对,她甚至无所不用其极,让北辰左右为难,一边是娘,一边是妻子,他偏向哪一方更好呢?甚至因为母亲,他不断揍她,但是淑丽毕竟是妻子啊!他真的很心疼妻子,但是他又是多么眷恋娘亲。难道有母亲就不能成家,有妻子就不能赡养母亲?可是北辰实在找不到处理婆媳矛盾的最佳方法。

中午,天气异常燠热,天空没有一丝风,毒辣辣的太阳像是一个巨型火炉,炙烤得人喘不过气来。如果不是到了吃饭时间,他一定会到绿树成荫的河滩上乘凉。但是就在这个时候,有一位收废品的农民推开篱笆门进到院子里。

"旧书本、废报纸、塑料鞋、破铜烂铁……有没有兄弟?"这位收破烂的农民长得黑瘦、矮小又驼背,可是他的面相却很和善,说话又很温和。

"不好意思,今天没有……"他回答道。

回答过后,他想转身回到屋里,但是这位收废品的农民突然靠近他,然后他诡秘地低声说道:"还认识我吧?我是杨向东的哥哥杨向阳。"

"向东就兄弟一人啊!"北辰对他似乎有点印象,却记忆不起在哪儿见过他。杨向东是北辰之前的同事,他们两个亲如兄弟,可是他知道向东就兄弟一人,于是他说道。

"我们是叔伯兄弟。"杨向阳附在耳旁解释道,他紧张得浑身抖动,像是唯恐北辰转身走掉一样。

北辰想了起来,杨向东结婚那天,在他家东南墙角,有一口盛热水的大锅,他就在那口大锅旁边洗刷肮脏碗筷,因为他长得特殊,所以给人的印象深刻。他太矮了,还是个驼子,一个小黑驼子,驼子的眼睛却很真诚。

"想起来了……"北辰终于想了起来,然后他挽留他道,"您吃过饭再走吧?"

这时淑丽一直在他们跟前站着,从眼色来看,他像是有什么秘密要告诉北辰,却碍于淑丽在跟前……他趁她不注意,却示意北辰跟他往远处去,等他向木板桥走过去,北辰也跟着他往外走,他站在木板桥上等他,北辰急忙撵过去。

"向东让给你的,他说是强筱薇老师的信笺。"他左右前后看看,确认淑丽没有跟过来,他慌忙从一个破布袋子里把揉成一团的信纸拿出来说。北辰接过信件,他又惋惜地说,"真可惜,您和强筱薇老师还是分……"

他像是知道些什么?却欲言又止,他可能听杨向东说过什么……一阵沉默过后,又激动起来,他忘乎所以地说道,"听向东说,强老师好像要离婚了,她想你啦,想念你啦,她舍不得离开你,她要离婚啦,她会来找你的,可是你也结过婚啦,这却如何是好,她可是因为你才离婚的……"

但是他说出这些话之后,显得非常尴尬,他不应该说这么多废话,说得太多啦……北辰早已痛苦得神志不清了,他脑海里像是有无数音响嗡嗡叫着……这会是真的吗?他像是在梦境之中。这个善良的驼子,也许因为能够替杨向东给北辰送信而感到骄傲呢？所以他激动得不知所以了，他激动得胡乱说出许多话语之后，就急急忙忙离开了北辰。

可是北辰还是冷静下来，他把这团揉皱的东西展开，原来是厚厚的一沓信笺，一沓没有信封的信笺。这些沉甸甸的信笺，是她写给他的。她为什么要写这么厚一沓信笺呢？忏悔，还是怜悯他？他像是忘记了那个矮子说过的话语，啊，刚才杨向阳说什么来着，哦，她要离婚了，为什么？她为什么要离婚呢？他想尽快阅读她的来信，想知道信笺内容，想知道她现在的情况，她到底想干什么？他的内心狂跳起来……可是淑丽在遥远的家门口摆手让他回家吃饭呢。

他赶紧把信笺隐藏起来……

5

"刚才，你们在干什么啊？神经兮兮，鬼鬼祟祟的……"他刚刚回到屋里，淑丽就质问他说，然后又不屑地说道，"你也是的，和一个收破烂的小驼子攀什么交情？"

"收破烂的咋啦？收破烂的不是人？"北辰这句话，足以使她闭嘴，果不其然，她不再吭声了。

她的来信，使北辰惴惴不安，必须尽快阅读信笺，于是他开始吃饭，也不再挑剔饭食有没有沙粒，有没有黑老鼠屎。他吃起饭来狼吞虎咽的，这不能不引起淑丽的疑虑，她不禁瞪他几眼，北辰借口说学校有急事，然后他匆忙向学校跑去……他一来到桥上，就迫不及待地阅读起来。

北辰：

他……还在怨恨她吗？可是她应该怨恨谁呢？他会说她应该怨恨父母，怨恨自己，可是她谁都不怨恨，这都是宿命，都是冥冥之中命运的安排……

一个人一旦出生，生命的轨迹已经确定，有人试图改变命运，一生都在努力，他求索、挣扎，发奋图强……都是徒劳、惘然……现实就是这样残酷。

他，一个外乡人，却到九里河乡任教，他担任那班的语文课，她担任数学课。不久，他们就相爱了。她在回忆初恋：他气质非凡，为人诚挚、忠厚执着；他喜爱阅读、写作；他渴望成名，妄想成为作家，确凿地说他梦想成为一名诗人，一位卓越的小说家。她是那么迷惘……他爱得那么深沉，她也非常爱他……

他的父亲是一位资深化学教授，他们已经不是父子，因为教授早就遗弃了他们母子。

爸爸之所以满意这桩姻缘，完全是因为他的父亲，而她并没有把实情告诉爸爸，但是当爸爸知道事情真相时，爸爸已经不再满意她的选择，不再满意她的爱情，爸爸希望她……

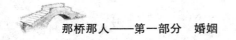

爸爸是九里河乡卫生院副院长……因为这桩婚姻促成了……

他们逼迫她和他断绝关系，无奈之下她吞服了大量安眠药，幸亏母亲发现及时，才阻止了灾祸发生，她奇迹般活了下来。

他们从相爱到相知……爸爸从不同意，到同意，最后反悔，爱情历经反复、挫折……当他们相信……竟然……

人生尽管漫长，可是爱情走到了尽头。那一天，母亲哭泣着给她跪下来……当时她的心都碎了，母亲说爸爸不单单是为了他自己……妈妈一直跪着，她做女儿的，何况她本来就非常疼爱妈妈……妈妈体弱多病，她那么疼爱、娇惯她，何况爸妈就她一个宝贝女儿。

后来爸爸被任命为刘集乡卫生院院长，她也来到刘集乡第一初级中学任教。

再后来她嫁给了金超前，他已经是一名年轻军官了。

但是她忘记不了初恋……第一个孩子出生了，是个男孩儿，她非常喜欢这个孩子，可是她却怎么也忘记不了他。那一夜她又想起他，怎么也睡不着，终于睡熟了……她梦见他正走在看望她的旅途中，突然一辆飞驰的货车把他撞得血肉模糊……她就在近旁，却爱莫能助，于是她把孩子一扔，就哭叫着去追赶那辆狂妄、猖獗的货车，可是这时又一辆大货车向她撞来，她想他们全完了，可是孩子呢？她把孩子扔到哪儿去了呢？这个时候她吓醒了。她惊醒过来，孩子已经死去，她的孩子被她活活地闷死了……她的胳膊塞住了他的嘴巴，他窒息而亡……初恋没有了，儿子也没有了……她什么都没有了，她在痛苦和绝望之中想到死亡，可是她没有选择死亡……金超前不但不体恤她，反而很少回家了，他在不断升迁，她仍然在刘集乡第一初级中学教书，后来，尽管又有了女儿，他却更加不喜爱这个家庭了……她也拒绝了他的父母把她调回县直学校的请求。后来他在外面有了新欢，据说他们已经有了儿子。

他们正在协议离婚，他不吃惊吧？一个看似美好的家庭，就这样说散就散了。

她想告诉他，她的人生经历，也是她的悲惨遭遇，他不觉得可笑、可悲吗？他可能认为她这是罪有应得，要报应就报应吧！在这个孤苦无依的世界上，她再也没有可以留恋的地方，再也没有可以留恋的人，她还留恋什么呢？她已经彻底绝望了，但是她离开这个卑鄙龌龊的世界之前，他是她唯一想见的人！北辰，你在哪儿呢？你是她的慰藉和希冀，是她活下去的唯一希望……

他现在结婚没有？他过得怎么样？她恐怕直接把信件邮寄给他，会被他的家人看到，给他增添不必要的烦恼，或许发生意想不到的结果都未可知，所以她还是找到杨向东，让他把信笺亲自转交给他，不知她做得对不对，北辰，请原谅她，她实在无可倾诉，无人倾诉，她在绝望中想见见他，这不过分吧？北辰，回答她。

筱薇

199×年×年×月

　　她还是他的筱薇吗？但是他必须见她，而且要快，如果正如她所说……但是现在怎么去见她？骑车吗？刘集乡第一初级中学那么遥远，什么时候才能到达呢？坐车呢？今天下午去县上的公交车已经没有了。如果明天去，从山泉村去刘集乡第一初级中学，去到地方，需要辗转大半天时间，他什么时间再回来呢？一来二去要请几天假，这实在有悖常理。他是班主任，如果他一下子离开学校几天时间，学生怎么办？他最舍不得学生，何况还有淑丽，怎么向她解释呢？还有让他难以启齿的经济问题，这才叫望眼欲穿……但是他必须行动，不能等待，于是他快步来到学校，他必须上完下午的课程，必须坚持到放学。学校刚一放学，他就匆忙向家里奔去。如果今天晚上能够去到那儿，不管什么时候见到她，或许能够尽快回来，即使晚上回不来，明天也回来个早，这样可以减少学生损失，也好给淑丽解释。这样一想他越发心急如焚，在很多事情上，他往往迷失自我，往往想当然……他已经忘记，现在他贫穷得连自行车都没有啦，怎么去呢？之前那辆自行车早已变成一堆废铁……可是这个时候，北辰突发奇想，他竟然想起周建军刚刚购买了一辆嘉陵摩托车，他和周建军私交不错，应该尝试一下，但是他并不会驾驶摩托车，至少说不会熟练驾驶摩托车，好些年前，他像是……可是他已经顾不了那么多啦。

　　"建军哥，你新买的嘉陵借给我骑骑，我有急事……"他还是去祈求他道。

　　"嗯……行……吧……"周建军迟疑很长时间，吞吞吐吐地说。

　　周建军四十岁，光光的脑袋，后脑勺上有一小片头发，这一小片头发，从前面看，根本看不到，如果他转过脸去，就会蓦然发现他的后脑勺上还有一小片头发，谁发现这片头发，都会忍不住发笑……而且他的脑袋非常大，颧骨很高，下巴却很尖细，他的三角眼盯视北辰一会儿说道："你会骑吗？"

　　"会……试试看……"北辰印象中像是学骑过，他已经记不清楚什么时候学骑过了，但是现在还会不会骑呢，他实在是没有把握。他迟疑一会儿，只有吞吞吐吐地说。

　　这不能不引起……周建军像是牵出心爱的骏马那样，他小心翼翼地把摩托车从厂房里推出来，然后迟疑地把钥匙交给他。

　　北辰胆怯地骑上这匹骏马，他开始发动机器，然后加大油门，因为离合松得太猛，这匹宝马吼叫着，像是一头凶猛的雄狮那样向前猛冲，北辰骑在摩托车上突然惊慌起来，他手忙脚乱的……不行，再骑下去，肯定会摔下来。他紧急刹车，火压灭了，这头怪兽猛然停下来，而北辰失控的身子突然向前冲去，如果不是抓紧车把，他肯定会从摩托车上面横飞出去，然后就会重重地摔倒在地上。不过他在摩托车上经过猛烈摇摆之后，居然跳下车来，然后稳稳地站直身子，好险呢！但是他毕竟脱离险境，熄火的摩托车像是一匹温驯的羔羊那样可怜巴巴地站在那儿……这辆嘉陵车前后判若两人，实在让人匪夷所思。

　　"这不行，这不行，不行。"周建军惊慌失措地跑到摩托车跟前，惶恐不安地说。

　　北辰只得把摩托车交给周建军,他稳稳地骑上摩托车,像是骑上一匹即将出征的战马,然后他骄傲地把嘉陵打着火,猛加油门,缓缓松开离合器,摩托车缓缓行驶起来,他手把手教他一次,北辰仍然驾驭不了这头猛兽,他实在掌握不住摩托车的性能。唉,北辰失望极了,可是不能放弃这次行动,他是多么希望现在就能见到筱薇,真的是迫不及待了,他实在是担心她。而且希望见到她的心情是那么紧迫和急切,如果让他为了她付出生命都行,那可是他朝思暮想的人,他的初恋。现在她生活得那么凄惨……失去爱情,又失去了儿子,最后惨遭丈夫背叛……现在她和女儿相依为命,孤苦无依。

　　"北辰,我和你一起去吧,正好现在没事,但是你想去哪儿啊?"他看出了北辰强烈的愿望。

　　"啊?行……"北辰求之不得,于是他惊愕之余爽快地说。可是他问他去哪里?他怎么回答他呢?如果说去刘集乡第一初级中学,这么远的旅程谁会和他一起去呢?何况淑丽听说怎么办?他慎重思考之后,回答他说,"去县城……"

　　他们到了县里,他就让他回来,他再乘坐其他交通工具去刘集乡,北辰这样打算,县城去刘集乡还会有其他交通工具吗?没有,肯定不会有,那么到达县城之后怎么办呢?他已经顾不了那么多了……于是他只得硬着头皮说去县城。

　　"去县城的路程那么遥远,一来一回一箱油不一定够用呢……"周建军沉思良久,他大概在计算油的价格吧?然后像是半开玩笑地说。

　　北辰没有加油钱,他口袋里的钱少得可怜,可是为了尽快见到筱薇,他恨不得插上翅膀飞过去,如果飞不过去,爬也要爬过去。

　　"上车吧!走,去县城!"他只得这样说。

　　他们终于出发了,必须走一段土路,才能驶到柏油路,土路都是高低不平的小道,这条小道犹如爬行在田野里的一条曲曲弯弯的长蛇。远远望去,摩托车像是行驶在湖水里的一叶扁舟。

　　而广袤的淮海平原上,四通八达的小路把一块块田地切割成一块块不规则四边形,有些小路蜿蜒穿行在村庄之间,把村庄一分为二、为三……一望无际的田野里,玉米已经生长得很高了,亭亭玉立的玉米像是窃窃私语的少女,这些青葱的玉米又像是轻盈的燕子,她们急速地向嘉陵车后面飞掠而去。他们骑在嘉陵摩托车上仿佛骑在疾驰的马背上,颠簸得一上一下的,尘土像是故意扬起一溜烟尘,烟尘很快分散开来。经过这条小路,他们又沿着河滩走了一程,嘉陵摩托车与河水逆向而行,摩托车像是乘风破浪的小舟。有时候周建军不管车前面有人没人,他都一直呜呜咽咽地鸣着汽笛,他们似乎非常惬意,又十分骄傲。北辰虽然不是第一次乘坐摩托车,但是这一次乘坐摩托车的意义却非同凡响。这些年来,他无缘见到筱薇,可是今天终于可以见到她了,河滩里的树木简直笑开了花,河水几乎跃离河道高喊道:"欢迎,欢迎……"西边的太阳像是一面胜利的旗帜,一直在引领两个凯旋的勇士走向理想,走向未来,于是他在心中呐喊道:"筱薇,我来了……"整个平原,笑逐颜开……

终于走出黄土小路,终于来到宽阔的柏油马路上,他们直到现在才长长地舒缓一口气。柏油马路像是给他俩修建的,嘉陵摩托车在光洁而又平坦的柏油马路上奔驰,简直是一骑绝尘,沿途骑自行车的农民是那么羡慕、妒忌他们,其中有个体面的农民小伙子,不禁尖声喊道:"好家伙,崭新的嘉陵!"

他们即将来到县城,北辰想他们一到县城,他就让周建军回去,他再想其他办法去刘集乡第一初级中学。但是这时候,时间已经接近黄昏,他要加快行动,可是就在这个节骨眼上意外发生了,汽油耗尽了,他们再也走不动了,摩托车像是一只癞皮狗一样,无论北辰怎么生气,它就是一动不动赖着不走,只有推着摩托车去找加油站,他们一路打听哪儿有加油站,前行三四华里路程,终于找到一个小加油站,其实这只是一个小加油点,没有加油装置,没有加油枪,售油老板有一只鹤嘴的加油桶,通过加油桶加油也很快,而嘉陵摩托车像是一匹饥饿的骡马一样把黄灿灿的汽油吞进肚子里……摩托车瞬间加满油,他幸亏没有让北辰结账,而北辰等到结账结束,才轻轻地舒缓一口气,这才叫丢人现眼啊……他们又一次出发了,可是黑夜却从远处悄悄地溜过来,漆黑的夜里,什么都看不到,不过他们什么都不怕,因为摩托车灯像是强烈的探照灯那样明亮,于是他们又匆忙向县城疾驰而去,县城近在咫尺,但是就在这个时候,前方有人强制他们停下车来。

"警察!麻烦来啦,他们要查证……"周建军自言自语地说。

"他们要干什么?难道连摩托车也不放过,"北辰说过这句话之后,突然想起前几天学校里一位有摩托车的教师,去高山镇派出所办理驾驶证的事情,他这时突然感到事情的严重性,像是自言自语地说,"这可怎么办?完啦!一切都完啦……"

"下车,驾驶证……"他们之中,一位年龄略大,举止稳重的警察说。"没……"他们停好车,赶忙下车,周建军把车灯熄火后,急忙回答说。"走!"大个子青年警察没有等他继续说下去,就厉声说道。

"往哪儿去?"周建军问道。

"派出所。"他怪叫道。

"怎么走?"北辰搭腔说。因为周建军没有再说话,他大概是被他那声怪叫震蒙了,或许是他正在后悔和北辰一起来到这儿。

"推着走!"他又吼叫一声。

一路上,他们沉默着,谁也不敢开口说话,他们俩像是被他押解的俘虏,高个子青年民警像是凯旋将军一样,不屑跟两个俘虏说话。其他民警还要继续查下去,只有这位高个子青年民警押解他们一起回到派出所。他将怎样处置这两个战俘呢?北辰心里七上八下的,是不是要罚款,这可怎么办?他口袋里那点可怜巴巴的小钱,恐怕连交罚款都不够,还怎么去探望筱薇,何况周建军已经支付过加油钱,如果再让他交罚款肯定不合适,这样想来想去,他非常纠结,真不该冒冒失失去探望筱薇,可是不去探望她,他又放心不下。他已经结过婚了,他有了淑丽,淑丽是他的妻子,他还有什么权利再去探望筱薇呢?况且他又这么贫穷,平时家里拮据得吃不上油盐、蔬菜,更不用说食肉了。结婚时,北辰没有给淑丽买过一件像样的衣服,结婚这么长时间,她也没能添置衣服,虽说她穿的并不是褴褛不堪,但是她却没有一件新鲜衣服,淑丽平时穿在身上的衣服大都是在娘家做姑娘时的旧衣服,这些旧衣服实在不能再穿了,这些旧衣服不是不合身,就是太破旧啦,可是……他真的不敢再想下去……真叫痛心疾首……

因为他们是三个人,所以只得推着摩托车走,夜晚又这样黑暗,谁也看不见谁的脸色。他感到民警年轻、高大、威猛,因为推车走,嘉陵摩托车的大灯也没有必要开亮。也真叫晦气,怎么会查证呢?

"我们还有急事,抽烟……"建军让北辰推着摩托车,他从口袋里掏出香烟,然后递给大个子民警说。

"不抽……真磨叽,有急事也不行,快走!"他把周建军递香烟的右手挡过去,然后不耐烦地怪叫道。

他们俩像是泄气的皮球,今天只有认栽了。北辰几乎失去了理智,加上天气闷热,他已经是大汗淋漓了。因为路途遥远,两人不得不换着推车,派出所离这儿真的太遥远啦!

他们终于来到派出所,可是派出所没有电,房间里一片漆黑。大个子民警到警务室摸索一阵,他大概寻找火柴、蜡烛吧?因为农村停电很正常,说不定什么时候停电,而且说停电就停电,根本不预先告知,电价说涨就涨,稍不如意,电工就扯断用户人家的电线,所以人们往往称呼电工为电老虎……猛然之间,北辰听见屋子里有个东西骨碌碌滚动的声音,接着"啪"一声巨响……水杯摔碎了。

"妈那×……"随后,屋子里传出民警愤怒的叫骂声。

他又摸索一阵,还是没有找到火柴和蜡烛,也可能是因为黑暗无法拾掇摔碎的杯子碎屑,于是他骂骂咧咧地走出警务室。

"把车留下,回去办理证件,办好证件,再来开车,走吧。"他对他们怒吼道,他可能一腔怒气没处发泄,才发泄到他们身上。

建军一直赔小心,一直说巴结、奉承的话语,还不断地把香烟递给他,可是大个子不吃这一套。双方僵持了一会儿,大个子离开了他们,又回到警务室,而他们两个依然在院子里等候处理。大个子说让他们回去办理驾驶证件,但是驾驶证不是一时半会儿办出来的,何况离家那么遥远,他们怎么回去呢?徒步回家根本不可能,而大个子却一直不说罚款数额,他在等待什么?是等来电,还是等其他人员回来,再做处罚决定……可是外面的警察什么时候才能回来?他们还在截车……什么时候来电呢?不知道?他们什么时候才能离开这个鬼地方?如果不开罚单,大个子肯定会少收罚款,他肯定是在等待北辰和周建军贿赂他。他肯定有钱,但是他是因为他才骑摩托车来到这儿的,他不会贿赂大个子,北辰也不会拿钱贿赂大个子,他没有钱贿赂他,周建军应该能够意识到这一点儿。即使他能意识到北辰没钱贿赂高个子,他也不会轻易掏腰包贿赂他。今天周建军自驾摩托车送他来县城,那是他天大的造化,他是因为不放心北辰,唯恐北辰出什么意外,更是恐怕他摔坏摩托车,才骑车送他来县城的,他送北辰来县城还应该另有原因。

山泉村有两家印刷厂……刚开始周建军合资办厂,合伙生意不好做,这家印刷厂很快倒闭了,后来他在德亭村承包了一家即将倒闭的印刷厂,这家印刷厂在他的苦心经营之下,终于起死回生,他赚取了人生第一桶金,积累了经验、人脉,拓展了商路……但是他在德亭村做生意,实属不易,等到承包期一到,他又返回山泉村兴办印刷厂,现在生意非常兴隆,周建军也成为村里的暴发户,而山泉村周姓很少,周建军兄弟二人还不团结,他们经常因为赡养父母打得头破血流。山泉村还有一家印刷厂,这一家印刷厂老板叫王如意,他是王金锁的本家侄子,建厂时,他借贷王金锁七万元,月息一分五厘,由于王如意不善经营,这家印刷厂一直负债经营,他不从管理上寻找问题,却将仇恨的目光瞄准周建军,他的儿子王富贵假装醉酒闯进周家,不容分说就去殴打周建军,周建军猝不及防,王富贵一脚踢中周建军裆部,他昏死过去……周建军外甥女婿是大河县公安局副局长,他不惜重金告发王富贵行凶伤人,王富贵因为躲避抓捕,一直逃亡在外。王如意只得请人和解,周建军表态说如果王富贵来医院赔礼道歉,他会放他一马,王富贵信以为真,当他来医院探望周建军时,公安人员严阵以待,结果王富贵自投罗网。王富贵被拘留期间,王金锁又去逼债,王如意不要说归还本金,连利息也无力偿还,经过双方协商,达成如下协议:王如意建筑印刷厂时,借贷王金锁现金七万元,月息一分五厘,因为无力偿还,所以印刷厂让王金锁经营三年,三年之后,王金锁无条件退出印刷厂,而王如意所欠王金锁七万元贷款,连同利息,一笔勾销。然后双方签字画押,协议生效。王富贵刚刚从看守所出来,现在周建军处理问题谨慎小心,他唯恐……今天北辰来借摩托车,他非常慷慨,还亲自驾车,这让北辰十分感激。

北辰不能再想象下去,他口袋里那点可怜的零花钱提醒他说:"北辰啊,这点钱那么金贵……"

这真够难为人的,怎么办呢?这个地方距离县城很近了,但是他不能独自离开,而从县城去刘集乡还有那么遥远的路程,今天肯定是去不成刘集乡第一初级中学了,那今夜什么时候才能回到家里?这都是他胡思乱想惹来的麻烦、灾祸……这时警务室突然亮堂起来,谢天谢地,终于来电了。

"过来吧。"大个子站在警务室门口吼叫道。

"终于来电了。"他们异口同声地说。

当他们走进警务室,大个子已经把摔碎的玻璃杯子收拾干净。他们彼此沉默一会儿，大个子像是在考验他们的耐性，而周建军应该在考虑北辰是否交得起罚款，他不至于罚款都交不起吧？而北辰正如周建军所料，他正陷于苦苦思索之中。由于在错误时间做出了错误判断，让他苦不堪言，今天无论如何也见不到筱薇，不如把口袋里的钱交成罚款，如果口袋里的钱能够交齐罚款的话，他这样一想，心情反而平静下来。

"不回去办证，就交罚……"他肯定让交罚款，可是大个子并没有把罚款的款字说出来，他却惊讶地说道，"啊！是您……郭老师？都是没电闸的……"

可是这会是谁呢？他却喊他郭老师，应该是他之前教过的学生。但是这些年不见，很难辨认，何况还穿着警服，他可是一名警察啊！北辰经过思索，他终于想起来……可是猛然之间却叫不出名字，"啊哎……看我这记性……张……"

"我是张振伟啊！老师……"大个子激动不已地说。

接着，他就递烟、倒茶。然后，他又在抽屉里呼呼啦啦搜寻一通，他在寻找什么呢？时间不长，他从抽屉里拿出半条香烟，他抱歉地说："老师，刚才没电，没有认出您来，实在对不起啊！这是半条烟，不成敬意，您拿走抽……"

"哦，张振伟。"他记起来了，上学时候他是个调皮学生，上学时个子就高，一穿警服还真不敢相认。

原来是大半条彩蝶，里面有六包香烟，怎么能要他的香烟，于是北辰推辞说："振伟，我不会抽烟，也不能要，本来，我们得交罚款，还得让你徇私情，怎么还能要香烟呢？"

可是张振伟的态度那么坚决，北辰又推辞不掉，他只好收下这半条彩蝶，张振伟又把他俩送到派出所外面的大道上，他们才依依惜别。

虽说故事具有戏剧性，他们又意外收获大半条彩蝶，但是时间已经是夜半时分，他们只得打道回府，这时候，北辰向刘集乡第一初级中学的方向望去，那儿那么遥远，又是夜半时分，他不由长叹一声"唉……"他没有再说什么，用望洋兴叹来形容此刻的心情是再恰当不过，他还能再说什么呢？在回去的路上，他们走得很慢，谁也没有说一句话。

6

北辰想去探望筱薇，但是一直没有机会，不是没有时间，就是没有金钱……他太拮据啦，口袋里没钱，什么事情也办不成，他让思念折磨着，简直心急如焚。北辰一天天消瘦下来，那双深邃的眼睛，显得更加深不可测，他愈加心事重重、愁眉苦脸，淑丽看到他面容憔悴，甚至茶饭不思的样子，不但不爱惜他，反而计较不断，不是拌嘴，就是吵闹不休。

这一天他们去缴公粮，北辰在前面拉车，而淑丽远远落在大后面，北辰问她怎么回事，而淑丽说不舒服。好好地怎么会不舒服呢？分明又在寻衅闹事。缴过公粮回到家里，她又不吃饭。北辰一口咬定淑丽嫌弃家里饭菜不好，才不肯吃饭。她在娘家享福享惯了，又在找碴儿罢了，不然她不会无缘无故不吃饭。而北辰家的饭食也真叫粗茶淡饭呢，他们已经很久没有吃到蔬菜了，更不用说肉食，能够当菜的，不是一点点瓜豆酱，就是一些咸菜丝，有时瓜豆酱、咸菜丝也很难得，北辰到底欠多少外债？他也记不十分清楚。北辰和母亲习惯了，也难怪淑丽熬煎不下去，她有时候去娘家住上一些日子，等脸色红润些，北辰再接她回来。但是今天淑丽不吃饭，也可能是因为思念筱薇，由于痛苦，使他丧失了耐性，因此他不禁大为光火。

"这日子实在是过不下去了！有饭不吃，肯定是嫌弃家里贫穷……"北辰竟然顾及不到她的感受。

今天淑丽却很冷静，她一直没有吭声，这使北辰感到奇怪。自从他把筱薇的信件、日记沉到流沙河里，家里再也没有什么值得纪念的东西，而筱薇离婚的事情，他不敢告诉妈妈，万一妈妈不经意说出来，事情更加难办，所以他一直隐藏在内心。所以很长时间以来，他因为无处倾诉，又见不到筱薇，才变得焦躁异常。其实高山镇距离刘集乡并不是天南海北，却一直未能成行，最重要的原因当然是囊中羞涩，实在是因为积攒不下钱来，才去不到那个地方。为什么不骑自行车去呢？他却没有那个勇气，虽说他没有自行车，可是借一辆自行车总可以吧，也不能说口袋里从来没有钱，骑车去可以不花钱啊！但是他既舍不得浪费时间，也苦于找不到借口，何况还要借用人家的自行车，实在难以启齿啊！他竟然穷得连自行车也买不起了……做人不容易，成个家更不容易，到处都是用钱的地方，每天都得用钱，钱，钱……有时候他真活得窝囊！他不明白，他为什么去不到区区一百多里地的地方？

"孩子，是不是淑丽有喜了？还是去查查吧。"他们正在赌气，母亲提醒说。

他们决定去高山镇卫生院查明原委，去之前，母亲想让张克明大夫给淑丽诊断，北辰也赞同妈妈的意见。张医生是高山镇卫生院的老中医，也是贺云祥的表姐夫。那一年，张大夫负责小王村的春季防疫工作，魏小娥是小王村的卫生员，张医生不但医术高明，还一表人才，而魏小娥已经是一位亭亭玉立的少女了。他们在一起的时间并不长，却迅速坠入爱河，虽然张医生的儿子比魏小娥小不了几岁，但是他还是离婚了，魏小娥如愿以偿，现在他们的儿子也十几岁了。

第二天，他们吃过早饭，淑丽借来娘家的自行车，北辰带着她很快来到高山镇卫生院。他们找到张克明大夫，北辰说明来意，然后他自我介绍说他是贺云祥的内弟，张大夫居然非常热情，这让他们非常激动、拘束，他可是知名的老中医啊，就连母亲也十分信任他。张大夫有五十五六岁，他的头发、胡须全白了，他脸色红润，精神矍铄，上唇大门牙右边镶嵌着一颗明晃晃的钢牙，这颗优美、洁净的钢牙使他非常自负,甚至自命清高,他身穿一件白大褂,脚上穿一双黑皮鞋,他优雅、洒脱,根本不像这么大岁数的人。他很快行使起医生的权力,于是他让她伸出手臂,然后把一会儿脉。

"没有……"他肯定地说,然后把一副精致的老花镜摘下来,他猛睁一下眼睛,这是一双慈祥的老者眼睛。

"近段时间,来月经没有?"张大夫的声音低得几乎让人听不见。

"该来了,却没有来……"淑丽说过话之后,脸蛋刷地一下子绯红起来,她不好意思地低下眼睛。

"不像……开些来月经的药调理调理……"这时张大夫脸上的自信消失了,然后他有些迟疑地说。

张大夫斟酌了一会儿,开始写药方,开头几个字写得很慢,像是在搜索枯肠,接着就龙飞凤舞地书写起来。写完之后,签上名字,他把药方交给北辰,让他去抓药,北辰看了大半天,竟然认不出这是些什么字,这是不是汉字呢?肯定是汉字,却又不像,倒像是英文,也不像,像是蝌蚪文,但是北辰又没有见过蝌蚪文,那么这到底是不是蝌蚪文呢?不知道,反正北辰也不认识蝌蚪文……最后落款这几个字,可以肯定是张克明三个字。可是抓药医生却十分熟知这些似是而非的文字,这位灵秀的女医生看一眼处方,就灵巧地抓药,她像是变戏法一样,不一会儿,就包好几大包白色药片。张大夫是中医,却还是开西药,最后他又叮嘱淑丽饭后按时按量吃这些大大小小的白色药片,他们再三拜谢地离开了张大夫……

回到家里,淑丽并没有吃这些白药片,第二天,淑丽回娘家,碰巧美丽姐姐也在那儿,于是她奉劝淑丽到邻近的大丘镇卫生院再去检查,她说大邱镇卫生院医生认真负责,医术也比高山镇医生高明,事实上也是这样,他们决定去试一试。

三天之后,北辰才去大邱镇卫生院给她检查身体。这天下午,北辰上完第一节课,向霍校长请过假,他们就骑着借淑丽娘家的自行车去到大邱镇卫生院。

给淑丽诊治的是一位中年妇女,她穿一件并不洁净的白大衣,胸部非常臃肿,腮帮宽厚、肥大,胳膊像是棒槌那样粗壮,她不但皮肤粗糙,唇髭还很旺盛,而且门牙宽大,似乎有男性化的特征,工作态度却十分严谨。

"之前检查过没有?"她一边把一个小塑料杯子递给淑丽,一边叮嘱她说,"去卫生间接尿液。"

"前几天,高山镇卫生院的张医生诊断说没有怀孕,还拿过几大包药。"淑丽实事求是地说。

"拿药……"她大吃一惊地说,然后追问道,"吃了没有?"

"没有吃……"她解释说。

"还好……有喜了,千万不要乱吃药……"女医生化验过尿液之后,她对淑丽说。然后她像是想起了什么,说话时并没有抬起头,却有些难为情地说,"之后,要禁房事……"

"禁房事应该是不能同乐了吧。"他们告辞出来,一到大门口,北辰像是自言自语地说。

"老没正经……"她瞪了北辰一眼说,说过这句话之后,她的脸颊绯红得犹如西天的彩虹。

怀孕了,他要当父亲了。北辰心里有说不出的喜悦和兴奋。但是他又担心马上就要增添人口,本来生活就够困窘的,将来势必雪上加霜,什么接生费、奶粉、办理筵席……如果是女孩怎么办?不孝有三,无后为大。更何况,大伯不在家,二伯四处树敌,北征懦弱……如果家族缺乏男丁,在农村几乎难以生存。舆论上,他们会造谣说这家人缺少阴德,所以才断子绝孙……他们会孤立、唾弃他,会千方百计暗算、谋害他,这些事情想想就让人心惊胆寒……而且北辰刚刚遭受王金锁家族的围剿,二伯又刚刚挨过王金锁殴打。尽管他并不畏惧他们,可是将来呢,他势必被他们欺负,他们会把他打翻在地,再踏上一只脚……

现在淑丽怀孕了,他暂时忘却了筱薇离婚的事情,还有经济上那些烦心事……所以北辰更没有时间探望筱薇,他不由得一阵羞愧、内疚,心灵像是刚刚被匕首捅搅了一刀一样痛苦。

但是今天得有诚心,他怎么表达心意呢?是不是给淑丽买些好吃的,他付清门诊、诊断、检测费用,居然还剩下一块五角钱。这一块五角钱能买什么呢?

这个时候黄昏刚刚走过黄淮平原,一时阴风四起,风力又那么猛烈,像头瘦驴一样叫嚣着吹过去,风沙顿时迷住了他的双眼,可是风沙又像是鬼火那样瞬间消失了,他揉揉眼睛,又流一会儿眼泪,才看清楚眼前的淑丽,她正傻傻地看着他呢。天空有一些零星的雨点落下来……世界本来就有许多假象,这时天气也像是在造假,现在社会上都在造假,假化肥、假农药、假烟、假酒……什么假洗衣粉、假洗发水、假香皂、假肥皂、假奶粉、假衣服、假饮品……整个市场充斥着假货,有些人已经靠贩卖假货发家了……甚至还有假人,将来人也造假,什么机器人、变性人、人妖……严格意义上说,他们不是人,但是都冠以人的名字,人类已经够复杂啦,还要……有人说还要克隆人,如果克隆出希特勒,世界不就全乱了套……将来机器人还会谈情说爱,还会生育、繁殖后代,那么未来是一个什么样的社会呢?可是阴雨并没有下来,却突然刮起狂风,一时狂风大作,飞沙走石,他们躲进路旁的农民家里,风力稍停下来,这时候,远远的天空仿佛有一只神秘的大手,瞬息之间把苍穹的眼睛蒙蔽起来,傍晚倏然降临了……

北辰并没有急着赶路,他还是找寻到一家熟食店,这家熟食店里有狗肉、牛肉,还有风干兔肉,这些肉食都在一个并不洁净的大玻璃框内,玻璃框朝向街道敞开个矩形口子,尽管橘黄色的电灯光是那么微弱,可是北辰看到那么多肉食,早已垂涎三尺,他像是已经品尝到那些美味佳肴,但是今天是因为淑丽,他竟然疼爱起她来,他从来没有像现在这样疼爱、怜惜她,他必须给她买些肉来,可是买什么肉呢? 北辰捏捏口袋里那一块五角钱的硬币,又犹豫很长时间,他终于狠下心来,通过那个矩形口子,他挑了一大块兔肉,应该是一大块后脚肉,酱黑色的兔肉,看了就让人嘴馋。卖主把这块风干兔肉放到肮脏的秤盘里,称过后,他就着昏暗的灯光看看秤星说:"两元。"两元! 太贵了,口袋里只有一元五角,他不得不把这块后脚肉放回去,然后又挑一块小些的脊梁骨肉。

"称称这一块儿,刚才那一块太大了,恐怕吃不完。"北辰掩饰地说。

"一块五毛七分,"那个生意人称过这一块儿脊梁骨肉之后,厌烦地说。

"一块五吧……"北辰掏出那一元五角钱,他不得不哀求卖家说,"卖给俺吧,今天我只有一块五毛钱。"

卖主鄙夷地看看北辰,又看看可怜的淑丽,还是忍痛收下那一块五角钱,他并不把钱放到钱盒里,而是把那一元五角钱往柜台里面的肉案子上一摞,那枚一元硬币蹦了几下,就躺倒在肉案子中间,可是那一枚五角硬币受力之后,却急忙跑起来,但是他并没有跑到肉案子下面去,而是疾跑几步,然后又蹦跳几下之后,还是躺倒在肉案子边缘,如果受力再大些,他会跑掉的……卖主看到硬币停止下来,才冷笑两声,但是他仍然不舍得把那块兔子脊梁骨肉递给他们,可是又不把那一元五角钱退还给他们,他就这样犹豫着。淑丽只得在口袋里搜寻,她勉强拿出六分钱来,还差一分钱,卖主很不情愿地把这块兔肉递给他说:"算了……"

北辰尴尬地接过这块兔肉,然后他把这块兔肉塞到淑丽手里,她刚刚坐到自行车后座上,他就骑上自行车向前方驶去,淑丽右手抱住北辰的后腰,左手拿着这块兔肉,她想把这块风干兔肉先让北辰咬一口,可是北辰怎么舍得呢? 他是给淑丽买的,怎么舍得自己先吃呢? 但是既然淑丽把这块兔肉递到嘴边,于是他扮着馋相咬一口,其实他并没有吃到嘴里兔肉,然后故意喊道:"嚷嚷,真香……"他逗得淑丽欢快地嬉笑起来,自从他们结婚以来,淑丽还没有这么愉快地大笑过,于是她急忙咬一口,咀嚼起来,她吃得那么津津有味……可是最后她还是把一大块兔肉塞进北辰嘴里,他们吃着肉,咀嚼着肉香,淑丽和北辰以为这个世界上,他们是最最幸福的一对爱侣。同时,他给淑丽吃下的这一块兔子脊梁骨肉,仿佛寄托了他们全家人最美好的希望、向往和期待……如果他多吃一口,这个希望、向往、期待就会破灭一样。北辰骑在自行车上,扭头看看淑丽,他骤然看到淑丽的吃相,她吃得不但香甜,还很骄傲……这时候,北辰一阵心酸,可是他又替她高兴,之前他对淑丽的种种亏欠像是得到了补偿,心灵也得到了慰藉,于是他把借来的自行车蹬得飞快……但是淑丽还是舍不得吃光兔子肉,等他们回到家里,她又一次把一大块兔肉硬塞到北辰嘴里,这让他感到一阵温暖,他的身体内像是有一股暖流缓缓流经心田,苦涩的日子里充满了酸涩的快乐,他感激地拥抱了她,这一夜他们睡得那么香甜,他仿佛隐隐约约地梦见他们的孩子诞生了……

7

这学期临近结束之前，一连几天都在下雨，学校召开散学典礼这天，阴雨连绵不断，散学典礼大会不得不取消。霍校长只有召开临时全体教职员工会议，本该在散学典礼大会上表彰先进教师和三好学生的，本该在散学典礼大会上颁发奖状、奖品的，只有在教职员工会议上表彰先进，颁发奖品，这对于北辰来说不能不说是个遗憾，尽管先进教师没有北辰的名字，但是北辰的成绩却十分优秀。当不当先进教师无所谓，如果北辰所教班级的学生成绩没有取得年级第一名，他会痛苦整个暑假的。全体教职工会议结束之后，霍校长接着召开班主任工作会议，他重点强调暑假中学生的安全问题，他特别强调道："接上级通知，据气象部门预计，今年夏季雨水特别大，暑假期间防止学生溺水事件发生是今年暑假工作的重中之重……"

今年雨季来得早，而且来势汹汹。

放假了。他想去打工，可是淑丽怀孕了，他肯定不能去城市打工，不能远离家乡，尽管去城市打工能挣钱，能缓解家庭经济压力，同时也能偿还部分债务，但是却苦于家乡没有挣钱的地方，他既羞于在村里做小买卖，也羞于走街串巷打零工。正好留下来陪伴淑丽，他既是淑丽的丈夫，又是将来孩子的父亲，他已经是一位有家室的人了。他怎么能整天想着筱薇呢？尽管那是他的初恋，但是这一切已经成为过去，他总不能一直生活在过去的时光里，生活在回忆里。如果真是这样，那他实在太凄惨了……他应该面向现实，面向未来，他有责任和有义务让母亲、淑丽、将来的孩子过上幸福安康、衣食无忧的生活，不能让他们再过像他一样缺衣少食、生不如死的生活，更不能让他们受人欺凌……他应该疼爱妻子。他想学习挣钱手艺，可是在目前农村除去学习木匠、泥瓦匠，还有什么是挣钱手艺呢？即使学会这些手艺，仍然需要远走他乡才能挣钱。在村里，街坊邻里聘请木匠和泥瓦匠，大都是无偿帮忙，他们是不索取报酬的，因为村民还很淳朴，相互之间讲究情谊、交情、信用，还没有发展到只讲金钱，不讲信誉、交情，不讲仁义廉耻的地步，农村还很少暴力、情杀、奸杀、凶杀案件……

更何况今年雨水大，夏季阴雨连绵，也不适宜外出打工。地里的农活也得有人照应，北辰今年种了一亩棉花，还种植了一些玉米和豆子。之前生产队分队时，他还分到十几棵苹果树，今年苹果树结了许多果子，反正也得有人看守。淑丽的地只有等到秋季，才能迁过来……秋季之前，孩子肯定出生不了，大致要等到春节前后……十月怀胎，一朝分娩，他需要用心呵护淑丽。

放假第二天，阴雨小了些，他们去查看棉田，因为北辰家的棉田地势高，火旱，土质又很贫瘠，棉苗不但稀疏，而且生长缓慢。可是全意家的棉苗既茂盛又稠密，这让北辰很伤感,他和全意同年,但是全意家分到的老机井地地块大,土质肥沃,干旱时又有井水浇灌,老机井地是生产队唯一一块高产田地,有人说他们家祖坟好、运气好,所以才分到老机井这块田地。时间不长,有人泄露消息说他们在分地时使用欺诈手段,才得到这块田地,可是没有一个人敢站出来揭发他们,土地已经分过,即使有人揭发也无济于事,只能得罪人,谁也不会把分过的田地再重新分配,他们人多势众,既欺软怕硬,又惯于见风使舵,他们往往谋取利益最大化,自从分地,他们一直霸占至今,这块良田沃土已经成为他们的不动产业,其他农民敢怒不敢言。而北辰家分到的却是生产队的盐碱地,这块盐碱地经过苦心经营,产量依然不高。在学校,因为他是代课教师,尽管他的教学成绩十分突出,还是被领导、同事歧视。在村组,他分到的是最差的盐碱地,这是不是所有代课教师的命运? 如果是,这是教育界的悲哀,也是这个时代的悲哀! 因为代课教师不单单是一个人,而是一个群体、族群,单单一个人不能证明什么,也不能代表什么,这是个性、个体,却不是共性、整体,可是这却是个群体、族群……这至少说明了一个事实,他们是社会最下层、底层的一个群体、族群,这至少代表了一种低贱、悲催的命运,至少代表了社会上还有不公和歧视。可是北辰在高山镇第三初级中学所担负的教学任务是和其他人、其他公办教师承担的教学任务同等重要,有时候,北辰承担的教学任务甚至比很多公办教师还重要,可是不管教课任务重不重要,至少说他们都是教师,教师之间不应该有优劣之分,不应该有贵贱之分,可是有时候偏偏存在优劣之分,偏偏存在贵贱之分。而霍校长在一次公开场合,他说他只聘用公办教师……摆明了,他不待见代课教师! 这是一句侮辱北辰的话语! 为此北辰差一点负气出走! 提起这些不公,他就愤愤不平……可是他又不得不忍辱负重,谁让他只是一位代课教师呢?

他家分得的苹果树也只有几棵大的,大部分都是小树,他和母亲既没钱买肥料,又不会管理,也请不到技术人员修剪,所以苹果树结的果实又小又不光鲜。

之前分到的一小块自留地,也被小脚霸占了一些,北辰沉浸在阅读、写作之中,母亲又不理事,谁会搭理她呢? 有一天,北辰来到自留地,他突然发现自留地的田垄歪斜了,明明是小脚在使坏,这条歪斜的田垄把本来就不多的自留地硬生生割走许多,他也懒得和小脚争执和吵闹,也羞于和她争执和吵闹,小脚是一个无事生非、无理取闹的人,北辰可不想和她纠缠……等他的怒火要爆发了,有时因为工作,有时因为懒散、阅读,又忘却了,所以他家的自留地被小脚霸占一事竟然久拖未决。有一次,北辰又一次路过那一小块自留地,恰巧老队长郭兴志也经过这儿。

"兴志哥哥,您看小脚霸占俺多少田地。"当时北辰指着那条歪斜的田垄向老队长诉苦道。

"谁会管这种事情,自古就是强者为王……"老队长说过话,扭头就走。

北辰不但自讨没趣,还生一肚子闷气,如果北辰强制把田垄更正过来,他和小脚势必有一场好戏唱,但是不更正过来,他是明显吃亏,最后北辰选择息事宁人,这个事情，他决定交给淑丽处理。让她处理此事，她机智又冷静，而北辰激动起来，指不定会发生什么事情，淑丽再怎么也不会和一位老太太骤起冲突，何况她是长辈，一位不论理的长辈。

"一定要收回失地，"淑丽愤愤不平地说，有一天，她胸有成竹地对他说，"秋季收玉米时，让妈妈把她种到我们土地上的玉米穗收回来！"

她家的田垄向北辰家的玉米地倾斜过去，即使再糊涂也能看出田垄曲直……而淑丽不让北辰急躁，也不让他插手此事，而北辰也相信淑丽有能力处理好这个棘手事情。

阴雨越来越大，田地之间，沟沟洼洼的地方几乎蓄满积水，庄稼地里的雨水眼看已经无处可泄，无处可排，如果再下雨，庄稼势必被雨水淹没、淹死，秋季将会歉收，甚至将会颗粒无收……更让他担忧的是住宅周围积满了雨水，这些雨水已经和坑坑洼洼的雨水连成一片。如果雨水再多，房子势必成为一座孤岛，如果雨水闯进屋里，他们还怎么在这儿居住呢？

他看看天上乌云，一团团滚滚乌云像是一群凶恶的黑熊正向南方缓缓移动，远方迷雾蒙蒙，云彩南，水涟涟……更大的阴雨恐怕还在后面……这时，他们来到河岸上，河水已经接近木板桥底部，汹涌的河水像是一群疯癫的大象向下游疾驰……

北辰已经在做准备，他把木床搬到屋子外面最高处，又从合作社买块塑料布，然后搭成塑料棚子把床罩起来，晚上，他们一家就居住在塑料棚里。如果房子浸泡到水里，房子就有倒塌的可能，他必须用泥土把房基加固，屋里也要加高。

晚上，他们就睡在屋子外面的棚子里，母亲的床和他们的床并在一处，北辰住在棚屋里像是庄稼人正在看护即将成熟的庄稼，庄稼人以此避免夜贼偷窃粮食、瓜果、蔬菜，以此保证农作物颗粒归仓，保证瓜果不受损失、侵害。还得弄来几块大石头，弄来这几块大石头把北辰累得气喘吁吁，然后他把床脚绑到这几块大石头上，以此避免大水把棚屋冲走。几天以来，屋子周围也加固很高，屋子里也新增了很多新土，这些新土是北辰一次次用塑料袋从其他地方背来的，累了他就休息一会儿，然后再背，为了把房基加固、加高，有时候背土实在辛苦……本来就不高的房子，更加低矮了，北辰一伸手，几乎能摸着房檐。

幸亏准备及时，连日以来，阴雨仿佛从天空倾倒下来，雨水像是怪兽一样从沟渠里、从地下钻出来，雨水淹没到房子边缘。木板桥上面全是水，人们看不到木桥啦，北辰一家已经去不到村子里。河水像是到处乱闯的长蛇，这些凶恶的长蛇企图越过堤岸……政府发布动员令，所有男劳力必须去加固脆弱的堤岸，他们锯倒树木，把这些树木加工成木桩，再把木桩打进低洼的堤岸，然后，加固泥土，瘦弱的劳力往塑料袋里装土，强壮的劳力负责搬运……河滩里的庄稼终日浸泡在河水里，这些庄稼伸着可怜巴巴的小手，希望有人搭救她们，她们真想从河水里游走出来，可是她们还是无可奈何地站在那儿……

很多高大的杨树被雷电和风暴拦腰摧折,半截树杈让人触目惊心,而断裂的另一半倒卧在水泊之中,远远望去,这些卧倒在水里的杨树枝条像是一艘艘远航的小船。雨水像是浑身长满疥疮的青蛇,成群结队地向村庄、街道、房舍爬去,这些悄无声息的青蛇整日瞪着眼睛困守在村庄、房屋周围。夜晚,守夜人一不小心,雨水仿佛就像无数只馋猫偷偷地溜进屋里,北辰家整个房子完全浸泡在水天泽国之中。

木板桥早已不见踪影,北辰从没有见过这么声势浩大的河水,浩浩荡荡的河水向前方汹涌而去,简直像是势不可当的狼群……突然之间,河水又像是一窝盗匪冲毁堤岸,溃逃而出,然后河水铺天盖地扑向平原,扑向田野、村庄……经过好长时间的抢险,溃烂的堤岸终于修复啦……可是整个田野,差不多被河水淹没了,北辰家的粮食幸亏提前转移,不然,一年的粮食就会发霉、变质……他们这一年就要遭殃,就要忍饥挨饿啦。水面已经在小棚屋的床板以下,尽管北辰家的棉田是生产队最高、最旱的地块,可是即便如此,刚刚长高的棉花已经有半截浸泡至水里。而全意家的棉花早已遭受灭顶之灾,高大、茂密的棉花淹没在水里,水面上只有零零星星的棉花枝杈漂浮着,那些棉花像是一艘艘货船搁浅在深深的海水之中,水面上裸露的棉花枝叶仿佛求救的手指在晃动,慢慢地,水面上的棉花枝杈越来越少,这些枝杈像是求生的桅杆,它们也要渐渐地沉没下去……北辰很为全意家的棉田惋惜……

北辰和淑丽一大早蹚水来到棉花地。他们用铁锹,最后用手从雨水下面挖出泥土来,不断加固田垄,他们忙碌了一天,接近黄昏的时候,才把田垄加固成一道矮小的堤堰,他们顾不上吃饭,也顾不上休息。而且早已疲惫不堪,淑丽扭动着笨重的身子一直忙碌不停,即使北辰呵斥她,她也不舍得停止,她还要用棉花给即将出生的孩子套棉衣、棉裤、被子用呢。然后他们用洗脸盆把棉花地里的水泼出去,北辰又一次大声呵斥淑丽,不让她泼水,但是这一次她几乎和北辰争吵起来,没有办法,北辰只有依她。在漆黑夜晚的陪伴下,他们也不感到寂寞,甚至越干越加兴奋,他们不会把雨水泼到邻居的田地里,而是泼到棉花田地头的大路上,其实已经见不到大路了,大路上也到处都是深深的雨水,他们从自家的棉花地向外泼水,不停地泼水,不顾一切地把水泼到大路上、沟渠里,他们只念叨一个字泼、泼、泼……终于棉花地的水位比其他邻居家的水位矮下去很多,这样一来,棉花几乎裸露出半个身子,他们的内心也宽慰许多……

夜深啦,他们相互搀扶着回到家里,母亲拿出她不舍得吃的干馍,北辰、淑丽各吃半块,他们钻进棚屋里,还没有来得及伸一下懒腰就睡着啦……床板下面全是水,他们仿佛躺在一艘漂流的小船上,一不小心,小船就会倾覆。深夜,尽管疲惫不堪,可是他们的潜意识里,还十分恐惧,周围都是水,河流南岸就他们这一户人家,想想都让人害怕。特别是淑丽,她经常失眠,每天夜里往往惊悸醒来,此后,就再难睡着。她醒来,看到北辰守护着她,有强壮的北辰在,淑丽终于又安稳睡去……北辰睡在棚子的出入口,唯恐淑丽有什么闪失,他终夜陪伴着她,看护着她,以免发生意外。有时候北辰也得阅读,在苍茫的水天泽国,一盏油灯闪烁着微弱的光芒,这些天来,北辰总在阅读《约翰·克里斯多夫》,他沉浸在……可是今夜他们睡得那么安稳……睡得死气沉沉……北辰似乎打起轻轻的鼾声……

第二天一大早,雨水刚刚停止,他们又一次蹚水来到棉花地,尽管水位比昨天高出许多,但还是比邻居家的水位低下去许多,尽管棉花无精打采地站在齐腰深的水里,却比全意家的棉田幸运得多……这样想想,他们才宽慰起来。中午时分,守护河堤的人说:村子里已经有好几户人家的老房子被雨水泡塌了。有一户人家,房子里的夹山泡塌了,砸死一对母女,真够凄惨的……人们还在传说一个离奇的事情,之前被砸死的这位母亲请人算卦,说她将来要死在山下,谁知这一次竟然死在夹山下……这些守堤人是从很远的水泥桥上过来的,而北辰家里已经断炊,水流早已阻绝了进村道路,汹涌的河水像是下山的猛虎,整日咆哮不已。北辰不得不去到河流南岸的村子里讨借些食物,幸亏雨水没有淹没到北辰的书箱,要不然,可就惨了……可是他们家的灶台早被雨水泡塌了,房子整夜整夜站在水里……院子里那几棵玫瑰早被雨水吞淹了,刚开始,还裸露出一些枝叶,现在就连玫瑰的影子也找不到啦,不知道她们能不能挺得过这场水涝灾害?这可是灭顶之灾啊!

北辰把一大块窗纱制成网,他整天外出捕鱼,他是多么想让淑丽吃到一些新鲜的鱼肉,喝到一些新鲜酸鱼汤。这一天他打到几尾大青鱼和鲇鱼回家,这可把淑丽和母亲高兴坏了。可是怎么做呢?家里没有干燥的柴火,没有锅灶,他们好几日没有做饭了,只能吃一些到附近村子里讨要来的食物。可是北辰突发奇想,他把铁锅支到河岸上去,吃水问题也非常困难,他不得不从附近村子里弄回来两桶水,由于路途遥远,他别出心裁地把水桶放到雨水里,只得小心翼翼地推着两只水桶向前走,真像是电影演员从激流里推走两颗巨大的水雷……淑丽笑逐颜开,不苟言笑的妈妈也被北辰逗乐了,在他的记忆里,母亲很少言笑的,妈妈满是风霜的皱纹里浸满了贫穷和孤独。

全家人就在河岸上生火造饭,每天,北辰总能寻找到一些干燥的柴火,有时候守护河堤的人可怜他们,给他捎来一些干柴,北辰趁阴雨间歇,把鱼炖熟……一家人能吃到新鲜鱼肉,真不容易!几天以来,他们勉强得以度日,时间一长还得吃面食,吃不到面食,他们就浑身不舒服,吃不到面食,他们闻到腥膻就恶心,他必须想办法从附近的村子里借来面粉,或者用仅有的几元零花钱购买一些面粉。

时间就这样一天天过去,暑假几乎过去大半,剩下的日子已经很少了,北辰非常焦急,开学之前,雨水会下去吗?他不但急躁,还担忧起来,最让他担忧的是棉田,他和淑丽不断去查看,很多时候,他们把棉田里的雨水泼出去,可是时间不长,雨水又会渗进来,他们只得再把雨水泼出去,大豆和玉米早已全军覆没,但是必须要保住棉田!必须生产出棉花,这可是给未来的孩子准备的棉花啊!这可是他们全家人的希望啊!一旦绝收,孩子穿衣服怎么办?这让北辰和淑丽几乎夜不能寐。

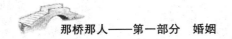

这天一大早,天晴了,太阳终于出来了,红彤彤的朝霞照耀着辽阔的水田,原野像是燃烧起来万丈火焰。中午时分,骄阳照耀得水面明晃晃的,几乎要把农民的眼睛刺瞎啦。天空是那么高远,平原是那么空阔,一望无际的雨水在强烈的阳光照耀下,水波荡漾,波光激艳,简直是水天一色,森森无涯……

河流的水位慢慢地落下去,开始很慢,田野的水位也在慢慢降落,沉降得非常缓慢,简直比宇宙的形成还慢。玉米慢慢地裸露出大半个腰身,开始几天,玉米还是碧绿碧绿的,经过太阳暴晒,玉米顷刻枯萎了,仿佛一头强壮的公牛突然病倒一样,这头公牛再也站不起来了。全意家的棉花已经裸露出大半个身子,开始棉花还是那么稠密和碧绿,只是棉花叶非常肮脏,还有些无精打采的,可是经过太阳暴晒之后,棉花瞬息之间枯萎下去,接着枯死、枯焦了,而北辰家稀稀拉拉的棉花田里,雨水即将退去,尽管棉花还很疲惫,但她们仿佛在积蓄新生力量……

已经有人泅过河水来到南岸,渐渐地木桥也裸露出来,木板桥被凶猛的河水冲击得面目全非,不但桥上的树枝、麦秸、土层不见了踪影,所有这些都被汹涌的激流冲走了,北辰以为木板很快会裸露出水面,可是他又耐心等待几天,像是等待情人那样焦虑,终于桥柱上的木板隐隐约约裸露出来,可是却有三分之二的木板逃之夭夭了,北辰又等待几天,柱子上端也裸露出来,这些粗大的柱子也被激流冲走七八根,只有等到河水下去,再把木桥修复好。

凄惨的木板桥!已经没有人敢从木板桥上经过啦……有一个憨大胆,凭借水性好,想从面目全非的木桥上跳跃至南岸,他想去看看庄稼地受灾情况,于是他好不容易辗转腾挪到木板桥中间,可是一不小心,还是从木柱之间巨大的缝隙掉进汹涌澎湃的河水里,他万一撞上桥柱就会有生命之忧,经过很长时间,当大家对他已经不抱任何希望的时候,有些人已经沿着河滩奔跑,痛哭失声地寻找尸首的时候,还有人跳进河水,准备打捞尸首的时候,他却从遥远的河水里钻了出来,他艰难地游到岸边,然后一头栽倒地上不省人事,不一会儿,就血流满面,原来当他栽到激流里的一刹那,头部撞到木柱了,人们把他抬至山泉村卫生所,经过抢救,虽说生命没有大碍,但是他还得转到城市医院医疗……从此再没有人敢冒险啦。如果谁想关心田地里的庄稼,水性好的人就得泅渡,旱鸭子必须经过远处那座破破烂烂的水泥桥,那座水泥桥建筑的时间也很久远了,水泥桥的栏杆已经锈蚀掉,当初还有几根残存的钢筋,后来这几根钢筋也被人锯掉了,桥中间有几个大洞……这些旱鸭子只有绕远路来到田地里,谁有什么更好的办法呢?

可是近日沉降的雨水突然停滞了,北辰正在暗自诧异,而中午泅渡过来的年轻人都在议论,下游大庙村村主任王橛子率领村民修筑一道堤堰,以此阻挡山泉村的雨水通过大庙村的涵闸排入河道。他们不能眼睁睁地看着庄稼被活活淹死,必须行动,山泉村人经过商议准备把大庙村修筑的堤堰破坏掉……

这两个村历年来因为利用河水浇灌、利用河道排涝争斗不已。山泉村在河流上游建造了一座水闸,河水少时,为了灌溉便利,山泉村人落下水闸,大庙村人却用不上河水灌溉农田。河水泛滥的时候,大庙村为了排水便利,在村与村边界加固堤堰,等大庙村积存的雨水排泄完毕,山泉村的庄稼早已淹死了。

他们决心把大庙村修筑的堤堰清除掉,使雨水尽快排泄出去,况且不只北辰家,就连村子里,还有许多家的房子将要泡塌了。

这一天,山泉村南街许多农民聚在一起,商议建桥事宜,有些人主张自己修桥,木板桥如果不及时修缮,将给村民生产、生活带来极大困扰,但是很多人议论说建桥修路是政府的事情,是水利部门的事情……如果自己建桥,一资金困难,二没有技术。在资金、技术都不具备的条件下,谁也建不成……何况,无论如何也要等到水位下降之后再建桥。这样一说,即使农民们再焦虑,修建一座木板桥不是一件容易的事情,但是他们必须尽快向水利部门反应木板桥被河水冲毁的事实,并希望及时修复。

中午周建军备下酒菜,邀请几位青年人去他家喝酒,一共邀请了六位年轻人,北辰也在其中。他们来到周建军家里,酒菜已经备好,他们喝的是光肚仰韶酒,北辰想,周建军备下酒菜肯定又在收拢人心。其实事情不是这样,开始大家只顾闷声喝酒,可是喝起酒来,每个人争强好胜的,酒越喝越多,有人已经喝高了,这时候,有人突然议论起大庙村修筑堤堰的事情,这样一说,竟然群情激愤起来。

"等一会儿,去给他们毁掉。"这时候,王全意把酒桌一拍,然后气愤地说。

"毁掉……好!我们一起去。"大家纷纷响应道。

"光凭我们这些人,干不成什么大事,必须发动群众。"王全意煽动说。

"好,把全村人发动起来,因为这关乎大家的切身利益。"北辰激动地说。因为北辰家的棉田依然有大量积水,何况他家的屋子即将泡塌了。

六个青年人都喝了壮胆酒,在他们煽动之下,村子里一下子集合起来许多人,他们拿着铁锹,两大群妇女也跟着他们,人越聚越多……尤其是刘宝国新婚的妻子最有胆识,她穿件粉红色短袖衫,两双野性的大眼睛凝望着北辰,他走在队伍最前面,她就在北辰身边。

他们通过那座破烂不堪的水泥桥,来到大庙村修筑的堤堰附近,守堰人急忙去村里报信,等到大庙村民赶到时,堤堰早已被他们清理殆尽,这时山泉村的积水像是万千条势不可当的蟒蛇凶猛地向前狂奔,山泉村的勇士个个视死如归,而北辰拿把铁锹怒目圆睁地站在队伍最前头。刘宝国的妻子勇敢坚定地站在北辰身旁,北辰感激地凝望着她,他们像是一对视死如归的情侣。

"不用怕,打掉头不过碗大的疤!"她竟然这样激励北辰道。

北辰酒意正浓,他激动得真想拥抱她,可是在这千钧一发之际,他还是控制住了情绪。山泉村人攥紧手中武器,仿佛即将经历血与火的洗涤,而大庙村人也在不断逼近山泉村人,武器同样紧攥在他们手中,混战开始了……这时巡视灾情的领导

及时赶到,警察鸣枪示警,终于避免了一场恶性血案发生。

两村属于不同县域,之前,两村农民经常械斗,流血事件时有发生,往往互有伤亡。这次械斗之前,上级有关部门早已得到消息,所以他们能够及时赶到,械斗才得以避免。其实市县领导早就密切关注事态发展,这也多亏通信工具的迅猛发展。

山泉村的雨水排泄如此迅疾,简直是一日千里,北辰家的房子也快速地从洪涝灾害之中走出来,这所本来就低矮的房子经历血火洗礼,更加衰老、憔悴、渺小,尽管如此,它依然矗立在河流南岸,这个家庭正在孕育着新的生命,同时也即将宣告两个时代的诞生。时间不长,北辰家的棉花也茁壮生长起来……那几棵玫瑰一直病恹恹的,有人说玫瑰怕水,看样子,这几棵玫瑰像是没有起死回生的可能了。

秋季结束,北辰家收获了二十四斤皮棉,又压榨出许多香喷喷的棉油,这二十四斤皮棉收获得多么及时啊!而最让北辰惋惜的是全意家的棉花竟然颗粒无收,开始他们家的棉花郁郁葱葱的,谁都会认为他们家的棉花一定丰产,而北辰家的棉花既稀疏又瘦小,肥料不充足,还不是优质品种……可是一场浩大的雨水,竟然产生了两种不同结局,既让人惋惜,又让人庆幸。

他们又能回到屋子里生活了……水患结束了。这年秋季农民的收成很低,有些家庭几近绝收,北辰家的大豆颗粒无收,玉米只收获一点点嫩穗,他们只得到小半袋玉米粒,这一年,北辰家的生活将会更加拮据、艰难。

第六章　一件粉红色的短大衣

1

暑假就要结束了,虽然水患过去了,远远望去,田野里到处都是枯死的庄稼,不禁让人无限惋惜和辛酸。豆秧全部淹死了,棉花地里到处是枯焦的棉花棵,有几块棉田,尽管没有被淹死,可是棉花旺长,棉株高大,颜色碧青,就是不结棉桃,有几块玉米地,玉米早就枯焦了,其他人家的玉米,即使没有淹死,可是玉米穗像是一把小梳子。农民再种秋庄稼已经晚了,很多人不住地抹眼泪,有些人在偷偷地哭泣。山泉村新近修建一座基督教堂,礼拜的人越来越多,他们走在农村泥土地上不停地祈祷:"感谢主……感谢主……"有位新寡妇学会唱很多赞美基督的歌曲,她唱着这些歌曲,看见满目荒凉的田野竟然情不自禁哭着唱起来,她唱得哀婉而又凄美,她也许是在思念亡夫吧……

木板桥遭遇到河水破坏之后,已经引起水利部门的高度重视,他们正在砍伐河岸上高大的树木,以此作为秋后修建木板桥的原材料。山泉村南街农民最艰难的是到地里干农活,一条河流对于会游泳的年轻人不算什么难事,他们能够轻轻松松泅渡过河流,天气那么炎热,反正需要洗澡,需要消除一天的疲劳。不会游泳而会骑车的,或有机动车的农民则绕道而行。但是没有自行车,又没有机动车,又不会游泳的农民,他们叫苦连天,望河兴叹。北辰和淑丽下地不用发愁,但是他们已经很少去到大街上,很少去集市上采购东西,他们本来就很少去集市上购买东西,自从木板桥毁坏之后,他们更加懒得去到大街上。更加没有必要去到集市上闲逛啦,但是最让北辰忧愁的是开学之后,怎么办? 他打算中午不回家吃饭,但是一早一晚怎么办?

"去把俺娘家的自行车借来吧,早晚骑车方便,即使多走十几里路,骑自行车也很快。"淑丽给北辰出主意道。

"也只能这样啦。"北辰无可奈何地说道。

2

这几天，人们都在谈论一件事情，山泉村有一位叫代羊羔的年轻人，他即将结婚，可是新婚妻子变了心，她又爱上另外一位小伙子。代羊羔去索要彩礼，却被未婚妻子的母亲臭骂一顿，代羊羔一怒之下拔出匕首，连杀三人……不久，他割断喉管自杀了。

这起杀人、自杀事件残忍至极。他把未婚妻杀死。这时，岳母就向院外奔逃，他在后面追赶，岳母无路可逃，她就跳到水坑里，他也跳进水坑里追杀，直至把她杀死。他从水坑里出来，刚好碰见小姨子回家，他又把小姨子杀害致死。回到家里，他用一把菜刀割断喉管自杀身亡。

有人同情弱者，还有人同情凶手。

但是这起残暴的杀人和自杀事件，给村民造成的惊恐和不安，相比水患带来的苦痛，有过之而无不及。

土地分开了，农民刚刚解决温饱，他们才从旧生产力和生产关系的桎梏中解脱出来，但许多人依然因循守旧，可是生产力迅猛地发展起来，一批私企、私人产业的发展让这些人物质生活丰富起来，但社会上精神生活却并没有太大改变。这就刺激了有些人私欲膨胀，而财富悬殊使人心态失衡，有些人仇视富人，有些人悲观厌世，物质生活的丰富和精神生活的贫瘠使一些人道德沦丧、心理扭曲、私欲横流。

3

山泉村每个生产小队都在对土地进行调整。他们把失去亲人、嫁出姑娘的土地收回来，重新分配给新婚妻子和新近增添的儿女。

北辰和淑丽非常激动和不安。淑丽分到土地，他们会有足够的粮食食用，从此，再也不会受穷了。可是北辰担心有了儿子，将来经济压力将会更大、经济负担会更重，现在北辰和淑丽已经被苦难折磨得痛苦不堪，将来要想过上丰衣足食的生活，必须忘我地工作、劳动。他们都是要强的人，眼下，他们却非常自卑，在左邻右舍、街坊邻里面前，羞惭得几乎抬不起头来，吃穿不如人，用度不如人，而且事事不顺心，不遂心，他们什么时候能够富裕起来呢？尽管如此，北辰仍然坚信总有一天会过上幸福愉快的生活，将来还要给儿子建造新房，将来还要给儿子建造村里最好的洋楼。生活富裕以后，他可以一心从事阅读，从事写作，再也不会因为缺吃少穿而愁眉不展了。

小脚也要迁走了，她家的土地当然要归公。老实巴交的老保管员谢世了，儿子老早就回老家定居了，房子也卖掉了。她也随儿子走了，也打回老家去，其实儿子是她的娘家侄子。小脚大娘擅长阿谀献媚，溜须拍马，当初，人们都说她妖冶风流，现在上了年纪，却依然要模要样，她仍然像是鸟儿爱惜翎羽那样精心梳理头发，皮肤白白净净的，那几块黑斑说明了一切。她看似天真无邪，实则矫揉造作、无病呻吟；她总是喊喊喳喳，吵闹得一片声响。老保管员在时，大家看在老街坊的面子还能忍耐，可是土地分开不久，保管员中风了，他长年滞留床上，她已经在走人生的下坡路，老年的骚情再也无人问津，老一辈人即将作古，新一辈人，他们在追逐时代新人，小脚大娘已经在处处碰壁了。她再也不敢和妯娌作对，奔富长大之后，当妯娌再次打斗时，奔富推搡她几个趔趄，真够她没趣的……有时候，她不是被老铁匠打破脸，就是被张木匠扯乱头发，有时还被洋车修理铺的刘师傅办儿回丢人……她本是心高气傲的人，哪里受得住这样的窝囊气……老汉的死亡代表一个时代的终结，他终于走完了被疾病折磨的岁月……她的侄子，结过婚之后，有了两个孩子，年轻夫妻看到世风日下，家里已经没有了康宁，于是他们认祖归宗去了。小脚大娘只剩下孤家寡人，她也耐不住凄凉岁月，于是变卖房产，投奔养子去了。

　　小脚大娘走后，土地要归公，淑丽趁土地归公之前，把土地边界更正过来。苹果树也得归公，他们分到的苹果树是生产队较好的，特别是挨着北辰家那十几棵苹果树，这十几棵树高大茂盛，而且年年硕果累累。淑丽早就觊觎这些苹果树了，几天以来，她一直鼓动北辰去找郭兴志队长，可是北辰认为，这样做不合适，苹果树如何分配是队里的事情，何况北辰已经听说，老保管员家的苹果树，郭兴志队长已经许诺给王全意家了。他怎么再和全意争呢？他们是一块长大的孩子，虽然前些日子北辰和王金锁闹过别扭，这件事情毕竟过去啦，不能事事对着干。淑丽不这样认为，她认准的事情，非办成不可，她那么固执和任性，她说他们理应分到这些苹果树，王全意结婚后，添过儿子，能够分到苹果树，他们也能够分到苹果树，都是人，谁怕谁？何况他们家也不应该分那么多。她没法逼迫北辰，却又给母亲施压，为此整个家里闹得鸡犬不宁，妈妈被逼不过，只得撺老面子，去找郭兴志队长，他同意分给他们一部分苹果树，于是淑丽就把这十几棵最大的苹果树占为己有，剩下的自然全被全意家占有。剩下的苹果树尽管数量众多，大部分果树却非常矮小，这样一来，却惹恼了金彪婶子，金彪婶子扬言那十几棵苹果树也归他们所有，为此两家人都憋着一肚子气。

　　按理说金彪婶子家也不该得到那么多苹果树，全意结过婚，虽然生下一个儿子，他们家添两口人，而老保管员家是六口人的苹果树，北辰家占去十几棵，剩下的苹果树仍然很多，金彪婶子算是占了大便宜，可是他们还不满足，金彪婶子真是贪得无厌。

　　"北辰，淑丽霸占这十几棵大苹果树……应该是分给俺的苹果树！"有一天他们正在给苹果树打药，金彪婶子气鼓鼓地教训北辰道。

　　"金彪婶子，这是六口人的苹果树，我们只占一口人的，你们一下子占有五口人

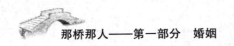

的!"北辰不让淑丽搭腔,他辩解道。

"小脚没走,兴志就许给我们了,淑丽不论理,你也不论理!"金彪婶子不容北辰把话说完,就咄咄逼人地说。

"谁分给你们也不行,苹果树应该有我们一份!"北辰愤慨地说,他也没有想到竟然这么气愤。

"等俺全意回来再说……"她威胁北辰道。金彪婶子已经和前两个儿子分过家,全意结过婚,虽然有了儿子,他们还没有分锅,人们都说全意孝敬母亲,全意在街坊邻里面前也有威信。今天金彪婶子见北辰态度强硬,她就把全意抬出来,以此恐吓他。

"金彪婶子,我等着!谁回来说也不行。"北辰并没有被金彪婶子的话吓住,他还是不软不硬地说。

"……"金彪婶子见恫吓不住北辰,同时她也明知理亏,于是她谩骂了一会儿就离开了。

而淑丽想接腔,北辰急忙制止她道:"她是长辈,咱是晚辈,让她出出气也好……"

这件事情过去之后,北辰时时刻刻准备迎接全意的挑衅,随着时间一天天过去,紧张的空气似乎缓和下来。全意经常在家,两家人经常碰面,往往在一起干活,还有说有笑的。北辰并没有放松警惕,他每时每刻都在绷紧这根弦,似乎大春、新义隐忍未发,但是北辰准备随时捍卫人生的尊严、权利……他们分得一份苹果树,这是天经地义的事情,这是理所应当的,谁也剥夺不了。

<h2 style="text-align:center">4</h2>

生产队分地并不复杂,对树接皮也好,对树剥皮也罢,添人增地,减口去地……虽然政策明明白白,但是具体到人和事并不简单,土地应该平均分配,但是绝对的平均主义是没有的,绝对的平均主义不但没有,而且每个生产队都有本难念的经,何况有些事情清亮不了糊涂了,但是有些事情并不能假装糊涂。

最让人头疼的是有些事情本来并不模棱两可,可是处理起来却非常棘手。政策说户口转走之后,土地必须减去。学生考上大学,户口转走了,但是这个学生还在上学,他还没有参加工作,还需要家长供给。可是户口已经转走了,按理说土地应该减去,但是家长坚决不同意减去土地,这就是矛盾,还是非常尖锐的一对矛盾。不是一个生产队有这种情况,这种情况相当普遍,作为学生家长,他们不断向上级反映,困难家庭的愿望尤为强烈,他们已经吵闹得不可开交……有人在混淆是非,有人在翻老账,还有人异想天开。为什么有人能分到优质土地,有人分到劣质土地,有的人能多分土地,有的人能承包土地,有些人还分不够平均数,他们眼睁睁看着一桩桩怪事发生,却又无可奈何。谁不想多分土地,谁不想承包土地,土地紧张,僧多粥少,又各怀鬼胎。

弱肉强食本是低级动物的生存法则,可是有时候也适用于人类。人类是区别于低级动物的高级动物,既然把人类称为高级动物,毕竟也是动物,只是有别于低级动物的高级动物罢了。低级动物毫不掩饰,羊吃草,狼吃羊……这种关系是赤裸裸的,羊就是要吃草,狼就是爱吃羊,羊是食草动物,狼是食肉动物。狼没有动物可吃,狼要吃人的,这样吃来吃去,是符合动物生存法则的。可是人类的食物链是隐形的,人类里面,弱者就是羊,而强者就是狼。有时候强者并不把弱者一口吞掉,而是通过眼花缭乱的游戏规则把弱者吃掉;有时候强者逼迫弱者接受城下之盟,强者凭借杀戮使弱者臣服;有时候强者通过胁迫……所谓不战而屈人之兵……国与国,家与家,人与人之间都是这样……国与国之间借助战争,家与家之间凭借兄弟,人与人之间依靠蛮力,所以无论是国,无论是家,无论是人,不论城市和乡村,都逃不脱这个逻辑、藩篱。有些时候,兽类是直接的,要么吃,要么被吃,而人类更加伪善,不到原形毕露那一刻,他们不会吃人。人类的人性和人类的兽性,有时候是两个概念。但其实是同一个概念,或者是同一概念的两个方面。人性有善的一面,也有恶的一面,而兽性有恶的一面,有时也有善的一面。舐犊之情,护犊子,母兽爱护幼崽,有时候比人类更溺爱,这是兽性。而人类对于异类,对于他人,有时候表示同情,有时候心生怜悯之心,这就是良知,这是人性。不为圣贤便为禽兽,这是圣贤之道。世界大同,这是大道。人生苦短……可是有时候人类的兽性比兽类的兽性更加野蛮卑鄙,纳粹是这样,日本法西斯亦是这样。

农民渴望温饱,希冀分到一份土地,他们实在因为害怕饥饿、冻馁,所以才奋不顾身、舍生忘死地争取土地。他们多么想在严寒来临之际,有一个安乐窝,有一片寒舍,有一个属于自己的家庭,他们奢望幸福地活着,奢望五谷丰登,子孙满堂。

强者根据强盗逻辑去豪夺,而弱者亦不惜忍受屈辱去巧取,于是奇怪的一幕上映了。郝自愿家两个孪生男孩一起考上大学,户口转到了学校,已经转为商品粮户口,可是他们还是学生,还没有独立生活能力,按规定他们的土地应该归公,郝自愿君子难说无理话,但是他的老婆却和生产队长郭兴志顽固到底。他们在不断争吵,队长坚持政策,而郝自愿的老婆姜红叶诉说实际困难,她坚持说孩子没有参加工作,没有生活能力,她威胁说,如果谁要是分掉孩子的土地,她就跳河给谁看,郭队长不但没有被她这句话吓住,他还说她不跳河,她是龟孙。于是姜红叶跑到木板桥头纵身跳进激流汹涌的大沙河,郭队长大喝一声骂道:"妈那×,跳就跳,我这条老命也不要啦。"他也跳进河里,开始两个人载沉载浮,谁也不喊叫……看热闹的农民有的幸灾乐祸,有的欢呼雀跃,还有模仿他们滑稽动作的……但是他们都是有年岁的人,何况老队长的年纪更大,不大一会儿,郭队长先沉下水去,接着姜红叶也沉没不见了。看热闹的人顿时慌张起来,他们只有跳水救人,有几个水性好的小伙子,

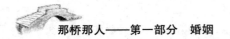

他们衣服没脱就跳进波涛汹涌的河水里。

人们先把队长救上岸,队长躺在河岸上,已是气息奄奄,等了好长时间,他才哎哟哎哟地叫起亲娘来,而人们把姜红叶打捞上岸时,她已经气息全无,他们赶紧用架子车把她送往山泉村卫生所,不到半路,也清醒过来,她还在不停叫骂,只是叫骂的声音非常微弱,而且她还不断吐苦水,不断地呕吐。

中秋节前夕,水利部门终于把木板桥修缮好,而且这一次换上的那几根木柱比之前被激流冲走的柱子更加粗大,木柱上面的新木板比之前的更加厚重。

5

因为秋季歉收,所以这一年的中秋节格外冷清,很多人家的日子过得紧巴巴的。这天中午,第二节刚下课,北辰走出教室,而淑丽就在教室门口等他。

"啊,淑丽,你?"他惊讶地说。

"中午回那边吃饭,我来提前说一声,免得你来回跑。"淑丽说话的声音既低,又非常腼腆。

淑丽说过这句话,并不等他回答,就离开了,而且走得十分匆忙。她的肚子已经隆起,她怀的是他的孩子,北辰站在教学楼二楼看着淑丽匆忙离去,走到楼梯口,脚步迟缓下来,她消失在教学楼拐角的地方,被墙壁挡住了身影,不一会儿,她走到楼下,穿行在校园里喧闹的学生中间。因为今天是个阴天,时不时有零零星星的小雨,而且风力还很强劲,所以淑丽外面穿了一件粉红色的短大衣,这件粉红色的短大衣是今年开春,他们去淮河市花费七十块钱买下的,当时北辰以为这件粉红色短大衣质地优良,颜色鲜艳,她穿上这件粉红色的短大衣,肯定会格调高雅,气质出众。这是他给她买的唯一一件贵重衣服,又是他咬紧牙关,节衣缩食,才忍痛买回的,可是今天穿在淑丽身上却特别别扭,甚至丑陋不堪。淑丽的肚子已经鼓凸出来,这件衣服紧紧箍在淑丽身上,单薄又不合时宜,大衣最下面两个扣子没有扣上,可能因为肚子凸起的原因,因为肚子鼓起,大衣下面那两个扣子已经扣不上了,也可能她害怕扣上那两个扣子,大衣下摆把肚子勒紧而影响胎儿发育,所以她才没有扣上扣子,这时候,大衣下摆像是刚刚打开的两扇风门,这两扇风门在过堂风的强烈吹拂之下,在剧烈地扇动,而且那种激荡的扇动声音,他站在二楼上似乎都能听见。况且这件粉红色短大衣皱巴巴的,显得狭窄又瘦小,做工蹩脚、拙劣。淑丽身后那两根长辫子既枯燥,又缺乏光泽,短短的、稀稀拉拉的刘海在她宽大的额头上越发古怪。还有一小绺枯黄的长发被狂风从头皮上撕拽开,从她的耳际奔拉下来,这绺枯黄的长发受到风力吹拂,飘扬在消瘦的脸颊旁边,她满脸憔悴,皮肤粗糙、蜡黄、暗淡,眼睛近视而又迷惘,嘴角那颗黑痣,尤其刺眼。这就是他的妻子——夏淑丽,一个让人怜悯,又令人乏味的女人,但是不可否认,她就是北辰的妻子,北辰的可怜妻子。

学校至夏家有一条近路,这条小道就在民宅背面,曲曲折折的小路像是灌木丛中穿行的长蛇,小路下方是一方不规则的池塘,池塘的形状像是一只庞大的乌龟,龟身在南方,龟头在北方,而且龟头伸展得特别长,池塘周围尽是农家院落。这条路在背阴处,所以行人稀少,平时也只有个别放学回家的男孩儿时隐时现其间。

"让我一次爱个够……"小路刚拐入一片丛林,一位小男孩儿声嘶力竭歌唱道。

这个小男孩儿非常瘦小,头发枯黄,小眼睛非常稚气、天真,尖尖的嘴巴……他猛然看见北辰,一时羞赧不已,于是他急忙逃掉了,一个早熟孩子,纯粹是模仿,他知道爱吗?肯定不知道,他们受到裸戏刺激,由于受到歪风邪气污染,这些早熟孩子,很小就有了性意识。可是在农村这个落后、愚昧的地方,很多情人还不会说"爱"还不会说"我爱你"。很多人还羞于说爱这样的字眼,他们只说"我好想你",或者说"我喜欢你"。很多人还不会说"吻",不会说"接吻",他们只说"亲嘴"或是说"亲香香"。这就是传统,传统并不把爱表现在嘴上,而是把爱埋藏在心里。当下,许多年轻人都在说爱,都在疯狂做爱,爱泛滥起来,很多人像是禽兽那样性交,然后不负责任地抛弃、转让,甚至互换……很多人在玩弄感情……这很时尚……但是他,一个小孩子,一个二三年级的小学生,至多有十岁吧,却唱出"让我一次爱个够",他并不知道什么是爱,但是从他逃跑的动机看,他有性萌动,有性意识。

爱是舶来品,但爱并不只属于西方。谁也不能说谁爱的深沉,不管是东方,还是西方。但是年轻人开始浮躁、轻浮起来,几千年的仁孝、人性、良知……在西方价值观扫荡之下……女孩子越来越开放,穿戴越来越少,裸露得越来越多,裙子越来越短,胸脯不再遮掩;男孩子越来越不负责任,性、性爱、性交像牲畜一样泛滥,甚至性交易、性胁迫、性虐待、潜规则……上床比说话还随便……科技是肤浅的东西,东方已经在超越,这是不争的事实。可是西方精神的精髓,西方的哲学……却不是短期能够学到的。但是东方精神的精髓,西方也学习不到,可是东方却正在抛弃自己的优势,他们把传统的人性、良知统统抛弃了,这是最让人心疼的。

在东西方文化的较量中,东方像是学到了爱,但这只是性……其实东方并不缺少爱,有时候,东方人爱得更深沉……之前,他们败在船坚炮利上,将来他们会败在人性、良知上……东方人获得了科技进步,却丧失了人格、尊严,丧失了人性和良知,他们渴求科技进步,却又在疯狂地追名逐利……东方人的欲望,东方人的假、丑、恶被无限大地激发出来,几乎埋没了几千年来的良知,几千年来的人性……从价值观的打倒到重塑,这需要多少代人的努力……世界终究属于东方……它会的……这是亘古不变的规律,亘古不变的道理,也是亘古不变的真理……东方的良知、人性会复活的……

"北辰,回来得这么晚?"淑丽在帮助父亲做月饼,她见他一脸严肃,她知道他又

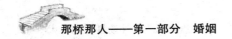

在发神经,于是她故意问道。

"开始做月饼啦……酱菜、其他糕点生意呢?"北辰并没有回答淑丽的问话,而是好奇地问淑丽道。

"中秋节只做月饼……做月饼来钱快。"淑丽腼腆地接腔说。

"我们能够经营……酱菜、糕点……生意吗?"北辰想这样说,但是他没敢说出来。淑丽悄悄地告诉他说:"今年中秋节,因为年成不好,所以父亲只准备做两千斤月饼,现在已经做出一些,先前采购的原材料即将用完,明天是星期天,父亲去县城买糖,再采购些青红丝、冰糖和杏仁……关键是油,没有油什么也做不成,何况在家乡买油太贵,你不是说谁在肉联厂工作吗?"她终于说明让他过来的用意。

"去找春晖姐姐买油可以,但是用谁的车拉油呢?"春晖姐姐是北辰姨家的大女儿,她在淮河市肉联厂工作。北辰担心怎样把油拉回家,于是他不无忧虑地说。

"贺云祥不是刚刚买辆三轮车吗?"淑丽点拨他道。

他和贺云祥商定好明天一大早出发,还得让贺云祥开车去,因为他们都不会开车。

6

第二天,他们走得很早,贺云祥开车,淑丽和北辰坐在后面的车厢里。贺云祥刚开始做鞋底生意,他买来现成的熟胶和模具,用扎鞋底机器加工成鞋底,然后把鞋底卖给商户,赚取高额利润。大头鞋又叫翻毛皮鞋,内地人很少穿这种低端鞋,可是这种价格低廉的翻毛皮鞋偏偏受到西南山区农民的喜爱,所以这些做鞋的商户都成了暴发户,他卖鞋底赚了钱,也开始做大头鞋生意。第一年只做五百双翻毛皮鞋……今年做五千双大头鞋,他已经做了五年,如果冬季严寒,大约能赚两万元。贺云祥是个精明人,满脑子生意经,有人说他的聪明才智都在嘴上,他的个子低矮,嘴巴却很肥大,不论什么时候,他一直在讲话,根本容不得别人插嘴。有人说他没有实话,有人说他巧舌如簧,还有人说他哄死人不偿命。北辰不这样认为,他认为贺云祥精明是靠精打细算,靠精于算计。但别人那样评价他不是没有道理,的确贺云祥的眼神向来集中不到一个地方,那双贼溜溜的眼睛总在左顾右盼。但是有些时候,他很孝敬母亲,可是这几年他赚些钱,已经在拈花惹草了,只是还没有和姐姐闹僵。虽然二姐夫擅长说话,可是他们一路上话都不多,贺云祥开车顾不上说话,豫鹰三轮车的噪声很大,震耳欲聋,即使说话,相互之间也听不清,何况北辰和她坐在车厢里,他们必须时刻预防豫鹰三轮车的剧烈颠簸,因为道路坎坷不平,如果稍不小心,他们可能就会从车厢里颠簸出去,所以谁也无暇顾及说话,安全才是第一要务。

　　一路上，他们的五脏六腑快要摇荡出来了，北辰特别担心淑丽，唯恐她有什么闪失，因为淑丽有几个月身孕了，谢天谢地，总算一路平安。豫鹰稳妥地停在淮河市肉联厂大门口，厂子在城市西南角，这儿应该是郊外，因为是星期天，春晖姐姐没有上班，机动车辆又不能进入市区，他们步行往市内姨母家走去。姨母家和春晖表姐家相距不远，姨母就在春晖姐姐家附近租了半间房子，一个不足十平方米的斗室。表姐家有位八九岁的女儿，她就这么一个宝贝女儿，一家人都十分娇惯她。北辰得给孩子买点东西，买什么呢？他不知道市里的小孩子喜爱吃什么？他们商量，她让他买捆甘蔗。他气喘吁吁地把一捆甘蔗扛到姨母家，恰巧春晖姐姐和外甥女都在这儿，他们看到北辰给小女儿买来一大捆甘蔗，姨母和春晖表姐都很高兴。姨母已经发福了，头戴一顶像是护士帽那样的白高帽子，她的脸色苍白，脸颊虚肿，姨母之前的国字脸，几乎成为圆胖脸了，十个手指也像是胖娃娃那样苍白、虚胖。她一说话就想笑，笑得却很虚假。她还有一个怪毛病，就是爱吃火柴头上的黑火药，每隔一些时间她就要吃几根火柴头上的黑火药，烦躁的时候，她能吃一把火柴头上的黑火药。黑火药有毒，可是姨母不怕，这是习惯，也是嗜好。北辰见过姨母吃火柴头上的黑火药，姨母那年去北辰家，她和母亲说道春晖姐姐的婚事。姨母家之前居住在汉口，春晖姐姐是武汉某所高中的篮球队员，也是学校公认的校花，有一位高干子弟追求她，他父亲是个右派，姨母嫌弃他，可是春晖表姐禁不住高干子弟狂烈追求，姨母最终答应了他，可是时间不长，父亲官复原职，他就把春晖姐姐甩了，从此春晖姐姐就得了抑郁症，她深陷感情旋涡不能自拔，整天以泪洗面，郁郁寡欢……而且不知饥饱，有时候几天不吃饭，有时候一顿饭要吃一筐馒头，后来姨母只得把多余的馒头藏起来，但是这总不是办法。他们决定回到临近老家的淮河市，回来之后，随着时间流逝，春晖表姐慢慢忘却了初恋痛苦。当初姨母发愁时，春晖表姐就给母亲要火柴，北辰以为姨母会吸烟，她却把半盒火柴掏出来，三下五除二就把黑火药弄下来，最后姨母竟然把这些黑火药塞进嘴里，慢慢咀嚼，再吞咽下去，这是北辰第一次看见姨母吃火药，也是最后一次，从此他再没有见过姨母吃黑火药，这真让人匪夷所思。北辰不敢询问姨母为什么愁闷时吃黑火药，也没有询问过姨母吃火药的滋味，可是北辰问过母亲，母亲说她也不知道姨母什么时候开始吃火药，母亲只知道姨母偶尔吃几根火柴头上的黑火药，谁知道这一次竟然吃那么多。这一次北辰求姨母办事，他更不敢问。姨母很强势，做事果断，也很会做生意，她让姨父在自由市场附近租赁一间鞋店，出售各种时令鞋子，生意非常红火。姨父是位退休工人，退休前在汉口一家自来水厂工作，姨兄接他的班，所以姨兄还在汉口上班。姨父是位矮个子老头，黄黄的三角脸上有一双高深莫测的黄眼珠子，他的黄眼珠子会一直盯视对方，直到对方低下头来为止，这时候，他才会喷出一股蓝色烟雾，然后冷冷地笑笑说："北辰，哟，还有媳妇……乖乖……"就像是谁欠他的钱财似的，他这样笑骂的时候，就会露出一嘴黄黑牙齿，在他们村长大的人都是黄牙齿，因为他们村水质的原因。可是黑牙齿呢？那肯定是因为吸烟的缘故。北辰很讨厌姨父，因为不论谁在跟前，他却不断地辱骂姨母，他骂姨母道："妈那×，他妈那×啊！"他骂的那么下流，真让人难以启齿，可是每逢他这样骂姨母的时候，姨母总是笑笑，这像是一种习惯。而且母亲老是说姨父很好色……他总能找到姘居的女人……这么低矮、丑陋的人，居然……

春晖姐姐的身材保持得很好，很苗条，虽说她的皮肤并不细腻、白皙，头发也有些焦黄，但是她有一双十分动情、精明的眼睛，像是常常满含泪花，这让人感到她富于情感，又温柔善良。其实她并不是这样，年轻的时候，她是篮球队员，是时代的宠儿，是校花，但是失恋之后，她变了，再不是从前的杜春晖了，透过现象看本质，她的眼睛很冷漠，不光冷漠，还冷酷……她也牙齿黄，只是不那么严重而已，因为她也是从那个小村子长大的。他们村就是古怪，那么多村子，只有在他们村长大的人才黄牙齿。她还有两根细细的小辫子，现在她真的很像一个城里人了，虽然说北辰、淑丽的到来，她也表现出过于失真的短暂热情，但是可以看出来骨子里的排斥和阴冷，为了淑丽家能够买到廉价猪油，能够做出哪怕是一点点贡献的话，他是万死不辞的，更不用说惧怕谁厌烦。

一听说他们来买猪油，春晖姐姐的热情马上高涨起来……开始她担心工厂里没有人，但是她骑上自行车就往厂里赶，为了节省时间她让他们租一辆小机动三轮车过去，司机是位残疾人，他只有一只脚，拐杖放在小机动三轮车厢里，恰巧他的一只脚能够用来踩动离合，然后加大油门，北辰也没有看清楚是怎么一回事，可能他用拐杖拨拉一下什么，机动三轮车行驶起来，而且行驶的速度比想象的要快。来到肉联厂，下了车，司机只收两块钱。北辰给过钱，机动三轮又颠簸着逃走了，这样一来，他们比春晖姐姐还提前来到肉联厂。春晖姐姐和贺云祥相互问过好，他们一起向厂里走去，这时表姐介绍说一桶油三百斤。虽说星期天，却有人加班，春晖表姐去开票，淑丽交钱，交过钱，他们就往杀猪车间走去，因为从车间去油库近些，同时春晖姐姐也想让他们参观屠宰生猪生产线。今天是星期天，所以工厂没有工人上班，整个车间空荡荡的，好大一个生产车间啊……春晖姐姐讲述：一头生猪遭到电击，悬挂起来，放血，用火褪毛，开膛破肚，肢解……这条生产线一个小时能杀六百头生猪，这真是骇人听闻，就这一个屠宰场，一天工作八小时，他们能宰杀四千八百头生猪。接着他们又来到一个地方，这个地方地下有一口大铁锅，大铁锅像是和一个长长的铁臂连在一起，大铁锅里堆满猪头、猪手、内脏、大小肠、脂肪油……表姐说这就是炼油车间，这些猪头、内脏、大小肠什么的，经过高温，不一会儿猪油就生产出来，而且全是机械化，电气化。

"大小肠里的垃圾怎么处理呢，姐姐？"北辰好奇地问表姐道。

"屠宰前，生猪要空腹几天呢……然后也有专门人员清理肠胃垃圾。"她非常抽象地说。

"这个工厂真大,姐姐……"北辰又想赞叹一番。

"不大能行吗?要保证上百万城市人口吃到猪肉呢……有时工厂还有外销任务……"

春晖姐姐骄傲地说,这家肉联厂像是她创建的一样。

今天真是大开眼界了……

他们来到油库,好大的油库啊!一桶桶的猪油堆满库房。他们几个人推出一桶,在库房门口过秤,这一桶油二百九十九斤,距离三百斤相差一斤,而淑丽母亲只给买一桶猪油的金钱。这桶油过磅秤的时候,并不费多少力气,但是往奔马车上抬油桶就要大费周章。把近三百斤重的大油桶抬到车上,靠北辰和贺云祥两个人的力量根本是不可能的。何况淑丽和春晖姐姐也帮不上什么忙,如果再让春晖姐姐请厂里工人帮忙,也不合适。贺云祥打死档杆,然后北辰和贺云祥把油桶竖起来,靠到车厢上,他们只有抬起油桶下头,一二抬,一二抬,再加一把劲!一二抬!不行,还是抬不上去,不是他们的力气不够大,而是这一桶油圆滚滚的像是一个大碾石,没有用力的地方,非得麻烦人帮忙不可,春晖表姐还是请来两位工人师傅,在他们协助之下,一大桶油终于抬起来!还得再把油桶推进车厢里,推!一二推!推推!等装好车,他们喘着粗气,几乎连对那两位工人师傅说谢谢的力气都没有啦。但是北辰还是赶紧表达谢意说:"谢……谢……太……感谢……啦……"

可是他们已经走远啦……油价是春晖姐姐找到厂领导,才降到最低,一公斤二点五元。而家里的油价一市斤要卖到二点三元。他这样想:肉联厂的油价是一公斤二点五元,就是说一市斤一点二五元,而家里的油价是每市斤二点三元,每市斤差价一点零五元,这样一桶油净赚三百一十六点八五元,这是一笔巨额利润啊!也是一笔巨额财富!可是一桶油二百九十九斤,那么采购一桶油的价格是三百七十三点七五元,对于北辰来说这可是一笔巨额资金!这么一大笔本钱从哪里来呢?没有本怎么求利呢?能不能转借一下呢?他再怎么想也借不来这一大笔钱,何况他还欠那么多外债,借不来……利润再大,没有本钱不行,可是能不能借贺云祥姐夫的,或者让他转借一下也可以呀,不能,生意人讲究利益,何况他正等钱用,他因为生意也在到处借贷,不行,还是不行,那么就没有其他办法可想了吗?没有,真的没有……但是不管怎么说,今天北辰算是立功了,可是他心里还是充满了那么多苦涩。

告别春晖姐姐,他们就开始返回山泉村,淑丽坐在他身边,而北辰还得扶着油桶,尽管油桶下面垫有砖,但是车的速度快,如果遇上突发事件,油桶就会滚动。万一撞着淑丽,这可怎么是好!北辰考虑还得把油桶立起来,这样油桶不会滚动,也会避免危险事情发生。他们停下车,费尽九牛二虎之力,才把油桶竖立起来,北辰终于放心了。这样一路行来,还算顺利。可是险情发生了,他们刚刚走到一座桥头,这座桥太狭窄,只能容纳一辆车通过,这个时候恰巧从桥对面疾速驶来一辆顶头车,必须错车,不然非撞车不可,如果撞车……这时候贺云祥姐夫急中生智,他把方向盘向右打死,车突然向右开去,顶头车辆一冲而过,好惊险啊!他们像是一匹疯狂的骡马,与对面这头偏离方向的疯牛擦肩而过!但是这头疯牛非要向河里冲刺,紧急刹车!如果不紧急刹车,他们连人带车就会冲进河里,这时三轮车哐当一声巨响!车刹住了,而油桶像是一头脾气暴烈的倔驴,它火冒三丈,尥着蹶子,打着旋儿,它几乎想蹦到河里去,想蹦到波涛汹涌的河水里畅游一番……当此时,北辰不顾凶险扑向这头不听话的倔驴,他扑向它,妄想把它稳定下来,但是它却几乎把他甩出车厢外面去,可是经过剧烈震荡,油桶终于安稳下来,他终于稳住身形,而淑丽尖叫一声扑向北辰,他匆忙放开油桶抱住她,才使她免于冲出车外,真险啊!如果不是冥冥之中有神灵护佑,他们肯定会连人带车冲向河里的,说不定车毁人亡……等北辰回过神来,他看看深不可测的河水,又看看惊愕不已的贺云祥姐夫,还有惊魂未定的淑丽……真让他惊出一身冷汗!这时奔马车的前车轮稳稳站在河岸边沿,其实前车轮几乎越过河岸边沿,他们像是站在悬崖边沿,如果再向前那么一点点……他们就会陷入万劫不复的深渊。贺云祥仿佛瘫坐在车座上……那一辆车也吓一大跳,他冲出去不远,几乎撞倒路边一棵粗大的杨树,彼此都唏嘘不已……北辰又一次看看深不可测、奔腾不已的河水……可是河水却仿佛正朝向他们微笑招手呢……

剩下的路程贺云祥开得小心翼翼,他们没敢从木板桥上经过,而是绕道另一座年久失修的水泥桥上才回到家里。

北辰家里好长时间没有吃到油了,北辰想买些他拉回的廉价猪油,不能吃骗油,按进价就行,何况拉油时,他因为给春晖姐姐的女儿买甘蔗,还浪费了一笔金钱,这桶油是他们冒着生命危险拉回来的。按理说,北辰因为拉油,他浪费时间、金钱和力气不说,淑丽险象环生……他们是用全家人的性命才换回这桶油!就是岳母送些猪油,也是应该的,这一桶油能赚三百多元呢?

这一天,北辰总共买回三斤大油,北辰把钱递到淑丽手里,淑丽收下六点九元现金,她让母亲看着把钱放到钱柜里面。他们没有吃到低价油,当时北辰什么话也没有说,只是脸色很不好看,而淑丽还以颜色,她的脸色比他的脸色更难看阴沉得像是要下起雨来。

没过几天,贺云祥也来买油,他购买二十斤油,他拿出一张五十元钞票,淑丽父亲把这一张五十元钞票放到钱柜里,然后找零四元。淑丽父亲找给贺云祥零钱时,北辰看见他犹豫那么一会儿,但是他还是拿出两张二元钞票递给贺云祥。贺云祥接钱时,一边说说:“不用找了……”一边却毫不迟疑地收下这四元零钱。他收下那四元零钱,二话没说,头也不回,就坚决地离开了淑丽父母家里。当时场面是那么冷清,不,应该是暴风雨来临之前,那一刹那死寂!谁也没有多说一句话,这样的尴尬场面,还有什么好说的,如果谁在这样一个场合说上一句多余的话,他会后悔一生的……

“油是用我的车拉回的,买二十斤油收四十六元。油什么价格?如果用别人的车,运费不得给三十元,俺的车烧的是水?!"这件事情过去几天之后,他见到北辰这样责备他说。北辰从没有见过贺云祥发这么大的火气,最后他冷笑一声说道:"奸……奸!"

这些话语,真的让他无地自容,北辰一句话没说就离开了贺云祥,内心却憋了一肚子火。

"油是贺云祥用车拉回家的,不按进价,优惠些不行吗?"第二天中午,他们正在家吃午饭,他突然想起昨天贺云祥说过的气话,于是他质问淑丽道。

"你给贺云祥说,看车费得多少钱?让俺爹给他!"淑丽愤慨地说。

北辰万万没有想到她这么激愤,他还以为真理在他一方,但是自从她嫁过来之后,他以为她们家里已经没有什么道理可言了,更不用说礼仪、道义。

"话不能这样说!"北辰把碗筷一顿,他也愤慨地说。

"怎么说?不要脸,光想占便宜……"她说完这句话,把筷子一扔,扭头就向篱笆门外走去。

北辰扭住淑丽就想揍她,可是他还是放开了她,淑丽不依不饶地又打他,又哭闹说:"一班穷孙,想钱简直想疯啦,都是不要脸的东西!"

最后北辰把气撒到一把小凳子上,小木凳被他一下子摔得粉身碎骨,之后他赌气向学校走去,他们两个很长时间谁都不搭理谁。

"妈妈,这个理真别扭。"家里就剩下娘俩时,他对娘说。

"淑丽做得对,孩子,你买油,她结账,只能这样做。"妈妈连头也没有抬,她根本不看儿子一眼,就眼泪汪汪地说道,母亲大概是恐怕抬头忍不住盈满眼眶的泪水吧?

"贺云祥买油时,是她父亲结的账……"北辰辩解道。

"……"母亲没有说一句话。

"不能按进价吗,妈妈?"北辰像是和母亲商讨说。

"不能!赌场无父子,生意也一样……"母亲不是在和儿子说话,那么母亲是在和谁说话呢?她是和心中的神灵说话吗?应该是吧?

数年以后他才意识到她做得对,只是当时……他一直耿耿于怀……为此他也没少同她闹别扭。

中秋节前夕,淑丽一直在娘家帮忙。工作之余,或是星期日,他也加入做中秋月饼的队伍中去,淑丽怀着身孕仍然坚持劳作,这让他十分羞愧和内疚,如果他能够改变命运……至少家里不愁吃穿的话,淑丽就不会这么辛苦,也不会这样落魄。特别是晚上,往往工作到很晚才回家,他们要把月饼封好,然后再把封好的月饼收藏好,如此一来,他们回到家里已经很晚了,但是,当他们经过木板桥时,看到天上的月亮在波涛汹涌的河流里的倒影,就会产生许多联想……

夏家的月饼各式各样的都有,月饼有广式、西式,有一斤一个的,有一斤两个的,有一斤四个的,也有一斤八个的。他们把生产好的月饼用四方形的毛头纸包装成正方形,有的包装成长方形,上面再贴一张印着精美图案的红色月饼封,然后再用棕色纸绳捆扎起来。今天生产的月饼,只能等到明天晚上才能包装,因为热月饼只有等到凉透才能包装、收藏,不然,时间一长,月饼就会起热,如果月饼起热,就会迅速变质,今年的生意就得折本。今天晚上,把昨天生产的月饼包装完,再装到月饼柜里。月饼柜是夏家保留下来的不多的几件古董之一,这个柜子被大掌柜当作大床使用才保留下来,他们的"月洞门罩架子床"早已不知去向,只有用柜子当床使用……大掌柜走后,柜子遗留下来。这个柜子是檀木做的,木质坚硬、厚重,品质高贵典雅……北辰和淑丽走时,已经是深夜啦,而淑丽的父母还有许多事情要做,他们休息得更晚。

淑丽的母亲只能用强壮、高大来形容,淑丽的父亲只有母亲肩头那么高,岳母的眼睛又大又蓝。繁重劳动和沉重的家庭生活,并没有压垮她的身子,反而使她体格健壮起来。她爱唠叨,还固执己见,但是她一旦停止唠叨,一旦放弃一意孤行的脾性,她就会变得既温柔又慈爱,有时候还很慷慨,好客……年轻时候,她是大家闺秀……她不属于俏丽、娇小那般模样,而是文雅从容,端庄大方。她的脸庞宽大,嘴巴和下巴肥厚有力,鼻梁挺直,却长了个厚墩墩的大鼻头。现在嗓音依然甘甜,头发浓密乌黑,还没有一根白头发呢。

而淑丽的父亲却是满头霜雪了。有时他为了解乏,或是为了忘却苦难记忆,他就会用酒精麻醉神经,这时候他就小酌几杯,为此,他圆圆的鼻头已经被酒精浸润得像是红彤彤的辣椒了,而宽大下巴上的白胡须又像刺猬身上根根倒刺,眼睛老是低垂着,仿佛在思考着什么。沧海桑田,世事变迁,人世间多少苦难,多少血泪,他的人生历程正是一卷血泪史。苦难的回忆,童年的辛酸交织着多少悲欢离合,后来他来到夏家,短暂的奢华、阔绰的生活,一时之间,他成为夏家的希望,夏家的精神寄托。夏家大掌柜待他亲如父子,让他上学,教他如何做人……可是刹那之间夏家完了,所有的一切全完了,最后只剩下几间老房子和一幢高大门楼,淑丽奶奶居住那几间老房子,她的父母就住在门楼里。有一段时间门楼被生产队占用,成为生产队饲养牲畜的地方,但是夏家是大地主、大资本家,可是他却是贫雇农的儿子,于是他去上面讨说法,他把门楼讨要回来了。这座门楼宽敞、明亮、厚重,屋顶是木质结构,木料宽厚结实,构造复杂,楼房经历世纪风雨,依然威严、古朴。

淑丽父亲能写会算,受人尊敬,之前他担任小队会计,近年来他一心扑在生意上,但是他做生意只求自给自足。

他精于算计,生意做得井然有序,他已经不做酱菜生意了,他做糕点生意,糕点可谓色香味俱佳呢。芙蓉糕表层有一层厚厚的细密白糖,吃起来绵甜香脆,让人回味无穷;哈拉豆那么诱人,上面撒满芝麻,香香酥酥的,背面布满厚厚的蜂蜜膏,这厚厚的拉丝感,全是店家的诚意呢,弄不好会艮掉大牙;而沙琪玛黄澄澄的——白糖熬成糖浆,将它们团团抱在一起,大手一挥撒的芝麻粒,还有葡萄干隐藏其中,甜滑入口,口齿留香;杏仁酥像是桃酥,比别的杏仁酥少一些杏仁的苦,多了份杏仁的清香;玫瑰饼的馅是新鲜的玫瑰花瓣摘下来洗净和着蜂蜜腌制而成,风味十足;蜜三刀的糖是饴糖,浆亮而不黏,味道甜绵软,芝麻香味浓厚;还有花生糕、凤梨酥、大京枣、鲜花饼……真的是好吃不贵。

夏家糕点远近知名。淑丽的父亲很会打点生意,他脾气随和,老少无欺,平时只有他家的点心卖完了,另外两家才动秤。他们虽然记恨夏家,也无可奈何……中秋在即,他们要抓紧时间把剩余的月饼做完,马上就要开卖了。

这一天恰巧是星期天,北辰和淑丽来得很早,这时院子里已经站着一位中年汉子,他刚刚把一辆像是老式纺车一样的破旧自行车停放到院墙角落。他的个头不高,一脸木讷,还有些驼背,小尖嘴巴很有个性。他会是谁呢?这么一大早,已经来到淑丽的娘家。

"妹……"他叫淑丽道。

"混头哥……"她答道。

等他转身离开,北辰同她开玩笑说:"混头哥……看来混头哥并不混头……"

"去,胡说什么,"淑丽厉声说道,接着她解释道,"父亲的徒弟……"

哦,原来混头哥是淑丽父亲的徒弟。大概是因为活多,才让徒弟过来帮忙的吧,或是徒弟愿意帮几天忙……

今天的分工是:淑丽父亲站柜台,他已经开始打理生意了,近日以来,已经有许多乡下和村里的农民陆陆续续来到夏家采购过节的月饼。无论平时做酱菜、糕点生意,还是中秋节卖月饼,春节卖点心,这个时候,就需要当家的站在柜台前照拂生意。他需要攀交情,需要介绍月饼或是点心的品种,需要见到老客户,需要和新客户套近乎……生意人有生意的路子……外行人看不出来,有时候酒香也怕巷子深,所以也需要宣传,需要介绍。

混头哥烤月饼,淑丽和母亲配料调馅,北辰和面。

制作月饼的流程:把和好的面擀成面饼,然后制成馅包,把馅包压进模具,用打板打平,把月饼从模具里磕出来,用盒板把月饼端到炉鏊房,最后烘烤出炉。

有时烧煤炭,大部分时间烧柴火,炉鏊其实是个平底圆铁锅,炉鏊盖却非常厚重,但是运用一根粗大的杠杆把沉重的炉鏊盖吊起来,使用起来就能运用自如。烘烤月饼的活可不轻松,不但活儿繁重,还要忍受高温烘烤,体质虚弱的人根本吃不消,所以生意人非常艰辛。

淑丽和母亲配料,而北辰已经把两袋精制面粉倒到柿木案子上,淑丽想让他和一袋面粉,而北辰非要和两袋面粉不可,这样,他们两个绊了一会儿嘴,但是北辰还是坚持和两袋面粉,一袋面粉五十斤,共一百斤呢。他有的是力气,他在展示力量和意志,而淑丽是心疼他,都是年轻人,既心疼对方,又互不相让,这就是爱,只是表达方式不同,爱里面还有酸酸的苦涩……这真让她气恼,她想撵他回家,可他既不回去,还要坚持和两袋面粉,他怎么能回家呢,活忙、活多,她还怀着身孕呢？如今淑丽的肚子越来越大,她仍然不休息,他怎敢休息呢？何况今天是星期天,正是他表现的大好机会。柿木案子非常宽大,几乎占到一间房子的三分之二,柿木案子像是一匹巨大的骆驼,它一动不动地躺卧在屋子中心,干活的人只能绕行。

而淑丽和母亲配料时则躲得远远的,她们老是拿出一个本子偷偷看几眼,淑丽又时不时到柜台前询问父亲,她们做得既神秘又隐藏,这反而让北辰既反感又觉得可笑,有什么可隐藏的,他们已经是一家人了……还需要这么躲藏吗？什么传男不传女,传女不传女婿,北辰才不会偷师学艺呢,他不会一辈子从事糕点生意,他要读万卷书,行万里路……他要著书立说……

淑丽和妈妈把馅调好,北辰虽然不知道配制比例,但是他知道月饼馅里有:熟面、冰糖、白糖、杏仁、玫瑰、青红丝……北辰不管这些,他可是和面了,淑丽把称好的大油、糖稀倒入柿木案子上的面粉中间,又添上一定量的水,北辰开始和面,两袋面粉再加上猪油、糖稀、水。这一大堆东西大概有一百好几十斤重吧？但是北辰和起面来既激动又刺激,他还没有和过这么一大堆的面团,因为面里有油,有糖稀,所以和起面粉来非常粘手。刚开始,他必须小心翼翼,唯恐一不小心让油和糖稀流到地上,这样不但浪费食材,还得挨淑丽一顿臭骂,但是他还是让油、糖稀流到土地上,幸亏不多,而淑丽刚好又不在眼前,要不然,她又会尖声大叫,北辰又不好意思还嘴,所以他非常憋屈。他趁淑丽回来之前,把油和糖稀收拾好,他刚拾掇好,淑丽恰好回来。

"怎么了？"淑丽仿佛意识到了什么,她顿时火冒三丈,但是当她看看地上并没有什么,火气消失了。

"急什么啊……别疑神疑鬼的。"他故作镇静地说,总算躲过一劫,谢天谢地！这么一大堆面,还是把他累得汗流浃背,腰酸背痛,可是总算和好了。

淑丽开始用刀把大堆的面团切开,明晃晃的大刀！他还没有见过这么大的刀呢！他家的刀是个破刀片子,还一直没有木刀柄。因为母亲总是用刀砍木柴,不是把刀刃砍折,就是把刀把上的木柄震裂、震掉,所以他们家的刀老是有许多豁口,母亲用过刀又不擦拭,所以他家的刀不但有豁口,没有木柄,还总是锈迹斑斑的。可是淑丽娘家的刀,像是锅排那么大,又是明光闪闪的,谁看到这样一把大刀不肃然起敬呢？而且淑丽娘家无论哪把大刀都是明光闪闪的,他家什么时候能够买上一把大刀呢？

淑丽把切开的面团揉成长条形状,再切成面团,然后把面团擀成圆形薄饼,用薄饼包馅,再把馅包压至模具里,用打板打平,然后把月饼磕打出来。淑丽和母亲一直用面饼包馅,而北辰则不停地磕打月饼,北辰对于这种机械的周而复始的工作感到既新鲜又刺激……

刚开始他很新奇,他已经忘记了和面的劳累和疲惫,他磕打一盒板又一盒板月饼……点火,炉灶里烈火熊熊,上面是烟雾蒸腾,混头已是大汗淋漓……

生意人赚的每一分钱无不凝聚着他们的汗水和心血,没有不劳而获的道理。

今年年成不好,但是生意却出乎意外地火爆,他们生产的月饼很快销售一空。八月十四、十五这两天,他们又赶制出近八百斤月饼,还是仍然供不应求,而北辰想起家里过节也需要购买月饼时,月饼已经出售一空。混头拿到工钱就走,却没有拿到月饼,而淑丽和北辰一直在淑丽的父母家里吃饭,他们不能再要父母的工资。忙这么长时间,母亲看见他们两手空空回到家里,老人家什么都没有说,但是可以看出母亲的脸色并不好看,可是晚些时候,淑丽母亲却偷偷送来六斤月饼,这让北辰和淑丽非常感动。

"开卖前,我藏起来一些月饼,后来竟然忘记了……才想起来,也让老嫂子尝尝鲜吧,辛苦一辈子……"淑丽的母亲解释说。

她这一句暖人心的话,说得妈妈泪流满面:"还叫您老惦记……"母亲再也说不下去了,她竟然呜呜咽咽地哭泣起来……

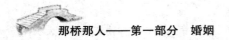

第七章　初吻

1

北辰家南面,同他家相隔不足五十米的地方,北方在垫土,他已经垫起一个长方形屋基。屋基南面还是一个大水坑,北辰家至北方垫土的屋基中间也是一个大水坑。北方准备种上小麦之后继续垫土,他想尽快把房基加高加宽,房基南面的水坑也要加速垫平,屋基垫起之后,需要经历雨水,新土层需要沉降,只有沉降好,才能建筑新房,北方哥哥准备明年秋后,再把三间瓦房建起来。北辰家和北方垫起的屋基中间那个大水坑,已经有几个人在争抢,王金星要求最强烈,他们的老宅子再也住不下那么多人啦,他在外挖个地窖都想从老宅搬出来,妯娌之间不是打就是骂的,现在兄弟之间真难相处,兄弟是一母所生,是左右手,可是妯娌之间仿佛母鸡争斗一样,不争个头破血流,誓不罢休,他们总是埋怨父母偏向这个、偏向那个的。

北辰家种植的树木都半死不活的,他栽种的玫瑰只剩下一棵,这一棵枝叶枯死了,临近根部的枝权有些返青。淑丽在大水下去之后种植的冬瓜已经结下好几个毛茸茸的小冬瓜,冬瓜秧顺着篱笆墙像是条条绿色长龙一样一路疯长,有几棵丝瓜秧在篱笆墙上开满了鲜艳的黄花,小丝瓜一个个垂下来像是在竞争看谁长得快些。而梅豆角的紫蓝色小花像是成群结队的蜜蜂在喧闹,远远看去,新生的扁小豆角碧青碧青的,微风吹过仿佛有一阵清香扑面而来,清晨的雨露是那么晶莹……

农民都在忙碌着往地里拉猪粪,还有积攒下来的灰土粪,他们像是春天里衔泥筑巢的小燕子在忙碌不停,很快土地就像波浪一样耕耘出来,耕田的老黄牛仿佛一只老迈的蜗牛在广阔的田野里驻足不前,颤颤巍巍的王平大爷一手攥着犁把,一手扬皮鞭,他在不停地吆喝,不停地鞭笞垂垂老矣的黄牛,他们都老了,几乎都挪不动脚步,他们将要退出历史舞台了。正在犁地的新四轮车飞扬跋扈的像是一艘海滨冲锋小舟……机械手经过铁栓大伯身旁时,故意加大油门,这时候,四轮车像是一只凶猛的鹰隼突突地叫着飞掠而过……那头黄牛向左边猛冲几步,铁栓大伯猝不及防,犁铧也向左猛跑几步,那头惊慌失措的老黄牛等四轮车冲刺过去,又停止下来,而铁栓大伯踉跄一下,几乎跌倒在地,老黄牛站定之后,惊愕地叫起来……叫声苍凉又老迈,老黄牛惊恐,而又鄙夷不屑地望望那只铁牛,然后又默默无语地耕耘起来,而铁栓大伯遭此一劫,他愤愤不平地朝着曹强后背狠狠地骂道:"小鳖孙,天杀的……"

小鳖孙夏秋两季就能挣回半个拖拉机钱,不出两年,购买四轮车的钱就能赚回来,现在曹强又购买了播种机,有钱人家已经不用拉耧了,可是北辰还不准备使用播种机,他正处于创业阶段,创业时期,这几个年头,他必须吃苦、必须节俭……儿子马上就要出生了,淑丽的肚子一天天大起来,但是她不是在母亲家帮忙做糕点,就是做月饼,有时候,还帮助北辰下地干农活,空闲时候,还要给未来的小宝宝准备小衣服,她编织着做母亲的美梦……

这一年,北辰又分到十几棵苹果树,加上原来的,他已经有三十几棵苹果树了,明年开春他要给苹果树施肥、浇水,按时喷洒农药……他已经给苹果树修剪过枝杈,他要大干一场,明年肯定会硕果累累……北辰要发一笔苹果财。他抽出空闲时间,有时是放学时间,有时是星期天,总之,一有空闲,他就把积攒的家肥运送到苹果地里,等到开春,他就把这些家肥掩埋到苹果树下。

淑丽的土地也迁了过来,连上坟头、盐碱地在内的土地,北辰家已经拥有接近三亩土地了,这可是他们的土地啊。平时好好管理,多施肥,深耕细作,他力争明年大丰收,他不但要偿清外债,也不能再借人家的粮食了,更不能再让别人霸占自家的土地,这样淑丽会以为他立不起门户呢。最让他痛心的是他得牺牲阅读时间,牺牲写作时间。这肯定会延迟他实现理想、实现梦想的时间,这也是情非得已啊!他已经不是一个人生活了,除去母亲,他还有淑丽,将来还会有孩子,他不能再过那种朝不保夕的生活,他不能让一家人饿着肚子!何况所谓的文学事业,并非一朝一夕之事,更不能脱离现实、凭空想象,文学是超现实,是艺术真实。所以他必须走进生活,尽管生活艰难、琐碎,但是不能逃避生活!生活是虚幻的,艺术才是真实的,但是艺术真实性是根植于现实生活之中的。没有生活,就没有艺术;当然没有艺术,没有文学,没有梦想毋宁死!他需要事业,事业是他的生命,但是……他还要活下去……之前他因为事业,舍弃过爱情,现在他……不,这太痛苦,他……但是他根本不可能放弃事业……家庭、事业这两者之间似乎没有交集……它们像是平行的铁轨……只有看谁走得更远……

新学期开学,学校里分给他一个二年级普通班,北辰应该跟班走,应该教三年级语文课,应该兼任三年级班主任,去年,他担任二六班的语文课,兼任二六班班主任,在全镇三所初中成绩评比中,北辰获得了第一名的优异成绩。可能今年他仍然教二年级,教二年级就教二年级吧,竟然还是个普通班……别人都是公办教师,他却是代课教师,霍校长曾经说过他只聘用公办教师,顾名思义……但是代课教师也是教师啊!谁也不能因为他是代课教师就歧视他,但是歧视的事情偏偏发生了,还偏偏发生在他身上,可是他的语文成绩偏偏又是全镇最优秀的,霍校长在排斥异己、公报私仇……如果北辰有勇气放弃这个代课教师职业该有多好!可是他没有勇气,他为什么要选择教书这个职业呢?为什么要选择教书这个工作?有时候他也说不清楚,是因为文学事业,他才没有放弃代课教师这个职业? 但是从事其他事业不照样能够爱好文学事业吗? 这都是说不清楚的事情……但是有一点他是能够说清楚的,就是他不舍得放弃代课教师这个职业,是因为他爱好、喜爱教师职业,喜爱学生,喜爱孩子,那么多孩子……孩子那么快乐……孩子是希望,是家庭、祖国的希望,还肩负着祖国的未来……另外,他还喜爱洁净、文明,喜爱……还有就是……在学校能够真正体现到做人的价值……能够真正体现做人的良知……做到知行合一……还因为传播知识,能够把他平生所学,声情并茂地讲述出来,让学生,让他所喜爱的学生仔细、耐心听讲……这个时候,他就感到兴奋、激动,忘乎所以……所以,所以……

所谓的普通班,就是一个差班,如果这些差班的孩子能够考过重点班的学生该有多好啊! 有这个可能吗? 似乎有,又不可能,今年初中二年级还是六个班,三个普通班,三个重点班。去年他教的是重点班,今年他教的是普通班。有一点可以肯定的是通过努力,考过其他两个普通班,这不用怀疑,如何考过其他三个重点班,他感到迷惘,但是他至少能够缩小同重点班之间的成绩差距,这样想来,他身上的担子还不轻啊! 不是不轻,任务还相当艰巨!

2

北征订婚了,他的未婚妻是朱温的小女儿,朱温五个儿子,就这一个女儿。有人说独生女娇生惯养,但是她却朴实、厚道。

中午吃饭的时候,北辰拉着车子正往地里送粪,恰巧碰见朱温的四儿子朱留声和女儿朱玉秀正给北征犁地呢,朱留声开着蚂蚱车,而朱玉秀在撒磷肥,北征在撒氮肥。朱玉秀确实是一位淳朴的姑娘,她扎着两根短粗的辫子,右额角上的环角头发像是右额角上悬挂的一绺枯草,皮肤是杏黄色,眼光诚恳。这是一位典型的农村姑娘,具有金子般的品质,她是一位勤劳的好姑娘。北辰站在地头观察了一会儿,他看到北征并不高兴,北征一直躲着她,既不接近她,也不问候她,他远远看到北征的眼睛里有一种惆怅、忧虑,一种不可言状的隐忧,这样看来,北征并不喜欢她,这样的姻缘不会长久。

既然二伯搞建筑折了本,于是他饲养起肉鸡来,还真行,不几年他就发了一笔小财。北征兄弟一人,二伯什么都惯着北征,所以北征初中没毕业就辍学在家。他整天并不劳作,也不外出打工,也很少帮助二伯饲养肉鸡,谁也不知道他在干什么,谁也不知道他想干什么,整天和几个辍学孩子混在一起不是惹是生非,就是打架斗殴。

前些天,老面粉厂丢几袋面粉,仓库的窗玻璃被人砸碎了。有人告密北征偷窃面粉,老面粉厂厂长渠大户告发了他,当天下午,北征就被民警抓走了,二伯找人说情,找人请客送礼,北征被拘留一天,又上交一千元钱罚款,才被释放出来,其实北征不是主谋,他们家根本不缺面粉。老面粉厂厂长渠大户大概也知道偷窃面粉的不只北征一人,他报案时只举报北征一人,他想叫北征咬出同伙,但是北征进去之后,并没有揭发其他人。有一天傍晚,渠祸害去老面粉厂找堂兄渠大户商量事情,恰巧碰见在老面粉厂附近望风的北征,北征看见渠祸害后,匆忙躲藏起来,渠祸害看见北征,即刻起了疑心,他并没有进老面粉厂,而是及时离开了,可是不大一会儿,他又偷偷地折回来,这时候他正好发现有人扛着面粉逃离老面粉厂的大门,接应人正是北征,其他人,渠祸害不敢指认其他人,所以他供出了北征。

北征喝醉酒,已是深夜,他找到北辰说他实在冤枉,因为他并不知道那伙人要去干什么,后来他才知道他们要偷盗面粉……他越说越愤慨,北辰不明就里,也怕北征有什么闪失,他匆忙穿上衣服,等追到渠祸害家时,北征已经把他家的窗玻璃砸碎了,而且还站到院子里叫骂不止。渠祸害躲在屋里不敢出来,他上了年纪,唯恐北征揍他。从北征和渠祸害对骂的话语里,北辰才知道原委,但是半夜私闯民宅,砸碎人家窗玻璃,这是违法的,可是任他怎么劝说,北征乘着酒兴,说什么也不离开。不一会儿,他又拿起石块砸向祸害家的屋门……

"北辰,你纵容北征深夜私闯民宅,意欲行凶,我明天非告发你们不可……"渠祸害在屋里吼叫道。

渠祸害既然这样说,就会这样做,他本来就是一个反复无常的小人,北辰已经意识到事情严重性。虽然渠祸害可恨,但是北征做事太鲁莽,他在罪恶的道路上不知悔改,如果再欲行凶,非出大事不可。于是北辰想强行把北征拉走,可是他还是不肯走,北辰一气之下扭头就走。他一走,北征虚张声势地叫骂几声就赶紧离开了,这个时候,北辰才知道北征是借着酒胆,把北辰骗来,才敢寻仇的,现在大概酒醒了吧?或许他本身就没喝多少酒?这样想来北辰既感到后悔,又觉得惭愧,他深更半夜来到渠祸害家里,当时他害怕北征发生意外。可是无意之中,却成为北征的帮凶,幸亏只是砸坏渠祸害家几块窗玻璃……如果北辰不去,又唯恐渠祸害那么多兄弟……这样想来北辰心理稍稍宽慰些,只是……

第二天,二伯拿出八百元现金赔偿渠祸害家里损失,如若不然,渠姓家族就会把北征告上法庭。这个事情是渠大户出面解决的,他首先提出二伯赔偿渠祸害财产损失两千元,继而恐吓说如若不然,将来发生什么事情,他不再负责。最后经过王金明协调,二伯最终拿出八百块钱赔偿渠祸害损失,这件事情就这样不了了之。

天空又下起绵绵细雨,经过秋收、秋种,疲劳和疼痛一直折磨着这些可怜的乡下人,所以他们正好休息几天,如果不是阴雨连绵,他们早就外出打工了。可是阴雨没完没了。碧青的小麦苗像是一丛丛绵密的绣花银针从黄土地里悄悄地探出尖峭的脑袋来,她们好奇地眺望着这个神奇的世界。阴雨绵绵,渺渺无期,但是阴雨还是停了下来,天气渐渐晴朗,广袤的黄淮平原,这些像是精灵一样的麦苗在阳光的照射下,渐渐地由碧青变成碧绿,又变成嫩黄,她们在大地的襁褓中尽情地吮吸土壤深处肥沃的黄色乳汁,人们静下心来屏住呼吸,似乎能够听到那唧唧哇哇吮吸的声音。这声音竟然那么响亮,仿佛在敲击人的耳鼓,特别是夜深人静之时,麦苗叽叽喳喳生长的声音,又像是一群群到处飞舞、喧闹的麻雀……辽阔的黄淮平原沃野千里,人才辈出。

深秋了,北风的大手把金黄的叶子从高耸入云的杨树上撕扯下来,抛洒到沟渠里、河岸上、田间小路上、黄褐色的大路上、田野里……金黄的叶子像是一片片的金箔到处飞扬,叶子的脉络是那么清晰。碧青硕大的梧桐叶子像是大雁一样飘落在大地上,而槐树叶子打着小卷,仿佛被剪刀剪裁过一样散落在坑坑洼洼的水边、泥地里,以及大路上的车辙里。北风吹来,天气已经十分寒凉,厮守在家乡的农民早已把柴草、粮食储存好,早已把棉被、棉衣、棉鞋准备好,早已……他们做好了迎接严寒的一切准备!

晚自习放学后,北辰刚刚回家,他身后即刻跟进来一位袅袅婷婷的女孩子,她径自来到院子里。这会是谁呢,这么大胆?这时淑丽也正在屋子门口,他们都惊诧莫名地感到这是一位不同寻常的女子,至少说她的身份不同寻常……不然她不会随随便便走进他们家的篱笆门,现在北辰家已经用上电灯,通过房子里透出的隐晦光亮,还是看不出这位高高瘦瘦的女子究竟是谁?她到底是谁呢?她来干什么?这位不速之客……他们几乎是一起走进屋子里,淑丽和北辰这才看清楚原来是她,可是她的到来,还是让他们大吃一惊,她是韩主任的千金,叫韩萍儿。她来他们家干什么?夜半三更的,她应该有什么重要的事情,可是会是什么重要的事情呢?但是她一下子坐到他们家的小沙发上,捂住羞愧难当的脸颊竟然一语不发。过了一会儿,她抬起羞愧得绯红娇嫩的小脸,看得出来,她澄澈得犹如蔚蓝色湖水一样的大眼睛里,满是晶莹的泪花,真的是羞红难当啊!她的小嘴巴张几次都没有说出话来,她的牙齿那么整齐,像是洁白的扇贝。

“什么事,萍儿?”淑丽问询她道。

“把北征叫来……”她的眼睛里充满了柔情蜜意。

什么都明白了。但是她已经有对象了,如果没有记错的话,她的结婚对象应该是一位现役军人,据说这位现役军人即将复员,他们也要举行婚礼了,而北征也有未婚妻,难道北征和萍儿……这种事谁又说的清楚呢?北辰正在迟疑未决,淑丽催促他道:“快去吧,去把北征请过来。”

北辰迅速走出家门,他很快经过木桥,经过秋风吹过的空无一人的大街,来到二伯家里,恰巧北征正在同一班无所事事的年轻人聚饮。

“北辰哥哥,过来喝一杯。”北征看见北辰邀请他说。

“我找你有事,出来一下!”北辰拒绝了北征的邀请,他把他叫出屋子说道。

"什么事？这么紧急……"北征问道。

"萍儿在俺家里，抓紧时间过去。"说完这句话，北辰就从他们家里走出来。

一路上，谁也没有说一句话，有什么话可说呢？反正北征也不会听北辰的，所以说不如不说。北征和萍儿见面之后，两人瞬间消失在夜幕之中。他们是相拥相抱着走的，像是一对甜蜜的情侣，不，就像一对久别重逢的夫妻，不，是一对疯狂的禽兽。他们都是即将走进婚姻殿堂的人啦……现在的年轻人，这个黑白颠倒的时代，这些刚刚成长起来的年轻人，这么自私，他们会对什么负责呢？

他们走后，北辰把淑丽抱到床上，结婚这么久，他们还没有这么亲热过，但是淑丽可是孕妇啊……

3

入冬了，天气突然寒冷起来，料峭的北风像是刀刃一样尖利，木桥孤独地站在激流之中，像是在等待和思考……河岸上的树木和河滩里的灌木丛光秃秃的，河水呜咽着在低低的水线之下向东奔流，远方是那么迷惘和凄凉……天穹低沉而又阴郁……

在这个严寒的冬季，对于北辰来说，却有一件喜讯从天而降，高山镇第三初级中学接上级通知：一九××年九月以后参加工作的民师（包含县级代课教师）可以参加转正考试。这件喜讯像是春雷一样震撼着广袤而又辽阔、沧桑而又寂寥的黄淮大地。这个消息虽说来的迟缓，却是那么突然，简直让北辰不知所措，他终于等到了这一天，希望之花终于绚丽绽放，他早已迫不及待了。如果他是一块未经雕琢的璞玉，那么蛟龙腾飞的那一刻即将到来……玉在匣中求善价，钗于奁内待时飞。

考试内容是初高中语文、数学，高中政治经济学和马克思主义哲学、本年度的时事政治。报考初中教师资格是一九××年九月之后参加工作的民师（包含县级代课教师），并持有所在学校、乡镇教办室证明，并持有身份证、教师资格证、双证（教师专业技术资格证和聘书）、大专毕业证。报名地点：大河县教育局人事部，联系人焦老师。

转正考试报名，北辰准备分四步走。首先他必须领取大专毕业证，进修毕业这些年，他还没有领取毕业证呢！其次他得去九里河乡把双证领回来。第三步他得把身份证的出生年月和刚参加工作时填写的履历表上的出生时间改成一致。最后等前三项办好之后，再开具学校、乡镇教办室证明。

前两步应该是水到渠成。可是他刚参加工作时，因为惧怕人家笑话年龄小，为了标榜成熟，他故意把履历表上的出生年月填大了一岁，这可惹下天大的麻烦。履历表容易改动，还是身份证容易改动呢？北辰需要去教育局打听清楚，如果履历表改动不了,他必须去高山镇派出所改动户口大页上的年龄,然后才能重新办理身份证,重新办理身份证需要等待时日,这就会耽误报名时间……事不宜迟!

　　第二天请过假,北辰和淑丽一块儿来到大河县教育局,他去找人事部焦老师,而淑丽在大河县教育局门口等他,原来焦老师是个小矮子,他有一双圆眼睛,眼光却咄咄逼人,大鼻子下面还有两撇尖尖的小胡子,这两撇尖尖的小胡须像煤炭一样黑,像是谁故意描画上去的,他显得既滑稽又威严。

　　"焦老师,我是高山镇第三初级中学教师郭北辰,我的身份证上的年龄比履历表上的年龄小一岁,履历表能不能改动?"北辰小心翼翼地询问他道。

　　"不可能,履历表不可能改动!"焦老师瞪视着眼睛说,那两撇小胡须还一耸一耸的,他说出的话仿佛有千钧之重。

　　"如果履历表改动不了,那么……"他顿时失望起来,人生的道路好像断裂了,再也无路可去……他从没这样失望过,简直要绝望了。

　　"抓紧时间去乡镇派出所改动户口大页,重新办理身份证。"另外一位工作人员看到他那么痛苦,替他出谋划策说,他又向北辰笑笑,他笑得那么善良,那么感人。

　　这位工作人员声音沙哑得像是野狼的怪叫,那声怪叫仿佛正在割裂喉咙,他说过话或许很痛苦吧,肯定会痛苦的,因为这种沙哑的怪叫实在是太古怪、太特别啦。可是他却那么善良,北辰不知道他叫什么名字,也不知道他在人事部具体负责什么工作。他光光的脑袋,脸很短,几乎没有下巴,却有一双果敢、和善的眼睛。他的真诚,让北辰非常感动,这句提醒的话语犹如一股暖流流进北辰心房,他几乎要流下感激、激动的泪水。

　　"临时身份证行吗?"他胆怯地又问一句。

　　"……"小矮人斜睖他一眼,没有吭声。

　　"回去赶紧办吧……"那位嗓音沙哑的工作人员敦促他道。

　　他真替他感到难受,那么一位仁慈的人,上天为什么这么不公平?为什么善良、纯朴的人都要有缺憾和痛苦呢?而丑行和卑鄙小人却能飞黄腾达,这到底是因为什么呢?好心人都要经历磨难吗?有些人经历痛苦才拥有良知吗?有些人即使经历痛苦,也不会拥有良知……那么良知是与生俱来的,还是后天具有的呢?人之初,到底是性本善,还是性本恶呢?一些人上位之后,因为利欲熏心才没有了人性和良知。

　　他还是不想走,似乎想等待什么?他要等待什么呢?开始他并不知道他要等待什么,他必须等待一个人,等谁呢?他要等一位姑娘,他心中的姑娘,终于明白他在等待筱薇,为什么要等待她呢?她已经不是姑娘啦,可是在他心里,她仍然是他的姑娘……她虽然离婚了,他也结婚了,而且他马上就要有孩子了,他的儿子马上就要出生。今天淑丽穿一件杏黄色棉袄,这一段时间,大概是因为营养不良的缘故,她的脸色有些苍白,这使她显得很妩媚,这件杏黄袄有些宽松,也正好把大肚子藏匿起来,今天淑丽的头发很有光泽,眼睛温润又动情,真叫人爱怜。淑丽还是个孩子,一位不懂事的孩子,固执又执拗的一个小姑娘。当初他们是怎么结合在一起的?年龄那么悬殊,简直阴差阳错,可是他们竟然结婚了,他们是夫妻,她是他的小妻子,小情人,又是一对小冤家,他是她的丈夫,一位志大才疏之人……他得疼爱她,他怎么不疼爱她呢?这么个小姑娘却愿意嫁给他这么一位大男人,不顾忌父母和姐姐反对,她认准他什么呢?这大概是冥冥之中命运的安排吧。他爱她吗?一时间他回答不上来,他是爱她呢,还是更爱筱薇……那么如果他不爱她,他何必跟她结婚呢?但是婚姻和爱情有什么相干呢?如果婚姻和爱情不相干的话,他又何必结婚呢?他在某些方面真的爱她,而在有些地方又是那么厌恶、憎嫌她。他讨厌她什么呢?说实在的,有时候他也说不清楚……感情的事情,谁能够说那么透彻……可是筱薇离婚了。他一直没有见到她,他不是不想见她,而是由于种种原因他没有能够见着她。到底是因为什么原因呢?大概是因为路途遥远,或者是北辰没脸去见她,他还是那么贫穷,衣服破旧不说,更重要的是囊中羞涩。他也真够大胆的,一个有家室的人,那么窘迫、困窘的一个人,还梦想成为诗人,梦想成为文学家,还居然有爱,有初恋,还那么执着、固执,真不可思议……他连自己的家庭都养不起,母亲、妻子,还有未来的孩子,他哪怕是想象一下——一个生不逢时之人,一个怪人,一个苦命人,他像是生活在水深火热之中……他真的没有勇气,没有财力去探望筱薇,但是他又不能不思念筱薇,即使再贫穷,却谁也阻止不了他想念她,哎,他的情感世界又是那么丰富,这就是他的悲哀。真正悲哀的是如果筱薇见到他还是之前那个熊样子,甚至还不如之前那个穷酸样子的话,她会怎么看待他呢?可能北辰还会说他的事业没有成功之类的话语,但是他的事业到底什么时候才能够成功呢?大概是非常遥远吧?大概还非常渺茫吧?可是这所有一切怎么给筱薇解释呢?呜呼,他不能说下去,他实在说不下去!筱薇会不会鄙夷他,她肯定会认为北辰是一个尿包,一位不值得爱的窝囊废。可是尽管这样他却不能不去思念她,不能不去关爱她,因为他曾经爱她爱得痛不欲生,爱的刻骨铭心、死去活来……她是他的初恋,她也曾经那么爱他,她是不是只爱他一个人呢?不知道,但是他只爱过她。她报名了吗?应该报过了吧?不知为什么他竟然想起他们的初见、他们的初吻……人生若只如初见……人生若只有初吻……这么甜蜜的初吻……他回味着……

"同志,强筱薇报过名了吗?"他镇静下来,然后胆怯地问了问那位嗓音沙哑的办事人员。

"强筱薇……"他翻看报名簿,然后说道,"昨天已经报过了。"

还在等待什么呢?筱薇昨天已经报过名了。但是在他的记忆中,她似乎还没有报过,他还想再等待一会儿。这时屋子里又进来两位报名人,一男一女。男的高大、英俊,一双眼睛像是火炬一样炯炯有神,一头蓬松的秀发几乎要遮盖住修长的眉毛,他不但英俊,还很洒脱,而女的并不漂亮,她不但不漂亮,还很猥琐,她有一双灰褐色的小眼睛，黄牙齿，嘴巴也不规则……鼻子还算秀丽，头发却很时髦，浓密、乌黑的秀发仿佛波浪一样披散在后肩，从她打扮的式样来看，她很会装扮自己，很会矫揉造作、装腔作势。男的很听话，很温顺，从他们的神情看，可能是一对夫妻，或许不是……他们在问东问西，而这时北辰感到很孤单，他应该离开报名处啦。如果不是淑丽跟着，他一定会去看望筱薇的。

转正考试，关键是数学，大部分考生都惧怕数学，如果数学基础好，就能提前考取，筱薇教的是初中数学，所以她占有绝对优势。而北辰教的是初中语文，语文一般拉不开分数，况且北辰的数学成绩历来就差，所以北辰打定主意不复习语文，他准备把所有精力全部放在复习数学上……数学是北辰的软肋，他甚至惧怕小学数学中的追击、相遇问题，初中数学中的应用题也是他的弱项，高中数学中的解析几何、立体几何……还有那么多公式，那么……他根本记不住。

这次考试，北辰志在必得，这可是人生关键，人生转折点。他要迎难而上，克难攻坚，不能怕啃硬骨头，不能怕打硬仗。

但愿筱薇早日转正成功，苦命的筱薇……她应该早已胸有成竹了？不然她为什么报那么早的名呢？想到这儿，他似乎高兴起来。当淑丽看到他这么高兴，她以为他已经报过名了，或许修改出生年月成功了呢。当她问他时，他却是一头雾水，这使淑丽产生了质疑，他为什么这么高兴呢？是不是碰上筱薇了？她的问话，使他大为光火，在去大学领取毕业证的路途之中，他们一直争执不休，吵闹不断，路上行人和公交车里的乘客甚感诧异，这一对是夫妻，还是兄妹呢？看来像是夫妻，不然不会这么亲近，可是相互之间又像是敌人一样？北辰实在是忍受不了淑丽的纠缠，于是就大声呵斥她。她慢慢垂泪，接着就哽咽不已，等到他们走到没人的地方，她就号啕大哭。她发泄够了，又破涕为笑，于是不明青红皂白的北辰又高高兴兴地向淮河大学进发，现在应该是高兴的时候啊！可是为什么非要因为筱薇的事情，因为没有影子的事情，因为初恋折磨自己呢？可是他们就是要用初恋折磨婚姻，过去的爱情已经把家庭摧残得面目全非了……为什么人类的感情那么专断、蛮横和自私呢？特别是淑丽，她的爱情丝毫不允许别人分享。北辰一直解释，而她一直追问他们是不是自由恋爱啊，有没有媒人啊？她漂亮不漂亮？美不美？这是初恋啊！他肯定忘不了她，那么初吻甜蜜吗？她的贞洁奉献给他了吗？这些问话怎么让他回答呢？他只说是别人介绍的，谁介绍的，她的姐姐，她的姐姐是干什么的？教书的，当时在一块教书。他和筱薇在一个学校吗？不在。为什么分手呢？总之是稀里糊涂分手了，大概是因为家里贫穷，或者是志向不同，或者她又找寻到适合他的人了吧？或者兼而有之。那么她现在哪儿教书呢？大概是随父母调到其他乡镇教书了吧？她爱人是干什么的？可能是位军官吧。什么官职呢？大概是……不清楚，实在不清楚。他不清楚？不清楚就是不清楚，不清楚还得有理由吗？他在想象清纯温婉的筱薇，她是那么瘦小，又是那么可爱，简直让人爱怜！她的眼睛像是精灵，总之,筱薇老是含情脉脉地凝视他,她让他感到爱情是多么美好、美妙,让他感觉到温暖,和她在一起像是总有一股暖流在心间流淌……他不由得又一次默念筱薇,他的筱薇……想起她,想起初恋时的初吻……他潸然泪下……

"你在凝望什么?不许凝望,不准凝视,不许哭!你要看着我!"淑丽娇嗔地说。

她就像是个孩子,其实她就是个孩子,但是这个孩子快要做母亲了。北辰一阵揪心,一阵疼痛。她是他的妻子,他比她大十岁,他们依然过着食不果腹、衣不蔽体的生活,他真的很对不起她,淑丽自从嫁给他,他给了她什么呢?他将来又能够给予她什么呢?如果事业成功之后,他会加倍偿还、补偿她,可是如果不成功呢……他又一次无言以对啦……尽管她娘家的生活富裕,经济宽裕,但是她还是毅然决然地嫁给了他,那么义无反顾。她和他像是生活在荒蛮的岁月里,他们几乎是吃了上顿没有下顿……几乎是在死亡边缘挣扎。看来他们并不在乎残酷的现实生活,她只向往理想、纯洁的爱情……他固执地生活在虚幻的理想世界……

可是现实毕竟是太残酷了……他们不但缺衣少食,还要经常被人逼债,被债主羞辱。有时他们不得不为添置一件衣服而发愁,不得不因为人情世故而揪心,不得不因为一件突发的事情而愁眉不展……所以他们不得不更加节衣缩食。他们手里几乎没有一分钱积蓄,有时即使获得一小笔收入,这笔收入也像是一滴水滴入久旱干裂的荒漠一样,在庞大的开支面前,这滴水会很快消失、蒸发,一个新近成立的家庭所需开支,真的让人难以置信,这个家庭生活所需,不仅仅像是一片久旱干裂的荒漠,简直就是一个无底洞。这个家庭,除去他寥寥无几的薪金,本来就没有收入,地里生产出的那点粮食往往不够食用,所以他们几乎是在淑丽娘家就食,其实他们一直在乞食、骗食,真像是乞丐一样,一对人人看不起的乞丐……就是这样一对乞丐……他们……甚至……连亲戚朋友的礼金都不得不让淑丽去向父母讨要……甚至很长时间揭不开锅……除去外债,家庭还有芜杂繁多的日常开支,什么犁地钱,农药钱,肥料钱,打场钱,还有什么浇地钱,电费,油盐酱醋柴,还有什么集资办学钱,修路钱……使他们应接不暇。北辰想买一件御寒的绿色大衣,他已经没有可以用来御寒的衣服了,但北辰总是积攒不够七十块钱,于是淑丽的妈妈只得给他们垫上四十块钱,他才能买到身上穿的这件绿大衣……

可是不知为什么,他依然想念筱薇,为什么老是念念不忘筱薇呢?老是忘不掉她?他也解释不清楚为什么物质生活那么匮乏……他不但饱受物质生活之苦,更让人难以想象的是他却饱尝爱情之苦,饱尝思念之苦,饱尝失恋之苦!他却对初恋那么痴情?他也说不清楚,他为什么那么痴情,这到底因为什么?

总之他和筱薇的爱情就像是当初一棵幼小的树苗,历经风吹雨打,历经日月剥蚀,历经天长日久,历经月圆月缺,历经悲欢离合,这棵爱情的幼树,已经根深叶茂,高耸云天,这棵大树已经深深地根植于他的脑海里,他的心灵深处……

但是他还是和淑丽走在一处,结合在一起。这是无奈的选择,他需要婚姻,需要女人,同时母亲也更加衰老了。一个家庭需要女人支撑,需要一个温柔、体贴的女人照料,一个贤惠妻子的呵护,还需要妻子用爱的河水进行无私的浇灌……何况他和筱薇已经分手那么长时间……筱薇再也不是之前的筱薇,再也不是那个纯洁、温柔的人了。她早已经是母亲,是人妻,可是她却突然离异了……这一切多么可怕,多么不可思议啊!

他们来到淮河大学教务处,恰巧文学院李院长正同教务处张处长商讨工作。李院长是文学院的副院长,年龄在四十岁上下,他长得又高又瘦,他的下肢仿佛蚱蜢的大腿一样又细又长。他穿一身银灰色的中山装,裤子是那么笔挺,稀疏的长发向后梳拢,清癯的脸庞上有一双深邃、严肃的眼睛,脸庞上棱角分明,他站在那儿显得文质彬彬,明显是一位严谨、和蔼的学者。

“什么事?”他温和、委婉地问道。

“李院长,我的毕业证还没有领取……”北辰站在李院长身旁像是孩子站在父亲身旁一样,他腼腆地仰视着他说道。

“什么原因?”他居高临下地俯视着他说。

“因为……学费……”北辰吞吞吐吐地说。

“找张处长吧。”李院长柔和地说道,然后用长长的下巴指指张处长。

“等一会儿。”张处长打开文件柜,翻看一摞什么东西,于是他扭转头对北辰说,“先去财务处补交学费。”

张处长是位黑大胖子,他的肚子简直比老牛的肚子还大,黑光光的大脑袋像是一个大黑皮西瓜,臃肿的脸庞黑亮亮的,眼睛像是黑夜里一盏明亮的灯笼,真让人怀疑他是非洲人后裔。

北辰去财务处补交上最后一学期学杂费,他拿着缴费条,又回到财务处。

“还有一部书没有归还,到图书馆结清手续。”张处长已经把他的毕业证查找出来,硬皮毕业证,封面是鲜艳的大红色,毕业证仿佛一面胜利的旗子,放在张处长前面的办公桌上。在枪林弹雨之中,北辰向知识最高峰发起过无数次冲锋,终于占领了这块高地,他把这面旗子深深地插进去,这面鲜红的旗子终于高高飘扬起来……这时他又想起在大学里度过的艰难而又愉快的青春岁月……

北辰去图书馆,他当年借一部《约翰·克利斯朵夫》,这套四卷本巨著,今天他没有带来,也不会带来,他不舍得归还,他把它视为珍宝,生命的煤,精神的粮食。但是要上交比原书贵五倍的罚金,省吃俭用积攒下来的金钱是用来报名的,还要购买复习资料,但是他不得不赔付图书室五倍罚金。北辰补交上最后一期的学杂费和这部《约翰·克利斯朵夫》五倍罚款,他又分文不名了,不知淑丽身上有没有搭车和吃饭的钱。

拿到毕业证,告别了李院长和张处长,他还想去看望当年的恩师——文渊博教授,他是文学院唯一的正教授,文教授是一位德高望重的老教授,他教授北辰的文学理论课,北辰曾经在课堂上指出他的谬误,文老师不但不怪罪他,后来还非常关怀、照顾他。北辰毕业之后,他经常把刚刚出版的著作寄给他,还总在著作扉页上客气地写道:望吾弟子北辰之雅正。北辰总是捉摸不透恩师的意思,他是不是希望他……他几乎不敢再想象下去。他想到这儿捏捏口袋,口袋空空如也,北辰不禁叹息一声:"唉……"然后他又在心里说道:"还是下次再来探望恩师吧。"

他和淑丽如释重负地来到汽车站,他们要乘坐市里的公交车到东站,再搭乘去乡下的汽车回山泉村,幸好淑丽准备了回家的路费,但是已经没有吃饭钱了,他们忍受着辘辘饥肠回到家里,黑夜比他们回家得更早……

4

他得去九里河乡第二初级中学领取双证。当年他在淮河大学进修毕业,那年暑假评定职称,当时九里河乡教办室针对外籍教师的政策是准备回乡的初中教师评定中教三级,留任的评定中教二级,北辰去意已决,不但因为筱薇已经嫁人,更因为母亲年事已高,九里河乡第二初级中学距离家乡那么遥远,他准备回乡任教,所以他自愿评定中教三级。新学期开学,他调回高山镇第三初级中学任教,当时所有材料已经提交,证件还没有办理出来,也不知什么时候才能办好,后来,他不是因为路途遥远不去领取,主要还是因为不想面对,不想面对原来的朋友、同事、领导,更不愿回忆那段往事,那是伤心之地,往事不堪回首,那年的爱情啊……现在筱薇的处境更加尴尬,她仍然在刘集乡教书……听说她曾经打算重新回到九里河乡工作,因为九里河乡是她的家乡呀,后来又听说她已经不在刘集乡工作……不知道她在干什么? 更不知道她在哪儿工作? 她现在是单身,还是……

而北辰不敢回到九里河乡,真的想把初恋忘掉,如果回去,他害怕别人指指戳戳,害怕飞短流长。如果有人问起:"北辰,事业成功了吗? 婚姻状况如何?"他如何回答他们呢? 如何回答他们的问话? 回答他们什么呢? 是说他现在生活得依然不如意,还是回答他们,郭北辰还是一位性格乖戾、凡事执拗的代课教师,还是说他的事业仍然没有成功,仍然遥遥无期……如果他们问起初恋,那会更加难堪,他们是不是猜测筱薇因为他才离的婚呢? 甚至之前有人质疑筱薇的孩子是他的,这个男孩子怎么会是他的呢? 他们这些别有用心的人,真是众口铄金、人言可畏啊! 虽说有人不怀好意,但是谁能堵住谁的嘴呢? 只能惹不起躲着走,所以他……但是这一次,他却非去不可,为了转正考试……

淑丽穿着她那件杏黄色棉袄,他们两个又一次坐着贺云祥的三轮车前往九里河乡,开始贺云祥像是一匹狡猾的野马不情愿前往,在北辰的一再哀求之下,他还是不得已驾驶那辆奔马车朝向九里河乡一路狂奔,奔马车的张狂劲发泄完了,他才放缓脚步，他们一行三人才不紧不慢地继续前行，这时这辆奔马车像是一匹老迈的种马，疲惫不堪地爬行在高低不平的黄土小道上，黄土小道像是一条长蛇弯弯曲曲地穿行在乡间田野之间，穿行一个又一个乡村……田野、乡村、树木向后面蹒跚而行。乌云仿佛一大群黑色乌鸦在天空盘桓、纠缠、集结，天空一会儿阴暗下来，瞬间，天空下起零零星星的小雨，阴冷的北风像是锥针刺扎在他们麻木的脸颊上……他们终于来到这片热土，第一站他们经过北辰教过学的四村小学，学校还是那么破败，那么破烂不堪，他不禁一阵心酸……

他恰巧碰到昔日的同事崔永恒，他比之前更瘦弱，脸色蜡黄，满脸雀斑像是聚在一起祈雨的黑色蚂蚁。他穿得很单薄，显得孤单和孤独。他正在向校园外面东张西望，他肯定不会知道北辰今天路过这儿，但是事情往往会那么凑巧，他们恰巧碰面。

"崔老师，您好呀！"奔马车像是匹老马那样喘了几口粗气停下来，北辰赶快跳下车，猛然之间，他的大拇脚趾扭伤啦，他感到一阵疼痛，但是他见到他，他已经感觉不到疼痛了，于是他大老远就向他喊道。

"我正说去九里河集上办点事情，正巧碰上你，坐一会儿吧，好长时间不见面啦，怪想念的，北辰。"崔老师热情地说，然后一颠一颠向北辰走来，他比之前更瘸了，大概他的风湿性关节炎又严重了。

"不啦，我回来办点事，还得尽快回去，"北辰解释道，他又关心起他的腿来，"怎么？您的腿又……"

"哎，还是老毛病……又……"他叹息一声，想说些什么，可是他看见淑丽之后，于是他邀请她道，"车上是弟妹吗？下来坐一会儿吧……"

"……"淑丽的脸颊绯红得像是盛开的玫瑰花。她扭捏一会儿，憋屈得始终没有说出一个字。

"还害羞啊。"他不知是自嘲，还是打趣地说。

"要不然坐车送您去集上吧？我们恰巧路过那儿。"北辰打圆场道。

"不用啦，我还没有确定去不去呢？"他迟疑地说。

北辰和他搭讪一会儿，他们还是离开了。离开时，北辰又仔细端详一下淑丽，他觉得她害羞扭捏的窘态是那么妩媚。他第一次发现她很美，在崔老师面前，他以能娶到淑丽这样年轻、貌美的年轻姑娘显得很自豪。

时间不长，阴雨还是停止下来，冷风也知趣地躲藏到远处去了。可是天空依然阴郁、低沉。北辰准备先去教办室问问情况，他想问问双证具体在哪儿？于是他们向九里河乡教办室驶去。当他来到九里河乡教办室时，业务主任汪慧民正在办公。

"汪主任您好。"他问候他道。

"啊，北辰，这时候来，有事吗？"汪主任缓缓地站起身来说。

汪主任中等个子，黄脸皮，满是皱褶的小三角脸上，有一双滴溜溜的大眼睛，他的鼻梁细小,鼻头却出奇地肥大,尖溜溜的嘴巴,下巴更尖。他担任校长时间不长,而且成绩平平,他是一位庸庸碌碌的领导者,却善于钻营,又很圆滑。但是他之所以能够当上初中校长,并不完全靠钻营,也在于坚持,还在于勤奋工作。未当校长之前,他一直教初中毕业班数学,尽管他所教班级成绩平常,由于学校人才匮乏,再也找不到适合教毕业班数学的教师,这都不耽误他被任命为九里河第一初级中学校长,但是谁都知道自从汪慧民担任校长之后,九里河乡第一初级中学在走下坡路,如果汪校长再连任,九里河乡第一初级中学就会垮掉,所以汪校长才变成汪主任。

"我是来拿双证的,汪主任。"北辰赶快接腔道。

"我早就说你前途无量,机会来了,好好把握吧……"不知汪主任在曲意奉承,还是说风凉话,但是让他好好把握机会这句话,倒是真心话,汪主任最后解释说,"双证应该在第二初级中学……"

他只得告辞出来,他们还得去十几里外的一所偏远中学——九里河乡第二初级中学,之前,北辰在那所学校担任语文课。

他从淮河大学进修毕业,本想进入高中任教,由于种种原因却事与愿违,不得已才回家乡任教,就在那一年的暑假,九里河乡开始职称评定工作。

"如果不调走,可以直接评聘中教二级,执意要走,只能评聘中教三级。"负责职称评定的吴好仁主任劝说他道。吴主任的鼻子又大又短,而且鼻孔朝天,鼻孔外面毛茸茸的鼻毛像是疯长的茅草。他忠厚、正直。

"不行,吴主任,我必须回去,倒不是因为筱薇……实在是因为母亲。"他和她分手之后,不能再待在这个地方了,他再无颜面对这里的一草一木……睹物思人,初恋的悲痛简直要把他的心灵撕裂啦,他非得离开这个地方不可,何况母亲年事已高……

"没办法,北辰老师,这是领导安排的,我更改不了。"吴好仁主任无可奈何地说。

就这样,他聘任中教三级。当时不像现在一样评聘分离……那一年暑假,他尽管非常忙乱,幸亏聘任了,如果不被聘任,他就不会拥有双证,没有双证就不能参加民师转正考试,为此他非常庆幸。当时他想去一所农村高中任教,根本无暇他顾,他一边准备试讲,一边疏通各种关系,他还要做好回乡任教的打算……他不禁对吴主任充满感激之情。

奔马车奔驰大半天,似乎饥饿了,现在奔马车像匹驽马一样困顿地蹒跚在乡间高低不平的泥土小道上,小乡村都在小路边沿潜伏着,这些小村庄一会儿跑出来一个,一会儿又蹦出来一个,一会儿又躲藏而去,小村庄像是捉迷藏一样,不一会儿就隐匿不见了……这一次迎接他们的村子叫小营村,贺云祥突然把奔马车停下来,他仿佛一匹疲乏的老叫驴一样从驾驶台上爬下来。

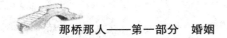

"北辰,你开着去吧,我要洽谈些业务。"这会儿他再也不心疼这匹宝马了,如果在平时谁也不能摸摸他的豫鹰车,他也知道北辰刚刚学会驾驶。

他去的地方是一处宽阔、空落的大院子,这个院子至少有三十亩土地,里面既破败又荒凉,稀稀拉拉栽种些本地杨树,应该是一年栽种的,大致有茶杯口那么粗细。院子的出入口非常宽敞,四周的院墙大部分坍塌了,有的地方断断续续有一些红砖墙,距离北辰站立的地方很远,足有一百多米的地方,有几间破旧的红砖蓝瓦房子,北辰心想这么大一个院子,这会是谁家的院子呢?可能是主人离开农村去城市发展了,或者是破产的小厂子,自从南方工业发展起来,内地工厂因为资金短缺,因为技术含量不高,更是因为缺少市场营销,农民购买能力又逐年下降,所以内地工厂纷纷倒闭,很多厂子也就荒废下来。这时贺云祥就朝那几间破败不堪的砖瓦房子走去,北辰不得不亲自驾车向九里河乡第二初级中学驶去。

他们总算来到要去的地方,这所学校有初中、有小学……学校仍然破败不堪,仍然没有大门,还没有院墙,教室仍然是低矮的旧瓦房,门窗残破不堪,地面凹凸不平,而且垃圾遍地……学校已经放学,校园里静悄悄的,偌大的校园只有几个没有离校的小学生。有一个小学生突然跑到北辰面前,他想问问这个陌生人来学校干什么?但是他并没有理会这个孩子,他跳下车,径自来到之前办公的地方,他久久伫立在办公室前……物是人非事事休……他真想痛哭一场,可是淑丽悄悄地过来,轻轻地拉拉他的手,他的心灵一阵战栗,一阵悸动,他隐隐约约地感到一股暖流流经周身,他含泪看着她,他们都沉默着,任时间的潮水静静地流淌,他在回忆初恋、工作和事业……淑丽在想什么呢?在想象初恋吗?还有初次接吻的情景,那么甜蜜的初吻……他的眼泪又一次流下来……

最后他来到曾经教学的班级,班里还有一个没有回家的学生,哦,也可能是吃过饭后,又一次来到班级,她只顾学习,连头也没有抬一下,北辰默默地注视着她,淑丽也站在他的身边……

这样等下去也不是办法,他们只得来到冯校长家里,冯校长正在吃饭。

"正好,赶快吃饭。"冯校长热情地说。他像是发福了,身子肥胖起来,上衣几乎要掩盖不住大肚子了。他是九里河乡财政所蒋所长的女婿,冯校长是一位受学生尊敬、爱戴的语文教师,却不是一位合格的初中校长,他也想把学校治理好,可是学校成绩每况愈下,这与他的心胸狭窄和用人不当有关,他的用人原则是顺我者昌,逆我者亡。他老是嫉妒比他有能力的教师,老是排挤和打击志不同、道不合的同僚、同事,那些听话的庸才,阿谀奉承的小人,两面三刀的奸诈之徒,这些人得到重用,这所学校离撤并不远了。

北辰说明来意,他们没有停留,北辰也不敢停留,他唯恐冯校长问起现在的情况,何况淑丽也在身边……他们一拿到双证就匆匆告辞了。

他们回到贺云祥刚才停留的地方,北辰一直鸣笛,他们一直等待,他就是不出来,他到底在洽谈什么业务呢?他一个压鞋底、做大头鞋的,跑这么大老远,来这儿洽谈业务?在这个小乡村里洽谈鞋底销售业务,或是洽谈销售大头鞋业务?这似乎令人不大相信。北辰记得他的鞋底根本用不着来这儿销售,何况自从他开始做大头鞋以后,他已经不再出售鞋底了,现在是自产自销。那么他唯一和这儿有联系的地方,可能为了逃税,在这儿设有秘密做鞋点,或是半成品加工点。他不能再等,时间可浪费不起,于是他就步行穿过野草丛生的院落,来到最后边那几间房子里寻找,这些破烂不堪的房子一共是六间,严格意义上说是七间,只是最西边那一间已经不能叫作房子,房子的屋顶已经坍塌,只留下四面破旧墙壁,屋门、门框没有踪影,墙壁里面乱糟糟的,简直是一片狼藉。当他走到房子附近,他听到最东边那一间屋子里面有悄悄说话的声音,谁在说话呢?他又仔细听听,有一个男人的声音,这是贺云祥姐夫,另外一个是女人声音。这个女人会是谁呢?她为什么居住在这样一个荒凉的农家大杂院里。这真让人百思不得其解,可是等着也不是办法。

"姐夫,该走了……"于是他喊叫他道。

可是没有人回应,这到底是怎么回事?他明明听见屋子里面有人说话,现在又没有人说话了,难道是他听错了不成?或者是他的幻觉、错觉?不会,他怎么会听错呢?这个时候,也不会产生幻觉,不会产生错觉,可能是他们在商量事情,或许还会有其他人……不如再等等,他又等一会儿,还是没有人回应,也没有人出来,没办法,他只得去敲门。他敲了几下门,没有人回应,却听见里面似乎有窸窸窣窣地穿衣服的声音,似乎又不像,难道真是听觉出现了问题?不会,里面可能有鬼鬼祟祟的行动,有见不得人的事情发生。北辰正在这样想的时候,他大声咳嗽几声,里面又像是没有了动静,他又等待了一会儿,门终于打开了,贺云祥姐夫从门里走出来。其他人呢?怎么就他一个人呢?不可能,明明是两个人的声音,他不敢肯定里面有更多的人,起码有两个人,应该还有一位女人……但是他又没有办法进去查看。不管有人没人,不管是男是女,等待的时间已经很久啦!况且他们都还饿着肚子,实在是应该走啦。走时,还是贺云祥开车,他把车发动着,机器像是一匹性情暴躁的骡马,一直怪叫不已,仿佛不情愿离开这个地方似的,最后这匹脾气古怪的骡马还是不得已离开了让它留恋的地方。他们已经走一段路程,北辰不经意向后瞧瞧,透过稀疏的树枝,他看到那扇敞开的门缓缓地合上了。这证明里面有人,为什么那么长时间不关门,反而是他们走过一段时间以后,里面的人以为他们走远了,不会再有人打扰,才把门关上的。这到底是怎么一回事呢?今日的事情这么诡秘、蹊跷,北辰猜测贺云祥背着他们,干过什么见不得人的事情,可是贺云祥有什么不可告人的鬼把戏呢?何必这样偷偷摸摸的,或许有什么奸情发生也未可知。他们回去的路上谁也不说话,他也不给北辰解释什么,这到底是怎么一回事呢?贺云祥神神秘秘的,真叫人郁闷!北辰回到家里,贺云祥既没有回家坐坐,也没有说一句告别话,他走得很突然,等他们刚下车,他一句话没说,就调转车头,然后加大油门,一溜烟逃跑了。他心不在焉的样子,好像有什么诡秘的心事隐瞒着谁,这到底是什么事情呢?难道是他在外面有了外遇。这一段时间,听说他们家里经常生气,为此姐姐曾经负气出走……这样看来,今天的事情已经是不言而喻了。一个人一旦有了钱财,心就变坏、变花心了,如果是这样,做人还是没有钱财的好!而北辰的事情那么多,他很快也就忘记了贺云祥的丑事。

第二天,上完课,他来到高山镇派出所,他给管内勤的李警官说明原委,管内勤的李警官说改户籍得先去村委开证明,他最后强调说户籍怎么能够随意改动呢?如果非要改动,除非村委开证明……李警官叫李国庆,他的个子很高,长得文质彬彬,很像一位文职人员,根本不像警察。北辰再说什么,再解释什么,他已经不再说话了。北辰没有其他办法,只得回村委开证明。他来到张会计家里,张会计却不在家,家里人说他出差办公事了,北辰只有等待。黄昏时候,北辰终于等到了他,他说明原因,张会计慢腾腾地从破旧的抽斗里拿出一张信纸,让北辰把原委写明白,北辰写好之后,他照着稿子抄写一遍,然后落款盖章。第二天,一大早,他拿着村委证明,再次来到高山镇派出所,李警官不在,看大门的说他下乡办案去了,他只有等待,但是北辰等待大半天也没等到李警官回来,他只得回去。

当北辰回到学校,学校已经放学,只有回家,他刚刚来到木板桥头,有人从他后面没命地奔跑过来,还差一点把他撞到河里,这会是谁呢?他正要发脾气,原来是泽羊羔,没有等北辰明白过来,他已经跑到木板桥中间。

"拦住他!"泽羊羔后面有位高个子民警一边大声喊叫,一边追赶过来。当他跑到近前,北辰这才看清楚追赶的民警是李国庆,他已经气喘吁吁、满脸大汗了,而且他的右手还握着一把手枪,一转眼工夫,泽羊羔早已跑到河流对岸去了,李国庆根本不看他一眼,又勇猛地追赶过去,当他追赶到木板桥的另一头,瞬间,他们就消失得无影无踪……这时候,不远处响起一声枪响,接着又响了一声,在空旷的河流南岸,这两声枪声是那么清脆……可是泽羊羔还是逃掉了。

泽羊羔开出租车累了,或者开车赚了钱,他就在村里赌。等他把钱赌光,他就再去拉座。为了躲避派出所抓赌,几个赌徒在偏远的河岸上,远处的树林里,在灌木丛林里,有时在野外孤零零的机井房子里赌,有时他把出租车开到一个偏僻地方,他们就躲在车里赌,有时几个赌徒躲在苹果园里赌,这个时候,他们把出租车停在身边……如果有险情,便于坐车逃跑。

泽羊羔很尊重北辰,他们是儿时伙伴,之前,每当他粗壮、蛮横的身躯从北辰身边掠过,他就笑笑说:"北辰哥,上学校去?"这个时候他咧嘴一笑就露出黑炭一样的大门牙,而且左眉毛中间那道长长的刀疤就会一颤一颤的,这就证明他赌赢了钱。每当他愁眉苦脸地抽着烟,从北辰身边悄无声息地走过去,他粗野的大下巴上乱糟糟的胡须也像是沉默着,这个时候他肯定是赌输了钱,而且输得很惨。现在大部分时候,他开着出租车,如果赢了钱,他经过北辰身边时,就会停下车来,而且从狭窄的车窗里探出像是刺猬的头颅来,他还呲牙咧嘴地笑笑说:"走了,北辰哥哥,我还有事情。"然后就一溜烟地逃掉啦。如果输了钱,再经过北辰身边时,他开着出租车从北辰身旁一掠而过,或是大老远绕道而行。这都是因为北辰住在河流南岸因此经常碰见这些赌徒的缘故。

他输过钱之后,北辰就会几天见不到他,他保准在拼命开车,拼命接活,拼命挣钱,山泉村距离县城好几十公里,他每天像是野马一样,来回狂奔六七个来回。有一次,他开得太快,竟然朝着一个大壁镜闯过去,没有闯到抬壁镜的人,却把这块大壁镜撞飞了天,当时玻璃碎屑像是沙尘暴一样乒乒乓乓到处狂舞,幸亏没有撞伤人,真是万幸,因为当时他只看见两边抬壁镜的人,却看不见那么一大块壁镜,实在是因为车速太快的缘故。现在结婚时兴购买壁镜,每个时代要求不一样,开始结婚时兴木制家具,后来又要求手表、自行车、缝纫机,再后来时兴镂空、钢化、烤漆考究的家具。购买家电、电器、奔马车、四轮车,这又是一个时期的事情,近年以来,时兴在城市买房,买小汽车,弄得农民疲于奔命似的……时兴壁镜,而且壁镜越来越大,像是比文比武一样,刚开始壁镜是赠品,是贺礼,不知什么时候,变成了家用必需品。说起赠品,说起贺礼也是五花八门的,这都是随着富裕程度来说的,贫穷时期几个人买一张画,发展到一个人买一张画,后来有买茶具、茶瓶的,有买匾额的,买匾额很是时兴了一段时间呢,因为匾额的用途非常广泛,匾额里放风景画,放毛主席像,大多时候放生活照片,可是这些匾额大多数时候与北辰家无缘,因为没有人会给他家赠送匾额,他家里也买不起匾额,不过,家人也很少照相,他们不需要纪念曾经流失的岁月,那么多痛苦的回忆,就够他们回味……干部家庭,或是现役、退役军人家庭,才有这些匾额,即使匾额里放几张风景画,悬挂在墙壁上,这也非常时尚,可是北辰家什么时候,也没有过这些奢侈品……不过,这些匾额多亏被壁镜所取代,而且壁镜的面积越来越大,把这些壁镜固定在墙壁上,真叫骄傲呢……而泽羊羔撞烂的正是一块巨大的壁镜,可能有一面山墙那么大吧?这时候,他眉飞色舞地讲述事情发生的经过,小眼睛里的黑眼珠子,像是黑漆玻璃珠子一样滚动不停。他还有一个特殊技艺,就是他不开出租车的时候,就开着嘉陵摩托车到处乱跑,他开着摩托车在公路上从来都是大撒把,还都像是疾飞的燕子一样来往穿梭,人们看到他倒背双手骑在摩托车上神气活现的骄横劲头,真叫人既羡慕又嫉恨……他真是个怪人……怎么骑摩托车还大撒把呢?这可需要高超的车技。

几天之前,他同村里的几个无赖赌钱,他发现侯亮出老千。他也是赌输了钱,正在气头上,于是两个人打起来,侯亮拔出匕首,直刺向泽羊羔胸口,他匆忙挥出左臂,企图把刺来的匕首隔开,匕首恰巧扎在泽羊羔的左小臂上,瞬间,小臂鲜血迸流,他顾不上疼痛,情急之下,泽羊羔拔出半片剪刀刺向他的咽喉,侯亮正想站起来,那半片剪刀恰巧刺在他的小腹上,侯亮挂了彩,住进了医院,于是侯亮的家人把他告发了。

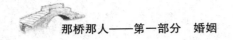

李国庆无功而还,可是时间不长,泽羊羔就把事情摆平了,这时他又开着出租车像是兔子一样在城市与乡村的道路上不停飞驰。

北辰又去了几次派出所,他还是没有见到内勤李国庆,无奈之下,他不得不去寻找曾经在高山镇工业办上班的陈好友,陈好友是北辰之前的结义大哥,尽管陈好友言过其实,但是他毕竟在镇政府工作,陈好友的叔叔是镇政府副书记,他和北辰在一起时,时常吹嘘和李国庆关系如何要好……陈好友年纪并不大,大致有三十七八岁,却未老先衰,他消瘦不堪,颧骨突出,脸色苍白,那双孤零零的眼睛像是骷髅头上的干窟窿那样阴沉可怖,而且他正在大面积脱发,尖尖的脑袋上很多地方已经没有头发了……

前几年陈好友在外地做生意发了财,近几年他回到家乡,一心想进入镇政府工作,恰巧叔父从部队转到高山镇担任副书记职务,于是他梦想成真。自从陈好友吃了皇粮,拿到国家薪水,他不说勤于工作,竟然踌躇满志起来,他不但酗酒,花钱也大手大脚的,很快就把积蓄挥霍殆尽。这时他叔父又因为猥亵女理发员被免职,他也因为贪腐问题被贬家为民,但是陈好友知道北辰来意,还是爽快地答应下来,看来李国庆还很给面子,当他们来到派出所找到李国庆时,他按照北辰的意愿又给北辰填写了一份户口大页,把原先的年龄改大一岁,并把老户口大页抽出来销毁掉,最后照了大头像,还要上报县公安局,县公安局再上报省公安厅,只有省公安厅才有权利办理身份证,等身份证办好邮寄过来,大致需要一个多月时间。

第一年转正考试就这样错过了。但是不管如何说,北辰转正考试的所有证件和所有手续都已办理齐全。今年考试不成,来年再说。生活就是这样,不能害怕失败和挫折,人最需要的是勇气和斗志、毅力。只要认定目标,树立信心,就能实现心中理想……

春节前,北辰家南面的宅子垫起之后,东面一下子又垫起十几个宅子,有的已经把建筑材料拉到房基上,性子急的人等一开春就要建筑新房子啦,北辰就要有新邻居了,到时候,他再也不会孤单。但是眼下这个春节,他们依然过得冷静和孤独。而淑丽的临产期也要到了。

北辰虽然没有资格参加明春的转正考试,但是为了后年能够考出优异成绩,他每天都坚持演算数学题……为此,他的手脚都冻裂了……而且不间断感冒,这年冬天他的身体非常虚弱……

第八章　心灵的倒刺

1

可是北辰家里的生活却愈发艰难起来，生活艰难的关键不仅是因为粮食问题，而是他们往往没有一分钱，但是他们非得积攒下一定数量的金钱不可！他们一直在省吃俭用，因为孩子即将出生，他们不得不这样做。

二伯家的姑娘春梅要出嫁了。出嫁前，装箱这天，二伯宴请的都是街坊上有头脸的人物，唯独没有邀请北辰。北辰去学校经过二伯家门口，而淑丽也恰巧去娘家帮忙，他们经过二伯家门前时，正巧碰上王金锁和他老婆往四轮车厢里抬春梅陪送的嫁衣和被褥，嫁妆什么时候送走的？他们不知道，如果二伯没有邀请北辰，而北辰又正好碰上这种场面，这让双方都倍感尴尬，对北辰来说这是人格侮辱！也会使北辰在街坊邻里面前颜面尽失。一般说来，装箱都是亲人，况且婆家人都会让装箱的娘家人品尝一顿美味佳肴，喝上家里能够买得起的美酒，还要馈赠装箱的娘家人礼金，这是多么荣耀的事情，可是他们竟然无缘，这不能不让人羞愧难当，何况装箱人却是王金锁……

虽说淑丽怀有身孕，按农村规矩怀有身孕的人不能装箱，更不能当送客，也就是说淑丽既不能去装箱，春梅出嫁那天，也不能送春梅，但是淑丽是春梅的嫂子，说什么也得让让，他们邀请，而淑丽坚持不去，这是礼节，亲人相互之间都有面子，装箱这天，他们不但没有邀请淑丽，连北辰也没被邀请。现在他们只得硬着头皮从车缝中间挤过去。因为街道上站着那辆拉嫁衣和被褥的四轮车，所以街道剩余的空间十分狭小。这时候王金锁夫妇把被褥放到车厢里，二伯、二伯母、北征也恰巧抬着东西出来，他们不问候他们，他们更不会问候他们，为此他们被痛苦折磨了好几天。

但是，亲人间即使有许多不快，内心里尽管恼恨和仇视，春梅出嫁前一天，他们还是给春梅送去新婚贺礼——一件崭新的红棉袄，这是嫁衣，也是淑丽最珍贵的一件衣服，这件嫁衣是结婚之前，她用私房钱偷偷缝制的，她不舍得穿，北辰很长时间不知道淑丽有这件衣服……可是她还是拿出来……而北辰仍然坚持在春梅出嫁这天为她送行。

　　郭北林是主婚人,在缺吃少穿的年代,他却吃得白白胖胖,北林是个诡计多端的人,当初生产队里缺少技术员,有一次他去外地参加一天农业技术培训,回来之后,他宣称学到了农作物栽培和果树修剪技术,从此他就以生产队农业技术员自居。郭北林自封技术员,他只是挂着技术员的名号,也就是说他只是个冒牌货,却什么也不懂,其实他就是大懒汉一个,他真正的本领就是溜须拍马,就是整天把生产队长阿谀奉承得晕头转向。每到苹果树修剪的时候,生产队照样得聘请技术员,他呢? 陪吃陪喝,狐假虎威罢了,说白了,他只是个滥竽充数的南郭先生,也是个披着羊皮的狼,还是一只狡猾的狐狸,他既有狐狸的狡猾,又有豺狼的凶残……分队后,苹果树分给各家各户,他为了显示懂技术,年前他把自家的苹果树从老根上剥下一圈皮,第二年,他家的苹果树结的果实比谁家的都多,为此,到处夸耀技术无人能敌,他骄傲狂妄了很长时间。可是到了第二年,他家的苹果树结的苹果又小又少,第三年他家的苹果树已经不再结果实了,而且已经有好几棵苹果树枯萎而死,剩下那些没死的苹果树,也只是苟延残喘罢了。为此,他用棉花把苹果树剥掉树皮的沟痕包扎起来,外面又用塑料布捆扎好,从此他精心呵护,细心照顾这些半死不活的苹果树,后来总算保住了果树的性命。为此,别人都在背地里嘲笑他,胆子大些的,当面挖苦他,而他却不以为然,照样乱吹一气,他还真有乱吹的勇气。

　　他做主婚人,可没少给二伯出馊主意。当迎娶的队伍走进大门时,郭北林让他们拿进门钱,头道门、二道门、三道门都要拿钱,上车要上车钱。下车的时候,他让新郎迎娶,新郎要拿红包,新郎拿过红包,他指名道姓让新郎父母出来迎接,父母也得拿红包,新郎父亲拿过红包,而新郎母亲不拿红包,他还是不让春梅下车,时间一分钟一分钟过去了……半个小时过去了,送亲的队伍实在不想再等待下去,眼看时间要过正午十二点钟,如果过了正午十二点钟,这会不吉祥的。新郎的母亲被逼不过,她只得拿着红包前来迎接,可是迎接的时候,她却哽咽不止,她手里哆哆嗦嗦地攥着二百块钱,这是北林要求的数目,这二百块钱,对于农民来说,可是一笔不小的财富。当这二百元人民币塞到春梅手里的时候,主婚人终于让春梅到达婚礼现场。

　　可是就在新郎新娘拜天地的时候,司仪喊道:"二拜高……"那个高堂的堂字,还没有喊出口,新郎母亲突然昏厥在地,一时之间,结婚现场一片混乱,家人霎时慌作一团,他们手忙脚乱地把她送往高山镇医院。

　　第二天是宴请大宾的日子,北辰被二伯请过去,很快媒人和春梅的婆家人就到了。来人中有一位是北辰的高中同学,他和新姑爷是叔伯兄弟,他和北辰谈起新郎母亲,他说婶母当时心脏病犯了,多亏抢救及时……竟然是这样……这位同学叫张来生,他个子不高,脑袋却很大,长了一双羊眼,看上去很自卑。他四肢短粗,短脖子头顶光秃秃的,后脑勺上有一小片灰白头发,穿戴也很破旧,他不但自卑,还显得无辜的样子。

　　宴席很快开始了。媒人居中,客人居右,主家居左,而北辰就坐在主家的末席。

北辰哪里知道那么多礼数,何况请大宾,桌上坐的不是喝酒高手,就是礼数周全的斗士,都是有头有脸的人物……而北辰只知道今天是个高兴日子,他得为二伯捧场,得冲锋陷阵,他不管别人喝不喝,不管别人喝多少,首先自己喝个痛快,文贵曲,人贵直,于是他四处开花,四处出击,他每次碰杯都是一饮而尽,他哪里知道这些人的厉害呢?他们都是久经战阵的喝客、吃客,第一杯酒喝干,第二杯酒喝半杯,第三杯酒只喝小半杯,他们在打持久战,时间不长,北辰就喝高了,但是他意犹未尽,又和客人斗起狠来,很快又喝了十几杯,他接连喝了二三十杯酒,又没有吃一点菜,而且这时候,甜食刚刚撤下,才开始上凉菜……北辰却顾不了许多,来人都是客,竟然还有一位老同学,他们十几年未曾谋面,为了表示诚意,北辰必须一饮而尽,他唯恐老同学,唯恐春梅的婆家人说:"春梅的叔伯哥哥喝酒狡猾。"所以他一饮而尽之后,还把酒杯翻转过来亮亮杯底,让大家瞧瞧他可是喝了个底朝天……可是对方却按兵不动,他们只是被动喝酒,还没有到主动出击的时候,而且这种场合,客人都是后发制人,而其他人还没有开始喝酒,还没有开怀畅饮,可是他这位先锋官就酩酊大醉啦,在宴席上,他再也坐不下去啦,这时,北辰非得快速离开酒席不可,如不其然,就有可能当场出丑,所以他以最快的速度走了出去。于是他匆忙来到伯父家另外一个房间,不能再往前走,再往前走,马上就要出酒。这个时候,他似乎还有一点点清醒,抬头向里面看看,恰巧伯父威严地坐在这个房间里,可是北辰已经控制不住,于是他一来到这个房间就呕吐不止,而且狂吐不止,简直一泻千里,怎么也控制不住。这时,他像是腾云驾雾一样在云端里不停地漂浮,不停地摇摆……但是他在稍微清醒的一瞬间,还是看见伯父厌恶地走出这个房间。

今天他真后悔接受伯父邀请,真的很后悔,其实他非常讨厌喝酒,他从小就厌恶喝酒滋事,更讨厌喝三盅赖四盅的人。况且喝醉酒耽误复习,耽误阅读,更耽误写作……可是今天是二伯家的大喜日子,应该一醉方休,可是别人却不醉酒,别人酒量大,喝的狡猾。他为什么学不会狡猾呢?他要做一个正直、真挚、坦诚之人,但是一个正直、真挚、坦诚的人就应该喝醉吗?就应该出丑?今天他可是出了天大的丑事,他不敢想象下去。

唉,他没有喝酒经验,更不懂得人情世故。平时他很少喝酒,谁会请他喝酒呢?当然他也没钱请别人喝酒,何况愁苦时候喝酒,往往容易醉酒,他就是个书呆子、书虫。他只应该生活在书中,同时他也过惯了孤独、寂寞的生活,过惯了和外部世界格格不入的生活,或者他只凭感情做事,也许他只生活在感情的世界里。一旦走出书本,他就会丑态百出。今天是什么日子,今天是春梅出阁之后大宴宾客的日子,宴席之上有媒人、有主客双方聘请的贵客,所谓的贵客都是村子里的知名人士,不是村委领导,就是有身份、有地位、有威望的人,在这些人面前出丑,真叫他羞愧难当,真叫人无地自容!他什么时候能够成熟起来呢?什么时候不再说错话,做错事,什么时候不再像今天这样丑态百出。

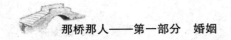

　　但是北辰一直呕吐不止,他从没有这样失态过。也许今天他需要发泄,需要麻醉,他真的太需要沉醉不清,也许忘记一下残酷现实和残忍世俗更好。

　　北林像是幽灵一样突然出现了,从他的蛤蟆嘴里说出许多不中听话语:"北辰,今天不只是宴请媒人,今天来的都是有头有脸的人物,酒是请人家喝的,你却先喝醉了。咱没吃过猪肉,没见过猪跑吗?咱没见过酒是咋的?"

　　最后一句话让北辰彻底清醒了,今天他真不该来!他有工作,有事业,还要转正考试,每天都要坚持阅读,坚持复习,今天他是完不成任务了。何况淑丽马上就要临产,万一有个闪失怎么办?而且他还要复习高中数学,今年又错过了考期,真该他倒霉,听说今年全县有五个转正名额,明年哪怕只有一个转正指标,也应该是他的。正好淑丽过来,她把他搀扶回家,当他们经过木板桥的时候,他真想跳到河里。

　　岁月就是这样悄悄过去的,耻辱和苦难是一对孪生姊妹,苦难和耻辱的日子却永远留在了记忆里……

2

　　这天早上,他们醒得很早,而北辰还不到上早自习时间,他们计算着产期,想象着可能面临的生活压力和苦难时刻,想象着孩子,那肯定是一位可爱的男孩子,生子当如孙仲谋,这是奸雄曹操的话,孙权是孙武之后,也是一代雄主,当然曹操不希望儿子像刘表的儿子那样不堪……他希望儿子……

　　"又在想什么呢?北辰,别胡思乱想了,咱们快有儿子了……还在想筱薇啊……"淑丽见他又像是在思考什么,他时常凝视某一个地方,而且总是默默不语地凝望良久,这个时候淑丽就会质问他,她大概又在疑心北辰什么了,于是她就这样说道。

　　"我在想,将来咱们会生一个什么样的儿子呢?"北辰悠悠醒转地说。

　　"肯定是一位听话的儿子……"淑丽这样猜测道。

　　"肯定具有雄才大略……"北辰并不满意她的回答。

　　"像他爹那么傻啊……"她这句话更不堪了。

　　淑丽这句逗笑的话,可把两人逗乐了,他们欢喜一会儿,又在考虑如何办理喜宴,宴请谁,花销多大,将来孩子如何教育等等,他们在展望未来,遥想美好明天……

　　明年他们的苹果树会结不少果子,应该会有一笔可观的收入,麦子肯定足够全年食用,秋粮全部卖掉,所以明年,他们不但能够偿清外债,还可能有盈余,将来的日子会一天天富裕起来,想到这些,他俩竟然笑逐颜开……

　　"我想吃鱼啦,北辰,许多天以来,嘴里像是嚼蜡一般,怪没味道的,早自习放学后,看看集市上有卖鱼的没有?"北辰临走时,淑丽叮嘱他道。

说来也真够惭愧的,自从淑丽怀孕以来,他还真没有买过她喜欢吃的东西,前些日子,一伙人在水坑里抽水拿鱼,水坑里的水抽干以后,北辰也想去买些鱼回家,想给淑丽一个意外惊喜,可是当北辰赶到时,那伙人已经把鱼出售殆尽,还剩几条大鲤鱼,这几条红尾鲤鱼正在一个枣红色塑料洗衣盆里游泳呢。现在各种颜色的瓦盆已经成为过去,而各种颜色的塑料盆应有尽有,塑料盆即耐用质量又轻,很受妇女青睐,之前妇女们洗衣服都是在野坑边缘,现在考虑安全,况且各个家庭又几乎都有压水井,所以农村妇女使用塑料大盆在压井旁边洗衣服成为一种时尚。现在他们把打捞出来的几条红尾大鲤鱼,放入枣红色的塑料大盆,它们在一个硕大的洗衣盆里静静地沉思呢。如果买回家一条,淑丽肯定喜欢,这些鱼光是看看都够吉祥的,如果买回家一条鱼指不定淑丽有多么喜欢呢?

"买一条……"北辰对那伙人中的头人说,他已经把一张皱巴巴的钞票掏出来。头人叫党国彬,谁也没有见过他下地干过农活,他常年在十字街口打台球赌博。他喜欢穿一件棕红色皮夹克,更喜欢左嘴角叼一只过滤嘴香烟,悠闲地捣台球,有时候,看似笑眯眯的,眼睛里却有一股杀机,这股杀机使道上的人畏惧三分,其实他就是盗贼的首领,老七和九斤都受他差遣、指使。但是他本人并不参与盗窃、诈骗、拐卖,他只收取赃款。这几年这个团伙被抓进去很多人,这些人被抓进去之后,其他人都逃得无踪无影,他却安然无恙,没有了黑收入,他变得拮据起来,不得不干些小本买卖维持生计,毕竟上有父母,下有嗷嗷待哺的三个孩子需要给养,于是他就在河流、水坑里打些鱼售卖,以此养家糊口。

"不巧,北辰哥,这几条红尾鲤鱼已经被人买下了。"他并不看北辰的脸色,他在向远处瞭望,像是在急切等待什么人出现。

"国彬兄弟,兄弟……留住没有?"孙凤鸣从大老远的地方,一边跑,一边举手叫喊道。

他是山泉村保长的第九个儿子,老保长娶过三任老婆,这三任老婆共生育十一个儿子,二个女儿,况且老保长这三个老婆都健在,都没有改嫁,老保长和小老婆一起生活,据说孙凤鸣已经成功挤进村委会。

"原来如此……"北辰只得悻悻地离开紧邻河岸的水坑边沿。

想到这里,北辰不禁一阵难过……他真的很少疼爱她,何况她那么小,简直就是个孩子。

"行。"他回答她之后,顷刻后悔起来,天寒地冻的,上哪儿买鱼呢?但愿,今天早市上有卖鱼的。

他来到木板桥上,又一次想到沉到河底的日记和书信,还有那些信物。那些东西能去到哪里呢?会不会还在桥底下呢?应该不会,说不定早已流进涡河,通过涡河流进淮河,然后通过长江游进海洋,那蔚蓝色的海洋……这一次筱薇考试过关了吗?她是数学教师,比其他人占据优势,但愿她考试成功,他们都等待得太久了。

他仰望苍穹,苍穹是那么遥远和深邃,远远天际有一颗孤零零的星辰,那是一颗启明星吧? 应该是吧? 这个时候,筱薇在干什么呢? 河岸上的树木影影绰绰的,像是远航的帆影,现在正是数九寒天,严寒砭骨,他不能再想象下去,于是快速地向学校走去。

早自习放学后,他匆忙来到熙熙攘攘的集市上。来集市上采购物品,他不会讨价还价,也不问斤两多少,所以他买过物品以后,往往受到淑丽呵斥、指责,淑丽不是指责他买的东西贵,就是呵斥他买的东西不新鲜,或是指责、呵斥他购买的东西有这样那样的毛病。但是今天早上,他得买回些鲜鱼,趁中午时间长些,把鱼拾掇干净之后,给她炖汤喝,也好让她尝尝鲜、解解馋,另一方面也让她滋补滋补身子。集市上尽是卖白菜、大葱、生姜、番薯、土豆的农民,他们在冬天的集市上忍受着饥饿冻馁,尽管北辰的日子不好过,但是他老是忘记自己的苦难,而可怜这些衣衫褴褛的农民。有个卖白菜的农民穿得非常单薄,脚上穿一双破烂单鞋,冻得瑟瑟发抖,他真恐怕他像是病鸭子一样倒毙在严寒的大街上;卖豆芽、豆腐的老汉流着清水鼻涕;卖豆沫、油条的朱温戴着狗皮帽子,他大声吆喝道"豆沫,油条,稠豆沫,热油条,好吃不贵,来吧,好呦,来一碗,一根油条,好,一根油条……来哩,先坐下,马上来啦……"朱温不停滚动着白眼珠子一边吆喝,一边看着过往行人;卖猪肉的米老四用一把轻利的弯刀切豆腐一样把猪肉从猪后腿上切割开来……

在十字街口东北角有一个鱼贩子,他穿得很肮脏,鞋上和裤脚上都是泥巴,上面还有一些像是白磷一样的鱼鳞屑,一头乱糟糟的黑头发,长得非常猥琐,眼睛虽然不大,却十分凶残,恶狠狠的眼睛毒蛇一样盯着熙熙攘攘赶集的农民。北辰看到一个破旧大白瓷盆里飘浮着许多鱼的尸体和一些零零星星的冰块,这些死鱼有白条、鲫鱼,还有一条大些的鲑鱼、红尾鲤鱼,瓷盆旁边的土地上,一条又脏又皱的碳氨塑料袋上面也摆满了沾有黑泥的鱼尸。而且整个集市上就他一个鱼贩子在卖鱼。

"多少钱一斤?"北辰询问价格道。

"盆里的三元一斤,外面的二元一斤……"鱼贩子把脸扭向一边,不屑地答道。"这么贵,况且都是死鱼……"北辰仿佛自言自语地说道。

"滚! 多少钱一斤都不卖……"鱼贩子勃然大怒道,他简直像是一只守护幼崽的疯狗。

"你竟敢骂……"北辰意识到说错了话……但是他也被鱼贩子激怒了。看来今天不但买不成鱼,可能还会惹一场麻烦呢,他说完话,想站起来走开,当北辰意识到酿下大祸时,已经晚了……

"啥熊人,想走……"鱼贩子蓦然站起来,他迅疾揪住北辰的棉衣领子,一边推搡,一边恶狠狠地骂道。

"东风哥……出诊去……"而北辰愣住了,他真的不明白事情会发展到这一步,因为他站起来正说要走,却被鱼贩子扭住衣领,恰巧又看见工头陆金榜路过这儿,北辰不得不和他打声招呼。

他长了一双黑亮的老鼠眼,一大清早,他满脸黑青胡须茬十分刺眼,他一看见北辰被鱼贩子揪住衣领,赶紧溜掉了。

北辰在集市上被鱼贩子揪住领子,这时衣领像条绳子一样勒的他几乎喘不过气来……在北辰的挣扎之下,鱼贩子还是把衣领松开了,他终于能够喘一口粗气,可是鱼贩子并不就此住手,他又迅猛地推了北辰一下。北辰羞愧难当,霎时之间,一股怒火从北辰内心升腾而起,怒火骤然变为巨大的力量,这股巨大的爆发力让北辰始料未及,也让他十分震惊,挣脱开鱼贩子的揪拽、推搡……他竟然挥起一拳打在鱼贩子的胸膛上,鱼贩子应声倒地……鱼贩子倒在地上略加迟疑,一骨碌从地上爬起来,谁也没有看见他的手里突然攥紧一个秤砣,他把秤砣高举起来,想狠狠地砸向北辰,北辰的内心骤然颤抖起来,心脏跳动的那么剧烈……可是鱼贩子并没有把秤砣砸向北辰,而是把秤砣扔进盛鱼的白瓷盆里,秤砣和瓷盆相撞,发出哐当一声巨响,顿时水花飞溅的到处都是,水花溅到北辰裤腿上,他并不在意,而是冷冷地站着,他等待鱼贩子再一次袭击,可是他却走开了。他并没有拍打身上的泥土,而是向屠户米老四,绰号米大头走去。

"他是谁?"鱼贩子的声音低沉、沙哑,北辰却听出鱼贩子的声音里含着委屈和耻辱,可是这句话尽管很低,周围的观众都能听到,因为这时围观的人群都屏着呼吸,他们都在关注这出没有演完的戏剧。

"河流南岸的北辰……"米大头停下剔肉尖刀,低下眼睛说道。

鱼贩的眼光暗淡下来,他蹒跚地回到鱼摊旁边蹲下来,一言不发地坐着,眼睛像是熟视无睹地看着一个地方愣愣出神。

北辰顿时没了力气,他又瞪视一眼鱼贩子,可是鱼贩子连头也没有抬,他准备回家去,可是他没有胜利的感觉,反倒觉得失落了很多应该得到的东西,也真够懊悔的,淑丽让他买鱼,鱼没买成,却打一架,买回一肚子气愤,回去怎么向淑丽交代呢?何况作为教师,却在集市上大打出手,他真的很难为情,如果地上有条地缝他都想钻进去……他可是教书育人的教师啊!

"他问我,你叫啥,我说叫北辰。"当北辰吃过早饭,又一次路过米大头的肉案前时,北辰站在那儿,米大头说。本来北辰以为米大头说话结束了,他已经想走过去,可是米大头又补上一句,"原来你们不认识?"

"不认识,"北辰无意识地说道,然后他反问米大头说:"鱼贩子叫啥?""山岗村张建……"米大头也像是不经意地说道。

"原来是大名鼎鼎的张建……"北辰摇摇头,像是明白过来,于是他又自言自语地说,"这个坏蛋,怪不得这么凶?"

山岗村就在山泉村的西边,山岗村也没有山岗,也是平原上的一个自然村,是

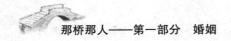

山泉村的近邻,张建是村里的无赖,他仗着兄弟众多,欺男霸女,行凶乡里……他真该教训这个流氓,北辰认为早市上那一拳打得太轻,他还应该扑上去,用脚踢烂他的脑袋……

3

节日前,天空又下了一场大雪,顿时河流上下一片苍茫,河道被大雪覆盖得密密实实,清晨,他从木板桥上向远方眺望,河流像是一条银色长龙,这条河流弯弯曲曲横亘在黄河南岸、黄淮平原的北部……不远处的那些麦秸垛,犹如静静站立的雪人,而漫天飞舞的麻雀的喧闹声增添了平原的辽阔和沉寂,河流北岸的村子里,袅袅炊烟仿佛一幅漂浮的炭墨画,而不甘寂寞的炊烟缓缓地沿着无形的阶梯吃力地向天空攀爬……不知谁家的大黄狗沿着河岸走走停停,它像是一个正在流浪、无家可归的小男孩儿,在走过的河岸上留下零乱的蹄痕,现在它不顾廉耻地来到一棵杨树旁边,跷起左后腿,把黄色尿液洒向满是积雪的树干上,尿液浸湿了一大片洁白的积雪,积雪渐渐消融,树干裸露出一大块灰色的老树皮……北辰还得去河流北岸的老井里挑水,现在就剩下他一家人吃这口老井里的水了,之前那个担水人已经谢世。井口周围都是冰雪,他小心翼翼地来到井口,老井口压着一块灰青色的圆环石,北辰不知道哪朝哪代的先人挖掘的这口老井,代代农民像是吮吸母亲的乳汁一样从这口老井里汲取生命之水。可是现在村子里家家户户都打有压井,而北辰仍然饮用老井水。孩子出生前,他想打口压井,他问问价格,不行,不能打压井,他得积攒下钱让淑丽把孩子生下来……还得积攒下孩子的奶粉钱,为此这个节日,家里人谁都没有添一根线,也没有买猪肉,他们商量,团圆饭吃素水饺。母亲把饲养的两只公鸡宰杀掉,得给淑丽滋补滋补身子。母亲不舍得宰杀母鸡,母亲要积攒鸡蛋,准备给淑丽月子里吃,今年母鸡下蛋很晚,只有一只鸡下蛋了,其他几只鸡还没下蛋呢,母亲过不几天就用中指和食指量母鸡的臀部,看看它们开裆没有?终于盼到一只鸡下蛋了,这只母鸡下的蛋还带有血迹呢,母亲还做了两锅白馍,买了海带,炸了素丸子,还炸了一些鸡肉。过节时,亲戚来到就凑合着吃吧,谁让秋季几乎颗粒无收呢?

北辰把水缸打满水,把家里的门神粘贴上,篱笆门上粘贴的是一张关公手握青龙偃月刀的画像。关公面如红枣,美髯飘飘,手提青龙偃月大刀,真是威风凛凛,关公是武圣,忠义的化身,他能镇宅辟邪。所以说自从北辰家搬至河流南岸,虽说时至今日,仍然是孤零零的一家人,他们家一直平平安安的,将来一定会家业兴旺的。他又在水缸上贴上:清水满缸;架子车贴上:日行千里,夜行八百;粮囤贴上:五谷丰登;院子里贴上:春光满院。他又在门口对面的一棵苦楝树上贴上:出门见喜。贴完春联,他洗净手,准备放一挂鞭炮,可是母亲还要上供、祷告,母亲一直供奉中国的上神和观世音菩萨,每逢初一、十五,她都要上供烧香,母亲上的供十分简单,有时煎几片油饼,有时一把生花生米,或者是一颗煮熟的鸡蛋。一无所有的时候,再没什么供奉了,就抓一把小米,或者几个白面馍,只要虔诚恭敬,中国的上神和观世音菩萨就能保佑他们来年五谷丰稔和全家人健康平安。

"孩子,等我点上香,再放鞭炮吧,上神和观世音菩萨会保佑我们生个大胖娃娃的。"母亲说话时,眼眶里装满了心酸,或许是幸福的泪水。母亲今天上的供是油炸丸子、炸鸡子,还有白蒸馍。

"放鞭炮吧,孩子……"母亲点上香,磕了六个响头,祷告之后才说。

母亲磕六个头,足见母亲虔诚和恭敬。母亲祷告很长时间,她祈祷什么呢? 她闭上眼睛,嘀嘀咕咕,念念有词。母亲老了,尽管她还是一头乌发,可是母亲的牙齿脱落得非常厉害,几乎掉光啦,只剩下几颗松动的大门牙。母亲经常把这几颗松动的大门牙指给北辰看,母亲用手指几乎能把其中的一颗松动的牙齿掰斜,母亲的脸颊、嘴巴已经凹陷,而且满脸都是皱纹……含辛茹苦的母亲……可是北辰很想知道她老人家想不想父亲? 父亲不爱她,她爱不爱父亲? 如果不爱的话,她为什么不改嫁,但是父母之间的事情,他怎能说清楚呢? 他……今年的鞭炮非常的响亮!

黄昏步履蹒跚地走过来,像是怀孕的淑丽一样犹犹豫豫地缓步迈进北辰家的篱笆门,最后一只母鸡在鸡圈口徘徊一会儿,才钻进鸡窝里,母亲把鸡圈口用砖堵上,压实。如果不小心,黄鼠狼会溜进来,它会不请自来,会钻进鸡棚,把鸡子叼走,近几天黄鼠狼一直在鸡窝附近转悠,吓得鸡不停地叫唤,因为母亲把鸡棚口堵塞得牢固,黄鼠狼才无从下嘴。这些年景除去黄鼠狼多,就是耗子多,到处都是耗子,每天夜晚成群结队的,现在大白天也肆无忌惮起来,家家户户都在买老鼠药,药死老鼠,农民并不掩埋这些死老鼠,而是把它们随处乱扔,却把猫、狗、蛇都药死了。老鼠却越来越多,简直鼠患成灾,不论什么时候老鼠都会不慌不忙地走到人跟前,像是人鼠之间有什么契约似的,屋顶、墙头、篱笆墙、树上,甚至晾衣绳上,都爬满了老鼠,现在的老鼠还会游泳,甚至有时候随意就能踩到一只老鼠,晚上还不断有老鼠爬到床上,这些老鼠不时钻到被窝里叽叽喳喳,真是可恶至极,也真让人无可奈何。这一下给猫贩子以可乘之机,猫贩子从外地把小猫贩运过来,以每只几十元的价格出售,这些贩子大赚特赚一笔,可是不几日,这些猫又被药死啦……已经有许多年见不到黄鼠狼啦,可是这几年黄鼠狼又多起来,它们挨家挨户到处转悠,许多家的母鸡一不小心就被黄鼠狼叼走啦。

这时候,黄昏的阳光穿透小树林的缝隙把小树林的阴影拉得很长,光线照在小树林里形成条条亮光,远远望去,那片小树林像是一大堆篝火在燃烧。夕阳西下,残阳也像是熊熊燃烧的烈火,时间在推移,慢慢地一轮孤零零的红太阳蹒跚着躲进山坳,最后黑夜就像一只巨大的怪鸟把苍茫辽阔的平原覆盖在黑色的羽翼之下。

北辰家橘黄色的灯光从后窗映射出来,这束橘黄色的灯光是那么孤单、寂寞。河岸上的树木像是游荡的鬼怪,这些鬼怪影影绰绰地觊觎着南岸北辰家低矮的房屋和张贴着关公的篱笆门,深夜仿佛有一双邪恶的眼睛在窥视。河流北岸的村子里鞭炮齐鸣,还有那么多怒放的烟火……河神在无边的田野中游荡,夜晚像是被一双神秘的大手扼住生命的咽喉,除夕之夜似乎有一种神秘的气氛。夜深啦,终于沉寂下来,恍惚之中,深夜困倦的再也睁不开眼睛。

"北辰……快……"突然,淑丽像是中了枪弹的母兽,她拼命尖叫道。

"怎么回事……"他蓦然惊醒过来,以为屋里闯进了窃贼,或者有什么意外发生,他坐起来,看到淑丽怪异的样子,于是他才知道她即将临产了,"快去医院,我去安架子车。"

"血,身下有血,我……疼痛得厉害,恐怕坚持不……"淑丽像是要失去生命一样,她一直在尖叫不止。

北辰快速穿上衣服,他把架子车安好,又在架子车上放一条破篾席,然后铺上两条被子。

"走,去医院!"北辰急切地说道。

淑丽已经穿好衣服,他把她抱出去,他用一只手掀起上层厚被子,让她躺在下面的薄被子上,他把上面的厚被子给她盖好,就拉着车子向镇医院跑去,他刚一出门,又不得不回过头叮嘱母亲,让母亲不要去医院,母亲岁数大了,万一有什么闪失,让他两头为难。

路上尽是积雪,又上了冻,猎猎的北风像是野兽的爪子那样尖厉……他路过木板桥时,只得小心翼翼地拉着车子走,免得一不小心,车子滑到桥下去,即使如此,北辰还是差一点滑跌桥下,关键时刻却转危为安,终于渡过了木板桥。他来到大街上,拉车爬坡十分艰难,在黑夜中行走,他又没有手电,不是撞上雪堆,就是跌滑一跤,有时候,他跌倒以后,人连同架子车一块向坡下滑,这时候,北辰趴在地上,死死地拽住架子车,他又一次爬起,猫着腰,拉着车,继续向坡上攀爬,他终于爬到十字街口,北辰早已是汗流浃背,大汗淋漓了……

"北辰,买些卫生纸吧,我下面……况且也离不了……"淑丽提醒他说。

他把架子车放下来,又披披被子。然后才去拍打代销点的木大门。代销点的木门由十几块竖立的木板组成,这些原始木板经历许多岁月,却依然坚固如初,只是原来的油漆脱落了,现在木板门已经是白色了,每块木板大致宽三十厘米,高度不足两米,这些木板拼的木板门甚至比防盗门还要牢固,在那个时代,木匠师傅别出心裁地发明了这种木板门,真是难得。白天,店主人把一块块木板卸下来,把需要出售的商品搬到房子前面的货架上,其实货架就是拼在一起的两张硬床,等到夜晚,大街上再没有人来购买货物,店主人就把一天没有出售完的物品搬进屋里,货架也要搬到屋里去,因为店主人还要睡在上面,然后把一块块木板门再安装上去。

这个代销点的房子,应该是新中国成立前修建的,现在虽然破旧不堪,但是店主人依然在使用。

"开门,买东西了……"北辰使劲擂响门板道。

"谁……"店主人惊醒过来,于是他癔癔症症地说。

"快开门……"北辰并不说出名字,他以为店主人肯定能够听出他是谁。

"谁……"他仍然问他道,他不说名字,他就是不开门。

"郭北辰……"他不得已报上尊姓大名。

"买什么……"店主人十分反感地说。

"开门……"北辰不想说明购买的东西,他怎能在大街上说要买卫生纸呢?于是他只有让店主开门。

他听见代销点里面,打开电灯开关的声响,夜深人静,电灯开关的声音非常响亮,倏然之间,橘黄色的电灯光从木板的罅隙间流泻出来,接着他又听见代销点里面窸窸窣窣穿衣服的声音,他打开一扇木门。

"哦,北辰老爷,半夜三更的……买什么?这么急……"他惊愕地说,他两只手还掂着那扇木板门。

北辰的辈分高,他的辈分低,他比他高好几辈呢。虽说是街坊辈,但是农民非常尊重辈分高的人,尽管他的年龄比北辰大几岁,他仍然称呼他老爷,有人说辈分低的人家,族人兴旺呢。

"买卫生纸……"北辰悄声说道。

"俺老奶奶要?"他称呼淑丽老奶奶,说完这句话,他才把那扇木板门放在一边。

北辰钻过木板门,他来到代销点里面,原来房间里面南北狭长,里面到处摆满了乱七八糟的日用品和各种各样的零食。

代销点主人叫张忠明,他和北辰是小时候的伙伴、同学,只可惜他小学二年级只上半学期就辍学了。北辰不知道他辍学的原因,但是北辰知道他辍学不是因为家里贫穷,因为他哥哥当时是村委干部,也可能是因为他学不会,或是对学习不感兴趣。

北辰知道张忠明的母亲别人都叫她花大姐。小时候,有一种昆虫叫花大姐,后来才知道花大姐是"七星瓢虫"(甲壳类)的形象叫法,属于北方方言词汇。七星瓢虫是大家熟知的益虫。无独有偶,英美人称瓢虫也叫花大姐,在拉丁语中,意思是有七个斑点的小爬虫……还有一种解释是花大姐(花姑娘、花媳妇)在有些地区指斑衣蜡蝉……是蝉(知了)的近亲。经常在椿树上看到,传统意义上吃植物的一般都是害虫,蝉和蜡蝉也不好幸免了。为什么人们称呼张忠明的母亲也叫花大姐?这就不得而知啦,真叫人莫名其妙。但是人们之所以这样称呼她,其中肯定有一个故事,只是知情人很难寻觅到了。可是张忠明的母亲并不姓花,而姓朱,这就更加令人莫名其妙……但是张忠明的母亲总有病,大概是因为张忠明的哥哥张忠义是村委干部的缘故，也可能他母亲有不下地干活的权利或资格，张忠明以为哥哥是村委会计，所以他也有权利不上学，或者他以为他们反正不愁吃穿，反正读书认字又不能当饭吃。张忠明斜视，看人的时候，经常歪着头看人，但是张忠义并不斜视，可是他也歪着头看人，他们的母亲，所谓的花大姐也总是歪着头斜视人，斜视人也是他们家人的特权吧？尽管他们家不愁吃穿，可是张忠明穿衣服却不要形象，而且还很窝囊、邋遢，也可能为了显示贫农出身吧？他穿的衣服不是肥大，就是破旧，有时候还补补丁丁的，大概都是哥哥穿过的旧衣服……而且他的脸总是洗不净、睡不醒的样子，个子仿佛永远长不大的黑茄子，反正上学也不会长个子，他们的家人又都不干活，上学不上学一个样子，上学的人照样下地干活，照样缺衣少食。但是他母亲有一次确实有病了，这更加成为她之后不下地干活的理由，因为她把刚刚洗涤过的湿衣服搭在电线上，当时他父亲认为她像是荡秋千一样抓住电线不松手，他还想嘲笑她几句，可是当他明白过来，她触电之后，他果断地用木柄铁锹把电线打断，这才救下她一条命，自此以后，她像是脱产干部一样终年在家养病。

有一次，北辰偶然在张忠明家里看见他母亲，这个时候，张忠明的母亲并没有病，要是有病为什么还吃得白胖呢？她穿戴的衣服还非常体面，下身穿的是条平绒裤子，上身穿的是白棉绸布衫，鞋子也是崭新的千层底夹鞋，手脸干干净净的，这哪像有病的样子，这分明是养尊处优。后来生产队的土地分开了，张忠明的哥哥张忠义得病死掉了，有人说张忠义是气死的，也有人说他是得病死的，还有人说他因为垫宅子拉土累死了，总而言之，张忠义离开了人世间。他们家同千千万万个家庭一样也分到一份土地，他们再也享受不到特权啦，从此以后，张忠明的母亲再也不能待在家里，她甚至比年轻人还能干，她再能干，还是穿戴得非常破烂。现在人们都说张忠明白天在代销点做生意，晚上偷偷地和嫂子鬼混。应该不会有这种事情，张忠明虽然娶不上老婆，却是个老实人，现在事实证明他并没有和嫂子睡在一起，因为张忠明的嫂子根本不在代销点居住，她应该居住在距离这儿相当远的老宅里。

可是卫生纸放在房间靠里面的地方，张忠明一直拿不过来，也可能是夜半三更的，他大概没有完全睡醒，还晕晕乎乎的缘故吧？也可能他因为斜视，夜半三更的寻找东西实在不方便。

北辰一直等待张忠明拿卫生纸过来，可是他一直在一大堆商品中间呼呼啦啦找寻，却总是找不到，北辰抬头看看眼前的东西，原来眼前有许多条花花绿绿的香烟，而淑丽生产过后，肯定会有许多应酬，而他又没钱购买……不知是一种什么神秘力量，使他下意识地把一条香烟疾速地塞到左腋窝下面，然后北辰用右手拍打拍打上身的绿大衣，不显眼，张忠明肯定看不出来，北辰想装出一副坦然的样子，他似乎已经非常心安理得了，于是他在张忠明没有找到卫生纸之前，悠悠然晃动几步，不会有什么问题，不会，他肯定看不出来，这条香烟已经是他的了，但是他坦然一会儿，一瞬间，这条香烟却像是一块烧红的烙铁炙烤着左腋窝，不，应该是炙烤着他的灵魂，他想把那条香烟从腋窝里拿出来，右手刚刚触摸到那条香烟……可是张忠明却拿着一捆白色的卫生纸走过来，已经来不及把这条香烟拿出来归还到原来的地方，一刹那邪念，竟然铸成弥天大错，只那么一瞬间，让他遗憾终身，悔恨一生。

"三元……"张忠明疑疑惑惑地斜视北辰好长时间，他像是发现了什么，于是他眨巴几下斜视的眼睛，又歪着头盯视北辰好大一会儿，但是他看到北辰表现得很平静，他意识到他不会偷拿他的东西，所以他才收回歪斜的眼光，最后他低下眼睛说，低下眼睛说话是他的习惯。

"给……"北辰早已准备好零用钱，于是他把三元钱递给他说。

北辰付过钱，用右手接过张忠明递过来的一大捆卫生纸，于是他匆忙从混乱、拥挤的房间里走出来，屋子外面仍然漆黑一片。张忠明上门时又歪着头瞥视他几眼，他才迟迟疑疑地把那块门板按上。这时北辰站在大街上，外面的冷空气一吹，顿时冷静下来，他还想把那条香烟归还回去，必须归还给他，归还给张忠明，他不能要这条香烟，这非常不道德，很缺德！他出售多少货物才赚回这条香烟钱呢？北辰的心灵骤然疼痛起来，他把卫生纸放到淑丽身边，他已经把香烟从左腋窝里拿出来，可是这时张忠明已经把电灯关掉了，顷刻，四周一片黑暗。踌躇良久，最后他只得把香烟隐藏到架子车上的破席下面……

"走啊……"淑丽忍不住催促他道。

"淑丽，我……"他想把香烟的事情说出来，可是他显得踌躇不决。

"什么事情？"淑丽诧异地问道，她见北辰并不说什么，又催促他道，"走吧！"

让北辰说什么好呢？一切都晚了，他竟然偷窃斜眼张忠明的香烟……而北辰痛苦得几乎说不出话来，他这个扒手、窃贼、无赖汉，这个卑鄙龌龊的家伙、灵魂肮脏的小人……这时两行热泪竟然顺着眼角扑簌簌流淌下来，冷风从街角的拐角处强劲地抽打他的脸颊，抽打他赤裸裸的灵魂，在艰难困苦的重压之下，他的灵魂扭曲啦……北辰只得重新拉起车子，他突然向前方的道路猛冲，他企图通过奔跑来疲惫、麻痹痛苦的心灵，但是一切都没有用，心灵还是疼痛不已……

张忠明的父亲叫张清芬，小时候，北辰一想起张清芬这个名字就好笑，这多像女人的名字，芬，还清芬。但是这个张清芬却不像女人，他总是整天耷拉一张脸，这张脸看似麻木，其实瘆人，他总是低着头，好似有满腹心思。眼睛整天闭着，如果他抬眼斜视人，会把人惊吓一大跳，他的眼睛像是两支射向人的毒箭，而张忠明的哥哥张忠义遗传了他父亲这一点，所以他们总让人害怕，让人感觉到他们会随时暗算人。他们的确很会算计人，很阴险狡诈。而且张清芬鼻洼里有颗苦楝子大小的瘊子，这个瘊子长在他的鼻洼里，尤其瘆人。好好的人为什么长这么大一个瘊子，还长在鼻洼里，肯定不是什么好人。他的国字脸黑红黑红的，他往往像是一头黑熊一样，不声不响的，总是让人疑心，他又在毒害谁……有一次生产队的莲藕坑开挖了，北辰和他同时挖到一大节莲藕，北辰当时还是个半大孩子，他真想抢到这一大节莲

147

藕,抢到这一大截莲藕之后,让母亲给他煮煮吃,他太馋啦,在当时的印象之中,他几乎没有吃到过莲藕呢。可是张清芬竟然在北辰抢到这一大节莲藕之前,把莲藕铲得粉碎,他得不到的东西,北辰也休想得到,北辰一气之下,扛着铁锹回家了,在回家的大街上,他一直泪流满面。张忠明的哥哥因为是村委干部,所以他根本不屑跟普通老百姓说话,他的眼珠子像是长在额头上,整天都是蔑视一切的样子。他特别喜欢喝酒,总是醉醺醺的,分队之后,有人说他得了肝癌,那个时候癌症患者那么少,人们只感到癌是一种疾病,却不知道癌有多么可怕!不久他就一命呜呼了,山泉村人,第一次听说癌,第一次认识癌,癌这种东西,比日本法西斯还要恐怖,从此以后,山泉村人谈癌色变……

经过十字街口便是下坡路,而且十字街口以北的下坡路十分陡峭,不但不能使劲拉,他还得抓紧车把向后坠,以此抵消架子车冲击的惯性,如果不小心滑脱车把,淑丽母子会有生命危险,但是他却在冲锋,他拉着车子之所以向前冲,是因为他自从偷盗那条烟之后,一直被羞惭、羞耻折磨着……他也不清楚为什么奔跑,当意识到问题严重时,已经刹不住车,站不住脚,他只有狂奔起来,可是架子车却震荡、晃荡、摇摆起来,他又被什么绊一脚,于是他猝然跌倒,架子车飞脱出手,幸好淑丽裹着被子,她连人带被子滑出架子车以后,车子又向前猛冲,经过一段路程的狂奔之后,最后撞到雪堆上翻倒在地,翻倒的声音是那么响亮、清脆。他快速爬起来,顾不上浑身麻木疼痛,就慌忙寻找淑丽,还好淑丽没事,她滑到雪窝里,又因为裹着被子,才幸免于难。他费了很大力气才把架子车安装好,好不容易才寻找到卫生纸,当他终于搜索到那条香烟时,他真想把香烟扔掉,可是扔掉香烟,就能洗刷掉罪恶吗? 就能清除掉心灵的污垢、肮脏吗? 不能,永远不能。那么他如何处置这条香烟呢? 他还是把这条罪恶的东西隐藏到老地方……他拉回车子,淑丽忍着剧痛从雪堆里爬出来,她叫着,埋怨着,骂着他……他们又继续前行……他们村距离高山镇卫生院足足有十几里路,需要路过五个自然村,路上满是积雪,又上了冻,他拉着车子一走一滑的,不小心就会掉进路旁的沟壑里……淑丽不断地痛苦呻吟,他们唯恐孩子在路上生下来,如果生在半路,母子肯定会有生命之忧,他只有不断地安慰淑丽要忍耐、坚持,可是她痛苦的呻吟却让人心碎……而北辰早已疲惫不堪,而且浑身几乎都是汗水,他把衣服扣子解开,让凛冽的寒风涤荡罪恶的胸怀……双手已经麻木了,指关节裂出许多伤口,伤口流着黑色的鲜血……他们终于来到医院,医院里静悄悄的。

“有人吗?”北辰叫喊道。

没有人回答,空旷的医院里一片漆黑、沉寂,他焦急地跑来跑去,不停地喊叫:“有人吗? 要生孩子了……”北辰尖叫的声音那么凄厉,在空荡荡的医院上空久久回旋……

“什么事情?”值班室微弱的电灯光明亮起来,接着门吱扭一声打开了,值班医生睡意蒙眬地走出值班室问道。值班医生正是魏小娥。

"快……快……她要生啦……"北辰语无伦次地说道。

"这么冷的天，哪村的？"魏小娥见到北辰，不知是想稳定北辰的情绪，还是想证实什么。

"小娥姐姐，我是贺云祥的……"北辰介绍道。

"我说呢？这么面熟……别慌张，啊……啊……来到医院，什么事情都不会有……"没等北辰把话说完，她就打断他的话说道。这句话他让镇静下来，她走近架子车，掀开被子看看架子车上不断呻吟的淑丽，又摸摸额头，还问几个问题，于是她命令道："下车吧，早着呢……"

怎么这样说话呢？她知道他们是怎么来到医院的吗？他们像是跋涉过千山万水、崇山峻岭，才来到高山镇卫生院的，但是她毕竟是接生医生，她这样说话应该有科学依据、科学道理，刚才淑丽在架子车上似乎熟睡了一会儿，现在她下了车，像是没事一样。

"走，不停地走。"她见淑丽站着不动，于是她又命令她道。

北辰和淑丽吃惊地看看魏小娥，她也在凝视他们，仿佛他们听错了她的话，魏小娥固执地点点头，那句话不会错，淑丽犹豫一会儿，还是快步走起来。

魏小娥的父母只有她一个女儿，父亲去世得早，母女俩相依为命，生活异常艰苦。她生就一双泼辣、机灵的大眼睛，长大以后，这双眼睛迷倒过无数后生。上学时，魏小娥成绩优异，学校集会上，她经常代表优秀学生发言。曾几何时，她是校花，是大家议论的对象，谁不说她是一只金凤凰呢？初中毕业后，她在小王村诊所当卫生员……最后张医生娶她为妻，他比她大将近二十几岁呢。可是张医生已成故人，距离北辰上次见他只有短短大半年光景，真是光阴苦短、造化弄人。当初淑丽到医院检查时，虽然张医生没有检查出淑丽怀有身孕，但是他的盛情、热忱、清高，无不给他留下极其深刻的印象。据说他们的儿子才八九岁，人们说张医生是医院权威，但是都说他死在纵欲过度上。张医生总在吃自制的补药，有位农民工给他修缮房顶，偷吃了张医生用药液浸制的红枣。当时红枣正在房顶上晾晒，这位农民工吃过红枣之后，不承想阴茎突然膨胀起来，再也收不回去，当时正值盛夏，农民工只穿一件短裤，唯恐勃起的阴茎被人发现，所以他始终不敢直腰，始终站不起身，下不来房顶。修缮好房顶，又等了大半天，等阴茎疲软之后，才敢从房顶下来，本来一小点活，他一下子鼓捣大半天，太让人尴尬了。现在张医生永远离开了年轻漂亮的妻子和未成年儿子，人生无常，生命无常。而魏小娥貌美如花，又多愁善感，寡妇门前是非多，现在她依然是人们议论的焦点，有人说她正和一位有钱有势的老鳏夫姘居，还有人说她是四处开花呢。

他们在焦虑地等待，可是，淑丽就是不生产，这让等待中的魏医生和北辰很是焦躁不安。黑夜悄悄地溜掉了，白昼即将来临，这是黎明前最黑暗的一段时刻，淑

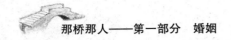

丽还是没有生产的迹象。

谢谢上天的眷顾,淑丽这一次阵痛非常厉害,魏医生命令她进入产房,淑丽躺在一张窄窄的木床上,这张木床很特别,这是一张倾斜度很大的木床,淑丽的头部就在木床高处,这张床像是一艘生命小舟,她要载着淑丽向哪儿飘荡呢?

北辰被魏医生撵到外面房间,小屋关上门,暗锁咔嚓一声响,屋里屋外俨然两个世界……

但是里间还是传出淑丽一阵阵尖叫……而魏医生也在不停地叫喊:"使劲,使劲……"呻吟和痛彻心扉的尖叫像是要撕裂黎明前的黑暗,光明降临了。

时间像是过去几个小时,不,是几天,又仿佛几个世纪……伴随着猩红的黎明,伴随着婴儿呱呱哭声,新生命降临了……里间的门打开了,魏医生冷漠地露露脸,又想缩回去。

"魏医生,男孩,还是女孩?"他慌忙迎上前去问道。

"女孩……但是……"她冷漠地说。

女儿就女儿嘛,女儿有什么不好,第一胎是个女儿还好呢,何况北辰不是重男轻女之人。但是什么呢?是不是……他冲进里间。魏医生正在包裹孩子,北辰想去抱抱这个朝思暮想的孩子。

"先去看看她……"魏医生命令他说。

北辰以为淑丽有什么意外、危险。还好,母女平安,这时孩子已经被魏医生严严地包裹起来,她把孩子放到淑丽怀里,淑丽已经从倾斜的产床上下来,她们母女就躺在产床里面一张有被子的硬床上,孩子就在她的怀里,北辰想看看孩子,而淑丽把孩子抱得紧紧的,却不让他看,北辰理解她的心情,这是她十月怀胎,千辛万苦生出的孩子,让她疼爱吧,总有让他亲昵的一刻。淑丽像是刚刚从瓢泼大雨中逃离出来,她浑身上下湿漉漉的,这个时候,她嘴角上面那颗黑痣是那么明亮、刺眼,这颗黑痣使淑丽更加具有个性……头发湿漉漉的,眼睛里浸满了泪水……她驾驶着生命方舟,像是刚刚从惊涛骇浪中,来到平静的港湾。这时候,她流着不知是悲痛、抑或是幸福的泪水,很明显,当初她在波浪汹涌的大海和怒涛翻滚的海洋中载沉载浮,好险恶啊!一不小心,她不是葬身海底,就是被海鲸吞没,可是这艘勇敢的生命方舟载着她披荆斩棘,乘风破浪,终于冲出死亡之海。淑丽想朝他笑笑,可是她还是抑制不住内心痛楚,于是突然躺到北辰的怀里呜呜咽咽地痛哭起来,她哭得那么伤心、悲痛,最后竟然干号不止,尖叫不已。

"妈呀,妈呀,我造的什么孽啊……"她哭喊道。

"怎么回事?淑丽……"北辰把注意力集中到孩子身上,孩子没有什么呀,他不得不又一次问她道。

"孩子……孩子……"她戛然停止哭泣,然后麻木而又冷漠地说道。

"孩子……怎么啦?男孩、女孩不一样吗?这是咱的第一个孩子啊……"北辰劝慰她道。

这时候北辰第一眼见到属于他的女儿,眼睛那么蔚蓝、那么温柔……但是眼睛之下却遮盖得严严实实,大概是因为怕孩子喝冷风吧。

"妈呀……妈呀……"可是淑丽又一次抽抽搭搭地哭泣起来。

这个时候,淑丽把孩子眼睛下边儿的面部展示给他看。兔唇!这是个畸形孩子!一个怪胎……她却有一双妩媚温婉的大眼睛。

他不忍心再看下去,他把孩子抱在怀里,顷刻之间,泪水情不自禁地流淌下来,这些泪水不像是从眼眶里流淌出来的,而像是从心灵深处涌流出来的,眼睛顿时模糊了,但是他强烈地抑制着感情,不让自己哭出声来,这是他的孩子,他的女儿,他立即想起那条香烟来,为什么他要偷窃,不,是偷盗……那条香烟,他,他为什么要偷盗……那条香烟像是一把匕首,不,是一把无声手枪,那把无声手枪指着他,"嘭"一声响,子弹出膛,这颗愤怒的子弹,瞬间射穿心脏,罪恶的他躺倒在血泊之中,一颗卑鄙龌龊的心灵死掉啦!真是罪有应得……

他又想起和淑丽去邻近乡镇检查身体时吃过的兔肉……想起母亲因为生活艰难而去偷窃的事实……想起筱薇失去的那个孩子,想起初恋的代价,他们……北辰和筱薇都付出了沉重代价,血的代价!还有他曾经做过的亏心事……这是不是上天的惩罚!这是不是最后的审判,是,又不是,应该是!应该不是!最后审判的日子还没有到来……

但是自责有什么用?忏悔有什么用……恶已经做下了,还忏悔什么呢?忏悔还有什么用?想祈求原谅吗?祈求谁的谅解呢?在天地、良知之间,他要坦白他的胸怀,他要将怀抱坦露给上天看……在良知、公正的天平上,谁也逃脱不掉最后的审判!那么最后的审判到了吗?没有,还没有,远远没有,这还不够……那么什么时候,才是尽头?他不知道。那么谁知道呢?良知知道,那么人性呢?人性也知道……在这个世界上,良知就是全能的上帝,良知就是全能的佛祖,良知就是最后的审判,人性也是,人性就是良知,良知也是人性……惩罚够吗?不知道?估计还不够,还远远不够……就让惩罚更加严厉吧……那么谁能救赎他罪孽深重的心灵呢?他不知道,良知也不知道、人性也不知道。但是他没有眼泪,他把孩子的脸部围起来,孩子有一双漂亮的眼睛,她哀怜地看着他,她在哀求他什么呢?如果她会说话,孩子会说什么?孩子会说:"对不起,父亲!"对不起的,应该是爸爸,她怎么对爸爸说对不起呢?受惩罚的,不应该是孩子,可是偏偏是孩子在替父母受天谴。不,应该是替父亲受惩罚、受天谴。

他不能想下去……他已经受到惩罚,这罪有应得的惩罚,那么以后还会有什么惩罚呢?不如让雷电劈死他吧!行尸走肉,一个失去良知、失去灵魂的家伙,活着还有什么意义,丑陋的心灵应该遗臭万年,应该钉在历史耻辱柱上……他把孩子还给淑丽……

他又想到筱薇……就是筱薇那些书信和那些日记才让淑丽痛苦和苦恼的，都是因为筱薇，筱薇才是淑丽和他之间不断争执、吵闹、纠结、痛苦的根源，是筱薇才使他们同床异梦、隔膜、怨恨的……还有吕纪要，是的，还有他，他错把淑丽当作筱薇，他为什么把淑丽当成筱薇呢？有这样的朋友吗？一个傻蛋朋友，不，他是真正的傻蛋！为此淑丽一直郁郁寡欢，一直耿耿于怀。正是这些痛苦，才……这才是痛苦的代价！这才是全部的代价。

还有他们遭受的苦难，淑丽才刚刚二十岁。一个不懂事理的孩子，还那么倔强、固执，她怎么能受得了呢？上天啊，可怜可怜他们吧！上天呢？向这一对孤苦的灵魂，伸出援助之手吧！救救他们吧！赦免他们无罪吧！

他再也不会思念筱薇了，他要把她忘掉，而且要一心一意疼爱淑丽，她是他的妻子啊，她是孩子的妈妈，而筱薇算什么呢？她是别人的妻子，可是筱薇是他的初恋啊。初恋又怎么样？他怎样才能把筱薇忘掉？他应该用一把刀，一把锋利无比的匕首把筱薇的名字从他的灵魂里拭去，他尝试一下，一把锋利无比的匕首，他向心灵刺去，第一次，他没有刺中，又刺一次，这一次刺中了，心灵的鲜血流淌不已，殷红的鲜血一直在流淌……灵魂在滴尽最后一滴血……心灵死了，灵魂死了……但是他隐隐约约感到筱薇仍然在他心里。她仍然躲在他心灵最深处……她现在就在他灵魂里哭泣……

他像是跪在地上痛哭流涕哀求她道：求求你，离开他吧！看在多年相知相识相爱的份上，看在可怜的母子份儿上，离开他吧！他实在不能再说什么，还能对筱薇说什么呢？她的家庭同样支离破碎，她已经是一位离异的人了，他还能要求她什么呢？他总不能让她去寻死吧……其实筱薇不也在折磨自己吗？这到底都是因为什么？又到底为了什么？他不知道，不清楚，那么谁会知道，谁会清楚呢？不知道，这大概只有上天知道？大概只有上天清楚？或许良知也会知道，良知也会清楚吧？可是上天在哪里？良知在哪里呢？而人性又在哪儿呢？不知道，不知道，统统不知道……那么谁知道呢？不知道……不知道，谁知道吗？

他们抱头痛哭，今天是新年的第一天，今天他们在医院的产房里痛哭，不知道他们的泪水怎么那么多呢？魏小娥医生来过几次，她也不加劝阻，也不加阻拦，她知道劝阻不了，也阻拦不了，只有让他们尽情地发泄，尽情地哭泣吧……这样他们的心灵会好受些。

淑丽的父亲来了，不知道他是怎么听说的，大概是母亲告诉他的，母亲猜测他们可能会有过不去的坎？不然他们不会这么长久不回家，肯定是母亲无法来看望他们，才央求淑丽父亲来探望的。淑丽看到父亲，又情不自禁地痛哭不止，北辰早已哭成泪人，他简直要伤心欲绝，但是淑丽父亲非常坚强，他一直在规劝他们，北辰只顾悲痛，他听不见淑丽父亲在劝说什么，他真想变成一只小鸟凌空飞去，或者钻进地缝里永不返回，或者他突然消失掉，或者这个世界轰然崩塌，甚至世界，甚至宇宙……宇宙之外,宇宙之外还有什么? 不管有什么……甚至灵魂,甚至良知一起炸掉,一起灰飞烟灭……

北辰只想一死了之,他那么绝望,已经没有任何求生的欲望了。

父亲提出遗弃孩子,可是他和淑丽谁都不舍得,这可是他们的骨肉啊! 怎么舍得骨肉分离! 可是他们想想还是无路可走,他们一直在痛哭,越哭泣,越伤心。

淑丽父亲的态度非常坚决,他说去外面寻找抱养孩子的人,但是父母都不愿意养育孩子,谁会抱养孩子呢? 让谁养育孩子呢? 世上有这样一位慈善的人吗? 何况谁愿意抱养这样一个畸形儿? 谁愿意养育这样一个怪物!

但是父亲的态度不容置辩,他说看能不能寻找一位亲属,让他们代为抚养……可是时间在一小时、一小时地过去,眼看又过去一天……这已经是第二天的黎明时分。他们非要做出决断不可,产房不是久留之地,只是医院还没有需要接生的孕妇。

他和淑丽彼此点点头,看来他们是同意了,他们还能有什么好办法呢? 北辰去药房结过账,他和淑丽把所有的积蓄都拿出来交给父亲,所有的嘱托、叮咛、情感都交给了淑丽父亲。

他们还是和孩子分别了……淑丽的父亲走后,他们一直在哭泣……

等到中午,淑丽的父亲回来了,老人家说有一位善良的人愿意抚养他们的女儿……养育女儿的人为什么不是亲属呢? 淑丽的父亲不是说要寻找一位亲属吗? 不会是淑丽的父亲在欺骗他们吧? 怎么会呢? 他可是淑丽的父亲啊! 父亲说话会有假吗? 不管怎么说,他们的心灵算是得到些安慰……但是将来他们还能见到女儿吗? 如果他们再次见到她,她会是什么样子? 他真的不敢想象下去。

他们在夜幕的遮掩下回到家里。那条烟,他盗窃、偷盗张忠明的那条香烟,北辰早已扔到医院的垃圾箱里,可是罪孽是永远也扔不掉的,而且将来罪孽会越来越加沉重。事实就是这样,在将来所有的岁月之中,他一提起偷窃,一提起偷盗就有一种本能的罪恶感,可是无论如何,他即使从此以后再没有偷盗过什么,可是窃贼这个罪名却自始至终像是一个沉重的十字架一样一直压迫在他的心头。

4

北辰的灵魂那么沉重,他认为将来是没有一点点希望了,他想把麻木、疲惫的心灵躲藏在漆黑的夜里,躲藏在深山密林之中,躲藏在无人知晓的深渊……他不想接触任何人,节日里,他躺在床上一动不动,有时候他睁开眼睛想看到一丝丝光明,希望和别人说说话,但是他不敢,也不能,他理应受到诅咒、惩罚,他是邪恶的化身。就这样北辰把自我封闭起来,闭门思过,他沉浸在深深的自责、深深的惭愧和忏悔之中,终于有一天他又找到了知己,找到了知音,于是他每天都消磨在古籍之中,不和任何人交往,不和任何人说话,他默默无语、衣衫不整的样子,简直像是一个不会说话的牲畜,其实他自以为饱读诗书,自以为充满良知,谁知他的良知那么脆弱,他的人性那么卑贱、卑鄙、无耻……有时候人不如畜生,他就不如畜生! 这时候北辰是那么蔑视自己,心灵那么龌龊、肮脏,他不敢正视人生! 开学后,他除去上课和下地劳动,就是看书,他把伤痛掩埋起来,掩埋得那么深厚,唯恐伤痛暴露出来,唯恐别人发现伤痛,整天躲起来像是癞皮狗一样偷偷地舔舐着伤口,痛苦的回忆把他折磨得痛不欲生……他抛弃了那个孩子,那个属于他的孩子,尽管那是一个怪胎,一个畸形儿,可是她却是他的第一个孩子,他有责任养育那个孩子,他应该抚养她,尽管他抚养起来非常痛苦,可是他却抛弃了她! 如果,如果……可是,可是……将来与其让孩子痛苦,与其大家都痛苦,还不如……他抛弃了她,他的孩子,她到了哪里? 她去了哪里? 她究竟在哪儿? 他不知道,淑丽的父亲知道吗? 他应该知道,他,淑丽的父亲杀了孩子,他是刽子手,不是,不对! 他和淑丽才是真正的刽子手,才是真凶! 他们是假借淑丽父亲之手杀害孩子的! 他和淑丽应该接受审判,不但法庭的,还有道德的,还有良知的,还有人性的,这双重审判,应该是三重审判! 应该是四重审判! 他一直以来想打听、探听孩子的去处,却一直没有孩子的消息,一直得不到任何音讯。但是一年之后,他还是知道了那个孩子的下落。

　　有一天,北辰和淑丽去医院看病,这一次淑丽因为感冒严重,村卫生所的医生却怎么也医治不好淑丽的顽疾,村卫生所的医生最后抱歉地说这是流感,病毒性感染。之前感冒,花费一点钱,就能治愈,现在感冒,不但难以医治,还往往破费许多金钱,跑许多冤枉路,才能治愈,所以这一次北辰不得不带着淑丽去高山镇医院救治。他们来到医院,医生给淑丽诊治过,已经开过药方,北辰让淑丽在门诊等候,他去抓药,北辰正走在去药房的道路上,这时候,魏小娥突然走到北辰跟前说:“那个孩子……”

　　“谁……小娥姐姐……”北辰惊愕地说,他还是瞬间明白了她的意思,可是北辰的脸颊骤然绯红起来,于是,北辰急切地询问她道,“姐姐,您是说……之前,那个孩子吗? 那个孩子怎么样?”

　　“那个畸形孩子……有一个老农妇……她是一位孤寡老人,可是……孩子是严重的先天性心脏病,那个农民来医院给孩子诊治过几次,可是,那个畸形孩子,不久……死于心脏病……”魏小娥还想艰难地说下去,不知道是因为看见北辰眼泪涌流出来,还是什么原因,她突然离开了北辰。

　　“姐姐……姐姐……”北辰想打听那位孤寡老人是哪儿人,还想问她一些问题,可是魏小娥已经离他远去了,其实即使她不离开他,北辰什么话也说不出来,他已经被痛苦窒息啦……

　　他想哭泣,可是却怎么也哭泣不出来,只隐隐约约觉得天旋地转的,他已经处于无意识状态,已经是什么意识也没有了,他的灵魂不再痛苦,而是麻木……他站在那儿一动不动,简直像是一棵树,一棵生长在那儿的老榆树,历经风雨,经历雷电,已经像是一棵枯死的老榆树……北辰不知道是怎么回到淑丽跟前的……

"你拿的药呢?"淑丽责怪他道。

"什么药? 拿什么药……"他不知道淑丽在说什么,也不知道他在说什么。

"拿来!"淑丽从他手里抢走了什么,然后一阵风走了,像是逃走一样。

不大一会儿,淑丽回到北辰跟前,这一次,淑丽不顾有病的身子,她带着他回到家里。可是北辰一回到家里就躺下来,他躺倒在床上第二天才清醒过来。

"什么事情? 北辰,让你发这么大神经……"淑丽追问他道。

"没有事,我已经没事了……"他只说这样一句话,又好长时间没有说话。终其一生,北辰都没有告诉淑丽。

当时,就在他们回家的当天晚上发生过一件既让北辰莫名其妙,又让他感觉奇怪的事情,其实这也是必然发生,也是农村常见的事情。自从上一次,北征和韩萍儿夜出未归之后,两个人像是发情的野狗一样纠缠不清,他们的绯闻早已传得沸沸扬扬,韩萍儿的未婚夫听说之后,并没有暴跳如雷,一旦工作稳定下来,他马上筹办结婚事宜,韩主任已经答应他的求婚,北征却没有任何行动,韩萍儿结婚了……而北征依然旧情难忘……

自从和韩萍儿分手之后,北征非常失意和懊丧,一直沉迷旧情不能自拔,他早已把朱玉秀忘之脑后,所以春节初二这天,北征并未去朱家走亲戚,这被朱温视为奇耻大辱,当天傍晚他叫上五个儿子和他们家族的老少爷们,到二伯家兴师问罪。

朱温是个老实巴交的庄稼人,平时在山泉村十字街口做炸油条、卖豆沫生意,豆沫是现成的,他在家做好挑到早市上,油条要现炸。他总在集市上叫的一片声响:"油条热的,豆沫好吃不贵,来一碗豆沫,外加两根油条,管你吃饱……"

朱温的声音高亢、沙哑,大老远都能听到他的声音,大老远,农民们都能闻到豆沫和油条的馨香,甚至乡下的农民就是因为能够吃上一根油条,喝上一碗豆沫才去赶集的,不懂事的小孩子更是哭闹着要油条,要豆沫……而朱温总是腰间系一条白围裙,站在料峭的寒风之中,不停地用高亢、沙哑的喉咙喊道:"热油条,热豆沫啦,好吃不贵,来啦,一碗,又一碗……"

这声音真够诱惑的。虽说他系的是白围裙,却已经分不清围裙的颜色了,围裙上各种颜色都有,有黑色、紫色、褐色,还有红、蓝颜色,总之这些颜色也很难分出胜负,各种颜色已经模糊不清了。他的肩头还披一条白毛巾,这条毛巾已经不能称之为白毛巾了,谁也说不清是什么颜色,叫灰毛巾或者花毛巾都行,总之是一条毛巾吧,如果有人喝豆沫,他就把脏碗从脏水里快速抽出来,用右手把那条脏布条子从肩头迅疾地抽下来,或者叫那条脏布条子为破毛巾也行,就用这样一条破旧毛巾,把这个碗像是变换戏法一样颠来倒去抹擦好几遍,然后用一根又长又粗的木柄勺子,先在大个的保温桶里搅拌一下,那么蠢笨的一个保温桶,大概是用一条破旧被子包裹起来的铁桶,也可能是陶瓷桶,或是木桶……说时迟,那时快,他立即把浮动在豆沫上面的油炸面叶撇在一边,最后手疾眼快地从木桶里盛出豆沫来,吃客还不知道是怎么回事呢,豆沫已经盛好放在一张长条桌上,然后朱温又沙哑着喉咙唱道:"吃哩,豆沫一碗,油条两个……"就这样一碗又一碗的豆沫卖出去,一角钱一角钱收回来,他五个儿子已经盖上新房,娶上了媳妇儿,现在就剩下这个老闺女没有打发(河南豫东方言"出嫁"的意思),他以为北辰二伯家过得殷实,北征又长得出众,老闺女嫁的是好家庭,可是谁知美梦没做到头,他不由怒火中烧,于是亲率大军杀将过来。

朱温也有一大把年纪啦,他已经满头白发,尖尖的小脸上白色的小山羊胡子在集市上吆喝卖油条、豆沫的时候激动得一抖一抖的,白眼珠子也老眼昏花了,他原以为今年老闺女嫁出去,他的油条、豆沫生意就到头了,他们老两口也该歇一歇,而老伴总是撅个大屁股,一大早就在炸油条,活也不轻啊!谁知竟然是这个结局。

"好哩,来……不是,妈那头,给我出来,我和你拼了……"朱温又想说来一碗,可是他马上改口大骂道。

这惹得观众哄然大笑起来。他五个儿子膀大腰圆的,都是孔武有力的粗壮汉子,他们也忍不住笑起来。

"北征刚刚跳墙出去了。"有人给朱留声咬耳朵说。

朱留声非常彪悍,他坐在摩托车上,哼一声,一脚把摩托车蹾着火,油门"轰"一声响,他一松离合,摩托车就像是一条恶狗一样窜出人群,他从车灯的余光远远地看见北征骑一辆自行车落荒而逃,于是他匆忙追了过去,北征拐进一条小路,然后上了河岸,瞬间消失在灌木丛林之中……不一会儿,他又从车灯的灯光里看见北征骑着自行车,在灌木丛的一条小道上跳来跳去地向远处奔逃,朱留声骑摩托车不敢进入灌木丛林,他想从一条大道上截击北征,等他来到那个地方,北征早已没有了踪影,截击没有成功,他只有原路返回。

"姓郭的,你不要脸……"朱温不停地叫骂道。

"亲家,这门亲事是我托媒人说下的,我始终愿意,可是孩子不愿意……你叫我……"郭建安面对街坊邻里、老少爷们,面对曾经的亲家无可奈何地争辩道。

"你啥本事,连孩子都管不住,你不是人……"朱温大概是气昏了头,早已顾不得身份,他辱骂他道。

"建安,你得管教孩子,让他回心转意……哪有老子管不住小子的……"朱庭勋站出来搭话道,他一说话,喧嚷叫骂的大街上,顿时静寂下来。朱家人抓不住北征,他们也无可奈何,而北征的父亲又出来赔礼道歉,让朱家人无话可说。这个时候,朱庭勋站出来,正是时候。

朱庭勋是山泉村有名的工头,其实他是山泉村一霸,他是朱家的长辈,也是个

第八章 心灵的倒刺

大坏蛋。他的徒弟众多，家族人多势众，所以他横行乡里亦非一时。他长了一副大麻脸，为了遮丑，脸上蓄满了胡须……与霸道行为相比，他更加贪恋女色，他看上的妇女很少幸免。他有一位相好，已经年老色衰，于是他又霸占了相好的女儿……他有时候也假意主持公道，以此收拢人心。他的话明里向着郭建安，其实他是在给他施压。

"行，您老放心，等北征回来，我要好好教训他，让他去看望您老人家……"郭建安赔小心道。

"听见了吗？都走吧，别太难为人家，免得让人家说咱人多欺负人……"他规劝他们道。

朱温族人听他这么一劝，也都嚷嚷着要离开了。

郭建安是何等聪明之人，他趁热打铁，于是他立即和朱温商量北征结婚之前送龙凤饼的事情："必须听庭勋爷们的，亲家，我近日就让北征去送龙凤饼，却不知道龙凤饼的数目……"

"那敢情好，我想好数目，让玉秀告诉您……"朱温只得这样说。

五个如狼似虎的儿郎也都像是泄了气的皮球，事情到这个份上，还有什么可说的。星期日这天，北辰本该去瞧瞧淑丽父母，他们从医院回家之后，淑丽一直陷于悲痛之中，而北辰也像是厌倦了尘世，消沉、颓丧、折磨，纠缠着他们，所以北辰哪儿也不去，他陪伴着淑丽一会儿悲叹，一会儿哭泣……可是二伯非把北辰请过去。二伯已经定制两大纸箱龙凤饼，龙凤饼象征男女双方龙凤呈祥，将来家业兴隆，子嗣繁盛，现在他们要把龙凤饼给朱温家送去。

北辰即使再痛苦，二伯来请，也只得前往，他也只得把淑丽撇在家里，走之前，他叮嘱淑丽凡事要宽心，可是他们又相拥而泣。亲族之间相互有个照应，这是应该的，何况事关北征的婚姻大事。

同去的还有媒人高贤明。他是兽医，是子承父业，老兽医高奇勋医德高尚、医术精湛。他给牲畜看病很少看回头病，收费也低。老兽医高大魁梧，他看似强壮，却患有严重的哮喘病，他总是闷得上气不接下气，他医治好牲畜的疾病后，总要蹲在地上或是单脚跪在地上，不停地大口喘气，还不停喊叫："哎哟，哎哟，我的娘啊！憋死我了，真难受……"有时用右手拿着给牲畜治病的器械，左手打住胸口喘气道："我的娘，娘，啊嚏！"终于结束了，牲畜和人的疾病都结束了，老兽医高奇勋也走了，人家给他钱时，他总是说，下次，哎哟，闷死了，下一次吧，没有下次了，很多情况下，他没有收费，但是人家也不会亏欠老兽医的。以此，老兽医很受农民尊敬、爱戴。

而高贤明子承父业以后，他不仅继承了父亲的衣钵，也继承了父亲的哮喘病，只是没有父亲哮喘得厉害，他只在喝过酒以后没命地哮喘，他不但没有父亲魁梧高大的身材，也没有老兽医的医德，老兽医是经人请托才去给牲畜看病，也很少去第二趟。而高贤明总是医治不好牲畜的疾病，还假装的很像一名兽医，他总是斜挎一

157

个印有白色十字的红牛皮箱走街串巷,总是一次次来回奔跑,勤快是他唯一的长处,他总是不厌其烦地来往穿梭。

高贤明很像兽医呢,他中等个子,圆眼睛瞪得老大,白净的圆脸蛋,穿戴也很讲究,老是穿一身灰绿颜色的兽医服,浑身上下一尘不染,可是他医术低劣,收费高,还很贪杯,而牲畜的疾病往往很长时间医治不好,每逢这种时候,他时常遮丑说:"这次就好,这次就好。"或是说:"打过这一针就好。"可是无论打过这一针,还是打过那一针,牲畜的疾病仍然不见好转,而且很多时候,还往往把牲畜治死了。

而老兽医常常穿一件白色棉粗布衬衫,浑身上下土里土气的,却像是虎头虎脑的样子,人家不请,他很少愿意到别人家里去,就是去了,也不背药箱,有时候,他总是随身携带一小包白色药片,还携带一个锥形聚碗,锥形聚碗连接一根长长的胶管,这时候,他把这一小包白色药片掰成更小的药片,开始给牲畜治病时,主人家得用几个人把牲畜稳住、放倒,还要把牲畜死死地按住,这样才能把胶管插入牲畜肠胃里去,必须用温水把掰碎的药片通过聚碗、胶管灌进牲畜的肠胃里去,给牲畜灌药时,牲畜没命地尖声大叫,牲畜叫唤的声音,把人们的听觉都震麻木了……老兽医用木棍把牲畜的嘴撬开,牲畜一边声嘶力竭地尖叫,他一边把长长的胶管硬生生插进牲畜肠胃里,然后用温水浇灌锥形聚碗,药片通过胶管进入肠胃,牲畜再尖叫,再灌温水,牲畜又尖叫,直至把药片灌完为止。牲畜终于停止了尖叫,所有人都长长出一口气。有时候,一次不成功,还得再来一次……但是老兽医很少使用针剂,他不背药箱,也不走街串巷到处张罗,更不贪杯。他与其说是一名兽医,还不如说是位普通农民,顶多称得上一名土兽医而已。可是老兽医早就谢世了,他在世时,可悲之处在于老伴,老伴是位疯婆子,她整天疯疯癫癫的,经常同左邻右舍吵闹不休,为此没少给老兽医增添麻烦,虽然如此她还知道做饭,知道下地干农活。更让他为难的是他有四个儿子,高贤明还算成器,不管怎样说,他已经成家立业,而且小日子还挺滋润的。可是老兽医还有三个儿子,这三个儿子却都患有精神分裂症,二儿子最厉害,他经常夜不归宿,后来干脆到处流浪,开始迷恋样板戏,什么《沙家浜》《红灯记》……接着又迷上了豫剧《朝阳沟》,他每天每夜、每时每刻都在唱,还不断变换角色,他一会儿扮演铁梅、李玉和,一会儿扮演刁德一,一会儿扮演杨子荣,一会儿扮演银环、栓保……这个时候他后面往往围着很多观众,这些观众也应该叫作看客,很多看客大都是孩子……围的人越多,他越兴奋……他经常戴着绿军帽,一边歌唱,还不断向什么人立正,敬礼。有时候,睡不着,他就会拉一车土在村里四处转悠,这时候,他力大无比,拉一车土在四道街来回飞跑……最后他竟然不见踪影……有人说他已经客死他乡,但是谁也不知道死在哪里。他个子不高,头却很大,黑黝黝的一张大脸,一双恐怖的大眼睛,有时候,这双恐怖的眼睛让人惊骇不已,因为他常常恐吓小孩,还经常伸出手掌打孩子,只是他都是用于震慑,却很少真打他们,即使如此,孩子们已经惊骇不已,四散奔逃了。而老兽医的三儿子因为疯癫被盗窃团伙利用,最后进了牢狱，四儿子的未婚妻不见了影踪，有人说她跟随一个牲口贩子跑了，他去他们家讨要彩礼，可是父母不认账，他一怒之下杀死未婚妻八岁的弟弟。这种种打击让老兽医一病不起，时间不长，他就一命归西了。

而高贤明医生这几年斜挎药箱，却很少给牲畜医病，他已经医治不好牲畜的疾病了，自从他把人家的家畜、家禽医死之后，再也没有人愿意让他给牲畜治病。他也不再愿意干那来钱慢的营生，而是到处张罗着说媒，说成媒有钱花，还有酒喝，说不成也喝得醉醺醺的，他已经把兽医的职业忘记了。别人家即使有牲畜患病，也会另请高明。他是个下岗兽医，只是仍然背着药箱，像个兽医罢了，他已经是个彻头彻尾的老媒婆啦。现在村里的小兽医杨得志，别看他年纪轻轻的，人很勤快，医术又高明，又没架子……

而高贤明就是今天这场戏的主角。他们很快就出发了，二伯、北征、北辰和媒人高贤明。他们一路行来，高贤明一路让烟，还到处宣扬这婚事是要定下哩，哪有兽医治不住倔驴的呢，北征还得听他爹的话……

朱温一家人乐呵呵的，北征，亲家都来了，结婚的日子定在五一节。

当然中午高兽医又要喝酒了，而北辰却不声不响地回到家里，淑丽正在偷偷啜泣呢。一直以来，她不停地哭泣，她已经消瘦的像是一个幽灵了……

北征没有和韩萍儿结婚，也没有和朱玉秀结婚，后来他同另外一位姑娘结了婚，一位爱慕虚荣、性格乖戾的小姑娘！

5

人生无常，世事无常。生老病死是自然规律，任何事物都有它的发生、发展、消亡的规律，这也叫作规律性。人呢？人生一世，草木一秋。

淑丽的奶奶已经走到人生尽头，最近这几年她总是病恹恹的，自从淑丽的爷爷走后，奶奶又走将近十个春秋，说来也巧，淑丽奶奶的娘家正是和筱薇一个村委，淑丽奶奶的娘家虽不是名门望族，却是殷实地主，兄弟姐妹众多，奶奶同母同父只有一个妹妹，所以奶奶就只和妹妹亲近，其他兄妹，她一概不管不问，不亲不近。奶奶嫁到夏家时只有十五岁，她与夏家的兴衰休戚与共，看着夏家走向鼎盛，又看着夏家渐渐衰败，可以说她是这出悲剧的主角，夏家大院的悲欢离合，她不但一清二楚，还了如指掌。一切都是过眼云烟，十五岁的少女坐着花轿，被别人吹吹打打从娘家一路抬至山泉村，七十多年来，那个坐着花轿的十五岁少女无时无刻不出现在她的脑海里，她的梦幻之中，那是如花似玉的年龄，冰清玉洁的青春，娇小凝脂的身子，修长的睫毛，晶莹、迷蒙的一双丹凤眼睛，鸭蛋圆脸。后来她有了儿子，儿子长那么大了，却得白喉死了，大掌柜另觅新欢，她早已心灰意冷，所以她把娇小凝脂的身子

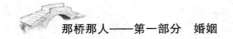

经常浸入冷水之中，绝经后，从此不再生育。这都是命运，命该如此。

岁月如梦，她后来有了儿子夏恩普，虽然夏恩普不是亲生，她却视为亲生，他长大成人之后，娶妻生子。他倒是个孝顺的儿子，媳妇也明白事理，一家人和和美美，大掌柜走了这些年，她生活得也算顺心，只是她得了瘩背疮，疮怕有名，据说此疮属于督脉经，由火毒而成。初期红肿顶起，被村里的黄医生切口排毒，强力挤压，外用黑膏药，延搁了，终日疼痛难忍。后来夏恩善聘请名医高万水开了方子，去省城同仁堂药店抓药，才得以治愈，这个药方她一直珍藏在精致的梳妆匣内：黄芪一百克，当归二十克，川芎十五克，茯苓三十克，甘草十克，银花二十克，地丁二十克，猫爪草十五克，蚤休十五克。开始数天没有大便，估计命不久矣，经过高万水诊治，发热一天，大便开始通畅，慢慢恢复了体力。

妹妹家有七个儿子，当年她埋在地下数坛银圆，数十年之后，妹妹家的儿子办事时，她偷偷地挖出一坛银圆给妹妹送去。妹妹就会给这几个儿子盖所新房子，给女方彩礼，然后大摆酒宴，把媳妇娶到家，妹妹家的七个儿子都娶上了媳妇，成了家。从此妹妹也不再和她来往，彼此之间也就断绝了关系，现在更是咫尺天涯、形同陌路，那么多外甥没有一个来看望生命垂危的姨母。这一次，疾病来势更加凶猛，她绝望地数着日子，等待着大限来到的那一刻，冥冥之中，像是天堂的银铃响起来，那是召唤的铃声，这人生，真如一场梦。

她还有六位同父异母的兄弟，他们没有得到过她丝毫帮助，那些不成器的侄儿一个个都不孝顺，已经有三位哥哥上吊自杀了，还有一位兄长，两位兄弟活在人世间，他们会不会上吊自杀呢？她有病期间，三个孙女之中，前两个都来看望过她，还不止一次来看望她，独独没有见到淑丽，她在哪儿呢？初二这天她也没有来看望她，她大概是生育了吧？不知是个男孩，还是女儿？祝他们母子平安吧。大概是因为她得了瘩背疮才耗尽精力的，所以这一次疾病来临，她没有丝毫抵抗能力，现在是气血两衰了，她快要走到生命尽头啦，已经走到最后时日，像是油尽灯枯，她要走啦。最使她牵肠挂肚的还是淑丽，淑丽是个懂事明理的孩子，三个孙女儿之中，只有她无论从长相，还是从做人都像她。虽然她不是亲孙女，她们没有任何血缘关系，可是她从小跟随她，她是她抚养长大的孩子，只有上小学那几年，她回到她不应该去的地方上学去了，小时候她教她读书练字，教她针线，教她做人的道理，她最疼爱她，她之所以没有来看望她，大概是因为坐月子吧？可是她无论生男生女都不应该隐瞒她。再见淑丽，再见孩子，再见夏家！他从二伯家回去的当天晚上八点左右，老人家辞别了人世间。一位年近九旬的老人走了，她悄悄地离开了人世，一个时代结束了，她历经将近一个世纪的风雨。她是那个时代优秀女子的代表，也代表了她那个时代女子的妩媚、辛劳和顽强，还有那个时代女人的苦难、辛酸、悲哀。

第二天一大早，北辰接到淑丽奶奶辞世的消息，报丧人把他叫到篱笆门外才悄悄地告诉他老人去世了。报丧人叫钟二小，他是夏家的远亲，他的父亲曾经是夏家的伙计,也是党的地下交通员,他是夏匡时的得力助手。钟二小的脸很像毛茸茸的狗脸,尤其是嘴巴更像,鼻子也像……他很贪杯,皮肤已经被酒精浸染的赤红赤红。看来钟二小已经知道淑丽的遭遇,因此他没有惊动淑丽,她在产褥期,不能进别人家大门,也不能进娘家大门,何况淑丽正处于悲痛之中,不能痛上加痛。

北辰接到消息,一时伤痛不已。昨天他本该去瞧瞧淑丽的奶奶,可是由于北征的婚事,一切都耽误了。他应该考虑到老人家的病情,可是由于伤痛,由于……这是无法弥补的损失,何况淑丽对奶奶有一种特殊的情感,一种无法用语言来表述的真挚情感,这应该是纯洁、高贵的感情。奶奶没上过学,却无师自通,在淑丽幼小时候,她教育她识字、算数,后来她长大了,俨然是一位大姑娘啦,她就教她阅读《红楼梦》,她竟然珍藏着一部《红楼梦》,一个农村老太太珍藏一部《红楼梦》,真的匪夷所思……而且她要求淑丽每天必须坚持阅读……那时候,淑丽刚刚从大梦村回到山泉村上初中,阅读《红楼梦》,这对于一个初中生来说是多么神奇的事情,她居然坚持了下来。

年前刚刚进入冬季,淑丽实在是买不起一件罩棉袄的衣服,不得已淑丽和奶奶商量:"奶奶,我想买一件罩棉袄的衣服,可是家里没有钱,又不想让北辰为难……"淑丽找到病体欠安的奶奶。

"奶奶能做些什么呢?小淑丽,我可怜的孩子……"奶奶眼泪汪汪地说,老人家知道孩子正处于生活艰难之中,可是奶奶已经老了,她实在是帮不了她。奶奶所有的积蓄早已经帮衬外甥们了。

"可是奶奶……我没有其他意思,我是想让奶奶您帮帮我……"淑丽哀求奶奶道。"怎么帮助啊,我可怜的孩子,你尽管说吧……"奶奶大概是唯恐孙女有什么奢侈请求,毕竟老人家之前帮助过妹妹,所以有时候,她非常歉疚,尤其是面对淑丽,她这个最小孙女,虽然她最疼爱她,但是她实在帮不了她什么忙,于是她愧疚地说。"我不是向您要钱,奶奶……我想买一块花布,让您老人家帮我裁剪,但是又恐怕您老人家有病,身子受不住……"淑丽还是不得已说出想法来,但是又担心奶奶身体受不了。

"试试吧,我的可怜孩子……我还能吃得消……我也想在离开人世之前,撇下点什么,受罪的孩子……"奶奶坚强地说道。

于是淑丽采购了一块蓝地小白花的洋布交给奶奶,老人家早已两眼昏花,但是她还是凭借年迈之躯,忍受着巨大病痛,终于完成了淑丽的心愿。

现在奶奶走了,北辰必须把奶奶去世的消息封锁、隐瞒下来,他坚决不能让淑丽知道,这样想想就叫人忍受不了。奶奶去世了,而淑丽不能去吊唁……

北辰必须马上去吊唁,他这次去吊唁,必须要烧纸,这次去烧纸,农村叫倒头纸。淑丽的奶奶没有女儿,只有孙女。按农村规矩烧倒头纸,他要买九斤二两黄纸,于是他向村里走去,来到木板桥上,他不由得备感悲伤和凄凉,木板桥是他的知己,还有谁像木板桥这样痴情呢?他们在一块经常说悄悄话,木板桥陪伴他哭过,也陪伴他笑过……木板桥见证了他的初恋,婚姻,还有他和淑丽共同度过的苦难日子,见证了他最悲痛,最苦孤和最艰难的人生旅程,木板桥最懂他,他们早已是最虔诚的朋友、知己、忘年交……

他经过木板桥时,恰巧碰见裴自轩。北辰远远地看见他掂着二斤点心,他正向他走来,哦,自轩兄,他是来看望淑丽的吧?裴自轩正朝向木板桥这儿走来,北辰那么贫穷,他很少有真心朋友。米面夫妻,酒肉朋友,谁还会来看望淑丽呢?北辰几乎流下感激的泪水,裴自轩怎么会知道他们的不幸呢?有同事真好,有朋友真好。他不禁想起王勃的诗句:海内存知己,天涯若比邻……他不是刚刚还说那座木板桥是他唯一的知己吗?不,这样看来,世界上还真没有唯一……

"自轩哥,还来干什么?已经过去这么多天了……"裴自轩刚刚走到北辰面前,他匆忙上前接住他拿的点心说。肯定是两封鸡蛋糕,真够朋友,礼尚往来吗?他结扎的时候,他不是也去看望他了吗?这大概是他听说他们的不幸之后,来看望淑丽的,昨天淑丽还说他这么多同事、朋友,没有一个人来看望他们,看来人情浇薄,世事险恶啊……可是这不,裴自轩来看望他们啦……

"今天是二舅大殡的日子,我也不用上供了,掂二斤点心,封十元钱得了,我舅舅叔伯兄弟八个,都到年纪了,如果上供,从去世到一年、二年、三年、十年都要祭奠,得饲养好几头臕猪呢……"裴自轩把这两封点心要回去,然后没完没了地解释说,他却丝毫不提淑丽的不幸,但是他不可能不知道他们的伤心事……裴自轩反而显得很淡定。

的确,这两封点心上面没有红纸封面,真叫晦气!他为什么总是不分青红皂白地瞎激动呢?等裴自轩走过去,他自责不已。

这件事过去很长时间,裴自轩还是没有来看望淑丽,他已经说明淑丽的病痛,当时北辰已经告诉了他,可是他还是假装不知道。他一直没有来看望淑丽,谁也没有看望过淑丽。什么是朋友,什么是友谊呢?北辰总是把别人当朋友,他老是认为他尊重别人,他们已经建立了友谊,其实别人根本不珍重友情,不珍重北辰的情谊,他这么落魄,谁会看得起他呢?但是他……仍然很痛苦,因为他对人性还知之甚少……有人说人世间友情是崇高、伟大的,可是许久以来,可能他还没有和谁建立起崇高、伟大的友谊,这崇高、伟大的友谊什么时候才能够建立起来呢?患难之中见真情,北辰还没有处于患难之中?北辰不得不想到人情冷漠、世道浇薄……但是思考这些有什么用呢?别人为什么要善待他呢?他有什么值得人家尊重的呢?其实世俗世界只崇尚权势,只羡慕富贵罢了。

受到伤害,或者伤害他的人,不是朋友,就是亲人,朋友、亲人才伤害他至深、最深,因为他亲近他们。当他认识到人性的弱点时,他就会知道,人类是世界上所有的动物中最自私和卑鄙的,动物之中最忠诚的莫过于狗,你不能说人不如狗,人类也是兽,当然他有不如狗的一面,但是人类的高尚情感和美好良知,有时候的确存在于心灵之中……但是你不能说这个人或者那个人没有美好情感或者没有良知。谁也不能说谁最富有良知和美好情感……拥有良知和肩负美好情感有时候是一回事,有时候……但是他深深地知道他的道德缺失和良知泯灭!但是他内心的确蕴藏着最美好的感情和最温柔的良知,他内心的确蕴藏着最美好的人性。可是北辰越是富于感情,越是富于良知,越是富于人性,他的灵魂越是痛苦。这到底是因为什么呢?他越是善待他人,越是缺乏决断,越是害怕得罪人,越是得罪人,有时候北辰竟然无所适从。可是别人为什么那么容易判明是非,别人做人为什么那么简单呢?他真的非常痛恨自己,别人往往把复杂的事情简单化,他往往把简单的事情复杂化,但别人把简单的事情复杂化,把复杂的事情简单化时,他又反之,哎,这世界,这人世间,淑丽的奶奶,当然不是淑丽的亲奶奶,淑丽有亲奶奶,而且淑丽在大梦村一直上学上至小学毕业,还是她亲奶奶供她上的小学,这谁都知道,那么她既然不是淑丽的亲奶奶,更不会是他的奶奶。但是淑丽却对这个不亲的奶奶富有特殊感情,当然北辰也对她富有特殊感情,可是淑丽提起亲奶奶却都是恨,这像是个是非颠倒,是非不分。这到底因为什么呢?情感这东西谁又能说清楚呢?在这个世界上,母亲是北辰最亲近的人,父亲呢?他有父亲,谁也不能说那不是他的父亲,从生理上讲,那是他的父亲,他生育了他,从亲情上、从律法上讲,他是他的父亲吗?不是!永远不是!淑丽最亲近的当然不是大梦村那位奶奶,那位奶奶,只是曾经给过她父亲生命的人,可是这位奶奶是真正给过她良知和新生命的人。

北辰要代表淑丽去吊唁老人家,而淑丽近在咫尺,却无能为力。可是妻子是什么?妻子是终身伴侣,谁会陪伴他一生呢?只有淑丽,母亲迟早会去世的,风雨同舟,患难与共,唯有妻子。他已经不想念筱薇了,尽管她可能已经离婚了,可是她早已是别人的妻子。他走到十字街头,又一次来到代销点,张忠明不在,张忠明的嫂子在卖东西。如果张忠明在,他会给他道歉或者把那条烟钱偿还给他,但是他不在,可是即使他在,这个时候他有钱偿还他吗?他无语了!

"买一捆黄纸。"北辰对张忠明的嫂子说。

"买一捆?淑丽的姐姐只买……"张忠明的嫂子不愿意卖给他一捆烧纸。

"买一捆黄烧纸……"他不高兴地又说了一遍。

她的颧骨很高,两颊凹陷,嘴巴外突,说话的声音尖厉刺耳,她的小眼睛斜睨着他,她还在迟疑着。她已经拿到一捆黄纸,但是她还是等到他拿出钱来,才把那捆黄纸递给他。

"没必要买那么多……"找零钱时,她又重复一遍。她应该是好意,当初她恐怕北辰赊账,可是现在她是好意。

"不会少你一分……"他抓过那捆黄纸,接过找零,他想离开,这个时候,好像愤怒、仇恨左右着他。不知为什么,他的脸涨得通红,可能她刚刚羞辱了他,可她并没

有羞辱他的意思，但是他却是那么仇恨她，他到底因为什么仇恨呢？不知道，总之像是他的所有苦恼，所有伤痛都是因为她造成的……潜意识里，他痛恨她……

何况北辰正处于悲痛之中，失去孩子的痛苦强烈地折磨着他，刚才尴尬的一幕过去了，却又没有过去……他不能被人瞧不起，别人买多少他不管，他也管不着，可是他必须买一捆！何况他今天口袋里有现钱！他领会错了她的意思，她在体恤他，但是穷人最敏感，最怕别人歧视，为什么说穷大方呢？就是这个意思。何况他因为痛苦失去了理智，他被痛苦折磨得已经没有意识，或者他已经是无意识的人了。他已经没有理智，没有思维，只有愤怒，他早已被愤怒控制住，早已被痛苦、愤怒折磨得伤痕累累，他需要发泄，需要解脱……

"妈那巴子，我想买多少，就买多少，你管不着，你个龟孙，你是个什么东西？你管我，我是你管的人？你叫我买多少，我偏不买！气死你个孬孙，恁妈那×……"北辰似乎被激怒了……他把那捆黄烧纸抱得紧紧的，唯恐失去似的，他像是喝醉了，走起路来东倒西歪的，但是他一点酒也没喝。如果非说他喝酒，那么他喝的应该是痛苦之酒，这种酒比酒精更醉人，喝醉痛苦之酒后，他几乎失去控制，失去人性。他这几天病得很重，应该是流行性感冒，几天以来，痛苦折磨着他，发烧、头痛，喉咙疼痛无比，声带快要撕裂了，一咳嗽就剧烈地疼痛。灵魂和肉体都需要发泄，他不去烧纸，也不去吊唁，只顾高声叫骂，他简直像是一头发疯的野驴，像是狂妄咆哮的恶魔，更像是想要吃人的怪蟒。数年以来，他想起这件事都感到羞耻，为什么要辱骂一个寡妇呢？这不是勇者所为，更不是义者所为，尽管……她还领着一群没有父爱的孩子，孤儿寡母……他真的应该遭受天谴。

他的心灵之中，还有许多罪恶，有时候，他工作或是事业上不顺心，他往往呵斥母亲。他也想不通，为什么非要呵斥母亲呢？他是嫌弃母亲受的罪少，还是嫌弃父亲遗弃了她。可是从这两方面而言，他都不应该呵斥母亲，有时候他尽量抑制这种恶劣感情，可是仍然抑制不住。究其原因是他小时候，母亲因为他缺少父爱而溺爱他，所以母亲缺乏教育他，而他父爱缺失，长大之后，他滥用母亲的疼爱权利，所以才形成逆反、乖戾的性格。为此他也非常痛苦、自责。相比较而言，他更加痛恨父亲，那是一个没有仁爱，没有人性的人，一个披着人皮的狼。可是父亲给过他生命，所以他不应该诅咒他，让他无声无息地消失吧。他尽管对工作认真负责，却总是和领导唱对台戏，对学生爱护、关怀，由于方式、方法不对头，往往适得其反，有时候，师生之间十分隔膜；有时候，师生之间非常对立。对妻子疼爱，却总是和妻子争执、争吵。他质朴、憨厚，勤奋好学，幻想有朝一日出人头地，有朝一日成为一名诗人，但是他总是和社会格格不入。他爱筱薇，筱薇也爱他，他们却不欢而散。他贫穷，又耽于虚幻，这么不现实，他到底在追求什么？千秋万岁名，寂寞身后事。即使流芳千古，也难以补偿心灵的冷落和悲苦……

因为买书，他曾经和筱薇落落寡合，因为看书，他整天和淑丽争吵不休。因为阅读和买书,他已经失去了爱情,失去了初恋,他还会失去婚姻和家庭吗?他百思不得其解,只有困惑和迷惘,他到底要走向何方?而河流的目标那么明确,它们注定是要流向大海的,而他生命的小舟会驶向哪里呢?

他还是被人劝走了。他是来吊唁的!一经别人提醒,他彻底醒悟了。于是他急忙向淑丽娘家走去。

今天他分外感到这幢历经半个多世纪的建筑是那么亲切、敦厚、温暖,因为它代表了一个时代,见证了一个时代的风雨,证明了过去的辉煌和鼎盛,虽然只保留了历史的一小部分,一个角落,这一小部分,一个角落至少证明了那个阶级的繁荣和奢侈,还有夏家的衰败和耻辱……

他推开那扇厚重古朴的大木门,来到内院,灵棚已经搭好,老人家的遗像栩栩如生,她依然那么端庄、秀丽……

北辰没有举行跪拜仪式,他就像一头怪兽那样扑倒在奶奶的遗像前,这头怪兽顷刻之间呜呜不止,他的哭声真的像是一头遭受围攻和猎杀,一息尚存而又遍体鳞伤的雄狮,这头雄狮在哞哞、咆哮、尖叫……

"让他哭吧,让他哭个够……"这是上苍的声音。

"哭吧,孩子……尽情地哭吧,我知道你的不幸和痛苦……"这是淑丽奶奶温和亲切的声音。

他的哭声又像是惊涛骇浪,仿佛飓风掀起的巨大浪涛,简直有排山倒海之势!"够了,爸爸……"这是他刚刚失去孩子的叫喊……孩子,他的孩子,他的孩子在哪里?他不知道,他在哪里?她也不知道。哪里在哪里?还是不知道……谁会知道哪里是哪里呢?孩子恼恨爸爸吗?她会的,她肯定会怨恨他,他给予她生命,她又失去生命,她为什么要来到人世间?是为了留下遗憾吗?是因为恨?还是因为……可是到底因为什么呢?孩子,她是爸爸妈妈的孩子啊!他们也是孩子的爸爸妈妈!可是现在他们天各一涯,相见无期,她到底在哪里呢?

"够了……北辰,你还有非常遥远的路途……漫漫征程……你一定会成功的,为了失去的亲人,为了奶奶,孩子,还有妈妈,被父亲抛弃的妈妈,那个父亲,那个禽兽,简直是个卑鄙小人,一个不负责任的禽兽,伪君子……坚持,坚持就是胜利,看那……希望在向你招手啦……"这是心灵的呐喊。

"起来吧……"淑丽的父母都来劝他。

他终于站立起来,在这一刹那,他似乎又看到了希望,远方的希望啊,又向他召唤了,是他失去的亲人在向他召唤吗?他又要乘风破浪、勇往直前。

生命就是这样,痛苦、挫折、失望、失败都是前进的动力,都会化作前进的力量……化悲痛为力量,他又会鼓足理想的风帆,驶向远方,他已经看到远方的海平线上伫立的航标,远远的灯塔亮了,高山之巅,无数的灵魂在向他招手,那是前辈诗人、哲人和无数的伟大著作家的英灵,列夫·托尔斯泰,罗兰·罗兰,怀特,库切,福

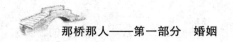

克纳,奈保尔,斯坦贝克和帕斯捷尔纳克,索尔仁尼琴,还有鲁迅先生……

当北辰停止哭泣,冷静下来,他发现有一堆人并不是在吊唁,而是在讨论什么事情,他们窃窃私语,交头接耳,这个时候,应该是悲痛时刻,他们在干什么呢?他们并不光明正大,不然他们不会把声音压得很低,这不能不引起北辰的注意和关注。他们在争执,并没有撕破脸,还都理智,理智地争执着什么。

他们都疯了吗?这是在办理丧事,他们到底在干什么?他不得不观察和静听,这些人里面有两位老生产队长,还有一位新近任命的什么片长,夏家族人和执客,二位姑爷,他们像是在讨论金钱的事情。

可是这时候淑丽的母亲碰他一下就走开了,他知道淑丽的母亲肯定有什么事情要和他商议,或者叮嘱他什么事情,但是她要和他商议什么呢?他不但没有经济能力,也没有办事经验,大概是想叮嘱他什么,或者询问淑丽的身体状况,于是他稍等淑丽母亲走开,他就跟在她后面来到前面高大的门楼里。

"等会儿,你去听听他们商量的结果如何?"她见他来到跟前,于是她说道。

"他们说到金钱……这个时候他们说这干什么呢?"北辰莫名其妙地回答说,他真的不知道他们在争执什么?

"他们在商量丧事上封多少礼金呢。"她点拨北辰道。她一边说,一边把三百元现金塞在他上衣口袋里。而北辰一直在推脱,她执意要他收下,北辰已经明白她的用意。

"行,妈妈,我去听听……"他只好答应她道。

于是北辰又一次回到那儿,知客赵和平是一位中年人,他两边腮帮上各有一块赘肉,赘肉上都有些浅黄色的茸毛,短短的下巴深陷赘肉之中,尖脑袋,头顶早就秃了,色眯眯的小眼睛看看这个,又望望那个,他在观察,看似若无其事,其实他比谁都焦急,因为事情还有一大堆呢。他想尽快把姑爷们的意见统一起来,当然他也希望他们多拿出钱来把丧事办理的风风光光,但是女婿们莫衷一是,所以知客也非常无奈。

两位老队长黄家齐和耿玉峰是一对冤家,现在他们都很超脱,黄家齐是耿玉峰的前任,当初黄家齐是队长,耿玉峰是副队长,黄家齐耿直、脾气暴躁,身体仍然健壮,这几年,赋闲在家,不再进城收购废品,他像是有些萎靡不振,脊背也有些驼了。当年,耿玉峰的大女儿耿巧月爱上黄家齐的大儿子黄俊贤。耿巧月长得倒很灵秀,就是个子矮小,脖子又短,而黄俊贤却是一表人才,他对耿秋月并无好感。耿巧月既然爱他,就想迫不及待地嫁过去,于是他家就成了她的家,她干脆在黄俊贤家里住下来。可是黄俊贤总是躲着她,他参军后,有一年回家探亲,他领家一位如花似玉的江南姑娘,两家人因此反目成仇。耿玉峰到处诬告黄家齐贪污,他一气之下拉起架子车去城里收购废品,而且一干就是十几年。耿玉峰为人奸诈,又卑鄙自私,他接任队长之后,内忧外患接连不断,各种矛盾日趋激化,这是他始料未及的。最后,下台是必然的。耿玉峰的险恶来源于贪欲,贪欲促使他多行不义,多行不义使他灾祸不断……他做什么事情都心怀鬼胎。

还有淑丽大伯家的几个儿子,老大夏得志非常朴实,他是煤矿工人,一直在抽烟、咳嗽、吐痰,吐出的痰大都是黑色,他可能患有严重的咽喉炎症。老二夏得才是个矮胖子,他是供销社的老员工,供销社垮了,他闲散在家,无所事事,他的一双大眼睛滴溜溜乱转,别人无论怎样争论,他一直在冷笑。老三夏得山瘦小精明,他一直沉默不语。另外还有淑丽二伯家几个儿子,淑丽的二伯从前是高山镇供销社主任,之后被打成右派,再后来被吓死了。拨乱反正以后,几个儿子都转了正,安排了工作。老大夏得玉,为人忠厚,受人尊重。老二夏得中是个狡猾的生意人,搞传销,到处动员人做他的下线,还经常用传销产品代替礼金,在奶奶的丧事上,他又要用什么价值相当的产品顶替礼金?可能是一小桶清洁剂,也可能是一只小炒锅,或是一瓶洗洁精……老三夏得利是位医生,卫校刚毕业,却很快成了暴发户,他下猛药,动不动就给病人输液。他是小病大治,所以人人传他是神医,其实他是庸医,可是农民就相信庸医。于是病房里到处都是输液病人,输液收费高,利润大。老四夏得信是个老实农民,人很仗义,他老婆也在场,她肥胖的像是一座肉山,身上的块块肥肉都探头探脑地往衣服外面拥挤,她的头发散乱的像是狮鬃一样,现在她像贪睡的母虎那样打着鼾声,流着口涎。

古朝金是个大胖子,脸颊鼓胀得像是充满气的红气球,他貌似忠厚实则狡猾,但是他确实也有困难,买货车的钱是贷的款,三个月前,货车碾死个小男孩儿,又赔偿一大笔钱……他一直滔滔不绝地说小男孩儿的父母有多么野蛮、难缠,他们又是威胁,又是吓唬他,不就是想多讹诈些钱吗?

"现在孩子少……现在是办事,别说那些没用的话啦,朝金,到底拿多少?"夏得玉提醒他道。

"我们欠一屁股外债,还有一大群孩子,年景又不好,大哥,以后您让妹妹咋过啊!"夏富丽哭诉道。

"大哥,我们正说卖货车还债呢……"古朝金像是愁苦地说。

"美丽妹妹,你们说……"夏得玉问询夏美丽夫妇道。

"反正是拿钱的事……该拿钱拿钱……"史永碌接腔道。

他们刚刚接手酱菜生意……看样子,他们并不是生意人,事实证明,他们并没有把酱菜生意做起来。他很猥琐,还是个拐子,也可能是他刚刚得到夏家的酱菜生意,要知恩图报吧?

北辰赞成史永碌的话,他早已对夏富丽和古朝金心怀不满,只是没有轮到他说话,所以他一直沉默不语。不过他在盘算,丧事上,他到底拿多少钱?刚才淑丽的母亲塞给他三百块钱,如果只拿三百块钱,那不辜负了她疼爱他们的一片心意?如果多拿,多出的那些钱,他去哪儿筹措呢?他正处于两难之地,夏得玉大哥刚好征

询他的意见。

"北辰,你说拿多少?"夏得玉大哥说道。

"六百元!"北辰竟然脱口而出。

他说出六百元,肯定没有经过大脑思考,如果稍加考虑,他是不会这样说的。脱口说出六百元的时候,他也吓一大跳,他甚至怀疑刚才那句话不是从他嘴里说出来的,而像是从半空中传过来的话语,是他说的,他刚刚说的,他说:"六百元!"如果那句话是他说的,那么另外那三百块钱怎么办?还有其他费用,什么供品,鞭炮,还得请香、烧纸、蜡烛,还有姑娘家应该拿出的唢呐费用……对于北辰来说,这可是一笔巨大开支。况且他还欠有巨额外债,就是不欠外债,他一个月五十四元七角钱的工资,即使淑丽母亲给过三百元,另外他不吃不喝也得积攒大半年,那么这大半年时间,他怎么生活呢?但是他说过这句话之后,不但不后悔,还很自豪。

他说过这句话之后,很多人露出惊愕的神情,而且整个会场像是炸了锅,争论更趋激烈。

"反正俺没有钱,谁有钱?谁爱拿多少拿多少"!夏富丽赌气地说。

"咱走,让他们放炮吧……"古朝金怒气冲冲地说。

他们并不走,夏富丽这句话竟然让大家都沉默下来,过去好大一会儿,谁都没有再说一句话,大家都冷静下来,也都沉默着……

"大家议论这么长时间,我最后说一句话,行也得行,不行也得行。礼钱二百元,唢呐钱应该闺女拿,每家再拿一百元。一共三百元,另外上大丰供,十碗肉。"夏得玉大哥的脸色十分难看,他说出的话掷地有声,而且他说过这句话之后,站起身走开了。

结束了,大家终于长长地出一口气。这样一来,北辰的压力减轻了,但是他却非常惭愧。淑丽的母亲给他三百元让他渡过难关,如果不是这三百块钱,他又要债台高筑。淑丽母亲不但养育女儿,把女儿嫁给他,还得帮助这个穷鬼渡过一次又一次难关,这份恩情让他终生难忘。

送殡这天,淑丽的父亲哭得最伤心,灵柩没有抬出大门,他就开始痛哭,从大门口到墓地,他几乎泣不成声。他的哀痛感染了所有人,人们都说大掌柜要这个儿子值了,他不但知道孝敬,送殡时还哭得这么伤心,即使铁石心肠,也无不动容,无不默默流泪,所有围观的人无不潸然泪下。来到墓地,他一直趴在墓前痛哭流涕,一直用额头碰触土地,额头虽然没有磕碰出血来,但是他磕碰的满头满脸都是尘土,委实让人哀怜。最后,他哭泣得几乎昏厥过去,他撕心裂肺的哭声几乎响彻整个平原大地……

河水在呜咽,时间也在哭泣……

6

殡葬后的第二天,奶奶的娘家侄儿来看望表哥,他来探望表哥的理由是姑姑有病到离开人世,表哥操碎了心,他得来慰问一番,说是来看望也好,慰问也罢,他却没带任何礼物。从他那躲躲闪闪的老鼠眼来看,他像是有什么心事,或者在打什么鬼主意,他长得很斯文,说话文绉绉的,那张像是老鼠一样的尖嘴巴旁边,有颗邪恶的大如黄豆的瘊子。

喝酒微醉的时候才说明来意,他是来借钱的,姑姑偌大家业,落在一个外姓人手里,办事又赚一大笔,说什么也应该有他一份,因为他是姑姑的亲侄儿,很明显,他不是来借钱的,而是来分家产的。

淑丽父亲只有哀伤,可是母亲却不依不饶。老人家没有遗嘱让娘家侄儿继承产业,况且除去院子里几间老房子和临街那幢古旧门楼,也没有什么值钱东西,至于办事赚钱,一个农民家庭丧葬母亲能赚到钱?

他没有借到钱,于是悻悻而返。淑丽的父母以为表弟不再同他们是亲戚了,从此也就省心了。在奶奶生病期间,他曾经多次恐吓、要挟说姑姑消瘦了,如果不及时给老人家看病,他要让街坊邻里都知道,他姑姑的儿子是怎么对待老人家的。老人家走了,又没有借到钱,目的落空了,从此之后,他不会和他们是亲戚了吧?但是没停几天,他又来了,这一次他是来借粮食的,他们家的粮食不够吃,而表哥家大囤粮食吃不完,平时又有生意。没有办法,还是借给他一袋麦子,省得一次次纠缠。

春天来了,春回大地,万物复苏。河流里的冰层悄悄地融化了,河水像是初生牛犊一样东游西逛的,渐渐地河水多起来,时间不长,河水激流汹涌起来,但是河水却是那么浑浊。两岸的鸟儿婉转地叫着,唱着……浑浊的河水也不停地喧哗起来,最后,河水像是一群老牛吼叫着,疯狂地向下游奔流。河岸上的树木在春风摇曳之中睁开了惺忪的睡眼,柳丝仿佛鹅掌那样嫩黄,远方的地平线也不再迷蒙,而是变得清晰起来,远方那么遥远,天空更加蔚蓝,浅浅的水线下鱼儿不停地跳蹦、喧闹,小乌龟到处乱爬,有几只乌龟甚至爬到北辰家里来。河水不停地向前流淌,"恰似一江春水向东流"。北辰家的玫瑰也长出了新绿,篱笆墙上的树杈、枝条也长满了碧绿的枝叶,广袤的平原上,一望无际的麦田在和煦的阳光照耀下,疯狂地生长、拔节,油菜花开遍了原野……

淑丽病倒那么长时间,直到现在,才开始起床,可是她依然沉浸在悲痛之中,她被痛苦和悲伤折磨得形销骨立,甚至一阵风都能把她吹倒,嘴角旁边那颗黑痣更加明亮,更加抢眼了,她变得那么丑陋。但是星期日这天,她非要坚持和北辰一起给苹果树挖坑、施肥、浇水不可……可是淑丽又一次病啦……之前,他们已经给苹果树修剪过枝丫,他们请来外地的优秀技术人员,为了招待他,北辰从集市上买回猪肉,他们已经很长时间没有吃过猪肉了,可是为了招待技术员,他们几乎是倾其所有,苹果树仿佛成了他们生活下去的唯一寄托和希望。春天来了,苹果树抽出新芽,时间不长,苹果树上开满了洁白和粉红色的花朵,北辰几乎是搀扶着她来到苹果树地,因为淑丽还是那么孱弱,但是她非要坚持来苹果地不可。他们站在苹果树前伫立良久,他们看到满树繁花似锦,尤其是新分的那十几棵苹果树枝繁叶茂,花团锦簇。淑丽憔悴、丑陋的脸上掠过一丝凄凉的微笑,这让北辰痛楚的心灵感到欣慰和快乐。这是他们自从失去孩子之后第一次愉快地微笑,也是淑丽病倒许多天之后,第一次走出家门,微弱的生命又一次复活了,他们充满对未来的憧憬和对希望的强烈追求。他们一直挣扎在死亡边缘,是春天,是万物复苏的春天,给他们带来了期望和对美好生活的向往。又是一些日子过去了,淑丽消瘦的脸颊有了血色,肌肤似乎光鲜了一些,她的头发像是又有了一丝生机。北辰一直以来都十分担心淑丽能不能康复过来,现在北辰终于能够放下心来,他满以为又可以阅读书籍,又可以写作啦……但是北辰还是阅读不下去,还是写不下去,一部书,往往阅读很长时间,大都是读读停停,他想用阅读压抑痛苦,还像之前那样以暴制暴,但是他想错啦,而痛苦却使他停止阅读,于是他拿起笔来想把痛苦、悲伤写出来,可是却怎么也写不下去,写什么呢? 笔尖生涩的几乎写不出一个字来,何况他也无处可写,无话可说。一个人如果没有精神,没有良知,没有顽强的意志支撑,他还会有什么呢?这个失去灵魂的家伙,他像是一个失去灵魂的躯壳……

农民已经是一身单衣啦,天上的风筝在高高飘扬,千树万树竞相开放,小麦越长越高了……可是就在苹果树开花之时,谁也意想不到寒流像是不速之客骤然降临,天气突然降温。农民不得不再次穿上已经拆洗、缝制停当,折叠、存放起来的棉衣,接着春雨淅淅沥沥地下起来,春雨一连下了好长时间,在这许多时间之中,他们手挽着手,头顶着化肥塑料袋折叠成的雨披,来到他们家的苹果树近旁守候。两人几乎顾不上寒冷和阴雨,为此淑丽又一次病倒啦。但是这一次似乎并无大碍,第二天她就挺着衰弱的身子坚持和北辰一起查看苹果树。苹果树花落了一地,这让他们的心都碎了。他们日日夜夜盼望着丰收,守望着丰产,可是上天太令人失望了。淑丽啜泣不止,她扑倒在北辰的怀抱里,就抽抽嗒嗒地失声痛哭起来。苹果树是他们的依靠和希望啊! 是他们赖以活下来的精神支撑,可是如今……他们浑身都淋湿了,淑丽打起喷嚏来,在北辰的劝说下,她不得不回家。但是她依然悲不自胜,哭泣涟涟。他们不禁诅咒起寒流和阴雨来,淑丽还是又病倒啦,这一次比上一次病得更加厉害,可是病得快,好得也快,不出几天,她竟然又一次起床啦。她隐瞒着北辰偷偷下地,又一次次查看苹果树。

淑丽的病痛经过反反复复,终于有所减轻了。她像是有了生命的迹象,有了生命的勇气……而天气经过反反复复,也终于晴朗了。平原上一天天暖和起来,农民又能够在田野里忙碌了,这时苹果树悄悄地结下米粒似的青豆,小青豆一天天地长大,现在已经比栋豆还大了……

　　有一天,他们起床后,突然发现院子里的玫瑰长出一小朵紫红色的花蕾,她是那么艳丽和殷红……他们的心田终于开朗了。时间和花束比任何良药都更神奇,它们终于治愈了压迫在他们心头的失落、孤独和无法用语言形容的痛苦。北辰也不再把自己禁锢起来,而是在上学和放学的大街上,主动和人打声招呼,说几句问候的话语。在学校和同事的关系也逐渐融洽起来,他不再斤斤计较之前的患得患失,不再郁郁寡欢,心情渐渐地开朗了。他也更加喜爱学生,尤其喜爱那几个调皮的学生,就连最丑陋的那个女生,北辰也关爱起她们来。他看见遥远的天际飘荡的乌云,竟然激动地挥起手来,并且大声说了一句:"再见,我的孩子……"说过这句话以后,他感觉非常奇怪,他为什么说出这样一句古怪的话来,和谁说再见呢?和孩子吗?绝不是,那是永远也再见不了的,那么他在和谁、在和什么说再见呢?应该是他心里的魔障吧?是那些痛苦和惆怅吗?他不敢说出来,他恐怕一说出来,他又会痛哭流涕的。于是他又一次把自己封闭了好几天,因为他的欢快心情而自责。而淑丽也振作起来,她首先去看望父母,也到村子里同街坊来往了,她又开始瞒着北辰给一家大头鞋厂用缝纫机缝制鞋帮。她未出嫁之前,就给一家鞋厂轧鞋帮,缝纫机是父母购买的,这台缝纫机虽然没有作为陪嫁带过来,但是淑丽还是偷偷地把缝纫机拉到私人鞋厂。

　　"我找到工作了,北辰……"淑丽已经工作好长时间,有一天淑丽决心不再隐瞒他,于是在北辰中午放学后,她就对他说道。她苍白的脸上似乎又一次焕发了青春,憔悴的脸颊丰腴了、艳丽了,眼睛也靓丽起来,她等待着北辰说话呢。

　　"什么工作呢,淑丽?"北辰也替她高兴,其实他已经知道淑丽去打工的事情,但是他还是故作惊讶地说。

　　"你肯定已经知道了,北辰,你这个坏蛋……",淑丽嗔怪地说道。

　　她终于从死亡的阴影中挣扎出来。北辰认为淑丽是经不起失去女儿打击的,她有时候几乎是气息奄奄,几乎是危在旦夕了,北辰料定悲伤会把她折磨致死的,可是她终于起死回生,他看到淑丽在和死神搏斗时的惨状,简直心都凉了,她已经好几天不进医药,不进食物了,她甚至连头都抬不起来,眼睛暗淡无光,她躺在床上就在等死。可是她又活了过来,她挺过来了……悲惨和沉痛的岁月一去不复返了……

　　她终于知道奶奶去世的消息,不能再隐瞒她,其实已经没有隐瞒的必要了。开始人们隐晦地说奶奶走亲戚去了,但是她还是感觉到奶奶离她远去了,她不但没显得很难过,还说奶奶悲苦一生,该走了,走了就走吧,人没有一直活下去的道理。但是就在当天晚上,她刚刚睡下去,时间不长,她竟然惊醒过来,然后歇斯底里地嚎啕大哭,嘴里喊着奶奶,奶奶呀,我想您呀,我可怜的奶奶……哭声震天动地,母亲起来了,北辰和母亲谁都劝不住,她已经穿好衣服,非去奶奶的坟上祭奠不可,她已经向奶奶的坟地走去……但是北辰还是劝止了她,他答应她明天白天去祭奠,祭奠得有祭品啊,没有祭品不尊敬死者,她真听话,她被劝止了。然后回到家里止住哭泣,她就讲她在娘家和奶奶一起度过的岁月,奶奶不但长得漂亮,还自学成才(其实爷爷是奶奶的启蒙老师,奶奶可是她的启蒙教师呢)。奶奶教她读《红楼梦》,教她学做针线,还教给她许多做人的道理……怪不得呢,淑丽不但说起《红楼梦》来头头是道,还会背诵许多诗词,有一次淑丽和北辰说到《红楼梦》,说到《女儿芙蓉诔》。于是淑丽背诵道:"维太平不易之元,蓉桂竟芳之月,无可奈何之日……忆女儿曩生之昔,其为质则金玉不足喻其贵,其为性则冰雪不足喻其洁,其为神则星日不足喻其精,其为貌则花月不足喻其色……自为红绡帐里,公子多情;始信黄土陇中,女儿命薄……"

这太令人震撼了,北辰阅读过五遍《红楼梦》,在诗词方面,他自诩下过一番功夫,可是他可是自愧不如,不但自愧不如,他还要拜她为师呢。

"那,你小时候为什么不和父母生活在一起呢?"他又问她说。

"父母想要个男孩儿吧?"她说过这句话,又迟疑一会儿说,"况且小叔也没有妻小,他想让我过继给他。"

"为什么没要成男孩儿呢?"北辰也为她没有兄弟遗憾呢。

"不知道,问这么多干什么呢?"淑丽责怪他道。

"那么,你为什么又从那儿回来呢?"北辰还是想知道淑丽回来的原因。

"你越来越像个饶舌妇啦,北辰。"淑丽责备他道。

北辰实在是无话可说,为了解嘲,他不禁哈哈大笑起来。这一夜,他们几乎是在等待中度过的,第二天他们蒸了馒头,制好贡品,一起去祭奠奶奶。在奶奶的坟头,淑丽大哭一场,磕了三个头,然后又伫立很久才舍得离开。

麦子成熟了,他们已经拥有一片麦场,这是他们梦寐以求的麦场,再也不用受别人的窝囊气了。之前,他们没有一片固定的场地,老是被人家从这片麦场撵到那片麦场,老是被别人像是撵鬼火一样撵来撵去,即使他给人家出多少苦力,人家照样撵他,照样看不起他,现在好啦,割麦前,她让他在自家的麦田地头,把麦子割掉,腾出一片空地,他们用平底铁锹把土地平整,然后洒上水,等水分滋润下去,他们请来拉石磙的四轮车碾结实,碾之前,淑丽还在石磙后面绑上许多柳树枝,她说只有这样土地才平坦。

她用打工的工资和北辰节省下来的薪水,又偿还了部分紧张外债,尽管苹果树结果时,受到寒流影响,果实受到损害,但是今年的苹果长势乐观,如果苹果丰收,再加上其他收入,他们准备秋收后偿清所有外债。天气炎热起来,他们商量购买一台桃花牌立式电扇,购买电扇时,他们因为买哪个牌子的一直争论不休呢,可是北辰坚持买桃花牌的,开始淑丽想节省钱,她想买菊花牌的,菊花牌的便宜,但是北辰非要买桃花牌的,淑丽答应北辰买桃花牌的,可是她想买台式桃花牌的,台式桃花牌的比立式桃花牌的价格优惠一大截,他说什么也要买桃花立式电扇,两个人争执很长时间,淑丽到底还是依了北辰,可是买一台立式桃花牌电扇竟然需要二百三十五元钱,这几乎花光了他们手里所有的金钱,剩下一点钱,又购置了麦场用到的叉筢扫帚,他们已经享受到自力更生、艰苦奋斗的喜悦啦。

放假后,他们起得很早,等他们割下很多麦子,其他农民才下地,他们又割了许久,黎明才姗姗来迟,不一会儿,红彤彤的太阳像是一匹红色的骏马,在遥远的天际,缓缓地从东方驶向西方,远远望去,广袤的平原大地,黄金的麦田像是浩瀚的海洋,四周寂静得几乎能够听见时间走动的声音。收割麦子的农民像是在波涛起伏的海洋里游泳,他们奋力向前方游去,粗壮的胳臂不停地划行,他们勇猛地划呀划呀……有时候还得变换姿势,累了,他们就站直身子伸伸懒腰,或是喘一口粗气,有时候吐一口浓痰,擤一下鼻涕,他们趁空气凉爽,不舍得休息一会儿,镰刀割麦子的声音,又一次沙沙地响起来。不知哪个青年农民竟然唱起来:如果大海能够带走我的哀愁,就像带走每条河流……如果大海能够唤回曾经的爱,就让我用一生等待,如果深情往事你已不再留恋,就让它随风飘远……这首歌是张雨生思念溺水而死的妹妹的歌曲,可是这个青年农民有什么哀愁呢? 他的歌声那么苍凉、粗犷……这时候,北辰听到忧伤的歌声,他抬起头向远方瞭望,可是歌声却戛然而止了,歌声大致是从西南方向传过来的,可是西南方是那么辽阔,农民们都在那儿忙碌,哪儿还有人的影子呢? 北辰惆怅不已……

四周又恢复了平静……农民们像是荡漾在浪涛里的小舟,他们不断地向远方航行,但是他们航行得很缓慢。割麦子的人多起来,人声渐渐地嘈杂起来,沙沙的镰刀声、禽鸟的尖叫声在田野中回响、荡漾,河水汩汩滔滔地向东南流去。新鲜的麦茬把他们的脚踝扎出血来,殷红的鲜血流淌着,谁也感觉不到疼痛,尖锐的麦芒刺激着他们的胳膊、脸颊。太阳慢慢地升高了,晴空万里,人们像是愉快起来,北辰也忘记了那首歌曲带来的忧伤。割倒的麦子像是醉汉一样躺在一起窃窃私语,那些躺倒在地的麦子悄悄说话的声音快要让他们听到了,它们仿佛在说:"歇歇吧,歇歇吧,北辰和淑丽……累不累呢?"前方的麦子举起双手愉快地迎接这对曾经被痛苦折磨得死去活来的小夫妻,站立的麦子亲切地说道:"收割吧,亲人啊,我们早已成熟了,不来收割,我们就等不及了,我们真诚地欢迎你们呢,亲人啊,我的亲人啊……"它们真的在为有这么勤劳、这么美好的一对新人,而感到高兴呢。

歌声、嘈杂的声音,禽鸟的啾啾声音没有了,清晨又恢复了寂静。茫茫乾坤,辽阔的黄淮平原,浩瀚的麦浪,流沙河南岸的田野里,到处是辛勤劳作的农民。这些农民父兄夙兴夜寐,耕耘树艺,手足胼胝,以养其亲……春夏耕耘,秋冬收藏。时间像是河水一样静静地流淌……一丝风都没有,时间流淌的声音,甚至比镰刀的沙沙声音都要清澈,太阳升高了,火红的太阳羞红得像是盛开的玫瑰,她快要害羞死了,她像是爱人一样俯视着黄金的麦田,麦田在爱情的拥抱、抚摸之下就要醉倒了。空旷而又广阔的平原上辛苦耕耘的农民,这些劳苦大地的孩子,他们是多么辛劳、艰难,又是多么焦虑

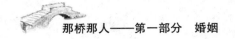

和疲惫,可是哀伤悄无声息地溜走了,他们愉快起来……

他们要在妈妈送饭前,把割倒的麦子捆好摞起来,她比他捆得快,北辰呢,笨手笨脚的,割麦,捆麦,他远没有淑丽麻利和利落,她能做到不落下一根麦子,可是北辰却做不到,他把麦捆摞起来,遗失的麦子狼藉一片,他不得不把这些乱糟糟的麦子捡拾干净,北辰的腰是那么酸疼,他快要弯不下腰来了,这才是个开端呢……

一捆捆麦子摞在一起像是一群上体育课的小学生,他们站得整整齐齐的,体育教师说:"齐步跑!"于是他们就齐刷刷地奔跑起来……一捆捆麦子真像是一群听话的孩子,又像是一群听话的企鹅……他们看到身后这些温顺的企鹅,这些听话的孩子,这些既单纯而又稚气的孩子啊,两个人不禁相视而笑,可是他们似乎又一次想起那个畸形孩子,淑丽的眼泪像是断线的珠子簌簌地落下来,不过她又坚强地笑了笑,为了掩饰尴尬,她接着又去割麦了,他们是那么敏感,心情时好时坏,他们仍然忘不掉那个孩子……

妈妈把早饭送过来,北辰、淑丽才停止劳动。他们把镰刀放在身边,她看看他,他看看她,然后又是凄然一笑,都是满脸满手的黑色尘土,小两口像是刚刚从煤矿井下钻出来一样,真是狼狈极了。于是他们不得不用塑料壶里的凉水洗干净手脸。开饭了,妈妈特意煮了两个鸡蛋,让他们一个人吃一个。鸡蛋吃起来是那么香甜,因为这是在繁重劳动时,妈妈能给他们的唯一珍贵礼物。吃过饭,妈妈非要坚持割麦,可是他们不能再让母亲劳动了,母亲年纪大了,如果再让妈妈干活,就是不孝,左邻右舍会嘲笑的,而且他们心里会不安的。但是妈妈不同意,妈妈担心淑丽身体虚弱,她会再次病倒的。妈妈担心不无道理,北辰也是劝淑丽歇息,淑丽始终不愿意。她大概也是想借繁重的劳动压抑心中的苦痛,借助繁重的劳动麻痹痛苦!

中午临近了,淑丽非要坚持把一垄麦子割完不可,可是今天的太阳像是大火球,这个大火球就在农民头顶,不,就在身旁,就在北辰眼前,这个大火球炙烤得北辰抬不起头来,满脸汗水时常迷住双眼,灼烧得眼睛那么痛楚。他已经睁不开眼睛了,他像是在茫茫草原之上,在漫无目的地流浪,或者是在漆黑的深夜里,怎么也寻找不到黎明的光芒,也可能是在茫无涯际的苍苍大海之上航行,早已分辨不清哪里是东,哪里是西,哪里是南,哪里是北啦!他到底在什么地方呢?他到底在干什么?他模模糊糊觉得他像是在灼热的大火里经受生与死的考验,他几乎就要昏迷过去了……于是他不得不停下来,他需要呼吸,需要补充淡盐水,需要生命力的恢复……他稍稍休息一会儿,喘一口气,终于清醒过来,他感觉内心的疼痛遥远了……可是淑丽咬着牙一声不吭,太阳即将把麦子烤焦了,快把淑丽和北辰烤焦了,还得继续收割下去……他们需要用身体的痛苦换取心灵的疼痛,他们仿佛要成功了,可是又隐隐约约地感觉到没有成功……心灵的苦痛还是比身体痛苦更加剧烈……他们已经分不清是心灵在痛苦,还是肉体在痛苦,由于酷热,由于繁重劳动,他们已经身心俱疲,已经麻木了……

北辰的双唇粘连在一起,他想张开双唇,想做个深呼吸,想喝一口淡水,可是他经过很大努力才能够把粘连在一起的双唇分离开,这个时候,双唇已经是血肉模糊了,他舔舔腥涩的双唇,似乎感觉到有一丝苦痛的快感,有一丝丝苦涩的甘甜。于是他就喝一通水,可是水早被太阳晒热啦,水烧疼了嘴唇,他笑笑,原来是由于嘴唇的伤口引起疼痛的,可是水已经喝完了……

他们终于收割完这块麦子,但是这个时候最容易起风,如果风云乍起,愤怒的季候风会把辛辛苦苦收割掉的麦子刮到不知什么地方去。他们坚持把麦子捆起来,但是却再也没有力气把麦捆摞起来,他们看到割倒的麦子,看到躺倒在地上的一捆捆麦子,看到那些硕大的麦穗,又不禁欣慰地笑了,今年他们再也不会缺少粮食了。

上午的劳累终于结束了。吃过午饭,由于一上午的辛勤劳作,北辰已经筋疲力尽,他不想立即就去工作,想休息一会儿,因为这个时候也是一天之中最炎热的时刻,何况他们的麦子并不很多,今年北辰哪儿也不想去帮助别人收麦打场了,他只想安安稳稳地做自家土地里的农活。不知因为什么,他今年特别自私,特别慵懒,也怕见到更多熟人,他老是想舒舒服服地待着,独自待着,之前他害怕孤独、寂寞,现在他特别喜欢孤独、寂寞。他总想责怪、责备自己,同时他做什么事情都感到后怕,又常常后悔做过的事情,他几乎没有之前有主见,没有了之前的勇气、勇敢,他变得犹犹豫豫,又婆婆妈妈的。他愈加懒散,似乎更加缺乏毅力,他已经没有之前的理想,他真的很想消沉、很想堕落,他已经在消沉、堕落。现在他困倦得双眼已经睁不开了,他真想歪倒在床上沉沉睡去,甚至长睡不醒都可以。他年纪轻轻,就已经厌世了,他也知道是因为什么,他怎么不知道因为什么呢?痛苦几乎把他压弯、压垮了,如果不是淑丽鼓起勇气,他会走向死亡的。这一次,不,是每一次,都是她首先坚持下去,都是她咬紧牙关,以坚忍不拔的毅力挺过去的……当她看见北辰即将昏睡过去,淑丽默默地拿起镰刀走出了篱笆门。

"孩子,淑丽已经下地了……"母亲提醒他道。

"让她去吧,妈妈……她想干让她去干吧……"北辰迷迷糊糊地回答母亲道。说完这句话,他就睡着了。

"醒醒吧,孩子,咱们这么贫穷,你还这么不争气,不叫淑丽寒心吗?"母亲又一次叫醒他道。

"妈妈,我实在太累了,我已经身心俱疲了……"尽管他这样回答,可是母亲的话已经触动心灵。

"你如果想休息,你就休息吧,我去下地……"母亲说完这句话,拿起镰刀,走出了篱笆门。

他真的再也睡不下去了,不但睡不下去,他沉睡的灵魂似乎清醒了,他还有什么理由沉沦,还有什么理由继续消沉下去呢?

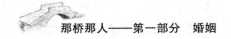

一个自强不息的人，一个自强不息的家庭，一个自强不息的民族，一个自强不息的国家……都需要生生不息的精神，需要顽强，顽强，再顽强，坚持，坚持，再坚持……他真的很感激淑丽。

麦子终于割完了……

有的家庭已经不再使用镰刀收割麦子，有的农户用小型收割机把麦子推倒，他们用奔马车把这些割倒的麦子拉到麦场里。可是北辰不敢用小机械割麦子，因为用小机械割倒一亩麦子，需要付出五块钱代价，他宁肯用镰刀收割，宁肯付出更加艰巨、艰辛的劳动，也不肯浪费金钱。北辰没有奔马车，所以他只有用自家的架子车把收割过的麦子拉到麦场里，往架子车上装麦子的时候，淑丽扶着车把，北辰把一捆捆麦子一个个码得那么齐整，而淑丽扶着架子车把，她不敢动一动，唯恐把北辰好不容易装到架子车上的麦捆晃动下来，由于长时间站立，她的胳膊、两条腿又酸痛，又麻木，她快受不了啦，可是终于装好了。好大的一车麦子啊，然后用一条粗大的麻绳把车上的麦子捆绑好，他们不能有半点疏忽，稍不留意，用劲就不均匀，用劲不均匀，麦捆就会歪斜，当他们把麦子拉到半路的时候，就有翻车的可能，翻了车，就得重新装车。他们终于小心翼翼地把麦子拉进麦场。这两天他们起得更早，往麦场拉麦子，必须趁潮湿拉，不然麦子干燥，一捆麦子还没有装到架子车上去，麦子就会从架子车上滑落下来，而且麦粒会从麦穗上掉下来，否则他们要等到晚些时候再拉。趁空闲时间，他们就去种玉米，于是一个人锄坑，一个人把金黄的玉米种子丢进土坑，他们配合得那么默契。下午种到夕阳西下的时候，再开始拉麦子，北辰终于把剩余的麦子拉到麦场。天空中没有一丝风，他已经被太阳炙烤了一天，辽阔的平原像是一个巨大的蒸笼，这个时候，他们窒息得几乎昏死过去，热汗仿佛热雨一样往身下流淌，衣服仿佛刚刚从水里捞出来裹在身上，回家的路上，北辰走不动，也走不快……

黄昏无可奈何离开了，郁闷的夜晚更像是纠缠不休的醉汉。但是他们还得把麦子垛起来，为防止风雨，他们又用雨淋布把麦垛覆盖住。

第二天，第三天，北辰先把玉米、大豆和花生全部种上。然后再摊麦子打场。现在大部分家庭都不用牲口碾场，因为牲口拉的石磙又小又轻，一遍碾不干净，还得再碾第二遍，这既浪费力气，又浪费时间，更加浪费金钱。而机械碾的场，一遍就能碾干净，因为四轮车拉的石磙既大又沉重。今年是个丰收年，亩产已经超千斤，他们再也不愁吃不饱了。自有人类历史以来，现在的农民应该是最幸福的啦，我们的祖国愈发富庶、强盛。

田地里的玉米苗很快长高了，一株株玉米就像是一个个亭亭玉立的小女孩，她们是那么可亲、可爱，这可是北辰和淑丽亲自播种的，北辰锄坑，淑丽丢种子，他把玉米种掩埋起来，再用锄夯实泥土，种子受潮发育，黄黄的嫩芽是那么神奇，仿佛一夜之间，破土而出，然后这些神奇的禾苗，在阳光雨露的滋润下，快速地成长起来，他和淑丽先把麦茬锄掉,然后再施化肥,还得浇几遍水……

苹果树的果实比青枣还要大啦,有的快要比青核桃大……这些青涩的果子简直就像是他们当年酸涩而又甜蜜的爱情果子……

期终考试成绩出来了,因为他教的是普通班,在普通班的评比中,他获得第一名的优异成绩,但是同重点班相比,还有一定差距,这使他很懊恼,当初他决心超越重点班成绩,可是事与愿违,这让他非常失意,也十分伤心。

放假了,苹果比鸡蛋还要大呢,神奇的果实已经在碧绿的叶子间无处藏身啦,她们从叶子枝杈间裸露出大半个脑袋,北辰在苹果树中间搭了个塑料庵,每天夜晚他就去守夜,只有把淑丽撇在家里。他实在是不想把她一个人撇在家里,一是塑料庵小,同时也是因为夏夜天气炎热,野外还有那么多蚊蝇叮咬,何况她住在野地里既不舒适,也不安全,北辰非常纠结,不去守护,又唯恐果实被人偷窃,去看守果树,他们只有分开居住。

有时是每天,有时间隔一天,北辰要给苹果树打农药,果树的病虫害非常严重,如果不打药或者不及时打药,果实就会遭受不同程度的损害,收成就会大打折扣。

果实成熟了,北辰和淑丽每天下乡贩卖苹果,如果农民没有现钱,农民就用新打下的小麦换回果实,这一季,他们用苹果换来八百多斤小麦,还赚回五百多元现金。

秋季又收获两千多斤玉米,还有一些大豆和花生,他们榨出五六十斤花生油,这使妈妈和北辰高兴得几夜没有睡好觉,哪里见过这么多花生油啊!他们像是意外收获了一大堆金子,不,这比一大堆金子还要珍贵、贵重,这是他们母子朝思暮想的食用油啊,之前他们很少见到花生油,更不用说吃到花生油,他们再也不用羡慕淑丽娘家做糕点用的大桶猪油了,淑丽嘲笑了他们母子俩好一阵子,她笑话他们没有什么见识,穷人家会有什么见识呢?淑丽和北辰商量,除去口粮,他们把余粮全部卖掉,加上其他收入,有淑丽在鞋厂打工的收入,还有那些可怜兮兮的工资,除去偿清所有债务,还结余好几千元呢。这大大出乎他们的预期。金钱是人的力量,他们从没有像现在这样满足和幸福,他们要准备翻修新房子。

秋天,北辰也使用播种机了,只要把麦种往播种机里一倒,就万事大吉了,四轮车头像是一头猛虎,拉着播种机就跑,人在后面怎么追都追不上,这时曹强又突然把车停下来,他像是一匹驾车的懒驴,懒洋洋地扭头对北辰说:"北辰叔叔,你站到播种机的横梁上,不然地硬,耧扎不进地里,种子播不进土里去。"他说完这句话,北辰就快速追赶四轮车,他几乎接近四轮车了,可是四轮车又怪叫着奔跑起来,北辰紧追几步跳上播种机后面的横梁上,四轮车头像是一匹烈马向前猛扑,开始北辰有些大意,他没有抓牢四轮车后面的扶手,差一点栽倒下去,多亏左脚接触地面之后,他滑行几步,才没有跌倒。最后他还是在播种机横梁上站稳右脚,用双手抓牢扶手,而左脚在土地上又滑行几步,他双臂较劲,左脚才飞快地迈到播种机的横梁上,好惊险啊,其实是有惊无险呢。他站稳脚跟,就像站在轮船上,轮船下面就是碧波荡漾的大海,他愉快地站在摇曳不定的轮船上,遥望远方……啊,期望就在眼前……于是他唱到:向前进,向前进,战士的责任重,妇女的冤仇深……唱过以后,他哈哈大笑起来。后面是尘土飞扬的大海,海岸就在前方,他要乘风破浪,披荆斩棘,去迎接那属于他的黎明……

　　正当他豪情万丈的时候,他的左前方,还有一家拉耧的农民,扶耧把的人可是生产队老把式铁栓大伯,他是那么矮小,头发像是秋后枯萎的老牛草一样,小眼睛依然精神矍铄,可是近年以来,可以看出,他尖尖的嘴巴再也不像从前那么多嘴多舌,再也说不动那许多俏皮和挖苦人的话啦。他已经老迈,两条腿像是老牛腿一样迈不动啦,走起路来,还一瘸一拐的,他像是刚刚被打折腿的贪嘴老母狗,但是他仍然不服输,他说机器播种得不好,不匀称,又不照垄,他不相信机器播种,他是生产队的老耧把,或许他更加恋旧,他不舍得丢弃那把手艺吧?也不舍得钱财,老农民都视钱如命呢,他们的钱财,手心中攥着,心窝里捂着,肋巴骨里穿着,不到儿子盖房子,娶媳妇,他们是不舍得花销一分钱的。更不用说让他们花费一亩地五元钱用机器播种了,他们平时连根散烟都不舍得抽,连一两散酒也不舍得喝,更不舍得上集市上买一分钱的青菜,更不用说食肉、吃油了,只要有米面下锅,就算到天堂了,老一辈子就是这样含辛茹苦过来的。左边拉耧的是三儿子和三儿媳妇,右边帮耧的是大儿子和大儿媳妇,居中驾耧的是二儿子渠祸害,从前渠祸害是高级社员,也是村主任眼前的红人,他整天像只麻雀一样叽叽喳喳,搬弄是非。他长得比父亲更矮小,大致有五十多岁,甜蜜的小嘴巴把村主任哄得团团转,小脑袋像是拨浪鼓一样,见到村主任就摇来晃去,而村主任不在的时候,他煞有介事地吓唬群众,他说村主任如何如何啦,怎样怎样啦,而胆小如鼠的农民就要几天吃不进饭,睡不好觉,于是很多农民看他的脸色行事,可是时间一长,发现远不是他说的那样,知道他只是狐假虎威罢了,但是他依然受到村主任垂青,依然是村主任面前的红人,可是自从分地之后,他像只丧家犬一样,再也找不到主子,看见失势的主人,有时候,他也想狂吠几声呢。自从和北征发生那次不愉快以后,他见到北辰已经没有之前那么热情了。渠好善是大哥,他是粮食市场上的中介员,整天在粮食市场上和买卖人比手指头,他长得也很矮,他的皮肤是铁红色,喝酒的时候脸色却是赤红色,但是他大部分时间总是醉醺醺的,所以他的脸色总是赤红色,眼睛不停地打转,这个时候,他又在算计人了。他每天都比别人起得早,买卖人还没有来到,他已经在集市上转悠了,然后和磅秤师傅咬耳朵。他拉起耧来实在没有精神,今天大概是因为没有算计人的缘故吧?老三叫渠好廉,但是别人根本不叫他渠好廉,却叫他黄鼠狼,还有些人,干脆叫他老黄,也有叫他小诱子的。在生产队里干活时,他往往是别人取笑的对象,别人总拿他打比方,当然这些比方都是不利于他的。参加劳动时,他总说腿疼,当初他并不腿疼,他说腿疼时,装的还挺像,时间一长,双腿当真疼痛起来。有一次，参加队里劳动时，他突然躺倒在地上说腿疼得厉害，别人都嘲笑他，说他是假装的，他却很长时间没有站起来，还住过一段医院，有人说是风湿病。出院后，还真成了瘸子，他成天拄着拐杖，就是不下地干活，生产队还得给他工分，因为他是在地里干农活时突然病倒的，他说是工伤。未婚妻听说后，把彩礼都退了，为此，他的脚居然好了，从此以后他不再拄拐，也不再瘸着走路。他又把彩礼送到未婚妻家里，媒人也花言巧语地帮助他说好话，后来总算结婚、生子了。娶妻生子后，他又拄拐了，真真假假，别人都不把他当常人看待。可是土地分开后，他却生龙活虎的，比谁都能干，真让人难以置信。他们家族合伙干活时，他还想瘸……他今天还真有点……渠家二儿媳妇在地头张望呢，人们都说二儿媳妇是公公的眼珠呢。因为四轮车奔跑得太快，他们又是相向而行，所以北辰还没有顾得上打招呼，他们就擦肩而过。北辰家的麦子很快种完了，他付过钱，转身向家里走去。虽说改革开放这么多年，农民却依然贫穷、落后。南方不是发展起来了吗？内地的人才像是潮水一样涌向南方，可是内地发展却是越发缓慢起来。落后的内地，可是北辰去不到南方、去不到沿海，他只有留在内地，这就是宿命。

"北辰兄弟，机器种地快，但是种子出苗率低，明年小麦会减产哩。你年轻，什么事情都欠考虑，到时候后悔都来不及。"在地头休息的渠祸害眨巴着眼睛对北辰说道。

"不会……每亩地，我多下了几斤麦种呢。"北辰解释道。

"嗨，这种机械玩意，这种铁疙瘩，我可信不过……"他又不屑地说道。

"每年种麦子的时候，我没有耧，有耧的人家，他们躲着我。人家先把麦子种上，然后我才能哀求到耧和拉耧人，等别人的麦子都出齐了，俺的麦子还没有种上。现在谢天谢地……"他回忆起痛苦的往事，眼睛里像是汪满了泪水。

见到这种情形，渠祸害只好悻悻地离开了，不过他已经好长时间没有这样热情啦。"多嘴……"渠祸害的妻子贾赛花责怪他道。

"唉……"渠铁栓大伯瞧瞧这个，又望望那个，然后长叹一声。他是在哀叹时代的变迁，还是感叹烈士暮年，还是在责备儿子呢？

贾赛花是生产队的妇女主任，她年岁并不真老，却已经满头霜雪，老态龙钟了。自从生产队解散以后，短短的几年间，她竟然衰老得这么快，虽说不是因为过昭关一夜白头，但是变化实在惊人。想当年，她齐肩的短发，秀丽的大眼睛和红润的圆脸庞，这只能是以前的妇女主任，现在呢，她是那么衰老、憔悴，左眼已经瞎了，瞎眼里还不断流眼泪。她的确是一位好干部，生产队因为打机井，她劳累过度，流产后，却再也没有怀过孩子，但是她非常坚强，干活从不怕吃苦，总是拣脏活、累活干，她经常帮助有困难的人家，她不像其他干部那样欺压、剥削农民，她善待人、体谅人、照顾人，为此，队里人都很感激她。她抱养了一位女孩，现在已经长大成人，去年才上了大学。女儿已经成为他们的骄傲，也使他们老有所依。她的生命活在过去才

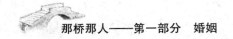

有意义,她属于那个时代,那个集体时代。

自从渠祸害说过那话,北辰每天放学之后,经常来到地里查看小麦出苗情况,他十分担心机播麦田出苗率低,如果真如渠祸害所说,那么他家的小麦明年肯定减产。他每天都在焦虑地等待,还不断受到淑丽责备。如果明年小麦歉收……这怎么办?终于有一天,种子从黄土地里悄悄钻出来,鹅黄色的麦苗像是牛毛那样细密,麦苗上那些雨露像是钻石那样晶莹,早晨太阳光一照射,那些雨露放射出红宝石一样的光芒。微风夹带着潮湿泥土的芬芳轻轻吹过,北辰闭着眼睛,惬意地嗅着浓郁的清香,他不禁陶醉了。麦苗不但出得全,还出得齐,麦苗生长得葱葱郁郁、碧青碧青的。但是机播也有缺陷:坟茔旁边、地头播不到位。

北辰已经发现这种情况,他就抓紧时间补种,但补种的麦苗总是比原先播种的低矮、弱小。他还想给机器碾压结实的土地松土,唯恐这些坚硬的土地耽误麦苗生长,这只能得不偿失,很多小苗都被翻出土来,北辰也只有作罢,事实上,这些机器碾压的土地并不耽误麦苗生长,他只是杞人忧天罢了。

又一学年,北辰依然教普通班,他人生的棱角似乎早已被世俗、偏见、歧视打压、摩擦、撞击得圆润、圆滑了,他不再争执、抗议,也不再反抗、抗争,不再牢骚满腹,也不再愤愤不平,而总是在默默无闻地工作、复习,他明年就能参加民师转正考试,马上就要报名啦,新身份证早已办理好,这可是他经过千辛万苦才办理成功的,而新身份证上的年龄比旧身份证上的年龄增长一岁,不管怎么说,现在他再也不会因为身份证而忧心忡忡。

他因为迎接转正考试,便不再阅读世界名著,他只有把事业埋在心里,只有等待转正之后再作打算。何况读万卷书,行万里路,并不是一朝一夕之事,而是需要一生去拼搏,甚至一生都不够,他还有来生吗?他笑了笑,可是只要持之以恒,只要勇于拼搏,没有实现不了的宏图伟业,没有实现不了的梦想。这是一个伟大的时代,他要站在巨人肩头,用他手中之笔完成伟人们用枪杆子没有完成的事业,一个强大的祖国,一个强盛的祖国需要文化巨人、文学巨匠作支撑。春秋有孔子,盛唐有李杜,北宋有苏辛,明有王阳明,清有曹雪芹,民国有鲁迅,现在舍我其谁呢?可是现在他上有老母,下有妻子,而淑丽又怀孕了,他拿什么支撑这个家呢?更不用说国啦,一个狂妄的北辰,一个疯癫人……转正,只有转成正式教员,才能提高薪金待遇和社会地位,只有转成正式教员,他才能扬眉吐气,才能一展怀抱,他要在师生面前抬起头,直起腰,他要证明给母亲看,让母亲有这样一位争气儿子而感到骄傲,让年迈的母亲能够安享晚年。但是母亲百年之后能不能和父亲合葬呢?不可能,因为母亲已经不是父亲的妻子,父亲的合法妻子是他的小女学生,这些事情真使人懊丧,将来母亲百年之后……她孤寂半生,死后依然……可怜的母亲……还有淑丽,他可怜的妻子,她自从嫁给他一直在受苦,谁不想嫁个好夫君,谁不想嫁个好丈夫呢?可是淑丽这么个小姑娘嫁给这个大龄男人,这个老叫花子,忍受着村里人的冷嘲热讽,忍受着亲戚邻友的反对,毅然决然嫁给他,她到底图他什么呢?她忍受着太多苦难,一个富裕家庭的女孩子嫁给一个一无所有、一贫二白的穷苦教师,一个穷困潦倒的代课教师,她忍受了多少世人的冷眼和世俗的偏见、不公。为了淑丽,同时也要为即将诞生的儿子有个安稳和乐的家庭……所以他首要目标就是转正,由代课教师转成正式教师,而成为著名作家,成为杰出的文学家,那是将来的事业,那是他远大的人生理想。

没错,淑丽又一次怀上了孩子,这一次,她接受第一次怀孕经验、教训,他再也不吃肉食,从此以后她和肉食绝缘了,她并不信佛。不食肉,凭这一点,就某种意义上来说她已经十分接近信仰佛教了,但是她并未皈依佛祖,因为她还年轻,还有未了尘缘,特别是她依然不能释怀北辰之前的爱情,虽说她为了肚子里的孩子,不再时时纠缠北辰,不再时时纠结他的初恋,有时候她真的想避开这个话题,但是往往又回到这个话题,只是她试图尝试不再那么妒忌,不再那么嫉恨,可是有时候她叽叽咕咕一阵以后,就离开北辰,她尝试疏远、躲避、冷淡他,于是她整天躲在鞋厂里不停地工作,甚至不回家吃饭,因为鞋厂距离她父母家里近些,所以每天她都是很晚才回家。有一天她回家的更晚,北辰已经去接她了,他走到半路,碰到她。

"为什么回来这么晚呢,淑丽……"北辰问她道。

"鞋厂忙啊,北辰……"她说的含含糊糊。

"你拿个什么东西呀,淑丽?"尽管她遮遮掩掩的,但是北辰还是看见她手里拿着一个什么东西。

"是个日记本,北辰。"她回答他说。

"本子里是做糕点的配方吗?淑丽。"他好奇地问道。

"大部分是,北辰。"她回答得很隐晦。

回到家里,淑丽把那个本子锁到柜子里,她锁日记本时躲躲闪闪的样子不能不引起他的好奇心,这个黄色牛皮纸皮的日记本里记录的到底是什么呢?北辰开始纠缠她,于是他就开始抢夺淑丽手里的钥匙,北辰抢到钥匙,拿到了日记本。原来这是一本爱情日志,其中仔仔细细地记述一位青春少女的恋爱经过:庞春宇狂热地爱上一位女同学,于是他向她发起疯狂追求,而被爱的这名女子开始犹豫、彷徨直到最后拒绝。很明显,这是一个失败的爱情故事,爱情的女主角就是淑丽,那位叫庞春宇的男生并没有俘虏到这位少女的芳心。这是记录到日记本上的爱情,日记本上的爱情朦胧、苦涩而又惆怅,却很纯洁。具体情况,真实的爱情却不得而知。这个日记本可能一直秘密存放在淑丽的娘家,但是北辰不知道淑丽为什么今天要把这本爱情日记拿到这儿,她不会是故意让北辰了解她过去的爱情吧?如果真是这样,那么她是什么目的呢?她想让北辰……北辰并不嫉妒,也不嫉恨那位叫庞春宇的男生,他为什么不嫉妒、嫉恨他呢?他也说不清楚,他为什么要嫉妒、嫉恨他?他以为这是过去,并不是现在,也不会是将来,他无权干涉她的过去,如果她现在不再选择他,他也以为这是她的自由,他无权过问。淑丽今天拿回来这本爱情日记,是想证明她也曾经有过初恋,有过爱情,而且是纯洁的爱情,淑丽是不是想拿她的初恋来……她应该不会这样狭隘……但是无论如何,这是一个不眠之夜,他阅读到,她曾经在一个星辉寥落的夜晚来到木板桥上和庞春宇约会,就是在那样一个星光朦胧的晚上,他猛然间吻了她一下,这一吻是那么突然,让她猝不及防,她惊愕之余,断然拒绝了他的爱情。这是不是淑丽的初恋,这一吻是不是淑丽的初吻呢?应该是吧?同时北辰想到自己的初吻,淑丽的初吻肯定是苦涩的,可是北辰的初吻却是那么甜蜜,让人难以忘怀的初恋、初吻。而淑丽是不是也在回味他的初恋、初吻?从日记里北辰隐隐约约感知到他们交往一年多时间,可是就在这样一个星光朦胧的夜晚,他们的爱情结束了。北辰仍然记忆犹新,他和淑丽第一次约会也是在这座木板桥上。那天夜里,月儿是那么皎洁、圆满,当北辰快步走向木板桥时,他清清楚楚感知到对岸桥头有一位袅袅婷婷的少女在翘望,她肯定是淑丽,他已经来晚啦,他向她冲去,他疾速地穿过木板桥,第一次拥抱、吻她……同时,他也想起筱薇出嫁之前和他做最后道别的那天晚上,也是在这座木板桥上,那是一个阴风凄凄的夜晚,他们就在这座木板桥上踯躅盘桓了整整一夜,黎明时分他们才洒泪而别。

深秋了,天气愈加寒凉起来,而淑丽的身体也越来越笨拙,所以她的打工生涯结束了,淑丽让他把缝纫机拉回家来。当初她高中刚刚毕业,进到一家私人企业做学徒,这是一家专做大头鞋生意的私人工厂,开始她跟师傅学习缝纫鞋帮技术,父亲以三百八十元的价格买来这台缝纫机,因为私企老板要求学徒自带缝纫机,这台缝纫机陪伴她度过了多少个辛劳、孤独的日子。结婚那天,虽然缝纫机没有作为陪嫁带过来,但是她早已认定这台缝纫机属于她了,他们患难与共、相依为命,谁还会把他们分离呢?现在淑丽理所当然地让北辰把属于她的东西拉回来,她内心忍不住激动和兴奋,这台缝纫机可是个宝贝,从此以后,或者将来孩子出生之后,淑丽可以不用亲自到工厂里去,她可以免除来往奔波劳苦,可以让北辰把鞋料计件拿回家来,在家加工好之后,再让北辰去工厂交差。北辰比她还要亢奋,他从来没有见过这么一个大家伙,这可是值得骄傲和自豪的事情。数天以来,北辰简直是高兴得不亦乐乎,他想让世界上所有人知道他郭北辰家里拥有一台缝纫机。母亲更是自大、自满得不得了,她几乎见人都夸口说她们家里拥有一台缝纫机。刚刚拉回缝纫机那几天,淑丽非让北辰去厂家套活不可,可是北辰坚持不让淑丽再劳累、辛苦,为此北辰和淑丽一直争执不休,最后,还是淑丽作出让步,她已经不能再劳作啦。

一天,早自习放学后,北辰刚走过木板桥,就远远地看见他们的篱笆门敞开着,是不是淑丽因为迎接他,才把篱笆门打开的,那么淑丽呢?她可能因为等待时间太久,又回到屋里,于是北辰加快了步伐。他一走进家门,似乎觉得家里发生了什么事情,因为他家的院子里停放着一辆架子车,自从他们家搬到河流南岸之后,平时很少有人串门、拜访,何况还拉一辆架子车,这可是奇怪的事情,院子里却是冷冷清清，没有一个人。人呢？人都上哪儿去啦？这是谁家的架子车呢？他仿佛认识这辆架子车，正在疑惑之间，他猛然看见淑丽的父亲和夏富丽正把那台他刚拉回家来的缝纫机，从小瓦屋里火烧火燎地往外抬，因为屋门较低，他们不得不低着头，但是北辰还是发现他们并不是因为门低才低头的，他们都猫着腰，尽量把头低下去，大概是为了掩藏羞红的脸颊吧？这毕竟太难看了，仿佛他们正在偷窃缝纫机，又恰巧被北辰逮个正着，而北辰更加震惊了，不是震惊，而是无比难过、难受，他之前以为，这台缝纫机已经属于他们了，谁知……而且在他们艰难困苦的情况之下，这是他们赖以生存下去的宝贝啊！他们离开她，淑丽再也不能打工挣钱了，她再也不能挣钱接济家用了，他们拉走缝纫机，像是拉走了他们的整个希望、梦想一样，他们的生活刚刚好转啊，现在还是应该艰苦奋斗的时候。但是北辰还是强忍泪水，他想去帮忙，可是这个时候，他还是怔住了，他们冷漠得像是要把他拒之千里之外，他们根本用不着北辰帮忙，淑丽的父亲和夏富丽抬着缝纫机像是抬着刚刚抢夺过来的战利品一样匆忙躲开北辰，其实这时候他已经伸出手来，他的手几乎触摸到缝纫机，可是他们抬着缝纫机猛然闪开他那只右手，像是躲避瘟疫一样，然后慌慌张张地逃开了。他们是不是以为北辰要去抢夺缝纫机呢？开始会这样以为，后来，他们还会不会这样认为呢？这就不得而知啦。而淑丽的母亲尴尬地跟在淑丽父亲和夏富丽后面，北辰从来没有见过她走得那么快过，之前没有，之后也没有，不过，她不但走得很快，还无比尴尬地低垂着头，像是刚刚挨过批斗一样，淑丽的母亲是最疼爱他们的呀，可是她今天也不再仗义执言，这到底是因为什么？可能淑丽的母亲也有难言之隐，那么她到底有什么难处呢？这可是北辰和淑丽最艰难困苦的时期啊！但是他们还是忍心把缝纫机拉走。一把缝纫机放到架子车上，他们也不同北辰打声招呼，可是那种窘态，简直难看、狼狈极了。夏富丽拉着架子车，淑丽的父亲紧紧地按住缝纫机，像是按住一个活蹦乱跳的宠物一样，他不只是恐怕缝纫机滑出车厢，更是害怕缝纫机不翼而飞，然后惊魂未定地逃掉啦，他们还竟然奔跑起来，唯恐北辰撵上并阻挡住去路似的。刚刚跑到木板桥头，他们的脚步才变得从容起来。北辰从此以后再没有见过这台缝纫机，他们可能卖掉了吧？淑丽从此以后再也不能去私人工厂打工啦。

“缝纫机……”北辰几近哽咽地说道。

“人家的东西……”淑丽似乎恼怒地说。

北辰不知道她是在呵斥他呢，还是……这件事情过去不长时间，他们就忘记了，缝纫机毕竟是人家的东西……自己挣的东西，才是自己的，淑丽经常说好女不穿嫁时衣，好男不吃分家饭。这样一句话激励着他们，使他们在艰难困苦之中昂起头来。

北辰为了疼爱她，从集市上买回些鲜鱼，做好之后，在北辰一再劝说下，她吃了不多一点鱼肉，其实她已经很长时间不食荤腥了。可是刚刚吃过，又呕吐出来，其他肉食,她更是一概不尝。之后,他又尝试着买回一些肉食,她竟然十分反感,不但反感,还非常愤慨。北辰非常委屈,于是他埋怨几句说这也是他的一片好意,而她勃然变色,扭头就走。北辰可是火暴脾气,他气得脸都铁青了,可是他并不知道怎样惹恼了她,更让他可气的是淑丽要和他分床睡,但是北辰黏住她不放,可她愣是不让他碰她一根手指头,为此北辰已经好长时间没有亲近她了。他脾气越来越暴躁,火气越来越大,他的鼻孔直蹿火,嘴巴乱冒热气,他已经像是一头粗暴无礼的牲畜了。后来,淑丽开窍了,她观察他一些时间之后,发现他真像是一只无头苍蝇到处乱撞,她偷偷地乐了,她等他睡熟后,又轻轻地睡到他的身边,而他从熟睡中醒来,发现妻子正拥抱着他,她已经熟睡过去,怀孕的女人真像是一头懒熊,整日除了休息就是休息……可是他居然激情澎湃起来,于是他情不自禁地搂抱住妻子,不断晃动,竟然……真不好意思……淑丽醒了……发现了他的卑鄙龌龊……她充满了好奇,于是她一连几日乐陶陶的,她可把北辰惹恼了,但是他又拿她没有什么办法……可是为了淑丽,为了孩子,他只得忍受着精神折磨。

民师转正考试报名的那天,北辰起得很早,他已经给学校请过假……他路过木板桥时,心中久久不能平静,已经好长时间没有思念筱薇了,自从失去第一个孩子,他以为筱薇夺走了孩子的生命,如果不是因为她,淑丽怎么会和他纠缠、打闹呢,有时两个人不惜打得头破血流,这到底是因为什么呢?因为筱薇,筱薇这个名字像是恶魔一样破坏家庭,像是毒蛇一直噬啮心灵,自从吕纪要喝醉酒不慎说出筱薇的名字,这个名字无时无刻像是幽灵一样纠缠着他们。有时,他和淑丽正兴高采烈地议论着什么,却又是筱薇这个名字使他们愤慨地争执起来,有时他们正兴致勃勃地做爱时,不期然而然又是筱薇这个名字使他们索然寡味地匆匆分开,甚至彼此隔膜到性冷淡的地步,有时候淑丽是那么厌恶,憎嫌他,她经常焦虑,急躁,无缘无故地发脾气,有时她冷冷地对待他,整天不理不问,不洗衣,也不做饭,北辰的衣服破了,烂了,她也不缝一针,为此北辰的心都冷了,但是她还要默默流泪,甚至痛哭流涕,摔盆打碗,撕裂衣服,有时装疯卖傻,把头和头发摇来摆去,还伴随着歇斯底里的哭闹、尖叫……因为筱薇,因为过去的爱情,因为初恋,他几乎要崩溃了。在淑丽妊娠期间,她恶劣的心情,折磨着她,摧残着她的神经、身心,从而导致孩子畸形发育……这是他们的第一个孩子,那个女儿,那个夭折的孩子,畸形的孩子,无时无刻不在折磨他的心灵,他的灵魂像是碎裂了,像是陶罐一样破碎了,而陶罐的碎片撒得满地都是……他在为过去还债,在为失去的爱情买单……筱薇也失去一个孩子,一个男孩子,她也在为过去的爱情还债,也在为失去的爱情买单……初恋像是魔咒纠缠着他们,现在北辰已经忘记她了,已经不再思念她,自从他的孩子失去以后,他发誓忘掉初恋,忘掉过去的爱情,忘掉伤痛,永远不再想念,不再追忆,不再回首……可是今天去报名,他又浑浑噩噩地陷进这个怪圈,昔日爱情的魔咒又在念念有词,初恋的魔咒像是孙悟空头上那顶带有铁箍的帽子,那顶帽子的咒语唐三藏在不停念诵，和尚嘴里念念有词，孙悟空头疼难忍，和尚再念念有词，大圣痛苦万分，甚至他躺倒在地，疼痛得哇哇怪叫……可是初恋的魔咒是谁在念诵呢？应该是岁月，岁月愈久，应该淡忘才对，但是时间越久，魔咒反而越来越紧，世界上有些痛苦正像精心酿制的老酒，而北辰不得不时常痛饮一杯，而且时间越长，酒味越纯，酒香越烈，痛饮，痛苦不堪，再痛饮，再不堪痛苦……这一次，他似乎已经忘记筱薇啦，其实北辰无时无刻不在思念，他怎么能够忘记她呢？只有失去孩子的痛苦和生活的艰辛以及工作压力和债务，还有繁忙、繁重的田间劳动，只有这种时刻才使他暂时忘却，忘却倒是为了更好地思念，忘却是在积蓄思念的力量……其实，这座木板桥就是他的精神之屋，只有在这座象征古老、落后、而又温馨、坚贞的木板桥上，他才能驰骋思念的野马，呜咽的河水曾经淹埋过那些日记、书信，还有那些信物和照片，这都是值得纪念，具有思念意义和象征意味的……

　　沉静之地，也会变成喧嚣之地，因为河流南岸，北辰那几间低矮的小屋周围已经搬迁过去许多户人家，他们这儿几乎成了一个小村庄，有一些搬迁户是他童年的伙伴、同学，还有本族的几位兄弟，还有几家亲朋故友。

　　任长社是北辰的同学，也是他多年的朋友，他和哥哥任长兴先后搬迁至河流南岸。任长兴像只候鸟一样天南地北去打工，妻子在家里照顾孩子和农田，长兴嫂子肥胖得像是个大石碾，心肠却很好，给过淑丽很多帮助和开导。她是个闲不住的人，别看整天喊喊喳喳的，她却是个颇有心计的人。在路口，她开家零售店，销售各种日杂用品，整天忙得不亦乐乎。任长社胆小怕事，他有一双胆怯而又温柔的眼睛，他既善良又固执。他妻子叫田艳萍，是那种娇里娇气的小女子，他们有四个孩子，大孩子是女儿，这个大女儿是她带肚来的……起先她在一家镇办企业上班，有一次下班之后，她走在下班回家的田间小路上，时间恰巧是在黄昏刚刚过去，而傍晚即将来临的一瞬间。仇富德是一位四十多岁的老光棍，他形象猥琐，品行卑劣。他家责任田里有一条通向外村的羊肠小道，平时他假装干活，却常常觊觎从这条小路上经过的女人。玉米渐渐长高了，他走得很晚，每天他都在假装锄地，而田艳萍下班一直很早，可是这一天真该有事，她因为其他事情，耽搁一会儿，从工厂下班已经不早了，可是她又到姨家逗留一会儿，这时候，天色已经很晚了，姨母想挽留她，她抬头看看天际，然后想到如果走小路，加快车速，她会在天黑之前赶到家，可是刚刚走出山泉村，自行车链子就断了，她想回到姨家，又恐怕姨母嫌她多事，想去找任长社，又恐怕街坊邻里说长道短，她一咬牙向田间小道走去，仇富德像是饿虎一样扑向她……她不幸怀孕了。不管别人怎样嘲笑，但是任长社不离不弃，结婚之后，小两口相亲相爱。他和妻子做炸油条生意，他到各村叫卖，无论春夏秋冬，他起得很早，北辰上早自习以前，油条已经炸好了。

　　"北辰吃根热油条……尝尝鲜？"他总是让他道，他炸的油条黄灿灿的，又大又焦。河流南岸搬迁过来许多人……而这座木板桥再也不会孤单了……

北辰要上县城报名,客运汽车有时候停在十字街口,有时候停在学校门口,南来的汽车不往小河这边来,这座木板桥客车过不去,而北往的车辆也不往河流以北走……而村里的街道又总是泥泞不堪,很多人都在传说要修柏油马路了,可是迟迟不见动静。其他地方都修了柏油路,唯独他们这儿是个死角,这儿像是被记忆遗忘的角落……山泉村是三县交界之地,农民都叫这儿三不管……

农民的房屋在悄悄地发生变化,新中国成立前地主、富农建造的砖瓦房子,经过几十年的风雨剥蚀,早已陈旧不堪,除去夏家高大的门楼依旧威风凛凛之外,那些旧瓦房基本改造完毕,他们把陈旧厚重的蓝砖蓝瓦房,改建成红砖蓝瓦起脊房子,或是建筑成红砖墙壁,预制板盖顶的小平房,小红砖又薄又小,价格却十分昂贵。而二十世纪七十年代中期,山泉村农民由茅草屋改建的里生外熟砖瓦房子也已经不堪使用,他们也在把这些破旧的房子改扩建成新式平房,这些平房花样繁多,什么长三、长四、长五、明三暗五、明三暗六……富裕之家则建筑成富丽堂皇的二层小洋楼,用白灰和泥土砌墙的时代一去不复返了。现在大都是用沙灰砌墙,用白石灰膏粉饰内墙,已经有人用涂料刷墙,有人用石灰膏掺白水泥粉墙,一般人家使用水泥喂缝,还用水泥粉墙裙,以免墙体过潮,墙体也会更加坚固。暴发户则用干粘石装饰外墙,蓝青色的干粘石墙壁既干净又鲜亮,真让人羡慕……地坪呢? 从前一般农民还都是土地坪,只是很少人家用砖铺地坪,现在许多人家用水泥铺地坪,而富裕人家才使用水磨石地坪,可是现在的暴发户,他们用四轮车从城里拉回家油光闪亮的各色地砖,铺成干净光洁的地板砖地坪,但是拖过地之后,这些廉价的地砖不但有股难闻的鱼腥味,还时常滑跌老人、孩子,还不如以前的砖头和水泥地坪安全、实惠。大街两旁建筑的房子越来越高,街道却越变越窄,他们都想把地基往大街上延伸……这样一来,大街上不但经常拥堵,还车祸不断,不是张家的孩子被撞伤,就是王家的老人死于非命,人的胆子越来越大,他们好像并不畏惧伤亡,更不惧怕良知、舆论谴责,反而变本加厉地把自家的房子向街道上扩展、伸延……

村里富裕人家多起来,穷人更加贫穷,贫富悬殊越来越大,经济纠纷和族群矛盾日益尖锐,很多穷人成为面粉厂、鞋厂、钉厂、造纸厂、造本厂、私家医院等的雇佣工人,这些人仇视富人,敌视干部。干部家、暴发户的院墙越砌越高,院门越加越重。干部与干部之间争权夺利,相互攻讦,干部与农民越加疏远,富人家的东西不断遭人破坏,私有财产不断遭人偷窃、打劫,暴发户不断遭到敲诈、勒索、绑架,血腥、恐怖事件时有发生,有些人不惜拐卖妇女儿童,甚至杀人放火、草菅人命来攫取金钱,有些人为了钱财不惜充当打手、杀手,真是无所不用其极……有些暴发户为了安全已经开始向城市迁徙,有的富人去的地方更远,他们已经迁往省城,有的富人迁徙的城市非常隐蔽,谁也不知道他们去了哪里,穷人更加贫穷……而且帮派盛行,涉黑团伙猖獗一时……

坐到汽车上,他想象着农村的沧桑巨变,却不知不觉地睡着了,有人喊他下车,原来是到站啦。北辰来到教育局人事部报过名,他即将走出教育局大门,就在教育局大门口,他恰巧碰见前来报名的筱薇,原来她去年也没有考转。

他想走开,想避开她,可是两条腿怎么也不听大脑使唤,怎么也迈不开步子。他真的不想再和筱薇有什么来往,失去女儿以后,北辰以为筱薇就是恶魔,他必须忘掉她。她孤苦伶仃地和女儿生活在一起,但是他现在深爱着淑丽,淑丽是他的妻子,虽然她有的时候不明事理,但是她还很小,还像个小姑娘那样任性、固执,她的小脑袋里到底装着什么样的东西呢?他们总是谁也说服不了谁,那么一个小姑娘,一个大男子必须听她的话,听她指挥,有时候,她那么专治和自私,真使人受不了,但是她是他的妻子啊,何况她又怀有他的孩子啦,他不能违拗她,更不能背叛她,他们已经失去一个孩子,不能再失去……但是不知为什么,他呆呆地站在碰见筱薇的地方,竟然一动不动。

"躲开,没长眼睛吗?"看门人尖叫道。

原来是一辆破旧吉普车,这辆吉普车就站在他背后,还一直鸣着笛,又小又暗哑的笛声像是学校体育教师刘运起那把老年口哨的声音,他根本没有听到,可是这辆破车马上就要撞上他了……这辆破车还怒气冲冲的,有时候,越是并不重要的人物,办事越是火烧火燎,越是小人物越是不可一世,可是不管是谁,他毕竟堵住了吉普车的去路,但是北辰还是被看门人推开了,那辆吉普车嘀嘀叫着,然后气嘟嘟地和北辰擦肩而过……

"真迷瞪……"看门人气急败坏地说道。

可是北辰早已感知不到外面的世界,这时候筱薇向他走来。

"筱薇……"他凝视着她喃喃地说道,他像是身处梦境之中。

"我差一个学校证明,今天得补送过来……"筱薇眼泪汪汪地说道。

"去年也没有考转?"北辰也不知道筱薇在和谁说话,她大概是在和北辰说话吧?除此以外她还会和谁说话呢?于是他也问她道。

"去年只转五名,我是第七名……你呢?"她喃喃地说。

"身份证和刚参加工作时填写的工作履历表不对照,当时恐怕别人说年龄小,履历表填大了一岁,所以没有报上名……"北辰像是自言自语地说。他也不知道他在和谁说话,他已经不知道他在干什么?不知道世界上还有北辰这个人,他头脑里似乎没有意识啦。

"我说去年到处找你,却怎么也找不到……"筱薇沮丧地说。

当时她到处寻找,到处询问,却没有人知道他在哪个旅社居住,也没有人知道他在哪个考场考试,那么长时间她都在留意他,可是始终不见他的踪影,考试结束以后,她冲出考场,几乎找遍所有考场,还是找寻不到,等到所有考生走出考场,还是见不到人,最后干脆站在学校大门口等他,参加考试的教师全部走完了,仍然没有人,当时她是多么失望啊,最后她竟然嘤嘤嗡嗡地哭泣起来,当天她没有回到家里,回家的车辆已经走啦,她是第二天中午到家的,但是她的灵魂好像永远留在了考场上……她后来考虑是不是北辰不愿意见她,才故意躲避她呢?不会,坚决不会,那么北辰到底在哪儿啊!他们竟然那么没有缘分……竟然擦肩而过……

　　他们不知不觉离开县城,谁也没有感知到已经离开县城,已经来到距离县城非常遥远的河岸上,哦,原来流沙河水从这儿流过,这儿河道窄小,水流却很湍急……可是这个地方正在建筑化工区,其实是在建设各种农药厂……距离化工区不远,还有许多污染企业:化肥厂、大型造纸厂、糖厂、酒厂……附近还要再建一座大型化肥厂……据说这都是招商引资企业,许多大型污染企业,已经开始从沿海往内地迁徙,据说这都是内地官员招商引资的项目,这些大小官员为了政绩,为了前途,把这些污染大户请过来,还无偿提供土地,还免税。这种牺牲环境,这种自杀式发展……这儿又毗邻城郊,大量城市污水,大量工业废水顺河而下……

　　他们离开建筑工地的喧哗之声,沿着河岸继续往下游走去,他们来到一大片荒无人迹的树林。这时候正是正午时分,秋天刚刚过去,初冬时节,空气似乎温暖如春,他们越往下游走,河道就愈加宽阔,河水在湿漉漉的水线之下向东流淌,这浑浊的河水这么匆忙,真是来也匆匆,去也匆匆……满地尽是金黄的落叶,树木静静地伫立着,像是正在等待他们的到来,陌生,又似曾相识。昔我往矣,杨柳依依,今我来思,雨雪霏霏。今天没有雨雪,只有离情别绪。但是广袤的平原,田野,河流……依然故我……可是物是人非……只有河水在无声地呜咽……

　　"为什么不去找我……"她哀怨地说。

　　"去了,没有走到地方……"他满腹惆怅地说。

　　"收到信了吗?我不敢邮寄,恐怕……我委托杨向东给你送去的。"她像是陷入痛苦的回忆。

　　"他没有去,而是委托族兄一个收破烂的善良人送到的,但是这位收破烂的族兄却很机警,他顺利地完成了任务……你真的离婚了?"他像是在叙述一个遥远而又古老的故事,叙述完之后,他反问她道。

　　"他还没有在离婚协议书上签字……"她幽怨地说。

　　"为什么?"他诧异地说。

　　"不知道……"她茫然说道。

　　"为什么离婚?"北辰又疑惑地说。

　　"他又有女人了,还有个男孩……"筱薇哭泣起来,无声的哭泣,泪水在无声地流淌,像是静静流淌的河水……南飞的大雁就徘徊在他们不远的地方,这些鸿雁好奇地关注、注视着他们,它们非常想询问他们有没有情书需要传递,可是他们的书信早已断绝,早已沉埋,早已沉入河流,再流经淮河,再流经长江,然后沉寂大海,只有大海才是他们的归宿,也只有大海能够承载这些沉甸甸的相思,如果将来他们也能够走向大海,葬身大海该有多好,他们会静静地躺在那些书信旁边,守卫在那些书信旁边……但是这些雁儿仿佛并不想离开他们。这些爱情的信使仿佛在等待他们,期盼他们能够再一次鸿雁传书。它们终于等待得不耐烦了,于是它们只有无可奈何地振翅高飞,渐渐地飞成一行雁字。云中谁寄锦书来,雁字回时,月满西楼……

他们坐着、背着、哭着……却保持着距离,谁也不靠近谁,可是刹那之间,他们的手又一次攥在一起,想分开却分不开……不知道为什么要分开,但都知道一定要分开……

"为什么结婚那么晚……"她明知故问地说。

"为了等待……"他平静地说。

"等谁?"她问道。

"不知道……"他挡开一笔。

"等什么?"她穷追不舍。

"不知道……"他淡淡地说。

"等到了吗?"她凝视着他说。

"不知道……"他执拗地说。

"他到底知道什么?"她像是恼怒地说。

"什么也不知道……但是他知道爱,知道爱情、相爱,知道初恋,还知道初吻,那刻骨铭心的初恋、初吻……"他注视着远方,然后又盯视着她说。

"可是这有什么用?"她蔑视地说。

"精神之恋……只能是……"北辰并不走进她的内心深处。

"有孩子吗?"为了掩饰尴尬,她这样说。

"孩子……有,可是又没有了……"他痛心地说。

"为什么?"她疑惑了。

"不为什么……"他在哭泣。

"惊人相似的一幕……"她明白了。

这次是他在哭泣,无声的哭泣,泪水不停地流淌,他又看到那个畸形孩子,那双温婉可爱的眼睛,而他竟然遗弃了那个孩子,他的灵魂从来没有这样羞愧过,竟然这么残忍地丢弃了自己的孩子,他一定会遭受报应的,如果有什么报应,他愿意承受这一切,哪怕是遭受天谴,遭受雷劈,这是罪有应得,他不知道心灵竟会那么残忍、冷酷……如果当时他把孩子养育下来……他不敢想象这么个异类,这么个怪异的孩子……他在忏悔,他早就应该忏悔了,真渴望有那么一天,他去追寻那个孩子的亡灵……孩子啊,她到底在哪里?父亲对不起她,但是仅仅一声对不起,他的灵魂就能被饶恕吗?这不可能!他不想得到宽宥,怎能妄想宽宥呢?罪孽深重的灵魂……他不是说善吗?还有良知、人性……这是伪善和虚妄,他戕杀了孩子,罪孽

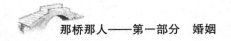

深重的心灵……心灵满是邪恶……

"到底是怎么回事？"她想知道真相。

"一个畸形儿，怪胎……"他坦白道。

"我们造了什么孽，我的孩子是被我亲手杀害的，被我扼杀在熟睡的怀抱里，母亲杀害儿子，儿子窒息而死，母亲活活杀死她的孩子……"她不禁号啕大哭道。

"因为什么……"他停止哭泣，突然问道。

"相思和疯癫……"她并未停止哭喊。

"昔日的爱情，初恋……"他说道。

"残酷的初恋……"她也说道。

他们的心灵在泣血，他们真的不该有当初的爱恋，刻骨铭心的初恋，其实他们都是真凶，杀害孩子的真凶，初恋使他们陷入万劫不复的深渊……灵魂那么沉重，这副沉重的十字架够他们背负的……一生一世，永生永世……

他们来到河边凝视浑浊的河水，都在想念过去，想着彼此的孩子，初恋的伤痛……遥望远方，广袤的平原，一望无垠的田野……平林漠漠烟如织，寒山一带伤心碧……何处是归程？长亭连短亭。

遥远为什么那么远呢？可是为什么相爱的人总是有缘无分，而家庭又那么多不幸！到底是什么让他们各奔东西，到底是什么让他们同床异梦……到底为什么？

"你看那儿，河里漂流的是什么？"筱薇猛然看到浑浊的河流上面漂着个什么东西。

尽管他们没有看清是什么，而他已经做好截击准备，由于河道变宽，还由于季节原因，河水流速并不湍急，河水也不深，呃，原来是块木板，一块矩形木板，那么一大块木板……他已经脱掉鞋子，既然……不知因为什么，他很想把它打捞上来，他把裤管挽起来，幸好那块木板向岸边游来，北辰只向河水里迈出几步，这个地方水流并不深，他把那块木板拦截下来，一块崭新的木板，应该是块拼凑的苦楝木板，板材纹理清晰，他把木板翻转过来，原来是个象棋盘，棋盘上方格的墨迹非常清晰，楚河汉界十分分明。北辰突然意识到他和筱薇之间也应该有一条分界线，只是他们中间的界限是无形的楚河汉界罢了，一堵无形的墙……一道不能逾越的鸿沟，道德的藩篱、底线，他必须筑牢这道藩篱，必须坚守这个底线，坚持，坚守，坚持……冲动，激情……所有的一切都烟消云散了，他的心胸豁然开朗起来，阴霾散尽，灿烂的阳光降临了……

"还教数学吗？"他问她，他也不知道为什么要这样问她，真是怪事。"三年级数学，你呢……"她也问他道。

"二年级语文，教的普通班。你复习得怎么样？"他如实回答，又问。"正在复习呢，你呢？"她走向现实。

"老是惧怕数学考不好……"他担忧地说。

"要认识到各自的长处和短处，要克服畏惧心理，北辰……不妨把阅读、写作放放。"她奉劝他道。

"已经放下了……"他像是清醒地说道。

"初恋却永远放不下……"她突然说道。

"初恋像是烧红的烙铁，已经在心灵深处烙下深深的印痕……"他深有感触地答道。

"北辰，我以为初恋像是插入心灵深处一根永远也剔除不出的倒刺，你剔除一次，心灵就疼痛一次，直至鲜血流尽，你也剔除不出这跟毒刺……"她像是悟出了什么说。

"多么形象的比喻，如果真是这样，就让初恋这根毒刺永远插在心间，让灵魂疼痛至麻木，也不再剔除……"他感叹道。

"北辰……我的北辰，这是命运，也是宿命，让我们用一生来接受这份苦痛，用一生的代价去承载、忍受……这种痛苦就像是癌，你企图去治愈、化疗。但是它已经是不治之症，癌细胞已经扩散……将来我们只有一条路可走，那就是死亡……"她继续耸人听闻地说道。

"太可怕了，筱薇，还是乐观些，我们不能把初恋想象得那么可恶，我们不能把初恋想象得美好些吗？多么美好的时光，青春岁月，大好年华，初恋，初吻……你还记得那次初吻吗？筱薇……"他深情地注视着她。

"怎么不记得呢？正因为这样，才痛苦，正因为过去拥有太多的爱，所以我们才经历那么多的痛……"她沉湎在痛苦的回忆之中不能自拔。

"……"无言的沉默。

"……"沉默。

夕阳透过高大杨树的枝丫照射过来，黄昏的阳光在远方的河流里仿佛燃起一堆堆篝火，西天一轮火红的太阳像是羔羊的眼睛注视着他们，这时筱薇手心里不知从哪儿捡到一片金黄的杨树叶片，叶片的脉络清晰可见，她把它轻轻地放在浑浊的河水里，开始它不肯离去，不一会儿，它打一会儿旋儿，就犹犹豫豫地像是一片孤舟漂泊而去……

北辰凝视着这一片孤舟，陷入了深深思考，他把棋盘放置在他们中间……傍晚悄悄地穿行过这片土地，轻轻地抚摸一下他们的脸蛋，黑夜就降临了，他们把棋盘放回河流之中，很快他们就看不见它啦，回到河岸上，时间像是河流那样向前奔流……远处县城里的灯火明亮起来，今晚没有月亮，星星依稀可辨，河水独自地流向远方，几声惊恐的鸟鸣，使深夜更加寂静……意志战胜了寒凉，东方明亮起来……

第九章　邪恶之门

1

赵凤生捎信说他喜得贵女，并定于本月阴历十六日举行祝九筵席，并让他代为通知裴自轩。这个消息让北辰大吃一惊，也让北辰替他高兴，赵凤生竟然喜得贵女，他和小莉结婚那么多年，一直没有一男半女，小莉说他有阳痿病，这也是他们离婚的主要原因，当然感情不和也是事实，可是赵凤生像是焕发了青春，也可能是再婚激发了阳刚之气，也可能是夏桂清本领高强，刺激了赵凤生的男儿雄心……

这一天恰巧是星期日，北辰和裴自轩去得并不早，道路也不十分遥远，他们选择的这条近路，却是一条小道，这条小道就在河沟边缘，小路不但蜿蜒曲折，还高低不平，又因为昨天刚刚下过阴雨，所以他们只有把自行车寄存到沿路村庄的熟人家里，只有步行，路上裴自轩也谈到赵凤生的阳痿病，现在他居然……裴自轩把这一现象定性为缘分。

因为步行，所以他们去到地方已经很晚了，前来贺喜的亲朋好友已经离席，筵席就要接近尾声，最后一桌一共九人：北辰和裴自轩、两位厨师，赵凤生的两个兄弟，还有其他三个人。但是北辰和裴自轩入席之前，他们必须给赵凤生的妻女道喜，一是祝愿母女平安，二是给新出生婴儿贺礼。他们的贺礼都是十块钱，这十块钱对于北辰来说可是一笔不小的财富，他的代课费虽然比之前有所增长，但是一个月也只有区区五十四元七角，而裴自轩是公办教师，他的工资比北辰多好几倍，虽然北辰已经度过生活最艰难、最危险的那个时期，虽然他们经过努力，经过奋斗，已经稍稍有所结余，但是他们只是刚刚摆脱缺衣少食的窘境，可是前面的道路还那么漫长，他们必须节衣缩食、省吃俭用，必须克勤克俭，可是赵凤生接连办事，兄弟结婚、祝九，妹妹结婚，还有……真够北辰头疼的。

当北辰这样想象的时候，他们在赵凤生的引领下，来到她们母女跟前，可是当他们走到跟前时，北辰被眼前的景象惊呆啦，他见到的不可能是她，这哪是夏桂清呢？婴儿的母亲分明是白发魔女，不只是白发魔女，而像是白发女妖精，一个白骨精！而且白骨精的发梢仍然遗有之前染过的黑发，她真的像是妖怪，而且妖怪的白发像是满是蚊蝇虫的臭水里沤烂的苎麻丝，但是北辰镇静下来，他仔细看看仍然是她,她怎么会变成这样呢?

"因为怀孕孩子,因为孩子出生,桂清很长时间没有染发啦……"赵凤生看到北辰惊讶的样子,他慌忙解释道。

"原来是这样……"北辰险些说出口来。

当他们把贺礼塞给她时,她想说句感谢的话,但是她笑笑,却没有说出一个字,可是她笑得那么狰狞,真让人恐惧,让人不寒而栗,他们走到门口时,北辰还是听到她从沙哑的喉咙里发出声怪叫,那声怪叫的大致意思,可能是让赵凤生招待好裴自轩和北辰,这样一个怪物,将来够赵凤生招架的。

酒筵之上,老二赵哼非常激动、热情,他很消瘦,却很高,足足有两米高,脖颈竟然那么长,像是长颈鹿的颈项,头部又非常小,喉结却有鸡蛋那么大,他还爱好说话,说话时,那个巨大的喉结不断蠕动,喉结蠕动的时候,真让人难过,如果喉结不蠕动,他像是很难说出话语似的,而且皮肤很黑,眼睛又大……他那么热情,不断地让裴自轩和北辰喝酒、吃菜。开始北辰很讨厌他,因为他不但长相奇特,还过分热情,婆婆妈妈的,可是时间一长,北辰很感激他,既感激他的善良,又替他的长相奇特难过。赵凤生的小弟弟,就是殴打小莉的那位,他叫赵振声,北辰原以为他恼恨他,可是他却一直不敢注视北辰,仿佛唯恐北辰提起之前殴打小莉的事情,他倒是很尊重北辰,有几次,他主动给北辰倒酒、敬酒,所以赵凤生两个弟弟都是实实在在的庄稼人,只是赵振声更血性。两个厨师,其他三个人都不喜爱说闲话,老厨师年纪已经很大啦,有些驼背,长脸上长个大鼻子,眼睛和善又温柔,脸颊红红的,比过年贴的门神纸还红呢,他有严重的哮喘病,每喝一口酒,每吃一口菜都要喘息一阵,喘息得实在难受。小厨师可能是老厨师的徒弟,小徒弟很矮,也很温顺,北辰突然发现小徒弟的右手大拇指上又生出个小大拇指,这两个大拇指像是双头蛇的蛇头,蛇头还不停地颤抖,北辰一直盯视着小厨师的右手,他右手是六个手指头,左右手一共十一个手指头……

"北辰……"裴自轩叫他,他没有听见,他又用左手拍打他的肩头说,"抓紧吃馍吧。"

"吃……"北辰这才惊醒过来。

这个时候,北辰看见小厨师羞红了脸颊,他赶紧缩回夹菜的右手,然后把左手里剩下的白面馍一口吞咽下去,他匆忙离开了……时间不长,北辰和裴自轩也离开了赵凤生家里……

2

新中国成立前山泉村有三大家族,除去夏家还有杜家和丰家,三大家族有个共性,就是他们都有大量土地,而且生意都十分兴隆。丰家土地最多,其次是杜家和夏家;他们都有生意,但是生意各有千秋,丰家祖传眼药,这种眼药非常神奇,求医的人络绎不绝,各种眼疾药到病除,药方传到丰伯驹这一代,他又精心研制出更加神奇的眼药配方,所以丰家的生意愈益兴隆,他们家的生意发展到省城,丰家在省城东门老城墙一带建筑一座规模庞大的眼病医院,可谓是日进斗金。丰伯驹不仅医术精湛,还一表人才,仪表堂堂,他厚道、忠义,还有家国情怀……生逢乱世,他有他的处世之道,有他的生财之道……他把医治眼病赚取的大量金钱用于购置土地,用于建立私人武装,十几年间,他在家乡拥有广大的土地,还拥有一支私人武装……日寇占领时期,日本人让他交出眼药配方,他誓死不从,丰伯驹和日本人斗智斗勇,最后诈死,才躲过一劫,为此,抗日战争胜利之后,他受到国民政府的表彰……丰家自从和省城督军曹仁魁联姻,他们家族已经成为当地的望族,丰伯驹的大儿子丰虎臣娶了曹仁魁的小女儿曹凤娇为妻,丰家已经成为典型的大资本家和地方豪强,一时之间,丰家走向财富和权力巅峰……最后曹仁魁追随蒋介石败走台湾,后来他官至国防部长,据说他有意竞选总统,最后遭到蒋介石……曹仁魁黯然淡出政坛。新中国成立初期丰虎臣和曹凤娇逃至山西,他们在山西隐姓埋名,先后生育五个儿子和一个女儿……由于两岸关系缓和,曹仁魁去世前,他把部分财产在香港交于女儿,曹仁魁似乎问到了他的小妾……曹凤娇的小儿子从小患有严重的痴呆症,在财产分配上曹凤娇偏向小儿子丰得成,曹凤娇受到其他子女怨怼而不幸早逝,小儿子一家在当地无法存身,他们不时遭遇兄妹挤兑和暗算,于是他们不得不又回到山泉村。

丰得成的儿子丰四海颇有曾祖遗风,离北辰家不远的地方,他刚刚建筑一座漂亮的二层小楼,还想在苹果园附近创办罐头厂。而罐头厂选址正好在二伯家的责任田,他们两家签订合同这天,丰四海非让北辰参加不可,他想在明年苹果成熟前把厂子建起来,还要建什么冷藏库,共占地二十亩,只占二伯家五亩田地,占王金锁家六亩,占郭北风、北斗家十一亩,丰四海每年一亩地补偿他们一千斤小麦。二伯很满意,打着灯笼上哪里找这样的好事,北征更是乐不可支,本来他就怕干农活,现在正合他意。合同是三十年,最后双方签字画押,然后合同生效,丰四海想让北辰见证签订合同的全过程,王金锁想阻止合同的签订,他想鼓动几家人抬高租金,还是王振堂奶奶念及旧情(因为王振堂奶奶曾经是曹凤娇的小姨娘),才使得合同按期签订……

丰家的根在山泉村,现在他们又杀个回马枪,而且还要建罐头厂,修建冷库,据说他想要回祖上在省城的产业,虽然眼病医院没有啦,可是土地还在,他还保存着当年的契约文书,那可是老城墙根一大片土地啊,现在这一大片土地上居住着上百户人家。很多年过去了,却一直没有下文……这个时候不免有人议论杜家,当年杜万香在山泉村开药房起家,后来发展到良田千顷,骡马成群,楼宇成片。新中国成立后,他们一家不知去了哪里,有人说他们逃到了香港,有人说杜家后人现在在美国,也有人说杜万香的孙子杜威在省城建了制药厂,他这个制药厂还是省政府重点招商项目。

自然人们私下里,也在不时地偷偷议论夏家,他们不但议论夏老太太有多么心狠手辣,她甚至连亲生儿子都要杀害,他们也在议论夏匡时,想当年他黄埔军校毕业,心怀救国救民之志,受中共高层之托,来到黄淮平原北部发展党组织,可是壮志未酬身先死,夏家时至今日仍然保留着他和中共领导人,以及黄埔军校毕业生的合影照片。人们议论夏天时……但是夏家……

北辰心里清楚,他们碍于面子没有明目张胆地议论……其实夏家只有三个姑娘,已经是后继无人了,而少掌柜夏恩普经营的酱菜生意已经转让给姑娘家,姑娘家惨淡经营几年之后,放弃了。现在老夏家只在做糕点之类的小生意,而这个小生意也只有操心、出力、流汗的份儿,还是个不赚钱的买卖。山泉村除去之前几家糕点铺,现在又开两家糕点铺,老掌柜夏天时的徒弟吴继兴开一家,少掌柜夏恩普的徒弟刘怀让(小名叫混头)开一家,他们的手艺虽然比不上少掌柜夏恩普,但是他们的门面都很大,特别是刘怀让,他虽不是本村人,但是他很有经营头脑,而且他已经不再使用老式作坊,他用烤箱烤制,冰箱保鲜,冰柜储存,而且制作工艺也不再墨守成规,而是中西合璧,他生产的西式蛋糕、西式糕点非常畅销,夏家的生意眼看就要垮下来。

北辰手里有些资金,他早就蠢蠢欲动,想把十字街口的老供销社的院子租下来,扩大生产,早就想另辟蹊径,他坚决不能让夏家的生意败下去。可是这个供销社大院,高山镇供销社主任已经贱卖给村里的蛇头党老虎,他可不是什么善主,但是北辰为了创业,也顾不了那么多,他找到党老虎说明来意,很多事情已经商量妥帖,只是因为租金高低而没有达成协议。再则他必须等到淑丽把孩子生下来,必须等到民师转正考试以后,他才能把生意做起来。何况这两件事情都迫在眉睫,他正处在紧张复习之中。

去年转正五位民办教师,筱薇的成绩是全县第七名。今年全县转正名额是八名,筱薇可以说胜券在握,北辰去年没有参加转正考试,心里没底,所以他十分焦虑,最让北辰担心的还是数学,语文和政治这两门课程,他似乎胸有成竹,而时事政治只在考前一个月突击背诵就行。他必须完成教课任务,必须批改完作业之后,才能进行复习,不能误人子弟,如果因为复习而耽误上课时间,他的心灵就非常不安、非常痛苦,如果因为复习而把学生作业、作文批改得草率,他就寝食难安。所以北辰只有利用夜间时间复习,他往往复习至深夜,甚至通宵达旦,可是有时候他看看座钟,距离早自习时间还早着呢——不妨再演算一会儿,等演算完毕,距离早自习时间已经非常短暂,他只得匆忙赶往学校,有时候,他想趁这段时间休息一会儿,但是等他醒来的时候,早自习已经晚了,有时候起床铃已经响过,有时候早操已经跑过,甚至早自习上课铃声就要响起。这个时候,他发誓非要停止复习不可,他曾经同学生约法三章,他要在起床铃敲响之前来到班上,否则他要写出检讨,接受处罚,这些钱作为班级基金,用来班级开销。他是班主任啊,班主任是班级灵魂,无灵无魂,无魂无灵,一个没有灵魂的班集体,不但没有号召力、凝聚力,也不具备培养学生诚实守信、自主学习的能力,对于学生人格的塑造和道德观、价值观的培养更无从谈起。所以北辰承诺的事情,他看得比生命还重要,必须调整作息时间,必须尽到职责,才能无愧于心。午休时间,他往往不离开教室,唯恐调皮学生影响其他学生休息。培育学生成才是教师的使命,也是教师的生命,不受学生尊敬、爱戴的教师不能称其为真正的教师。所以北辰用来复习的时间更少了,但是他不能以一己之私而误人子弟。

有时候,在家复习,北辰遇到数学难题解决不了,怎么办呢?正在他百思不得其解之时,淑丽悄悄来到跟前,她看过这道题,略加思考,竟然迎刃而解,这使北辰对她刮目相看,从此以后,北辰有什么疑难问题常常请教淑丽。开始时,他还羞于启齿,淑丽会嘲笑、讽刺他吗?他们是夫妻啊!于是他就"不耻下问"了,而淑丽因为给他讲解数学题也得日夜钻研,以便更好辅导他,这可是精心的一对一辅导啊!何况淑丽因为产褥期越来越近,行动更加困难。但是为了他们的未来,为了家庭,她不辞辛劳,陪他一起熬夜……数九寒天,屋外寒风呼啸、雪花纷飞的夜晚,屋里又没有取暖设施、设备,他们只好坐在被窝里一起演算、熬夜,一起同严寒做不懈的斗争。

放寒假期间,北辰因为复习,他们没有去淑丽娘家帮忙做糕点。复习时事政治的时候,淑丽提问,他回答,一问一答,这样的背诵方式很适合他复习。而背诵是一个反复记忆的过程,暂时记忆,随后又要忘记,还得再提问,还得再记忆,直至记牢为止。

但是无论如何不能耽误学生的前程,寒假前,学期接近结束的时候,按大纲要求,一个学期学生应该写八篇作文,之前,他往往让学生写更多。可是现在他才让学生写十篇作文,临近期末考试,还剩写一篇作文的时间。做完之后,淑丽恐怕耽误复习,所以她想替北辰批改这篇作文,怎么能让淑丽批改呢?并不完全因为心痛淑丽在妊娠期,这可是职业道德问题,职业操守问题,他已经完成十篇作文批改任务,已经远远超出八篇作文的批改量,何况这是他让学生做的第十一篇作文,但是他不愿意让她替他批改,他毅然坚持批改,因为批改第十一篇作文,北辰又熬了两个通宵,他又耽误两个昼夜复习时间。细细想来,淑丽可以替他批改这篇作文,何况这是他额外完成的任务啊!他因为复习,完全没有必要再布置这篇作文,可是他还是坚持让学生布置完这篇作文,又情愿牺牲复习时间。

学校有个不成文的规定,也为领导、同事所默认,在教师转正期间,他所教班级成绩差些,班级工作落后些,领导、同事都会睁一只眼,闭一只眼。不能说他没有责任心,没有工作能力,更不能说他师德缺失。因为民师转正考试这关系到教师的切身利益,关系到教师的命运和前途!可是北辰却不这样想,更不能这样做,良知不准许他这样做!如果在以前,别人布置八篇作文,他常常布置十三篇或是十四篇作文,甚至更多,而且批改的都很认真、细心,可是这学期他因为复习考试,只让学生写十一篇作文,怎么还能让淑丽替他批改这篇作文呢?他已经比之前少做了呀……当时还都是教师亲自批改作业、作文的,学校教育还没有发展到学生自主学习,没有发展到对改、自改那一步。

他们班的期末语文成绩更不能差,强烈的自尊心和责任心驱使他一定要比别人强,并不是说他是民师,却一定要比其他教师强,非要比其他教师优异不可,这却是性格使然,他非要引领学生认真复习,非要在全镇三所初中期末成绩评比中考出优异成绩不可。期末成绩公布后,他所教班级在全镇三所初中成绩评比中进步十分明显,作为普通班教师,能考出如此优异成绩,他十分欣慰。如果他的成绩比别人差,他会痛苦一个寒假的。

假期里,他简直是拼了,今年转正指标虽然比去年多出三名。但是全县所有的民办教师都在竞争这八个转正指标,每个民办教师都在抢时间,都在拼搏。如果北辰想考转,他必须付出比他人更多的艰辛和努力,何况在过去那么多时间里,他把精力都用在了教学上,根本没有多余的时间用于复习。寒假里他必须争分夺秒……所以他简直是疯了。她们都劝他多休息,但是他怎么舍得多休息呢?平时他不舍得耽误学生功课,现在放假了,他更应该珍惜假期里的复习时间,更应该惜时如金!

3

新学期开学了……春天到啦,可是春天的脚步却是那么缓慢,开学之后,一直阴雨绵绵,正月底,天空又下起雪来,而且雪越来越大……整个阴历二月,山泉村也都是在泥泞、寒冷中度过的。阴历三月的前几天,天气依然阴冷、郁闷……不几天,天空就晴朗起来,今年春天到来的很晚,万物复苏得极其迟缓,但是自从河岸上的杨柳抽出第一枝新绿,寒凉的天气再也阻挡不住春天的脚步……

今年的玫瑰像是怀春的少女,经过前段时间雨雪滋润,更加旺盛了,枝叶粗大而稠密,北辰期盼着那紫红色玫瑰的花香……河水又开始不停地流淌,潮湿、温暖的季风不断地从南方吹来,小燕子悄悄地啄来春泥,它们在屋顶下搭建窝巢,布谷

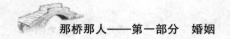

鸟欢快地鸣叫起来……

考试的日子到了,他必须提前一天领到准考证,确认考场,北辰经历过大小无数次考试,但是还没有像这次考试那样激动人心,这次考试更能牵动他的神经,这次考试像是命运之战,北辰在领取准考证的途中,始终惊魂未定、忐忑不安的。

"北辰,领准考证没有?"他刚刚来到教委门口,恰巧碰见筱薇。

"筱薇……我刚刚来到这儿,你呢?"这又是巧合,不,是缘。这一生,他们有缘。

"领到了,去领吧,我不知道三十六中在哪儿呢?我在这儿等你……"筱薇恳请他说。

"到时候,再问吧……"北辰也不知道,他无奈地说。

他们一起去乘坐公共汽车,当赶往公交车站时,他们才发现乘车的人非常多,大都是去三十六中确认考场的同学,彼此之间都非常熟知,所以他们都在注视北辰和筱薇。因为这些乘车的人都知道北辰和她之前的关系,他们是一对难以割舍的情侣啊,分手分得那么突然,她结婚时那么匆忙……丈夫又抛弃了她,她现在孤身一人,准确地说她还有一个女儿,还有人传言说这个女儿是北辰的。而他们也知道北辰刚刚结婚,而她即将离婚,他在等待那么长时间之后,才结婚。当北辰刚刚结过婚,她却要离婚了,她的丈夫外面有了女人,他和那个女人有了孩子,还是个男孩儿。他们唯一不知道的是他还没有在离婚书上签字,所以名义上她还是一个有家室的女人,他们也不知道北辰刚刚失去一个女儿,他仍然处于失去女儿的悲痛之中。当她的丈夫另寻新欢,逍遥自在的时候,她的女儿已经上学啦……

他们会不会猜测这两位旧日情侣会死灰复燃?又会携手走向人生新征程……他们会抛开世俗偏见走到一起吗?应该会的,因为这两个人本来就让人匪夷所思……他们完全不顾忌他人的冷嘲热讽,他们依然故我地坐在一起,北辰紧紧地攥着她的小手,而筱薇斜倚在北辰的肩头……相爱的人何必在乎别人说三道四呢?他们本来就爱得惊天动地,本来就爱得死去活来。现在她即将离婚,事实上她的婚姻徒有虚名,目前她正经受离婚之前的隐痛、折磨,虽然丈夫还没有在离婚协议书上签字,但是他们的婚姻名存实亡,离婚是迟早的事情。他们是否会再次走到一起,谁能猜到呢?何况他们都失去了第一个孩子,而且……

到站了,公交汽车停下来。

"下车吧,终点站到了!"女售票员提醒他们道。

"离三十六中远吗,售票员同志?"她问她道。

"已经过去很远了……"售票员冷冷地说。

原来其他人早已下车,车上就剩下他们两人。而且他们早已错过下车地点,两个人相视一笑,已经到了终点站,是爱情到了终点站,还是生命到了终点站?与其爱情到了终点站,不如生命到了终结站,或许二者都……他们还是下车了,当他们想到乘车返程时,公交汽车早已风驰电掣地开走了,他们又犹豫着等下一班车,可是下一班车却始终未来,或许爱情一旦错过,再不会有下一次……

　　经过打听,这个地方距离三十六中还十分远,但是他们才不害怕呢?他们还是勇敢地向前走去。同学们早就下车了,但是下车的时候谁也没有告诉他们一声,谁也没有提醒他们一下,或许他们以为他俩正想躲避他们呢,他们想找一个偏僻地方,或是一个无人知晓的地方……事实上他们并不想逃避谁,他们会害怕谁呢?何况他们是心底无私天地宽……但是细心的行路人就会发现他们在去确认考场的征程中不但走得很慢,还想回避他人,其实他们并不是有意回避谁,而是一种本能,一种潜意识,正是这种本能,这种下意识体现,他们才……这时她拉起他的大手,仰起头向人群走去……北辰看到她那么勇敢和无所畏惧,他会畏惧谁呢?他们就是一双昔日情侣……

　　他们终于来到三十六中,学校里已经空无一人,他们早已确认过考场,早已人去楼空,北辰很快发现他们是一个考场,而且就在一楼,但是教室门已经关闭,他们已经进不到考场里面,只有透过玻璃窗向教室里面窥视,他们还是窥视到他们的座位紧邻窗子,而且他们之间相隔一张课桌,筱薇就在北辰前面,而北辰在筱薇后面,但是他们中间那张课桌像是一座大山把他们隔离开……哎,真叫人扫兴,如果能够进入考场,坐到课桌上体验一下,感受一下,该有多好啊!谁叫他们到来得那么晚呢?这真是咎由自取,但是他们毕竟确认过考场,也确认过座次,登其堂未必入其室,凡事留有余,不失为一种处世哲学,想到这儿,他们终于释怀了,何况他们想躲避开妒忌而又鄙视的目光,他们真的非常古怪,不然他们不会一会儿胆子很大,一会儿又顾虑重重。

　　当他们走出三十六中大门时,黄昏悄悄地拉起她的小手,他们和夕阳在街头又徘徊好久,但是夕阳不得已还得和他们依依惜别,他们仍然不舍得分开,但是西天火红的晚霞还是恋恋不舍地向西山沉降,而傍晚在用一块巨大的幕布把城市包裹起来,街灯像是黎明的曙光来到大街上,他们已经离开熙熙攘攘的人群向偏僻的小巷走去,小巷里那么漆黑,在外人看来他们像是一对情意缠绵的恋人,那么甜蜜的一对新人。但是他们并不是在窃窃私语,叙说情话,也不含情脉脉,互送秋波,却在探讨疑难问题,北辰仍然有许多难以记忆的公式和难以理解的定理、定律……解析和立体几何方面的一些问题,北辰理解不了,淑丽也很难讲清,可是经筱薇讲解,他豁然开朗了。她也在请教北辰某篇作品的作者和她不甚了解的语法、修辞,还有古文中的字词句解释。最后他们又把时事政治中的填空、选择和简答题背诵一遍,还把政治经济学中的有些概念加以澄清……已经很晚了,他们还没有吃饭,住宿问题早已解决,他们是安排过住宿,再去确认考场的。可惜他们中间相隔一张桌子,不是说如果没有这张桌子就方便作弊,就是没有这张桌子,他们也不可能作弊,如果因为作弊才希望毗邻而坐,这就不是北辰,也不是筱薇。他们的人格、尊严不允许他们作如是想!他们考虑的是他们的情缘,淮河市五个县的民办教师在一起考试,他们居然分到一个考场，实在让人感到意外，这就是缘。当初他们来到一所学校教书，又是教一个班级的语文和数学，这是巧合，一见钟情又是巧合，今天相见巧合，考场又是巧合，虽然中间隔了一张桌子，但是考试的时候，有一位旧日情侣坐在只隔一张桌子的地方，这样想象就让人激动不已……这是人们所说的缘吗？真是无巧不成书……可是他们相爱那么些年之后，还是不得不分手啦，为什么他们在婚姻上不但没有巧合，而且在他们相爱那么些年，在她结婚之后，北辰又等待那么些年，他不得已，还是结婚了，可是他刚刚结婚，她又要离婚……他们到底是因为什么才分手的？按说他们应该很清楚分手的原因？可是缘分这种东西是很难说清楚的，好端端的一对情侣，相爱那么些年，竟然无端地分手了，说分就分，仿佛谁也不留恋，谁也不犹豫，分手得那么决绝，有时候不单单是父母的压力和胁迫。可是谁知道这样一别竟是生离死别，换来的却是一生痛楚……的确，他们爱的太深了。他们都痛失过一个孩子，北辰失去了女儿，而她呢？失去了儿子。因为思念爱情，因为痛苦、悔恨，她精神失常之后，在一天夜晚，由于……把儿子活活闷死……而北辰对初恋刻骨眷恋，淑丽无法忍受他对昔日爱情的渴望、思念……淑丽读到她写给北辰的那本日记之后，被发生在北辰和筱薇之间缠绵凄怆的爱情震惊了，在这本爱情日记里筱薇记述了她和北辰缠绵悱恻的相爱经历，以及他们之间那些生离死别的爱情描述，还有筱薇对昔日悲欢离合的爱情追忆……这一切使淑丽的精神几近分裂，让淑丽痛不欲生……不管怎么说，他们的女儿夭折了……

这是一场什么样的爱恋呢……苍天呢，可怜这一对恋人吧……他们怎样才能从痛苦的深渊中逃离出来呢？看来，他们这一生是很难逃生了，那么还会有来生吗？如果有来生，会是什么结局呢？他们还会忍受分离的痛苦吗？

今晚他们并没有住宿在一个旅社，不是他们不敢住在一起，而是他们必须分开住宿，也不是因为害怕影响第二天考试才分开。这是良知的安排，北辰要对淑丽负责，而筱薇呢，她在对谁负责，封建道德吗？还没有在离婚协议书上签字的丈夫吗？应该都不是，或者都是。总之他们在一起简单吃了点东西以后，大约晚上十点，谁都没有犹豫一下就分手了，他们本想握一下手，或者来个并不热烈的拥抱也行，但是他们的手指连碰都没有碰一下，就倏然分开了，也不是厌恶和嫌弃，也不是相爱太深，现在反而看淡了。而应该分开的，就得分开，他们永远是分不开的，分不开的是灵魂，但是肉体必须分开，人兽不同，做人要有底线……

他们回到各自的旅社，只是一刹那思念，便睡熟了，因为今天太累了，这两个纯洁的天使就这样进入了梦乡……他们似乎都醒来一次，都睁开眼睛想瞧瞧昔日恋人在哪儿，都想拥有对方，但是为了明天的考试，为了前途，为了……还是睡熟了过去……

第二天他们一起奔赴考场，他们像是一起奔赴战场一样，一起经受战争考验和洗涤，上午第一场是政治，第二场是语文，下午考试数学，然后考试结束了。中午考试过后，谁都不说考试结果，彼此三缄其口，双方只是脉脉地望一眼，又都把目光缩回去，匆匆吃点东西就各自回旅社休息了，因为他们知道硬仗就在下午，数学才是主战场，下午这场恶战像是上甘岭那次战斗，中美双方都做足了准备，都铆足了劲……而下午这场战斗更是北辰的硬伤，也是他的死穴，他必须轻装简行，午休时间他必须休息好，因为他从小就畏惧数学……但是今天下午，他必须打好歼灭战。他必须打赢这次战争，这场战斗关乎全局，一招不慎，满盘皆输……

4

监考教师把卷子发下来，北辰阅卷，然后开始做题，选择题共有十七小题，这十七小题分别是求最小正周期，双曲线的离心率，直线的方程式，方程坐标所表示的曲线，还有求旋转体的体积……北辰做得非常谨慎小心。

第二题是填空题，共六小题。这六个小题分别是实数 k 的取值范围……第三题是解答题，共五个小题……

他每一题都做得谨慎小心，做完后，对每一题都做检查，没有问题，至少考九十七分，只有一个填空题，没有把握……

下课铃响了，考生都站起来，北辰也站立起来，监考教师在收卷子，所有考生陆续走出考场……

校园里熙熙攘攘的考生都在对答案，他们都在议论今天下午这场数学考试，很多人都愁眉不展地离开了……许多人对这次考试充满希望，也充满忧虑……

北辰走出校门很晚，他一直和熟知的同学对答案，如果再不走，他今天不仅回不到山泉村，就连回到县城的可能性也很小。他以为她已经走过，走远了。可是他刚一走出校门，发现她正在校门口等他，两人一直向南走去，而他就接着刚才没有对完的答案一路对下去，当他们对到第三大题最后一小题时，北辰发现第三大题最后一道小题出了差错。这道题，并不难，他列对了式子，计算的时候，出现了谬误，因为一时疏忽大意竟然做错了题，这真让他灰心丧气，真让他难过，他因为一时粗心大意，也可能是前面的题做得顺手，所以产生了麻痹大意思想，竟把会做的题做错了，这一题，十分，改卷教师至少扣他五分，或许更多，他肯定会转不了正，一年的辛苦白费了，这虽说是他第一年参加民师转正考试，可是这已经是第二次准许他们这批县代课教师参加转正考试啦，这一次他竟然因为一时粗心大意把会做的题做错了。北辰以为今年转正不会有障碍，可是竟然功亏一篑，不用说五分，就是一分，在关键时刻，也会名落孙山，他也曾经因为半分之差而落榜。他自从昨天见到她之后，就有一种莫名其妙的激动和慌乱。他应该悔恨见到她，可是激动和慌乱不关她的事情，是他激动和慌乱的，筱薇并没有让他激动和慌乱，这使他百口难辩，有苦难

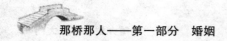

诉,是他自己在找借口,在制造借口,有些人在失败、挫折到来时,却往往把罪责推给别人,而北辰不是这样的人,他只有自责。

可是怎么给淑丽交代呢?她即将临产啦,可是他怎么给淑丽解释?说他见到她之后,由于激动、慌乱,居然把最后一道数学题做错了,或者因为复习不用功,他可是学习起来不要命的呀……命运啊,冥冥之中的命运,为什么非要使苦难的人,忍受那么多苦痛呢?天!上苍!为什么非要折磨这些苦命人呢?

正当北辰哀叹人生的艰难痛苦时,他跟着她走出了三十六中,他们竟然不知不觉地走进一条死胡同,他们是迷迷糊糊走进死胡同的,已经无路可走……这个时候黑暗像是一张大网,轻轻向下一撒,所有的楼房、街道和树木都笼罩在黑漆漆的夜里。而他们两个就站在这条小胡同尽头,他们像是站在爱情的尽头,站在人生的尽头……北辰想如果这个时候,他真的是站在人生的尽头该有多好,前面是万丈深渊,后面那么多追兵,向前一步,退后一步都是死,他就向前一步……他真的向前一步,又向前一步,他的额头已经碰到胡同尽头的砖墙。筱薇理解他的心情,于是她奉劝他道:"北辰,你真像个孩子,一个永远长不大的孩子,人生这么漫长,最重要的是要敢于面对失败和挫折,要敢于对失败和挫折说不!敢于把失败和挫折踩到脚下,北辰,这样你就长大了……"他踟蹰良久,像是在思考什么,又像是什么也没有思考,他的头脑一片空白,一片无意识状态……窄窄的小胡同像是刚刚睁开莫名其妙的眼睛打量这个迷途而不知返的羔羊。他不但不知返,还想用脑袋把这条死胡同撞击出一条通天的大路来,但是他肯定会撞得头破血流……不,他会杀出一条通向高山之巅的血路……筱薇会吗?她也会……

他们只得原路返回,而街灯已经明亮起来,他们问问行人,这个地方距离火车站似乎不远了。他们还是离开火车站远一些,因为火车站实在是鱼龙混杂的地方,他们又来到一条偏僻小巷,北辰和筱薇走过这条小巷,又拐进另外一条小巷,他们似乎迷路啦,可是就在这个地方恰巧有一家小旅馆,一问价格一宿两元钱,这像是家庭旅社,房子很破旧,有几间大房间,还有几间小房间。大房间里又隔开几个小房间,这些小房间都是用硬纸板隔离开的,这些硬纸板好不容易才站稳脚跟,如果不是天晓得什么神秘力量做支撑,这些硬纸板肯定会跌倒的,真难为他们能把这么小的空间隔开。这些利用硬纸板拼成的墙壁都是皱皱巴巴的,不管怎么说他们算是把房间隔开了,但是如果想迈进隔壁房间,只需把这些薄纸板折叠起来或是轻轻地把纸板挪开,如果不是很介意的话,也可以从硬纸板下面钻过去。

小旅店很整洁,管理也规矩,旅店老板大约六十岁,脸很黑,在昏黄的灯光下,他的眼睛竟然发出晶莹的亮光,让人发怵,但是他说起话来,却和蔼可亲。

"身份证?"他严肃地问他们道。

"……"北辰把他的身份证递给他。

"107房间。"他挺认真地做登记,登记完毕,把证件归还给他,又给北辰一把钥匙,然后说道。

"……"北辰等待他再给一把钥匙,她在北辰身边沉默着。

"还有什么事情吗?"旅客老板诧异地问道,然后他仿佛顿悟了,"房间就在左边。"

他用粗短的手指往左边指指,其实旅馆根本就没有多少房间,而且灯光暗淡,电灯泡发出萤火虫一样的亮光,四周灰蒙蒙的。

"再给一把……"北辰解释道,"我们是……"

"原来……"这一次他彻底醒悟了,"再缴两元……"

交过钱,然后他又拿出一把钥匙递给他,房间号是108,他把108房间的钥匙递给她,他留下107房间的钥匙,他们打开各自的房间……但是旅社不大,房间也不多,旅客只有他们两个,时间已经是十点三十分,这家小旅馆今晚是专门为他俩开设的,他们把小旅馆包圆了。旅社在一条背街的小巷子里,如果不是偶尔碰上,谁会来这儿住宿呢?这家旅社为什么开在这儿,只有鬼知道?但是鬼也很难到这儿来住宿的。北辰和筱薇真的很像一对幽灵,但愿明天起床之后,这儿是一片墓地,像聊斋里描写的那样离奇古怪……北辰和筱薇居然感觉很好笑,他们实在笑不出来,可是他们还是解嘲似的彼此笑笑,虽说笑得尴尬,却一扫心中的郁闷和不快。

筱薇在房间里待的时间并不长,她在敲北辰的房间门。

"进来。"他根本没有给房间上锁,外面的人迟疑一会儿,走进来。

可以看到,筱薇进来得很匆忙……他们想拥抱,已经把臂抱伸开,但是又放下来,彼此压抑着,眼眶里尽是泪水,像是有万语千言,但是又无从说起,脉脉此情怎能诉说清楚呢?他们站着,不敢坐下来,唯恐一不小心,感情的闸门已经打开,欲望的洪水就会喷薄而出,欲望的猛兽就会跳出来吞噬一切……他们那么接近,几乎贴身站着,她穿一件薄如蝉翼的汗衫,胸罩大概在清洗身子时脱掉了,不知是有意还是无意,她轻轻地甩动了一下头发,一缕秀发轻抚到他的脸颊,他的心脏猛烈跳动一下,一股暖流流经周身,他顿时感到温热和窒息,但是他还是冷静下来,她也镇静下来……时间像是浑浊的河水潺潺地流淌,他仿佛听见了树林里画眉鸟婉转流畅的吟唱,婉转流利的鸟鸣是那么轻柔,他似乎感知到晚风轻轻抚摸着夜晚的脸颊……他们终于解除了武装……一场激烈的拥抱也终于趋于平静……

沉默……但是他们还是分开了……两人都睡下来,虽然他们不在一个房间,其实他们之间只有一层薄薄的硬纸板,相互之间都能听见细微的呼吸声,其实他们都没有睡意。

终于聚首了,可是他们在暴风骤雨之夜各自躲进一个僻静港湾……多年来,他们都在复习、演算、背诵,现在考试结束,他们相逢了,思念的人走在一起,今晚,在这家旅社里只有他们两个人,可是他们反而犹豫、彷徨起来……彼此受着欲念的煎熬,痛苦窒息、折磨着他们,彼此都在流着相思的泪水!可是一抬腿就能……木桥

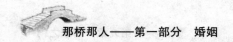

之上的遥望、期盼，长长的思念，痛苦之夜……他们都在等待……夜也在等待，可是夜一点点走过相思的田野，夜在流浪，在渴望……

　　不能，坚决不能！如果他去到她的房间，他会控制不住……淑丽在干什么呢？她肯定不会睡着，她在等待他吗？答案是肯定的，丈夫不在身边，她怎能睡得着呢？想到淑丽，他内心就无比痛楚，她还像是个孩子，却失去过一个属于她的孩子，现在又怀着他的孩子，在这种情况下，他怎能欺骗她呢？她平时的痛苦、操劳一一闪现在眼前，还有那个孩子，那个畸形、残缺的孩子……淑丽不比谁的痛苦少！他不能辜负她，更不能忘记那个孩子，不能忘记苦难中的母亲，他又想起父亲，他的教授父亲，那是他的父亲吗？不是，又是，还是不是，如果是，他养育过他吗？他承认有北辰这样一个孩子吗？在北辰幼小的时候，他就抛弃了他们母子，想起这些，想起他和母亲还有几位姐姐所遭遇的不幸，他不禁失声痛哭起来……几年以来，他实在是夸大了初恋的痛苦，而忽略了母亲、妻子的痛苦……想到这儿，他把房门上的插销插上，尽管那是一把锈蚀得几乎坏掉的插销，只一推，人就可以走进来，可是这像是一把道德的锁匙，一堵高墙，足以抵挡住感情的洪水猛兽、蛇蝎魑魅……

　　但是他还是睡不着，外面世界充满了诱惑，筱薇那饥渴的眼睛，昏黄、暗淡的灯光下她的秀发，肌肤……

　　这个时候他听见隔壁房间一阵轻微的响动，她起床了，然后打开房门，在这个寂静的夜里，开门的声音那么响亮、清晰，她来到房间门口，屏住呼吸站立着，世界死一样寂静，他们僵持着，她没有敲门，他也不去给她开门，她想转身走开，他已经听见她回去的脚步声，但是脚步声又一次停下来，她好像又走几步，又回到他的房间门口。这一次她轻轻地敲敲房门，他没有给她开门，屋子里面没有响动，她以为他睡着了，其实他睁着眼睛，心灵正在激烈斗争，他正想打开屋门，可是心灵里有个声音命令他道："不许动，静静地躺着，不许动……"这会是谁的声音呢？是母亲的声音，还是淑丽的声音，还是死去的那个孩子的声音？好像都不是，那会是谁的声音呢？但是这个声音，北辰又非常熟悉，这个声音具有万钧之力，这像是良知的声音，这个声音把他镇住了，他一动也不敢动。她也可能以为他并没有睡着，他只是……她终于下定决心，于是她轻轻地推一下房间门，房间门晃动一下，插销应声而断，房门打开了，她没有进门，她就站在房间门口，她在等待……他躺在床上一动不动，他像是睡熟了……一切都没有响声……经过很长一段时间，他听见她静静地叹息一声，可能还有轻微的啜泣声音，还会有眼泪在流淌……又等待一会儿，她把房门关上，回去了，她躺在床上，好似又过去半个世纪，不，是一个世纪，或许是无数个世纪吧？她赌气似的把插销插上，插销响动一下，她关闭了外面的欲念世界。他仿佛听见呜呜咽咽的哭声像是吹奏的芦笛一样……

　　北辰像是睡熟了，他睡的昏昏沉沉……他甚至没有听到房间门的开启声音，她又一次悄悄地来到他的房间门口，她又站在那儿等待，尊严不允许她私自走进来，她希望他出来迎接她……可是时间一秒钟,一秒钟过去了,一分钟又一分钟流失了,半个小时过去了,她轻轻咳嗽起来,她冻的直打哆嗦,流着清水鼻涕,还有欲念的热泪……她只得再次返回去,回到房间,她又等待一会儿,还是把屋门关闭了,她像是熟睡过去……像是又过去多少世纪,其实就在她刚刚熟睡之后,他就醒来了,但是他并没有立即起床,而是回忆起他们之前的感情历程,相识,相爱……分手……感情这回事,谁能说清楚呢?可是筱薇毅然选择了离开,他呢?又在思念和痛苦中等待那么多年,谁也不知道他在等待什么,在等待谁?在等待结过婚的筱薇回心转意,还是等待她的幡然醒悟,幡然归来?好像是,又好像不是……但是这并不能说明他和淑丽的结合是草率的,怎么是草率结合呢?是一种偶然,也是姻缘巧合,也是命运使然,淑丽还是个孩子,一个刚刚成年的孩子,那年她刚刚十八岁……却选择嫁给他。虽说淑丽是一位执拗的孩子,却是坚强、勤劳的女人,虽然说不上漂亮,却很有气质和内涵,她似乎继承了夏家人的执着和奋发图强的精神,她很会打理生活,知道节俭,也很朴实,她梦想比别人优秀,梦想家道殷实,梦想幸福、富裕的生活,也很现实,她希望他成为一位实业家,像夏家大掌柜当年艰难创业那样,开拓出属于他们自己的经济王国,拥有像夏家那样,甚至比夏家更加庞大的家族企业,总之淑丽是位现实主义者,她渴望拥有实实在在的生活,渴望夏家的殷实,渴望夏家大院的辉煌……这是她的梦想……但是北辰却是位理想主义者,他生活在虚幻之中,渴望成为中国的列夫·托尔斯泰,能够追随鲁迅先生的脚步……他脱离现实,不理世事,不问世俗,埋头苦读,不只初恋给他造成过巨大的伤痛,他理想主义的人生,还有他的狂妄、狷介,这一切几乎把他理想的美梦压得粉碎……于是他深陷矛盾之中,他和淑丽之间龃龉不断……他们那么格格不入,文化修养,文化素质不同,理想不同,这中间种种不为外人道的酸甜苦辣,谁能说得清、道得明?可是北辰简直是疯了,他抱定所谓理想,所谓志向……他像是一头执拗、莽撞的牛犊,一头疯癫,一头非要撞倒南墙的老牛,他非要撞得头破血流不可……

事业的帆船四处漂流,苦苦挣扎……这个时候他的孩子又夭折了,这是怎样的非人间!这不仅仅完全是命运的安排,但是冥冥之中又像是命运在作怪……淑丽的痛苦并不比北辰少,希望是多么渺茫……她像是在茫茫大海之上挣扎……他每每跌入现实的深渊,几乎化为虚妄的尘埃,他几乎死了……

时光荏苒,日月如梭,只有时间才能抚平痛苦的心灵,她又获得了新生……他要撑起一个家庭……他们辛勤地培育苹果树,栽种棉花,播种小麦,收获玉米,还有心爱的花生、大豆,有时候他们还在田间地头种些瓜果、菜蔬,他们又一次想象着生儿育女的快乐……他们偿清了所有债务……如果今年再是个丰收年,他们就要建筑洋房了,他还想租赁十字街口老供销社的院子做糕点生意呢,真是前景不可限量,可是现在最现实的是她马上就要分娩了,他得做好淑丽分娩之前的所有准备……

筱薇呢?她在哪儿?就在隔壁……他还是经不住诱惑,起床后,径直来到她的房间门口,他轻轻地敲几下房门,没有人回应,他又轻微敲几下,还是没有人应答,于是他轻微推一下房门,他发现房门锁上了……如果他再用劲敲,她肯定会起来,如果他稍微用力推门,房门也会应声而开,因为锁钥根本不管用……但是这两种方式,他都拒绝了……北辰呆呆地站在房间门前,他才感到她等待他时,多么孤独和寂寞,但是北辰当然不会哭泣,她也不会假装睡着,她或许是因为思念爱情,或许在长久的等待之中疲惫地睡熟啦,她大概正在做着凄美迷离的梦幻吧?在梦幻之中,她现在已经听不到任何声响了。当初她肯定是等他等待的累了,她一定是忍受不住深夜的寂寞和寒凉,才不得已回去休息的,直到现在他才真正体验到她那颗真挚、灼热的心灵,他真的很后悔,但是后悔有什么用呢?他似乎听到她轻微的咳嗽声音,还有轻微的呓语声,他热切地盼望她能够起来,能开门出来,但是她翻翻身又睡着了,他唯恐她生出病来,他不敢离开她的房间门口,这时他又十分害怕她起来,害怕她突然走出门来,可是他在久久地等待她醒来……他仔细听听房间里面的动静,房间里面的声响,他听一会儿,房间里面竟然静悄悄的,四周也是一片静谧,她大概是又一次睡熟了……黎明像是姗姗来迟的小女儿,黎明即将来临……然后他又折回房间,他再也没有睡下,直至天亮……

　　天亮时分,他打个盹,当他再次醒来的时候,清晨的阳光像是河水那样通过窗户玻璃静静地流淌进来,那阳光中浮动的微尘像是浮游在河水中左右摇摆的昆虫,清晨的阳光真好!他又去等待一会儿,筱薇房间里响动一下,她起床了……他来到她的房间,他看见她的眼睛又红又肿,她显然一夜未眠……她等待着……但是她也没有为他打开欲念的邪恶之门……

5

　　今年玫瑰长势非常旺盛,简直是枝繁叶茂,不过枝丫向上的部分却很细腻,玫瑰花是那么鲜艳和绯红,香味是那么浓烈……当初,大水把果树淹死之后,北辰在篱笆墙附近又栽种了几棵石榴树,如今它们也生长得十分茂盛……他们家里也使用上压井啦,这个地方终于像个家了。如果今年夏秋两季丰收,北辰准备建造洋房呢……

　　河流南岸又迁移过来几户人家,罐头厂即将竣工。而北辰焦虑地等待着考试成绩。星期日这天,他们来到淑丽的父母家里,家里来了客人,淑丽说客人是老家的堂姊妹,她叫蒋翠儿,哦,原来她们老家姓蒋,她应该叫蒋淑丽,的确是这样,在大梦村上学时,她叫蒋淑丽,可是在山泉村,她叫夏淑丽……她说父亲在老家叫蒋德信,在山泉村却叫夏恩普。翠儿的丈夫叫徐国林,他们两个是高中同学,也都是落榜生,他们还有两个女儿,大女儿不足五岁,还不该上学前班,但是她足足有七岁孩子的身高,她已经懂得害羞了,看见家里过来两位客人,脸颊羞得像是雨后的彩虹。二女儿不足三岁,她胖的像是个塞满稻草的布娃娃,很会撒娇,她抱住妈妈的脖子,不是在妈妈耳旁窃窃私语,就是把妈妈的头发弄乱,妈妈却十分溺爱她,蒋翠儿一边和淑丽说话,一边和小女儿秀恩爱。他们是来学习糕点手艺的,蒋翠儿却像是家庭主人,北辰和淑丽反倒成了客人。蒋翠儿非常丰满,已经稍显肥胖,鼻子、眼睛、嘴巴、下巴都深陷在肥肉之中,但却并不丑陋,不但不丑陋,还非常迷人,她有一双秀丽、迷惘的小眼睛,眼睫毛又那么修长,笑起来,恍惚中有一种朦胧迷离之感,她的臀部非常肥大,走起路来,肥硕的大臀不停地摇摆,全身肥肉乱颤,但是她并不臃肿,而且还富有磁性和弹力,可以猜测她结婚之前肯定是一位漂亮姑娘。翠儿姐姐的哥嫂都在边疆,却没有人知道他们在边疆干什么?只说他们已经在边疆多年,却不经常回家。老母亲一人在家,老人家已经将近八十岁,可是她依然健康,还饲养着许多牛羊。徐国林是个瘦个子,瘦长脸,脸部中间宽大,两头尖尖的,他有一双惊恐的大眼睛,这双惊恐的眼睛非常忧郁、狡猾,他的鼻梁高耸、弯曲,几乎弯成弓形,嘴巴有些上翘,尖溜溜的下巴上干净得连一根茸毛也没有。他穿一身并不破旧的银灰色西装,显得挺拔和潇洒,如果不是那个弓形鼻子,会更加英俊。北辰和徐国林刚刚见面,徐国林就夸夸其谈地乱吹一气,他像是凭借油嘴滑舌就能够闯荡世界似的,在他胡乱吹嘘之时,还时常仰天狂笑,他狂笑时,可以清晰地看到他满嘴尖厉的犬牙。有时候,他也感觉有些唐突,所以就献殷勤、赔笑脸。不知道使用一种什么神秘手段,他很快赢得了北辰的友谊和信任,他们经常聊一些共同感兴趣的话题,他往往能够挑起北辰的谈话兴趣,他们亲热得像是亲兄弟,这对兄弟不仅关系融洽,还亲密无间,所以他们之间简直无话不谈。他的大女儿开始有些胆怯,现在已经无拘无束了。他们不在眼前时,淑丽的母亲说徐国林是一位干部家的儿子,这位官员当年遭受迫害,只得回到老家生活,徐国林小时候因为无人管束,他到处流浪,后来被一位没有儿女的好心人家收养。这位官员官复原职之后,便认领了他,但是他还有其他几个儿女,他们都居住在城市,而且有车有房。徐国林内心不平衡,他不断向父亲索要钱财,父亲被逼无奈,只得给他五万块钱让他在城里买房子安家,可是他拿到钱后,没有在城里买房子,却回到大梦村。因为他们是高中同学,又相爱多年……他们结婚后,就同养父母断绝了关系,又没脸回到亲生父母那儿,他们只得回到翠儿娘家居住,在娘家生活终究不是办法,他们想来这儿学手艺,然后回去开一家糕点铺子。

"那……他们的五万块钱呢?"北辰诧异地问淑丽的母亲道,"他们为什么不在城市,或在县上买套房子呢?"

原来徐国林把那五万块钱全部投资到砖窑厂吃高息,结果黑心窑主让他本息无归。他打官司不但没有讨回本钱,还被黑心律师狠敲一笔竹杠,徐国林走投无路只得再次投奔亲生父母,这时父亲已经退休,这个儿子早已让父母伤透了心。

"教给这样的人手艺……"北辰提醒淑丽母亲道。

"人到难处，帮帮他们吧……"淑丽的妈妈无奈地说。

他们居住了将近四个月才离开，后来听说在集镇上开过糕点铺，他们又生育三个女儿，他们一共有五朵金花。再后来徐国林又改做其他赚钱生意，大概在做水暖生意，于是就把糕点铺关掉了。但是自从他们走后，好多年以来，在一次春节，他们只给叔父、婶母寄过一次慰问信，信里只有短短几句问候的话语，他们冷冷地祝愿叔父、婶母身体健康，还有一句说什么当年承蒙照顾的话。就是后来北辰、淑丽多次去到大梦村，他们和徐国林夫妇也未曾谋面，他们不可能不知道北辰和淑丽在大梦村的事情，他们可能是在躲避着他们。

徐国林一家四口刚刚离开山泉村，又从老家过来几位客人，他们也是一家四口人，也是两个大人，两个孩子。他们是大伯家的小儿子和小儿媳妇。他们的两个孩子，一个是男孩儿，一个是女孩儿，男孩儿是弟弟，他不足四岁，小脸蛋非常白嫩，鼻子很细腻，细细的鼻梁似乎有些向内弯曲，鼻头向上翘起，眼睛刁钻又任性，他总是用刻意的眼光瞪视姐姐，在他瞪视之下，姐姐的眼光总是低垂下来，听说姐姐的年龄也不大，她只比弟弟大九个月，女孩儿很像妈妈，圆脸，有一双温柔美丽的大眼睛。刚开始他们可能因为陌生吧？都一直躲在母亲的怀抱里不敢说话，但是时间不长，弟弟就开始挑逗姐姐，谁也没有看见姐姐竟然惹恼了弟弟，男孩儿揪住姐姐的头发使劲撕扯，他还是不解恨，于是狠狠地扇姐姐一巴掌，打得姐姐失声痛哭，她恼怒之下立即举起右手，就在这时，姐姐还是先看看妈妈的脸色，她像是要等待妈妈的命令，可能是在外乡吧，母亲扬扬巴掌，却没有打到儿子身上，男孩儿竟然无所畏惧地噘起小嘴，他还瞪视妈妈一眼，眼睛里噙满委屈的泪花……但是时间不长，姐弟俩又到一块玩耍去了。

淑丽的哥哥叫蒋建业，谁也不知道他此次来这儿居住的目的，他不说是来干什么的，也不下地干活，也不帮助家里做糕点，他像是主人一样每天躲在奶奶曾经住过的房间里不出来，有时候还把房间门反锁住，任谁叫也叫不开，他仿佛有满腹心事，整天忧心忡忡，沉默寡言的，他到底躲藏在那间房子里干什么呢？即使他从房间里走出来也很少说话，大部分时间是不到吃饭时间绝不走出房间半步，即使吃饭的时候，他从房间慢条斯理地走出来，好些时候也是萎靡不振，只是个别时候，他精神抖擞，眼光犀利，这个时候，他就会打开话匣子，然后滔滔不绝地说一些不着边际的话语，至于说的什么话，恐怕连他自己也不大清楚，他是父亲的侄子，又是淑丽的哥哥，何况淑丽家又没有男孩儿，所以他像是主人一样高贵，不但北辰和淑丽敬重他，就连淑丽的父母也十分看重自家侄子。他们已经住下很长时间，就是不说走，也没有说过不走，可是他到底什么时候走呢？只有天知道。

他个子虽高，却十分瘦削，像是棵红高粱那样又细又高，眼珠子躲在深深的眼眶里，有时候他眉头紧锁、双目紧闭，像是在闭目养神，但是眼睛猛然睁开却像是饿狼一样凶光毕露,如果小孩子看见他这副德行,胆小的孩子肯定会吓个半死,胆大的孩子也会被吓哭。他的额头宽阔,鹰钩鼻子非常有气势,应该说很有男子汉气魄,下巴很尖,尖下巴上有一些像是虎须一样灰白色的胡子。这样的长相很让北辰敬畏,淑丽说他非常有本事、有能力,他很富有,一提起富有,北辰不能不对他肃然起敬,从穿戴上可以看出他肯定不是穷人,刚来那几天,穿戴很是灰色,他像是刚刚从哪儿逃难过来,不但惊慌失措,还很胆怯,穿戴也不规整,可是经过几天时间,气色安闲下来,他穿上一套崭新的黑色西服,又把黑皮鞋擦得锃亮,长长的头发像是搓过油脂一样闪闪发亮,当他又一次出现在北辰面前的时候,他还只当他是一位归国华侨呢,至少说这是一位尊贵客人,可是仔细看看却还是淑丽的哥哥蒋建业,北辰不能不为淑丽有这样的哥哥而骄傲。

蒋建业嫂子经常陪婶子唠些家常,但是很多时候也没多少家常可说,他们虽说是一家人,并不生活在一起,平时也很少走动,只是非到走动不可的时候才见面,现在她也只是陪婶子坐坐,应景而已。她很文静,皮肤保养得很好,白嫩又有质感,衣服质地也好,她倒不像是农民打扮,却像是位贵妇人,举止也很得体。他们既然没有什么事情,也不学做糕点,也不学做木工,也不学做泥工……可是一住下来,也不走,他们已经住下一月有余,这么一大家子人,刚开始还其乐融融的,可是日子长久下来,生活过得沉闷又枯燥。淑丽的父亲也一筹莫展,侄子来了,怎么说撵呢?但是这到底是怎么回事呢?何况蒋建业每天躲起来,不能不让人起疑,他到底躲起来在干什么呢?并不是谁愿意监视他的行动,可是他们的确让人纳闷,他们好逸恶劳,可是穿戴却那么高贵,妻子儿女用度非凡,他们的经济来源是什么?他们到底是来走亲戚的,还是有什么企图?或者是……可是他们来叔叔家里住一段日子会有什么企图呢?

一天晚上吃过饭,蒋建业又回到住处,淑丽的妈妈正同侄媳妇哄孙子孙女玩耍,忽然想去厕所,她于是怪难为情地放下怀里的孙子,就往外走,去厕所要经过淑丽奶奶之前住过的房子,她不经意地想往屋子里瞧瞧,也可能是潜意识在作怪吧?她蹑手蹑脚地来到窗户旁边,透过窗棂偷偷地向里面窥视,可是里面黑漆漆的,什么也看不见,屋子里面也没有什么响动,他在里面到底在干什么?大概是休息了吧?她正说离开,这时她突然看见侄儿擦燃火柴,顿时漆黑的房间里亮堂起来,她唯恐里面的人看见,于是她向窗棂后面缩缩身子,然后她继续观察屋子里面的动静,这时她看见丈夫的侄子把燃着的火柴放在唇边,点燃个什么东西,然后他猛抽一口,这个时候,淑丽的母亲看见仿佛有个什么东西闪亮后,又熄灭了,当时,对着亮光儿,淑丽的母亲看见蒋建业深藏在眼眶里的黄眼珠也闪亮了,这个黄眼珠子像是野狼的眼睛那么残忍和贪婪,这把淑丽的母亲吓得半死。她突然明白了,蒋建业在吸毒……也极有可能贩毒,这么说他是在躲避什么,躲避……

他是在躲避公安人员的缉捕,一年多来,他一直在东躲西藏,很多时候,他几乎被缉拿归案,可是凭着他的机敏、狡猾,他一次次逃脱啦,万不得已,他才躲藏到远方的叔叔家里。他不但贩毒,还吸毒,缉毒人员四处缉拿他,他早已成为惊弓之鸟,这次他藏匿在这儿,暂时避开了追捕,他只是暂时过一段平静日子。时间不长,他还是被抓捕归案,可是他并不是主犯,况且他由于狡猾成性,当时缉毒人员缉捕他时,他携带着大量的海洛因,由于外面关系的成功运作,他终于逃脱一死,即便如此,他还是被判处 3 年有期徒刑。建业嫂子的娘家父兄都是赫赫有名的大毒枭,他们贩毒不吸毒,但是他们更加狡猾奸诈,神出鬼没,现在已是家财万贯,他们经过多年苦心经营,已经在边境建有秘密进货渠道,在内地建有复杂的销售网络,而蒋建业只是他们手中一枚棋子而已,蒋建业暴露之后,在营救无望的情况下,只有丢卒保帅。在蒋建业进去之后,他们的行动更加诡秘了。如果不是蒋凤英到来,他照样可以度过一段安稳日子,可是她的到来却打破了之前的所有平静……

蒋建业被缉毒人员到处搜捕的同时,家里又出了一件耻辱的事情。蒋建业的小妹妹蒋凤英因为在家无处藏身也要来到淑丽的娘家避难,淑丽伯父突然到来,使一家人都大吃一惊。

他已经很老了,腰弯得特别厉害,如果不是这样,淑丽的伯父年轻时候并不低矮,尽管他的头颅低垂着,可是伯父有时候昂起头来,深藏在眼眶里的深蓝色眼睛依然目光如炬,他抬眼望人的气势就像一匹追赶羔羊的豺狼。他整个牙齿掉光了,干瘪的嘴巴说起话来混沌不清,看得出来,他很孤独,也很失落、苦恼,他像是一匹被人追逐的豺狼,既落魄又狼狈不堪。大家都以为他是来看望儿子的,或许是儿子的危险期已经过去,大概是蒋建业妻子的娘家人已经买通缉毒人员,他又可以重见天日,又能够贩毒赚钱,又可以胡作非为啦……可是有些事情,却不是想象的那么简单,大千世界,厄运总是不期而至……本来一家人正在期盼伯父说出喜讯,可是他没有开口,却不禁泪水涟涟,伯父抽泣好长时间,他才勉强说出小女儿蒋凤英要来这儿避难的事实,蒋建业必须离开这儿,他必须尽快另找地方躲藏。

他们密谋很长时间,谁也不知道他们商谈什么？伯父走后,蒋建业一家当夜就消失不见了,时间不长,他就被缉捕归案。

原来真相竟然是这样的:蒋凤英被人奸污了,可是她被人奸污之后,并不报案,而是选择忍受,正确地说是接纳了那个恶棍,她竟然……张群是邻村的屠户,也是有名的无赖,他的儿子比蒋凤英还大些,在他的威胁利诱之下,蒋凤英逆来顺受。而蒋建业自身难保,蒋凤英自甘堕落,她因为和张屠夫纠缠不清,蒋建国却丢不起这个人,他发誓非杀死张屠夫不可。张屠夫本来就是个卑鄙小人,他听说蒋建国要替妹妹报仇,于是张群托人说和,双方达成协议,张群主动赔偿蒋凤英青春损失费五千元,张屠夫却没有把这五千元现金赔偿给蒋凤英,也没有把这五千元现金赔偿给蒋凤英父母,而是把钱给了蒋凤英的大哥蒋建国,蒋建国拿到这五千元现金,默认了蒋凤英的丑事,可是蒋家上上下下却丢不起这个人,他们给大伯施压,他们说如果蒋建国管不住蒋凤英，他们会处理好这个事情。蒋建国迫于族人压力，他收到张屠户五千元现金后，拿人家的手软，他不再想杀死张屠夫，却非打死妹妹蒋凤英不可，蒋凤英已经让大哥蒋建国打得死去活来，这样一来，虽然堵塞了族人之口……而张屠夫仍然不断纠缠蒋凤英，从此以后，她在家里更加尴尬，一边遭受哥哥毒打，一边忍受张群欺凌……伯父打算让女儿在叔父家里躲藏一段时间，再去海南大女儿蒋凤梨家……

伯父和蒋建业走了之后，大概是他们走后的第三天，伯父一大早就把蒋凤英送过来。伯父撇下她像是撇下千钧负担，他二话不说扭头就走，连水也不喝一口，真丢人呢，如果不是亲生女儿，任何人看到伯父凶狠的样子，他们都会认为他迟早会杀死她的。蒋凤英穿一件绿军上衣，还穿一双高跟尖头黑皮鞋，真的是婷婷袅袅，她长得比一般农村女孩高些，也可能是那件绿军上衣过于瘦小，所以她穿在身上紧绷绷的，因此她的胸脯显得非常丰满，走起路来，坚挺的乳房不停地颤动，短短的秀发服服帖帖地拢在圆圆的脸庞周围，皮肤是那种棠梨色，只是新近的丑事，使她愁眉不展，她常常低垂着那双顾盼生辉的眼睛不敢看人，如果眼睛眨动一下，她无限风情的眼睛仿佛在说："我就是你梦中的小情人，跟我走吧。"难怪张屠夫穷追不舍呢。

蒋凤英在叔父家里并不吃闲饭，她很勤快，在糕点案子上帮忙十分卖力，她可能是借助劳累，以此压抑心中的忧愁、烦恼吧？以此抑制心中的欲念吧？可是当她站在柜台前卖东西的时候，来买东西的青年人特别多，有些男孩以各种理由、借口赖在柜台前不离开，为此淑丽的父母不再让她站柜台，而是让她在案子边帮忙，即使这样她并没有过多长时间的安稳日子。张屠夫像是沙漠之狼，不顾千里之遥，闻腥而至，他不知从哪儿听说了蒋凤英的藏身之地，她就藏在高山镇山泉村的叔父家里，这匹狼已经在糕点铺门口转悠几日了。

张屠夫是个高大的红脸汉子，他红脸蛋上的鬓须是淡黄颜色，头发淡黄蜷曲，眼睛也是淡黄色，眼神却像是老虎的眼神那样贪婪，淑丽的妈妈说他的小名就叫老虎，但是现在老虎却装扮得像模像样的，他的脸颊、下巴刮得光光的，淡黄蜷曲的头发像是刚刚梳理过，北辰有些纳闷，他难道是随身携带着梳子，还是来到此地以后，刚刚理过头发？他应该是刚刚理过头发，一身农民打扮，非常壮实，非常彪悍，来到糕点铺门前不远的地方，他站在一根电线杆旁边，像是一头饥饿的老虎向糕点铺里面张望……据说是东街的刘分量，把张老虎引过来的……刘分量也是刚刚从监狱里出来，他才开始做大头鞋生意，当初刘分量因为诈骗、偷窃被判刑，他去那儿销货，结识了他。

当初蒋建业发誓说如果做成这单生意，他就会洗手改行，可是毒品还没有脱手，他就被警察盯上啦，幸亏他……他逃掉之后，就开始亡命江湖……就是在这个时候，一天下午，黄昏即将来临，蒋凤英非坚持把剩余的棉花摘完不可，而张老虎拿把尖刀,就潜伏在棉花地里,当她来到他跟前时,他把她摁倒在地,正当她叫喊时,他却用手捂住她的嘴巴,并用尖刀恐吓她说:"如果叫喊,就杀死……"而蒋凤英就在那把尖刀的逼迫之下顺从了他,他逼迫她把衣服一件一件脱下来,当她不愿意脱掉胸罩和内裤时,他用尖刀对准她的心窝说:"脱掉……"于是她昏厥过去,他把她奸污了……清醒之后,尽管感觉阴部疼痛难忍,却隐隐有些快意,然而让她吃惊的是阴部流出许多鲜血,衣服上,大腿根满是血迹,她的胸口还有一沓钞票……而张老虎早已溜之大吉。从此以后,他总是拿刀威逼她,奸污她以后就给她一沓钱,久而久之,他们就形影不离了。在蒋建国的威胁下,表面上张老虎拿出五千元遮丑,可是暗地里,他仍然隔三岔五找她的麻烦。蒋凤英遭受哥哥毒打以后,下决心和张老虎了断,但是怎么了断得了呢?

"婶子,他又来了……"一天,一大清早,集市刚刚开张,当蒋凤英把婶母新出炉的鸡蛋糕送到柜台前面时,她看到张老虎就站在距离柜台不远的大街上向糕点铺里面张望,于是她脸色煞白地跑到后厨,她气喘吁吁地对婶娘说。

恰巧这时北辰和淑丽也来到后厨,淑丽和母亲窃窃私语一阵,于是淑丽脸色煞白地对北辰说:"他终于来了。"

"谁啊?看看把你们吓得……"北辰有些莫名其妙地说。

"张老虎啊!"淑丽急切地说道。

"谁是张老虎?"北辰并不知道张老虎是谁。

"奸污凤英妹妹……"淑丽如实地说。

"在哪儿?"他像是明白了什么。

"就在门外的大街上。"她用手指着外面说。

他竟敢来到这儿,北辰不听则以,一听之下,他马上就向外面冲去。淑丽知道他的火暴脾气,于是慌忙拦住他说:"不能去,你只管守在柜台旁边,不用和他起冲突,何况凤英妹妹和他到底是什么关系呢?"

北辰这时冷静下来,他也认为没有必要和他冲突。于是他就站在柜台前面,远远地观察,张老虎的确是一只猛虎,但是这只老虎毕竟刚刚来到人地生疏的山泉村,他也看见北辰在怒目瞪视他,张老虎一时胆怯,却并不甘心,只有在不远处观望这边的动静,他或许想蒋凤英一旦听说他的到来,她肯定会不顾一切随他而去的,事实上这一次蒋凤英实在让他失望了。他在距离糕点铺很远的地方一直焦躁不安地等待奇迹出现,可是奇迹始终没有出现,集市已经接近尾声,集市上只剩下零零星星几位买卖人,而那只老虎不得不隐居山林了,他已经无影无踪,一场虚惊终于过去了。在之后的几天里,她还是被父亲送去了海南姐姐家里,凤梨姐姐一家人都在海南做生意,他们已经长住海南,自从蒋凤英走后,他们再也没有听说过蒋凤英的任何音讯,当然也没有再听说那只老虎的任何消息。蒋凤英走后,淑丽的母亲想念她,可是他们家的人总是有事来了,没有事,他们再也不会迈进山泉村半步。

　　有一次,淑丽母亲又打开话匣子。当初,蒋建国因为官司,逃亡在这儿,住了两年才回去,现在竟然也没有消息。当初,蒋建国相中一位相貌秀丽的姑娘,而这位姑娘的父亲不愿意让女儿嫁给他,因为她是蒋记哥家的姑娘,她叫什么来着,叫什么蒋爱花,虽说爱花是蒋记嫂子带来的姑娘,可是蒋记哥哥是四爷家的孙子,他们那么亲近,建国和她伙一个老爷啊! 蒋记哥哥说什么也不愿意让爱花嫁给他,而建国非她不娶,最后爱花也动了心,也是非建国不嫁,可是蒋记丢不起那个人,拿把刀非杀死建国不可……建国来时,肩头已经被蒋记砍了一刀,幸亏并不严重……哎,他们这一家人,真够古怪的,这是怎样一个人家啊!

第十章　这像是癌

1

小麦即将成熟了，收获的季节悄然而至。广袤的平原上，一望无际的麦田渐渐脱去青绿色的盛装，而穿上黄绿色的衣服不几天，他们就匆匆地改穿成姜黄颜色的衣服啦。在中午阳光的照射下，茫无涯际的麦田被微风一吹像是浩瀚的海洋掀起万顷金黄色的波浪，远处一行行的树木仿佛海洋上轮船的风帆，远远看去，那些像是风帆的树木拼命地向远方行驶，乡村公路上来往行驶的车辆扬起阵阵烟尘，河水汩汩滔滔地流经辽阔的平原，然后慌忙地向淮河流去……淳朴勤劳的农民开始准备夏收的农具，有几家已经把麦场拾掇好啦，他们又忙着购买玉米、大豆、花生等种子，从前这些种子都是自己家筛选、储藏的，现在什么都讲究优生优育，各种庄稼种子也得购买科学培育的，这样才能高产，这就是科学种田。有的农民正在置办农具，侍弄粮仓……唯独木板桥是那么孤独，它守望着天空、河流、田野……它深爱着这片广袤的黄土地。

今年民师转正的成绩已经张榜公布，他比第八名少二分，考试第九名，他落榜了，而筱薇是第五名。北辰真替她高兴，他也因为没有转正而痛苦了好长时间，但是他并不悲观失望，今年不行，明年再考，明年不行，后年再考，总有考取的一天。

今年他要早下手，早复习，现在就开始做题，就开始记忆数学公式，他已经在演算数学题了，做人就要有坚韧不拔的毅力和百折不挠的恒心，就要有虽败犹荣的气势和屡败屡战的勇气。这次他由于粗心大意而功败垂成，其实做人做事一个道理，做事更要沉得住气，更应该严谨，很多事情往往大意失荆州。所以现在他复习起来，也更加认真细心。

这天晚自习放学之后，他回到家里，又演算起数学来，夜深了，他那么困倦，已经打算休息了。这时淑丽突然疼痛异常，而且汗如雨下。

"哎呀！北辰，快安架子车……"她尖叫道，原来是羊水破了，羊水从阴道里飞溅而出，淑丽一扭身，羊水像是箭镞一样射向大床的东南角。

晚自习放学后，北辰因为演算数学题，又熬了大半宿，他已经休息了，可是刹那间，突然清醒过来。他急忙安装好架子车，又在架子车上放了一张破席和两条被子,然后淑丽在他的搀扶下躺到架子车上,他给她盖好被子,于是他拉着她不得不又一次向医院飞奔,但是他刚刚走上木桥,淑丽就痛苦地喊叫说:"北辰,不行了,我快要生了……"

"坚持住,淑丽,我再跑快些……"他安慰她道。

北辰健步如飞,他很快掠过村子狭窄的街道,上坡,十字街口,下坡,街道上的房屋、树木……谁也没有向他挥手致意,因为他们还没有来得及举起手来,他早已经飞驰而过,根本来不及同这些老朋友打招呼。

他真想扛起架子车腾空而起,但是他的两条腿太不争气,他不但没有腾空而去,反而气喘吁吁起来,而且已经汗流浃背了,他因为不能代替淑丽痛苦而非常苦恼,如果他能够代替淑丽痛苦该有多好,其实北辰拉着架子车已经走不快了,不但走不快,反而慢下来,能有什么好办法呢?他只有拉着架子车一步一步向前……走……

"北辰,真的不行了,我快要生了……"淑丽痛哭道,"马上要临产了,北辰,北辰呀……"

她叫着北辰的名字,声音已是极其微弱。现在距离高山镇卫生院还有十几里,他什么时候能把淑丽拉到医院呢?他真的不敢想象,不敢想象可能遭遇的后果?他该怎么办?只有加快步伐,他已经豁出去了……

北辰又奔跑了很长时间,举目四望,空旷无人的田野上,原野茫茫,四周一片漆黑,他只能看到近旁的树木,这些树木麻木而又傲慢,他们根本不理会淑丽的痛苦……北辰顿时觉得慌乱和无助,万一她在这儿生产怎么办?能确保母子平安吗?他连一点接生常识都没有,北辰几乎恐惧到了极点。他又一次面临巨大的生死考验,上天又要惩罚他吗?他到底上辈子造过什么孽?造过多少孽?做过多少伤天害理的事情?自从上一次偷窃人家的香烟受到惩罚之后,他可是连一丁点东西也没有偷窃过,这一次,他是无辜的,可是上天啊?他老人家为什么还要惩罚他呢?可怜可怜这个苦命人吧?

"北辰!北辰啊……我快不行啦……快不行了呀……北辰啊?"她几乎失去理智地尖叫道。

他不再劝她,只有继续奔跑,他又飞奔起来,两只脚早已不属于他了,只感觉到意志在奔跑……奔跑……如果他现在能把淑丽拉到医院,如果他们母子平安,如果孩子能够顺利地接生下来,即使从此结束生命也值得……他多么希望能够用自己的生命换取淑丽的生命,换取他们母子平安啊!

这个时候,他拉着架子车狂奔到一个小村子,但是现在距离医院还相当遥远,他连一半里程都没有跑完,他已经尽力,已经筋疲力尽,他真的再也跑不动了,头脑已经没有思索能力,早已是一片空白。这时,他只想说:"完了,一切都完了……"

于是他喊叫起来,得把村里的人叫喊起来,他们一定会想出办法的。

"来人啊……"他已经在喊叫了,嗓音嘶哑而又低沉。喊叫出喉咙的声音,他仿

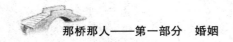

佛没有听见,他似乎也不知道这一声尖锐的叫喊喊出喉咙没有,没有人出来,于是他狂呼乱喊道:"救命啊……救命啊……救命……啊……"

"什么事?"有人从一个农家院子里奔跑出来他慌忙问道。

但是一道亮光像是探照灯一样闪射过来,汽车仿佛利箭一般向他撞来,是辆吉普车,他把架子车横放在马路上,这辆吉普车就在他面前戛然而止。顷刻之间,紧急刹车声,尖叫声和辱骂声交织在一起……但是吉普车没有向前滑行半步,还是稳稳地站住了,真是有惊无险,如果……哪怕是……一切将化为乌有……

"不要命啦……妈那……"吉普车上迅速跳下一个人,他气急败坏地骂道,但是他并没有继续骂下去,于是他改口道,"北辰,怎么回事?"

原来是老同学刘君武。他刚刚从市里休假回来,他给淮河大学校长开车,当看到这一切时,他马上说道:"快上车……"

北辰把架子车托付给那位从家里奔跑出来的村民……于是吉普车风驰电掣地向医院驶去。他们来到医院,淑丽刚刚下车,时间只有短短的几分钟,女儿就诞生了……

2

北辰这个女儿,差一点要了淑丽的命,从此以后他就非常相信"大难不死,必有后福"这句话。孩子肉嘟嘟的,很肥胖,她的身子像是粉红色的橡皮块那样肥嫩,看看就叫人疼爱,光秃秃的大脑袋上只有淡淡的一些绒毛。但是孩子的眼睛既美丽又温柔,胳臂、腿肥胖的仿佛粗大饱满的莲藕……淑丽的阴部却一直在出血,原因是孩子肥胖,她出生时把母亲的阴道撕裂了,接生的女医生一下子给淑丽的阴部缝了九针……

北辰是那么疼爱女儿,但是淑丽还是看出他的心思。他的心思是想要个儿子,如果他们还想要儿子,那么他们就得把女儿隐藏起来,他正准备转正考试,如果他想顺利考试转正的话,他们非得把女儿匿藏起来不可,那么这个孩子……这个孩子如果送出去,淑丽身边会像上一次一样没有孩子,她坐过一次空月子,这一次还得再坐空月子,上次坐空月子是没有办法的事情,这一次坐空月子,真的是情何以堪……

"北辰,你决定吧……"淑丽无可奈何地说。

"先送到小姐姐家里怎么样,你要挺得住,淑丽……等满月后,你再和孩子团聚……等我们有了儿子……"他开导她道。

"儿子那么重要吗,北辰?"淑丽不情愿地说。

"没有儿子,我们怎么生活下去,尤其在农村,淑丽……"北辰像是哀求淑丽说。

"好吧,按你说的办吧,北辰……"淑丽无可奈何地说。

但是把一个刚刚出生的孩子送到小姐姐家,得先征求她的意见,俗话说宁舍怀里亲生子,不舍娘家后来人。尽管小姐姐对他说过如果这胎是个女儿,她愿意抚养,但是他还得和姐姐再商量。

经过商量,小姐姐同意抚养侄女,但她有个条件,就是把侄女送过来的时候,北辰要给他们买个脚盆,这叫端血盆,因为这个孩子不满月,必须买个脚盆才能避免血灾,买个脚盆不费什么钱,作为回报,北辰准备让外甥大岭来这儿上学,双方就这样谈妥了。

当晚北辰把孩子,连同他买的一个红色塑料盆一起送到姐姐家里,但是没过几天,姐姐就让邹安平姐夫把母亲接走了,因为母亲能够帮助他们照顾孩子。但是北辰想念孩子,他不断去看望孩子,还得不断给孩子送去奶粉,孩子不在母亲身边,孩子得喝奶粉。淑丽常常暗自流泪,坐两次空月子,没有孩子在眼前,何况孩子不能吃奶,她的奶水又那么充足,这就造成乳房肿胀、疼痛,使她痛苦异常。按照农村规矩,生过小孩之后,她必须在家待够一个月时间,一是保养身子,二是养育孩子,三也只有在家待够一个月才能走进别人家的大门,不然人家会不吉利,即使再亲近的人家,也绝不允许她走进家门半步。

一个月之内,淑丽既不能见孩子,又不能哺乳孩子,还不能外出串门。为此她怀恨北辰,但又无可奈何,为什么非得再要一个孩子,尤其是非得生育一个男孩子,这样想想就够她痛苦的,养育女儿不行吗?要那么多孩子干什么?北辰太死脑筋,太封建,现在是什么时代,男孩、女孩不一样吗?他想要个男孩,似乎情有可原……可是毕竟太残忍,她真的不想再生育孩子,想想要孩子的种种磨难就让人难过,让人难以接受……日子过得真快,满月已过,淑丽终于可以去姐姐家照抚孩子,家里就剩下他一个人。

收获季节,北辰一个人在忙着收割、搬运、碾场、贮藏、播种,但是他并不寂寞,因为他有精神寄托,他的妻子儿女就在不远的小姐姐家里,母亲也在那儿。如果骑车去,只需要半个小时,往来也便利,所以他只有买辆新自行车,这是一辆崭新的永久牌自行车,这辆自行车真让人爱惜,他梦寐已久了,这一次终于如愿以偿。

白天,他去上课,晚上一个人在家,他并不孤独,因为转正考试,他必须不间断地演算数学试题。这时候,他是多么高兴和兴奋啊,其实数学试题并不难,难的是他不去钻研,不去克服困难。之前他见到数学题就头痛,想到数学题就恐惧,现在他终于克服畏惧心理,他已经不再畏惧数学试题。通过自学,他对数学产生了浓厚兴趣。由易入难,再难的数学试题,他也能做出来。

兴趣属于习惯的产物,如果养成研究、钻研的良好习惯,这样就会产生兴趣。他对数学这门学科之所以产生浓厚的研究兴趣,就是平时养成了良好的做题习惯。有时候短时间内未必培养出对某一学科的研究兴趣,但是没有养不成的习惯,所以也未必培养不出对某一学科的钻研兴趣。固然天才是另一回事,也并不排除有人与生俱来的兴趣和爱好，但是天才也要锤炼和打磨。栋梁之材更需要意志和毅力……其实栋梁之材也好，天才也罢，他们的成长之路，非常人能够想象……所谓百炼钢化为绕指柔……圣贤之才也不是先知先觉，纵观人类历史，圣贤之才无不历经种种磨难、磨砺……

这一学期悄然结束了，而北辰又面临一个抉择。他无论教重点班，或是教普通班，他的教学成绩都名列前茅。北辰进修毕业以来，每次考试，他的语文成绩都非常优秀，却一直没有教毕业班语文课的机会，并不单单因为耿介，也不单单因为他常常忤逆领导意志，这也只是问题的一个方面，虽然不排除这样的可能性，这主要是基于学校领导对一位代课教师的不信任，不信任的结果才导致这样的事实，他们无法相信一位代课教师能够胜任毕业班语文课教学工作，无法相信一个代课教师能够培养出品学兼优的学生，无法相信一个代课教师师德高尚，能力超群。北辰老师没有教毕业班语文课，错误并不全在霍校长，有时候，过错却在北辰，他为什么一直是一位代课教师，而不是公办教师，因为如果他人格卓异、知识丰富、品质优良，如果他拥有公办教师所具备的卓越教学能力，他所谓的文学事业，只是一种虚假的幌子而已……读书啊，写作啊，整天神经兮兮的，还自诩什么诗人，什么小说家呢，简直痴人说梦。他为什么转不了正呢？这就说明他有明显的知识缺失，认知缺陷，这至少说明他还不具备作为毕业班语文教师的教学能力，所以这就是霍校长千方百计阻止他教毕业班语文课的真正缘由。但是历次成绩评比说明他不但可以胜任初中三年级语文教学工作，而且他所教班级语文成绩还很突出，这就说明他能胜任毕业班语文教学工作。当然成绩的获得会有偶然性，但是偶然性也是必然结果，没有偶然就没有必然，偶然是必然的体现，何况他每次都能取得优异成绩，这不能说都是偶然，这就说明一个问题，北辰的教学能力和知识水平不低于其他教师，至少在教育、教学中学语文这一学科上，他比别人优秀，他之所以还是代课教师，之所以还没有转为正式教师是受到某些历史和自身条件的制约，是受到主观和客观条件制约，是受到社会和周边条件的制约……比如这一次转正考试就是因为一时疏忽大意才功败垂成，他为什么没有考上大学呢？这是由于他热爱文学之故，高考前，他已经在做文学家的梦想了，已经不再想考什么大学……但是他们怎么可能理解一颗伟大心灵和灵魂呢？

北辰的内涵和学识，奋斗历程，即使他作为代课教师，也不失为一个传奇，他经常发表诗作，这不能不让同事和领导羡慕、称赞，但是也让某些人忌恨、妒忌，这是他们梦想却不能成真的遗憾。他们还会说因为他喜爱阅读，因为他埋头写作，因为他参加民师转正考试，他会耽误学生课程，会耽误学生前程，如果万一出现人们想象的结果，会败坏学校声誉的，但是事实证明北辰哪怕不转正，不阅读文学著作，也不会耽误学生前途，更不会败坏学校声誉！即使他参加转正考试，即使他之前每天都在阅读文学著作，他也没有耽搁所教班级考出优异成绩，也不会耽误所教班级考出优异成绩,这就说明他完全有资格、有能力担任毕业班的语文课程。何况他在去大学进修之前已经教过中学毕业班的语文课,而且那个毕业班的语文成绩还非常突出,非常优异,那个毕业班在最后的语文成绩评比中,却远远高于九里河乡其他初中的语文成绩。当然霍校长把毕业班交给北辰,交给一位代课教师,而不是公办教师,这多少会伤害有些公办教师的尊严、自尊,但是不能因为照顾某些公办教师的情绪、面子、体面就不让他担任毕业班的语文课,教育学生不是儿戏,何况谁是谁非自有后人评说……可是让北辰说什么好呢? 最近几年,他一直怀才不遇,他常常哀叹千里马常有,而伯乐不常有。

但是有些事情不会永远是这样,因为万事万物都在变化,世界上本来就没有一成不变的事物,何况有些事情瞬息万变,有时候有些事情的变化是不以人的意志为转移的。近几年以来,高山镇第三初级中学教学成绩一直下滑,这才是学校的硬伤,所以社会各界、学校师生,他们一直认为如果霍校长再墨守成规、任人唯亲,再嫉贤妒能、抱残守缺……那么高山镇第三初级中学势必走向衰败的道路,所以霍校长不得不大胆用人,为学校,也为学生,他只能这样。当初中二年级的语文期末考试成绩公布之后,霍校长再也不能无视北辰的教学能力了,再也没有人能够阻止北辰担任毕业班语文课,无论谁也没有理由不让他担任毕业班班主任。高山镇第三初级中学初中二年级六个教学班,这六个教学班升入三年级,压缩、合并至四个教学班,北辰担任三四班班主任兼语文老师。

初二年级六个班,分成三个重点班,三个普通班。而初三年级四个班却是平行班。学校放暑假后,三年级四个平行班暑假补课开始了。刚刚上课,北辰立即发现了一个棘手问题,如果处理不妥,后果不堪设想。近几年来,北辰一直担任普通班主任,一直担任普通班语文课,一直是普通班语文教师,现在许多重点班学生分到三四班,他们依然认为北辰是普通班老师,所以三四班就是个普通班,即使三四班不是普通班,可是郭北辰老师一直是普通班教师,何况他还是一位代课教师,他们怎么可以让一位代课教师,让一位普通班教师担任语文课呢? 怎么可以让一位代课教师担任班主任呢? 所以他们为坐在三四班学习,而没有分到原来重点班班主任教师教课的班级,而感到耻辱,他们是多么失望和懊丧啊! 有些原来是重点班,现在又分到重点班的学生则面露骄矜之色,他们指指戳戳,挤眉弄眼的,更加使原先是重点班的三四班学生羞愧难当、焦虑不安。

北辰发现这些学生很不安分,他们企图回到原班主任教师班里上课,而原班主任教师的态度极其暧昧,他们说一个代课教师、一个普通班教师,只要郭北辰老师愿意让他们离开三四班,他们就敢接收。这些学生纷纷找他调班,一时弄的郭北辰老师啼笑皆非,北辰解释、劝说,都不管用,他们要求调班的愿望极其强烈,而且火药味很浓,大有一触即发、愈演愈烈之势。经过他极其耐心的规劝,经过他苦口婆心的说服教育,大部分学生安下心来,但是还有个别学习成绩优秀的学生,原班主任想要又不明说，他们只在暗地里制造事端，北辰绝不让他们阴谋得逞，但是这几个高分学生在班里吵闹得沸沸扬扬，一时间，其他学生人心惶惶。郭北辰老师竟然束手无策，答应他们调班，他舍不得这几个高分学生，因为他们是三四班的领军学员，将来还依仗他们取得优异成绩为班级争光，可是不让他们调班，他们又不安分。这几个高分学生和北辰老师打起了游击战，他们不是晚来，就是早退，这是在示威、抗议。北辰很想挽留他们，可是他实在没有更好的办法说服他们，批评他们不是，不批评更不行，只有给学校领导反映，让学校领导制止他们调班，但是仔细想想，这种事情怎么给学校领导反映呢？是说他留不住他们，还是说他教不会他们？是说他这几年因为担任普通班课程，所以学生认为他是普通班教师，而在学生眼里，普通班教师大都是平庸之辈，不然学校为什么让他教普通班，而不是别人？是说学生鄙视他的代课教师身份才调班，还是说那些原先重点班老师在暗中捣鬼，所以那几个学生才调班？（其实他们就是麻烦制造者），但是这种事情怎么叫他说得清、道得明？

　　幸亏霍校长知道了这件事情，他及时加以制止，而北辰老师通过精心讲课、耐心辅导，早来晚走感动他们，用真挚情感、渊博学识、问寒问暖来温暖他们。师生之间经过一段时间相处，班级秩序才算稳定下来。可是还有两个女生态度异常坚决，简直是冥顽不灵，他们发誓说就是不上学，也不在三四班就读，北辰实在拿这两个学生没有办法。

　　"为什么调班，说说你们的想法？"北辰被逼无奈，他只有把她们请到办公室，然后坦诚地说道。

　　"我认为原先班主任教师的语文课讲得好……"赵玉霞没有说话，她像是并不想说出心里话，而梁秋霞像是抢占战略高地似的抢先说道。

　　赵玉霞是三四班新生总成绩第一名，而梁秋霞是新生第三名。赵玉霞对北辰老师的教学能力已经认可，所以她要求调班的愿望并不强烈，何况调班一事本来就是某些人搞的鬼。而梁秋霞却是花岗岩头脑，顽固不化，一口咬定她之前的班主任刘文勇老师是位优秀教师，现在他是三三班语文教师，也是三三班主任，梁秋霞不管北辰老师再怎么挽留，她去意已决。梁秋霞和赵玉霞同村，她们都是李楼村的，她一直怂恿赵玉霞同她一起调班，赵玉霞碍于面子，她表面上同意调班，实际上赵玉霞已经决定留到三四班啦。

　　"老师，我决定留下来……"事情发展到最后，却发生了戏剧性变化，赵玉霞不再犹豫，她表明态度说。

　　赵玉霞已经长成大姑娘啦，她眼睛秀美而又文静，鸭蛋脸饱满红润，并且周身洋溢着稚气和灵感，她学习非常努力、虚心。

　　"哼！说话不算数。"梁秋霞气愤地怪哼一声，扭头就走，她大概在生赵玉霞同学的气吧？

梁秋霞长得比赵玉霞还要高,却成熟、世故,她的脸胖大、饱满,却不规则,脸色是灰白色,而且脸颊上有许多小疤痕,这些小疤痕的颜色跟皮肤颜色不一样,疤痕颜色也不一样,有的疤痕是黄褐色,有的疤痕是黑色,还有的疤痕是褐红色……大概这些疤痕形成的年份不同,所以疤痕的颜色不完全相同,除此以外,她还满脸娇气。她说过这句愤慨的话语之后,又把脚一跺,然后气咻咻地一跳一蹦地走了。

从此以后,没有谁再提调班的事情,但是梁秋霞从此以后却表现得十分冷漠,她很少说话,不但不理睬其他同学,同赵玉霞也不再往来,整天噘着嘴,赌着气,孤傲得像只白天鹅。北辰非常担心她的学习成绩和她将来的前程,因为调班未果,梁秋霞同学已经被恶劣的心情蒙蔽双眼,看得出来,她是一位性格奇特的学生,倔强又爱憎分明,如果她转变思想,调整心态,树立理想,认定目标,将来肯定会有所作为。如果任性发展,率性而为,她很有可能一事无成。北辰老师准备观察她一段时间,再同她认真长谈,解除她的后顾之忧和无谓顾虑。这样一来,梁秋霞同学或许能够重拾自信,或许能够把心思用到学习上来……而刘文勇老师不顾大局,搞小动作,挖别人墙脚,实则是害人害己。

至此为止,北辰才能够全身心投入教学中去,才能够静下心来思考、观察问题。他由此观察到有些学生,她们的家庭生活比较艰难,却勤奋好学。特别是王雁秋同学,她每天穿一件破旧得不能再破旧的白底灰格格的短袖衫,再没有其他换洗衣服,但是这件衣服每天都很整洁,大概是她每晚休息以前都盥洗的缘故。因为有一天早自习,大概夜里下雨了吧? 她那件旧衣服还是潮湿的,那件破旧的短袖衫紧紧贴在少女胸前,紧紧贴在那一对坚硬的小乳房上,当北辰老师走近她时,她急忙把羞涩的小脸蛋埋进那一双可能是冰凉的小手里,这位贫穷学生让人同情、爱怜。她非常热爱学习语文,作文写得真实感人。王雁秋的脸颊虽说消瘦、苍白,她却有一双蔚蓝澄澈的大眼睛,这双眼睛静静的像是一汪蔚蓝色的湖水,鼻梁挺直粗大,鼻准、鼻翼之间有一种朦胧、天然的韵味,一种惹人疼惜、怜爱,让人感到亲切的感情。而她的上唇中间仿佛生有一颗玫瑰色的肉豆,不仔细观察似乎看不出那颗肉豆,当他看到这颗肉豆时,不由人不产生震颤、战栗。她总是扎一根粗大的辫子,这根辫子使她显得很有个性,她似乎非常倔强、坚韧……如果不仔细观察,谁也说不上她很美,但是她的确很美,那是任性、执着,甚至率真、固执之美,可是这种性格真的让北辰老师很关注,应该是喜爱,她的一举一动都牵动着北辰敏感的神经。

她学习成绩是新生第四名,其他各门功课都很优秀,只有英语基础很差,这门艰难的英语课程一直困扰着她,使她焦躁不安。

赵玉霞是新生的引领者,她学习劲头足,对前途充满期待和希望。

梁秋霞已经在求学的道路上奋起直追了,但是她似乎又心有不甘,这样看来调班的烦恼还困扰着她,虽然眼睛里的傲气没有了,却更加冷漠和鄙夷,她到底在鄙夷什么,到底在鄙视谁? 真让人捉摸不透。她的灵魂已经封闭起来,好像是顿悟了,和任何人都保持着遥远的距离。如果继续发展下去,她会和积极向上的人生背道而驰,这是性格使然,还是心灵偏执、狭隘?北辰一直想找机会同她交流思想、沟通情感,但是她见到北辰老师就躲。她是有意在回避他,肯定是有意在躲避他。他还没有喊出名字,她就匆匆忙忙逃走了。这使他大失所望,也使他十分失落。她到底因为什么非得这样做,这让北辰百思不得其解,与其这样,还不如让她调班,北辰这样想到:梁秋霞同学如果再提出调班申请,他一定会放行的。可是她一直没有提出调班申请,他也一直没有主动让她调班,他们就这样一直僵持着,谁也说不清楚,事情怎么会发展到这步田地。有一次他远远看见梁秋霞和之前的班主任、语文老师刘文勇在窃窃私语。但是北辰老师一走近,梁秋霞就傲慢得像是一只蓦然昂起头来的长颈鹿,她把头颅勇敢地向上牵引,像是要集中全身的力量把脖子拧断一样,这无声的肢体语言是不是在反抗、抗议?而刘文勇老师则尴尬地调头就走,他简直羞愧得连声招呼都不打。可是北辰还是看到刘文勇老师那张黑脸变成了黑红脸,鼻头上那颗豆子一样大的肉瘤颤抖不已,那双近视眼在近视镜的遮掩下显得那么丑陋和卑鄙。学校工作就是这样,教师之间可能会有这样或是那样的明争暗斗,这都是因为个别私欲膨胀的教师在耍小心眼,他们的目的非常幼稚、单纯,手段也很拙劣,这些家伙往往想损人利己。但是这些阴谋,这些见不得人的小伎俩往往不能得逞,只是庸人自扰而已。这会随着事态发展,随着时间推移,这朵茫茫大海之中的小小浪花,这朵可恶之花,肯定会淹没在波涛汹涌的汪洋大海之中。这并不影响同事之间的正常交往,不愉快很快就会成为过去,他们照样教课,照常生活,照常工作,他们之间像是什么也没有发生过,有时候他们还会是好兄弟,本来,他们之前就是好弟兄,只是各人性格,为人处世原则不同罢了。

尽管在暑假当中,可是三年级四个班补起课来却秩序井然,毕业班学生丝毫不受纷纷扰扰的一年级学生报名影响,他们依然埋头苦读。因为今年他们是毕业班学生,他们隐隐地感到肩头沉重的升学压力,还有不得不考虑的前途和命运。他们正处在人生的关键时刻,人生的十字街头,向何处去,向何处发展,要么继续深造学习,要么永远面朝黄土背朝天。初中毕业班教师在学生毕业之前,往往会让学生写篇一颗红心两手准备的作文,可是北辰不会让学生写这样一篇作文,他们没有毕业,就得做出这样痛苦的抉择,他不忍心这样做,何况现在就业的道路那么宽广,许多大学生都在农民企业家兴办的工厂里打工,许多农民企业家已经是行业翘楚、社会楷模,已经是事业的引领者,学生毕业后即使没有学上,他们也不会没事儿干,他们有更加广阔的空间,社会会给他们提供更加广阔的人生舞台。虽然内地许多国有工厂已经倒闭,大批工人已经失业,可是这些老工人,这些曾经为祖国发展出过力、流过汗的老工人,他们经过艰难抉择,经过再培训、再深造,有的已经找到新的工作岗位,有的已经转型为新的机械工人,有的重新创业,他们已经杀出一条血路,已经开拓出一片新天地……而许多新近毕业的大学生已经不再考虑铁饭碗,他们像是潮水一样涌向省外，涌向南方……很多农民外出打工，他们长期滞留外地，有的已经在当地做长期打算，他们已经不再考虑返回家乡，叶落归根这条古训已经不再具有强大的约束力，他们幻想北漂、南漂，幻想在大都市、在外省成家立业，有些人已经在大都市，在外省城市安家立命，已经购买房产……可是内地仍然死气沉沉，仍然是一潭死水，仍然这么落后、封建，仍然是自给自足的小农经济，内地像是蜗牛一样在原地徘徊，甚至裹足不前，故步自封。而北辰作为代课教师仍然坚守在家乡，仍然在艰难谋生，仍然清贫。所以作为一名教师更应该开阔、扩大学生视野，更应该让他们面向世界、面向未来，心胸有多大，人生的舞台就有多么宽广，所以北辰不但致力于学生智力发展，更加致力于学生实际能力的培养，他绝不把学生培养成书呆子，他要把学生培养成新时代的娇子，培养成新时代的弄潮儿——企业家，银行家，亿万富豪……也可能是政治家、军事家……

这时候，一些陆续返校复读生又一次牵动了三年级四个班主任教师的紧张神经，这些复读生今年没有考入重点高中，没有考上中师中专，可是他们不甘心失败，还准备留级、复读，准备明年再考，他们大都是今年成绩比较优异的学生，是明年最有希望考上中师中专、考上重点高中的学生。所以又是一场激烈争夺战，一场残酷消耗战，这场尖锐的拉锯战，投入战斗的人员不但有四个班主任，还有其他任课教师，甚至还有担任三年级毕业班的学校领导。混战不可谓不复杂，不可谓不残酷，不可谓不壮观……简直是牵一发而动全身……

有几个学生不知什么原因，大概是对今年学校考试成绩不满意吧，或是他们对北辰老师怀有一种莫名其妙的感情，所以竟然执意要去三四班复读，他们点名要进北辰老师所教班级复读，不然他们就会转移到邻近乡校复读。这也是家长们的意见。有个别家长已经和陈官庄中学校长接洽过，陈官庄中学校长姚志国已经答应家长要求，而且姚校长许诺说可以提供食宿。因为优秀生源竞争日趋激烈，可是学校校舍都很紧张，办学条件捉襟见肘，各个学校很难给学生提供食宿，即使如此姚校长还是答应了他们的要求。如果失去这几个复读生，将对高山镇第三初级中学产生十分恶劣的影响，因为两个学校太近了，如果陈官庄中学升学率高，学生就会去那儿就读，而如果高山镇第三初级中学升学率高，那儿的学生就会来这儿就读。这关乎学校的生死存亡，所以历年来，两个学校因为优质生源都要展开激烈的争夺战、拉锯战。况且这几个学生今年只差几分没有考上中师中专，明年不出意外的话，考取中师中专胜券在握，他们如果回来复读，明年就会给高山镇第三初级中学增添声誉，这就会进一步提升高山镇第三初级中学的知名度，学校因此就会收取大量新生，提高收费门槛，可以缓解学校经济压力和生源压力，学校才能在日益复杂的生源竞争大战中立于不败之地，同时也能够遏制学校成绩下滑的颓势，如其不然……霍校长格外开恩，最后这些复读生终于如愿以偿，能够在三四班教室上课了。

暑假补课期间，在北辰不知情的情况下，学校又陆续回来许多复读生，而北辰除去繁重的毕业班工作之外，如果不去看望孩子，就刻苦复习，他要参加明年的民师转正考试，因此他不知道学校又回来许多复读生，这些回来的复读生，却被安排到三一、三二、三三班复读。其实分配这些复读生，并不是悄悄进行的，只是他们以为北辰老师已经接收一些复读生，这些后来回来的复读生，他不会再争取，也可能是某些领导有意为之，他们这样做的目的是什么，只有天知道，也可能有人认为北辰老师接收优秀复读生在先，这一次，也不能怪别人接收这些复读生在后，这就是斗争，可是之前那几个复读生是指名道姓要去三四班复读的，而后来回校复读的学生却是统一分配的，可是他们为什么偏偏不把这些复读生分配到三四班？这看似公平、公正，其实完全不公平、公正！这是北辰想象不到的，何况复读生如此众多，这也是北辰始料未及的，这对于北辰来说无疑是一个巨大损失。很长时间以后，在一次毕业班语数外抽考时，他才发现这些复读生如此众多，成绩之优秀，大大出乎他的预料。既然如此，争也无益，不如不争。他早已把主要精力集中到教学之中去。

"分就分吧，最后看中招成绩。"他暗暗下决心说。

随着班级之间各项工作的竞争加剧，他早已把民师转正考试和照看女儿的事情置诸脑后，早已心无二用了。

孙世杰成绩一直很突出，还是小升初全镇总分第一名，可是不知为什么他就是考不上中师中专，他已经参加过两次考试，奇怪的是每一年都是差几分不被录取，他又不上重点高中，眼看同门师兄弟就要毕业了，可是他依然选择复读，同时他也非常纠结、痛苦。经过观察，北辰发现他像是什么都懂，什么都会，没有他学不会，没有他听不懂的，表达能力也很好，课堂发言也很积极，还有强烈的表现欲望。学校组织的语文抽考，他的考试分数并不高，有一道题非常简单，他肯定会做，就是因为不细心、因为粗心大意才丢分的。还有一道填空题，他是因为书写马虎，字体潦草失分，缺点、错误在于不在乎、麻痹大意，一定要把他这些毛病更正过来，开始他并不虚心接受，他委屈得满含泪水，但是他还是认识到失分在粗枝大叶上，之后一段时间里，他表现得非常细心，也非常谦虚、认真，而且他已经在工笔正楷地练字，已经在更正书写方面的谬误。每次更正，都是进步。

程梅以三分之差没有考取林业中专，但是她并不认为明年一定会考取，北辰老师发现程梅缺少自信。她学习非常刻苦，一张小嘴绷得紧紧的，平时很少说闲话，她的座右铭是一天只说三句话，一心只读圣贤书，其他学生也开始仿效她。

北辰了解到这个事情之后，非常着急，这怎么能行呢？社会发展日新月异，瞬息万变，人与人之间，企业与企业之间，公司与公司之间，财团与财团之间，地区与地区之间，国家与国家之间的交流日益增多，语言表达能力、语言运用能力的重要性日益凸显，更何况求职、竞选……还有大国外交……所以他在语文课堂正式开讲之前，展开一分钟说话练习，这一天，比赛的题目是：成功在于自信。

程梅同学率先尝试，大胆发言。她的演讲非常成功，表达意思也很完整。

于是北辰加以引导说："不说话是不说闲话、废话、与学习无关的话……如果……何况一个优秀的外交家……如果参加竞选……"

这样一来，很多学生不但坚定了学习信心，还在不断地练习口才，练习说话技巧……赵玉霞一直保持新生第一名的优异成绩，相比复读生，她照样不甘示弱。有一次考试，赵玉霞几乎要赶超所有复读生成绩，但是就在她勇于赶超、乘胜追击之时，身体却垮了，她不断感冒，不断咳嗽，不断吃药，由于身体拖累，严重影响了学习成绩，一时之间，成绩下滑得厉害，她简直要绝望了。对于毕业班学生来说，尤其对于学习成绩优秀的学生，必须有健康体魄的支撑，不然将会功败垂成。而赵玉霞因为学习，却很少活动，甚至连跑操、体育课都不参加……这个时候，北辰就强迫、鼓励她跑操，鼓励她运动，经过一段时间的锻炼，感冒终于治愈了，而且她发现运动不仅不会耽误学习，还会促进学习，她忧愁的脸上终于绽开了微笑。

在求知的海洋上，在前进的航道上，他们犹如一艘艘激荡的小舟，北辰率领三四班全体学生，他是总舵手，三四班五十九位学生正在鼓满青春风帆，在碧波荡漾的知识海洋之上遨游，他们即将驶向理想彼岸，胜利属于意志坚强、勇于拼搏的人。

3

每个学年结束之后，放暑假之前，高山镇教育界都要召开一次散学典礼大会，这一学年结束之后，同样如此。这一天上午九点，大会如期举行，大会表彰过先进教师，白启运副镇长和韩文献主任分别做重要发言。白副镇长三十岁，他已经发福了，高高隆起的肚子使白副镇长像是石鼓那样敦实、厚重，虽然他并不高大，却很威严，如果谁距离主席台近些，可能会看到白副镇长那胖胖的铁红色圆脸的左脸颊，贴近耳轮的地方有一颗像是煤炭一样的黑瘊子，瘊子上还有几根乌黑的长毛，这几根长毛威风凛凛地漂浮在腮骨下面，北辰恰巧能够观察到这几根趾高气扬的黑毛，他真的很想笑一下，他刚刚咧嘴笑笑，却差一点笑出声来，白副镇长向他射来威严的一瞥，他立即吓得噤若寒蝉了。这时白副镇长开始讲话，但是讲话之前，他的眼睛又一次像是雷电一样向会场扫射过来，本来静寂的会场更加鸦雀无声了，似乎地球的转动也要停止下来，而北辰又一次被他快如雷电的眼光照射得目瞪口呆，他真不该咧嘴取笑他那颗黑瘊子，刚才是不是白副镇长发现了他咧嘴取笑那颗黑瘊子，那可是了不得的事情，多亏北辰没有笑出声来，他如果笑出声来，白副镇长肯定会发现的，如果白副镇长……他会把北辰打入十八层地狱，至少把他发配到一个偏僻的小学校，阿弥陀佛老天爷，多亏上神保佑。白副镇长的讲话终于开始了，他首先严厉地批评教育界个别学校校长工作上不思进取，业务上不求上进，不精益求精，生活上贪图享乐，贪图安逸，作风上道德败坏，工作上成绩平平，白副镇长说到成绩平平，他又打个比方叫老和尚的帽子平不塌，这句话逗得主席台下面听讲的教职员工一片哄堂大笑，而白副镇长却一点笑意也没有。他列举种种事实之后，最后白副镇长强调道："像这样不称职的学校校长坚决撤职查办……啊，坚决撤销职务……"他说出坚决撤职查办这几个字之后，白副镇长似乎感觉到说出的话语有些严重，或许他还没有撤职查办的权力，这应该是纪检部门或是公检法司部门的事情，于是他顿一顿，说出一个"啊"字，又急忙改口说"坚决撤销职务"。大概这样说，他表达的意思才算完整，于是说完这句话之后，他呷一口杯子里绿茵茵的茶叶水，才重重地出了一口气，然后他想笑一笑，却没有笑出声来，只是他的头部前后顿一顿，鼻腔里哼一声出来，可是他虎着脸，似乎变得更加威严了。而下面的听众听到撤职查办也好，听到撤销职务也罢，反正都是一样，都是连大气也不敢出，他们被白副镇长镇住了。可能白副镇长也感觉到讲话过于严厉，即使把撤职查办改为撤销职务，他还是以为刚才讲话太过严肃，于是语气缓和起来，他开始表扬教育成绩突出的教师，还有工作业绩显著的校长……之后他又大谈教育理想、教育改革，最后他对高山镇教办室领导、各个中小学校校长、所有与会教师分别提出严格要求……

　　白副镇长讲过话之后，下面听众响起了雷鸣般的掌声，而且掌声经久不息……接着韩文献主任开始讲话，他早已过了退休年龄，只是他的档案年龄比实际年龄要小几岁，所以他只能按档案年龄退休，现在他担任高山镇教办室主任一职，这已经是他担任主任职务第十三个年头，他在外乡，已经是教办室主任了，在全县教办室主任相互交流时，才调任高山镇，而且一干就是十三个春秋。他恪尽职守，任劳任怨，在高山镇教育界，他享有很高威望，可是近年以来，他……也可能受大环境影响，由于这些年经济发展迅猛，各行各业滋生出很多……所以他同时也萌生……或许是他倚老卖老，眼看渐渐到了退休光景，所以他……他身体很瘦弱，显得文质彬彬，染过的头发乌黑发亮，他的眼睛并不大，看似温和，还经常笑眯眯的，但是从他的小眼睛里流露出的阴鸷之气来看，他或许更加阴毒。他讲话的声音不高，讲话的速度不紧不慢，也没有白副镇长富有激情，他讲的这些话语仿佛尖厉的石块砸向每一个听讲人的心窝上。听他讲话让北辰痛苦、窒息，他想韩主任到底是怎样一个人呢？从他阴冷的腔调分析，韩主任实在让人捉摸不透，他像是高深莫测，又像是冷酷无情……他这样想的时候，会议结束了，受到表彰和受到批评的人都没有笑意，他们的心情都很沉重，会议结束好长时间，台下听众方才响起零星的掌声，这些掌声像是空谷传响，真让人心惊不已。这是一个什么样的会议呢？这样的会议实在不能起到表彰先进、鞭策后进的作用，实在不能起到激励先进、勉励后进的作用。这样沉闷的会议不像散学典礼，也不像表先大会，倒像白副镇长和韩主任的斗法大会，他们不但针锋相对，而且好似非要让教师、学校校长更加清楚明白他们谁是高山镇教育界最高领导人和实际领导人似的，谁在掌管高山镇教育界最高权力，谁是权力的终结裁决者。整个教师队伍早就在疯传他们之间的尖锐矛盾和激烈争斗。但是高山镇党委书记泽天成更偏向韩主任，他们似乎有同乡之谊，而白副镇长毕竟是韩主任的顶头上司，这就是乱象根源。再者白副镇长非常年轻，事业刚刚起步，所以他需要坚持操守，获得声望，赢得人气，所以他必须谨慎小心，廉洁奉公……他必须……所以在职场上他非常尊重韩主任，但是他又是高山镇政府主抓教育的领导，所以他摆出一副领导面孔，但是这样一来，韩主任却受不了了，一个毛孩子居然凌驾于他之上，居然要管住他，这样想来，就让人气不打一处来，况且高山镇党委书记泽天成是韩主任的同乡，他说话、办事都硬气，这也是矛盾的焦点、根本。所以表面上高山镇教育界尽管……可是实际上却非常混乱。

散会后，白副镇长和韩主任已经离开会场，可是所有教师仍然不敢走动，他们像是受到惊吓的寒蝉，不但悄无声息，还唯恐有什么不测。

"领导走哩……"会场上，不知谁尖声喊叫道，"散会啦!"

还是没有人离开会场，教师们像是在等待什么，像是被什么吓怕啦……终于有人向会场外面走去，接着教师们才陆续离开高山镇第一初级中学空旷的操场，而北辰走在队伍最后面，不知为什么，他今天的心情非常沉重，不仅因为会场气氛沉闷、枯燥、乏味，更是因为昨天母亲回家说女儿病了，他必须去给孩子看病。刚刚接任毕业班语文课，又是毕业班三四班班主任，他真的舍不得离开班级，舍不得离开学生。今年他要大展身手，大干一场，要考出优异成绩来证明教学能力。这是他回乡任教以来，第一年教毕业班。何况又是假期补课期间，班上还有许多不尽如人意的事情。晚上，地里的苹果树也得有人看守，今年苹果肯定大丰收，苹果果实累累了，肯定要赚个好价钱。但是女儿病了，这也是刻不容缓的事情。因为女儿出生后，他一直隐瞒着，所以请假和调课都得编理由、说瞎话，何况补课期间，班主任不敢离开，也不能离开。

"北辰，什么事情? 这么愁眉苦脸的，又走这么晚?"哦，是淑丽的姨表姐，她向来快人快语。

她叫严若英，是高山镇第二初级中学英语教师，淑丽的表姐长得非常秀丽，又小鸟依人，她佩戴一副晶亮的近视眼镜，这使她显得非常文静。

"若英姐，我……"北辰想解释什么。

"别傻了，你教学成绩那么好，找找你哥，让他给你谋个职务。"她没等他说什么，就抢先说道。

"我还是代课教师呢，若英姐。"他不好意思地说。

"代课教师咋了，刘守礼也是民师，他还是位老校长呢……噢，对了，今年转招成绩怎么样?"她又询问起他的转招成绩。

"全县只转招八名，我是第九名。"他如实地说。

"明年十拿九稳……找找你哥，成绩不错嘛!"她鼓励他说。

　　若英表姐说完话,骑车走了。北辰陷入了沉思,其实他并不想走仕途这条路,眼下,他教的是毕业班,明年又要参加转正考试,他得利用业余时间复习数学,因为他从小学就畏惧数学这门学科,上初中的时候,他一度对数学产生过浓厚的学习兴趣,可是不知因为什么,他居然和数学教师对立起来,从此以后,数学教师不批改他的作业,还对他不理不睬,还不时地打击报复他,因此他的数学成绩一落千丈,北辰以为永远和数学无缘了,从此以后,他只下劲学习其他课程,尽管数学成绩很差,可是其他各科考试成绩还算优异,他还是考上了重点高中,来到高中,他是多么想学好数学这门功课,可是由于基础太差,他始终追赶不上其他同学的数学成绩,自从喜爱上文学,他的数学成绩更是不尽人意……所以现在他无论如何要把数学复习好,复习好数学,责无旁贷!

　　他还有孩子,还想要个儿子,不孝有三,无后为大,何况在农村没有儿子几乎无以立足,他不能没有儿子! 文学事业又是他的命根子。如果不是转正考试,他是不会放弃阅读的,更不会放弃写作,他似乎越来越加喜爱鲁迅先生的文章,尤其是鲁迅先生的杂文,真叫来劲。但是北辰并不想成为杂文家,他梦想成为一位杰出诗人,但是他似乎并不具备写诗天赋,有人说诗穷而后工,什么读书破万卷,什么行万里路……可是这与写诗有什么关系呢? 似乎有,又似乎没有。诗歌应该是灵性、性灵、灵感的东西,应该是潜意识、超现实、顿悟……的综合体,还应该是梦呓、梦幻、幻想的产物,更应该是联想、想象、通感的结晶……也有人说悲愤出诗人。可是历史长河,悠悠岁月,唐诗、宋词的时代,似乎已经成为过去,中国可能不会再有诗人!尤其不会出现伟大诗人,唐宋之后再无真正诗歌! 中国将来应该是小说的时代,中国小说还处于萌芽期、发展期,还是雏形,距离鼎盛时期,还那么遥远,历史上,西方几乎没有诗歌,可是近代以来,诗歌在西方繁盛起来,艾伦坡、波德莱尔、庞德、艾略特、希梅内斯、帕斯、阿赫玛托娃、米沃什、帕斯捷尔纳克……简直不胜枚举。西方小说已经走下神坛,他们正在走向虚妄、荒诞、魔幻、颓废的死胡同……这与其说是艺术,不如说是穷途末路,并不是说文学不需要荒诞、魔幻……文学更加需要超现实、意识流,更加需要荒诞和魔幻,只是西方已经没有激情,没有胸怀,没有浩然之气……剩下的都是无病呻吟……所以说西方小说死了。西方诗歌像是刚刚兴起,西方诗歌方兴未艾,这就是所谓文化交替,东西方诗歌、小说交相发展,东西方文艺就是这样……放眼中国现当代文坛,真正能称得上文豪的恐怕只有鲁迅先生,中国现代诗歌更加孱弱,真正称得上诗歌的恐怕只有北岛……但是北辰越来越觉得他所崇拜的巨匠是那么孤独,高山之巅的绝唱是那么寂寥、冷清,可是他还是感到所敬仰的大师是那么欠缺,尽管他人格力量那么伟大,文笔犀利、深厚,饱含深情,厚重、坚硬,那么他到底想说什么呢? 他想说……但是有人说放眼世界,鲁迅先生无愧于民族,无愧于祖国,他是中华民族的脊梁,可是他想说的并不只是这些,远远不只是这些……可是鲁迅先生缺失的也正是中华民族缺少的……文学之巅……寂寥的文学巅峰……够了,够了,他还要说什么呢?他窥视到的,也正是大众所看到的……但是人民大众所看到的,他远远看不到……但是人民大众没有说到的,他想说出来……有时候,他真的不敢说出来,可是大家早已说过了的……还用再多说吗?一切都是多余的……

北辰又回到现实中来,如果走上领导岗位,那么他的文学事业肯定会受到影响,甚至荒废……这是不难想象的。可是这也是人生的机遇啊……世事洞明皆学问,人情练达即文章……他应该走得更远,更远……这样想来,他的痛苦似乎小了许多。

这天下午,补完课,等学生走完,他才向姐姐家里走去,他已经很长时间没有到过姐姐家了,况且母亲已经回家,而淑丽和孩子在过着寄人篱下的生活,但是他走在去姐姐家的道路上,还在思考那天严若英表姐说过的话,怎样才能够谋到一官半职呢?这真让人费解,他见到淑丽,一定要和她商量商量……快走到姐姐家里时,他才从沉思中清醒过来。

这个时候,他们已经吃过饭。淑丽和孩子在南边单独一间房子里,她们娘俩孤苦伶仃的,而姐姐完全不顾忌孩子的疾病,他们一家人其乐融融的。北辰一见是这种情景,顿时不高兴起来,姐姐见他不高兴,她也很生气,姐姐想他们一家人住在这儿这么长时间,她既花钱又操心,反而落下许多不是来……既然都在气头上,那么姐姐也不问他吃饭没有,如果不都是在气头上,姐姐怎么会不问他吃饭没有呢?谁都知道,他这个时候到来,不可能吃饭。不吃就不吃吧,但是他还是憋一肚子火气,而且他的火气愈发按捺不住。淑丽一直抱着孩子,她一直在哄她,因为孩子一直发烧哭闹。

"去看了吗?"他没好气地问她。

"看过了,吃过药,打过针了,就是不退烧。"淑丽胆怯地说道。

"怎么回事呢?"他追问道。

"脐带发炎啦……"她解释道。

"脐带怎么会发炎呢?"他更加不耐烦起来。

"谁知道呢?"淑丽的火气好像也上来啦。

"你是怎么搞的,脐带会发炎?为什么不早治疗?"他申斥她道。

"我怎么搞的,你为啥不管?你为什么不给孩子医治?"淑丽也发起火来。

他想把孩子抢过来,但是没有成功,她不让他把孩子夺过去,不知为什么?他照她的小腹、胯部猛跺几脚,淑丽歪倒几下,最后还是半跪在地上,而孩子仍然抱在她的怀里,于是她哽咽起来,而且哽咽不止,哽咽渐渐变作啜泣,最后一直在抹眼泪,她压抑着情感,唯恐他们听见。他也不搀扶她,不但不搀扶她,他仍然愤怒不已,还叫骂不止。他到底在生什么气?他受到姐姐冷遇,却迁怒于她,他为什么迁怒淑丽呢?因为她生个女孩子?跪在地上的淑丽想生女孩子吗?生女儿是她一个人的责任吗？何况孩子还在生病。他突然像是散了架一样跌坐在地上，真是欲哭无泪……为什么非得要个儿子，为什么非要儿子不可？他也不知道为什么？这种愿望又是那么强烈和执拗。北辰还是把女儿抱过来，紧紧地把孩子抱在怀里，他感觉到在这个世界上，孩子是他最亲近的人，她是他的骨肉、骨血、生命的延续……可能是因为孩子刚吃过药吧？药物里面肯定有镇静剂、安眠药，这个时候，孩子可不管爸爸的愤怒，她竟然在父亲怀里睡着了。孩子出生已经很久了，他还是第一次拥抱她，这是他第一个活下来的孩子，自从她出生就没有回过家里，而是连夜从医院送到这儿，也难怪姐姐……姐姐也有难处，他们也是一大家子人啊，可是淑丽呢，她作为母亲，满月之后，一直居住在姐姐家里，过着寄人篱下的日子，也真够难为她的，北辰受姐姐一点气，还拿她出气，真叫不可思议。他想到这些，内心不由得一阵酸楚……实在不能理解自己的自私、冷酷……他怀抱里的孩子是他的亲生女儿，搂抱着这个孩子，他有一种不一样的感觉，亲情油然而生，他没有尽到父亲的责任，实在愧对她们母女。他好内疚，好惭愧，好心酸……

"给孩子取个什么名字呢？"他站起来，像是自言自语，又像是哀求淑丽道。

"直到现在孩子都没有名字，你这当爹的，姐姐不让吃饭，到头来拿我们娘俩出气……"淑丽说着又哽咽起来。

"别哭了，让他们听见……"他像是安慰，又像是哀求她说。

淑丽也站起来，她把孩子接过去，然后停止啜泣。他们躺在床上，心里都不是滋味，孩子低烧未退，淑丽寄人篱下，而北辰饥肠辘辘……但是他们还是睡熟了，疲惫和困倦俘虏了他们，这可怜的一家人……今夜他们就是这样团圆的。月亮升了起来，她站在广漠的苍穹俯视着这三口之家，也像是黯然神伤……夜更深了，月亮也困倦了，于是月亮羞怯地藏匿起来，深夜也饥饿了吧？深夜也在咀嚼孤独和寂寞。

"哇……哇哇……哇……"孩子疯狂地痛哭起来。

"醒醒……北辰……"淑丽惊醒了，她赶紧推醒他道，"孩子烧得厉害……快起来，抓紧时间去给孩子看病。"

他赶紧坐起来，然后摸一下孩子的额头，哎，好烫。这时孩子哭得更加起劲了……他只得叫醒姐姐和姐夫，还好，他们起得还算及时。当他们知道孩子高烧时，邹安平姐夫赶紧到外面找来一辆三轮车。司机是一位驼背中年人，鼻子像个大红萝卜，眼睛非常呆滞，他鼻洼里的麻子稠密、清晰……他说他叫时清亮，可是姐姐信口开河地说："他叫马鳖。"这么大的人了，姐姐不应该这样称呼他的乳名，但她一直这样心直口快，时清亮听见姐姐叫他的乳名，只是笑笑，没有说一句反驳的话。孩子高烧不退，在乡村卫生所一直看不好，北辰决定去淮河市儿童医院给孩子医治。

他们谈好价格，司机要三十元燃油费，然后他们就出发了，三轮车像是野马一样疾驰了三个多小时,才来到淮河市儿童医院,一路上他们悬着一颗心,唯恐孩子有个三长两短。经过检查,孩子高烧39℃,如果再晚些,孩子就会烧成肺炎,烧成肺炎还好医治,如果烧成大脑炎,那是生命攸关的大事,大脑炎就是治好,也可能留下痴呆、癫痫后遗症。邻居家的孩子,当年烧成大脑炎,医治好后,孩子成了植物人,一家人痛苦好几年,最后这个没有知觉的孩子,谁也不知道去了哪里,有人说他大概是被父母遗弃到遥远的荒野里。这一次他能及时赶来,实属万幸。

输过水,孩子的高烧退下去,医生又给孩子开了药,这些药大都是医院自己生产的。医药费只有一百六十三元,刚来时他们认为要花费好大一笔金钱呢。医生说如果烧成肺炎,医药费就得上万元,如果烧成大脑炎……医生说得他们胆战心惊的。当他们返回时,黎明不知不觉来到他们身旁,人活着真好,上天赋予万物,人类生命真好!他们看到道路、乡村、田野,甚至一草一木都是那么可爱、亲切,大自然是那么美好,人活着是那么富有意义,天空那么蔚蓝,甚至田间地头农民积攒的粪肥,也香气馥郁的……他们真想痛痛快快地大哭一场……孩子睡得那么香甜、安宁,他们宽慰地笑了。

北辰昨天晚上没有吃到食物,又折腾一夜,今天早上他们又没有吃到东西,他们都在生姐姐的气,在一个地方住久了,他们想换换环境,于是他们路过美丽姐姐家的时候,想试探试探,如果有可能,淑丽会住下几天。付清路费,马鳖开车走了。淑丽和北辰抱着孩子,拿着药物,沿着田间小道,一路前行,当他们来到美丽姐姐家里的时候,已经是上午十点半钟,美丽姐姐和姐夫不在家,可是她的公公、婆婆在家。

他们家的院子里,到处都是废弃的酱菜缸,美丽姐姐的公公说酱菜生意不赚钱,还投资不少钱呢。他不断重复一句话:"赔本买卖……"

生意人才会做买卖,不是生意人,他永远不会做生意,有时候学不来,也学不会,他们家就是这样的人。公公叫史国安,他曾经担任九里河乡党委副书记,现在赋闲在家。他的四肢细长,上身却很短,还有些驼背,但是他非常高大,头顶光秃秃的,只有头尖上有一小撮白头发,脑袋上半部很大,颧骨很高,颧骨以下非常瘦削,嘴巴尖溜溜的,门牙很大,像马牙一样,而眼睛的位置很高,几乎长到额头中间,眼窝很深,眼珠深藏。他穿戴朴素,脚穿一双千层底布鞋,上身穿一件旧绵绸衫,敞着怀,鸡胸,肚子却很干瘪,肚皮也干瘪。当初北辰以为旧绵绸衫上可能没有扣子,仔细看看,有扣子,还一个不少,衣服上有扣子,又有客人,还是女客,又是内亲,那么他为什么不把扣子扣上呢?这让人百思不得其解,他这样随随便便,在客人面前这么不庄重、不严肃……从他不庄重、不严肃的态度来看,他并不欢迎他们的到来,不但不欢迎,还十分嫌弃。

婆婆已经遮掩不住内心的憎嫌之情,她像是笑眯眯的,虽说也在不停地问寒问暖,但是看得出来,她笑的既勉强又虚假。因为她的一双小眼睛是那么冷落和淡漠,满是褶皱的老脸上尽是疏远、伪善的冷笑、讥诮……他们休想有什么企图,休想有什么非分的想法!她的腰折得厉害,几乎是爬着走路,所以虚假的冷笑特别狰狞。她不时抬头朝他们看看,像是母熊抬头看看猎物一样,她的脸色那么苍白……坐在屋里,北辰简直怀疑他们身处黑暗的荒岛上。现在是一年之中最炎热的季节,他却感到那么寒凉。

很快,美丽姐姐就回来了。

"永禄说他和冬梅再干一会儿,我先回来啦。"美丽姐姐走到房屋门口说道,她的嗓音先是尖厉,可是话说到一半又变成了暗哑。

她赶紧抱抱孩子,哄她笑一会儿才递给妹妹。她比妹妹还高,颧骨又宽又高,额头、下巴都很窄小,眼睛里噙着亲热的泪水,这个时候,北辰看到她裸露的牙齿、青紫色的牙床骨,并不感到厌烦,不但不厌烦,还感觉优美、亲切……她像是很疼爱妹妹……然后她就去炒菜做饭。

永禄和冬梅回到家里,这时候时间已经十二点半钟。

永禄见到他们,很激动,应该说他全身都在不停地抖动,说颤抖更确切些,他的面部黑乎乎的,甚至很难看清哪是眼睛、鼻子,哪是嘴巴。但是他不停地眨巴眼睛,让人感到他的脸上有两只蟑螂在蠕动,仔细观察之下,他的鼻子很小,也就一颗花生那么大,可是如果不仔细察看,根本看不清有没有鼻子,可能没有鼻子,却能感知到他的呼吸非常急促,不知是严重的鼻窦炎堵塞了呼吸道,还是鼻孔细小?他说话嘟嘟囔囔,说话的声音谁也听不清楚,但是他却非常激动、兴奋,也可以说异常冲动。一时之间,他不知道做什么好,是先问候呢,还是先给他们倒水喝?这时夏美丽呵斥他道:"洗洗手脸!"这个时候,他才冷静下来,于是他像一只听话的宠物一样乖乖地清洗手脸去了。他身材矮小,还是个瘸子,而且瘸得非常厉害,为此他走起路来总是东摇西晃的,像个陀螺一样,但是从他全身颤抖的情况来看,他很诚恳、朴实。

他们家五个姑娘,而冬梅是老姑娘,她还没有出阁呢。冬梅无处不透出农村姑娘的敦厚和真挚,她的身材十分敦实、丰满。对于嫂子娘家的客人,她表现出极大的热忱,耳朵、眼睛、鼻子、嘴巴,甚至两根粗大的黑辫子,甚至绯红的脸颊上那两个小小的酒窝都像是在欢迎客人到来似的,只是她刚刚表现出腰部向前弯曲的迹象,这是不是遗传呢?人类将来能够改变遗传基因该有多好,能够改变丑陋、畸形,能够改变那些让人痛苦的东西该有多好!

他们很快坐到餐桌边,因为菜已经做好,一碗碗的鸡蛋捞面条也端到桌子上,面条上面的炒鸡蛋黄灿灿的,面条洁白、光滑,光是看看,就非常有食欲,何况北辰的确饿了。他们家有一个小男孩儿,他很乖,五岁左右,一直在玩一把新近买来的水枪,他把水枪汲满水,朝不同的方向不停地射击,嘴里还不停地冲啊冲啊怪叫,他并不害羞,也不善言辞,圆眼睛,北辰还从来没有见过那么圆的眼睛,而且眼神很冷,自从他们来到以后,他就不停地观察这两位客人,还有客人带来的那个小女孩儿,他在琢磨这两位客人是否会拿走水枪给那位小女孩儿玩耍。他总是盯着小女孩儿看,不射击的时候,就不停地把水枪藏来藏去。

"别藏了,大山,妹妹不会抢走你的水枪!她还小呢,她还不会吃,也不会玩呢,过来吃饭吧……"大山的妈妈提醒他道。

经妈妈一提醒,大山释然了,他终于放下心来,可是他还是不放心地看看心爱的水枪,还想把水枪放到一个安全的地方,于是他东张西望地来到餐桌前坐下来,不过,他依然把水枪攥紧在左手里,妈妈只管把水枪夺过去……这实在出乎他的预料,大山突然失去水枪,急切之下,他失声痛哭起来,爸爸又把水枪塞到大山手里,大山这才止住哭泣。

他们家还有一位小女孩儿,可能还不到三岁,她扎一头细小的辫子,其中有几个细小的辫子向上翘着,小眼睛像是精灵那样既真诚又灵动,小脸蛋非常美丽、红润,她让人喜爱,也让人爱怜,她像是非常羞涩,又非常多情,一直默默无语地独自在院子里玩耍,既不搭理哥哥,也不招呼客人。大家几乎都把她遗忘了。

"英子,吃饭吧。"妈妈喊叫她道。

多么好听的名字,这个名字让北辰想到顾城,他写过一本自传体小说,小说的女主人翁就叫英子……

"妈妈,我还没有玩够呢!"她头也不抬地说。

可是妈妈还是把女儿拉到餐桌旁边,桌子上一共四个菜,有一盘炒肉,一盘黄澄澄的炒鸡蛋,还有一盘油炸花生和一盘凉拌黄瓜。捞面条碗里又添加了荆芥叶,还有黄瓜丝、蒜泥和香醋。北辰已经两顿没有吃饭了,这也是他喜爱吃的家常饭菜,只是很难吃到这些可口的饭菜,他们肯定是殷实之家,尽管北辰饥肠辘辘,可是他现在考虑的并不是饥饿问题,他在考虑……这时北辰和淑丽对望一眼,他在考虑淑丽母女是否能在这儿住上几天?因为美丽姐姐肯定不会腻烦和嫌弃,淑丽是她的亲妹妹啊!但是她一脸严肃,使他们莫名其妙,看来她相当为难,她肯定想让妹妹住下来,可是她有公婆……公婆的态度非常明显,他们不欢迎他们。但是不管他们让住,还是不让住,北辰想让淑丽换换环境,哪怕能住上一晚也行啊,住一晚上,再回北辰姐姐家,也能够缓解北辰姐姐的嫌弃……

谁也不说一句话,气氛非常古怪、沉闷,他们都在思考孩子和母亲的去留,但是他们所有人思考问题的方式、方法,思考问题的原则、立场并不相同,不但不相同,还很对立,谁会收留他们呢?他们像是丧家犬一样落魄和无奈,这样一家穷亲戚,这样一家来投奔他们的穷亲戚,既不懂事,又没有礼貌,他们家有老人,也有孩子,可是他们抱着孩子贸然前往,既不提前打声招呼,也不拿一分钱的礼物,实在让人憎恶,何况他们穿戴的破破烂烂,真让左邻右舍笑话,这才叫丢人呢!怎么收留他们呢?这个时候,谁要是说出一句话,就会引起地震,或是引起巨大的震荡,所以他们都沉默不语,他们在等待什么呢? 是不是等待飓风发生呢? 可能吧? 或许他们在等待比飓风还要危险的事情发生,所以尽管饭菜可口,谁也没有动动筷子!

这个时候,飓风说来就来啦,婆婆首先发难,她突然喧嚷和吵闹起来,可能是她实在不能忍受这么一大家子人来此避难,实在不能忍受这样一家穷亲戚居然不请自来,实在不能忍受万一他们长期居住下来……他们不会不知道淑丽和女儿一直在北辰姐姐家里避难,说成逃难、逃亡都行,这可是洪水猛兽……老两口就在饭桌对面争执起来,尽管彼此压抑着,但是他们的火气都很大,脾气都很暴躁。

"吵啥?"战争终于爆发了,史国安再也抑制不住满腔愤怒,他终于吼叫道。

"吵! 还让不让过啊!"婆婆歇斯底里尖叫道。

史国安什么话也不说,他并没有端起来他跟前的鸡蛋捞面,而是端起来他旁边的两碗鸡蛋捞面,这是夏家两姊妹的鸡蛋捞面,史副书记猛然站起来往院子里的东南角方向走去,谁也不知道他端两碗鸡蛋捞面去院子的东南角干什么? 他是去那儿吃饭吗,还是要干什么? 他要把这两碗鸡蛋捞面喂家畜吗? 可是这却是夏家两姊妹的午饭啊! 他们家里像是也没有家畜,除去几个啄食的鸡子,北辰并没有看见他们家里还有其他家畜? 即使有也不能把人还没有吃的捞面条喂牲畜啊! 她们都还在照顾孩子,其他人呢? 在这样郁闷的环境里,谁也不敢动动筷子……正当北辰这样想的时候,史国安停下脚步,接着他把两碗鸡蛋捞面条举过头顶,北辰看见他把鸡蛋捞面条举过头顶时,面条、荆芥叶,还有黄瓜丝不断地掉到他的秃头上,菜汤随着光头浇下来。然后是"啪、啪"两声巨响,这两碗鸡蛋捞面条被摔到墙角旁边的地砖上,那些黄灿灿的鸡蛋卤和白花花的面条撒了一地,那些碗的碎片四处奔逃,有一块并不很小的碎片似乎想回到屋里来,可是还是没能成功,碎片唧哝几声,蹦跳几下,终于停止了奔跑,距离屋门还有那么遥远……

"我叫你吵,叫你闹! 妈那×孙! 妈那小×!"他终于愤怒地叫骂道。

这声怒吼像是怪叫的马达声音,他这样侮辱老伴,在儿孙面前,在家人面前,在亲戚面前,没有比这样的辱骂更让人难以接受啦,可是谁也不敢说一句话,他是一家之主,他还是什么副书记,还主抓过什么教育,谁敢说一个不字! 这时候,一群鸡子可不管这些,可不管谁是副书记,副乡长的,也不管谁是一家之主,它们不会顾忌他的淫威,于是鸡子们仿佛利箭一样射过去,她们还认为这是对她们犒劳呢,但是史国安却不这样以为,他会以为这是公然挑衅……他居然跑到大老远的地方,拿把扫帚到处抽打这群受他犒劳的"将士",可是这些勇敢的将士还是执拗地不肯离开,有一只鸡子几乎被他拍死,它没命地叫喊着,还是一跌一幢的逃掉啦,剩下的鸡子被他扫荡得东倒西歪,这些鸡子震惊之余,都躲起来,然后他才满意地回到餐桌旁边,好大一会儿,他没有说一句话,大家都被他这样的怪异之举惊呆了,空气像是凝滞了,房间里死一样沉寂,谁也不敢乱搭腔,乱说话,唯恐上天即将崩塌似的。

"爷们儿,吃饭,吃饭,吃,吃……不关你们的事……这是我们两个人之间的事情!"他像是自言自语,又像是自我安慰……他喘了一会儿粗气,唉叫几声,猝然离开了,可是他离开之前,又恶狠狠辱骂道:"妈那小×,真不是东西!"

谁也不知道他在骂谁,可能是在骂妻子,还是骂……

谁也不敢吃下去,孩子东张西望了一会儿,她瞪大了奇怪的眼睛,想哭出声来,可是她撇撇嘴,却没有哭泣成功,她像是怪罪爸爸妈妈不该来他们家走亲戚似的,她似乎在说为什么还不离开这个古怪的地方。他们根本不能再待下去,哪怕最后一分钟,他们只得选择离开,他们很快离开了这个不欢迎他们的地方。美丽姐姐,还有她的丈夫泪眼汪汪地把他们送出家门。

他们还得回北辰姐姐家里。他们在炎热的大暑天抱着孩子向姐姐家里进发,但是这个地方离姐姐家还那么遥远,又没有大路可走,只有一条像是长井绳一样弯弯曲曲的田间小路,疯长的玉米就站在小路两旁,她们仿佛商量好似的把枝叶的胳臂拦截在小路上方,而北辰和抱着孩子的淑丽路过这些枝叶交错的玉米田地时,他们像是翻越火焰山一样艰难。但是他们突然愉快起来,在这夏天酷热的青纱帐里,艰难地行进着,他们保护着孩子,以免把她娇嫩的小脸蛋割伤。可是他们的脸、手臂全都是一道道的深红色血痕,而他们已经在逗孩子发笑了,于是他们唱道:

　　酒干倘卖无酒干倘卖无
　　酒干倘卖无酒干倘卖无
　　多么熟悉的声音
　　陪我多少年风和雨
　　从来不需要想起
　　永远也不会忘记
　　没有天哪有地
　　没有地哪有家
　　没有家哪有你
　　没有你哪有我
　　假如你不曾养育我
　　给我温暖的生活
　　假如你不曾保护我
　　我的命运将会是什么
　　是你抚养我长大
　　陪我说一句话
　　是你给我一个家
　　……
　　虽然你不能开口说一句话

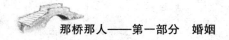

却更能明白人世间的黑白与真假

……

远处传来你多么熟悉的声音

让我想起你多么慈祥的心灵

什么时候你再回到我身旁

让我再和你一起唱

……

　　他们唱着,想象那个老人的悲苦遭遇,还有旺才,还有那个成名的小女孩儿。可怜的老人,可怜的旺才。他们流着眼泪……

　　但是他们要给女儿起名字啦。叫什么名字呢? 什么枝,什么叶,什么英啊,蕊啊,荣啊,花啊,什么红啊,太俗了,老掉牙的名字……什么宁宁、丁丁、彤彤、趁趁啦,他们也不想这样随波逐流……那么叫什么名字呢? 一时还想不起来,但是他们都在思考、掂量……

　　"叫个什么呢,北辰……"他们已经回到北辰姐姐家里啦,淑丽还是忍不住问他道。

　　"叫作昉儿吧……"北辰终于想了起来。

　　"昉是什么意思呢,北辰,也不能乱叫啊,"淑丽迷惘地问他道,"不会有什么不好的意思吧……"

　　"昉的意思是曙光初现,也有开始的意思。"北辰思考一会儿才回答她说。

　　"就叫这个吧,北辰,我们的苦难才刚刚开始呢。"淑丽像是若有所思地说。

　　"不,淑丽,曙光马上就要来了,这是希望的曙光,也是胜利的曙光,不是苦难的开始,是幸福的开始……"他们像是早已忘记了之前的不快,北辰遥望远方,他悠悠醒转地说。

　　"好吧,北辰,还是你看的书多,我一时也想不出什么好听又大气的名字呀……"淑丽抱歉地说,她似乎已经忘记了这些日子以来所受到的委屈和耻辱。

　　当他们又一次来到姐姐家里的时候,他们发现贺云祥一家人都在小姐姐家里,他们来干什么呢? 北辰突然发现他们把压鞋底机器以及制作鞋底的模具,还有原材料都用三轮车拉了过来……他还要在这儿做大头鞋呢,反正他是不回本乡做生意啦。贺云祥姐夫进一步解释说当地镇政府杀鸡取卵,苛捐杂税多如牛毛,小业主已经不堪重税……他们都逃走了,这儿的乡镇税收宽松些,适合做生意。

　　而小姐姐气得乱蓬蓬的头发似乎都倒竖起来,她喊喊喳喳说个没完,他们家像是赶庙会一样,可是小姐夫邹安平倒还挺看得开。他认为贺云祥家能避税挺好,少交钱不好吗?

　　小姐夫邹安平长个大鼻子,这个鼻子并不挺直,鼻头有些歪斜,鼻洼里还有颗灰色的大瘊子,也可能是这颗瘊子使他很羞涩,为此眼睛老是向下看,他是想看歪鼻头呢,还是看那颗大瘊子? 可是他看人的时候,脸颊总涨得通红,说话慢腾腾的,用老百姓的话说都是掏心窝子的话。小姐姐整天叽叽喳喳的竟说胡话,她大概是因为有些话不知道应该怎么说,其实她是有什么说什么,没有坏心思,对人又实在,只是说话不注意,所以有时候没少伤人心。

贺云祥姐夫暂时把鞋底机器安放到院子东南角的空猪棚里,二姐帮助他平整土地。贺云祥也一直在空猪棚里忙碌,铁锹把很滑,他不断朝手掌心吐唾沫,铲土时,牙齿还要咬一下左嘴唇,如果不咬一下左嘴唇,好像铲不动土一样。

他们有三个女儿,一个儿子,他外号混世魔王。他们对儿子太娇惯,这个男孩已经八岁了,还没有上学,因为没有人能把他送到学校。这时他总想把妈妈手里的铁锹抢过来,妈妈不给,他就打妈妈,趁妈妈弯腰的时候,就拽她枯黄的长发,把妈妈撕拽得大喊大叫,谁劝他,也不放手,妈妈只得把这把铁锹交给他,他眨巴几下像是蝮蛇一样的黑眼睛,开始平整土地,铲了几下,由于力气太小,他根本铲不动土,很快便失去了铲土的兴趣,他拿着铁锹到处乱铲,还差一点铲到妈妈的脚上,妈妈吵他一句,这句话尽管并不严厉,可是他一怒之下竟然把铁锹向妈妈身上砸去,铁锹头差一点砸到妈妈的脚面上,多亏妈妈躲避及时,不然肯定会砸伤妈妈的脚面,他不但不道歉,反而哈哈大笑着,摇着小光头逃跑了。其实他并没有逃远,就在不远处逗小姐姐家那条肮脏的杂色哈巴狗,他开始撕扯小狗的耳朵、毛发,打小狗的耳光,后来他用一根木棒捅小狗的肚子,捅小狗的肛门。可能他捅小狗的肛门时,把小狗惹恼啦,小狗猛然扭头咬他一下,他猝不及防,左手中指被小狗咬一下,还好,并没有咬流血,只是咬了三个白牙印,可能是因为他受到惊吓的缘故,他躺倒在地上号啕大哭,爸爸劝他,他就打爸爸,爸爸把巴掌举得老高,却不打下来,他哭闹得更凶了。他哭闹了很长时间,终于停止哭泣,他犹豫一会儿,也实在没有什么可玩耍的,便去逗弄淑丽怀里的昉儿,昉儿还小,不理睬他,他趁舅母不在意,伸手就打昉儿一巴掌,把昉儿打得哇哇大哭。而他妈却一直在笑,她认为儿子厉害着呢!他爸爸一直在侍弄压鞋底机器,贺云祥和姐姐始终没有对淑丽说一句道歉的话,而北辰能够说什么呢? 一个孩子被父母娇惯成这样……北辰尽管气愤,但作为舅舅,作为长辈,又不好意思教训他,淑丽和昉儿都在哭,她比女儿哭得还伤心……不一会儿,昉儿脸上红肿起来,淑丽一直痛哭不已,很多人都来劝她,可是她仍然不依不饶。

黄昏像是一个醉汉一样,鬼鬼祟祟地来到这个空旷的农家小院,又悄无声息地来到淑丽和她怀抱里的孩子身边,现在哪儿还有他们的影子,他们早就滚蛋啦,一时之间,小姐姐家里的人也不知道去了哪里,这个时候,院子里只有西天那抹晚霞陪伴着他们,一会儿,傍晚像是一伙黑色小偷,他们声息全无地潜入小姐姐家里,像是有什么企图似的,他们想打劫什么呢? 他们一家三口人可是一无所有啊! 他们

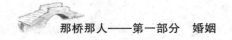

感到孤独、畏怯的时候,小姐姐和邹安平姐夫,还有他们家里的孩子一起回到家里,他们大概以为她们已经哭闹够啦。

4

当天夜里,北辰谈到他遇见严若英表姐的事情,一提到谋求什么职务,北辰就想到事业和梦想。他顾虑重重,如果从事行政工作,势必陷入斗争的旋涡,他可能会被这股强大的涡流带走,这股强有力的气旋会把他带到哪儿都不好说,政治斗争可是深不可测啊!还是俗话说得好……当官一张纸,斗争一辈子。所以他不得不把他的忧虑讲给淑丽听。他酷爱阅读、写作,梦想成为作家,这是他的追求,为此,他舍弃考大学,舍弃初恋,他几乎要放弃家庭和孩子,他把孩子送到姐姐家里,并不全是因为转正考试,并不全是因为想生育个男孩子,并不全是因为今年他教的是毕业班的语文课,还是因为阅读和写作。的确,今年他担着毕业班的语文课,还是班主任。固然他想要个男孩子,这个愿望那么强烈,但是他对阅读和写作的渴望却更加执着,尽管因为复习,他不得不暂时放弃阅读和写作,但是他怎么能真正放得下呢?如果为了事业让他抛弃婚姻和孩子,他想他会的。他真的不想谋求什么官职,但是现在却正好有这个机遇,他到底怎么办呢?有时候人生有一个梦想也就够了,可是命运非逼迫他走另一条道路,在艰难的人生抉择面前,他是那么困惑,他理想的风帆要向何处漂泊呢?他不知道。

"还是往前走一步吧,北辰,你什么时候能写出著作来呢?还是现实些吧。"淑丽开导他道,"何况我和你过的是一种什么样的日子啊!我真的是无法面对世人啦,对于同学、朋友,还有娘家人,我真的难以启齿啦……救救我们母女吧!"

"那么,我们去见见表姐夫吧!"北辰暂时向现实投降了。

第二天一大早,他们把昉儿托付给姐姐,就出发了。这时候路上没有一个行人,大地刚刚苏醒,隐隐约约的月亮还依依不舍地在天边徘徊,天穹是那么迷惘,一丝风也没有,田地里的玉米已经很高了,它们苦苦等了一宿,好像累了,像是又稍微打一会儿盹,终于清醒过来,于是黎明就欢欢喜喜地来到它们身边。无边无涯的玉米穿着青绿色的新衣,像是一排排亭亭玉立的少女,它们是大地最漂亮的儿女,正焦急等待着扬花、传粉、结穗呢。远远的河岸上翁郁、茂盛的白杨树像是漂浮在云天的炭墨色画卷,浅浅水线之下的激流在奔腾不息,一只乌龟悄悄爬向外滩,辽阔广袤的黄淮平原被一条条小路切割成一块块不规则的四方形田野,其中一条曲曲弯弯的小路像是一条爬行的长蛇,它穿过河流、村庄……他们就是沿着这条小道来到高山镇政府……而乡村之中的袅袅炊烟仿佛顺着长长的阶梯缓缓地爬向天空,淡淡的炊烟像是那年丢失的岁月和无助的爱情……

　　严若英表姐家就居住在高山镇政府家属院最西边的一个小院里,小院里有两间平房,半间厨房,厨房旁边是个小卫生间,另外狭窄的院子里,还容得下停放一辆自行车的位置,如果停放两辆自行车,还想从院子里经过就十分困难了。这时只停放着一辆自行车,所以他们才方便来到屋子里。

　　白副镇长在家,他亲切地招待了他们,他和蔼可亲,完全不同于在主席台上讲话的白副镇长。他询问教师是如何评价韩主任的,北辰简要谈一些别人对韩主任的印象,这只能说是印象,不能称之为评价,但是这些印象远不是白副镇长所希望听到的。

　　"韩文献该退休了,作风上……"白副镇长并没有把话说完整。

　　他是说韩主任作风上什么呢?肯定不是什么好言辞,北辰也猜不透白副镇长指的是生活作风,还是工作作风呢?或者二则兼而有之吧?他没有等北辰继续想下去,接着就又询问北辰一些具体事情,他问北辰担什么课,在村里威信如何,他和校长关系怎样,如果宣布个副主任什么的,校长会不会让他分管一项工作。北辰回答过后,白副镇长满意地点点头。

　　"回去吧,千万不要对外人说咱们有亲戚关系,"临走时白副镇长再三叮嘱他道,他把他们送出大门时,又补充说,"等着吧……要稳重,何况霍校长同韩文献是老表。"

　　"那么,我还要拜访韩主任吗,白镇长……"北辰临行前又顾虑重重地说。"拜访他干什么……"他皱皱眉头,嫌弃地说,"暂时不用。"

　　北辰唯恐触动白副镇长敏感的神经,于是他们尽快告辞出来,北辰出来以后很长时间,还忐忑不安的。

　　今年苹果大丰收,他把所有的苹果卖给罐头厂,一下子收入近两千元,他哪见过这么多钱啊,他打算修建一幢洋房。看来秋季也是个丰收年景,他已经开始预定砖瓦和预制板,现在家里的房子又破又矮,篱笆墙也得修建成砖墙,是该建造新房子的时候啦。已经有女儿了,他还想要个儿子,不能让女儿和儿子住这么低矮、破旧的房子。孩子长大后,会在同学面前抬不起头的,这会多丢人啊!不行,他一定要把房子建造的漂漂亮亮、风风光光的,他会让孩子充满喜悦和自信的。现在河流南岸已经是洋房林立,这一大片荒芜的土地喧闹起来啦……

　　暑假里他是这么忙碌。孩子、苹果树、庄稼和班级,淑丽和女儿不在家,有时候妈妈不得不下地劳动,不得不看守苹果树,现在好啦,卖过苹果之后,他赚到一大笔钱,他有钱了,准备修建新房子。有时候妈妈去到姐姐家里养育昉儿,淑丽可以回家了,北辰的生活暂时稳定下来。尽管姐姐厌烦、嫌弃,但是在没有找到其他地方之前,他坚持不让女儿去别的地方。现在他让外甥来跟他上学,而女儿寄养在他们家的危机暂时缓解了。但是邻居、家族和亲朋好友都在询问北辰,淑丽到底添个儿子,还是女儿?他就回答说:"没成,孩子夭折了,淑丽正在家里悲伤呢!"谁要是说

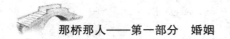

来瞧瞧不幸的淑丽，他就慌忙说正巧淑丽去她妈妈家里了。

　　暑假里，他一直在补课，如果北辰家里不怎么忙，或者不去看望女儿，他就整天守在学校，无论该他上课，或是不该他上课，他都坚持和学生一起上早晚自习，午休时间，他也坐在班里陪伴学生，有时候实在太累了，就坐在讲台上休息一会儿，他这么不辞劳苦，为此他最终赢得了学生的信赖，师生关系也渐渐地融洽起来。

　　新学期开学前，高山镇教办室召开新学期教育工作暨开学典礼大会。大会上，白副镇长宣布全镇中小学校长、副校长、主任、副主任任免决定，于是白副镇长宣布道：高山镇第一初中校长杜新国，书记……高山镇第二初中校长徐国良，书记……高山镇第三初中校长霍传岭，副校长吕长福，副主任裴自轩、郭北辰。下面是各个小学校长的任免名单和幼儿园园长的任免人选。

　　高山镇第三初级中学的业务主任韩国政被提拔为第一初级中学的副校长，副主任去大学进修了，当白副镇长宣布郭北辰、裴自轩为高山镇第三初级中学副主任时，他的心脏跳得砰砰直响，这可是高山镇全体教职员工大会，三四百人的教师大会，当白副镇长宣布："任命郭北辰同志为高山镇第三初级中学副主任"时，他的耳鼓被白副镇长这句话震得嗡嗡直响，在那么多教师的大会上，白副镇长宣布人事任免完毕，主席台下面人声嘈杂、议论纷纷，当白副镇长宣布第三初级中学副主任人选时，开始好似没有提到他的名字，他似乎没有听到郭北辰这三个字，又像是提到了他的名字，可是到底有没有他的名字呢？像是有，又像是没有？白副镇长宣布副校长吕长富的名字之后，却没有宣布主任，而是直接宣布副主任任免决定：任命裴自轩、郭北辰为……应该有他的名字，白副镇长像是提到过郭北辰这三个字，这三个字应该是郭北辰的名字，那么主任是谁呢？没有主任人选。可是副主任郭北辰这个名字是不是他呢？高山镇教育界还有没有另外一个叫郭北辰的教师？没有，没有啦，也不会有，不可能，据他所知，全镇教育界唯有他叫这个名字，唯有他叫郭北辰，唯有他是郭北辰老师。那么白副镇长宣布的副主任郭北辰肯定是他，一定不会错，肯定是高山镇山泉村南街的郭北辰。这个时候，他恍惚觉得身处梦幻之中，这一切来得那么突然，这会不会是真的，他的名字像是一个沉甸甸的鼓槌敲击心脏，而且心脏被敲击得咚咚直响，恍惚之间，他像是明白了什么，他激动得简直要蹦跳起来，血液在奔流、激荡，眼前模模糊糊的，他什么都看不清了，只感觉到眼前有无数黑影在不断蠕动，这些黑影像是黑压压的蝌蚪在浮游……散会了，他随着人流漫无目的地向会场外面走去，他像是童年时候高高兴兴地走在放学回家的大街上，像是少年时代畅游在流沙河里，像是耳际有一种声音在轰鸣……他到底要走向何方呢？他像是行走在没有航标的河流上……

　　可是他又思索道：一个学校为什么宣布两个副主任呢？霍校长怎么给这两个副主任分工呢？为什么不宣布一个业务处主任，一个政教处主任呢？或者宣布一个业务处副主任，一个政教处副主任？韩国政调至高山镇第一初级中学担任副校长,这就说明业务主任的职务空缺着,而之前学校的政教副主任呢?他去大学进修了,这个职务也空缺着,学校之前没有业务副主任,只有政教副主任。领导可能这样考虑将来他们两个副主任谁干得好,谁就会成为主任。主任主抓学校业务工作,副主任才抓学校政教处工作,政教处副主任将来也能提拔为政教处主任……主任也好,副主任也罢,这两个职务到底算是多大的官阶呢?

但是不论官阶多大,对于北辰来说却是他走向人生旅程的第一步,或是走向仕途的第一步。可是他的仕途到底能走多远呢?不知道,他即将走向哪里?更加不知道,他唯一知道的是他无论走到哪里,无论走向何方,他都不可能放弃文学事业,不可能放弃对文学事业的追求,梦想成为文学家是他毕生事业,毕生追求,也是他生命之所在。这就会注定在这个不可预知的道路上,他不可能走更远……他也不想走太远,他只想拥有经历,拥有生活……

学校在新学期开学之初召开的第一次全体教师会议上,霍校长对两个副主任的工作进行分工:裴自轩主抓学校业务工作,郭北辰主抓学校政教工作。

还是被他不幸而言中,但是裴自轩也是副主任,只是分工不同罢了,这有什么区别吗?之前抓学校业务工作的是主任,抓学校政教工作的是副主任,可是现在他们都是副主任!但是他是多么想抓学校的业务工作啊!北辰一直以为学校业务工作才是学校核心工作,才是学校的灵魂、根本,而所谓的政教工作只是从属于业务工作,是为业务工作服务的,所以他不想抓政教工作,可是分工明明白白,这是更改不了的事实,北辰只能舍本逐末,可是经过很长时间的探索,他以为政教工作是学校一切工作的保障,一个学校如果没有良好的教学秩序,没有稳定的教学环境,一切都将成为泡影,当认识到学校政教工作的重要性时,他才感知到他所从事的工作对于学校是多么重要。

裴自轩副主任是生物老师,他和北辰曾经是同学,也是好朋友,说是同学,可是他们却没有一班过,他是北辰的大师兄呢,他应该比他高五届!当时他们都在山泉村学校上学,当初山泉村学校有小学,也有初中,只是后来小学和初中才分家,再后来山泉中学改名为高山镇第三联中,简称三联中,最后更名为高山镇第三初级中学,当地群众仍然习惯称呼高山镇第三初级中学为山泉中学,或者称作三联。北辰上小学一年级的时候,裴自轩已经是初一年级的学生了。北辰上高中的时候,裴自轩又一次和北辰成为校友,他在复读班里重复复读呢,而且他们还经常一起往返于山泉村和县城之间。又一年,新学期开学,北辰已经是毕业班的学生了,裴自轩还要再复读,可是时间不长,他们在一块没有太长时间,可能有一个月左右吧,也可能不足一个月,至多二十天时间,他好像被一个什么培训班录取了,就在县城里接受培训。毕业后,裴自轩回乡教书,他是位公办教师,而北辰一直是代课教师。北辰曾经有两次转正机会考试,却因为种种原因只参加一次考试,第一次因为履历表年龄和身份证年龄不相符,履历表年龄大,而身份证年龄小,所以没有参加第一次转正考试,直至第二年,他又重新办理身份证,当然新身份证比老身份证上的年龄大一岁,这样他才参加第二年的转正考试,这一年他的考试成绩是全县第九名,只录用前八名,北辰没有考取。明年是第三年,他志在必得,按成绩他应该是明年考生的第一名,但是鹿死谁手,还未可知。

　　裴自轩老师很富态,脸颊肥大、红润,尽管他很肥胖,眼睛却又大又圆,他和人说话老是把眼睛低垂下来,像是很诚实、谦虚,平时对人慈祥、温和,还处处谦让人。有时候,他做事、待人很胆怯,唯恐惹恼谁,唯恐招致麻烦。其实他根本算不上诚实,不但不诚实,还很圆滑,城府也深,有时候应该说是狡猾。他左右逢源,深得霍校长信赖,又在教师队伍中享有信誉,表面上,他算得上是一位老好人,有时候,北辰认为他是一位高明的阴谋家,事实上就是这样,有时候他的确让人信赖,甚至可以说让人尊重、尊敬。可能人人都有两面性,人人都是两面人,有光明磊落的一面,也有居心叵测、阳奉阴违的一面;有崇高,也有渺小;有善良,也有卑鄙、险恶、残酷,这要看心境,环境,要看需要。裴自轩主任的后颈和下巴像是被一大块红肉包裹着,他并不单单只是肥胖,而是臃肿。行动起来总是气喘吁吁,其实他已经为胖所累。他的家庭生活很幸福、美满,妻子贤惠,儿女双全,而且家居的那栋小洋楼非常气派。他大腹便便,踌躇满志的样子让人羡慕,也惹人妒忌。他就是那种心宽体胖,事事随顺的人,好运总是追随着他,有时候他显得非常神气,可是有时候又非常猥琐。这一次培训班同学来高山镇当镇长,他也是一步登天了。

　　既然工作有交集,两个人商议,他们要一起去拜访韩主任。韩主任居住在河流上游,他们相距不远,只是所属乡镇不同。不知因为什么,韩主任却不在本乡工作,反而在高山镇工作,而且他一直担任主任一职。他家居住在村子西北角,院子很大,而且是三处院落,一处比一处大,一处院落的房子比一处多,都是清一色的砖瓦房,他有三个男孩子,一个儿子一处院子,前二个儿子已经结过婚,分过家,小儿子还在上高中,他有两个女儿,大女儿韩萍儿已经出嫁,二女儿待字闺中,他们是殷实之家,而且人丁兴旺,而韩国政家居住在韩主任家隔壁。当韩主任看到两位副主任到来时,只是眯起眼睛笑笑,随后就严肃起来,这样一来,两位副主任乘兴而来,却即刻拘谨起来,这是他们始料未及的,他们伫立在那儿,站也不是,坐也不是,走也不是。也没有什么可说的,本来他们就不熟悉,现在是更加陌生了。他们一直站立着,既然无话可说,就准备离开。可是韩主任已经吩咐家属准备酒菜,他们也不敢即刻回去,恰巧韩国政又不在家,所以喝酒的过程很沉闷,大都是韩主任在说教,他在谈论之前的政绩,工作经历,大都是值得骄傲的事情。有时候他也很宽容,不断劝酒,不断让他们吃菜。他们听得肃然起敬,态度愈加恭谨、拘谨,更不敢多说话,唯恐一不小心说错什么,北辰完全没有平时那种豪放、豪迈的情怀,他唯恐一不小心说出不应该说出的话语,什么初恋,婚姻,孩子,还有文学事业、追求和奋斗……这都是应该埋藏到心里,深藏至心间的。他唯恐喝多酒,触到伤心事,所以他喝酒很矜持，这惹得韩主任很不高兴，他以为北辰很不诚实，北辰委屈极了。而裴自轩也很谨慎，却表现得有礼有节，他很快赢得了韩主任的信任、信赖，可能也是因为他是镇长的老同学吧？而北辰却是白副镇长的亲戚，这二者有什么区别吗？可能有，也可能没有，也可能区别大着呢，镇长是一镇之长，而白副镇长却是副职，况且白副镇长与韩主任又矛盾重重，而北辰既木讷又棱角分明的，可是裴自轩却老谋深算，还有北征和韩萍儿那档子事情……想到这里北辰更加拘束、更加胆怯起来，韩主任似乎对裴自轩和他区别对待，他对裴自轩那么友好、温和、和蔼，而对他却是蔑视、敌对，有时候还怒气冲冲的，酒宴终于结束啦，北辰的罪也受够啦，他像是窃贼一样赶紧溜掉了，赶紧离开了韩主任家里。这件事情过去很长时间，北辰很苦恼，他为什么总是不善交际，总是不能和其他人正常沟通、交流，他好像跟社会，跟同事、领导都格格不入……韩主任为什么对北辰怀有成见呢？是不是因为白副镇长，或是北征的关系，北辰早就惹韩主任不高兴了呢？

霍校长既然已经给班子成员分了工，北辰就得开展工作。高山镇第三初级中学一年级六个班，二年级六个班，三年级四个班，一共十六个教学班，十六位班主任教师。政教处的中心工作就是和班主任打交道，班主任工作是学校工作的灵魂。他把政教处工作量化为纪律、卫生、出勤几个大块。然后再进行细化，班级卫生包括班级室内卫生和学校清洁区卫生，班级卫生要求地面整洁、桌凳整齐……清洁区卫生……班级纪律包括学习秩序……学生出勤包括……还有财产保护，思想道德教育……并且每周一小结，每月总评，而且要把评比结果张榜公示。即使未免会伤害到某位班主任同志，他也无所畏惧，因为付出和成绩是成正比的，尽可能做到公平、公正，他以身作则、率先垂范，让班主任老师心服口服、无话可说。这样一来，他可是忙得不亦乐乎，上课、备课、批改作业、检查工作、开会，还有复习……他得参加明年的转正考试啊！但是他简直要把转正考试的事情忘记了，要把孩子忘记了，也好像忘记了筱薇。筱薇转正之后，听说她又回到丈夫身边，筱薇的丈夫被那个烂女人骗得一无所有，房产是那个女人的名字，存款是那个女人的名字，还有人说那个孩子也不是他的……他还差一点被开除军籍，那个不要脸的女人告他贪污、行贿，告他重婚……而筱薇为了女儿，她决定重新回到丈夫身边，真是世事难料。

尽管北辰忙得不亦乐乎，他却认为生活充满了阳光，现在的生活非常有意义，值得。他的人生价值像是刚刚体现出来，现在才知道，原来人的表现欲望是多么强烈。北辰发现他的人生正朝向另一个方向发展，他的人生已经偏离了理想轨道，已经偏离了孜孜以求的文学方向，这是始料未及的。他深深地感到心灵中有一种隐隐的痛，一种莫名其妙的痛苦，他从来没有因为爱情，因为婚姻，因为孩子放弃过初衷，那是他的追求，毕生的追求，也是他的生命，他不可能放弃，坚决不会放弃。但是他的人生轨迹确实在悄悄发生变化。现在北辰认为做一些对学生、对学校、对社会有价值的事情是多么美好，多么充实，多么具有意义，多么充满价值，他隐隐感到一种满足。现在最让他反感的竟然是做一个书斋型的文人,一个空想家、幻想家,他要参加实践,要出来做事,要重新做人,要实实在在做人……生命的小舟,有时候在命运的激流中,到底要驶向何方?他不清楚,也不知道,但是那种不甘寂寞、不甘人后的博大胸襟,那种渴望做出一番轰轰烈烈事业的雄心壮志,还有他的伟大抱负永远都不会泯灭。生当作人杰,死亦为鬼雄。不为圣贤,便为禽兽。否则,他会死不瞑目的。每个人的奋斗历程和创业历史,都有其历史属性和时代特征,而北辰的奋斗历史和创业历程多多少少代表了那个时代的历史属性和时代特征。他的痛苦正是那个时代痛苦的一部分,他的奋斗也是那个时代奋斗的一部分,所以他的痛苦也是那个时代的痛苦,他的奋斗也是那个时代的奋斗。虽然他并不代表那个时代,那个时代也不代表他,但是他非要说的是他是那个时代杰出的代表,他属于那个时代。正是他的痛苦,才减少了本民族的痛苦,也正是他的痛苦才使民族精神超越了整个时代,同时也正是他的奋斗,才使民族精神更加伟大、崇高,他期待着,这正是他努力的方向……一时之间,他惊醒过来,他似乎夸大他的痛苦,夸大了自我奋斗,其实个人是那么渺小,只有民族才是汪洋大海,而个人只不过是沧海一粟罢了,其实民族的痛苦才最重要,民族的痛苦才是伟大痛苦,民族的痛苦才是真正的痛苦,民族痛苦更加伟大,更加崇高……这样的民族才有希望,看吧!整个民族已经从痛苦之中走向希望、走向未来,一个强大民族,一个伟大民族即将屹立于世界优秀民族之林,这个民族即将摆脱掉屈辱、痛苦,一个强大民族,一个强盛的时代马上就要到来。想到那么多优秀人物,那么多优秀人民,他对民族充满了希望。多么勤劳,多么淳朴的人民,伟大而又古老的祖国。他想到浩瀚的宇宙,想到历史长河,多少灿烂、光辉的名字,孔子、老子、司马迁、李白、杜甫、王阳明,还有曹雪芹……这些悲悯的人生……他想到鲁迅先生,一个最有良知的中国人,他是呐喊人性。孔子是仁爱人性,释迦牟尼是智慧人性,佛在印度,佛性却在中国。老子是道德人性,司马迁是悲悯人性。李白是浪漫人性,诗圣是沉郁人性,王阳明是良知人性,曹雪芹呢?怜香惜玉的人性。他突然之间顿悟啦,这次顿悟堪比龙场悟道,甚至有过之而无不及……只有人性才是真正的人生。

秦始皇是统一六国的人性,汉武帝是大汉人性,李世民是盛唐人性,成吉思汗是射雕人性,毛泽东是风流人性。歌德是诗歌人性,莎士比亚是戏剧人性,贝多芬是音乐人性,康德是批判人性,黑格尔是逻辑人性,尼采是超人人性,弗洛伊德是潜意识人性,罗曼·罗兰是约翰·克利斯朵夫的人性,高尔基是童年人性,列夫·托尔斯泰是复活人性,索尔仁尼琴是良心人性,帕斯捷尔纳克是日瓦戈的人性,库切是耻的人性,福克纳是骚动的人性……还有基督,还有安拉……那么多人性,那么多善……拿破仑是征服人性,彼得大帝是沙皇人性,东条英机是侵略人性,希特勒没有人性,是禽兽人性……

那么北辰的人性呢?他的人性是人性中的人性,他就是人性的化身,不,他不能这样评价自己,有时候,他的人性之中存在着恶,存在着假,还有伪善……假、丑、恶,这是人性的毒瘤,面对人性的毒瘤,他真的很痛苦,这像是癌,任何人都化疗不掉的癌,这是人性的弱点!

因为孩子,淑丽还是时常不在家,他非常想念她,每天他一个人回到家里,有时母亲在家,有时候母亲不在家,但是即使母亲在家也代表不了妻子,当然,妻子也代表不了母亲,母亲是北辰最敬爱、最尊敬的人,她给了他生命,哺育他长大,母亲是慈爱和善良的化身。而妻子是终身伴侣,孩子的妈妈,这怎么能混为一谈呢? 所以晚自习放学之后,他深夜回家,虽然困倦,疲惫至极,但却不能很快入睡,他的生命好像缺少点什么,缺失什么呢? 他还不太清楚,但是他感觉到失落、孤独、苦闷、缺少相依相伴的生命……不能否认,他的身体中流淌着母亲的血液,但是他需要第二次生命。新鲜的血液,那是爱情的鲜血和性的饥渴……于是他开始焦虑、急躁,事事急于求成,他干枯的心灵需要爱情滋润。

季节已经是深秋……秋季丰收了,收获的季节已经过去,大地又是白茫茫一片。秋季北辰家收获许多花生、棉花、玉米,他决定把花生、棉花、玉米,连同多余的麦子都卖掉,他准备来年春季建造新房子。

小麦的幼苗像牛毛一样稠密,它们吮吸着大地黄褐色的乳液,深夜北辰仿佛能够听见麦苗生长和吸吮土地乳液的声音,白昼,黄淮平原是那么辽阔、宽广,苍穹蔚蓝,而又高远,有只掉队的大雁在河岸上鸣叫得那么哀伤,如果不是等待情侣,如果不是等待亲人,它不会掉队,也不会不停地哀鸣。

混浊的河水汹涌地流淌,河水的激流滔滔汩汩冲向前方,因为今年雨季来得晚,走得也迟,小麦幼苗刚刚出齐,秋雨一直绵绵不断,有时候秋雨仿佛饱含着激扬的爱情越来越大,越来越猛,从黄河流出的水量不断增多,从城市排出的雨水不断涌来,几条支流源源不断地增加主干道流量……而雨季迟迟不向南方推移……好在秋雨不会像夏季的暴雨那样猛烈,不会出现洪涝灾害,但是秋雨时大时小,淅淅沥沥,绵绵不断……北辰已经有很长时间没有去见女儿和妻子。除了工作繁忙,这该死的秋雨也是阻隔行程的原因之一。

道路上满是泥泞,满是烂泥,真让人心烦。金黄的树叶在泥泞的道路上随处飘扬,这些金黄的叶片仿佛是无家可归的孩子,木板桥沐浴在绵绵的秋雨之中,她是那么孤独和寂寞,北辰家里那棵茂盛的玫瑰枝条也在荒凉的秋雨中不停颤动、摇摆,像是在期盼什么? 天亮时间越来越晚,黑夜来临得越来越早,早晚自习时间,北辰在木桥上来来往往,在满是烂泥的大街上来来去去,甚觉凄凉。

5

　　窗外阴雨绵绵,这样的阴雨天气,这么泥泞的道路,三四班的学生能不能到齐呢? 北辰必须在预备铃之前,也就是早上五点整进班。何况他还主持政教处工作,全校班主任教师到的齐不齐? 各班学生出勤率如何? 他都要做好记录,这是考评班主任业绩的第一手资料和依据。尽管他昨天晚上睡得很晚,但为了明年的转正考试,他必须熬夜,因为白天,他还要上课、批改作业、备课,还有政教处工作,所以只有挤占晚上的时间进行复习。

　　北辰勇敢地走出门外,他必须抓紧伞柄,不然雨伞会被寒风褫夺而去,他必须尽快赶往学校,于是他快步走向木桥,但是四周这么漆黑,他只有凭借感觉向前摸索,来到桥上,站在桥头,他还是犹豫了一下,然后向远方望去,雨水像是突然大了起来,四周黑压压一片,什么也看不到,桥下激流流淌的声音清晰可闻,这时,北辰骤然发现木桥中间有一点点像是豆苗一样微弱的亮光,可是亮光只那么一闪又迅速地熄灭了,可能是位学生拿的手电筒吧,也可能是位过路人,可是手电筒的光线这么微弱,应该是电池电量不足,或者是新近流行起来的一次性打火机打着以后,火苗闪亮一下,随即又熄灭了。他好奇地追过去……

　　"谁?"北辰很快接近那个黑影。

　　黑影仿佛听见后面追赶的脚步声,惊慌之下,想奔跑起来,但是她脚下一滑,身子突然向木桥一侧倾倒下去。

　　"妈哎……"是位女生,伴随着即将跌倒的身子,她惊叫道。

　　北辰冲向前去,妄想拉住她倾斜的身子,险情还是发生了,他只抓住她一只小手,一刹那间,他们彼此认出了对方。

　　"老师……"她刚刚喊叫出来。

　　"雁秋……"他还没有喊出来。

　　"啊……"伴随这声尖叫,那只小手滑脱出去,她的身子向桥下迅速跌倒……这声尖叫那么短暂,瞬间又戛然而止,只听见河水里扑通一声响……

　　他不假思索,紧跟着跳进汹涌澎湃的激流之中,不知潜到水下多深距离,他仿佛经历了一个多世纪,不,或许更长时间,右脚像是触到了泥沙,他顾不到砭骨寒凉,右腿用力一蹬,他疾速地向水面上游去,像是有人拖曳着衣服,不让他上浮,他明白过来,这可恶的河水……因为情急之下,他没有脱掉衣服,在激流之中根本不用想脱掉衣服,他也不想失去衣服,也不能失去,但是必须向上汹去,他忍受着冰凉刺骨的激流,还是忍不住喝下几口混浊的河水,最终他终于游到水面上。跳进河水的一刹那,他似乎远远地看见河水之上有一个黑乎乎的东西,那可能就是雁秋吧? 跳进汹涌的河水里才知道,河水是那么冰凉砭骨,他不禁打了个寒噤,但是他已经顾不上寒冷了。来到水面之上,他什么也看不见,她肯定被激流冲走很远啦,河水那么湍急,上哪儿寻找她呢? 他不禁愁苦地想到……他在水面上逗留一会儿,观察一会儿,可是还是什么也没有发现,他勇猛地顺流游去,又潜入水下不断摸索,什么都没有发现,他已经离开木桥很遥远了,这时候他心里一阵发凉……

"雁秋……雁秋……你在哪儿呢?"他大声喊叫起来,没有雁秋的影子,他哭喊起来,然后又歇斯底里地哭叫道,"雁秋……雁秋……你在哪里……"

"老师……救命啊! 救……"她像是听到了北辰的呼喊,于是她回应道,声音就在不远的地方……

北辰朝那儿猛扑过去,可是当接近那儿的时候,她又沉了下去,他一个猛子扎下去,经过摸索,终于找到了她,这个时候她已经没有力气挣扎了,于是他紧紧地攥住她的小手向岸边游去,但是她可能清醒一会儿,不知是激动,还是本能,她不顾一切地抱住他,本来,他们已经向岸边游去,但是这时他们又被激流冲向河流中心,他挣脱开纠缠,又一次攥紧她的小手,向岸边游去,这一次,他们终于来到岸边,而雁秋已经气息奄奄了。

秋雨依然下个不停,他早已筋疲力尽啦。来到河水外面,四周黑乎乎的,冷风一吹,他不禁打个寒战,接着又打起喷嚏来,而雁秋像是昏迷过去了,北辰只得把她抱起来,然后向家里跑去……

"谁啊?"母亲大概听见了篱笆门的响声,于是她询问道。

"我,妈妈,我忘记拿东西啦……"北辰回应母亲道。

他把雁秋抱到他的屋里,雁秋的气息是那么微弱,她依然迷迷糊糊地没有知觉,怎么办? 他必须揩干她的湿头发,必须脱掉她的湿衣服,他已经把她的头发擦干,他怎么脱掉她的湿衣服呢? 他必须把妈妈喊叫起来,但是天气这么阴冷,外面这么黑暗,还下着阴雨。他不能拉着电灯,只有在黑暗中,把她的衣服脱下来……他把她盖在被窝里,然后他把电灯拉着。

"妈呀……妈妈……"她悠悠醒转,于是她哭叫道。但是她不断地呕吐起来。

她终于停止了呕吐,但是她像是猛然发现了什么? 于是她把被子甩到一边就想站起来,可是她还是摔倒下去,北辰向她扫视一下,她的胴体那么洁白,他不忍心看下去,她又像是昏迷一会儿,他急忙把被子盖到她身上。

"有什么事吗,孩子……"母亲喊叫道。

"没有妈妈……您不用起来……"北辰答应说。

"老师,我是在您家吗……"她又一次清醒过来。

北辰并没有回答她,他把淑丽的衣服、鞋子拿到她身边,她挣扎着穿起那套干燥衣服,倔强地下床,但还是晕倒在床上,她又呕吐一阵,又休息一会儿,她还是坐起来,然后穿上鞋子,衣服、鞋子还真合适,像是她的衣服、鞋子一样。于是她二话没说,就勇敢地向门外走去,北辰匆忙给她拿把雨伞……

"闪开!"她像是赌气地说。

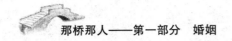

　　说完这句话,她跟跟跄跄向雨里走去,她已经走出篱笆门,他紧跟在雁秋后面。她像是在哭泣,在这秋风萧瑟的秋雨里,他们依然向学校走去……

　　来到桥边,他给她打着伞,他们依偎着走过河流,走过无人的大街,有时候,前面有一两个影影绰绰的黑影,那大概是学生吧?但是他们并不避开他们,北辰是那么顽强,他现在已经感觉不到寒冷,他的胸中好似有一股强大的激流在流淌。

　　"雁秋,你……"北辰知道她不是山泉村人,她是牛角寨村人,那个村子距离山泉村至少六里之遥,她为什么居住在……

　　"走开,不要问我……"她是那么讨厌、嫌弃他,"老师,你……"

　　"相信我……"他仿佛明白了什么,于是他辩解道。

　　"我知道,谢谢您老师……"她像是啜泣道,"我住在姨家……吓死我啦……万一……"

　　"没有万一!"他坚定说,但是他问下去,"你姨是谁呢?"

　　"姨父叫拴柱……"

　　"哦,原来是新近搬迁过来的拴柱家……为什么不住在舅舅家,他家在村子里啊。"

　　"舅舅家没地方住……"原来雁秋是西街姚蒜臼的外甥女,她应该是姚荷花的女儿,荷花是姚蒜臼的大姐,拴柱是姚蒜臼的二姐夫。哦,原来是这样。

　　荷花在娘家时,是村里的女演员,她扮演白毛女、扮演银环……荷花是村里最漂亮的姑娘,她登台演出,下面就有无数双眼睛盯住她,她长得太美了。大眼睛是晶莹剔透,既含情脉脉,又泪儿盈盈,脸庞圆润、洁白,牙齿整洁。好事之人编排许多故事,说她同"大春"好上了,又说她同"栓保"生过孩子,还有人说得更加不堪……却是一个叫刘明义的小白脸,他是有妇之夫,爱好吹拉弹唱,人长得也算英俊,他爱过荷花,但是他舍不得老婆、孩子,舍不得家庭,最后他们还是分手了。而荷花一气之下嫁给牛角寨村一位矮小男人,这个男的生就一张猴脸,真让人匪夷所思,他叫王猴,也有人叫他猴王。原来雁秋是猴王的女儿。但是她一点都不像爸爸,她更像妈妈,应该是妈妈的翻版。遗传就是这么奇妙,有些人遗传父亲、母亲的所有优点,有些人却恰恰相反,他们却遗传父母的所有缺点,有些人遗传母亲的优点,有些人遗传父亲的优点,还有些人隔代遗传,而雁秋只遗传妈妈的优点,她比妈妈更加妩媚动人。而姚蒜臼出奇高大,他像电线杆那样挺直,足足超过一米九高,却十分瘦削,他有一双忧郁的圆眼睛,四肢像是蚱蜢的脚那样细长,他待人温和,显得文质彬彬。雁秋的姨母也有一米八高,她却是又黑又丑,黑眼睛又圆又深藏,像是幽幽的井底那双的眼睛,又细又长的两条腿像是两根并列站立的电线杆那样僵硬,牙齿像是刚刚喝过墨汁那样乌黑,她长得那么奇特,她真的很像一位古代异族妇女,而且整日沉默寡言的,老是站在一个地方向远方眺望,她潜意识里是不是一直在想念荒蛮的故乡,可是她就是本村人啊!那么她到底在遥望什么?只有上天知道……

雁秋的外祖母大概接近七十岁，可是她像是不老女神，简直有一种异域风情，她仍然保持着超然气质，不能简单用一句老来俏就能说清楚什么。北辰不知道雁秋的外公什么时候辞世的，却知道她外祖母一直在守寡，荷花装扮白毛女、银环时，就有人说她没有父亲管教之类的话。如果荷花没有父亲，那么老太太是在为谁涂脂抹粉呢？或许是……却没有人谈及她的绯闻，她年轻时候到底是怎样一位俏佳人？简直是个谜团。是不是荷花的风头盖过了母亲，才没有人议论母亲的。前几年姚蒜臼在家门口开办家具店，生意红火一阵，可是后来生意在竞争中衰败了，他被另外一家家具店所替代。从他们家居住的破旧而又坚固的老房子看，他们之前像是富贵之家。他们家有那么美好的遗传基因，可是雁秋的姨母又为什么那么丑陋……

"老师，马上到学校啦……"雁秋提醒他道，"我先走啦……"

"雁秋，雨伞……"北辰硬是把雨伞塞到雁秋手里。

"老师……"雁秋想追赶他，把雨伞还给他。

北辰仿佛没有听见这一声呼唤，也没有看见雁秋那盈盈的泪珠，因为北辰已经沐浴在秋雨、秋风之中，他距离她已经很远了。

早自习临近放学的时候，秋雨仍然，可是雨水渐渐地停止下来，远方雾蒙蒙的，天空仍然那么阴郁和低沉，似乎一伸手就能触到湿漉漉的云天。大街上和校园里满是积水和泥泞，金黄的树叶打着卷漂浮于雨水和污泥之上，经风一吹，金灿灿的树叶到处飘零。天气非常寒凉，已经是秋末了。

早自习学生到校很少，班主任不足一半。连日来阴雨绵绵，已经让师生心生倦怠，霍校长要求北辰紧急召开全校班主任工作会议，整顿工作纪律，扭转工作作风。

高山镇第三初级中学位于高山镇最北端，五个村委二十几个自然村的学生在此就读，最远的自然村距离学校将近五公里之遥，连日来阴雨连绵，阻隔了学生求学路程，何况学校不提供食宿，学校因为校舍紧张，根本没有食宿条件，通往学校的道路又都是泥土路，学生徒步到校，实属不易。如果让学生保证到校时间，就要在今天召开的班主任工作会议上强调班主任教师必须吃住在校，外村学生必须在山泉村投亲靠友，就近食宿。

这天上午，全体教师点名时，他通知说上午第四节在政教处召开全体班主任工作会议，有课的班主任教师自行调课，希望班主任同志们准时参加。

今天上午第四节召开的班主任工作会议，北辰想邀请霍校长参加，可是霍校长说他要去参加校长会议，北辰只得邀请吕长富副校长参加。吕副校长答应得很爽快，他刚刚调入高山镇第三初级中学，所以他急需笼络人心，急需表现，急需展示他所谓的治校才能。

吕副校长原先是高山镇第一初级中学副校长，前年，刚刚调到高山镇第二初级中学担任副校长，今年又从高山镇第二初级中学调到高山镇第三初级中学担任副校长,令人尴尬的是吕副校长调来调去仍然是副校长。很多人传说吕副校长有野心,他一直想当校长,却一直未能实现梦想。可是他又不懂蛰伏,总是锋芒太露,和校长龃龉不断。他告发高山镇第一初级中学校长杜新国贪污行贿在前,又和高山镇第二初级中学校长徐国良因为争夺权力而大打出手在后,但是所有的努力都失败了。现在吕副校长刚刚来到高山镇第三初级中学,还立足未稳、人地两生,而高山镇第三初级中学校长霍传岭是位老校长,短期内,他很难染指学校的内部事务,更无法撼动霍校长的校长位置。即使近年来高山镇第三初级中学的成绩有所下滑,但是高山镇三所初中,第三初级中学的中招成绩并不落后。霍校长是个工作狂,他精于业务,办事圆滑,对政敌下手狠辣。总之,他有工作能力,也有领导才能,他苦心经营,精于算计,以此攫取私利、中饱私囊,已有许多老教师暗地里告发他。

霍校长非常矮小,浓缩的都是精华,他虽然短小精悍,却气势逼人,他的虚假言辞和不当行为,以及膨胀的私欲,都让正直、有良知的教师心生不满,只有贪图名利之辈才甘为走卒。他人虽短小,嗓门却十分洪亮,讲话的声音像是一支破旧的高音喇叭那样嘹亮,小眼睛仿佛随时有可能向对手喷射毒液,他常常利用干咳或者撕裂的鼻音震慑对手,霍校长之前是官亭村小学校长,他是被支书赶走的,据说官亭村支书把他的被褥扔进学校院墙后面的大水坑里之后,他才不得不离开的,然后韩主任把他安置到高山镇第三初级中学担任副校长,第二年他就接任校长。的确,霍校长当权期间,高山镇第三初级中学送走了一批批中师或中专生,但是这些学子的教育却令人担忧。什么样的土壤培育出什么样的人才,种瓜得瓜,种豆得豆,如果把学生根植于功名利禄、尔虞我诈、唯利是图的土壤之中,只能结出恶果或者盛开恶之花,学生不是不知道感恩,因为霍校长的粗暴管理,滥施淫威,再加上他疯狂地聚敛财富,大肆搜刮,学生不仅仇视校长,还仇视教师、仇视学校,在学校,校长殴打学生,在校外,学生偷袭校长、教师……而且因为经济纠纷,校长和学生家长之间,特别是和毕业生家长之间经济官司不断,吵闹不休,这是这个时代的悲哀……高山镇第三初级中学就是这种现状,在这样的现状之中,吕副校长还是难以有所作为。

为此,吕副校长常常唉声叹气,他这种长吁短叹,其实是生不逢时的哀叹,也是时机未到的怅惘。他在窥视权力的同时,也在收拢人心,集聚人脉,攫取利益,以此实现血腥的原始资本积累,实力才是对抗的资本……

吕副校长并不讲究外在形象,他的头发十分凌乱,胡须也不经常剃除,即使剃除大部分,遗留下来的那几撮乌黑的髭须仍然像是残留的膏药那样显眼,所以他很猥琐,也很邋遢,有时候,不是鼻涕流出来,就是鼻涕结痂后挂在鼻头,他还到处吐痰。每周开班子例会,因为每周例会都是在校长室召开,校长室沙发中间,有个小茶几,校长坐在小茶几旁边,班子成员都坐在沙发上。霍校长讲话中间,而吕副校长总是把黄褐色的浓痰吐到大家面前,当他看到霍校长难看的脸色时,他就不情愿地用脚掌把这些黄褐色的浓痰揉搓掉,很多情况是他只用鞋底摩擦掉大部分黄褐色的痰迹，但是还有一小部分黄不拉儿的浓痰，这些黄不吧唧的浓痰更加让人难以忍受。而且他很少刷牙，他嘴里的牙齿有几种颜色，门牙是黄色，牙齿缝隙是黑色，还有半黄半黑的烂牙……还有他从喉咙深处往外咯痰时那种仇恨、蔑视的眼神，真的让人惊悸不已，那种眼神，那种狠劲像是要捏碎敌人的咽喉一样，而且吕副校长总是忘记拉上裤子前门的拉链，可是他佩戴的宽边黑框近视镜倒使他显得莫测高深，再加上伪装得豪爽大气，所以他也网罗了一些追随者。其实他为人并不坦荡，不但不坦荡，还老是阳奉阴违，这也是奸诈之徒惯用的伎俩。

其实北辰并不想邀请吕副校长，只是霍校长未能参加这个会议，至少也得有位副校长撑撑门面吧，他没有邀请裴自轩，他也不会接受邀请，他不会说得罪人的话，那么圆滑的一个人……

第四节上课后，高山镇第三初级中学全体班主任教师会议在政教处召开，这也是郭副主任主持的第一次班主任工作会议。

吕副校长的开场白讲得很到位。他首先指出这个会议是在霍校长授意下召开的，可是不巧霍校长因为参加教办室的工作会议，没能参加这个班主任会议。

"现在为什么召开这个会议，就是因为今天早自习班主任教师只到校七人，学生到校人数也是寥寥无几，这样下去……"他咯一口黄痰，然后用右脚碾过痰迹，但是干净的水泥地上，还残留许多橙黄色的痰迹。吕副校长介绍过霍校长没有参加会议的原因，于是他声色俱厉地对早自习未能到校的九位班主任提出严厉批评，"今天早自习九位班主任教师未能到校，这到底是因为什么？"他似乎意识到了话语的严厉，于是他又解释说，"本来霍校长要在学校例会上点名批评今天早自习没有到校的九位班主任教师，我认为开个小会通报一下比较好，其实今早上谁没到校我也不知道，但是不管是谁，今后一定要注意。没有规矩不能成方圆，下不为例，下面请郭主任做具体的工作要求。"

他的讲话让北辰很感激，但是他讲的话也够圆滑的，也就是说他批评谁，他并不知道。即使批评谁，也是霍校长授意的，他是既听校长的话，又维护了班主任教师的尊严，而且也树立了威信，同时也让北辰感激。

北辰首先表扬今天早自习到校的七位班主任，他并没有批评没到校的九位班主任，虽说没有批评，有表扬就有批评，只是不点名批评。

吕文娟老师率先发难，她把今天早自习没到校的原因摆一大堆，还扬言说这个班主任她无法再干下去，还请郭副主任另请高明。

吕文娟老师应该是吕副校长的本家侄女，但是不管他们什么关系，北辰并没有理会吕文娟老师的纠缠，而是对班主任工作提出新要求：远路的班主任必须住校……并要求外村学生投亲靠友，就近食宿，一是避免安全事故发生，二是更有利于学生学习。然后他又解释道："今天早自习没有到校情有可原，因为今天早起天气实在恶劣。何况学校之前也没做要求，今天开会目的不是为了批评大家，而是让远路的学生……"

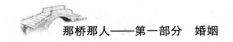

他的讲话很务实,也很诚恳,为大多数班主任所接受,所以吕文娟老师再无话可说。北辰没有想到这个会议是那么成功,开始的时候,他实在没底,简直担心这个会议会不欢而散的。

当天晚上,晚自习放学后,北辰刚走到桥头,有个身影向他走来,他当时吓一大跳,这会是谁呢? 怎么会在这儿……

“老师……我……”这个身影说道,而且伴随着轻微的咳嗽。

“雁秋? 原来是你,雁秋,啊……”他惊奇地说。

“衣服、鞋子……老师,今天早上,谢谢您……老师,冻感冒没有?”她关心地问他道。

“没有……”虽然这样说,可是今天早上他实在冻得够呛,多亏他身体强壮,但是他还是有些轻微感冒。只是这个事情,他不会给雁秋说,他又关心起她来,“你冻感冒了吧,受到惊吓没有……衣服……你穿吧?”

“不,老师,谢谢您,但是老师……”她似乎想说什么话。

她把衣服、鞋子递给他,但是这个天黑的夜晚,他接衣服、鞋子时却抓住她的小手,她的手震颤一下,衣服、鞋子掉在木桥上,就这样他们的手一直握在一起,这时北辰感情的激流像是河水那样在身体里流淌……可是北辰还是把手缩回来,他捡起衣服、鞋子说:“走吧,雁秋……”

他们走过木桥,可是他们却不知不觉地来到河岸上,河水流经木桥时,流水撞击木桥的声音隐隐约约地传到河岸上来,仿佛深夜的琴弦在弹奏一曲深情的歌谣,远方是那么迷惘和朦胧,黑夜像是蟒蛇在觊觎无边的寂静,远处河流南岸的罐头厂里依然灯火通明,大概工人在加夜班吧! 而近旁高大的杨树默默无语……

“老师,师母为什么不在家……”雁秋打破寂静说,说过之后,她咳嗽不断。

“她不在家……”他说话的声音是那么轻微,像是不想让谁听到似的,他把衣服披在她身上……他趁势抚摸一下她的额头,“呀,这么烫……高烧……”

“我吃着药呢……不碍事……”她辩解说,可是她还是问下去,“听说,师母在外……”

话说到一半,戛然而止,时间仿佛凝滞了。

“不要听人瞎说……”北辰制止她道。

他们沉默着,谁都不说话,激流撞击木桥发出滔滔汩汩的声音是那么缠绵悱恻……

“听说您今年参加转正考试是全县第九名……”雁秋怎么知道他那么多事情,教师在学生面前似乎没有秘密,学生可能在背后不断议论教师吧。

“谁说的……”北辰追问道。

又是无边沉默,他们似乎听得到时间流淌的声音,听得到彼此心跳的声音和北辰短粗的呼吸声音……天空刚刚放晴,这是一个没有月儿的夜晚,星辰遥远而又迷蒙,深秋的夜晚寒凉而又静谧,从高大杨树上的老鸹窝里不断传出小鸟的啁啾声音。这时从河流南岸的居民区里突然传出狗的吠叫声,接着听见狗的尖叫和叽叽声音……他们来到河流的边沿,静静地听着河水流淌的声音,水流像是静止了,静止的河水倾听着他们的心跳和心事。

"老师,您还写诗歌吗?"雁秋又打破沉默道。

"一直在写……但是现在好像没有时间写啦,一有时间,我还要复习数学,总是睡不了几个小时……"他像是在回答她,又像是在回答自己。

"您那么累,那么辛苦……"雁秋想说什么呢?她似乎有话要说,却没有说下去。

"是啊,雁秋,做人就得奋斗,只有奋斗,才有意义,生命的价值就是在奋斗中体现出来的,不奋斗,毋宁死……就像这河水,生生不息,永不停歇,只有这样,才生活的有价值……生命不息,奋斗不止……"他在诠释人生。

"老师,您会永远在农村吗?永远在这所学校吗?"她还是把想说出的话说出来,她担心他将来离开农村呢,还是希望他离开农村呢?

他没有回答,也无法回答她的问话,让他如何回答呢?这是养育他的故乡啊,生于斯,长于斯……他怎么舍得离开这片热土呢?但是他会离开哺育他的地方,离开这片沃土的,他会走向远方,走向大海。埋骨何须桑梓地,人生无处不青山。

"老师,我们回去吧……"她劝说他道。

"好……"他深情地回答道。

他们向家里走去……

6

刚入冬,天空就下起雪来。开始天空阴雨不断,通往学校的道路上、大街小巷都是积水和污泥,上学的孩子和蜗居在家的农民忍受着寒冷,他们不得不在烂泥里来往穿梭,身旁偶尔经过一辆四轮车或者三轮车,这些车辆粗野地奔驰而过,把泥泞、污水泼向行人,当行人试图和他们理论时,他们已经跑远了。一条狗打着寒噤,在污水和泥泞里跳跃行走,而农民饲养的肥猪不堪阴雨天气的烦闷,它们翻越栅栏之后,闯到大街上,然后到处乱窜,不停地撒尿、排便,一堆新鲜的猪屎,在大清早冒着热气,散发出一股腥臭气味。河水流势减缓下来,静静地流淌着,像是经过长途跋涉之后,变得憔悴、疲惫,它需要安静、需要休息、需要回味过去的爱情……它累了,想歇歇脚啦,不再想奔波啦。

就在这时,天空下起雪来,这天晚自习放学后,他又在木桥上遇见雁秋,他们想一块倾听静静流淌的河水,就在这时他们突然感到脸颊上冰凉冰凉的,应该是飘扬的雪花吧,雪花似乎很大,飘落得却很慢,天空中没有一丝风,雪花就在他们周围转转悠悠的,这些洁白的雪花犹豫着,像是不肯落入静静的河水之中,北风劲吹,雪花飘飘,不一会儿,雪花更大啦……

"走吧,老师……"她深情地说。

走过木桥,经过北辰家门口时,雁秋跟过来,他们已经走进北辰家的篱笆门,站在那棵光秃秃的玫瑰旁边。

"回去吧,我去送你,"北辰执意地说,不过,他像是想起了什么,于是他关心地问她说,"感冒好了吗?"

"早好啦……"她回答他说,最后她还是固执地回绝他道,"不,老师,我现在不走,想到屋里看看……想看看您的藏书……"

"不行,雁秋……还是回去吧……夜这么晚啦。"他已经走出篱笆门。

他们来到拴柱家,拴柱家没有院墙,没有篱笆墙,也没有篱笆门,拴柱一家住在堂屋,而雁秋在东屋,堂屋是三间新平房,东屋是两间低矮的小瓦屋,一间是灶台,一间原是盛杂物的房间,现在雁秋居住着。她打开房门走进去,可是北辰不想进去,她走出来。"为啥不进去坐坐……老师?"她邀请他道。

"我应该走了,雁秋……晚安……"他意志坚定地说。

"老师。"她轻声呼唤着他。

她攥着他的手,他们手拉着手,北辰还是松开她的小手,雪花在天空狂舞,他们浑身上下落满雪花,他们站着,就这样默默无语地站着。

"雁秋……"他喃喃地说。

"老师……"她像是在童话里。

"再见,雁秋……"他提醒她道。

他还是走了,但是并没有马上回到家里。他来到木桥上听着桥下静静的流水和天空静静飘落的雪花,心情是那么平静,平静得没有一点波澜,他并不孤独……也不寒冷,在这寒冷的夜晚,他感到那么温暖,仿佛有一股股暖流在心中荡漾……在这人世间,他从不孤独,他有事业,有爱情,他还需要什么呢? 明年的转正考试,他志在必得,转正以后,他就能全身心投入文学事业之中去,还有什么能够阻碍雄心和事业的,一想到事业,他就心潮澎湃,感情的激流在胸中汹涌不已……雪越来越大,大雪像是无边的毛毯,把大地覆盖起来。他又想起女儿,还有淑丽,淑丽应该回家啦,这几天无论如何,即使雪再大,也得把妈妈送到姐姐家里去,北辰一定要把妻子接回家,为什么非得要个儿子,他自己也解释不清,到底为什么? 是什么在作怪? 他不知道,也不想知道。但是他强烈地感到非要儿子不可。他不疼爱女儿吗? 不是,不会,他怎么不疼爱女儿呢! 他只是想要个儿子……

他应该回去了,可是有个声音似乎在说北辰陪陪我,就在今夜,就在这座木桥上,他可能就站在那年他把她的日记和书信沉下去的地方,可是那些书信和日记在哪儿呢？不会在桥下面,那么应该在哪儿呢？这些日记和书信都是她的,都是她写给北辰的,那么北辰写给她的那些书信在哪儿呢？他很少给她写信,他的感情那么强烈,不是简单的书信能够表达的,北辰想念她的时候,他就去找她。可是她不是这样,多愁善感的她却往往用书信、日记抒发细腻的感情,这些书信、日记是他们昔日爱情的见证,青春流淌的火热激流,那打着旋儿,奔腾着热浪的汹涌澎湃的激流。可是这些书信,这些日记在哪儿呢？是不是在木桥下面？有一次他跳入激流之下,寻觅那个坛子,他一次次潜入水底,没有,他失望地呜咽不语,他又一次潜下去,还是没有……他追逐着河水到处搜寻,顺流而下,几乎漂流大半天,他真想一直搜寻下去,一直搜寻到入海口,搜寻到蔚蓝的大海……可是他还是失望地回到家里,为此他真想了此残生。有一次河水是那么浅,几乎可以看到黄金色的河床沙,可是什么都没有……他再也找不到那些书信和日记了,那些珍贵的回忆和青春的记忆。

可是她真正复婚了吗？道听途说的东西,他不是不相信,只是现在没有一点她的信息……

时间过得真快,他也该上早自习了,可是雪依然在下,他远远地看见雁秋向他走来……

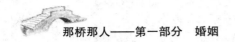

第十一章　爱情死啦

1

　　春天来了，可是严寒依然不肯离去，阴历三月初，天空又突降一场大雪，这场大雪虽然下得很大，但是任何寒冷都阻挡不住春天的脚步，大雪来得快，去得也急，太阳一出来，瞬息之间，大雪便消失得一干二净。今年河水来势汹涌，浑浊的河水，夹杂着城市污水和大量的工业废水滚滚东流，河流里的鱼类不断死亡，开始是一个，两个，接着是大量死亡，河水里甚至连一些小鱼虾也没有啦，这些黑色的河水给两岸居民带来巨大隐忧，很多人说这些河水已经不能用来灌溉农田，但是没有其他办法，灌溉果树和农作物依然得用河水。黑色的河水又腥又臭，而且距离河水非常远的地方就能闻到一股怪味，这些肮脏、腥臭的河水严重影响了两岸居民的生活和生产，这些河水再也不是泥沙俱下的黄河水了。

　　河岸上的梧桐树和田地里的苹果树开满了鲜花，很快苹果树上结满了像是苦楝子似的青苹果蛋。

　　就在这个姹紫嫣红的春天，山泉村出现了一例怪病。春节之前，奔富嫂子觉得胃里不舒服，她以为吃几片胃药就好哩，可是病情一天天恶化，就连她的大屁股也消瘦下来，奔富嫂子瘦的像是干柴一样，她再也不能到处说媒了，再也走不动啦。她不得不去城市医院救治，但是医院确诊，说她是胃癌晚期，仅仅一周时间，她就躺到床上不动了，在他们刚刚瞧过她的第三天，就一命呜呼了。临死前，她瘦的像是猴子一样，骷髅头上，只剩下一层薄薄的黄脸皮，真让人不寒而栗。有人阴阳怪气地说："由于地下水受到河水污染，奔富家才得癌症的……"但是很多村民不相信，没有谁听说地下水会受到污染，真是少见多怪！他们依然饮用地下水，照常日出而作、日落而息，他们的生活仍然周而复始地进行着，谁也不会因为地下水的事情发愁，谁也不会为地下水的事情操心，因为人的生老病死是上天注定的，谁也改变不了，岂能因为喝几口地下水就这样那样的。何况不喝地下水，喝什么水呢？总不能不喝水！

　　淑丽马上要临产了，转正考试临近了，中招考试也即将到来。

　　民师转正考试这天，他见到许多同学，他们说筱薇将要随军了，她转正后和丈夫关系已经缓和,他和那个女人也已分手,那个小男孩由筱薇抚养,而筱薇还在犹豫,他们正在协商呢。

唉,真够难为筱薇的,不幸的筱薇,她的儿子夭折了,却要养育别人的儿子,不是有人说那个孩子不是她丈夫的吗?今年的数学考题难度很大,数学考试结束后,考生们一脸严肃,相互之间谁也不敢议论考试试题,他们连招呼也不打,就各奔前程了。北辰的心情非常沉重,他估计数学至多能考八十分,难道这是天意?他今年会再次名落孙山?在等待分数出来这一段时间,他整天忐忑不安。

中招考试在即,北辰已经没有时间考虑转正的事情,他简直要疯了,每天都要让学生做一套语文卷子,无论再晚,他也要把卷子改出来。出卷子,学生做卷子,改卷子,讲评卷子……北辰为了节约时间,为了多做卷子,他不舍得在连排课堂上讲评卷子,只在联排课堂上做卷子,而讲评卷子,就放在放学之后,如果放在晚自习放学以后,其他班级的学生早已放学,他往往得讲很长时间,才能把一套卷子讲完,这个时候已经很晚啦。他回到家里,还得把这天学生做的卷子批改完,很多时候,批改完卷子,时间已经黎明了。他简直把什么都忘记了,他计划转正考试以后,要阅读大量世界文学名著,他要阅读的书籍已经从学校阅览室里借出来,还想写一些东西,灵感纠缠着他,心灵之中,灵感闹哄哄一片,这些灵感使他不知所以、神魂颠倒的……但是他哪有时间写作呢?他从学校阅览室借出的那些书籍,一个字都没有阅读,而诗歌创作呢?他任凭灵感白白地流失,任凭他笔端的诗歌痛苦地死去,看着这些心爱的诗篇离他而去,他几乎痛不欲生,可是他还是坚持把卷子改完。

民师转正的成绩公布了,他的成绩是全县第二名,他也没有空闲时间高兴一下,这有什么可高兴的,不就是全县第二名吗?这些荣誉到来得太晚啦,已经转正过两批人,第一年转正五名民师,第二年转正八名民师,他早就应该转正了。第一年他因为工作履历表填大一岁,而身份证年龄比工作履历表的年龄小一岁,而没能参加考试。第二年成绩是全县第九名,又没有转正。第二年是因为做题不细心才名落孙山的,但是他早把转正的成绩忘记了。之前,盼望转正之后,他有许多狂热的幻想,盼望转正之后,那么多美好的愿望,早已灰飞烟灭……他像是早已过了空想的年龄,早已变得现实,变得处事不惊。

现在他把全部心思都用在学生复习考试上,政教处工作,他培养的学生会干部帮助了他,这几个学生会干部工作起来非常认真负责,他们把每天检查结果汇报给他,这些学生会干部履行起职责来,真是既公平又公正。工作就得这样,得会工作,什么工作都要亲力亲为,什么事都抓不好,但是首先要选好人,看对人。

中招考试临近了,考生分成两个考点,一个考点在县城,另外一个考点在临近高山镇的宋河乡,因为宋河乡是七中所在地,霍校长把他派到宋河乡考点,但是他还是争取到县城考点送考,并不是因为宋河乡考点位置偏僻,生活艰苦,而是因为县城考点有机会碰见一个人,她也可能去县城送考,她如果也去县城送考,如果机缘巧合,他就有可能遇到她,万一碰不见,他也能想尽一切办法去见她,这是见到她的最佳时机,考试结束之后,他一定要见到她,这个想法是那么强烈,这个想法简直让他寝食难安,这个想法让霍校长如此为难,问题是大家都愿意去县城送考,谁愿意去那么偏僻的宋河乡送考呢,但是霍校长还是改变了初衷,他还是决定让圆滑而又假装老实的裴自轩去宋河乡送考,刚开始裴自轩坚决不愿意去宋河乡七中送考,可是最后他还是接受下来,北辰终于如愿以偿来到县城送考。

　　考试当天,他必须按时把准考证发放给学生,为了确保学生下午能够顺利进入考场,语文考试完毕,北辰把准考证收回来,一是避免学生丢失准考证,二是确保下午数学考试前,能把准考证按时发放给学生,还能够及时把握哪个学生没有按时参加考试,或许会有个别学生午休时间睡过头,这样就能够及时通知到这个学生,因为班主任都知道学生的住宿地址。数学考试时,准考证即将发放完毕,可是雁秋还没有到来,这到底因为什么?程梅告诉北辰,午休时,她说肚子疼,于是她独自一人去医院救治,哪家医院?应该是第一人民医院。为什么没有人跟她一起去?她说一个人就行,她可能不想耽误其他人休息。为什么不告诉老师?程梅羞赧地低下头来。他想继续追问她,可是考试在即,他不能再追问下去,不能影响她的考试情绪。现在他必须赶到第一人民医院去,看看雁秋是不是还在医院救治,或是有其他意外也未可知,考场距离第一人民医院并不远,但是为了节省时间,他还是临时借了一辆自行车匆忙赶往医院。

　　雁秋在输液,她正焦急地等待出院。她看见老师来到,不知是感动,还是焦急?竟然扑在他的怀里嘤嘤嗡嗡地痛哭起来。中午考过语文,吃中午饭时,她为了省钱,吃了小贩的廉价食品,当时她觉得无所谓,午休时,她感到肚子不舒服,开始没有太在意,不一会儿,就疼痛难忍,她强忍疼痛告诉好朋友程梅说要到县城第一人民医院拿些药,不会耽误下午考试,还坚决不让程梅陪伴。可是还没赶到医院,急性肠炎发作了,她勉强来到医院,医生说必须输液,如果输液及时,不会耽误下午数学考试,但是已经耽误数学考试了。

　　"结束输液行吗?"他问医生道。

　　"最好,还是输完……"医生回答道。

　　"在考场上输液不行吗?不然,就进不到考场去……"北辰急切地对医生说。

　　他们开始行动,只有把自行车暂时放到医院里,他从医院附近租辆三轮车,让她坐到身边,他一手举着输液瓶,一手抓牢三轮车车厢……当他们匆忙赶到考场门口时,监考人员刚刚吹响禁止进入考场的口哨,他急忙把雁秋送进考场,幸亏……真叫惊险!但是输液呢?监考老师急中生智把输液瓶吊在窗户上……

　　北辰远远地站在考场外面注视着雁秋,窗户下面,有什么东西遮挡着,他只能看见输液瓶和输液瓶上隐隐约约的输液线,只能想象雁秋一面同疾病做斗争,一面做数学考题,他是那么痛苦和焦急,但是他什么忙也帮不上她。

应该输完了,他看到监考老师把输液瓶、线从窗户上解下来……拔掉针头了吗? 流血了吗? 一定要用棉球按住伤口好几分钟,谁会帮助她呢? 他看见监考老师站在雁秋身旁,监考老师在帮助她吧? 病痛消失了吗? 刚才她的脸色那么苍白、憔悴,为什么那么不小心呢? 她的家庭太贫穷,父亲是个酒鬼,听说他刚刚被一辆三轮撞瘫。那天傍晚,猴王又喝醉啦,他在回家的路上,被一辆三轮车撞倒在地,那辆三轮车疯狂地逃掉了,幸亏抢救及时,才算保住一条小命,从此以后他只能瘫痪在家。在猴王病重时,他去过她家一次,她一家人就住在两间低矮的破瓦房里,没有院墙,也没有大门,她的妈妈每时每刻都在悲叹命运不公,她还有一个小弟弟和两个半大的妹妹……她能考上中师中专吗? 如果不能,考上重点高中也行,可是考上重点高中,谁供给她上学呢? 她肯定会失学的,为什么灾难总要纠缠苦命人呢?

考试结束了,她艰难地走出考场,他把她送回休息的地方,替她买回几个煮熟的热鸡蛋。

"谢谢您,老师……"她的声音是那么微弱,眼眶里满含泪水。

她躺在小旅社脏污的小房间里,脸色苍白得可怕,她那么疲惫和苦恼,乌黑的秀发那么凌乱……

"好些吗? 还用去看医生吗? 我去给你拿些药来……"北辰关切地问道。"好多了,老师,不用……"她拒绝道。

他还是给她拿些药来,又给她端来热水,她艰难地把药吃下去……他一直陪伴着她,但是他不得不离开这个房间,因为她同屋的程梅同学从外面回到房间里来。有程梅照料她,他也就放心了。第二天考试大综合和英语,这两场考试还算顺利。

考试结束后,师生们急着往家赶,但是他并不打算回去,而是想去看看筱薇,她到底在干什么? 是不是像大家说的那样? 如果真像人们传说的那样,她真要接受那个孩子,真要接纳她之前的丈夫……这太不可思议。

他从县城乘坐公交汽车来到城里,又等了好长时间,好不容易才坐上刘集乡的公共汽车,汽车走走停停,行驶了大约两个小时,可是公交汽车只通到临近的小集乡,他打听到这个地方距离筱薇所在的学校还有十几公里。因为城镇公交汽车只营运至此,如果去刘集乡,还得乘坐其他交通工具,这个时候黑夜像是一块巨大的幕布,瞬息之间把白昼拒之幕外,顿时四周一片黑暗,他刚刚走出汽车站,来到黑暗寂寥的大街,如果徒步行走,估计要走三个小时路程,他现在已经疲惫不堪,即使想徒步而行,也不熟悉路程,情急之下,又没有其他交通工具。北辰从来没有到过这个地方,简直是人地两生,他顿时慌乱起来,没有办法,他只有振作精神,一边打听路程,一边匆匆前行。他实在不愿意再向前行走,可是既然来到这个地方,又不能不继续前行,他一想到筱薇,就又来了精神,但是走出这个集镇,去到黑漆漆的荒郊野外,这时候,他真的不知道该如何是好。如果返回去,更加不可能,这儿离家更加遥远……如果经过千辛万苦去到那个地方,深更夜半的,他并不熟悉那个学校,如果门卫问他找谁？他怎么回答？他能说找她的吗？万一她的丈夫在家，他怎么解释？肯定会有天大的麻烦等待着他，不会发生什么意外吧？那个学校既没有同学，也没有朋友，即使她的丈夫不在家，如果碰上其他人，深更半夜的，也不合适。听说筱薇和丈夫的关系那么微妙，他会不会给她造成什么恶果。但是他已经顾不了那么多，即使现在让他赴汤蹈火，都无所谓。这样想来，他的步子反而坚定起来，于是他信心百倍地向前方走去……

好在道路是一条大道，尽管是条泥土路，但是泥土路又有什么关系？

他已经很长时间没有见到她了，那一次，教研室召开中招试题分析会那天，他参加语文小组分析会之前恰巧碰见她，因为时间原因，他们只能相互打个招呼，筱薇可能参加的是数学小组分析会，他知道她应该在数学小组试题分析会现场。他想等到会议结束去找她，可是等分析会议结束，教研员梁培民宴请部分前来参加会议的老师，北辰不幸正在其中，饭店已经订好，如果不去吃饭，肯定会得罪梁培民，那也只有痛失见到筱薇的机会。

梁培民想推销他参加编写的中招语文复习试题，是不是数学教研员也会推销他参加编写的中招数学复习试题呢？如果她也参加数学教研员的宴请，那么她在哪个饭店呢？真是天公不作美，实在是太遗憾了。他又不能中途离席，中途离席是对主人的大不敬，为此他不得不坚持到最后，饭局一结束，他就匆忙去找寻，可是县城这么多家饭店？去哪儿能找到她呢？正在他失望之时，他恰巧碰见一位同学问他见到筱薇没有？这位同学说他今天上午在教育局院内碰见过筱薇，她是不是也在寻觅他？他赶忙去到教育局大门口，他渴望在教育局大门口和筱薇不期而遇，可是等他赶到那儿，却没有见到筱薇的影子……筱薇也在寻找他，她不会走远的。但是他找遍县城大街小巷，依然没有见到她，他几乎绝望地痛哭起来……都怪他，他为什么那么贪杯呢？这可恶的人情债。万事万物皆是如此，当一个人强烈地想要实现某一愿望，或者想达到某一目标时，有时候恰恰适得其反，有时候，当他已经绝望的时候，又会不期而遇，这要看缘分。现在想来，他仍然痛惜不已。可是既然筱薇参加了数学小组中招分析会，那么她为什么今年没有教初三年级毕业班呢？可能是学校又有什么变故，或者是筱薇的原因也未可知。这一次会不会筱薇有其他事情没有来县城送考，或是去到她们学校附近的三中送考了呢？大概是吧？

当他走到学校大门口时，他已经累得筋疲力尽了，如果躺倒下去，他会永远站不起来的，这个时候，已是夜半时分，如果学校上晚自习，也早已过了放学时间，学校的铁大门那么高大，尤其是夜深人静之时，更加庄严肃穆。怎么叫门呢？他真的没有勇气叫门，何况门卫是怎样一个人呢？万一他是个脾气暴躁的人，他会不会……

"有人吗？开门……"经过一番犹豫之后，他还是喊叫起来，但是没有人回应，他不得不大声喊叫道，"开门，开门！"

还是没有人应答,真的比董永叫哑木头开口都难,那棵老槐树,有玉皇大帝的小女儿让他开口,而这个铁大门仍然岿然不动。于是他不得不使劲晃动大门,可是大门那么沉重,他摇晃不动它,他只有用拳头擂响大门,于是大门发出咚咚的声音。

"谁?干什么的?"传达室里有人怒吼道,随着这声怒吼,传达室的玻璃窗里透出橘黄色的电灯光来。

"找人……"他犹犹豫豫地回答说。

"找谁?"门卫终于走出传达室,他把大门打开一条缝,仍然怒气冲天地问他道。他是位高个子瘦老头,通过传达室里折射出来的亮光,北辰看见门卫的头发乱糟糟的,真像是一团乱麻。他恼怒异常,一副恶狠狠的样子,大概是因为他已经睡熟,又被叫醒的缘故。

"找强……"他迟疑地说。

"谁?"他把铁大门打开,立即又关上了,但是他还是又一次把大门打开,他又透过门缝问一句,如果北辰再犹豫,他就没有机会了,这时候,门卫已经准备返回传达室了。

"找强筱薇……"他鼓足勇气,声音昂扬地说。

"谁?"他大喊一声。

"强筱薇!"他终于大胆地喊叫出来。

"半夜三更的,找她干什么?"他像是警觉起来。

"我是她……家里人……"他只有这样含糊说。

"呃,家人,家人……夜半三更的,家里会有什么事?"他踌躇不决地说。

"有急事!"他肯定地说。

"你等会儿,我去叫她。"门卫又一次锁上大门,然后他向校园里走去。

北辰听见门卫向校园里面走动时橐橐的脚步声,不一会儿门卫和筱薇出现了。

"谁呀,这个时候了……"筱薇的声音,那是他再熟悉不过的声音,温柔,悦耳,又让人激动不已的声音。筱薇推开大门,见是北辰,她惊叫道,"北辰,快进来,我只当是谁呢?原来……"

"中招过后,我没有回去,想来见见你……"他跟在她的后面,向院子里走去,于是他解释道,他已经忘记向门卫师傅道声谢。

"我们学校是大循环,今年我没有教毕业班,教的是一年级,"她坦白地说道,可是她还是解释说去年中招试题分析会那天为什么碰见了他,"去年中招试题分析会那天,正好去局里办事,我不是去参加中招试题分析会的……办完事情,我等了你一会儿,可是没有等到你,当时不知道等到什么时候,所以……"

"原来是这样……"北辰已经不明白她在讲什么,他那么激动,已经听不明白她在说什么话啦。

他们走在一条窄窄的小胡同里,左手是高大的教学楼后墙,右手是一排砖瓦房,他们走到这排房子尽头,来到她居住的小屋,这是一小间旧瓦房,一间孤零零的破旧小瓦房,这间小瓦房就在这排砖瓦房尽头,小瓦房却没有和这排房子联成一体,那一排房子坐北朝南,而这间孤零零的小瓦房却是坐东朝西,而且小瓦房还很矮小,之前,大概是谁家的小厨屋,房间里只容得下一张床,这张床旁边的小面案子上,还有筱薇使用的一口小铝锅,几只碗,几双筷子和一个黑铁勺子,而小煤球炉子就在门外,如果碰上阴雨天气,筱薇只得把煤球炉子搬到屋子里。女儿已经睡熟,她睡得那么安详,小脸那么可爱,他真的想亲亲她,可是他还是抑制住感情。

"那个男孩子呢?"他还是忍不住低声问道。

"哪个男孩子?"她惊奇地问。

"你丈夫的……"他像是难为情地说。

"哎,还没有送过来,你什么都知道……"她叹口气说。

"就这样接受吗?"他在替她鸣不平。

无边的沉默……

"有什么办法呢……为了小甄妮有爸爸……"沉默之后,她无奈地说。

"你……"他还想说下去。

"嗯……"她默认道。

"有人说那个孩子不是他的,是真的吗?"他问她说。

"谁知道呢?反正那个女人不要那个孩子。"她叹口气说。

"工作好调动吗?"他又关切地问。

"正在协调……"她说话的声音很轻微,他几乎听不到。

"他和那个女的还来往吗?"他还是提到了那个女人,这是他们绕不开的话题。"断啦……"她被动地说。

可怜的筱薇,他们都是世界上可怜的人,看着熟睡的孩子,彼此打量着对方,他们的手又一次握在一起。

已经很晚了,外面似乎刮起了大风,而且伴随着隐隐的雷声和明灭不定的闪电,筱薇不得不把煤球炉子搬到屋里来,北辰想帮忙,可是那个煤球炉子又小又轻,她示意他不要动,炉子刚刚搬进来,小屋子里马上燥热不堪,筱薇想把床头的小摇扇打开,北辰阻止住她,他唯恐摇扇的嗡嗡声影响孩子休息,汗水瞬间浸透了北辰的衣背,他们就这样坐着,大风似乎要把房屋摇曳起来,屋子外面不断传来树枝折断的声音,还有飞沙走石的声音,一只衰老得快要死掉的大老鼠,蹒跚地来到他们面前,伫望他们一会儿,又蹒跚地离开了,他们两人谁也没有动一动,如果……他们怕惊动孩子,怕亵渎这个圣洁的孩子,这是筱薇的孩子,从某种意义上来说,也是北辰的孩子,虽然这样说有些牵强,但是他应该称呼她一声"孩子,我的孩子"。因为他曾经是她妈妈的恋人、初恋,她不但是他的初恋,还是他最爱的人,他或许是她最爱的人,是吗?他不敢肯定,但是他敢肯定的是……但是小甄妮既然是筱薇的孩子，也应该是……虽然这样说还是不合适，北辰却想这样叫一声："孩子……我的孩子……"

"你住到英子家吧，我去叫门……"她不大一会儿把英子和英子的爱人喊来。

世间，那么多叫英子的，叫英子，大概是一种时尚吧。英子是筱薇的同学，她长得高大、沉静，圆脸上有一双温柔多情的大眼睛，鼻子虽短，却很有气质，齐颈短发，衬托着白净的肌肤，她像是一位大姐姐一样对北辰嘘寒问暖。她爱人是一位衰老、瘦弱的英语教师，坐在那儿，不说一句话，也没有动一动，像是一块大青石一样沉默，据说他是一位公办教师，满脸的黑胡子，眼睛却很诚恳，他的嘴巴真的很像刚刚那只蹒跚的老鼠那样尖锐。英子让丈夫先回去准备北辰休息的地方，他巴不得回去呢。他仿佛得到将令那样转身离开了他们，筱薇和英子陪他叙旧。时间不长，他回来说一切准备就绪，这是他今天晚上说出的第一句话，也是最后一句话，看来他是一位好丈夫，他们并不理会他，他只有默默地坐在英子身旁，一直在听他们说话，他诚挚的眼睛只关注英子的一举一动，唯恐她再有什么吩咐，他像是英子的奴仆一样，唯恐她撇下他，远离他。

外面的雷声、闪电似乎静止一会儿，但是满天风沙似乎还没有停止，当他们走出筱薇那间低矮、破旧的小瓦屋时，外面黑黢黢的，但是透过窗户透出的昏暗灯光，他模模糊糊看到房子的左手这幢高大的教学楼，向前几乎望不到边，而小瓦屋前方却是两排平房，小瓦屋后面那排蓝砖瓦房后面还有一排蓝砖瓦房，这样看来这间小瓦房子更加矮小可怜，这间小瓦房同前后四排房子都不相连……可是风沙并没有允许他过多思考，一阵风沙吹来，使他几乎睁不开眼睛，好在出去筱薇家门不远处就是英子家。风沙过去，他又望望四周，英子家距离筱薇家很近，还是两间大房子，这前后两排平房后面似乎还有一大片平房，而筱薇的小瓦房后面除去那两排蓝砖瓦房，没有其他房子，可是筱薇的小瓦房却像一座孤岛……所有这些教职工宿舍就在高大的教学楼后面，这些低矮的屋子距离教学楼只有几步之遥，他们居住的地方像是西方电影里摩天大楼下面的贫民窟，贫民窟中间还有乱七八糟的几株体量庞大的梧桐树，这几棵茂密繁盛的梧桐树，在这黑漆漆的夜里，像是幢幢鬼影那样瘆人。

这天晚上，北辰就住在英子和她爱人隔壁的一个小房间里，这个小房间应该是用三合板隔开的，隔壁细微的声响，彼此都能听到，甚至连呼吸的声音都能清清楚楚地听到。这个房间大概是他们孩子的房间，而他们的孩子不是去到其他地方居住，就是和父母睡在一起，这样说来，他给他们带来了诸多不便，由此他非常慌乱和不安。

他刚刚进入梦乡，外面就雷声大作，滚滚的雷声像是一块块大石头不断地砸向屋顶，然后发出一声声怪吼，有时雷声像是咆哮不已的海水，有时又像是炮弹的轰鸣，北辰早被雷声惊醒了，似乎巨大的雷声就要把他从小床板上掀翻在地，闪电又像是强烈的探照灯照射过来……一会儿,雷声似乎渐渐地小了,但是隐隐的雷声仍然像是年迈的老人在咯咯怪笑、怪叫。突然,豆大的雨点砸在屋顶上、门框上、屋门上,还有屋子外面那间更加破旧、矮小、狭窄的小棚屋上,那大概是英子家的厨房吧,这间小厨房差不多毗连筱薇的那间小房子……顷刻之间暴雨伴随着巨大的闷雷倾倒下来,闷雷响过,又是一阵雷声,那雷声像是巨大沸腾的油锅丢进一块庞大的冰球,这个冰球在沸腾的油锅里咯咯哒哒到处滚动,而暴雨像是茫茫天际打开了洪水的闸门,雨水哗哗地流淌过来,雷声、雨声、风声混合在一起,震耳欲聋,这个物质世界,即将被这滔天的洪水涤荡殆尽……像是过去很久时间,上天似乎劳累了,雨水小了些,但是咚咚的雷声仍然像是无数条粗大的鞭子抽打在大地的脊梁上,时间不长,又一次风雨大作,狂风的怪吼声,夹杂着狂风撞击教学楼后墙发出的碰撞声,还有梧桐树枝折断的声音,以及教学楼的窗户玻璃噼啪碎裂的声音……今夜的风雨像是要把猥琐、丑陋的小房子,还有这污浊的世界扫除一空……但是这些卑微的房子,还有这些卑微的生命一直和命运做着抗争,北辰非常奇怪地想是不是有外星人在捉弄人类,是不是有一种神秘的力量在考验人类,但是不管怎么想,今夜真像是世界的末日来临了……地面的雨水像是激流一样向校园外面流淌……

今夜,这些雷雨、闪电憋足力气疯狂地宣泄淫威……似乎大海的浪涛冲天而起,又像是海啸铺天盖地而来,这些雨水,这些风暴,还有这些闪电一直肆虐不已,世界之外像是有一只看不见的大手狠狠地扼紧生命的咽喉,人类即将窒息而死……救世主啊,可怜积贫积弱的人类吧……不知是不是北辰的祈祷起到了作用,雷声渐渐小了些,这些雷声像是一匹疯狂的野马,经过风驰电掣的奔驰之后,终于停息下来……隐隐的雷声一会儿大口地喘着粗气,一会儿少气无力地嘶鸣不已,而闪电也渐渐地微弱下去,闪电昏暗而又疲惫,风也停息了,闪电已经躲藏到遥远天际某个隐蔽的角落,暴雨也失去淫威,雨水淅淅沥沥下着……停止了,一切都停止了,地下的激流也隐匿起来……真是神龙见首不见尾……

北辰实在担心筱薇一个人,她和女儿在那么一小间屋子里,他早就想冲出屋子,冲进她的房间,不知道为什么他老是以为筱薇和她的女儿就是他的妻子儿女,他要守护她们,保护她们,保护她们免受惊雷闪电、暴雨狂风的恐吓和威胁,他还是恐怕惊醒英子和她的丈夫,他敢肯定这个小板床是他们孩子睡觉的地方,是他们的孩子把睡觉的地方让给了他,英子、丈夫,还有孩子,他们挤在一张床上……真难为他们,他要感谢、感激他们。后来才知道,正如当初他想象的那样,他们本来就和小女儿一起睡,那一夜,他们的儿子不得不和他们睡在一起……

风停雨止,北辰悄悄地来到外面,他出门时那么轻微,几乎是蹑手蹑脚地来到外面,原以为外面都是泥水地,谁知地面上却都是硬地,像是没下过雨水一样,大概因为下暴雨的原因吧。他悄悄地来到筱薇居住的小瓦屋门前,还好这间小瓦屋安然无恙,谢天谢地,母女平安。屋里一点动静也没有,他推推门,门插着插销,或是上着锁,他敲敲低矮、狭窄的木窗棂,这扇陈年的木窗棂是那么衰败、腐朽,简直不堪一击,但是对于他来说这扇破旧的窗棂却是道德的栅栏。北辰想这间小瓦房真是非常古怪,就这么一间孤零零的小瓦房伫立在那儿,既不同于西边的房子,也不同于东面的房子,却作为东西两排房子的分水岭,严格地说是四排房子……这就更加奇怪,人们为什么不拆除掉这一小间瓦屋呢? 如果把这一小间房子拆除掉,那么剩下的四排房子就会显得对称、整洁、规范。这样来说,这间小小的瓦房就是一间多余的房子,但是筱薇却不是多余的人,如果没有这间房子,筱薇就会没有居住的地方……那么筱薇就不会在这所学校任教,如果筱薇跟随丈夫工作,她也早该离开这所学校了,筱薇的父亲早已不是刘集乡卫生院院长,他因为贪腐进了监狱。如果筱薇离开这所学校,这间房子肯定会被拆除……那么筱薇像是从没有来过这个学校,但是她的确在这所学校教过那么长时间的数学课程,这所学校不但有过一位强筱薇老师,还有过她对昔日爱情的回忆,有过不幸的婚姻,她就是在这所学校失去她的第一个孩子,她和女儿又忍辱负重生活在这儿这么多年……这么多的苦难岁月不可能被拆除……可是二十年之后,他因为招生工作,再次来到这所学校,这间奇怪的、孤苦、破败的小瓦屋真的不在了……又过去十年,他作为大河县教育局领导又一次来到这所学校,那四排房子也没有了,之前西北方向那一大片教职工宿舍也已不复存在,所有教师肯定是搬到新居了……当然筱薇也去到一个遥远的地方……一个任谁也不知道的地方……但是思念远远没有结束……这个地方像是谁也不再想起筱薇这位女教师,谁也记不起筱薇这个名字……她真的像是没有来过这个地方,真的没有在这个地方教过书,真的没有在这个地方生活过……世界也像是消失了……

　　当时他敲敲木窗棂,里面还是没有回音,也没有响动,大概他们被雷雨风暴惊醒之后,受到惊吓,又经过长久的失眠……但是现在他们刚刚睡熟,现在就是再来一次疾风骤雨也不会把她们惊醒过来,让她们睡吧,安心地睡吧。但愿他们在刚刚的暴风骤雨里没有醒来,这骇人听闻的暴雨雷电简直就像一场幻想。他放心了,但是他并不想很快回去休息,即使回去他也睡不着,他怎么会睡得着呢? 刚才他既疲惫又困倦,可是现在他却亢奋不已,他像是具有无穷的力量,他几乎能把那栋教学楼挪移到一个不碍事的地方,几乎能把校园里那一棵棵庞大的梧桐树连根拔起,简直能够把筱薇居住的小瓦屋,连同她本人一起扛走,可是他要把她扛到哪儿去呢?可是他仍然想一夜之间建筑起一栋高楼大厦,让这个学校的教师居住进去,让天下所有穷苦人居住进去……他就在筱薇的身边,他怎么会有睡意呢? 他想到初恋,想到人生苦难,想到婚姻,他的孩子,还有淑丽……他想到事业,他的诗歌,梦想……浪费了太多时光,虚度那么多光阴之后,内心那么多矛盾,多么尖锐的斗争,事业、爱情、工作、婚姻,还有所谓的仕途……那么多烦忧、孤独……他将向何处去? 世事茫茫,人事沧桑……

　　他在校园里不停地徘徊,他真的不知道是回去休息,还是徘徊下去……他被黑夜吸引到前院去,校园里前后两排教学楼,前排教学楼旁边还有一幢小楼,这大概是办公楼吧。实验楼在什么地方呢? 夜色渺渺茫茫,一切都看不真切,校园里有许多高大的杨树,还有许多高大挺拔的松树,它们都像是浮云一样飘浮在空中。东边是宽广的空地,空地上,积满了雨水,这大概是操场吧,这所学校之前是一所高中,现在是一所重点初级中学……现在,他实在是困倦了,他又悄悄地回到那间斗室,他刚躺下就进入了梦乡……睡得真香,他梦见刚刚敲筱薇的房门时,筱薇根本没有把插销插上,而是虚掩着门,她就在屋门后面等着他,他只轻轻地一推,那扇小木门像是芝麻开门那样悄悄地打开了,他走进去,而筱薇就扑到他的怀里,他们紧紧地拥抱在一起,他们幸福地哭泣起来,就这样一直拥抱到天亮,直到守门人过来叫醒他们……这时他也惊醒过来。

　　但是他走的时候发现筱薇的煤球炉不知什么时候被暴风雨吹到一个墙角里,炉子里煤球碎屑撒了一地,又被雨水冲得老远……炉火早已被昨晚的暴雨浇灭了,那个空空的炉子像是一个死去的孩子那样可怜……可是当时炉子已经搬到屋子里去了,筱薇什么时候又把炉子搬到屋子外面去的,这就不得而知了,大概是雷声、闪电静止那一会儿? 由于屋子里面炎热,筱薇又把炉子搬到屋子外面了吧。

　　数年以后,筱薇说英子问起那晚他起床后,是不是去了她的房间,她说那一夜没有见到他,可是英子还是笑笑,然后又摇摇头。

　　"那一夜,你到底在干什么?"筱薇微笑着问他道。

　　"那一夜像是世界末日,暴风骤雨、电闪雷鸣似乎要把这个罪恶的世界一扫而光,我实在担心你的安危,等到风雨停下之后,我悄悄走出英子家,来到你的门前,推门没推开,敲门又没人应,我就在校园里转悠,实在睡不着……"他想象着当时的情景,深情地说道。

　　"那一夜,我和孩子睡得糊糊涂涂,我们都被雷电惊醒过来,好长时间睡不成觉,况且想起我们之前相爱的情景……可是时间一长,还是睡着了。你敲门的时候,我大概是刚刚睡熟,所以根本没有听到敲门的声音……"她像是抱歉地说。

　　"那个炉子……"北辰又想起那个被雨水浇灭的炉子,于是他似乎想说句什么比喻的话,却没有说出口。

　　"那个象征生命的炉子,那个象征爱情……"筱薇像是想说出象征爱情的什么,但是她也没有说下去,他迟疑很久才说,"爱情之火像是熄灭啦……"

　　第二天清晨,一大早,他悄悄地告别了筱薇和英子一家人……

2

中招成绩出来了,三四班的语文平均成绩是全县第一名。程梅、赵玉霞、孙世杰……考上了中师中专,梁秋霞和雁秋……考上了重点高中,雁秋考上了重点高中,这是值得庆幸的,但是听说雁秋要外出打工,她家根本负担不起上高中的费用。

北辰不得已只有去家访,这一天黄昏时候,他来到雁秋家,房子里面十分低洼、黑暗,要不扶住门口旁边那张床的话,他差一点摔倒,他已经有过这种经历,又像是没有,房子低矮,房间低洼潮湿。原来雁秋的父亲就躺在门口这张用麻绳编织的软床上,猴王想坐起来,努力几次都没有成功,只得又躺下去,他长个猴脸,鼻子又红又小,小脸蛋毛茸茸的,眼睛却没有猴子精明,还很呆滞,这时候他的眼睛里尽是泪水,想说话却说不出来。而雁秋在哭,她到底在哭泣什么? 是因为贫穷,还是可怜父亲? 母亲满脸沧桑,头发凌乱而又衰败,洁白的牙齿早已变成参差不齐的黄牙,而且脊背也不再挺直,她苍老得几乎让北辰快要认不出她来,那双迷倒无数观众的眼睛也充满忧伤……她既丑陋又猥琐,她是永远也装扮不起来了,永远也不会登上舞台,不会一展歌喉了。何况她的观众瘫痪在他们家门口的这张软床上,她装扮给谁看、歌唱给谁听呢? 给瘫子看,给瘫子听? 过去不会,现在不会,恐怕将来也不会……北辰不忍看下去,时间不长,他离开了雁秋家。

北辰走出去,心情那么沉重,他们穿过一块玉米田地,雁秋和母亲一直把他送到遥远的麦场旁边,送北辰的还有这一天的黑夜,还有忧伤,烦忧……

"雁秋,去上吧,我供你上学……"他鼓励她说。

"老师既然这样说,去上吧,我们记住账,将来还给老师……"母亲无奈地说。"绝不,老师……你有家庭……"雁秋看看母亲,又看看北辰,她决绝地说。"雁秋,你不能放弃学业……"北辰又激励她说。

"孩子,求求你,去上学吧……即使油锅里的钱,娘也想抓出来供你上学,去吧,孩子……"母亲满含眼泪地哀求她道,她几乎哭出声来,然后她又凄怆地说道,"娘对不起你……"

"不,妈妈,老师……"她不知道怎样说下去。

他们还是分手了……后来雁秋去了深圳。

数年之后,在某一年的春节之前,北辰碰到雁秋。当时北辰正走在回家的路上,他是开完校长会议回家的,当时他已经当上了初中校长,这可能是春节之前开的最后一次会议,他骑着自行车正急急忙忙赶往家中,突然有一辆宝马车几乎同他擦肩而过,为了躲避这辆宝马车,他差一点掉进路沟里,多亏他拽住一棵路旁的半大杨树……这时宝马车不得不停下来,不久,从宝马车上下来一位穿戴名贵的女人,说是女人,她的年龄并不大,好像还有些面熟。

"这位同志,很抱歉……"她想说一句抱歉的话,可是她话说到一半却突然改口

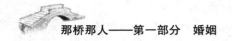

长时间以来,北辰要求白副镇长提拔、重用他。

"当个初中副校长,怎么样?……"白副镇长继续试探说。

"要当就当校长!"北辰切入正题。

"副主任提拔副校长,也恐怕遭人非议,何况初中校长是镇党委书记钦定的。"白副镇长为难地说。

"初中校长不行,就去山泉小学当校长……"他又旧话重提。

"之前,你怎么和韩主任说……"白副镇长又提起那次不愉快的事情。"……"北辰不想再回忆那次痛苦经历。

"我再考虑考虑……"白副镇长迟疑一会儿,才继续说道,"你和山泉村支部书记郭玉堂交情怎么样?"

"都姓郭,又是老邻居,又有老亲……还算可以吧。"北辰家和郭玉堂书记实在没有什么交情,他不敢肯定两家是不是有亲戚关系,只能这样说。

"你不妨和郭书记一起来找党委书记泽天成,让郭玉堂给泽书记说你要去山泉小学当校长……"他指点迷津道,但是一提到泽书记,白副镇长像是严肃起来,说到这儿,他停下来,仿佛有巨大压力需要释放,等到舒缓一口气之后,他才说道,"或许有成功的希望……"

"行,我试试……"北辰语气坚定地说道。

谈话结束之后,他们离开了白副镇长家里。

4

做事就得预先谋划,谋划周密,才能付诸实践,做事有百疏一密,也有百密一疏,成事在天,谋事在人,这都是天意,有时也是命运。北辰老师的人生轨迹如果要逆转,他就要有超出常人的智慧和毅力,在这个迷雾一样的世界上,他完全是一个人在单打独斗,一个人在打天下,可以说他是白手起家,六亲不靠。没有人会帮助他,如果有帮助他的人,那就是淑丽,她是个好军师,别看她年纪轻轻,小脑瓜特别机灵,她真像是个小精灵……总之他的人生要朝着接下来的人生轨迹向前滚动,这就是命运,他要向不可预知的方向发展……这样一来,不仅使枯燥乏味的生活富于传奇色彩,同时也使他的前途、命运面临严峻的人生考验,使他陷于不测的人生险境……他到底会有什么样的不幸和遭遇呢?

当天晚上,北辰拜访了山泉村支部书记郭玉堂,他先和郭书记拉家常、套近乎,等他高兴时,北辰才说明来意,而郭书记也慨然应允,但他并没有提到他和白副镇长的亲戚关系,更没有提到他和白副镇长的约定。郭书记是过来人,他会考虑到北辰这样做,肯定背后有人指点,他会不会猜测是白副镇长呢?北辰知道郭书记并不把白副镇长放在眼里,他当山泉村书记几近三十年……上任伊始,他廉洁奉公,恪尽职守,但是后来他渐渐地变了……

在高山镇上,郭玉堂书记只听泽天成书记的话,因为泽书记是镇党委书记,可是有时候泽天成书记也给他面子。虽然很多时候郭玉堂书记并不把白副镇长放在眼里,但是郭书记善于察看风向,白副镇长手里有多少实权,能办多大事情,这是其一;白副镇长将来会不会当镇长或者当镇党委书记,这是其二;其三,郭玉堂书记有时候也有求白副镇长办事的时候,所以他给白副镇长一个顺水人情也未可知;还有另外一层关系,那就是北辰和郭玉堂书记不仅是邻居,还是远亲,谁也说不上他们现在是什么亲戚,但是他们都承认有亲戚,只是非常遥远的亲戚关系罢了。这且不论,但是他不是不敢得罪邻居和所谓的亲戚,也不是邻居和所谓的亲戚得罪不得,他也得向远处看,他得看这个邻居、亲戚的前途,而且北辰还教过郭玉堂书记家的几个孩子,他也知道北辰教书是一把好手……所以他很爽快答应北辰下个星期一一早去拜见泽天成书记,他是有一套处世之道的。

郭玉堂书记大约五十五岁,他的脸色时而苍白,时而黑红,时而赤红,他时常变换脸色,有时是因为季节原因,有时因为喝酒原因,有时因为环境关系,有时因人而异,北辰今天晚上见到他的脸色就是一种黑红色,这时候,他的脸色是那么难看,北辰还很少见过他的脸色这么难看过。“文革”之中,他大发神威批斗阶级敌人,或是批判地富反坏右的时候就是黑红脸,还有除夕之夜,有人偷偷地给他家送过花圈,或是有人翻墙越脊跳到他家搞破坏活动,大年初一这天一大早,他发现家里的花圈,或是物什遭到破坏之后,这一天他的脸色都是黑红脸。可是现在这或许是因为北辰给他出了难题吧?也可能是他有什么难言之隐,或者是他正在因为山泉小学校长人选而处于两难之地……更没有人见过他的眉毛是什么颜色,因为他没有眉毛,眼睛也是常常眯缝着,明白人都知道,他并不是因为蔑视谁,而是他在算计谁,谁也不知道他的心思在琢磨什么?有时候还爱和别人开个低级玩笑,说些不知廉耻的粗俗笑话,但是这种玩笑和笑话,只有他自己在会心地笑,听的人谁也笑不出来,因为他们不敢笑,或许笑话本身并不惹人发笑……也没有人见过他的头发是什么颜色,因为他没有头发,也没有胡须,他有耳朵、眼睛、鼻子和嘴巴,但是谁也不会留意他究竟长什么样子,村里农民都知道他是村支部书记,他那么威严,不,那么霸道。的确,他刚当上支书那几年,人们说他心里装着群众,后来群众心中装着他,再后来他就是为所欲为的土皇帝。

但是他说话还是算话的。星期一这天一大早,他们谁也没有吃早饭,北辰和郭书记就向镇政府进发,一路上,大概是因为早起天气的缘故,他的脸色非常苍白,而且脸上没有一丝笑意。北辰并不是第一次来到镇政府大院,但是这一次到来,他分外感到镇政府大门不但高大宏伟,而且庄严肃穆。北辰跟在郭玉堂书记的后面来到镇政府里面,北辰看到那么多干部,那么多职员,上班之前,他们正在点名,一个个气宇轩昂的,他们一看见郭玉堂书记那么亲切,那么热情,可是谁也不关心他,谁也不看他一眼,像是他根本不存在一样,但是北辰的确站在他们面前,这些人那么轻视他,简直是视而不见,何况北辰认识其中一些人,如果谁和他打招呼,像是降低谁的身价一样……可是事情像是发生了逆转,这些人点名结束后,有些人打量着他,像是观摩猴子那样观赏他,使他害羞得哪怕地下有一条地缝,他也会钻进去。别人肯定知道他跟随郭玉堂书记来到这儿想干什么,他是想来请求泽天成书记格外开恩的,当然他是和白副镇长私下里商议好的,在这个节骨眼上,在这个时间点上,这尤其要不得,他们来得真不是时候……白副镇长肯定有所顾忌,才让他这样做的,万一泽天成书记不愿意怎么办? 大家如果知道泽天成书记不同意他们的请求,那么他以后在高山镇怎么做人呢? 人们会议论说北辰如何,而白副镇长如何,而泽书记又如何……这样想想就能把人羞死。但是郭玉堂书记可不管这些,他径直走进白副镇长办公室,而北辰也只得跟随他来到白副镇长办公室。

"有事呀,郭玉堂大书记……"白副镇长看见郭玉堂书记和北辰走进来,他故作惊讶地搭讪道,看得出来,白副镇长的脸色是那么殷红,简直像是被郭玉堂书记刚刚扇一巴掌那样尴尬。

"你不知道什么事情? 你们不是商量好了吗? 你怎么会不知道什么事情?"郭玉堂书记反问白副镇长道,他说得那么尖刻,并不给他留什么情面。

"你看,我怎么会知道你找我什么事情? 我的好书记! 山泉村人民的大书记!"他们在打哑谜,同时白副镇长像是哀求他什么似的。

"让北辰回山泉小学当校长……"郭玉堂书记仿佛默许了什么,也可能是默认了什么,他和白副镇长之间仿佛达成了共识,他们之前像是已经有一种默契、交易。

北辰心想他们之间这种沟通、交流,实在具有一种神奇力量,这是气势、魄力,一个是先声夺人,一个是苦苦哀求,交易,这是不得不低头求饶的一种姿态,但是郭玉堂书记心领神会,真是心有灵犀。

"我赞同村委意见,但是得让泽书记同意呀……我的郭书记。"白副镇长开始收网了,他没等郭玉堂书记反应过来就迅雷不及掩耳地说道。

"你去说不行吗?"他迟疑很长时间,才犹豫地说道。

郭玉堂书记像是在打被动仗,他是故意在打被动仗,这只老狐狸,他不想承担任何责任。

"还是你去说吧,泽书记听你的。"他婉转地说。

"走,去找泽书记。"郭玉堂书记不好意思再说什么,他推了一下北辰说道。于是他就和北辰来到泽天成书记办公室。

"郭玉堂书记,什么事? 这么早?"泽天成书记看看他带进来的郭北辰副主任,他冷冷地扫视北辰一眼,并不理会他,而是关切地询问郭玉堂书记道,他还没有等郭玉堂书记回答,又指指旁边的沙发说,"坐下说,郭书记,不用急。"

　　"山泉村小学校长要换人,白副镇长已经安排好人选啦……"郭玉堂书记刚刚坐下来,他并没有立即回答泽天成书记的问话,而是出其不意地说出这句话,他不但带有鄙视北辰的意思,还一个劲地朝着北辰努嘴巴,这个肢体语言,应该是说白副镇长已经安排好山泉小学校长,这个继任者就是他。郭玉堂书记以这种方式向泽书记汇报工作,不是什么君子作风,他怎么会在泽书记面前突兀地说出这样不负责任的话来,这是在出卖白副镇长,是在诋毁人。北辰如是想的时候,郭玉堂书记下面这句话更让北辰手足无措,"山泉小学校长要换成郭北辰……"

　　这个时候,北辰站在泽书记办公室里,他就站在郭玉堂书记身旁,现在他听到郭玉堂书记这样说话,一时之间,他尴尬得站也不是、坐也不是,怎么办呢? 他有多么拘束吧! 当初如果知道是这样一种狼狈相,是这样一种难看局面,还当什么山泉小学校长呢? 这太令人为难啦! 太令人难堪、无语啦! 简直是对人格的践踏和侮辱!

　　北辰认为泽书记听到郭玉堂书记这样唐突的话语,又看到郭玉堂书记说这些话时对北辰所表现的蔑视态度,他肯定是不为所请,不为所动的……郭玉堂书记在玩政治,耍手腕,使心计……可是泽书记下面的回答却大大出乎北辰的预料。

　　"你们决定吧……"泽天成书记漫不经心地说。他说话之前,像是非常宽容地打量了北辰一眼,正是他的宽容,反而使北辰更加勇敢地昂起头来,或许北辰不卑不亢的态度,或许这无意之间的昂头之举,使泽书记改变了他之前对北辰的看法……现在他又扭过头,包容、宽宏地对郭玉堂书记说,"啊,北辰副主任啊,行,你们拿意见吧……"

　　泽书记这样回答郭玉堂书记,北辰开始疑惑起听觉来,这句"啊,北辰副主任啊,行,你们拿意见吧……"的话是不是出自泽书记之口,他真的不敢相信这句话会是真的,但是当北辰明白过来泽书记这句话的意思时,他不由对泽书记充满感激之情……

　　这实在是因为郭玉堂书记来访的结果,但是他刚才向泽书记汇报工作时表现出对北辰的蔑视态度,或许是他不经意间所流露出来的有意识状态,或许是潜意识,或许是他内心深处对北辰鄙薄的无意识流露。但是无论怎样说北辰对他这种轻蔑态度无比愤慨! 他简直一生都没有忘记过。北辰这种叛逆和逆反心理是那么尖锐和强烈,这种心理总使他遭遇无名的烦恼和折磨,这大概是他悲惨童年所造成的畸形心理吧? 北辰实在是不允许别人轻视、蔑视他! 但是他还是无比感谢郭玉堂书记,无比感激他能够同他一起来拜访泽书记,如果不是……就不会有北辰后来的一切……

　　在泽书记观察他的同时,而北辰也在留意泽天成书记。他并不高,很年轻,显得成熟、宽容,也很有气势,很有才能。他穿一身银灰色西装,锃亮的黑色皮鞋,他的上牙齿还有点长,说话有浓重的鼻音,但吐字还算清晰,很稳重,头发有些环角,眉毛淡而细……

"去吧,你们好好研究研究……"还没有等北辰观察完毕,泽书记对郭玉堂书记说,他对他们下了逐客令。

"谢谢泽书记……"临走前,北辰吞吞吐吐地说道。

"去吧,好好干……"泽天成书记语重心长地说。

这一句好好干,让北辰那么激动,应该是感动,他几乎要流下感激的泪水,但是北辰还是糊里糊涂地跟随郭玉堂书记从泽书记办公室走出去,他们又一次来到白副镇长办公室。

"怎么样?"白副镇长紧张地问郭玉堂书记道。

"泽书记让你拿意见……"泽书记说要让他们好好研究研究,可是郭玉堂书记却把责任全部推到白副镇长身上。

"……"白副镇长听说这句话,仿佛倒抽一口冷气,脸色变得凝重起来,他踌躇半日,始终没有说出一个字。

是行,还是不行,白副镇长没有表态。因为山泉村小学校长是现任镇政府计生办主任郭杰伟的父亲——郭新政校长。他是官亭村人,却一直在山泉小学教音乐,他已届退休年龄,作为音乐教师,他不失为一位好教师,虽说他并没有多少音乐天赋,但是他工作积极、负责、热情,颇受学生尊敬。他儒雅、魁伟,平头、国字脸,有一双明亮、机智的大眼睛,挺直的鼻梁骨,阔大的下巴,他很有男子汉气魄,很有阳刚之气。尽管别人说他金玉其外……还有人说他无才无德,当初,他却是山泉小学为数不多的几位公办教师之一,他只有小学学历,因为当年师资匮乏,小学刚刚毕业,经过短期培训却成为一名公办教师,那个时代,很多大学毕业生还在家乡务农呢?哪个不比他强呢? 这大概是心生妒忌的人在散布流言吧? 自从担任校长以后,他平平庸庸,治校无术,致使山泉小学教师队伍人心涣散,学校纪律松弛。

郭玉堂书记既不想使郭杰伟主任难看,也不想违背白副镇长的意愿,即使如此,郭新政校长也该退休了,即使他儿子是计生办主任,也没有该退休却不退休的道理。不管怎么说,北辰已经向山泉小学校长的职位发起了猛攻,何况他在争取山泉小学校长的位置时,谋得了先机,占据了主动权。他所做的这一切,不能算是阴谋,也称不上阳谋,因为混沌无知的北辰现在既不知道阴谋,也不知道阳谋,他只知道猛打猛冲。但是他所做的这一切,韩主任作为教办室主任却很少得知,北辰在韩主任面前像是偶尔提到过一次,但是那次谈话,却是不欢而散……所以等到将来真相大白之时,韩主任即使幡然醒悟,即使勃然大怒,却无力回天,他只得暂时隐忍这口怨气。但是随着世事变迁,随着权力变更、交替,韩主任不会善罢甘休,不但不会善罢甘休,他还会穷凶极恶地反攻倒算,这使北辰在之后的校长岗位上,他所做的工作,所有的努力,所有的付出都得不到韩主任的支持和理解,他不时受到韩主任的苛责和批评,不时受到韩主任的敲打、打击,北辰不但动辄得咎,而且往往陷入孤立、绝望的险境,还不时遭遇免职、撤职的凶险……本来白副镇长和韩主任之间因为权力斗争就矛盾重重,而韩主任表面上碍于白副镇长是镇政府主管领导才暂时有所顾忌,但是韩主任自有他的为官之术,为官之道,他不但和泽书记同乡,而且是他的未来女婿,又是组织部副部长的长子。何况韩文献做事圆滑、阴险,所以在高山镇教育界他一手遮天,所有校长唯他马首是瞻,而白副镇长却是镇政府副镇长,韩主任对他则是阳奉阴违,这一次白副镇长决心提携新人,自有他的良苦用心,而优秀青年教师郭北辰正是理想人选。

北辰只知道猛冲猛打,他哪里知道这些呢?只有许多年后,他才能悟出一些道理。他和郭玉堂书记离开镇政府大院时,他怎么会清楚这些权利之争和领导之间的尔虞我诈呢?他几乎是糊里糊涂离开镇政府大院的,他像是越来越不明白世事瞬间变化,越来越不明白时事维艰,人事的错综复杂,越来越不明白……

想当年,他壮志凌云,简直有生不用封万户侯的气概,可是今天却为一个小学校长职务折腰,真让他羞愧万分。

在回山泉村的路上,他一路默默无语,惴惴不安,到底能不能当上山泉小学校长,谁也不得而知……其实他很痛苦,也很矛盾,他到底该不该走上这条迷惘的人生道路……但是人生的激流簇拥着他,浩浩荡荡地奔向远方……

5

这一学期,暑假即将结束,可是一切都是未知数……有些时候越是关键时刻愈是阒寂的可怕,什么消息都没有,一切像是石沉大海,哪怕是一点点消息也行,可是一点蛛丝马迹都没有,世界像是死灭一样,这恐怕就是世界的末日吧。

他还是不放心,正好贺云祥去高山镇工商所办事,北辰就陪同他一块来到高山镇,北辰想到镇政府找白副镇长,询问他托付的事情现在到底怎么样?有没有确切消息,是行,还是不行?如果行,他就有行的打算,如果不行,他就按不行的路走。或者下一步如何行动,需不需要再找找韩主任,韩主任可是教办室负责人,高山镇教育界哪个教师一听说他的名字无不肃然起敬,如果韩主任不答应,这事能成吗?北辰感到前景是那么渺茫,他不由得后悔起来,当初真的不应该走什么仕宦之途,他根本不是当校长的材料,能不能当好校长,能不能把一所学校治理好,能不能把山泉小学的各项工作做好,北辰心里实在没底,他突然变得不自信起来,真的很担心是否有能力把一所学校管理好,真的后悔去竞争什么校长,他有自己的理想,梦想当一位杰出诗人,一位文学家,可是现在他必须放下笔杆子不可,这到底是因为什么?到底是什么思想在作怪?他真的不是很清楚。他的心灵突然非常痛苦,在这个迷惘的世界上,他像是无所适从。

　　他让贺云祥姐夫在工商所等他,他一个人来到白副镇长办公室,农技站站长何云岭正在向白副镇长汇报工作,何云岭也是山泉村人,他大约三十七八岁,虽然他还没有秃顶,却出现了大片的斑秃,明光烁亮的头皮已经裸露出来,看得出来,他为此非常痛苦。浓黑的扫帚眉又短又粗,眼眶上仿佛爬行着两个大黑蜘蛛,眼睛虽大,却很呆滞,脸颊上还有许多黑毛。他之前是个志愿兵,退伍后,因为他是郭玉堂书记的内亲,所以被安置在镇政府办公室工作,开始跟着镇长写发言稿,有一次他在镇长开会之前还在磨磨蹭蹭地修改稿子,没有办法,镇长只得在会议上即兴发言,他的确也写出过发言稿,却都是风马牛不相及的文字,还惹出许多笑话。后来,镇长照顾郭玉堂书记的面子,把他安排至农技站当站长。何云岭给白副镇长汇报起工作来没完没了,北辰只有等在门外,但是政府大院里人来人往,因为都是本乡本土的乡亲,北辰也有许多熟识的面孔,他不好意思看见他们,更不好意思告诉他们,他是来要官的,也没法说他是来找白副镇长汇报工作的,说什么好呢? 这都不合适。如果说他作为高山镇第三初级中学政教处副主任来找白副镇长汇报工作,未免有些牵强,学校里有校长,有副校长,怎么也轮不到他这么一个政教处副主任汇报工作,那么他说什么好呢? 说什么都不合适,说他和白副镇长是亲戚,他是来拜访亲戚的,这更加荒唐。所以他只有像是面壁思过一样对着墙壁,免得别人看见他。其实他根本引不起别人注意! 谁会在意他呢? 即使熟人看见是他,那又有什么关系? 现在只是他的害羞、胆怯心理在作怪罢了,他还没有历练出来,还很单纯、幼稚,还很无知,还不成熟,他还不知道处世为人,更不用说什么叫现世报、厚脸皮! 什么叫厚黑学,什么叫奸诈,什么叫当面一套,背后一套,什么叫当面叫哥哥,背后掏家伙。他哪里知道这些呢? 何况他特别害怕见到韩主任,韩主任也在镇政府上班,如果见到他,该怎么解释,怎么面对韩主任? 哎,北辰呢,他哪能知道官场的黑暗呢? 一失足成千古恨,再回头已百年身。他哪能知道失足官场的痛苦呢? 更不知道人心唯危,道心唯微,唯精唯一的道理……那么他到底知道些什么呢? 他知道诗歌,知道小说,知道康德、黑格尔……这些与官场之道实在是没有一点关系,他之前根本不想涉足官场,也看不起所谓的仕途,可是现在一个小学校长位置竟然让他侍奉权贵,实在让人羞愧万分! 可是现在他真想出来干些事情,所以当上山泉小学校长就成为当务之急。

　　何云岭终于汇报完工作,北辰和他虽是一个村的,但是他们并不熟知,不但他们年龄悬殊,而且还不是一道街的,他更不知道农技站站长是个油嘴滑舌的人,他一出白副镇长办公室,就嬉皮笑脸地嘲笑北辰说:"找白副镇长买官的吧?"

　　何云岭说完这句话之后,好在他并没有继续说下去,而是很快走掉了,他大概像是有什么烦心事。

　　"有什么事情吗,北辰?"白副镇长大概是听到了何站长说的那句话,所以北辰一走进屋里,他就一脸尴尬地质问北辰道。

"白镇长,是不是去拜访一下韩主任呢?"这一次,他们谈话的气氛并不融洽,也不投机,白副镇长说出的话,让人捉摸不定,是不是白副镇长遇到过什么阻力,有什么为难的事情,阻力是不是来自韩主任,这是他一直担心的问题,于是他试探地说。

"可以,你去他家,把你的意思说给他听,礼多人不怪嘛!"白副镇长似乎改变了他之前的策略,他像是有什么急事,于是匆忙对北辰说道,"去吧……我还有其他事情……都是教育上的事情,有些人到处找人,到处托关系,也难怪,因为调整校长的事情,他们已经在……昨天,丁秀杰和唐翰林来找过我……"

"那么……找到韩主任,我怎么跟他说呢?"北辰并不理会丁秀杰和唐翰林找过他,这与他有什么相干呢? 他只说他担心的事情,他真不知道见到韩主任应该怎么说,说什么? 如果直接说他要去山泉小学当校长,是不是太唐突啦?

"就说要去山泉小学当校长,看他怎么说?"白副镇长盯着北辰说,他从来没有这样严肃过。

真的还得这样说啊! 他怎么说得出口啊! 白副镇长说完这句话,他就要出门去,北辰也只得离开这儿。

"必须这样说,不然的话,去见他干什么? 如果不这样说,那么就没有去见他的必要啦!"北辰离开白副镇长之后,他嘴里一直喃喃自语。他终于下定决心去见韩主任,见到他就说他要去山泉小学当校长! 敢,他敢,世界上,还没有他不敢的,只要豁出去,只要勇敢、坚强,没有干不成的事业! 他决定大干一场啦!

他快步走出镇政府大院,不禁陷入深思。他早应该到韩主任家去一趟,要抓紧去,越快越好,现在距离开学越来越近,他应该去拜访韩主任,万一他在这个事情上作梗,或许会功亏一篑,白副镇长能当全家吗? 能一手遮天吗? 他斗得过韩主任吗? 韩主任可是老奸巨猾呀,白副镇长那么年轻,万一有什么闪失,怎么办? 白副镇长又提到丁秀杰和唐翰林,当时他并不在意他提到他们,可是这不能不引起北辰的警觉。这两个人北辰都熟悉,丁秀杰是北辰的发小,他的祖父丁俊昌还是北辰祖父的……他现在是官亭村小学校长,"文革"时,丁秀杰的父亲是位老校长,后来被打成右派,复职后,他担任小豆沟小学校长,在一次开学典礼大会上,他正给全校师生作报告,突然中风倒地,因抢救无效,谢世了,父亲去世时,丁秀杰刚刚考入高中。韩主任是丁秀杰的父亲丁春喜校长的老上级,作为后辈的丁秀杰自然把韩主任视为叔父,而韩主任也很照顾他,他得到韩主任重用是理所当然的。丁秀杰长得一表人才,事业也是一帆风顺,他清癯的脸上,那双颇有城府的黑眼睛常常流露出踌躇满志的笑容,上小学时,他的成绩非常优秀,但是一进入初中,他的成绩却逐步下滑,初中毕业,他只能勉勉强强考入一所普通高中,他报过到,休息一下午,第二天上午,刚刚上完第三节课,四哥已经在班级门口等着他,他的四哥叫丁秀岭,是一位小磨坊主,整天给农民磨面,现在他满头满脸都是面粉地站在教室门口,由于父亲刚刚去世,所以他臂带挽幛,还非常悲痛。丁秀杰刚刚走出教室,看到四哥臂带挽幛,还那么哀伤地站在教室门前,不由大吃一惊,接着他就告诉他父亲突然辞世的噩耗,父亲去世,对于刚刚升入高中的他来说不止晴天霹雳,这对他的人生是多么大的损失啊,从此以后他会受尽贫穷煎熬,他不但要中断学业,还会四处流浪,他会像丧家之犬一样受尽严寒酷暑的折磨,他会衣不蔽体,食不果腹,更有甚者,他的心上人也会离他而去,没有父亲的遮风避雨,他将一无所有。埋葬父亲之后,他打算放弃学业外出打工,他和情人罗君艳已经不再往来,父亲去世以后,她就不再见他,葬礼上,也没有见到她的影子,左邻右舍的脸色也渐渐地难看起来,现在的世道,真是人情薄如纸!他哪里知道从古至今人情冷暖、世态炎凉的道理,没有经历人世百态,哪里知道世风日下、人心浇薄呢?他刚刚看到人性的丑恶,这个时候,他的人生又出现了喜剧结尾。父亲谢世并没有给他带来厄运,他却因祸得福,他刚刚在一个建筑工地上参加劳作,就被人叫回去,他接班了,几乎是一步登天,他成了公办教师,罗君艳也回心转意,韩主任也没有忘记老下属的儿子,他极力推荐丁秀杰进修,别人进修两年拿到中师文凭,他上三年才拿到。上班时间不长,他已经是小学校长了。真该他幸运的,小日子过得人人羡慕、嫉妒,他的人生理想应该是回山泉小学当校长……

而唐翰林是德亭小学校长,他和郭新政校长都是官亭村人,当年唐翰林的祖父唐铁男还是夏家看家护院的头人呢。他和丁秀杰、北辰是初中同学,丁秀杰考入普通高中,北辰和唐翰林一起考入县城重点高中,可是唐翰林高中未毕业就辍学了,他在家待的时间并不长,就到官亭小学当了民师,转正以后,他步入领导阶层,现在是德亭小学校长。唐翰林肯定想回官亭小学当校长,因为两村距离那么遥远。山泉村在这两村中间,另外还要经过几个自然村才能到达德亭小学,所以唐翰林校长每天要跑许多冤枉路,特别是阴雨天,让他吃尽苦头,而严寒酷暑更让他苦不堪言。

他们怀着不可告人的目的,都在四处活动,丁秀杰和唐翰林找白副镇长……他们会不会……是不是白副镇长在提醒他什么?他不能一味地装傻……

他回到工商所,贺云祥在黄所长办公室等他,据说他们是战友。

“见到白副镇长没有?事情结果怎么样?”贺云祥一看见北辰垂头丧气的样子,就匆忙问道。

北辰见黄所长也在,所以他一时不便说什么,这种事情怎么可以随便乱说呢?

黄所长穿着灰绿色的工作制服,正襟危坐在办公室的老板椅上,他的块头很大,古铜色的皮肤,眼睛正直、威严。

“说吧,什么情况,说说听听……”黄所长变得温和起来,他关切地说。

看来黄所长什么都清楚,贺云祥姐夫已经把北辰的真实情况告诉了他,更何况他这一搭腔,严肃的气氛顿时轻松下来,北辰也打消了戒备之心,他只得把刚才见到白副镇长的情况简明扼要地述说一遍。

“应该能成,如果像兄弟说的那样……”黄所长审慎地说,然后他突然站起来招

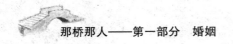

呼他们道,"走,吃饭去。"

黄所长猛然从老板椅上站起来,他的身躯那么高大魁伟,北辰站在他身旁既渺小,又拘谨。

"走,兄弟,我请客,"黄所长看出他的拘谨和羞涩,于是安慰他道,"年轻人要有闯劲,不要担心害怕,将来肯定会前途无量。"

黄所长说得那么肯定,北辰实在不好意思再说什么,也不好意思再拒绝,同时也把刚刚那些不快和郁闷统统忘到九霄云外了。这顿饭就他们三个人,四个菜,两荤两素,荤菜是牛肉和猪下水拼盘,素菜是油炸花生和腐竹,还有白酒。这是他吃过的较为丰盛的一顿饭,这顿饭连同黄所长的威严和宽厚都让他终生难忘。

在黄昏时候,他拜访了韩主任。他见到韩主任之前,还是记忆起他和韩主任上次痛苦的交谈,当时他似乎不再拘谨,早已忘记了忸怩和羞涩,也不再惧怕、畏怯,他表现得非常勇敢、淡定,在交谈中他把理想、抱负和盘托出,仿佛旁若无人地侃侃而谈,他说想去山泉小学当校长锻炼锻炼,以至于越说越多,当时他仿佛不知道为什么那么善谈和雄辩,简直是在做施政演说,简直是在颁布施政纲要似的,最后,他解嘲说他为什么还没有转正呢?北辰像是说顺了嘴,他说去山泉小学当校长,同时也是因为转正考试等等,说过这句话之后,他戛然而止,不再说下去,他也不知道为什么会说出这样一句话,他怎么会说去山泉小学当校长是为了民师转正考试呢?他是想参加小学教师资格转正考试?而放弃初中教师资格转正考试?这可是他不愿意的事情!那么他为什么突然说要参加小学教师资格转正考试呢?他一直是初中教师,他早已获得了初中教师资格,早已通过进修,获得了大专文凭,那么他现在为什么要降低教师资格诉求呢?是不是参加初中教师资格转正考试太难了,他已经有两次考试机会,第一年没能参加考试,第二年没有考取,因为没有考取的缘故,他不再敢参加初中教师资格考试,转而参加竞争不太激烈的小学教师资格考试,这样他就会有最大把握转成公办教师,通过投机取巧获取一己之私,这是他平生最嗤之以鼻的,可是现在他怎么会有这样的考虑呢?降格以求,这不是他的性格,不是他的为人,不是,坚决不是!他不会这样做,他也不会再去小学担任教职,要去就当校长,事实上,他也没有这样做,他是参加初中民师考试转正的!可是当时话一说出口,又无法挽回,无可辩驳……北辰这些话,韩主任很快汇报给白副镇长,为此白副镇长严厉地批评过他。大概是他在韩主任面前想表达什么,可是又不知道如何表达,他又想去山泉小学当什么校长,所以他只有借口说想去山泉小学当校长是因为转正考试,这至少是找到了去山泉小学当校长的理由、借口,他话一说出口就后悔了,说出这个理由,他羞愧万分!他怎么这样说呢?不会说可以不说吗?可是他想说,于是就只有乱说,乱说之后,后悔又来不及。

"听韩主任说你去山泉小学当校长是为了民师转正考试?"随后,北辰见到白副镇长,他威严地质问他说。

"不是,坚决不是!"北辰反击道,"我之所以去……山泉小学……当校长,是因为……"他支吾地说。

"当时为什么不给韩主任这样说。"白副镇长舒缓一口气之后才说道。

这一次,北辰在韩主任面前,他依然慷慨激昂、不得要领地说出很多不着边际的话语,北辰就是这样,遇事就想激动,见到比自己地位高的人就忘乎所以地瞎激动,就语无伦次。这一次,韩主任自始至终不置一词,他的脸色凝重而狰狞,北辰像是置身茫茫荒野之中,他说过那些话语之后,顿感惶恐、胆寒,这时他不得不羞愧地低下头来,不敢再说下去,在韩主任面前他太放肆了,其实他哪敢有这种放肆心思呢? 只是激情左右着他,渴望建功立业的冲动激励着他,他像是孩子那样对长辈袒露心迹,实在是想把韩主任当作亲人,当作父兄对待。韩主任却不是他能够随随便便打动得了的,北辰想尽快离开这个让人别扭,让人不寒而栗的地方,看来这个地方并不欢迎他,不但不欢迎,还很讨厌、厌恶他。现在他更加迷惘起来,他应该怎么做,怎么说? 才能使韩主任满意呢? 但是他必须把他这次来的目的说出来,他不能这样糊糊涂涂就走。

"韩主任,我……我……"他想说去山泉小学当校长时,又犹豫起来。

"说吧……"他像是什么都不明白,又像是什么都明白,他根本没有看他一眼。他的脸色更加凝重起来,简直是鄙夷和不屑。

"我想去山泉小学当校长……"他还是勇敢地说出来,但是说出之后,他的心情并不感到轻松,反而更加沉重起来。

"啊……"韩主任几乎不相信他的听觉,他似乎忘记了他曾经对他说过这件事情……"去山泉小学当校长……"他只得再说一遍。

"嗯。"他只回答一个字,像是听清,又像是没有听清。

"我一定会以身作则,廉洁自律,一定……"北辰自言自语地说,说这些话有什么用呢? 他距离山泉小学校长的位置那么遥远,他像是和谁在隔空说话,和谁在隔空说话呢? 肯定是和韩主任,而韩主任已经非常不耐烦了,于是北辰就告辞出来,他没有再待下去的必要,再待下去,只能更尴尬。

北辰走出韩主任家的大门,才长长出了一口气,他不清楚韩主任到底听没听清楚他说的那句话,他想去山泉小学当校长那句话。但是他却感觉到韩主任并不爱听这句话,韩主任可能认为他这句话对于他来说应该是个禁区,是个藩篱,北辰无权进入和涉足,可是今天北辰在公然挑衅,公然闯入这个禁区,这道藩篱。所以韩主任根本不欢迎他的到来,即使他把一颗心挖出来,韩主任也不会满意,他也会认为他在欺骗和使诈。如此看来,他们不是志同道合的人,他不赏识他,他不属于那个阵营,不是属于他那个小团体、小圈子里的人。北辰以为他这一次拜访,甚至比

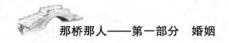

上一次还失败……

第二天，他又去拜访白副镇长，他把拜访韩主任的事情原原本本地讲给他听。他突然脸色凝重起来，很长时间，没有说一句话，他们在一起又坐了好长时间，还是没有说一句话，他们像是不得不坐在一起一样，坐在一起就是为了沉默。彼此关闭心扉，时间像是凝固不动了，还是没有人说话，其实他们已经无话可说，他们能再说什么呢？再说一个字都是多余的，他们的亲戚关系并不亲近，还十分脆弱。世界上只有利益，哪会有什么亲朋好友呢？像白副镇长这样的领导已经是非常照顾远亲啦！他已经非常眷顾他！可是今天……北辰非常奇怪，是什么原因让白副镇长如此郁闷、烦恼？他之前可不是这个样子，之前，他总是想了解高山镇教育界内部一些不为外人道的东西，特别是基层领导和教师对韩主任的评价和不利于韩主任的传言，这个时候，白副镇长的好奇心满足之后，他总是眯起双眼微微地笑笑，并不置一词。现在他不问什么，北辰也不知道应该说什么……

北辰离开白副镇长之后，他非常懊丧，既无计可施，又无处可去。事情已经到了关键时刻，成败在此一举，距离开学时间已经非常短暂，怎么办？事情越到最后，他越发烦躁、焦虑，正在一筹莫展的时候，他突然想起淑丽的姨兄严连城，仿佛生命的最后一刻，他蓦然看到希望的光芒，仿佛在黑漆漆的深夜看到了黎明的曙光，淑丽的姨兄严连成几乎成了救命稻草。严连成是严若英的兄长，而白副镇长是他的妹夫，他总该听听大舅哥的话吧。何况严连成是镇政府农经站站长，也是实权派人物，他很精明，年纪有三十六七岁，高高的个子，平头，他的脸很长，低低的额头，深藏在眼眶里的那双大眼睛显得老练、圆滑，鼻子细长，鼻头肉嘟嘟的。他见到北辰很亲切，一口一个兄弟。中午，他设宴款待北辰，让北辰非常感激。

"我去找白副镇长，我看他咋说，放心兄弟，回去让俺姨放心……"最后他像是保证说。

不管严连成保证的话管不管用，北辰心里已经踏实许多，他像是在人生的紧要关口，被谁从困厄中解救出来，他想即使韩主任再阻拦，也阻挡不住他去山泉小学当校长的既定事实，谁也阻挡不住历史前进的滚滚车轮……他耐心地等待激动人心那一刻的到来……他真的抑制不住内心的喜悦和兴奋，那一刻终于来到了……

这天下午，他接到通知，请他务必于明天上午九点到高山镇教办室开会。

他之前没有接到过去高山镇教办室开会的通知，可是现在为什么通知他去参加明天上午九点钟在高山镇教办室召开的会议？是不是通知人通知错了，或者是让他再通知其他人去开会，没有通知错，明明通知的是他，不是别人。明明是高山镇教办室的通信员余光明通知的他，不错，怎么会错呢？不会错，一点也没有错！通知的就是他，就是郭北辰本人！除去他叫郭北辰，还会有谁呢？

"郭主任，通知。"余光明来到北辰家里，他郑重其事地通知他说，然后他把通知书交到北辰手里。

北辰接住通知书读道：

通知：

　　经研究决定,特通知郭北辰同志于明天(8 月 17 日)上午九点整,在高山镇教办室北屋会议室准时参加会议,不得有误。

高山镇教办室,199×年 8 月 16 日

　　余光明像个胖娃娃,脸颊红晕饱满,平时,精明的小眼睛时常笑眯眯的,现在他非常严肃、庄重。从前,北辰很讨厌他,讨厌他不像男子汉,倒像娘们,可是今天他看见余光明顿起敬畏之心。

　　不会有错,有高山镇教办室通知书为证,通知书上明明写着郭北辰同志五个字。他又仔细看看通知书,不错,是郭北辰同志。

　　"余老师,教办室召开什么会议呢?"他疑疑惑惑问道,"我从没有参加过教办室召开的会议?"

　　"我也不清楚,光说让通知你开会,具体什么内容,明天你就会知道了。"他神秘地说道。

　　"都是谁参加呢? 余老师。"北辰想打破砂锅—问到底。

　　"我不太清楚……"他话没有说完,已经骑着自行车走远了。

　　这到底是个什么会议呢? 余光明又不肯说,开学近在咫尺,这应该是高山镇教办室召开的校长会议,但是他又不是校长,他去开什么校长会议呢? 是不是明天要宣布他当山泉小学校长呢? 如此说来,他的理想终于实现了,他当校长的梦想终于实现了。他应该高兴才对,可是他却高兴不起来,不但高兴不起来,随着宣布日子的临近,他反而担忧起来,世事瞬息万变,谁知道明天的会议到底是什么会议呢?

　　第二天上午九点钟,他怀着忐忑不安的心情准时到达开会地点,这个地方已经有很多人,有办公室的工作人员,还有各个学校校长,一部分校长他认识,还有一部分校长他不认识,唐翰林、丁秀杰、郭新政都在。唐翰林见到他,像是亲切地问候他道：

　　"北辰,去哪个学校啊?"唐翰林问得很直接。

　　唐翰林大约三十一二岁,很矮,肚子像是又大又圆的地球仪,他的上身很长,下肢很短,胳膊也很短,很像一只直立行走的大袋鼠,他的头发非常稀疏,而且额头宽大,右边颧骨上有一个黑色的雀子,下巴尖小,三角眼,眼光灼灼,他的鹰钩鼻子很特别,像是苍鹰冷静思考时候的尖喙,有时候表现得很坦诚,其实他城府很深。他

281

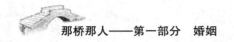

办事圆滑、老练,不但在全镇校长中间享有威信,而且韩主任对他也非常器重。

"我也不知道去哪所学校,听从领导安排吧……"北辰茫然地说。

这个时候,丁秀杰和郭新政校长朝他点点头,算是打过招呼。霍传岭校长看见他,只是冷笑一声,一句话也没有说。

来开会的人各有心思,在人事安排没有确定之前,他们表面上都很冷静,但是内心里别提有多么焦虑了。为了转移视线,排解烦忧,他们都在议论第二初级中学校长徐国良,他因为爱上一位女生,正和妻子闹离婚,这个女生还是徐校长之前的学生,她叫田雨,人长得漂亮,学习又优秀,当年徐校长教她的物理课,他们由爱生情……田雨中师毕业之后,又回到高山镇第二初级中学任教,她现在是初中二年级物理教师。田雨的名言是宁食仙桃一颗,不吃烂杏一筐,她偏偏认为徐校长就是那颗仙桃,有人说他们爱得死去活来。徐校长的妻子告他贪污行贿,他正在接受纪检部门调查呢。教育局领导已经把田雨调到刘集乡第一初级中学任教,提起这个学校,北辰非常敏感,这个学校正是筱薇所在的那所学校,这么多巧合之事,这么多爱情悲剧……

高山镇第二初级中学新任校长吴绍宽正在办公室和白副镇长、韩主任谈话呢。吴绍宽,三十一二岁,细高个子,脸庞非常消瘦,骨骼的棱角却很分明,脸色既苍白又毫无表情,近视眼镜后面那双小眼睛显得固执、冷漠,他的脖子老是拧着劲,像是拧劲的麻花。有人说他是泽天成书记的连襟,也有人说他是泽书记的老表,总之他们是亲戚,真是朝里有人好做官!

第一初级中学校长杜新国是一位受人尊敬的老校长,别人议论,他只管听,有时候有人想让他说点什么,他微微一笑,却不置一词。他的个子高得奇特,却很瘦弱,肩膀狭窄得像是承受不住头颅的重量似的,脑袋像是豆芽一样向左勾着,短短的八字眉,一个不能再小的蒜头鼻子,而且鼻孔朝天,一双小眼睛常常含着泪水,他的灵魂里充满了慈爱、良知,他今年该退休了,可是上级领导依然挽留他,让他继续担任校长,因为操劳,他的身体越来越衰老啦……其他学校校长,北辰不认识,有的校长,他尽管面熟,却喊不出名字,而教办室十几位领导,除去韩主任,他认识的也不多。

史新章副主任之前是山泉小学校长,他大概有四十五六岁,高大肥胖,简直臃肿不堪,脸色苍白、浮肿,稍微活动一下就气喘吁吁的,他没有脖颈,巨大的头颅像是直接焊接在宽厚的肩膀上,黄褐色的眼珠几乎凸出眼眶,鼻头上有一颗豆子一样大小的肉瘤,这个肉瘤长得非常不是地方,看上去特别别扭,他不时抚摸这颗肉瘤,唯恐肉瘤越长越大。他看似真诚,但是不难看出史新章副主任十分奸猾。

而秦国富副主任年纪有三十岁左右,他是从高山镇第三初级中学语文教师升任教办室副主任的,他父亲秦文祥是高山镇政府原财政所长,有人说,秦副主任有望登顶主任位置。

秦副主任非常瘦小,消瘦得几乎只有一身骨头架子,他的眼珠像是镶嵌在眼眶里的琉璃珠,有事无事的时候,眼珠骨碌碌乱转,有人担心他的眼珠如果稍不留神就会从眼眶里掉下来,有人猜测,在无人场合,或是在夜深人静时,他的眼珠可能会不时地从眼眶里掉下来,而秦副主任仿佛会什么挪移大法,又会把眼珠不间断地按进眼眶里去。在公众场合,他则努力不让眼珠子掉下来,幸亏他的大鼻子,起到了阻挡作用。但是秦副主任却是领导心腹,白副镇长把他当作心腹,他不但信任他,还处处依赖他,韩主任也把他当心腹,什么事情都交给他去办理,事实证明,也没有他办不成、办不好的事情,同事也把他当作自家兄弟,学校校长像是众星拱月一样巴结他,教师更是仰仗他,但是谁也不会说他是位八面玲珑的人,他的确待人以诚,还往往把事情办理得恰到好处,其结果领导满意,校长满意,同志也知足……他是教办室不可多得的人才,既是军师,又是干将,又是心腹,还是知心朋友!

其他参加会议的一些人,北辰很陌生……所谓会议,并不是集体开会,而是个别谈话,是白副镇长、韩主任在主任室同前来参加会议的人,通过谈话方式,敲定各个学校校长任免。

谈过话的人,他们陆续离开这个让人欣喜,也让人忧愁、恐慌、敬畏的地方,同时也是因为不能满足理想而让人心怀怨恨的地方……

终于轮到白副镇长、韩主任和北辰谈话了。

"北辰,去树仁小学当校长怎么样?"韩主任把脸拉得老长,他像是在宣判他的罪状。

"我不去树仁小学当校长,只想去山泉小学当校长,韩主任……"北辰震惊了,怎么会是这种结果呢?他几乎不相信自己的耳朵,但是他迅速地做出反应说。

北辰原来以为他们和他谈话会很简洁,或者是白副镇长,或者是韩主任,他们会说:"我代表政府,代表组织,代表教办室,现在宣布郭北辰同志为高山镇山泉小学校长。"这样就完了,他就会风风光光地走马上任,可是韩主任现在却说出这样的话来,现在这个时候,他为什么还会说出这样的话来?应该是山泉小学校长这个位置竞争激烈的缘故吧?直到现在韩主任还念念不忘让北辰去树仁小学当校长,不会是山泉小学已经有校长人选了吧?北辰很久以后才听说当时竞争山泉小学校长位置的有史新章副主任,郭新政校长依然不肯离开那儿,还有丁秀杰,会不会还有其他人就不得而知了。树仁小学,位置偏僻,学生人数少得可怜,树仁小学校长刘梦杰去县直学校工作之后,校长位置无人问津,而山泉小学是中心小学……所以山泉小学校长位置历来是兵家必争之地,而且竞争非常惨烈。如果北辰答应去树仁小学当校长,所有的矛盾就会迎刃而解,可是北辰是奔着山泉小学校长去的,他是初中教师,还是政教处副主任,他原打算竞争高山镇第三初级中学校长位置的……

如果再去树仁小学当校长，他宁愿不当什么校长，也不愿意去树仁小学当校长，正因为如此，才使他在之后的工作中遭遇到意想不到的灾祸……

"怎么，非要去山泉小学……不行！"韩主任的脸色阴沉可怕，他像是一头狰狞的怪兽，简直想把北辰一口吞下去。

"不去，我宁愿在第三初级中学待着不动……"北辰永远也不会想到当时的态度那么坚决，连他自己都不敢相信那句话会是从他嘴里说出来的。

好长时间谁都没有说话，他们都沉默着，四周像是坟茔那样阴沉可怖，主任室寂静得可怕，北辰在做最后挣扎……

"我宣布郭北辰同志担任山泉小学校长……"白副镇长力挽狂澜地说。但是他话锋一转，又说道，"山泉小学是中心小学，是全镇最大一所小学，学生人数众多，教师素质良莠不齐，这几年山泉小学管理混乱，成绩下滑严重，希望北辰同志不要辜负……的重托。"

"我会克己奉公……绝不辜负……的重托！"北辰信誓旦旦地说。

"白副镇长既然……我……"韩主任吞吞吐吐地说。

事到如今，韩主任也舒缓一口气，这口气是在北辰被白副镇长任命为山泉村小学校长以后，他才把压抑在腹腔内的恶气一吐为快，尽管韩主任已经吐出这口恶气，他应该承认事情的真相，应该承认事实的真实性，应该坦诚相待，应该扶上马，送一程，应该赤诚相见、肝胆相照……但是这口恶气出来之后，他并没有缓解对郭北辰副主任的憎恨和嫌恶，他暂时吐出郁积于胸的怨毒之气，但是随着时间推移，随着世事变迁，他会变本加厉地郁结更多恶气，郁结更多敌意和杀气，可不是说这口怨毒之气吐出之后，他就会不计前嫌，不，绝不！他会报这一箭之仇的，不仅如此，还会肆无忌惮，无所顾忌地把北辰打倒在地，再踏上一只脚。

有些人的心胸就是这样，他们不会轻易放过对手，不会随便放过对他有过危害的人，不会等闲放过意见相左者，哪怕是稍有不敬者，因为他们妨碍他、违逆了他的意见和意志，让他受到过伤害，至少说让他受到过损失，至少是颜面尽失。他们的心胸只容纳下小圈子以内的人，或是臭味相投之人，或是亲信，或是反复无常的小人，其他人再卓越和优秀都是多余的，这就是韩主任对于已知世界，或是未知世界的认知，他是囿于狭隘、偏见，他受非人性观念所局限。

"山泉小学校长郭新政改为郭北辰……"韩主任在日记本上写上郭北辰的名字之后说道，接着他又打趣地说，"姓郭的换成姓郭的……"

"行不更名，坐不改姓……"白副镇长调侃似的说道，白副镇长像是又想起了什么，然后他兴之所至地说，"郭换郭（锅换锅）。"但是他们到底在打什么哑谜，北辰不会去考虑，他也想象不到。

白副镇长和韩主任他们文韬武略全用上了，而北辰校长听着他们并非善意的对白,既尴尬又无奈。高山镇新学期开学在即,校长调整工作结束了。高山镇在教育领域,在白副镇长和韩主任之间展开的权力角逐宣告结束,一切落下帷幕,权力再分配终于结束,但是这种权利争夺永远没有终结,他们之间的尔虞我诈也不会结束,鹿死谁手还远远没有定论。

开学前一天,在高山镇教育工作会暨开学典礼大会上,韩主任做了重要发言,他对新学期教育工作做了重要、总体部署,对教师队伍提出更高要求,针对某些成绩落后的学校、个人,对师德败坏的个人给予严厉批评……他表情严肃,声音沉重,参加会议的教职员工无不战战栗栗,每位教师唯恐被韩主任点名批评,主席台下鸦雀无声……还好,他的讲话终于结束了,许多教师都轻轻地舒缓一口气,接着白副镇长宣布人事任免,白副镇长庄严宣布道——杜新国同志担任第一初级中学校长,吴绍宽同志担任第二初级中学校长……郭北辰同志担任山泉小学校长,郭新政同志担任官亭小学校长,唐翰林同志担任德亭小学校长,丁秀杰同志担任树仁小学校长……

会议结束了,但是这个故事却像是刚刚开始,一切的一切远远没有结束。一个故事的终结,预示着新故事开始,新故事的序幕徐徐拉开了。

第二部分
人　　生

第十二章　怀武大叔

1

人生就是这样，机遇和挑战并存。其实当人生面临巨大挑战的时候，千万不要让困难蒙蔽双眼，如果真是这样，人生就会陷入万劫不复的绝地、险境。这个时候，对于仁者，他看到的是博爱和包容；对于智者，他看到的是希望和未来；对于愚者，他看到的是什么呢？北辰在挑战和机遇面前，在是是非非面前，他会有怎样的表现呢？

在中招考试以后，他利用以前购买的建筑材料，建造了两间东屋，还修建了半间厨房，又拉起院墙，修建起大门，还焊接了铁大门。他打算等待将来真正富裕起来之后，再建小洋楼，目前，他的负担可不轻啊！他的第二个孩子也快诞生了，现在他们住东屋，母亲住堂屋，虽然堂屋低矮，这毕竟是堂屋，也只有暂时委屈母亲。

北辰转正成绩是全县第二名，中招语文成绩也非常优异，他还想在仕途上有所作为，这一年对于北辰来说，他把握住际遇，取得一个又一个骄人业绩，但是这一年也是一个不平常的年份，在这一年的暑假里，在他被任命为山泉小学校长之前，于八月四日这天，他们的第二个女儿出生了。

这一天中午大约九点三十分左右，淑丽开始阵痛，北辰骑自行车从大槐树村请来接生医生的时间是十一点二十六分，正午十二点整，淑丽又诞生下一个女婴，他付给医生一百元接生费用，她独自骑自行车离开了北辰家里，他没有去送她，家里有孩子出生，应该是喜庆日子，可是他们家里却没有一点喜庆意味，不但没有喜庆意味，还充满……

后天是体检的日子，这是转正民师必须履行的一项常规身体检查。他必须把母亲和昉儿接回家，因为淑丽和新生婴儿得有人照顾。体检时间是后天早上八点，体检地点是大河县第一人民医院，如果当天去县城参加体检，万一耽误体检时间，可能会造成不必要的麻烦，这可是人生大事，必须慎重，所以他必须提前一天去大河县城。

当天晚上北辰把母亲和昉儿接回家中，因为他必须晚上去接，唯恐被别人发觉这个孩子，事实就是这样。他们之前商量过，如果第二胎还是女儿，就送人抚养。

这几年把女儿送人，或者抱养别家的孩子司空见惯，这都是无奈之举。何况北辰还没有成为正式教师，只是刚刚被录取，他的身份仍然算是代课教师，后继工作还相当烦琐，还要政审，还要培训。民办教师（含县代课教师）转正之后必须等待两年，才能兑现工资。没有大专文凭的民师（含县代课教师）必须参加为期两年的培训，待拿到大专文凭之后，再兑现工资。已经拿到大专文凭的民办教师（含县代课教师）必须参加为期半年的培训，这半年培训时间等同于没有大专文凭的民办教师（含县代课教师）培训两年时间，无论怎样，他们都要等待两年之后兑现工资，这是上级明文规定的，北辰一直没有见过上级的红头文件，可是下面一直是这样执行的。在这两年期间，如果有人反映超生，他就会前功尽弃。绝不能在体检、培训和政审期间，不能在兑现工资之前有半点闪失，即使兑现工资之后，也照样不能……所以他必须把第二个孩子……其实贺云祥已经联系好战友——在法院工作的何信臣庭长，而何信臣的爱人在大河县信用联社工作，她担任联社副主任一职，如果这样，孩子也会有个好前程。

这天傍晚时分，他们开车来接孩子，但是北辰却不能在家，这天下午三点十分，北辰已经坐上开往县城的私人公交汽车，明天他务必准时参加在大河县第一人民医院的身体检查，其实此时的北辰真的是身心俱疲，在私家公交汽车上，他像是睡着了，又像是……

昉儿在北辰姐姐家住了不到半年时间，还是辗转到史永禄的姐姐工作的一个偏僻农场，山泉村距离农场足足有一百多华里。

北辰租车把母亲和昉儿送到这个偏远农场，这位姐姐四十岁左右，她有一双儿女，但是儿子和女儿都不在身边，儿女应该在丈夫身边，丈夫是乡政府的一位小职员，两地相距也十分遥远，据说他在另外一个乡镇水利站工作，她是农场工人，农忙季节，她就来农场居住，收种完毕，农闲时候就去和丈夫团聚。有时候即使农闲时节，他们也会来到农场看看，看看庄稼长势，看看他们在农场承包的二十几亩田地，还有他们居住的几间红砖平顶房子，这几间红砖平顶房子，母亲和昉儿居住在最北边一间，因为房子是南北走向，应该是最北边一间，因为他都是晚上去的，所以他也分辨不清到底房子是南北走向，还是东西走向，他也不知道到底是最北边一间，还是最西边一间。而农闲时候，偌大一个农场，其实只有母亲和昉儿两个人，农场里其他工人也不在这儿居住，他们也都像候鸟一样回到各自的家乡了。北辰需要不间断地送去衣食，才能维系母亲和孩子的生活用度。

北辰见过那位姐姐一次，却没有见过这位姐姐的丈夫，也没有见过他们的孩子，每次去，往往都是夜间。第一次把母亲和昉儿送去是在农忙季节的一天傍晚，史永禄做向导，北辰考虑再三，他不敢租用陌生人的出租车，泽羊羔像是无法无天，又经常惹是生非，但是他却很义气、守信，况且他也非常尊重北辰，所以他只有让泽羊羔前往。泽羊羔开车很凶猛，他开着出租车像是疯狂的野兽一样在乡村沙土小道上左盘右绕，出租车内一片漆黑，史永禄坐在副驾上，往往在紧要关口，他才说话"向南拐"或说"向北拐"。有时候说"向东拐"。有时候说"向西拐"。但是后来泽羊羔愤慨地说："你说向左拐，或是向右拐，不能说向南拐、向北拐……"于是在紧要关口，史永禄就改口说"向左拐"或"向右拐"。而出租车后座上坐着北辰，还有母亲，母亲怀里抱着昉儿。一路上，北辰昏昏沉沉的，母亲也默默无语，大致晚上十二点钟，他们一行才到达目的地。在昏暗的灯光下，北辰看到这位姐姐磨磨蹭蹭大半天才从屋里出来，她刚刚被弟弟叫醒，显得十分不高兴，她的身材矮矮胖胖的，乱蓬蓬的头发，一脸烦躁、郁闷，仿佛刚刚被人揍过一顿，她满是赘肉的大胖脸上，似乎很难寻觅到眼睛，她像是嗅出他们的存在，可是她一句话也没有说，只把最北边那间房门打开，没等他们安顿好，她就回到另外一头房子里休息去了，这一排旧房子一共五间，这大概是农场之前的旧房子，现在被她租下。夜间看来，母亲和昉儿居住的房间，同她居住的房间距离非常遥远，而且房子中间还堆砌着许多玉米穗、花生之类的农作物，还堆砌许多玉米秆、豆秸之类的东西，最北边那间房子旁边，还有一件玉米秆搭成的小棚屋，小棚屋没有门，也不应该是厨房，因为玉米秆是易燃品，可是棚屋里却摆满了锅碗瓢盆，而且里面既肮脏又凌乱，北辰走近一看，厨房原来是一间孤零零的旧砖房，只是砖房周围堆满了玉米秆。北辰以为她可能回房间办理事情，时间不长，她还会从那间房子里出来的，谁知竟然一去不再返回。来时，北辰带来一袋面，这袋面让妈妈和昉儿做饭吃，既然居住在别人家里，估计也得让她食用。北辰把母亲和昉儿安顿好，他抱住女儿几乎哭出声来，但是他不得不回去，因为明天还要上班。回到家里，他也该去上早自习了。

第二次去看昉儿，也是在晚上，这一次北辰和贺云祥一起，他们是坐贺云祥新买来的长途客车去的。现在他不再压鞋底，也不再做大头鞋生意，可能是乡镇的高额税收，使许多商家不得不停产。也有这种原因，近几年来，由于人口剧增，大气环境遭受污染，土地遭遇破坏，空气污染严重……听说还有其他自然因素，因此冬天天气渐渐暖和起来，人们都是穿单鞋过冬，所以他不再生产大头鞋，也不再压鞋底了，而是把这些年来做生意赚的钱，最后又贷了一笔款，购买了一辆公交汽车，每天跑省城这段路程。可是今天夜里，因为没有向导，他们迷了路，在乡村沙土小道上，这辆公交汽车像是小燕子一样到处乱跑，他们来到农场，已经是深夜，那位姐姐没有起床，也可能她已经回家了，他们只有把面、钱给母亲留下，北辰含泪亲亲睡梦中的孩子就返程了，等到他们回到家里，已经临近发车时间。

司机由于熬夜，白天又疲劳驾驶，当客车行驶在省城的大街上，他一不小心把两位上班的女工撞倒在车下，她们被车拉行十几米，幸亏没有撞倒在车轮之下……经过抢救，医治，历经大半年时间，这件事情让他破费将近三万元之多，他由此负债累累，最后被迫卖车还债，从此以后，他再也没有翻过身来，直至终老。

后来北辰又去过农场一次，这一次，也是最后一次，他自己开一辆三轮车把妈妈和昉儿接回家,因为史永禄的姐姐说,现在是农闲季节,因为农场里没人居住,如果母亲和昉儿发生什么生命危险,她负不起责任。没有其他办法,北辰只得把母亲和昉儿送到淑丽的舅舅家里。

淑丽的舅舅家距离山泉村十几公里,他是秤石村人,是位本家舅舅。有一次,这位舅舅不知什么原因来看望姐姐,大概是他有什么困难事情有求于姐姐,姐姐说到淑丽的困难,舅舅像是感动了,他答应抚养昉儿。恰好这个时候农场的土地已经种上小麦,那位姐姐要同丈夫和孩子团聚,于是她撒谎说负不起责任之类的话。所以母亲和昉儿不得不像是候鸟一样迁徙了……世上还有这样一位好心舅舅,这位舅舅是个矮胖子,北辰第一次见到他,就是在他探望姐姐当天,他穿的破棉袄又旧又脏,而且这件破棉袄穿在他身上显得非常臃肿,一个是因为舅舅胖的缘故,再就是破棉袄非常肥大,所以他猛然来到淑丽娘家,未经有人介绍,北辰还以为他是个乞丐呢。何况破棉袄上尽是脏污的饭粒和鼻涕,这些饭粒和鼻涕或许是他无意造成的,也可能是他的小孩子遗留下来的,他两腮上的赘肉像是两块肮脏的红猪肉,黄色牙齿参差不齐,眼睛倒是挺诡秘的,一看就知道,他是一位精于算计的农民。

北辰把昉儿送到所谓的舅舅家里,这一次不需要母亲跟过去,北辰把钱和昉儿留下来。孩子已经能够撒下来,何况舅舅说舅母可以充当全职保姆。舅母猪肝色的脸颊鼓胀胀的,两颗黄色上牙齿突出到嘴唇外面,这两颗外露牙齿仿佛野兽的獠牙,她头上还系条不知什么颜色的顶巾……

把孩子寄养在淑丽舅舅家里,这位舅舅却不是淑丽的亲舅舅,淑丽的亲舅舅不在本地,他在遥远的地方,一个北辰和淑丽暂时去不到的地方。这位舅舅家居住的房子还算宽敞,堂屋是四间蓝色砖瓦房,右边还有两间陪房,院子倒也干净,当时北辰把孩子留下来,就很快离开了他们家,他唯恐他们不让把孩子撒下来,所以离开时,北辰显得非常狼狈,而且心情从没有像当时那样沉重。

第二次去时,北辰非常惭愧,他实在是因为工作繁忙,昉儿在这位舅舅家居住了将近五十天时间,他因为学生、学校、转正考试,却一直没有腾出时间看望孩子。北辰心想这一次去,他无论如何要多带些金钱,不能让舅舅吃亏,他们养育孩子实在不容易,何况又这么理亏,很长时间没有看望孩子,他非常想念孩子,那是他的孩子啊!他们肯定以为他不疼爱孩子,肯定以为他嫌弃昉儿,可是北辰并不嫌弃昉儿,不但不嫌弃,还非常疼爱孩子,但是因为想要个儿子,他实在没有更好的办法啊!这次来,他必须向舅舅、舅母道歉,他一定要向舅舅、舅母说声对不起!于是北辰一大早骑自行车送去五百元现金,这五百元几乎是他将近一年的代课费,可是为了孩子,他不得不这样做!所以他一见到舅舅、舅母,就匆忙把钱从上衣口袋里掏了出来,北辰想补偿什么,可是他想补偿什么呢?他是亏欠孩子,还是亏欠舅舅、舅母呢?或者二者都有吧。所以他把这五百块钱硬生生塞到舅母抱着昉儿的手里,可是她并不接受这五百块钱。一时之间,北辰拿着这五百块钱不知道如何是好,他尴尬地站在那儿，既拘谨又手足无措。舅舅没有说什么，北辰迟疑着，他想说出一句惭愧、愧疚的话，可是他还没有来得及说出抱歉的话语，也没有来得及说一声对不起，舅母一怒之下把孩子塞到他怀里，然后呵斥、辱骂他道：

"这么长时间，都不照面，一个人都不照面，不知道心肠这么狠、这么硬，你们也做得下去！这个孩子，今天，你一定得把她带走，我不能再替你们养育孩子啦！"

"收下！把钱收住！把孩子抱回来。"当舅舅看见北辰拿出五百块钱时，当他看见她拒收那五百块钱时，当他看见她把孩子强硬地塞给北辰时，他向舅母吼叫道。

但是舅母还是不愿意接钱，还是不愿意抱回孩子，舅舅又给妻子赔笑脸，还不断给她使眼色，又像是祈求她说："快接住吧，孩子不是来了吗？又送来这么多钱……"

舅舅把那五百块钱几乎是抢到手里，又把孩子抱回来，然后他把孩子和钱硬塞到舅母怀里，这时，舅母委屈极了。之前，他只是粗略打量过她，此刻，北辰细细打量这位舅母，她上身穿一件不知什么颜色的小棉袄，棉袄肮脏得面目全非，棉袄上仿佛涂有一层黑灰色的糖浆，北辰不忍心再看下去，这时，不知什么原因，她抱住孩子侧转过身子，北辰从舅母后背看出这是件枣红地小白花的小棉袄，那两条又粗又短的灰黄色辫子，像是两条肮脏、破旧，又会随时断裂的麻绳，她的身躯矮胖，胸脯膨胀得厉害，肚子像是一座巨大的山包，她还有一双恶狠狠的黑眼睛，但是却显得淳朴和敦厚，如果不是舅舅不断打手势、使眼色，她不会收下那五百块钱，不会抱回昉儿的，即使舅舅把那五百块钱和昉儿硬塞给她，她还是侧转身子把钱和孩子硬塞给向她打手势、使眼色的丈夫。

又过去一些时间，北辰才说出许多对不起的话语，又向他们赔许多不是，保证以后会经常来看望孩子和舅父母。临走时，北辰抱着孩子一直不想撒手，但是他还是不得已把昉儿交给他们。

这是他一生中的紧要关口！怎么能半途而废呢？但是不要儿子不行吗？在这一点上，他似乎管不住自己，每逢这个时候，就会有个声音大声说："北辰非得要个儿子不可。"这是个什么声音呢？有时候他对这个声音感到陌生和困惑，也感到恐怖和惧怕，但是他又受到这个声音的蛊惑和引诱，这个声音像是从遥远的地方传递过来，像是从遥远的古代传递过来，像是魔鬼一样威逼利诱着他，他真的身不由己……他想哭，不愿意听到这个声音，但是他非听不可！他从小受人欺凌，他时常见到那些五保老人被别人嘲弄和侮辱！他常常听到那些羞辱他们的字眼，什么绝户头！什么尽做绝户事，什么把事情都做绝了，而有些绝户老人有的自暴自弃，有的消沉堕落……甚至有的干脆选择自杀了事……他非得有个帮手，有个依靠不可，有个传宗接代的儿子不可……可是这个时候，他的事业，前途又刚刚起步，他马上就会出人头地，马上就能出人头地，马上就会有所作为，或者大有作为……

　　他惴惴不安地回到家里，可是他还是感到非常不安，非常慌乱，他猜测舅舅会不会立即把昉儿送回来？从他们那决绝的态度来看肯定会，但是他为什么不把孩子接回家来，那五百块钱不就省下了吗？但是他们即使把孩子送回来，他也要把钱撒下来，也要把钱给他们，如果不把钱撒下来，北辰会更加难过，更加觉得对不起舅舅、舅母。有时候钱能解决一切，但是有时候有些事情又不是金钱所能解决的，那么为什么非要把钱给他们不可？尽管这几年他收入不少钱，那是他准备盖洋楼的钱呢！虽然现在不缺房子住，但是明年秋后他非要修建一栋洋楼不可！他不断积蓄力量……可是为了孩子，他就是不盖洋房，就是住棚子，住地窖，就是当牛做马也不能让孩子在外面受苦！但是孩子还得在外面受罪，还能有其他更好的办法吗？没有更好的办法！有时候，他活得很累、很绝望，总是在做违心事情，做违背良知、违背人性的事情，做他不愿意做的事情，他为什么非要当什么副主任不可，非要当什么小学校长不可！他总是在做梦……他一直在做梦，做梦当什么文学家，当什么诗人，做梦成为公办教师，现在又梦想当中学校长，即使能当小学校长也行啊！但是他又不能让人抓到把柄，如果……如果抓到把柄，一切就会完蛋，不用说当校长，副主任也难保，甚至连这个代课教师的职位也保不住！他马上就要转正了，第一年，他没能参加转正考试，第二年，他没有被录取，第三年他是志在必得，这可是他梦寐以求的！吃皇粮，铁饭碗是他人生的崇高愿望，当一名公办教师，这是人人羡慕的职业，他真的不甘心做一辈子农民，不甘心当一辈子代课教师，他非要走出农村不可，一定要出人头地，一定要比别人强，他非要做人上人……

　　既然他们收下钱财，就不会立即把昉儿送回来，应该不会，如果他们立即把昉儿送回来，那么他们就不会收下那五百块钱。既然收下来，昉儿就能在他们那儿住上一些时间。

　　这都是一厢情愿的事情，第二天，还没有吃早餐，淑丽的母亲过来说他们已经把孩子送了过来，北辰什么话都没有说，让他说什么好呢？

　　"你没有把钱给舅舅？"淑丽怨望地道。

　　"给过了……"北辰无奈地说。

　　"既然给过了，为什么还要把孩子送回来呢？"淑丽自怨自艾地说。

　　"谁知道呢？"北辰懊恼地说。

　　只有让昉儿在淑丽的父母家里住几日，能住几天就住几天，哪怕一天也行，也只能得过且过。但是大街上的喇叭声震耳欲聋，他们又开始挨家挨户检查户口。听见喇叭响，北辰几乎是惶惶然，茫茫然，他们在村委的屋脊上架设了八个大喇叭头，每两个大喇叭头对着一条街道，喇叭头每天都在尖叫，尖叫的声音几乎震耳欲聋，不，喇叭的尖叫声音几乎要把北辰的心脏震碎啦。

　　就在昉儿回来的第五天，这时外面突然传来打门声，肯定是查户口的，怎么办？淑丽的父亲跳过后墙，北辰站在墙头，淑丽把昉儿递给北辰，北辰把孩子传递给站在院子外面的淑丽父亲,由父亲送到北辰大姐家里。而北辰的母亲必须连夜赶过去。

去年冬天,那么多的雪啊!星期六这天下午,大雪一直在下,刚开始雪花像是芦花那样悠闲地在大街上、在小胡同里到处飘扬,后来雪花在河流上空,在河流南岸到处流浪,但是到处飘扬的雪花还是迟迟疑疑地来到校园里,不一会儿,整个校园仿佛被一条洁白的棉被覆盖起来。

没到放学,天空就被一只大手遮住了光亮,天色骤然黑暗下来,放学后,学生在天鹅绒的棉被里来来往往,一会儿,学生走完了,校园沉寂下来,整个校舍只剩下漫天飞舞的雪花。

北辰回到家里,他和淑丽还要去看望母亲和昉儿。山泉村距离黄水村足有十八里路程,只有步行,他俩顺着河滩一直向东行走,真像是十八里相送呢!他们时而穿行在树林之中,时而穿行在灌木丛中,他们可不寂寞,有漫天雪花,还有凛冽的北风唱着旷古的情歌陪伴着他们,他们非要在这严寒的大雪天里奔忙不可,他们像是非常愿意出远门,非常愿意与风雪为伍似的。暴风雪可不敢暴露他们的行踪,他们的脚印像是黑熊出没的蹄迹,顷刻之间,就被纷纷扬扬的大雪淹埋了。他们真的很像一对野兽,在广袤平原的深夜里时隐时现,今天晚上,他们在深山老林里,像是在寻找猎物或者搜寻人迹,他们必须躲开人类,必须躲避猎人偷袭,必须躲开陷阱、毒箭和一切可能遭遇的捕兽器械。累了,这两只野兽就站立休息一会儿,但是必须提高警惕,必须警戒,他们像是被敌人到处追赶的逃兵,不敢点火造饭,只有吃几口积雪充饥。但是他们必须前行,跌倒,爬起,又跌倒,又爬起,再跌倒,他们有时候就匍匐前行,有时候不得不爬行……不必担心,他们早已被大雪包裹起来,如果有什么疑虑,他们会像雪人那人伫立不动,或是躺倒地下装死人……

走出河滩,走下河岸,他们终于来到一个乡镇,举目远眺,大街上除去飘飘扬扬的大雪,别无他人,偶尔有橘黄色的灯光从农家窗棂里照射出来。

"找个饭馆吃碗饭吧,淑丽?"北辰太饥饿啦,于是他请求她道。

"你还吃得下!我们去做官呢,还是去赴宴……"淑丽愤慨地说。

"不行,我走不动了!淑丽……"北辰也愤怒起来,他像是和淑丽对立起来,说什么也不再往前走。

"你吃得下,你吃,我可不吃,我吃不下……"淑丽越说越来气。

这个时候,他们即将走过这条大街,街道上的饭馆早已打烊了,何况这样的鬼天气,也不适合做生意。北辰正在发愁,就在大街尽头,恰巧有一家正要打烊的烩面馆,而北辰匆忙赶过去。

"烩面,多少钱一碗……"北辰急忙拦住准备关门的师傅说。

"两元五角。"小烩面馆里,站着两个人,一个高胖,一个矮胖,很难说他们是父子俩,管他们什么关系呢,这时矮胖子搭腔道。

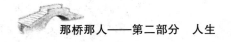

"下两碗……"北辰答道。

现在，社会上的胖子渐渐多起来，不管什么人，一个比一个胖，他们把肥胖、将军肚当作骄傲的资本、骄傲的本钱，这说明他们可不是穷光蛋，他们可是有粮食吃、有衣穿、有钱花、有房子住的富人，这可是一种怪现象，同时肥胖症等各种疾病正在悄悄地蚕食这类人群。

北辰来到饭馆里坐下来，这是一家仅仅容纳下几个人吃喝的烩面馆，烩面馆里只有三张矮小、肮脏的小木桌，其中一张桌子上的客人显然是刚刚离开，桌子上有两个空盘子，菜吃得精光，桌子下面横七竖八歪倒三个空酒瓶，应该没有吃主食，因为小木桌上没有吃过烩面的空碗，桌面上有两个喝酒的小碟，大概因为天气严寒的原因，或者因为疲劳，也可能因为慵懒，他们不打算收拾这个脏乱的场面。而这个时期，正时兴用小碟喝酒，用小碟喝酒几乎成为一种时尚，他们不惜牺牲使用传统的小酒盅喝酒，也不再使用小黑碗喝酒，用酒碗喝酒，也已成为历史，这两个小碟仍然冷冷清清醉倒在小木桌上，北辰想象这两个人曾经怎样推杯换盏，应该是推碟换盏，他们一下子喝掉三瓶酒，真是海量，或许这两个胖子帮助过喝酒的人……但是北辰的到来，还是使那个矮胖子行动起来，他迅疾地把空盘子、小碟子、空酒瓶扫荡干净，北辰在另一个小木桌旁边坐下来。

后厨却没有在后面，而是在小酒馆前门口的棚子里，那根本称不上什么后厨，也不是亮灶，他们就在小酒馆的门口搭起个简易小棚子，小棚子里有座胖大的煤火，看来煤火像是封了。但是有人来吃饭，高个胖子不得不再次把煤火弄开，他非常无奈地坐锅、添水，锅里的水，开得很快。高个胖子在下烩面，他把烩面拉长，然后甩几下，再使劲甩，烩面顷刻被拉得很长，他又卖弄似的把拉长的烩面朝棚屋外面猛甩，长长的烩面在大风雪里狂舞起来，刹那之间，他像是玩弄魔术一样把拉长的烩面从棚屋外面拽过去，把长绳一样的烩面掐断，下到锅里，然后又扔进锅里一些煮熟的粉丝和海带丝……

那位矮胖子蹲在那张小桌子不远的地方抽烟，其实房间本来就小，那几张小桌子和桌子旁边的小凳子还没有他占的地方大。高个胖师傅站在烩面锅旁边一面抽烟，一面懒洋洋地欣赏屋子外面飘扬的大雪，像是欣赏碾过的麦场，或者像是欣赏他刚刚打下来的黄灿灿的麦子。

这应该是家庭式小烩面馆，从这两位师傅的体型看，应该是父子两人，从年纪看矮胖子应该是儿子，高个胖子应该是父亲，他们共同点是都没有眉毛，眼光麻木、冷酷，像是两头黑熊，不同的是老子比儿子高。

烩面下好之后，他又用脏兮兮的粗手指抓了一撮香菜撒在烩面碗里，北辰把五元钱交给矮胖子，其实他口袋里就这五元钱，虽然北辰有些钱财，但是那都是北辰和淑丽辛辛苦苦积攒下来的，那是准备盖房子用的，他根本不舍得乱花一分钱。可是他准备吃饭的时候，这时淑丽毅然执拗地站在风雪之中不进小烩面馆里面。北辰一直等着她进来吃饭,她勉强走进屋子里来,然后不紧不慢地拍打身上的积雪,她终于坐到他的对面。北辰拿起筷子,而淑丽一动不动,而且一脸凝重,像是和谁赌气似的。她跟谁在赌气呢?不会是这漫天飞舞的大雪,肯定是跟北辰,因为北辰不应该吃这顿饭。孩子在别人家里住着,母亲也在外面住着,他还有心思在外面大吃大喝,这未免太浪费,未免太不近情理。北辰认为他们在这样一个暴风雪之夜出来,再贫困,也应该请她吃顿饭,因为天气严寒,路途遥远,又是夜间,北辰也早已是饥肠辘辘了,现在她很可能又一次怀孕了,但是淑丽就是不动筷子,这一下可惹怒了北辰,他站起来就往外走,淑丽也站起来正说要走,这时候淑丽开口质问他道:"烩面没吃,账咋算?"

"师傅,有塑料袋子吗?我把这两碗烩面带走,我们有急事,准备带走吃……"北辰解释道。

"没有!"高个胖子爱理不理地说。

"烩面带不走,我们又没有吃,是不是退给我们一点钱……"北辰渴望他们能补偿点损失……

"不可能!"矮个子年轻人恶狠狠地说。

高个胖子没有吭声,他抽着烟,不动声色地欣赏着屋子外面旋转飞舞的暴风雪,不过这时候,他把烟头扔到屋子外面的风雪之中,也不再观察外面的雪景,而是皱着眉头倾听他们两人争吵。

"退给我们一些吧,我们也不容易,孩子寄养在外面,半夜还得赶过去看望孩子,我们多不容易啊!"北辰哀求他们道。

这两个胖子不再搭腔,他们已经准备锁门打烊了,高个胖子正在封煤火,矮胖子把其中一扇屋门关上,他们却没有丝毫退钱的意思。

"舅舅耿忠义在这儿很有威信,他有很多徒弟呢,表侄耿福生的两位内弟,大春、二春也算个人物,不然我请他们俩来说说情……"北辰也不知道为什么非要说出他们的名字不可,他说出他们的名字之后,这两位胖子会乖乖地把钱退还给他吗?北辰观察到这两个人恶劣的表情,即使他提到这些人的名字,他们也不会把钱退还给他!

事实也是这样,大概是北辰说的这些话惹恼了他们,大概是北辰说出的这些名字辱没了他们,他们可不吃这一套,反而激起了他们的愤慨。这时,高个胖子把手里的煤铲一下子扔到屋子外面的雪窝里,然后他突然尖声叫骂道:"去叫恁舅……叫大春、二春吧,去叫吧……叫哪个龟孙,我都不怕!"

"给个面子吧!"北辰像是哀求他说。

"啥东西……请这个,请那个,滚……"矮胖子猛然站起来,然后边骂,边向北辰跟前撞来。

北辰面对矮胖子气势汹汹的样子,顿时沉默下来,高个胖子向矮胖子使个眼色,矮胖子尽管怒气未消,却停下脚步来,他不再向他逼近,他们就这样僵持着。北辰同他们理论不是,不理论也不是,走也不是,不走也不是,吃也不是,不吃也不是,又带不走,他们又不退钱,尽管他非常委屈,可是他一时不知如何是好。他是来看望母亲和女儿的,却在这儿因为吃饭同饭馆老板争吵起来,他实在没有更好的办法解决这个问题,他原本想提起舅舅,提起大春、二春的名字,让这两个胖子看在他们的面子上退一点钱,好让他的心里好受一些,也给他的经济损失有些补偿,谁知差一点惹出乱子,这两个胖子大概以为北辰想借这些人的威名吓唬他们,逼迫他们把烩面钱乖乖地交出来……现在北辰只有说道:"淑丽,既然拿不走,他们又不退钱,我们还是把烩面吃了吧?"

"下三,要吃你吃,你来干啥事……我吃不下去……"淑丽叫骂道。

他没法和饭馆老板争吵,更没有办法同她争执,他左右不是人!而这时,屋子外面的暴风雪呼啸着像是疯牛一样向南方奔逃、狂奔……屋子外面那么大的风雪,可是他在干什么呢?北辰突然想起母亲和孩子,不由得一阵心酸……

北辰没有办法,只得含着眼泪看看那两碗烩面,那两碗烩面仿佛也在劝他说道:"吃下去吧,北辰!"

"我一个人怎么吃呢?我一个人怎么吃下去呢?可是淑丽,她……"北辰实在舍不得扔下这两碗烩面,因为他最喜爱吃烩面,何况这五块钱来之不易。

"浪费掉实在可惜啊!北辰。"这两碗烩面又像是奉劝他道。

"不行啊,伙计,我即使脸皮再厚,也咽不下去。我要离开这个地方啦,老朋友,我的好朋友,再见。"北辰已经想离开了。

可是淑丽不吃烩面实在没有道理,她到底为什么这么别扭呢?她应该是认为母亲、孩子在外避难,他实在不应该再多浪费金钱,但是跑这么远的路程,不吃饭怎么能行呢?他实在是又累又饿,何况这两碗烩面已经付过钱啦……这件事情过去之后,北辰也理解淑丽的心情,可是当时他怎么想也想不通,一个男子汉,一个在外闯荡的男人连一碗烩面的家也不能当,何况今天也太丢人现眼,真让他下不了台,他也不知道今天他为什么这么要面子,而淑丽为什么又这么犟!

北辰又看看黑狗熊一样的两个胖子,又看看愤怒的淑丽,他简直想一头撞死在这儿!而淑丽已经不再等他,她一转身走进风雪交加的旷野之中,他只得跟在她的身后,任风雪吹打他麻木而又羞愧的脸颊。

他们终于来到姐姐家里,只有姐姐和外甥女在家,高福泉姐夫和外甥都外出打工了。

北辰看到昉儿在奶奶怀抱里安然入睡的憨态,想到刚才受到的羞辱和憋屈,不禁泪如泉涌……他又联想到母亲和孩子受到的颠沛流离之苦,想到岁月蹉跎,壮志未酬,不禁放声痛哭,在这风雪之夜,他的哭声是那么凄厉,谁也劝不住他,不知道什么时候,他的哭声是怎么停止的?大概是疲倦之后,他不知不觉进入了梦乡……

但是母亲和昉儿在大姐姐家居住的时间并不长,春节前夕,他们正在家吃中午饭,母亲突然回到家里说姐姐家里不能再住啦,她抱着昉儿就在东边的河岸上,没有其他办法,只有让姐姐先把昉儿抱过来,再找能够居住的人家。如果姐姐家里都不让居住,其他人会让居住吗?

天无绝人之路,淑丽母亲有位姨母,也就是淑丽的姨姥姥家里,却成为收留昉儿的处所。淑丽的外祖母姊妹三人,她们都是苦命人,父亲是个大烟鬼,他分别把三个女儿卖给三家地主,不是给地主当小妾,就是给地主当填房,大女儿是小妾,二女儿和三女儿都是填房。而淑丽的母亲有位舅舅,他退休后从广州贩运儿童玩具到内地,赚下好多钱,但是他的存款,谁也不知道放在什么地方。他最后一次去广州贩运玩具,前一天,他居住在淑丽娘家,第二天他起得很早,当时至多有三更天,屋子外面漆黑一片,他去茅厕出恭,一只脚却掉到茅池里。大冬天一条腿膝盖以下都是粪便,淑丽的母亲不让他走,他非走不可,他说要赶时间,火车可不等人,让他换条裤子,他不肯,用凉水把裤子冲洗干净之后,就匆匆上路了,后来听说,他下来火车,乘坐公交汽车经过长江大桥时,因为汽车方向盘失灵,汽车像是野马一样冲进怒涛滚滚的长江之中,很多乘客的尸首不知去向,据说他的尸首被打捞出来,幸好落个全尸,幸亏他的衣兜里有身份证,不然……他就这样匆匆离开了人世间,这是淑丽母亲唯一一位舅舅,死得实在可怜……淑丽的母亲总是唠叨舅舅如何疼爱她,他又如何匆匆离开人间,她整天唠叨舅舅长得多么英俊魁梧,谁知竟死在怒涛滚滚的长江之中! 她一提起舅舅就说个没完没了……

昉儿寄居的这一家是三姐妹之中最小的一位,她是位填房,老财主买她做填房时,几乎接近四十岁,而她只有十三岁,三姐妹中数她长得漂亮,老财主就是后来淑丽母亲的姨父,他的前妻走时留下一位十几岁女儿,这个女儿比继母的年龄还大。老财主对这个填房非常疼爱,她又给他生育了五个儿子,还生育了二个女儿。淑丽的外祖母也是填房,淑丽的外祖父买下她时,她十五岁,外祖父是位大地主,还是位恶霸地主,他整天欺男霸女,无恶不作,他的前妻去世时,已经有几个儿子,他的第二个妻子又生育了几个儿女,淑丽的母亲是小女儿,也是父亲最疼爱的一个孩子,最后,也只有这个女儿和前面一个儿子活了下来。新中国成立之后,老地主逃到外地,客死他乡,谁也没有再见到他。而淑丽的母亲嫁到夏家时,虽然年龄还小,但是她的个子已经长得像个亭亭玉立的大姑娘了,当时淑丽的父亲是夏家唯一的继承人,可谓是门当户对。沧海桑田,世事变迁,转眼之间已是多少春秋。

现在,淑丽的姨姥姥年近八十岁,过去岁月在她曾经的俏脸上刻满了皱褶,那双丹凤眼已经老眼昏花,脊梁还算挺直,身子骨还算硬朗,北辰一见到这位老人就能体会到她的善良和仁慈,她老人家像是菩萨的化身。

她有五个儿子,两个女儿,女儿最大,儿女也都成家了,她跟大儿子一起生活,大儿子是位忠厚长者,他五十岁左右,黑红色皮肤,眼睛真诚、诚挚,黑色寸发,鼻子短粗,鼻孔朝天,宽大的下巴上黑乎乎的胡须像是秋后烧焦的野草……舅母呢?她十分瘦弱,眼睛既温柔又真切,皮肤是黄褐色,她显得十分静淑,走起路来大方、矜持,她虽是一位农民,却很内秀,她是位勤劳的农村妇女,是仁慈、悲悯的化身……北辰、淑丽无奈之下只有尝试投靠他们。

无亲可投,才走投无路。不得已,他和淑丽厚着脸皮来到姨表舅舅家里,他们刚刚来到表舅舅家里,他们一家人仿佛在说:"来吧,来这儿吧,这儿会收留你们,你们不会再受苦受罪,不会再奔波啦,没有人管,我们管!你们的罪受到头啦,我们本来就是一家人。"当北辰领着母亲和昉儿来到时,他仔细地打量他们家里,他们的家只有院墙,却没有大门,院墙和空空的大门仿佛在盛情地说:"请进吧,这就是你们的家,你们不用再漂泊啦,靠岸了!这就是你们安全的港湾……"当他们走进院子里时,他们家里的小鸡子,鸭子,还有一头到处乱跑的小猪仔,也好像不停叫着说:"欢迎,欢迎,热烈欢迎!"那几间低矮的老旧瓦屋高兴得东倒西歪地说:"来吧,请进吧,累了吧,坐到小凳子上歇歇。总算把你们盼来啦,你们该享享福了。"大舅立即摆好酒菜说:"来吧,喝两杯,从今以后,你们哪儿也不用去啦……"北辰和母亲感动得热泪盈眶,妗子呢?那双闪烁着仁爱和光芒的眼睛充盈着愉快的欢声笑语,她尖细的鼻子和尖尖的下巴和小嘴巴都亲切地向他们问好,姨姥姥呢?更是喜笑颜开,他们真像一家人!相亲相爱的一家人!具有菩萨心肠的一人家,不,他们就是菩萨转世。

大舅家有三个儿子和两个女儿,大儿子叫瀚海,二儿子叫海岭,三儿子叫海涛,大女儿叫海涵,二女儿叫海燕。

海涵年龄在二十岁上下,据说已经有婆家了,说是这一二年里面,就要出阁,但是海涵看起来还像是个孩子,她个子不高,一说话就想笑,小小的红脸蛋,圆圆的黑眼睛既多情又真诚,她经常大笑,常常笑出泪花,小鼻子很灵秀,嘴巴很小巧,她的牙齿并不齐整,门牙旁边有一颗龅牙……尽管她并不漂亮,但是纯洁得像是天使一样,她的命运却十分坎坷,后来出嫁后,生育了两个哑巴女儿,这么慈善的人,纯洁得像是天使一样的姑娘,为什么上天非得送她两个哑巴孩子呢?听说她逆来顺受、任劳任怨,对上天、对任何人都毫无怨言,她诚心诚意地抚养女儿,唯恐孩子受一点点委屈。

瀚海长得像爸爸,年龄比姐姐小一岁,为人诚恳、朴实。而海岭长得像母亲,他已经十六七岁,却像个十岁上下的孩子,他不但长得低矮,还很瘦弱,却很有个性,姐姐、哥哥都怕他,他的脑袋向左边歪斜得厉害,眼睛像是睁不开的样子,他后来结婚后,妻子生下一对双胞胎儿子,但是他因为和妻子生气,却上吊自杀了。

海涛和海燕年龄小些,海涛是小学五年级学生,海燕是小学三年级学生。从此之后母亲和昉儿在表舅家里安享幸福……

晚上,北辰居住在一家小旅馆里,他既孤单又寂寞。

2

第二天,北辰检查完身体,就直奔公交车站,他想尽快回家看看孩子究竟怎么样,到底……不知这么巧,在公交车站,正巧碰上贺云祥和一个陌生人在寻找他。

"这是我的战友何信臣。"贺云祥介绍道。

原来是他,他打量着他,他很高大,腰板挺直,昂首挺胸,完全是军人作风。可是他眼睛虽大,却有些浑浊、呆滞,大概是常年贪杯的缘故。

"好兄弟,听说你来参加体检,刚才我们去医院找你,没有找到,不巧在这儿碰见你。"何信臣声音低沉、浑厚,说话不紧不慢,很有分量,他紧紧地握住北辰的手,他的手粗大有力。

"原来是信臣哥,贺云祥姐夫老早就介绍过您,不想在这儿碰见您,真是缘分!"他搭讪说。

昨天晚上,他们不是已经把孩子抱走了吗?他们还想干什么?是想表达谢意,还是有什么交代,他们两个鬼鬼祟祟的,因为他们不时地你看看我,我看看你,他们到底要干什么?应该还有什么事情?可是到底有什么事情呢?北辰疑惑地想。

"昨晚……没有把孩子抱走……"贺云祥姐夫附在他的耳朵旁边悄悄地说。

"不是说好了吗?怎么了?"北辰也感到意外。

"淑丽不松口,她一直在哭……母亲一直在骂我。"他没有把北辰的孩子送人,像是感到很惭愧,显然是愧对何信臣,北辰很不理解,贺云祥为什么着急把女儿送给别人,他这一行为,使北辰非常不理解,正这样想的时候,贺云祥敦促北辰道,"这可是个好家庭,你看怎么办?"

贺云祥像是下了最后通牒,他这样说,使北辰非常反感,怎么,他是卖孩子的?他并不卖孩子,那么他们要买孩子?好像也不是,那么他是有强迫症?还是……他们像是在做什么交易?他们之间会有什么交易呢?什么交易也没有,北辰不知道为什么他最后那句话让他这么费解,他像是一直在替北辰考虑,一直在替北辰着想,不对,他肯定有私心……人家再好,毕竟是人家。

"可是我没有在家,如果在家,这事就成了。"他不知怎么竟然说出这样的话来!好像他们要抱养的是别人家的女儿,北辰感到很震惊,为说出这样的话震惊,怎么会这样说呢?他像是一头禽兽在觊觎自己的骨肉,他在出卖孩子,在杀害孩子,这个时候,他是那么厌恶自己,可是当他回归到残酷现实,他仿佛自言自语地说,"这个孩子早晚会送人,与其晚,不如早……"

他送的像是什么什物,而不是女儿,潜意识之中,他的灵魂里仿佛已经没有这个孩子的位置了!人类为了生存,比动物还残忍,其实人类并不比禽兽善良,特别是这个时候的北辰,他就是禽兽,出卖孩子的禽兽!还有比他更残忍的吗?没有,绝对没有!他并不惊讶最后这句自言自语的话语,但是最后他没有答应他们,没有答应什么时候再把女儿送给他们,现在他是那么厌恶贺云祥姐夫,他像是杀害孩子的刽子手,他们家不让孩子居住,原来是这样打算的!让他无路可走,然后再打孩子的注意。他是商人,商人重利,轻义,不然就不叫商人。慈不掌兵,义不经商,仁不当政,大概说的就是这个道理。北辰感到这个时候贺云祥姐夫更像一匹凶恶的禽兽,一头残害孩子的豺狼!这是他的女儿啊!他已经不打算把孩子送给别人了,这个时候,他讨厌起何信臣来,本来,北辰非常尊重他,但是现在他没有理由尊重他!昨天他就在躲避他们,他完全可以今天早上来的,即使今天早上来,也许不会耽搁体检身体。现在他是多么憎恶贺云祥,应该是憎恨!他的人品本身就值得质疑,自从经商之后,他越发变得没有人性!他一是不让孩子上他家居住;二是把压鞋底机器搬迁至小姐姐家之后,他终于把母亲和昉儿挤对走,先是挤到一个偏僻农场,然后又挤到一个骗子舅舅家里,后来大姐家里依然不让住,既然贺云祥不让住,大姐家也不会让住,这才公平!何况大姐家和所谓的表舅家一个村庄!两家并不遥远,而仅咫尺之遥。但是天无绝人之路,现在母亲和孩子终于有个安乐窝。在表舅家能够安身,而几位姐姐却不让孩子存身,她们真的像是他那个教授父亲一样残忍,或是自从他们被教授父亲遗弃之后,她们养成了教授父亲那样的人性,应该是养成了像是父亲那样卑鄙龌龊的人性,现在贺云祥又非要他把这个女儿送出去,他到底是何居心!北辰不想再把孩子送出去!

但是他又打量了一下何信臣,他大概不到四十岁,五官端正,人很正派,说话诚恳,他们夫妇都有俸禄、官职……姐夫也可能想办件好事,一是让孩子有个良好家庭,将来也有个锦绣前程,或许将来他们对他也有所帮助吧?但是……他们还是不欢而散了。

北辰回到家里,淑丽就说:"贺云祥坐着何信臣的小汽车来要孩子,他们还带来几件礼品,但是这是咱的孩子,这可是我们的孩子啊!怎么能说送人就送人呢?这种大事,咱娘得做主,我在哭,而娘呢?她老人家看我一直在哭,她认为我不让他们把孩子抱走,于是就一直骂贺云祥。当然他们想把东西留下来,我不让,就是孩子让他们抱养,也不能要人家的东西,咱又不是卖孩子……"

总之这场闹剧草草收场了,可是下面怎么办呢?如果想要保住孩子,又想再要个儿子,将来他们就要面临巨大挑战,不难想象,但是他们做好准备了吗?这个孩子将来可以先在表舅家里住下来,只能走一步说一步……

他们每天都锁紧大门,不让任何闲杂人员出入,但是淑丽娘家本族的哥嫂,还是跳过墙院,把贺礼送过来。幸亏他们在河流南岸居住,跟村里人很少来往,而搬迁过来的人家毕竟有限,不但居住分散,而且有些人还不在一个生产队里,所以来往也少,况且他们家每天大门紧闭,这也是情有可原,因为搬迁到河流南岸的村民都把门户看得很紧,所以他们还是避开了一些小人刺探和坏人的恶意炒作,而北辰和这些村民又没有直接利害冲突,他们也不会下狠心去揭发他,这也是他一时安稳的原因。

3

开学的前一天,他刚吃过早饭,蓦然听见有人敲大门,敲得还很着急,会是谁呢?会不会有人揭发他超生呢?或是检查户口的在搞突击行动,这都有可能。他顿时紧张起来,如果真是这样,他刚被任命为山泉小学校长职务,就有惨遭罢免的可能……况且他刚刚考转,刚刚体检过身体,目前,上级部门还没有政审,还没有确定培训地点,那么他就无法通过政审,无法参加培训,转正资格就会被取消,接着就会被除名,这十几年的辛苦、劳碌,将会功亏一篑……如果被……他还能继续当代课教师吗?不会,应该不会……会的,肯定会!一切的一切将会化为乌有……这太可怕,谁告的状,谁写的揭发材料,这么快!大概是他们想争夺山泉小学校长这个职位吧?

"北辰,开门……"声音有些熟悉,而且声音雄浑、沉闷,这会是谁呢?这是北辰之前熟悉的人,但是可以肯定的是他与他已经很久没有来往,或者已经很少来往啦,但是这个声音那么熟悉?这会是谁的声音呢?他似乎能够想象出来,这个人的形象马上会记忆出来,会立即出现在脑海里,但还是想不出来,这到底是谁的声音呢?这到底会是谁呢?他不能贸然给来人开门。

猜测是多余的,应该不是计划生育小分队的人,如果是,他们就会翻墙而入,他们很可能会在夜晚,或者在静悄悄的黎明,黎明之前静悄悄,就是这段时间,他们会出其不意地突然降临,有时候真的像是天兵天将一样,但是现在不是,现在是刚刚吃过早饭时间。不会,也不会有人揭发他,因为他还没有真正走上山泉小学这个小小的政治舞台,他们还不十分清楚底细,他们之间的竞争还不激烈,各种矛盾还没有激化,还没有到举起屠刀的时候,凡事还有余地,还没有达到痛下杀手的地步。真是虚惊一场,他的心脏简直快要蹦出来了。如果真是那样,他就会陷入万劫不复之地……

"谁呀?"他得问清楚到底是谁?必须要细心,问清楚是谁再开门。

"郝老师……"大门外面的声音像是自言自语地说。

"郝老师……"北辰还没有意识到是谁。

"快开门!郝玉强……"他自报家门,自我介绍道。

"原来是郝玉强,郝老师……"想起来了,是他,是郝玉强老师,北辰在院墙里面应答道。

　　郝老师,是他,的确是他,他来干什么?哦……他应该还在山泉小学当民办教师……那么他来这儿干什么?他到底找他有什么事情?原来他已经是山泉小学校长了,他来……北辰得抓紧时间给郝玉强老师开门,但是孩子在家里,万一……这怎么好?他大概是听说他要当小学校长……但是他这个时候来,不会有什么企图吧?他会有什么企图呢?

　　他是郭玉堂书记的连襟,是北辰的体育老师。他现在仍然在山泉小学教体育课,仍然是体育教师,他之前离开过学校几年,据说是因为孩子多,家庭生活困难才离开学校的,离开学校的几年里,他拼命挣钱,什么生意都做,什么脏活、累活都干,等孩子大些,农民又分了土地,又回到学校,应该是山泉小学资格最老的民办教师了。郝玉强老师高大、强壮,力大无比,脸色却十分苍白,而竖立的短发像是一根根坚硬的钢丝,他的眼窝深陷,有一个巨大的鹰钩鼻子,如果他扮演俄国大力士,根本不用化妆。

　　"原来是郝老师,快进来。"北辰把门打开一些,郝老师庞大的身躯,根本过不去,他并不想让郝玉强老师走进家门,而郝玉强老师也没有进家的意思。

　　"北辰,郭玉堂书记请您呢……"郝玉强老师从来是气宇轩昂的,可是今天却这么谦卑,还称呼之前的学生用"您"字。

　　"郭玉堂书记有事情吗,郝老师?您这么客气。"他疑惑地问道。

　　"有点事情,但是具体什么事情,我也不知道。"他想说些什么,但是他还是没有说出来。

　　他仍然是想象的那个样子,只是他比之前苍老了许多,头发也已经黑白参半了,但是体格依然魁伟、壮硕,他看人往往眯缝起眼睛,像是非常清高、孤傲,也可能是近视的缘故,有时候因为想看清楚是谁……他会再走近一些,像是审视犯人一样,在他面前,任何人都会感到压抑,但是他今天的态度,真是出人意料……

　　北辰只得和他一块来到郭玉堂书记家里。可是还没等他坐定,郝玉强老师就马上离开了,他说还有其他事情,让北辰和郭玉堂书记慢慢聊。这是什么意思?他好不容易把北辰请来,又说有别的事情,他的葫芦里到底卖的什么药?他和郭玉堂书记谈话,郝老师是不好意思在脸前,还是别有用心?

　　郭书记正襟危坐,侃侃而谈,他并不说把他请来到底是什么事情,这让北辰非常纳闷,而北辰也镇静下来,他也不问他有什么事情。这个时候,他打开了话匣子,他首先分析学校里的整体情况,然后具体到某位教师。谁怎么样,谁不怎么样,谁对工作认真负责,谁对工作敷衍塞责,哪位老同志值得依赖,那位不值得信任,等等,他重点说到魏惠英主任,说她是业务骨干,顶梁柱,许多年来,她工作勤恳、踏实,一直是毕业班的数学教师,而且教学成绩总是名列前茅,他又点到钱梅菊老师,她这个人拉帮结派,嫉妒心强,总在想方设法孤立、压制、打击魏惠英主任。

　　魏惠英是北辰的小学数学教师,她很爱清洁,穿戴也很朴素,她不论穿什么,都是非常整洁。她圆圆的脸庞，圆圆的眼睛，甚至鼻子、嘴巴、下巴都是圆的。人们都说她吃素不吃荤腥，但是都不知道她为什么吃素，不吃荤腥。她总爱让齐肩秀发把右脸颊遮住一部分，有时候，她讲课讲到忘我时，爱把右脸颊上的秀发再往脸颊的后面拢拢，这个时候，北辰仔细看看，也看不到魏主任的右脸颊有什么瑕疵，但是她稍微一低下头，她的头发又回拢过去。她讲课的时候，态度总是那么和蔼、温和。当时北辰调皮贪玩，而魏老师总是把北辰叫到教室外面，像是母亲那样开导他、教育他，由此北辰非常感激她，她现在是山泉小学业务主任。正如郭玉堂老师所说魏老师耿直，一心总在教学工作上，他也听说过魏老师和钱老师之间的矛盾。那一年，她们两人一起参加民师转正考试，一起参加体检，最后魏老师转成公办教师，钱老师却名落孙山，钱老师怀疑魏老师做了手脚，因为魏老师的表哥是县委办副主任。钱老师一直告状，上访，一心要把魏老师告下来，但是没有成功。自此两人结下仇怨，以至相互攻讦。魏老师不计前嫌，而钱老师却耿耿于怀，她拉拢一小撮人总在孤立魏老师，甚至极尽卑鄙龌龊之能事。

钱老师是北辰上初中一年级时的语文教师，不能说她肤浅，不能说她狭隘，也不能说她误人子弟，总之，她不胜任初中一年级语文教学工作，她不是一位德才兼备的教师。当年她还是北辰初中一年级的班主任教师，退一步说她教小学五年级语文课都勉强胜任，可是那是个什么年代啊！那个时期，师资匮乏，教师素质参差不齐。

钱老师很注重仪表，腰杆很挺直，总喜爱背着双手，然后把头昂起来，再把眼睛眯成一条缝，走起路来像是母鸭子那样趾高气扬，而且她说话拿腔作势，上课也总在制造声势，但是她只是在阅读课文时拿腔作调，除此以外，她已经无话可讲，无话可说，接下来只有照本宣科，学生一直记笔记，钱老师有时候读备课本上的记录，有时候直接读备课资料，学生就记笔记，生字要注音，生词要解释，还有段落大意、中心思想……不过，钱老师读厌烦了，就开始往黑板上抄写，抄写的还是生字词，中心思想，结构特点，人物性格特征……钱老师照本宣科的时候，学生要记笔记，可是学生却有许多汉字不会默写，钱老师就得把这些生僻字板书到黑板上，如果钱老师把什么生字词抄写在黑板上就不存在这种情况，所以学生非常喜欢教师往黑板上抄写……但是很多时候是语文课代表代替她往黑板上抄写，这个时候学生就只能抄写语文课代表抄写到黑板上的汉字。钱老师除去读备课本、备课资料上那死板板的东西，再也不能够教育学生其他文化知识，而且语文课代表抄写这些生字词的时候，她呢？不是回家看孩子，就是回家处理琐碎家务事。而且她总是和公公吵架、生气，她和公公吵过架，生过气，就一连几天不给学生上课，学生盼星星、盼月亮，也盼不到钱梅菊老师，她不是被公公气病，就是外出避祸。

但是郭玉堂书记最后还是把底牌打出来。

"北辰，郭新政校长调走时，已经把张会计带走了……"他和北辰校长正说魏惠

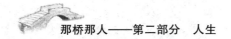

英老师和钱梅菊老师的事情,却突然话锋一转,他是什么意思呢?他还没有上任,他就开始布局学校里的事情啦。

"张会计也一起调走了?"北辰问郭玉堂书记道。

他知道张国民会计也是官亭村人,郭新政校长一走,他肯定会走,但是他一走,就出现个大问题。什么大问题呢?山泉小学郭新政校长和张会计一走,学校里只剩下两名男教师,一位就是郭书记的连襟郝玉强老师,另一位是吴老师,也就是吴开军老师,吴开军老师也是北辰的老师,教北辰初中数学,他几乎把北辰对数学的所有兴趣、爱好全都扼杀了,他不知道吴开军老师为什么厌恶、嫌弃他,北辰动辄得咎。本来北辰一度对数学产生过浓厚、强烈的兴趣,但是吴老师非要把他的爱好、喜爱铲除干净不可,非要把他对数学的浓厚而又强烈的兴趣扼杀在摇篮之中,亲爱的吴老师就是瞅准这一点,就是瞄准这一点,他才坚决把他踩到脚下,然后再把他燃烧起来的理想光焰熄灭、扑灭、剪灭掉。但是一次意外机会却让吴老师改变了对他的偏见和厌恶,吴老师又一次喜得贵子,而北辰却意外地用一角二分钱买了一幅油画作为贺礼赠送给他。吴老师从此以后对他关爱有加,可是,当时吴老师已经不再教他的数学课,这时候北辰作为留级生在复读,上一届没有一个学生考上重点高中,甚至考上普通高中的学生也寥寥无几,这可能对吴老师打击很大吧?他作为毕业班数学老师应该负有重要责任,有人说那届毕业生的数学成绩全县垫底。至于差到什么程度,不用问结果,只看吴老师整天愁眉苦脸的样子就能知道一切,自此以后,他再也没有机会教初中数学课,而是屈居小学任教直至今日。可是北辰复读那年吴老师却经常激励、关怀他,给他加油,他把精心珍藏的一部复习资料借给他,这本书北辰一直没有归还他,因为北辰也不知道这本复习资料后来去了哪里。而在当时,这本资料对北辰帮助很大,资料里有例题、有习题,习题有答案,做题是否正确可以比对答案。这本书把初中数学进行分门别类,分为因式分解部分,平面几何部分……北辰日日夜夜都在做这本资料,尽管北辰和当时担任毕业班数学的李爱武老师关系很僵,而北辰在中招数学考试中,还是取得了较好的成绩。

吴老师是那么消瘦,简直可以用瘦骨嶙峋来形容。他暗灰色的长脸仿佛农药瓶上张贴的骷髅脸,除去那些坚硬、奇凸的骨骼,便是凹陷的洞穴,任何人很难看到他那淡灰色的眼珠,因为他的眼眶太深,而眼珠又太小,那干燥、褶皱的眼皮几乎遮盖住了他那双淡灰色的小眼睛,鼻子孤零零地耸立着,显得那么孤单,嘴巴像是即将锈蚀掉的旧合页,一张一合都非常困难,仿佛不听从大脑指挥似的,他老是紧皱眉头,闭紧眼睛,把嘴巴噘得老高,下很大决心还说不出一句话,这个时候,他像是在紧张思索,而学生只有静静地等待,耐心地等待,揪心地等待,然后他终于说出这句艰涩的话来,下一句话比上一句话还要艰难,所以他上课,学生比他还要担心,唯恐他哪个时候,一时紧张,而说不出话说来,那种艰难的程度甚至要让人怀疑有什么不祥的事情将要发生,结果一堂课下来,也没有发生什么意外,直到下课,学生才长长地舒缓一口气。所以久而久之，学生也就习以为常，也不再担心什么，只是师生之间更加陌生、生疏，而且隔阂越来越深，所以学生做作业时也就不知其所以然，这或许是吴开军老师教这届毕业生考不上重点高中的原因吧。即便如此，吴老师上课时还有一个习惯，就是爱一边皱眉头，一边不停地搔头发，他一边皱眉头，一边搔着头发，像是苦苦思考，但是正是这长长思考，才更加延迟讲课的速度，他总是在正讲课时停止下来，然后就皱眉头，然后就用他鸡爪子似的手指搔头发，然后一直在思考，有时要翻阅教案或者查找资料，最后才艰难地讲下去，这个时候学生也知道他遭遇到了讲课的滑铁卢……他的嗓音倒很尖厉，还甜腻腻的……他发怒的时候又特别凶，这时候他说起话来，不但不生涩，还很连贯呢，有时候还呜呜乱叫，简直唾沫四溅了。但是无论如何，学生是不敢发笑，因为吴老师批评学生是变态的，他批评起学生来，花样繁多，非把学生折腾得羞愧万分不可，这样一来，学生既怕他，他又不用再艰难讲课了……而且他还记仇，下一节课，他照样让这位学生出尽洋相。吴老师还是一位嗜酒如命的人，因为喝酒，他不知和多少人吵过嘴，打过架，甚至打得头破血流，倒不是他打别人，总是他被别人打，有时候是男人打他，有时候女人或者老婆婆也撵着他厮打，可谓是洋相百出。不管怎样说，吴老师始终坚持在教师岗位上，现在已经到了即将退休的年龄了。就凭这一点他应该得到应有的尊重和敬佩，他是一位穷困潦倒，遭人非议的老民师，也是一位让人同情，值得怜悯的老教师。

其实山泉小学就这两位男教师，他们都是民师……北辰刚接任小学校长，他也不想找一位女会计，找女会计是会让人戳脊梁骨的。学校里只有郝玉强和吴开军……郭玉堂书记也在斟酌用词。

"用郝玉强吧！"

"……"而北辰没有反对，也没有合适人选，这本是令人头疼的问题，却让郭玉堂书记轻轻松松地给解决了。

这一问题的解决，给初出茅庐的北辰，貌似解决一大隐忧，其实也埋下了巨大隐患，现在他哪里知道学校会计位子的重要呢？会计是一个单位的中枢，郭玉堂书记推荐的这个会计人选，也可以说内定的这个会计人选，给之后北辰的任内工作埋下许多意想不到的祸根。同时郭玉堂书记也把学校的财务大权牢牢地控制在自己手里，这是兵家之大忌，从此北辰也失去了工作的主动权，他像是木偶一样受制于人。

4

开学之后，他面临另一个更加棘手的问题。山泉小学一至五年级都是双班，总共是十个教学班，而学前班也是双班，学前一班教师是崔红英，二班教师是江学敏。

江学敏老师开学之初突然调入高山镇中心幼儿园工作,学前二班暂时缺少幼儿教师。当时,学前教育几乎是教育盲区,学前班教师既不是幼师专业,也未经专业培训,因为小学师资力量尚且匮乏,学前教育更无从谈起。山泉小学近六百名学生,只有十九位教师(含北辰校长),其中持有中师文凭的教师寥寥无几,民师转正四人(含北辰校长,但未兑现工资),以工代干教师九人,老民师三人,尚有代课教师二人,这十九位教师,大部分教师学历不达标,所谓以工代干教师,大都是发钱买指标,根本谈不上学历,这些以工代干教师(魏玉玲老师买过指标已经很长时间,不知什么原因,却一直没有兑现工资),大都是初中学历,连个像样的高中毕业生都没有,好在她们都在积极函授拿文凭。所有教师之中,只有北辰是大专学历;田秀花老师转正之后,通过培训拿到了中师学历;田秀花老师的妹妹田秀丽老师虽然是以工代干教师,却通过进修拿到了中师文凭;魏惠英主任和钱梅菊老师都是初中学历;郝玉强、吴开军两位老师还没有转正,也是初中学历。这就是山泉小学的教师现状,所以学前教育可想而知。虽然学前班和小学都在一个校园里上课,而学前教育上课时间相对小学上课时间短,学前班每天上五节课,每节课只有三十分钟,上午上三节课,下午上二节课,而且并不要求教育文化知识,大都是娱乐课,而小学每天上七节课,每节课四十五分钟,上午上四节课,下午上三节课。如果临近县局抽考、统考,教师为了争得荣誉就得拼命加班,还要不分昼夜争抢时间,其中的辛苦不言而喻。由于师资匮乏,一至三年级必须包班。而学前班既不抽查作业、教案,县局,乡镇教办室也不组织统考、抽考,更不评比成绩,因此相对较松。而县局教研室还要针对小学教学进行教育改革,还要开展四评课、公开课、观摩课活动,乡镇教办室对所属学校常规检查更加严格,定期检查教师教案、检查学生作业批改情况,还要不定时在各个学校开展听课活动,在学期中间、学期终了还要抽考、统考,还要评比成绩,所以小学教师怕成绩垫底、怕受批评,更怕校长不聘用。

每个人都需要尊重,人人都为人格、尊严活着,如果丧失了做人的底线,人生就会失去生存价值。在北辰上任之初,山泉小学却出现一种奇怪的现象,有两位教师放弃小学教师岗位,去竞争学前教师岗位,这非常不正常,不但不正常,还违背教育教学规律。这种行为应该为广大教师所不齿,但是她们却因为争夺学前二班教师岗位不择手段,上蹿下跳,这使教师们的神经敏感起来,也使山泉小学教师间的矛盾空前尖锐、对立,也给刚刚上任的北辰校长增添巨大的精神压力,他一时之间不知道怎么处理这件事,因为竞争双方分别代表两派势力,而且不仅仅局限于两派势力,其中他中有我,我中有他,关系可谓是错综复杂,意见莫衷一是。

因为学前教师都是临时聘用人员,可是小学教师不论公办教师,不论以工代干教师,也不论民办教师(除去学校聘用的临时代课教师)都有编制,都具备教师资格,而参加竞争的这两位教师虽然是以工代干教师,却都是在编教师,她们并不顾忌小学教师资格,却去竞争学前教师岗位,实际上,她们并不是真正为幼儿考虑,并不是真正热爱幼儿事业，而是在逃避责任，无非是看重学前工作清闲罢了。如果北辰是位老校长，他就能轻轻松松处理好这桩小事，绝不会闹到不堪收拾的地步。如果他有工作经验，他就会说小学教师不准竞争学前岗位，如何解决学前二班教师问题，他要向韩主任汇报，韩主任既然能把江学敏教师调走，他还得再给学校委派一位学前教师……这样就能止息双方纷争，就会止息两派教师相互攻讦，即使他们仍然存在争议，也会随着时间流逝而消失。可是错就错在北辰校长不应该私自当家，他既害怕得罪人，更害怕担责，何况他现在特别惧怕韩主任，他不敢向他反映学校的问题，因为北辰十分清楚韩主任曾经竭力阻挠他担任山泉小学校长职务，旧账不可能一笔勾销，不可能很快消除，而且这笔旧债像是旧恨一样随着时间流逝而更加仇视。所以他即使去反映问题，却惧怕韩主任不但不会支持他的工作，还会阻挠他的工作，甚至作梗，否决，甚至撤台……这是北辰的思维定式，何尝不是韩主任的思维定式，想打破这种思维定式很难，其实也打不破，因为这次北辰被提拔，的确大大出乎韩主任意料，韩主任怎么也意想不到半路会杀出一个程咬金，这彻底打乱了他的计划、部署，彻底打乱了他的整体规划和所有的安排，所以恼怒是可想而知的，北辰正是基于此，才不敢向韩主任反映问题，他眼睁睁地看着江学敏老师被调走，却不置一词，他更不敢让韩主任给山泉小学调派教师。那么向白副镇长反映呢？白副镇长只负责人事调整、人事任免的大事，不负责具体事务，不负责具体工作，况且这种鸡毛蒜皮小事怎么可以轻易麻烦白副镇长呢？何况他还分管镇政府其他工作，很多时候，北辰是很难找到他的，所以他面对纷纷扰扰的争夺竟然一时束手无策。在开学之初，因为竞争学前岗位，引起学校动荡不安的两位教师分别是：魏玉玲和田秀丽。何况北辰校长新来乍到，何况山泉小学本来就不平静，本来就秩序大乱，现在更是一波不平一波又起。

　　说到田秀丽老师不得不首先提到田秀花老师，她们是亲姊妹，田秀花老师已经转正，她是钱梅菊老师的死党，但是不知为什么她却比钱梅菊老师更加仇视魏惠英主任，钱老师和魏主任斗争，她们在斗智，是文斗，而田秀花老师却喜欢斗勇，她往往喜欢使魏老师难看，不是吐唾沫，就是谩骂，这像是武斗呢。明有田秀花老师，暗有钱梅菊老师，她们拉帮结派，阳奉阴违，致使魏主任工作起来畏首畏尾。魏主任呢，往往是处乱不惊，她一直勤勤恳恳、兢兢业业，而且工作起来一丝不苟、认认真真，可是钱老师和田老师却在不断笼络人心，结党营私，她们往往颐指气使，指手画脚，这股势力几乎左右着山泉小学整个局面，这股势力是那么强大，有时候她们的意见几乎成为学校工作的主导性意见，她们在学校兴风作浪，北辰新来乍到隐隐感到一种威压，让他感到窒息的压力，稍有不慎……这却是歪风邪气，真不可想象。

　　田秀花老师已经发福了，她已经有了将军肚，这倒不是说她像一位将军，这多少使她具有男子所具有的某些个性特质，扁平脸，她的五官几乎在同一个平面上，唇髭却十分发达，那已不能仅仅说成是唇髭，特别是上唇两边，时常会有两撇浓密的黑胡须,而且这两撇浓密的黑胡须有时候还很长,她不断拔除,但是这些又粗又硬的胡须像是葛巴草那样固执,不出几天,那又黑又硬的黑胡须又会固执地疯长出来,疯长出来还拔掉,拔掉又疯长出来,久而久之,两边的上嘴角还不断有伤痕出现,这些伤痕大概是她不小心,或是用力拔除胡须时遗留下来的创伤,这些创伤、胡须或许会给她增添不少烦恼,她也可能麻木了吧,所以她也不再想拔掉那些有碍观瞻的两撇小胡须了。可是这些越拔除越旺盛的黑小胡须,后来经过天长日久拔除,终于还是有些萎靡不振,于是那本来稠密的小黑胡须,已经变成稀稀拉拉,又粗又硬的黑长胡须,为此,她和那些黑长胡须像是平安无事啦。尽管如此,从她急躁的脾气来看,她仍然烦恼不已。但是现在因为妹妹的事情,她更加焦躁不安,她整天坐在北辰校长的办公室里纠缠他,不是拉关系,就是叙交情,这件事也让北辰无所适从。

田秀丽却是一位腼腆、贤淑之人,正因为此,她才不好意思直接找北辰校长,她可能在背地里给姐姐田秀花施加影响,也可能是田秀丽并无竞争学前教师岗位的野心,这完全是姐姐田秀花老师在跟谁赌气,她在跟谁赌气呢?肯定是跟魏惠英主任,因为魏玉玲是魏主任的内侄女,可是田秀丽刚刚结婚,也可能田秀丽老师新婚燕尔之后,想图清闲……才去争学前教师岗位,背后肯定有姐姐田秀花老师的唆使、教唆……可是田秀丽老师却是一位教学成绩优异的教师,她深受小学生爱戴,也深受学生家长尊重,在小学师资力量严重匮乏的情况之下,如果让这样一位德才兼备的教师去教育学前班学生,实在是有些屈才。田秀丽老师十分内秀,平时很少说话,那双含情脉脉的眼睛,总是低垂着不敢看人,她那么害羞,那娇嫩、洁净的脸颊老是因为害羞而绯红,这个时候她是那么妩媚和艳丽,田秀丽真是一位品貌兼优的女教师。她这么温柔和害羞,不知道她是怎么给学生上课的,也不知道她是怎样赢得学生和家长爱戴和尊重的?

而魏玉玲老师则直接找到北辰校长家里。这天他刚吃过早饭,就有人敲门:"家里有人吗?郭校长,我是魏玉玲,我想找您谈谈……"

她报上姓名,但是怎么让她进来呢?不能给她开门,不能让她进家门,因为孩子全在家里。

"他上学走了……"母亲从院子里回答她道。

而魏玉玲又敲很长时间的门……

"我掂两瓶好酒给郭校长,我走啦,酒放在门口……"她走之前,这样喊道。

母亲赶紧去开门,可是她已经走远啦,是两瓶白酒,他刚当校长就有人行贿。母亲只得把酒掂回屋里。

"北辰,这酒不能要!"淑丽的态度非常坚决,她是个是非分明的人。在淑丽的坚持下,妈妈只得把酒给魏玉玲老师送回去。

魏玉玲是北辰校长的小学同学,她从小就很刚烈,在初中二年级的自习课上,她不断擤鼻涕,而且擤鼻涕的声音非常尖厉刺耳,真让人恶心! 她大概是严重感冒了吧?

"真恶心……"不知哪位同学突然说道。

"谁骂恁老姑奶奶啦,屙恁嘴里啦……"沉默,无边的沉默。

那位同学说过之后,很多人以为,不会有人接腔,因为这样大声擤鼻涕是非常丢人的,正常情况之下,很少有人敢这样做,因为初中学生不但爱面子,还十分虚荣,但是班里寂静一会儿之后,魏玉玲却歇斯底里地尖声骂道。

而且整整一节课,魏玉玲都在尖声叫骂,后来是一边哭叫,一边大骂……好好的自习课成了骂人课,挨骂的学生碰见这样的硬茬,噤若寒蝉了,谁都知道她不好惹! 从此以后,班上同学更没有人敢招惹她。他们家的人好斗,不是窝里斗,就是和街坊邻里斗,还爱好武斗,往往打得头破血流。她虽说是以工代干教师,却还没有兑现工资,有人说她的家人正在到处托熟人,找关系……现在有金钱什么事情都能办成,这是一个没有原则,混乱不堪的年代,什么事情都用金钱来衡量,金钱几乎成为衡量一切事物的尺度和标准,在金钱的滥觞之下,人格、价值,还有传统道德、伦理、廉耻……一切美好的东西都充满了铜臭,都散发着腐败的臭味……有人说现在正处于社会发展时期,一切都在摸索前进,所以未免鱼龙混杂,泥沙俱下……

还有人说魏玉玲老师是郭玉堂书记的干女儿,可是她的教学成绩很差,个性又强,人缘也差,她虽说是郭书记的干女儿,但在学校她既得不到同行尊重,更不受学生、家长爱戴。她整天郁郁寡欢,形单影只,唯一能够倾诉衷肠是姑姑魏惠英主任。她长得瘦骨伶仃的,像是一根又细又瘦的长竹竿,脸小又短,眼睛仿佛动漫画中某个小矮人惊恐而又暴躁的大眼睛,谁要是见到她,就会想到精灵,也可能会想到幽灵,会悄悄跟踪,或是伺机报复的幽灵。脖颈又短,小脑袋几乎和瘦弱的肩膀粘连在一起,有时候枯黄的短发乱糟糟的,真让人毛骨悚然。

就在这天中午,郭玉堂书记又给北辰校长下达了新指示:学前班让魏玉玲老师接掌帅印。

这天下午,刚刚上课,北辰校长又一次铸下错误,这个错误更加致命,比任命郝玉强老师接任会计职务更加致命。北辰校长自从担任山泉小学校长以来,表面看,这两个致命错误所导致的严重后果并不明显,但是在之后所开展的各项学校工作中,这种恶劣影响和致命伤越来越显著。

开学已经很长时间,北辰校长已经到了非做决定的时候,可是他既缺乏主见,又缺少决断……事实证明,他也不可能继续拖延,不可能无限期地拖延,而且学校之中,可以用来商量的人员,除去魏主任,并无他人,其他教师虽然幕后挑事,虽然选边站,但是大部分时候,却是事不关己,高高挂起,有时候他们也不想参与到这样复杂的矛盾纠葛之中,而魏主任早就表明态度,她倾向魏玉玲老师接任学前二班任课教师,她并不完全站在私人立场,平心而论,田秀丽老师更加胜任小学教学。无

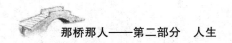

奈之下,北辰校长只有把田秀花叫到校长办公室。

"田老师,您能不能去拜访一下郭玉堂书记? 不然……"北辰校长这样同田秀花老师谈话说,他实在没有通过大脑仔细考虑,于是就把实底交给田秀花老师。

"如果郭玉堂书记指定魏玉玲接任学前二班教师,我们退出竞争!"田秀花老师愤愤不平地说。

"魏玉玲是郭玉堂书记的干女儿……"北辰校长无论如何也不应该说出这样的话来。

可是田秀花老师一句话没说就走出校长室,而北辰校长顿时陷入无限感慨,不,应该是无比尴尬之中……

山泉小学的课程终于安排完毕,一场危机就此化解,可是北辰校长化解这场危机的方式和手段,连带山泉小学后勤会计的草率任命,无不给他之后的工作埋下了隐患,也使他在之后的工作之中尝尽酸甜苦辣滋味……村办小学,乡办初中,这是当时的办学体制、办学模式,虽然贫下中农管理学校的时代已经结束,已经过去,但是村委书记仍然把村小学的人事任命权、财务管理权死死地掌控在自己手中,他们对于学校具有生杀予夺之权力。

5

淑丽过完月子,北辰把两个女儿和母亲安顿到淑丽的姨姥姥家里,世界之大,也只有这一家贵人肯收留他们,他们才是北辰一家人的恩人、救星,无路可走的北辰啊! 这可是淑丽的姨姥姥家,这是积善之家。

母亲和女儿一直住在那儿很长时间,直至最后发生一件蹊跷的事情,母亲和女儿才离开那里。表舅居住的村子正是姐姐家居住的黄水村,表舅一家居住在村子东南角,而姐姐居住在村子西北角。母亲和孙女住在淑丽的表舅家里,却不能居住在姐姐家里,这不能不让人感到奇怪,不能不让人倍感尴尬。可是事情还不是这么简单,还有更加奇怪的事情即将发生。

表舅除去务农以外,还兼任信用联社的信贷员,他并不拿信用社的工资,而是提取放贷利息,姐姐家里做生意还通过表舅贷过几笔款,而这里要说的是舅母。她娘家却是山泉村委响水村人。山泉村委包括四个自然村,山泉村、响水村、张庄村和大王村。而陈好友恰巧是响水村人,他又是舅母娘家族人,现在他是一名村干部。这天,陈好友以借贷为名,由他引路,郭玉堂书记率领村委大队人马突然莅临黄水村。

陈好友和北辰非常要好,他曾经帮助过北辰,为此北辰非常感激他。他自从离开镇工业办之后,他又兴建过砖窑厂,可是砖窑厂生产了一段时间之后,因为不能继续购买土地,没有土源,所以运营不长时间就垮掉了。这个时候,他所有的积蓄也早已挥霍一空,可是他还是千方百计挤进村委,当上了治安主任。他早已秃顶,眉毛、胡须、眼睫毛也不见了,那双孤零零的眼睛更加阴沉、恐怖。

而陈好友只是个帮凶,他只想邀功罢了,也可能他并不知情,只是被人利用而已。可是当他们突然闯入表舅家里时,妈妈正哄着两个小孩在隔壁一户人家玩耍,妈妈远远看见一群人朝这儿猛扑过来,她就匆忙躲藏起来,他们扑了空。这一群人是那么沮丧和失望,他们眼看就要成功了,谁知人算不如天算。

"姐姐,我找俺哥贷款呢。"陈好友看见只有舅母一人在家,于是他自我解嘲道。

"今天这么不凑巧,看好你姐夫不在家……"舅母敷衍他道,她接着又故意这样说道,"谁知你们会扑个空呢,不如再等等吧?"

"不用,姐姐,我们也是……这都是……"他想解释什么,他到底还想解释什么呢? 他还有什么话可说呢?

他们的嗅觉即使再灵敏,但是他们时运不济,这一次他们非常失望,非常懊丧,但是他们不会善罢甘休,他们肯定还会卷土重来,北辰校长处在这样一个特别微妙时刻,万一有个闪失……

北辰后来才知道,他们这一大队人马幕后还有真凶。那就是孙凤鸣,孙凤鸣的姐姐家也是黄水村人。孙凤鸣膀大腰圆,一脸横肉,他孔武有力,奸诈无比,还常常自称江湖人士,谁都知道这是在吓唬人,他是郭玉堂书记的黑干将。

必须另外寻找地方,去哪儿呢? 实在没有地方可去。非得迅速转移不可,否则……但是去哪儿呢? 只有一个他们没有去过的地方,那就是淑丽父亲的老家——大梦村,这个村也是淑丽童年居住的地方,同时也是她的伤心之地。

那一年,她刚刚七岁。一天,家里过来一位客人,他年龄大致三十几岁,母亲让她叫他小叔,那么,他应该叫蒋德义。父亲说过伯父乳名叫蒋怀山,学名叫蒋德忠,大叔乳名叫蒋怀武,学名叫蒋德节,小叔乳名叫蒋怀义,学名叫蒋德义。

"您叫什么呢,伯?"可是伯就是不说他的名字,有一次,小淑丽还是鼓起勇气问他道。

"我叫夏恩普……"父亲犹豫一会儿,还是回答她道。

"不对,伯,您应该叫蒋恩普,不对,应该叫蒋德……"小淑丽矫正父亲道。

"爹爹就一个名字,叫夏恩普……"父亲说道,他眼睛里像是汪满了泪花,可是她却一直纠缠着父亲不放。

"小淑丽,在干啥呢? 快过来,妈妈想和你说话呢。"她还想纠缠父亲,却被妈妈劝开了。

"妈妈,您想说什么呢? 可是父亲到底叫什么呢。"她又来纠缠妈妈道。

"傻孩子,从今之后,可不准在父亲面前再提起这些伤心事,父亲在老家的乳名叫蒋怀文,大名叫蒋德信……"妈妈说完也几乎要哭出声来。

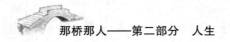

　　小淑丽明白了，原来是这样啊！那么父亲的身世够凄凉的。可是更加凄凉的是（后来，小淑丽在老家听说的）父亲和伯父、叔叔却不是一个父亲，父亲只和两位叔叔一个母亲，伯父和两个叔叔一个父亲，却不是一个母亲，两个叔叔才是一个父母……这到底是什么造成的呢？小淑丽很长时间也不知道……

　　就在蒋怀义小叔到来的那年夏天，小淑丽跟着他来到大梦村上了小学。据说父母想生一个小弟弟，但是从此之后，也不知道什么原因，父母再也没有添一男半女。可是小淑丽在大梦村却上到小学毕业。上初中时，她才又回到高山镇第三初级中学，但是在大梦村度过的日日夜夜，想来就叫人辛酸不已。在山泉村她叫夏淑丽，在大梦村，她却叫蒋淑丽，后来回到高山镇第三初级中学上初中时，她又叫夏淑丽，实际上她既不姓夏，也不姓蒋，那么她到底姓什么？不知道，她不知道，父亲不知道，知道的人又不给她说……其实她是一个英雄的后代，但是那个英雄早已湮没不闻，那个英雄的名字正像是许许多多英雄的名字一样早已被淹没在历史的长河之中……

　　在大梦村，所谓的爷爷、奶奶家，其实只有两小间茅草屋，奶奶、爷爷睡在里间，小叔就睡在外间，这两件茅草屋中间没有夹墙，也没有布帘，茅草屋就是两小间筒子房。这两间茅草屋西墙边，还建有半间茅草庵，这是一家人的厨房，大伯和大叔已经结过婚，已经分门另住，大伯家在村子的东北角，大叔家在村子的最北边。白天在爷爷奶奶家吃饭，晚上，她和雪梅姐姐住在一起，雪梅姐姐的爷爷是小淑丽的小爷爷，她是大梦小学的音乐教师。雪梅姐姐家和奶奶家对门，但是他们两家中间却被一条小河隔开，所以一年四季大部分时间得绕道村子最南端的小桥上，经过小桥，然后再走这么远的路程，才能来到雪梅姐姐家里，所以很多时候，因为路途遥远，所以她都是在雪梅姐姐家里吃晚饭。

　　人家暗地里都称呼爷爷赌王，也有小声嚷嚷说叫赌光的，他非常瘦削，大致是因为年纪大了，背有些驼，他的目光依然粗暴、犀利，那大概是赌徒特有的眼光吧？他从来没有笑过，整天瞪着眼睛，那种眼光真叫人不寒而栗，简直像是夜间豺狼眼睛里射出的凶恶眼光，她从来不敢接近他。她刚去不长时间，有一天中午，奶奶、叔叔都不在家，他大概是刚刚赌输回家，她想问候他："爷爷，您回来啦……"他瞪视她，也不回答问话，那种眼神几乎就是恶狼的眼神，她恐慌起来，家里又没有其他人，她吓得大哭起来，幸亏奶奶回来及时，于是奶奶嚷嚷道："吓唬孩子干什么？吓唬孩子算什么本事？"淑丽只管哭，爷爷呜呜叫着出去了，他出去的时候，那种呜呜的尖叫声音，真让人害怕……所谓的爷爷大概又去赌博了吧？从此以后，她一见到他就躲，有时候，他只要从外面回来，她就去雪梅姐姐家里，而且一住几天不回家，她和他很少说话，后来也很少见面，因为他每天都在赌，他嗜赌如命，赌就是生命的意义，好像不赌就会失去生存价值似的，谁也不知道他为什么嗜赌成性，有人说自从他第一个妻子去世之后，他才开始赌博，以后他就跟赌结为异姓兄弟。她是那么讨厌爷爷,可以说她非常憎恨他,就是他当年因为赌博把父亲卖掉的,有人说他输掉父亲之后,戒赌一段时间,但是他不知什么时候又开始赌博啦,而且逢赌必输。之前在山泉村她迷迷糊糊地见过这位蒋姓爷爷,来到山泉村,他什么都不说,爷爷和父亲让他吃过、喝过之后,还得再给他一些钱财,他才肯离去。母亲说他就是父亲的亲生父亲,呃,原来是这样,但是后来在大梦村,据知情人说他并不是父亲的亲生父亲,那么他到底和父亲是什么关系呢? 他是父亲的继父,也是父亲的养父……但是母亲说自从他把父亲卖给夏家以后,如果他赌输了,如果经济上遭遇到困难,他就会来这儿要钱,每次都是这样,吃过喝过之后,拿着钱就离开,从来不说多余的话。不知因为什么,后来母亲非要让她来大梦村读书不可,即使父母想给她生下个小弟弟,也不能让她来这儿上学啊! 她不是还有两位姐姐吗? 父母亲为什么不让姐姐来这儿上学呢? 可是既来之,则安之……她在这儿上学的那些年,也从未见爷爷说过什么话,只是他赌输之后,就偷偷地变卖家里的东西,有时候是奶奶饲养的牛,有时候是奶奶饲养的羊,有时候是奶奶饲养的猪,连家里的架子车也被爷爷卖掉了。奶奶发现之后,就大哭一场,就骂爷爷一顿,但是爷爷该卖还是卖,只是奶奶哭闹过后,又过去很长时间,她才会平静下来,而爷爷还是自始至终不说一句话,但是有一点,自从她来大梦村生活之后,所谓的爷爷已经不去山泉村要吃要喝要钱啦。

　　奶奶的性格也是那么独特,她的身量相当庞大,整天披头散发的,她已经十分衰老了,可是牙齿依然坚固,嘴巴像是铁嘴巴那么坚硬,这大概都是她经常和别人争吵、吵闹的缘故吧? 奶奶的牙齿像是越来越尖利了。奶奶向来不知疲倦,她整天不是诅咒这个,就是辱骂那个,不是和这个争吵,就和那个吵闹,几乎每一天都是这样,而且她骂起人来,尖声大叫的,整个村子都不得安宁,往往一旦开骂,不是十天,就是半月,有时甚至骂上几个月时间,甚至一年半载,一有空闲就骂人,往往骂至深夜还不休息,她骂得新鲜,还蹊跷。一般人不敢招惹她,她粘住谁就不得了,她一下子就能缠你一年半载的,而且她向来不论理,整天胡搅蛮缠,很多人都躲开她远远的。有一次,隔壁的秋月大娘送家一馍筐红枣,淑丽看见那一馍筐红枣,急忙接受下来,她是多么想吃秋月大娘送来的又大又甘甜的红枣啊! 她刚刚吃下一个红枣,还没有真正咂摸出甘甜的滋味,奶奶就去拧她的嘴巴,长这么大,还没有谁拧过她的嘴巴呢,而奶奶突然就去拧她的嘴巴,真把她吓坏啦,吓得她哇的一声哭叫起来,但是很快她就不哭了,因为奶奶即刻威胁她说,再敢哭,她就要勒死她,于是她即刻停止哭泣,只是眼里的泪水还在不停地流淌。这时奶奶又一次把手举起来,小淑丽以为奶奶又想打她,正当她不知如何是好的时候,奶奶这只手并没有打下来,而是恶狠狠地指着那一馍筐红枣说:"把红枣送过去! 送过去!"她看看奶奶,又看看红枣,可是小淑丽并不明白奶奶的意思,时间一长,她还是明白过来,原来是奶奶让她把红枣再还给秋月大娘,真没法再送过去,人家真心实意送来红枣,既然收了下来,怎么再给人家送过去呢？何况又不是她让秋月大娘送来的，而是人家好心好意送来的，她并不是不想送过去，实在是不能送过去，所谓盛情难却，何况要送为何奶奶不去送呢？为什么偏偏让她一个小孩子把红枣送过去，再则红枣那么好吃，为什么非要再送过去？真是岂有此理！她不能去，坚决不去。

"送过去，送不送！叫你不送！"奶奶又一次举起右手，她扬几下右手，还是没有打下来，但是她仍然声色俱厉地尖叫道，"送过去，去！"

时间那么长久，她实在记不清是怎样处理掉那馍筐红枣的，总之，当时，她实在不知怎么办，送也不是，不送也不是，唯一让她记忆犹新的是她没有少挨奶奶吓唬，想起奶奶举起手掌，那种威吓的姿势，她就不寒而栗……而且奶奶拧过的地方，直到现在她还隐隐作痛。

怀义小叔已经是三十大几的人啦，可是他仍然没有妻子儿女，这大概是他想让她去那儿上学的主要原因吧。可能是他想让她过继给他，因为父亲、大叔都没有儿子，他又不想过继伯父的儿子，更重要的是因为父亲流落在外的原因，所以他想替哥哥分一份忧愁，也想延续这份亲情，这可是血浓于水的感情啊……怀义小叔既孝敬父母又疼爱她，他是位仁义之人，深受街坊邻里赞许，他强壮、高大，生活节俭又吃苦耐劳，就是……就是……他的头颅很大，皮肤很粗糙，鼻子短粗，鼻孔朝天，眼睛……他只有一只眼睛管用，另外一只眼睛只有白眼球，没有黑眼球，而且白眼球又是那么浑浊，真让人害怕……但是他并不让人嫌弃，有时候却是那么慈祥、和蔼，丝毫不影响她接近他，尊敬他……可是他根本不在家，一年四季老是去外地打工，有人说他在新疆一个什么地方打工，每次他从外地回来就捎回许多好吃的东西，而且还把左邻右舍请到家里开怀畅饮……

送红枣那位大娘就住在隔壁，秋月大爷像个妇女，一年四季只知道干农活，他是个老实巴交的农民，平时不吸烟，不喝酒，也不说一句多余的话，简直像是个榆木疙瘩。他有七个孩子，只有一个儿子，其余都是女儿，他也只供给儿子上学，其他六个女儿都是睁眼瞎，他的儿子在县城上高中，他已经参加四年高考了，今年是第五年参加高考，最后幸亏考上了省城银行学校，真是皇天不负有心人……

怀武大叔是位民办教师，他好吃懒做，经常偷窃奶奶家的东西，奶奶家的米面、鸡蛋、油盐……几乎什么都偷。有一次，大概是星期天吧，怀武大叔正在偷奶奶家的玉米面馍呢，恰巧被她发现。

"谁在偷东西？正好叫我逮住……"她猛然推门进屋，发现有人正站在一个高腿凳子上偷窃悬挂在房梁上的玉米面馍，于是她惊呼道。这时那个窃贼大胆地弯着腰，低着头，瞪视着她，她骤然看见怀武大叔那张毛茸茸的丑恶嘴脸，不由惊出一身冷汗，"原来是……"

"滚开！"他看见是她，于是他气急败坏地骂道，"野种，滚回老家去！"

她哭泣着跑到屋子外面，这是窃贼的家，是窃贼的父母亲家，根本不是她的家。

但是也不能让她滚呐！还让她滚回老家去，在山泉村，有人说这儿就是她的老家，可是来到这儿，怀武大叔还是让她滚回老家去！那么她的老家在什么地方呢？后来，她听人说她的父亲应该出生在一个非常遥远的地方，父亲是外省人……到底是哪省人呢？不知道，没有人说起，谁也不告诉她。那么父亲知道他是外省人吗？肯定不知道，如果知道，父亲指不定多么悲伤呢。一个人连自己的出生地都不知道，连自己的亲生父亲都不知道，这才叫悲哀呢！她将来告诉不告诉父亲呢？她真拿不定主意……她大概一生也去不到那个地方，去那个地方也没有什么用啊！那个地方，可能只有奶奶记得，没有人知道那个地方到底在哪儿？那可是奶奶的伤心之地啊！就是奶奶肯说出具体地点，可是去那个地方干什么呢？那个地方也不会有她什么亲人啦！现在奶奶不在啦，谁也不知道那个地方在哪儿？那是一个什么地方呢？就是有人知道，也不会有人说，谁说那些废话干什么？这可是亵渎死者的。现在世界之大，谁也说不清父亲是什么地方的人啦。她呢？是山泉村人，还是大梦村人？都是，又都不是，可是这已经无关紧要了吧？最让人生气的是怀武大叔不但让她滚回老家去，还骂她是野种，他为什么骂她是野种呢？大概是他知道爷爷不是父亲的亲生父亲的缘故吧？所以他才这样骂她是野种！如果他这样骂她，要是让父亲知道，他会怎样感慨呢？到底父亲知不知道他的亲生父亲是谁呢？他应该不会知道，别人都说他不知道，将来她会告诉父亲吗？告诉父亲他的亲生父亲并不是大梦村这位爷爷。不，不能告诉他，不能再增加他的痛苦啦！父亲因为什么非要经受那么多颠沛流离、悲欢离合的苦痛呢？这到底是因为什么……后来她既没有告诉奶奶怀武大叔偷窃玉米面馍的事情，也没有告诉父亲他骂她是野种的事情，更没有告诉父亲他的亲生父亲并不是大梦村这位爷爷，何必做这些出力不讨好的事情呢？人类的感情谁又说的清楚呢？到底谁和谁亲近呢？她为什么要来到这个地方？这可能就是人们所说的宿命吧？也可能是命运之神的安排吧？她像是越来越加糊涂，越来越加孤单，越来越加痛苦，她什么时候能够回到自己家里，可是哪儿才是她的家啊！肯定山泉村是她的家，那儿不但是她的出生地，她的亲生父母就在那个地方，虽然有人说她的根在大梦村……不，她坚决不想再在这儿待下去啦，这是个让人羞耻的地方，也是让她经常遭受屈辱、羞辱的地方。

怀武大叔不但偷窃奶奶家的东西，还偷窃学校的公共财产，偷窃学校的公共财产时，被其他人发现后，他再也没有去过学校，可能他已经被开除公职啦。怀武大叔家里有一位和他女儿年龄相仿的同学，她们在一个学校上学，有一次，大概是星期天吧，她去找她一起写家庭作业，她们就在怀武大叔家的院子里写作业，当时她们把他们家的饭桌搬到院子里，然后她和这位姐姐就开始写起来，她的名字叫小娴，这位姐姐的年龄虽然比她大，可是她还没有她上的年级高呢……小娴有道数学题不会做，她让她给她讲解，她把她的练习本拿过来，她无意之间翻看一下作业本封面，她居然发现小娴的学名叫蒋淑娴。

"这个淑娴的淑字，就是我的名字中淑丽的淑字，不信？你看一看？这个淑字是不是我的名字中淑丽的淑呢？你看看嘛……"于是她大惊小怪地说，而且她还拿着作业本让她看。

"那个淑字也不会是你的淑字。"原来是怀武大叔不知什么时候站在她身后了，他听见她说那样的话时，他这样搭腔道。

"大叔，淑娴的淑字就是我的名字中淑丽的淑字！您看，您看看吧，这不是吗？"她扭头看见怀武大叔站在她的身后，她着实吃了一惊，但是她还是站起来倔强地抗争道。

"俺的淑字是干净淑字，你的是什么肮脏淑字？你那是什么淑字？你的淑字腌臜人家，滚，滚！"怀武大叔不知道受到了什么刺激，他居然和一个小孩子较起劲来，他一直叫嚣不已，而且他并不罢休，接着他又破口大骂起来："你是什么狗屁淑字，那是个流浪淑字，是个野种淑字，是个孬孙，现在从这儿滚出去！滚，立即滚！滚！"

他竟然不顾长辈尊严，辱骂起她来。她是那么委屈，她不敢再争辩什么，于是她坚强地忍着即将流淌的泪水，离开了那个干净的淑娴的家里。

可是怀武大叔为什么那么讨厌她呢．她一直想不通，直到后来很久，她才弄清楚怀武大叔讨厌、憎恨她的道理。在那缺衣少食的时代，大梦村的奶奶，还有那个所谓的爷爷居然养育一位素不相干的孩子，却抛下怀武大叔家里那些嗷嗷待哺的孩子们，而怀义叔叔又经常不在家，当然爷爷、奶奶的东西，只应该怀武大叔享用，谁知爷爷、奶奶养育个外人，所以怀武大叔耿耿于怀、恼恨在心，这大概是他憎恶她最主要的原因之一吧！另外可能是父亲的身份不明不白的缘故吧！

就这样，在之后艰难困苦的岁月之中，小淑丽没再去过怀武大叔家里写家庭作业，她总是躲在雪梅姐姐家，还吃住在雪梅姐姐家。雪梅姐姐是大梦村小学的音乐教师，雪梅姐姐的父亲是大梦村支部书记，哥哥是大梦小学的民办教师。雪梅姐姐不但歌唱得好，音乐教得好，人还长得漂亮，她的歌喉婉转悠扬，音质甘甜圆润，她是那么爱好洁净，简直是一尘不染，她非常疼爱她，可怜她这么一个到处流浪的小姑娘，她一直把她当亲妹妹看待。而雪梅姐姐的哥哥也是位憨厚、正直的人，那位哥哥叫蒋新民，新民嫂子是一位县医院医生，他内弟还是一位清华大学学生……她去那儿上学，还有一个原因就是大梦村有很多学生考上了名牌大学，大梦村还上过报纸呢！报纸上称呼他们村叫状元村呢。

可是北辰正在民师转正培训班里学习，他必须请假，事不宜迟。于是淑丽和北辰抱着第二个女儿直奔大梦村而去，而母亲和昉儿还得暂住在黄水村，他们坐一夜火车，下车后还要转地方公交汽车。因为忙于赶路，昨晚就没有吃饭，于是他们在火车站附近找到一家露天胡辣汤馆，要了六根油条和两碗胡辣汤，于是他们就香甜地吃起来。吃完饭，北辰付过账，淑丽抱起孩子，他们即将离开这个又脏又乱的地方，可是有人拦住了他们的去路。

“你们还没有付钱呢。”这是一位面目狰狞的中年人，他个子瘦小，眼睛阴毒，鼻洼里密布着黑麻子，还蓄着长发。

“五块钱，六根油条，两碗汤，已经付过了。”北辰理直气壮地说道。

“你付的是那一家饭馆的饭钱，你坐的却是俺家的桌凳，还得再付一次钱。”他蛮横地说。

北辰抬头看看，的确是两家胡辣汤馆，他们毗邻而居，而桌凳却分不清哪是这一家，哪是另外一家的。

“这不公平，不能付第二次钱！”尽管如此，北辰还是愤慨地说。

“不付钱，休想走人……哼！”黑麻子冷冷地说，他并没有把话说完，而是迟疑一会儿，才又哼了一声。

听口音，他一定知道他们是外乡人，而且他们携家带口，肯定是逃难在此，匆忙之下，他们坐错了地方，但是他们两家胡辣汤馆毗邻而居，桌凳又分不清彼此，北辰和淑丽怎么知道这是谁家的桌凳呢？何况这儿还有这么多吃饭的客人，他们都各吃各的，没有一个人搭腔，像是故意似的。另外一家胡辣汤馆的人根本不理会他们在争执什么，他们看也不看他们一眼，对于他们来说，这个世界上像是什么都没有发生，也没有什么事情正在发生，他们根本不敢仗义执言，或许两家人心照不宣，彼此彼此罢了。

“天下竟有这样的人！”北辰环顾四周，他还是愤愤不平地说。

“我们为什么不先问问哪儿是哪一家的桌凳呢？可是这也太不公平了吧？”淑丽悄声说道，这时又过来一个长相丑陋、气势汹汹的妇女和一位蛮横的年轻人。

而北辰看见这个阵势，他急忙掏出五元钱递给那位长相丑陋的妇女，这件事到此结束，他们没有再说什么，他给淑丽使使眼色，她理会他的意思，于是他们就尽快离开了这个不伦不类的地方。

接着，他们就去公交汽车站乘车，因为这个城市距离大梦村还有一百多公里的路程。刚刚离开火车站，他们来到大街上，路旁的水果琳琅满目，尤其是水果摊上的大黄梨，这些大黄梨金灿灿的，大老远看看就有食欲，真叫人馋涎欲滴，如果买几斤大黄梨，不仅路上解渴，还能作为礼品赠送给怀武大叔，于是北辰就去询问价格。

“梨多少钱一斤，同志……”北辰询问小贩道。

“十元一斤……”小贩是个个子不高的中年人，他的颧骨并不对称，左边颧骨似乎要比右边颧骨高出许多，而且左脸颊比右边脸颊丰满。这时候，他听见有人询问黄梨的价格，于是就从一张小凳子上缓慢地站起来说。

“哪有这么贵的梨？走，我们不买了……”淑丽劝阻北辰道。

北辰正说挑选几个个大成色又好的大黄梨，他猛然听说这么贵的价格，还没有触碰到这些大黄梨，就赶紧缩回手去。

可是水果贩子用那肮脏得像是鸡爪一样的手指瞬间拽断一个大黄梨上的木

柄,他就用这个木柄快如闪电地戳烂几个大黄梨,顷刻之间,这些模样较好的大黄梨,被戳得面目全非,最后他大概以为戳烂窟窿不过瘾吧?于是他用这根木柄在一个大黄梨上狠狠地划拉一下,顷刻这个黄梨被划烂一个大口子,然后他就阴阳怪气地尖叫道:"你已经把我的梨弄烂了,不买,你走不掉,不买不行!"

"走,不买,哪有这么无赖的人!"北辰被小贩的恶劣行径震惊了,他无比愤慨地说,"不买,看你怎么样!"

"不买,你把梨弄烂,还敢不买,你不买,谁买?"他气势汹汹地说道。"你想卖给谁,卖给谁,我就是不买!"北辰扭头就走,而且态度强硬地说。

"站住!"小贩看见他们只管走,于是他喉咙沙哑地尖叫一声,这声尖叫声像是野鸭受到惊吓之后嘎嘎乱叫的声音,"走吧,敢走,打折腿!"

"不打折我的腿,你不是人!"北辰听见小贩狂妄的叫嚣,他停下脚步斥责他说。

旁边一些人,可能是他的同伙。听见吵闹声,他们闻风而至,瞬间把北辰围困在中间。而淑丽唯恐北辰吃亏,她抱住孩子冲进人群,勇敢地护住北辰。

"走开,他们奈何不了我。"他唯恐伤着孩子,而淑丽说什么也不离开。

"怎么回事?"他们一共五个人,有一位身材肥胖的大个子问小贩道。

"看看把梨都弄烂了,说不要就不要!"摊主用恶意的手指指着那几个他刚才戳烂、划烂的黄梨恶狠狠说道。

"把梨弄烂,不买,不行!"有一位像是瘦猴一样的年轻人说道。

"你是干啥的? 敢在这儿撒野,小心挨打!"大个子威胁说,然后他拉扯一下北辰,但是他没有拉动他。

而北辰趁势远离淑丽和孩子,但是他们呼啦一声又把北辰围在中间,情急之下,他右手抓住腰间铁鞭柄,如果敢有人动手,他准备把铁鞭抽出来。围困他的人,看见他这个动作也吃一惊,他们肯定以为他的腰里藏着兵器,所以他们稍稍离开一些。

北辰趁他们一愣神,他猛推一下瘦猴,瘦猴差一点跌倒在地,他跳出包围圈说:"梨是他戳烂的,却诬陷人!"

猴子站稳后,他不干不净地大骂道:"哪儿蹦出的愣头青,还真横!"

猴子说完这句话,他就扑向北辰。而北辰退后一步把铁鞭抽出来,他们就这样僵持着。其实他们都愣住了。

"你还是买吧,要不给你算便宜些,免得彼此伤和气。"这样僵持了一会儿,小贩走过来劝他说。

"行……如果能优惠……"北辰见有台阶下,于是他收回铁鞭,挤开众人,来到水果摊前,而北辰重复说:"如果不优惠,还是不买。"

"八元一斤,"小贩回到摊位跟前,他迟疑一会儿,把价格降到八元一斤。

"不买……"北辰态度坚决地说。

"六元……"他继续降价道。

"不要……"北辰继续还价道。

"五元……"他迟疑着,才又说道。

"……"他没有搭腔。

"四元!"他又变得强硬起来。

"……"他仍然不搭腔。

"三元……不能再少了!"小贩咬牙切齿地说道。

北辰想即使三元一斤也贵,现在梨的公平价格应该是一元上下。但是如果今天不买,断难脱身,不如少买些,即使少买些,肯定也会吃亏,吃亏就吃亏吧。

他挑了几个小梨,但是摊主坚持他要那几个烂梨,他戳烂的那几个梨,个头很大,北辰开始不想要,但是他禁不住其他人劝说……净重四斤八两。不行,太多,他又拿下一个大的,小贩不愿意,经过协商,他们还是达成了协议,北辰拿下一个小一些的,他称称,净重四斤二两,北辰付了钱,而淑丽惊呆啦,她恐惧得几乎说不出话来……淑丽拿住高价买来的黄梨,北辰抱着孩子,他们诚惶诚恐地向公共汽车站走去。

一路打听,好不容易他们才来到汽车站,汽车站在郊外,是个荒凉的大院子,院子里还没有来得及硬化,汽车来来往往,其间黄沙弥漫,这时狂风骤起,黄色的尘土铺天盖地,顿时迷住了北辰的眼睛……风速渐渐小了,风沙也停下来,整个露天汽车站的大院里,到处是穿戴褴褛的农民,他们摩肩接踵、熙熙攘攘……经过很长时间的等待,他们终于坐上公共汽车,可是还要经过很长时间的等待,如果汽车坐不满人,司机不会发车。半个小时过去了,一个小时过去了,还是不发车,孩子在妈妈怀抱里睡熟了,等待发车这段时间,淑丽要求北辰给孩子起名字。北辰想了想说就叫桃吧。

"多么难听啊,像逃跑似的。"淑丽哭笑不得地说。

"你以为不是逃难啊!"北辰委屈地说。

但是他们还是被这个名字逗笑了,他们笑了一会儿,想到到处流浪的日子,又难过了一会儿。时间已到中午十二点钟,但是座位还空出许多,旅客都在等待,已经有人下车去吃饭了,而他们一家三口也想去吃饭,可是又恐怕汽车不等他们。他们还是忍着饥饿,坐在车内等待,时间像是河水一样一分钟一分钟地流失了,已经是下午一点多钟,可是旅客仍然没有坐满,等待的真叫心焦。这个汽车站叫作汽车东站,汽车东站在城市东郊郊外,四周十分荒凉,没有卖零食的农村人,没有围墙,也没有售票处,只有汽车上的售票员在大声吆喝。饥饿折磨着他们,时间考验着他们,这些汽车虽然叫公交汽车,但是这些汽车全是私家车,所以虽然有人等待,却很少有人抱怨。这些早到的旅客,只是心生不满,却也无可奈何,只有耐心等待,因为除去这辆公交汽车到大梦村,没有其他交通工具……这时候,又上来一些乘客,他们大都是去城里办事的农民，还有个别到城里进货的小商贩，其中有一个商贩携带几个大塑料袋子，他采购了许多廉价商品，有日用品，有小食品，还有小孩子玩具……他一旦回到乡村，就把这些廉价日用品以高于进货价几倍的价格出售给农村老乡，出售给农村小孩子，除此以外，还有一些打工回乡的农民。

　　天空又下起冷雨，已经是初冬季节，天气十分寒凉。幸亏，出远门的时候，他们都穿了薄袄，但是风雨一直敲打着车窗玻璃，像是不断敲击乘客的神经，时间过去的真快，已经是下午两点多钟光景，透过车窗玻璃，他们终于看见一位卖鸡蛋和面包的小贩冒着初冬的冷雨在汽车中间穿梭，他并没有打雨伞，衣服早已被雨水淋湿，他的头发像是湿透的猪毛一样粘贴在发白的头皮上。他到处敲击着车窗玻璃，又不断地在一辆辆汽车上上上下下，他是那么瘦小，又有严重的哮喘病，简直是上气不接下气，他终于来到他们乘坐的汽车上，北辰想买几个鸡蛋吃，这个时候，淑丽瞪他一眼，她仿佛在说："又要乱花钱，看看我们过的什么日子吧？我们像是到处流浪的丧家犬……"北辰看到态度坚决的妻子，看到在妻子怀里吃奶的孩子，他把拿到手里买鸡蛋的钱又放回上衣口袋里，这时候饥饿袭来，他感到一阵揪心难受，可是坚强的意志还是把饥饿压下去，意志终于战胜了饥饿，他咽下一口唾沫，居然感觉到舒适和愉悦起来，有生以来，他第一次感到生命是多么具有意义和价值……的确，没有一个人舍得买鸡蛋，没有人询问鸡蛋价格，这个可怜小贩，这些可怜的乡下人……而北辰突然嘲笑起自己来，他是可怜这个小贩，还是可怜这些衣服褴褛的乡下人呢？其实他不比他们更可怜吗？他本身就是居无定所、漂泊不定……他和妻子还有孩子没有人收留，现在他们去投奔怀武大叔，可是……依然前途未卜，什么地方是他们的归宿呢？怀武大叔会不会收留他们，那么他们去投奔怀山伯父呢？不能，他们简直连一点点血缘关系都没有，那么怀山伯父家的蒋建国大哥呢？他不是也去淑丽娘家居住过吗？可是淑丽说他们仍然不能投奔他，他是多么稀奇古怪的一个人，谁也想象不到他会做出什么古里古怪的举措，他们还是投奔怀武大叔好，可是不是说怀义叔叔既仁义又慈善吗？怀义叔叔自从爷爷奶奶去世之后，他不一定在家，也不知道他什么时候能够回家，他肯定在外地打工，何况他又没有家小，那么他们还得去投奔怀武大叔，可是怀武大叔是怎样一个人呢？一个好吃懒做、游手好闲的人，应该是一个卑鄙无耻的家伙，他会收留他们吗？说不定看到他们百里迢迢投奔他们的份上，他会慈悲为怀？他们实在是怀着忐忑不安的心情去碰碰运气的，因为在家乡，他们早已无亲可投，姐姐家不让居住，那些所谓的亲朋好友……而表舅家那种情况，如果淑丽和孩子能在这儿安顿下来，就把母亲接过来替换淑丽，只有把昉儿一个人撇到表舅家里……他们到底在干什么？他不禁悲哀起来……虽然汽车里还没有上满人，但是汽车却不得不出发了，因为这时已经是下午四点多钟。这个时候，小雨淅淅沥沥下着，骤然，天空运来巨大的黑暗，还有寂静、孤独。汽车出站后，走走停停，就在距离城市不远的地方，汽车仿佛一匹老马那样停下来，司机像是奸诈的老把式那样跳下车去,车灯熄灭后,车厢外一片黑暗,这时售票员从座位上站起来,他是位肥胖的青年人,他的光头在车内灯光的照耀下,白的刺眼,头尖上那一小撮耸立的黄颜色长发,似乎还夹杂着绿颜色头发,他像是一只凶猛斗狠的野公鸡。而汽车老板是位瘦高个子中年人,他一脸蛮横,眼睛像是一条线那么细小,下巴肥大、宽阔。

“愿意走的,每张票二十元,不愿意走的,不勉强,不愿意走,现在下车……”野公鸡突然叫嚣道。

“为什么涨价?之前是十元,现在要翻倍……”旅客激愤地嚷嚷起来。

“老乡们,因为天气不好,天又黑了,愿意走,走,不愿意走,可以下车,不会勉强任何人……”那个一脸蛮横的家伙像是劝解,又像是威胁。

“车外面下着雨,天又黑了,离城市这么远,让我们去哪里?”野公鸡身旁有一个像是做小生意的中年人抗议道。

“自愿!”野公鸡阴阳怪气地说。

“送我们回城里……”车厢里又是乱哄哄一片,乘客七嘴八舌地说。

“不可能!”售票员猛然坐下来凶狠地说道。

“为什么不可能……”

“不要欺人太甚!”

“现在是新社会!”

“这是土匪行径!”

乘客纷纷谴责道。这个时候,司机又回到车上,很明显他的头发淋湿了,乘客喧嚷一会儿,双方都静止下来,一时之间,汽车车厢里寂静得可怕。有人妥协下来,但是还有一部分乘客同车主僵持着,北辰虽然不情愿,只得买了票,他们一言不发地坐着。孩子醒了,她睁开眼睛看看不断吵闹的乘客,吓得哇哇大哭,而淑丽又把乳头塞到孩子嘴里,她似乎是被吓着了,妈妈不断地哄她,于是她不再哭泣,就自顾自叽叽哇哇地吃起奶来。

汽车依然停着,有六七个人,他们坚决不同意涨价,他们和车主激烈地争吵、争辩,双方剑拔弩张的,而其他乘客唯恐他们把事情闹大,只有把他们劝止住,乘客想尽快回到家中,那六七个人上车时都背着行李,他们是返回家乡的农民工,穿得都很单薄,身上还都是单衣服,但是他们并不惧怕寒冷,反而像是他们使寒冬在瑟瑟发抖一样,他们就是和严寒、饥饿,同饥寒交迫作斗争的无畏战士,这些无产者,他们这次外出打工并不如意,单从他们的外观和孤苦无依的痛苦表情不难看出,这些四处漂泊的农民工,他们不是被欺骗,就是被讹诈,甚至一年到头挣不到几个钱……但是他们还是妥协下来,因为他们之中有两位年长者已经买过票,剩余几个年轻人还犹豫不定,但是他们禁不住两位年长农民的劝说,这些人还是把车票买下来。一路上,这群乞丐一样的农民工像是睡着了,他们紧紧地挤在一起,并不完全是因为寒冷，农民工出门在外最需要心贴心地挤在一起。严寒、黑暗让人不寒而栗，车主胜利了，他俘虏了一车不愿意买高价票的贫苦农民，可是他们还是买了高价票，而司机仿佛凯旋的王者，他双手紧握方向盘，踩足马力，汽车像是一匹骏马一样疯狂地向前方飞驰……汽车胶轮行驶的声音像是哒哒的马蹄声……已经听不清雨声，只听见呼啸的风声在汽车后面狂奔……乘客经过长时间等待、焦虑、争吵，都已经疲惫不堪，他们昏昏欲睡起来……这个时候，汽车突然停下来，北辰惊醒过来，淑丽和孩子还睡得十分香甜，北辰推醒淑丽问是不是到站了，淑丽猛然睁开睡眼惺忪的眼睛看看，她像是迷迷糊糊地说还没有到站，但是为什么停车呢？原来是那六七位农民工要下车了，他们到家啦，下车的地方黑咕隆咚的，什么也看不见。北辰清醒过来，他看到前面的汽车灯亮着，但是四周那么空旷，前不搭村，后不着店的，天空又那么黑暗，车厢内部的灯熄灭了，几乎谁也看不见谁，雨停了，可是外面还刮着风，汽车一打开车门，寒风像是窃贼一样直往车厢里面钻，这个地方距离他们下车的地方，大概还有一些距离。这些农民工磨磨叽叽的，他们下车的速度非常缓慢，最后一个人终于走下车来，汽车马上又要启动，汽车内已经响起机器的轰鸣声。但是就在这个时候，突然传来呼呼啪啪汽车玻璃碎裂的声音，一时间谁也不知道外面究竟发生了什么事情，等他们惊醒过来才知道，刚才那一伙农民工正在用砖头袭击公共汽车，他们用从地下捡到的碎砖块砸车窗玻璃，碎裂的玻璃碎片像箭镞那样向车厢里面飞奔，这些玻璃碎片碰撞到车厢内部的硬座，又弹射到其他地方，幸亏没有砸到乘客，真是万幸，受到惊吓的乘客，他们急忙用衣服把头蒙起来，又是一阵猛烈扫射，瞬间又响起汽车玻璃碎裂的声音……汽车像是受到惊吓的牛群那样没命地向前狂奔，那几个农民工追逐着汽车又是一阵穷追猛砸，又是一阵扫射，车厢和车窗玻璃被砸的砰砰咚咚、呼呼啦啦乱响，汽车像是疯癫的骡马一样又是一阵狂奔，终于甩掉了他们，但是他们投掷的砖块，落在地面上的声音依然清晰可闻，汽车终于驶离危险地带，距离那伙"强盗"已经非常遥远了，旅客终于舒缓一口气，而车窗玻璃早已被砸的七零八碎，强劲的冷风灌进车厢里，发出声声尖叫，像是野鬼的怒号。

终于到站了，淑丽抱着孩子，北辰拿着那几个不舍得吃的大黄梨走出车厢，外面是灰蒙蒙的天空，寒冷的夜风立即把他们拥抱住，他们感到一阵寒冷和冷寂，下车地点就在一座与其说破烂不堪、不如说破败不堪的混凝土浇筑的石桥旁边，他们隐隐约约看到桥头旁边有一间已经坍塌的茅草棚子，这间茅草棚子应该是小站的标记吧。淑丽说这就是赵桥站，这儿距离他们要去的地方，还有十几公里路程，如果沿着河岸走会近一些，如果走大道，则更加遥远，过水泥桥时简直让人心惊胆战，桥窄又长，而且没有护栏，大概护栏早已被锈蚀得无影无踪了，石桥两侧有几根细瘦的水泥柱子，还有几根水泥柱子上只剩下锈蚀得快要断掉的钢筋了，有几根钢筋还奇形怪状的，很显然有人想把钢筋弄断，可是他们因为没带工具，他们的企图没能实现……桥面上石板之间都有很宽的缝隙,桥面下方汹涌的激流几乎接近石板,而且有一个地方漏洞很大,几乎能够掉进去一头小牛犊,北辰担心这辆被袭击之后的汽车能不能过得去,可是汽车休息一会儿之后,还是义无反顾地从他们身边冲了过去,他们尽管战战兢兢,可是还是摸索着通过了,而且他们很快走上窄窄的河岸,河岸上光秃秃的,他们一会儿爬坡,一会儿走向洼地,虽然刚下过雨,河岸上却没有泥巴。但是寒风像是奇袭者,不时地把一股股寒冷的气流堵塞住他们的嘴巴,噎得他们喘不过气来。四周朦朦胧胧的,远远看去,激流汹涌的河水像是静静地流淌,河流像是奔波得太久了,疲惫和困倦纠缠着河流,静静的河水像是酣然睡着了……远方是那么遥远和迷惘,河流对岸的地方,他们什么也看不到,苍穹仿佛伸手可及,可是淑丽和北辰却不敢有丝毫的倦怠,他们必须继续跋涉,必须不断前行!

他们终于走出河岸,拐向一条田野小道,小道上一洼洼的雨水亮晶晶的,他们不时踩在水洼里,整个裤脚早已湿透了,但是他们似乎不再寒冷,由于奔波,反而温暖起来,也不知道现在是什么时间,大概已是深夜,这条道路似乎就在一条沟壑上沿。

他们似乎听见后面有什么响动,后面的响声越来越近了,有人挥动鞭子发出吆喝的声音,接着就是牲畜呼哧呼哧的喘息声音,以及牲畜打喷嚏的声音,还有哒哒的兽蹄走动的声响。

"应该是一辆骡马车,或者一辆毛驴车。"淑丽说道。

淑丽说话声音刚刚停止,一辆毛驴车就追赶上他们,一头毛驴拉着一辆加宽加长的架子车。

"吁……"牲畜把式想超过他们。

"大叔,行行好吧,我们到大梦村去,现在我们走得太累了,还有孩子……"她用本地方言恳请大叔道。

"什么? 去哪儿?"车把式惊诧地说,从他说话的口气,显然他们一路。

"大梦……"淑丽不得不重复说。

"我们还是一路呢,去谁家呢?"牲畜像是放缓了脚步,他们彼此缓缓行走着。

"去俺大叔……蒋怀武家。"淑丽报上怀武大叔的名字。

"这个人啊,我不认识……太坏了……"车把式突然恼怒地说,说过话之后,他已经扬起鞭子,他想离开他们,但是走之前,他猛抽一口香烟,又唾了一口唾沫说,"这个人没有人性,不然老娘不会上吊自杀的……"

原来是这样,北辰隐隐约约地看到这位壮硕的中年汉子,他宽大的下巴上有一团乱糟糟的胡须。他应该是一位诚实人,不然他不会这样评价怀武大叔,怀武大叔怎么会是这样一个人呢? 原来淑丽的奶奶是上吊自杀的,怀义叔叔终年不在家,淑丽的父亲又是那样一种情况,怀山大伯不是奶奶的亲儿子,怀武大叔在家,可是母亲却上吊自杀了……车把式这句话使北辰倒抽一口凉气,他们怎么会投奔这样一个禽兽不如的家伙？可是他们不投奔他又有什么办法呢？不投奔他又去投奔谁呢？怀武大叔家即使是狼窝，北辰也要尝试一下，原来所谓的怀武大叔……他虽然不是亲手杀害母亲的刽子手，却是被人唾弃的家伙……

"不是怀武……大叔，我们是去投奔怀义小叔的……"她趁他没有走远，她灵机一动大声说。

"哦，原来是怀义啊，他不在家，在南疆呢……我们是吃喝不论的好兄弟呢，你不早说，上车吧……"他猛然停下车说。

北辰和淑丽，还有孩子终于坐上这辆毛驴车，这是上天的赐予呢！在车上他们了解到这位大叔就是大梦人，他是去女儿家里帮忙打玉米，他给姑娘的活计安顿好，又多喝了几杯酒，他是在女儿家喝过酒又打了一会儿盹，这才回家晚了。

"你们去找怀武干什么呀？"他想了解些什么？于是他问他们道。

"走亲戚的……"淑丽只得这样说道。

"这么晚了，真叫可怜……怀武……太不是东西，我俩已经好多年不搭腔啦，一个无赖，恶棍……不仁不孝……而怀义，我们是从小的好兄弟，如果他从南疆回来，我们非喝得烂醉不可，太妙啦，哥俩好啦，五魁首啊，哈哈……"他应该是想起和小叔怀义喝酒时候快乐的时光…可是他规劝他们说，"同怀武打交道，你得防着点，他会像毒蛇一样偷咬你一口呢……"

这话说得让他俩顿时哑口无言，他们都沉默着，车把式也像是酒醒啦，他也不再啰唆。他们又行走了很长时间，道路弯弯曲曲的，他们早已被车把式拐得昏昏欲睡了，终于来到大梦村，而大梦村早已进入了梦乡，他们什么时候来到的，大梦村并不知晓。车把式就在村口停下车，这个时候，整个天空朦朦胧胧的，而北辰模模糊糊地感到大梦村中间有一条河流，但是在这严寒的冬季，这条河流像是干涸了，这条干涸的河道像是一刀劈下去把大梦村一分为二。河流是南北走向，东西两岸居住着村民，村头的房子大多是破旧、低矮的茅草房子，这使北辰非常震惊，它们像是二十年以前的山泉村，为什么这个地方那么贫穷落后？但是他顾不得思考贫穷问题，刚才一路走来似乎很少经过村庄，大概是黑夜的缘故吧，所以他也不知道其他村子的情况，他不能再想下去，车把式已经等得太久啦。

就在村口，淑丽和北辰下了车，他们向这位好心的车把式道过谢，于是他们就分开了。淑丽在这儿上小学，但是她并不认识这位善良、仁慈的人，他向河流东边走去，而他们向河流西边走来，他们不得不沿着一条弯弯曲曲的土泥路行走，这条泥泞的小道左边就是一排排破旧、低矮的茅草屋，右边就是深深的干涸河道，他们沿着小道向前走去，夜深人静，北辰感觉到这条小道像是一条倾斜的山坡，他们正艰难地向上攀爬，他真想永远攀爬下去，永不回头，永不迟疑，就这样勇敢地攀爬下去，永不停歇，不管风雨，不管世事沧桑，也不管世道艰难、险恶……

淑丽一一指点那是谁家，这是谁家，谁家在河流的那边，谁家在河流这边，大伯家在最前边东北角的地方……她走在这条小路上,又回想起……

他们还是敲开怀武大叔家的大门。怀武大叔和婶母起床了。他们见到这一家子,在这深更半夜,看见逃难的人,也不禁唏嘘流泪。

淑丽的叔父,蒋怀武大叔五十岁上下,在昏暗的电灯光下,北辰看到他整个脸颊和下巴满是黑油油的毛发,眼睛像是隐藏在荒草里的蜥蜴眼睛,头发黑油油的非常细密,他的嘴巴很小,说话的声音非常尖细、尖厉,有一种甜丝丝的感觉,让人听起来非常不舒服,但是对北辰和淑丽的到来却很热情,而婶母有些矮胖,也很诚实,她嘴门口有一颗白亮亮的大钢牙,婶母抓紧时间给他们腾出床铺,他们没有伸伸懒腰就进入了梦乡……

第二天依然是阴雨绵绵,阴沉沉的天空那么低矮,似乎登上屋脊就能够触及湿漉漉的天空,怀武大叔家的院子东西狭长,足足有一亩地,但是非常凌乱,中间是个大粪坑,粪坑西沿有个废弃的石磨,淑丽说村里前几年还在用石磨磨面呢,院子的东南角是个猪圈,猪圈里有一头半大的公猪,而院子里成群的鸡鸭到处乱飞乱叫,这些鸡鸭的身体都非常肮脏,院子里到处都是废物和垃圾,如果你不小心,就会绊一跤,一不小心肯定会踩上鸡鸭鹅粪的,尽管他们家没有鹅,但是说不定鹅会突然闯进来,而且鹅们会到处拉屎,因为他们家到处都是拉屎的场所。堂屋是五间低矮的蓝砖瓦房,这么些小瓦房在大梦村的茅草屋之中真是别具一格,门窗都是老式的木门、木窗,房子并不破旧,但是这些木质的门窗早已经锈蚀得破烂不堪,所有房间都没有门,仔细观察,才发现个别门板斜放在门口,后来北辰才知道,晚上就用铁锨顶着门板休息,用铁锨顶门时,门板上方就会遗留个大窟窿,这些窟窿在这个寒冷的季节,肯定不是用来通风的,而木窗棂也早已残缺不全……院子最西边,也是石磨西边有一间小茅草屋,那是一间厨房。如果打扫干净,或者收拾妥当,这个农家小院肯定别有一番民俗风情。如果怀武大叔再把门窗安装完好,这个农家小院就会别具一格。由于昨天他们来到太晚,所以他们竟然不知道他们家的门窗是这个样子。但是怀武大叔似乎并不着急,他的行动总是慢慢悠悠的,北辰和淑丽睡得太晚,等到他们起来时,怀武大叔家已经准备好酒菜,在等待他们吃早饭啦。北辰这时才看见怀武大叔满脸乱糟糟的黑色胡须下面是赤红色的肌肤,而鼻头像是刚从红颜色的颜料罐里浸染过,而且他的衣服很特别,他穿的衣服简直不叫衣服,那简直是中世纪的旧毡片,这些旧毡片似的东西不知是怎样连缀在一起的,而且这些连缀在一起的旧毡片让他穿戴起来,还非常合身,不但合身,还很合适,其实所谓的怀武大叔就像是中世纪的农民,他非常消瘦,像是有轻微的哮喘病,每说一句话,就不停地咳嗽一阵。

饭桌上有四个菜,一盘炒猪肉,一盘酸辣白菜,一盘咸豆酱,另一盘是变蒜,还有一瓶沱牌大曲。不难看出怀武大叔是位美食家,更爱美酒。这瓶沱牌大曲应该价格不菲,让北辰稀奇的是在这儿却能喝到沱牌大曲。

北辰偷偷地走出门外,他打听到有一家卖酒烟的代销点,这个代销点是个茅草小屋,茅草屋墙壁全部是黄土砌的,墙面非常洁净,而且小屋是一个长方形,屋子里十分狭窄,除去一个小货架,过道仅供一个人通过,货架是实木的,而且古色古香,货架上只有很少的几瓶白酒,这个小酒店冷冷清清,这几瓶白酒是不是专卖给怀武大叔的也未可知。就在这户人家的大门口,站着一位瘦弱的老者,他应该是代销点的主人,一个满头霜雪的老人,行动迟缓,非常沉稳,这个代销点不营销其他物品,只代售几瓶白酒。北辰像是犹豫着,老者领会了他的意思,他用一根手指头指指货架下面,原来货架下面还有两件白酒,这就说明他有货源。北辰一下子买回六瓶沱牌大曲,卖酒的老人感到很吃惊,但是他只是稍稍表示一下惊讶,然后还是不言不语,他收取现金后,又沉默地坐到小木凳子上面。

他没有想到用纸箱把酒搬回家,而是好不容易把六瓶白酒拿回怀武大叔家里,看得出来,怀武大叔非常高兴。他们并没有喝北辰买的酒,而且北辰也只是尝尝怀武大叔的沱牌大曲,他哪有心情喝酒呢?他一直纠结怀武大叔是否肯收留淑丽和孩子,吃饭的时候,他把钱从口袋里掏出来双手递给怀武大叔,怀武大叔已经答应收留她们母女啦,北辰一颗悬着的心才算落下来。

中午蒋建国大哥邀请北辰过去赴宴,他家就居住在怀义叔叔家南边,去他家的路上要经过怀义叔叔家,怀义叔叔居住的旧茅草屋,在寒冷的初冬,默默无语地伫立在那儿,显得那么孤独和寂寞,旧茅草屋像是含泪向当年的小淑丽挥挥手,像是想给小淑丽一个热烈的拥抱,但是茅草屋羞涩地笑了笑,仍然踯躅不前地屹立在原地。奶奶、爷爷早已过世,可谓是物是人非,人去楼空。怀义叔叔不在家,他大概又去南疆打工了吧。屋门还是破旧的木质单扇门,门锁是一把老式大铁锁,没有院墙,院子里有几棵老榆树,这几棵高大的榆树,显得古老沧桑,院子里到处是瓦砾,到处是丛生的野草,据说怀义叔叔还是仍然孤身一人。这儿是淑丽生活过的地方,当时还有奶奶、爷爷……睹物思人,让人潸然泪下……他们又走过几家茅草房子,北辰才来到蒋建国大哥家里,他已经同父母兄弟分住,蒋建业哥哥在河流的另一边,从前一别,不知他现在怎么样?现在到底在什么地方?北辰现在是寻找落脚的地方,很不方便询问蒋建业哥哥的近况。而蒋建国大哥家别具一格,蓝砖、白灰砌的砖院墙,高高的门楼,草绿色的铁大门,这个草绿色的铁大门很蹩脚,很瘦小,似乎不太吉祥,院子不大,却很整洁,堂屋是四间蓝砖瓦房,还有一间陪房当作厨房。

蒋建国大哥不足五十岁,显得十分苍老,而且很矮小,却很精明强悍,眼睛冷漠、霸道,有点驼背。他在山泉村住过两年,很感激淑丽父母,所以表面上和北辰十分亲近。

蒋建国大嫂个子高大,肚子膨胀得像是十月怀胎的孕妇,两条腿像是鹿腿一样细长。她的脸狭长,皮肤干燥、粗糙,脸上有许多细密的黑麻子,还有几块黑斑,额头却是又高又窄,颧骨高而尖,颧骨上的斑块尤其明显,圆眼睛,眼光犀利。她显得非常强悍，而且鼻子短小，红红的鼻头，像是没有鼻翼，鼻头很秃，鼻孔朝天，尖下巴……这么丑陋的一个人，说话却很霸道，声音尖细响亮，又喋喋不休。他们家附近都是茅草房子，这些低矮、破旧的茅草屋到处散发出腐朽、古老、衰败的气息，同蒋建国大哥家厚重、古朴的蓝色的砖瓦房子形成鲜明对比。当年，蒋建国大哥因祸得福，他避祸山泉村，淑丽的父母让他拜师学艺，他学到泥瓦匠的技术，现在已经是小包工头啦。

酒宴上，他们谈天说地，气氛非常融洽。

当天下午怀武大叔的大女婿、女儿来看望他，他们两家距离很近，像是串门一样。

但是今天他们的到来使北辰非常吃惊，怀武大叔的女儿叫芙蓉，这个名字那么美好，不禁让人联想到出水芙蓉，可是她并不秀丽，还很丑陋，她非常肥胖、臃肿，皮肤比北辰高价购买的黄梨颜色还要黄，脸上的麻子比黄梨表层的大麻子还大，还多，这些麻子不仅密密麻麻，而且还很顽强，不仅占据了整个脸部，还霸占了整只耳朵，甚至占领了耳尖、额角，以及脖颈下面绝大多数领土，这些大小不一的麻子简直像是一张黑色的面网，而眼睛只有通过这张网向外部世界觊觎、瞭望。何况她穿戴得非常寒碜，让人啼笑皆非，她的上身穿一件枣红底小黄花的大棉袄，这件棉袄并不破旧，却肥大、肮脏，没有一颗纽扣，芙蓉姐姐作为女人却是敞着怀，内衣是一件灰不溜秋的破烂毛衣，而胸脯像是座小山丘那样耸立着，棉裤有几处开裂了，不知是因为肥胖，还是因为懒惰，肯定是因为懒惰，她作为一位妇道人家，连自己的衣服开线都不缝补，棉絮在棉衣里面鬼鬼祟祟、探头探脑的，而且一双大脚趿拉着一双破鞋片子，还是一双夹鞋片子，她穿着一双棉袜，是一双白粗棉布缝制的棉袜，年龄也只是三十几岁，却像是年近五十岁的人啦……她这样的装束，如果不亲眼见到，很难想象世界上还有这样稀奇古怪的女人，她还有两根粗大的发辫，辫子凌乱、枯黄。

她为什么会是这样一个人呢？为什么还吃这么肥胖，淑丽说别人都叫她傻芙蓉，还离过婚，离婚之后，才嫁给现任丈夫的。之前的丈夫还很帅呢，他们有个男孩，男方肯定是嫌弃她窝囊，嫌弃她丑陋才同她离婚的，男孩判给了男方，她改嫁后，生育一个女儿。

现任丈夫叫施大钢，他瘦长脸，深眼窝，老婆嘴，长个鹰钩大鼻子，却很诚实，非常听岳父母的话，也不惹芙蓉姐姐生气。大叔家有五位女儿，二女儿长得秀气，她已经长成一个大姑娘了，已经到了出嫁的年龄，却仍然待字闺中，后来才听说，她被人奸污过……据说他们家的砖瓦房就是……另外几个女儿还都是学生，她们还都是小孩子。

他们家没有儿子，所以怀武大叔才养成游手好闲、赌博贪杯的恶习，其实他已经非常堕落了。

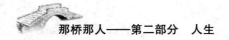

　　在大梦村的日子虽说平淡无奇,但是大梦村人的亲情,尤其是怀武大叔一家人的好客和热忱让他终生难忘。

　　北辰得离开这儿,他不但是一校之长,而且还得参加培训,他不得不告别淑丽和孩子,告别怀武大叔一家人,还有大梦村……

第十三章　另外一种人生

1

广袤的黄淮平原在寒流的袭击之下显得萧瑟和苍茫,一望无际的田野沉寂不语,树木为之噤声,河流也不再喧哗,木板桥更加孤独和寂寞,河流上游受到工业废水和城市污水的严重影响,河水变换着颜色,之前流淌着浑浊的黄色河水,后来这些浑浊的黄色河水混杂着城市的黑色污水从上游流淌过来,近几年黄河水渐渐减少,河流里流淌的河水尽是黑色城市污水,这些黑色污水早已不能用来灌溉农田,现在河流里流淌着城市污水和工业废水——造纸厂、农药厂、化肥厂、制药厂、造酒厂等的工业废水,而河水颜色简直是五花八门,有时是蓝色,有时是黄色,有时是黑色,大多时候是红色。这些红色河水是化肥厂生产硫酸时排出的大量废水,河里的鱼虾早已绝迹,更不用说利用这些红色河水灌溉农田,河流两岸居民的饮水也受到严重污染,河流两岸农民的生存环境逐年恶化,癌症的发病率居高不下。这样的局面如果持续下去,不远的将来,这片沃土将变成不毛之地……这是事实,这已经不再是一句危言耸听的谎话!

母亲,淑丽,孩子都不在家,而北辰在孤独的时候,在夜深人静之时,总爱独自一人坐在木桥之上,总爱想入非非。

这天上午八点三十分于高山镇教办室,在韩主任的主持下召开中小学校长紧急动员会议,会议主要内容是迎接国家两基验收。韩主任讲:国检之前,首先县教育局要进行督导,其次是市教育局验收,再次是省教育厅代表国家验收,最后才是国家正式验收……最后韩主任总结道:我们要成为国家首批两基验收……我们的工作要走在国家其他市县的前面……

所谓两基就是基本普及九年义务教育和基本扫除青壮年文盲。目前为止,高山镇扫盲任务并不艰巨,但是普九的关键是学校硬件建设,硬件建设需要村委支持,而软件建设主要是档案建设,档案建设关键是普及程度档案建设,山泉小学适龄儿童在校人数如果按照实际在校人数登记造册,工作量会大大减少,但是如果适龄儿童在校人数比对乡镇公安户口册……这就给学校实际工作造成巨大压力和难以想象的困难,目前,农村中小学辍学问题不但普遍存在,还十分严重。普及程度是一项非常艰巨复杂的工作,什么适龄儿童的入学率、辍学率、毕业率、完成率……还有……农村小学依然实行五年制教育,所谓九年义务教育只是八年教育,小学五年,初中三年,所以小学适龄儿童是指七到十二周岁儿童。残疾儿童的入学率要达到百分之八十。另外还有教育经费三个增长,两个比例,高山镇政府能够做到吗?提高教师工资,镇政府能做到吗?村委能保证资金投入吗?小学教师学历全部达标,在这么短暂的时间里,简直是痴人说梦,关于档案建设,什么上挂下联,这些东西想想都让人头疼……

但是北辰下定决心刻苦学习,认真钻研,要彻底明白和掌握适龄儿童(七到十二周岁)的入学率、巩固率、辍学率、毕业率……但是这些年龄段学生,他们不一定在哪个班级,全校五百八十一名学生,十个教学班,他得掌握每个班级有多少学生,这些学生都是几周岁,几周岁的孩子,他们又在哪班就读,直至弄清各年龄段在每个班级分布情况。这些东西对于糊涂校长来说,直到迎检结束,他们也不明白怎么回事,但是对于精明校长,他们不费吹灰之力就能迎刃而解,可谓是会者不难,难者不会。北辰既不糊涂,也不聪明,他介于二者之间,所以他必须通过努力,才能记住这些让人难以记忆的数据。

可是真正令他头疼的是会议即将结束,高山镇政府两位领导突然莅临会议现场。他们的到来,使北辰既莫名其妙,又惴惴不安,他们分别坐在韩主任座位两边。

韩主任用右手指指座位右边的领导说:"这位是秦副镇长,主抓计划生育工作。"接着他又用左手指指座位左边的领导说,"这位是计生办副主任,姜主任。"韩主任等到他们站起来点头致意后又说道,"首先欢迎秦副镇长做重要讲话。"

秦副镇长霸气地自我介绍说:"我姓秦,别人都说我姓秦始皇的秦,其实我姓禽兽的禽,所以说不管谁超生,绝不手软,绝不留情,该扎不扎,房倒屋塌,该流不流,锯树牵牛……这次运动分为三个阶段,第一个阶段是自查……时间是从……坦白从宽,抗拒从严……第二个阶段是检举、揭发阶段……时间是从……第三个阶段是处理……时间是从……"

而姜副主任的讲话丝毫不比秦副镇长逊色:"我姓姜,生姜的姜……秦副镇长讲的三个阶段就是……"

高山镇正在掀起轰轰烈烈的计划生育高潮,教育部门自然不能例外,禽兽和生姜在全镇中小学校长会议上分别做了动员报告,北辰一想起这个动员会就不能不胆战心惊。

第二天,北辰吃过早饭来到学校,预备前,他把魏主任和吴老师请到校长室商议学校就如何做好迎接国家两基验收的准备工作,他们决定上午第四节召开全体教职员工会议,北辰要在全体教师会议上做总动员、总部署,他们商定由吴老师通知开会,召开会议之前,北辰还要和魏主任做具体工作分工,谁负责什么?哪位教师负责哪一块?都要做详细安排。就在这个时候,孙凤鸣突然来到学校,他看见北辰正和魏主任商量工作，并没有进校长室，而是站在校长室门口摆摆手让他出来，北辰看见孙凤鸣，不由得心里怦怦乱跳，肯定发生了什么意外，肯定有不祥的事情发生，可是到底是什么事情呢？不会是什么好事情。果不其然，孙凤鸣悄悄地说有人揭发他超生！揭发人写信给秦副镇长，揭发信上写道：揭发山泉小学校长郭北辰超生二胎。孙凤鸣说揭发信是一张小纸条，他重复比画纸条多宽多长："大致有三指宽，有这么长一张纸条。"他两只手掌立起来，而且立起的手掌中间保持大约十厘米的距离。而且他叮嘱北辰要当心，千万不可粗心大意，而北辰对他表示感谢，并拜托他多操心，以后一定重谢等等。

等孙凤鸣离去之后，北辰回到办公室，魏主任问他孙凤鸣找他有什么事情？北辰表面镇静地说没有事，没有什么大不了的事情，但是他却很快把魏主任和吴老师打发走，他又诓骗他们说镇政府要召开全镇校长紧急会议，他必须参加，所以今天上午的会议推迟到明天上午第四节召开，具体分工，等他开完会议以后，再做定夺。

魏主任和吴老师一离开校长室，北辰想必须在县教育局督导之前，把他超生的事情压下去，不然，一切努力都会功亏一篑。他必须……事情才有希望。但是他刚刚从顺和乡调到高山镇担任副镇长，谁和他熟悉呢？他听谁的话呢？他在顺和乡是宣传委员，而顺和乡乡长却是山泉村的邓群，淑丽家和邓家是干亲，最好明天去顺和乡找到邓群，让邓群给禽（秦）副镇长打招呼，邓群的话肯定管用，事不宜迟，现在就行动。

他和岳父立即来到顺和乡政府找到邓群，他对淑丽的父亲非常客气，等北辰说明来意，他慎重考虑后说道："还是回去让郭玉堂书记找秦副镇长妥当……"

之前，邓群在学校当过演员，经常扮演栓保和杨白劳，在小队当过技术员，当过记分员……后来他当过兵，复员之后，到镇政府做通讯员，现在是顺和乡乡长，可见英雄不问出处。

他长得并不魁梧，也不帅气，只是普普通通的一个农民，现在却是一乡之长。他的聪明才智都集中在眼睛上，他考虑问题时总爱把黑眼珠转几圈，再盯着人看一会儿，像是要认真思考什么，然后才下定语，他处理事情很冷静，遇事沉得住气。

北辰想着和邓群见面的情景，不知不觉走到汽车站牌跟前，在这儿他正好碰见杨静。她现在这么漂亮，他没有认出她来。她说她要去县城，而且她就在顺和乡造纸厂工作。

"北辰，你来这儿干什么？"她亲热地问他道，她和他距离那么近，她的手几乎抓住他的手。

"你是？"这会是谁呢？她那么热情，把他吓一大跳。

"我是杨静啊！看你的记性。"她嗔怪他道。

"杨静……"他像是明白过来，原来是杨静，那么她脸上的麻子哪里去了？

"北辰，结过婚没有？"临分手时，她问他道。

"结过了……你呢?"他奇怪她为什么询问他这样一句话,这不是明知故问吗。

"没有……"她迟疑地说道。

"因为什么?"北辰奇怪地问道。

"没有满意的对象呗!"她并不害羞地说。

北辰沉默着,等杨静登上汽车,她站在汽车门口邀请北辰道:"有空来造纸厂找我啊。"

但是北辰并没有回答她,因为他现在根本没有心思……杨静是北辰的初中同学,他们邻村,她的身段那么柔软、诱人,尤其是那双鬼精灵的眼睛,还有那飘逸的秀发……只是当时她一脸麻子,让人难以接受,但是她脸上的麻子哪里去了呢?开始北辰认为不是她,她先认出北辰,而且她那么热情……她变得这么靓丽,那双含情脉脉的眼睛真诱人……

可是北辰哪有心思想这些呢?何况她……怎么还没有结婚?去掉麻子也需要一笔不菲的费用,她怎么来造纸厂上班的?真的是迷雾重重……之前像是有关于她的传言,都是不实的谣传……一个大龄姑娘家,免不了……

回到家里,他不得不去拜访郭玉堂书记,一是公事,他必须向郭玉堂书记汇报学校迎接两基验收的事情,二是私事,他个人的超生事情。

郭书记说镇政府已经召开过计划生育动员大会……山泉村马上就要掀起计划生育高潮……什么时间,去找秦副镇长……郭书记沉吟一大会儿,他最后下定决心说:"后天是星期天,他住在县上,后天中午,我们在凤久酒家宴请他。"

星期日一大早,郭书记和孙凤鸣,还有北辰,他们一大早来到秦副镇长家里,他刚刚起床,他见到郭书记非常激动,又是让烟,又是让座,他们在他家并没有停留太长时间,郭书记向他介绍过北辰之后,并没有说多余的话,然后就告辞出来……

原来,凤久酒家的老板是孙凤久,他是孙凤鸣的五哥,他在大河县城经营酒店多年,因为孙凤久开酒店发了财,他又另娶了一位小老婆,和原来的老婆离婚不离家。他见到郭书记格外热情,他长着五短身材,但是举手投足之间非常做作,他像是在舞台上的戏子那样比手划脚。小老婆长得妖里妖气,她懒洋洋地站在收银台前,她想抽支烟,等拿起烟盒,她扫视他们一眼,又尴尬地把烟盒放回收银台上。这个时候,郭书记和孙凤久议论到秦副镇长,郭玉堂书记像是无意之中议论到秦副镇长,他说他离过婚,现在又找了一位刚刚参加工作的……他说得非常隐晦,言语之间却有些不屑……等凉菜上齐,秦副镇长才姗姗来迟。

"郭书记,对不起,来迟了,让大家久等,抱歉,抱歉!"他诚惶诚恐地说道。

他的双手一直抱在胸前,态度又是那么诚恳。这样看来他并没有兽性,也不是禽兽,那么他为什么在全镇中小学校长会议上大发兽性地讲他姓禽兽的禽呢?他是不是认为只有那样讲才能震慑他人?他是不是认为只有禽兽才会吃人,谁不知道人照样也能吃人……但是他今天面对郭玉堂书记为什么这么人性,他不但对他点头哈腰,还拱手作揖。这到底是怎么一回事? 难道副镇长还得俯就郭玉堂书记,这是什么路数?

他不但不像禽兽,长得还有模有样的,他是个矮胖子,穿一身银灰色西装,打一条紫红色领带,一副枣红色的国字脸,不知因为什么,北辰老是感觉他像一只狐狸,特别是那双眼睛更像……

他们开始喝酒,而他喝酒的时候更谦虚,总是先给郭玉堂书记敬酒,他自己才敢喝酒,而且还不住地说:"玉堂兄,在高山镇,你叫我干啥我干啥,我全听支书哥哥吩咐。"

怎么一个高山镇副镇长全听村支部书记吩咐呢?

他们之间的悄悄话,让涉世未深的北辰十分震惊,他越来越感到权利泥潭是那么高深莫测,郭玉堂书记和所谓的秦副镇长都是摸爬滚打过来的干部,都是玩弄手腕的老手,他们谈到的秘密话,都是他这个书呆子从未体验到的,官场有许多值得学习的东西,将来他都得不断揣摩和实践。但是终其一生,北辰都学习不到这种圆滑和推诿,学不到狡猾和卑鄙,学不到……而且他越来越加棱角分明,越来越和这些伪君子格格不入,因为他的人生应该是另外一种人生……这种人生理想是那么高远……这种人生虽然渺茫,但是他非要接近这种精神境界和精神高度……

当天晚上,郭书记又把北辰请到家中,北辰也明白他的意思,因为凡事都得付出代价,这种代价,也可以叫作补偿,这是不可为外人道的东西。

第二天郭书记又让北辰和孙凤鸣去拜访姜主任。

孙凤鸣把昨天郭书记宴请秦副镇长的事情讲给姜副主任听,姜副主任也没有再说什么,只是点点头,而孙凤鸣就领着北辰离开了镇政府,回去的路上,孙凤鸣说郭主任已经调走了,姜副主任马上就是姜主任了。

"郭杰伟主任调哪儿去了呢?"北辰好奇地问他道。

"高升了,他去外乡当副书记去了,"孙凤鸣像是愤愤不平地说,他是嫉妒,还是恼恨他呢? 大概嫉妒的成分多些,另外也可能有恼恨,他们曾经是上下级关系,不可能没有摩擦、磕碰的,正所谓人走茶凉……然后他又像是神秘地说,"这个副书记不少得钱啊! 郭主任力度真大……"

之前,郭杰伟可是孙凤鸣的顶头上司啊,但是他对郭主任并不留恋,这是不是官场的旧习、恶习呢? 现在姜主任马上就是主任了,真是铁打的营盘,流水的兵,那么姜主任又会是孙凤鸣的直接领导了。姜主任三十五六岁,是个麻木、冷漠的大胖子,准确地说是个大白胖子,面部没有一点表情,像是一块白色的岩石。孙凤鸣悄悄地说他家里有老婆,还有说不清的男女关系……北辰是第一次接触这些人,因此他对他们真的不很了解,也不很理解,他们的工作态度和生活作风,与他想象的完全不同。这些人的生活方式和工作作风真的让他既恐惧又失望……这才是一个小小涡流,也是一个小小的漩涡,他们所激起的也是一些小小的生活浪花……

2

山泉小学的迎检工作有条不紊地开展起来,村委投资对学校校舍重新装饰、装修,许多农民工正在用白水泥混合涂料粉刷校舍……他们不停地加班加点,很快学校面貌为之一变,到处给人一种新鲜、新颖的感觉。同时,山泉小学成立迎检领导小组,北辰担任组长,魏主任担任副组长,成员由分管具体工作的教师组成。负责扫盲,教育经费,教学质量,办学条件,师资水平这几块工作的教师任劳任怨、不辞辛劳,但是负责普及程度的毕传芬老师却处处作梗,处处刁难,她人前人后大放厥词,还动不动就歇斯底里大发作,不是说表册不够,就是嫌工作太重,或是说没有时间,总之,学校里的所有工作都不合她的心意。

她是史新章副主任的爱人,为此北辰处处迁就她,给她面子。这反而助长了她的嚣张气焰。据消息灵通人士透露,史新章副主任自从离开山泉小学,他渴望重返山泉小学担任校长职务,目前时机尚未成熟,所以他不得不等待时机,而毕传芬老师不断兴风作浪,应该与此息息相关,她依仗史副主任的权势欺负北辰初来乍到,何况她还有不可告人的目的。现在正是用人之际,何况毕传芬老师负责此项工作多年,一时之间,北辰又无可奈何,即使北辰想调整她的工作,其他教师因为惧怕史新章副主任,也未必有人胆敢接任这项工作。她又在暗中笼络一些别有用心的教师,他们内外勾结,里外串通……但是他考虑到刚刚主持工作,还是应该以大局为重,不能因小失大,所以他只得隐忍不发,以观后效。而史新章副主任似乎也在观望,因为北辰和白副镇长这层关系,一时之间,他还不敢造次,但是他在学校依靠毕传芬老师培植势力,暗中作祟,另一方面他依附、投靠韩主任和郭玉堂书记,以此压制、打压,甚至造谣、诋毁他,还联络其他中小学校长孤立他,极尽卑鄙龌龊之能事。北辰校长深深地感到斗争的复杂、尖锐性,深深感到人心的险恶和不测,这份校长工作远远没有想象的那么简单、美好,不但不简单、美好,有时候他甚至厌恶起这份工作,他非常后悔担任山泉小学校长职务,但是既来之,则安之,他没有理由懈怠、怠慢这份工作。而且将来他会比其他人做得更好,历史将会证明这一切……但是毕传芬老师迫于形势压力,她还是行动起来,北辰校长这才轻轻地松一口气,尽管他心里十分憋屈。

毕老师一旦行动起来,对工作也是认真负责,她能够精准地计算出七至十二周岁适龄儿童在一至五年级十个班级的分布情况,她更清楚适龄儿童入学率、升学率必须达到百分之百,巩固率必须达到百分之九十九,还有辍学率不得超过多少,以及残疾儿童入学率必须达到百分之八十,等等。

她不但是计算普及程度的专家,还是五年级毕业班的数学老师,又是五年级二班班主任,而且每年的教学成绩也不落后。

可是她的所作所为还是让北辰校长很不痛快,她急功近利,拉帮结派,造谣生事,唯恐天下不乱。她也不再年轻了,但是她走路的姿势却很特别,她不是在走路,而像是在跳舞,她往往在细碎的舞步之间来上一个优美的动作来抒发喜悦,或是来上一个戛然而止的恶作剧,以此发泄嫌恶,发泄心中的不满、不快,有时候她还像是有许多莫名其妙的幻想一样,其实她已经超过了卖弄风情的年龄,她也不再年轻,这都是欲望、贪婪在作怪。她很苗条,也竭力保持身段的弹性和温柔,但是沧桑岁月依然在她那并不美丽的小眼睛里隐藏着悲伤和对现实生活的焦虑。儿子渐渐长大了,却不成器,他初中没毕业就辍学了,而且整天流浪在外,还和一群不三不四的男女鬼混在一起,不是打架斗殴,就是喝得烂醉。他们的女儿上了技校,还没有毕业,被一个有妇之夫拐走了,等到千方百计把她找寻过来,她大概受到了什么刺激,精神上已经不十分正常了,刚刚,他们勉勉强强把她嫁给一位小作坊主的儿子,作坊主的儿子年龄已经非常大了,但是毕竟能够遮丑,他们失落、悔恨、懊恼的心情也稍稍得以安慰。

作为家庭主妇,的确不容易,但是毕老师还要做女强人,还要强打精神,谁会知道她内心深处的孤独呢?她的小脸,她那顽强的斗争精神,还有固执和暴躁,以及歇斯底里的发作……让人感到她是一个很不知足,很不自重的女人,肤浅、浮躁而又非常狡猾和歹毒。

总之,生活对北辰的考验远远不止这些,将来的形势肯定会更加严峻、残酷……

3

山泉小学的校容校貌得到极大改观,学校面貌为之一新,师生的精神面貌也振作起来。但是有些工作只是稍微有一点点眉目,有些事情根本不好解决,也解决不了,正当北辰一筹莫展的时候,他又接到上级通知,下星期,大河县教育局要对全县中小学进行两基督导,真是愁上添愁……

有些事情似乎不好解决,却可以通过个人努力解决,眼下,能够通过努力解决的最大难题莫过于学校操场,北辰校长想尝试一下。山泉小学没有一个固定操场,很久以前,学校操场和学校校园相隔一条公路,路北是学校,路南是操场,学生上体育课很方便,可是这片操场早已被村委征用,并被批成村民宅基地,自此以后,学校操场居无定所,一会儿在这儿,一会儿在那儿。不是在这个生产队的麦茬地上几节课,就是在那个生产队的玉米茬地上几节课。学生受尽皮肉之苦不说,而且路途遥远,既不便利,又不安全,后来,村委终于在距离学校以西七百米的地方,把学校操场固定下来。虽说有了操场,但这块地是荒废多年的盐碱地,而且地势低洼,学生上体育时不能碰上阴雨天气,雨水稍微大些,操场就会有大量积水,即使逢上小雨天气,地上满是泥泞也不能上课。况且操场上连一对篮球架都没有,偌大一片操场,其实就是一大片荒芜之地,既没有围栏,也没有围墙,也没有体育设施,没有田径场地,学生不来上体育课的时候,操场就是猪马牛羊的天下……在迎接大河县教育局两基督导动员大会上,韩主任向北辰校长提出严厉批评,责令他在督导之前,把操场垫起来,而且把操场上的篮球架安装完好。

时间虽短,但是这两项任务都很艰巨,因为学校没有经费,他必须向村委郭书记汇报,没有操场是学校一块硬伤,有操场不能使用更是一块心病,在迎接县教育局两基督导动员大会上,山泉小学已经受到韩主任的点名批评。开完会,北辰校长回去之后,他立即向郭玉堂书记作了汇报。郭书记亲自安排人员拉土垫操场,他又责令在场的张会计马上给北辰校长支取两千元现金,作为焊接篮球架费用。

"我去给北辰校长准备钱。"张会计不敢怠慢,他站起来就走。

张会计是村委老会计,典型的三角脸,大脑袋,眼睛深邃而狡黠,高颧骨,嘴巴、下巴都很尖,尤其是下巴更加尖小,他的连鬓胡须几乎长到了腮骨下面,而且一嘴黄牙齿,他像是矮小屡弱,但是他在历次斗争和站队的时候,都会做出正确抉择,他往往站在胜利一方,所以无论谁当家,都是他当会计,在山泉村,他早已成为不倒翁的代名词。其实他是一只狡猾的狐狸,他机警、狡猾,却不奸诈、毒辣,这一切都和家族有关,他姓张,和其他张姓却不一张,他是外来张姓,所以在山泉村,他是独门张,但是他很久以来就是村委会计,所以他处事圆滑,不得罪人,人人都说他是一只老狐狸,他如果不是一只狐狸,那么他早已成为历次阶级斗争和政治斗争的牺牲品。

"还不跟张会计去拿钱,还有其他事情吗?"郭玉堂书记看到张会计已走,而他还在犹豫什么,于是他提醒他道。

有了钱,他首先要购买钢材,购买钢材得去县城,购买什么样的钢材?他必须聘请山泉村电焊专家当好参谋,山泉村有两位焊工。他们是叔侄俩,但是这叔侄俩又是生意上的对手,他们因为争抢生意,经常争吵不休,但是争吵归争吵,争吵过后,他们还是叔侄。

侄子要比小叔大,小叔手艺要比侄子高明。而侄子比小叔的脑瓜灵活,侄子诡计多端,所以他的生意很红火,而小叔尽管手艺高明,生意却冷冷清清,老实人总是吃亏。

侄子叫宋得贵,小叔叫宋有才。宋得贵很势利,见什么人,说什么话,他的嘴巴是典型的地包天,下巴阔大。

宋有才个子低矮瘦小,他每天非常孤独,很少同别人说上几句话,每天像是菜园里藤蔓上的冬瓜那样杵在那儿,有时候修理一辆自行车,或是电焊几扇铁门出售,脸晒得仿佛黑棉油那样油光光的,如果眼珠子不转动,他的脑袋就像是高压锅里蒸出的鱼头那样麻木,手艺虽好,生意却很冷清,倒是八面玲珑的宋得贵生意十分兴隆。

北辰掂量来,掂量去,是聘请小叔,还是聘请侄子? 最后他还是聘请宋得贵师傅陪同他去县城购买钢材。于是他们租了一辆奔马车就向县城进发,一路上宋得贵师傅分析钢材市场行情,如果去供销社购买国标钢材,这两千元现金恐怕不够用,如果去废品收购站购买回收的脚手架,这两千元现金不但够用,还会结余。

"废品收购站收购的脚手架质量如何?"北辰慎重地咨询他道。

"建筑工地上的脚手架都是圆钢搭建的,楼房竣工之后,工头暂时接不到活,又没有地方安置,有时候,还急着给农民工发放工资,所以他们不得不贱价卖掉,质量保证没问题……"宋得贵扬扬自得地说,他像是卖弄什么手艺似的。于是他们决定把正规钢材市场和废品收购站的钢材对比后再购买。

"购买圆钢,还是购买三角铁呢?"北辰嘀咕道。

"这要看废品收购站有圆钢,还是有三角铁……"他说起这种事情,又头头是道。

北辰非常佩服宋得贵师傅的机智、幽默,更加叹服他对钢材市场的了解。如果购买供销社的钢材,学校还得垫钱。开学之初,一个学生只收十五元书杂费,除去书费,剩余不下几个钱,何况因为迎检,花钱的地方太多,简直是应接不暇。如果依靠借贷,肯定会寅吃卯粮,因此凡事精打细算方好,小心驶得万年船嘛。

他们计划着未来,计算着价格,焊接一对篮球架到底需要多少米钢管……他们不知不觉来到县城,北辰先到供销社咨询圆钢价格,然后再去废品收购站比较价格、质量。恰好废品收购站正在收购钢管,北辰把这些钢管和供销社的圆钢价格、质量进行对比、甄别,只是新旧不一样,不存在质量问题。宋得贵通过周密计算,如果购买供销社的钢材,这两千元现金不够用,供销社的钢管价格是二十元一米,这样一来,焊接一对篮球架光是购买钢材就得三千元,外加焊接、租车费用,学校需要垫资一千三百元,还没有把购买篮球板,篮球圈的费用计算在内,如果把购买球板、球圈的费用计算在内,远远不止这个数目,这就会给学校造成巨大的经济压力,只要确保钢管质量,确保将来使用安全,北辰不得不考虑价格问题。

当他们来到废品收购站的时候,废品收购站恰巧在收购钢管,他们耐心地等待着……那几个来卖脚手架的农民工收到钱,高高兴兴地离开了。

"伙计,钢管多少钱一米?"宋得贵师傅向废品收购站的工作人员问询道。

"我们论斤,不论米,每斤五元,"这个黑瘦的收购员生硬地说。

"能优惠吗?"北辰讨价还价道。

"不能。"他生硬地说。

看来价格不容商量,他们经过估算,得出结论:购买一米价格大致在八元左右,要比购买供销社的价格一米优惠十二元。

北辰准备购买废品收购站的钢管,可是把这家收购的全部钢管购买下来,数量还是不够。他们只有先把这家废品收购站的钢管购买下来,再去另外几家废品收购站,看看是否有出售钢管。也只能这样,他们从这家废品收购站购买了一千一百五十元的钢管,必须把钢管尽快装上车,必须抓紧时间去另外几家看看,他们去过另外两家废品收购站,这两家废品收购站都不出售钢管,北辰顷刻失望起来,再去购买供销社的钢管,价格昂贵不说,这个时候,国营门市部已经超过下班时间,即使想去购买,也已经不可能了,如果明天再来,既浪费时间,又浪费金钱,光租车费用就是一笔不小的开支,况且还得请他们吃饭……凡事都应该精打细算,只有精打细算才能渡过难关。他们必须抓紧时间去另外一家废品收购站看看,如果这一家废品收购站再没有,那么他们只有明天再来购买,可是明天他们就不得不购买供销社的昂贵钢管。还有一家废品收购站在县城西北角,县城有几家废品收购站,这几家废品收购站在哪儿,宋师傅如数家珍,于是他们急匆匆向县城西北角驶去。当他们来到这家废品收购站时,工作人员正在锁大门,他们也要下班了,北辰赶紧说明情况,于是他们又把大门打开,这是一个荒凉的大杂院。

“同志,有钢管吗?”北辰急切地问他道。

“你到里面找找看……”这位看来还醉醺醺的红脸汉子冷冷地说,他大概中午喝得太多了吧。

北辰在偌大的废品、废铁之中搜寻了很长时间,都是一些用不上的废旧钢材,一直没有发现需要的钢管,他几乎绝望了,可是就在这个时候,他像是发现新大陆一样惊呼道:“找到了。”

他和宋得贵师傅还是从众多的废品中间,把这些圆钢挖掘出来,他们不得不把一根根钢管搬到磅秤旁边,但是搬运之前,北辰不得不咨询圆钢的价格。

“同志,多少钱一斤?”北辰急切地问红脸汉子道。

“六块五角!”他冷笑一声,然后狡黠地说。

“优惠些吧,我们刚刚购买的是五元一斤呢!”北辰像是哀求他道。

“六块五角,一分都不能少,不买,我们关门下班!”他生硬地说,根本没有商量的余地。

这时候宋得贵师傅从破旧的棉袄中掏出压扁的半盒香烟,他从中抽出一只黑棍递给红脸汉子,又从口袋里掏出火柴,划着火,先把红脸汉子的黑棍点燃,才把自己的香烟点着,他们并没有说一句话,只是互相凝视。

“老哥,您看……”宋师傅等一大会儿,等他抽足了烟,他才问他道。

“这样吧,五元五角,不能再少了,兄弟,我们也不容易……”他像是无奈地说。

就这样,他们又购买七百多元的钢管,说实在的,这时候北辰高兴得真想唱起来。终于完成了采购任务,不能停留,不能让吃饭时间耽误工期,他们决定马上返回学校。

他们租借的奔马车像是燕子一样飞翔在回家的大道上，宋得贵师傅一路上一面夸赞功劳，一面要挟北辰说省下这么多钱，如果不请他……如果……

"只有我知道县城哪些地方卖钢管，除非我出面，人家不会优惠……"宋得贵师傅像是喝醉酒一样喋喋不休，"这一次，我可是立下大功啦，今天晚上得请我喝酒吃肉……"

"回到家里，一定请你吃肉喝酒……非让你吃好喝足不可！"北辰校长许诺他道。"不行，之前谈好的工钱太少了，还要增加工钱！"他的欲望膨胀起来，而且越说越起劲，"对，增加工钱，不增加工钱不行，不增加工钱那可不行！"

"工钱已经谈妥，这不能动，这是原则，何况工钱是魏主任、吴老师同你谈妥的，这恐怕不能更改……"北辰校长严肃地说。

"那好，如果工钱不增加也行，下学期，俺儿子的书杂费必须免除……"他已经吃过北辰校长的闭门羹，于是他说话变得小心谨慎起来。

"这更不行，下学期你儿子的书杂费更不能免，教师子女还不免书杂费呢，怎能免除你儿子的书杂费？"北辰校长坚决地说。

"原来学校的规矩这么多……"宋得贵师傅再没有之前的兴奋劲，他的许多希望破灭了。他的话才渐渐稀少起来。

"哎，没有规矩不能成方圆。"又过一会儿，北辰校长轻轻地叹一口气，他给宋得贵师傅解释道。

回到家里，他们本来想走近路，当他们兴冲冲地来到木板桥头时，他们唯恐走到桥上，万一有什么闪失，所以又走了许多冤枉路才回到学校，这个时候，已经是夜里十点半钟，但是北辰校长还是买来许多肉食，他现在只答应宋得贵师傅饱口福，将来焊接好篮球栏，才让他一醉方休。而宋得贵师傅吃着肉又吹嘘起来……黑夜早就疲惫地进入了梦乡……

可是北辰却睡不着，因为不管白天黑夜，马上就得开工，韩主任只给他三天时间，他们吃过饭之后，不得不忙碌起来，因为时间太紧迫。北辰校长唯恐宋得贵师傅一个人完不成任务，当天夜里，他只得又把宋有才师傅请来帮忙，他们叔侄俩每人拉来一台电焊机，等一切准备停当，他们就马不停蹄地工作起来……而操场上，十几辆奔马车不断奔忙，操场上的土层不断在增高……关键问题是如果购买篮球板，还需要资金，郭玉堂书记决定制作篮球板，于是他责令孙凤鸣就地取材，他挖掘公路两旁几棵粗大的杨树，一时之间，他也在聘请木工师傅追赶工期……

学校内部每个教师也都在不分昼夜地加班加点……北辰一直在苦苦思考，他务必在督导检查之前，把校容校貌提高到一个高度……校园、班级环境必须规范、整洁，校园文化建设必需有特色，档案建设必须完成，各种数据要牢记在心。就目前情况来看，县局督导检查之前垫好操场没有问题，安装好篮球栏也没有问题。但是操场硬化一是来不及，二是村委也没有这个经济实力，因为这需要一大笔资金……图

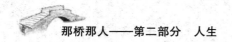

书数量还达不到人均十册,如果……仪器配备标准距离达标……体音美器材几乎是一无所有,这怎么办呢?还有……他不禁陷入深深的思考之中……

<h1 style="text-align:center">4</h1>

督导检查结束了。在督导检查工作总结大会暨迎接两基国检动员大会上,董祥昆局长高度评价高山镇山泉小学在督导检查中所做的努力,他讲道:"……在这次督导检查中,涌现出一批……最值得表彰的是高山镇山泉小学……为此,我们在这里召开大河县教育系统迎接两基国检动员大会,其目的一是表明大河县教育局对两基工作的重视和决心,二是号召广大干部职工即刻行动起来,积极投身于两基工作之中去,全力以赴,以高度的政治责任感,以求真务实的工作态度和出色的工作业绩,确保两基工作顺利通过国家验收……"

会议临近结束,董局长号召全县各个乡镇学校向高山镇山泉小学学习先进经验。

会议结束了,北辰晕晕乎乎地离开了会场,离开了教育局大门,今天受到董局长表彰,他万分高兴、兴奋,有生以来,这是人生第一次受到这么高规格表彰,而且是受到大河县教育局局长的表彰,他有些忘乎所以,等清醒过来,他已经离开教育局很远了,一起来开会的校长们早已不见了踪影,在郭北辰校长受到董局长表彰之后,他们可能非常失落吧。这时候,他已经清醒过来,但是他在什么地方呢?北辰已经不清楚在什么地方了,县城已经是今非昔比……眼前就有一家皮衣店,商店里挂满了各式各样的皮衣,皮衣价格肯定不菲?这几年皮衣非常流行,北辰早就想买一件皮衣,可是皮衣价格昂贵,恰好他想走进皮衣店,一是想问问这儿是什么地方,又能长长见识,他正想问问皮衣价格呢。

"老板,皮衣什么价格?"北辰走进店里,他望着一件皮衣问道。

"哪一件?哦,这一件,八百六十六元,如果真心要……"女店主愣住了,她惊讶地叫道,"郭北辰……怎么是你?"

"小莉……"北辰也惊讶地喊道。

"听说你当校长啦,今天怎么有时间来到县上……"她镇定下来,于是问他道。

"今天过来开会,不知不觉和他们走散了,现在想问问路,不想来到店里……"北辰解释道。

"这么长时间不见面,怪想念的,今天不走吧,晚上,我请你唱歌、喝酒……"小莉邀请他道。

"不行,小莉,我还有一大堆事情……"北辰犹豫一会儿,还是拒绝了她,正说走,可是他还是关切地问起她的私事,"结婚了吗?"

"结婚了……"她怪难为情地说。

"还没有孩子……"他又问她道。

"没有,他有癫痫症……"她迟疑很长时间,才回答他说。

"这么不幸,赵凤生已经有……"他话没说完,就停下来。

"这都是命……"她难过地说。

他们相互沉默了一会儿,谁都没有再说下去,这时候,小莉的妹妹恰巧把中午饭送过来,北辰在姊妹俩的盛情邀请下,不得不留下来和她们共进午餐。她叫小倩,这个名字让北辰想起蒲松龄《聊斋志异》中的小倩来,但是此小倩非彼小倩,她一点也不风情,更不魅人,但是她却朴实、憨厚,肯定是居家过日子的好姑娘。吃饭时间,北辰了解到小倩还没有意中人,这是姊妹俩的皮衣店,而且店里的生意特别好,来买皮衣的非常多。

"北辰,不走吧,晚上,咱们一块喝酒、唱歌、跳舞,我请你……"刚刚吃过午饭,小莉又一次挽留他道,她一边和买皮衣的客人商议价格,一边对他说,"北辰,里间有床,你先休息一下,我们晚上再出去行吗?"

其实北辰真想留下来,他很想和小莉待在一起,有时候,他们的心灵那么接近,这种接近谁也说不清是精神接近,还是要接近肉体,其实真正吸引他的还是她的丰满、性感,而且每一次小莉的眼睛像是熊熊的篝火那样,简直要把他的灵魂融化了,他往往情不自禁地心生战栗,之后,他的身心很长时间都得不到平静,小莉像是强烈的磁石那样深深地吸引着他,真的是情非得已,实在是情不能已,但是他们往往错过机遇,有一种障碍,一种道德屏障阻挡在他们中间,阻止他们亲近……他们应该相爱的,可是往往事与愿违,不,他们似乎已经相爱了,可是,他们不能,又不应该相爱……那么他为什么想留下来? 不管怎么说,他还是受到欲望诱惑,还是留了下来,他推开里间屋门走进去,房间里面有一张床,床上的褥子很洁净,他躺在床上休息起来,可是却怎么也睡不着,怎么能睡得着呢? 自从受到董局长表彰之后,他一直很兴奋,像是有一种责任,一种重压在心头,他不能辜负董局长的期望,不能,他必须努力……现在他恰巧碰见小莉,其实之前,自从他们那次见面之后,他寻找过小莉,而且不止一次,而是几次,甚至是无数次,他知道她就居住在县城,他是多么想见到她,可是却怎么也找不到她,他一度非常失望……已经过去好长时间,他几乎把小莉忘却了,心情似乎刚刚平静,有时候他不禁想到即使他找到她,他会给予她什么呢? 是一点点可怜,还是怜悯,还是精神慰藉呢? 这都不能够,可是他还是非常想见到她,这是一种什么力量呢? 这是不是爱呢? 不是,至少说不像,但是那是什么呢? 他不知道,也回答不上来,可是这又不单单是一种异性的吸引……可是这一次他和她却不期而遇,这是不是缘呢? 可是小莉已经结过婚,已经结过两次婚,只是这两次婚姻都不如意,但是尽管不如意,她毕竟是名花有主的人,他不能待在这儿,万一……何况她们那么繁忙,她什么时候才空闲呢? 而且学校还有那么多

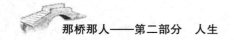

事情,他必须尽快回去。想到这儿,他像是清醒过来,于是他跳下床来,正想走出门去,小莉却来到房间里面,她想拥抱他,可是他还是把她推开了。

"小莉,我必须离开,学校真的很忙,你也忙,不如之后有时间再说吧? 今天我必须回去!"北辰解释道。

"怎么,不是不走了吗?"小莉诧异地说。

"小莉,我已经知道这个地方,以后,我会经常来这儿,可是今天不行,今天我必须离开这儿,学校里有要紧的事情……"北辰又一次解释道。

没有等小莉再说什么,北辰就赶紧离开了这里,已经走出很远,他非常庆幸离开这儿,而且从此之后,再也没有来过这儿……他不能再来这儿,似乎有一种命令,有一种什么力量不让他来这儿,而且还让他远离这儿。

这次会议结束之后,一些乡镇领导率领乡镇学校校长来到山泉小学学习先进经验,进行考察、观摩、交流……这让北辰校长感到既骄傲又光荣。为此北辰校长也在全校的工作例会上表扬了一些勤于工作、认真负责的同志。虽然北辰校长在这次督导验收工作中,暂时受到领导表彰,但是以后的工作会更加艰巨,下一步就是迎接市局的督导检查……

自从操场得到垫高平整之后,篮球架巍然屹立起来,这一壮举结束了山泉小学许多年来没有篮球架的历史,同时也结束了学生上体育课到处流浪的历史。但是后面的工作更加艰难,光仪器配备这一项,所需资金之巨,就让人难以想象……多亏魏建安部长鼎力支持,仪器配备终于达标了。这是一个偶然机会,韩主任的老同学魏部长来大河县视察工作,他之前是淮河市副市长,现在是市委组织部长,视察当日,他想去大河县一个偏远乡镇看看,了解基层教育状况,于是县委领导选择了高山镇,来到高山镇,他想起大学同学韩文献来,当时陪同人员有教育局长董祥昆,董祥昆介绍说韩文献恰巧是高山镇教办室主任呢,他们见面自然非常激动,上大学时,他们是非常要好的同学。

"有什么困难尽管说,有什么要求尽管提出来,我听你的领导说你干得很不错,举贤不避亲嘛!"魏部长临走时,他问韩主任道。

"我个人没有要求,但是我作为高山镇教办室领导,有一个不情之请,现在迎接两基国检,我们镇中小学实验室仪器设备不达标,急需一批教学仪器、设备……"韩主任诚惶诚恐地说道。

"老同学啊! 我明白你的意思,你是舍小家为大家……"魏部长被老同学的话感动了,他一时语塞地说。

这件事情过去很长时间,很多人以为魏部长并没有答应什么,所以也不会有什么结果。但是这件事却突然有了消息,不只是消息,在很短时间里,高山镇所有中小学实验室仪器、器材按照标准无偿配备齐全! 从此以后,北辰校长不但更加畏惧韩主任,而且他更加尊敬他……这可是他牺牲个人人情换来的……

　　小学图书配备标准是人均十册，山泉小学图书总量要达到五千八百一十册，但是现在学校还不足两千册图书，如果让学生和老师捐献一些，这就会减轻学校购买图书所需的资金压力。经过宣传发动，师生共捐赠图书一千一百二十九册，但是距离五千八百一十册，还有相当大的差距。北辰校长还是尽最大努力购买了一批图书，但是学校财力有限，学校实在是没有多余的资金购买图书，即使他个人有些金钱，这些金钱淑丽经管，他即使想把这些金钱捐献出来，可是淑丽不答应，即使淑丽答应，那么他们的家庭生活肯定还会陷入困境。他想到孩子，心里又是揪心疼痛……什么事情都离不开金钱，没有金钱，无法生存下去，现在他比任何时候都需要金钱，孩子的奶粉钱，孩子的寄养、养育费用，还有医疗费用，还有数不清道不明的花销……所有这一切让他异常痛苦。那么，如果把他从前购买、积攒的世界文学名著捐献出来自然绰绰有余，但是如果让他把全部珍藏的世界文学名著捐献出来，真的舍不得，这些世界文学名著可是他用金钱和生命换来的，因为购买图书，他失去了上大学的机会，失去了初恋，失去的还有他的青春……

　　在验收之前，如果把他珍藏的世界文学名著用架子车拉过去，等验收过后，再拉回家，这算不算欺骗国家呢？应该是欺骗，想到欺骗，这可是他一直以来都十分反感、抵触的……但是他实在想不出更好的办法，学校实在没有资金再购买图书，自家的钱舍不得，村委不可能投资购买图书，如果一本书按均价五元计算，采购两千多册书需要一万多元。但是这一万多元却是一笔巨款啊！郭玉堂书记无论如何是不赞成学校采购图书的，不要说需要一万多元，即使很少钱，他也不会投资这玩意儿，这些从艰难困苦中过来的干部，这些在时令艰难之中成长起来的农村干部，这些根本不识字的农村干部，他们对文化、对知识有一种强烈的抵触情绪，一种本能的排斥，他们宁愿把钱花费到其他地方，也不愿意购买图书，农民才刚刚解决温饱，其实大部分家庭连温饱也没有解决，如果购买图书，无异于是极大浪费、犯罪。所以当北辰给郭玉堂书记反映情况时，他顾左右而言他……北辰校长只有先把珍藏的世界文学名著拉到学校，这可是他一本本积攒起来的书籍啊，他回忆起当初购买书籍时的情景，尽管当时一部小说定价只有一元多钱，但是那是什么时代啊，那可是缺衣少食的年代，饿死人的岁月！但是他还是决定把这些文学著作拉到学校。他清查好数量，总共是一千二百一十五部，其中有诗歌，小说，有散文，有哲学书籍，还有历史著作，还有诸子百家著作，还有一些杂书，这些书籍可是他的生命啊！甚至比生命还珍贵、重要，他可以放弃上大学的机会，可以放弃初恋，孩子可以寄养在外，但是这些书籍，他实在不舍得拉到学校图书室。最后他还是忍痛把它们拉到学校图书室，平时谁向他借一本，都是不可能的，他绝对不会外借，但是为了迎检，却倾其所有，他把书籍拉到学校之前，还特意汇报给郭玉堂书记知道，因为这是他个人的东西，而且是他视为生命的东西。这些书籍登记造册时，还要贴上学校书签，贴上学校书签就等同于公共财产，将来怎么证明这些书籍是个人财产呢？他再拉

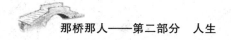

回家里时,让谁做证呢? 图书管理员会做证吗? 北辰已经顾不了那么多了。

班级的门上还要喷绘上"请讲普通话"五个大字……

卫生箱可以制作,鞍马、垫子可以制作……

需要制作的太多了……但是北辰是那么快乐,他几乎放弃所追求的文学事业,能为教育事业做贡献,能为学生创造美好的学习环境,能多做一些有益于孩子智力开发的事情,能够多做一些有益于孩子健康成长的事情,能够造福乡梓,何乐而不为呢? 这种生活、人生实在是太有意义,太有价值了。

学期已经过去大半,高山镇教办室对所属学校举行抽查考试,抽查的学科是小学三年级语文和二年级语文。

抽查结果很快公示出来:山泉小学三年级语文成绩是全镇第二名,而二年级语文成绩是全镇第三名。

三年级语文是田秀丽老师担任的,有教师反映,田秀丽老师取得全镇小学语文第二名的优异成绩是弄虚作假得来的,她利用小学四年级的优秀学生冒名顶替三年级学生参加考试,才考出全镇第二名的优异成绩。如果田秀花老师采用这种下流手段为田秀丽老师骗取虚假成绩,这是可耻的,是一种卑鄙行径! 北辰校长想找田秀花老师了解情况,想调查事情真相,但是他暗地里约谈几位老教师,他们都讳莫如深,他们不是说不知道,就是说不清楚,很多人说学校里竟然还有这种稀奇古怪的事情发生,真为人所不齿。

"田秀花老师如果用四年级优秀学生冒名顶替,也是用她班的学生,别人怎么会知道呢? 如果一个个调查学生,恐怕涉及面广,说不定会捅出什么娄子,对我们学校影响不好,"魏主任即使和田秀花有过节,还是开导他说,但是他又考虑一会儿说,"不如在下周学校例会上,把这个问题点出来,提出严厉批评,坚决杜绝之后再有类似事件发生。"

北辰自从担任校长以来,他主抓迎检工作,却忽略了教学工作,忽略了教学质量问题。分是学生命根,其实有时候教师把分数看得比生命还珍贵,同时分数也是测试一个学校管理水平的试金石。因为迎检,他顾此失彼,因为他还不具备一个合格校长应该具有的能力、眼光、谋略、胸怀,特别缺少那种奉献精神,那种牺牲精神……他必须向兄弟学校校长学习,特别是向优秀学校校长学习,还要不断汲取优秀校长的优点、长处,学习他们的敬业精神、吃苦耐劳的精神,学习他们所具有的坚强意志、毅力,还要学习他们的管理经验、智慧……之后,他要一手抓管理,一手抓学校教学质量,他会成为一名优秀校长,一名出类拔萃的校长。为家庭培育孝子,为祖国培育英才,培育栋梁之材……他要摸索出一整套管理方法和管理办法、措施……

这一次抽考成绩并不让人满意,何况又出现了虚假成绩,这很让北辰校长感到羞愧难当……

5

因为迎接督导检查,因为准备抽考,他已经很长时间没有见到母亲和昉儿,也很长时间没有见到淑丽和他的另一个女儿。他们都居住在别人家里,却有家归不得。

北辰在忘我地工作,有时候,他把什么都忘记了,但是母亲、淑丽还有女儿,这是他在世界上最亲近的人,他怎么会忘记呢?

今天,北辰特别想念她们,他很想见到她们,可是什么时候去看望她们呢? 他不知道,因为学校还有那么多急需解决的事情,急需完成的工作。今天,放学之后,他从学校回来的比往常要早些,但是因为冬天下午实在是太短暂,当他经过木板桥时,冬天短暂的黄昏一掠而过,这时候正是傍晚来临之前那一刹那朦胧的黄昏时光,杨静突然从桥对面走过来。

"北辰,放学啦……"她亲切地问他道。

"你不是在顺和造纸厂……怎么?"北辰搭讪道。

"家里有事,明天母亲生日……这汽车真怪,一步都不多跑……送送我吧……"她说到最后,请求他道。

"行,我去送你……我去推自行车……"北辰没有拒绝她。

北辰回去骑自行车的时候,黑夜悄悄地跟随北辰溜进家门。如果别人看见他去送杨静,他们会怎么想呢? 有人会说,淑丽不在家的时候,他竟然去送一位没有家室的姑娘……而且是一位名声不好的姑娘……他已经管不了那么多啦,他的心中像是怪怪的,有一种茫然若失,或者无可如何、不明就里的饥渴,也可能是一种无法遏制的欲念……

"这么磨叽? 北辰,是不是淑丽不让出来……"她试探着问他道。

"她不在家……"他似乎不乐意这么说。

"哦……"她像是明白了什么,于是轻轻地"哦"道。

淑丽住在外地,母亲也不在家,外面一定会有什么传言吧,有时候无风还起三尺浪呢,何况……能捂住谁的嘴呢? 是福不是祸,是祸躲不过。

不知因为什么,他们却没有经过山泉村大街,而是躲开行人,偷偷绕开山泉村,从山泉村很远的小道匆匆而过,山泉村距离树仁村路途并不遥远,北辰让杨静坐在后座上,他再骑上自行车。冬天的夜晚,月亮还没有升起,浩瀚的苍穹闪烁着寥落的星辰,这些星辰像是含羞少女眨着迷离的眼睛,迷迷蒙蒙的黑夜紧紧纠缠、拥抱着这对夜行人,小道蜿蜒崎岖,自行车上下晃动得厉害,她只有抱紧北辰,才不会从自行车上颠簸下来。可是北辰骑在自行车上似乎有一种异样的感觉,她的身体是那么轻柔,她野性的身子散发出一股玫瑰的奇异馨香,他顿时激情澎湃不已,感情的激流像是汹涌混浊的河水……他再也控制不住了……他想腾出左手触摸一下她温柔的小手，或者她散发出温热气息的脸蛋，因为她的脸蛋正紧紧地贴在他的后背上，她娇嫩的小手正紧紧地搂抱着他……他像是一辆癫狂、失灵的汽车，颤抖着向道路前方猛冲，他想压抑这股肉欲的狂潮，可是却怎么也控制不住自己，他还是停止下来，因为他再也无法忍受下去，他下来自行车，她也从自行车上下来，他把自行车扎在一小片麦场里，她随他来到麦秸垛旁边坐下来，她即刻依偎在他宽阔的胸怀里，她忸怩地晃动着娇弱的身子，还一边哼哼唧唧地叫着，她真的像是一头发泄情欲的野兽，北辰感觉到身旁像是有一堆熊熊燃烧的篝火，这堆燃烧的火焰即将把他融化掉了，他的体内仿佛有一股巨大的岩浆冲击着他，他抱着她，他简直不知道他在干什么？他只知道感情的洪水在流淌，他完全失去了知觉，麦秸垛像是抑制不住激情巨浪的抽打，于是软弱无力地倾倒下去，缓缓地倒卧下来，然后又颤抖着身子滑倒在地上，自行车也像是被感情的激流掩埋，埋葬掉啦……

不知过去多长时间，月亮悄悄地从乌云的遮掩下走出来，皎洁的月儿照耀着大地，整个世界明亮起来，时间的脚步像是经过急剧、猛烈的奔跑、冲刺之后，渐渐地疲惫下来，变的迟缓而舒适，大地渐渐地苏醒过来，光秃秃的树枝上高悬的鸟巢里发出几声揪心的鸣叫，鸣叫哀婉动人，在这阒寂的深夜……

"北辰，你爱我吗……"她抚摸着他滚烫的脸颊说。

"……"他没有回答，因为他不知道如何回答，因为这根本不是爱，可是这是什么呢？他似乎也说不清楚。

她嘤嘤嗡嗡地哭泣起来，开始是啜泣，然后像是谁欺负她似的哽咽不止……

"北辰，北辰……你，你……哎，北辰……啊！"她娇气地说，她没有听到他的回答，于是她又愤愤地说道，"北辰，你流氓，你欺负我……"

"……"他仍然沉默不语，这个不安分的女人……不，不会，不会像别人相传的那样吧？谁知道呢？可是他怎么竟然这样？他是不是在堕落，在走向堕落的深渊，走向死亡，走向毁灭……

"北辰，说话啊？"她沉静一会儿，又一次质问他道。

"说什么呢？"他不经意地说，其实他正在思考着"毁灭"这两个字眼。"一句安慰的话也行……啊！"她祈求他道。

"安慰谁？"他不知道竟然说出这样一句话，接着说出的话语更让他惊讶，"安慰什么？"

"说一声对不起也行啊……"她撒娇说。

"静儿……"他似乎深情地呼唤她道。

他说过这句话之后，他们又紧紧地拥抱在一起……然后他们又沉默了，鸟巢里的鸟儿却沉默不下，他们大概是在做爱吧？他们发出的啾啾声音苍凉而揪心。

"你们家有人吗……"她突然这样问他道。

她是不是什么都知道,不可能,可是她像是知道些什么? 她到底知道什么呢? 母亲、妻子都不在,这已经不是什么秘密啦……

"没有……"他如实地回答她。

"北辰,去你家吧,这个时候我怎么回去呢?"她央求他道。

"好吧……"他只有这样回答她。

他们回到北辰家中,但是他不想让她睡在淑丽床上,她怎么能睡在他们的房间里呢? 但是她拒绝去母亲房间,他们就这样僵持着……

"北辰,我还是回去吧?"她思考一会儿说。

"行,走吧!"北辰爽快地答应说。

他们这一次很快来到她的家里,他们的家人全部睡熟了,但是她还是叫醒了妈妈,北辰远远地听见开门的声音。

"咋回来这么晚?"伴随着屋门吱呀一声响,大概是母亲的声音,她问道。

"我去同学家坐坐,回来晚了,妈妈……"她诓骗妈妈道。

多么善意的谎言啊! 这是欺骗妈妈的小手段,妈妈可能不会相信,但是妈妈对于长大的女儿会有什么更好的办法呢?

"这么大了,唉……"母亲叹息一声。

门关上了,一些又归于寂静。

6

白副镇长调走了,对于北辰而言,不啻晴天霹雳,这就是说他唯一的依靠没有了,几天一来,他像是失去魂魄一样六神无主。白副镇长调到邻乡担任副书记一职,他算是高升了。但是他调走之后,谁会接替他的位置? 如果是一位不熟悉的人,或者关系生疏的人,他山泉小学校长职务危矣,因为高山镇中小学校长之间的竞争太激烈。

"北辰,白副镇长调走了,你有什么打算?"吃过早饭,北辰在十字街口碰见韩主任,他冷冷地说。

他这是在恐吓,还是威胁、警示? 他最担心的事情还是提前到来了,当初他就担心如果白副镇长调走,韩主任不会善罢甘休,他肯定会报当初那一箭之仇,这句话,被他不幸而言中,这不,韩主任已经开始发难了。这一天,他不得已来到白副镇长家里。

"北辰,快过来,你哥调走了,调到鹿村镇当副书记了。"没等北辰开口,严若英姐姐就快人快语地说,白副镇长高迁了,她非常高兴。

"前几天,我恰巧碰见韩主任,他冷冷地说,'白副镇长调走了,你有什么打

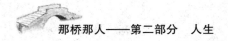

算……'"北辰不无忧虑地说。

"北辰,你不用担心,据说刚刚调到高山镇的苏兆昌副镇长抓教育……"严若英姐姐安慰他说。

"苏兆昌副镇长抓教育……但是我……和他不认识啊! 姐姐?"北辰沮丧地说道。

"不用怕,苏兆昌的爱人是白副镇长的本家妹妹,到时候让你哥给苏副镇长打声招呼。"严若英姐姐轻描淡写地说。

"谢谢姐姐……"北辰感动地几乎流下泪来,但是他还是愁苦地说,"如果调来的是苏副镇长就好啦,不会是其他人吧?"

"应该不会,这是你哥哥亲自说的。"她肯定地说。

如果真是这样,那么北辰一颗悬着的心算是放下了。不会是其他人吧? 应该不会错。但是不管怎么说,不管谁来,也不如白副镇长……但是这是升迁啊! 他总不能因为他不升迁吧? 那么,即使升迁,为什么非要调到外乡去呢? 在高山镇,不也可以当副书记吗? 这大概是身不由己吧。白副镇长刚参加工作就在高山镇,他本人肯定不想离开这儿,很可能是没有办法的事情,这应该是上级领导决定的事情,他本人能有什么办法呢? 他一走,北辰校长有多么纠结、痛苦……他心里非常清楚韩主任会怎样打算,因为围着他转的那些人,早就虎视眈眈山泉小学校长位置了。他们早已经谋划好,早已经策划好谁干什么? 谁去哪个学校当校长,只是由于他这个半路杀出的程咬金才打乱了他们的计划,只有任由他们宰割啦。

白副镇长刚刚调走,周围的空气骤然紧张起来,北辰已经感知到来自各方面的威压,他既感到孤独,又感到恐慌,整天惴惴不安的,几乎是惶惶不可终日……他到底应该怎么办呢? 他像是走到人生的十字路口,又到了做抉择的时候了。

他从严若英表姐家里出来,就一直徘徊在窄窄的胡同里,他甚至不想走出这条肮脏而又狭窄的胡同。现在如果让北辰重新选择,他绝不会选择山泉小学校长这个位子……现在,他像是完成了历史使命,应该刀枪入库、马放南山啦。仿佛天下承平日久,真个是应该解甲归田了。但是如果只当这么长时间的校长,就被他们从这个小学校长位置上拉下马来,北辰似乎心有不甘,这是不堪忍受和不能忍受的,必须挺过这道坎,他要战胜他们,要战斗到底,哪怕付出血的代价……他必须战斗,必须拿起武器……一、二,开火! 真个是应该开火的时候啦……

他糊里糊涂地坐上汽车,然后坐在座位上睡着了,在上下颠簸的旅途中,他做了一个奇怪的梦。梦见母亲被韩主任抓了起来,他们非要逼迫母亲把孩子的藏身之处说出来不可,但是母亲态度非常坚决,她宁死不屈。

"如果不把孩子交出来,就开除郭北辰校长的职务。"韩主任恶狠狠地说。

但是母亲一听说开除儿子的校长职务,她立即跪下来……一会儿又是郭玉堂书记和孙凤鸣把淑丽抓了起来,他们又逼迫淑丽把孩子交出来……

就在这时,北辰惊醒过来,他想象着梦里的情景,禁不住泪水涟涟……难道仕途就这么短暂,现实就这么残酷,人心就这么难测吗?

"下车,到站了……"他在昏昏沉沉之中听到售票员说出下车和到站的字眼,北辰认为是让他下车,是他到站了。于是他稀里糊涂地下车了,同他一起下车的还有另外几个人。但是当他明白过来的时候,汽车已经开走,那几个和他一块下车的人也走远了。他是半路下车的,汽车并没有来到山泉村。这是什么地方呢?附近没有站牌,也没有标示,他左等右等,终于等来一位过路的庄稼人。

"大伯,这是什么地方啊,我可能是提前下车了,也可能是迷路了……"北辰向农民大伯解释道。

"往前看,那个高高的烟囱就是顺和镇造纸厂,中间是镇政府……"他热心地说。

他为什么会在这个地方下车呢?真是鬼使神差,既然命运的小舟把他飘荡到这个险恶的海域,那么他就决心闯一闯杨静的禁地,杨静的龙潭虎穴……

高耸的烟囱近在咫尺,可是走起路来,却是那么遥远,再远的里程,也得征服,自从上次偶遇杨静以来,他真的还很想念她,她那么野性和疯狂,真的让他欲罢不能,欲止还休。

"找谁?"当他来到造纸厂大门口时,胖子门卫厉声问他道。

"找俺妹妹……"他灵机一动说。

"谁是你妹妹?"他疑惑地问。

"杨静……"他假装镇定地说。

"就在第一排房屋那儿,"他似乎和蔼起来,但是他还是解释说,"现在她不一定在屋里,应该在工作。"

"她在哪儿工作呢?"北辰愁苦地说。

"那么多人,你去里面问问……"他面有难色地说。

北辰刚刚走进造纸厂大门,他震惊了,几乎一眼望不到造纸厂的边界,本来造纸厂就坐落在荒凉的田野里,这座孤零零的造纸厂辽阔得出乎北辰想象。造纸厂内部一片荒芜,工厂门口通往里面只有一条坑坑洼洼的水泥路,其他地方大都是枯萎的野草,野草中间栽种着零零星星的一些树木,大多是本地杨树,还有法国梧桐、苦楝树、老柳树,以及叫不出名字的树种,看得出来,这些树木肯定没有经过精心规划和布局,大都是随心所欲栽种的。离开这条高低不平的水泥路,在一个遥远的角落,有前后两排排列整齐,又破旧不堪的蓝砖、红色大瓦房,他好不容易来到房子附近,却没有她的影子,该上哪儿去找她呢?恰巧这时过来一位像是黑塔一样的壮汉,真让人郁闷,造纸厂怎么会有这样一个黑塔汉子,他真像好汉李逵,仔细看来还是有些不像,这位黑大汉毕竟缺少两把大板斧,还缺少一部乱蓬蓬的连鬓大胡子,他脸颊上粗硬的黑胡须像是刚刚高出地表的韭菜根,眼睛却是又大又粗暴,倒和黑旋风有些神似。当北辰问他杨静在哪儿时,他什么话都没有说,只用手指指向非常遥远的地方。北辰向他手指所指方向望去,那儿光秃秃的像是什么也没有,他也只得向黑大汉所指的方向走去,他指的地方那么遥远,北辰几乎没有勇气一直走下去,这个地方就在造纸厂的一个角落——大西南角,它像是被人遗忘的角落,北辰又走过很远一段黄土路,然后又拐过一大堆破烂瓦砾,这一堆陈年破砖碎瓦年代应该久远了,好些破砖都是大方砖,这可是老古董,不是现在的小蓝砖,这个地方怎么会有这些东西呢? 说不定这个地方是一个让人意想不到的所在,那么这个地方到底是一个什么地方呢? 不知道,他怎么会知道呢? 可能杨静知道,可是一见面什么不说,就问起这个稀奇古怪的问题? 他不会这样问,也不能这样问,但是他还是绕过这一大堆旧砖瓦,又往前走了一段土路,这却是一段曲曲折折,又高低不平的小土路,造纸厂竟然不舍得修建一条道路,看来工厂不太景气,至少不是一个盈利企业,或许只能维持基本运转罢了。他这样想的时候,突然远远地看见一个巨大的四方土台子。他们建筑这个土台子当什么用? 这座土台子现在已经不再规则,东南角坍塌了,坍塌过的地方一片狼藉,除去坍塌部分,其他部分完好无损,土台子虽说破旧,可是用白石灰砌的老方砖清晰可见,要说是个唱戏舞台,这个舞台实在是太大了,何况土台子建筑的历史应该非常悠久,北辰想象不到这个土台子到底是什么时候修建的,到底是干什么用的? 而且建筑在这么个地方? 他怀着郁闷的心情经过这些障碍物,然后才远远看见一堆堆像是小土丘一样高大的土黄色麦秸垛,在那堆新鲜的土黄色麦秸垛旁边有几个隐隐约约的人影。他们在干什么呢? 是不是在查看什么? 说不定有什么隐秘的事情? 他越来越接近目标,原来他们正给排成队伍拉麦秸的四轮车、小三轮车过秤,杨静在看磅秤斤两,她没有注意到他的到来,他就站在她不远的地方等待她完成工作,哦,他这时才明白过来,原来这儿有一条柏油路,这也是一条破破烂烂的旧柏油路,这条柏油路应该直接通向生产车间。

"北辰……啊哎,我的乖乖儿,郭北辰……"当她抬起头来,看见北辰时,惊诧得一时说不上话来,她似乎喘着粗气,然后才继续说道,"哪股香气把你吹来啦,快上屋歇着! 哎,还是等我把这车麦秸称完吧……"

"你走吧,让我来称。"她旁边有一位矮个子工作人员赶忙搭腔道。

她还是坚持把这车麦秸称完,然后和矮个子嘀咕几句什么话,才领着北辰离开这个地方,他们向北辰刚来的地方走去,然后又经过非常遥远的里程,又经过那个并不规则的巨大土台子,又经过那一大堆古旧的破烂瓦砾,北辰很想问问土台子的来历,但是不知因为什么,或许是她走得太快,所以他一直没有机会问她,当他们回到第一排破旧、低矮的砖瓦房中间偏东一间房子门前时,她快速地打开房门,把他推进房里,这个时候他把想问她的话竟然全部忘记了。他看到房内的陈设非常简陋,最里面有一张硬床,床上的被褥很整洁,这些被褥像是正在焦急地等待他的到来……硬床的外头有个老式的立柜,立柜的颜色是陈旧的铁红色,这个柜子正像是沉浸在热烈的性爱之中，柜子羞涩得几乎不敢抬起头来，柜子上粉刷的铁红漆，倒像是柜子因为害臊，才变成了铁红色，床头还有一把破旧的椅子，这把破旧的椅子像是孤零零地站着，她似乎等待着有人亲昵，有人关爱，除此之外，屋子里什么都没有，房间非常狭小，像是刚刚容得下他们两个，房间里没有后窗，前窗像是一位情意绵绵的少女一样，害羞的被破旧的窗帘遮挡着，她把房门插上插销，屋内黑暗下来。

她抱住北辰疯狂地吻了几下，就匆匆打开房门离开了，走之前，她只说了一句话："等我。"然后就倏然不见了。

北辰在这间房子里，等待了很长时间，一直见不到她的踪影，也听不见音讯，她是在躲避他吗？不会，她应该是把那麦秸车称完以后再回来吧？这个时候他感觉十分寒冷，北辰打开窗帘，他看见外面天空突然黑暗下来，像是有一块巨大的幕布，霎时间把苍穹遮盖起来。他站在窗口，屋子外面有一盏昏黄的灯光亮起来，这时他看见零零星星的雪花像是柳絮那样到处飘扬，有一些职工在飘荡的雪花之中不停地来来往往，他们像是静静的湖水里来往穿梭的银鱼。雪花渐渐大起来，这些雪花真像是漫天飞舞的梨花，这些瑰丽的花朵在行人的两腿之间不停地飘来荡去。外面的雪花越来越大，朵朵雪花像是一只只巨大的蝴蝶在狂舞……霎时，天空仿佛在不停地向荒凉的大地上倾倒碎银碎玉一样，顷刻之间，积雪就覆盖住广阔的平原，覆盖住平原之上的村庄、田野，还有这座孤单单的造纸厂……一个银装素裹的世界……

她回来得很晚，她到底在干什么？谁也不知道她在干什么？她有工作，大概是在盘算账目，她是记账员，还是出纳，她的工作不像是会计角色，但是她所做的应该是与财务有关联的事情……工作上的事情，他不便多问，他问这些干什么呢？何况每个单位的财务工作都是保密的，这是任何外人不应该知道的机密。但是她还是回到这个房间，一回来，她并不理会他，而是从抽斗里拿出一只白色的蜡烛，又拿出一盒没有使用过的火柴，她擦燃火柴点着蜡烛，把昏暗的电灯拉灭，也不问他饿不饿，而是独自脱光衣服，像是一条鳗鱼一样迅速地钻进被窝里，她蒙着被子，也不管他，只管静静地侧身躺在床上，她的衣服凌乱地放在破旧的椅子上，可是她突然把被子掀开来，她像是并不惧怕寒冷，她把胸罩慢慢地脱下来，又像是一条滑溜的鳝鱼倏然钻进被窝里，而且她把脸侧向墙壁，北辰把胸罩搭在破椅子把上，乳罩在椅子把上游荡一会儿，终于停止下来……

他们这样沉默着，谁也不搭理谁，而北辰就站在床边，他怔怔看着静止下来的乳罩，不禁感情荡漾起来……屋门在她进来时已经插好插销，拉上窗帘，即使不拉上窗帘，因为有那个陈旧的铁红色木柜遮挡着，外人也看不到里面……他们仍然僵持着……可是北辰慢慢地在脱鞋子，已经脱掉内裤，他的下身已经进入被窝，她静静地侧身躺着，她的背对着他，肌肉是那么雪白、娇嫩……他的上衣几乎脱下来……但是他却顽强地离开被窝，他又迅速地穿戴起来……

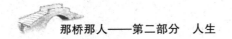

他还是把屋门打开,让门外凛冽的冷空气透进屋来,而他更加清醒了,他踏着积雪走向门外,走向田野……

她没有起床,没有跟过来,他那么奇怪,当他脱衣服钻进被窝时,他害怕什么呢?是害怕捉奸吗?不是,这不是他的性格,那么他到底害怕什么?害怕离婚?害怕家庭破裂?害怕撇下孩子?害怕她怀孕?害怕……他什么都怕,又什么都不怕……那么他是怎样性格的一个人呢?他自己也回答不上来。至少他不是一个道德高尚的人,也不是一个洁身自好的人,那么他是一个什么人呢?是一个胆小如鼠之人?他是因为胆怯才离开的?他为什么来找她,他如果不是因为胆怯,他为什么……是,又不是,不是,又是……当这一次次的爱情突然到来的时候,他却总在退却……可是他实在意料不到这次爱情来得这么突然,这是他始料未及的,他以为他们之间还是那么陌生。不是他不敢爱,也不是他不敢恨……可是杨静到底是怎样一个女人呢?他们初中毕业,他去读高中,去代课,去进修,他经历那么多风雨,可是她到底在干什么?这只是偶然,是巧合,但是这其中有多少必然性,有多少规律性?这一次,他实在是说不清楚,他不知道在他生命的激流之中,还会有多少爱情在等待他……这些爱情是他必须经历的,还只是他生命之中闪现的激情浪花?如果是这样,他宁愿不需要这样的浪花,不需要这样的爱情……他已经有了婚姻,这是不可更改的事实,他还有孩子、事业,他应该为家庭、为妻子、为孩子、为事业考虑……上初中的时候,他并不想了解她,也不了解她,他们是两个截然不同的人,性格相反,追求、志趣更是大相径庭,北辰是班长,而杨静是学习委员,所以他们经常在一起开班会,可是他们的意见常常相左……她当时那双眼睛既温柔又迷人,眉毛修长,眼睛扑朔迷离,可是她脸上的麻子却无情地夺走了她的秀丽。可是现在她几乎像是一只白天鹅啦,这算不算人工美人?而且她的美是一种野性的、刺骨的美丽。但是她为什么一直没有男友?为什么一直不结婚?她早已到了做妈妈的年龄……她在等待什么?是在等待他吗?不是,也不会,但是她……

他并不感到疲惫和孤单,也不感到寒冷和饥饿,在大雪的陪伴下,他反而感到非常的温暖和惬意。他一直走到今天下午下车的地方。他是回县城,还是回家乡?回县城当然近,如果回家乡,以现在的情况看,他就是走到天明,恐怕也走不到家,于是他只得往县城走去,这个地方离县城大致十几公里的路程,没有什么意外,他两个多小时就能回到县上。马上就要放寒假啦,他首先得去看望母亲和昉儿,还得去看望淑丽母子,他想到母亲、淑丽和孩子,就把什么都忘记了。也正是因为母亲、淑丽和孩子的缘故,他才走出这个险恶的旋涡,性的泥潭……她在哪儿呢?还在被窝里?应该会,也应该不会……她在笑,还是在哭……大概在笑,可能不会……可能在哭,可能也不会,她为什么要哭呢?

这一夜他就睡在县城一家小旅馆里……他睡得那么香甜……连一个梦都没有做……

7

没停几天,他收到一封信,这是杨静写来的。信的大致内容是:那天,他走了以后,她哭了一夜,第二天她病了,现在病情一直没有好转,如果他还没有忘记她,如果他还是个男人的话,请他务必去看望她。

他接到信件后,心情非常沉痛,那天他真的很后悔离开她,直到现在北辰才意识到他是那么懦弱,他不敢相信那天他会忍痛离开她,而且离开得那么决绝,当时选择离开,他选择离开的意义是什么?他可能会说他是在浑然不知,在莫名其妙的情况之下去到那个地方的,但是不管怎么说他还是去了,无论是潜意识,还是无意识,他都无法逃脱去造纸厂看望她的事实。既然爱,就不能退缩、逃避。他痛恨自己没有血性,痛恨自己是个懦夫。

但是苏兆昌副镇长刚刚主抓教育工作,他就擅自离开工作岗位,万一他哪天来到学校检查工作,而他却不在学校,那会有什么后果呢?特别是在白副镇长调走之后,而苏副镇长刚刚调来之际,他已经失去白副镇长这座靠山,现在又没有机会结识苏副镇长,他不知道白副镇长给苏副镇长打过招呼没有,如果没有,他还得去找白副镇长,现在他已经是白副书记了,让他把他引荐给苏副镇长,只有这样,北辰校长才能确保校长职务,才能踏踏实实工作,因为就目前山泉小学的现状来说,他为了迎接两基国检,为了迎接县局督导,能够在很短时间内使学校校容校貌得以改观,使学校基础设备、设施得以完备、完善,使学校的图书室得以充盈,他还自制体音美教具……但是他想在短时间内提高教学质量,想使山泉小学的教学成绩有一个质的飞跃,这是不可能的,所以说韩主任无论什么时候,都能以无力扭转山泉小学教育教学现状、没有能力提高教学质量为由把北辰校长调离山泉小学,这很有可能,不是可能,应该是肯定的。即使他通过努力,使山泉小学教学质量在短时间内有所提升,如果韩主任想调整他,他也有这个权利,欲加之罪,何患无辞!

又过去一些时日,这一天上午第三节,他正在听二一班王培老师的语文课。王培老师是学校聘请的临时代课教师,也是刚刚初中毕业,她是郭玉堂书记的外甥女,同时也是北辰之前的学生,郭书记正在给她办理以工代干手续……她只有十七岁,不但害羞、稚气,甚至连最基本的教学常识都没有,更不用说教学技巧和艺术,所以北辰校长想通过听课,指点、引导她。下课了,北辰正在评讲这节课的不足之处,他特别指出她在教课过程中缺少回顾、缺少布置课后作业这两个环节。

这时候,吴老师急急忙忙过来说:"韩主任和新上任的苏副镇长过来视察工作,他们正在校长室等你呢。"

他匆忙回到校长室,吴老师已经给两位领导倒上热茶水,他又买来一包绿杠果

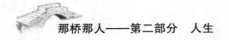

过滤嘴香烟。

"这是主抓教育的苏副镇长。"韩主任给北辰校长介绍道,但是从韩主任不屑的眼光里可以看出,他并没有把苏副镇长放到眼里。

苏副镇长诚挚地点点头,然后提出要看看学校迎接市教育局两基验收的准备工作。两位领导从仪器室、图书室……办公室和教室看个遍,他们还认真地翻阅各种档案,苏副镇长对山泉小学迎检准备工作给予了充分肯定,他高度评价北辰校长的敬业精神和踏实能干的工作作风。但是韩主任始终不置一词,既不说中,也不说不中,有时候,他看到苏副镇长称赞北辰,只是冷冷地笑笑。从苏副镇长的言谈话语之中,北辰听得出来白副书记已经给他打过招呼,他又趁韩主任不在的时候,同苏副镇长提到白副书记。

"白副书记……"北辰像是无意之中提到白副书记。

"那是我爱人的……"苏副镇长并没有让北辰把话说完,他匆忙打断他的话道。

苏副镇长的话也没有说完,韩主任就回到他们跟前,所以他们并没有深刻交流,但是这更加证实他的判断是正确的。北辰直到现在那一颗惴惴不安的心灵才踏实下来,不再因为白副镇长调走的事情而忐忑不安,他初步尝试到斗争的乐趣和胜利的喜悦……但是他高兴的未免尚早,后面的道路会更加艰险、坎坷,这是他未曾料到的,这就是人生! 现在他想象不到人性的丑恶,这使他猝不及防,也使他伤害至深,他早该有所防备,他怎么会有防备呢? 谁会引导、指导他? 谁又会保护他?他走上校长岗位,是个偶然机会。这个穷苦孩子会有什么人生经验呢? 会有什么思想准备呢? 谁是他的依靠? 谁是他的靠山呢? 所以他面对人性丑恶的时候,他是那么被动、痛苦、无助……他经常经受孤独的折磨……虽然有时候他也折磨孤独……

中午,因为淑丽不在家,他只有在岳父家设宴招待两位领导。在宴席之间北辰仔细打量这位新来的苏副镇长,他文质彬彬,却非常有个性,深邃的眼神既真挚又坦诚,说话时嘴巴很有力量,只是他激动的时候,稍稍有些结巴,这并不妨碍他说话的力度和分量,他还总是不断地挥舞右手,而且挥舞起右手来,还是那么迅疾和遒劲,他显得务实又严谨,知识丰富又充满激情。北辰和他非常投缘,像是息息相通,又休戚相关……

但是不知因为什么,喝酒喝到一半,苏副镇长和韩主任竟然争执起来,主要是因为韩主任的傲慢姿态和出言不逊的言语让苏副镇长十分反感,这时苏副镇长喝起一杯酒,他居高临下地说道:"从今以后,高山镇教育上所有人事问题没有我点头,概不算数……"

他还说了一些让韩主任非常尴尬的话语,这些话语大大刺激了韩主任的第六感官,这个时候,北辰走也不是,不走也不是。而韩主任的脸上一会儿白,一会儿红的,这太使他难看了,他哪里受过这种窝囊气,他不会善罢甘休,何况韩主任本来就睚眦必报……更是因为北辰校长看到不应该看到的场合,听到不应该听到的话语,碰上不应该碰到的场面,所以他之后经受磨难,遭遇挫折,蒙受无情打击实是在所难免……就连苏副镇长也在劫难逃……

他们都喝了不少酒,北辰送他们出门时,韩主任和苏副镇长仍然在唇枪舌剑的争吵,因为工作,难道领导都这样吗? 权力之争,一个是权,一个是利……权力之争,不是你死,就是我亡……

北辰也喝了不少酒,他想去学校,但是他又唯恐酒后失言,更怕酒后失态、失德。于是他决定回家休息,可是他正说回家去,却迎面过来一辆去县城的公共汽车。他也不考虑去哪儿,只管坐上车再说,他也不知道他要到哪儿去,到底去什么地方? 他隐隐约约地想去……但是他一上车却酣然入睡了……

他已经酩酊大醉,几乎人事不知,可是潜意识却在作怪,这也可能是无意识状态,尽管他浑浑噩噩、不省人事,他还是在顺和镇下了车。于是他直奔顺和镇造纸厂。

他找到杨静,就一头钻进被窝里睡熟了。不知睡到什么时候,他被什么人叫醒过来。谁在叫他,怎么是位女性,淑丽又不在家,谁? 会是谁呢?

"这是什么地方?"他大吃一惊,"怎么会是你? 我什么时候过来的? 又什么时候睡在你的床上?"

"看那傻样! 你看看在哪儿?"杨静责怪他道,其实她就赤身裸体地睡在他的身边。

"原来是在这儿? 我怎么会睡在这儿……"北辰明白过来之后,于是他迅速地穿起衣服,但是胃里隐隐作痛,原来……他喝得太多啦……但是他还是穿戴整齐,他等她把衣服穿戴起来,他不能在这儿待下去,这儿不是他待的地方!

"你想来就来,想走就走,这儿是旅社,还是窑子……郭北辰,你说清楚!"她像是真的恼怒啦,可是她还是笑笑说,"今天,全厂都知道我的男朋友……我请假啦,不用上班,也不用看谁的脸色,天已经黑啦,我们继续睡吧……"

"不行,我必须走,你不起来,我……"他已经把插销打开。

她不得已,还是穿起衣服来,但是她边穿衣服,边骂他道:"郭北辰,你不要脸!""可是,天已经黑啦,我怎么走呢?"北辰没有理会她的辱骂,他自言自语地说。"走……马上出去。"杨静去外面的时间并不长,她马上又回到屋里来说。

北辰那么疼痛,他一直想吐,可是他忍耐着,仍然浑浑噩噩的,他们搭乘一辆伏尔加,这辆车仿佛一只爬行的甲虫,样子尽管别扭、丑陋,但是伏尔加却固执地在爬行……车里除去他们两个,还有其他人,应该是厂里领导,车子里面实在太拥挤,后座上一下子坐五个人,杨静坐在北辰怀里,他们走过一条曲曲折折的小道,终于来到去县城的大路上,这时候,恰巧从后面过来一辆开往县城的私家公共汽车,于是他们两个就下了车,北辰很奇怪,为什么他们不迁就到县城呢? 他们非在这儿下车不行,外面既冷,坐大车还得买票,但是杨静下了车,他更没有理由待在车里,于是他们又转到私家公共汽车上,这辆车非常破旧,破旧的像是一辆破烂的敞篷马车,有几块玻璃已经烂掉,车门关不上,车内风力十分强劲,门窗咣当乱响,而且机器已经老迈,所以这辆汽车磨磨叽叽很长时间才来到县城,他们下了车,即刻来到一家旅社,他一躺到旅社的床上就不知不觉地睡着了。不知什么时候,他惊醒过来,发现和她睡在一张床上,于是匆忙穿上衣服,他准备离开她,可是她睡得很死,他想叫醒她,可是怎么叫也叫不醒,他怎么又和她睡在一张床上,怎么会来到这儿? 他恍惚觉得他们是怎么坐上汽车的,还是……还有……他仿佛记得,可是又仿佛不记得……他已经跑出去很远的路程,但是他想到她一个人睡在旅社……于是他又回到旅社,他悄悄地回到她身边,她早已醒来。

"北辰,你去哪儿啦……"她惊奇地坐起来问他道。

"去卫生间啦。"他诓骗她道。

"酒醒啦,喝多少酒啊,让别人卖了,你也不知道……再睡一会儿吧……"她嘲笑他道。

"不睡啦。"他害羞地说。

"为什么? 你昨天可把我折腾惨啦,北辰,我的乖乖……又是出酒,又是叫的……"她回忆起他醉酒的情形,于是她嗔怪他道。

"我似乎记不得啦……"他回忆一会儿,真的记忆不起来他出过酒,于是他怪难为情地说。

"好了吗?"停一会儿,她又问道。

"好些啦,"他少气无力地说,"谢谢你啦,静儿……"

他们沉默着,都不再说话,她搂着他的脖子,不住地亲昵和扭动,可是他还是告诉她,他要走啦。她哭起来,哭得那么伤心和痛苦。

"我没有非分的想法,只要和你在一起……"她哭得越发伤心起来。

"我们不是在一起了吗……"他安慰她道。

"你骗我……"她停止哭泣道。

"静儿,你怎么这样说……"他不敢再说下去,唯恐又惹她哭泣,但是他却突然这样问她道,"你之前的男友呢?"

"分手了……"她冷静地说。

"他是干什么的?"他追问道。

"厂长……"她并不隐瞒什么。

"刚才坐在前面的那位?"他逼视着她的眼睛说。

"不是……他的前任。"她把眼睛低垂下来说。

"他有老婆吗?"他并不罢休。

"北辰……"她哀求道。

"是他……给你去掉……麻子……"他仿佛拿把刀戳向她。

"……"她的心灵在滴血。

"还……"他还想说下去。

她用手捂住耳朵不想听,也不回答。北辰是那么嫉恨这位厂长……在这家造纸厂除了他,还有谁有钱供养她? 谁会帮她去除掉脸上的麻子……一般有家室的人……肯定不会,也没有钱……但是他们的关系是怎么破裂的呢? 肯定是厂长有了新欢,厌倦了她? 可能还有其他原因,或者是她有了新男友,这位新男友会是谁呢? 他不知道。

"之前传说过,顺和造纸厂有位厂长被杀害,这是怎么回事?"他突然想起什么,于是他穷追不舍地问道。

没有回答,死一样寂静。

"回答我……"北辰并不放过她。

"回答我,杨静……"他又问道。

"到底是怎么回事?"北辰这样问她,他到底想知道什么? 他想听她叙述出来,想知道细节。

没有回答,比死还要沉寂,北辰不再问她,不敢再问下去,他害怕打破沉默,也更怕知道真相,真相往往比想象更可怕。两年前的凶杀案历历在目,原顺和造纸厂厂长章玉昆在城郊新盖的私人别墅里被凶手残忍杀害,凶手用一把三棱刮刀在其胸脯上猛刺十余刀。章玉昆不幸死亡,凶手仍然在逃亡。

发生这么大的凶杀案……一时之间,……纷纷扬扬……情杀……报纸……谣言四起,莫衷一是……章玉昆厂长跟一位女工有长期不正当关系……还几乎同厂里稍有姿色的女性都发生过两性关系……女人是祸水的话语,甚嚣尘上……

当时传说,这位长期和厂长有不正当关系的女性是一位脸上有麻子的姑娘。章玉昆把她脸上的麻子去掉啦……麻子姑娘为了报答知遇之恩,竟然以身相许云云……开始人们怀疑是麻子姑娘的男友将其杀害……但是他被拘留数月之后,还是被无罪释放……此案直到现在也没有侦破……凶手仍然逍遥法外……厂长是德亭村人,而杨静正是通过章玉昆厂长才进入顺和造纸厂的……事情的脉络竟是如此清晰……不用说杨静和造纸厂原厂长……她……而章玉昆被杀竟是如此扑朔迷离……

原来竟是这样,他为什么现在才明白,人们之前纷纷传说的麻子姑娘竟然……

8

期终考试临近了,教师们都在引领学生认真复习,而北辰校长转正之后,所谓的培训即将结束,可是自从培训到结束培训,说是培训半年,其实只有短短三个月,而他却很少参加培训,刚接任校长职务,又因为迎检,他整天手忙脚乱的,刚开始接任校长,他真不知道这一大堆工作该从何处着手,但是经过这么长时间的磨炼、磨砺,他好像已经适应了,现在他知道哪些工作最重要,哪些工作是必须办理的,有些工作可以暂缓,有时候,但凡遇到棘手的人事问题,他还是束手无策,山泉小学有些人是他从前的老师,有的是亲戚、邻友、同学、朋友,有的是领导家属……有些事情,他真不知道该怎么解决,该怎样处理,有些事情真叫人头疼……

现在,培训结束之前,北辰必须在培训班待上一周,问题是他得参加结业考试……他得找辅导员销假,得给辅导员阐明他不参加培训的理由……后天,就要参加结业考试了……

考试结束后,他从城市回到县上,这个时候,黄昏早已匆忙地来到冬天的大街上,当他坐上开往家乡的公共汽车,杨静恰巧也在这辆车上,有些事情就是这么巧合。

冬日黄昏就像一只狡猾的田鼠,刚刚露露脸,就转瞬消失了。汽车灯光放射的两行光束像是两个巨大的船桨,而公共汽车仿佛就是依靠车灯射出的光束在快速划行,他们像是乘坐在渡轮上,这艘轮船行驶在黑夜的海洋上,黑色的波涛在汽车周围不停地翻滚,而汽车的尾部冲开的波澜瞬息之间又归于平静……远处是黑茫茫的大海……轮船上面的旅客大都进入了梦乡……有一个乘客的鼾声是那么响亮,简直像是旱地惊雷。杨静就坐在北辰后面,他们谁都不看谁一眼……经过长途跋涉,汽车每到一个码头,它就像小舟那样停靠在港湾……而乘客也陆续登上海岸……接着他们又很快消失在黑夜之中。北辰为了避开其他人,他在树仁村东头下了车,她家住在树仁村西头,下过车,他就急忙向树仁村的西头奔跑,当奔跑到树仁村十字街口的时候,返程的汽车同他不期而遇,他匆忙避开像是刀锋的灯光,汽车仿佛敢死队的战士瞬间冲锋而去,十字街头距离杨静家还有一段路程,于是他开始急速奔跑起来,等他狂奔到她家门口时,他发现她正把院门轻轻关上,她应该等了他一会儿,可是不知道她是生他的气,还是要下决心同他断绝关系,她已经不再等待他,但是她还是没有把院门的插销插上。等北辰尾随她走进院里时,她已经走进堂屋,而北辰就站在院子里,他在犹豫,是随她进屋,还是等她再出来,屋里她的爸妈在家,应该还有她的妹妹。他们一家寒暄得真亲热,他想到淑丽、母亲和孩子,他们都不在家,他回到家里也是孑然一身……他顿时感觉到自己是那么可怜、孤单,他为什么要让母亲、妻子、孩子流浪在外,这到底是因为什么?他真的想要一个儿子,又想保全山泉小学校长位置,何况他刚刚转正,刚刚结束培训考试,一切都刚刚开始,他还有事业,他又开始阅读、写作了……可是他……他爱她吗? 他扪心自问他爱她吗? 可是在这儿,他能感到温暖吗? 在这儿的危险程度,远远不如他孤单单一个人在家里安全、愉悦,如果他胆敢迈进这个门槛,他的前途,他所有的一切,都会发生逆转,都会发生变化,今天她把他引领到这儿,这应该是她精心策划的、精心设计的,至少是她乐而为之,不,错误不在她,是他愿意、自愿走向罪恶深渊的,是他甘愿堕落,乐意为之,自毁前程的,怎么能怨她呢? 现在他不能迈进门槛,她在考验他,他也在做人生的最后抉择,他应该选择退却,他必须马上撤退,如果再不走,就来不及啦,可是北辰的两条大腿根本不听从大脑指挥,两腿死死地像是钉在地面上不忍离开,他也没有勇气迈进门槛,他真的想诅咒自己,他到底是怎样一个人呢? 往往是应该拥有的东西却选择放弃,往往应该放弃的却非要拥有……

但是有个声音像是命令他说:"必须放弃,必须退却……"

这是谁在说话呢? 可能是责任、职责,这是良知、人性在逼迫他……但是他仍然不愿意离开。

"辰儿,选择离开吧……"一个声音突然响起来,这是母亲的声音。

"孩子,还在犹豫什么? 仅仅为了母亲,也应该选择离开,离开吧,孩子……你虽然有父亲,不,你没有父亲,那不是你的父亲,世界上没有这么残忍的父亲,他不配做父亲! 但是孩子,他撇下我们,你还想撇下孩子和妻子吗? 我们遭受过的罪孽,你也想让妻子、孩子……"母亲再也说不下去了,她痛哭起来……

"北辰……"这是妻子的声音,她喊叫他的名字,然后她决绝地走开了……"爸爸……"孩子也在呼唤他……这是良知的呼唤,是人性的呼唤……

他听到孩子的呼唤,顿时冷静下来,他能够因为她抛弃前途,抛弃事业,抛弃……但是他没有权利抛弃孩子,可是父亲为什么抛弃他? 因为父亲抛弃过他,他还想抛弃孩子吗? 不能,坚决不能! 但是他宁可寻找刺激,也不愿一个人孤零零地待在家吗? 现在是他选择离开的时候,可是当他选择离开时,所有的一切已经晚了。

这时,堂屋门哐当响了一声,屋子里出来一个人,应该是母亲,老人家出来的一刹那,他清醒过来,他像是闪电一样躲进厨房,幸亏厨房没有关门,真叫惊险啊! 如果出来的不是母亲,而是父亲,或是妹妹,他肯定会暴露行迹,幸亏是母亲,母亲个子矮小,行动迟缓,她应该是一位贤妻良母,她在院子里摸索什么? 她在寻找什么呢? 他盼望她尽快回到屋子里去,但是她那么固执和执拗……这间厨房是那么狭小,除去锅台,就剩下烧火和放置菜案子的地方,他躲在火门的位置,而母亲还是固执地在院子里寻找着……她在院子里寻找了一会儿,径自朝厨房摸索过来,而北辰想冲出去,但是他又怕吓着她,这如何是好? 她果然走进厨房,而北辰龟缩在漆黑的厨房里不敢动一动,可是她又向锅台摸索过来,她在寻找什么呢? 他不敢出气,也不敢发出一点声响,她径直向他摸索而来……她几乎触碰到他的肩膀……她的视力肯定不好,不然她老人家肯定发现了他,也可能是有一位神灵在暗中护佑他,神灵不让她发现他,幸好她站了起来,真是谢天谢地!这时老人家想离开厨房,可是她好像在犹豫着,老人家在犹豫什么呢?她只站在那儿犹豫一会儿,又在案子上摸索一会儿,但是她仍然没有找到什么,她就站在距离厨房门口不远的地方不动啦。

"你在找什么呢,妈妈?"杨静从堂屋出来问妈妈道。

"我的头巾……是不是掉在厨房……"她回答女儿道。

"没有,明天吧,妈妈……"她哀求母亲道。她会不会知道北辰还在她家的院子里,应该会,也可能会有预感,她应该能够预感到他就躲在厨房里,因为除此以外,她家再没有可以躲藏的地方,不然她也不会这样苦苦哀求母亲,但是她真的知道他就躲藏在厨房里?她肯定是想看看他是不是跟随她来到家里?不然她不会这样说:"您进屋吧,妈妈,我替您寻找……"

她又一次奉劝妈妈,想让妈妈离开这儿,但是妈妈并不准备离开,她在犹豫着,而杨静在院子里寻找一遍,她没有发现他,但是他希望她知道他就躲在厨房里,他想叫喊她,想让她知道他就在她家里,就在厨房里,可是他叫喊不出口,他喊叫几声,声音是那么弱小,连他自己都没有听见,他还想静静地等一会儿,可是母亲又开始说话啦。"让我找找吧,女儿,你把堂屋的手电筒拿来,我们厨房的电灯开关好像是坏了,我的头巾大概是掉在厨房了,找不到,我心里不踏实……"

怎么办呢?现在正是逃开的时候,如果再不逃走,什么都晚啦,他不能在厨房里被他们捉到,更不能在厨房里跟她母亲相见,这太丢人啦,他要想办法逃出去,可是他又唯恐……而杨静已经回堂屋去拿手电筒啦,得抓紧时间逃离!他想蹑手蹑脚地走出去,当他走出厨房门口的时候,母亲突然转过身来,没有其他补救方法,他只有奔逃出去。他似乎看见母亲被惊吓得怔住了,但是她还是清醒过来,于是她想追赶他,她当真追赶几步,可是她根本抓不到他,所以她还是叫喊道:"抓贼啊,抓贼啊……"她的声音凄厉而又沧桑。等堂屋里的人追赶出来,而他已经跑远了,后面高声尖叫抓贼的声音久久不绝,声音是那么凄厉,又是那么无奈……

他是贼,是寇盗,应该是万恶不赦的淫贼!他气喘吁吁地向家的方向逃窜,可是后面依然有人紧追不舍,而且后面喊叫捉贼的声音不绝于耳,这种声音真叫人心惊胆战……他不停地跑啊……跑啊……可是后面叫喊捉贼的尖叫声一直追逐着他,久久没有散去……他不敢停止下来,唯恐后面的人追赶过来,直到跑回家中,他像是还能够听见"抓贼啊,抓贼啊"的凄厉叫喊声……他跑得浑身汗水,终于跑回家里,回到空无一人的家里,他从未这么痛苦和孤独过,从未这样狼狈和疲乏过……

尽管他又劳累又疲惫,可是却怎么也睡不着,他已经很长时间没有来木板桥上了,这一夜,他失眠啦,怎么能睡得着呢?刚刚的一幕,他只有羞愧、悔恨,简直不能原谅自己。夜晚是那么寂静和害羞,月亮和星星都羞耻地躲着他,四周灰蒙蒙一片,夜已经很深了,平原、田野、村庄、河流、河岸上的树木都早已进入了梦乡,只有北辰和木桥醒着,他坐在桥头想和老朋友说几句知心话,可是他羞惭得什么也说不出来,让他说什么好呢?呜呼,他说不出话来,他仿佛听到有人在责备他,这个时候,他坐在桥头,谁会责怪他呢?他孤单单一个人,这会是谁的声音?肯定是他的老伙计——这座木桥啊!木板桥像是在责怪他,不像,不会,是不是他听错啦,肯定是听错了,木板桥这么宽厚,这么朴实,这么真诚,她怎么会责怪他呢?不会,他平时那么包容、宽恕、体恤他,这许多年来,木桥已成了他的朋友、知己、伴侣、良师益友,他们几乎无话不谈,但是今天夜里,北辰一定要对老朋友袒露心迹,一定要忏悔,一定要悔过……他实在是无话可说,他怎么对老朋友启齿呢?说刚才他在逃跑……后面还有人追赶,是因为……因为什么呢?是因为他偷偷地潜入她家里,他差一点被人家抓个正着,被谁抓个现行呢?被杨静的母亲!当此时,他被当作窃贼,被当作淫贼追赶出来,他们在后面追赶,他在前面奔跑,应该是逃跑,当时,他是多么羞愧和狼狈啊!刚刚跑出她们家门口的时候,有一个人从斜刺里冲出来,他想拦截他,不,想攻击、袭击他,那可是致命一击!他当时想拦腰抱住他,可是被他挣脱了,他顷刻捡起一块砖石,然后狠狠地砸他,那块砖石几乎砸中他的脑袋,幸亏那块砖石擦着头皮冲过去,真叫惊险啊!他们在后面追赶,他在前面逃窜……多亏他逃遁得急速……这个截击他的人,他可能明白他是谁,他是否早已经在防范他,他是杨静什么人呢?杨静是不是知道他是谁?她应该知道他是谁?也可能不知道。他并不害怕他们找到家里来,他还巴不得他们找过来,他已经黠出去啦,但是他们并没有来,他们为什么不来呢?他不害臊,人家还嫌丢人呢?是不是明天他们会找到家里,明天更好,他为什么不勇敢地站出来呢?他应该勇敢地站出来说那个人是他,他们不用找,也不用追,他来了!他敢吗?这才是他真正内疚的原因……还不如让那块砖石击中他,让他丢丑,让他蒙羞,让他生不如死……可是命运为什么让他逃脱呢?他应该受到惩罚才对,他应该受到唾弃和责骂,应该接受审判,应该被扫进历史垃圾堆,应该被钉到历史耻辱柱上……人人得而唾骂,人人得而诛之。今天夜里,他坐在这儿,真的不知道应该说什么,内心久久不能平静,不是不能平静,而是怒涛汹涌,波浪翻滚,现在不单单是河流被污染了,污染更严重的应该是身心、心灵、灵魂、精神……这个时代像是一条私欲泛滥的河流,这条私欲肆虐的河流早已被城市污水、工厂废水玷污了,据说污水处理厂已经建立起来,据说政府部门已经严禁工厂排污,可是人类心灵的污水处理厂什么时候能够建立起来呢?什么时候?政府能够明令禁止人类灵魂排污吗?他似乎看到了希望,谁说只有孔子才能拯救人类?世界上有万能的祖师吗?没有,能拯救自己的只有自己,能拯救他的只有他……能拯救他的还有良知,还有人性……他想到这儿,心灵渐渐平静下拉,他似乎寻找到了治愈人类私欲的良药,治愈自己躁动不已的良药……今天夜里,他还想对木桥倾诉什么?他已经说的太多啦,他不想再打搅她,应该回去了……

"再见,朋友……再见,姑娘。"他向她挥挥手,就离开了。

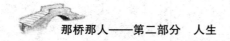

"再见,我可怜的朋友,再见,我知心的友人,珍重……"那座木桥也挥挥手。他们终于还是相互道别……

放寒假的前一天,不得已,他又去了一次顺和造纸厂。

"我们家招贼了,"她一见他,她就说道,"那个淫贼是你吗?"

"是……"他坦白道,他并不想隐瞒什么。

"为什么在汽车上不搭理我?"她责怪他道。

"我在村西头下车了。"他解释道。

"你在西头下车干什么?"她反问道。

"吓着母亲没有?"他并不回答她,而是歉疚地说。

"你说呢?"她像是平静下来。

"母亲不会有什么事情吧?"他还是担忧地说。

"幸亏没有……"她像是原谅他了。

"门口那个人是谁?"他又突然想起了什么,于是他又问道。

"叔叔。"她回答说。

"好险呢!"他又回忆起当初的情景。

"你也知道险?"她嗔怪道。

"父亲不在家吗?"他又好奇地说。

"在……"她柔声说道。

"他为什么不出来追赶?"他奇怪地说。

"他拿着刀出来,我怕……"她说她拦着爸爸。

"你应该……"他想让她给家人说明白。

"你让我给爸妈、叔叔说什么?"她委屈地说。

"你叔叔……怎么那么巧……"他又回忆起惊险的一幕。

"我也不知道。"她坦白地说。

"是不是……"他也不知道他想说什么?

"什么是不是? 如果你……"她想说什么,可是泪水却流淌出来。

他们不再争论下去。那天晚上,他们又一次来到县城。

"静儿,你想买点什么?"北辰说道。

"你就给我买双鞋吧。"她说。

"什么都不买,单单买一双鞋呢? 这像是不吉利呢?"北辰提醒她道。

"我愿意,还有什么吉利不吉利的? 北辰啊! 我们还有未来吗? 还有吉利的事情吗? 我想有个纪念……"她想哭出来,可是还是没有哭出来,于是她说道,"应该高兴才是。"

"可是能高兴起来吗? 不能,永远不能……"他在心灵里说。

北辰把钱包递给她,她一个人去到鞋店,买了一双一百零四元的尖头黑皮鞋。

"钱包里有钱……"他大概嫌她买的鞋便宜吧。

"够啦……"她知足地说。

这一夜,他们没有住到旅社,而是住在北辰的一位同学家里,他这位同学在县城做服装加工生意,他们就睡在朋友家的工棚里……

不知因为什么,他们还是分手了……大概是因为章玉昆的离奇死亡,他想触及那个话题,但是她不想谈及那段历史……

"章玉昆怎么死的?"那一夜,他们都睡不着,他问道。

"……"她不回答。

他离开了她。

他们又一次见面,是三年之后的事情了。当时北辰已经离开山泉小学,由于种种原因,他被调到另外一所小学担任校长职务。也是在冬季,在放学回家的路上,地上是很厚的积雪,北辰骑着一辆借来的破摩托车,车上还带着女儿,而淑丽骑着自行车,自行车的后架上坐着儿子,儿子紧紧地抱着妈妈的后腰。淑丽那天是那么凶猛,她骑车骑得飞快,她和儿子有心甩掉他们,不知因为什么,她是那么兴奋、快乐,她非要走在他们前面不可。大概是因为这么大冷天,又带着孩子,她急着回家吧。因为路面太滑,他骑着那辆借来的破旧摩托车,像是骑着一头懒驴,这头懒驴根本不想走,也根本走不动,他也不敢走那么快,唯恐一不小心,把车和人摔到路旁沟壑里去。这时恰巧来到一个村子路口,他突然发现身旁停下一辆公交汽车,一名女性,一名即将分娩的青年妇女下车啦,汽车又开走了,哦,这名孕妇,原来是杨静,她也发现是他,他们彼此停下来,他让女儿坐在前面,让她坐在后座,他把摩托车发动好,她为了防止摔跌下来,紧紧地抱住他,像是三年前的杨静紧紧地抱住他那样,北辰把她安安全全地送回她娘家……

这件事情之后,大致又有一年多时间,在夏天的缝会上,他又碰见她,她和丈夫在三泉村集市上贩卖锅碗瓢盆。原来丈夫就是他去顺和造纸厂遇见的那个黑塔胖子,而杨静抱着两个双胞胎儿子尴尬地坐在他的身边,这两个孩子也像是两个小黑老包呢,他们可怜兮兮地偎依在妈妈怀里,山泉村知情人士说这个黑大汉已经是三个孩子的父亲,他原来是造纸厂的会计,后来和杨静搞到一起,他们合伙欺骗厂家,一个是过磅员,一个是会计,他们虚开发票,营私舞弊,被人告发后,被造纸厂双双开除公职,而这个黑大汉原先就有两个儿子,一个女儿,现在他是离婚不离家,他们没地方住,就靠贩卖锅碗瓢盆生意维持生计,他们到处流浪,四海为家……

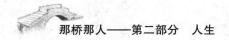

第十四章　冥冥之中的命运

1

　　放寒假之后，他想把母亲送到大梦村，让母亲住在那儿哺育二女儿，把淑丽和大女儿接回家，等到春季开学，他想让她去学校代课，因为三年级数学老师王丽英出嫁了，她嫁到一个非常遥远的地方，她还是一位代课教师，所以她只有放弃代课教师这个临时职业，将来淑丽代课之后，可以领到每月六十元的代课费，如果有机会转正，那就更好。

　　他们来到大梦村是放寒假后的第四天深夜，他们费尽周折，一路辗转，母亲、北辰、昉儿终于和淑丽汇合一处。母亲、淑丽和两个孩子，还有北辰，他们全家人终于聚居在一起啦，真的，比懋功会师还要艰难，他什么时候会有儿子？淑丽、母亲、女儿什么时候能够回家呢？这样的日子真够叫人心酸的，这才是漂泊不定、颠沛流离的生活。

　　这天上午，北辰、淑丽和怀武大婶去附近的镇上赶集，他要采购些肉食，让母亲、淑丽、孩子过个快乐节日，他还要表表心意，因为淑丽已经在大叔家居住了半年时间，这半年来，他因为忙于工作，还是第二次来到大梦村。这半年之间，北辰委托岳母来过这儿，那一次，岳母来看望女儿和外甥女，其实她也想凭吊一下死去的公公和婆婆，还想回去看望大伯哥哥，还有小叔子，毕竟女儿和外孙女已经在他们家居住那么长时间，同时也是因为礼节，这一次岳母也是礼节性出访。岳母一直不想提起那次出访，当时她把所有金钱全部馈赠给了怀武大叔，岳母是一路乞讨回家的……这个辛酸史，她很长时间以后才说出来的。

　　当时，他们向曹庙镇走去，沿途村子里的房屋那么破败，大部分房子都是低矮的茅草房子，只有个别人家的房子是矮小的蓝砖瓦房，蜿蜒曲折的黄土小路像是一条长蛇沿着一条水沟向镇上爬行。苍穹是那样阴郁、低沉，阴冷的北风叫嚣不停，一阵阵风沙扑面而来，行人几乎睁不开眼睛。

　　他们好不容易来到镇上，因为临近节日，狭窄的街道两旁和镇西头的一大片空地上摆满了年货，因为风大，小贩都小心翼翼守护着货物，但是他们一不小心，有些货物就不翼而飞了……凛冽的北风把黄土吹向寒冬的苍穹，而这些黄色粉尘像是漫天黄蜂扑向集市上摩肩接踵的农民,这些农民笼罩在烟雾腾腾的尘土之中,远远看去,熙熙攘攘的集市仿佛厮杀的战场,寒风的叫嚣像是刀枪撞击的声音……接近中午的时候,寒风小了一些,到处飞扬的黄土静止下来,这时,才能看到这些衣服褴褛的农民,平时他们省吃俭用的,把金钱揣在怀里,攥在手心,但是现在他们大着胆子,铆足劲儿采购,节日里,有酒有肉,大吃大喝,才值得,才没有亏负人生。这时候,又一阵狂风呼啸着奔跑过街心,有几块顽石被狂风追赶着,这几块顽石撞击着瓦砾的路面发出咣当咣当的声响,有一块小石头跑到北辰脚边停止下来,奔跑累啦,它偎依在北辰的脚踝旁边,北辰想把它捡起来放到怀里,他想慰藉这颗漂泊、孤寂的石块,可是又有一阵狂风吹来,这块石头又向前狂奔不已……风力渐渐小起来,乌云突然散去,中午的太阳是那么遥远,遥远的太阳为了能够照耀人间,为了能够送给人间温暖,像是慢慢地爬到天穹,像是非常疲惫、劳累啦……但是这些衣服褴褛的农民还是感到一丝暖意……这些年货有鲜红的牛肉,还有大块猪肉,有好几种鱼,还有各种蔬菜、海带、大葱、生姜……好大的鱼啊,最大那条鱼足足有二十几斤重,鱼儿大小不等,因为这个地方非常接近海滨,这些鱼是不是海鱼呢?大概是吧!而鱼贩子死死地盯着来来往往的行人,他那么高大,黑黝黝的长脸上有一双深陷的眼睛,他的鹰钩鼻子像鹰嘴那样尖利,那么长,鼻子尖几乎要伸到鼻子下面的嘴巴里去。这时候一个有钱人来到鱼贩子跟前,他优雅地指指那条大个海鱼,鱼贩子用秤钩勾住鱼鳍,他站起来,把鱼拉起来,可是他还是唯恐秤钩把鱼鳍钩烂,于是他不得不用一根粗麻绳把鱼捆住,然后他趁那个有钱人不注意,用左手指头像是不经意地挑一下低垂的秤杆,秤杆顷刻高昂起来,鱼贩子赶紧拽住秤杆。

"二十九斤半,算二十九斤……"他对他说。

有钱人穿一件崭新的黑羊皮大衣,他上唇的小胡子像是煤炭一样漆黑,下唇刮得非常干净,眼睛既深沉又厚道,他从口袋里拿出钱夹,抽出一沓红颜色的钞票,付过现金,鱼贩子找过零钱,小胡子把海鱼的尸首拎起来,快有一人高啦,这位有钱人,咧开大嘴,露出一嘴整洁的大牙齿,他嘿嘿笑个不停,笑过之后,掬着那条大海鱼走了,幸亏他那么高大魁梧,看来他手臂的力量也很大。北辰也想买一条大海鱼,想买一条比有钱人小很多的大海鱼,让大叔、大婶高兴,让母亲、淑丽和孩子解解馋,他一问价格,顿时惊呆了,他粗略计算一下,就是那条小一些的海鱼,至少也有十几斤重,北辰粗略核算一下价格,这条小海鱼至少也得二百块钱,鱼贩子说这是海鱼,当然比饲养鱼要贵,什么饲养鱼、野鱼、海鱼……不都是鱼吗?不都是一样吃肉吗?可是的确不一样,虽说这几年饲养鱼多起来,鱼的价格落了下来,鱼的质量却大不如前,而且这些饲养鱼类含有大量的雌性激素,这些饲养鱼类、鸡、鸭、鹅,还有猪……生长期那么短暂,鸡一个月多一点就长成了,猪三个月就出栏了,就连羊、牛也都在喂饲料,而鱼类生长期也很短,为了促进鱼类成长,为了防止鱼儿繁殖而影响生长,有人在喂鱼避孕药……可是之前,这些牲畜、鱼类都需要很长时间,才能长成的呀……市场上，各种肉类倒是供不应求，人们的生活得到了改善、满足，可是人类吃过之后，个子倒是长高了，而生育能力却下降了，有些人生育非常困难，有的结婚好些年还不生育，许多人已经过了生育年龄，却再不能够生育。反而试管婴儿多起来，将来试管婴儿多了，人类相互之间的亲情会不会淡漠呢？如此下去，将来人类越来越兽性化了，而且近年以来，由于大量食用饲养牲畜、鱼类，肥胖病，以及各种疾病芜杂多样，甚至诱发癌变……肉类污染了，水质污染了，空气污染了……由于农民大量使用化肥、农药，农产品含有大量的化肥、农药残留……这样想想真够害怕的。可是尽管这样，鱼贩子也不应该哄抬物价啊！现在北辰竟然舍不得买下这条鱼，最后，他还是下定决心……现在即使他想买，淑丽却坚决不让买，这得多少钱呢？他们已经给过大叔、大婶钱啦，还要买这么昂贵的海鱼，他真的不想过日子啦，没有这样过节日的道理。

　　淑丽噘着嘴，她很长时间不理不睬他，也不和他一块行走，北辰看到淑丽这个样子，他把掏出口袋的钞票，又装进去，那么他买些羊肉、猪肉总可以吧？当他问清羊肉、猪肉的价格时，淑丽还是舍不得让北辰购买，她在怀武大婶面前，狠狠辱骂他，北辰买也不是，不买也不是，他尴尬地站着，怎么是给他们买呢？母亲和孩子也得吃肉啊！再说在这举步维艰之时，能有一个居住的地方，这多么不容易，给他们几个钱就能解决住宿问题？那么些亲戚，那么些姐妹、叔伯兄弟……谁让他们居住呢？即使给他们金钱，他们也不会让他们居住的，只有这位好心大叔和憨直大婶能够让他们安心居住下来，如果不表达一下心意，实在说不过去，淑丽还是嫌羊肉贵，不得已，北辰只有买一大块猪肉让婶子带回家，可是在买猪肉时，淑丽又嫌北辰买得多，北辰狠狠心还是把这一块猪肉买下来，可是在回家的黄土小道上，淑丽不顾大婶的脸面，还是因为走大路和走小路意见分歧同北辰大闹一场，北辰清楚肯定是因为他私自做主买下这一大块猪肉惹的祸，他也只能委曲求全，除此以外他还能说什么呢？淑丽在外面已经大半年，这大半年时间已经够难为她啦，刚刚见面，坚决不能吵嘴，不能闹别扭，而淑丽却不依不饶，她吵闹一路，弄得北辰狼狈不堪，大婶也左右不是，批评北辰吧，不是北辰的错，批评侄女吧，这可是她的侄女啊，又舍不得批评她，她只得走快一会儿，然后又走慢一会儿，同他们保持一些距离。

　　中午饭是粉条、白菜炖猪肉，每个人都吃得津津有味，两个女儿还因为争抢肉食大打出手。淑丽把一小块肉喂到昉儿嘴里，但是小女儿也想吃这一块肉，她见妈妈把这一块肉给了姐姐，于是她一边哭闹，一边伸手就去打姐姐，昉儿被妹妹这种怪异行为吓得哇哇大哭，多日不见，谁知她这么厉害啊，这种天伦之乐，让北辰激动不已，又羞愧难当，母亲也眼泪汪汪的，淑丽把小家伙劝开，可她仍然哭闹不止……

　　吃过午饭，他们给孩子起名字，孩子出生这长时间，人们一直叫她黑妮，其实她并不黑，而且长得又白嫩、又灵秀，人们叫她黑妮，大概是因为她到处流浪，又没有户口的缘故吧，叫黑妮就叫黑妮吧。

"不行,不能人人都叫俺黑妮,必须给孩子起个名字。"淑丽不依不饶地说。

"那么就叫白妮吧……"北辰苦中作乐地说道。

"还有工夫开玩笑,看跟你过的啥日子!"淑丽怪罪北辰道。

"那么叫什么呢?"他反问淑丽道。

"整天夸口说学问大,连孩子的名字都不会起,还才高八斗呢?"淑丽挖苦他道。

"那就叫婧儿吧!"北辰思考一会儿才说道。

"哪个婧字?"淑丽迷惑地说。

"女字旁,右边有个青字。"他解释道。

"什么意思呢?"她继续问道。

"女子有才能的意思。"他卖弄似的说道。

"想了半天,我还以为起个什么了不起的名字呢!也行,就这样吧……"淑丽不以为然地说。

晚上,他们一家四口人睡在一个屋子里,他们一家人还从来没有睡在一起过,现在他们一家子终于睡在一个屋檐下啦……从今以后,他们还会有这样幸福的时刻吗?淑丽和北辰都失眠啦。

"这半年你都干些什么呢?"淑丽审问他道。

"工作、培训、迎检……"北辰坦白道。

"是猫都吃腥呢……"她不以为然地说。

"老是想念你和孩子,哪有时间沾惹她们。"他像是不耐烦地说。

"满嘴瞎话,"淑丽嗔怪他说,"你们男人那些事,还能瞒得住人……"

"没有一句瞎话……"他吞吞吐吐地说。

"是男人都偷腥。"她尽管这样说,可是两个人好长时间没有在一起了,他们拥抱的是那么紧密……

第二天他们把孩子和母亲安置好,于是淑丽和北辰告别了怀武大叔、大婶,告别了母亲和婧儿,他们和昉儿又回到了家乡。

春季开学前,他们把昉儿寄养在表舅家里,于是淑丽成为了山泉小学的一名代课教师。

2

这学期,开学前,韩主任召开了一次校长会议。会议上,韩主任布置学校开学之后的一些事情,他一定会要求各个学校排好行政历、课程表,打扫好卫生,重视师生安全,上好开学第一课,等等,他还会要求各个学校严抓教育质量,由于下学期非常短暂,所以韩主任肯定会要求各个学校一切工作为毕业班让路,学校所有资金向

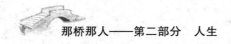

毕业班倾斜……

　　会议上午九点钟开始,北辰八点半之前来到教办室大门口,这时候,他看见许多人,其中有教办室领导,有早到的中小学校长,还有其他一些北辰不认识的人,他们一窝蜂向北跑去,这到底是怎么回事呢? 到底发生了什么事情? 他把自行车安置好,也随着人群向北跑去。而北辰没跑多远就站住了,他远远地看见有两个人正在殴打徐国梁校长,有一个高个子年轻人用拳头猛击徐校长头部,徐校长趔趄一下,扑倒在地,一个中年胖子扑过去,但是徐校长没有等到这个中年胖子扑到身上,就急忙站起来向南奔跑,他没有站稳就匆忙向南跑去,胖子和那个高个子年轻人在后面疯狂追赶,他们三人陆续从北辰身旁一掠而过。徐校长很矮小,长得却非常精明,显得很有个性,他是一位博学多才又治校有方的老校长,平时既机智幽默,又见多识广,他总是语惊四座,让人折服,可是现在他像是一只惊慌失措的兔子,已经不知道去哪儿躲藏。追在前面的是高个子年轻人,他长得还很英俊,可是向前冲锋的样子实在让人害怕,尤其是眼睛,那仿佛是一双屠夫的眼睛,既充满仇恨,又凶相毕露……而胖子的脸颊上似乎有一道长长的疤痕,他的头发又黑又长,他一边叫喊:"抓住他!"一边疯狂地追过去,浓密的黑发向后飞扬,他的额头很低,眼睛凶残……高个子年轻人紧追几步,便抓住了徐校长,胖子也气喘吁吁地追赶过来,高个子拽住徐校长的头发把他摁倒地上,徐校长非常艰难地想把脑袋抬起来,可是那个高个子年轻人就去打他的脸,他只得把脸埋在臂弯里,可是那个胖子正好追过来猛踢他的胸肋,不知是因为疼痛使他惊跳起来,还是因为羞辱使他奋发力量,他却挣扎着站起来,又一次想逃开,他马上要奔跑起来,已经跑出三四步,但是高个子绊他一脚,徐校长应声倒地,只听见噼啪一声响,徐校长摔倒在坚硬的柏油路面上。他尖声嚎叫几声,像是一只瘦狗被烧红的烙铁烫一下,又烫一下,他又尖叫几声,这几声惊恐的尖叫像是一把锋利的尖刀捅进生命咽喉时发出的声嘶力竭的叫喊,这时胖子把宽大的牛皮带抽出来,牛皮带抽打在徐校长的身上、背上……他翻滚着,哀鸣的声音渐渐小下去,开始没有人敢上前劝止,但是这个时候,所有的旁观者都震惊了,他们喊道:"打死人了,打死人了!"

　　有几位从学校奔跑过去的青年教师,把那位有刀疤的胖子拉扯开,但是那位高个子青年人又用脚猛击他的胯部,徐校长早已闷声不吭……高个子也被人劝开了。他们把徐校长抬到卫生院去……

　　但也有人说徐校长咎由自取,刚才那位女教师……她搭乘公共汽车去刘集乡第一初级中学上班,而徐校长恰好路过那儿,她刚上汽车。他就去和她搭讪、道别,当时两位哥哥正在送她上车,他们看见徐校长就气不打一处来,于是……

　　"宁吃鲜桃一颗,不吃烂杏一筐。"这是那位女生的至理名言。可是这句名言蕴含着多少辛酸和无奈……他为这句话付出了沉重的代价。

　　徐校长为学校发展可谓是呕心沥血……他不但使即将倒闭的高山镇第二初级

中学起死回生,而且还得到长足发展……但是他却迷恋上一位女生……徐校长已经不是校长了,他和妻子也离了婚,实在让人惋惜……有人担心高山镇第二初级中学将会走下坡路。

会议开始了。韩主任的第一句话就说:"这是血的教训,各位校长应该清醒了……"

各位校长都把韩主任的讲话内容记录在记事本上,他们回到学校再逐项落实,可是这第一句话,校长们却没有记录在记事本上,他们应该是铭记在心的。

会议结束之后,韩主任执意要挽留各位校长聚餐,他盛情地说:"今天中午在东胜饭庄就餐,也算让大家过个愉快的新年。"

一共是三桌。酒是美酒,菜是佳肴。其他两桌很快结束了,可是北辰这一桌还有七位好汉在斗酒,他们是树人小学校长丁秀杰、德亭小学校长唐翰林、山泉小学校长郭北辰,这三位是高山镇东半部小学校长。而西半部小学校长有:闫英村小学校长马玉国、孙路口村小学校长刘长生、高庄村小学校长李秀臣、滩上村小学校长高鹏。

马玉国不到三十岁,外表迷迷糊糊,小眼睛像是睡不醒的样子,小嘴尖尖的,平时很少说话,但是他心中有数,当校长时才二十三岁,他现在已经是一位颇有资历的小学校长了。刘长生刚刚接任校长,他长得太高了,而且高得特别,头颅却很小,小眼睛十分精明,他戴上近视镜,显得文质彬彬,宽宽的颧骨,秃鼻头,小嘴巴,却非常健谈,他的上身短小,两条大长腿显得非常利落,天生打球的材料,他曾是第二初级中学体育教师,平时十分骄傲自负。而李秀臣为人奸诈、狡猾,他所在的高庄村小学快要垮掉了,他在校内创建什么玩具厂,而且以创办工厂为名,到处借外债,有人说他借钱是为了养女人,不管怎么说,高庄村小学债台高筑,他整天被债主追债、逼债,每天躲着债主,居无定所,看来他的校长生涯就要到头了,今天他是偷偷摸摸过来开会的。高鹏校长担任滩上村小学校长才一学期,已经和学校女会计鬼混在一起了,他个子高大,脸色苍白,一脸粉刺,还有一双贼溜溜的黑眼睛,他一见到女人,就紧盯不放……

他们已经有些微醉了,其他人走后,这七个人并不尽兴,他们分成两派,混战开始了。西半部校长首先发难,他们决心和东半部几位校长一决高下,这是荣誉之战,双方都抱定必胜信念,斗酒场面异常激烈。他们约定每人先喝三碟酒,再比酒量,于是七个人依次喝起三碟酒,一碟酒一两,三碟酒就是三两。他们本来就喝过许多酒,现在每个人又喝三两,可是他们并不罢休,这才是开始,下面才是分小组比赛,这才是考验酒量和意志,考验胆识和智慧的时候。刘长生校长自告奋勇,他提议道:"为了哥几个的情谊,今天不醉不归,酒才是友情的试金石。我提议西半部每个校长同东半部三个校长各喝一个酒,然后东半部三个校长再同西半部每个校长各喝一个酒,赞成不赞成。"

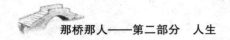

刘长生的如意算盘是西半部四位校长无论怎样喝酒,他们都会少喝酒,这样一来,比赛结果高下立判,东半部三个校长势必败北。

"赞成。"北辰和丁秀杰犹豫着,可是唐翰林看看马玉国,又给北辰和丁秀杰使眼色说。

"赞成。"北辰和丁秀杰看到唐翰林胸有成竹的样子,他们俩也积极响应道。

这时刘长生果断地端起酒碟,同东半部三位校长每人各喝一碟酒,然后李秀臣和高鹏校长和东半部三人又喝起来……马玉国校长作为西半部校长,本该轮到他同东半部三位校长喝酒,可是马玉国曾经是唐翰林的老部下,他在德亭小学曾经担任过副校长,后来在唐翰林的斡旋之下,才当上闫英村小学校长,所以他知恩图报,不但不和东半部三位校长喝酒,却调转枪口同西边三位校长斗起酒来,这使西半部校长感觉很奇怪,他们都嘲笑说他是内奸、卖国贼,他们要打倒内奸、卖国贼,于是他们三位小学校长对马玉国展开了猛烈攻击和轰炸,这一番消耗战直打得天昏地暗,他们早已喝得酩酊大醉。而东半部三人又投入到激烈的战斗中去……

3

淑丽担任三年级数学课,她的数学功底好,又虚心向老教师求教,工作起来既尽心又负责,所以她很快融入了教师队伍,很快进入了角色,很快成为一名称职教师,时间不长,她就受到同行认可……但是他们还是不敢让昉儿回家,所以昉儿只有寄养在表舅家里,这终究不是办法,但是谁又有什么好办法呢?

学校开学的第三天上午第二节,北辰校长正同一位教师谈心,有一个班级骤然发生激烈争吵,其中还伴随着女生不断的惊叫声音。

"哎呀,哎呀……"开始是一个女生尖厉地叫道。

"妈呀,吓死我啦……"很多女生同时叫喊起来。

"出去!"辛国民呵斥道。

"不出去!"一位男生抗议的声音。

"出不出去?"他呵斥的声音更大了。

"不出去!"这个男生会是谁呢? 他也非常愤慨地叫道。

这是怎么回事呢? 北辰校长赶紧让这位教师先回办公室,于是他匆忙赶到出事地点,辛国民正在把一位男生往教室外面推搡,他一边推搡,一边还和这位男生打着口水战。学生叫党新建,他是党老虎的大儿子,党老虎有五个男孩,他是山泉村最有名的无赖、恶霸。

辛国民看见北辰校长匆忙赶来,他把党新建丢在一边,慌忙来到北辰校长跟前,然后把事情原委向北辰校长叙述道:"党新建在口袋里装了一条黑花蛇,刚才上课时,他故意放出蛇来吓唬女生,几位女生吓得半死,我让他把黑花蛇扔出去,可是党新建不但不听劝告,反而……"

辛老师是四一班数学教师,他看似文质彬彬,性格却很暴躁,近年来,高山镇教办室给各学校分配教师十分随意,学校需要教师的时候,没有教师,可是学期中间,随时又都会有教师到学校报到。无论什么身份,不论什么学历,只要有钱买指标,只要打通关节,就能进学校教学,而辛老师就是这样被分配到学校的……所以他在处理事情时往往情绪失控,甚至殴打学生,已经有学生家长向北辰校长提出过抗议,为此北辰校长无论在学校例会上,还是在私下场合都批评、教育过他,但是辛国民老师还是抑制不住冲动这个魔鬼。这时,正当辛老师向北辰校长汇报事情经过时,党新建自知理亏,却在众目睽睽之下逃之夭夭,他不是惧怕北辰校长批评,就是畏惧收缴他的黑花蛇,才逃之夭夭的。北辰校长马上责令辛老师组织学生寻找党新建,如果寻找不到,必须立即告知家长。学生始终寻找不到党新建的踪影,可能因为党新建隐藏较深,也可能因为学生惧怕他,所以不敢找寻他,唯恐将来遭到报复,党新建不会逃很远,也不会寻短见,以他的性格,他是在要伎俩。辛老师亲自去寻找,还是找不到,他顿时慌了手脚……谁不知道党老虎的厉害呢?

"辛老师,别紧张,不会有事。他做了亏心事……"但是北辰校长话锋一转又说道,"处理问题要克制,不要推搡学生……遇事要冷静,要有工作方法,要以理服人……"

"校长,我……"辛老师激动得说不出话来,他仿佛意识到了事情的严重性。

北辰看到他那么羞惭,也没有再说什么,为了尽快找到党新建,中午,他也没有回家吃饭,他也在四处寻找党新建的下落,直到下午四点半钟,才有学生报告说党新建躲藏在河滩里灌木丛林之中,他说什么也不回学校。谁去请他返校呢?北辰校长和辛老师正说去请他返学,党老虎突然出现在校园里,学校里的空气顿时紧张起来,很多教师认为辛老师要遭殃了,因为之前已经发生过类似的事情……党老虎尽管很高,却很消瘦,他的脖颈细长,小脑袋像是蛇头那样不停地晃动,眼睛更像是蝮蛇的眼睛那样阴毒……

"×他奶奶,如果找不到党新建……"党老虎在校园中间厉声叫骂道。

他的意思并没有表达完整,并没有说明如果找不到儿子,会怎么样?但是孩子不可能找不到,那么大一个孩子,怎么能找不到呢?其实党新建已经找到了。况且又没有人欺负他,谁敢招惹他?何况党新建严重违反了学校纪律,他竟敢无视校规,胆大妄为地把一条黑花蛇带进教室,实在让人匪夷所思,更让人猜想不到的,他竟然把黑花蛇拿出来吓唬女生,还不服教师管教,现在居然躲藏起来,既不给教师认错,也不给受到惊吓的女生赔礼道歉,这种行为跟家教有很大关系。党老虎就是这样一个人,他向来刚愎自用,而且冥顽不灵,根本不听别人劝告,对孩子在学校的恶劣表现视而不见,他有五个男孩子,他的育儿观很独特,如果孩子在家庭以外挨了打,如果这个在外面挨打的孩子回来诉怨,他还要再毒打他一顿打,这样才会显示出家长的霸道和野蛮,并以此惩戒在外面挨打的孩子。这个孩子将来在外,如果他再次受到别人殴打,要么忍气吞声,要么铤而走险。如果哪个孩子在外面欺负别人或殴打人家,如果有家长找上门来,那么这个孩子既不会受到打骂,也不会受到责罚,而且这个孩子还要受到物质刺激或精神奖励。所以今天党新建遭遇委屈,不敢让父亲知道,他恐怕父亲知道后,再次遭受父亲的鞭笞、殴打,除非他打败别人,他才会向家长邀功。因为党老虎就是凭借凶残、斗狠在山泉村扎稳脚跟的,他也得逐渐培养儿子的残忍、野蛮性格。如果哪个孩子的人性复活了,那就说明这个孩子懦弱或者无能(如果哪个孩子蛮横和霸道,那就说明这个孩子将来能够在山泉村称王称霸)。其实在北辰没有担任山泉小学校长之前,已经发生过党老虎殴打学校女教师事件,那一次发生在两年前,当时担任党新建那班课程的是位女教师,她叫赵莉莉,赵莉莉老师刚刚接班,她刚刚初中毕业,接班之后,分配到山泉小学担任二年级语文。她出生诗书、礼仪之家,从小受到父母亲百般疼爱,她是一位温柔、漂亮的姑娘,出落得亭亭玉立,她的父亲在课堂上突发心脏病谢世了,她才接班的。父亲正在班上上课,却突然摔倒在讲台上,最后不治身亡,政府作为对死者家属的体恤,也是家人的强烈要求,赵莉莉接替了父亲的教职。可是她担任二年级语文课之后,却不知道如何教育孩子,不知道如何管理孩子,她恰巧担任党新建那班的语文课,党新建因为欺负一位女生,当时赵老师非常愤慨,她一气之下动手打了他一巴掌,他受到委屈回家告状说赵老师如何如何殴打他,于是党老虎闯入班级,他不由分说抽了赵莉莉老师几记耳光。赵老师挨打之后,并没有受到学校保护,党老虎也没有受到惩戒,最后不了了之……北辰十分担心类似事件再次发生,所以他处理这件事情既冷静又克制,如果他胆敢再有什么出格举动,北辰不会置之不理的。

党老虎应该知道孩子找到了,而且也应该知道孩子的躲藏之处,他不但在考验孩子,以他的话来说,党新建的行为叫有种或者称之为过种,其实这是一种野蛮,愚蠢行径,而且他也在试探学校领导或任课教师的态度。他知道无论学校教师,无论学校领导,谁也不敢得罪他,更不用说开除儿子,可是他还要等老师或者领导慌乱一阵儿,或者他在等待老师或者领导去请神灵一般把党新建请回学校,请回班级,他这就是所谓的有种或过种,这就是所谓的面子,也有台阶下。党老虎就是这种人性,其实应该称为孬种,他就是凭借这种兽性处世为人,称霸社会的,他也是凭借这种兽性为非作歹,专横跋扈的。

"老虎兄,走,咱们一块把孩子叫回来。"北辰赶忙赔不是道。

"谁敢欺负我党老虎……"党老虎故意动气地说。

北辰校长赔着小心,也算给足了他面子。于是他们一块去请党新建。他们沿着高低不平的河岸向前走,这时已是黄昏时分,夕阳西下,一轮红日像是缓缓移动的蜗牛,慢慢地向西山下挪移……红色的河水冒着水泡,在夕阳的照射下,水面之上仿佛有无数的蚊蝇嗡嗡乱叫,水底之下仿佛有头水怪在窥视……

他们终于找到了党新建的藏身之地,他就躲藏在一大片光秃秃的灌木丛林深处,一动不动地坐在那儿。可是党老虎站在灌木丛林外面只轻轻地咳嗽了一声,他像是一条听话的猎犬,乖乖地夹着尾巴走出灌木丛……黑夜把整个辽阔的平原覆盖起来,他们只得走在黑暗的帷幕之中……

党老虎强行占有十字街口老供销社的院子,门面房后面是个庞大的院子,院子里还有许多仓库。那一二十间门面房,其中八间在东街,这八间房子坐北朝南,是八间筒子房,党老虎利用这八间房销售烟酒副食,有四间房子面向十字街口,这四间房子已经出租,另外六间房子在北街,这六间房子坐东朝西,他利用这六间房子开了家酒馆,最北边一间是厨房,另外五间房子用来招待客人。因为党老虎并不是正经商人,而是一家黑店,所以生意并不兴隆,生意不但不兴隆,还十分萧条。当初北辰想做生意,他想开一家点心铺,对比几家门面,还是觉得党老虎的门面合适,他的门面在十字街口,有地理优势,酒馆生意惨淡,房子空着也是空着,开始北辰想租下整个酒馆,现在他只想租赁两间房子,如果党老虎出租这两间房子,他收取租金,北辰使用房子,这是一举两得的事情。北辰如果租下这两间门店……他打算在家生产糕点,再把糕点拉到门店出售,一旦决定,就付诸行动。

那天晚上,他掂两瓶酒,买些熟菜,去党老虎家,商量房租事宜,党老虎立即准备酒菜招待来客,还请来一位陪客,这位陪客叫党闯,他又黑又瘦,尖尖的嘴巴,说话比蜜还甜,他是党老虎的侄子,是位游手好闲的家伙,仗着父亲有俩臭钱到处招摇撞骗。有一次他趁妻子走娘家竟然把一位年轻姑娘诱骗回家,他们正欲行苟且之事,正好妻子推门而入。街坊邻里都说他外边有女人,妻子早有耳闻,只是不动声色,这一次,她借口说娘家有事,要在娘家住上几天,等事情办完再回来,他竟然信以为真,妻子走后,他火烧火燎地把一位新近骗到手的年轻姑娘领回家,不承想妻子杀了个回马枪……两个女人打得昏天黑地,满大街尽是看热闹的农民……

"妈那驴孙……看看哪孬种丢人,简直不是人!"他父亲骂他道。

"你是人,都是跟你学的!"他骂父亲道。

他这一骂,惹得满大街的人哄堂大笑,党国两个老婆,他跟大老婆离婚不离家,大老婆生育两个女儿,小老婆生育四个儿子,两个女儿,他是小老婆的大儿子。党国经营棉花生意,他在农村收购棉花,向外省贩运,他把收购的棉花掺上沙石,买通国营纱厂的内鬼,从中牟取暴利。因为他的毒棉花,很多纱厂机器遭到不同程度的损坏,致使许多纱厂亏损严重。

北辰想他们两个人,党老虎准备两瓶酒,三个人喝两瓶酒,即使他多喝些也不会有什么大问题,即将结束的时候,外面又进来一个人,原来是党国彬,他是党老虎的本族兄弟,党国彬高挑个子,古铜色脸庞,他是党老六的儿子,是暗道上的头人,看似笑眯眯的,眼睛却流露出一股杀气,这时他想起淑丽怀孕时买鱼的情景……他进来的时候,也拿了两瓶白酒,从他东倒西歪的情况来看,在外面已经喝过不少白酒,可是他刚一坐下来,就把自己的酒碗添满,然后又把北辰的酒碗添满。然后二话不说,端起酒碗一饮而尽,喝完酒之后,眼睛并不看北辰,而是冷漠地看着别处。

北辰想杀杀他的威风,也端起酒碗一饮而尽。党国彬又倒一碗酒,这一次他又是一句话不说,把酒碗端起来,他又想把酒吞下去,但是他的手震颤一下,酒碗掉到砖地上,只听哐啷一声响,酒碗摔碎了,酒泼了他一身,然后酒又从他身上流到地下,他还想喝,又抓只碗,他又去抓酒瓶,却被党老虎劝走了。党老虎把党国彬送走后,他又领进来一个人,这个人是北辰的小学同学,他叫党林,他们应该是叔伯兄弟,他一脸麻子,上下唇还很短,唇齿裸露在外,而嘴唇一直张着,嘴里仿佛噙个热糖糕,老是在不断地咂摸嘴,说话不清不楚的,有时候他停止咂摸嘴,舌尖就伸出唇外,他就不停地从嘴里吐水泡,有时候这些水泡一个连接一个,有时候一串串的……之前,这个动作,北辰以为很优雅,所以他很想模仿,却一直模仿不来,即使偶尔吐出一两个水泡,既没有他吐出的多,也没有他吐的姿势优美,真让人羡慕、妒忌,为此北辰遗憾很长时间。现在他依然保持着这个嗜好,他的麻子脸蛋总是红红的,仿佛猴子的后臀,眼睛更像蛤蟆眼睛。

"北辰,还能再喝吗?"他声音沙哑,又含糊不清地说,"如果不能喝……"

他嗓子里好像有什么堵着,所以说话非常困难,每说一句话都很吃力,而且声音沙哑,仿佛声带已经遭到破坏,但是他没有害人之心,有时候还非常义气。

"党林,有这样待客的?"党老虎怒斥他道。

于是,他把酒端起来……他们采取的是车轮战,但是北辰竟然那么顽强,他也想象不到那天竟然扛了下来,他只有一个想法,不能倒下去,一定同他们硬拼到底,这才是硬气,才叫男子汉,这才叫威武,也是党老虎之流所标榜的有种、过种,他只知道不能从气势上输给他们,他必须从气势上压倒他们,不能输给他们,不能当孬种,他坚决要赢,这就是在社会上所谓的混日子,交朋友。不然他们会瞧不起他,疏远、鄙视他,这是北辰最最受不了的,可怜的北辰,他如果想要在家乡闯出一番天地,想要打下一片天地,想要杀出一条血路,他必须舍生忘死去争取,去拼搏……所以今天他简直是拼啦……因为这样的宴请不但是比智慧,比的还是胆气。北辰让他们认识到他并不是一位谁想欺负谁就欺负的文弱书生,他不但会教书,还有酒量,还有力量和孤胆。他不知喝下多少酒,这应该是他一生之中喝过最多的一次酒,也是一生之中喝得最多,又不醉酒的一次,他不知道那天他为什么那么神奇、那么顽强,不管怎么喝酒,却一直不醉,而且还非常清醒,可是如果在平时,他往往沾酒就醉的……那天,大概是有一位神灵护佑他吧。或许是一种坚强意志在做支撑,他只知道必须征服他们,战胜他们,必须打败这些孬种,这些乌合之众。本来党老虎一年要五百元租金,最后他只收下三百元,他可能以为北辰很够意思吧。北辰一个人回家,不需要任何人送他,他一个人完全能够安全到家。一路上他一句话也没有说,只是快到家门口的时候,他骂道:"他妈的,和我斗酒的人还没有出生呢……"

他可能还辱骂了党老虎许多不堪入耳的话语……他以为无论如何辱骂,党老虎也不会听到了……

他正敲门,党老虎搭腔道:"北辰兄弟,把你送到家了,我回去了……"

说完这句话,他就离开了。原来党老虎一直跟在他的后面,并把他安全送到家里,党老虎真够意思。很多人既怕他,又恨他,因为谁也不敢招惹他,谁敢招惹他,他会白刀子进去红刀子出来……今天北辰装英雄,好像是得到了党老虎的认可、敬重……可怜的北辰,可怜的孩子……

这两间门店算是租了下来,但是他因为担任高山镇第三初级中学副主任职务,还因为他那年教的是初三年级语文课,又是毕业班主任,更是因为当时淑丽将要临产,况且他还要参加民师转正考试,所以他不再有做生意的念想、打算,只有放弃租赁这两间门面房。而党老虎也把那三百元现金分文不动地退还给了他。

尽管北辰和党老虎打过交道,但是他们的友谊并不深厚,而那次租房的经历也不叫交情,那应该是泛泛之交。可是这一次,不知因为什么,党老虎无意中竟然炫耀起妹夫来。

"我妹夫在大河县计生委工作,前几天,被提拔了,他当官了……"他们即将分手时,党老虎卖弄似的说道。

"啥官呢,老虎哥哥?"北辰关切地问道。

"刚刚宣布的,是什么主任吧。"他面有喜色地说。

大概他也不知道是什么官,但是不管是什么官,总能办事吧?

"如果请他办理个二胎准生证,不知得花多少钱?"北辰不假思索地说道,他真后悔,这种私密的事情,怎么会讲给他听呢?谁不知道党老虎是个啥人呢?一个反复无常的奸诈小人,一个恶贯满盈的地头蛇。但是他不是有时候也很仗义吗?何况又不是让他去办证,而是委托他的妹夫办理。北辰实在是没有其他办法能够让昉儿回到家里,何况昉儿大啦,她还在到处流浪,不说受委屈,吃苦头,她也应该接受教育啦。北辰梦想抓住这根救命稻草,可是他哪里知道人生险恶?哪里知道人性阴毒?可是北辰还是善良地认为如果党老虎的妹夫能够办理二胎准生证,那么昉儿不就能回家了吗?所以他还是脱口说出上面的话来。但是说出那些话之后,他很快就后悔了,他怎么会把人生、命运交给一个不相干的人呢?交给人面兽心的党老虎呢?将来麻烦事情就会接踵而至……但是他是让党老虎的妹夫办事,而不是让党老虎办事啊。社会上不是有那么多善良人,那么多侠骨柔肠……人到难处,党老虎总不至于把人往火坑里推吧?他们遭受的罪孽还不够多吗?将来还会有什么苦难在人生的道路上等待他呢?这一次他肯定会成功的,党老虎不是讲义气吗?北辰也讲义气啊,北辰不是很敬重他吗?何况北辰在酒桌上的壮举足以震慑敌胆,有时候像党老虎这样的小人说不一定能够帮助别人办成大事呢?北辰在想入非非

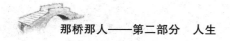
那桥那人——第二部分 人生

啊。善良的北辰，单纯的北辰，不知道他在经历过那么多苦难之后，还是这么幼稚啊。

"好，就凭咱们兄弟关系，妹夫来了，我给他说，不办也得办，咱们谁跟谁呢？放心吧！"党老虎拍着胸脯保证说道。

他表现得那么诚恳、那么侠义，简直要让北辰感动啦。不是吗？党老虎就是仁义之人，不然他怎么会在山泉村说一不二，称王称霸呢？何况还称王称霸这么些年，他不就是救黎民于水火，解百姓于倒悬的英雄吗？何况党老虎有时候还一身正气呢。

但是北辰还是隐隐地觉得党老虎的妹夫不是什么好东西，物以类聚，人以群分，什么样的人进什么样的门。北辰对他妹妹本就没有好印象，何况妹夫呢？如果……万一……这可是不堪设想的事情，他会陷入万劫不复的深渊的。

这件事情已经过去很长时间，刚开始北辰因为不慎说出这件事情，一直感到非常后悔，之后，他一直惴惴不安，每天晚上，他阅读至深夜时，想起这件事情，北辰就彻夜难眠，真是有病乱投医啊。但是随着时间一天天消逝，党老虎也没有再追问他，他也没有再提起这件事情，谁见到谁像是没有发生过什么事情一样，这件事情可能就这样过去了吧？或许党老虎已经把这件事情遗忘了？但愿他早已淡忘，北辰已经不再恐惧，不再忐忑不安啦，时间一长，他居然把这件事情忘记了……但是北辰还像是隐隐约约感到会有什么未了之事，会有什么不祥之事将要发生……可是会有什么事情即将发生呢？他真不敢相信，但是该来的总要来的……

4

事物的机缘巧合，人生的成败利钝，很多时候都取决于一个人的禀赋、学识和阅历，还有家教以及环境，冥冥之中的命运虽然无迹可寻，却可以预知，这就是人生的规律性。很多时候，或许偶然发生的一件小事，也可能是某一件大事即将发生的先兆，这是一次生死抉择，一场生死攸关的战斗，或许是人生厄运的序幕悄悄地拉开了……这是人人始料未及，人人防不胜防的，谁会考虑那么长久呢？谁会有先见之明？谁是先知先觉？何况一件小小的事情又影响不到大局，影响不到将来，可是如果小瞧这件小事的力量、分量，他就大错特错啦，有时候一件小小的事情却能开启一个时代，可是对于一个人来说，却能影响他的一生，也可能改变一个人的命运都未可知，有时候一个民族，一个家国的兴衰也是这样。说什么民族、国家呢，一部小说想要剖析，想要批判的就是人性弱点，所要颂扬的就是人格崇高，她所揭示的人性邪恶，或者所要颂扬的人格魅力、力量，无不闪烁出理性光芒，这些话表面看似与故事本身并没有什么关联、牵连，但是细细想来这所有的前因后果，都休戚相关……

378

吴开军老师嗜酒如命，又往往酒后失德，这并不是说他有多么邪恶，他清醒的时候，不但不邪恶，还具有仁爱心肠，平时他也热心工作，常常早来晚走，他也总想把班级成绩提上去，虽然老是事与愿违，但是动机总是好的，只是一个人的能力有限罢了，再加上人性本身就有污点，就有瑕疵，人类就是这样多变、善变，人性就是这样邪恶和低劣，人不是生来就伟大，有时候人生来是卑微、渺小的，他只有在不断学习，不断追求，不断砥砺前行之中，人格才能得到完善，才能得到升华，人性的光辉才能闪烁出理性的光芒，人生才会具有意义，具有价值……可是有时候，人遭遇挫折、失望、不公，就会选择堕落、消沉，甚至卑鄙龌龊的人生，归根结底这都是人类的弱点，人类的最最致命的劣根性……谁也不知道他是那么喜爱喝酒，而且他越来越沉湎醉乡，谁也不知道他越来越颓废和消沉，人们都说他有生理缺陷，好像是私密的一个器官丧失了功能，有人说他跟人通奸被捉，才被人强行把那家伙剪掉的，知道内情的人说他因为毒疮溃烂，才不得已把那传宗接代的家伙手术掉，总之，他是因此才渐渐变得颓废不堪的。有一点是可以肯定的，也就是他有过三个男孩，二个女儿之后，才遭此不幸的，尽管他有此不幸，也不应该那么意志消沉，无论怎样说他沾惹上了酒，人们说他刚开始只是因为寂寞、孤独才醉酒的，肯定是借酒消愁，才慢慢喜欢上喝酒的，后来他渐渐地喝上了瘾，再后来他再也离不开酒精啦，酒成为他的朋友、知己，他可以不吃饭，却不能不喝酒。开始，即使嗜酒如命，还能保持教师尊严，但是他慢慢没有了节制，喝醉酒之后，就开始耍酒疯，不是说胡话，就是骂人，这种时候，如果碰上厚道人还能原谅他，如果碰上心量狭窄之人就会揍他，所以吴老师经常挨打，不是脸上有块青紫色瘀痕，就是鼻子肿大起来，再不就是变成了乌鸡眼，可是，不论伤成什么样子，他往往坚持到学校上课。有一次，他被几名妇女从讲台上揪出教室痛殴一顿，他被爱人拉到乡村卫生所检查之后，乡村医生说伤情并无大碍，于是他回到学校，仍然坚持上完这节课……有一次，吴老师喝醉酒去亲戚家吊唁，因为走错了家门，被几个不知天高地厚的后生打得死去活来，他住进医院一个月之久，伤势痊愈之后，又去学校上课了。原因是这样的，吴老师的姑姑去世后，姑姑的家人来报丧，他是醉酒之后去吊唁的，当时吴老师骑上自行车匆忙赶往姑姑家，因为他正处于醉酒状态，所以他不慎走错了家门。

"姑姑啊，我的亲姑姑啊，姑姑……"当时，他把烧纸扔到一旁，于是趴到这一家堂屋门口悲恸欲绝地号啕大哭道。

吴老师最后一个"啊"字没有哭出声，就被一个愣头愣脑的青年人一脚踢到头部。他被拉到医院时，早已失去知觉……

从此以后，吴老师已经很长时间不喝酒了，谁找他喝酒，他都会坚决拒绝，大家都以为他改过自新了，不再贪杯。但是时间不长，他又故态复萌……而且他醉酒比之前更加厉害，往往是烂醉如泥，甚至不省人事，现在，即使九匹大白马，即使一列火车头也不可能把他拉回头。如果他一天不喝，他一天惶惶不可终日，如果他一会儿不喝酒,一会儿就孤寂难耐。为此,北辰一直躲着他,可是这一天真该有事,他怎么躲,也躲不开他,下午刚上班,吴老师就坐在校长室不走,北辰知道他的酒瘾又发作了,所以他躲开他,北辰直到第三节下课都没有回校长室,等到快放学的时候,霍校长派人通知他去第三初级中学结算中招奖。北辰想这可是一个脱身的好理由。

"吴老师,霍校长让我去结算中招奖,等有时间再请您……"北辰回到校长室,给吴老师解释道,因为有这样一个摆脱理由,他还沾沾自喜呢。

"北辰,老师想喝酒了,我干裂的喉咙得用烧酒滋润滋润!"吴老师毫不避讳地说道。

"可是今天晚上……"北辰像是自言自语地说道,他想说他要请霍校长喝酒了。

"北辰,让我跟去吧,我不会醉酒误事,不会丢人的……"吴老师诚恳地说。

吴老师作为北辰的老师,他说出这样祈求的话来,北辰没什么理由不让他去,北辰实在是惧怕吴老师喝酒滋事,可是又不好意思拒绝他,如果北辰再拒绝,还恐怕吴老师误会,更唯恐伤害到老师的自尊。于是他们一块买好酒菜,来到第三初级中学霍校长办公室。让北辰感到惊喜又感到意外的是他一下子领到六百八十九元中招奖,这大大出乎北辰意料,六百八十九元可不是小数目。现在北辰的代课费是一个月一百零一元七角。他虽然转正了,可是他要等到两年之后才能兑现工资,何况他培训也结束了,兑现工资的时间已经到啦,但是就是没有人提兑现工资这回事,现在人们都在疯传,由于镇政府经济紧张,不但推迟工资发放时间,还要交纳五千元配套金,否则不予兑现。推迟工资发放时间,到底推迟多长时间呢?一年、二年,还是无数年,不会遥遥无期吧?到底现在的镇政府还承不承认转正的民师(含县级大课教师)为公办教师呢?兑现工资还得交纳配套金?转正之后,高山镇政府却不发放工资,缓两年发放工资已经出乎意外,还要延缓发放工资时间,更让人愤慨的是还要缴纳所谓的配套金。这五千元的配套金应该是他参加工作这些年来所有工资的总和,这就是说北辰老师自参加工作以来,他要把领到的几乎所有工资再缴纳上去,只有缴纳上去,他才能领取转正之后的第一个月工资,否则……如果真是这样,他,北辰老师,现在叫北辰校长,他参加工作十几年,算是白白工作,算是做义务工。这些年来,他等于没有领取报酬,这样的计算方法,似乎还有些谬误,精确的算法是他刚刚参加工作,当时月工资是三十元,十年来,他每个月领取三十元工资,近几年是五十四元七角,现在每个月刚刚领到一百零一元七角,这样粗略算来,他是不是还算领到一些可怜兮兮的报酬呢?如果有报酬,也是少得可怜的一点点薪水罢了,这样一算,他这么些年来,还算没有白干。之前,高山镇教师工资归县财政局发放,现在教师工资归高山镇政府财政所发放,高山镇政府到底是一个什么样的镇政府呢?上级领导会不会知道事实真相?如果上级领导知道这些受苦受罪的民师现状,如果上级领导知道这些县级代课教师的苦难生活该有多好,他们会不会知道呢?应该不知道,如果知道,不会不管的……

他领到中招奖,内心无比高兴,因为他工作这些年来,每次考出成绩,从来没有报酬,进修之前,他也教过毕业班,那时候没有中招奖,不用说中招奖,他从来没有听说过奖金和报酬,可是近几年来,教育界也很奇怪,学校领导为了激励教师干劲,什么早晚自习补助,上课补助,什么考勤奖、考绩奖……这奖,那奖,简直层出不穷,这是大气候,也是风气使然,可是学生教育好了吗? 学生的道德品质高尚了吗? 教师的干劲足吗? 未必,为什么愈益发放津贴、补助,愈益提高教师待遇,教师的道德品质愈益败坏呢? 他们为什么更加向往南方,据说南方教师月工资已经上万元,不满足来源于什么,不满足来源于财富不均衡,人不患贫,而患不均。贫富悬殊,贫富差距越来越大,这是造成教师心理失衡的主要原因……

可是不管怎么说,能领到这么多中招奖,对于并不十分富足的北辰来说,这笔钱来得很是时候。自然也应该多喝几杯酒庆祝庆祝,何况霍校长还请来韩副校长作陪,韩副校长是不是也回来领奖金呢? 现在韩主任已经是高山镇第一初级中学的韩副校长了,他竟然蓄起满脸黑胡须来,这样一来他就有一张毛茸茸的脸蛋,近视镜后面那双色眯眯的眼睛更加高深莫测,他很少说话,只在不停地观察、算计。

"吴老师是恩师,我上初中时的数学教师。"宴席开始后,北辰介绍吴开军老师时,他这样说道。

为此,霍校长很敬重吴老师,他陪同多喝几杯酒之后,而霍校长因为有人找,他出去时,因为走得匆忙,所以他们碰过杯的那杯酒,吴老师喝了起来,可是霍校长没有喝起,也可能是因为他喝得太多,或是一时匆忙疏忽了,而吴老师看见霍校长没有喝起这杯酒,脸色瞬间阴沉下来,他已经喝高啦,看来他要发作,马上就要变天啦。北辰想劝吴老师离开,因为霍校长刚刚离席,又唯恐现在走不合适,因为他们还没有同霍校长道别,至少还没有同霍校长喝过道别酒,不辞而别,未免有些不敬重主人,何况他今天领到这么多奖金,喝得太高兴了,即使如此他也准备一俟霍校长回来,他就离开。

"喝酒,喝酒……"霍校长出去后,韩副校长不停地劝北辰喝酒说。

但是他喝得非常谨慎,尽管韩副校长很热情,而北辰准备等霍校长一回来,他就离开。霍校长出去的时间并不长,他刚刚回来坐下,还没有等北辰开口说要离开,吴老师就发作了……

"啥熊人,还当初中校长哩,不懂规矩!"吴老师一直隐忍未发,等霍校长处理好事情再次返回,他不等北辰开口,就勃然变色地骂道。

"啥? 你竟敢骂人,给我出去,我不欢迎你!"霍校长十分震怒地说道,他说完这句话,就站起来送客,"结束,都喝醉啦……"

而北辰立即劝吴老师道:"走,吴老师,您喝高了……"

"你也不是好人,我不走,还得喝!"吴老师耍酒疯道。

霍校长已经离席,韩副校长也离开了酒席,他离席前,还骂吴老师道:"什么玩

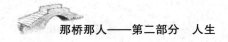

意儿！"

酒席之上就剩他们两人，吴老师更是恼羞成怒，可是也无可奈何，北辰也只得离开。而北辰一走，更加激怒了吴老师，他不但不走，也不再辱骂霍校长，也不再辱骂韩副校长，而是直接骂北辰校长，但是他不论骂谁，就是不离开霍校长家，北辰又不能把他撇下不管，只得拐回来把他架走，而吴老师还是不走，他一个劲向后坠，北辰使劲拽着他往前走，他就一边骂，一边踉踉跄跄地向前走。当他们走到校园内一条小河沟上的小桥尽头时，一不小心，吴老师坠到小河沟里，他从河上沿一下子打着滚滚到小河沟底部，但是他并没有在小河沟里停留片刻，因为这条小河沟是干涸的，所以他没有停留的必要，也没有什么能够阻拦他，因为小河沟里什么也没有。吴老师凭借酒劲儿一骨碌爬起来，又沿着小河沟的斜坡爬到河岸上。

"郭北辰，你不是人，为什么把老师推到河里……"当时，初中学生都在上晚自习，他这样大呼小叫地骂人实在丢脸。北辰急忙来到校园外面，而吴老师一直在后面追着北辰不停地叫骂道，"郭北辰，你不是东西，还敢打老师，我非叫吴全胜揍你不可……"

在学校大门口，北辰唯恐吴老师再惹事，他想把他送回家，可是吴老师不但不回家，还不停地叫骂。吴全胜是吴老师的大儿子，是个头脑简单，四肢发达的家伙，北辰可不想惹这个麻烦，他也认识吴全胜这个混蛋。他长得膀大腰圆，满脸横肉，苍白色的脸庞上尽是大大小小的伤疤，颧骨上那块长长的刀疤最为刺眼，别看他走起路来东倒西歪站不稳脚跟，有时候他晕乎乎的，简直像头黑狗熊，他力大无穷，还蛮不讲理。每天，他浑身的力量无处发泄，不是和这个人打一架，就是和那个人打一架，他几乎没有一天消停过，不是他把别人打伤，就是人家把他打残。吴老师一提起这个二蛋的名字，北辰不得不撇下他尽快离开这个是非之地，尽管他并不害怕他。

吴老师那个黑狗熊儿子并没有来学校寻仇，而北辰还是担心他来学校惹事，他没有必要惹这个麻烦，他丢不起这个人。

"我那天喝多了，北辰……"他和吴老师已经好长时间没有话说，这一天他找到北辰不好意思地解释说。

"那天谁都没少喝……"北辰小心翼翼地说。

他们相互之间似乎有一块没有融化的坚冰，在以后相当长一段时间里，他们天天见面，却很少说话，有时候，彼此故意躲避着对方，他们非常隔阂和冷漠……可是随着日子一天天流逝，他们又和解了，见面时，又有说有笑的，但是北辰并没有放松警惕，一直担心什么，他仿佛也不知道要提防谁，只是做起事来十分胆怯，又过去一些时间，并没有发生什么事情，看来担心是多余的，他才放下包袱和心结，而且北辰越来越加谨慎小心，越来越加礼让他。

又过去许多日子，吴老师的小儿子添了个男孩，北辰随过礼金之后，没有去赴宴,但是这件事情过去之后,吴老师却一直纠缠说要在家里宴请他,北辰一直躲避他,眼看又过去几个礼拜日,这一天是星期日,北辰正在家里做一些简单家务。

"有人吗?"这时门外响起一个妇女声音。

这会是谁呢?况且这个声音,北辰一点也不熟悉,但是她一直在敲门,当北辰打开大门时,他不禁惊呆了,原来是吴老师和妻子,他们是来邀请他赴宴的,他们那么真诚,如果不去,实在说不过去,一是星期天,又是吴老师和妻子一起邀请,北辰即使架子再大,也禁不住老师和师母一起来请,淑丽也督促他前去赴宴。

"记住,无论谁劝酒,都不许喝,如果想喝酒,回来喝。"临走前,淑丽一再叮嘱他道。

"……"北辰深情地点点头,他认为妻子的话不无道理。

宴席上就三个人,吴老师和儿子吴全胜,还有北辰,开始北辰坚持不喝,但是时间一长,他还是禁不住纠缠,可是喝得很愉快,北辰喝酒很小心,一直不敢放开量喝酒,他正考虑如何脱身,已经找到脱身理由,他要说淑丽这几天不舒服,要早些回去给淑丽看病。

这个时候,吴全胜开玩笑说:"北辰都说你的腕力过人,咱俩比比看。"

"行,比比就比比……"北辰答应得很爽快。

吴全胜这句话把北辰的争强好胜心激发出来,平时北辰自恃力量强大,经常和别人斗狠,今天他喝些酒,早已把戒心抛到九霄云外。他们搬了三次手腕,都以北辰胜利告终。

"比腕力,你差得远呢……"北辰骄傲地说。或许他们父子早就想给北辰点颜色看看,他正好给了吴全胜一个绝佳机会。吴全胜并没有站直身子,就像猛虎一样扑向北辰,北辰一闪身,吴全胜扑个空。北辰站起身就往外走,一边走,还一边说:"我喝多啦,该走了。"

他走得很快,但是吴全胜迅即爬起来,比他更快,很快他们扭打在一起……这一架直打得天昏地暗,可是吴全胜根本占不到上风,他不但占不到上风,还屡屡落败,尽管如此,这一番征战,两个人都是衣衫不整,还满身泥土。这个时候,却围上来很多人,有农民,有教师,这些教师大都是山泉小学教师,还有初中教师,还有许多中小学生……最后,北辰不知道是怎样收场的,只知道在一片奚落声中,他离开了那个不堪回首的地方。

一时之间,北辰真没有脸面再回学校主持工作,太丢人啦。在家待到第三天,北辰不得不返回学校,回到学校之后,他感到学校里的一切都是那么陌生,他和教师之间显得非常冷淡和疏远,他和学生之间也是十分生疏和隔膜,简直有恍如隔世之感,他走过大街,之前,他和农民之间非常融洽,现在这些可爱的农民会怎样评价他呢?平时,头颅扬得高高的,现在他只有把高傲的头颅低垂下来,如果真能钻进地缝里去该有多好。哎,他突然变得悲伤、孤独起来,这能埋怨谁呢?只能埋怨自

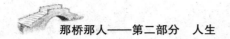

己。他和吴老师之间反反复复,时好时坏,但是在大局方面,吴老师却始终站在他这一边,所以北辰一直对吴老师也挺尊重、敬佩的。

吴全胜后来还是惹上了官司。吴老师因为贪杯,经常赊欠酒菜,日积月累,吴老师竟然债台高筑。有一次,债主当街逼债,他不堪其辱和债主厮打起来,吴老师年纪大了,他哪是债主对手,可是正巧吴全胜赶过来,他一砖头把债主劈晕过去,经过抢救,债主落下偏瘫,而吴全胜因为致人伤残罪而锒铛入狱……可是后来吴老师说,他的债务都是因为学校招待欠下的……

<h1 style="text-align:center">5</h1>

时间流逝得真快,时间像是流星一样悄然划过苍穹,当还在回味童年时光的时候,他已经是三十大几的人啦,时光是那么无情,岁月的雕刀在人生犹豫的淡蓝色眼睛里早已刻下沧桑的年轮。

淮河市教育局督导验收过去了,省教育厅验收在即,因为迎接省教育厅验收,山泉小学全体教师全力以赴,不管是星期天,还是节假日,有时候还得熬夜。

就在这火烧眉毛的紧急关头,党老虎的妹夫不期而至。一天下午临近放学,学校过来一位白白胖胖、中等身材的年轻人,他的圆胖脸上有一双贪婪、狡猾的眼睛,乌黑油亮的头发有些过长,这些长发几乎遮盖住年轻人的眼睛、耳朵,他来得匆忙,又神妙莫测,他找到北辰校长,把他叫到一个偏僻角落,然后才神秘地说他是党老虎的妹夫,叫翟小民,在大河县计生委工作,大概是什么室主任,北辰没听清楚,他究竟是什么室主任呢? 他的语速很快,可能是办公室或者纪检检查室,要不就是信访室主任。他说这么快,像是故意不让北辰听清楚似的,至于是什么室,北辰也不方便多问。

"听老虎哥哥说你要办二胎准生证。只要我能帮上忙,咱们是自己人,你只管说。"他拍着胸脯说。

"如果……啊,如果……我……有位亲戚让我打听一下,他想办理二胎准生证……您看需要多少钱?"北辰犹豫再三,才吞吞吐吐地说道。

"孩子有多大呢?"翟主任神秘地问道。

"他……他……还没有……想生育二……是……亲戚……家。"北辰非常吃惊,翟主任为什么这样说呢? 北辰明明说的是亲戚家,他为什么总是映射他,莫非翟主任什么都清楚……人人都清楚的事情,怎能隐瞒得住党老虎? 自然翟主任也明白一切,但是北辰还是不能说明他想购买二胎准生证,尽管北辰这样说,可是翟主任……

"我得计算一下,孩子有多大……大致需要多少社会抚养费……"他嘴里念念有词地说,然后下断语说,"得两万多元……"

"如果夫妻双方都是农业户口呢?"北辰试探说。

"要少一些。"他像是计算了一会儿,最后才开口说。

"如果夫妻一方是农业户口呢?"北辰说得太明了。

"不会少太多。"这一次,他没有迟疑,回答得非常及时。

"两万多元……这可是一个惊人数字……太让人……啦"他像是自言自语地说。

"这算多,将来添个男孩儿……这可是亲生孩子啊……"翟小民发自肺腑地说,他像是在替北辰考虑人生。

"亲生儿子……但是这么多钱……上哪儿……弄这么多钱……拿钱买孩子……这么贵……"北辰又一次像是自言自语地说道。

"有我在,总可以少一些,如果想买,可以去计生委信访办找我……"翟小民接腔道。

这次说得清清楚楚,他原来是计生委信访办主任,说完话,他急着搭车回县城,北辰看他走出大门时,他肥大的臀部一扭一扭的姿势真像个娘们。

北辰认为这个事情就算结束啦,因为他根本拿不出这么多钱去购买二胎准生证,这么多金钱,他恐怕一辈子也挣不够,目前他虽说转正了,可是还没有兑现工资,现在一个月只有这么一点点工资,他什么时候能积攒够两万多元呢?即使他有一些积蓄,总不能全用在购买准生证上,何况这些积蓄即使全部用来购买准生证,还差得远呢。但是如果他没有钱购买准生证,他又不去找他,这个事情算不算结束呢?应该算吧?但是这件事并没有他想象的那么简单,不但不简单,还非常复杂,复杂的程度简直让人难以想象,这件事情几乎成为万恶之源,在北辰的心灵深处烙下了难以泯灭的创伤。其实北辰也不十分清楚,他为什么非要办理二胎准生证,他非要多此一举?反正是兵来将挡,水来土掩,办理二胎准生证,到底能够起到什么作用呢?到底能够解决什么问题?他不知基于哪一点考虑,现在他非常迫切需要办理二胎准生证。北辰的如意算盘是如果能够办理二胎准生证,昉儿就能够回家接受教育……另外……

这件事过去的第三天,北辰去大河县教育局开迎接省教育厅两基验收动员大会,他在教育局大门口恰巧碰见高中老同学仇俊平,他是教育局教研室副主任,他长得斯文、稳重,高高的额头,眉毛浓密修长,还有一双诚挚的大眼睛,显得非常英俊,他是北辰高中时最要好的同学,他们约好会议结束之后见上一面。

"我着急办理二胎准生证,不知道找谁办理才好。"会议结束之后,北辰又见到老同学,他把满腹焦虑讲给他听,他想委托他找熟人,关键的是他想少花钱,还能把事情办成。

"咱班的张会学现在是大河县计生委常务副主任,他能办理二胎准生证。"仇俊

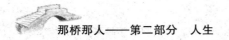

平给他出主意说。

这一句话点燃了他心中的希望,可是他之前为什么不来找仇俊平呢?因为他根本不知道他在教育局工作,事情既然这么巧合,现在如果让张会学办理二胎准生证,党老虎的妹夫翟小民会不会从中作梗呢?应该不会吧?如果北辰不再去找他办理二胎准生证,翟小民肯定不会屈尊纡贵再来找他,他肯定不会主动给他办理二胎准生证,哪有主动找人办理事情的道理?如果真有这样的人,那这个人太不值钱,太没价值了,况且翟小民只是个科室主任,而张会学却是计生委常务副主任。他这样想来心里就释然了,所以他不再纠结所谓翟小民的事情,但是他一定要找到党老虎说清原委,就说亲戚嫌贵,他没有钱办理二胎准生证,他不想再生育二胎啦,让党老虎尽快转告翟小民,使翟小民打消不应该有的念想。

可是他怎么去找张会学呢?上哪儿去找他?如果他冒昧去找张会学行不行?肯定不行,要知道张会学已经当官啦,何况上高中时候,他和张会学并不要好,只能让仇俊平从中说情,之前,仇俊平和张会学关系不错,他们又都在县城工作,现在肯定关系非同一般。北辰把顾虑说出来,仇俊平说,你等一会儿走,我把他约到我的烟酒店里,你和他谈谈想法。

谁也不会想到事情竟然这么顺利,顺利的超出想象,是不是该北辰时来运转?也可能是他前世修来的福分,他早应该鸿运当头啦……他们刚走进仇俊平的烟酒店,就看见张会学正在店里同仇俊平的老婆说笑话呢。张会学还是上学时候那副玩世不恭的样子,那个厚墩墩的大鼻子像是个硕大的木烟斗,阔大的嘴巴,凸鼓的癞蛤蟆眼睛,目前他发福了,脸颊、下巴和脖子里堆满了肥肉,整个头颅像是直接从肩膀上的肥肉堆里长出来似的,肚子像是个小山包,而下肢越发短了,他很像一个巨大的圆球下面两根细木棍交叉支撑的地球仪,又那么矮,他一直在横向发展……这一切真让人厌烦,他像是毒瘤,怪胎,政府机体里的畸形儿……可是偏偏是他当上了计生委常务副主任,一阵寒暄之后,仇俊平简要介绍了北辰目前的窘迫困境,北辰匆忙说明来意,他想办理二胎准生证,而且会不惜一切代价。张会学很爽快地答应帮忙。

"有事找我,北辰。"临走时,张会学喜笑颜开地说,笑的真让人恶心,他怎么会有这样一位同学,可是这位同学还要拯救他于水深火热之中,他还是大救星呢!

但是张会学让他去找他,等他走后,他问仇俊平上单位找他,还是去家里找他,仇俊平说肯定是去家里找他合适,这种事情都是偷偷办理的,绝不能去单位找他,不然的话,可能会出事。但是北辰说今日他没有思想准备,等明天再找他行吗?他说行。就这样他们商量好,仇俊平把张会学的家庭地址告诉他,原来,他家住在县医院对门的胡同里面,具体地址应该是胡同靠近中间的地方。下午,北辰回到家里,他把今天遇到两位老同学的事情讲给淑丽听,她也以为他应该尽早去跟党老虎说清楚,就说上次委托翟小民办理的事情,因为亲戚不想再生育二胎,所以他们不再办理二胎准生证了,也让他操那么多心,实在表示感谢呢。

"老虎哥哥,上次委托翟小民妹夫办理二胎准生证的事情,亲戚因为没钱,他说不想再办理了,谢谢您的一片好意。"黄昏时分,北辰找到他家里解释说。

"都是自己人,不是自己人,我才不操这份闲心呢?"没事,我尽快给他说。党老虎笑眯眯地说。

北辰又给党老虎说了许多恭维话,才离开他家,可是北辰仍然有些惴惴不安,这一夜,他几乎彻夜未眠……既然委托翟小民办理二胎准生证,最后又没有让人家办理,这会不会引发意想不到的事端?如果翟小民……可是不知什么时候,他还是不知不觉睡着了。

第二天,一大早,他来到大河县城,趁张会学还没有上班,北辰好不容易才找到他家,他给老同学带来一些农副产品,张会学副主任见到他非常高兴,他当即把一张空白表交给北辰,这张表填好之后,还需要山泉村委、高山镇计生办领导签字、盖章,然后再让大河县计生委领导签字、盖章,这样才能领到二胎准生证,而且张会学副主任交代说他要尽快让村委和高山镇计生办领导签字、盖章。郭玉堂书记会签字吗?他应该知道他有两个孩子,但是郭书记并没有什么证据,而北辰也不会承认有两个孩子,既然不承认有两个孩子,那么他为什么非要办理二胎准生证呢?如果让他签字,这样一来,不就说明他有两个孩子了吗?都是脚跟前的人,他什么不知道呢?何况郭玉堂书记替他宴请过秦(禽)副镇长,北辰没有其他办法,只有硬着头皮去找他,郭玉堂书记并没有为难他,不但没有为难他,而且还顺利签了字。他签过字,北辰去村会计那儿盖章就容易了。张会计见表上有郭书记的签字,什么也没问,就把章盖上了。姜主任现在已经是计生办主任,必须由他签字、盖章,只有让孙凤鸣出马找姜主任,他们是生姜对生姜,半斤对八两,这一招很管用,北辰很快把事情办妥。于是北辰就让老同学仇俊平给张会学捎信说村镇两级领导已经签过字、盖过章,需要什么时候把表送去,他就什么时候送去,但是仇俊平一直没有回信,他也只有耐心等待。

左等右等,没有等来仇俊平的消息,却等来了党老虎的妹夫,他像是豺狼一样如期而至,这天,北辰正在召开全体教师会议,这时候,学校里突然开进一辆白色面包车,面包车停稳后,从车里下来的人竟然是翟小民。他上次是一个人来的,走的时候还匆匆忙忙的,当时他唯恐坐不上汽车,回不了县城,这次却是开着一辆白色面包车来的,北辰只得草草结束会议,他慌忙把翟小民让进校长办公室,吴老师一直坐在办公室不走,但是北辰还是把他支使开。

"翟主任,能不能再少一点,我实在拿不出那么多钱……"北辰不能说正让张会学副主任办理二胎准生证的事情,但是他也拿不出那么多钱让他办理二胎准生证,他也不会再让他办理二胎准生证,上哪儿借钱呢?他只有说能不能减少一些钱,眼前拿不出那么多钱来,这一次,北辰也不再绕圈子,于是他像是哀求他说。

"已经不是钱的问题,现在我们接到举报,检举信上说你有两个女儿……"翟小民主任听北辰说完话,沉默好长时间,他面目狰狞地说。

"这不可能,这是诬陷……"北辰惊愕得简直说不出话来。

"你尽快去大河县计生委说明情况,不然,你就得接受处理,甚至撤职或者被开除公职……"翟小民主任说出这些话之后,他像是要判他的死刑。

"找谁说明情况……"北辰清楚问题的严重性后,他即刻清醒、警觉起来,但是他还是抗议说,这是诬告,没有事实依据,怎么可以胡乱处理人。"

"不用狡辩,你尽快去计生委找我,不然后果自负……"他不容置辩地说道。"没什么可说的,我没超生,如果超生……我愿意接受……"他据理力争地说。

"多说无益,我在计生委等你……"他果断地说。

"在这儿就能说清楚……我没……何况张会学副主任是我的同学……"在万般无奈的情况之下,北辰把张会学副主任抬出来,他原以为张会学能够摆平一切,谁也想象不到,他这样说却是适得其反,他哪里知道单位内部的残酷争斗呢?

"这不一样,你会后悔的……和谁同学也没用……"他冷冷地说。

翟小民说完这句话,没等北辰再说什么,他站起身扭头就走,根本不顾及北辰的感受。他毅然决然走出校长室,然后,径直走向那辆白色面包车,然后猛然打开车门,他几乎是跳上车的,随后哐当一声把车门关上,这一声响过之后,对于北辰来说,翟小民主任把他拒之门外……剩下的,他只有接受处罚、撤职,甚至开除公职……完了,一切都完了。发动机响了,面包车的机器像是一头老黄牛那样,怪叫几声,接着发出一连串怒吼,于是白色面包车仿佛一条蟒蛇那样,扭动几下腰身,又尖叫几声,就一溜烟爬走了。北辰像是被雷电击中一样,顷刻间,他仿佛消失了,已经体会不到他的存在,心灵不是疼痛,而是麻木,他像是失去了生命,整个意识、意志坍塌了,他把命运交给党老虎,党老虎拱手让给翟小民,翟小民把他像是一头牲畜那样牵到屠宰场……而北辰必须两方面进行协调,一方面,他必须协调翟小民,以防事态向不可预知的方向发展;另一方面,他必须尽快协调张会学,尽快办理好二胎准生证,如果办好二胎准生证,他谁都不用害怕他们。

他只有先找到仇俊平……这天下午,还没有放学,他们就匆忙赶往县城,先来到仇俊平的烟酒店,仇俊平的爱人说他和同学喝酒去了。去哪儿喝酒了呢? 他妻子说应该在帝豪酒家。帝豪酒家在哪儿呢? 在人民路最南口,再向南,然后左拐……仇俊平的妻子长相很一般,待人貌似亲近,话语也非常甜蜜,她有一双扑朔迷离的眼睛和小巧的嘴巴,牙齿尖厉,生意人有生意人的精明之处,大多时候他们唯利是图,很少时候,他们讲究信誉。仇俊平的爱人正如许多生意人一样,生意人的本性决定他们的处世准则和行事风格。但是仇俊平应该是一位诚实君子,他做事稳重得体,又憨厚和蔼。

这时,黑夜静悄悄地来到这座小县城,顿时街道两旁的楼房和狭窄的柏油马路淹没于黑夜之中，现在很多小街道还没有街灯，而仇俊平的烟酒店恰恰在一条小街道上。之前，小县城只有县委、政府机关和一家医院，一所高中而已，现在这座小县城虽然有所发展，但是县城的发展依然非常缓慢，尽管街道在扩容，尽管楼房在建设，但是现在的县城还像是一位青涩少女，既没有灯火通明的高楼大厦、宽广的柏油马路，也没有那么多靓男倩女踯躅其间，更没有琳琅满目的商店、灯火通明的夜市，但是不出几年，他们都像是凶恶的蟒蛇那样从地球下面一下子钻了出来……这个时候，县城还是那么萧条、荒芜，四周一片漆黑。在黑暗中摸索好长时间，但是淑丽和北辰经过询问和打听，终于找到所谓的帝豪酒店，这个酒店距离县城还很偏远，酒店孤零零的坐落在一片荒凉的土地里，真的是前不着村，后不邻店。他们在酒店门前不远的地方等待，到处都是建筑垃圾，酒店门口还有许多沙土、碎石。他们一直在等待，却迟迟等不到酒宴结束，这个酒店尽管非常僻远，可是酒店的生意却十分兴隆，远远看去，酒店内部的灯火非常昏暗，似乎还没有用上电灯，但是喝酒人大呼小叫的声音，在很遥远的地方，都能听得一清二楚，他们似乎越喝越尽兴，争吵和吵闹的声音，吆五喝六的声音，清晰可闻。

"等到什么时候啊，今晚怎么回家呢？不如去酒店里看看吧？"淑丽不想再等待下去。

他只有去酒店找他们，酒店附近都是瓦砾，道路凹鼓不平，看来酒店也是刚刚建起，酒店主人没有等到建筑工人清理现场就急着开张了。北辰祈求女服务员去房间把仇俊平请出来，服务生不乐意去房间叫人，他只得向她说好些哀求的话语……经过耐心等待，仇俊平终于从二楼上慢腾腾地走下来。

"喝一杯吧，全是老同学，张会学也在。"他盛情邀请北辰道。

"我不能去，去了不合适，"北辰不愿意过去，"我就在酒店门口等待，你们尽管喝吧。"

仇俊平已经稍稍有些醉意，他见北辰不乐意过去，也没有再勉强，于是他又回到楼上喝酒房间，而北辰一直在酒店门口等待，淑丽就在酒店远处漆黑的夜里等待。时间不长，仇俊平又从楼上走下来，北辰以为他们结束了，可是只有他一个人下来，其他人并没有尾随出来，他又一次出来是因为什么呢？

"过来吧，现在也说不成什么事情，走，跟我走，"他像是有些醉了，腿脚已经不是那么灵便，但还不至于出丑，可是他却变得豪爽起来，非让北辰去喝酒不可，嘴里还一直嘟嘟囔囔地说，"同学之间不管谁的官再大，还是同学。"

在仇俊平的怂恿、拖拽下，他们来到二楼喝酒房间，房子空间非常大，足足容纳下几张酒桌，但是偌大的房间只摆放着一张巨大的桌子，这是一张巨大的圆桌，圆桌周围坐有一二十个人，骤然之间，北辰只认出同班的几位同学，不同班的那些人，只是觉得面熟，却叫不出他们的名字，这些同学里面有张会学。他们已经毕业十几年，何况这些同学大都是大学毕业之后留在县城工作的，即使有的不是大学毕业生,也都是官宦子弟,他们的地位、身份不同一般,他们现在不是主任,就是副局长,有的已经是局长、书记啦,他怎么敢冒认同学呢.况且又是在夜晚,房间之中又没有电灯,他们用的是蜡烛照明,所以一时之间也看不真切,即使熟悉其人,猛然间北辰也叫不上他们的名字,何况他也不知道如何同他们打招呼,他只是一个劲地愣着,不知如何是好。

"坐下来,老同学之间,不要见外。"他正在迟疑之中,其中一位肥胖的同学,倒一大杯酒,递给北辰说道。

北辰不敢坐下来,但是北辰面对的毕竟是十几年来未曾谋面的老同学,既然他们敬酒,他也没有推辞,而是一饮而尽。

"壮士,能复饮乎?"一位大背头同学站起来鼓掌道。那位肥胖的同学又倒一大杯酒递给北辰。

酒器是高脚玻璃杯,这种酒器北辰只在电影里见过,可是在现实生活之中他还是第一次见到,所以说他愈发觉得他们的身份尊贵、显赫。这个时候,北辰喝也不是,不喝也不是,仇俊平却示意他喝起来,北辰接过酒杯,又一饮而尽。

"赐之生彘肩!"大背头更加兴奋起来,于是拿起酒瓶把北辰的酒杯又一次倒满,他也端起酒杯道,"喝,干!"

这一次,仇俊平拦住他说道:"北辰找我有事,你们先喝……我们去去就来……"

"不行,我敬这杯酒,必须喝起来,喝!"他态度坚决,又像命令道。

北辰不得不又喝起来,他接连喝下三大杯酒,又喝得猛,尽管仇俊平想拦下来这杯酒,却没能成功,但是他却拦下了其他人敬的酒,而且仇俊平终于领着他走出这个让他蒙羞、让他感到耻辱的地方! 不然他肯定会当众出丑的。因为他还不懂得应酬,还不懂得拒绝,不懂得同这些人交际,尤其在这样场合,况且他的酒量时好时坏,有时候,他再怎么喝酒,也不会醉,有时候,他喝不多酒就会烂醉如泥,他也不知道到底是因为什么,大概喝酒同心情有关系吧。兴奋或者高兴的时候,就会百杯不醉,可是心情郁闷的时候,喝不多就会长醉不醒,之前,他很少喝酒,可是自从担任领导以来,经过锻炼,他的酒量似乎有所增长,但是他的酒量还是时好时坏。今天他喝这些酒并无大碍,只是他满腹心事,办事不成,又经受那么多委屈,实在使他羞愧难当。今晚贸然赴宴是他始料未及的,而大背头那些侮辱性语言也出乎意外,这些语言内涵,他十分清楚。可是他毕竟不是樊哙,他现在虽然是一位公办教师,但是他既没有兑现工资,又没有粮本、油本。什么时候兑现工资也未可知,严格意义上来说他还是一位代课教师,虽然他现在是山泉小学校长,但是他却是一位处于困厄之中的小学校长,面临被撤职、被开除的风险——如果他的超生事实被揭穿的话。

他就算是一位公办教师,是一位农村小学校长,他同这些局长大人,他同这些官老爷,又怎么能够同日而语呢? 所以他被羞辱是再正常不过的事情,但是北辰不但博览群书,还心比天高,他将来肯定不会久居人下,他怎能忍受得了这样的侮辱和奚落呢?

当他走出酒店的一瞬间,不,他刚刚扭过头来,他满眼泪水就溢满眼眶,又喝下这许多酒,刚刚走出帝豪酒店,他就哽咽不止。

"都怨我,我不该让你过去。"仇俊平看到他这么悲伤,他劝慰他道。

男儿有泪不轻弹,他抹去满眼泪水。他那么痛苦,不单单是因为酒席之间受到屈辱,更是因为这些天来,他内心一直焦躁不安,一直受到压抑。二胎准生证办不出来,翟小民又想讹诈,还有学校那么多烦心事,自从吴老师和他纠缠不清之后,他没有一天顺心日子,现在他需要发泄,需要麻醉……只有这样,他那颗志忑、躁动之心才能静止、平静下来。事实上,这样一来,他更加惴惴不安,今天什么事情都办不成,他根本不知道张会学副主任什么时候能够喝酒结束,他们都是肉食者。

"没事,俊平,我只是……没事了,我心里舒服多了。"北辰只得解释说。"今晚看来办不成事情……"他也无奈地说。

"但是上次张副主任让填的表怎么办呢?"北辰还想说下去。

"这样吧,我去把张主任请下来,看他怎么说。"仇俊平只得这样说。

"你是来干什么的,没见过酒吗?真叫下三!"仇俊平刚上二楼,淑丽走过来,看到北辰竟然喝成这个样子,她不禁责怪他道。

淑丽经常骂他下三,他是不是下三,北辰不太清楚,但是他唯一清楚的是他实在理亏,真不应该闯人家的酒宴,他没有理由赴宴,他是来干什么的?他是来找人办事的呀!所以尽管淑丽辱骂他,他也只是默默地流眼泪,连一句话都不敢吭声。他们又等一会儿,仇俊平终于拉着张会学来到楼下,这时张会学已经步履蹒跚,口齿不清啦。

"北辰啊,酒量还行吗?"张主任拉长腔调说道。

"张主任,表已经填好了,您看什么时候给你啊……"北辰赶紧说道。"现在不行,明天上班之前吧……"他思考一会儿说道。

"您看您需要什么农产品?我明天给您带来……"北辰巴结地说。

"什么都不需要,"张会学果断地说,他想离开了,但是他好像又想起了什么,他还用手比画着,然后两手分开,像是模仿炸裂的声音,"砰!摇啊……摇……最后,砰!啊,砰砰!"他嘴里"砰砰"地乱叫,又用手不停地表演摇的动作。

大家都在想,什么农产品会摇呀摇的,还会发出砰砰响的声音。

"玉米花,不,是玉米!"仇俊平高兴得手舞足蹈起来,他简直像是中了头彩。

"对,玉米,玉米,还是俊平聪明……"张主任夸赞他道,然后他又大笑不止地说,"八格,八格牙路……"

张主任最后这句话什么意思呢?大概是他想让仇俊平给他带路吧?果然,仇俊平领着他离开了。淑丽和北辰只有另想办法回家,他们打的回到家中已是深夜,

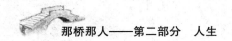

但是他们还是筛出一袋干净的玉米才休息,北辰要把这袋玉米在张会学副主任明天早上上班之前扛到他家里。

第二天天不亮,他就扛着这袋玉米去搭车,他远远地听到十字路口有人在争执什么,等他走近才知道,贺云祥和闫清义在争吵不休。

钱梅菊老师的爱人闫清义是位老司机,他最早在村委开拖拉机,给小队犁地,分队之后,他是山泉村第一家购买公交汽车的人,也是山泉村致富最早的人,他为人精明,发车守时,深得村民信赖。

贺云祥姐夫的客车购买得晚,又想跑到闫清义前面去,几天前,贺云祥姐夫刚刚和闫清义的大儿子闫海打过架,今天又和闫清义杠上了。

北辰什么话都没说,让他说什么话好呢?理不在贺云祥,他扛着这袋玉米坐到闫清义客车上,闫清义看到这种情况,也只有开车先走。本来贺云祥的客车应该从他们村往西走,可是他像是无头苍蝇一样非往这边钻。他在学校里的处境本来就够糟的,各种关系也够玄的,而贺云祥姐夫偏偏添乱,钱老师好惹吗?她不但在散布北辰的谣言,而且笼络一些教师和北辰较劲。

北辰一上车就打瞌睡,他迷迷糊糊睡了一路,下车地点距离张会学副主任家至少还有两公里,如果他把这一塑料袋玉米扛到他家里,也真够呛,这袋玉米至少有一百斤重。可是北辰还是咬紧牙关,扛着玉米,艰难地向前走去,他早已汗流浃背,而且汗水不时蒙蔽住眼睛,他得不断用手揉搓眼睛,不然会撞到其他人,他必须八点前赶到张会学家里,否则还得另约时间,可是他已经走不动了,双脚早已麻木,如果不是意志支撑,他会放弃的,他只知道一定要在八点前赶到张副主任家里……北辰只来过一次张会学家里,这一次,他迷路了,他敲开几户人家,都不是,经过回忆,又经过打听,他终于找到张会学家里,他家是一个宽敞院子,院子里有一栋高大洋房,在他家的院子里,张副主任正好从楼房里出来,他正说去上班,当他看到北辰累成这个样子,不禁脱口说道:"嗨,要一点就够了,一下子背这么多。"看来,张会学被北辰感动了,但是张副主任只是激动了那么一小会儿,他马上又变得严肃起来,然后批评北辰道,"拿一点喂喂鸽子,也就算啦,你看你……"

这时候,北辰才看见张副主任家东北角的高台上有一个铁笼子,笼子里有一对灰色鸽子,这对鸽子都有一双红红的傲慢眼睛,它们根本不瞧北辰一眼,对他辛辛苦苦扛来的玉米不屑一顾,这时北辰才看见鸽笼里的食槽里满是白净的大米粒,原来张副主任让北辰扛来玉米,并不是炸玉米花的,而是用来喂食鸽子的,但是他家之前喂食鸽子的却是洁白的大米,这些大米,在农村普通人家很难吃到,他们却用来喂食鸽子,北辰这次扛来的却是玉米,怨不得鸽子看不上这些玉米呢?他并没有多说话,而是把这袋玉米放下来,然后他才把签过字、盖过章的表格从上衣口袋里掏出来,再恭恭敬敬地双手递给张副主任。他一手接过表格,用另一只手的星星指头弹弹表格的右上角,像是要弹掉上面的灰尘似的,他什么都没有说就走了,甚至没有说让他什么时候来拿二胎准生证,北辰只有先回学校等待消息。

他回到学校,等了几天,他想去问问张会学副主任,但是他又不敢去,去问他什么时候能够给他发放二胎准生证?这恐怕不合适,他还得让仇俊平副主任去催促。

只有等待,漫长的等待。但是他必须抓紧时间协调翟小民的关系,而且越快越好,越早越好。但是他不能老是不在学校,如果他经常不在学校,那么学校的工作就会落后,工作落后,什么都完了。这一天,他决定上午放学再乘坐私家公交汽车去大河县计生委,正如他预计的,当他下车之后,到达计生委时,翟小民主任正好来上班,在翟小民的办公室里,他们没有谈及举报信的问题,只说一些家常事情,临走时,北辰塞在他手里一些现金,就匆匆离开了办公室,翟小民把钱放到凌乱的办公桌上,就去追赶北辰,但是他还是等北辰离开办公室后,才急忙跑出办公室,北辰还以为他这么急切,是来还钱的,可是等到他撵上他,他丝毫不提还钱的事情,他说他是来送北辰的,他把北辰送到计生委大门口才返回去,北辰以为翟小民主任受到贿赂之后,他大概不会再纠缠他,于是北辰心里仿佛有一大块石头掉落地上,突然变得轻松起来,他高高兴兴地向汽车站走后,可是他不经意一回头,却看见翟小民主任从后面骑自行车追赶他,开始北辰又认为他是来还钱的,可是当他追上他,他却不无惋惜地说:"北辰校长,你给的钱,我当时放在桌子上,可是当我送你返回时,钱却不见了,大概是让谁拿走了……"

"翟主任,到您家喝酒去,权当没有这回事,走……"北辰像是醒悟到什么,他劝说他道。

于是翟主任在前面走,北辰跟在后面,这时正好路过一家烟酒店,他又买下几百元的香烟和白酒。

"买这么多烟酒干什么?你太客气啦,北辰老兄。"翟主任等到北辰买过烟酒来到跟前时,他客气地说。

"我得赶回去,翟主任,学校里还有一大堆事情等着我去办理……"刚到他家里,北辰就告辞说。

"可是,北辰校长,我看你也挺实在,既然这样,不如……"他突然停下来,没有再说下去。

"您说吧,翟主任,你说哪儿,我听哪儿。"北辰诚恳地说。

"不如我们一块儿去拜访康艳丽副主任,她是抓口领导,在计生委她很有权势,哥哥在省委办公厅工作呢,她说句话,事情就好办啦……"翟主任斟酌地说,然后他又介绍他们两家的关系,"我们是同乡,这样跟你说吧,我们还是亲戚……我哥哥之前就一直跟着康主任呢……现在哥哥已经到乡下当副书记啦……"说到这儿,他却没有再说下去,他还左右前后看看,像是唯恐什么人偷听呢?

"行,你说咋办就咋办,我听你的!"北辰慷慨地说。

北辰在翟主任家里停顿一会儿,然后,他们一起来到大街上,就在翟主任家隔

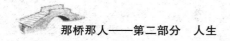

壁的小酒馆里，要了几个实惠小菜，喝了几瓶啤酒，又吃些面食。他们喝足吃饱之后，又去商店买些礼品，当他们从商店出来时，黑夜像是撒下一张巨大的渔网，顷刻之间，暮色就笼罩住这座小城。

康艳丽副主任正好在家，她家是一个巨大的院落，通过屋子里朦胧的灯光，可以隐约地看到院子里有许多常青树，堂屋是一幢非常气派的小洋楼，但是屋子里却十分凌乱，也很肮脏，可能她因为工作繁忙，或是在这儿不经常居住的缘故，整个房间十分冷清，不知道她有没有丈夫，也不知道她有没有孩子，现在家里只有她一个人，虽然房子像是不经常有人居住，却又像是不断有人光顾的样子，而翟主任在她家里像是在自己家里一样随便。

"坐吧……"她有些歉意，但是她很自信、严肃地说。

"康主任，这是郭北辰校长，您看这个事情……"翟小民主任恭敬又亲切地说。"哦，有人举报你有两个女儿……"康主任看看北辰拿来的东西，她变得冷漠起来。"不对，康主任，我只有一个女儿，我想再要个儿子……"北辰结结巴巴地说道。"举报人说得清清楚楚……孩子藏匿在亲戚家里。"她逼视着北辰道。

"真的没有，这纯粹是诬陷，不信，您可以调查……"北辰似乎勇敢起来，他不再胆怯，而是直视着她说。

"你和他是……"康主任收回逼视北辰的目光，她仿佛在思考，然后望着翟小民说。"艳丽姐姐，我们是亲戚……"翟主任犹豫着说。

"什么亲戚?"她问得很严肃。

"我岳父家的亲戚……"他郑重地回答她说。

"哦，既然和小民是亲戚，我就不再深究了，小民是自己人，"她又思考一会儿说，"拿三千元结案吧。"

"康主任，我哪有那么多钱……"北辰猛然听见她说的话，不禁大吃一惊地说。

"当校长了，还说没钱……"康主任说的那么怪异，她怎么说出这样的话来，这句话更让北辰感到震惊。

"那是个小学校，只有一百多个学生……"当校长就得有钱吗？北辰知道康主任在打什么主意，所以他不得不争辩道。

"那就拿两千元吧，不能再少了，再少那可不行……"她顷刻变得狰狞又可怕，她像是咬着牙齿说出上面的话来的。

北辰不禁打一个寒噤，他现在才仔细观察了一下康主任，她年纪有三十五六岁，可是已经显得非常苍老了，她应该就是这样长相的人，生来就老相，不但生来衰老，而且面无表情，脸像是顽石那样枯萎、麻木，眼睛又像是狐狸那样狡猾，她在官场经过长时间磨砺之后，才会有这样的城府和心机，但是她装扮得却非常洋气、时髦，而且衣服质地优良，可能还很名贵，这不是一般农民穿戴的衣服，不是一般职工穿戴的衣服，也不是一般干部穿戴的衣服，至于是什么衣服，北辰也说不上来，总之，康主任既然把话说到这个份上，北辰再也无话可说，于是他和翟小民主任只得告辞出来。

"明天是星期天，最好把钱送过来。"刚出康主任家门口，翟主任就警告北辰说。"送给谁呢？"他问道。

"直接交给我吧，我把钱交给康主任。"翟小民主任仿佛责怪他道。

第二天，北辰没有去交钱，星期一临近中午的时候，他只交给翟小民主任一千四百块钱。

"这可不行，我交不上差。"他有些为难地说。

"翟主任，我已经……"北辰说到这儿就戛然而止了，他想说私下里他花费不少钱啦，但是他努力几次却没有说出来。

"那么，我只有给康主任好好解释。"他这样说道，然后扭头就走。

当北辰路过仇俊平的烟酒店时，他恰巧碰见仇俊平和张会学副主任在说悄悄话，而张会学副主任的左脸上，却有一道长长的指甲划痕。这到底是怎么一回事呢？仇俊平一个劲地偷笑，张会学一味地骂娘，这越来越让北辰莫名其妙。

"妈那孬孙，让狗咬了。"张会学辱骂道。

"和姓康的打架啦，她挖他一下，他扇她一巴掌……"仇俊平悄悄地说，"如果不是这个事，他早把二胎准生证给你啦。康副主任那边你协调得怎么样？"

"协调好了……"他回答道，北辰非常奇怪，仇俊平怎么问起这事？他怎么会知道这事？

"那边，北辰已经协调好了。"仇俊平又和张会学咬耳朵说。

"嗯，嗯……"张副主任嗯嗯两声就走出烟酒店。

大致又过去一段时间，张会学把一张盖过章的空白二胎准生证交给北辰……回家之后，他把郭北辰的名字填到准生证姓名一栏的空白处。

这场莫须有的闹剧终于结束了，为此北辰和淑丽的眼睛焦虑成严重的眼疾，他们的眼睛红肿的甚至比桃子还要大，淑丽的左眼很长时间看不清人像。他们到处拜访医生医治，经过一段时间治疗，北辰的眼睛治愈啦，但是淑丽的左眼却几近失明。

6

北辰既然办理好了二胎准生证，淑丽和北辰就把昉儿接回家，他们的大孩子终于能够见到光明，见到天日啦。回家的当天，北辰买回一大块儿猪头肉让孩子解馋，淑丽把这块儿猪头肉切一大碗放至餐桌上，没等把主食端上来，昉儿就把一大碗猪头肉吃掉只剩下几小块儿。淑丽把面食端到餐桌上，她看到昉儿这种吃相，赶紧把肉碗夺走,唯恐昉儿吃得太多,吃出病来,但是昉儿看见妈妈把肉碗抢走,她一边去争抢肉碗,一边号啕大哭起来:"我要肉,妈妈,我吃肉,爸爸……"

"端回来,淑丽,让孩子再吃些,"北辰劝说淑丽道,但是他不得不教育昉儿道:"得知道饥饱啊,孩子。"

"爸爸,我想吃肉嘛。"昉儿哽咽不止地说。

淑丽只得把肉碗端回餐桌上,淑丽和北辰只得和昉儿争食起来,他们一家人不禁吃得高声大笑起来。

尽管昉儿吃那么多,她晚上还是吃很多主食。孩子在外长时间缺食缺嘴,可以理解,但是他们还是非常感激表舅家,这份恩情让人难以忘怀,患难之中见真情。这些恩人就是人间的活菩萨,还有什么恩情比得上他们的深恩呢?

在昉儿回家的日子里,北辰每天放学后,或者星期天总是领着孩子在田野、在河岸上、在大道上……疯跑。他们是那么快乐啊,昉儿跑着、笑着、闹着、叫着:"爸爸啊,爸爸……"北辰的心结像是融化了,昉儿长这么大,她的大光头只有一些稀稀拉拉的淡黄头发,只是些又柔软又淡黄的小黄毛,根本遮掩不住又光又亮的白头皮,她奔跑起来,这些毛茸茸的稀疏头发飘来飘去的,像是拨浪鼓上飘荡的缨穗,这个生理现象肯定是长期营养不良造成的。北辰心里一阵歉疚和难过,于是他抱起孩子不停呜咽道:"我的孩子,我可爱的女儿,爸爸对不起你,爸爸是罪人,是个十恶不赦的坏蛋。"

昉儿也抱住爸爸,她亲吻着爸爸红红的脸颊尖叫道:"爸爸呀,我的爸爸……"

他们父女真像是一对疯子,他们疯癫够了,都在静静回忆,回忆之前像是虚幻一样的日子,真像是做了一场大梦……噩梦醒来,他们仿佛一起来到五彩缤纷的春天一样。

昉儿呢,紧紧地依偎在爸爸的怀抱里,唯恐再次失去爸爸:"爸爸,我还会离开您和妈妈吗?"

"不会,永远不会啦,孩子,爸爸死也不会让你离开啦,孩子。"北辰眼含热泪说。

"我不再离开您和妈妈,我也不会再离开你们啦,爸爸……"昉儿哽咽着说。

于是父女俩相拥而泣,北辰想抱着她回家,她挣脱开爸爸的怀抱,向前一路小跑,一直跑在父亲的前面,他假装追不上她,于是她又嘻嘻哈哈笑个不停,终于跑累啦,于是她站在原地不动了,爸爸弯下身去,她抱着父亲的脖子,父亲把她抱起来,想吻她,而她一直在躲避爸爸满脸的胡子茬……

父女俩回到家里,于是他们又玩起捉迷藏游戏,父亲故意发现不了她,故意看不见她,她就躲在门后面,嘻嘻大笑道:"爸爸,我在这儿呢,您找不到我啦……"

她终于被爸爸捉到了,于是爸爸说:"啊,得,我找到你啦,我的孩子……"

"不算,爸爸,不能算,我还没有藏好呢……"说过这话,她又躲藏在被窝里,只用被子角盖住她的大光头,但是不大一会儿,她却熟睡了,疯癫这么长时间,她终于累坏了……

昉儿给父母带来多大的欢乐和愉快啊,没有孩子的家庭,是个残缺的家庭,这种缺憾是其他任何快乐,都无法替代的,至少说孩子是父母的依靠和慰藉,父母给予孩子生命,孩子使父母的生命得以延续,这大概就是所谓的天伦之乐吧!

淑丽又怀孕四个多月啦,但是计划生育空前紧张起来,高山镇又一次掀起轰轰烈烈的计划生育高潮,惩处超生户的方法花样百出,锯树,牵牛,房倒屋塌……还要处罚亲朋好友,然后处罚左邻右舍,最后是一望,什么是一望呢? 就是只要望见的人、住家户都处罚! 镇里的计划生育小分队队员把一个超生农民的脾打烂,肋骨打折,一时间整个高山镇又人心惶惶的。

北辰又一次被举报,于是他接到引产通知,北辰,还有淑丽的母亲,他们一起陪同淑丽去城关镇医院做人流,他们并没有去指定的医院做流产,而是来到这样一家医院,这家医院虽然叫城关镇医院,却是一家私立医院,他们是通过县直卫校的刘玉兴介绍来的,他们坐车来到县上,下车之后,经过多方打听,才找到这家医院,也真巧,就在医院门口,北辰恰巧碰见老同学高卫星和妻子曹秀玲,北辰唯恐他提起他和杨静的事情……现在他们既做服装加工,又创办了卫星裁剪学校,学校就在医院附近,他们恰巧路过这儿,无巧不成书。

"等我们办完事情,让秀玲来看望弟妹。"北辰向他们说明情况,高卫星热情地说。

他压根没有说杨静的事情,为此北辰非常感激他。等他们分手之后,北辰领着淑丽和岳母走进医院,医院只有一栋门面楼房,整栋楼房冷冷清清的,他们几乎看不到病人,门诊室里,有一位上了年纪的医生,因为无事可做,他无精打采的,他们从门前经过,他连头都没有抬一下。他们终于在一个偏僻而又凌乱的小房间里找到医院院长,原来这家医院的院长是一位妖里妖气的女人。

"原来是刘医生介绍来的,他已经打过招呼啦,我现在就安排……"她说起话来嗲声嗲气的。

她非常瘦小,长得却很妖冶,睫毛修长,应该是假睫毛吧. 大眼睛很会煽情,看起人来不停地眨动,皮肤是惊人的洁白、靓丽,这不是自然之美,应该是装扮之功,嘴唇殷红,像是刚刚喝过人血一样,牙齿洁白,她真的很像一位女妖精,一位刚刚喝过人血的女妖精,刘玉兴怎么介绍这样一家医院? 他可是北辰的同乡,又是同学,他高中毕业考上了淮河市医学院,毕业之后分到一家乡镇医院工作,几经周折才调到大河县第一人民医院,他还当上了医院的团委书记,最后被院长排挤出来,不得已去到县卫校工作,他一直怀才不遇、郁郁寡欢……可是无论如何,也不能推荐这样一家医院啊,大概价格优惠吧。既然是刘玉兴介绍的,医生的医术、医德应该不会太差吧,他还是决定留下来。

"这家医院……行吗?"淑丽看到医院条件简陋,又发现女院长并不是一位稳妥

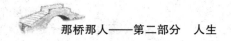

之人，于是她悄悄地对北辰说。

“刘玉兴既然让我们来这儿，应该不会有问题。”北辰安慰她道。

他们很快给淑丽打上催生针，打上催生针很长时间，淑丽却迟迟不见阵痛，医护人员和北辰、淑丽，还有淑丽母亲都在耐心等待，时间已经是上午十点半钟，淑丽终于来了阵痛，医务人员忙乱一阵，眼看引产就要开始啦，可是一切又复归平静，淑丽像是没事人一样又从产床上站起来，她遵照医嘱，只有在医院狭窄的院子里不停徘徊，医院院子狭窄得仅可容下两个人相向而行，淑丽在医院院子里独来独往，她像是又恢复了往日的宁静，北辰和岳母只有焦急地等待，他们一大早来到县城都是滴水未进。

“北辰，不如你先去大街上吃点饭吧，看样子，她还得一会儿……”岳母心疼北辰，于是她奉劝他说。

北辰想淑丽是没法出去吃饭，不如他去大街上吃点饭，但是他必须抓紧时间回来，绝对不能耽误淑丽引产，回来时再给老岳母捎些好吃的表表孝心。于是他疾速来到大街上，恰巧在医院附近有一家羊汤馆，于是他要了一碗羊汤，还有一块锅盔，平时他爱喝羊汤，最爱吃锅盔，可是今天这一碗羊汤，还有这一块锅盔，实在让他难以下咽，特别是羊汤上面古怪的葱花味道是那么难闻，北辰简直想呕吐，他只喝了几口羊汤，吃了一口锅盔，就放下了。他想给岳母端回去一碗羊汤，可是店家不让把羊汤端出羊汤馆，他想找一家包子铺，可是情急之下又找不到，他又不敢在医院外面长时间逗留，他只有及时返回医院，当他回到医院的时候，医生又打了一针催生针，时间不长，淑丽躺在产床上，开始痛苦呻吟，可是那个被催生的孩子就是不出来，医生在焦躁等待，家人在焦虑等待，阵痛，抽搐，淑丽痛苦地呻吟，然后是尖叫，像是野兽的怪叫，后来一点气力都没有了，她满脸汗水，头发湿漉漉的像是刚刚从水里浸过……

“北辰，我快不行了。”淑丽瘫软在产床上，脸色是那么苍白，她喃喃地说。

眼看淑丽有生命危险，可是那两位叽叽喳喳的女医生，还有一位沉默寡言的男医生也都束手无策……因为是逆产，所以最后商定他们要把打死的胎儿肢解开，他们得用工具把死胎儿肢解，如何肢解，得把肢体锯断，然后再把这些锯掉的肢体从子宫里掏出来……可是医院里没有工具，他们必须到其他医院去借，那个男医生已经去借了，可是他什么时候能借来工具呢？

而淑丽躺在产床上，已经没有任何气息，两眼已经合上，她像是一具僵尸躺在那儿一动也不动，真的很像一具刚刚从水里打捞出来的尸首。北辰顿时惊呆了，他惊慌失措地来到大街上，可是大街上又见不到任何熟人，他想租一辆出租车把淑丽转到大河县第一人民医院去，可是这个时候，偏偏没有出租车，这条大街本来就非常偏僻，又是午饭时间……北辰真想大哭一场，热泪还是模糊了双眼。救星来啦，高卫星和妻子曹秀玲正给淑丽端过来一碗面汤，面汤里还有几个鸡蛋。

"快,卫星,快找车,淑丽已经不省人事啦……"北辰简直像是哽咽地说。

曹秀玲顿时吓得愣住了,她把面汤碗掉在地上,碗掉在地上啪的一声响,碗摔碎了,摔烂几大块,另外还有几小块,那几小块碎碗片摔蹦大老远,面汤洒了一地,那几个带清儿的鸡蛋仿佛乒乓球那样到处乱滚。而高卫星早已去寻找出租车了……现在他们的事业刚刚起步,他想借助裁剪学校这个平台,带动服装加工生意……他一头秀发,有一双炯炯有神的淡蓝色眼睛,他待人诚恳、忠厚,妻子长得也很漂亮,真是郎才女貌,他们放弃了教师职业,来县城打拼事业,上次他和杨静就是住在……他们是进修时候的同学,他们夫妻也都是代课教师……

这时高卫星不知从什么地方租来一辆有棚的三轮车,司机是一位瘦小的农民,北辰让三轮车停到医院门口,他匆忙把淑丽抱上三轮车,于是他们直奔大河县第一人民医院而去。

三轮车冲进医院,但是通往产房大门时,产房大门紧闭,小门只能通过行人,而三轮车却过不去,大门距离产房还那么遥远。

"开门,快开门,人已经不行了……"北辰狂呼乱叫起来,他已经失去理智,淑丽的生命危在旦夕,也可能……

大门终于打开了,三轮车飞奔起来,他们终于来到产房门口,三轮车戛然而止……一大群医生、护士从产房里,从工作室里蜂拥而出,他们急匆匆把淑丽抬到产房,然后把北辰关到门外,北辰付清车费,又对司机表示深深谢意,然后他只有焦急地在产房门口等待音讯。

短短十几分钟,孩子打掉了,母亲的生命得以保全。给淑丽引产的是刘医生,她长得小巧秀丽,医术非常高明,让北辰感动得流下感激的泪水……

那个被打胎的孩子,北辰没有见到,他也没有问是儿子,还是女儿? 那个苦命的孩子,那个短暂的小生命,在娘胎里不足五个月的时间,她被扼杀了,父亲连一眼也没能见到她,她曾经是他的孩子,曾经让母亲受苦受累,又差一点让母亲生命不保的孩子,还没有来到这个世界上……她的生命一闪就消失了,永远地消失了……

还得开具打胎证明,他得把这个证明交上去,孩子死亡了,还要证明死亡了,父母亲杀死他,还要证明什么时间,在哪儿把孩子杀死的,还得有医院的红章和医生签字。

但是北辰感觉到他就是杀害孩子的刽子手,他两手沾满孩子的鲜血,这都是因为什么. 他很明白是因为什么,又似乎不明白,这到底因为什么呢? 因为他的……他的灵魂是那么肮脏和龌龊,他想哭泣,可是他的灵魂早已麻木啦……

他们回到家里,见到昉儿,孩子问:"爸爸,妈妈怎么了?"

"妈妈病了,孩子。"他哄骗她道,他不敢看孩子的脸。

"妈妈肚子里的孩子呢? 爸爸……"她看见妈妈的肚子变小了,于是好奇地问道。

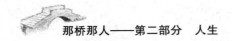

"没有了,孩子……"北辰想解释什么,他什么也解释不了,他只能这样说。

昉儿哭泣起来,哭得那么痛,孩子已经懂事了。

7

引产之后,淑丽一直待在家中静养,她是那么郁闷和悲伤,整天不说一句话,一直待在床上,不是哭泣,就是昏昏沉沉地睡大觉,她是那么疲惫、消沉,显得那么衰老、憔悴,她的食量本来就小,几天以来,又几乎是滴水未进,脸颊已经塌陷下来,脸色蜡黄蜡黄的,右嘴角上那颗黑痣更加明显啦。

这天晚上,北辰从岳母家回来的时候,时间已经很晚啦,天空灰蒙蒙的,遥远天际,有几颗并不明亮的星星窥视着因为妻子引产而痛苦不已的郭北辰校长,这时候,他隐隐听见附近有敲门的声音,大概这个敲门人并没有发现他,他骤然停下脚步,仔细听听,原来这个敲门声非常古怪,他连敲三声就停止下来,屋子里没有人开门,他又敲击三声,接着屋门吱扭一声打开了,这个人闪身钻进门里,但是屋门并没有立即关上,而是有一个人头伸出门外观察一会儿,这个人头才缩进去,然后里面的人才悄无声息地把房门关上,又过一会儿他们才轻轻地插上门闩,然后悄悄地向里面走去,哦,原来是张巧红家,她在初中上学时,北辰教过她,她已经毕业啦,进去的那个人会是谁呢? 会不会是她的男朋友,应该不会,如果是男朋友,不会这个时候过来,更不会使用这个敲门方法,不是老相好,就是新相识,会不会是韩主任的侄子韩国政呢? 应该是他,当初他教过她的数学,刚才,他像只狡猾的狐狸那样钻进她家的洞穴,屋门轻轻关上的一刹那,北辰想象到应该是他,会不会是他呢? 肯定是他,他们早就传出过绯闻,看来他们还一直保持着不正当的两性关系,这对狗男女,真是一对卑鄙无耻的家伙,韩副校长早已是两个孩子的父亲,却仰仗着叔父的势力,到处拈花惹草……今天晚上,北辰不知是好奇,还是忌恨,或者两者兼而有之吧。他等待一会儿,这个时候夜已经很深了,大街上像是被黑夜的毛毯遮盖得严严实实,四周黑漆漆一片。

北辰轻手轻脚地来到屋门旁边,他想推开门,门里面有门闩插着,他不可能进去,但是不知什么思想在作怪,他想把门打开,于是他把门推开一道缝,门闩拨不开,门闩被什么东西绊住了,于是他想把木门从石墩上端掉,他稍稍用劲,木门被他端掉了,与此同时,两扇木板门双双向里面倒去,大概是木门轴从上面的铁箍中脱离出来,瞬息之间,木板门轰然倒地,接着木门啪地发出一声巨响,北辰听到这声巨响,顿时惊呆啦,他顾不上倒地的木板门,也顾不上后面即将发生的事情,就赶紧溜之大吉了。

又是一天晚上,北辰又在大街看见韩副校长往张巧红家走去,他以为他仍然没有发现他,他连敲三下木门,木门里面没有人回应,时间不长,他又连敲三下木门,这一次,木门瞬间打开了,韩副校长又像只黄鼠狼一样溜进洞穴里。这一次,北辰非常急切,他非要跟踪他,他是感到好奇,还是……想抓奸……难道……不可能,但是不管是好奇,还是妒忌,还是……他匆忙来到木门前,只推一下门,还未来得及拨动门闩,更来不及把木门从石墩上端下来。他想这次千万要小心翼翼地把木门打开,要借鉴上一次的经验教训,不能使木门再次轰然倒地……他正想入非非的时候,木门神不知,鬼不觉地打开了,张巧红和母亲拿着手电对准他的脸。

"北辰校长,半夜三更的,有事吗?"张巧红的妈妈阴阳怪气地说,但是从手电筒的余光可以看见张巧红得意和阴险的嘴脸。

"没……没……"北辰一时不知所措起来,他支支吾吾的,什么也没有说出来。

"你如果有事,进屋吧……"张巧红怒气冲冲地说。

张巧红不仅是韩副校长的学生,也曾经是北辰的学生。

"不,我……我还有……"北辰已经不知道该如何回答,已经不知道他到底在干什么? 像是在五里雾中,他只有搪塞道。

当天晚上,他不知道是怎样离开张巧红和她妈妈的,也不知道他是怎么回到家里的,更不知道他是怎么睡到天亮的。他只知道第二天中午,放学之后,他路过淑丽娘家时,淑丽的母亲正同张巧红的母亲说着什么,她们会说什么呢? 况且淑丽的母亲因为淑丽这次引产,对她的打击几乎是毁灭性的,精神几近崩溃,整天唉声叹气、无精打采的,她像是刚从病榻上起来,张巧红的母亲肯定绘声绘色地把昨晚发生的事情全盘端出,她肯定要隐瞒韩副校长去他们家的事实,这对于刚刚从病榻上起来的淑丽的母亲来说不只是晴天霹雳,她会再次病倒,再次加重病情的。

"北辰,你过来……"她们看见北辰路过这儿,淑丽的母亲叫住他说。"什么事情,妈妈?"北辰只有硬着头皮上前说道。

"你昨天晚上去找巧红干什么去啦……"岳母一脸阴郁,又像是满脸愤慨地说。"妈妈,妈妈……"面对岳母和张巧红的妈妈,他简直无言以对。

"你是巧红的老师,又是有妇之夫,现在又是校长,深更半夜去找巧红,我们可是一个姑娘家……"张巧红的母亲说出一大堆不堪入耳的话来,可是北辰几乎一句话都没有听清楚,他已经听不清楚她到底在说什么啦……

"好啦,嫂子,有什么事情原谅到咱姊妹身上,北辰还是年轻不懂事……"淑丽的母亲这样说出的话语,北辰听得清清楚楚,她这句话像是鞭子一样抽打在他的脸上。

"除非是这么近的邻居,除非是……"她在岳母的劝说下,还是走了,临走的时候,她唧唧哝哝、不清不楚地说着什么。

"北辰啊,以后要注意影响,你不但有妻子,还有孩子,你现在还是山泉小学的校长……"岳母等到她离去之后,开始教训北辰道,最后她又像是安慰北辰道,"谁不知道张巧红的母亲是个啥人？她要是好人，朱庭勋会占有她娘俩！逢人配！张巧红还不如她娘，她们那些娘们早已让别人把脊梁骨戳烂啦……你……但是这事无论如何不能让淑丽知道！"

北辰知道岳母非常愤慨，她没有把话说完就离开了他。北辰怔怔地站在那儿，好大一阵子，他既说不出话来，又觉得无地自容，淑丽如果知道这件事情，她会和他离婚吗？他应该怎么办？岳母会告诉她吗？虽然她说过这件事情无论如何不能淑丽知道，可是她们是母女啊！说不定什么时候，她就会偷偷地告诉淑丽，为此北辰一直担心许多年，可是直到最后岳母也没有告诉她，不知她是忘记告诉了她，还是信守承诺不告诉她，为此，北辰非常感激岳母，他隐隐约约觉得他亏欠岳母些什么，也觉得亏欠淑丽些什么，但是他到底亏欠她们什么呢？在他的人生之中，他真的很惭愧，只要一想起这一幕，他就不由得脸发热，心跳加速……是啊，谁不知道她们……谁只要舍得花钱，就会从她们母女那儿得到慰藉……张巧红继承了母亲的衣钵，甚至比母亲还……堕落的北辰啊，他正走在罪恶的道路上……

星期日这天，北辰因为淑丽引产需要卧床静养，家里的许多事情只有他去办理，他必须不间断地看望淑丽的父母，因为淑丽引产，她日夜操劳，因此积劳成疾……又因为北辰的不检点，致使她病情加重，这些天来，他也感到非常内疚。这天他吃过早饭，就来探望淑丽的母亲，但是他们家空无一人，问问邻居，都说她老人家今天早上因为起得早不慎从二楼摔下来，说是摔断了脊梁骨，淑丽的父亲陪同老伴去市里看病去了，去市里哪家医院呢？大家都说不知道？她肯定是因为他的缘故，肯定是因为张巧红的母亲寻衅的事情，岳母受到刺激之后，才懵懵懂懂摔下楼去的……她经受羞辱之后，不堪精神折磨，或是彻夜不眠，她大清早起床之后，肯定是在精神恍惚之下，忘记二楼栏杆年久失修，才不慎失足摔下二楼的……这时，北辰内心有一种隐隐的疼痛，他这个罪魁祸首……这才叫羞愧难当，现在，像是人人都明白他的罪行，都明白他所犯下的罪恶，他简直不敢直视街坊邻里的眼睛，在他们面前他是那么渺小和猥琐，他既感到卑鄙，又感到邪恶，他不能原谅自己。经过张巧红家门口时，他真想一头撞死在她家门前，同时他真想一把火把那所罪恶的房子烧掉，把这扇见证耻辱的木门烧掉，可是这两扇木门却牢牢地站在那儿，好像木门还在大声地说："看呢，这就是那个不知廉耻的人，这就是那个不要脸的北辰，就是他三更半夜想撬开女学生的家门而欲行不轨之事……老人家不堪精神折磨，才不慎跌下楼的……淫贼……"

听见这些无声的话语，他更加羞愧难当，如果从楼上摔下的是他该有多好！他真的想从楼上摔下来，摔死都问心无愧，可是从楼上摔下来的却是老岳母，为什么会是她呢？为什么不是他？想到这儿，他赶紧从门前逃开了，如果能够逃离山泉村，逃离高山镇，逃离大河县，逃离这个不明不白的世界该有多好……有时候羞耻、羞愧、内疚不是短时可以消失得了的，有时候需要很久冲洗、销蚀，才能泯灭，所以北辰还需要经过相当长时间的痛苦，还需要经过很长时间心灵的折磨，他需要赎罪，需要得到谅解、原谅，甚至整个人生都得经受苦痛的折磨……

北辰想去医院寻找，但是漫无目的地寻找，根本找不到，如果不去，又于心不忍，正在为难之际，他突然想回家，想同淑丽商量，他怎样才能得到救赎，得到解脱，如果淑丽原谅他，如果淑丽肯谅解他，那该有多好啊！他必须求得淑丽的谅解，求得淑丽的原谅。但是他一回到家里，他突然意识到这种事情，怎么可以说给淑丽听呢？他不能给她说，不能，坚决不能，如果给淑丽说，不但影响淑丽早日康复，可能会影响他们一生的感情！是不是等待淑丽满月之后再告诉她，但是她满月之后，也没有告诉她，他一生都没有告诉她，为此他内心一直非常痛苦，他不知道一旦告诉她，她会有什么感受，她会怎样对待他，她会不会……整整一天，他都在岳母家门口等待，他想只有等待，才能减轻罪责。

下午五点钟的时候，淑丽的父母终于从医院回来了，岳母在岳父的搀扶下，她走起路来是那么艰难，还好，淑丽的母亲并无大碍。

"什么情况，妈妈？"北辰赶忙询问岳母道。

"这把老骨头硬朗着呢，阎王爷不收我的命。脊梁骨也没有摔折，只是脊腱严重损伤，真是万幸，感谢菩萨，感谢菩萨，自从……我整夜睡不着，加上栏杆年久失修，正说想修缮一下，还没有来得及呢，恰巧那儿坏啦，起得又早，迷迷糊糊的，一下子就从楼上摔下来……幸亏，阿弥陀佛老天爷，幸亏……"岳母在北辰的搀扶下躺到床上，她不停地祷告说。

真是万幸，真是菩萨保佑，才没有酿成大祸……还好，时间并不长，她就能起床了，农村人是闲不住的，但是在之后的很长日子里，岳母一动就直喊腰疼，大约经过数年之后，她的腰疼病才好。

淑丽开始上班了。这时候，河水的颜色由浅红变成了铁红，后来又由铁红变成了紫红，红色的河水上面，那么多泡沫，五颜六色的泡沫在太阳光的照射下发出耀眼的光芒。

田野里，各家各户出钱出力，打机井，用来灌溉农田，农民再也不用河水灌溉，河水里再也没有鱼虾，河滩里大批的灌木丛枯萎至死，人们想在河滩上，种植些庄稼，但是这些庄稼很快就枯死了，紫红色的河水表面飞舞着嗡嗡叫的小虫子，河水里什么生物也不复存在了……

两岸农民的生活环境不断恶化，压井水已经有异味啦，水里像是有一些白糊糊的黏稠东西……村子里，出现了很多奇怪的病症，谁也说不清是什么疾病，就是看不好，他们不得不去城市大医院检查，有的说他们得的是什么癌，是什么不治之症……有些人已经走完了他们短暂的人生，他们永远长眠地下不醒了……有人说河流两岸的居民必须解决饮用水问题……这只是个别人的传言，因为人们祖祖辈辈都是饮用的地下水！所以很多人并不介意，这种话传扬一段时间，就再也没有人胡说八道……也可能是人们又要忙于收获啦……

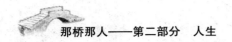

第十五章　心灵的烙印

1

　　时间流逝得真快,转眼之间又来到麦忙季节,村民都在田地里忙碌着割麦、打场、播种……

　　但是高山镇的计划生育工作也到了攻坚阶段。恰在这时有人举报郭玉堂书记的族侄郭威二胎添个儿子。郭威既没有办二胎准生证,也不接受处罚,郭玉堂书记一怒之下把郭威家的房子拉塌,他在高山镇计划生育小分队的配合、支持下,用一条钢绳的一头绑住房子大梁,一头绑在一辆四轮车头后面的横梁上,司机是一位黄头发、愣头愣脑的年轻人,他发动着机器,一下子跳到驾驶座上,然后开足马力,四轮车像是一头怪兽,怪叫几声,然后向前猛冲,人们听到扑通一声巨响,郭威家的房子瞬间化为乌有。在郭玉堂书记的指示下已经有好几户人家的房子被拉塌,其他人都能忍耐,郭威却是个浑小子,他长得彪悍凶恶,一脸杀气,他咽不下这口窝囊气,于是他拿把三菱刮刀,把正在吃早饭的郭玉堂书记一刀刺死,然后扬长而去。郭玉堂书记的家人谁也不敢近前,街坊邻友都在忙于收割,谁也考虑不到大白天会发生凶杀案。

　　高山镇党委书记泽天成听到汇报,便匆匆赶往杀人现场,大河县委书记王新民也火速赶到杀人现场。大河县公安局迅疾展开搜捕,可是郭威逃掉了。

　　让家人、亲属感到疼惜的是他走得这么突然,让家人、亲属感到惋惜的是他并没有被追认为烈士,虽然家人、亲属一直在争取。从此,村主任王长江主持村委工作,由此村委各项工作陷入低潮,高山镇计生办姜开明主任在一次下乡行动中,被农民殴打成重伤,镇政府的计划生育工作一时无人问津,干群关系陷入僵局。

　　因为各乡校师资力量空前紧张,为了缓解教学压力,大河县政府出台政策,由大河县人事局、教育局联名招考一批具有高中学历的代课教师,在大河县教师进修学校培训,学制两年,发放中师毕业证,纳入正式教师编制,这样他们就能成为一名正式人民教师,而夏淑丽恰巧符合报考条件……成绩公示出来,她居然考取啦。

　　正式入学时间是新学期开学,淑丽有孩子,她不能在学校住宿,开学之前,她必须在学校附近租赁到房子。这时候严若英表姐已经调到县直小学任教,而且也在县城买了房子,她帮助他们找到一个地方,房子主人是县直小学一位女教师,她已经搬至市里居住,县上这间房子,已经闲置多年,其实严格说来,这根本不能算是一间房子,而是在两幢高楼之间狭长的缝隙里搭建起来的一间长条形棚子,棚子的墙壁就是两幢高楼的墙壁,房顶是石棉瓦,房门是简易的单扇木门,夜晚必须用木棍顶住,才能避免外人进来。两边的高楼简直要耸入云霄,这间简单的棚屋,实在寒酸。但是就是这间简陋得像是猪棚一样的房子,却解决了他们莫大的困难,特别是在他们生活极具困难的条件之下,至少这间棚屋不收取租赁费。因为淑丽考取进修学校之后,什么入编费、农业户口转为商品粮户口费、培训费、书本费……就得一万三四千元,他们的积蓄远远不够。北辰到处借钱,他借木器店老板两千元;借理发店老板三千元,这三千元里面还有两张假钞,一张一百元,一张五十元;借党老虎两千元;借陆金榜三千元,这三千元说好的是月息一分五厘,但是归还本金时,北辰并没有归还利息。

木器厂老板叫黄玉贵,是北辰的结拜兄弟,他是个老实巴交的农民,却是有名的细工匠,他的老婆是个高超人,在老婆怂恿之下,他创办了木器店,这是一家家庭式木器厂,正是这一家木器店,才挤垮了姚蒜臼的木器店。在这炎热的天气里,黄玉贵穿戴非常简单,上身穿一件旧背心,下身穿一件灰色大裤头,肮脏的脚丫子趿拉一双破烂塑料拖鞋,他的个子不高,头发很短,正头顶上,从前至后老是有一缕高耸的灰色头发,他时常面带笑容,一笑就会露出两颗 V 字形大门牙,他和北辰非常要好。

"玉贵哥哥,我遇到难处啦,因为淑丽上学,需要一大笔现金,借给两千块钱吧,我会偿清您的……"北辰一见到黄玉贵师傅就诉苦说。

黄玉贵把他老婆拉到屋里商量一会儿,然后他才走出房间说:"你有难处,我必须帮忙,可是我手头没有那么多现金,不如明天上午来拿钱吧。"

第二天北辰从这儿借到两千元。

理发店老板细皮嫩肉的,他细高个子,很帅气,脸颊正中有一对深深的酒窝,下嘴唇正中有一颗大黑雀,一说话,他却要不断地眨眼睛。

北辰说明来意,他到屋里很大一会儿,才拿出几叠潮湿、沾满尘沙、又发黄的钞票,这些钞票还散发出一股泥土的芬芳,这大概是他刚刚从地下挖出来的,这肯定是他平时给别人理发辛苦积攒下来的。他把这几沓钞票重叠在一起数了一遍又一遍,不错,是三千元,他拿着那三千元钞票往北辰脸前晃晃,北辰伸手接的时候,却没有接到手,他好像不舍得借给北辰似的,然后又仔细数两遍,才交给他。后来这些潮湿又散发着泥土气息的发黄钞票却有一百五十元假钞,假钞非常逼真,淑丽交费时,经验钞机验证,才验出来是假钞,这些假钞肯定是理发店老板借给他的,只有他借给北辰的钱才有一沓五十元绿钞票,何况这一张一百元、一张五十元的钞票不但发黄,还有尘沙。可是还款时,还得按三千元归还,他应该不是故意借给北辰的,

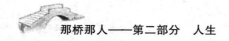

因为这些假钞也在地下埋藏很长久了。

党老虎更义气，二话不说，从家里拿出两千块钱，他说这是打算进货的钱，先让北辰救急，这几天如果去城市进货，他再想其他办法。

而陆金榜却十分狡猾，他说他借贷一笔款，准备做一笔生意，即使生意不做，也得让他救急。但是这笔款月息一分五厘，不管多少利息，先借到手里再说。至于做生意，他再想办法借贷，但是不管怎么说他没有让北辰白跑几趟。

新学期开学在即，淑丽上学费用借齐了，宿舍也租赁下来，宿舍是无偿租到的……这样一来，他们的人生道路发生了彻底扭转，发生了质的变化，质的飞跃，这是一个从量变到质变的过程，他们即将告别祖祖辈辈打交道的黄土地，即将告别面朝黄土背朝天的农村生活，尽管前途难以预测，尽管人生的道路充满荆棘、坎坷，充满艰难险阻，尽管命运多舛，人心难测，尽管因为淑丽上学他们负债累累……可是他们内心的激动可想而知，他们对人生、前途、命运充满憧憬、理想和希冀，他们坚信只要努力奋斗，只要持之以恒，没有战胜不了的困难，没有打不败的敌人。

淑丽上学这天，他们临时决定让昉儿留下来，可是她年龄这么小，即使上学前班也远远不到年龄，能有什么办法呢？即使找到了住处，母亲在大梦村回不来，也不能回来。他们只有把昉儿留下来，只有让孩子上学前班，北辰在家带孩子，这样一来，淑丽一个人去上学，他们只有把找到的房子留待日后使用，而北辰和孩子在家里，小小的昉儿只有跟着爸爸去上学……

2

新学期开学啦，北辰已经有过开学经验，所以学校里的各项工作，他都安排得井井有条。开学第二天，他坐在校长办公室里，昉儿也蹦蹦跳跳地上课去了，这时候，他又想起暑假里的那次旅行……刚放暑假，北辰就参加了全县小学校长培训班，培训班设在劳动技校，培训时间一个月，上课时间三周，剩下一周，为了巩固培训成果，为了做到理论、实践相结合，培训学员要外出考察，考察什么？原来是外出旅游。劳动技校几乎每年暑假都要举办小学校长培训班，重点培训那些还没有参加过培训的小学校长，这一期参加培训的小学校长共计五十一名，正好够一个班。

由劳动技校教师讲授课程，理论上培训三周时间，具体培训内容：一、教育的重要性；二、学校任务；三、我们的培养对象；四、求真与真知；五、什么是理解；六、什么是学习；七、学习方式；八、了解学习原理；九、掌握育人原理；十、了解教育原理；十一、塑造卓越的校园文化；十二、打造优秀的教师队伍。

周新中老师讲：我们的培养对象。他大致讲五个方面内容：一、什么是人；二、人的基本特性；三、孩子是什么；四、学生是主体；五、我们要培养什么样的人。

他是位老教师，大块头，肥头胀脑的，额头下面至粗大的喉结全是黑胡子茬，声音还十分尖厉，他还有两撇浓密的倒立八字眉，小小的三角眼睛，戴一副黑边近视镜，脖颈短粗，大脑袋像是大石块一样重重压在肩膀上，他的鼻音很重，说一句话就要吭一声，有时候，想旁征博引，想联系实际……这个时候他因为胆怯、因为诸多忌惮，而犹豫不决……所以他阐述问题时，所要表达的意思讲不出来，又讲不完整，只有照本宣科……

"我姓周，吭，周恩来的周，吭，也是周树人的周，吭……"他越讲，"吭"的声音越多，有时候，他就一边思考，一边不间断地"吭"，真让人厌烦！

这五个方面的内容，他要讲两天，天啊，两天呢，在燠热的暑假里，真够五十一位学员受的。这两天，学员们忍受着他鼻腔里不时发出吭哧的浓重鼻音，谁也没心思听他讲课，有时候，他的鼻管大概是被鼻塞塞住了，吭几声，结果吭的气流并不顺畅，他只有大打喷嚏，才能疏通被塞住的鼻管，然后，喘几口粗气，揩干净鼻涕才能讲下去……结果除去板书到黑板上的五个题目，谁也不知他到底在讲些什么……周新中老师竟然讲两天课程，也真够难为他的，有时候，有些话语倒是闪烁着真理、真知的成分，很可惜，这些具有真知灼见的话语却像是流星一样一闪而逝……有人说他之前还是什么权威，后来竟然变成这个样子……沦落到这个地步……真叫惋惜。

武大兵讲授：什么是理解。他也从五个方面阐述理解的意义：一、理解力的基础；二、理解的前提条件；三、什么是真正的理解；四、利用事物的同构性；五、背诵符号的危害性。

他是个刚毕业的大学生，专业是教育心理学。他很低矮、粗壮，像是一个又圆又粗的石碾子，站在讲桌前面，只露出一张白白胖胖的国字脸，脸上戴一副黑框眼镜，他的眼光灼灼，却飘忽不定，讲课夸夸其谈，却文不对题，因为他讲的是大学课堂上的东西，大概是个老教授传授的知识，有时候老教授的高深教育学理论，却不适合在小学校长培训课堂讲授，所以他生搬硬套的那些高深知识并不适合学员口味，并不切合实际，他仿佛是在卖弄学问，其实他这些照抄照搬的老教授讲义，他也未必懂，因为没有实践支撑，只是空洞说教，所谓理论家的片面之词，只是些虚妄的奇谈怪论，理论只有通过实践，才有生命力，才是真正的理论，否则都是卖弄，都是骗人的东西，都是骗人的鬼把戏，都是跳梁小丑耍的阴谋诡计……事实就是这么残酷，一切空洞理论，一切虚无的探索都是空中楼阁，都会被历史否决，都会被扔进历史的垃圾堆。理论是行动的矮子，实践才是行动的巨人，理论只有通过实践，才能做到知行合一。何况校长们并不是来听他讲授高深理论的，并不是来听劳动技校的老师卖弄学问的。其实劳动技校举办小学校长培训班，在这短短的两周培训时间里，如果想让学员学到许多高深的教育理论，根本是不可能的，他们倒不如一方面给学员讲解一些基本的教育知识,教育原理;另一方面,也是最重要的一面,他们倒不如请来省市,甚至全国知名校长现身说法,来讲他们在学校管理中的宝贵经验,让他们来传经送宝,讲他们之所以能够成为知名校长的经历和奋斗历程……这样既能在学校管理中给校长们提供帮助和有益参考,还能激励和引领他们去摸索教育规律,去探索教育原理、教育理想……谁也不知道,为什么年年校长培训,竟然都流于形式,不但浪费学员时间,更是浪费国家资源。

于冰洋老师的脸型是个不规则的菱形脸,颧骨很宽大,眼睛的距离却很近……他讲如何掌握育人原理。于老师的课讲得慢条斯理,他讲过一句话,如果再想听另一句话,就得等上大半天,学员真不知道于老师什么时候能够讲出下句话,他是故意卖弄关子,还是知识极度匮乏? 也可能都不是,这大概是职业病吧? 也可能他认为这样讲,学员会认为他稳重、包容、斯文吧!

总之,培训结束啦,所谓的培训课堂,学生根本到不齐,学员都在逃课,有时干脆上不成课,这样的培训简直是浪费生命。总之,连上报名时间,上课时间,还有学员自主交流时间,所有时间加在一起不足三周时间,学员培训费不少交,却大失所望。

在全县第六期小学校长培训班的散学典礼大会上,劳动技校校长朱生辉总结发言,朱校长是位瘦高个子,光头,脸上也没有眉毛、胡子,也没有眼睫毛,而且头脸非常光洁、明亮,在太阳光的强烈照射下简直是熠熠生辉,他讲得豪情万丈,一会儿就大汗淋漓,他不断用毛巾揩光头上、脸上的汗珠……朱校长的脸庞狭长,鼻梁高耸,眼睛阴郁、呆滞。他似乎激情洋溢地讲道:一位好校长就是一所好学校……我校六名教师……进行授课……对全县五十一名小学校长进行为期……培训,培训的意义……培训期间,学员遵守纪律,认真听讲……教师尽职尽责……

有人说朱校长的妻子是他的学生,她从前是县宣传部长,后来调任淮河市信访局局长,现在是省信访局副局长,他们已经离婚了,而朱校长十分有骨气,许多年来,仍然孤身一人,不婚不娶,他大概仍然在等待,可是他的学生已经结过婚啦……那么他在等待谁呢? 他在等待什么呢? 三十年以后,朱校长接近八十岁,他脑血栓,落下后遗症,瘫痪在床,有人说学生已经孤身一人,她又回到老师身边,整天护理老师安享晚年……朱校长的讲话终于结束了,然后学员放假两天,学校要求全体学员于第二天下午四点三十分在劳动技校院内集合待命。

第二天下午,培训班学员陆续返校,就在当天下午四点,劳动技校院内开进两辆大巴,虽说学校要求四点三十分准时发车,由于种种原因,还是晚半个小时发车。这时候,正是下午五点钟光景,两辆大巴汽笛长鸣,培训学员、授课教师还有劳动技校的郑副校长一共是五十八人的考察队伍浩浩荡荡地出发了,晚餐要在车上就餐,所以每辆汽车上都装有瓶装水,方便面和火腿肠。但是汽车跑不远就必须停下来,因为武大兵患有急性痢疾。他必须不停地大便,每一次停车,他都要求大巴司机把车停在玉米地附近，因为玉米地便于隐蔽，然后，一俟大巴停稳，他就匆忙奔向玉米地，出恭之后，他就能体体面面地回到汽车上。这一次，他实在是憋不住，只有强烈请求大巴司机在一大片花生地旁边停下来，他慌不择路地去到花生地，却像是一只兔子那样躲藏起来，出恭完毕，当他像只野牛那样弓起身子，提起裤子，这才有辱斯文呢。大巴上所有人都在焦急等待，司机、教师和学生都在嘲笑、奚落他，有的学员开始说一些杂七杂八的风凉话，有的学员甚至不干不净地谩骂……这些谩骂的话语可能会随着临近黄昏的微风吹至武老师的耳际，他会听得一清二楚，因为当他尴尬返回车上的时候，不但相当羞愧，还半是解嘲、半是抗议地说道："妈那×啊，这肚子真不争气……"他这句骂人话，车上的人都能听见，但是没有一个人不在心里诅咒他。

考察的第一站是南京明孝陵和孙中山陵墓，第二站是苏州园林，第三站是杭州西湖，第四站是上海标志性建筑东方明珠，最后一站登黄山。

这时候，黄昏像位惯偷，轻轻地潜入大巴车厢里，有些学员已经有些睡意了。

"开饭了，水一人一瓶，火腿肠、方便面随便吃。"于冰洋老师说这句话倒挺流利的，他大概是因为饥饿了吧。

于冰洋老师这样一说，大家都兴奋起来，许多人都是第一次吃火腿肠、方便面，第一次喝瓶装水，大部分人还不知道怎样吃火腿肠、方便面，怎样喝矿泉水呢！这时个别教师已经绅士地拧开瓶盖，动作优雅地喝起所谓的矿泉水来，有一位土里土气的小学校长，大家都叫他老校长，因为培训期间他是培训班班长，在这一期培训班中，他的年龄最大，大概有五十五六岁，即将退休了，却刚刚当上小学校长，他高大魁梧的身躯近乎臃肿，因为驼背，所以他行动起来非常笨拙，仿佛肩膀上有千斤重担一样，他的肚子凸鼓得像是即将临产的孕妇，如果不是经常戴一副近视眼镜，谁也看不出他像一位教师，更不用说还是小学校长，即使他戴上近视眼镜，如果他走在大街上，而不是在校长培训课堂上，谁也不会说他不像一位农民，甚至比农民更像农民。因为他的皮肤又黑又粗糙，宽大的下巴上灰白色的胡须浓密又肮脏，短短的发白头发，额头又那么低，眼睛时常低垂着像是在接受批评教育的小学生。他认真、负责，甚至善良、友好的有些愚昧，他给大家分发水和食品，臃肿的身躯老是站不稳，不是歪向这边，就是倒向那边，没有人帮助他，北辰想帮帮他，他笑笑用左手拍拍北辰，示意北辰坐下来，他把食品和水从车头分发至车尾，一路行走，跌跌撞撞的，这像是他的分内事情，实在让人可笑、可怜，又让人敬佩。大巴车一直在行驶，暮色窥视着车厢里的每一位旅客，公路两旁高大的杨树像是幢幢鬼影急速地向车厢后面疾驶，车厢内橘黄色的灯光亮起来，大巴车像是疯癫的白色骏马，经过几个小时的疯狂奔驰，已经非常疲乏，它再没有之前奔放的激情，开始放缓脚步，傍晚时光也是那么疲惫和衰老，车窗外面伸手不见五指……老班长终于坐下来，他也开始吃喝起来，只是不停地喘着粗息，因为喝水太猛，或是吃得太多、太急，他像是被食物噎得够呛，又被水呛着，于是他大声咳嗽起来，然后大打喷嚏。他终于喝足水，打了几声饱嗝，才算安稳下来……车厢里车灯暗下来，死气沉沉的暮色很快遮盖住车厢里人们的眼睛，学员不时打起鼾声，有几个说悄悄话的年轻校长，也不知道什么时候被梦乡领走了。

大巴车一直在疾驶，但是大巴车像是迷途的羔羊，谁也不知道要驶向何方。这时候，司机把大巴车停下来，车上醒来的人下车放松一下，他们一起辨别方向，汽车不得不折回去，还得原路返回，大约跑错二百公里，这样他们打算天亮前赶到南京的计划泡汤了，司机在之后的行程中，也倍加小心、谨慎。北辰坐的是后面这辆大巴车，车上有两名司机，一位司机四十五六岁，他很精明、仁爱，像是一位老学究，另一位是位肥胖的青年人，他可能是老司机的徒弟，青年司机很尊重他，也很敬畏他。因为大巴车错走了道路，有些人惊醒过来，有人开始说笑，这些人又兴奋起来，不过，他们为了不打扰旁人，尽量把声音压低。

"我们经过的城市叫什么名字？"唐翰林突然问北辰道。

"蚌埠（bangbu）。"北辰脱口而出。

"不对，叫蚌埠（bengbo）。"唐翰林的声音很响亮。

车上有人惊愕地转过头来，他们迷迷瞪瞪的样子，像是刚刚从噩梦惊醒过来。唐翰林和北辰各执一词，北辰一直说叫蚌埠（bangbu），而唐翰林一直称作蚌埠（bengbo）。这件事情过去许久，北辰查一下字典才知道应该读作蚌埠（bengbu）。蚌是两个音，bang 软体动物，用鳃呼吸，有两扇……beng 蚌埠，位于安徽省北部……而蚌埠（bengbo）的读法应该是约定俗成或者口语相传的结果。

处处留心皆学问，三人行必有我师焉，其实字典是最渊博的老师，学问需要日积月累，厚积薄发。唐翰林号称小诸葛，他不但有一定的文学积淀，还有一肚子的鬼点子，北辰平时很尊重他，但是小诸葛也有他的思维定式。有时候他把个人的利益看得很重，有时候也很重情义……

他们来到明孝陵的时候已经是第二天上午十点钟。

"明孝陵位于南京市玄武区紫金山南麓独龙阜玩珠峰下，东毗中山陵，南邻梅花山，位于钟山风景名胜区内，是明太祖朱元璋与皇后的合葬陵墓。因皇后马氏谥号'孝慈高皇后'，又因奉行孝治天下，故名'孝陵'。其占地面积一百七十余万平方米，是中国历史上规模最大的帝王陵寝之一。明孝陵始建于明洪武十四年（1381年），至明永乐三年（1405年）建成，先后调用军工十万，历时长达二十五年……故而有'明清皇家第一陵'的美誉……"导游是刚毕业的女大学生，她语音纯正地继续讲道，大明太祖高皇帝朱元璋（生于 1328 年 10 月 29 日，卒于 1398 年 6 月 24 日），濠州钟离（今安徽凤阳）人，汉族，字郭瑞，初名重八，后取名兴宗，参加郭子兴军改名为朱元璋。明朝开国皇帝，年号洪武……朱元璋小时候父母双亡，他做过乞丐，也当过和尚，二十五岁参加郭子兴领导的红巾军起义……后来平定天下，结束

410

了元朝在全国的统治,在应天府称帝……

朱元璋在位期间各个方面都进行了改革,政治上……军事上……经济上……文化上……史称洪武之治。

洪武三十一年(1398 年),朱元璋病逝,享年七十岁,庙号太祖,谥号开天行道肇纪立极大圣至神人文义武俊德成功高皇帝,葬明孝陵。

明孝陵经历六百多年沧桑……文武方门是孝陵正门……碑殿原为孝陵享殿前的中门,即孝陵门……清朝康熙皇帝御题"治隆唐宋"四个镏金大字,意思是……

孝陵神道分为两段:第一段为……这是第二段神道……然后是享殿,接着是阴阳门,最后是明孝陵的核心处——方城……导游讲解到方城时,培训学员已经寥寥无几……

北辰感慨万千……想当年这个叫朱重八的穷苦孩子,父母双亡,沿街乞讨,削发为僧,始为僧,继为王……当北辰恍惚迷离之际,他们又向中山陵涌去……

下午有一段自由活动时间,晚上在南京市住宿。大部分学员游历大半天之后精神极度疲乏,不乐意再去逛街,于是他们就躲在宾馆里休息。他们出来的时候,汽车上携带许多方便面、火腿肠,还有矿泉水,可是傍晚时分,方便面、火腿肠还有不少,矿泉水却没有了,晚上学员们吃过方便面、火腿肠,却喝不到水,又不敢喝凉水,唯恐步武老师后尘,又都舍不得买水喝,所以他们都在洋腔怪调地找水喝……

"快,快,水来啦,来水啦……热水……"有一个学员端来一大洗脸盆热水,他一边跑,一边喊,滚烫的瓷盆烧得他尖叫不已,"哎……吆……"

学员们纷纷从各自的房间蜂拥而出,他们也顾不得是不是净盆,就用空矿泉水瓶灌热水,但是空矿泉水瓶是塑料瓶,遇到热水便萎缩,热水从萎缩的矿泉水瓶里满溢出来,烫伤了他们的手指、手背,已经有学员把水瓶扔掉了,可是有几个学员却怎么也舍不得把水瓶扔掉,毕竟矿泉水瓶里还剩余一些热水,于是这些率先抢到热水的学员跳起脚来,不停地哀嚎道:"哎呀,哎呀,疼死我啦,烧死我啦……"

其他学员有了经验,他们并不急于用矿泉水瓶灌热水,而是要等到洗脸盆里的热水冷却下来,才开始往矿泉水瓶里灌装……这时又有学员端来一盆热水……热水终于冷却下来……终于能够喝到水啦,口渴的感觉终于得到缓解……因为劳动技校不再提供矿泉水,学员舍不得买水喝,他们又不敢喝凉水,所以他们不得不到处搜寻热水,以备不时之需。培训学员刚刚出来的时候,开始大家以为既能出来游玩,又有方便面、火腿肠,学员们高兴得眉飞色舞,还有几个学员高兴得手舞足蹈,谁吃过这些美食,甚至是第一次听说世界上还有火腿肠、方便面,还有更加稀奇古怪的矿泉水,什么水能卖到一元一瓶,原来是矿泉水啊!但是即使是什么矿泉水,也不能卖这么贵。不卖这么贵,还叫矿泉水吗?何况还是塑料瓶装,郑副校长说矿泉水还有几元一瓶的呢,真是大千世界无奇不有,这一次外出旅游,这些农村出来的小学校长可是大开眼界啦!所以他们不顾一切地大吃大喝,一根火腿肠不够,就吃两根，两根不够就吃三根，有的学员甚至能吃十几根，一包方便面不够，就吃两包，两包不够就吃三包，有的学员甚至吃五六包，没有办法吃泡面，就干吃，但是火腿肠和方便面这些食物，并不适合天天吃，顿顿吃，何况现在又没有矿泉水，他们吃过方便面、火腿肠以后，实在不好受，因为不好受，不消化，他们又不舍得自己买水喝，所以有些忍受不住炎热、口渴的学员就去自来水管那儿像是骡马一样猛喝一阵凉水，有些肠胃不好的学员已经开始拉肚子，肠胃病严重的学员还伴随着头晕、恶心，甚至呕吐，个别学员已经不能去旅游了，他们因为身体虚脱，干脆不下车，有的去到厕所拉屎，很长时间走不出厕所，有的学员由于痢疾，又急着出恭，却在不停地奔跑，不停地寻找洗手间，为此旅游团队的领队们不断等人，不断寻找人，唯恐哪位学员不慎走失……大暑天出来旅游，真够受罪的，天气炎热，每天气温都在37℃～38℃，有些天，天气温度甚至超过40℃，他们在高温下出行，本来应该补充大量淡水，可是自从矿泉水断供之后，学校领导又拒绝再次采购矿泉水，培训学员把每一分钱看得比金豆还金贵，何况他们用矿泉水瓶灌注一瓶热开水根本无济于事，没有办法，在形势逼迫之下，他们不得不自己买矿泉水喝，花自己的钱买水，实在心疼，交费的时候，校方保证说包括食宿，既然包括食宿，为什么不包括饮用水呢？真是荒谬！何况他们交给学校那么多费用，学校竟然不舍得买几瓶矿泉水！学校教师却有充足的瓶装水喝，他们可以随时买水喝，谁也不好意思询问，即使询问，他们也会说是自费买的矿泉水，谁会相信这样的鬼话……

　　他们到达苏州之后，学员们推举老班长和校方交涉，每天吃方便面、火腿肠可以，但是学员必须有水喝，否则必须讨个说法，经过严正交涉，校方随行人员反复商议，他们还是做不了主，还要给朱校长电话汇报，所以郑副校长不断寻找电话亭，等寻找到电话亭，他就一直躲在电话亭里打电话，经过汇报、请示，大概已经得到朱校长许可……他们还是重新采购了一批廉价矿泉水，这些矿泉水的质量大不如前，这些矿泉水瓶子很大，水量倒是很足，只是喝起来有股污水味道，但是校方毕竟解决了学员喝水问题，这在很大程度上缓解了培训学员和校方之间的矛盾，在苏州他们游览了拙政园和博物馆，在杭州他们游览了西湖，他们漫步西子湖畔，漫步白堤、苏堤……但是最让人们念念不忘的还是雷峰塔，这座曾经被讽喻为封建专制制度的象征：现在雷峰塔居然倒掉了，则普天之下的人民欣喜为何如？雷峰塔倒掉了，但是人们还是要重建雷峰塔……这就赋予雷峰塔新时代的意义，接着，他们游历了灵隐寺，然后来到大都市上海，他们参观了东方明珠。最后一站游历黄山，刚刚登山的时候，已经有人声明不再登山，他们就坐在山脚下休息，可是北辰和一些喜爱登山的学员已经出发了。有的学员买了登山鞋，还携带了许多食品、矿泉水，但是北辰就拿了一瓶矿泉水，刚开始登山，他只在队伍中间，不久，他就成为领头雁，他们路过迎客松，然后继续向山上攀登，这时候，北辰站在山岩之上，极目眺望，黄山千岩万壑，怪石嶙峋，黄山峰海，乱石林立，无处不松，无松不奇……很快他就身处雾山云海之中,这时候,学员已经很少了,他也是气喘吁吁,手脚酸麻,在一个盘山道路拐弯处,他攀爬一个石阶,但是这个石阶太陡峭,匆忙之间,他身子一斜,整个身体似乎就要飞向云海,可是他急忙稳住身形,抓牢岩石,这才转危为安,其实他早已吓得魂飞天外,早已惊出一身冷汗,人生就在这瞬息之间,仿佛生死两个世界,真是生死两茫茫,但是冥冥之中像是有神灵在护佑他,使他免遭灭顶之灾。他在心灵深处默默祈祷:感恩上苍,感恩神灵……这时,他向下一望,远远天际,像是大海茫茫,云海滔滔,云海之上碧波万顷,而他像是漂浮于云海之上的一叶扁舟,他顿时感觉自身那么渺小、孤单,刚刚,如果他稍稍松懈,就会扑向云海,这时,心灵又是一阵悸动,生命何其宝贵。但是为了登上峰顶,必须置生死于度外,有事业则无我,有我则无事业……为了事业,必须达到忘我境界,达到物我两忘的境界,他要勇攀人生巅峰!

黄山有两座主峰,一座是天都峰1810米,另一座是莲花峰1864.8米,要登就登莲花峰,今天他就是为攀登莲花峰而来的,他又继续前行了,这个时候只有刘长生校长一个人紧紧追随着他……

胜利了,他们终于登上了莲花峰,他和刘校长登上了莲花峰。于是他吟道:莲峰秀拔迥称尊,凡欲高呼达帝阍。举目江山如带砺,低头峦蚰似儿孙。风生绝巘应回雁,日落悬岩不度猿。翠影岚光千万状,我虽能到未能言。

上山容易下山难。但是下山的地方,他还是小心翼翼,他知道如果稍有不慎,后果不堪设想。结果下山时间还是比上山时间快了许多。

所有人都在等待北辰和刘校长,有些学员已经在抱怨了,因为他们等待太久啦,但是北辰还是感觉到非常骄傲、自豪。他们终于返航了,像是经历千辛万苦,经历惊涛骇浪之后,他们终于回到梦寐以求的故乡。在刚刚过去的航程中,他们和波涛汹涌的大海,强烈的山风所做的殊死决斗,犹自历历在目,触目惊心……经过那么多天的游历,虽然历经千辛万苦,甚至出生入死,却在所不惜。胜利属于坚强不息、孜孜以求的探索者。但是这些探索者还是忍受了巨大伤痛,这两艘归航的帆船也像是经过多次英勇战斗之后,早已千疮百孔,弹痕累累……但是他们终于返航啦。

即将到达家乡时候,他们遭遇到许多大货车,这些巨大货车拉的都是煤炭,车主不是加长车厢,就是加高车厢,而车厢里的煤炭比加高的车厢更高,司机恃车多人众,非常蛮横,因为是黑夜,又欺负他们是客车,说什么也不给他们让路,但是所有培训学员被司机喊叫起来,他们下车之后,让拉炭车司机望而生畏,他们不得不让道。

暑假结束了,淑丽要去上学,昉儿在家跟着北辰,开始北辰打算让昉儿白天在外祖母家里,晚上再领她回家休息,但是等到新学期开学,北辰还是让昉儿去学前班上学了。

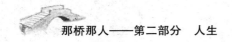

　　在学前班，昉儿非常听老师的话，她坐得端端正正，又用心听讲……这让北辰很放心，他也能腾出手来，处理学校事务。

　　北辰正在想象假期旅行，这个时候下课铃响了，而昉儿慌慌张张地跑到校长室叫喊道："爸爸，爸爸呀，我要尿裤子了，今天我可是穿的缝裆裤啊。"原来昉儿在家穿的是开裆裤，现在穿的却是缝裆裤，情急之下，却脱不下裤子，所以他只有来到校长室找爸爸求援。

　　"有人吗？没有人，我就进去啦。"北辰领着孩子急切地来到厕所门口，这时，他大声喊叫道，确认女教师厕所里面确实没有人，他们父女俩才走进去，他教给昉儿如何才能把缝裆裤子解下来，昉儿遵照爸爸所教终于把裤子解下来，她终于学会如何解开缝裆裤啦。

　　"爸爸，您在说什么呢？"昉儿长大之后，爸爸偶尔说起这尴尬一幕，她恼怒地说。开学时间并不长，北辰还是想把母亲接回县城居住，一是母亲不用再遭遇颠沛流离之苦，二是全家也能时常团圆，三是他们已经找到居住的地方，尽管这个地方居住条件简陋，再说县城距离家乡也很遥远，不会发生什么意外。所以北辰还是把妈妈从大梦村接回县城，他们就居住在那个破烂的旧棚子里，星期六和星期日，北辰就去县城看望她们，母子终于聚首，一家人尽管龟缩在这样一个条件简陋的地方，可是还是感到非常满足，他们毕竟能够时常居住在一起，尽享天伦之乐。刚开始，婧儿对北辰、淑丽，还有姐姐是那么陌生，她尤其排斥姐姐，所以她时常和姐姐争抢衣食，时常和姐姐打闹，最后姐姐总是谦让妹妹，时间长久，她们还是彼此接纳了对方……可是美好日子并不长久，这些美好的日子像是昙花一现，瞬间又化为乌有，很快母亲和婧儿又不得不离开这个地方，这个让家人聚首，让家人其乐融融的地方，她们离开这个地方之后，婧儿也从此离开了父母怀抱，直至骨肉分离。

　　有一个星期日，北辰没有时间去县城看望她们，而淑丽却回家来看望昉儿和北辰，妈妈和婧儿留在那个破旧的棚子里。母亲半夜听见响动，突然从睡梦中惊醒过来，黑夜中妈妈看见一个陌生男子正向她蹑手蹑脚走来。

　　"你是谁？我是一个七八十岁的老婆子，你想干什么？"母亲大声吼叫道。可是不管母亲怎么叫喊，那个男的只管向她逼近。

　　"这儿就剩我一个死老婆子啦……"母亲惊慌起来，她声嘶力竭地尖叫道，"站住，抓贼啊……"

　　"那个贼意识到了什么，他拉开那扇旧木板门逃走啦，但是他逃跑的不慌不忙，他像是在寻找谁，他会寻找谁呢？那个贼不像是个贼……那么他想干什么呢？不管他想干什么，我一个快要死去的臭老婆子怕什么？怕就怕如果我不在那儿，如果淑丽住在那儿就麻烦了……"等到北辰和昉儿再去看望母亲时，妈妈不无忧虑地说。

　　他们得重新寻找地方，那个人可能不是贼，或是之前房主人的相好，或是图谋不轨的淫贼……

淑丽说她见过这个破旧棚屋的女主人，据说之前她是县戏剧团演员，这几年因为电视兴起，剧团效益不好，剧团垮啦，她转身变成为县直小学教师，有人说她就是一位官员情妇。她细高个子……只是匆匆忙忙来过一次，要拿她遗忘的一件什么东西，还是在黄昏时候来的，只是匆匆一面，并没有多说话。

这一天阴雨绵绵，雨水像是水蛇那样纠缠着人们，淅淅沥沥的阴雨一直下个不停，天气已是深秋，可是阴雨似乎越来越大，破旧的屋子，根本遮挡不住雨水，他们只好买来一块塑料布把被褥盖住，晚上一家人躲在塑料布下面休息，而雨水敲打棚屋的声音，还有雨水敲打塑料布的声音混合在一起，让他们难以入眠，但是他们一家人，能够挤在一起，也是莫大的幸福。阴雨终于停止了，但是棚屋里面依然叮当乱响，因为高楼上的雨水还在继续向下流淌，哗哗的雨水从那么高的楼顶上，不断砸向棚屋，在这夜深人静之时，听起来，让人毛骨悚然……

连绵阴雨终于停止了，可是后半夜又刮起了大风，大风钻进两幢大楼空隙，这个窄狭的胡同本来就是风道，大风像是集中所有愤怒，向风道里偷袭，破旧棚屋被肆虐的狂风掀起来，老棚屋简直像是燕子那样振翅欲飞，可是老天像是眷念处于厄运之中的一家人，有时候让人感觉到老屋棚在风暴的打击之下，仿佛飞走很长时间，等到风暴停止，最后不得不又折返回来，可是这一次风暴比上一次更加猛烈……母亲和淑丽搂抱着孩子，仿佛怕猖獗的风暴把孩子抢走似的。

有几次母亲开始喊叫了："上天呢？可怜我们这些苦命的人吧……"

淑丽哭喊道："娘啊，娘啊，这样的日子什么时候……才是尽头……"

孩子在奶奶和母亲的怀抱里不停地哇哇大叫，北辰劝慰他们说："没事的，风马上就过去了，有爸爸在，不怕，乖，不怕……"

风力终于停止下来，他们不知什么时候才模模糊糊进入梦乡。但是这一周，他们还是没有找到房子，而北辰叮嘱淑丽和妈妈，夜晚她们两个不要分开，待在一起总是安全的。

星期一这天，北辰听到消息说高山镇新华书店的华经理突然死亡了，他是因为饮酒过度才猝死的，如果在以往书店早就和各个学校结账了，不知因为什么，这学期书店一直没有同各个学校结算账目，余款直到现在也没让补交，不久就传来华经理的死讯，现在华经理突然死亡，让人觉得惋惜之余，又哀叹上天不公。如果想让各个学校把所欠余款结清，更会遥遥无期，因为迎接国家两基验收，各个学校都欠下不同程度的外债，尽管是村办小学，可是学校小学校长不可能什么事情都让村委出钱，有时候，即使村委把学校的事情办好，可是欠下的债务，村委还要转嫁到学校身上，学校不得不想法偿清，何况有时候，村委根本没钱修缮，而验收在即，职责攸关，校长不得不垫资，不得不举债修缮，不得不举债购置，所以各个学校所欠书款，都是几经周折，才追缴完毕。现在华经理突然撒手人寰，学校所欠书款，一时无人

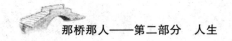

催逼,中小学校长之中不乏暗自庆幸之辈,可是北辰对华经理之死却倍感惋惜。

华经理非常瘦弱,却文质彬彬的,他为人讲信用,守诺言。他同各个学校校长相处甚好,根本不会因为所欠书款之事闹不愉快,他为学校着想,学校校长也会想尽一切办法补上欠款,这是一位慈善书商,却不幸早逝,天亡善才,信乎? 天欲其亡,谁还会有什么更好的办法呢?

他的爱人是一位贤淑、姣好的女性,他们刚生下一个小男孩……华经理才二十五岁,平时总爱贪杯,这一次也是因为贪杯暴死的。

新书店经理迟迟没有任命,欠款也没有人催缴,下学期学生用书早该征订,却无人问津,万一耽误下学期学生用书怎么办? 校长们不禁担忧起来……

终于盼来了书店经理,新任命的书店经理叫何秋生,他年纪并不很大,却老气横秋的,驼背,小平头,低低的额头下面有一双狠毒的斗鸡眼,他对人的态度很是漠然、蛮横。之前的业务,他不管不问,既不负责结算,也不负责催缴欠款,可是学校预定下学期课本,他却要预收书款。之前,华经理是先拉书后结账,如果那个学校欠有尾款,学校里一俟经济宽裕,就会立即补齐欠款。虽说近年来,各个学校经济紧张,但是书店和学校之间,即使稍有不快,也还过得去。可是何经理首先要求各个学校预缴书款,不缴纳书款,则不予征订新书,由此一来,书店和学校之间顷刻对立起来,学校宁愿不预定课本,也不预缴书款,迎接国检,学校哪儿会有这项资金预定下学期课本呢? 最后不得不由上级领导协商,达成协议如下:下学期,开学之初,学校拉书前把书款缴齐,然后才能拉书。这也比预定课本之前预缴书款强得多啊!

好像又经过很长时间,大概是学期即将结束的时候,华经理的爱人把丈夫埋葬过后,又把哀痛和对丈夫的思念隐藏起来,她才和老父亲一起到各个学校结账,把余款收回时,很少有学校不主动缴款的……

说来话长,租到了新房子,他把母亲和婧儿安顿好,因为本身就没有什么可以搬运的,他们之前居住的破烂棚子也完璧归赵了。

新租的房子是一排平房的耳房,这个房间挺大的,这间耳房临着一条小路,主人家院子虽大,却没有院墙,往来行人对院子里的情况一览无余,淑丽去上课,而母亲就领着孩子在院子里玩耍,房主说这儿很安全,不用担心发生其他事情。房主这样说,北辰也就放心了,其实北辰并没有见过房子主人,有些话是从母亲和淑丽那儿听到的,每逢星期天,北辰去看望她们的时候,主人房子里进进出出许多人,他不知道哪个是房东,淑丽说他也没有必要去拜访房东,租赁房子给他们租金,并不亏欠什么,所以也没有必要拜访他,因此北辰和房东并不熟知。

居住至第二个礼拜,北辰领着昉儿又一次看望她们的时候,淑丽说她碰见毕传芬的儿子了,他就居住在这条小路的尽头,每天出出进进都能碰见他。

"挪走,还是不挪走,北辰?"淑丽说道,然后她分析道,"毕老师的儿子史豪,已经发现我们住在这儿,他会检举揭发我们的。"

"不至于吧,淑丽……没有这样狠毒的人,马在难处不加鞭,人在难处不添言……史豪不至于……把事情做绝吧?"北辰也是不无担忧地说。

"肯定会,这些人狼心狗肺……即使史豪不会,毕传芬也会。"淑丽肯定地说。

"再等等吧,淑丽,有什么风吹草动,我们再搬走不迟,找个新地方不容易……"北辰还是犹豫不决地说。

"你不要出门,免得碰见他……"淑丽叮嘱他道。

"没那么严重……"北辰有些不在意地说。

虽然如此说,北辰还是躲在屋子里,一整天都没有露面。可是下一个星期三上午,淑丽突然乘车回到家里,她哭丧着脸说:"他还是把我们告发啦……"

刚刚说完,淑丽就哭泣起来:"我们必须抓紧时间协调有关部门……不然……会……"

"有人去调查吗?"北辰疑惑地说。

"去过两位女干部,她们是大河县计生委的,让咱去说清楚问题……"淑丽又哽咽道。

他们已经开始下手了,现在史新章给儿子在县城买了房子,又在西大街租了几间门面房,史豪开了家小饭馆,生意还十分红火。史豪是个小白脸,一副奸猾相,他做事够狠的,小小年纪不比父母逊色。

北辰又找到翟小民,他又让北辰找到康主任……她的表情非常冷漠,也没有给北辰许诺什么,而他们很快离开了她的家里,翟小民也没有给北辰什么承诺,他和北辰分手时,也很冷淡。北辰一个人站在他们分手的地方,他顿时感到在这个冰冷的世界上,他是那么孤单和无助,北辰觉得有一种被欺骗的感觉,谁会欺骗他呢?不清楚,但是唯一清楚的是他曾经被欺骗过,被欺骗了什么呢? 还是感觉不到被欺骗了什么? 可是毕竟世界欺骗了他,可是世界又像是并没有欺骗他……但是他还是感到茫然,一种虚无缥缈的感觉,他真的好孤独,面对人生真的想痛哭一场……忍着不让眼泪流下来,可是眼泪还是一个劲地往外流……将来有一日,如果……可是现在必须挺过去,不错,他有事业,尽管事业非常遥远,可是他坚信他的事业会成功的……一定会的,为了……一定会的……他会坚强起来!

但是他们必须连夜搬走,搬到哪儿去呢? 只有搬到蜜桃家住下来。

二伯的大女儿叫蜜桃,蜜桃在县农行工作。蜜桃姐姐的脸不大,却长个大鼻子,这个大鼻子像个大胡萝卜一样蠢笨,她对于稍远一点的娘家人几乎没有半点亲情,如果北辰在县直大街上碰见她,她就会装作不认识,甚至连头也不抬一下,然后就会扬长而去。她们只在她家居住一个晚上,到第二天晚上,母亲和淑丽就不得不搬走,她逼迫她们离开了她家。

幸亏淑丽在邻近农贸市场附近租到半间小房子,这半间小房子就在一个农家院子的西南角,房间里只能放下一张小床,这张小床只容得下她们居住,北辰根本住不进去。这半间房子之前是房东家的小厨房,现在他们把厨房搬迁至另一间宽敞的房子里,小厨房租金每月三十元,这半间厨房是用水泥瓦搭建的小棚屋,房东家的院子很宽敞,院墙也很坚固,她们总算又租到了居住的地方,淑丽和母亲就在小棚屋外面露天做饭。

房东年龄并不大,男主人是个香油贩子,他并不磨香油,家里连一粒芝麻都没有,也没有磨坊,白天出售的香油都是夜半时分生产的,淑丽偷偷对北辰说他们家出售的香油是房东在夜深人静时分偷偷勾兑出来的假香油,但是他家的香油价格优惠,采购香油的人络绎不绝,据说来采购香油的人都是大饭店老板,房东已经发大财了……女主人不能听见丈夫说话,他只要高声说话,她就会吓得哆嗦一下。

丈夫的个子并不高,身体却很强悍,面目狰狞,妻子大概是被他打怕了吧,或是被他吓破了胆。妻子的个子挺高,就是瘦弱,仿佛一阵风就能把她吹走似的,但是她很能干活,往往是从天亮忙到天黑,一刻也不舍得停止,她像是一台不停转动的磨香油机器。

他们家的两个孩子都很乖,父母放任他们到处乱跑,但是他们并不跑向市场,大的是个女孩子,大致有四五岁,小的是个男孩子,姐姐非常疼爱弟弟,而弟弟却很顽皮,不是欺负姐姐,就是告姐姐的黑状,可是父母并不真的袒护男孩子,男孩子向父母告过黑状,父母并不当真,而男孩子也没有其他办法,然后他又去和姐姐玩耍了。无论世界上发生了什么事情,两个孩子也不会耽误父母做生意。父母只知道做生意,只知道赚钱,但是两个孩子并不清楚父母生产假香油骗人,他们还是玩累啦,等玩累了之后,说不定什么时候,只要天空不打雷下雨,他们就会突然躺倒地上,然后安然睡熟过去,这个时候父母就会把他们抱回家去……

淑丽和母亲租赁的房间虽然很小,但是这样就够了,这样她们有了一个安身立命的地方。

有一天北辰刚刚来到县城,正在匆匆忙忙地赶路,他想尽快赶往淑丽居住的地方,突然,他一抬头恰巧碰见张学会和仇俊平在烟酒店里叽叽咕咕地说笑话,但是张会学一看见北辰,却一句话不说,也不和北辰打一下招呼,就赶快离开了烟酒店。

"北辰,弟妹在县上上学,不很安全吧?"仇俊平看见北辰走过来,他压低声音对他说道。

"听到什么风声了?"北辰胆怯地问道。

"赶紧离开了吧,张会学听说……"他神秘地说。

北辰就害怕听到这样的话语,一听见这样的话语,他就会一时语塞,就会惊悸不已,战战兢兢,灵魂就会一点点往下沉,往下沉……不得已,他还是把母亲和婧儿送回了大梦村,而淑丽又一次回到学校大寝室居住。这一次星期天淑丽又回家了,这次揭发北辰超生的事情竟然不了了之……

"北辰,我在大寝室听到一件事情,你想不想听?"这一次星期天,淑丽回到家里,她像是听到了什么。

"什么事情呢?"他非常好奇地追问道。

"是关于筱薇的……"她躲躲闪闪地说道。

"你说吧……"他好奇地说。

"筱薇被人强奸过……"淑丽像是赢得了一场胜利似的,这个时候,她骄傲得像个公主。

"谁说的?"北辰故作惊讶地说。

"是她之前的学生说的。"她有些卖弄地说。

"哦……"他什么也没有说,他并不想提起这些往事,何况这些事大都以讹传讹,可信的并不多。

"后来她的丈夫大概是听说这件事了吧……"她并没有看出他的痛苦。"怎么样?"他的心灵在抽搐。

"筱薇的丈夫有外遇了。"淑丽得意地说。

"后来呢?"他假装什么都不知道地说。

"离婚了……"她听到的,像是还不止这些。

"现在呢?"他继续问她道。

"筱薇一直在告丈夫……他们又复婚了。"这像是淑丽所说的问题关键。"这都是谁说的……"北辰惊奇地说。

"一个是筱薇在老家教过的女生,另一个是筱薇外出上访告状期间,替她代课的老师……"淑丽像是满足了所有虚荣心似的说道。

"竟这么巧……"他故意地说。

"就这么巧……"她自鸣得意地说。

3

这学期暑假期间,郭新政退休了,唐翰林终于回到官亭小学,他第一个举措就是把安小舟老师退了出来,而韩主任一纸调令把安小舟老师调至山泉小学任教。北辰校长接到安老师的派令,本打算不接受,因为安小舟老师的大名在高山镇教育界无人不知,无人不晓,他接班之前是个大龄农民,当时他什么学历,只有天知道。至于接班之后,安小舟老师为什么能够担任教职,也只有韩主任最清楚,他参加工作这些年来,被学校校长推来推去,于是他马不停蹄地从这个学校被调到那个学校,他在哪一所学校待的时间都不长,现在又被辞聘了,因为淑丽上学,山泉小学急需教师,所以韩主任就把他派过来,北辰和韩主任那么隔膜,如果他硬把安老师顶回去,又唯恐韩主任不答应,更会增加韩主任对他的冤仇,何况山泉小学急需教师,来就来吧,有总比没有强,北辰似乎忘记了他总是考全乡倒数第一的事实,他出于好奇也想深入了解他到底是怎样一位教师,没有过不去的火焰山,只要将心比心,只要以身作则,他坚信……

暑假人事变动,按韩主任如意打算北辰是在变动之列的,因为白副镇长已经调离高山镇,韩主任本来认为即使苏副镇长袒护北辰校长,苏副镇长也不至于违逆他,不至于因为一个区区小学校长开罪他,韩主任已经对苏副镇长够宽容了。本来各个学校的复习资料都是韩主任供给的,但是苏副镇长硬是插手此事,有一部分学校已经在使用苏副镇长提供的复习资料。现在韩主任和苏副镇长尽管龃龉不断,可是他们还没有到图穷匕首见的地步。暑假里,高山镇教育界人事调整,因为山泉小学校长这个位子,他们之间又展开一番殊死较量。

放暑假前的一天,北辰和白副书记一起去拜访苏副镇长,这天是星期天,他们去得很早,唯恐苏副镇长外出办事而见不到他。

因为苏副镇长在市郊居住,他们只有乘坐公交汽车赶往那儿,同去的还有淑丽和严若英表姐,他们下车的地方距离苏副镇长家还有相当遥远的距离,今天可是个炎热天气,没走多远,他们就汗流满面了。

“吃点早饭吧,白书记。”北辰提议道。

“行,走,喝羊双肠汤去吧。”白副书记思忖再三说道。

他们来到一家羊汤馆。这儿汤浓味醇,肉酥烂而不腻……那可是人人艳羡的美食,但是羊汤馆门前早已排起队伍的长龙,需要等待,他们足足等待半个多小时,才轮到他们盛汤,他们又买回四块锅盔。

白副书记在汤里加上许多鲜红辣子,汤里有香菜,又有许多鲜红辣椒,可谓色香味俱佳……吃过早饭,他们经过长途跋涉,终于来到苏副镇长家时,苏副镇长正说外出。他们在一块儿谈论了很多事情,唯独没有提到北辰的工作。只是临走时白副书记才不经意地介绍北辰道,“这是北辰校长……”

“工作很认真、负责,”苏副镇长评价他道,“可是韩主任……”

“北辰是我提拔的,当时他就不同意……他早该退休啦,却贪恋权位,任人唯亲。”白副书记说出许多愤懑的话来。

“他心胸狭窄,排除异己,拉山头,搞一言堂……”白副书记的话引起了苏副镇长的共鸣。

“倚老卖老,还大肆……”严若英表姐口无遮拦地说,但是她看见白副书记递过来的眼色之后,便不再言语了。

他们一对一搭地说一些北辰不便插嘴的话语。

“北辰校长好好干,工作上不要有什么顾忌……”苏副镇长鼓励他说。

“我会努力的……”北辰搭腔道。

最后,苏副镇长把他们送至小区门口才返回家里。

　　"以后多向苏副镇长汇报工作,他会照顾你的……"临近分别时,白副书记叮嘱北辰道。

　　当时淑丽正在办理入学手续,淑丽的介绍信首先由北辰签字,然后加盖学校公章,再让韩主任签字,再加盖教办室公章,但是韩主任始终不签字,北辰也无可奈何,淑丽已经考取,办理入学手续必须有韩主任签字,会计才敢盖章,但是北辰找他几次,他不是说有急事要办,就是对北辰不理不睬。北辰只得找苏副镇长,他把事情原委告诉他,苏副镇长听完北辰诉苦,他什么都没有说,而是从北辰手里接过介绍信,然后把史新章副主任找来,他对史副主任强调说:"抓紧时间把淑丽同志的入学介绍信签上字,盖上章,不然报名就耽误了,事关个人前途大事……"苏副镇长还想说些什么,却没有说下去。

　　"没有韩主任签字,会计不会……"史副主任为难地说。

　　"你对韩主任说:'夏淑丽这个事情是我安排的,如果这个介绍信上没有签字、盖章,其他人的介绍信谁签字、盖章,我追究谁的责任。'"

　　史副主任是韩主任心腹,他立即找到韩主任汇报此事,韩主任只得默许史副主任找唐会计盖章。唐玉庆会计又请示韩主任盖不盖章?韩主任只得在介绍信上签上名字,唐会计这才把章盖上。

　　尽管费尽周折,淑丽还是顺利办完了入学手续,但是韩主任和北辰校长之间的隔阂更大了,自此以后,韩主任更加憎恶他,他们见面甚至很少说话,每次开例会,韩主任都能找到借口批评他,北辰在中小学校长队伍中更加孤立,本来就内向的北辰更加孤单,他简直像是一只离群索居的大雁,每每都是一个人独来独往,平时他领着女儿去学校上班,白天他们在孩子的外祖母家里就餐,晚上他们回到河流南岸的家里居住,而淑丽星期日回家看望他和孩子,这时候,北辰除去学校的工作以外,他又开始阅读,又开始写作啦,他每天都坚持阅读,往往坚持到深夜,有时候,他也不理解自己,他为什么总是在阅读,阅读……而没有创作的冲动呢?他想正如古人所说只有读尽天下之书,只有学富五车……于是他继续坚持阅读下去……可是他又突发奇想:究竟什么时候才能读尽天下之书呢?四十岁,还是五十岁,或者是六十岁,抑或是七十岁,但是天下之书浩如烟海,多如牛毛,他即使读几百年也读不完啊……那么他的生命是多少岁呢?他什么时候才有创作冲动?什么时候才能创作?什么时候才能创作出伟大作品呢?发苍苍、视茫茫的年纪,他还能够写作吗?现在已经这么大啦,可是他仍未创作出具有强烈生命力的作品,甚至还没有像样的作品问世,更不用说成名之作,更不用说传世之作,可是这个年龄许多作家已经成名了啊,他还在阅读,阅读……今天他又一次陷入深深思考,深深苦痛之中,这种苦痛,现在是越来越强烈地纠缠着他……他到底应该怎么办呢?不能再考虑下去,不能再犹豫下去,他要坚定信念……要继续阅读下去,直至……

　　暑假之中,在人事安排上,苏副镇长和韩主任之间因为北辰校长的人事任免,而展开了新一轮角逐,却是愈演愈烈。但是韩主任打算任命丁秀杰担任山泉小学校长,任命北辰为高山镇第三初级中学副校长,但韩主任这一决定,却因为苏副镇长反对而作罢。

安小舟的父亲是个右派,平反后,担任高中的地理课,可是他不是本县人,他的家乡距离山泉小学非常遥远,那个村子距离山泉村大致有六十多里远近,距离那所农村高中有一百多里路程。老安老师复职之后,一直担任毕业班班主任,深受学生爱戴、尊重。有一天,他突然病死在工作岗位上,于是安小舟老师接替了父亲的教职……而小安老师星期六放学回家,星期天下午返校,也真够辛苦的,何况他还带着孩子来上班,携家带口更不容易。

有人说他经过短期培训,才走上教师岗位的,很难说之前安小舟老师上过什么学校,更难说他拥有什么学历,因为短训班是不发学历证的,他只拥有一个短训证明,可是也只能这样说安小舟老师毕业于短训班。在学校他只能教小学一年级,不管高山镇教办室组织的抽考、统考,还是县教育局组织的抽考、统考,他都垫底。但是他是公办教师,谁也无权辞聘他,他是铁饭碗,有时候还秉性、野性,根本听不进领导批评、教育,所以他只有在高山镇各个小学之间,像驴推磨一样被校长推来推去,安小舟老师从教以来,他几乎踏遍高山镇所有小学门槛,有时是一年时间,有时是半学期,有时候时间可能会更短,他不得不离开这所学校,到另外一所学校任教……

山泉小学缺少教师,这是事实,韩主任给学校委派教师,这是公事公办,但是他却把安老师调派过来,这也大大出乎北辰意料,韩主任把今年毕业的中师生分配到官亭小学,却把安老师硬塞给山泉小学,安小舟老师已经是第二次到山泉小学任教了,他已经被山泉小学辞聘过一次!可是他真的还要再来一次?但是他这一次到来,即将预示着什么呢?这对北辰校长又有什么影响呢?谁也不知道从山泉小学走出来的会是谁?也可能是……安小舟老师来报到时,其他老师都在窃笑,他们到底在嘲笑什么呢?北辰心里一清二楚,而北辰还是第一次见到他,安老师的胡须、头发都非常零乱、肮脏,头发乱糟糟的像是一窝乱麻,尖尖的山羊胡须……总之头发、胡须都乌黑发亮,又粗硬无比,浓密的黑发更像是粗铁条似的盘在头顶,头发、眉毛几乎丛生在一起,但是仔细观察之下,头发和眉毛之间似乎有一条不太明显的界限,只是界限非常模糊罢了……黑黢黢的皮肤,眼神抑郁、凶顽,他四十几岁,可能是结婚很晚的缘故吧。大概是接班后结的婚,他带来的男孩子才上小学二年级。这个男孩儿刚来不几天,就有教师反映他翻墙越脊,砸烂班级玻璃,撬开教室门锁,偷窃别人的财物。北辰亲眼看到他在大街上箭步追上飞驶的三轮车,他一手抓住车厢后沿,就能飞身跃到车厢里,真让人匪夷所思。孩子的目光不是凶残而是狰狞,儿子几乎是安小舟老师的缩小版。

安小舟老师像是非常淳朴、憨厚,但是谁也不能说他愚昧、秉性……他经常冲人嘿嘿地傻笑,中午大课间,他总是一个人躲到休息室偷偷地吃上几根黄瓜,或者是西红柿,有时吃些洋葱,或者生番薯之类。如果有人碰见他偷吃东西,问他说:"安小舟老师,又吃黄瓜啦……"或者这样问道:"安老师又吃西红柿了……"这要看他吃的是什么东西,或者是哪个老师问他。

"人不能总加柴油,还得加些机油啊……"安老师笑着回答说。

之后,有人又碰见他吃生番薯之类的东西,就和他开玩笑说:"安老师今天又加机油啦!"

"今天就剩生红薯了……"他如实地说。

"安老师今天又加机油没有。"有时也不管什么时候,也不管什么地方,有人就会和他半是打趣地说。

"加过啦……"他知趣地说,或者回答说,"还没有呢,正准备加机油呢。"

可是不管他如何回答,别人都会哈哈大笑地说:"离家那么远,多加些机油啊!可不能饿着肚子!可不能委屈自己,安小舟老师……"

外表看来,他尽管工作努力,缺陷却愈加明显,他无论办什么事情,总感到很吃力,很多事情办不好。他家距离学校又那么遥远,有时他干脆不回家,适逢阴雨天气,如果想回家度周末,更无从谈起。据说他老家有老母亲和一位病歪歪的妻子,从他的穿戴来看,家庭生活应该非常艰难,家里还有一位没有上学的女儿,因为妻子多病,已经欠下许多外债,由此,北辰校长在物质生活方面十分照顾他,他也知道北辰校长礼遇他,如果放学之后闲来无事,他就会主动去北辰校长家帮忙干些农活,于是他们就一起下地参加劳动,不管他在学校表现怎么样,安老师却是农业专家,在播种种子、平整土地、施肥等方面,经验十分丰富,简直让人肃然起敬,何况他干活不惜力,干起活来,往往有使不尽的力量,这让北辰不得不佩服,干农活,他真的十分内行,这是他的专长。可是他却是一位教师啊!当教师可不能光会干农活,他还要有渊博的文化知识和教学技能,还要摸索出适合本班学生脾性和性格特征的教学、教育规律,作为一名教师,更应该在学生的人格重塑方面下苦功,教师不单单要教育孩子学习文化知识,更重要的是培养学生有高尚的道德、珍贵的品质,还要教育学生孝敬老人,尊敬师长,还要教育学生成就事业,报效祖国……只要心无旁骛,兢兢业业,就能成为一位优秀教师。

山泉小学本周的中心工作是检查学生作业批改和教师备课情况。安老师是一年级包班教师,他所批改的学生作业虽说有这样那样的小毛病,却是基本符合学校要求,也挑不出什么大毛病,但是总让人觉得他不专业,不敬业,不得要领。教案呢,简直错字连篇,有时候根本不知道他写的是什么字,有些字体是不是汉字都不好说,当然不是外文,可能像是传说中的蝌蚪文,更像是在水里浮游的蝌蚪。

"安老师,你把所写的文字读一遍。"北辰校长对他说。

他按照北辰校长的要求读了一行文字,但是他读的是那么勉强,像是一行也没有真正读下来。

"你认识这些文字吗？你书写的这些文字……"北辰只得问他道。他像是受到屈辱一样，脸色憋屈得像是猪肝色："校长，你侮辱我！"

"安老师，自己写的东西，自己都念不下来，你是怎么教育孩子的……"北辰有些震惊了。

"我……我……"安小舟老师像是被北辰校长击中要害，他很长时间没有说出一句话，最后他仿佛哽咽道，"我很辛苦啊……你如果让我走，我马上走……"

北辰无权处理一位公办教师，他只有向高山镇教办室反映问题的权利，那么向韩主任反映他的教学情况吗？韩主任是知道这些情况的，他不是缺少教师吗，他已经给山泉小学调派过教师，至于他调派的是一位什么样的教师，这不关他的事情，他的任务已经完成，职责已经尽到。北辰不知道韩主任和安小舟老师到底是什么私交，有人说到一些情况，可是教育孩子是不论交情的，实际上，有人说韩主任并不袒护他。尽管如此，鉴于目前这种情况，北辰即使保留向上级反映安小舟老师教学现状的权利，可是他有权在学校每星期一下午第三节自习课召开的全体教师例会上对安小舟老师提出批评，以达到以儆效尤的目的。开例会这天，北辰校长首先表扬一批在这次教案作业检查评比中涌现出的优秀教师，接着他严厉批评了安老师在工作中存在的缺陷和不足，特别是他的教案存在的巨大问题，他说道："简直是大字不识，自己的教案，自己写的字都不认识，教案是怎样备写出来的？这样的教师怎么能够教育学生，怎么能够胜任……"

安小舟老师自从受到北辰校长在学校例会上点名批评，他像是怀着什么深仇大恨，他和北辰校长变得陌生起来，更重要的是他仇视起北辰校长来。这学期，期中考试期间，高山镇教办室抽考一年级语文和五年级数学。

不久，成绩公示出来：山泉小学一年级一班语文成绩倒数第一名，一年级二班语文成绩第四名，五年级二班数学成绩第三名，五年级一班语文成绩是第五名。一年级一班语文任课教师是安小舟老师，安小舟老师受到全镇通报批评，安小舟是山泉小学一年级一班包班教师，自然山泉小学也受到通报批评。

其他班级，特别是五年级二班的数学考试成绩是全镇第三名，理应受到表彰，却没有受到表彰。何况山泉小学因为教室、教师条件限制，只能实行大班额，北辰以为高山镇教办室的抽考方式是有弊端的，山泉小学因为班额大，抽考人数自然比兄弟学校多。别的学校一个班只抽两个或三个学生，而山泉小学就得抽五个或者六个人，甚至抽七个、八个学生。如果抽的人数一样多该多好，但是史副主任坚持这样的抽考原则，谁也不能让他变更规矩，所以每次抽考成绩，山泉小学都不占优势。这次也是依然，而韩主任在例行中小学校校长工作会议上，往往把批评的锋芒指向北辰校长，而这一次，尤为严厉："山泉小学一年级一班语文成绩全镇倒数第一，看看这个学校现在成了什么样子，成绩倒数，这样的校长应该主动辞职……"

北辰校长在这次全镇中小学校长会议上受到韩主任严厉点名批评，自然无话可说,何况韩主任这样严厉批评他也不是第一次,每次开过会,他都难过得抬不起头来看其他人,可是这一次,他受到批评之后,刚刚开始,表面上却并不把韩主任的批评放在心上,他竭力保持镇静,这样想着才离开会场,因为北辰校长受到韩主任批评似乎已经习以为常,但是他还是想到这一次不但要借此契机,严肃整饬校风校纪,大抓教育教学之风,大抓学生学习之风,他还要身体力行,严于律己。他尽管这样想,但是他在受到批评之后,内心却是痛苦异常,所以在返校途中,他一个人在校外游荡大半天,才回到学校,真的是无颜见人啊,他像是一直看见韩主任躲在一旁窃笑呢!

他尽管羞愧难当,可是他还是回到学校,但是他并没有立即召开全校教师会议,也没有在工作中表露对安老师的不满情绪,更没有立即对安小舟老师展开批评,他想尽量冷静下来,厘清思路,他想把满腔愤慨压下来,可是他只勉强坚持到第二天,羞愧、耻辱早把他折腾得死去活来,他不能再这样下去,要尽快把学校考试成绩公示出来,还要表扬取得成绩的教师呢。他要好好表彰在教学工作中默默奉献、勤勤恳恳工作的教师,但是他还要批评安小舟,非批评不可。会议在当天上午第四节课召开,会上他开始还十分理智,竭力不表现激愤情绪,他说道:"高山镇教办室这次抽考,我们学校虽然没有取得第一二名的优异成绩,但是我们学校的进步十分明显,特别是同往年相比,成绩是显著的,尤其是魏主任取得了全镇第三名的优异成绩,在这里特别提出表扬……"接着,他公布抽考各科成绩,"五年级二班魏惠英主任的数学成绩全镇第三名,一年级二班黄静梅老师的语文成绩全镇第四名,五年级一班语文成绩全镇第五名。"但是,说到成绩,他心中愤怒的火焰不由得升腾而起,他想起韩主任咄咄逼人的气势,想到受到的屈辱,想到同行嘲笑的目光,他再也控制不住激愤的心情,于是他这样说道:"可是安小舟老师所教一年级一班语文却取得了全镇倒数第一名的成绩,这是山泉小学的耻辱,如果哪位教师无论在下一次全镇抽考,或是全镇统考中,考试全镇成绩倒数第一名,不论是谁,不论什么关系,必须从山泉小学走人!"

他还想说一些更加严厉的话,还想严厉申斥安小舟老师几句,但是他还是控制住满腔怒火。北辰校长逼视一眼安小舟老师,只见他满脸怒容,双眉紧锁……不能再说下去,他不想激化矛盾,尤其是在这个节骨眼上,他还是应该以大局为重,考虑长远之策……所以北辰没有再说下去,会议上安小舟老师也没有反驳什么……但是会议结束后,他找到校长办公室嘟嘟囔囔地说道:"我也不想考全镇倒数第一,可是……你不应该……在全体教师会议上批……"

他不知又说些什么,北辰校长愤怒未消,一时没有听清楚他在说什么。但是自从北辰校长受到韩主任严重警告之后,他表面上十分冷静,其实内心却是非常愧怍和焦躁不安。会议结束之后,他更加困惑,空虚,甚至懊悔……他那么软弱,本来应该狠狠地批评安小舟老师,他不但没有点名批评他,还有意照顾安小舟老师的感受,看看韩主任是怎么打击、报复他的,当时北辰不但没有找韩主任理论事情原委,还羞赧地无地自容,他清清楚楚地记得遭到韩主任斥责,甚至羞辱、威胁之后,他几乎内疚得痛不欲生,他并不想揭露韩主任在安小舟老师事件之中,所扮演的并不光彩的角色,也不想找回什么面子,只想在工作之中找差距,只想暗暗下决心在以后的工作中超越别人,所以他当时尽管羞愧难当,可是他依然选择忍耐,而且回到学校之后,一直克制,其实现在北辰校长的心情比安小舟老师的心情更恶劣。

"滚出去!"北辰校长明白安老师的意思之后,郁结在内心的痛苦和不快终于喷薄而出,终于爆发了,他简直怒不可遏骂道,但是话已出口,他就后悔啦,怎么会骂人呢?他面对的可是一名教师啊!还是一位老教师,尽管他有很多缺点,甚至缺陷,无论如何北辰作为校长不应该辱骂他,但是骂人的话语已经出口,也就覆水难收,他似乎等待着反击,这个时候,他仿佛非常胆怯,这种胆怯心理一时还是那么强烈,他唯恐有什么闪失,有什么不利影响,但是不知因为什么竟然又胆壮起来,他像是觉得骂得痛快,他终于一吐为快……终于……可是……没有什么可是!

"你是啥校长,竟然让我滚!竟然骂人!"安小舟老师走出校长室,在校园里声嘶力竭地嚷嚷道。

北辰校长急忙从校长室出来,他几乎是气愤至极地推了一下安小舟老师说:"走!山泉小学不需要这样的老师……"

"校长,你怎么打人!"北辰推安老师一下,安老师竟然打个趔趄,刚刚站稳,他就怒吼道。

"我……我……"北辰万万没有想到他在一怒之下,竟然有那么大的力量,他也十分愕然地说道,可是他还是说不出话来。

他真的想对安老师说声对不起,或者想说声我不是故意的,可是他却吞吞吐吐地说出两个我字。安老师回到寝室,推出他那辆破旧的自行车,然后锁上寝室门,之后推着自行车,哭泣着向学校大门外走去……这个时候,第四节还没有下课,学生都在上课,刚刚开过会议,有课的教师已经回班上课,没课的教师正在办公室办公,可是他们听见北辰校长和安小舟老师吵闹的声音,教师们纷纷从办公室、教室里奔跑出来,观看他们两人的争执、争吵……

"毕老师在社会上到处散布流言说:'校长扇安老师几巴掌,安老师挨过打骂,又被他撵走了'。现在整条大街上都是对你不利的消息。"第二天,在去上学的路上,淑丽的母亲喊住北辰说道,可是北辰苦笑一下,并没有回答岳母的话。临走时,淑丽的母亲又叮嘱他道:"凡事要小心谨慎,不论做什么事情,都要多思考,不要和一般教师计较,应该宽大为怀,礼貌对人,何况毕老师是个两面三刀的小人,你要多加小心。"

北辰告别岳母之后,内心非常不安,昨天他实在是太激动了,他不应该对安老师那样的态度,却竟然说出让安老师"滚出去"的话,他实在是因为韩主任对他不择手段地打击报复,才使他失去理智的,韩主任开始把安老师调到山泉小学,本来就包藏祸心,可是单纯的北辰几乎没有一点思想准备,如果他是位老校长,他会妥善处理这件事情,不至于后来处处受制于人。但是北辰实在是经验不足而造成现在学校的混乱局面,更让他心神不宁的是超生问题老是像条毒蛇那样纠缠着他,他得时时刻刻提防隐藏在阴暗角落里敌人的毒液和暗箭,那么多雷区,他随时都会有功亏一篑的可能,随时都会有全军覆没的危险,那么他为什么还那么焦躁和粗暴,还那么不冷静、不镇定呢?他应该看清敌人的真实面目,应该看清楚温情脉脉的面纱之下隐藏的那些狰狞、险恶的嘴脸,他们会伺机报复、诋毁、攻击,然后瞄准机会痛下杀手……在毫无知觉的情况之下,他不是死于非命,就是死无葬身之地……

"北辰,昨天你为什么殴打安小舟老师?作为一校之长怎么可以随便殴打教师呢?"北辰走到张富春家门口,张富春的妈妈截住他劈头问道。

"我……我……怎么会殴打安老师?"她问得那么突然,北辰简直莫名其妙地说道。

"欺负一个外地老师算什么本事,安老师那么老实!你没有打他!整个一道街都在议论这件事情,如果没有打骂安老师,毕老师不会屈说你!"张富春的妈妈听见北辰矢口否认殴打安老师的事实,她非常愤慨地说道。

张富春是北辰的同学,之前他们经常在一起。张富春的性情十分温和,为人诚实,整天不言不语,一副沉默寡言的样子,但是他只要和北辰在一起,两人就有说不完的悄悄话,他长得英俊、帅气,额头饱满明亮,一双和蔼、温和的大眼睛,尽管嘴巴有些凸鼓,但是这并不妨碍他英俊、稳健的形象,他的头发又长又黑,还经常用右手向脑后轻轻地拢拢那满头秀发,这个姿势非常优美,当时北辰真的很崇拜、羡慕他。可是他的学习成绩一直不好,他连一所普通高中都没有考上,别人都说他要接爸爸的班,但是不知为何却没有接成班,而是弟弟接的班。他一直在家务农,农闲时,别人出去打工,他总是在家乡闲转悠,一副悠闲自得的样子。他已经结过婚,孩子很大啦,现在北辰和他虽说没有之前那样亲近,但是他们仍然是好朋友。张富春的妈妈平时也是一位明白事理的好人,既朴实又勤快,还是一位贤妻良母,从不打骂孩子,就是有些论死理。她的肩膀非常宽大,身子骨倒还硬朗,只是她已经有些驼背啦,走路十分笨拙。今天,她听毕老师说安老师被北辰打骂之后,又被撵走了,所以她决心打抱不平,于是,她见到北辰第一句话就那样说道。

北辰也不想和她纠缠,他不再理会她辱骂什么,他一直像尊敬母亲那样尊敬她,她肯定是受到毕老师蛊惑、煽动之后,因为不明就里,才爆发无名之火的,但是不管怎么说,北辰非常尴尬,平时多么亲近的富春妈妈,现在因为毕老师诽谤、中伤,却反目成仇,唉,在这个世界上,还有什么亲情抵挡得住敌人的造谣滋事?在利益和目光短浅之下,这些亲情都会被碾为齑粉……他正苦苦思考人生和命运载体的时候,正苦苦思考人类的盲动和盲从的时候,正苦苦思考毕老师这样绞尽脑汁污蔑、诋毁他的时候，他又经过一户人家，北辰之前教育过这家的孩子，但是他们之间并没有什么交集，除此之外，也没打过什么交道，所以北辰对这户人家应该说是非常陌生，只是北辰还记得那个学生叫薛宏恩，上初中时北辰教他一二年级语文课，当时他很矮小，有一双圆圆的眼睛，这是一双精明、灵动的眼睛，开始，他进入班级的时候，成绩中等，但是他赶超得很快，不到一学期，他已经跃居班级前十名，北辰很想找机会激励他，可是一直没有恰当时机。有一次，恰巧遇到机会，那天早操时间，北辰率领班级学生跑在乡间的公路上，那是黎明之前最黑暗的一段时光，他跑在队伍中间，轻松地喊着：一二一，一二一……学生脚步都是那么整齐，不用说教师和学生都朝气蓬勃的，他们对前途充满期望……他还不断地喊口号："锻炼身体，保卫祖国！"紧接着学生喊道："锻炼身体，保卫祖国！"但是这时北辰突然发现有个学生掉队了，他把队伍撕开了一个不大不小的口子，北辰想让后面那个掉队的学生追赶上来，他跑到队伍后面，仔细看看原来是薛宏恩，于是他激励他道："薛宏恩，咬紧牙关向前冲，坚持就是胜利！"说完这句话，他又向队伍前边跑去，可能他说话声音大些，或是这些激励的话语有些生硬、肤浅，或者这些激励的话语，不对他的胃口，也不知道什么原因，他竟然委屈得啼哭起来，开始哭声很小，北辰并不知道跑操的队伍之中，有人在嘤嘤嗡嗡地哭泣，可是他无意之中还是听到有啜泣的声音，他慢下来，当他又一次接近那个学生的时候，他看见还是他，于是他只得小心翼翼地说："男儿有泪不轻弹，快，宏恩跟上队伍。"可是这样一句话，竟然又一次惹得他痛哭不止，而且哭声越来越大，事情发展到这个地步，北辰没有再说什么，而薛宏恩一直哭哭啼啼，直到跑步结束，哭声才停止。北辰一直不明白，他为什么哭泣，而且他哭得还是那么憋屈，到底是因为什么？直到很久以后，北辰也没有探索出究竟，也没有探究出所以然来，不过他也没有再过问这个事情……可是今天，就在今天，他又一次想起这个事情，正当他想起这个事情的时候，北辰向他们家里望去，不望则已，一望之下，他的心灵顿时紧张起来，原来他们家有一大群农村妇女，她们正在议论什么呢。正在悄悄地议论着谁，她们在议论谁呢？他突然明白过来，肯定是他，不是他，还会有谁呢？这时北辰像是清醒啦，她们肯定是在议论他，她们肯定是在杜撰、诬蔑他，诽谤、诋毁他……她们已经开始指指戳戳啦……

"就是他，那个郭北辰，就是他昨天打骂、殴打安小舟老师的……"有个年轻妇女，北辰非常熟悉她，却一时之间叫不起名字，她发现北辰之后，不知是有意，还是无意地突然高声尖叫道。接着她像是意识到了什么，于是她又突然停止了说话。

但是薛宏恩的妈妈并没有错过这次机会，她正好利用这次恰如其分的大好时机，比手画脚地说出许多不堪入耳的话语，当然都是关于北辰校长的坏话，而且她这些话北辰刚刚听不真切……这时北辰内心一片混乱，他也不知道，他也听不清楚她到底在叫骂什么？她在叫骂什么呢？不知道，即使北辰想听清楚她在说什么话？可是一时之间，他也听不清楚，还是不听为好，于是他不得不溜掉啦……

因为安小舟老师掀起的轩然大波，更加使北辰羞愧难当，整个大街简直要沸腾起来啦，真叫丢人现眼。他得想办法把安老师请回来，如果安老师能够尽快回到学校，这些谣言，这些流言蜚语就会不攻自破，尽管他知道安老师是临近县份的人，却不知道安老师是那个乡村的，哪个村子的人，他所在乡村的方向，大概是出校门向南，但是向南之后，再去哪儿？那么遥远的地方，谁会知道呢？他应该找到一个老教师，一个知道安老师底细的人，北辰只有找来吴老师商议，但是吴老师不主张去请他，吴老师说他会主动回来的，何况山泉小学历来也很少有人考试倒数第一名。安老师已经周游全镇了，他总是从这所学校被赶往那所学校，他已经从山泉小学被撵走过一次，他就是从山泉小学去官亭小学的，韩主任不应该再让他回到山泉小学。吴老师再一次建议说他如果离开山泉小学，他会没有其他地方可去……

第二天安老师果然来得很早，他没有耽误上课，并且给北辰校长做出保证：如果再考全镇倒数第一名，他会主动辞职的。

危机化解了，本身就不存在什么危机，只是毕老师的恶意炒作，只是……毕老师这样居心不良，她和史新章一而再、再而三下毒手，他们到底想干什么？

4

人生的欢乐和人生的苦难是两个不同概念，欢乐的时光是那么短暂，而苦难、痛苦的光阴却是那么漫长，其实欢乐的日子并不比痛苦的日子少，只是欢乐的日子像是冲天的浪涛会瞬息而逝，可是痛苦的时光却会让人记忆一生，因为人们总是喜欢欢乐，而厌恶痛苦。有时候失去爱情会痛苦一生，而得到爱情却并不知道珍惜。不管是人为的，还是自然的，也不管是主观的，还是客观的苦痛，甚至是自寻烦恼，这些沉痛、忧伤，这些苦难、忧愁，都会在心灵里烙下深深印痕，都会留下惨痛的回忆……可是欢乐的时光却像是清风细雨那样一晃而过，谁还会记得童年欢乐的时光呢。可是童年的苦难却在记忆的长河之中难以消逝。同样毕老师导演的那些悲喜剧永远让北辰难以忘记……

六一儿童节前，毕老师找北辰校长商议，她说史副主任在山泉小学担任校长期间，每年六一儿童节都要举行汇演，汇演之后，还要设宴款待村委、镇教办室和镇政府主要领导。

那么准备演出的教师们呢？不用宴请教师，我们只宴请领导。这恐怕不妥吧？没有什么不妥。

教师辛辛苦苦却得不到宴请，辛苦是老师的，最后宴请的却是领导，北辰以为不妥，但是他还是经不住毕老师的一再游说，一再花言巧语。如果以后再宴请老师，也未尝不可，何况全镇通考在即，而文艺汇演耗时费力，如果通考成绩……不但

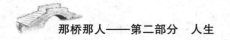

影响学校声誉,更会危及北辰的领导地位。

尽管他犹豫再三,但是还是经不住诱惑,所以山泉小学六一儿童节文艺汇演如期举行。各个班级都在准备节目,教师们都倾注了大量心血,因为文艺汇演而耽误教师上课、备课、批改作业,甚至整个教学秩序受到冲击,甚至耗费大量金钱,他真的没有想到这次庆祝活动远远超出想象,远远超出学校的承受能力,其实他更应该紧缩开支,更应该精打细算,更应该把心思花在教师身上,更应该把有限的资金用在教师身上,用在教育教学上,虽说六一儿童节也是教育教学的一部分,但是他似乎夸大了这个节日的存在……他更应该为教师所想而想,更应该理解、体谅教师的辛苦,教师才是教育主题,得不到教师拥护的校长是一位失败的校长,可是与此同时,北辰校长向山泉村委、高山镇教办室和镇政府领导发出邀请,邀请各级领导尽量于六月一日上午九点,准时参加山泉小学庆祝六一儿童节文艺汇演。

最关键的是六月一日中午,如何设宴款待领导,北辰校长不惜把学校所有经费,甚至借钱、赊账来大宴来宾。酒、烟、菜都是上品,这都是毕老师的好主意,这些菜包括一些北辰从来没有食用过、没有见过的海参、鱿鱼之类,甚至学校还请来山泉村大名鼎鼎的大厨高怀德师傅。高怀德师傅白白胖胖的,一副稳重、慵懒的样子,他的胡子、眉毛早已发白,慈眉善目的,他已经退休了,他是省城有名的大厨,退休后,省城有几家大饭店高薪聘请他,都被他谢绝了,原来他最大的心愿是把多年来当厨师的心得、体会整理出来,编辑成书,传诸后世,这一次,他经不住北辰校长数次邀请,才来到山泉小学亲自掌勺。

六月一日这天,演出舞台虽然简陋,但是经过教师们精心布置,也显得花团锦簇,小小的舞台舒展开少女般的情怀,喜笑盈盈迎接贵客到来,终于,把领导们盼来啦,舞台前第一排落座的是评委,这些评委都是高山镇教办室的领导。

史新章副主任今天特别兴奋,他仿佛就是北辰邀请过来的最重要嘉宾,即使不是主要嘉宾,也是最主要评委,他鼻头上那颗肉瘤今天显得容光焕发。

评委还有唐玉庆会计,他是老会计,几乎到了即将退休的年纪,不知为什么人们暗地里叫他小炉匠,可是他并不像《林海雪原》中那个奸诈、阴险的小炉匠栾平副官……他喝醉时有句口头禅:高山镇教办室除去韩主任,谁有我的官大,因此别人都称呼他为唐副官。大概因为这句话吧,因此人们都称呼他小炉匠,人们叫栾平也叫栾副官。另一个原因大概是他长得像栾副官,个子低矮,高颧骨,缩腮,大嘴巴,还有尖溜溜的下巴,还有下巴上稀稀拉拉的小黑胡须,还有栾副官那样一双狡猾的眼睛。但是唐会计不同于栾副官之处是他整天手里掂着一个大黑提兜,每次来到镇政府,不论见到谁都会胡乱塞给他们一盒香烟,谁也不知道他为什么这样做,他这样做可能自有道理,但是这一行为,却让镇政府主要领导非常反感,看来他距离调离工作岗位已经不远了,可是现在他两眼正在炯炯有神地算计什么,他大概在计算教师工资吧?他另外一个毛病就是贪杯,他一喝酒就要连摊喝,这摊酒喝罢,接着还得再喝一摊,有时候喝两摊还不行,往往喝第三摊。尽管他经常醉酒,账目却从来没有错算过,有一次因为喝得太多,他把从高山镇财政所领出来的全部工资连同账簿扔到了麦田里,虽然最后钱和账簿找到啦,会计职务还是让他弄丢啦,他因此被免去一段时间的会计职务。接替的人虽然不喝酒,却总是算错账,到镇财政所还老是领不出工资,每次去领教师工资,财政所领导都说没有钱,最后镇领导还得把唐会计请出山。现在他毕竟年龄大啦,很多事情,也有些力不从心,前不久,他刚刚被大河县教育局长在全县教育工作会议上点名批评,在整个大河县,他真是出了名。有一天傍晚,董局长下班之后,他匆忙走在回家的路上,一不小心,被脚下什么东西绊一跤,他几乎被绊倒,站稳脚跟之后,突然发现地上躺着一个人,他俯下身想把这个人扶起来,可是当他弯下腰去,却猛然闻到一股呕吐物的浓烈腥臭,啊,原来是个醉汉。

"谁,谁……喝,还得喝,不喝……行,我走！走酒……"这个时候,醉汉又说起醉话来。

"你怎么样？能站起来吗?"董局长真想走开,但是他听见醉汉的说话声音,又一次萌发了恻隐之心,于是他问他道。

"谁？……喝不喝？……不喝是吧？要是不喝！我把酒泼了……不是泼到地上,而是泼到嘴里……"醉汉的神智还算清醒,只是他喝得太多……

"这会是谁呢?"董局长自言自语地说。这时候,街灯亮起来,原来是他,"高山镇教办室的唐会计……"

当时董局长不得不安排人把他送回家里……今天,唐会计听说有酒喝,他显得特别精神抖擞。

评委尚春明副主任,他因为身体原因,一直在家病休,一俟病情好转,他又上班了,他在高山镇教育界德高望重,他耿直、正派,说一不二……

评委武国岭主任是农技校校长,他负责扫盲工作。

后排是领导席,正中是苏副镇长,苏副镇长左边是韩主任,右边是村委领导……

领导后面是山泉小学全体师生……演出开始了……

评比结果:第一名是五年级一班的《花伞舞》,指导老师是毕传芬老师;第二名是四年级二班的儿童剧《灰姑娘》;第三名是学前一班的汇演节目《追梦》。

节目多彩多姿,领导、师生欢聚一堂,既陶冶了师生情操,又……宴会开始啦……但是最令北辰遗憾的是泽天成书记没有出席今天的文艺演出。

那天北辰校长邀请过苏副镇长、韩主任和教办室其他领导,他斗胆来到泽书记办公室。

"北辰校长有事吗?"泽书记说。

"泽书记,我们学校于六月一日上午九点举行庆祝六一儿童节文艺演出,特意邀请您参加,不知您当天有没有时间?"北辰说过这句话,他恭恭敬敬地把请束放在

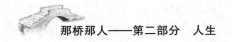

泽书记办公桌上。

"山泉小学要举办庆祝六一儿童节文艺演出,这很好!你们按期举行,但是当天我还有其他事情,就不参加啦……"他迟疑一会儿,然后委婉地说。

北辰校长离开泽书记办公室,感到非常失落、非常遗憾,花费那么大气力举办庆祝六一儿童节文艺演出,他最大的希望是能够邀请到泽书记来参加那天的庆祝活动,居然是这么个结果……既然泽书记对文艺演出那么肯定,何况他又邀请了那么多领导,所以他必须把庆祝活动如期进行下去……他还是这样想,如果泽书记不参加庆祝活动,真的不应该这样兴师动众,这样大动干戈。当初毕老师同他商量举办庆祝活动的时候,他突然萌生邀请泽书记参加庆祝活动的意愿,正是这一愿望,才促使他下定决心举办庆祝活动的……

更令北辰遗憾的是《花伞舞》居然获得了一等奖,《花伞舞》根本获得不了一等奖,《花伞舞》根本不具备获得一等奖的实力和资格!应该获得一等奖的是《追梦》,这是大家公认的。《追梦》演出完毕,广大师生报以热烈掌声,舞台之下,简直是掌声雷动,经久不息……可是评比结果却是《追梦》获得了第三名!

最后,《花伞舞》剧组演员代表领奖时,师生发出一片唏嘘之声,很多师生都在拍倒掌,还有愤愤不平的叫骂之声……

更令北辰校长没有料想到的还有很多……庆祝活动的规模远远超出预期,由于演出经费投入过多,学校资金出现亏空,学校资金空前紧张。这是北辰校长最初没有预料到的,这大大出乎北辰的预算,本来答应宴请教师的经费没有了,应该发放的年终福利大大缩水,教师的干劲不但没有激发起来,还大大挫伤了教职员工的工作热情,倒是树立了毕传芬老师这个光荣、先进典型。其实五年级一班的《花伞舞》根本不应该得到第一名,站在公正立场,《花伞舞》能获得第三名已经烧高香啦,这都是拜评委史副主任所赐。上一次,高山镇教办室举行的抽考,五年级一班的语文成绩是全镇第五名,这第五名的成绩有多少水分?因为史新章是主抓业务的副主任……

他明明知道毕传芬和史新章副主任在要阴谋,在设计陷害他,在告发、检举他,他为什么不敢和他们斗智斗勇呢?是因为胆怯,还是因为惧怕,他到底胆怯和惧怕什么?有时候他的确懦弱,更多时候是因为仁慈,大部分时间是缺乏智慧,关键是他还不知道怎么去工作和斗争……也可能是他掌握斗争的分寸还不到火候,他更加需要历练和磨砺……只有在痛苦中才能得到锻炼,只有经历痛苦才能茁壮成长,只有在痛苦中才能体现人生的价值,因为人生是需要苦味的……

但是这次庆祝六一儿童节的文艺演出,也不能说一无是处,这毕竟是山泉小学空前绝后的一次庆祝活动,也是山泉小学历史上开天辟地的一次文艺演出,他真正体现出孩子们的喜悦和快乐,不管毕老师和史新章副主任是何居心,也不管这次庆祝活动耗资如何,也不管由此所带来的巨大经济压力。

5

今年,不但苹果大丰收,而且还卖了个好价钱,加上秋季农作物和麦子收入,他们偿还了淑丽进修时欠下的部分外债。

省教育厅两基验收之后,北辰校长把所有精力都用在教学上,但是山泉小学的发展遇到一个瓶颈问题,那就是如何提高教学质量,已经成为当务之急,可是如果想在短时间内把教学质量搞上去,似乎是不可能的,但是北辰正在努力,如果假以时日,就会初见成效。尽管庆祝六一儿童节文艺演出时耽误了学生很多学习时间,但是很久以来,他并没有放松对学校教师的管理,特别是经历安小舟事件以后,他唯恐再次出现类似情况,所以他时时刻刻保持高度警惕,时时刻刻严抓教学工作,他严以律己,早来晚走,工作上,他更加勤奋敬业了。

年终高山镇教办室对抽考成绩张榜公示,安老师的语文成绩有了明显进步,他的成绩是全镇第八名,在全镇十七个小学当中位列第八名,这不能不说是个奇迹,这是他从教以来取得的最佳成绩。自从上次事件发生以后,北辰对待安老师的态度并不友好,有时候甚至粗暴无礼。而安小舟老师也接受了教训,他每天像是疯子一样工作,无时无刻不在批改作业、备课,还加班加点给学生补课,这一次,抽考成绩出来后,他以为成绩有了很大进步,他想亲近他,可是北辰并不领情,他一见到他就远远躲开他。虽然表面上,北辰表现得非常孤傲,但是在他的心灵深处,他越来越深感不安,为什么不能换一种方式,一种温和的、激励的方式,一种自发的、主动方式,而不是被动方式去和教师接近、交流,他不希望封闭自己,不希望把自己塑造成一个呆板,一个老学究似的校长,实际上,他还不知道怎样当一名校长,更不知道如何做一名让教师、学生爱戴的人,他刚刚担任校长职务,想和教师亲近,又想装扮成校长的样子,之前当教师时,校长老是拒他于千里之外,开始他想学这类校长,但是他很清楚当校长拒他于千里之外时,内心是何等痛苦,当时他多么想和校长敞开心扉交流感情,可是校长那么孤傲、冷漠,最后他们双方都把心扉关闭起来,本来校长与教师之间不应该有界限,不应该有鸿沟,可是他们居然生疏、隔膜起来。为什么会是这样呢?他一直不明白,自从他当校长以来,多么想和教师处朋友,可是他们竟然把他封闭起来,他变得更加孤立、孤独,究其原因,把他封闭起来的,应该是他自己,而安小舟老师取得成绩之后,他想表现,想接近,想倾诉,他想把平时的努力、辛苦说给北辰听,可是他却躲避他、疏远他,所以他也越来越不了解自己,越来越不理解自己,担任校长之后,他变了,变得自私、麻木,变得六亲不认,变得无所适从……他在探索为什么要当校长?当校长的目的是什么?难道仅仅是为了名誉、利益和私欲吗?为了身份和地位吗?他想逐渐爬向权利顶峰?是,又不是,他想通过担任校长摆脱目前的生存困境,想证明他的能力、才能,想实现人生价值,实现政治理想、梦想,可是他能实现吗? 在这样一种情况之下,有实现的可能吗?

他有事业,他的文学事业,他真的不想当什么校长,他想利用所有时间阅读、写作,他想把他封闭、隔离起来,有时候,他愈孤独,愈能够促使阅读,愈能够促进写作,这样他才能有一种奋进的力量,一种奋发有为的干劲,这样才能完成所谓的文学事业……可是所谓的文学事业却是那么遥远,文学之路那么漫长,艰难,有时候,他甚至穷尽所有力量连一行文字都写不出来,在事业面前,他愈加困惑了……所以他想一面出来做事,一面不断积累知识和丰富阅历,以待将来……这样的苦衷,谁能理解呢? 但是现在探讨这些又有什么益处呢? 他现在应该探讨的是一种新模式,一种新路径……他要做有别于他所经历过,所面对过,所熟知的校长,他进修之前经历过几任校长,第一任校长是位长者,对人那么亲切、和蔼,注重情义,还很善良,他尊重、敬佩他,他把他当作父兄对待,但是他一直在乡村中小学当校长,北辰想超越他。第二任校长心胸狭隘,他是一位好教师,却不是一位好校长,他很懦弱,对于强者,他避之唯恐不及;对于弱者,他极尽捉弄、嘲讽之能事,北辰鄙夷他。第三任校长是一位智者,他廉洁自律,勤勤恳恳,却积劳成疾,英年早逝,北辰替他惋惜。第四任校长,他也是一位好教师,担任校长之后,却自私自利,教师离心离德,学校不久就垮掉了,他为北辰所不齿。进修之后,北辰又经历过一位校长,也是他经历过的最后一任校长,他是一位工作狂,既有铁的手腕,又有工作能力,他能使一所即将倒闭的学校起死回生,但是他贪婪成性,奸诈无比,北辰痛恨他……他一直在苦苦思索……

虽然这一学期教师成绩有所进步,但是进步并不突出,各科成绩在全镇排名并不靠前,这让北辰校长非常苦恼。为什么官亭小学成绩那么优秀,唐翰林担任官亭小学校长时间并不长,他做什么事情都考虑得非常周全,而且深得教师和同行的尊敬和爱戴,也深受领导器重,特别是深受韩主任青睐,苏副镇长对他也是信赖有加,他似乎能够做到左右逢源。而北辰为什么总是那么冥顽不灵,他像是一块顽石,更像是块棱角分明的顽石。而唐翰林校长像是一块鹅卵石,他那么圆滑,又那么狡猾,而北辰呢? 因为憨直,不善表达,不善曲意逢迎,却处处碰壁。有时候,他总是在拼命工作,为了考出优异成绩,不惜以命相搏,他和教师之间的关系一直很紧张,他甚至不知道如何处理教师和教师之间,教师和学生之间,学生和学生之间的些小摩擦、矛盾,他更加不知道如何和教师相处,不知道如何处理校长和教师之间的关系,工作之中,如果哪位教师稍有失误,如果哪位教师稍有人性缺失,他就会当面指责,丝毫不留情面,大庭广众之下,往往使人难堪;如果某人打小报告说谁发表过对校长的不利言论,甚至是造谣、诽谤、诋毁校长,他就会立即报复这个教师,他根本不考虑某人打小报告的目的、动机;如果哪位教师善意提醒工作应该如何开展,他往往固执己见……因为他没有城府,所以导致失去人心,由于他赏罚不明,所以教师无所适从，由于他偏听偏信，导致学校歪理邪说盛行……他因为没有主见，又因为毕传芬老师的强势作风，导致教师思想意识脆弱，教师思想意思混乱，很多教师莫衷一是……为此，北辰校长也非常痛苦，可是他尽管苦苦思索，尽管冥思苦想，仍然寻找不到解决问题的正确途径，他那么无助、孤独，又百思不得其解……他什么时候能够成熟起来呢？

　　他备受主客观条件、家庭条件的影响和制约，他已经是两个孩子的父亲。为什么他非得再要一个儿子？他仍然把另一个女儿寄养在外，母亲和孩子仍然在外饱受寄人篱下之苦，母亲得不到晚年幸福，女儿享受不到父母爱护、教育，按理说他有两个孩子，他也办理过二胎生育证，尽管这个二胎生育证从严格意义上说并不合法，因为两个女儿只相隔一岁，又是第二个女儿出生之后办理的，办理证件时，还必须开具昉儿的残疾证明，上哪家医院开具残疾证明呢？而且必须是县级医院以上的残疾证明……过程并不重要，结果才能证明一切，不管怎么说，二胎准生证明办理成功了。如果北辰校长让孩子回家，不再生育儿子，他不会再有后顾之忧，但是不孝有三，无后为大，更何况农村恶劣的生存环境，如果……他执着于此，但是这些事情运作起来，往往使他心力交瘁，尽管他非常敬业，尽管他不辞劳苦，妄想扭转学校的教风、学风，妄想树立学校正气，妄想彻底改变师生的精神面貌，由于处理不好家庭和学校这对矛盾，由于处理不好个人超生问题，由于处理不好工作和事业的矛盾……所以他几乎没有时间思考学校的事情，几乎没有心思考虑学校教育教学方面的事情，更没有时间思考治校措施、方法……当他疲于应付，疲于奔命于超生问题的时候，他把所有学校工作都荒废啦，他哪里还顾得上学校呢？何况校长和教师之间需要处好关系，需要投入情感来维持、维系，校长和上级领导之间更需要沟通、交流，但是他哪有时间去考虑这些呢？

　　更加牵动神经的，更加使他孜孜以求的，还是文学事业。他仍然在不停地阅读、写作，他哪怕分出一点时间去阅读心理学、教育学方面的著作，阅读全国优秀校长关于学校管理方面的先进事迹、经验，再结合教育实践，他就会摸索出适合山泉小学的教育发展模式，可是他哪有时间去做这方面的探索呢？即使他不是因为超生问题，恐怕也会因为执着于文学事业而不去摸索、研究学校发展之路的，这是他作为一名小学校长的悲哀。当教师，他心系文学事业，当校长，他还是梦想成为一名杰出诗人，成为一名著名的文学家。如果他没有文学之梦，该有多好，没有文学之梦，他会成为闻名全国的优秀教师，会成为知名全省，乃至全国的小学校长或是中学校长，甚至大学校长……但是正是生生不息的文学梦阻断了名师之路，断绝了知名校长之路，那么他一直以来追求的文学事业，到底是一种什么事业呢？他博览群书，写出过大量诗作，却石沉大海，编辑以各种理由不是拒绝，就是不予理睬。等待，焦急地等待，他要等到什么时候才能成名呢？在他这个年龄，老舍、茅盾已经成名了。但是他不是老舍，也不是茅盾，那么他是谁呢？他将来怎么样？他是大器晚

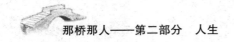

成的文豪、巨匠……

可是在高山镇教育界,他不得不受到韩主任的挟制,受到那些所谓的领导、同行的嘲笑和奚落,甚至诋毁、迫害、检举、告发,一只鹏鸟,沦落到荒凉的荒原之中,他必须忍受那些屑小的谣诼、欺凌和无情打压,道不同不相为谋。

所以说唐翰林能够治理好一所小学,把一所小学校治理得井井有条,而且教育成绩稳步上升。而他却不能站得更高,走得更远……

扫天下,何以扫一屋? 但是他至少也应该把身边的事情做好,把人与人之间的关系捋顺,不扫一屋何以扫天下? 他一定能够治理好这所学校……但是命运会作何安排呢?

就在这时,泽天成书记调离高山镇,他调到一个遥远的乡镇——小宋镇继续担任乡镇书记,因为郭玉堂书记之死,影响了他的升迁之路……

新任书记叫朱辰时,来自小宋镇,原是小宋镇党委书记,他因为和小宋镇镇长闹矛盾,被大河县委双双调离,小宋镇镇长调任水利局副局长。

与此同时,韩主任同大河县委组织部副部长张玉海结为儿女亲家,韩主任的小女儿韩明媚和张玉海副部长的大儿子张永礼结为伉俪。

这天早自习上课后,北辰校长刚刚检查过每个班级教师的辅导情况和学生出勤情况。他刚走进教师大办公室,三年级数学教师祁瑞霞也来到办公室,今天早自习没有祁老师的辅导任务,她因为丈夫不在家,又和老公公不和才申请住校的,但是她老是想从现在居住的一小间房子里搬出来,挪到东面两间大一点的房子里,而那两间房子是学校的体育器材室,她想把学校的体育器材挪到她那一小间房子里。北辰始终不同意,因为学校用房本来就很紧张,因为她居住的那一小间房子也是学校给她勉强提供的。

祁瑞霞老师嫁给祝振龙提出的唯一要求是必须给她办理以工代干指标,祝振龙满足了她的愿望,因为当时祁瑞霞还是一名代课教师,他们终于喜结连理。祁老师虽是女流,颇有男性性格,说得直白些,她不是男女界限十分分明的那种女性,平时不拘小节,还大大咧咧的,所以她有不少绯闻传出,但是北辰认为她并不是那种作风随便的人,想占便宜的人还吃过亏。

"郭校长,您答应不答应?"祁老师纠缠着他,她亲昵地说道。

他们站得那么亲近,他几乎能够嗅到她身上淡淡的馨香,这种香味像是一股薄荷的香甜,他陶醉了那么一小会儿,还是稍稍站得远一些。

"不行,祁老师,这不是谁想怎样就怎样的事情,这是学校,这是单位……"他终于冷静下来。

"单位怎么啦,学校怎么啦……还不是你一个人说了算!"祁老师说过这句话之后,自知失言,于是她左右看看,看到没有人,又急忙改口道,"校长,您想想办法吧,头生孩子大了,我又怀孕了,这几天正在闹胃口呢。如果祝振龙回来,我们这一大家子怎么住呢?"

她正想拉扯他,正碰上魏主任走进办公室,于是她急忙把抬起的右手抚摸了一下头发,顿时娇嫩的脸蛋绯红起来,刚才,那深情的眼睛里燃烧起来的欲望火焰瞬间熄灭了,她终于冷静下来,他们把目光不自然地转向魏主任。

"呀,哦,你们想干什么? 又说悄悄话了不是……"看来她并没有注意到祁瑞霞想推搡北辰,而是看见他们两个离得很近,于是她一走进来,就半开玩笑地大声说道。

"我们在谈情说爱呢,魏主任……"祁瑞霞口无遮拦地说。

"又信口开河,她想把住室和体育器材室换一下,国检还没有通过呢,即使通过验收,也不能……真没有觉悟……"北辰被她们你一言我一语地说得脸色红通通的,但是他还是严厉批评了祁老师。

"好,好,你们谈工作,我走啦,又上纲上线了……"她匆匆忙忙离开办公室时,还不忘自我解嘲地说。

北辰和魏主任约好今天早上碰头,商量迎接国家两基验收的相关事宜,尽管他们准备得已经相当充分,可是他们还要对照国检标准逐项核对,看还有哪些不足,还有哪些需要添置、更正的地方,祁老师走过之后,他们正在查看仪器配备情况,刚检查到弹簧秤的规格、型号、功能……然后是配备数量……这个时候他猛然听到外面有停放自行车的响声,肯定是来人了,这个时候谁会来? 不会是……北辰正在思考来人是谁,他没有敲门就推门进来,原来是韩主任。

"快进屋,韩主任!"北辰和魏主任几乎同时说道。

"我来看看,早自习上得如何? 刚才我到各班看看,教师们辅导效果还不错嘛。"韩主任边进屋边说。他一说完,就坐在北辰给他准备的木椅子上。

他询问山泉小学两基国检的准备情况,之前,北辰校长以为已经准备得非常完善,可是经过这一次和魏主任详细排查,他们还是发现许多问题,北辰不得不翔实汇报,他如实汇报学校体音美器材、图书、仪器、设备的短缺情况,虽然仪器设备已经得到充实,但还是存在一些不足。自从北辰校长把藏书拉到学校之后,他心里一直忐忑不安,虽然图书数量……可是这是不是在欺骗……

"时间已经非常紧急……"韩主任不无焦虑地说,他正说离开,却又突然想起了什么,他迟疑一会儿才说,"明天是母亲三周年忌日,今天晚上要招待吊唁的客人,今天早起,趁逢集,我要到集市上买些菜……"

哦,原来是这样……韩主任刚刚打发过姑娘,又给母亲办理三周年忌日……

晚上韩主任家高朋满座,北辰到得很晚,当他来吊唁时,宴席正好开始。宴席结束后,在回家的路上,他正好碰见贺云祥,他有些醉啦,但是他看见北辰兴奋地说:"北辰,你知道高山镇谁来当书记啦?"

"朱辰时,朱书记……"北辰莫名其妙地说,但是他还是想,无论谁当书记,他一

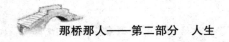

个汽车司机高兴什么呢?

"是朱书记没有错,可是你知道朱书记是谁吗?"他又反问北辰说。

"管他是谁呢!这和咱有什么关系呢?"北辰觉得贺云祥姐夫怪怪的,于是他不耐烦地说。

"那可是我姐夫的亲外甥女婿啊!"他的兴致是那么高昂,好像是他当上了高山镇党委书记一样,呃,原来他们还有这一层关系呢。

北辰告别贺云祥,他仿佛告别了一个时代,不知因为什么,竟然觉得生活是那么充实,那么踏实,他像是从高空中刚刚飘落在土地一样,他脚下的土地像是从来没有这么坚实过。

第十六章　良知死啦

1

这一年的春天来得很早,春节刚过,就迎来了一个春光明媚的世界。潮湿的季风从遥远的南方一路追赶过来,吹拂着平原上的田野、河流、村庄……世上万物悄悄地睁开睡意惺忪的眼睛,小草探头探脑地钻出地表面,尖尖的嫩芽是那么神奇、碧绿,河滩上、水坑边、道路旁到处都是刚刚苏醒的鹅黄色柳丝,微风吹拂,柳丝飘飘……麦子深情地吮吸着土地深处的黄褐色乳汁,麦苗生长的声音是那么甘甜,又是那么欢快……春天像是一首嘹亮而又温馨的青春牧歌,春天的歌喉是那么甜蜜、婉转……小河流淌着从城市、从工厂排出的废水,这种五颜六色的工业废水,发出一种腥臭和一种酸甜的怪味……田野里,树木上的各种鸟儿不停地鸣叫,它们尖叫的声音是那么悦耳、动听,简直要把整个大地都歌唱醉了,广袤的平原大地上,渐渐地花红柳绿起来,小燕子又飞回来,春雨淅淅沥沥地下起来……

他们距离国家验收已经很近了,各个学校都在忙碌,郭北辰校长在之前的验收中积累了许多经验,现在变得不慌不忙,他仿佛已经胸有成竹,路面硬化、教室、办公室、院墙都得到修缮,各种档案建设已经完备,现在是万事俱备,只欠东风。

星期天,淑丽回家说她需要购买画笔、色彩颜料、石料什么的,北辰一听非常高兴,他之前有一段时间曾经自学绘画,他当时非常渴望画一只小鸟,但是他无论如何观察,如何绞尽脑汁,都画不成,为此痛苦了很长时间,后来他甚至花费大量时间,费尽九牛二虎之力,仍然画虎不成反类犬,最后不得不放弃,从此以后,他不但相信所谓的天赋、天命,而且他非常相信命运,简直达到迷信的地步。有一段时间,还是不甘心,他下定决心,无论如何他要在绘画领域有所建树,有所成就,至少有所突破。于是他就从达·芬奇学画蛋开始,他也拿出一个鸡蛋观摩,观摩几天之后,就开始绘画,他画了一本、二本、三本,画了无数本,在很长时间里,他都坚持画下去,可是就是画不像,画不成。后来,他逐渐醒悟过来,原来他不是当画家的料,没有绘画天分,他终于死心了,从此,不再做什么非分之想。现在淑丽开始学习绘画,画的静物还挺好,她画的烟斗、苹果,尽管稚嫩、生硬,却也神似,她想画向日葵,但是画向日葵好像不是她所擅长,她画了很多向日葵,但是这些向日葵都似是而非。

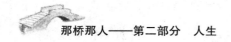

于是北辰想起梵高,向日葵是属于梵高的,那是天才画家的宠儿。淑丽在篆刻方面表现出天赋,但是也表现出愚笨、慵懒。

虽然绘画和篆刻激发不出淑丽的天赋,但是作为一种兴趣和爱好,作为一种知识和技能,还是可以坚持下去……

淑丽又怀孕了,她说这次可能是个儿子,因为这个孩子非常躁动,他总是不停地踢打肚子……

星期一早上,淑丽又走了。白天,北辰领着昉儿上班、上学,晚上就他们爷俩,昉儿熟睡之后,北辰就不停地阅读、写作……而母亲和婧儿依然在大梦村。

2

春节前,北辰和淑丽骑自行车来到黄河大堤近旁的石湾镇,他们把自行车寄存好,就坐上去大梦的公共汽车,经过长途跋涉,他们还得转车,下车后,他们不在汽车站附近的摊点吃饭,而是来到距离汽车站稍远的一家干净饭店,两个人点一个小菜,要了两大碗鸡蛋面,他们吃得饱饱的,饭菜的价位并不贵,并不比火车站和汽车站附近的摊点贵,而且卫生,质量又高。原来火车站和汽车站附近那些小摊贩,都是赚的昧心钱、黑钱,而距离火车站远些的饭店都是赚的回头客,赚的回头钱,他们以优质服务,以饭菜的质量取胜。人生也是这样,每个人都有每个人的选择,每个人都有不同的人生经历和不同的人生境界,他们处世为人的品质和价值观念,价值取向各不相同,道德、内涵、良知、人性各不一样,他们的人生各不雷同……不但知识改变命运,而且一个人的胸怀有多宽广,他人生的足迹就能走多远。

毕竟路途遥远,当他们下车之后,时间已是深夜,这个地方距离大梦村还十分遥远,来的时候,他们带来好些食物,还有母亲、孩子的衣服,这些衣服、食物是那么沉重,为了孩子再辛苦也值得,淑丽想替他背一会儿,可是他怎么舍得让她背这么沉重的东西。

他们到达大梦村时,时间已经距离黎明不远了,母亲听说儿子和淑丽到来,高兴得热泪盈眶,他们不舍得把婧儿叫醒,她睡得那么香甜,看到孩子睡觉的憨态,他和淑丽惭愧得潸然泪下,孩子已长这么大,却很少见到父母,婧儿缺少父母疼爱,她注定是一位苦命孩子,但是有什么办法呢?他们实在不舍得把孩子给别人。想到这里,北辰禁不住又哽咽不止,他真的不知道孩子的命运将来会是什么样子……可是这个时候把孩子送人,特别是把女孩子送给别人,实在是普通又普遍的事情……为什么非要把女孩子送人?生育男孩子那么重要吗?在这辽阔的国土上,封建余毒是多么荼毒人心啊!北辰不知道这是不是人生悲哀?

第二天,婧儿看到父母亲之后,她以为家里来了陌生人,所以一直躲在奶奶怀里,而且把污秽、红肿、粗糙的脸蛋深深地埋在奶奶破旧的衣襟下面。

"孩子,婧儿,叫爸爸、妈妈,这是爸爸、妈妈啊,爸爸、妈妈来看望你啦……"母亲把她从怀里拉出来,指着他们两个说道。

但是婧儿突然哇哇大哭出来,是因为陌生,还是因为惧怕,她哭得那么痛苦、伤心,她很少见到爸爸、妈妈,更不用说得到爸爸、妈妈的疼爱……

淑丽痛哭起来,她捂住胸口跪在孩子面前,然后硬生生地把孩子从母亲怀里抢过来,婧儿却奶奶呀,奶奶呀,不停地尖叫、哭泣,淑丽越哭,孩子哭喊得越厉害,淑丽不断地安慰她说:"不哭,不哭孩子……"

婧儿还是回到奶奶怀里,母亲哽咽起来,她们都在哭泣……淑丽先停止哭泣,却还是不停地抹眼泪。

北辰一直在抹眼泪,眼泪一直在流淌,怎么也抹不完……但是他只能抑制自己不哭出声来。

他们默默地坐了很长时间,婧儿不知什么时候,从奶奶的怀抱里下来,呆呆地站在母亲身旁,她本来不想走向母亲怀抱,但是不知道是一种什么奇异的力量,大概是母爱的力量吧,婧儿向母亲怀抱里蹭,她突然躺倒在妈妈怀抱里,刹那之间,她感觉是那么亲切、慰藉,淑丽从麻木状态之中苏醒过来,她像是感觉到一种温暖,于是她一把抱紧孩子,又哭泣起来,婧儿抱住妈妈的脖子像是失群的孤雁,又一次抱紧妈妈,她也在妈妈、妈妈地哭叫。

母亲和北辰又开始不停地抹眼泪,这种生活,这种生离简直比死别还让人悲痛……可是今天他们相聚了呀!

渐渐地,婧儿和妈妈熟悉起来,她不断地亲吻妈妈的脖颈、脸蛋、鼻子、嘴巴、下唇,她们母女是那么亲热、亲切,她们身贴身,心贴心地交流着心灵深处的情感……

"想妈妈了吗,孩子……"淑丽叫着孩子,又不禁热泪盈眶……

但是这一次,她们都没有哭出声,都在默默地流眼泪,刚开始婧儿害羞得跟什么似的,后来还是悄悄地说:"我想妈妈,我是多么想妈妈呀,您不走啦,妈妈,我不让妈妈离开,不让妈妈离开我,妈妈,您不能离开我,您不离开我好不好,妈妈?您不走了吧,妈妈?"

"妈妈不离开婧儿,婧儿想姐姐了吗?"淑丽不知因为什么,突然问起昉儿来。

"姐姐呢,妈妈?"她像是奇怪地问妈妈道。

"在外祖母家呢。"淑丽无奈地说。

"您怎么不把姐姐带来呢,妈妈?"孩子好奇地问。

"妈妈想婧儿啦,妈妈来得匆忙……下次来,一定带姐姐过来……"她只得这样说。

"你想爸爸吗,孩子……"淑丽指着北辰说。

婧儿用眼睛的余光瞥一眼生疏、陌生的爸爸说:"不想,妈妈,我不想爸爸……"

"为什么不想爸爸呢,婧儿?"淑丽像是怪罪孩子道。

"不知道,妈妈。"孩子冷漠地说。

"让爸爸抱抱,让爸爸亲亲吧。"淑丽劝她道。

开始她怯生生地不过来,但是她还是走到爸爸跟前,等着爸爸搂抱。她突然一下子扑到爸爸的怀里,叫着:"爸爸,爸爸……"

"孩子,孩子……"他的眼泪又一次流下来。

他们父女俩搂抱得那么紧,他们是用身体、用心灵在交流、交谈,他们交谈的时间太长,时间像是凝固啦,大地像是停止了转动……

"爸爸,爸爸……"婧儿突然叫起来。

"松开,松开她。"母亲叫喊道。

原来是他搂抱得太紧,只得松开她,于是她赶紧跑到奶奶的怀抱里,她在奶奶的怀抱里躺了很长时间,她好似感到奶奶才是世界上最亲近的人,从她稚气、脏污、红肿的小脸上可以看出她那么骄傲和自豪。

他们和母亲、女儿相处了两天两夜,孩子整天依偎在妈妈的怀抱里不停地叫妈妈,爸爸,奶奶。这一会儿,她像是轻轻地唱着什么,像是奶奶,或者其他人教她唱过几句儿歌,这时候,她凄凉地唱道:"小白菜呀,地里黄呀……"

她想笑,却又哭了起来,这倒惹得一家人哭泣起来……悲惨的婧儿,可怜的孩子,谁教她歌唱这样一句唱词呢?比没有爹娘的孩子还苦的孩子,她自出生满月离家,再没有回过家,一直在流浪、漂泊,她像是随着奶奶一直在茫茫的大海之上漂流……一个流浪儿……有父、有母,却又有家归不得的黑孩子……

离别的时刻到来啦,母亲先哭起来:"孩子,我不能总待在这个地方啊,孩子,在这儿……我可怜的孩子……"

"迁就一下吧,妈妈,看看我和淑丽受的苦,妈妈,您就将就一些吧,妈妈……"北辰也哭起来。

母亲和孩子一直在外流浪,一直居住在大梦村,北辰能不知道他们寄人篱下的日子,能不知道他们遭遇的苦难,但是谁舍得让母亲和孩子在外居住这么长时间呢?有能够享福的地方却去不了,不能去,姐姐家去不了,为什么他们家不让母亲和孩子居住呢?谁也说不了。这就是亲情,这就是亲姊妹。如果有哪位姐姐伸出援手,母亲和孩子会这么受罪吗?

婧儿看到妈妈要走,她一直搂住妈妈,她已经离不开妈妈啦,淑丽把婧儿交给妈妈,她就尖声哭叫起来:"妈妈呀,妈妈呀,我要妈妈……"

可是母亲抱住哭叫不停的婧儿离开了大叔大婶家,北辰似乎也听见了母亲的哭声。

淑丽大哭起来,大叔大婶都来劝,但是淑丽一直止不住哭泣。

北辰也在不断地抹眼泪。

他们的孩子在这儿,在大梦村,但是他们必须离开孩子,离开这儿,离开大梦村……他们像是没有离开,但是还得离开,躯体离开了,心却离不开。

他们得步行到汽车站,已经够难为人了,怎么好意思再让人送呢?何况又没有什么交通工具,北辰想无论如何淑丽的大叔大婶是世界上最仁慈、最宽容的人。

他们来的时候是那么高兴、兴奋,离开的时候却是那么悲伤……一路上他们都没有说话,也没有再哭泣,但是他们的心灵却一直在流泪,流血……

回到家里,淑丽就躺下了,不吃不喝,像是病了,又像是没有病。

"爸爸,妈妈怎么了,你们见到妹妹和奶奶了吗?"昉儿问道。

"见到了,妈妈心里难过……"北辰解释道。

"为什么不接奶奶和妹妹回来呢?"她又奇怪地问道。

北辰没有回答,回答什么,怎么回答呢?是说爸爸正处在转正的节骨眼上,所以才不能接奶奶和妹妹回家呢?是说因为爸爸贪图校长之位才不能接奶奶和妹妹回家,还是说妈妈也正在进修才不能接奶奶和妹妹回家,还是说他们还得再给她要一个弟弟呢?

寒假里,淑丽像是一具僵尸躺在床上闷声不响,她不吃不喝,也不休息,只是睁着眼睛望着屋顶,她在想什么呢?肯定是在想念婧儿。假期里,北辰一直在研究《资治通鉴》,其实心思并不完全在书上,他也在思考,他在思考什么呢?真的说不清楚……

有时候昉儿一个人玩耍,当她一个人玩累了,就缠着爸爸,让爸爸领着他到河岸上,到木板桥上,到田野里游玩。

"爸爸,我们还是让妈妈起来吧?"昉儿突然这样说道。

于是他们回家硬逼着淑丽起床,她一连躺在床上好几天,人瘦下来,头发乱糟糟的,真像个疯子,但是淑丽打起精神起床了,她也开始吃饭啦。他们一家开始贴门神,放鞭炮,蒸馒头,杀鸡,杀鱼,三十这天晚上,他们开始吃年夜饭,但是年夜饭开始时,淑丽不吃,北辰也不吃,昉儿看爸爸、妈妈都不吃,她急忙把筷子放下来,然后小声哭泣起来。

"来,乖儿,我们都吃,我们不再等奶奶和妹妹……"淑丽这样一说,又惹得大家哽咽起来。

"爸爸,奶奶、妹妹不回来过年吗?"昉儿问爸爸道。

"他们暂时回不来,孩子,你先吃吧。"北辰想让孩子先吃,他实在不想吃今晚的年夜饭。

"爸爸不吃,妈妈也不吃,我咋吃呢?"孩子怪罪他们道。

为了孩子,淑丽和北辰只能都吃起来……

3

一家人分成三处,母亲和婧儿在大梦村,昉儿和爸爸在山泉村,淑丽和她肚子里的孩子在大河县教师进修学校进修学习。

而国家两基验收小组已经进驻本市。验收这天,山泉小学简直如临大敌。高山镇教办室让三所初中、八所小学做好迎检准备,其他学校原地待命。

高山镇三所初中全部迎检,迎检的八所小学分别是官亭小学、树仁小学、德亭小学、山泉小学、闫英村小学、孙路口小学、高庄村小学、滩上村小学。除此以外,其他小学也要做好相关准备,就在此时,国家两基验收人员浩浩荡荡杀向高山镇。

第一天验收闫英村小学、孙路口村小学、高庄村小学、滩上村小学和高山镇第一初级中学、第二初级中学。

第二天验收德亭小学、树仁小学、官亭小学、山泉小学和高山镇第三初级中学。

第一天验收完毕,因为验收人员住宿市内,所以当天晚上市县领导在市里恭候,朱辰时书记和姚兆国镇长以及苏副镇长和韩主任陪同国家验收小组成员去市里同他们会合。

"你每个月领取多少工资?"在验收孙路口小学时,验收组成员提问教师道。

"每月三百五十四元七角……"这位教师刚刚上完一节课,他正从教室出来,恰巧被问及工资问题,于是他匆忙回答道,可是这位教师猛然醒悟过来,于是他急忙改口说,"不对,应该是五百二十七元八角。"

"到底是多少?"验收人员紧盯住这个问题不放,他再次问道,"是三百五十四元七角,还是五百二十七元八角?"

"确实是五百二十七元八角,不是三百五十四元七角。"他急切地回答道。

"为什么开始说成三百五十四元七角?"他严肃地问道。

"因为……"这位教师异常尴尬地说,他实在不知道如何辩解。

这位教师每月实际领取三百五十四元七角,他应该领取五百二十七元八角,五百二十七元八角是增长之后的工资,也就是教师们经常念叨的表册工资,即是所谓的虚发工资,因为高山镇经济紧张,工资增长以后却迟迟得不到兑现,但是为了应对国家两基验收,高山镇领导要求教师必须说假话,这位教师因为一时紧张竟然说出真实工资数,可是他改口得还算及时。虽然改口及时,还是引起验收人员的质疑。

第二天上午验收德亭小学、树仁小学、高山镇第三初级中学。验收人员提出问题更加尖锐,验收树仁小学时,丁秀杰校长被问得满头大汗,他几乎回答不出话来,其实还是昨天的老问题,还是教师工资发放问题,他们问丁秀杰校长工资发放及时不及时,他迟疑地回答说及时,他们要求丁校长按事实说话,丁秀杰肯定地说:"及时。"接着就问工资是不是按照国家标准发放,他犹豫一会儿,才回答说:"按国家标准发放。"但是实际情况是高山镇政府根本不按时发放工资，而且工资并不按国家工资标准发放，但是为了让检查顺利过关，校长照样得说假话，但是丁秀杰校长的假话说得并不像话，不但不像，还吞吞吐吐的，他还不断地望着韩主任。

"关于工资发放问题，请校长说出真实情况！"验收人员希望丁校长说出实话。

"高山镇教师工资，不但发放及时，还按国家标准足额发放。"韩主任掷地有声地回答。

验收组人员没有再说什么……这个问题总算过去啦，这实在让所有在场人员倒抽一口凉气，也多亏韩主任及时相救。

下午国家验收人员对官亭小学、山泉小学进行验收。验收山泉小学时，他们分为几个小组进行检查验收：第一小组检查各类档案；第二小组检查各室建设；第三小组检查硬件建设和校容校貌。第一组检查档案时，验收组长问及北辰校长九岁年龄组学生，在学校各个班级的分布情况，验收组长就坐在北辰对面。他端坐在椅子上，表情非常严肃，眼睛咄咄逼人，而且他穿戴得那么洁净得体，头发梳理得一丝不乱，他可是专家，是国家验收组副组长，光这些头衔就够北辰忐忑不安的，而且他问问题十分专业，但是这些问题虽然北辰校长早已烂熟于胸，回答时，他还是惶恐不定，但是他强迫自己镇静下来，然后准确无误回答道："山泉小学九岁年龄组共有九十七个学生，二年级一班有四个学生，二年级二班有九个学生，三年级一班有三十九个学生，三年级二班有四十一个学生，四年级一班有三个学生，四年级二班有一个学生。"

他对北辰校长的回答非常满意，所以他们也没有再问其他问题，其实如果四率表册同公安户口册进行比对，那么适龄儿童的辍学率、流失率，都会远远超出国家规定标准，适龄儿童毕业率也远远达不到国家要求，因为学校档案中的户口册，根本不是公安户口册，而是虚假户口册。这一点是山泉小学存在的最大隐忧，也是各个学校共同存在的顽疾，但是国家验收组并没有触及公安户口册这个敏感话题，如果他们去当地派出所查阅公安户口册，或者入户调查当地农民，真相就会大白于天下，所谓九年义务教育只是一句空话，如果派出所造假公安户口册，公安人员就会触犯刑律，所以他们轻易不走极端。硬件建设暂时不会有什么大问题，应该修缮的已经修缮，应该装修的已经装修，应该添置的已经添置……

焦点还是国家验收组在孙路口小学、树仁小学提出的工资问题，这也是大河县各个乡镇普遍存在的严重问题，而且由于工资不按时发放，已经严重影响教师工作积极性，严重影响教师生活、学习和工作。还有经费拨付问题，也就是关于人均事业经费和办公经费的拨付问题，镇财政所困窘的连老标准工资都不能按时发放，更不用说按国家规定的新工资标准发放，还可能拨付什么经费，只能是高山镇财政所工作人员和各个中小学会计之间制造些资金拨付假账。其实这些假账是经不起推敲的，因为这些拨付资金数额巨大，学校里根本消化不掉这笔巨款……而扫盲更是一笔糊涂账，一笔谁也弄不清的假账，文盲和半文盲到底是怎么脱盲的，简直是一场闹剧。但是这些问题都触及不到，是不是国家验收人员清楚这些问题，大概是不清楚，乡镇教师工资得不到按时发放，更不按照国家规定新标准发放，是不是他们也清楚，却装作不清楚？那么高山镇政府从老百姓手里收取的村提留和乡统筹都到哪儿去了呢？这些资金应该是用于维持庞大臃肿的政府机构开支，截至目前，高山镇政府吃财政工作人员几近二百人，整个高山镇不足四万人口，如果其他不计算在内，高山镇几乎是二百名农民负担镇政府一个人的工资，那么整个高山镇十几个村委村干部的工资呢？整个高山镇三所初中、十四所小学、三百七十六位教师的工资呢？所以说物极必反，就是这个道理，而镇政府、村委为迎接国家两基验收投入的大量资金怎么办？高山镇又没有矿山、企业，所以这所有投入势必要转嫁到农民身上，今年势必会加重农民负担……如果农民……后果不堪设想……

北辰校长趁国家验收组成员检查各室建设档案的时候，来到学校大门口巡视一番，他唯恐大门口有什么障碍物，阻挡国家验收组成员和相关领导的外出通道。来到学校大门口一看，有三辆小轿车停在学校大门口右边，他来到小轿车跟前，车上没有司机，司机呢，他们上哪儿去了呢？原来路南还停放着一辆黑色商务车，他想这三辆小轿车上的司机大概是因为旅途劳顿，可能在这辆商务车上休息吧，或许是他们在说悄悄话，当他静悄悄地走近这辆商务车时，竟然发现他们并没有休息，商务车里面还有小声争吵的声音，他们因为什么争吵呢？这真让北辰感到稀奇，领导去学校检查工作，司机却躲在车里争吵不休，北辰校长想看看这四个司机在争执什么，当他走近时，不由惊呆了，原来这几位司机正在赌博呢，他们肯定是因为赌资分配不均，才起内讧的……两位司机争吵得面红耳赤，其中一个非常消瘦，年龄有二十五六岁，焗过油的头发乌黑发亮，而且发梢很长，几乎盖住了整个右眼，脸色尽管白净，却依然能够看出他来自农村，如果不仔细观察，已经很难发现颧骨上面还遗留下一小块褐红色的肌肤，牙齿还有些微的乳黄色。另一位司机年龄大些，有三十七八岁，他尽管长的粗犷些，却很大气、豪爽，他们两个人正在吵闹。看见有人过来，便立即停止了争吵，在另外两个人的催促、劝说之下，继续打牌。他们在斗地主，他们身边既有一百元红票，也有零钱，他们看见北辰走过来，都匆匆把现金装起来。另外两个司机都是城里人，他们既矜持，又高贵，北辰看见他们，顿时羞怯起来，顷刻显得卑微和渺小，他非常羡慕、嫉妒他们，这些人既保养得好，又穿戴整洁、得体，他们才是上帝的宠儿……可是他什么时候，才能实现文学家梦想呢？什么时候才能够脱离农村？什么时候，他才能穿戴整洁、穿戴得体起来？什么时候才富有，才不再贫穷，什么时候他才能跻身上流社会呢？什么时候才能变得自信、高贵呢？想到这里，他不禁感慨万千……但是他已经在外面待得太久啦……

轰轰烈烈的国家两基验收结束了，可是山泉小学为此也欠下了许多外债，这些外债几乎成为山泉小学挥之不去的梦魇，这副沉重的担子几乎压得北辰喘不过气来。

446

4

正当北辰校长忙于国家两基验收之时,赵凤生又和妻子离婚了,离婚不久,他调到大河县委组织部工作,原来赵凤生和朱辰时是高中老同学,大河县组织部长刘志国是朱辰时书记的老上级,朱辰时书记把赵凤生推荐给刘志国部长,赵凤生调到组织部不久,据说小莉也和丈夫离了婚,现在赵凤生和小莉虽然没有办理结婚手续,却又一次生活在一起……

验收工作刚刚结束,学校开始放假,假期里因为淑丽怀有身孕,北辰坚决不让她下地劳动,所以家里的麦子都是他在收割,但是淑丽也不肯闲着,她还是挺着大肚子帮着北辰不停地干这干那,昉儿已经能够从家里到地里来往送水啦。今年,一望无际的麦田里突然出现了一台大型联合收割机,这台大型联合收割机像是一匹矫健的骏马,来往奔驰于麦田之中,它又像是一头怪兽,顷刻之间把偌大一块麦田吞噬殆尽,这真的出乎农民想象。有些富裕家庭,已经不再使用原始镰刀,他们骄傲地跟在联合收割机后面,日夜等待,有的因为等待时间太久,已经等得焦躁不安,这些人因为争抢联合收割机,已经不惜诉诸武力。由于大型联合收割机少,使用人家多,所以有些村霸打起歪主意,他们不再收割麦子,而是操纵、把持联合收割机从中渔利。因为这些联合收割机大都是从外地开过来的,本地人大都没有经济实力购买大型联合收割机,有的还没有看到商机,因为自从土地分开之后,家家户户都是耕种一份土地,所以并不适合大型联合收割机收割,如果谁要是购买一台大型联合收割机,他就会蚀本,这样的赔本买卖,精明的本地人绝对是不会下注的。但是这些联合收割机的主人,他们从遥远的南方,收割到遥远的北方,这样一个多月收割下来,他们就能赚回购买联合收割机的所有费用,第二年就能盈利。但是他们每到一个地方,必须依靠一个最凶恶、最残忍的家伙,才能在本地站稳脚跟,因为每到一个地方,必须在一个地方稳扎稳打,不能把联合收割机开来开去,这样就会把一天之中大部分时间浪费在来回奔跑的道路上,如果这样,有时候看似忙碌,却挣不到金钱,所以他必须一家挨一家收割,但是村霸之间利益不同,于是就有争强斗狠的事情发生,有时候收割机就得长时间停止下来,这样一来,收割机主人既收割不成麦子,也挣不到金钱……山泉村的苗东领过来一台联合收割机,这个收割机主人辛辛苦苦忙碌了一个季节,他假装把人家送走,又在半道上扮作蒙面人把钱财劫掠一空,案件很快真相大白,他被绳之以法……尽管如此,在之后几年时间里,大型联合收割机依然像是潮水一样源源不断地从外地蜂拥而至……终于缓解了农民收割麦子的困难。

刚开始北辰实在因为害怕劳累,他真想使用收割机收割麦子,但还是考虑到因为淑丽上学欠下债务，虽然去年已偿还了一部分外债，但是毕竟还欠下一部分外债，他还是舍不得使用大型联合收割机，更不用说去争抢大型联合收割机，再者北辰不使用收割机，也有一定的客观原因，刚开始北辰也想使用联合收割机，因为债务，他正在犹豫之时，淑丽也是因为心疼金钱，不让他使用收割机，所以他不再犹豫，况且收割一亩麦子竟然需要三十元现金，而且最重要的是这种大型联合收割机在收割麦子时会抛撒掉许多麦粒，这实在让人惋惜，他们辛苦大半年时间，又是施肥，又是耕种，又是浇灌，又是打药，可是这种大型联合收割机却做不到颗粒归仓，这不免让人疼惜，何况联合收割机收割之后，麦茬遗留那么高，不但影响播种，还会影响农作物早期生长，北辰可没有时间铲锄那么高的麦茬。即使有时间，北辰也不想在那么炎热的天气干活。所以北辰还得使用镰刀收割麦子，有时候就他一个人在收割，有时候淑丽挺着大肚子，一直跟在北辰后面帮助捆扎麦子，但是他说什么也不想让她再劳累，坚决不能因为劳累而动了胎气，但是用架子车拉麦子的时候，她还是为他扶车把，能够让他更快地把麦子装到架子车上，如果没有人扶车把，麦子实在不好装到架子车上去，麦子会因为架子车倾斜而滑掉的。在播种的时候，北辰不让淑丽往土坑里丢玉米种，他只有把玉米种装满口袋。他锄一个坑，就从口袋里掏出二个或者三个金黄的玉米粒，再把玉米粒丢到土坑里。然后再锄一个坑，把黄土覆盖到刚才丢玉米粒的土坑里。有时候为了节省时间。他就让昉儿帮助他往土坑里丢种子，昉儿端着盛玉米种的黄瓷碗，站在他的身旁。他们爷俩配合得那么默契。但是孩子累了，她就会说："爸爸，我太热啦，我想妈妈了。"或者说："爸爸，我太累啦，我想家了。"于是她把小黄瓷碗递给爸爸之后，就一溜烟向家里跑去。

他把麦子拉回麦场里，他们再也不用牲畜碾场啦，现在农村很少见到牲畜，牲畜的时代即将成为过去，一个机械化的时代，一个新时代已经来临了。现在满大街奔跑的净是铁疙瘩，四轮车碾得又快又干净，很快麦子就扬出来。今年的麦粒并不饱满，不但不饱满，还很瘦小，因为自然灾害，今年的麦子大幅减产，收获这些麦子实属不易。他抓起一把干瘪的麦子塞进嘴里，然后咬烂几颗干焦的麦粒，他品尝到麦粒的馨香，顿时感到那么满足、幸福。北辰把缴公粮的麦子留下来，虽然交过公粮之后，剩余的麦子已经不多，但是他还是把这些少量的麦子交到面粉厂里，他们再不会因为储藏麦子而发愁啦……

干完自己家里的活，他还得去帮助淑丽的娘家，两位老人的身体大不如前了，淑丽妈妈从楼上摔下来以后，虽然没有摔骨折，病情却很严重，她每天弯着腰，还不断地喊叫腰疼，她再不能像以前那样割麦、打场，再不能像以前那样参加繁重的农业劳动啦。淑丽父亲也日益衰老，父亲的须发像是霜雪那样洁白，他又发福啦，显得那么慵懒，还十分贪杯，他经常头痛，医生说是血脂稠，需要降血脂，已经在打针吃药，医生建议他注射脉络宁，还让他戒酒，可是他总是戒不掉，而且每次喝酒又都是喝得酩酊大醉，所以他的病情愈益严重了。北辰必须帮助他们把麦子割倒，然后一车车把麦子拉到麦场，再请来四轮车把麦子碾出来，然后把麦子装到口袋里，再一袋袋拉回家。他们的麦子仍然储存在家里，他们嫌存入面粉厂吃亏，面粉厂不但扣杂质，还要扣水分，而且麦价高的时候，面粉厂老板又不准许储户提取现金，着急使用金钱的时候，却不能当钱使用，只能干着急，这样很多人家不愿意把麦子贮存到面粉厂去。这些麦子还是存到家里放心，储存在家里，什么时候着急用钱，就什么时候卖，不受任何人限制。

　　开学后，班主任很快收齐了布置给学生的勤工俭学任务，但是北辰并没有把学生辛辛苦苦捡拾的麦子集中起来，如果在过去，学校把麦子集中起来统一出售，然后用于学校开支，或者用于教师年终福利，特别是今年，因为迎接国家两基验收，学校欠下许多债务，所以特别需要一笔资金偿还欠债。但是今年可不一样，官亭村委胡桥村已经闹了起来，胡桥村和山泉村毗邻，山泉村农民也在蠢蠢欲动，真是山雨欲来风满楼。胡桥村闹事的原因是今年麦子受到严重的病虫灾害，咪虫快把小麦吃光了，后来小麦又受到严重的风灾。麦子正在灌浆的时候，那几天阴雨绵绵，可是阴雨下到最后，狂风骤起，所以造成麦子大面积倒伏，倒伏的麦子产量很低，往年亩产八百斤左右，长势好的麦田，亩产超过一千斤以上。今年小麦因为遭受自然灾害影响，很多小麦亩产量不足四百斤，有的亩产量甚至不足三百斤。今年因为迎接国家两基验收，高山镇政府，各个村委对学校都有不同程度的资金投入，也不排除有些村委假借国家两基验收之名，抬高夏粮征收标准，所以今年的村提留和乡统筹比往年都有大幅提升，往年每亩土地征收一百六十斤小麦，今年每亩土地征收二百五十斤小麦，一下子每亩土地多征收九十斤小麦，今年小麦产量是近几年来产量最低的年份，如果交上公粮，家里余粮恐怕就所剩无几，广大农民早已被饥饿吓怕了，所以他们不由得惊慌不已。尽管土地早已分给农民，但是由于灾年歉收，税收过重，农民不堪忍受，所以胡桥村率先闹腾起来，不但胡桥村，高山镇下辖十四个村委，所有自然村都在观望，临近乡镇也都在观望，一场风起云涌的农民运动就要爆发了……胡桥村率先上访，他们已经预备好四轮车、三轮车，还有毛驴车、架子车、自行车，准备后半夜向淮河市进发。他们要越过县委、县政府直接向市委、市政府告状，如果市委、市政府解决不了，他们就向省委、省政府告状。官亭村委书记王满堂得到消息之后，他连夜汇报给朱辰时书记，朱书记听到王满堂书记汇报，他来不及向上级汇报，也来不及开会研究对策，他交代姚兆国镇长说："如果一个小时以后，我还没有回来，就说明胡桥村问题非常严重，你就代表镇党委政府向县委王书记汇报，按实际情况汇报，不得隐瞒……"说完这句话，他单枪匹马来到胡桥村，愤怒的村民根本不听他任何解释，他们顷刻将他围困在村子里……县委王新民书记接到姚镇长汇报，也火速赶往胡桥村，因为他非常担心星星之火成为燎原之势，所以他要尽快。与此同时姚镇长率领镇政府工作人员赶往胡桥村解救朱书记……王新民书记的轿车刚走进村子就发现姚镇长率领镇干部正和胡桥村村民对峙，姚镇

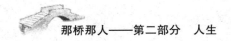

长已经和朱辰时书记汇合一处,但是这些衣服褴褛的村民把镇上所有领导都围困起来……

但是这个时候,王书记还没来得及下车,就被一群发疯的农民包围起来,而汽车恰巧停在一条深沟旁边,王新民书记的小轿车距离深沟只有几米远,这时,很多农民蜂拥而上,他们想把王新民书记连人带车推到深沟里……

"推,一起推,一二,一二……"这群像是乞丐一样的农民之中,有一位高大的年轻人,他叫刘来中,通过朦朦胧胧的月光,可以隐隐约约地看到他裤脚很短,趿拉着一双千层底布鞋,他上身的背心也很短,几乎遮盖不住肚脐,却长得虎头虎脑,他在村子里很有号召力量。他一边喊口号,一边用力向深沟里推车,车子缓缓地向沟壑行驶,在他的吆喝下,顷刻之间,又上来一群愣头愣脑的年轻人,子弹头汽车继续缓慢地向前方行驶,一秒钟,两秒钟,三秒钟……可是子弹头汽车说什么也不再向前行驶,大概是车闸已被刹死……可是子弹头已经接近沟沿……他们准备把轿车掀翻……

"掀,把车掀翻,掀到沟里……"有人出主意道。

"一二掀……"农民吆喝道。

子弹头几乎被掀翻了……另一个场面是高山镇领导正同胡桥村农民激烈对峙、争吵。可是这件事发生得这么突然,让所有人始料未及,一场悲剧就要降临……

"住手,我是小炮!来中爷爷……"在这紧要关头,司机小炮打开子弹头汽车的玻璃门,他急忙把像是长颈鹿一样的脖颈从车门里伸出来,他拧着头冲刘来中尖叫道。小炮是王满堂的侄子,是王满堂大哥家的大儿子,他又高又细,简直像是一根细细的麻秸秆,他是市委组织部常仁杰部长的侄女女婿,他退伍之后,开始给大河县组织部部长开车,现在是大河县委王新民书记的司机。

"原来是小炮开的车啊……停,全部停下来……"刘来中命令道,他惊愕不已地说,"原来真是大河县委王书记啊!"

这些农民听说是小炮开的车,车里坐的又是县委书记,他们终于停止下来,真险啊!这时候,子弹头就在沟壑边沿!而且他们几乎把车子掀起来……这些农民真是无法无天,简直连性命都不要了……没办法,王新民书记只得铩羽而归……既然他们解决不了问题,激愤的农民开始采取行动……

这些县、镇领导根本阻挡不住失去理智的农民,他们像是被激怒的原始族群,谁也阻挡不住这股滚滚浪潮,这股滚滚铁流……就在当天夜里,已经组织起来的胡桥村村民开始缓缓向城市进发,如果市委、市政府不答复减免乡统筹、村提留数额,他们就向省委、省政府告状。他们开四轮的开四轮,开三轮的开三轮,骑自行车的骑自行车,还有套驴车的,但是很多人步行,因为这些人既没有机动车辆,也不会骑自行车,有些人还拉着架子车,架子车上躺着不会行走的上了岁数的老人,他们把老人也拉上来,他们已经行进在去城市的公路上。如果路途顺利,明天八点之前,他们会准时到达市委、市政府门前，农民大都携带着干粮，条件好一些的农民携带着煮熟的鸡蛋，那几个开四轮，开三轮的后生，他们才不心疼金钱呢。都是有钱户，他们的父母不是生意人，就是包工头，他们会去城市里大吃大喝一顿。而那些贫穷的农民，他们携带的大塑料水壶里盛满了净水，可怜的农民实在舍不得浪费一分钱，其实也没有多余的金钱用于消费，分地这些年来，光靠地里这点收入，几乎解决不了温饱，物价在飞涨，孩子要上学、吃饭、穿衣，还要赡养老人，还要不时缴纳什么集资款，还要遭受疾病困扰，黄金有价，药无价，之前看一次病只需要几角钱，现在头疼、发烧，即使在农村卫生所，没有十几元也看不好，如果去城市，没有一百多元就看不好，还有那么多的人情世事……他们已经无路可走啦……

这些衣不蔽体的农民在前面走，镇领导的车辆紧紧地跟随在他们后面，这些领导从没有像今晚这么狼狈，之前他们霸道惯了，不是骂人，就是侮辱、欺压老百姓，可是今天他们颓丧极了，简直像是小丑一样跟在愤怒的村民后面，都在倾听这些农民的谩骂和诅咒。水能载舟，亦能覆舟，信乎！

整个夜晚，他们走走停停，停停走走，累了就停下来休息，可是那些机动车辆上的年轻司机，他们拉着满满一车人，疯狂奔跑一阵，然后就会停下来等待、休息，这个时候他们就要吸上几支香烟，商量对策和策略，等后面的人几乎接近时，他们又是一阵狂奔。他们可是有备而来，平时低贱贫穷的村民，平时说话哆哆嗦嗦的这些衣服破烂不堪的群众，现在他们不卑不亢、慷慨激昂的样子像是时代的主人一样，其实他们就是历史发展的动力和源泉，人类社会前进的助推器……而平时那些趾高气扬的官吏像似一群摇尾乞怜的乞丐，他们蜷缩在车里像是历史的罪人和小丑。这是多么鲜明的人生，可是不久以后他们又会盛气凌人地说："跑折你们的狗腿，看哪个孬孙受罪，看哪个小舅子挨饿……"但是今夜受罪的不是那些可怜农民，却好像是他们。

他们不是抗粮不交，也不是无理取闹，更不是揭竿而起，而是去市委、市政府告状，状告高山镇党委政府，他们告状的依据是今年乡统筹和村提留为什么每亩地比去年高出九十斤粮食？

黎明，他们经过县委政府大门时并没有停下来，原来他们不是来县委、县政府告状的，他们是去市委、市政府告状，这顷刻引起县镇领导的恐慌，他们原来以为这些鲁莽农民肯定会向县委、县政府告状，可是他们经过县委、县政府门口时，队伍并没有停下来，而是继续向市委、市政府进发，这就打乱了县委、县政府的部署，原先县镇两级领导以为这些无知的农民肯定会在黎明到来之时围堵县委、县政府大门，让县委、县政府给予合理解释，解释去年每亩田地征收一百六十斤粮食，今年猛增至二百五十斤粮食，一下子增加九十斤粮食，这是何道理？这是哪家王法？他们会迫使县委王新民书记勒令高山镇党委政府收回成命，但是县镇领导的如意算盘落空了，他们所有的应急措施，一切应急预案都失效了，在县委严阵以待的王新民书记得到汇报之后,不得不匆忙赶过来,这些之前被称作黔首氓隶之人已经接近城市边沿,王新民书记妄想组织警察、防爆队员进行拦截,可是拦截失败啦,这些狂暴的农民不吃这一套,他们硬生生穿过封锁线,他们像是从山顶滚下来的顽石一样锐不可当,然后他们向着城市方向,向着市委、市政府方向蜂拥而去,王书记不得不只身追赶过来,他跪在地上,恳请上访村民深明大义,理解党委政府的难处,如果说今年粮食征收工作有什么问题,回去之后,县委、县政府会给予合理答复,无论什么事情都会得到圆满解决。群众群情激昂地说今年小麦遭遇到严重的自然灾害,他们希望把今年征收的二百五十斤粮食减免至去年的一百六十斤标准,王书记却不能立即做出答复,尽管他一直跪在黄土地上,并且声泪俱下地劝说这些不知好歹的农民暂时返回,但是这些经过一整夜艰难跋涉的乡民却从他跪着的地方冲了过去,王书记只有赶到上访队伍前面,他要提前向市委书记吴铁良汇报胡桥村民上访原委……

这些行为举止稀奇古怪、穿戴破破烂烂的农民经过城市大街时,时值上班高峰,这支奇形怪状的队伍,现在不管步行,还是驾驶什么车辆,他们却是步调一致,并不横冲直撞,他们遵守交通规则,遇红灯停,遇绿灯行。尽管他们行进得非常艰难,因为经过一夜的长途奔袭,他们已经疲惫不堪,但是农民们依然继续前进,饿了,有携带的干粮,渴了,就对着塑料水壶狂饮一通,他们一边吃喝,一边默默无言地行进在城市大街上,农民们饱经风霜的老脸早被岁月的刻刀雕琢的满是褶皱、伤痕,有些农民疲惫、憔悴的脸庞上还有乱蓬蓬的肮脏胡须,大多农民趿拉着鞋片子,或者是廉价购买的拖鞋,有的农民经过一夜的艰难旅行,鞋子早丢啦,他们赤脚走在城市坚硬的柏油马路上。领队的是兔子兄弟,之前,兄弟两人农闲时以打兔子为生,他们原是兄弟三人,老大因为打兔时枪管炸裂,被炸药炸的脑浆迸裂。当时正值初冬季节,他正在一块白菜地里寻觅兔子,这时正好发现有一只肥硕的野兔在啃白菜,而兔子却没有发现他,老大不禁一阵窃喜,于是他瞄准、射击,然后轰咚一声巨响,兔子逃掉啦,他却被炸得脑浆迸裂,许多白菜上遗留下殷红的鲜血和白花花的脑浆,真是惨不忍睹,等到其他农民赶过来时,他早已魂归西天,赶来的农民默哀一会儿,祈祷他向西天一路走好,然后才去通知他的家人,老二、老三用一辆破旧架子车把尸首,连同残破的枪支,还有没有用完的弹药一起拉回家……他们把所有枪支弹药全部埋进大哥的坟茔……老二、老三金盆洗手了,从此两人踏踏实实务农……可是这一次,他们走在上访队伍的最前列,其实老二、老三就是这次闹事的核心人物。老二叫刘朋新,他下身只穿一条几乎分辨不出颜色的破旧裤子,上身裸露着古铜色脊梁,凸鼓的胸肌仿佛黑色的铁块那样坚硬,臂膀像是老虎钳一样强健有力,眼光锐利,鹰钩鼻子是那么硕大,他很像一只正在追赶兔子的凶猛猎犬。老三叫刘朋富,赤着脚,身躯高大、倔强,他尽管十分疲惫,可是他依然大步走着,肮脏凌乱的头发像是枯萎的野草。兔子兄弟后面跟着闫秋收,以卖鼠药为生,他总在不停地数着顺口溜,街头巷尾的孩子总喜欢跟在后面听他说唱,闫秋收几乎成了家喻户晓的公众人物,他贩卖老鼠药的手段却是花样百出,有时候他收取现金,有时候农民用死老鼠换取老鼠药,有时候可以赊欠老鼠药,他还保证说药不死老鼠不要钱……现在他只放录音机,不动嘴巴了,所以他渐渐地越来越加沉默寡言起来……后面走着的是屠户兄弟,他们以杀猪卖肉为营生,这几年因为从农村往城市贩卖猪肉发了大财……

　　这一大队人马足足有一个加强营,他们终于来到市政府门口……

　　问题已经反映上去,却迟迟得不到答复,已经是十二点钟,夏日的骄阳炙烤着他们,简直要把他们烤焦了,他们黑黝黝的脸庞流淌着污浊的汗水,可是他们依然在市政府门前坚持、坚守……他们并没有围堵市政府大门,而是允许市政府官员进进出出,但是这些官员像是赌气一样,他们本来应该下班回家了,却没有一个人出来。时间已经过去十二点半钟,仍然没有人出来解决问题……农民们依然焦虑地等待着……

　　"看晒哪鳖孙,走,喝酒去。"姚兆国镇长狠狠地咒骂他们道,他早就等得不耐烦啦,于是率领几个镇政府官员到豪华酒店享乐去了。

　　而这些衣不蔽体的群众,啃着干馍,他们带来的水早已喝光啦,毒辣辣的太阳并不体恤、怜悯这些可怜兮兮的农民,他们依然在等待,也只有等待……嘴唇已经开始干裂,天空一丝云也没有,汗珠不断地从他们黑黝黝的脸庞、胸膛、脊梁上滚落下来,摔碎在坚硬的柏油路面上,因为困倦,他们的眼睛异常干涩,而汗水模糊了眼睛之后,他们的眼睛顷刻红肿起来,这个时候眼睛火辣辣的疼痛,他们真想痛哭一场,一些妇女在不停地诅咒、咒骂……时间已经是下午一点钟,又过去一个小时,时间已经是下午两点钟……现在已经是下午四点钟……他们依然在坚持……他们终于把毒辣辣的骄阳逼走了……黄昏悄悄地依偎在这些农民身旁,他们轻轻地叹着气,依然在等待领导能够解决问题……整整一天……只有接近十二点的时候,信访局一位副局长劝他们回去,他说只有大河县政府才能解决问题,除此之外,下午三点半钟的时候,过来一位瘦小官员,他说是什么政府副秘书长,如同信访局副局长一样的口气,也是奉劝他们早早离开市政府,他说他们无论待到什么时候也没有用,只有大河县政府才能解决胡桥村的问题……一天就这样过去了,可是没有满意答复,他们是不会离开市政府半步的,现在只有夜晚陪伴着他们,也只有深夜的孤独、寂寞伴随着他们,还有疲倦、困顿蹒跚地走过来打扰他们,睡意狠命地折磨他们……他们模模糊糊休息了一会儿,却又被花脚蚊子叮醒了……这个时候,黎明悄悄地降临了……今天还是没有人理睬他们,等到中午,再等到下午,还是昨天那两位同志前后过来说让他们回去,现在市政府领导正在向上级汇报,因为这是皇粮,自古哪有不交皇粮的道理,群众说他们愿意交皇粮,可是为什么村提留、乡统筹征收那么多粮食,何况今年灾害严重,粮食歉收……可是村提留和乡统筹是大河县的事情,必须大河县政府解决……又是一天,还是什么都没有解决……

　　今天是他们来市政府上访的第三天,干粮早吃完啦,他们已经在忍饥挨饿,后

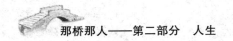

半夜又那么寒凉……他们的嘴唇早已干裂得血肉模糊啦……

兔子兄弟和屠户兄弟准备继续上访,可是有的想回家了,想他们的娃了,想父母了,还有庄稼地,他们再也不想告状啦,如果政府再抓人怎么办?谁能担保不抓人呢?警察和防爆队员就在身旁,他们会随时抓人的……有的人在打退堂鼓,有人已经开始回去了,已经走过十几个人,他们都是以各种理由离开的,有的是他们的儿子在县政府上班,被他们儿子拉走了……又有一大批人,这些人是村委干部的家属、族人……只剩下很少一部分人,终于兔子兄弟、屠户兄弟和卖耗子药的闫秋收也不再坚持了……

结束了,轰轰烈烈的抗粮运动还是不了了之,但是他们虽然不再闹事,却也不交公粮……

而山泉村民也在抗粮不交,只是有别于胡桥村,他们既不上访,也不闹事,就是不交公粮,为首的是工头陆金榜。

陆金榜的父亲当过山泉村委副支书,后来离开了村委,总之他离开村委时间不长就去世了,陆副支书去世的时候,陆金榜兄弟五人都还小,陆金榜的母亲却是一位勤劳而又坚强的女人,她把他们兄弟五人拉扯大实属不易,而陆金榜是兄弟之中最争气的一位,这几年承包工程赚了不少钱,他最大的心愿仍然是进村委,郭书记被杀时,他当时不在家,没有抓住机遇,但是这一次,时机终于成熟了,他早已勾结很多人,有不得势的村委干部,有医生、教师、窑主、小商贩、镇政府干部,还有一些不务正业的人。

心思阴毒,好算计人,这是陆金榜的惯用伎俩,他四十岁上下,可是头发已经非常稀少了,他依然把头上边沿那几缕长发焗染得乌黑发亮,企图以此遮掩光秃秃的头顶,但是他稍不留意,或是风力一吹,那几缕长发,就会从光秃秃的脑门上耷拉下来,这几缕长发像是一长缕黑色遮羞布从左耳旁边耷拉到腮骨下面,这个时候,他就会不好意思地把这几缕长头发又搭在亮得眩目的秃头顶上,然后再用右手把这些长发抚平,但是他无论如何想利用这几缕长发,却怎么也遮盖不住光秃秃的头顶,那几缕长发像是几条黑色蚯蚓那样在光秃秃的头顶上蜿蜒而过……他的鼻头很秃,鼻毛像是两只黑色的毛笔尖从鼻孔伸出来,这两只黑色毛笔尖总想蠢蠢欲动地书写一行让人恶心的小楷似的……陆金榜似乎有严重的鼻炎,他平时很少说话,却不停地咂摸嘴巴,还不停地从鼻孔里发出吭哧声音,而且颧骨还特别宽大,下巴又非常尖小,脸颊上尽是黑青色的胡茬,他很有心计,经常算计人,还特别会利用蝇头微利收买、笼络人,所以经常会有很多人为他办事,替他卖命,而且乐此不疲。他还经常祸害女人,他往往在贪图利益的女人身上获得成功。

这个时候,他不提什么乡统筹、村提留,也不上访告状,山泉村却有许多人从他家里出出进进,这些人像是白区那些神秘的地下工作者,他们不但不交公粮,还伙同其他人在更深夜静之时,在隐蔽的地方不停地密谋、策划。他们到底在干什么?

有人说他们想篡权、掌权,想制造混乱,然后再乱中夺权。如果白天,有人恰巧碰见他,他们想表达忧虑,同时也想知道他葫芦里到底在卖什么药?抗粮不交可是大事,这在之前可是要杀头的,这样一味闹下去不会有什么好结果,上边一旦追究下来……胡桥村已经不再闹腾了。可是这个时候,他隐晦地说咱不学胡桥村,但是今年农民负担这么严重……谁才是罪魁祸首呢?王长江……原来是这样……于是大家才隐隐约约地知道陆金榜是冲着什么来的。

山泉村像是弥漫着一股死气沉沉的气息,一段时间,人人都讳莫如深,似乎有些人在交头接耳地说悄悄话,至于说的什么话谁都不知道,好像是在谋划一场惊天动地的大案,又好像什么都不会发生,又仿佛马上就会有巨浪冲天而起,一会儿就会有响雷凭空炸裂一样,可是一会儿又会烟消云散……

首先,北辰恍惚之间像是意识到什么,陆金榜不是君子,他是在利用减负凝聚人心,利用减负这把钢刀狠狠地刺向对手……而北辰可不敢怠慢,他立即召开全校班主任工作会议,会议上,他宣布各班把收缴的麦子退还给学生。他预感到山泉村似乎在经历一场变革,或是动荡,至于怎么变革,朝向什么方向发展,发展到什么地步,这可能取决于陆金榜周围那些人的密谋……

但是从陆金榜家里出来的人都守口如瓶,这些人从他家出来以后都很严肃,他们不和任何人交流思想,唯恐一开口就会泄露天机,看来,这些人可能在遵守什么纪律。王长江书记亲自拜访陆金榜,却见不到陆金榜的人影。而高山镇党委书记朱辰时也派人做陆金榜的工作,但是他都拒而不见,其实他并没有从地球上消失,而是他另有打算和阴谋,只是现在还不愿意把锅盖打开,至于打算什么时候打开锅盖,只有等到他认为时机成熟之后,所以他现在躲避着想见到他的任何人,只有死党、密谋者,还有紧紧追随的人才能够见到他。

张家庆是陆金榜的心腹,他是北辰小时候的同学,自从紧跟陆金榜闹事以来,他都在躲避北辰,有几次,北辰已经看到他正和几个人说悄悄话,他可能看见了北辰,立即停止了说话,还假装没有看见北辰的样子。又有一次,张家庆远远看见他,像是遇见瘟疫一样避开他,可是北辰只管跟着他,他已经跟到很远的地方,这儿是一个僻静所在,看看左右没人,他只得站住。

张家庆更加肥胖,慵懒了,他像是非常傲慢、矜持,左眼角旁边那块一文钱大小的朱砂色胎记像是骄傲本钱一样,之前他们非常要好,现在却突然生疏、陌生起来,是不是他们之间产生过什么隔阂,没有,什么隔阂都没有,那么他为什么要躲避他呢?

"陆金榜到底在干什么?"北辰非常想从他这儿知道些内幕。

"基本不涉及学校的事情,但是状子上,还是提到勤工俭学和学校收费高的问题……"他说完这句话,就匆忙离开了北辰。

原来他们在收集材料,在暗地里搞什么黑材料,关键是他们主要在整谁的黑材料,他们的目的是什么？而陆金榜的目的是夺权,但是王长江当支部书记的时间并不长,但是他当村主任的时间长！陆金榜应该是针对王长江的,可是他们反映学校什么问题呢？学生勤工俭学的麦子已经退还给学生,而学杂费是全镇统一收取的,他们在唱高调,在利用农民搞事情,暗地里却抱有不可告人的目的。他们口口声声要减轻农民负担,其实是在蛊惑人心,而他们真正的目的是满足膨胀的私欲……

几天之后,真相终于大白于天下,陆金榜站在广大农民立场,向上级领导反映农民负担过重问题,材料中涉及农民减负的很多内容,其中提到山泉村小学两个方面的问题:勤工俭学和收费过高问题。当然还有村提留、镇统筹等问题,但是最重要的还是检举揭发山泉村支部书记王长江贪污受贿的大量事实……

这是陆金榜之流密谋的结果,最后陆金榜终于和镇党委书记朱辰时打开天窗说亮话:他请求镇党委罢免王长江。谁接任山泉村支书。当然是陆金榜,要么他们上访告状。镇党委书记朱辰时采取折中办法,陆金榜终于当上村主任,而王长江仍然是支部书记,山泉村的一场疾风骤雨终于走向尾声……

5

这学期,期终考试期间,高山镇教育界谣传苏副镇长出事了,有人说是韩主任向大河县委组织部部长检举揭发苏副镇长的,韩主任揭发他向高山镇各个中小学强行摊派复习资料,并从中谋取暴利……时间不长,谣传得到证实,苏副镇长正在接受组织部门调查……

放暑假之前,韩主任召开了一次全镇中小学校长会议,会上,韩主任大谈党性和工作原则,他细数任教以及从政以来怎样廉洁奉公、大公无私,可是(他话锋一转)现在有些干部假公济私,中饱私囊,置党性和工作原则于不顾……能不犯错误吗,这是咎由自取……

会议之后,在回家的路上,唐翰林、丁秀杰和史新章大骂苏副镇长不是东西,他们说苏副镇长早该滚蛋,早该撤职查办,这样的领导死有余辜……

"怎么回事,唐翰林?"北辰想证明谣言的真实性。

"苏副镇长要出事了……"他神秘地说。

北辰的地位岌岌可危了,他们的阴谋即将得逞,这应该是韩主任处心积虑的结果,这里面肯定有唐翰林参与,还会有史新章和丁秀杰的功劳,他们三人一直是韩主任的死党,他们之间相互利用,左右舆论,结党营私……可是现在唐翰林却有心结交北辰校长,他和唐翰林也谈得来,因为他们两个并没有真正的利益冲突。可是史新章是志在必得,他妄想杀一个回马枪,妄想重新执掌山泉小学校长之位,这是人尽皆知的事情,只有北辰被蒙在鼓里。暗中,史新章处心积虑地往死里整他,并挖空心思造谣中伤，丝毫不给他喘息机会，而北辰初出茅庐，又没有工作经验，只是一味地被动挨打，疲于应付，何况他哪里知道阴险狡诈的史新章，还想再回到山泉小学担任校长呢？据说丁秀杰在树仁小学的地位也是摇摇欲坠，他哪里知道螳螂捕蝉黄雀在后的道理，尽管他费尽心机抢夺山泉小学校长之位，可是他连树仁小学校长都保不住，又怎么能够争抢山泉小学校长之位呢？这样看来他应该是平庸之人，随波逐流、人云亦云之辈，他一没有学问，二没有智慧，三没有勇气……他所依傍的是父辈阴德和家族势力，如此而已……但是他却是一位成事不足、败事有余的小人，这是北辰所始料未及的……

"有那么严重吗，翰林……"他还是担忧地说。

"现在苏副镇长并没有离开高山镇，仍然在抓教育，看来时间不会长久……"唐翰林诡秘地说。

唐翰林还透露说上面正在调查苏副镇长向各个学校强行摊派复习资料，并从中牟取暴利的事情，一经查实，恐怕凶多吉少……原来是这样，苏副镇长被调走、停职是早晚的事情。

有一天，北辰正好碰见苏副镇长，他们两人也悄悄地谈到有人检举揭发他。

"韩主任告的状……他亲自向梁德馨告状，我不会就这样倒下去……但是目前梁德馨部长的态度还不太明朗，有人正在与他协调，只有等等再说……"苏副镇长和北辰分手时，他不无忧虑地说。

斗争已经达到白热化程度……这是一场你死我活的斗争……不是你死，就是我亡……两虎相斗必有一伤，这次受伤害的，肯定是苏副镇长，他还年轻，什么事情都急于求成，他哪是老谋深算的韩主任的对手呢？何况他新来乍到，根基又浅，教辅是块肥肉，可是苏副镇长妄想分韩主任一杯羹，其实苏副镇长发行的分量很少，而大部分份额仍然被韩主任攫取，就是这一小部分，韩主任也不会容忍……

谣传并不十分准确，但是有人告黑状，这是千真万确的，而苏副镇长被调离或是停职检查……这是一部分人的心愿。他们早就想置他于死地，以前韩主任在向各个学校发放教辅材料，现在是两个人……这在某种意义上来说苏副镇长正在蚕食韩主任的利益，也就是说苏副镇长损害了韩主任的切身利益，这是韩主任所不能容忍的……

6

就在北辰校长和唐翰林说过话的第二天，淑丽说她好像有些不舒服，是不是有什么问题，可是才怀孕七个多月，还不到临产期啊……

北辰坚持说，不如趁他们今天有空到大河县人民医院检查一下，万一有什么意外，也好早做准备，他们到达县城时，正是正午时分，这个时候，他们又饥又渴，而医院正好是下班时间，他们只有先去吃饭，等到下午医生上班，再给淑丽检查。他们来到距离医院并不远的一个小饭馆，看来这是一家刚刚开业的小餐馆，地上铺的瓷砖明晃晃的，墙壁粉刷得洁白、干净。这时正是大暑天最炎热的时候，火辣辣的太阳照耀得人们几乎睁不开眼睛，来到这家小餐馆，他们已经是汗流浃背，可是一进到小餐馆的屋子里，他们顿时感到一股冷风扑面而来，原来小餐馆里安装了一台立式格力空调，他们感到凉爽、舒适，简直像到了人间仙境一样，北辰要了个凉拌绿豆角，一个凉拌笋丝，要了两碗鸡蛋面，凉拌绿豆角和凉拌笋丝里有荆芥，有芥末，还有鲜红的辣椒丝，还有蒜汁，吃起来爽脆凉甜，淑丽说她一生都没有吃过这么美味的凉拌菜，吃到最后她干脆端起盘子，把凉拌菜汁一饮而尽，淑丽喝菜汁的那种滋味和馋相也是北辰从来没有见过的，这大概是孕妇的嗜好吧，她们在怀孕期间，有时候贪图某种食物或者菜肴，贪图那种菜肴的滋味，或是那种味道的汁水，这真是让人匪夷所思，真的让人难以理解……

下午检查结果让他们震惊了，虽然淑丽怀孕七个多月，但是脐带已经老化，脐带不再供应胎儿所需营养物质，如果不及时采取生育措施，胎儿将有生命危险，医生建议淑丽现在住院，如果他们没有做好住院准备，北辰可以回去准备……

结果让人措手不及，他们既没有带钱，又没有带物，北辰只有让淑丽在医院等待，他匆忙坐出租汽车回家准备金钱和衣物，在往返的路途中，北辰一直催促出租车司机开快些，再开快些……

已经够快了……，司机不得不这样说。等他赶回时，他抓紧时间办理入院手续，而且按医嘱做了相应检查，他们忙碌了一个下午，尽管很累，晚上却失眠了，他们焦急地等待着孩子出生，北辰热切地盼望淑丽早日分娩，脐带不再供应给养，预示着胎儿已经断炊，母亲吃再多的东西，孩子吃不到，孩子肯定是饥肠辘辘了，他在母亲肚子里不会哭，也不会闹，但是生命会衰弱下去，直至衰竭而亡，想象一下就叫人害怕。他们已经失去过孩子，已经经历过失去孩子的巨大苦痛，坚决不能再失去这个孩子，如果今天晚上能够把孩子生育出来该多好啊！为什么医生还要让他们等到明天呢？等到明天会不会发生意外？如果孩子支撑不到明天怎么办？吉人自有天相，上天会眷顾这些可怜，又让人怜悯的人，会眷顾弱者，眷顾这些善良人，他们还是不知不觉地睡着了，在梦里，北辰梦见淑丽生个白胖小子，他高兴地哭泣起来，他们终于有儿子了，这是上天的恩赐啊！

"北辰，北辰，醒醒……"这是淑丽说话的声音。

但是淑丽在哪儿呢？她在干什么？她为什么推他？她不愿意他们要儿子吗？

"不要推我，不要碰我！"北辰想抗争，但是他却动弹不得。

"北辰，哭啥呢？醒醒……"淑丽大声喊道。

原来是在做梦啊，这是什么地方，原来是在医院里。

"哦，梦见咱添个大胖儿子，我们再不会受罪了……"他还是清醒过来，但是他依然止不住哭泣。几年以来，他们饱经风霜，历尽千辛万苦，受尽委屈、冷落，甚至身心、心灵都备受折磨、摧残。现在妈妈和婧儿仍然在大梦村，他又想起那一次次奔波，还有受到的惊吓和磨难。

"别哭了，今天本来是个大喜日子，都不要难过，我们的苦难快熬到头啦……这是上天在考验我们，我们的生活会好起来的，一切都会过去，光明就要到来啦……"淑丽像是在规劝他道。

他们又睡着了，空气中飘荡着甜甜的药水味和古怪的樟脑丸的气息，睡梦中他们仿佛偷偷地笑了，但是等待他们的谁知是噩梦，还是幸福呢？

黎明到来了，黎明时分，那艳丽的霞光通过破旧玻璃窗照射进来，这是医院的一间小屋子，北辰和淑丽睡在一张小小的铁板床上，睡得香甜又沉重。他们早已忘记了昨夜的喜悦和悲伤，这时，有只不知名的鸟儿在窗外某个地方叽叽喳喳叫个不停。他们惊醒过来，本来以为他们仍然居住在家里，竟然原来忘了，已经居住在医院里……北辰穿起衣服，来到空旷的院子里，哦，是一只喜鹊在两根线杆支撑起的变压器上不停地欢唱，它在歌唱什么呢？它似乎在欢迎他们的到来，或是给他们报喜吧？一轮红日从遥远、蔚蓝的天空徐徐升起，尽管现在是炎热夏季，但是一大清早，北辰还是感到丝丝凉意，他回到房间，想要淑丽再躺一会儿，可是淑丽已经起床了。

"你在观察什么呢？整天鬼鬼祟祟、神经兮兮的……"淑丽勾着头嗔怪他道。

"有只喜鹊在鸣叫呢？歌喉婉转悠扬，真的十分动听呢，"这个时候，那只喜鹊又鸣叫起来，北辰不禁喜出望外对淑丽说道，"听，它又歌唱起来啦……"

"喜鹊叫喜啦……"淑丽也欢喜地说。

他们相视笑了起来，可是淑丽还想休息一会儿，北辰劝说它活动一下，最好去大街上吃些早点，他们一起来到清晨的大街上，外面的阳光是那么明媚，天空是那么蔚蓝、高远，空气是那么清新、舒畅，他们感觉到从未有过的喜悦，北辰浑身上下充满了力量和朝气，他们的人生是那么美满，活着是那么美好，世界充满了阳光、欢乐，充满了欢声笑语，他们好像从没有这样年轻过，从没有这样愉悦和幸福过，他们手拉着手，真想合唱一曲：让我们荡起双桨，小船儿推开波浪，海面倒映着美丽的白塔，四面环绕绿树红墙，小船儿轻轻飘荡在水中，迎面吹来了凉爽的风……

他们来到一家早餐馆，虽说是早餐馆，但是早餐馆里只容得下两个人，一个是炸油条的师傅，另一个是卖胡辣汤的中年妇女，这可能是两口人，他们既年迈、丑陋，又肮脏，但是今天早上，北辰是那么高兴，所以他感到他们是那么亲切，如果换到平时心情恶劣的时候，他们会另外选择一家卫生的早点铺，但是今天他不但不嫌弃他们，当轮到他们买早点的时候，北辰亲热地喊道："大婶，买两碗豆沫、四根油条。"

"好哩,两碗豆沫、四根油条,好哩……"大婶看到北辰叫得这么亲热,于是她朗声回答他道。

顾客们都在早点铺门口的大街旁边就餐,早点铺门前有几张破旧的小桌子,桌子周围有几个脏污的小凳子,早到的顾客吃过早点之后,就匆匆离开了,可是小桌子四周的水泥地上,到处扔满了凌乱的白纸屑、碎烟头,还有胡乱扔到地上的一次性筷子,还有客人随意吐到地上不同颜色的痰迹,看到这些真让人恶心,人们什么时候能够改掉到处乱扔、到处乱吐的恶习? 何况一个真正有希望的民族,一个自强不息的民族,一个屹立于世界优秀民族之林的民族必须具有良好的生活习惯,良好的卫生习惯……一次性筷子也叫方便筷,这几年,方便筷非常时兴,简直是方兴未艾,人们都以为出门在外,使用方便筷非常讲究卫生,但是据检疫部门人员说这些价格低廉的方便筷,并不比消过毒的筷子卫生,而且比消过毒的筷子更具危害性,有人说小企业为了争夺市场,降低成本,他们采用硫黄熏、双氧水、硫酸钠浸泡、漂白,滑石粉抛光,实际上根本达不到卫生消毒的目的,而外包装聚乙烯膜给人们带来的危害更大,有人还说生产和出口方便筷,虽然给有些企业带来丰厚利润,可是中国对森林采伐大都采用"一采光"式的砍伐方式,应该说这是对森林资源毁灭性采伐……想到这些,不能不使人痛惜,不能不使人愤恨,可是今天北辰是那么高兴,他看到什么都高高兴兴的,即使吃饭的环境再差,他也不会嫌弃。今天他不但不嫌弃,还吃得津津有味,淑丽喝了几口豆沫,就吃不下去了,她今天尽管特别高兴,却没有胃口,她一直都是这样,平时她只吃素,有时候,一看见油腻东西就反胃,这天她大概是看见油条反胃了吧!

"勉强吃些,下一顿饭不一定什么时候吃呢!"北辰劝说淑丽道。

可是北辰无论如何劝说,淑丽只想呕吐,而北辰的胃口却特别好,心情又是那么愉快,他吃得兴致勃勃,已经把所有食物统统吃了下去,他还没有吃尽兴,于是又买了几根油条,顷刻之间,他连这几根油条又吞下去,还是意犹未尽……

"北辰啊,不能再吃啦,吃多了,会生病的。"淑丽阻止他说。

"还没有吃饱呢。"他不满意地说。

会生什么病呢? 他那么强壮,即使现在吃下一头牛,即使吃下整个世界,他也不会生病的,可是他还是被她拉走啦。

"傻样子,尽出傻气! 不行,你不能再吃啦!"她边拉他走,边责骂他道。

他们很快回到医院,可是医院里仍然冷清清的,还是没有医生上班,他们还没有到上班时间,但是现在即将接近上班时间了,他们压着点呢,不到准点那一刻,谁也不会提前上班,北辰和淑丽只有站在空旷的医院里等待。县城的早晨似乎比乡下的早晨过去得缓慢,已经临近上班时间,但是偌大的医院还是静悄悄的。他们是不会早到一分钟的,他们来得不早,也不晚,这些医生来上班的时间相差几乎不会超过一秒钟,什么早到、晚走,这些医生甚至一秒都不会等待。

终于上班了，一位女护士给她打催生针时，叮嘱淑丽说：“如果快了，就是今天下午，如果慢的话，就会等到明天或者后天，耐心等吧。”

“怎么会等这么长时间呢．如果那样的话……等到后天……孩子会不会……”北辰担忧地问道。

“正常的话，不会太长。”她又温和地解释道。

于是他们一颗热切盼望的心、一颗悬着的心才算平静下来。

“这段时间，孩子不会有什么问题吧？”北辰还是不放心地问女护士道。

“不会有什么问题，在医院里会有什么问题呢，放心吧，有什么不舒服，或者有什么不适应，赶紧说，不要憋在心里。”她像是不耐烦地说道。

淑丽和北辰原以为还要等很长时间，于是就避开医生视线到处溜达，到处乱跑，他们又若无其事地去县城的大街上走了一遭，一路上，他们有说有笑的，然后到小商店买了一些可口食品和一些日常用品，昉儿没有跟他们一块儿来，她在外祖母家里，他们想象她在外祖母家里淘气的样子，她很固执，而且执拗得厉害，非常不听管教，简直就是不听话，她从小就有主见，一出生就寄养在外，所以从小养成独立自主、独来独往的性格，虽然她没有方向感，平时总分辨不清东西南北，可以说没有一点这方面的天赋，但是她记忆力惊人，她总能知道到过哪个地方，或是到过哪几个地方。她感知事物的能力很强，如果要她做一些力所能及的事情，如拾起散落在地上的麦子，往麦地里送水，或者去街口买食盐、打醋，她可乐意啦，不出一会儿，她就能完成任务，她整天叽叽喳喳、嘻嘻哈哈的，但是总能完成大人以为她完不成的事情，很多时候，她总惹的爸爸妈妈既疼爱，又生气，这个古怪的孩子。

而婧儿呢，她同父母在一块的时间太短了，她已经几岁了，但是她同爸爸、妈妈在一块的时间几乎是寥寥无几，甚至她长什么样，父母都不一定记得住，因为这么大的孩子生长太快，一会儿这样，一会儿就那样，如果在无人指认的情况下，北辰和淑丽很难认出他们的孩子。这就是淑丽和北辰难过的地方，什么事情比骨肉分离更让人痛心呢…有时候北辰和淑丽并不十分清楚骨肉分离的实质，到底是什么原因造成他们骨肉分离呢…到底是因为什么让女儿和他们分开这么长时间…到底是因为什么呢…清楚又糊涂，难道仅仅因为再要一个儿子吗…大概有一种说不清、道不明的奋斗在里面，他们奔跑在一条更加曲折、坎坷的道路上，这像是一条隐蔽、无形的道路，一条将来让人刮目相看，而又让人羡慕的道路，可是这条道路，行走起来是那么艰难，他们艰难地跋涉，不停地奔忙，几乎是风雨兼程，风雨无阻地向前飞驶……他们要创造另外一种生活，这种生活属于理想、希望的一部分，这不是一种平凡人生，而是通过痛苦、磨难，甚至牺牲、死亡，以此获得新生，是凤凰涅槃之后的新生活、新人生……他似乎形容得并不形象，并不恰如其分，但是他一定要沿着所热切期盼的道路去奋斗、去争取、去追求……这不是世俗的人生，而是一种崇高、高尚的生活，一种超脱凡俗的生活，一种凌云之志……

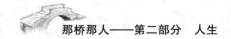

　　他们还是回到医院，淑丽一个上午，只是那么阵痛了一小会儿，或者说阵痛了一下，便什么都没有了。中午饭，他们有说有笑地在医院外面大街上吃的，可是中午饭并没有吃结束，霎时之间，风云突变，这时天空中乌云密布，瞬息之间，豆大的雨点不断地乱糟糟地敲击着小饭馆的门窗，他们不得不赶紧放下碗筷奔向医院，当他们刚刚逃回医院(小饭馆仿佛就在医院对面)，顿时电闪雷鸣、风雨大作起来，不一会儿，地面上的雨水骤然涌流起来。

　　他们正庆幸回来及时，淑丽却阵痛不止，他们顿时慌乱起来，北辰不停地寻找、喊叫医生，这时候，有一位医生匆忙赶来，原来是今天上午给淑丽打催生针那位女护士，她也想不到阵痛来得这么突然，她赶紧通知其他医生，不一会儿，她们把淑丽领进产房，医生让北辰在门外等候……漫长的等待，北辰和淑丽之间像是隔开了一个世界，像是生死之间一个分水岭，北辰在世界的一端，而淑丽在世界的另一端，咫尺天涯……北辰的世界充满焦虑、期待，充满憧憬和热切的盼望……他似乎在等待一个黎明的到来，而淑丽的世界充满恐惧和痛苦，这个世界充斥生死较量，充斥血火淬炼，生死之间，一念之间……生死之间孕育着新的生命，孕育着一个猩红的黎明，诞生一个火热的人生……混沌之间，天边出现了华丽彩虹，一个新的生命呱呱坠地，母亲惊醒过来，她从死亡中惊醒过来，一切获得了新生……这时，北辰才听到外面的雷声像是一块巨石从高高的天空，顺着陡峭的石壁向山下滚落，巨石敲击石壁的声音，让人震耳欲聋，还有闪电，闪电把漆黑的天空劈开一刹那，但是天空还是被一块巨大的雨幕遮盖着，四周漆黑的像是伸手不见五指的深夜，雨水仿佛是从楼顶倾倒下来，哗哗的雨水声遮盖着一声声撕心裂肺的尖叫，像是茫茫森林之中，一只野兽在猎人的围堵之下做着最后挣扎，像是匕首深深刺进野兽的咽喉，那只野兽仿佛又尖叫一声，便一切复归沉寂，这时候，产房里静悄悄的，里面没有一点动静、响声。天空仿佛也沉静下来，雨水稍稍停止的一刹那，仿佛又能听到淑丽的叫喊和歇斯底里的尖叫……

　　产房似乎是一座孤岛，一座生命的孤岛，一叶扁舟，一叶荡漾在蔚蓝色湖泊之中的生命之舟，飘荡在浩瀚的海洋里的生命之舟。这艘生命之舟悄悄地向岸边驶来，载着他们的孩子，躲避着凶险、雷雨和闪电袭击，这艘生命之舟被飓风、被惊涛骇浪、被鲨鱼追逐着，可是总能化险为夷，眼看着就要沉入海底，眼看着就要被海洋深处的巨鲨吞没，但是眨眼之间，这艘生命之舟又轻快地驶进风平浪静的港湾……他仿佛听见一声呐喊，一声胜利的尖叫，胜利了，终于胜利啦……

　　风停了，雨住了，霓虹像是一座彩色的天桥高高地架在天穹。

　　医生从产房里出来，她没等北辰问就告诉他说："放心吧，母子平安。"

　　"是儿子吗？"北辰屏息敛气地问道。

　　"儿子！"医生一闪身，走了过去。

　　他冲进产房，就在临近门口的地方，他猛然看见一个婴儿静静地躺在一架又高

462

又窄小的木板上,婴儿首先吸引了北辰注意,他肯定是他的儿子,他正想走近他,可能是他为了欢迎他,只见他蓦然向上一跃,他像鲤鱼一样,跃向空中,而他并没有真正跳跃起来,只是剧烈晃动一下身子,然后又稳稳地跌落在木板上面,他像是一块粉红色的橡皮,浑身粉红粉红的。就在他向上跃起的一瞬间,他真的唯恐儿子从高高的窄小木板上掉下来,当他稳稳地跌落在木板上,他一颗悬着的心才算踏实下来,这时,北辰想把孩子抱起来。

"别动。"原来屋子里还有一位女医生,她和淑丽就在产房的最里面,这位女医生还在淑丽躺着的产床上拾掇着什么,她看见闯进来的这个男人想把孩子抱起来,于是她停下手里的活,粗暴地制止他道,她似乎意识到了自己的粗暴,于是她又说道,"先别动他。"

女医生干涉北辰的行为之后,她把最后一些事情处理完毕,然后把手里的一个什么东西放到产床下面一个白瓷盆里,再把白瓷盆往床里面推一推,大概白瓷盆下面有一个碎石子吧?她往产床里面推白瓷盆时,白瓷盆下面发出刺啦的响声,如果在平时,这种响声非常刺耳,但是现在这种摩擦声却像是悦耳动听的音乐,真的好听极了,这真叫奇怪。正当北辰愣怔之时,门外又进来一位女医生,啊,原来是刚才出去的那位女医生,她二话不说,就把产床下面那个白瓷盆拉出来,由于她拉得紧急,所以白瓷盆摩擦碎石子发出的声音更加尖厉,只听嗞——啦一声尖叫,这声尖叫像是拨动心灵的一声叫喊,这时,这一段时间以来,郁结在北辰灵魂深处的所有烦恼霎时之间消失殆尽啦。她把白瓷盆拉出来,然后把白瓷盆匆忙端走了,而屋子里这位医生来到孩子跟前,她在孩子身上撒了些什么,原来是一种白粉,这种白粉顿时发出一股怪味,一股清新,而又怪怪的味道,这大概是爽身粉吧?然后,她用一块洁白的纱布把孩子周身擦拭了一遍,最后她想把孩子包裹起来。

"有东西吗?"她问淑丽道。

"在这儿……"淑丽少气无力地说。

她从淑丽身边拿过来一个小包裹,打开包裹,拿出一个又小又薄的棉被,然后麻利地把孩子包裹起来,但是她包裹的并不实在,孩子两个肩头裸露着,而孩子的左右肩头上像是有两块毛茸茸的赘肉,这两块赘肉像是两个圆圆的红皮鸡蛋,像是家里办喜事煮的红皮鸡蛋一样,这不会是一个畸形孩子吧?肩头这两块像是鸡蛋一样的赘肉应该说明孩子肌腱发达,还是说明孩子将来孔武有力呢?可是北辰并不希望孩子走练武这条路,他也并不希望儿子从事所谓的文学事业……所谓的文学事业实在是渺茫……他是准备为文学事业献身的,不管前面风有多大,浪有多高,他会义无反顾地向上攀登……可是他只希望儿子将来从事研究工作,这种职业不是燃烧激情的事业,而是一种理性、理智的事业,是北辰所没有经历过的事业。

"有多重啊?"等医生忙完,北辰问她道。

"七斤四两……"医生回答道,她应该是称过了。

淑丽呢？他看见她骄傲得像个公主。

"七个月的孩子，竟然这么重……"他望望淑丽，然后疼爱地说道。

"要儿子，儿子，有了儿子，也不知道心疼……"淑丽怨望地说，她说话的声音少气无力的，可能是因为北辰进入产房时间这么久，却一直在关注儿子，而冷落了她，所以她才责怪他的。

可是怎么才叫疼爱儿子呢？他整天喊着要儿子了吗？是的，他真想要个儿子，一个传宗接代的人，一个继承香火的人，这样郭家的血脉就能够延续下去，多么狭隘的封建意识，多么狭隘的宗族观，他一直喊着反封建，喊着打倒封建，喊着反对宗族观念，可是他却是这么顽固，这么愚昧，这么狭隘，这么庸俗，但是一个民族相传下去，一个家族代代相传，是不是就得有这么坚强、强烈的传统意识？儒家文化博大精深，有人说儒家能够拯救人类……可是人类能够发展到什么时候？按照事物发展规律，人类是不是也有灭亡的那一天，他这样考虑是不是有些杞人忧天……他的思绪想象得真是太遥远了。

而淑丽仿佛刚刚从外面的雨水里逃离出来，她简直似个水人，湿淋淋的头发像是紧紧贴在身上的鸟羽。北辰听到淑丽责备的话语，一句话也没有吭声，他静静地来到她的身边，紧紧地攥着淑丽湿热的小手，他们友爱地互相看一眼，他真想当着医生的面亲吻她，但是他唯恐淑丽害羞，唯恐女医生嘲笑他。

"刚才，她还说你封建呢？"女医生提醒他说，她仿佛在提示他们她在这儿。

"孩子的肩膀露着，赶快裹好肩膀，别让他受凉了。"淑丽娇嗔地说。

"没事，不用裹那么严，温度高着呢，"女医生宽慰淑丽道，"七个月的孩子……身子强健着呢。"

北辰一会儿盯着孩子，又一会儿盯着淑丽看了半天，他一直傻傻地盯着他们看，不舍得离开半步。

"去大街上，到饭馆里，把锅碗筷子洗刷干净，给你爱人，打碗鸡蛋面汤吧。"医生催促这个傻头傻脑的男人道。

经她一指点，他想起淑丽还没有吃饭，一整天，她都没有吃什么东西了，何况她刚刚生过孩子，他必须抓紧时间去弄碗鸡蛋面汤来，于是他匆忙向大街上奔去。时间不长，他端来一碗鸡蛋面汤，面汤里面，他要求饭馆师傅首先把锅洗刷几遍，他还嫌洗刷得不干净，于是又让他洗刷一遍，然后让他打六个荷包蛋……淑丽只勉强吃下两个鸡蛋，北辰强迫淑丽把剩下的鸡蛋统统吃下去，她又勉强吃下两个，还剩两个鸡蛋。

"停停，不急，等一会儿，再把剩下的两个吃下去！"北辰劝说淑丽道。

"吃不下去啦，北辰，再说，多吃也会发胖啊……"淑丽的固执脾气又上来了。

"起码得让孩子有奶吃，得顾住大人的生命吧……"他恳求她说。

淑丽还是勉强把剩下的两个鸡蛋吃了下去。

"今天能出院吗?"淑丽刚吃完鸡蛋就考虑出院,她实在恐怕浪费金钱。

"能出院,但是如果今天办理出院手续,恐怕晚了。"她思考过后,停顿一下才回答淑丽说。

"行,我们过几天再办理出院手续,能不能现在把应该结的账结清楚呢?"淑丽又和她商量道。

"行吧,我去领你爱人结账,你们过几天办理出院手续也行。"医生终于让步了。

她和北辰来到药房,值班医生经过核实,他们的账上还有余额,医院里还要退还剩余现金,可是今晚退不成,非要等到明天手续办理之后再退还。

"早晚退,都是我们的钱,还是走吧,住一天是一天的钱,住一晚上是一晚上的钱……"淑丽知道情况之后,她下定决心说。

她让北辰租辆出租车来,但是司机要一百元,因为这是拉产妇的,北辰问过几辆出租车,都不少于这个价格,他们只有忍痛付给出租车司机一百元块钱。何况,又能趁夜晚回家,他们还是想隐瞒邻居,免得他们说东道西的。

回到家里已经很晚了,山泉村静悄悄的,那高悬的圆月像是在欢迎他们归来。

7

添个男孩,这是北辰梦寐以求的事情,这是人生的大事,本来应该风风光光地大宴宾客,可是经过那么多痛苦经历,他可不想惹是生非,不想在这个节骨眼上惹下祸端,北辰不打算告诉任何人,世事艰难,说不定什么时候,会发生什么事情,这是一个是非不分,人妖颠倒的世界,这是一个与理想背道而驰的世界,这是一个人欲横流、物欲横流的世界。所以无论什么事情,多一事不如少一事好。但是淑丽的父母和姐姐还是一起来家做客了,他们来的时候大摇大摆、招摇过市的,她们的粗俗行为、举止和莽撞的言谈话语,尽管让北辰既被动又厌烦,但是他还是不得不从集市上采购许多丰盛的菜肴招待他们。

淑丽的母亲买来很多鸡蛋和孩子穿的衣服,淑丽的两位姐姐也带来很多礼品,这让淑丽非常高兴,自从淑丽嫁给北辰,她似乎没有怎么高兴过,不是遭遇颠沛流离之苦,就是蒙受缺衣少食之累,现在总算安宁下来,如果假以时日,她也能毕业了,北辰早就应该兑现工资了……他们的幸福生活也就不远啦……但是镇政府既不说让交配套金,又不说兑现工资,很多人传言,他们这一届转正的民师(含县级代课教师),镇政府不予承认,真是真假难辨,没有一个人敢去咨询书记、镇长……

但是就在这个关键时刻,北辰却在工作上遭遇到了很多意想不到的事情。

就在开学前不久,韩主任找北辰谈话,他希望北辰辞去山泉村小学校长一职,回到高山镇第三初级中学担任副校长职务。

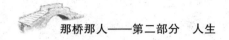

"那么，韩主任，谁去担任山泉小学校长呢？"北辰探问韩主任道。

"至于谁去山泉小学担任校长，这个事情还没有定下来……"韩主任犹豫一会儿，他还是没有把话说明白。韩主任到底在打什么牌？在玩什么鬼把戏？看来，他已经下定决心非要让北辰辞去山泉小学校长职务不可，他检举揭发苏副镇长在先，逼迫他辞去山泉小学校长职务在后，只要扳倒苏副镇长，一个小小的山泉小学校长算得了什么？这是韩主任打的如意算盘……丁秀杰，还是史新章来担任校长呢？截至目前，还不太明朗，但是终究有水落石出的时候。丁秀杰、史新章都是韩主任的心腹，也是他的爪牙，但是丁秀杰也好、史新章也罢，他们对外时，利益是一致的，但是在竞争山泉小学校长职务时，利益并不一致，利益不但不一致，还会相互争斗。鹿死谁手，谁能说清楚呢？而北辰并不甘心失败，他为什么要辞职，他没有任何理由辞职，也不能辞职，不到最后一刻，他不会承认失败，他有信心打赢这一仗！

北辰并没有去找苏副镇长，因为苏副镇长的日子并不好过，他不能再给他添堵，苏副镇长现在是泥菩萨过河——自身难保，至于他能不能保全副镇长职务，这很难说，韩主任会一不做，二不休把他扫地出门的，可能苏副镇长也在疏通关节，不然他早就离开高山镇了，但是最后的结局如何，还不明朗……

他只有去找贺云祥。贺云祥去找朱书记，朱辰时书记答应安排此事。新学期开学前一天，韩主任召开人事任免会议，会议开始之前，他坐在主席台上，斜视北辰校长一眼，那一眼充满了鄙夷和不屑，应该是憎恨、仇怨……这时他猛抽一口左手里的香烟，就忙不迭地把烟蒂仍在地上，然后用右脚踩准烟蒂，右脚旋转再使劲一拧，烟蒂顷刻变为齑粉……北辰校长霎时感觉到威压和恶毒……但是韩主任不得不宣布道："山泉小学校长由郭北辰……"

会议结束啦，胜利啦……不知为什么，他却没有丝毫喜悦，只感到孤独和悲哀……会后，在回家的路上，北辰想到之后的道路会更加艰难、曲折，斗争会更加尖锐、残酷……但是他不怕，现在，如果史新章，或是丁秀杰担任山泉小学校长，这会是他人生的耻辱，他肯定会痛悔一生的，也是他人生之中的最大遗憾……与其坐以待毙，不如奋起反击，只有这样，才能尝试到胜利的喜悦……可是他并不收手，还想乘胜追击，最大的错误在于他并不擅于斗争，而且他不够狠……他的仁慈拯救过他，可是在山泉小学的争斗舞台上，他不但没有根基，还没有斗争经验……仁慈将会把他毁掉……

"韩主任，我想把毕传芬调出去。"北辰找到韩主任，他还是鼓起勇气说。

"为什么？"韩主任奇怪地问他道。

"我……我……她……"他几乎说不出话来。

"将来可别后悔……"韩主任不像恐吓，也不是威吓，他说的应该是实情。

"不后悔，她……我……"北辰咬咬牙说。

"北辰，不要冲动，不要图一时之快，还是看长远些……"韩主任像是善意提醒他道。

"……"可是北辰并没有再说下去,看来他的态度很决绝。

韩主任不得不叹息道:"唉,冤家宜解不宜结……"

毕传芬老师应该收到了工作调动通知,或是听到过什么信息,开学的第一天,她没有来上班,第二天,她仍然没有来上班,第三天,她还是没有来上班,但是北辰也没有听说她被调到其他学校任教,她一直待在家里,她像是在等待……第四天下午,韩主任不请自到,他不是一个人来到山泉小学的,一起来到的还有唐翰林。他们过来的时候,学校还没有放学,北辰校长看见他们一起来到学校,感到非常吃惊,这个时候,他们会有什么事情呢?

"韩主任,您……"北辰感到惊讶地说。

"我来看看……"韩主任表现得很淡定,他不经意地说道。

他们坐在校长室,并不谈工作,也不谈毕传芬老师,而是说一些家长里短的事情……当晚北辰在家设宴招待他们。北辰去打酒,淑丽准备菜,不一会儿,他们就喝起来,今天尽管在家里喝酒,但是北辰却很小心、谨慎,他们一直在诱惑北辰喝酒,可是他就是不上他们的当,无论他们说什么怪话,无论他们怎样逼他喝酒,他都以身体不适为由推辞。今晚的菜很多,就是缺少鱼,当时他买菜的时候,没有想到这一层,韩主任来家吃饭,没有鱼怎么行呢?他还是想买一条活鱼,让韩主任尝尝鲜,他又一次来到十字街口,但是几家饭店里不但没有活鱼,连一条像样的死鱼也没有,也没有整条油炸鱼,最后他只买到一条无头鱼,北辰想,即使是条无头鱼,总比没有鱼强,他可以给韩主任做鱼汤喝,而不是做整条鱼吃。但是当鱼汤端上桌子之后,唐翰林想让韩主任喝鱼头酒,可是他却没有找到鱼头。

"鱼头呢?汤里怎么没有鱼头呢?有鱼无头,凶险……这不是好兆头……"唐翰林把鱼汤翻个遍,他怨望地说。

"大概是把鱼头剁碎了吧……或者是把鱼头炖烂了。"北辰遮掩道。

"怎么会把鱼头剁碎呢?也不会炖烂鱼头啊,这……"大概唐翰林想说不吉祥三个字吧?但是他没有说出来。

"有鱼汤喝已经够了。"韩主任也不想让唐翰林校长再纠缠。

他们喝得很尽兴,但是北辰喝酒时,却很保守,他一直推说身体不舒服,其实北辰不喝酒,还有一层意思,他唯恐喝多酒,送不成韩主任,因为今天晚上宴席结束之后,他必须把韩主任安全送回家,不能有任何闪失,毕竟是他安排的酒席。但是北辰的做法让唐翰林非常恼火,于是他愤慨地说:"北辰,在恁家喝酒,你不喝,想让我们喝?那好我们也不喝!"

北辰在唐翰林的逼迫利诱下也喝了不少酒,结束之后,唐翰林离开了,而北辰依然得去送韩主任。他们走了很长时间,谁都没有说话,说什么呢?其实都无话可说,这一对老冤家,本来就无话可说,何况他们今天都喝过很多酒,他们都唯恐多说话,现在都还很清醒,都保持着清醒头脑,特别是北辰,他更加慎重,肯定韩主任还有很多话要说,他不会无缘无故到他家喝闲酒的,他还没有把心里话说出来……他们顺着河岸往上游走,因为韩主任就在河流上游一个小村子里居住。他们走到一棵小树旁,韩主任把自行车扎到地上,他开始小便,北辰也只得陪他小便,而这时,韩主任摇晃一下身子,他差一点跌倒在地上,幸好被北辰搀扶住,北辰只有等他把裤带系好,可是当他们想往前走时,韩主任却怎么也走不动,摸摸裤带,原来裤带系到那棵小树上了,他急忙解开裤带,然后笑笑骂道:"妈的,今天见鬼了……"等再系好裤带,他却不再往前走,北辰知道他要下达重要指示了……

"北辰,如果能够管理好一所学校,就能管理好一个乡镇,管理好一个乡镇,就能管理好一座县城……"韩主任突然绕起弯子来,使他始料未及,他接着又说,"如何管理好一所学校?我认为首先得处理好领导班子之间,领导与同志之间的关系。你如果听我的话,把毕传芬老师留下来,做人要有胸怀,才能谋大事……"

"韩主任,我……"他说到毕传芬这三个字,北辰依然三缄其口。

"没有解决不了的事情,没有迈不过去的坎……"韩主任开导他道。

"我……"他还是支吾道。

"去叫她,去请她,就说一时糊涂,现在考虑成熟了,想把毕老师留下来……这不就行了吗?她有台阶下,双方都好看。"他在做北辰的思想工作。

接着他没有谈其他问题,也不再说话,他们就此分别。第二天北辰校长按照韩主任的叮嘱去请毕传芬老师回山泉小学任教。

"毕老师,都怪我年轻考虑不周全,还请毕老师能够留在山泉小学任教。"北辰校长诚恳地说。

"我是泥捏的吗?想让走就得走,想让留就得留。你是校长,考虑不周全,你年轻,你知道人家的感受吗?"毕传芬老师尖叫道。

毕传芬老师歇斯底里大发作,最后她还是冷静下来,然后是可怕的沉默,北辰校长也没有再解释什么,他们都沉默不语,都像是在思考,又像是没有思考,双方僵持一会儿,他们得到了暂时谅解,这种谅解短暂而模糊。

"留下可以,但是五年级语文课,你找人吧!"毕传芬老师像是从高高的云层里跌落下来,她缓缓语气,然后平缓而又茫然地说道。

"还是教五年级语文,还得担任毕业班班主任,毕老师……"北辰校长的话,似乎也没有商量余地。

他们都没有再说什么,空气凝固了,她默认下来,他告辞出来。她没有送他出门,而是坐着没动,她像是僵尸一样坐着,脸色苍白得吓人,他独自走出她家的大门,北辰来到大街上,才深深地舒缓一口气。他们的斗争并没有结束,还会更加尖锐,更加复杂,这是一场你死我活的斗争,这场斗争结束了,下一场战斗更加残酷……真正的肉搏才刚刚开始……

8

同时,另一场战斗早已打响,而且已经进入白热化状态,进入胶着状态,这就是苏副镇长和韩主任之间展开的殊死较量。自从韩主任向组织部检举揭发苏副镇长利用职权向高山镇各个中小学摊派教辅,谋取高额利润以来,苏副镇长也在四处活动,他在做最后努力,一直在和韩主任斗法,也在协调上级关系,在他没有停职之前,一切都是变数。所以在权力分配中,苏副镇长利用职权对韩主任的核心成员——丁秀杰做最后打击,这一击正中要害,他把丁秀杰和罗君艳调至高山镇第三初级中学任教。并任命树仁村支部书记张田的女婿邓国军担任树仁小学校长,这一击非常致命,让韩主任无话可说,因为韩主任不敢对树仁村张支书有一点微词,不敢有些微冒犯,尽管韩主任忍无可忍,他也得收敛锋芒。但是他并不让丁秀杰和罗君艳去高山镇第三初级中学任教,一他们学历不达标,二他们也不愿意去初中任教,因为他们不能胜任初中课程,所以,韩主任把罗君艳调至山泉小学任教。

"让罗君艳回山泉小学任教,你有什么意见?"韩主任把北辰校长请过去,他当着她的面对北辰校长下达最后通牒,最后他又虚放一枪,"让丁秀杰回教办室工作……"

"欢迎罗君艳到山泉小学任教。"北辰校长说。

何况丁秀杰不回山泉小学工作,有人说韩主任要任命丁秀杰担任教办室副主任,何况他对北辰亲口说要调丁秀杰去教办室工作。既然丁秀杰不回山泉小学担任副校长职务,也不回山泉小学任教,何况人在难处伸伸手,也是解人之困,于是他爽快地答应下来。

罗君艳到山泉小学任教之后,北辰安排她担任三年级语文课。可是有一天北辰在上学的路上,正好碰见丁秀杰。

"北辰,上学呢?"丁秀杰问他道。

"你不是去教办室上班了吗,现在还在这儿干什么?"北辰关切地问他道。

"我哪儿也不会去,只愿意离家近些,我正想找你呢……"他因此说道。

"找我? 有什么事? 你尽管说吧。"北辰爽快地说道。

"我想回山泉小学任教,你看怎么样?"丁秀杰校长胆怯地说道。

"可以啊,欢迎,"北辰校长这才明白事情的原委,他敷衍他道。原来韩主任想先让罗君艳回山泉小学任教,然后再把丁秀杰安排过来,所谓丁秀杰校长到教办室上班,纯粹是一句骗人的谎话、假话。但是他还是这样问他道,"韩主任不是说让你去教办室上班吗?"

"没有,韩主任没有说过让我去教办室上班,"丁秀杰校长也不再兜圈子,他非

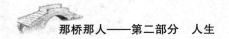

常直接地说，"他始终想让我来山泉小学……"

"不会这样吧，秀杰，现在我得找韩主任证实一下，看到底是把你留在教办公室工作，还是把你调到山泉小学工作。"北辰校长只得这样说。

北辰校长这样说的目的很明确，如果韩主任把他调到教办室工作，他应该服从韩主任安排，如果韩主任执意让他回山泉小学工作，或者丁秀杰愿意回山泉小学工作，即使北辰校长将来遭遇多大挑战、面临多大压力和挫折，哪怕是……他也只得让他回来任教。因为丁秀杰校长毕竟是遭遇到了空前灾难，他应该接纳他，而且不打任何折扣，应该爽快地答应他，将心比心，他将来应该不会……

他和丁秀杰分手时，他安慰他道："我和韩主任商量一下，看怎么安排好，你暂且委屈一时。"

北辰校长和丁秀杰见过面之后的第二天，韩主任召开中小学校长会议，韩主任在会议上具体部署本学期各项工作……北辰正好和唐翰林校长坐在一起。

"丁秀杰的事情，安排好了吗？"会议刚刚结束，唐翰林校长就关切地问北辰道。

"当时韩主任安排罗君艳时，他说要把丁秀杰安排到教办室工作，可是前天丁秀杰找我说韩主任压根就没让他回教办室上班，而是让他回……听说还担任山泉小学副校长……"北辰不无隐忧地说。

"北辰，抓紧时间，把他的工作安排好，不然你会有大麻烦。"唐翰林校长提醒他道。"如果死活不要他，将来会有什么麻烦？"北辰反驳他说。

"这样工作起来倒是挺顺心，可把人得罪苦啦，"唐翰林分析道，"何况都是一个村的人，既是同学，又是好朋友，将来如何相处呢？"

"不要他，下不了狠心，要他，将来肯定会生乱。"北辰担忧地说。

"不要再犹豫啦，北辰，下决心吧。"唐翰林劝他说。

"这都怪韩主任，如果一开始韩主任就宣布丁秀杰担任山泉小学副校长职务，这就把所有问题都解决了，可是韩主任安排罗君艳时却说罗君艳回山泉小学任教，丁秀杰到教办室工作，暗地里却对丁秀杰说我不让他回山泉小学工作，工作早就陷入被动啦……"北辰愁苦地说。

"通知丁秀杰上班，冤家宜解不宜结。"他开导他道。

"我和丁秀杰没有矛盾，但是韩主任在制造矛盾……"他解释说。

"韩主任，丁秀杰的事情怎么办？"北辰校长找到韩主任，他问他道。

"什么怎么办？让他回去上班！"韩主任故作惊讶地说。

"上哪上班？你不是说丁秀杰校长要调到教办室工作吗？"北辰辩解道。

"我想调他来教办室工作，可是丁秀杰不同意，他校长当不成，想回山泉小学担任副校长，可是我一直没有机会征求你的意见，所以只有把这个事情放一放。"韩主任义正词严地说。

"但是韩主任，如果丁秀杰想到山泉小学担任副校长职务，我没有意见，我不会……毕竟丁秀杰遇到了难处。"现在,北辰真想帮助落难中的丁秀杰,他们是小时候的伙伴,又是同学、朋友……只是韩主任没有把事情说清楚,或者由此滋生事端也未可知。

"如果你没有什么意见的话,现在就宣布:任命丁秀杰同志担任山泉小学副校长职务,让他于明天早上八点到校报到,特此通知。"然后韩主任长长地出一口气。

"谁通知他呢?"北辰问韩主任道。

"你直接通知他!"说完这句话,韩主任拎着油漆黑亮的公文包,头也不回地摆脱了北辰校长的纠缠。

就这样,丁秀杰以副校长身份到山泉小学任职,丁秀杰副校长到山泉小学上班没几天,党委书记朱辰时调离了高山镇……

高山镇新任党委书记马俊杰是位战斗英雄,他在对越自卫反击战中被打瞎左眼,现在左眼尽管和常人没有很大区别,但是不难看出左眼和右眼并不一样,有人说马书记的左眼是只狗眼……马书记的性格简单、粗暴,但是也有军人的率真、耿直……在高山镇表彰先进暨庆祝教师节大会上,他的讲话风格与众不同,使所有到会的广大教师非常震惊,最后,他提高嗓门讲道:"提起教师,我就头疼,高山镇财政所全年收入,不够全镇教师几个月工资,余下的工资怎么办? 全靠东挪西借,上个月教师工资抵押的是我的房产,这个月抵押的是镇长的房产……我给你们发工资,你们却捣蛋不干活,政府瞎养活你们……"

这些话引起与会教师一片哗然,许多老教师忍无可忍,于是他们提前离开会场以示抗议……马俊杰书记看到主席台下许多位置空缺出来,气得七窍生烟,散会后,他勒令教师队伍留下来,并让韩主任清查缺席教师人数,然后把中途离席的教师名单上报镇政府……所有中途离席的教师诚惶诚恐,唯恐马书记给他们来个通报批评,或是降低工资等级……但是时间一天天过去,最后却是不了了之。

这次表彰先进暨庆祝教师节会议像是对高山镇全体教师的批判大会,这样的会议实在罕见,高山镇教师群情激奋……为了教师工资,尽管马俊杰书记把县城的宅子抵押过贷款……不论是上个月,还是这个月……可是教师已经好几个月没有领到工资了,教师生活都是紧巴巴的,已经有一些教师扔下工作,另谋职业啦……

现在高山镇许多工作非常混乱,不但计划生育工作陷入瘫痪,高山镇的夏粮征收也没有完成。马俊杰书记的桑塔纳轿车随时都会被村民拦截、围堵,村民稍有不顺,他们就会到乡政府大吵大闹,甚至谩骂、殴打干部……由此,高山镇政府大院里发生过许多稀奇古怪的事情……尽管马书记行伍出身,处理问题非常过硬,可是工作起来仍然捉襟见肘,不是这儿出了问题,就是那儿情况不妙。这样一来教师可遭了殃,他们总是被迫停课,不是召开全镇教师整顿大会,就是让教师做义工,比如集资、交廉价棉花、无偿挖河、修路,或者不间断打扫大街卫生……教师们只得忍气吞声……转正教师兑现工资更是遥遥无期,这大概是高山镇教育界最黑暗的时期之一。

教师工资不但得不到全额发放,还要拖欠,而教师距离罢课罢教为期不远了……

9

深秋季节,秋雨绵绵,天气突然寒凉起来,泥泞的道路上到处都是车胎碾过的痕迹,有几条车辙已经很深了……车辙里积满了清凌凌的雨水……槐树的叶子像是飞鸟一样从高大的树木上纷纷扬扬地飘落下来,这些叶子在接近地面时候,犹豫着,然后胡乱飞了一阵之后,终究飘落在泥泞的路面上,有的叶子十分憔悴,有的叶子还饱含汁液,有些叶子像是金鱼一样潜伏在深深的水洼之中……而阔大的梧桐叶子,一夜之间,像是大雁一样从梧桐树上飞翔而去,昨天还是盛装的梧桐树,今天已经像是赤裸裸的贞女,她们害羞地站在寒冷的秋风之中……秋雨绵绵不断,那满地黄金色的槐叶,像是可怜的鸟儿不断地在秋风中跳跃、哀鸣……河水流淌着赤红色的工业废水……上级政府正在考虑河流两岸农民的饮用水问题,只有打深水井,才能解决农民吃水难问题,他们已经在联系打深水井的工人……

这天中午,山泉小学过来两位中年女子,其中一位矮矮的个子,虽然胖些,却非常秀丽,圆圆的脸蛋,眼光平和、温柔。另一位女子身材修长,非常靓丽……眼影浓重,口红淡淡的……她们径自来到校长室,北辰正在办公,他猛然看见她们的到来不禁大吃一惊,于是北辰赶忙站起来让座,倒水,但是她们并不落座,喝水,刚进来的时候,还很温和,这时却突然严肃起来。

"你们是……"他预感到要有什么不祥事情发生。

"她是教育局计划生育股张股长。"果不其然,身材修长的女子介绍矮个子说。"她是计生委纪检股的李股长……"张股长介绍对方道。

"请坐,请坐……"北辰一阵慌乱,他想冷静下来,可是眼睛像是不听话的小学生一样顷刻模糊起来,他越想看清她们两位的尊荣,却越加看不清楚。

"有人反映校长超生,反映校长严重违反国家计划生育政策……"张股长威严地说。"我没有超生,没有违反国家计划生育政策……我有二胎生育证……"北辰辩解道。

"你出示一下二胎生育证……"李股长质疑道。

"在家里……"北辰犹豫一会儿,他还是说出来。

"你回家拿出来,让我们看看,我们在校长室等你……"李股长并不给北辰喘息的机会。

北辰校长的眼睛又一次模糊起来,这一次,他即使没有眼泪,却什么也看不清楚,他还想镇静下来,于是他揉揉眼睛,可是泪水模糊了双眼,不得不急转身向家里奔去,他竟然不知道学校里已经放学,偌大校园里空空如也,竟然连一个人的影子也没有,他原来以为学校里会有许多人关注这个事情,他们会躲在远远的地方窥视、窃笑、议论,可是现在居然连个教师、学生的影子都没有,他们肯定不会知道今天这两位女干部是干什么的? 如果知道,他们会怎样嘲笑他、怎样得意呢? 特别是毕老师,她会知道这件事情吗? 丁秀杰和罗君艳会知道这个事情吗? 但愿他们都不知道,但是他们不会不知道。这肯定是他们其中一人搞的鬼把戏,或者是他们共同玩弄的阴谋诡计。可是现在他们为什么都不在学校? 他们肯定躲在一边偷偷地寻开心……但是他能不能不把这张二胎准生证拿出来,不让张股长、李股长审查这张准生证呢? 办证时,张会学副主任一再叮咛,这张二胎准生证不到万不得已,不能拿出来示人,严格地说这是一张废证。这张二胎准生证怎么是废证? 只要这张二胎准生证在北辰手里,就不会是一张废证,如果是废证,张会学也不会发放给他,那么只会存在一种情况,张会学把证发放给他,还不想承担责任,北辰一旦有事,他唯恐受牵连。事到如今,已经到了人生最重要的关口,真的是生死攸关,他已经顾不到那么多了,这就是关键时刻,这就是万不得已……如果稍有不慎,就会满盘皆输,一切的一切即将化为乌有,他不得不拿出这张二胎准生证让她们审查,这张二胎准生证像是最后的救命稻草,又像是最后的免死金牌,至少是最后一张的挡箭牌。在回家的道路上,他是那么焦虑、痛苦,他像是奔跑在漫长的人生道路上,像是奔跑在满是坎坷、荆棘的羊肠小道上,像是奔跑在漫无边际的沙漠里、戈壁滩,奔跑在硝烟弥漫的战场上,耳边到处都是呼啸的刀枪,都是啸叫的子弹、箭雨……可是事到如今,他还是不得不拿出来让他们审查,于是他怀着忐忑不安的心情把这张二胎准生证拿到学校,然后交给张股长手中。张股长把这张二胎准生证查看了一遍又一遍,她把准生证号登记下来,然后把证件交给李股长。

"谁给你办的二胎准生证?"李股长看看证件,于是她质问北辰道。

"是……"他迟疑不决地说。

"谁?"她逼视北辰,像是严刑逼供一样。

"是张会学副主任……"不得已,他还是把实情告诉了她。

"原来是张主任……"她像是自言自语地说,她的眼光似乎柔和起来。

"把证件留下吧?"她想把证件带走,可是北辰向她祈求道,她迟疑一下,像是思考着什么,最后她还是把证件归还给了他。

"今天就这样,北辰校长,如果有什么问题,我们还会再来的……"张股长冷漠地说。

"欢迎你们再来,张股长,李股长……"北辰校长不知所云地说,可是他还是没有忘记挽留她们,"要不吃过饭再走吧?"

"不用……"她们冷冷地说道。

她们走出校长室,走出学校大门,然后坐上停在学校门口的白色面包车一溜烟地走了。张股长走后,北辰心里七上八下的……看来他们已经动手了,应该拜毕传

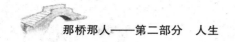

芬老师所赐,丁秀杰和罗君艳不是没有可能,但是凭直觉应该是史新章和毕传芬老师所为,或者是他们的家人所为。

几天以来,北辰心里一直惴惴不安的,他唯恐还会有意想不到的事情发生,现在已是他人生的关键时刻,不能总是守在学校,他想去教育局打探一下,听听县局领导的意见,看看县局领导的态度,无奈之下,只有去找老同学仇俊平问问情况,他刚到县局门口,却恰好碰见儿时伙伴——耿占春副局长。

"北辰,有麻烦了吧?"耿副局长关切地问他道,他似乎十分清楚内情,"走吧,没什么大不了的,我恰巧抓计划生育工作,这样吧,局里刚刚买辆新桑塔纳,走,我去送……也镇镇邪气……"

他一挥手,一辆崭新的白色桑塔纳轿车迅疾地开过来,这辆白色桑塔纳轿车像是一匹白色的战马骤然停在耿副局长和北辰身旁,耿副局长坐在前面,他让北辰校长坐在后面。北辰刚坐上轿车,他奇怪地发现司机是个小个子,他是那么猥琐,甚至比生产队的老把式还要苍老,他坐在驾驶员的座位上,个子像是一个未成年孩子,但是他绝对不是一个未成年孩子,而是一个四十多岁的中年人,他真的很像个老头,那两撇尖尖的小胡子使他显得既老成,又俗气,那双眼睛甚至比老鼠眼睛还机灵,在他赤红色的小脸上,鹰钩鼻子特别大,嘴巴也非常尖厉。耿副局长非常魁梧,庞大的身躯似乎要把这辆桑塔纳轿车压扁,他国字脸,皮肤是黑炭颜色,如果额头上画个白色小月亮,简直就是老包重生,他的臂膀沉稳有力,说话瓮声瓮气的……轿车缓缓地驶出教育局大门,然后开始稳稳驶离县城。

北辰胆怯地坐在他们后面,一动也不敢动,而他们两个一直在叽叽咕咕地说笑,他们到底在说笑什么?没有人知道,因为他们把声音压得很低,只是他俩之间能够听清楚,有时说到神秘之处,只能意会却不能言传,这时,他们就会嘀嘀地傻笑……而白色桑塔纳轿车像只燕子那样轻快地飞驶在刚刚修好的柏油马路上,一望无际的柏油马路油漆黑亮,路面又是那么宽广,空气之中,散发出温热的柏油气息……他们坐在轿车里,只听见车轮摩擦柏油路面发出滋滋声响。

"好家伙,一百六十码,车要飞起来了,"耿副局长看看公里表,惊叫起来,"减到八十,不能太快,在这乡村公路上,太快,要出事的。"

北辰想一百六十码是什么意思?可能是一百六十公里吧?好家伙,这辆轿车居然每小时跑三百二十华里,北辰这样想的时候,桑塔纳轿车慢下来,这时候,轿车像是一辆轻便小马车,而小个子司机像是老把式一样,他一手拉着缰绳,一手执鞭,这么大一辆轿车,他能够让他快跑,又能够让他慢走,简直是太神奇啦……这大概需要高超的技术吧?直到轿车真正慢下来,耿副局长才舒缓一口气,然后他开玩笑地调侃他道:"太棒了,我说那些漂亮小妞都那么喜欢你……"

耿副局长可能是说漏了嘴,也可能他一时没有意识到北辰在轿车里吧?也可能他有意诱骗司机说出一些引起兴趣,或者值得骄傲的事情,果不其然……

"见笑了,耿副局长,我玩的还不都是董局长和您挑剩下的……"小个子司机揶揄道。

"凤儿可不差啊!"耿副局长又挑逗他道。

"还不是耿副局长照顾我。"他飘飘然起来,于是沾沾自喜地说道。

"北辰,我们说的话,可是机密呀,千万不能泄露出去……"耿副局长叮嘱他道。而北辰校长早已假装睡着了。

"北辰睡了……"矮个子司机从车内的镜子里看见他睡着了,于是他告诉耿副局长道。

"这才好……"耿副局长扭头看看熟睡的北辰,他并不十分放心地说道。

时间不长,桑塔纳轿车颠簸起来,北辰从假寐中感知到汽车下了柏油路,现在应该走在去山泉村的黄土小路上……很快,他们就到了山泉小学大门口。小个子司机叫着北辰的名字,他假装睡熟了,他又叫北辰一遍,北辰才假装醒来,然后他装作抱歉似的说:"我睡着了,你们吃过饭再走吧。"

他们不但没有留下吃饭,也没有下车,北辰刚刚下车,他们立即调转车头,鸣了几下汽笛,就一溜烟飞走了。

自从耿副局长走了之后,不几天,张股长又来到山泉小学,她说上次有人反映他生育二胎,这次有人告他生育三胎,她是来调查他生育三胎的。

"一会儿说我生育二胎,但我有二胎生育证,现在又诬告我生育三胎,真是岂有此理!"北辰校长冤屈地说道。

"这人也真是的,下手也够狠毒的……"张股长似乎也在替北辰担忧道,然后她还是无奈地说,"都是领导交代的任务,不来又不行,只有例行公事。"

最后张股长让北辰校长写保证书,保证书上要写明他只生育二胎,而且他持有二胎准生证,这就说明他并没有超生,但是保证书最后一句话,他必须做出保证:如果生育三胎,一经查实,愿意承担一切责任。

这一关,北辰又闯了过去,他不明白,下一关会是什么?但是他明白必须感谢耿副局长,应该是耿副局长替他挡下了这一箭,如其不然,这会是致命的。这至少是毕传芬老师射出的第三箭,也可能是第四……都是箭箭毙命……

于是他多方打听耿副局长家的住处,北辰打听到他就住在县卫校家属院里,北辰去到他家,无论是送去礼品,还是送去现金,可是耿副局长什么都不收,这让北辰非常感动。

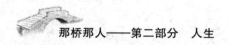

10

这一天，县教育局对各个学校的安全隐患进行拉网式排查，全县共分十个排查小组，排查高山镇各个学校安全隐患的这一组组长是党办徐主任。徐主任个子非常低矮，却很威严，他检查完毕，对山泉小学的各项工作评价很高。

"山泉小学的安全工作做得很好，回去以后，我要向董局长亲自汇报……"徐主任临走时说，但是他话锋一转又说道，"如果工作上遇到什么困难，可以去县局找我……"

"谢谢徐主任，我一定去！"北辰校长隐隐感到徐主任可能知道山泉小学的一些事情，特别是关于他个人的一些事情，于是他感激地说。

"好，一言为定啊！"他爽快地答应下来。

就在这一周星期日上午，北辰来到大河县城，打听到徐主任的住处，他买了两瓶酒，还买了一些食品来到徐主任家里，徐主任十分高兴地说："这样吧，北辰校长，你把工作上的积极表现写成材料，星期一，我把材料交给董局长……"

北辰不想出风头，只想踏踏实实地工作，他只想于工作之外，阅读更多的文学作品，他的终身信仰和追求就是梦想成为一名杰出作家，像两司马那样彪炳史册。

他没有把所谓的先进材料、先进事迹写出来，而徐主任也没有再催促他……

北辰的志向，并不在于做一名先进工作者，也不仅仅做一名先进人物，绝不止于此……

正当他陶醉于所谓的模范事迹，陶醉于所谓的先进人物之时，韩主任和县教育局信访办陈主任来到山泉小学。他们在校长室刚坐定，韩主任就介绍陈主任说："北辰，这是县教育局信访办陈主任，他来调查你工作上的一些问题，请你配合……"

"有人反映你几个问题，我必须调查清楚，你现在把主任、会计、图书管理员……叫来，我要咨询几个问题。"陈主任疾言厉色地说。

陈主任已经很胖了，胖得甚至有些臃肿，两边腮帮上各有一块赘肉，尖尖的下巴已经淹没在赘肉之中，小小的三角眼睛深陷在眼眶里，他非常威严、冷漠，而他的嘴唇尖尖的，脸颊绯红，虽说他十分威严、冷漠，却显得有些滑稽可笑。

他约谈郝会计的时间长些，约谈魏主任和图书管理员的时间短些……他要查出北辰校长这些方面的问题：一、贪污行贿。陈主任责令郝会计把北辰担任校长之后，所有的账簿交给他，他要审查账目中可能存在的贪污行贿问题。二、私设小金库。假借勤工俭学之名向学校学生收缴小麦、玉米、大豆等农作物，而且把农作物变现之后，不走总账，私设小金库。三、把学校图书据为己有。四、与女教师发生不正当关系。五、殴打学生。六、猥亵毕业班女生。七、超生三胎，严重违反国家计划生育政策……

"北辰校长，今天到此为止……组织上从来不会冤枉一个人，可是也不会放过……"经过一上午的约谈、核实……临走时，陈主任说出这句话之后，他想笑笑，可是随即又严肃起来，我回去之后，还要审查账目……如果没有确凿证据证明贪污……组织上会还你一个清白……"

当天下午，北辰校长找到老同学仇俊平。

"今天下乡调研，我来局里早些，大约六点半左右，有个小青年匆匆忙忙跑到二楼董局长办公室门前，当时我不知道他想干什么。等我仔细观察以后，才知道他从门下面往办公室里塞东西，可能是告状信，这个小青年，好像是你们镇教办室什么副主任的儿子，他在大街上干什么来着……你看我的记性……所以今天上午刚刚上班，董局长就让陈主任去查。门卫说：'他已经是第×次往局长办公室塞告状信件啦……'，我当时感到稀奇，一个做生意的年轻人，有什么怨仇？大概是……"仇俊平遮遮掩掩地说。

"肯定是史新章的儿子。"北辰证实说，他和他们不是第一次交锋啦。

"你们有什么仇怨？"仇俊平问北辰道。

"史主任是山泉小学老校长，可是他梦想杀回马枪。"北辰如实说。

"原来是这样，不如这样行不行，你去陈主任家一趟，揭穿他们的阴谋……"他给北辰出点子道。

北辰来到陈主任家，他刚好在家，于是北辰校长把他和史新章副主任的恩怨陈述一遍。

"北辰校长，果真如你所说，他们不会善罢甘休，从此以后，你要低调行事，千万不可再刺激他们，何况问题还没有调查清楚……"陈主任看见北辰校长那么诚恳，于是他交代北辰道。

北辰校长很佩服陈主任料事如神。不出几天，韩主任领着陈主任如期而至，这应该是又一封告状信引发的恶果。

"又告状了，到底你们有多大的仇怨……"陈主任像是不经意地说，"山泉小学的问题竟然如此棘手。"

这一次依然状告北辰校长七个方面的问题，同上次一模一样……山泉小学的账目已经清查、核实，陈主任并没有发现票据不实，并不存在贪污行贿问题，而且全是诬告……午餐本该让北辰校长安排，可是韩主任非让霍校长招待不可。

霍校长很不高兴，何况韩主任对北辰校长必欲除之而后快，霍校长对韩主任的意图心领神会。在陈主任面前，他说郭北辰从小家境贫寒，全靠母亲乞讨才得以完成学业，高中毕业以后，当代课教师……他唯利是图，贪得无厌……山泉小学教师早已怨声载道……霍校长一席话彻底颠覆了陈主任对北辰校长的所有看法。当天下午，陈主任和韩主任又一次返回山泉小学，他们当即召开全校教师会议，会上，韩主任并没有对北辰校长提出直接批评，他说北辰校长是代课教师，现在虽说已经转正，却一直没有兑现工资，他仍然是代课教师，所以北辰同志任校长之初，他就力排

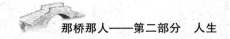

众议,因为山泉小学是中心小学,他想让北辰校长到树仁小学担任校长……结果出现这样一种混乱局面……这是他始料未及的,实在让人痛心疾首……

而陈主任在全校教职员工会议上,他居然勃然大怒,对北辰校长提出尖锐批评:经过调查,尽管没有查出什么实质性问题,但是一所好端端的学校,让北辰校长居然弄成现在这个样子,实在让人心寒……

开始教师们认为韩主任和陈主任只是例行检查,不承想,他们竟然是调查北辰校长个人问题,原来是有人检举揭发他,一时间,山泉小学舆论哗然,教学秩序为之大变,丁秀杰和罗君艳以为夺权时机一到,便趁势兴风作浪,霎时之间,人心大乱、大坏,大部分教师以为北辰校长大势已去,有些教师开始投靠丁秀杰,他们不再听从北辰校长安排的工作,他已经大权旁落……

时间不长,陈主任和韩主任又一次来到山泉小学……有人仍然在写告状信,仍然在写黑材料,仍然状告北辰校长七个方面的问题,他们欲除之而后快……他们刚刚坐定二话不说,就逼迫北辰校长写辞职书,无奈之下北辰校长这样写道:

辞职书

　尊敬的领导您好!

　首先感谢领导对我的培养,对我的关心和照顾……

　我叫郭北辰,现任高山镇山泉小学校长,因为个人能力有限,致使山泉小学管理紊乱……经本人再三考虑,我决定辞去山泉小学校长职位……请领导给予批准。

　　此致

　　敬礼

申请人: 郭北辰

××××年 11 月 27 日

陈主任和韩主任拿到辞职书,他们匆忙来到王长江书记家里。

"这是大河县教育局信访办的陈主任。"韩主任向王长江书记介绍道。

陈主任和王长江书记见过面,打过招呼,韩主任就立即拿出北辰校长的辞职申请递给王长江书记,接着韩主任把山泉小学的混乱局面归之于北辰校长领导乏力,经验不足……他建议王长江书记尽早考虑适合人选,尽快稳定山泉小学教育教学大局……不知因为什么原因,他们商量了半天,竟然无果而终……据说,韩主任举荐丁秀杰做校长,而王长江举荐史新章做校长,最后没有达成共识,一出丑剧,居然不了了之……而北辰校长只有继续主持工作。

这一周星期六上午,北辰校长去拜访在家停职反省的苏副镇长。

"不好干吧,北辰?"苏副镇长见到他第一句话就问道。

北辰把学校里新近发生的所有情况向他做了简要汇报。

"我被停职反省之后,目前,有两个人选,一个是刚刚调到高山镇的副书记权为国,另一个是副镇长赵开明。我今天把他俩全部请过来,咱们在一起吃顿饭,也为你以后工作做好铺垫。"苏副镇长分析过高山镇党委政府抓教育的人选之后,他当即拨通电话邀请权副书记和赵副镇长来家小酌。

权为国副书记来得较早,他文质彬彬,乌黑浓密的剑眉之下,有一双睿智的大眼睛,略有不足的是鼻翼短些,鼻头孤零零的。他可能意识到太严肃了,所以他说话的态度渐渐和蔼起来,慢慢地,彼此之间没有了隔阂,于是他们愉快地交流起来。北辰给权副书记介绍过山泉小学的现状之后,权书记认为山泉小学祸乱的根源在韩主任,其实他唯恐山泉小学不乱……山泉小学在两基验收中成绩突出,高山镇领导有目共睹,而韩主任扳倒苏副镇长以后,把下一个目标锁定在北辰校长身上……韩主任早该退休了,却还在贪恋权位、权利……逼迫北辰校长交辞职书,这纯粹属于韩主任个人行为,他并没有征求高山镇党委马书记的意见……最后权副书记希望北辰校长努力工作……

赵开明副镇长来得晚些,他高大肥胖,忠厚诚实,却一直在微笑,并不多说话。

苏副镇长拿出珍藏多年的两瓶蚂蚁酒招待他们,可是这两瓶蚂蚁酒很快就喝光啦,苏副镇长又让爱人去外面买了两瓶白酒,喝下这两瓶白酒之后,他们都喝高了……但是没有人说胡话,北辰似乎比来的时候还清醒,他们即将离开苏副镇长家时,赵副镇长说:"镇里的分工已经明确,我抓农业,权书记抓教育……"

北辰想,赵副镇长是不是酒后醉话,镇领导的分工没有宣布之前,谁也说不准谁抓什么,这肯定是臆测吧? 但是不管是不是臆测,北辰清清楚楚记得权副书记说的那些话,所以离开苏副镇长家,他并没有回家,而是来到县上,在教育局门口恰巧碰见徐主任,徐主任让他来到教育局办公室,原来徐主任还兼任党办主任。

"有事了吧,北辰?"徐主任刚一坐定,就迫不及待地问道。

"他们……他们……"北辰几乎泣不成声地说道,可能是喝醉酒的缘故,他已经被逼到死胡同啦,"他们编造事实,颠倒黑白,韩主任已经逼迫我写过辞职书……"

"山泉小学的事情,我一清二楚,这个韩主任早该退休了,他贪财枉法,收受贿赂……工作上,不求进取,庸庸碌碌……好啦,不说他了,现在你也给董局长写信,这样写:山泉小学屡次受到您的表彰,也是您树立的一面旗帜,这面旗帜不能倒。只是现在山泉小学受到一小撮坏人干扰,使我无法开展工作……还请董局长放心,我会再接再厉,再创佳绩……这样写……写好后,明天上班,我把这封信亲自交给董局长。"

北辰校长按照徐主任意见,这样写道:我叫郭北辰,是高山镇山泉小学校长……

写好后,他把这封信恭恭敬敬交给徐主任,徐主任又把已经退休的孟兆国局长请过来小酌……

他把孟局长请来,一是为了叙旧,二是为了给北辰校长造势,明天他们要一

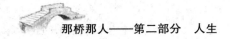

起面见董局长,他们要向董局长反映山泉小学面临的艰难抉择,要一起把北辰写给董局长的信亲自交给他,徐主任还要代表董局长去高山镇解决山泉小学的有关问题……

星期一上午,徐主任、韩主任和陈主任一行来到高山镇山泉小学,他们刚刚来到学校,只稍作休息,就立即召开全体教师会议。会上徐主任代表董局长充分肯定了北辰校长自从担任山泉小学校长以来取得的成绩……因为山泉小学是董局长在两基验收中树立的一面旗帜,这面旗帜不能倒……如果再有人写告状信,必须签署真名实姓,不签署真名实姓,不允许任何人再调查,而且我首先说明,即使调查也得经过自己允许,被允许之后,才能展开调查。因为这所有的告状信所涉及的问题基本一致,这些问题已经由陈主任彻底查清,全是子虚乌有。按说,如果诬告对方,理应追究诬告人的相关责任,这一次姑且放过,下一次,绝不轻饶。接着他又讲道:"同志们在一块工作都是缘分,谁给谁家的孩子扔井里了? 有时候因为工作磕磕碰碰是难免的,家有千口主事一人,学校的事情校长不去管谁管,如果因为工作上的事情去记仇,去报复,实在不应该,如果想要阴谋、搞小动作告倒北辰校长,想自己当校长,这样的小人,韩主任听着,这样的小人不准提拔,今后韩主任要支持北辰校长的工作,校长们都跟着你辛勤工作,替你卖命,你得保护他们,不要动不动就要别人辞职。陈主任你是教育局领导,处理问题要公平、公正,绝不能偏听偏信……一所好学校需要大家齐心协力,如果光想着谋害人,时间长久,大家会认清你的本来面目……这可不是什么好事情,我奉劝某些人及早收手!"

徐主任讲话之时,整个会场鸦雀无声,讲话高屋建瓴,让人心服口服。韩主任非常恭敬地称赞徐主任德高望重,他说徐主任能够在百忙之中来高山镇山泉小学指导工作,是高山镇教育界的光荣。他表态一定要支持北辰校长在山泉小学的工作,等等。

这场激烈的交锋算不算结束? 北辰内心还是七上八下的,但是自从徐主任来到山泉小学开过会议,整顿过纪律之后,北辰校长再开展工作时,似乎有了底气,学校的各项工作也顺利许多……

11

天气越来越寒冷起来,这天清晨,凛冽的北风像是一群疯疯癫癫的老黄牛,接连不断地跑过大街时,呼啸着一冲而过,中午时分,天空骤然下起雪来,尖叫的北风夹杂着雪粒敲得学校的窗玻璃叮当乱响,接近黄昏的时候,风力渐渐小了,纷纷扬扬的大雪像是一条斜挂在空中的白色毛毯,雪花一直在飘落,傍晚时分,这条巨大的白色毛毯覆盖在平原之上,黑夜像是一头神出鬼没的怪兽,它每天都会准时来到山泉村。山泉村在膨胀,河流南岸已经迁徙过来许多居民,这些居民几乎同官亭村的居民连接在一起,许多良田都变成了住宅,山泉村农民分到手的土地越来越少……再过几十年就没有多少良田可以用来耕种啦,到时候农民吃什么呢? 外出打工的农民因为天气日渐寒冷,他们大都回到家里,可是这几年农民工越来越挣不到工资了,由于物价飞涨,建筑工地连年亏损,再加上黑心工头赖账,他们辛苦一年却挣不到金钱,所以在这严寒的天气里,他们愈愁苦,愈想借酒浇愁,他们喝得几乎要把喉咙烧烂了……

经过这么长时间的折腾,北辰被折磨得心力交瘁,史新章和韩主任导演的这场丑剧谁也不能说是开始或者是结束,而罗君艳和丁秀杰还在蠢蠢欲动,他们总是在钱梅菊老师家里密谋、策划。钱梅菊老师和罗君艳是表姐妹,谁知他们还在密谋、策划什么呢? 但是他们笼络部分教师,在钱梅菊老师家里不停地出出进进,这不仅让北辰校长惊恐不安,有时候更让他心神不宁,他简直无所适从。内外交困……史新章包藏祸心于外,丁秀杰暗藏鬼胎于内,如果不是徐主任支持他,北辰早已精神崩溃,如果没有徐主任的帮助和激励,他简直不知道现在何处? 大概已经离开山泉小学了吧……离开山泉小学,他是去高山镇第三初级中学任教,还是去哪儿工作呢? 霍校长会让他回高山镇第三初级中学任教吗? 霍校长会接受他吗? 他甚至连去的地方也不得而知,下一步该何去何从? 该怎么办? 他是那么迷惘和无助……

因为孩子小,需要哺乳,淑丽一直请假在家,如果不是老同学何洪福,淑丽早被学校劝退了,何洪福是进修学校抓业务的副校长,是北辰的高中同学,他身材修长,很羸弱,眼睛柔和、蔚蓝,嘴唇仿佛少女那样红润……他出身农村,当过代课教师,由于他爸爸是财政局副局长,于是他调入进修学校工作……他已经和农村的妻子离婚了……他已经迁居县城,这些悄然变化都归功于他有一位好父亲……但是他柔和、蔚蓝的眼睛总是那么阴郁,似乎有一种隐隐的伤痛在折磨着他,他还有什么不满足的呢? 在这个苦难时代,他还有什么心愿没有实现? 这个世界实在是太奇葩了,这个世界真的让人感到困惑、迷惘……

即使有老同学帮忙,现在淑丽也得去上课了,如果考试成绩不及格,拿不到毕业证,她就会前功尽弃,但是谁去照顾孩子呢? 淑丽的父亲有生意、有土地,淑丽的母亲也需要照顾,北辰的母亲还在大梦村,何况还有婧儿,婧儿怎么办? 如果再次被人发现,被人告发,所有的一切都将化为泡影……

"开门,开门。"下这么大的雪,谁在敲门? 好像是母亲的声音,不可能,怎么会是母亲呢? 这应该是错觉吧,大概他是想母亲了吧?

"辰儿,辰儿。"肯定是母亲的声音,下这么大的雪,母亲怎么会回来呢? 大概母亲想家了吧? 或者……不会有什么变故吧?

北辰把大门打开,只见母亲雪人一般,她浑身上下都是雪,手里拄着一根像是拐杖一样的粗木棍,粗木棍甚至比母亲还要高,这一切使北辰想起鲁迅笔下的祥林嫂,但是母亲似乎比祥林嫂还要可怜……如果不是母亲"辰儿、辰儿"地喊叫,他实在不敢相信眼前这位雪人就是母亲,她怎么可能是母亲呢? 但是她就是母亲啊! 母亲从大梦村回来啦,不知是福,还是祸啊……北辰赶紧搀住母亲,让母亲走进屋里来。

"妈妈,妈妈,您……"北辰和淑丽同时惊讶说道。

母亲来不及打掉身上的积雪,就哭泣起来,她哭着说好长时间不见他们的影子,他们不让吃饭,也不让出大门,他们下地都是把母亲和婧儿锁在家里,妈妈和婧儿没有吃的,于是母亲就趴在门缝里喊叫道:

"救命吧,大嫂,大哥,救救孩子吧……"

刚开始没有人搭理她们,后来过来一位好心的大娘。老人家的腰身折了,她的头几乎要连着土地啦……可是她却像是菩萨那么慈善……没有东西吃,她们会饿死的。等到他们下地走远啦,她就会从门缝里塞进来几个馒头和熟鸡蛋,这样母亲和婧儿才得以保住性命。有一天女婿过来,看见她们这样受罪,也心生怜悯,决心送她们回老家,他给母亲送到火车站……下车后,母亲一路要饭来到侄子家,她却不敢把婧儿领回家,现在婧儿寄养在蔡龙家里。听到这儿,一家人不由得啜泣起来……但是婧儿不能寄养在蔡龙老表家里,他们决定明天把婧儿先送到富丽姐姐家里。

第二天黎明,漫天的大雪依然纷纷扬扬地下个不停,辽阔的平原上,皑皑白雪像是飘浮在空中的白色浮云无边无际,尖叫的北风穿过一条狭窄的胡同像是一头野牛一样呼啸而过,田野、红色的河水、村庄、树木都静静地沉睡在积雪之下,它们仿佛熟睡啦……但是北辰必须把婧儿从老表家里转移到另外一个地方,这是刻不容缓的事情,因为蔡龙老表脾气暴躁、古怪,说不定什么时候,他就会找北辰什么麻烦。所以北辰还是迎着漫天飞雪向蔡龙老表家里走去,脚下是深深的积雪,北辰像是走在杂草丛生的旷野里,他走起路来那么艰难,寒冷的北风噎得他几乎喘不过气来……

北辰已经很长时间没有见过婧儿,其实他也是见女儿心切,不单单是因为老表脾气暴躁、古怪……婧儿长大啦,她是什么样子呢? 可能饿瘦了吧……他想起女儿就感到一阵心痛,婧儿出生时,他还没有去山泉小学担任校长,她已经不小了,这些年来,他和婧儿是离多聚少,现在他连婧儿长什么模样都模糊了,真对不起孩子,这到底是因为什么? 这一句问话无疑戳到他的痛处,如果他舍弃校长职位,放弃他和淑丽的转正机会,孩子能回家吗? 也回不了家……

唉,如果他不要儿子总可以吧,可是儿子已经来到了世上,儿子一来到世上,婧儿就成了多余的孩子。他到底该怎么办呢? 母亲回来之后,为什么先回到老表家里,为什么要把婧儿撇在他家里,而不先回自己家里? 即使母亲不回家,她老人家能不能先回到哪一位姐姐家里? 母亲为什么不去姐姐家里,她无奈之下,是不是想让蔡龙老表开导开导他,其实北辰还真的惧怕去老表家里,因为他从小就害怕他,蔡龙老表的眼睛并不斜视,但是北辰老是以为,他不但斜视,还老是瞪着他,老表的鼻子那么大,脸那么黑,简直像是黑色厉鬼……北辰一直对蔡龙老表没有什么好印象,不但没有好印象,还很讨厌、憎恶他,他每次见到老表都非常胆怯,可是北辰也说不出什么原因来,这是不是与生俱来的恐惧呢?大概是吧?这是不是人类生存的法则、规律,人们都说娘家侄子是姑姑手中一把利剑呢,这或许他急忙赶到老表家里的原因之一吧?该不会母亲和侄子已经商量好什么事情?今天一大早出门的时候,北辰没有让淑丽跟来,他现在不想让淑丽听到什么?所以孤身前往。无论老表说什么,婧儿先离开他家再说,离开他家孩子就安全了。但是把婧儿放在富丽姐姐家能放多长时间呢?这都是未知数。可怜的孩子,爸爸也是走到山穷水尽的地步了……

尽管他不愿意来到老表家里,尽管广阔的平原上寒风凛冽,雪花飘飘,尽管在高低不平的河岸上,他跌了一跤,又一跤……不管北辰再怎么不愿意踏进老表家门,可是他又不得不尽快来到这儿,因为他的孩子在这儿……

他走进老表家的大门,发现婧儿跟在蔡龙嫂子身后来迎接他,她满身沾满积雪,鼻涕在红红的鼻头下面悬挂老长,她突然看见一位陌生人走进院子,于是急忙躲在蔡龙嫂子身后,紧紧地抱住她的大腿。

"回屋,大娘……回屋。"婧儿一边焦急地向后拽蔡龙嫂子的衣服,一边急躁地想让她回到屋子里,孩子几乎想哭出声来,看来她非常害怕见到陌生人。

"孩子,爸爸来了,他是爸爸啊。"表嫂指着北辰对婧儿说道。

"爸爸……"她迷惘地望着爸爸,望着这个叫作爸爸的男人,既感到熟悉,又感到生疏。她应该每天都在想念爸爸、妈妈,可是她根本不知道谁是爸爸妈妈,这就是婧儿最大的痛苦,最大的悲哀。

婧儿并没有对爸爸表现出亲近,而是紧紧地贴在蔡龙表嫂弯下身子的怀抱里,一会儿,她转过小脸,又一次惊恐地望着这个叫作爸爸的陌生人。

北辰把婧儿抢到怀里,把她抱起来,热泪盈眶地叫道:"孩子,我的孩子,受罪的孩子,可怜的孩子,婧儿……"

北辰的眼泪一下子从眼眶里涌流出来,他几近哭出声来,在表嫂面前,为了掩饰窘态,于是他紧紧抱着孩子,把脸扭向一边,可是眼泪依然涌流不止……这时候,蔡龙老表从屋里走出来,他看似有些亲切,而北辰必须在老表和表嫂面前止住哭声,但是他还是抽搐不已。

"爸爸……"婧儿像是可怜北辰那样轻轻地叫一声爸爸。

婧儿并不情愿让这个一见面就哭泣的男人拥抱,她叫了声爸爸之后,还是离开了他的怀抱,她的小脸上浸满了不知是惊恐,还是委屈的泪水。这时候,北辰看看孩子,她穿戴着一身破烂衣服,头发像是从未洗过,冻成胭脂红的小脸上都是泥巴、鼻涕和泪痕,北辰不禁从心灵深处叫了一声:"孩子……"而孩子也像是从心灵深处

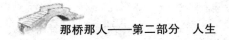

喊叫了一声："爸爸……"这是心灵的呼唤,心灵的交流,这是父女之间第一次亲切问候,这久违的呼唤、交流和问候,这一对久别重逢的父女啊! 谁曾想他们不久就会永别……

"进屋吧!"蔡龙老表理智地说道。

他们来到堂屋,北辰坐下来,婧儿胆怯地挨着爸爸站着……她是多么想挨近爸爸站着,却表现得那么胆怯,爸爸的到来,使她感到骄傲,又感到陌生……当北辰搂抱她时,她并不愿意,却没有刚见面时那么固执,北辰还是把婧儿拉到怀抱里,他们父女俩就这样搂抱着。

"叫爸爸,婧儿,叫爸爸……"北辰又禁不住泪水涟涟。

"爸……爸……"婧儿羞涩而又迟缓地叫道。

"想爸爸吗? 孩子……"爸爸哭叫着问孩子道。

婧儿点点头,又摇摇头。她应该是想爸爸啦,可是这个爸爸,这个她并不熟悉的爸爸,是不是她日夜想念的爸爸呢? 她对爸爸会有什么印象呢? 所以婧儿又如实地摇摇头。"北辰,你打算怎么办?"蔡龙老表开门见山地说道,他在北辰面前,向来不绕弯子,他像是有绝对优势,绝对权威,所以他并不隐瞒什么,"何况姑姑的年纪大啦,万一有什么闪失,有个三长两短……"

"老表……我……"北辰哽咽道。

"如果不早作打算,将来肯定后悔莫及,弄不好,一切都完蛋……"蔡龙表哥的态度非常坚决,他在替北辰考虑,他一字一顿地说,这每一个字像是有千斤重担,"你二狼舅家的喜儿表姐,也不是远人,她婆家哥只有一个儿子……他们都在淮河市上班,他还是什么局的副局长,你自己看……我不怕说实话,也不怕你们将来后悔……"

果真如此……蔡龙老表应该早有打算,母亲也应该知道,会不会是他们在一起合计好的呢? 应该有这个可能,可是母亲为什么不明说呢? 大概是恐怕落下儿子、儿媳埋怨。

"我再想想,今天我先把婧儿接走,回去和淑丽商量商量,等考虑成熟,再给您信。"北辰无奈地说。

中午,北辰没有留下吃饭,而是和婧儿离开了这儿,他把婧儿寄养在富丽姐姐家里。但是没停几天,富丽姐姐又把婧儿送到其他亲戚家里,而婧儿在那么远的亲戚家里总不是办法。

"咋办呢,淑丽?"他们商量道。

"我们的罪也受够啦,拿意见吧,北辰,你是孩子父亲,你做主,将来我不会埋怨……"她眼泪汪汪地说道,一提起这事,她又禁不住哭泣道,"把婧儿送人吧,什么时候是个尽头呢? 整天提心吊胆的……"

"是喜儿表姐的婆家哥哥,他们家只有一个儿子,孩子的爸爸,还是什么副局长。"北辰如实地说。

"我们不是卖孩子。"淑丽哽咽道。

"我们不会要他们一分钱……"北辰也禁不住哭泣说,"前有堵截,后有追兵,我们实在没有其他办法啦……"

"前几天,局里什么主任调查的事情结束没有?"淑丽又问起他们担心的事情。

"不知道……"北辰茫然若失地说道。

"韩主任会善罢甘休吗?"她又提起韩主任。

"不知道……"一提起他,北辰就头疼,韩主任像是一把悬在他头顶的达摩克利斯之剑,时时刻刻都在威胁着他的生存……

"史新章和毕传芬还会不会……"这都是令他恐惧、惧怕的人物。

"不知道……"他哪里知道这些阴险毒辣的人物……他们说不定什么时候就会咬他一口。

"丁秀杰和罗君艳呢?"是的,还有他们,丁秀杰和罗君艳同样是权利的角逐者。"也不知道……"他真的不知道,这个世界怎么会是这个样子?

"这些人要遭报应的……我们实在想不出其他办法啦。妈妈在大叔家住不下去……能投靠的亲戚都想到了,今儿真的没地方去了……"淑丽哭泣说。

"这大概是上天的安排,这大概是我们的命运吧……是上天让我们骨肉分离的……这就是他们苦难的人生……"北辰听着妻子哭泣的声音,不禁哀叹不已。

"不知道什么时候,我们和女儿还能再见……"淑丽抽搐不已地说道。

"上天会让我们相见的……"北辰像是祈祷着上天眷顾似的。

凛冽的北风裹挟着雪花自北向南呼啸而去,广袤的平原上,竟然见不到一个人的影子,在平原遥远的黑暗角落里,不知有什么东西在呜咽不止……世界之大,竟然没有一个人帮助他们,可见世界又是这么狭隘、邪恶,在他最需要帮助的时候,却没有一个人帮助他,在他最不需要帮助的时候,为什么偏偏那么多人想到他,特别是他在艰难困苦之中,竟然有那么多人陷害他!这是什么世道人心?良知呢?人性呢?世界上有没有良知?有没有人性?人类有没有良知,有没有人性,可能有,也可能没有,在这个人情浇薄的世界上,至少说良知弥足珍贵,至少说人性弥足珍贵,但是良知、人性却又少之又少,实在少得可怜……谁也不能说,恩情就等于良知,有时候恩情和良知并不是一码事,但是有时候广义的恩情也可能就是狭隘的良知,可是广义的良知并不是恩情,可是有时候恩情就是良知,蔡龙老表对北辰是不是有恩情?如果这也算恩情的话。但是他在北辰最艰难的时候,他似乎帮助他完成了心愿,完成了把婧儿送人的……不知道北辰是应该感激他,还是应该不感激……北辰呢?在这个孤寂、冷漠的世界上,还有什么能够激起他的良知呢?良知死啦,人还活着,人还活着,良知死啦,或者芸芸众生活着,但愿这个世界上并没有生活着人类,所以世界上,也未必有良知,未必有人性……可是北辰为什么提到良知呢?他不是在做没有良知、没有人性的事情吗？是啊，他的良知早已泯灭殆尽，连同灵魂，连同人性。他，北辰，到底因为什么非要这样做！

这天，北辰和蔡龙老表约定第二天下午，在大狼舅家和喜儿表姐婆家哥嫂见面。

北辰如约前往，他跟随蔡龙老表如约来到大狼舅家，大狼舅家门口停靠着一辆白色的越野车，屋子里面有四个人，两个男人，两个女人。这两个男的应该是兄弟，其中高个子男人有些秃顶，大概是哥哥，年龄四十岁左右，可能是因为个子高的缘故，背已经有些微驼，哥哥的衣服既整洁又得体，不像北辰那样穿戴臃肿，他上身穿着一件崭新的蓝色小薄棉袄，这么冷的天气脚下仍然穿一双漆黑锃亮的尖头皮鞋，他像是显得非常清高、孤傲，却也十分稳重，他在城市税务局工作……他说话温和、态度和蔼，只是北辰隐约觉得他有些怪怪的，仿佛有些懦弱，他就是婧儿的养父？另一个人细瘦个子，可能是喜儿姐姐的丈夫，也是北辰的表姐夫……他太细气，脸上似乎有一股狠劲，尤其小眼睛里有一股残忍的狠劲，使北辰心生震颤、战栗，他很像一条毒蛇……他穿双高靿儿皮鞋，这双高靿儿皮鞋的靿儿简直是太高了，这双高靿儿皮鞋油漆发亮，看来像是有意炫耀……哦，这不应该是高靿儿皮鞋，应该是现在流行的皮靴吧，他上身穿一件单薄的皮夹克，敞着怀，里面是一件咖啡色的厚毛衣，他不害怕寒冷吗？他的眼睛真的像是蝮蛇眼睛：阴毒、冷漠。看来他很爱好运动，在这间狭窄屋子里，他不停地做着各种古怪动作，要说是在显示力量，谁都不会相信，因为他太瘦弱了，但是他像是邪恶的化身，头发乌黑闪亮，脸色苍白、阴郁，眼光凶残、迷茫……两个女人，年纪大些的个子高些，她看似比同龄女人不知年轻多少，这些城里人为什么穿戴都那么单薄，大概是她们很少在户外活动的缘故吧？何况他们来往都有轿车，轿车里又有暖气，办公室、家里也都有空调、暖气。而北辰来老表家里的时候，因为积雪太厚，道路不能骑车，只能步行，在如此严寒的风雪天气，他也不得不穿上肥大的羽绒服，还要戴上羽绒服上的厚帽子，这样看来他们像是两个世界的人，一个在文明社会，一个来自野蛮部落，北辰像是觐见权贵一样，他自卑、痛苦、迷惘，他想他什么时候，也能像他们那样穿戴，像他们一样生活，像他们一样工作，像他们那样出行……他真的很羡慕他们。今天，北辰不但自卑，他还要把孩子奉献给他们，奉献给这些看似文明世界的宠儿，所以他的心灵异常痛苦、急躁、焦虑，甚至愤慨、仇恨……北辰的脸被痛楚折磨得狰狞可怖，他像是一头疯狂的野兽，一头很想吃人的怪兽，但是他还是懵懵懂懂地觉得应该冷静，应该镇定，不应该失去理智，不应该被对方蔑视，不应该让人鄙视、耻笑，因为他心灵里尽管燃烧着仇恨火焰，但是这种仇恨绝不会成为相互仇杀的理由，这种仇恨肯定会是一种动力，一种力量，一种奋发向上的动力，一种斗志昂扬的力量，这种力量使他更加坚定事业之心，他要远远地超越他们，只有超越，才能复仇，只有强大，才能让对手害怕得发抖，才能置对手于死地……所以他所表现出来的那种孤愤力量，尤其使人吃惊。

那位女人看似年轻，其实她已经不再年轻了，只是装扮年轻而已。她穿一件淡灰色羊绒大衣，这件大衣穿在身上虽说稍显宽松，却非常得体，头发像是瀑布一样倾泻而下，她的脸仿佛枣核形状，她是那种有气势的女人，说成强势的女人合适些，说成是执拗，说成阴鸷、刻毒的女人更适合，她看似乖巧，其实不难看出，她阴毒的本质被她华丽的外衣遮盖了，正如一条眼镜蛇，在她静止的时候，外表是那么华丽，但是谁都知道那是一条蛇，但是她是人蛇，一个艳丽的人蛇，这时候她很俏丽，而忘记了她还具有蛇的阴毒，现在就是这样，站在北辰面前的是一位美艳、有气质的女人，她的皮肤洁白滋润，文的眉自然修长，眼睛扑朔迷离，小巧的嘴巴，淡淡的唇膏，但是仔细瞧瞧就会知道，她是一位特意装扮的女人，而且还是一位尖酸刻薄、诡计多端的女人，她的右手捏着一个颜色锃亮的粉红色钱夹，她像是不经意来到这儿，要抢购些什么物什似的……

稍微矮些的那位女子应该是喜儿姐姐，她长得朴实、厚道，尽管他们是亲戚，可是北辰还是第一次见到她，喜儿姐姐在城市工作，她已经很像一个城里人了，身上的衣服既单薄又整洁，发型也是时髦的披肩发，但是从她诚挚的眼睛看，她还保持着农村女子的质朴。北辰这个时候突然回想起大狼舅的模样来。大狼舅、二狼舅，他们是亲兄弟，是三姥爷的两个儿子。北辰曾经怀疑他俩是孪生兄弟，他们长得一模一样，都是胭脂红皮肤，都是圆脸，都有一头乱糟糟的淡黄头发，尖尖的山羊胡子，都是深眼窝，都是淡黄色眼珠，而且眼神阴郁，都长一对招风耳，身材也很高大，穿戴破破烂烂，但是自从大狼舅的儿子——同喜表哥在税务学校毕业，他很快在淮河市物价局站稳脚跟，不久喜儿姐姐也成为物价局一名正式职工。大狼舅的穿戴早已是旧貌换新颜，胡须也剃除得干干净净，只是皮肤颜色更加赤红，眼睛也变得高深莫测起来……二狼舅穿戴得依然破烂不堪，他似乎比之前更加穷困潦倒，而且也更加消瘦，这样一来，大狼舅、二狼舅才便于区分。喜儿姐姐的个子不高，却长得敦实、富态。据蔡龙老表说两位男的是兄弟，喜儿姐姐和那位女人应该是妯娌。如果婧儿寄养在喜儿姐姐家里，这该多好啊，却是寄养在她的婆家哥哥家里，婧儿跟着他们，将来会是什么样子呢？但是这毕竟是喜儿姐姐的婆家哥哥，或许孩子会有一个美好前程？可是谁会知道呢？只有依靠冥冥之中的上天保佑她……

他们见北辰来到屋里，高个子男人很热情，也很诚恳："我叫于战国，在城里物价局上班。"他自我介绍道，然后拿出随身携带的日记本和钢笔，他用笔把名字和详细家庭地址写在日记本上，然后他从日记本上刺啦一声撕下这页纸，表情漠然地交给北辰，这页纸像是婧儿的卖身契一样，他接过那个秃顶男人递过来写有详细家庭地址的纸条，他像是从这个男人手里接过孩子的卖身契……然后他开始阅读道：淮河市富民大街与商城路交叉口路南五十米路东物价局家属院十三号楼一单元三楼东户。署名：于战国。

　　"这是一千元礼金,收下!"那个高个子女人用左手大拇指和食指拉开右手大拇指和食指捏着的皮夹拉链,然后用左手无名指和中指夹出一叠现金,像是完成了什么交易,她像是在命令北辰道。

　　"我不卖女儿,这个钱,不能要!"北辰愤慨地说,他断然拒绝了那个女人施舍给他的一千元礼金。

　　"这……"那个手捏钱包的女人惊讶地说,那一千元现金夹在她的左手无名指和中指中间像是老鹰叼个雏鸡似的。

　　"装起来。"那个秃头男人用眼睛示意那个女人,然后他阴冷地说道。

　　"哎……"她哀叹一声,把那一千元现金又重新塞进钱夹里,拉上钱包拉链,然后双手背到身后,她把钱夹隐藏起来,唯恐谁来抢劫钱夹似的……

　　都沉默着,他们都在想象下一步应该怎么办?怎么开口?因为北辰断然拒绝了那个女人妄想通过金钱……所以大家都在想象还会不会进行下去,他会不会让他们把女儿带走。

　　"不要,不要算啦,彼此都是亲戚,孩子在亲戚家里受不了罪,放心吧,"蔡龙老表打破沉默,他随即敦促他们道,"上车吧,去接孩子……"

　　还是没有人说话,但是他们像是接到命令一样,开始行动起来,喜儿姐姐的丈夫当驾驶员,他们在北辰的引领下,越野汽车开始驶向富丽姐姐家,公路上的积雪十分深厚,所以越野车奔跑起来小心翼翼的。天空阴郁、低沉,远方是那么迷惘,远方的地平线上似乎站着一排树木,这排树木像是刚刚放学的孩子行走在回家的小路上,这个时候正是下午三点左右,可是天空黑暗的像是夜晚,车里的人谁也不说话,他们像哑巴一样沉默着,四周死一样寂静,唯一能够听到的是汽车轮子摩擦积雪发出的沙沙声和汽车发动机的声响,这个世界像是消失了,死灭了,时间停止了转动,公路上只有这一辆车在孤独行驶,但愿永远行驶下去……北辰像是睡着了,他怎么可能睡着呢?他真想睡去,不再醒来……但愿这辆车开到一个不为人知的地方,一个没有人知晓的地方,或者开到阴曹地府……

　　但是他们到达了目的地,汽车像是一辆马车一样停下来,停下来的一刹那,北辰内心深处被什么戳了一下,心灵碎裂了……

　　但是北辰无论如何诅咒自己,他还是下车了,他来到富丽姐姐家里,北辰认为婧儿不在她家,他想让婧儿不在她家里,真想让他们扑个空,像上次那样又躲过一劫,如果婧儿躲过这一劫,她就安全啦,谁知她正好回来,这都是天意……他把婧儿抱到那辆白色越野车上,轿车像是赌气一样,立即风驰电掣地开走了……

　　北辰踽踽而行,他不知道是怎样来到野外的,不知道即将向何处走去。他的神经麻木了,白色越野车像燕子那样飞走了,婧儿走了,如今一别不知今生今世,他能否再见到她,他把孩子寄养在表姐的哥哥家里,表姐是大狼舅的女儿,大狼舅是三姥爷的儿子,这是个积善之家,还是狼窝?

他还想尽快回到家里,却不想顺着公路回去,公路遥远不说,关键是他不想见任何人,也没脸见人,如果从近处回家,没有道路可走,但是他还是选择近路回去。天空阴云密布,沉重的乌云仿佛就在耳际喁喁私语,四周皆是皑皑白雪,积雪那么深厚,深一脚浅一脚的,他仿佛身处沙漠之中,远方是那么迷惘,近处树木全身缟素,像是刚刚失去了亲人,这些排列整齐的树木仿佛走在送葬的路上……北辰孤单单一个人走在荒野里,他心里憋得疼痛,却无处发泄,这个时候,他真想啼哭,真想呐喊,可是他哭不出来,也呐喊不成。这时眼前突然出现一大片坟茔,坟茔成西北东南走向,其间植满了松柏,他想如果躺在坟茔里的不是别人,而是他该有多好,其实他的灵魂早被埋葬,良知早已丧失,人性早已泯灭……他想结束生命……如果结束生命能够换来孩子安康的话,还是结束得好。

北辰跪在雪地上,跪倒在这一大片坟茔之中,原野茫茫,他啜泣不止,可是没有眼泪,他像是一只野狼在哽咽、哀鸣……这只声音喑哑的野兽,在哀嚎……却没有眼泪,可是他还想呐喊,喉咙干裂了,嗓子疼痛得厉害,可是他仍然在干号、哭叫、哀鸣……他像一只饥饿待毙的野狼,像一只伤痕累累的公狼在干号、尖叫……他就这样,跪着,尖叫不止,没有思维,神经麻木了。他失去了所有,失去了一切,最后晕倒在这片坟茔的雪地里,失去了知觉……

不知过去多长时间,太阳露了一下脸,似乎要探望他,可是瞬息之间,它又躲进铅灰色的云雾深处,有只兔子悄悄地来到他的身边,用前腿弹弹他的肩膀,又不声不响地离开了,一只野狗疾驰至他的脸前,嗅他的嘴唇,也不情愿地离开了,还有数不清的麻雀来到这片坟地,叽叽喳喳地乱叫一阵之后,不堪这个地方的荒凉,也急急忙忙地飞走啦,可是有几只黑老鸹一直在呱呱乱叫,她们是这片坟茔的主人,昏倒在地的他,可能使这几只黑老鸹不舒服起来,于是它们鼓足力气想把他唤醒,让他离开,以免打搅清静,在它们的聒噪之下,他终于清醒过来,但是他仍然处于昏迷状态,那低沉的乌云像是覆盖在他身上的天鹅绒棉被,这条沉甸甸的天鹅绒棉被已经遮盖了广阔寂寥的雪原,应该是傍晚了……

"妈……妈妈……"他终于喊叫起来,如果不喊叫,他会窒息而死的。

他于是颠三倒四地大哭道:"我要让他们付出代价,我要杀死他们,我要成为一位伟大作家……为了孩子,为了婧儿……"

不知什么时候,他连滚带爬地回到家里,他一回到家里就躺倒在床上……

北辰在床上昏迷一天一夜,他不停地发烧,不停地叫喊,脑海里幻象不断,一会儿是雪地,一会儿是白色越野汽车,一会儿是一千元现金,还有婧儿,他的孩子,一会儿,婧儿在富丽姐姐家中,一会儿,她被越野车拉走了,他在越野车后面追赶,可是却追赶不上……越野车疾驶在茫茫沙漠之中,一会儿,又奔驰在漫无边际的雪海之中,霎时间,越野车仿佛又变成了一艘帆船,飘荡在波涛汹涌的大海之上,那个高个子女人拿一把刀来行刺他,那个细个子,毒蛇眼睛的人,大概是喜儿姐姐的丈夫

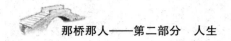

吧？他开着一辆越野车向他撞来，几乎就要撞到他的身上，于是他惊吓出一身冷汗，他暂时清醒一会儿，然后又昏迷过去……

第二天，他想站起来，由于起床太猛，竟然摔倒在地上，他还是顽强地站了起来，这一次他没有再躺下来……尽管他十分虚弱……

星期六下午三点半钟，他接到高山镇教办室通知：请北辰校长务必于星期日上午八点在学校待命。另外一起待命的还有魏主任、郝会计。

星期日上午八点整，北辰校长、郝玉强会计和魏惠英主任已经准时到校待命，今天到底会有什么事情呢？会不会又是什么教育局信访办的啥人呢？会不会又是计生委的人呢？会不会又逼迫他写辞职书呢？他们逼迫他辞去职务，还要他写什么辞职书，写过辞职书，这就说明是他自愿辞去山泉小学校长职务的，不辞职能行吗？既然不辞职不行，为什么韩主任不直接宣布免去他的校长职务？韩主任为什么逼着人家辞去校长职务，还得说是他自愿辞去校长职务的，这到底是什么来头，什么路数。

他们等待了将近一个小时，还是没有人到来，只有耐心等待。大致又过去半个小时，韩主任，唐玉庆会计，还有秦副主任，还有其他一些工作人员一起来到了山泉小学。

他们分工明确，唐玉庆会计和武国岭、肖春明清查账目，为什么又要清查账目，县教育局的什么主任不是已经清查过了吗？但是他们清查，就让他们清查吧！这会不会是最后结案呢？

秦副主任负责落实其他问题。韩主任亲自坐镇指挥。

唐会计和武国岭、肖春明清查北辰担任山泉小学校长以来所有账目，他们首先计算收入，再计算支出，不清楚的问题由郝玉强会计解答。这个时候，秦副主任开始澄清几个问题，于是他开始审问。

秦副主任问道："今年夏季，勤工俭学共收入小麦多少斤？卖多少钱一斤？学校共收入多少现金？"

"今年夏季没有勤工俭学，学校没有收入，也没有支出……"魏主任回答。

"是这样吗，北辰校长？"他问北辰道。

"确实是这样，开始时，学生把粮食交到班上，可是村里人强烈要求减轻农民负担，所以学校当即决定退还给学生。"北辰校长回答说。

"今年秋季，学生勤工俭学共收入大豆多少斤？玉米多少斤？红薯多少斤？"秦副主任又问道。

"今年秋季没有让学生勤工俭学。"魏主任回答。

"往年呢？"秦副主任问。

"往年秋季也没有……"魏主任肯定地回答说。

"是这种情况吧，北辰校长？"秦副主任问他道。

"是这种情况……"北辰校长回答道。

"在迎检结束之后,北辰校长把学校大量文学名著据为己有,有这种情况吗,魏主任?"秦副主任问。

"没有这种情况,迎检之初,由于图书缺口过大,学校又没有资金购买图书,为了迎检,北辰校长把他珍藏的文学名著拉到学校,这虽说是欺瞒上级,实在是因为学校经济困难所致,村委也没有资金购买图书,这也是无奈之举。迎检结束后,北辰校长又把书籍拉回家。拉来多少,拉走多少,图书室都有记录,不信,秦主任可以查阅记录。"魏主任回答道。

"是这种情况吗,北辰校长?"秦副主任问道。

"我的藏书和学校书籍有区别,可以到我家查验。"北辰校长回答。

"请把学校图书室的登记记录拿来。"秦副主任严肃地说。

"必须通知图书管理员到校,因为只有她拿着钥匙。"魏主任回答他说。

"我等你们,"秦副主任耐心地说,"咱清查完一件事情,再说另外一件事情。"

魏主任把图书管理员通知到校,经过查实学校图书并未损失一本图书。

"好,这个问题已经彻底弄清楚了,我们开始查清下一个问题,北辰校长担任校长以来,是否有不正当男女关系?"秦副主任厉声问道。

"有过谣言,但是只是谣传……"魏主任回答得并不大胆。

"北辰校长,这个问题,你来回答。"秦副主任又质问他道。

"造谣……"北辰愤慨地说,"无耻!"

"这个问题真的不好界定……"秦副主任迟疑一会儿,可是他并不纠缠此事,于是他接着说,"北辰校长是否经常殴打学生,是否猥亵过女生?"

"真是岂有此理!"北辰校长气愤之极地说。

"这是装孬孙!"魏主任也替北辰校长鸣不平!

"北辰校长严重违反国家计划生育政策……如何解释?"秦副主任又问道。

"我有二胎准生证,没有违反国家计划生育政策,证件让计生委领导和县教育局领导检验过,如果需要,我现在可以回家把二胎生育证拿来。"北辰校长回答这个问题时,他像是被什么毒刺刺中,他想发出一声痛苦呻吟。

北辰校长还是回家把二胎准生证拿来交给秦副主任检查。

"有人还说超生三胎。"韩主任从秦副主任手里接过二胎准生证,像是审视犯人那样审视完证件后,他又突然问道。

"我没有生育……可是那个孩子早已送人了……"北辰校长说完这句话之后,再也控制不住感情,他感情的闸门仿佛一下子打开来,感情的激流倾泻而出,他不禁放声痛哭起来,而且一发不可收,他是那么情非得已,那么悲痛,如果不是秦副主任搀扶住他,他几乎要跌倒在地……

"送人也是你的孩子,只要生下来,就形成事实上的三胎。"韩主任不依不饶地说。

　　韩主任这句话,尽管北辰校长听得并不真切,但是他还是隐隐约约地听到"就形成事实上的三胎"这句话,北辰校长没有回答什么,让他回答什么呢? 也回答不上来,即使能够回答,他也顾不上回答他。因为北辰是那么悲伤,如果今儿是世界末日该有多好。或者来个几十级地震也行,这样一来,无论高贵,无论低贱,无论生育几胎,都会灰飞烟灭,都会同归于尽……但是他还是停止哭泣,又揉揉眼睛,他向四周看看……世界还是之前的世界,韩主任还是之前的韩主任,北辰还是之前的北辰,一切都没有变化,一切还是原来的样子……他是那么失望……这时候,他又望望韩主任,于是他又骤然痛哭起来,而且来势比之前任何时候都更凶猛、猛烈,不知因为什么,他只是一味地哭泣,他不知道到底在哭泣什么? 是因为韩主任说,"就形成事实上的三胎"哭泣呢? 还是因为他把女儿送人这件事让他伤心? 还是因为他所经历的事情让他痛心疾首……总之他一直哭泣不止,他不再理会韩主任的威胁和恐吓,也不再理会秦副主任的提问,也不再关注唐会计和其他工作人员在澄清山泉小学的收入账目……时间在一点点过去,他哭泣的时间已经很长久了,不能再哭泣下去,他不能像孩子那样哭泣不停,北辰校长还是终止了哭泣,因为唐会计在给韩主任汇报山泉小学校长任职以来的账目。

　　"经查三泉小学自北辰担任校长以来,共收入学杂费×××元,其他收入现金共有×××元,总收入一共是现金×××元,所有支出现金×××元,剩余现金×××元……"唐会计一板一眼地说。

　　"开支都合理吗?"韩主任疑惑地说。

　　"基本合理……"唐会计肯定地说道。

　　"有没有贪腐行为……"韩主任继续问道。

　　"没有……"唐会计如实回答。

　　"有没有债务……"这应该是他最担心的。

　　"没有……"唐会计回答。

　　韩主任听到"基本合理""没有"这些字眼之后,他又把山泉小学的账目拿过来看了很长时间,然后韩主任眯起眼睛,又重重地吸一口气,才缓缓地出一口气道:"时间不早了,今天中午到此结束,明天……"

　　而北辰执意挽留他们吃过中午饭再走,但是他们还是离开了山泉小学,北辰无精打采地回到家里,他顿时感到那么孤独、失落,所以他一直默默无语,尽管母亲也回到家里,一家人有女儿,有儿子,他们一家人应该团团圆圆,其乐融融才对,可是他今天从学校回来,却闷闷不乐。

　　"学校里,还有什么事情吗,辰儿?"母亲想劝慰他,可是她不知道怎么劝慰。她知道自从婧儿离家之后,他整天没有一丝笑意,不是唉声叹气,就是懒懒散散的,星期天不是睡觉,就是萎靡不振地坐在一个地方空想。母亲知道他心里难过,母亲心里更难过,自从婧儿出生,她几乎是没有过一天安定日子,不是东奔西跑,就是寄人篱下,不是担惊受怕,就是东躲西藏……但是不管如何,她却一直和婧儿为伴,现在婧儿离开了她,她更是想念孙女,几年以来,祖孙二人朝夕相处,相依为命,谁也离不开谁,可是无奈之下,还是走到今天这一步,她怎能不想念孩子?所以她一想起她,也就泪水涟涟。有一次,淑丽吃不进饭,她一直哭闹说她想念孩子,可是母亲愤然说谁想念婧儿,有她想念得很吗?他们养育过孩子一天吗?她这几年是怎么过来的呢?于是母亲也开始呜咽不止,而淑丽也歇斯底里地尖叫说孩子是不是她生的?谁难受都是假的,唯有她痛苦才是真实的。于是母亲和淑丽就开始争吵不休,而且家里一直争论这个话题,直到母亲去世以后很多年,淑丽还是不依不饶。但是母亲现在还是让北辰打起精神,"孩子,以后的道路还长着,鼓起劲来吧,孩子,这个家庭没有你一会儿都不行,可不能泄气啊,孩子……"

"没有什么事情,妈妈,"他宽慰母亲道,"过一段日子就好啦,我们不能总是这么倒霉!"

但是虽如此说,北辰心里想起今天上午的事情,一直不是滋味,他吃过中午饭,踏着厚厚的积雪,来到田野,积雪几乎把所有的田垄掩埋啦,这个严寒的冬天一直下雪,天气一直阴阴沉沉的,几乎没有晴朗的一天,他担心大雪之下的麦田会不会冻坏,可是想到这儿,他不禁哑然失笑了,瑞雪兆丰年,明年肯定是一个丰收年,可是明年他会在哪儿呢?他担任山泉小学校长这些年来,他真的没少付出,特别是在两基验收时,几乎是豁出性命工作、工作……他深深地感到当一名校长实属不易,当好校长更不容易,当名校长更加困难,把学校治理得井井有条,让教师无怨无悔工作……人心难测,深不可测……他那么幼稚,没有治校经验,没有用人之策,更不用说计谋、谋略,更不用说胸襟……事情发展到今天,他像是明白些许道理,又像是更加浑浑噩噩起来,人间那么多美好的事物,那么多仁慈,那么多侠义心肠……想起这些,想起受到的憋屈,他就想痛哭一场,想起婧儿,又潸然泪下,他为什么非要去山泉小学当什么校长?他想止住眼泪,止住哭泣,想坚强起来,可是又伤心不已,而且那么多的泪水怎么流也流不尽……他想痛哭,还是失声痛哭起来……

哭泣多半是因为婧儿,可是这些天来,他受到的委屈,还有今天,韩主任说出那么多伤心的话语,他真的不知道如何阿谀奉承,真的不知道如何让韩主任器重、尊重他,至少能够重视他,真的不知道如何才能让韩主任不再歧视、暗算他,不再当着那么多校长的面嘲笑、挖苦、打击、呵斥他……到底他应该怎么做,才能把工作做好呢?他又不想顶撞他,不想……他想找个地方倾诉,想找个地方发泄……他却不知不觉地来到伯父家里,伯父在家,当北辰见到他时,他正在拴刚刚买来的扫帚把。

"什么事情,北辰,这么不高兴?"他看见北辰泪痕满面的,他问他说。

北辰没有叙述完今天上午的事情,就痛哭起来,不知因为什么,许多天以来,他总是禁止不住哭泣,他为什么那么多的泪水啊,为什么那么多悲伤?无论伯父再怎么问,他一句话不说,只是一个劲地痛哭,他为什么那么伤心呢?男儿有泪不轻弹,只因未到伤心处……

"不如这样,今天傍晚,我们一起到韩主任家里叙叙旧,我和他还有些交情,不妨摔摔老面子……"伯父似乎听到了什么风声,看见北辰这么伤心,他这样说道。

北辰很赞成他的说法,于是他们开始行动,二伯父不会骑车,何况……于是北辰不得不去寻找三轮车,可是谁家的三轮车让他使用呢?其实二伯父家就有三轮车,二伯父说他们家的三轮车坏了好长时间了,一直没有修理,没有其他办法,北辰只得出外寻找,找谁呢?何况天空阴云密布,朔风像是尖刀那样割裂肌肤。他想来想去,只有来到富丽姐姐家里。

古朝金正在聚众赌博,麻将桌摆放在他父亲屋里,不知因为什么,他已经卖掉了货车,已经无所事事。他父亲叫古德光,古德光非常高大,面如重枣,假如胡须再长些,真像是关公在世,他是机枪手,在朝鲜上得过无数奖章。最危险的一次战斗是部队打光了,他躲在死人堆里,才躲过一劫……后来他从部队转业到地方,适逢国家经济困难时期,因为吃不饱肚子,他丢掉了工作,偷跑回家乡,在家乡又因为多吃多占,军功章被没收了,最后国家落实退伍军人政策,国家没忘这些出生入死的老兵,所以他一直享受很高的经济待遇,现在他有两大爱好:一是喜爱喝酒,二是喜爱下象棋,自从老伴死后,他更加嗜酒成性,于是他干脆把屋子变成了娱乐场所……而古朝金偏爱赌博,但是他们两个人的共同之处都是嗜酒如命,只是古德光有涵养,喝过酒就休息,而古朝金喝过酒却偏爱耍酒疯,还要到处惹是生非,他和父亲一样高大、壮实,简直像是一头健壮的老黄牛,他耍起酒疯来,没有人劝得住,不是大打出手,就是闹得天翻地覆,现在他正把二饼打出去,但是他打出二饼之后,还是发现了北辰。

"有事吗?"古朝金其实是非常爽快的一个人,特别是赢钱的时候。

"有件小事。"北辰回答说。

于是北辰就把用车的事情告诉他,他二话不说,就让人接着他打麻将,他把赌资收拢好,然后去开车,三轮车就在院子里懒洋洋地睡大觉,古朝金拿着摇把轻轻地敲打车厢,他像是想把这辆三轮车敲醒,接着,就把三轮车发动起来,于是三轮车吼叫不止。他用粗大的手掌拍打了一下坐垫,就一屁股坐上去,三轮车像是一匹听话的老马,当他加大油门,慢慢地松开离合,这匹听话的老马怪叫着驶出院门,在院门口,他摘掉挡杆,刹住车,于是这匹老马就乖乖地停下来,等北辰坐上车,古朝金又打开油箱盖,看看里面的柴油够不够用,他看了好长时间,然后又用一根细树枝插到油箱里量量油位高低,等确认一切没有问题,他们才接上伯父。

这个时候,已经接近黄昏,天空灰蒙蒙的,小鸟正在忙于寻找栖息的地方,有一只蝙蝠受到惊吓,惊慌失措地从一所老旧的屋檐下飞出来,它飞得那么疾速,很快就不见啦……

他们接上伯父就向韩主任家驶去,可是三轮车在一望无际的雪原上走得非常缓慢……北辰校长和二伯父这次去拜访韩主任,兴许能够化解他们之间的隔阂,即使不能完全消除隔阂,也会增进情感。这些官场之道,他非常反感,甚至深恶痛绝……这些宵小之徒,无耻之辈……其实他真的不想去韩主任家,不想见到那张丑恶的嘴脸。

韩主任在家接待了他们,二伯父非常善于说话,他们谈得十分投机,其实他们并没有什么交情,却相谈甚欢……可是等北辰开口说话,韩主任又板起脸来,虽然韩主任并不友好,但是他还是感到韩主任态度的些微转变。世界上的一切事物不是一成不变的,瞬息之间都在千变万化,有时候可以化敌为友,有时候可以化友为敌,高明的外交家凭借三寸不烂之舌,可以说动天下……他为什么不善于抓住这些变化呢? 他不但抓不住这些变化,还往往使事情恶化……他不但没有先见之明,也没有后见之明,他整天都在干什么呢? 不是工作,就是阅读、写作,他整日沉湎阅读之中,沉湎于人物故事之中,沉湎于人物的喜怒哀乐之中,为他们的善良、为他们的人格力量而喜,有时处于痛恨和愤怒之中,痛恨人物的恶,愤怒人物的丑,痛斥他们的假,鄙视他们的卑鄙,他甚至梦想除恶务尽,甚至想铲除世界上所有的丑恶,甚至想拿起一把利刃同这些坏蛋展开肉搏、拼杀,但是当他明白是在阅读文学著作之时,又不禁哑然失笑了,虽然如此,他还是愤愤不平地痛恨好多天……很多时候,他因为作品中那些优秀人物的悲惨命运而叹息……有时候,需要向领导汇报、协调的工作却耽误了……而且,阅读作品越多,他变得更加孤傲、自负,更加清高、耿直,所以他更加鄙视那些无耻之徒,更加痛恨那些卑鄙小人……

真正蒙蔽他的,不但是事业,还有慵懒、懒散,很多时间被阅读、写作占用了,有些时候又由于慵懒、懒散,把机会错过了,所以他根本没有时间去和领导接近、沟通……他是为事业而生,为事业而死,他根本不应该去当山泉小学校长……可是他误打误撞……这就是韩主任为什么一直对他排斥和反感的原因吧?

有一段时间,他也想千方百计加入韩主任的小团体,但是无论如何也实现不了,他们这个小团体的利益,却正好和他的利益相冲突,北辰校长突然明白这一点,他是外来户,是第三者,他们不容他插足,他们不但想守住既得利益,还想攫取其他利益,他们的贪欲是那么强烈,他们不允许北辰进入、插入,他们逼迫他,孤立他,打击、诽谤、诋毁他,但是他确实不易被打垮,他们不但没有打倒他,消灭他,反而,他愈益斗志昂扬起来……他也做好了准备,也在厉兵秣马,他不会任人宰割,不会坐以待毙。北辰也在谋划和筹措,他要坚持到最后一刻,哪怕只有他一个人,就算独自一个人,也要与敌人同归于尽。尽管这场战斗实力悬殊,这本身就是一场不对称战争,他在孤军奋战,他们是一个团体,北辰在和强大敌人做殊死斗争,虽然他还没有倒下,但是他已经是千疮百孔、伤痕累累了……遥望远方,他感到迷惘、绝望,有时候他不禁犹豫起来,面对强大的敌人,免不了心生胆怯、畏惧,有时候,他告诫自己:"当心啊,北辰,这场斗争既残酷,又血雨腥风……"但是他坚强的灵魂不禁呐喊道:"北辰,不能沉沦,不能悲观失望,人生的意义,人生的价值就是在痛苦之中,在血腥的斗争之中,在苦难中体现出来的,只有在失败、挫折面前站立起来,勇于面向未来,勇往直前,才能战胜强大的敌人,才能立于不败之地,才能实现理想,才能迎来光辉灿烂的黎明。"

离开韩主任家里的时候,北辰昂起头来,他似乎看到了光明,看到了希望和梦想……他已经不再畏惧、惧怕任何人,他像是坚强起来,勇敢起来……

有几个人想把村里有影响力的人物召集起来,组成一个团体,将来遇事有个照应。他们来联络他,他在孤立无援的情况下,爽快答应了。

参加这次聚会的有镇政府文化站站长王书文,林站站长陈广兴,邮政所所长张大城,山泉村支部书记王长江,还有一些在山泉村有影响力的人物,如果在平时,北辰连正眼也不会看他们一眼,可是当他经历这么多事情之后,人生的棱角磨平了,他像是变得圆滑、随和起来。

既然有缘分,在一起就是兄弟,不求同年同月同日生,也不求同年同月同日死,只求兄弟之间有个帮衬、照应。

王书文原是高山镇第三初级中学语文教师,其实他师范毕业后,只教了一年书,就进入镇政府当了一名通讯员,很快就被任命为镇文化站站长,他平时喜爱写文章,为人豪爽,爱结交朋友。但是他有个毛病,就是贪杯,一喝酒就爱胡言乱语,所以很多领导嫌弃他不稳重……

陈广兴是行伍出身,他看似豪爽、洒脱,却爱贪占小便宜,他偷窥女人的眼光,与其说淫邪,不如说无耻。他在高山镇政府当过司机,又在镇上开过小饭店,这个饭店给他惹来很多麻烦,甚至惹过飞天横祸,因为争生意,他被无赖捅过刀子,后来因为争饭店地皮,又被恶霸毒打数次,饭店早已不在了,妻子差一点命丧黄泉,虽然保住一命,却瘫痪在床,陈广兴强烈要求加入这个小团体,现在他刚刚当上林站站长。

邮电所所长叫陈永福,父亲是邮电局的老职工,他虽然个子矮小,却非常聪明。陈永福可不像老实巴交的父亲,他靠精明打天下。

王长江担任山泉村支部书记以后,他结交、拉拢家族势力、帮派势力,他在观察,在审时度势……杀害郭玉堂书记的凶手还在逍遥法外,村干部人人自危,尽管这样,山泉村夏粮征收任务还是完成了,但是谁也不能说,山泉村从此太平,从此万事大吉了。山泉村不但不会太平,也不会万事大吉,山泉村各种人事关系将会更趋复杂。自从杀人、抗粮事件发生之后,他想培植个人势力来左右时局……

北辰校长一直被毕传芬、丁秀杰、罗君艳诬告、陷害,陷害也罢,诬告也行,都是发生在郭玉堂书记被杀和山泉村农民抗粮事件之后的事情,山泉小学发生的陷害、诬告事件是山泉村杀人、抗粮事件的延续,学校的紊乱不是偶然的……

但是北辰校长遭遇陷害、诬告之后,他非常苦恼、痛苦,他不但失去了名誉,还失去了孩子,将来他肯定要离开山泉小学,这是必然的,他非走不可……这段生活,是他人生之中最悲惨、灰色的生活……学校纪律受到前所未有的冲击,学校教学秩序紊乱不堪,各种制度流于形式,人浮于事……他处于内外交困之中,他不得不把孩子送予他人,从此骨肉分离,这种代价太昂贵了……他不得不出此下策……他是在他们逼迫之下出此下策的,所以他不得不把亲生骨肉送给远房表亲的婆家哥哥,其实是送给一位陌生人……这才是他刻骨仇恨的根源……

他在这样的背景之下,参加了兄弟会……可是他有事业,想成为一名作家,一代文豪……他必须读尽天下之书……他又开始读《资治通鉴》了,他还要读《唐史》《宋书》《明史》《清史稿》……他还要游历天下,游历祖国的山山水水……

他必须结交山泉村有头有脸的人物,虽然现在他所结交的这些人物,并不是应该结交的,也不是他想结交的,但是就目前来说,也只能结交到这些人物,有些力量,他正需要……或许他在和别人的殊死较量中,在以后针锋相对的交锋中,他能够占据主动,他要有帮手,不能把自己孤立起来……其实他怎能用到他们呢?只是他正处于孤立无援之中,这至少是一种安慰……

淑丽又去上学了,如果拿不到毕业文凭,她会前功尽弃的,而昉儿和北辰一起生活,她依然在学前班学唱儿歌,母亲和儿子去县城伴读,他们又重新租赁了房子。

权为国副书记抓教育之后,他像是在谋划惊天大事,却迟迟不和校长们接触。有一天邮政所所长陈永福碰见北辰说:"北辰老弟,权为国副书记很认我这个师傅呢。"

"你是权书记的什么师傅?"北辰惊讶地问道。

"权书记曾经跟我学过开车,他喊我陈老师。"陈永福自豪地说。

"什么时间去拜访一下权书记呢?"北辰考虑过后,他迫切地说。

"你说吧。"陈永福爽快地回答道。

"这周日怎么样?"他看到他这么率直,也坦诚地说。

"行啊,什么时候都行。"他答应下来。

星期天早上,陈永福和北辰校长一起去拜访权副书记,权副书记家住在县城,这一天,天空又下起小雪来,而之前的积雪还没有彻底融化,公共汽车像是蜗牛一样艰难地爬行在去县城的道路上,透过车窗,他看到远方,在冰雪覆盖的田垄之上,又蒙上一层薄薄的积雪,近处的树木又蒙上一层冰花,天空阴沉、昏暗,村庄那么矮小、模糊,前方一片迷茫……他们好不容易来到权副书记家里。

"陈老师,这么阴冷的天气,又下着雪,您怎么来了?"权副书记对陈永福说,当他看到北辰时,也热情地说,"这位是北辰校长吧,咱们在苏副镇长家见过面……"

"谢谢权书记,您还记得我……"北辰感激地说。

"学校的事情结束了吗?"他仿佛想起了什么,于是他这样问他说,"到底是怎么回事呢?"

"大概因为争夺……"北辰黯然神伤地说。

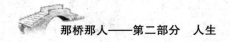

"谁最想当山泉小学校长呢?"陈永福说。

"有明的,有暗的……明的好说,暗箭难防!"北辰校长眼泪汪汪地说。

"工作可得多操心,不能被别人抓住辫子,一定得考出优秀成绩,一定要保证学生安全,行,好好干吧……陈老师,你们这么客气……"

看来权副书记对他们的到来还挺满意。但是北辰总是惴惴不安的,他唯恐再出什么乱子……

第十七章　他对人性说：Bye－bye

1

这一年冬天,清冷而又孤单,北辰校长历经种种变故,他变得憔悴而又苍老,下巴上长出了又粗又浓密的黑胡须,也懒得刮,他愈加消瘦啦,眼窝也愈加深邃,鼻子显得更大了,一双眼睛孤零零的,头发像野草一样疯长,他也懒得理……他苍老得像是五十多岁的人啦……

这几天,天空又下起雪来,而且没完没了的,积雪像是一条厚重的毛毯,覆盖在广阔、寂寥的平原上,阴霾的天空那么狭隘、窄小,大地距离天穹仿佛咫尺之间,白天那么短暂,眨眼之间就是傍晚了……严寒的冬天,村庄是那么矮小和孤独,红色的河水河流睡意正酣。河流南岸迁移过来很多户人家,俨然像是一个小村庄了,村庄旁边不但有面粉厂,还有罐头厂和沙厂。河流南岸距离这一片小村庄不远的地方,钱国发投资兴建了一座大型造纸厂……钱董事长计划高价购买邻村三百亩土地用于排污,有人说他同邻村支部书记尚玉兴已经谈妥购买土地价格,计划还未实施,就遭到邻村农民的强烈抗议,他们已经在上访告状了……虽然村民用上了自来水,造纸厂因为排污而毁掉三百亩良田实属可惜,据说钱董事长正在用金钱收买叛徒,内奸是几个无赖地痞,他们出面威胁、恐吓其他村民,由此轰轰烈烈的一场抗议行动失败了,他终于如愿以偿……造纸厂每天排出大量污水,周边环境受到严重污染,河流两岸农民的生存环境日趋恶化……

"北辰,你嫂子生了个白胖小子,已经满月了。我正准备设几桌酒席,让兄弟们聚聚呢。"这一天,他们去教办室开会回来的路上,唐翰林告诉北辰说。

"好啊,太好了,你说什么时间庆祝吧!"北辰也为唐翰林高兴。他又转念一想道,"不如这样,您让这个孩子认到我跟前吧?"

"我得回去同你嫂子商量商量,"唐翰林思考一会儿,他又说道,"如果你嫂子愿意,我们就在今年春节举行认亲仪式。"

"不用慌,翰林,孩子还小呢,等孩子大些,再举行认亲仪式不晚。"北辰校长客观地说道。

"说实在的,我也认为你是位厚道人,你嫂子也很赞成你,说你是一位忠厚君子

499

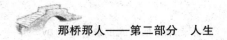

呢。"他奉承他道。

"没那么夸张,翰林,我平时不爱说话,但是心里有数,知道同谁近,也知道谁对我好,将心比心,总能得到朋友和知己。"北辰不知道这门亲事是否能定下来。如果说定下来,唐翰林还得回去同老婆商量,如果说没有定下来,而唐翰林说的又非常真诚。他们结成干亲家,北辰校长就会赢得人缘,他就会在高山镇教育界站稳脚跟,因为唐翰林校长毋宁说是一位德才兼备的好校长,不如说是一位好参谋,北辰校长真需要一位好帮手,他特别需要一位好军师,需要有人为他出谋划策,他做事果断,敢于出击,这是有勇,但是他所欠缺的就是谋略。这一次谋划如果得以实现,这可能是老天要把他赐予北辰校长,这样一来,他就能在敌人内部打入一个楔子,这个楔子会深深地揳入敌人心脏,这样就能打击敌人,就能分化瓦解敌人的有生力量,这样一来,凡事就会朝着有利于北辰的方向发展,他就会团结可以团结的有生力量……这样一来,他会在校长之间树立威信……不能不说这是北辰校长的英明之举,这也是北辰校长处心积虑的结果,有时候北辰校长放下书本,不被书本迷惑,不能不说他颇具战略眼光……现在他不但渴望阅读,渴望写作,他更加渴望拥有人缘、威信,更加渴望拥有朋友、拥有自信和成功……是不是他不再阅读,不再写作了呢? 不是,坚决不是! 他想拥有生活,想扩大阅历,扩大视野……他的野心似乎膨胀起来啦……之前,他的理想是读万卷书,行万里路,现在的理想是读万卷书,行万里路,做出更加伟大的事业……

他期盼春节的到来……

春节前夕,淑丽和北辰去娘家帮助父母做糕点,淑丽的小叔和婶母从外地归来。小叔和婶母刚刚成家,婶母已经过了生育的年龄,小叔显得忠厚又苍老,他有一个巨大的头颅,这个头颅像是一个粗糙、不规则的硕大冬瓜那样,他嗓子喑哑,喉结粗大,他说话总是侧脸看人,北辰非常奇怪这个举动,他为什么总是偏着头呢? 原来小叔是个盲人,他是左眼瞎,而且左眼珠很大,这个眼珠像是一个浑浊的乳白色晶体,如果猛然看见这只盲眼,准会感到恐怖,北辰非常同情这位小叔,他之前没有家室,幸好他现在成了家。他的右眼同样巨大,老天像是可怜他,故意让右眼变得巨大一样,其实右眼视力依然微弱,因为他看人的时候,非要靠近一些才能看清楚,他的脸颊十分宽大,皮肤苍白、粗糙,鼻子短粗……他很固执,有时候却非常乐观。

小叔不足五十岁,一直在外打工,从他自信的样子来看,他可能拥有一笔财富。婶母不会有什么企图吧,她非常肥胖,却不像老实巴交的农妇,听说她在某部电影里,还当过群众演员呢,她至少也有四十七八岁,却仍然有一种说不出来的老年风骚,但是她掩饰得很好,总把这种过往的风流粉饰得天衣无缝,她总在忙碌,显得很勤快,老是低垂着眼睛,但是有时候,不经意之间,她猛一抬头,那双曾经燃烧过希望和欲望的眼睛,还不时迸发出野性的火焰,她的头发依然乌黑,这一堆乌云似的秀发轻轻地拢在脑后,有时候她显得年轻、性感,脸颊饱满润泽,她不像农村人,也不像城里人，那么她到底是干什么的呢？她既缺少农村人的淳朴，又没有城里人的矫揉造作，谁也不知道她的过去，现在她在这个粗鲁而又固执的小叔面前低三下四地曲意奉承，谁都知道这不是爱情，但是小叔看着她却是那么骄傲和自豪，他有功成名就、衣锦还乡的味道，他已经被她迷醉得忘乎所以了，而明眼人一看便知道是怎么回事，到底是怎么一回事情呢？他们的爱情不会长久，不但不会长久，她一旦抠到手那笔钱财，肯定会展翅飞翔的……

他们都能喝酒，而且一天两喝，酒量都很大，特别是晚上，本来忙碌一天都累得不轻，小婶却特别兴奋，晚上她似乎不再有所顾及，而是一双眼睛不停地煽情，她像是真正到家啦，酒桌上从头喝到尾，而且来者不拒，小叔也是半斤不倒，一斤不醉。光买酒就是一笔不小的开支，但是小叔很让人尊敬，一是他很大方，二是他很能干。所以没有人反感他们，他们不但能喝，还能说，而且会说，特别是小婶子，天南地北地海侃，没有她没有到过的地方，没有她没有吃过的东西，没有她没有见识过的风俗。她还是一位美食家，不时制作出各种各样的美食，让他们啧啧称奇，而且几乎每顿饭都是她主动在做，她的心灵手巧和甜言蜜语让一家人高兴得不知所以。还有一次她竟然在大家最劳累的当口歌唱起来，嗓音还十分甜美，不一会儿，她又扭起屁股来……首先淑丽的母亲模仿起来，她臃肿肥胖的躯体居然活灵活现地扭动起来，嘴里还咿咿呀呀地歌唱起来……顿时院子里热闹起来，北辰把他那满脑子的恩怨情仇抛弃得一干二净，他情不自禁地歌唱起来：竹篱笆，孤苦的竹篱笆，你有口说不出，那句心里话，自己困住了自己，死守着那个家，你在世上竟不知，活着为了啥……

淑丽也哼唱道：再回首，云遮断归途，再回首，荆棘密布，今夜不会再有，难舍的旧梦，曾经与你共有的梦……再回首，背影已远走，再回首，泪眼蒙眬……

他们似乎又想起了别离的孩子，淑丽哽咽起来，北辰也不断地抹眼泪……大家都知趣地走开了……

春节来临了，唐翰林和爱人荷花，还有他们幼小的儿子一起来了，还有那么多繁文缛节：什么挂锁子，放鞭炮……还要烙馍，还要买大葱、豆芽，他们走的时候，要捎走这些东西……北辰家小小的院落热闹了整整一天……

2

春天像是位新娘，她羞涩地姗姗来迟，太阳悄悄地露出脸来，所有的积雪融化了，雪水到处流淌，积雪融化时，小麦地里蒸腾起大片烟雾，道路上，到处是融化的雪水，有时候背阴处遗留下一堆白雪，远远望去像是一群大白鹅卧在那儿，可是不几天，这群大白鹅就飞走了，像是有人把它们惊吓走了。湿润、温暖的春风不停地从南方吹来，春风仿佛少女的手指，她抚摸过的地方，出现一片新绿，道路旁边燃烧过的地方，那些黑乎乎的地方，那些没有燃烧殆尽的枯草里又萌发出绿油油的碧绿草芽，春雨早已把那些黑色的草灰冲刷得一干二净……河流里的污水暂时被浑浊的黄河水冲刷得一干二净，但是黄河水很快就断流了，河流里流淌的依然是五颜六色的城市污水和工厂废水……从印刷厂流溢出来的污水，在那三百亩土地里汇集成一个巨大的污水池，污水池里的污水散发出恶心的腥臭。附近农民闻到这股馊味，就会诅咒钱国发和村支书尚玉兴……

北辰家那棵玫瑰已经长大了，枝叶繁盛和茂密，粉红色和紫红色的花束姹紫嫣红……雾霾不时笼罩着天空，有时好长时间见不到蓝天白云。广袤的平原上麦子正悄悄地生长拔节，还有一望无际金灿灿的油菜花，河岸的树木高大挺拔……大概是因为干旱的原因，河流时常断流，化肥厂排泄出来的废水把浅浅的河水染成铁红色，红色的河水缓缓地向下游流淌……木板桥在凝望远方，它是那么孤独、无奈，日子沉闷而又滞涩。小叔、小婶回到大梦村，大春天里，实在无事可做，他们浪漫够了，身心疲惫，索然寡味的日子袭击着他们，他们不得不打算将来的日子，而小叔依旧外出打工，小婶选择留守，小婶的命运不是守候，而是流浪……所以她根本忍受不住寂寞，小叔外出打工的时间并不长，小婶变卖家产之后，就逃之夭夭了，这是一次彻底打劫，也是一场空前洗劫。总之，小叔家里所有的东西都被扫荡殆尽，那一床铺盖也被小婶带走了，从此以后小叔对于家乡，对于故土，不再留恋……不久以后，他竟然出了车祸……于是他撒手人寰……当时，家里人给他去信说明小婶的情况，小叔回信说，走留两便，没有什么可牵挂的，钱财是人挣的……他竟然那么达观。

学校的日子苦闷、枯燥，北辰像是刚刚扑灭一场大火，他被那场大火烧得焦头烂额，现在他是那么疲惫、困倦，几乎被疲劳和焦虑累垮了，但是他仍然心有余悸，唯恐死灰复燃，所以他整日战战兢兢，不能听见一点风吹草动，有一丝风吹草动，心灵就会剧烈地颤抖，他处于迷离恍惚之中，似乎丧失了理性，恐惧让他心神不宁，他真想躺下来休息几日，可是理智告诉他，必须坚强起来，必须坚持下去，必须挺住，不能垮下来，不能躺下去，他必须牢牢地攥住从悬崖上悬垂下来的那根绳索，必须用力向上攀登，一步，两步，三步，要坚持到底，坚持到生命最后一息，只要一息尚存，他就要攀缘到底……

工作之余，他想用阅读压迫心灵的悸动和不安，于是他又一次沉浸在史书之中不能自拔，有时候他真后悔做什么校长，他应该成为一名作家，一位杰出的著作家，可是生活偏偏让他选择校长这个职业。对于学校，他尽到了作为一名校长的责任，可是还是很失败，为什么那么多对立面？为什么那么多人告状？单单是争夺校长之位？不完全是，有时候，根本就不是，他真的非常缺乏经验和阅历，缺乏说话技巧，更缺乏胆略和勇气，缺乏谋略和规划，还缺乏预见和感悟，更加缺乏胸怀、胸襟……他还年轻吗？不，他已经不再年轻，他应该成熟和老练了，正是他缺乏谋断和果敢，才使那些小人猖獗的，当初如果他该拒绝的拒绝，拿出气势和狠劲来，他就能震慑其余。可是结果如何呢？尽管说韩主任不支持他，尽管史新章和丁秀杰阴谋夺权，可是韩主任能决断一切吗？如果韩主任能够决断一切，他能当上校长吗？如果他奋发图强，励精图治，鹿死谁手也未可知？正是他鼠目寸光，不思进取，正是他患得患失，利欲熏心，才使学校工作陷入被动，陷入瘫痪的，现在学校政出多门，丁秀杰已经在发号施令，整个学校工作陷于失控局面，教师们无所适从，他们已经莫衷一是了……这个混乱局面，韩主任喜闻乐见……可谓是亲者痛，仇者快。但是山泉小学造成现在的混乱局面，北辰校长是应该负全责的，好端端一所学校，竟然治理成现在这个样子，真叫人痛心。人心思乱……居然……北辰想下学年继续担任山泉小学校长，如果他现在坚守住阵地，暑假里，权副书记把丁秀杰和罗君艳调离山泉小学，学校剩下毕传芬一个人，她一只巴掌拍不响，史新章无论如何写告状信，也奈何他不得，何况这种卑鄙勾当是见不得光明的……而丁秀杰和罗君艳才是真正杀手，他们就是这样：一位使阴谋，一位耍阳谋。有时候阳谋比阴谋更毒辣，因为阳谋是明刀明枪，虽然明枪易躲，暗箭难防，暗箭是有时候，间歇性的，之所以胆怯，才放暗箭，暗箭尽管阴毒，不一定箭箭致命，射箭总有偏差，有失误，但是明枪明刀却不是这样，明刀明枪才是致命的，他知道要害和七寸，他非置你于死地不可，他无时无刻不在砍杀……几乎没有喘息的机会……

北辰校长在等待机会，而丁秀杰、罗君艳也在等待时机，他们企图东山再起，企图借尸还魂，而史新章也在窥视，他也想重整旗鼓，也想卷土重来，这是一场殊死较量，也是一场生死考验……这就看谁最有实力，谁最有恒心，这也是一场意志、毅力的角逐……

这一天下午两点三十分，高山镇教办室召开中小学校长会议，因为小五质检、中招、麦假即将来临了。

北辰接到通知，他到得很早，到的时候，会场上只有为数不多几位校长，北辰和他们打过招呼，便悄无声息地坐在最后面的一个座位上，于是他耐心等待会议召开，不一会儿，校长们到齐啦，他们都在等待，都在等待一个人的到来，即使这个人没有到来，会场里也是鸦雀无声……韩主任姗姗来迟，他在主席台上慢慢落座，然后用右手向后梳理那绺染得黑亮的头发，也可以说用右手抚摸一下那绺头发，这应该是习惯动作，他像是根本没有触摸到那绺耷拉到眉梢的头发，这绺长长的黑发应该是理发师精心设计的，也应该是韩主任最为得意，最为神来之笔，他也可能认为这绺乌黑锃亮的头发就是显得年轻、洒脱、狠辣的标志呢……会议开始了，韩主任先捭笔记本，然后嘴里不干不净地尖声叫骂，接着就开始斥责某个学校秩序如何紊乱，学校纪律如何涣散、松弛，学校制度如何杂沓无章……最后，韩主任总结道：总之一言以蔽之，这样的校长非拿掉不可，简直是庸碌之辈、无能之极，成何体统……

还当校长,哼!韩主任已经气愤至极,他在乱挥棍子,乱扣帽子,乱用词汇了……他虽然没被点名,校长们也都明白韩主任在骂谁,在羞辱、侮辱谁,即使这样,他还嫌不够,于是他指着郭北辰校长的名字责骂起来:"山泉小学本来是所模范学校、明星学校……看看现在山泉小学成了什么样子?看看郭北辰校长成了什么样子的校长?人人反对,脏乱差不说,所有工作一塌糊涂……连校旗都只升半旗。"

原来是这么回事,原来是因为五星红旗升半旗的事情……他很奇怪,学校的五星红旗怎么只升半旗呢?这到底因为什么?这些情况只有等他回去调查清楚再说。会议上,北辰校长一句话都没有说,他不会和韩主任顶撞,也不会辩解,他是那么敬重、害怕他,他怎么敢和他顶撞呢?但是学校的五星红旗怎么只升半旗呢?真是百思不得其解。

会议上,韩主任气得没有再讲下去,也没有安排具体工作,而是把讲桌一拍,气呼呼地走了。具体工作是秦副主任安排的……

"北辰,山泉小学的五星红旗确实只升半旗……"开完会之后,史新章副主任等其他校长走后,他尴尬地来到北辰面前,像是自我解嘲地说。

"什么时候的事情?"北辰愠怒地说道。

"今天我来上班的时候,从山泉小学门口经过时,看见的。"他面红耳赤地说道。

啊,原来是史新章副主任捣的鬼,除了他还会有谁呢?但是山泉小学的五星红旗怎么只升半旗。他周末把五星红旗降下来,然后星期一上午上课之前,他组织全校师生在威武雄壮的国歌声中,由少先队员把崭新的五星红旗升起来……可是,今天上午怎么只升半旗呢?何况今天上午他在学校啊!是不是升旗手把红旗捆绑得不结实,使五星红旗脱落至半旗。国旗是国家的标志、象征,中国国旗象征中国革命人民大团结,红色象征革命,五星呈黄色,象征中国人为黄种人之意……学校举行的升国旗仪式是进行爱国主义教育和集体教育的重要手段……目的就是让学生记住……作为一种提示作用,教育学生……现在好好学习,将来报效祖国。为祖国做贡献,升国旗这么严肃的事情,他怎么会疏忽大意呢?如果真是这样,韩主任批评他,批评得不但正确,还不够严厉,北辰校长应该做检讨,应该在全镇中小学校长大会上做深刻检查,即使受到组织纪律处分,都不为过,实在失职,况且这么严肃的事情,史新章副主任也不可能说瞎话,但是这一周国旗升得好好的,怎么会降半旗呢?大概是这些天来,发生这么多事情,连日来的痛苦和焦虑使他疏忽了很多事情。

这一学期,发生这么多事情,现在学校里又出现降半旗的事情,这种事情即使在情理之中,也是大大出乎意料。毕传芬老师和史新章副主任,他们针对北辰校长大肆诬蔑、诋毁,多次诬告,不达目的誓不罢休,这是北辰早就料到的,但是他却是对丁秀杰夫妇有恩情的,当他们没有地方可去的时候,是他收留了他们,是他伸出友谊之手,才使他们有所归属,才使他们不致那么狼狈不堪,他不图回报,也不图他

504

们感恩戴德，可是他万万没有想到他们会下此毒手，万万没有想到他们会明刀明枪跟他对着干，后来，很长时间他也想不通，仔细想来，他唯一让他们忌恨的是丁秀杰已经不再是树仁小学校长，而北辰仍然是山泉小学校长，北辰校长只要一天在山泉小学校长的位置上，他就会妒忌、嫉恨他，北辰校长无论如何逃脱不了遭遇毁灭的命运，即使丁秀杰将来当不成山泉小学校长，至少说北辰也不应该那么顺利、舒心，这大概是狭隘、自私心理在作祟吧？

但是降半旗这种事情，史新章可以直接向北辰校长提出批评，为什么非要报告给韩主任呢？他是嫌韩主任对北辰批评还不够严厉吗，还是恐怕对北辰校长起不到批评教育的目的？这或许都不是，史新章副主任应该还有其他目的，他肯定抱有不可告人的目的。谁能够说清楚诬告事件不是他搞的鬼？谁能够说清楚不是他在主导家人对北辰大肆污蔑、造谣呢？除去他还会有谁呢？韩主任已经接到史副主任的密报，那他对北辰校长提出即使再严厉的批评也是必须的，毕竟北辰校长犯下不可饶恕的原则错误，但是韩主任没有调查清楚事情真相就对北辰校长进行这么严厉的批评是带有个人成见的，是怀有敌意的，他的批评违背不违背批评原则不好说，但是至少说他在全镇中小学校长会议上，这样对一个下属展开批评是不公平、不公正的，谁也不能说他是小题大做……但是有一点可以证明，他是怀有个人恩怨的，而且至少说他并不关爱下属，至少说他还无比憎恶、嫌弃这位下属，还可能欲除之而后快，这让北辰很难接受，在工作上，他已经感到力不从心、手足无措，可是韩主任仍然不依不饶，穷追猛打……

北辰闷闷不乐地回到学校，的确，五星红旗向下滑落一些，五星红旗向下滑落的原因是拐铁腐蚀掉了，旗绳有些松脱……北辰校长感到很苦恼、痛苦，他已经没有在这所学校再待下去的必要了，他非得离开不可，学校里已经没有一个教师为他所用，这个学校除去北辰，还有二十名教师，这二十名教师之中还有原树仁小学校长丁秀杰，但是就没有一个人愿意把国旗升上去吗？史新章副主任能去告状，他为什么不把国旗升上去，或者当场指示老师升上去也行啊，难道非得去告黑状不可？

北辰把五星红旗缓缓升上去，他的内心竟然响起威武雄壮的音乐来，起来，不愿做奴隶的人们，把我们的血肉筑成我们新的长城……但是这时他是多么悲哀，他真的应该离开山泉小学了……

3

五一节前夕，袁欣要结婚了。学校教师办事，无论是红白喜事，北辰祝贺或是吊唁之余，他都是以学校名义随五十元礼金，两基验收结束之后，学校负债累累，后来债务虽说有了缓解，可是偿还债务之后，剩下一点杂费实在是难以为继，自从勤工俭学取消以后,学校开支更是捉襟见肘。两基验收之前,当时学校经济宽裕,有时情况特殊,比如领导家里办事,他会以学校名义,或是以个人名义随一百元礼金,这是北辰的自私心理在作怪……今年的情况这么复杂,他随时有调离山泉小学的可能,学校开支又这么紧张,学校里根本没有余钱给教师随礼金,但是无论谁家办事,北辰还是随五十元礼金,他只有自掏腰包,无论如何不能亏待教师,北辰自从来到山泉小学,家里也没有办过事,将来办事,他也不打算通知学校任何人,即使办事,还能通知谁呢? 近期之内,他还会办什么事情呢? 如果将来离开山泉小学,也不打算和谁再有来往,这个地方是他的伤心之地,真的太让人伤心了……作为校长,他是个失败的校长,而人生,更加失败……现在山泉小学的教师办事,他还是要去,所以袁欣结婚当天,北辰自掏腰包随了五十元礼金……

袁欣结完婚,已经上班,她仍然像之前那样默默工作,她本身就沉默寡言,她并不漂亮,尤其是她那并不秀气的脸庞上密布着许多豆大的疤痕,这可能是那青春痘消失之后,落下的伤痕。她的个子不高,也说不上苗条,还有些驼背,她应该很为驼背忧伤吧? 所以她整天不是沉默不语,就是郁郁寡欢,而且她的门牙很大,青紫色的牙床骨裸露唇外,这可能也使她烦恼不已。她总是用牙齿咬住上唇,以免裸露出大门牙和青紫色的牙床骨,所以大家也很理解她的苦恼,大家不但理解她,还很同情她,因为她是那么温柔,没有和谁红过脸,吵过架。她中师毕业,参加工作并不长,有教师说她刚刚二十岁,还像是一个不懂事的小姑娘呢!

这天下午刚放学,袁欣的弟弟袁开来到学校。他曾经是北辰的学生,袁开上初中的时候,学习成绩中上游,唯一的习惯就是爱笑,他不管有事没事只管傻笑,所以北辰对他的印象非常深刻,他的个子很矮,吃得又胖,两腮的肥肉鼓鼓囊囊的,像是嘴里嘬满了糖块。他总是乐呵呵的,那么乐观,即使学习成绩并不尽如人意,可是他仍然不急不躁,为此北辰非常喜欢他,所以今天他的到来,使北辰十分高兴。

"袁开,来接你姐姐啦?"北辰问他道。

"郭老师,不接姐姐,我爸请您呢!"他喜笑颜开地说。

"请啥呢? 都是自己人,又不是外人? 何况我已经喝过喜酒啦……"北辰想拒绝他,于是他这样说。

"郭老师,爸爸非让您去不可呢。"他像是严肃起来,经常堆满脸颊的笑意消失了,他坚持说。

"袁开,如果没有其他事情,回去和爸爸说:"不是外人,不必客气。"北辰忘乎所以地说。

"可能还有其他事情,具体什么事情,我也说不清楚,"他又笑笑说,"老师,您还是去一趟,爸爸……"

在他一再邀请下,北辰校长还是经不住诱惑,他爸爸也可能会有其他事情,可是会有什么事情呢? 如果北辰仔细想想,这个时候,还会有什么好事情等着他呢?

他早就应该回避不去啦,何况他也不想让袁开为难……他们家的地势比大街上要低洼许多,屋里的地势比院子里更低洼,大概是他家的房子建造得早,大街上修柏油路时,路基抬得很高,如果院子里的地势垫得过高,屋子里就会更低,所以他们家才形成现在这个格局。北辰一走进他们屋里,像是跳进深坑里一样,他差一点跌倒在地,好像北辰之前就有过这种经历……他们居住的是三间小瓦房,北辰几乎是弯着腰跳进屋子里的,屋子里不但狭窄,还漆黑一片,北辰很长时间才适应过来,等他看清楚屋子里冷冷清清之后,他才明白他们家并没有待客迹象。屋里就袁开的爸妈两个人,他妈妈见北辰校长跳进屋里,竟然耷拉着脸,不一会儿,她又一声不吭地走出屋子,这气氛更不对,她竟然连一声招呼都不打。袁开的妈妈有四十三四岁,她曾经是村里有名的美人,之前,北辰只是听说她生性风流,还是第一次见到她。真是眼见为实,耳听为虚,北辰以为她并不美丽,也可能他见到的是半老徐娘,他没有见过年轻时候的袁开母亲,但是北辰以为如果之前她是一位美人,那么她现在也不会不漂亮,至少不会像现在这样让人看不顺眼。她的确长得很高,腰杆也还挺直,黑眼圈,黑眼豆,睫毛修长,右眼睫毛中间有一个黑雀子,在有些人看来,这种美应该很美丽,年轻时候,那肯定是一种少有的美丽,可是她毕竟老了……有人说过了三十岁,即使风华绝代的女人,也早已风韵不存……何况她已经四十大几了,而且北辰以为她的眼神并不端庄,不但不端庄,还躲躲闪闪的,这种眼神似乎并不阳光,而是有一种暧昧在其中,而且黑雀子长得实在不是地方。她并不欢迎北辰的到来,那种暧昧眼神似乎被愤怒眼光遮蔽了,但是北辰通过这种愤怒眼光,还是捕捉到那种模糊,那种不阳光、暧昧,那种不便公之于众的神秘、恍惚感,别人对她似乎传扬过什么……而且还一直纷纷扬扬地到处传播,这大概与这种……有关,不知因为什么,北辰竟然非常讨厌这双眼睛,这种眼神,并不是因为她不欢迎北辰到来的缘故,而是北辰一直厌恶这种眼睛、眼神……而且她的皮肤是棠棣色,北辰像是也不喜欢这种肤色,别人可能认为她美,或者她曾经很美,但是北辰却不喜欢这种美,或许她具有一种野性美,北辰也不喜欢这种野性美……

袁开的爸爸龟缩在一把圈椅里一动不动,他也不给北辰让座,北辰见他对面有一张小方凳,就独自坐下来。

他们都沉默着,北辰这才仔细观察袁开的父亲,他在外地工作,据说他是一位煤矿工人。北辰认识他,却叫不出名字。他很矮小,却很敦实,如果站起来,他倒像一个破石鼓,破石鼓蜷缩在破旧的沙发里,其实他真的像是一只气鼓鼓的癞蛤蟆,圆脸蛋不但小而且黑,甚至比小黑碗还黑,一嘴大黄牙,如果光线强一些,肯定能够看见那双红红的癞蛤蟆眼睛,即使光线很暗,但是他阴毒的眼光,却使北辰感到惧怕,他可不是这样子,他见到无论什么人都会点头哈腰,是不是因为袁欣嫁给王长江的儿子之后,他变化了,变得不可一世,他以前可是人家嘲笑的对象,因为大家心知肚明的原因,他才被别人耻笑,才被人奚落,别人背地都叫他老圆(袁)。其实他也姓袁,但是当面叫他老圆(袁),他会和人家吵架的,因为他特别忌讳别人称呼他老圆(袁),尽管他是工人,可是穿戴却很破旧,是不是他喜爱穿破旧衣服呢? 从他们家整个情况看,他们的生活像是很拮据,不像富裕人家,可是老婆却穿戴得花枝招展。北辰已经来到他们家好长时间,他依然沉默不语,是在酝酿阴谋,还是要施展诡计? 肯定不怀好意,他张了张嘴巴,大概是因为刚刚见面,才没有说出过激的话语,北辰无论如何思量,也想象不出有对不起他的地方,北辰问心无愧,可是他不能不小心,很长时间一来,他总是惴惴不安,有时候,稍有不慎,说不一定,就会惹下什么祸端。他在算计够狠、够毒的话语,他邀请北辰来家做客肯定是个圈套,他在等君入瓮,他肯定要找什么麻烦!

"郭校长,你看不起人!"他终于说出一句无比愤慨的话语,然后才长长出一口气。"谁? 看不起谁?"北辰诧异地问。

"我! 看不起我!"他非常激动,以至于他想站起来,他的手在不停地比画,嘴巴里喷吐着唾沫。

"老大哥,消消气,你是不是搞错了?"北辰冷静地说。

"别人办事随一百元,袁欣办事只随五十元,这是怎么回事?"他竭力抑制愤怒,这句话不像是从他嘴里说出来的,到像是从那双恶毒的眼睛里喷射出来的。

北辰在绞尽脑汁回忆给谁随过一百元礼金,是有这么回事,他任山泉小学校长以来,给两位同志随过一百元。一位是郭玉堂书记的大女儿,一位是韩主任的二女儿,他们的女儿都是山泉小学教师,他们的女儿结婚时,北辰校长随过一百元礼金。不过,这一百元礼金,北辰是以个人名义随的,并没有入账,可是这两件事情已经过去很长时间,何况谁会知道他没有入账呢? 他总不能到处拿着账簿让人看吧? 可是又有谁会相信他不入账呢? 之前,山泉小学没有人提出过歧义,也没有任何教师攀比,现在情况又有所不同,自从丁秀杰、罗君艳来校以后,情况变得非常复杂……

现在有人要在这两件事情上做文章。袁开的父亲被人利用了,有人在挑拨离间,有人在暗中滋事,但是北辰且不管谁在挑拨离间,且不管谁在暗中滋事,他实在和袁欣的爸爸说不清楚道理,而他像是抓住了北辰校长的什么把柄,所以他非常愤慨,老袁是位老实人,他认为北辰校长并没有把袁欣与另外两人同样看待……这就是他发难的原因。

这时袁开的母亲也回到屋里帮腔说:"郭校长,我和小欣爸爸气得一夜没有休息好……"

她给袁开的父亲使个眼色,这个眼色像是命令,袁开的父亲顿时叹一口气,把头奔拉一边,他像是一只背过气去的癞蛤蟆那样瘫软在圈椅里,从此以后,他很少说话。

不知因为什么,这时候,北辰霎时感到袁欣的母亲像是要施展什么攻势,这种女人才会有的伎俩,这种诱惑,不禁使人浮想联翩。她所具有的那种暧昧,所施展的那种狐媚气，应该能够俘获一些男人，但是北辰并不欣赏，还有些恶心。

"因为两基验收，学校欠下许多债务，现在尽管……可是这五十元，我是自掏腰包，下学期我可能要离开山泉小学了……"北辰给他们解释道。

"不管怎么说，现在你还是校长，说什么也不能亏待袁欣……"她煽情地说。

"……"北辰无言以对。

"我们不管你离开不离开，不管你什么时候离开，现在你是不是山泉小学校长？"他又像是从那双恶毒的眼睛里蹦出这些话。

"对不起，不用再说啦……我去借借……"北辰校长一边往外走，一边道歉说。

北辰借到钱，送给了他们。

这会是谁在挑拨离间呢？会不会又是毕传芬老师，或者罗君艳老师？无论如何她们不会让他有丝毫喘息的机会，真是一波不平，一波又起……

同时，这件事情对于北辰校长既是一个沉痛教训，也是一个宝贵经验，一个人的成长需要磨难，需要挫折，更需要失败，就是这无数次磨难、挫折、失败，才使他成长起来，使他成熟起来，正如一棵参天大树，它不但需要蔚蓝的天空，灿烂的阳光，清洁的空气，纯净的雨水，它更加需要粪土营养……所以说正是这些对手、这些敌人，才使他茁壮成长起来，他真的应该感谢他们……

4

星期五这天下午，北辰在校长室接待一位高中同学，他叫于志勇。多年不见于志勇发福了，他穿一件掉色的短袖红衬衫，肚子像是即将开裂的圆石榴，很难说脑袋是个什么形状，简直像是一头肥猪的脑袋，他显得非常壮实，皮肤非常粗糙，脸颊像是胭脂一样绯红，可能是经常喝酒的缘故吧。他的腮帮肥厚，嘴巴阔大，鼻子却又小又秃，他的耳朵尖高高耸立，耳轮肥厚，脖颈粗壮，喉结像是一个硕大的核桃，他说起话来，这个硕大的核桃不时蠕动，北辰真怕这个大核桃说不定什么时候会从粗壮的脖子里掉下来，他说话的声音厚重之中有些尖细。他在干啥呢？来这儿有什么目的？北辰一直在打量他……

他像是发达了，开着一辆铁红色的面包车来到学校，他还拿个半截砖一样的东西，据说那叫移动电话，什么是移动电话呢？原来家里安装的电话叫固定电话，他手里的这部电话就叫移动电话，也叫大哥大，或者叫手机，能够随时拨打电话，这让北辰非常羡慕，不用说移动电话，就是 BP 机，北辰也没有使用过。韩主任说过每个学校上交两千元，由教办室配发一部摩托罗拉 BP 机。因为两基验收，各个学校都欠下许多债务，所以这项动议竟然不了了之。于志勇竟然使用上了手机，这个半截砖的信号还蛮清晰的，据说值一万多元呢！他什么时候能用上手机呢？据说成功

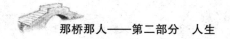

男人的标志是脚踩桑塔纳,手拿大哥大,还有什么夜里睡娇娃,世界的变化真大,大千世界,真是无奇不有……

于志勇身材高大,一身肥肉,不仅膀大腰圆,而且胸肌发达,简直像是一头犍牛,他满脸赘肉,三角眼深陷在肉缝里,锐利的眼光却在不停地闪烁,他没有眉毛,没有眼睫毛,也没有胡须,所以红嘟嘟的肉脸却是一览无余,头发非常凌乱,颜色像是麦秸那样枯黄,鼻子又小又秃,他在一所职业中专负责招生,还兼职这所职业中专的招办主任,他这是在各县区做宣传工作,今天来高山镇第三初级中学做宣传,他听说北辰在山泉小学当校长,所以来这儿拜访老同学……

大半年来,北辰经历一次次劫难,遭受那么多折磨,那么压抑和失意,使他精神上备受煎熬,还有失去孩子的痛苦,所有这一切几乎使他痛不欲生,很长时间以来,他郁郁寡欢,万念俱灰,他对社会,对人生大失所望……于志勇的到来,使他似乎看到希望的光芒,他真想抛弃眼前这所有一切纷纷扰扰,真的想跟随于志勇去外面世界闯荡一番……不过,他们很长时间互不了解,不如考察一段时间再说,如果……再决定去留,他不如利用礼拜六和礼拜日时间陪同于志勇到各个学校去做招生宣传。职业中专招收初中毕业生,所以他们只对初中宣传,初中毕业班星期六和星期日两天并不放假,因为中招临近,所有初中学生都在学校加班加点。这两天,北辰闲着无事,他想陪同于志勇去做宣传招生,他可以联系在大学进修期间的同班同学,这些同学分散在附近各个县区,现在他们大都是初中学校的把关教师,有的已经是初中校长,自从毕业之后,北辰也没有联系过他们,说实在的,他也很想念他们,尤其想念志同道合的几位同学。他实在是厌倦了官场的明争暗斗,他真想放弃校长这个职位,为了文学事业,也应该放弃这个校长职务,他已经在山泉小学校长职务上奋斗好长时间啦,在这些年里,失去了那么多宝贵时间,他阅读的著作实在太少了,远远没有完成他所拟订的庞大的阅读计划,写出的作品更是少得可怜,只有几篇短篇小说和十几首诗歌,而且这些诗歌短小,又苍白无力,这些诗篇多么像是没有灵魂的躯壳,而那几篇短篇小说似乎是一个饶舌家伙的自言自语。他浪费掉多少宝贵时间,那些时间像是生命一样被他浪费、虚度、糟蹋了,他虚掷掉多少珍贵光阴,可是他得到了什么呢? 斗争结果是什么? 就目前来说,孩子没有了,而丁秀杰失去了校长位置,史新章也应该损失惨重吧? 至少说史新章失去了良知,失去了人性,丧失了人格和尊严,为攫取山泉小学校长职务,他极尽卑鄙龌龊之事,大家更加清楚地看到史新章其实禽兽不如,丁秀杰仍然做着校长美梦,而史新章在坐收渔翁之利……往者不可谏,来者犹可追,他必须放弃山泉小学校长职务,他有自己的梦想和希望……

与此同时,于志勇介绍说汪世俊也在城里兴办职业中专,他兴办的学校名字是世纪职业技术中专,这所中专已经初具规模,可是就在这个时候,他不扩大招生、招揽名师,不投资学校硬件建设,却在城市购买房产,购置桑塔纳轿车,采购高档手机，还包养情妇，他的情妇叫赵晓丽，她娇里娇气，说话嗲声嗲气的，名义上是他的秘书，实际上男盗女娼，但是汪世俊已经和于志勇分道扬镳了。世纪职业技术中专刚刚有所起色，他就把于志勇等一干人踢出来，真是无毒不丈夫，他不择手段地把他们驱除出那所学校，他们并不甘失败，于是这些人又成立了一所职专，这所职专叫作新世纪职业技术中专，他们重打鼓，另开张，又开辟新天地、新战场……

　　于志勇夸夸其谈地说出许多不为北辰所熟悉的东西，这些事情却深深地刺激着他，这个时候，北辰对外面的世界充满了好奇和憧憬，他非常渴望到外面的世界闯荡一番，开开眼界，扩大视野，巩固人脉，同时他也想了解各个县域不同的风土人情，更多地熟悉人情世事，洞悉人性弱点，更多地收集创作素材，为将来写作打基础。所以北辰夸耀说他在许多县区拥有人脉，能把这些人脉利用起来，很多同学已经是初中校长，即使不是校长，也是中层领导，至少是毕业班把关教师，他可以把考不上中师中专和重点高中的学生名单搞到手，也可以让那些老同学帮助新世纪职业技术中专招生。北辰的这些构想，说得于志勇心潮澎湃、热血沸腾，他们正需要北辰这样的人才，所以他们一拍即合。一所学校只要有生源，何愁招不来优秀教师，招来优秀教师，何愁大业不成。这对于志勇来说太重要了，他需要的就是生源，而北辰正想放弃争斗……如果创业不成，还可以回到高山镇第三初级中学当名教师，重回讲堂，重拾自信，他会在创作的道路上坚强地走下去，直至成功，也未可知。

　　这一周，星期五下午放学，北辰校长给淑丽说明情况，他就随于志勇出发了。

　　按照他的计划，他们准备奔赴不同的县城乡镇，分别掌握各个初中毕业班学生名单，以及联系方式、家长姓名，掌握各个初中学校领导、毕业班教师名单和联系方式。最好让学校领导带领班主任和初三毕业班学生去学校考察，考察期间，新世纪职业技术中专必须做好迎送准备，保证车辆、饮食安全……关键是学校领导和毕业班主任把学生送过去，这就需要于志勇协调好与各个学校领导和毕业班主任教师的关系，建立起新世纪职业技术中专和各个县域乡镇初中之间的联系，这就需要投入，需要经济投入和感情投入。

　　星期五晚上，于志勇首先把北辰校长介绍给张文娟校长，他也想去新世纪职业技术中专看看，看看新世纪职业技术中专到底是一所什么样的学校，看看校址在哪？办学条件如何？容纳多少学生？师资力量怎样？起码北辰心里有底，不然，将来学生招进来，如果学校不具备办学条件……或者……怎么对得起同学、朋友呢？

　　可是张文娟校长说今天时间已晚，反正将来有的是时间，不如先去酒店吃饭，以后有机会再去学校。她说的似乎很有道理，何况另外还有市劳动局的林宝强副局长。于志勇暗示说林宝强副局长和张文娟校长关系特殊，他说过这句话，还给北辰使眼色，这个眼色非常猥琐，他肯定在说他们是同志加情人关系，或许张文娟校长就是林宝强副局长的情妇。

　　"张校长风华绝代……她没有家庭吗？"北辰惊奇地问道。

"早离了……"他轻佻地说。

"之前,她是干什么的?"北辰又追问道。

"我们都在世纪职业技术中专负责招生工作……"他想继续说下去,但是不知因为什么却突然停下来。

"到底因为什么分开了?"北辰想追问下去。

"汪世俊不是什么好东西,说的是一个月给我们两千元工资,另外还有股份,却不兑现,学校发展起来之后,却把我们一脚踢开,本来世纪职业技术中专的学生是我们招进来的,可是我们却被一脚踢开啦,于是我们就自己干!"于志勇气愤至极地说,接着他又骂了汪世俊许多坏话。

"啊,原来是这样……张文娟和于志勇曾经是汪世俊的得力干将,他们利益不同,最终分道扬镳……"北辰思忖道,所以现在张文娟自任校长,于志勇挂帅招生办主任,他们还拉来林宝强入伙,他们联手想一举将汪世俊扳倒……将来他们之间肯定还要火拼,至于谁生谁死,尚不得而知,弱肉强食,这就是人类的生存法则……北辰在山泉小学无法生存下去,他们在世纪职业技术中专无法生存下去,于是他们出现了交集,那么将来呢? 谁是第一个出局者,肯定是他,因为他是外人,他是外来者,正如他在高山镇一样,北辰校长担任校长之前,丁秀杰、唐翰林、史新章已经是校长了,而史新章早已不再担任校长,他早已辞去山泉学校校长职位,然后才担任教办室副主任。当初霍传岭校长在官亭小学担任校长,丁秀杰和唐翰林都在官亭小学,丁秀杰是业务主任,而唐翰林是副校长,后来霍校长和官亭村委张泽恩支书矛盾重重,他不得已离开官亭小学来到高山镇第三初级中学任教,于是唐翰林和丁秀杰开始争夺校长之位,因为丁秀杰的儿子认张泽恩做干爹,张书记当然拥护丁秀杰,所以丁秀杰成为官亭小学校长,而唐翰林担任德亭小学校长,在山泉小学之前的权利角逐中,郭新政校长赢得胜利,而史新章校长调任高山镇教办室副主任职务,后来北辰调任山泉小学校长,郭新政校长任官亭小学校长,丁秀杰又调任树仁小学校长,现在丁秀杰虽然只是山泉小学副校长,但是他当校长之心反而愈加强烈……郭新政、史新章、丁秀杰、唐翰林,还有霍校长,他们是老牌校长,都是韩主任的亲戚、亲信,而北辰校长是后来者,他是白副镇长的亲戚、嫡系,最后又追随苏副镇长……他们曾经是同事,曾经是朋友,曾经是上下级,他们有过共同利益,虽然有过争斗。但是北辰却是局外人,插足者,第三者,是半道杀出的程咬金……他和丁秀杰、唐翰林虽然是同学、朋友……可是北辰自从回乡工作以来,他一直是初中教师,而他们却都在小学打拼,而且早已打拼多年,甚至集毕生之力才当上小学校长,北辰却是从初中副主任空降为山泉小学校长,正所谓一石激起千重浪,所以他自从担任山泉小学校长一来,彻底打破了他们的利益均衡、心理平衡,他们的职位因为他才不得不调整,北辰校长其实是害群之马,他损害了他们的既得利益,粉碎了他们的许多期许和梦想,如果不是他的出现,他们经过撕咬之后,都会各得其所,但是现在他们都在愤愤不平,所以北辰早已是众矢之的,他们必除之而后快。现在北辰来到的这个地方,这个新世纪职业技术中专,这个战场,这场战斗肯定更加残酷,更加激烈……北辰,他准备好了吗?

北辰并不知道张文娟的来历,于志勇也不会过多介绍她,他还不是他们的人,他刚刚来到这个团体,也是一个新人,一个初出茅庐的毛头小子,一个并不成熟的人,一个没有经历风浪之人,虽说他曾经在一个小学折腾过一阵,但是他还没有经历大阵仗,他还是一个小兵,他们也在审视、试探,也在考验他……

她三十岁左右,身材修长,穿一身黄地白花的连衣裙,一双锃亮的高跟尖头皮鞋,秀发顺着左边娇嫩的脸蛋一侧波浪般披在肩头,她是那么娇艳,简直像是一朵盛开的白莲花,像是一朵出淤泥而不染的白莲花……而又那么富于气质。如果不是那双炽热的眼睛,她应该是位典雅、高贵的家庭主妇,欲望和野心使她挣脱家庭的桎梏,她想展示才华和才能,有时候不惜……这个时代,这个物欲横流的时代毁了她,这个混乱的时代,不仅使她,还使更多人沦落风尘,使更多人走下神坛……

而这位林副局长大人,不仅是他们的合伙人,更是幕后老板,他的个子很矮,站在张校长的身旁,猛然一看,他像是她的孩子,但是仔细观察之后,他又像是她的父亲,其实两者都不是,从他们亲昵的表现来看,他们肯定是一对野鸳鸯。

他的孩子兴许比张文娟校长小不了多少,他们是这个时代的怪胎,这个时代的畸形儿,变态的非法恋人。

看来他至少有五十三四岁,不但城府深,而且手段老练狠辣,他是官场上的滑头、痞子,有时候他像是狐狸那样狡猾,那样莫测高深,有时候他既豪爽又沉稳,有时候他既猥琐又阴险……这是他多年来在风风雨雨的官场上历练的结果,酒席上他们一直在谋划、算计,有时候他们说出的话语非常隐晦,有时候只用交换眼色、点头、摇头示意行或者不行,他们像是在打哑谜……密谋终于结束了,开始推杯换盏,他们对北辰校长似乎非常器重、亲密,简直像是一家人,他们仔细研究实施方案之后,确定明天,他和于志勇开始行动,可是现在北辰简直被张文娟校长俘虏了,张文娟校长向他展开了魅力攻势,不断地亲近他,不断向他敬酒,他们频频喝酒,不断交头接耳,他喝过许多酒之后,简直不敢直视她,她是那么美丽和高贵,他已经为她倾倒了,现在即使他为她肝脑涂地,即使为她粉身碎骨都在所不辞!酒席并没有结束,张文娟和林副局长就离开了,他们说还有一些重要事情需要处理,但是夜已经很深了,他们还有什么重要事情需要处理,大概是去淫乐吧?张校长委身于这个糟老头子,真叫可惜啊!不单单是一朵鲜花插在牛粪上,更可能是一棵好白菜被猪拱啦……她长得这么娇媚,他的地位再高,官职再大,可是他毕竟是个干瘪老头啊!个子还那么矮小,他真像是她的孩子,她也像是他的孩子,这却是一对乱伦的孩子?他们在一起宣泄肉欲的时候,林副局长当然是欲仙欲死,可是张文娟校长会感到幸福吗?她能体验到一丝丝快感吗,她大概悔恨、失望、遗憾多于满足吧,她会得到什么呢?当然使他们走到一起的是权力和金钱,权力和金钱的力量不知道要比爱情和青春大多少倍？这是时代的毒瘤，这比泛滥的红河水还要恶毒，这是癌，时代的癌，时代的顽疾，想到这里，北辰竟然愤怒起来，他真想站起来，追上他们，揪住所谓的林大人，把他摁倒在地痛打一顿，然后把张文娟校长从魔爪之下解救出来，想到这里北辰暗自嘲笑起自己来，他能给她什么呢？金钱，还是办学许可，都不能，他不禁哑然失笑起来。

"北辰，你笑什么？"于志勇不禁莫名其妙地问他道，他不明白北辰为什么嘲笑他们，"林副局长在劳动局是常务副局长，权势炙手可热，办学校根本离不开他，钱、办学许可……将来地皮、建设许可，现在还……"

于志勇说到这里不再说下去，还什么呢？他不敢说下去，他没有胆量说下去，就是因为办学校，还是因为办学校，张文娟校长才委身于他，真是岂有此理，真是莫名其妙，北辰校长和于志勇也该休息了，于志勇把北辰校长领到城市郊外一个巨大的工棚之中，这个建筑大棚坐落在荒无人烟的荒郊野岭，四面野草遍地，这些野草那么茂密，那么茂盛，简直有半人高，这些说不明、道不清的野草还在疯长，之前，这一大块土地都是良田，因为不远处就是玉米地，但是现在这个地方被圈起来，围起来，这儿将来肯定是大片的建筑物，他们可能兴办学校，也可能……但是现在于志勇为什么把他领到这儿呢？这儿是不是他们将来的新世纪职业技术中专呢？是，也可能不是，如果是，暑假开学之前，在这短短的几个月时间里，他们根本建设不成一所学校，搞建筑可不是一朝一夕之事，绝不是一蹴而就的事情……无论是，还是不是，他什么都不给北辰解释，如果不是，那么他为什么把他领到这儿呢？是单单因为住宿吗？难道于志勇在城市里住宿的地方都没有吗？他还要来这种鬼地方住宿？这个棚子大约有二三十米宽，有将近五六十米长，里面堆满了建筑材料，这是一个建筑仓库，外面是空旷的建筑工地，但是一切还没有建筑迹象，万事只是开头，偌大一个地方连一个鬼影都没有，这时候，棚子里灯火通明，他们的床铺是一张巨大木板，这张木板足足可以容得下十几个人休息，北辰还是第一次见到这么一大块木板，一块工业木板，一块工业板材，木板厚度足足有好几厘米厚，似乎比七合板还厚。但是今天就他们两个，另外似乎还有一个可供一个人休息的木板，这张木板在一堆建筑材料之上，今天晚上，这张木板可能就是北辰的理想国，果不其然，他就是让北辰睡在那张木板上，这是对北辰最优厚的招待，他睡到那张巨大的工业木板上，这个巨大的建筑棚建筑在这么空旷，这么荒凉的地方，建筑在这个地方也就罢了，可是他们人呢？建筑工人呢？农民工呢？一个人影也没有，大概他们正在筹划开工吧？如果建设学校，现在还没有开工的迹象，他们什么时候能动工呢？可是招生在即，开学也不会十分遥远……可是于志勇为什么领他来这个地方休息呢？如果兴办学校，他们现在就得有教室，有宿舍，有餐厅……可是他们的学校呢？他们的办公地点呢？他们的教室呢？他们的招生办公室呢？他们不会什么都没有吧？不应该什么都没有。那么他为什么不让北辰校长住在他们的学校呢？如果没有学校,还招什么学生呢？如果没有教室还办什么新世纪职业技术中专呢？真是天方夜谭。他们不会在唱空城计吧？这不可能,没有学校,没有教师,没有教室,没有教学设施、教学设备……他们招什么生？即使招来学生,他们去哪儿上课呢？不会是这样吧？这一切太让北辰失望了。所谓的新世纪职业技术中专不会是一座空中楼阁吧？不会是一座海市蜃楼吧？但是……可能是……但是说好的事情,怎么可以变化呢？明天无论如何他们要下乡招生啦,兴许他们还在协调学校吧？兴许他们先租赁一个现成学校也未可知,一切都有可能,可是教师呢？这可不是一句话都能办到的,这哪里是他操心的事情呢？不是还有林副局长吗？不然,张文娟校长怎么会……不然,他们怎么会让他协助于志勇招生呢？招生需要的费用是庞大的,谁会白白地把金钱扔进坑里呢？而汪世俊的世纪职业技术中专也是租赁城市第三高级中学的校园,城市已经有好些学校因为没有生源,都在闲置,大量教师无课可教,有的校园早已荒芜,有的甚至已经建筑成商品房出售啦,这些普通高中,早被城市重点高中挤垮啦,他们再也支撑不下去了,也没有想到如何转型,甚至许多大中专院校也出现了学生荒,这些大中专院校也闲置着,城市第三高级中学早已不存在了,早就倒闭了。汪世俊早年是一位农村中学代课教师,他不知因为什么来到城市发展,汪世俊正是利用他熟悉农村教育、洞悉农村孩子心理需求,利用生源优势,而发展起这所职业中专的。他就是想方设法把农村考不上重点高中的学生,把考学无望的差生招收过来,让他们学到一门技术,一项技能,一套吃饭养家的本领,以适合学生将来在城市发展需要,所以他正是看准了这一点,看准了城市需要熟练人才,急需熟练技术工人,看准了这个巨大市场,同时他也看准了农村孩子急需向城市发展的强劲势头,所以他才在很短的时间里,把这些差等生迅速地招生过来。于志勇也是一位农村中学代课教师,他在汪世俊的号召下,放弃了代课教师职业,自愿追随汪世俊来城市打拼,因为种种原因他们分道扬镳了,可是汪世俊现在却已把城市第三高级中学发展成一所颇具规模的职业中专——世纪职业技术中专,他们也想复制汪世俊模式,大概还没有租赁到适合他们的校园,但是租赁到适合他们的校园是刻不容缓的事情,他们刚才在嘀嘀咕咕地密谋,大概就是这个事情吧。

第二天出发得很早,因为大河县各个乡镇初中于志勇比较熟悉,于是他们就直奔临近的怀仁县。他们在怀仁县大屯乡第一初级中学找到北辰的老同学刘怀明,他已经是这个学校的校长,已经不像之前那个瘦高个子的刘怀明,已经胖得像是一头大象了,他有二百六十多斤重,走起路来气喘吁吁的,下巴下面全是肥肉,巨大的头颅像是陷进一堆肥肉里,眼睛尽管小了许多,却仍然炯炯有神,因为两腮肥肉过多,所以鼻子几乎像是肥肉中间夹着的烟斗,他的嘴巴本来就小,现在更小啦,耳朵像是粘在脸侧的一小片枯焦的红薯叶,腰围简直比牛犊的腰围还要大,隆起的大肚子简直像是座小山包,他的上身越发庞大,下身仿佛又短又细,不堪重负似的。他是那么热情,一见面就攥住北辰的右手问这问那,双手像是两块黑铁那么沉重,他那么诚恳，也不问他们来这儿做什么，就直接把他们领到一家饭店，这一家饭店应该是大屯乡最体面、实惠的一家酒店，他点了八个菜，四凉四热，六个荤菜，两个素菜。这六个荤菜：烧鸡、牛肉、猪下水、红烧鲤鱼、羊肉扣碗、条子肉；两个素菜：黄瓜变蛋、油炸花生。刚刚上齐四个凉菜，从房间外面又过来两个人，一个叫王胜国，另一个叫吴书良，王胜国是学校副校长，吴书良是学校会计。王胜国主抓学校业务，还是三年级数学教师，他长得很矮小，皮肤白净，脸很短，颧骨又高又宽，一双眼睛显得十分精明，他见到谁都点头哈腰的，尤其是在刘怀明面前，像是个侏儒，他的个子只有刘怀明的胸口高，他真像之前小学语文课文《骆驼和羊的故事》之中那只小羊羔，无疑刘怀明像骆驼，看得出来，"骆驼"对"小羊"十分信任，"小羊"对"骆驼"也是服服帖帖。而吴书良会计是个残疾，只有一只胳膊，他穿一件灰色衬衣，右胳膊像是很有力量，另一边衬衣袖子无精打采地低垂着，他还是嫌弃那只多余的袖子碍事，于是他就把那只空袖子掖到破牛皮裤带里，但是他却显得非常傲气，黑黢黢的三角脸上，有一双深邃的眼睛，尖尖的嘴巴，稀稀拉拉的黑色胡须，头发凌乱又肮脏，他昂着头，漠视地看看北辰和于志勇，显得非常孤傲，现在他忠实地坐在骆驼身边，他和骆驼表现得更加亲近，像是亲兄弟一样，他们是亲密的三人组合，在这一瞬间，北辰向骆驼学到很多东西，吴书良和小羊就是骆驼在学校的左右手，而北辰正是缺少这样的左右手，他在山泉小学担任校长期间正是缺少他们这样的人才，才落得如此狼狈……事业成功与否，在于用人，事业成败的关键在于人才是否为我所用，士为知己者死，女为悦己者容，骆驼所用的这两个人，一个是小羊，一个是残疾，但是他们像是知己，像是兄弟，这就是骆驼事业成功的秘密所在，据说骆驼刚刚接任校长，学校学生才五百多人，教师二十七人，现在学校学生一千七百多人，教师七十九名。他接校长之前，考上怀仁县城重点高中的平价生只有四人，今年考上怀仁县重点高中的平价生是四十八人，仅仅三年时间，学校已经今非昔比……真可谓用师者王，用友者霸，用徒者亡。骆驼是在用友啊！而北辰用谁呢？几乎没有可用之人，而且……山泉小学不亡才怪呢？

"北辰，想什么？赶紧喝酒，大家都等着你举杯呢！"骆驼催促他道。"喝！"他清醒过来，举起杯说道。

骆驼是那么豪爽，喝酒像是喝水一样，他和于志勇有些相见恨晚，当他们说起招生的事情，骆驼大包大揽，他准备联系怀仁县南半部所有初中学校校长，不就是往新世纪职业技术中专输送学生吗？那些差等生考不上重点高中的平价生，又不想回头复习，把他们送过去，只要给报酬，只要报酬高，给谁不是送学生，何况北辰是自己的好兄弟，为朋友两肋插刀在所不惜，这儿有的是生源，而怀仁县以北归何守信联系……何守信是北辰另外一个要好的同学，北辰准备下午去找他。

他们都喝了不少酒，刘怀明还是意犹未尽，他又端一杯酒一饮而尽，可是等北辰喝这杯酒时，却被吴书良会计拦住，于是他说道："结束吧！酒不能再喝下去啦，鸡蛋面条早就上啦,吃饭吧!"

对于吴书良会计的好意,北辰当然感激不尽:"结束吧,怀明兄,我已经喝醉啦,今天太谢谢您了……"

"今天不走吧,今天晚上再喝。"骆驼还想挽留他们。

"我们得走了,怀明哥哥……以后有的是机会,"北辰感激地说道,"何况我们还要去找何守信……"

于志勇和骆驼谈好条件之后,他们依依惜别,然后他们就直奔怀仁县北部的小店镇,因为何守信在小店镇第三初级中学任教。他们赶到小店镇第三初级中学时,已经是下午三点四十分,何守信是这所初中的业务主任,还兼着三年级语文教师。

何守信仍然是之前的样子,长得很富态,黑黝黝的一张大圆脸,一副松松垮垮的样子,他穿一件胖大、圆领的白背心,下身穿一条灰不拉几的宽松、破旧裤子,脚上穿一双塑料凉鞋,那十个脚指头像是十个刚刚从土地里刨出来的带有黄色泥土的褐红色萝卜,这十个褐红色萝卜温顺地排列在一起。短头发像是粘贴头皮上的一块漆黑闪亮的黑绸布,额头饱满,一双精打细算、躲躲闪闪的小眼睛,鼻子细小,鼻尖上老是汗津津的,嘴巴既薄又小,下巴上没有胡须,衣服虽然破旧,却很整洁,他显得文质彬彬,又像是十分胆怯。但是北辰的到来,也使他喜出望外,进修时他们是同桌,是相当要好的朋友,又有共同追求,他们都爱好文学,喜爱诗歌。但是北辰自从见到何守信的那一刻起,他像是唯恐北辰找他有什么麻烦事情。

"不会有什么事情吧,北辰?"何守信打量北辰老半天,既不说让喝酒,又不说让吃饭,最后他躲躲闪闪地说,"北辰,我还有要紧的事情要办,今天晚上,我可陪不了你!"

"没有什么,守信,"北辰迟疑起来,但是他还是说明了他们的来意,"于志勇是新世纪职业技术中专的招办主任,负责学校的招生事宜,招生一个学生,有……好处费,拜托老兄……"

"不行,不行,学校校长要求很严,任何教师不得私自和招生学校联系,更不能私自收受招生学校的招生费用,不得私自把学生……"他没有等北辰把话说完,就急忙打断北辰的话说,而且他说话的时候,还左顾右盼,慌乱不安。

"如果不能把学生送过去,把学校毕业班学生名单提供给我们,也会有一些报酬,不过报酬就会很少啦。"北辰看到他这么慌乱、胆怯,于是他非常失望地说道。

"不行,老同学,你不能强人所难。"这时,他的小眼睛更加闪烁不停,他像是十分为难地说。

"那么,把你所教班里的学生名单交给我们也可以。"北辰只有无可奈何地说。

"北辰……我试试看看……"他迟疑很长时间才说道。

于是,他回到学校,而北辰和于志勇就在学校附近等待,时间一秒钟一秒钟过去了,他们一直在等待,北辰几乎失去耐性,黄昏像是被人追赶的一头小牛犊,它惊恐不安地来临了，西天那一轮红红的太阳仿佛一头筋疲力尽的老黄牛，正慢悠悠地向西山走去……时间在一分钟一分钟地流失，可是仍然不见何守信的人影，一个班的学生名单，还是他所教班级的学生名单，不可能拿不回来，他肯定是在有意拖延时间，但是北辰还是坚信他能把那一个班的学生名单拿过来，所以他们一直在耐心地等待，时间已经过去半个小时，西天只剩下一抹红云……又过去大约半个小时时间，这时候，北辰远远地看见一个人影慢慢腾腾地向这边走来，肯定是他，可是他走得那么慢，甚至比刚才西边天际那个孤单单的太阳走得还慢，北辰急忙迎上去。

"北辰，真对不起，今年我没有担任班主任，我只默写出班级部分学生名单……也不要什么报酬……"他走到北辰跟前非常抱歉地说。

"谢谢，老同学。"北辰看看那份学生名单，名单上大致有十几个学生的名字，不过北辰还是十分感激地说。

这时候，最后一抹夕阳像是一位安度晚年的老人终于走完了人生最后一段里程，它看了看身边一大群子女最后一眼，慢慢地合上了睡眼惺忪的眼睛，然后撒手人寰……一缕缕炊烟仿佛一幅幅水墨画悬挂在天空，农民陆陆续续从田野回归农舍，老鸭怪叫几声钻进由树枝搭建的老巢，一辆四轮车奔波一天之后，疲惫地吼叫几声，突然睁大惊恐、饥饿的眼睛，一路怪叫着逃走啦，不远处，一位农民饲养的速成鸡圈附近的鸡粪散发出恶心的馊味……

"北辰，刚好我还有急事需要办理，今天就不再挽留你们，多对不起……"何守信非常惋惜地说。

"谢谢，老同学，以后有时间再拜访您。"北辰感谢地说。

告别何守信，当天晚上，他们就住宿在怀仁县城一家肮脏的小旅馆里，在这家小旅馆里，于志勇大谈人生信仰，他梦想将来拥有一个金钱王国，梦想将来成为亿万富翁，世界匍匐在他的脚下……至于女人嘛，有钱就有漂亮的女人……林副局长又老又丑，张文娟不照样投入他的怀抱？

这就是理想吗？这就是人生，这就是他的奋斗目标吗？北辰校长有些失望了。他原本是想见识一下外面世界，瞭望外面蔚蓝的苍穹，原本想增长见识，结识有志之士，砥砺学问、志向……可是这就是他所想见到的博学之士和博大胸襟吗？这就是外面纯洁的世界，这就是外部世界伟大的心灵、灵魂？

不是，绝对不是……他从一个深渊，走向另一个深渊，他从一个残酷世界走向另一个残酷世界，世界还是这样一个污浊世界，人生还是这样卑鄙的人生，现在他是多么失望和懊丧，他几乎失望到极点，简直要对人生绝望了……高山镇教育界是那么龌龊和卑鄙，所谓冠冕堂皇的说辞，华丽辞藻以及美好心灵，还有领导在主席台上鼓吹的希望，都是欺人的幌子，他们都在欺世盗名，都是伪君子，满嘴仁义道德，实际上男盗女娼……而所谓的林副局长、张文娟校长，还有于志勇，他们根本不是在办什么职业中专，根本不是什么教书育人，根本不是为祖国、为国家、为社会培养什么专业性技术人才，而是欺世盗名，骗钱骗色而已。现在他更加失望了，他只是走出一个泥潭，又掉入另外一个泥潭，闯出一个旋涡，又闯入另一个旋涡，一个比一个肮脏，一个比一个污秽……

北辰几乎没有走下去的勇气，他到底在干什么？他在骗取老同学的信任，在诈骗，他从老同学那里骗取一个个学生名单，还诓骗他们把学生送到所谓的新世纪职业技术中专，其实是诱使他们把学生卖到新世纪职业技术中专，然后他们获得一点点酬劳。可是所谓的新世纪职业技术中专在哪儿呢？应该说这所中专还不存在，它什么时候才能存在呢？不知道，北辰不知道，于志勇好像也不知道，谁知道呢？只有所谓的张文娟校长和林副局长知道……夜深了……不知什么时候，他糊里糊涂地进入了梦乡……可是在梦里，他仿佛对外面世界充满好奇，他想再深入观察下去……他梦见成为于志勇的帮凶和打手，梦见他在罪恶的深渊里越走越远……

第二天，他们在怀仁县其他乡镇又接触几位同学。

有一位叫贺国强的同学，他们之前是中文班文学社成员，贺国强很有才华，他经常在报纸、杂志上发表诗作，为此北辰十分尊重、仰慕他，北辰尽管不断阅读、不断写作，却很少发表作品，而且作品往往被报社、杂志社退稿，可是贺国强的诗歌却屡屡见诸报端、杂志，这不能不让北辰嫉妒、羡慕……北辰每每刻苦攻读，发誓一定要超过他……现在北辰非常急于拜访他，不仅仅因为招生，更重要的原因是他想知道他的近况，想了解他是否仍然在坚持写作，仍然在坚持阅读，仍然在发表诗作？北辰更想从他那儿获得一种精神源泉，一种精神力量……可是一见之后，北辰不禁惊呆了，贺国强的身体健康却大大出乎北辰预料，他非常消瘦、瘦弱，他高大的身躯几乎像是一根枯萎、弯曲的竹竿，一张瘦削的小脸上，脸颊深深凹陷，颧骨突兀耸立，眼睛呆滞无光，小鼻子仿佛孤独、抑郁地踯躅在高高的颧骨中间，他一直在擤鼻涕，还不断地揩眼泪，他抬起右手揩眼泪时，右手总是抖个不停，说话的声音也是时断时续。原来他刚从监狱出来，这是到学校报到的第四天，学校还没有给他排课，他对北辰的到来激动得简直要语无伦次，究竟是什么原因让他坐进监牢的呢？

恰好他的妻子也在学校，妻子是初三毕业班的物理教师，她显得倔强而无奈，她流着眼泪诉说道：国强兄弟三人，对方兄弟五人，平时，村里人怕他们，可是国强的二哥国胜因为和对方的大哥争宅子边界，两家不断打闹，当天他们又打起来，国强正好放学，恰巧碰到他们打架，他看到哥哥吃了亏，于是上前劝架，对方老三看见国强上手，舞动铁锹上来就劈，对方老三没有打伤国强，却打死了他的大哥。因为打死了人，这样事情就闹大了，对方一口咬定国强打人致死，一口咬定国强是真凶，国强百口难辩，谁肯相信对方老三打死了大哥，但是明明是对方老三打死大哥的……于是他锒铛入狱，在庭审过程中，她一直告状，去县城，去省城，能去的地方都去了，能告的地方都告了，就是告不响，家里的房子、大床，甚至锅碗瓢盆都卖了，所有值钱的东西，所有能卖钱的东西都卖掉了……这个时候，有人劝她去北京告状，于是她告到乔石委员长那儿，乔石委员长亲自批示彻查此案……后来，贺国强才得到平反昭雪，乔石委员长就是他们的青天大老爷！真是皇天不负有心人，贺国强终于无罪释放，等他离开监狱时，他已经在监牢里待了整整两年零七个月……原来竟是这样……

他们说明来意，贺国强夫妇爽快答应下来……但是当北辰听到他们的不幸遭遇之后，却不忍心打扰他们，于是他们很快离开了那个地方。北辰离开他们的时间并不长，大概不到一年时间，北辰突然接到一个不幸的消息。

贺国强康复之后，他和妻子商量他们不能老是住在学校，于是他们另外批一个宅子，可是这个宅子却是水坑，他们想把水坑垫起来，只有利用星期天和节假日，还要借人家的三轮车，在他们的不断努力下，宅子垫得非常顺利，眼看就要垫成功啦，可是这一天，真该他们不幸的，当时他们把三轮车装满土，贺国强已经把三轮车开出起土坑，可是不幸的是对面恰巧开来一辆三轮车，这辆车开得真快，眼看两辆车就要撞在一起，贺国强使劲拧车把，他躲开了三轮车的撞击，可是他驾驶的车却翻倒了，他被压在三轮车下面，坐在三轮车上面的妻子被甩出老远，她昏迷过去，她清醒过来之后，贺国强被压在车下早已人事不省……他被送到淮河市第一人民医院，当北辰听到消息时，贺国强已经在重症监护室抢救了一个多月……北辰和几位同学去医院看望他，可是他仍然在抢救，医生不让探视，等他们离开医院，大致不到一周时间，贺国强竟然不幸离世……

而李青田是小宋乡政府秘书，他脱离教育已经三年，于志勇通过114寻呼台查询到小宋乡政府电话，于是他拨通电话，在电话里，北辰和他互道离别之苦，当他说明真实意图时，他欣然答应帮助北辰联系其他同学，但是今天他有紧急任务需要下乡，所以见不到他，但是他却让北辰等他，如果时间允许，他会很快回到乡政府，他很想和他见上一面，因为他们已经很长时间没有见面啦，可以说自从毕业，他们就未曾谋面，所以他和于志勇在乡政府空荡荡的大院里一直等待，但是左等右等却不见踪影，临近中午的时候，政府出来一位瘦小的青年人，他说是办公室主任，李秘书捎话说让他安排他们去饭店吃饭，他还说李秘书今天中午回不来……他们还是谢谢这位主任的好意，于是不得不离开……

星期日下午，北辰必须赶到家里，因为明天他还要上班，但是不管将来结局如何，他还想坚持……对每个人来说，过程并不重要，重要的是结局，而结局往往出人意料。可是北辰几乎是看透了新世纪职业技术中专一切招生的鬼把戏，可是他为什么还要坚持下去，北辰说不出所以然，可能是因为意犹未尽，还是惯性使然，不管怎么说，这时候，对于北辰来说，投入新世纪职业技术中专招生工作这一段时间，似乎有一股神秘的力量吸引着、诱惑着他，让使身不由己……看清一个人，一件事物的本质，有时候需要很长时间，他当时就是处在那个时间节点上……

5

星期一这天,学校刚刚上课,王长江支书就来到学校,他说镇政府号召各村委安装电话,山泉村的任务是六十部,村委压力很大,昨天村里已经召开动员会,各个包片领导都有任务,山泉小学必须安装一部电话。

北辰校长只能答应王长江支书安装一部电话,可每部电话的安装费用是三千五百元,山泉小学因为两基验收而债台高筑,现在虽然债务已经缓解,如果再去欠账,何况……上哪儿借这三千五百元现金,这可怎么办? 他只有找来魏主任商量,魏主任答应借给学校两千元,剩下一千五百元,只有北辰解决。当天下午魏主任把两千元现金交到会计室,第二天上午北辰也把借到的一千五百元现金交到会计室。因为淑丽进修,北辰还欠一部分外债,不管怎么难,这三千五百元电话安装费准备齐了。这天中午,北辰和郝会计去村委交电话安装费,王长江支书让他们把这三千五百元现金交给负责安装电话的赵文才主任。赵主任只给他们打个收条,也没盖村委公章。北辰想让赵主任盖上村委公章,他解释说只打收条,不盖公章,北辰也无可奈何。

自从赵文才的哥哥当上大河县副县长之后,他就被王长江支书请进村委,他在山泉村委具体担任什么官职,谁也说不清楚,大家都知道他每天喝得昏天黑地,常常东倒西歪地走在回家的大街上,还一边骂街,一边哼着淫邪小曲,他的脸上半部窄小,下半部肥胖,他的鼻子短粗,牙齿像马牙一样宽大。北辰听他解释,没有辩解,他只有离开村委。

放暑假的前一天,韩主任召开全镇中小学校长会议,他重点布置暑假期间学生的安全工作,又特别强调缴纳暑假作业费用,而且各个学校务必于放假当天下午,把暑假作业款上交教办室财务室,然后才宣布散会,会议结束后,他把北辰校长留下来,这场谈话严肃,又充满杀气。

“北辰,下学期,你有什么打算?”韩主任蔑视地说道。

“我……韩主任,我服从安排……”北辰校长诚惶诚恐地说。

在韩主任面前,北辰总是这样,他非常拘谨、胆怯,可能因为韩主任既是领导,又年龄大的缘故,也可能是因为他从小家庭贫寒,于是自卑、自惭……所以在灵魂深处,才形成了根深蒂固的尊卑观念。

“山泉小学校长,这个职位,你恐怕是不能胜任了……北辰,你不如……”韩主任阴阳怪气地说,但是他说到不如这两个字,还是停止了说话,他像是在思考什么?到底不如什么呢? 他在想,也可能是……在不如之后是什么,他是一清二楚的,可是北辰不知道,他因为不知道,只有等着不如的下文,果然,韩主任继续说道“嗯……不如……回到第三初级中学当副校长,我之前也在初中担任过副校长,当副校长好,当

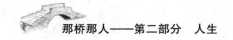

副校长工作没有压力,你也不用再为难了……"

"啊?这……"北辰吞吞吐吐地说,这什么?他没有说出来,到底是愿意回第三初级中学当副校长,还是不愿意回呢?他不知道,但是他唯一清楚的是他再也不是山泉小学校长了,所谓的仕途结束了,这一切都是在刚刚散会之后的事情。但是他总在回忆刚刚韩主任约谈他那句话……

"郭北辰校长,你到我办公室来一下。"刚才,会议结束时,韩主任虎起脸,点名道姓让郭北辰校长到他办公室。

当时,还没有散会,所有来开会的校长都明白,这个时候韩主任找他谈话意味着什么,为什么在这个时候,韩主任主动找他谈话,大家自然心知肚明,这一年以来,北辰校长是在怎样恶劣环境里挣扎的?这次谈话大概要结束北辰校长在山泉小学的任期吧。这还用明说吗?大家再清楚不过了……他们会说:"可怜的北辰,在山泉小学苦苦挣扎这些年,还是被人家驱赶了出来……"

可是谁能有更好的办法呢?他回味着……

刚刚韩主任说"你到我办公室来一下"这句话时,会场上几十双眼睛都聚焦在北辰校长身上,这时北辰校长像是一只被驯服的猴子,这只猴子刚刚从培训场地被拉出来,面对那么多观众,那么多中小学校长,他顷刻感到焦躁、躁动、战栗不安,顷刻之间,他仿佛被蒸笼罩住,蒸笼的温度骤然蹿升,霎时,北辰校长竟然大汗淋漓,他一直揩脸上的热汗,可是总是揩不干净,揩一次,热汗又涌流出来,他还得再揩一次……他一句话都没有回答上来,几乎丧失了理智,他简直不知道身在何处?他在什么地方呢?在学校,还是在家里?啊,原来是在教办室会议室,不,来到韩主任办公室,他终于明白过来,可是让他回答什么呢?他无话可说……他继续回味……

宣判他死期的时候到啦,于是韩主任说:"北辰校长你到我办公室来一下。"

韩主任说这句话的时候,已经等于宣判……他的脑袋像铅块一样沉重,脑袋里轰然作响,然后轰轰乱响,他已经看不清别人的眼睛,但是他还得从这些校长中间走过去,北辰已经看不清他们鄙夷不屑的眼神,他从他们中间走过去,像是走过一个世纪,一个漫长的世纪之旅……

他茫无目的地跟随着韩主任,他像是一块巨大的磁石,吸引着北辰校长,他跟随在韩主任身后,正像被玩弄够了的猴子,一只即将被抛弃的猴子,一只已经被抛弃的猴子。完了,彻底完了,校长们目送他走进韩主任的办公室,像是目送他走进刑场,不,不是走进刑场,而是走进屠场……

"北辰,说说你的想法吧?"韩主任打断他的思维,他好奇地注视着北辰校长。

他已经不再是什么北辰校长啦,如果没有什么意外的话,他已经是第三初级中学的郭副校长,高山镇教办室往往把犯过错误或撤换掉的小学校长,安排至初中,然后再冠以什么副主任、主任、副校长之类的称谓,还有的被安排到教办室当个闲职。北辰校长是被安排到第三初级中学担任副校长,这个荣誉足以让北辰校长从山泉小学校长的位置上有台阶下来。

"没有什么想法，我还会有什么想法呢……"北辰只有这样回答，面对韩主任，让他回答什么？他已经无话可答，他只有这么说，呜呼，他几乎说不出什么话来。

韩主任并没有说让他离开，可是他却不告而别，他已经无话可说，他还能说什么呢？他到底是如何离开韩主任办公室的，又是如何回到家里的，他一概不知道，就连秦副主任让他带回暑假作业，他也没有听见，秦副主任只有再通知山泉小学的郝会计去高山镇教办室领取……

这次谈话会很快传遍高山镇所有中小学校的，会第一时间传到山泉小学，丁秀杰和毕传芬、罗君艳肯定会按捺不住内心狂喜，他们肯定会激动得不知所措，肯定会设宴庆祝的……北辰校长，姑且再称呼他这一次校长吧，郭北辰已经不再是山泉小学校长，韩主任已经和他谈过话啦。他已经正式通知他，他即将调任高山镇第三初级中学的副校长。至于他是被撤职的，还是被调离的，还是因为他管理不善被处分的，这都不重要，重要的是他——郭北辰已经离开山泉小学，他不再是山泉小学校长啦，一切即将成为过去……那么他还安排教师收取学生暑假作业款吗？他还布置其他工作吗？还组织散学典礼吗？何况每次学期结束，学校都要安排教师代表清查账目的……还要布置暑假期间的学生安全工作，这些他还安排吗？

学校既然没有调来新校长，那么他还是山泉小学校长，他仍然得行使校长权力，但是他如果再行使校长权力，会有人听吗？

即使没人听，他也得坚持到最后，不能半途而废，他要把句号画圆。良知告诉他：北辰要对得起山泉小学的孩子。

当天下午，北辰依然来到学校，他准备迎接来自各方面的挑战，没有什么能够吓得住他。他不会畏惧任何人，哪怕是什么韩主任，不用说什么史副主任，也不用说什么丁副校长，更不必说什么毕传芬老师，罗君艳老师……该来的都来吧，让他们都来吧……让暴风雨来得更猛烈些吧……来到学校，他竟然冷静了下来，首先召开班主任工作会议，在班主任会议上，他特别强调班主任教师要加强对学生暑假安全教育，然后才把暑假作业布置下去，而暑假作业是韩主任敛财渠道之一。他和苏副镇长的斗争，虽说是权力斗争，其实是利益之争，这一切都应该归咎于苏副镇长阻断了韩主任的生财之道。他们争夺得最激烈、最尖锐的就是教辅资料，而暑假作业只是其中一小部分而已，他们争夺的是教辅资料中的回扣和利润。在这场战斗中，苏副镇长败北了。自从苏副镇长被停职反省，韩主任更加肆无忌惮、变本加厉盘剥这些可怜的农村孩子，而权副书记自从主抓教育之后，他是睁一只眼、闭一只眼，他像是在酝酿什么，到底在酝酿什么呢？这样看来权副书记虽然年轻，却很沉稳，他仿佛在预谋什么，到底在预谋什么呢？谜底没有揭开，谁也不会知道……权副书记像是做大事的人物……

北辰本想不收学生任何费用，而把暑假作业发放给学生，可是他唯恐影响兄弟学校暑假作业费用的收缴。他让班主任把暑假作业费用收起来,并没有让班主任教师把暑假作业费用交到会计室,他不怕教师们听说他即将离开山泉小学,他们或许不会把暑假作业费用交到学校会计室;北辰也不再想从韩主任手里接过任何好处费。因为暑假作业费交齐之后,韩主任会让些利润给各位校长,这些利润都是孩子家长的血汗钱,收到这些钱,北辰的灵魂会感到痛苦和不安。可是这一次,他在班主任会议上宣布: 暑假作业费用收齐之后,要作为教师福利分给大家。欠教办室的暑假作业款,其实是欠韩主任的暑假作业款,怎么结算? 北辰解释说这笔费用将从下学期学杂费中支取。他是在给老师争取福利待遇,他并不是跟韩主任唱反调,这在某种意义上来说,至少是延缓,或者延迟贪腐事件发生,韩主任吃回扣,这可是严重的违法乱纪行为。这可能会让韩主任恼羞成怒,如果是这样的话,就让他恼羞成怒吧,他——郭北辰要和韩主任说再见。

终于要放暑假了,北辰从心灵上放松了,他的心灵也放假了,北辰校长对于山泉小学来说不再重要,他已经不是校长,这一切即将成为过去。他对心灵说:Bye - bye。他对人性说:Bye - bye。但是他还没有召开全校师生散学典礼大会,还没有表彰这一学年工作之中表现积极、成绩优异的教师,还没有给学习成绩优秀的学生颁奖,还没有给十佳少先队员、三好学生颁奖。

他准备明天召开全体师生散学典礼大会。全体教师会议,他准备放在师生散学典礼大会之后召开。老师都在忙碌填写学生通知书上的各科成绩,都在给班级学生填写评语,还要填写教师寄语。魏主任正在聚精会神地写奖状,她是那么认真,她工作起来兢兢业业、一丝不苟。魏主任是一位优秀教师,数十年如一日,每天都是她到校最早,基本上也是她最后一个离开学校,每学期教学成绩都是名列前茅,大街上的农民都对她非常尊敬……北辰看到这儿,他不禁留恋起山泉小学来,这儿是他的母校,他从五岁入学,一直上到初中毕业……现在初中和小学分家了,现在人们叫这所初中为高山镇第三初级中学。可是当时小学、初中却是一所学校,大家称呼这所学校为山泉学校,在这儿,他想起第一天上学报到的情景,想起童年,想起童年的辛酸,想起那些教育他的教师,其实教育他的教师大都还在学校,他们看到他的人生历程,看到他的进步,看成他每一次取得的小小成就,同时也看到了今天的失败、惨败……想到这里,他想痛哭一场,他自从担任校长到现在结束,根本想不到却是这么失败,这么幼稚,他终于被驱赶出来,被驱赶出山泉小学,而且竟然还有教育过他的老师,还有之前的同学、朋友……是他们把他驱赶出来的……不,应该是他自己把自己驱赶出来的,他没有尽到一个校长应该尽到的本分,和职责,他考虑自己是那么多,考虑别人就相应少,他的公心是那么少,私心是那么多,所以他失败了……他还不是一个合格的校长,更不是一个优秀的校长……可是人生不会再有第二次,如果……再见,再见吧,不会再有如果……想起这些惨痛经历,他潸然泪下,泪水顷刻模糊了双眼,他差一点失声痛哭,但是在他们面前,必须抑制住痛苦的心情,他跑回校长室,然后他迅速把校长室的门反锁住,直到这个时候,他再也抑制不住悲痛心情,居然抽抽噎噎地哭泣起来,他不知道为什么哭泣？只知道非常伤心,只知道抑制不住满腔悲愤,抑制不住这份感情,这份说不清、道不明的复杂情感……但是他再不是三四岁的孩子啦,不能再这么哭鼻子,他必须坚强,必须面对失败,必须鼓起勇气,必须再次扬帆出海,然后乘风破浪,航向远方……他坚信他会成功的,一定会成功的,胜利终将属于坚定信念、勇于攀登之人。

6

"郭校长,什么时候召开全体师生散学典礼大会？"北辰刚走进办公室,罗君艳问他道。

"明天上午九点。"北辰尽管不愿意回答,他还是回答她道。

"那,我们学校什么时候审查账目呢？"她催逼道。

"今天下午审核账目,"北辰回答她说,"学校审查账目人员名单一旦拟好,就会马上通知本人。"

"那么,不在拟定名单范围的教师能不能参加？"她想混淆视听,想把水搅浑。

"能参加。"北辰犹豫一会儿,唯恐她再生事端,于是他只得这样回答她道。

他们这样一问一答,含有多少隐忍和无助,她妄想让他回答说不在拟定名单范围内的教师不能参加审核账目,这样一来,北辰授人以柄,他就会落入罗君艳精心设计的陷阱,罗君艳和她的死党就会造谣生事,就会趁机制造混乱,就会起哄,就会发生意想不到的结果,最后散学典礼、全体教师会议可能不会如期、顺利召开。北辰无论什么时候想起罗君艳的恶毒用心,他就会不寒而栗。他们已经形成一股势力,一股邪恶力量,罗君艳的帮凶还有丁秀杰、毕传芬,还会有其他人……

下午两点三十分,北辰让丁秀杰、魏主任通知审核账目人员名单"丁秀杰、魏主任、吴老师、钱老师和毕传芬老师"。

账目查到一半,罗君艳老师又率领几个人闯进会计室,他们肆无忌惮地乱翻账目,妄加评议,而且还在不断地做记录……

账目审核工作结束了,当时并没有人提出异议,他们可能还要经过密谋、磋商,然后才能制定行动方案……当天下午,让北辰最担心的事情并没有发生,第二天散学典礼开得也很顺利,在全体教师会议上也没发生什么意想不到的事情,这些担心都是多余的,他还担心什么？有什么值得担心的？已经没有什么值得他担惊受怕的啦。

放假的第二天,有人说山泉小学几位教师,在罗君艳的率领下,她们骑着自行车,去高山镇政府,找权副书记反映学校管理混乱,账目不清,开支不合理现象……

他们重点反映一个问题，有一张三百元的发票上注明买的是玩具，这三百元的玩具去了哪里？既然学校没有收到这些玩具，自然是校长把这些玩具拿到了家里，郭北辰作为一校之长竟然把公共财物据为己有，这算不算贪污？如果算是贪污，应不应该受到惩处？权副书记答应她们一定会认真查处这个问题……她们在等待权书记的处理结果……

北辰知道这个发票为什么要开成玩具而没有开成烟酒副食，因为北辰不想在这张发票上出现烟酒副食这几个字。

这张发票正中要害，权副书记盛怒之下把北辰请到了镇政府。

"这是怎么回事，为什么要买玩具，玩具在哪里？"权副书记真的是气不打一处来。

"我不小心，对不起，权书记……以后，我会记住这次沉痛教训，绝不会犯类似错误。"北辰校长诚惶诚恐地说。

"还好，没有其他重大问题，以后，工作上，一定要小心。"北辰临走时，权副书记又叮嘱他道。

在回家的路上，北辰回味权副书记这些话，他的话似乎富有深义，又语重心长，可是这些话到底是什么意思？不管什么意思，韩主任是必欲置他于死地，韩主任的党羽必置他于死地，而北辰不会坐以待毙，绝不会。

北辰校长又想起放暑假时，他在全体教师会议上讲的那些话，当时他想说几句告别的话，于是这样说道："山泉小学是我的母校，但是我愧对母校，愧对老师们……我没有尽到作为一个校长的责任、职责，没有当好校长，没能把学校治理好。"他实在说不下去……几乎是流着眼泪说出以上那些话的，北辰校长透过泪光，看到有几位老教师，还有几位年轻教师也在抹眼泪，但是他看到了嘲笑的目光，那是幸灾乐祸的眼光，他们是没有良知、人性的群小、佞臣。

会场很静，几乎是鸦雀无声，尽管有些人心怀鬼胎，但他们似乎被北辰校长由衷的话语、愧疚的话语，闪烁着良知、人性的话语所感动，尽管他们的心灵只是一点点悸动，这一点点悸动还是被北辰敏锐的眼光捕捉到，他们受到激情洋溢的话语所感染，这就说明他们的良知还没有泯灭殆尽，他们的人性暂时复活了，他们还有那么一点点良知……可是这些死党受到触动的时间并不长，北辰校长似乎很快看到他们的伪善，他们丑恶的嘴脸……正是这个时候，吴老师公正地说道："北辰校长尽力了，他作为一校之长尽到了应尽的职责和本分……我不想多说，说多啦，大家不一定高兴，不过大家扪心自问，北辰校长的确……"吴老师没有再说下去，他的话语那么沉重，他几乎是含着泪水说的。

吴老师的话让北辰很受感动。他认为即使吴老师这些话并不代表大多数教师的良知，至少代表了部分老师的心声。自从北辰担任山泉小学校长以来，他几乎倾注了全部心血和整个身心。为了迎接两基验收，他甚至以校为家，为了学校教学质量提高，他励精图治，公而忘私……不能不说山泉小学的教学质量有所进步，可是他的付出却得不到回报，得不到认同……尽管失败了，但他对得起良知。可是他到底失败在什么地方？有时候却让他百思不得其解……他因为年轻，因为经验不足，还是因为还是能力缺失……似乎是，又似乎不是。但是有一点，他不认为失败是因为韩主任的不支持，韩主任不能不说是一位德高望重的领导，他的见识、学识、心胸和办事才能，都值得北辰学习，他勤于工作，而且政绩卓著。他从事教育大半生，当了将近二十年的教办室主任。为了高山镇的教育事业可以说是殚精竭虑、煞费苦心……高山镇在集资办学方面一直走在国家前列，也曾经是全国乡镇集资办学典范，南方八省领导曾经率团观摩学习……高山镇教办室是全省农村教育窗口……还顺利通过了国家两基验收……教学质量也是位居全县前列……所以说高山镇教办室所取得的教育教学成绩，韩主任功不可没。

但是让北辰百思不得其解的是……他还是对韩主任心生怨望……不知道为什么，他看不到缺点和错误，看不到过失和谬误……他对韩主任非常抵触，总之，他们志趣不同，见识迥异，韩主任感情细腻，为人圆滑，当然他作为领导，免不了颐指气使，特别是对于北辰校长未免太不近人情……北辰性格粗犷，粗心大意，虽然不乏热情和善良，他有时候过于拘谨和内向，又不善表达，所以他们往往有许多隔膜，有许多疏远，而且越来越加隔阂，越来越加对立，应该是敌对……

放暑假的第三天，于志勇又来找北辰，他正百无聊赖地闷在家里，北辰已经开始阅读文学著作了，很长时间以来，他一直在研究《包法利夫人》，他想从中获得灵感，于是反复阅读这部书，这已经是第十遍阅读这部小说啦，可是他阅读的遍数愈多，反而愈加迷茫，由此看来，这部书并不能给他慰藉，这部书并不适合他，福楼拜所写的东西并不能激发灵感，北辰还没有寻找到适合他的文学样式，可是他已经阅读过那么多文学著作，也在反复探索、反复推敲这些艺术形式，他很想写一部反映童年时代的作品，一部自传体长篇小说，这可能是中国小说史上第一部用心灵、用潜意识，用有意识、无意识，用梦幻、联想，用超现实主义写作的一部世界名著，一部划时代的伟大作品，一部不同于传统，不同于东方，而更接近于西方，不，也不同于西方的东西。与其说是西方，倒不如说他的著作仍然是东方作品，他永远属于东方，这就是北辰的灵魂，一个伟大、卓越的心灵……可是他已经把创作提纲都列举出来，也尝试过许多不同形式的开头，但是每一次都是写不了几页，就觉得索然寡味，于是他不得不一次次停下笔来，每一次停下笔之后，他都是那么痛苦，无论他如何痛苦，无论他如何思索，就是写不下去，这就说明他创作的春天还没有到来，他还得阅读，还得积累，他的学识、阅历，还不足以让他写出作品来，更不用说写出伟大著作，他必须扩大阅读，必须强迫自己阅读，只有胸中有书籍的海洋，只有形成知识的大海，他美好的感情、灵魂之中的痛楚，才能通过笔端自然流露出来……今天，他依然在阅读《包法利夫人》，他并不灰心，依然在坚持，只有坚持，再坚持，才能拨云

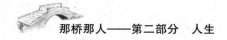

见日……

　　淑丽已毕业,她到底去哪儿教学呢? 问题是他去哪个学校? 如果韩主任让他回第三初级中学当副校长,那么淑丽就会到初中教学,她尤其在数学方面表现出天赋,她会成为一名优秀的初中数学教师,如果……哪有那么多如果呢? 可是淑丽是美术专业,学校教师都非常轻视体音美教师,她最好不教美术课,现在体育分已经纳入中招成绩,尽管只算三十分,但体育教师已经得到领导的器重,而音乐、美术却不算中招成绩,尽管师范学校有音乐、美术专业,尽管大学也招生音乐、美术方面的优秀学生,可是音乐、美术在初中因为不纳入中招考试成绩,报考音乐、美术专业的学生少之又少,所以音乐、美术教师就得不到学生应有的尊重,无论如何她说坚决不教美术课,这是她的意思,她已经和北辰商量过几次,她还不知道下学期,上哪个学校? 但是她无论去哪儿、无论去哪个学校,北辰并不想让她放弃美术专业,他想让她教美术课,当一位美术教师有什么不好,尽管学生、教师、领导轻视美术教师,尽管美术成绩不纳入中招成绩,尽管报考音乐、美术专业的学生非常少,尽管淑丽也不想担任美术课,可是北辰并不这样认为,到时候他会说服她担任美术课……初中学生必须得到全面发展……

　　这一星期,北辰又一次受到诱惑,他又跟随于志勇来到他们招生的地方,看来他们已经组建了招生团队,这些招生人员都不知道干什么,所以都在各行其是,工作上也都在相互推诿,他们都是青年大学生,仍然在这个庞大的工棚里工作。看来还是没有租到校园,现在已经到了火烧眉毛的时候,张文娟和于志勇都不着急,他们像是胸有成竹,外表都非常镇静,但是不知道他们内心是什么感受,大概也不是什么滋味吧。或许他们内心早已焦躁不安,只是他们伪装的像是镇静从容罢了,又过几天,他们好像还没有租到学校,已经有教师、学生想来考察学校状况,于志勇的答复是这几天他没有时间接待,他解释说他要去外地考察职业教育情况,等他回来,一定欢迎大家来校做客。又过了几天,还是没有动静,这天,于志勇主动跟北辰说一切正在洽谈之中,谈判即将结束。可是北辰一再追问,校址大致在什么地方呢? 可能在一所普通高中院内,这所普通高中只有十几个学生,高中三年级七个学生,高中二年级五个学生,高中一年级更加可怜,今年只招生三个学生。虽然学校在苟延残喘,但是教师还在坚持,他们不愿意把这十几个学生转走,教师很团结,他们决心把这十几个学生培养成才,坚决把这十几个学生送至毕业,他们就是不妥协,林副局长找到抓教育的副市长协调,学校校长已经妥协,可是教师要去市政府上访,他们正在闹腾呢。又过了几天,终于有了消息,据于志勇说教师已经做出让步,他们愿意把空闲出来的一幢教学楼、一幢住宿楼租赁给他们,总算是一块石头落了地,可是这两栋楼管什么用呢? 教师宿舍、教师办公室、运动场地、实验室、图书室、体育器材室、实验基地……怎么办? 只能走一步,说一步,现在只有这样。其他问题再和学校洽谈,招生人员已经准备搬迁过去,但还是存在一个问题,学校校长已经同意租赁,租赁合同马上就要签署,但是还有个别教师妄想阻挠协议签署、落实。北辰考虑即使校长同意,如果有个别教师顽固到底,他们是不是能够租赁成功？也未可知。张文娟和于志勇被踢出世纪职业技术中专之后,他们梦想创办新世纪职业技术中专,可是时间太仓促啦,这是创办一所新学校啊……但是不可能就是可能,一切梦想就是建立在不可能之上,只要有梦想,一切不可能就会成为可能,就会成为现实,但是时间实在是太紧迫了。这个时候,许多事情仍然在磋商之中。真的是太晚了,他们有野心、有梦想,也有攫取教育资源的手段,也有不达目的誓不罢休的决心,更有勇于献身、不惜牺牲一切的霹雳手腕。但是毕竟太晚了,他们没有经验。不具备创办学校的条件……总之。他们需要的太多啦。他们只有野心和欲望……

有时候即使万事俱备,还要看机遇。事业的成功与否,机遇是关键。即使才华横溢,如果没有机遇,也只能终老首丘。但是机遇总是给有梦想、有毅力的人准备的,总是给持之以恒、不畏艰难的人准备的……但是事业的成功不可能一帆风顺,前进的道路总是曲折的。成功的背后总会有痛苦,总会有泪水,总会有艰辛,这个时候,张文娟校长和于志勇主任正是创业的艰难时期。可是他们创办新世纪职业技术中专的欲望是多么强烈,他们的信心不可谓不坚定,但是有些事情不是想象的那么容易。创建一所学校需要资金、师资、设备……办学资格……需要的太多了,可是没有校舍,一切都是空谈……这是最急需、最必要的。当然,如果他们能够租赁到这所普通高中,他们的梦想就会变为现实。可是在这短暂的时间里,租赁下这所普通高中,又是多么艰难,可是问题的关键在于他们根本谈不拢。不管谁出面,个别顽固分子就是不答应,这是他们相伴一生的学校啊！这所学校寄托过他们多少希望和梦想啊……这是教师的家园啊！一时之间,他们不舍得放弃！何况,学校里面还有十几位学生,只要有最后一线希望,他们就不会放弃……张文娟校长和于志勇主任已经等不及啦……

目前,很多弃置的普通高中正在转型。转型也需要政策,可是现在政策并不明朗,都是摸着石头过河。各种事物都在发展初期,很多人都怕担责,有时候宁愿资产闲置,也不敢越雷池一步。他们不会贸然行事,有些人甚至是劫后余生,谁会蹚浑水呢？即使胆大妄为,也心存顾忌,所以学校闲置,却不能使用……有些人有野心,有占有欲,他们急功近利,却功亏一篑,最后不得不吞咽失败的苦果……

北辰像是顿悟了。他终于明白失败的原因了……

如果人生能够重来,如果上天眷顾,如果上天再赐给他一所学校,他会成功的。他一定会成功的,他们明知会失败,也开始他们的努力,仍然在做招生宣传。这天他们来到长城县。北辰找到老同学陈振南,陈振南正在家里养鸡。他已经不教书了,进修之前,他是临时代课教师。虽然通过进修获得了大专文凭,但是回去之后,因为没有民师指标他只得回家务农,真是太可惜了。因为他在班上不但成绩优秀,

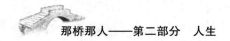

还是班上的才子。他写的短篇小说屡屡见诸报端……

现在,他在家饲养肉鸡。他高兴地说这一棚肉鸡四十五天就长成了,陈振南本来就长得老成,现在更加老气横秋。原来乌黑的秀发,已经是灰白参半了。他的鼻子特别奇特,在他窄窄的小脸上,那个大鼻子实在太大,简直像是个大喇叭头,这个大鼻子真叫丑陋,不但鼻翼短,还鼻孔朝天。况且两只眼睛距离又非常近,而且眼眶宽大。眼睛的距离很近,眼神呆滞,还有一张尖尖的嘴巴……他一个劲地抽烟。这时,他想狠狠抽一口烟蒂,然后把烟蒂扔掉,大概是烟雾呛着了他。他猛烈咳嗽一阵,吐了一口黄痰,然后龇牙咧嘴地咂摸一阵尖尖的嘴巴……现在的陈振南牙齿焦黄,还胡子拉碴的,而且浑身上下脏兮兮的……他已经不是之前的陈振南了,已经不是之前那个自信、孤傲的陈振南,但是他就是陈振南,他的声音没有变化,声言依然沙哑难听,他还是老样子,还是慢腾腾的样子,他站着,站立的姿势依然是诚挚、忠厚的陈振南,但是他的确变了,又像是没有变化,这人世间的沧桑变化,真让人捉摸不透,让人不堪回首,但是之前那个年轻、自信、孤傲的陈振南哪里去了?他娶了妻子,有了孩子,现在他已经是三个孩子的父亲,老婆、孩子都不在家,他说她领着孩子去娘家了……他说他会联系其他几位同学,把能够收集到的初中毕业班主任花名册和初三毕业班学生花名册,让他送到哪儿,他就送哪儿,不过,北辰得给他提供送到哪儿的地址,如果他们能来拿更好。

于志勇说他们会回来取这些师生名单的,陈振南非得让他们留下吃饭不可,他已经逮住两只鸡子,不知什么时候,左手里已经攥住一把明晃晃的菜刀,这时,北辰才记起来,陈振南原来是个左撇子,在大学进修的时候,他的乒乓球打得很好,当时就是用左手握拍,打败各路豪杰的,他获得过全校学生运动会男子乒乓球单打冠军,这些早已成为历史,不过,现在想来,开运动会,打乒乓球的场景却历历在目……而于志勇和北辰还是告别了,他们实在不忍心让他宰杀饲养的那两只半大的肉鸡……苦命的陈振南……

陈振南答应联系的几位同学,都是女同学,一个叫邢彩霞,一个叫刘小芳,另一个叫孔桂玲,整个长城县,北辰只有这四位同学,如果他去找女同学,未免有些唐突,所以也只有让陈振南去联系。当时孔桂玲和邢彩霞是好朋友,她俩形影不离,而刘小芳在班上年龄最小,陈振南说刘小芳刚刚师范毕业,没有参加工作就来进修了,她很快热恋上南山县的杨好亮,刘小芳的父亲是教育局长,她简直像个喜鹊,喜欢把靓丽的秀发扎成喜鹊尾巴的样子,这个大大的喜鹊尾巴几乎比洁白的小脸还要大呢,走起路来一蹦一跳的,而且她所经过的地方,都会充满欢声笑语,嗓音那么尖厉、尖细,又是那么甘甜,眼睛很大,皮肤异常洁净,衣服一尘不染,高跟皮鞋出奇的高,裤腿出奇的胖,上衣出奇的小,北辰以为她并不美,不但不美,还近乎矫揉造作,尤其是脸蛋那么短小,鼻子像是个细瘦的感叹号,鼻孔像针孔那么细小,尖尖的小嘴。但是她来到这个世界上,就像为了欢乐,为了幸福而来,爱情幸福美满,杨好亮是一个很不错的小伙子，他长得儒雅俊俏……他们两个几乎形影不离，旁若无人地出双入对，使其他同学既羡慕又嫉妒，特别是几个没有成家的大龄学员，他们在背后不免说一些酸溜溜的怪话。但他们两个毕业之后，还是各奔东西了，实在让人惋惜。

而邢彩霞和孔桂林，她们是一对好姊妹，两人也是形影不离，孔桂林非常贤淑，有一种不同凡响的典雅、温柔，还有一种超脱凡俗、异于常人的气质，她的鼻梁并不挺直，却非常灵秀，眼睛并不晶莹剔透，却很秀美……她是女性中的极品异珍……邢彩霞是一位朴实、憨厚的农村姑娘，她胖胖的，扎两根粗大的辫子，大眼睛像是瞪视别人，眼睫毛又粗又长，鼻子、嘴唇、下巴都厚墩墩的，而且嘴唇乌青，她像是侍女那样整天跟在孔桂玲身后，而且任劳任怨地为她服务，供她使唤……

在他们回城的路上，北辰想象着孔桂林，其实他是那么喜欢她，那么爱她，但是出身贫寒的他，却把这份爱情压抑在心灵深处，也不是没有表白的机会，只是他不敢表白，唯恐被她拒绝……想到这儿，他不禁长长出了一口气，他会把这份爱永远埋在灵魂深处，永远……永远……

第二天他们来到南山县的西川镇，西川镇原来是老西川县城，现在只是一个乡镇，老县城的城墙依然完好，老城南门保持得尤为完整，城门上面从古旧的砖缝里长出一棵高大粗壮的榆树，这颗榆树从砖缝里生长出来，据说已经有三百多年历史，榆树已经非常粗大了，它历经风雨，饱经沧桑，现在老榆树枝繁叶茂，他们仰望这棵榆树，不禁感慨万千，感叹之余，不禁流连忘返……古树、古城、古城墙……这是一部悠久的史书，彰显出一份古老、厚重的人文景观……

北辰本想找进修时同寝室的马永学，他不在学校，但却意外遇见老班长冯树德。他担任三年校长，刚刚卸任，看来他是无官一身轻，显得悠闲自得。他魁梧高大，上身穿一件玉白色的确良汗衫，袖子挽得老高，头发有些淡黄色，国字脸，脸上全是红色的青春痘，鼻梁上那些青春痘大得出奇……他的变化不大，比之前更加威严、达观，想当年，他有时候也很严肃，大部分时间却非常随和，现在他们之间似乎非常隔膜，北辰几乎不敢亲近他。

冯树德听说他们为新世纪职业技术中专招生而来，竟然如此反感，他说刚刚离开校长岗位，现在去向还不十分明朗，是留守，还是调离，都没有定论。他也不想再参与学校其他事情，还请北辰多理解，可是话锋一转，他却说道："职业中专都是垃圾学校，都是为骗钱来的，如果把学生送到这些学校，就会坑害学生，既损人又不利己！"

他们几乎是碰了一鼻子灰出来的，简直给他们火热的心灵泼了一盆冷水，让他们十分恼火，却又无可奈何。但是他们并不灰心，而是又赶到临近的怀义县。据说怀义县的袁玉海是初中校长，他们一路奔波劳顿，终于找到这所学校，也打听出来，他就是这所学校的校长，门卫听说他是校长同学，于是让他们在学校门口等待一会儿，他去通知校长。北辰和于志勇一直在学校大门口等待，就是不见袁玉海的影子，他是不是正在开会呢？他们一直在等待，没有办法，他们只有再去问询门卫，他说已经通知过校长，校长说他一会儿就出来，他们只有耐心等待。时间已经接近中午，怎么办呢？已经到了中午饭时间，袁玉海是不是还要招待他们吃饭呢？不会，因为在学校时，他们只是一般同学关系，并没有特别交情，可是袁玉海现在是学校校长，他或许会做出令北辰感动的事情，可是他为什么一直不照面呢？学校放学了，学生下课之后，有的学生已经走出校门，很多学生拿着碗筷，去学校食堂就餐，还有的学生就在学校门口小卖部买方便面，他们买过方便面之后，性急的学生干脆撕开塑料袋吃起来……已经过了中午饭时间，仍然不见袁玉海出来……他们一直等待，直到静校之后，才远远地看见有一个人趾高气扬向他们走来，他远远地看见北辰，先是愣了愣，接着冷冷地点点头，点点头之后，也没有说一句话，他们彼此对视一眼，然后他急忙低下眼睛，可是他很快又扬起头，像是仰望远方的天空，尽管天气是那么炎热，可是双方都尴尬地沉默着，都在思考如何应酬对方，其实他们只是无话可说罢了。北辰又迅速看他一眼，他似乎比以前年轻了，比之前更加精神、更加傲慢。脑袋比之前昂得更高，吐痰的声音更加响亮……他之前的声音是非常尖细的……头发大概是染发了吧，他可是少白头啊。他和北辰没说上几句话，听说他们是职业学校招生的，说不感兴趣，于是他说有急事，等会儿再来，说完之后，就匆忙躲开了，从此再也没有见到他的影子，他们只有失望地离开了这个学校……

　　尽管在怀义县和南山县一无所获，但是他们在怀仁、长城县获得了成功。这两个县的同学提供了几乎所有的初中校长、毕业班主任教师和毕业班学生花名册。

　　这个时候，林副局长和张文娟校长已经彻底洽谈好这所普通高中的两栋楼，至于其他事项仍然在洽谈之中……这两栋楼就在这所普通高中的最南边，经过学校大门，一直向南走，还要绕行几栋楼房，就在学校的最南边赫然矗立着两栋楼房，楼房距离学校南院墙大约不足十米远，而且这两栋楼房十分破旧，已有很多年弃置不用，但是他们并不灰心丧气，于志勇说他们还要租下这所学校的体育场、宿舍楼、餐厅、图书楼、实验楼……租下这两栋楼，才是开端，才是事业的开始……于志勇已经在邀请初中校长、班主任教师前来参观，有的班主任还率领学生前来考察，当然于志勇主任和张文娟校长会指鹿为马，他们会把死蛤蟆说出尿来……来参观的初中校长、班主任教师、学生简直是络绎不绝，参观后，于志勇不但宴请学校校长、班主任，还要给他们赠送礼品。林副局长和张文娟校长高兴之余，坚持让北辰和于志勇再去招生，只有奉命前往，他们决心……

　　于志勇和北辰又一次来到南山县找寻马永学，他们终于在南山县第二初级中学找到了他，马永学的变化非常大，他仍然没有转正，已经非常苍老，头发稀疏，光秃秃的脑门下面，一双颓废、迷惘的眼睛，又扁又平的大鼻子仿佛趴在脸庞中间的一只肥土鳖，苍白的脸颊凹陷得厉害，干瘪的嘴巴十分古怪，上翘的大下巴像是鳄鱼的嘴巴那样让人发怵。开始，他在西川镇第一初级中学教书，脾气古里古怪的，校长很不欣赏他，因为排课，他们吵闹得不可开交……于是校长停了他的课，后来他调到第二初级中学任教，可是从此却迷上了喝酒，他越发堕落，越发灰心丧气……北辰和于志勇找到他时，他像是刚刚从迷惘之中惊醒过来，他惊喜地抓住北辰的手激动不已，然后又变得迷茫起来，但是听明白他们是来招生的，他很乐意帮忙，他说一定和于志勇保持联系，时间不长，他又陷入茫茫然之中，他非要拉他们喝酒不行，而北辰解释说现在他们正在加紧招生，将来他去城市送学生时，一定请他一醉方休……当他们依依不舍地离开马永学，夕阳像是彩虹那样悬挂在西边天际，夕阳是那么鲜艳、瑰丽，又是那么短暂，一瞬之间，黑夜仿佛巨大的蝙蝠，迅疾地飞过茫茫无际的平原。

在马永学的帮助之下，新世纪职业中专的招生工作在南山县获得突破……几天之后，北辰受到鼓舞，他和于志勇再次踏上征程，又一次来到怀义县，他们准备联络更多的老同学，更多初中校长和三年级毕业班主任，所以北辰想方设法寻找怀义县高店乡的郑培林，他已经离开学校，现在担任怀义县高店乡计生办主任，如果找到郑培林，他或许能够给他们介绍一些熟人……他们抱着许多期许，来到高店乡政府寻找他，乡政府办公室值班人员说郑主任刚刚下乡，他什么时候回来呢？说不准，没有确定时间，啊，原来是这样。北辰这一次更加失望了，他们已经来怀义县两次，又是无功而返，他是那么懊丧、失落，只有原路返回，但是正当他们准备返回的时候，北辰看见一个人掀开帘子从一间屋子里走出来，这个人正是郑培林，他大概是以为他们走过了，或是他已经把他们忘记了，可是他发福了，圆圆的大胖脸比之前更胖，头发梳得油光滑亮，眼睛似乎小了许多，可是还是那双左顾右盼的眼睛，肉嘟嘟的大鼻子，阔大的下巴，他穿一身天蓝色西服，打一条红紫色领带……看来现在的社会很适合他，他仿佛一条滑溜溜的泥鳅，在高店乡这个烂泥塘里能够做到左右逢源，优哉游哉。他应该是看见了北辰，却像是熟视无睹的样子，这个时候，他装着有什么急事，又匆忙返回到原来的房间，北辰一直在等待，他以为郑培林或许有什么重要事情，所以他不得不急着回去，北辰等待着他处理完那件棘手事情，可是他始终不从那间屋子里走出来，北辰的心情愈发沉重起来，他应该是在躲避他们，他不能再等待下去，不得已，北辰和于志勇还是离开了怀义乡……但是北辰并不灰心丧气。在整个招生工作之中，他已经立下不小的战功，想到这里，他的心灵才得到些许宽慰。

招生工作已经颇有成效，但是最关键的是如何把他们联系到的校长、教师鼓动起来，要说动他们，让他们尝到甜头，得到红利，让他们把学生送到新世纪职业技术中专这所学校中来，这就必须组建更加强大的招生团队，招生队伍虽然已经组建起来，但是他们都是年轻的大学生，虽然有工作激情，却不知道怎么去工作，不知道如何去招生。北辰又承担起培训任务，新世纪职业中专一共聘用六名年轻大学生负责招生工作，他给这六名年轻大学生分成两组，一组负责大河、怀义、怀仁县的招生工作,一组负责南山、长城县和市区的招生工作。第一组这三名学生:宋佳佳、谢海丽、曲春艳。宋佳佳是大二学生,是一位农村孩子,从穿戴看,他是一位穷苦人家的孩子,想利用暑假时间,外出打工得到一笔薪水,这笔收入既能缴纳学费,又能补贴生活费用,还可以购买衣物、书籍,他从小就是一个有志气的孩子,梦想有朝一日能够出人头地……他非常消瘦,头脸很小,小眼睛十分精明,他的成绩非常优秀,还是学生会主席,又想申请留校。他工作起来十分卖力气,只是缺乏社会经验和实践,如果假以时日,他一定会成为一名出色的管理人才。谢海丽已经大学毕业,还没有找到接收单位,叔叔是淮河市人事局副局长,她准备进入城市七中教书,叔叔正在协调各种关系……她一面打工,一面打探消息。她很朴实,也很诚实,唯恐工作做不好,所以她很胆怯,不断地问东问西,她长得高高胖胖的,穿戴整洁,经过四年的大学生活,她已经很像一位城市姑娘了。曲春艳的手臂像是麻秸秆那么粗细,实在让人担心,动一动就能折断似的,她像是一个鬼精灵,她是大三学生,再有一年,她就大学毕业了,父亲是一位农村电工,他早就想竞争村委书记,这一天村里几个人约他喝酒,不知是因为喝得太多,还是其他原因,他竟然死在回家的路上……她有弟弟,还有奶奶,连上苦命的妈妈,他们四口人相依为命,一年以来,他们过着凄惨、悲凉的生活,她不知将来向何处发展,暑假里,妈妈本来不想让她出来打工,可是有什么办法呢?

第二组,也是三个人,他们分别是孙文正、徐莉莉、马玉洁。孙文正刚刚考上大学,刚刚接到大学录取通知书,他已经是一位非常老成的青年人啦,他很矮,却很倔强,他总是咬紧嘴唇,像是思考问题,又像是跟谁决斗一样……他参加过六次高考,第一、第二年没有考取,第三年距离高考分数线只差两分,第四年、第五年考试分数距离录取分数线越来越远,最后一年,他回到农村参加劳动,面对村里人的嘲笑、挖苦,他再次选择复读,终于如愿以偿,八年高中,八年抗战,他胜利了,今年已经二十四岁,朝为田舍郎,暮登天子堂……他有一种说不出的激动和凄凉,激动的是经过不懈努力,能够幸运地考上大学,凄凉的是他已经这么大了,他的同学、朋友早已参加工作,最后复读那年,教课的许多教师都是他之前的同学,语文教师不但是同班同学,还是一个村子长大的伙伴,他上课时,就低下头,不敢看他……徐莉莉是位城市姑娘,她端庄、严肃,爸爸是电影院经理,她上高中二年级的时候,爸爸得癌症去世了,爸爸得的是喉癌,经过整整一年治疗,家里几乎倾家荡产……埋葬过爸爸,她失学了,可是舅舅非要让她上到高中毕业不可,她居然考上了大学。马玉洁也是位城市姑娘,她文静、秀丽,有一双脉脉含情的大眼睛,上高三的时候,她和班主任教师刘海波相爱,他是语文教师,高大、英俊,又有很高的文学修养,讲起课来旁征博引、滔滔不绝,她偷偷地爱上了他,当时他正在闹离婚,两人很快撞击出爱情火花,霎时间她成为学校里的公众人物,当然这种事情也传到妈妈耳中,于是妈妈掺和进来,她非要逼迫刘老师娶她不可,这个时候,刘老师退却了,于是妈妈到处告状,不得已,刘老师扔下教职,逃到南方一个不为人知的小镇,躲在那个地方教书……妈妈岂能善罢甘休,她向上级主管教育部门告状……向学校索赔女儿的青春损失费……闹得满城风雨,惊动了市里很多领导……可是她落榜了,学校张书记把她送到一所遥远的学校复读,经过努力,她终于考上一所知名大学,她已经是大三的学生了,可是那种伤害依然不能泯灭……

北辰让他们勇于担责,勇挑重担……这些青年大学生受到鼓舞,他们不辞辛劳地去作招生宣传,去联系教师、家长,联系学生……经过奔波劳苦,他们白净稚嫩的脸蛋都晒得黑黝黝的……

就在北辰大展宏图、大显身手的同时,他收到一份请柬,是他之前的同学汪世俊派人送来的。北辰刚刚送走一批前来考察的师生,他把他们送出学校大门,正说返回学校,突然有一个陌生人喊住他道:"郭校长,有人让我把这份请柬送给您……"这个陌生人非常精明,一副笑眯眯的模样,他彬彬有礼地说。

"你是……"在这个遥远的城市,居然有人认识他,还竟然喊他郭校长……北辰惊奇地问道。

"我是来给您送请柬的……"他解释道。

"谁让你来的?"北辰追根究底地说。

"汪总……"他迟疑地说。

"哪个汪总?"北辰疑惑地说。

"汪世俊……汪总。"他恭敬地说。

"原来是他……"北辰吃惊之余,他又不禁问道,"他在哪儿?"

"他邀您晚上见,这是请柬,"他并没有详细回答北辰的问话。

他接住请柬,上面写道:北辰老同学务必于今天下午七点到米兰大酒店赴宴。地址:前门大街和狮子胡同交汇处。邀请人:汪世俊。字体飘逸,尤其是汪世俊几个字,写得潇潇洒洒。

"拿住。"他命令他道。

"什么意思?"北辰诧异地问道。

"打的费。"他解释说。

"不用!"北辰断然拒绝了。

北辰转脸就走,他真想把请柬撕烂扔掉,又唯恐别人看见,但是他迟疑一会儿,赶紧把请柬塞进裤兜里。这时候,北辰似乎来了灵感,于是他躲在学校门口传达室里,通过传达室的窗户玻璃,窥视那个神秘的人,他看看北辰已经走进学校大门,于是快步走向一辆崭新的黑色桑塔纳小轿车,小轿车停在马路对过的墙角边,他快速坐到司机座位上,北辰还隐隐约约地看到,汽车后座上坐着一对男女,那个男的像是汪世俊,肯定是他,就是他,北辰终于又一次见到他,自从高中毕业之后,他还是第一次见到他,他看到了那双狡猾的眼睛……桑塔纳轿车缓缓地开走了,而车窗玻

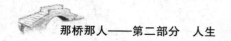

璃也慢慢地升起来……车里还有一位妖里妖气的女人,不会是妻子,可能是他的女秘书,他的小蜜……

这是什么意思呢?难道他只是想让他吃顿饭?无论是去还是不去,千万不能让于志勇知道,如果让他知道,事情会更加复杂,可是他到底去,还是不去呢?如果不去赴宴,这会不会有失老同学的面子?如果去赴宴,会是一种什么结果呢?他真的不知道会是什么结果,他想象不到,可是唯一让他预感到的是这不会是什么好兆头……他犹豫起来,如果……这会不会是一种背叛呢?经过深思熟虑,他决定去,他必须有隐私。可是如果去赴宴,以什么理由向于志勇请假呢?他准备编个理由,说今晚有个事情需要处理,需要离开一个晚上。于志勇坚持要送他,北辰还是谢绝了。

晚上七点钟,他准时来到米兰大酒店,这是一家高档酒店,北辰还是第一次来到这样一家酒店,这个酒店雕梁画栋,非常气派,大厅十分宏大,这不太浪费了吗?如果大厅装修成包间,会招待许多位客人的,大厅里静静的,来来去去都是文雅、深沉的人物,可是汪世俊在哪儿啊!这时候,有一个人从遥远地方的宽大沙发里站起来,他在向他招手,然后喊道:

"北辰……"原来是刘运动,他也是一位代课教师,原来在高山镇第三初级中学教英语,他被校长辞聘以后,北辰再也不知道他去了哪里,现在却在这儿碰见他,他在这儿干什么?

"运动……"北辰不得不回应道。

"汪总在666房间,他让我在大厅等你……赶快上楼!"他攥住北辰的双手,激动地说。

"原来是这样……"北辰明白过来,"你从学校出来,一直跟着……"

"不是,自从我和校长闹翻之后,在部队混了几年,转业回来,才来到这儿……"他紧皱眉头,好像在回忆往昔的痛苦岁月,然后长叹一口气,才慢慢说道。

"部队是个好地方,为什么没有留在部队……"北辰替他惋惜道。

"没有……部队……没有……"他几乎是哽咽着说出话来,然后他揉揉眼睛,又苦笑一声。

当初他在山泉学校任教,整天一副郁郁不得志的样子,恰巧学校检查教案那天,他不在学校,也没有给校长请假,刘家臣校长在大会上点名批评他不备教案,外出不请假。他当场反驳说他有教案,不请假是因为刘校长当时不在家,他准备返校之后正准备补假条,校长一怒之下让他滚蛋,他愤而辞去教职,后来,他怀着远大人生理想来到部队,梦想干出一番轰轰烈烈的事业……但是几年的军旅生涯,并没有使他飞黄腾达,等到所有的期望破灭之后,他不得不复员归来,在家里蹉跎一段时间以后,他不得不外出打工,不得不四处漂泊,幸亏遇到汪世俊,当时正值汪世俊和于志勇、张文娟闹得不可开交之时,所以汪世俊当即任命他为招生办主任。他离开山泉学校以后，北辰已经很长时间没有他的信息，谁知居然在这儿碰见他，真是"冤家路窄"。

刘运动很自卑，见人说不上几句话，就会羞涩地低下头来，脸庞就会像胭脂一样绯红，他是个矮胖子，小眼睛看人的时候很胆怯，看过之后又赶忙把眼睛低垂下来。北辰来到之后，在他们说话期间，他不时地攥住北辰的双手，不时喃喃地说："北辰，老同学……老同学……"然后他就会赶忙把头低下去，脸上羞红得像是那年秋天的柿子。

他们不知不觉来到666房间。

"来来来……欢迎欢迎……坐在这儿……"汪世俊从座位上站起来，他拍着手欢迎他道，然后他把北辰拉到身边。

北辰坐在汪世俊的右手，女秘书坐在左手，司机坐在女秘书下边，刘运动坐在北辰下边。他们都不称呼他校长，有时候称呼他老板，有时候称呼他汪总，他似乎对别人称呼他老板比称呼他汪总更满意，他很有气势地把崭新、黑亮的翻盖手机放在餐桌上。

汪老板和以前的模样不太相同，他像是发生了翻天覆地的变化，之前那个穷学生发达了。刚上高中，他的学习成绩是年级第一名，其他学生都以为他前途无量，当年他发育得早，身材高大，却很消瘦，他的右肩膀比左肩膀高出许多，所以模样以及走路姿势十分特别，脸庞是不规则的大圆脸，右边脸颊似乎比左边脸颊宽大、凸鼓，北辰总以为他怪怪的……而且额头十分宽大，头发却很稀少，黑发中间掺杂着许多白发，眼睛深邃、犹豫，皮肤的颜色是土黄色，颧骨、鼻子、嘴巴、下巴都很粗犷，穿戴却十分破旧，他经常穿在身上的那条裤子有几块不小的补丁……可是有一次，大概是期终考试过后，在全校师生大会上，杨国林校长表扬过总成绩前十名的学生之后，竟然点名批评汪世俊。

"汪世俊，这个学生，中招成绩是全校第五名，上次考试是全年级第一名，这次考试突然降到年级段一百多名，什么原因？就是因为谈恋爱，这个学生，不说学习，没有远大理想，没有坚定信念，没有崇高目标……"

杨校长身材非常矮小，讲话声音却很高亢，整个会场寂然无声。

他讲到这儿，无数双眼睛都在寻找汪世俊……会议结束了，在回班级的路上学生们都在议论纷纷，而高大的汪世俊像是刚刚被抓获的扒手，他黯然神伤地跟在矮小、瘦弱的杨校长后面，他们那么不协调，那么不可思议……学生们都在替他惋惜，一个人才就这样被毁掉了。

还有一次，大概是星期日的早晨，北辰起得很早，他准备到校园外面跑步，刚刚跑到校门口，却突然发现汪世俊和一位女生刚刚从校外的棉花地里出来，两个人全身都是草屑和尘土，他们低着头从北辰身边慌慌张张地跑进校园，很明显，他们是在棉花地里鬼混一夜回来的。那个女生原来是汪世俊的同班同学，她叫黄金枝，是学校二年级语文教师黄日新的二女儿,她并不秀美,却很性感,穿戴、装扮十分新潮,她的头发很短,比男孩子的头发长不了多少,她的鼻子尖翘而弯曲,人中又长又深,厚嘴唇,唇线还有些弯曲,眼睛温柔多情,身材苗条,她有一种青春的活力和朝气,她的一举一动都深深地刺激着每一个男生的神经……

北辰一大清早碰见他们之后,时间并不长久,在一次全校师生集会上,杨校长讲话很短,可是表情严肃,心情沉重,他像是宣布重大决定一样,果不其然,他接着宣布学校对汪世俊开除处分的决定,他读道……经学校校委会研究之决定,给汪世俊劝退之处分……

散会了,全体师生都在议论纷纷,汪世俊还是因为谈恋爱被学校劝退了,之前谁不认为他前程远大呢? 谁知他……

现在他竟然发达到如此地步,在城市有房、有车,还有大哥大,还有情妇(秘书)。

汪世俊的确不同凡响,现在他的头发稀少得可怜,却乌黑闪亮的,还向脑后梳理得工工整整,但是他的头皮清晰可见,而脸颊却是非常红润,右边的脸颊更加宽大了,右肩膀比左肩膀更高了……那双眼睛更加深情,深情之中像是十分阴郁,还有些暴戾。他上身穿一件非常板正的白衬衣,裤缝烫得笔挺,还穿着锃亮的黑皮鞋,这么大热天气,他穿得这么循规蹈矩,真让人羡慕、妒忌。

"老同学,想什么呢? 想美人了吧? 美人会有的,先喝美酒,来,共同干一杯!"汪老板端起高脚杯,把满满一杯白酒一饮而尽。

"喝!"北辰也不敢怠慢,他也端起酒杯一饮而尽。

说话期间,酒菜已经上齐,什么鲍鱼、海参……应有尽有,喝的酒是剑南春,这酒是北辰从未喝过的……在这些精美的菜肴面前,北辰居然……而端坐在汪总身边的女秘书穿一件粉红色连衣裙,喝过酒之后的美人更加楚楚动人,她有一对坚挺的乳房,有一双水晶似的眼睛,那双眼睛那么妖媚,而北辰像是被这双鬼魅似的眼睛摄去了魂魄……

"北辰,北辰,老同学,喝酒,喝酒,先喝酒……"汪总叫几声,北辰没有应答,所以他只得拍打他的肩膀道。

"喝……喝……"北辰把酒杯端起来一饮而尽,眼睛却一直盯着女秘书。

汪总敬过酒,运动敬酒,接着是女秘书敬酒,还有司机,还有女服务员,他们对北辰非常尊敬,大概是因为北辰是他们邀请的尊贵客人吧? 不能再喝了,北辰已经喝得烂醉。最后他竟然不知道酒席是什么时候结束的,不知道他是什么时候回去的? 也不知道他在什么地方休息? 当他醒来的时候,他惊呆啦。

"这是什么地方?"他自言自语地说道,当他明白这是什么地方的时候,他大吃一惊地说,原来是一家豪华酒店,那么是谁给他送到豪华酒店的? 不知道?

原来他什么都忘啦。当他醒悟之后,居然发现身边还睡着一个人,他看看她睡得那么香甜，北辰发现她竟然是汪总的女秘书，他蓦然一下惊醒过来。

"她怎么会在这儿？"北辰不禁喃喃地说道，甚至惊吓出一身冷汗，他唯恐犯下致命错误……他在山泉小学已经被折腾得筋疲力尽、心力交瘁，他不能再折腾下去，不能有丝毫的瑕疵和纰漏，可是现在他竟然做出为人所不齿的事情，简直形同禽兽。

"我该怎么办呢？"北辰想推醒熟睡的女秘书，可是他不敢，他像是自言自语地说道。

他顿时害怕起来，霎时惊觉出一身冷汗，他不能惊醒她，于是他悄悄穿起衣服，然后他想不顾一切地夺路而逃，但是刚刚拉开房门，他竟然发现隔壁的房间门打开了。隔壁房间里走出来一个人，他是刘运动。

刘运动就在这儿，他就在隔壁，那么其他人呢？大概他们早已离开了。

"运动，这是怎么回事？"北辰哆哆嗦嗦地质问他道。

"昨晚，我们都喝醉了……"他低着头道歉说。

"昨天……昨天……到底是怎么回事？到底是什么意思呢？"他质问他说。

"这是汪总的意思，不要见外，不用担心，她不是汪总的女人，是公关小姐……"他躲躲闪闪地说道。

"原来是这样……"他顿时明白过来。

"双方都是同学，你要不跟着汪总，要不选择离……"他迟疑地说。

原来是这样，那么招生生涯结束了，其实他早就想离开于志勇，早就应该另有打算，可是离开于志勇，他打算怎么办呢？到底往何处去？向何处发展？他应该做最后抉择。经他这么一说，他更加坚定了离开于志勇的决心。

回去后，于志勇冷冷地问他昨晚去了什么地方，他并没有正面回答于志勇的问话，而是把他准备回去的意思跟于志勇讲明白，于志勇像是明白了什么，又像是一头雾水，于志勇思考很长时间还是不明白北辰到底在说什么？可是他又似乎什么都明白，那边可能会有内线……他一直在挽留他，等他们把学生招生起来，他再走不迟啊。但是他的态度是那么坚决，于志勇也不好意思再挽留。他思考一下，他又给张文娟校长做了汇报，于是他们一共给了北辰五百元辛苦费。就这样，北辰又回到山泉村……不过，无论世纪职业技术中专，还是新世纪职业技术中专存在的时间都不长，首先垮台的是汪世俊，由于于志勇和张文娟反水，他当年没有招来学生，所以他首先垮下来，时间不长，于志勇以出国旅游为名，在加拿大寻求政治避难……实在让人惋惜……

回到家里，北辰害怕见到任何人，所以他一直待在家里，于是他又埋头苦读起来，在他生活最艰难的时候，在他最苦恼、最失意的时候，在失恋的日子里，在最悲痛、最忧愁的日子里，在痛失亲人的日子里，他都是用阅读来压抑痛楚，用阅读抑制绝望，对于北辰来说，阅读文学著作，简直就是医治他精神痛苦的一剂良药。可是在家日子待得久了,他开始左思右想,他失败了吗? 没有,只要一天不宣布新校长,他还是山泉小学校长,如果承认失败,他就得忍受一生失败的痛苦。他还这么年轻,不能就这样认输,纵观历史,回首往事,那么多英雄豪杰,没有不忍受屈辱就成功的,如果一次失利就沉沦下去,就一蹶不振,将来他会有什么样的人生前途呢? 将来他会生活在灰色、消沉、堕落之中,不,不能,他不能这样沉沦下去……他要振作,要奋斗,不管他遭遇到多么大的挫折、失败,多么大的羞耻,他都得站起来……

于是他准备去韩主任家,去和他说明他还想担任山泉小学校长,他不能罢免他,他没有理由罢免他,山泉小学的成绩并不差,又没有查出什么问题,为什么他非要他去高山镇第三初级中学担任副校长,他没有理由这么做,他不想担任这个副职,他不去,也不能去。都是小人作祟,不能让这些小人,这些宵小之徒的阴谋得逞……

正当他这样考虑的时候,唐翰林告诉他说韩主任昨天晚上下台了,不管是什么原因,韩主任不再是教办室主任,他还说现在不知道谁接任韩主任。

北辰真替韩主任惋惜,工作大半辈子,最后居然不明不白地下台了。有人说他是因为年龄大了,有人说是苏副镇长的原因,这关苏副镇长什么事情呢? 你死我活的权利之争,谁说得清楚呢?

时间不长,高山镇党委任命常志超副镇长兼任教办室主任。

常志超副镇长兼任教办室主任的第二天,罗艳丽、丁秀杰、毕传芬就向常志超副镇长反映郭北辰校长的经济问题及超生问题。

当天,常副镇长就坐着他人驾驶的摩托车来到山泉小学调查他的经济问题和超生问题。

北辰并不认识常副镇长,当常副镇长约谈北辰校长时,他如实反映山泉小学存在的问题以及韩主任在其中扮演的角色,当时,北辰不急不躁,汇报问题时直击要害,这次约谈,使常副镇长真正了解到高山镇的教育现状,尤其是山泉小学的教育状况,北辰同他很谈得来,常副镇长听得津津有味,最后他笑笑说:"北辰校长是位干将,但是不能光顾拉车,还要抬头看路。"

常副镇长这句话意味深长,他又一次称呼北辰为北辰校长。之前韩主任准备让他担任高山镇第三初级中学副校长的事情,他并不知情。那么他还有希望留任校长吗? 他要做好两手准备,他要斗争到底,还要另外寻找出路。现在正是暑假期间,大河高中正在招教,他不妨试试,如果尝试成功,他就离开山泉小学,离开高山镇,或许另有一番天地。

他不能顾此失彼,他要等待、观望,还要寻找时机,而且是恰当时机。于是他来到县城,找到赵凤生,他在县委组织部工作,他说他的远房表叔张玉庭现在是大河县人事局局长,之前,马俊杰书记在高山镇担任副镇长职务,他因为文凭造假被白副镇长举报,当初马俊杰书记被组织部免去副镇长职务,当时,张局长是大王乡党委书记,他把正处于危难之中的马书记从高山镇调至大王乡,并让他担任大王乡乡长助理职务，不是张局长当年拉他一把，就没有马书记今天，他自然对张局长感恩戴德。于是北辰和赵凤生商量去拜望张玉庭局长，可是事不凑巧，张局长不在家，赵凤生的婶母在家。北辰把事情的原委讲给局长夫人听，最后北辰希望张局长给马俊杰书记通融一下，是否让他继续留任山泉小学校长职务。

北辰这样糊里糊涂地和赵凤生去请求人家帮忙，又一头雾水地离开了张局长家，这管用吗？能起到作用吗？这件事情过去一段时间，北辰仍然惶恐不安，他唯恐办不成什么事情，又落下笑柄，真是有病乱求医，这样不着边际地求人办事会有什么结果呢？他不由得懊悔起来，可是除此之外，还能有什么办法呢？既然别无他途，只有耐心等待赵凤生的消息。

时间又过去几天，仍然没有消息，怎么办呢？且不说赵凤生办事向来拖泥带水，他们又没见到张局长，只见到那么一位低矮、羸弱的张夫人，这位张夫人颤颤巍巍、哆哆嗦嗦的，说话吞吞吐吐的，她到底说过哪些话，北辰实在是没有听清楚……这个赵凤生只会出馊主意……

当天晚上，北辰突发奇想，他准备第二天斗胆觐见马俊杰书记，于是，第二天，天刚蒙蒙亮，他就来到高山镇政府大院，恰巧碰见马书记在镇政府大院里散步。他走得很缓慢，像是在思考什么问题，他高大魁梧，眼睛，啊，这是英雄的眼睛，可是他的眼睛仍然具有震慑敌胆的威力，他的脸色与其说白亮，不如说苍白，而且嘴巴很尖……他见到北辰微微一笑，显得和蔼可亲，不然，北辰会紧张的。

"我叫郭北辰，是山泉小学校长……"他胆怯地走到马俊杰书记跟前，然后恭恭敬敬地自我介绍道。

"张局长已经打过电话，有什么要求？找常副镇长吧。"马书记坦率地说，他并不摆架子，也不打官腔。

"马书记，如果谁花钱谁就能当上校长，我不知道教办室将来会变成什么样的教办室？"北辰不知道自己为什么居然在马书记面前说出这样唐突、冒昧的话语，其实他是想阻止丁秀杰竞争山泉小学校长职务，可是一时之间，他不知道如何表达清楚这个意思，既然把话说到这个份上，他并不后悔。

"绝不会发生这样的事情，如果有什么事情，向常副镇长反映……"马书记一怒之下，他没有把话说完就拂袖而去。

当时北辰也只得悻悻地离开镇政府。时间不长，当他见到权副书记时，权副书记质问北辰道："你怎么能在马书记面前说出那样的话来？"

"什么话呢，权书记……"北辰似乎忘记了他在马书记面前说过的那句话。

"如果谁花钱谁就能当上校长，我不知道教办室将来会变成什么样的教办室……"权副书记只得把那句话重复一遍，然后他瞪视北辰一眼，又不屑地说道，"这是不是你说的？"

"权书记，我不是这个意思，我想说丁秀杰……"他辩解道。

"别说丁秀杰！"权副书记说完这句话，也愤然离他而去。

当他下午，常副镇长又把北辰通知到教办室，他比权副书记的态度更加恶劣，简直是气急败坏地说："你怎么给马书记说那样的话……简直是胡说八道……"

"常副镇长，如果丁秀杰上蹿下跳能当上校长……"北辰也愤怒地说，"如果他能凭借告状当上校长，高山镇整个教育界不乱了套……"

这个时候，北辰根本没办法再提史新章副主任如何卑鄙，如何无耻……他只有紧盯丁秀杰不放，史新章是暗藏的敌人，背后小人，而丁秀杰才是真正的虎狼，他必须首先击碎刺向他的这把利剑，然后才能腾出手来，用他手中利刃给暗藏在阴暗角落里的刽子手致命一击……

"他不可能当校长！"常副镇长厉声说道，他说出这句话之后，似乎非常后悔，他怎么会说出这样的话来，他想更正什么……却没有说出话来。

常副镇长四十一二岁，非常瘦弱，他的脸十分窄小，眼睛却很暴躁，像是一说话就要瞪眼睛。有时候，他也很随和，只是温和的时候很少，因为他的心眼又特别小，容不得别人说话，可是他却没有什么坏心眼，不是那种阴险小人，他的鼻梁挺直，鼻头宽大，尖尖的嘴巴，下巴很长，很尖细，而且他脸色苍白，满脸皱褶，这说明他经历过生活磨难。知道底细的人，说他之前还是民师身份的时候，趁空闲时间，经营小买卖，有时可能贩卖假烟酒，有时候卖些萝卜、青菜什么的，总之什么有利可图就贩卖什么，现在他已经不做这些小买卖了。还有人说他的家庭负担挺重的，上有父母，下有孩子，孩子又多，妻子在家务农，这只是传言，具体什么情况谁也不知道，尽管他说话很严厉，但是北辰并不害怕他，他既没有官腔，又不摆谱，说的都是家常话，他说丁秀杰当校长是不可能的，这句话真叫解气，如果不是丁秀杰在学校瞎闹腾，史新章，毕传芬兴不起大风大浪，当时，北辰真是内外交困……

他不得不另做打算……他想去县城高中应聘，但是去试讲前，他非得把安装电话的资金要回来不可，那可是他和魏主任垫付的，将来无论史新章当山泉小学校长，还是丁秀杰当山泉小学校长，他和魏主任垫付的安装电话费用必须追讨回来，于是他去找赵主任，赵主任却总是躲着他，有一次他实在躲不过，他只得说这三千五百元电话安装费已经上交，但是北辰能够看出来他在撒谎，因为他的眼睛在滴溜溜乱转，他根本不敢看北辰的眼睛，北辰心生一计说如果能退三千二百元也行，那三百元算是请客吃饭钱，赵主任扔在犹豫，而北辰一直坐在他家不走，赵主任只得说他还得去高山镇邮电所把那三千五百元现金要回来，他答应明天上午让北辰来家里取钱，北辰又跑几趟才把三千二百块钱追讨回来，他把两千元归还魏主任，又添上三百元才把这一千五百元的债务偿清，现在他已经无所挂念，所以北辰想做另一番尝试，如果尝试成功，他要走出家乡，走向县城……

7

他很想走出来，走出这片黄土地，走出这块狭窄的平原，他很早就打算离开这个小村庄，甚至想走得更加遥远……

他一直在刻苦阅读，博览群书，一直梦想功成名就的日子，可是他觉得追求得越强烈，阅读的作品越多，却越加迷茫起来，他现在每天都在奔波，但是他并没有放弃阅读，只要一有空闲，他就废寝忘食地阅读，尽管他历尽沧桑，苦苦追求，却写不出优秀的作品来，他创作的灵感似乎已经枯竭了，几年来，他只写出那么几首枯燥的诗篇，他创作出这些单调乏味的诗歌，连再看一眼的勇气都没有，他时常被苦痛折磨，所以这些枯燥、乏味，格调不高的作品，一旦写出来，就被他束之高阁，他根本不去邮寄、投递，表面上看，他似乎对阅读、写作失望了，绝望了，但是每当静下心来，一想到事业，一想到那个女儿，灵魂就疼痛不已，于是他又开始阅读、写作起来，而且比之前更加刻苦、勤奋……

在他最痛苦的时候，他想起初恋、婚姻……想起青春不在，想起流失的岁月，他已不再年轻，可是仍然一事无成，而工作又这么失败，痛定思痛，他真想一走了之，他要离开这个是非之地，要离开这个应该离开的地方……

他好像还有什么牵挂，到底牵挂什么呢？他不知道，但是他必须从山泉村走出来，只有走出来才能成就事业……他想到外面蔚蓝的天空，想到外面的世界，想到将来的前途……只有舍弃，才能得到……可是尽管舍弃，能得到吗？他已经舍弃过那么多……初恋，还有孩子……可是，他也不想再得到什么，如果这样失去的话……这就是代价……

这一晚，他又来到木板桥上，他已经很少来到这儿，很少想到初恋，想到爱情，他现在已经很少想起那些被他遗弃的日记和信札。但是并不是说这几年他很少有孤独的日子，很少有寂寞的时候，他实在是被痛苦折磨得麻木了，甚至连这座木板桥都被他遗忘了，尽管他还是每天奔走在木板桥上。这座木板桥早已破烂不堪，早已衰败了，木板桥上只能走行人，如果运载什么东西，人们早已经在走远处的水泥桥了。有人说这座木桥也要建筑成水泥桥了，上级水利部门已经勘测过好几次，据说今年秋后就要破土兴建水泥桥。说实在的，北辰可舍不得拆掉这座木板桥，这座木桥不但见证了他的婚姻、初恋……而且这座木板桥是他在孤独、痛苦岁月里的知己和伴侣……

如果拆除掉这座木板桥，就等于拆除掉过去孤苦的岁月，就等于拆除掉他对婚姻、初恋、对爱情的回忆，就等于拆除掉心灵的支撑。

站在木板桥上，他眺望和孩子别离的地方，他长跪不起的雪原，他不禁泪水涟涟……他必须离开这儿，可是他真的舍不得离开，他能离开吗？他离得开吗？这刻骨铭心的恩怨情仇……但是他必须选择离开……

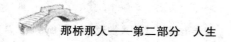

桥下的流水早已不是混浊的黄沙之水,而是工厂、城市流出的毒液,这个时代的怪胎……

不但这些红色的毒液侵蚀着古老的平原大地,而且在这道德沦丧、物欲横流的世界上,这些红色的毒液来势汹汹……

不止河流、空气、大地、天空受到污染,受到污染严重的还有思想……还有心灵、灵魂……

传统正在颓废,传统不断没落、衰败,不单单是建筑样式(雕梁画栋,勾檐滴水)的颓废,不单单是古朴、温馨的村落销声匿迹,不单单是……它是一个时代的颓废、没落和衰败……同时也预示着一个阶级、一个世纪的兴起……城市正在被钢筋、水泥一点点吞噬……农村在龟缩,一个个乡村走向凋敝、走向死亡。千百年来流传下来的道德、秩序,千百年来建筑起来的仁爱、宽恕的大厦轰然倒塌……人性不见了……

8

赵凤生又回到了教育界,他现在是大河县第一高级中学的副校长,主抓学校教学工作。

今年大河县第一高级中学需要招收八名语文教师。因为学校有一名语文教师退休了,最主要因为七名语文教师飞走了,一名语文教师飞到省城实验中学,一名飞到淮河市高中,其他五名教师飞向了南方。淮河市教师工资是大河县教师工资的一倍,省城教师工资是大河县教师工资的两倍,而南方教师工资是大河县教师工资的三十倍。所以许许多多高中教师都像是孔雀那样向东南飞去。更有甚者,大河县第一高级中学英语教师郑雨,因为给富婆的孩子补课,这位富婆相中他之后,让他和妻子离婚,但是妻子坚决不离,富婆豪掷两百万元让她在离婚协议书上签字,郑雨竟然抛弃老婆、孩子投了富婆怀抱,这些人真是丧尽天良。

距离试讲还有三天时间,北辰已经准备了一段时间,这一次他是志在必得。赵凤生为他找来全部教材和备课资料,高德杰老师亲自指导他试讲时应该注意的细节,因此北辰的授课水平进步很快。高德杰老师四十多岁,他是一位德高望重的语文教师……北辰又一次回到课堂上,他即将走进学生之中,走进学生的心灵之中,他是那么投入,那么自信……

晚饭时间,他和赵凤生、高德杰来到大街上一家干净的小酒馆里,然后要来小菜、啤酒,他们喝得是那么尽兴、惬意,北辰仿佛又回到了青少年时代,他们谈论苦难的过去,初恋、爱情,谈论着婚姻、孩子,谈着事业,还有将来……他们是那么兴奋,那么愉悦……酒足饭饱之后,他们漫步在县城大街上,北辰想象着未来的生活,他从未感到过这么欢快和愉悦,过去的烦恼、懊丧、颓废……全部烟消云散了……

高德杰魁梧高大,头颅向上仰着,他有一双蔑视一切的眼睛,厚墩墩的大鼻子,尖尖的嘴巴,光光的大脑袋,只有后脑勺上有一片像是小胡子一样的黑头发,这却使他更加自负,更加孤傲、成熟……

他们不知不觉来到县城的红灯区,有几位妓女想过来招呼他们,她们在霓虹灯下显得妖冶多姿,但是她们身上散发出来的甜腻腻的怪味像是红河水散发出来的腥臭,他们赶紧躲开了……

红灯区,红河水,这些蛀蚀心灵的毒液……不正是污染人类灵魂的渣滓吗?

大河县政府诱使这些成年、未成年的少女刺激消费,这些成年、未成年的少女牺牲娇小的身躯来拉动县域经济发展,来拓展县城发展空间……正是这些红灯区吸引着成千上万的农民,他们抛弃家庭,撇下土地来到县城,来到城市……这些农民兄弟在白天用牺牲生命挣来的血汗钱,等到夜晚,他们来到红灯区拼命地宣泄兽欲,仿佛只有这样,才能体现人生追求,才能实现生命价值,他们计算着玩弄多少女人,他们简直像是禽兽一样……

早期许多县城、城市就是依靠牺牲少女青春发展起来的……就是牺牲周边环境发展起来的……将来人类会以数十千万倍的鲜血和生命的代价去换回……这些灾难性的毒瘤……大河县也是这样,大河县的官员,这些青天大老爷们对红灯区实行保护政策,对妓女收税……

北辰讲课的题目是恩格斯的《在马克思墓前的讲话》。

讲课时间是三十分钟,听课学生是从外地聘请来的所谓教育专家、高级语文教师。讲课开始啦,他讲道:

各位教师,大家好!我的讲课题目是恩格斯的《在马克思墓前的讲话》。下面我从教材、教法、学法、教学过程、板书设计五个方面加以介绍分析。不当之处,敬请指正。

一、说教材

1. 教材简析

本文是高中语文课本第一册第二单元第二篇讲读课。本单元的话题是"跨越时空的美丽"。课文是一篇悼词,同时也是一篇……的议论文,学习它对于理解马克思为真理而斗争的精神、提高学生的议论文语言表达能力具有十分重要的作用。

2. 教学目标

根据新课标要求,设计教学目标如下:(1)结合文体特点,提纲挈领,了解马克思的伟大贡献。(2)理解文中重要句子的深刻含义,体会作者的思想感情。(3)体会课文语言精确、严密的特点。(4)学习课文结构严谨,内容连贯,记叙、议论、抒情

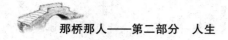

那桥那人——第二部分　人生

融为一体的写法。(5)走进马克思"跨越时空的美丽"人生,汲取精神营养,提升人生境界。

3.教学重点和难点

重点:体会议论文……

他讲得有条不紊,几乎是滔滔不绝……他从没有这样成功过,试讲完,时间是二十九分三十秒……

评委都在高度评价三号选手这节课讲得如何成功,时间把握得非常精准……似乎一切都没有结束,一切都不会结束,那么应该结束的是什么呢?